蚕变·茧

蒋永伦 著

浙江工商大学出版社
ZHEJIANG GONGSHANG UNIVERSITY PRESS
·杭州·

图书在版编目(CIP)数据

蚕变.茧 / 蒋永伦著. —杭州:浙江工商大学出版社,2023.5

ISBN 978-7-5178-5129-5

Ⅰ.①蚕… Ⅱ.①蒋… Ⅲ.①长篇小说—中国—当代 Ⅳ.①I247.5

中国版本图书馆 CIP 数据核字(2022)第175103号

目 录
CONTENTS

蚕变·茧

茧

第三十一章
双城记（上）

一

It was the best of times, it was the worst of times, it was the age of wisdom, it was the age of foolishness, it was the epoch of belief, it was the epoch of incredulity, it was the season of light, it was the season of darkness, it was the spring of hope, it was the winter of despair, we had everything before us, we had nothing before us...

在英国伦敦威斯敏斯特市苏活区——也就是通常所说的伦敦唐人街——一栋普通的公寓楼里，一个七八岁的小女孩正趴在挂着百叶窗帘的临街窗户旁，咿咿呀呀地读着。她读得很流利，字正腔圆，标准的伦敦口音。房间很小，一张铺着弹簧垫的小床，床上放些毛绒玩具。墙上挂着一幅卷轴字画，墙边一张书桌、一个书架。书架上全是英文书籍：*Little House on the Prairie, A Wrinkle in Time, A Wizard of Earthsea, Winnie the Pooh, The Little Prince, Alice's Adventures in Wonderland, Where the Wild Things Are, The Lion, the Witch and the Wardrobe、Charlotte's Web* ——它们是李海音根据伊丽莎白的建议为林晓精心挑选的英文儿童读物。

小女孩的英文开始并没有这样流利。她连普通话也说不标准，说话带浓重的龙潭镇口音，更别说读英文书籍了。李海音不得不从最简单的ABC教起，几乎把大部分的精力都放在小女孩的教育上。好在小女孩又健忘又聪明，没几个月就把外婆教的普通话忘了，不仅日常英语说得很溜，还在李海音的"高压"政策下，啃起了大部头英文书，开始磕磕巴巴，然后越来越流利。

"凯莉，吃早饭了！"

小女孩跑向餐厅。餐厅很小，放下一张餐桌后就几乎没了转身余地。

"我不叫凯莉，我叫林晓！"小女孩倔强地抬着尖下巴。

"这儿是伦敦，不是龙潭镇，你得听我的。我说过多少次了，你现在的名字就叫凯莉！"李海音板下面孔。

小女孩撇着嘴，在餐桌前坐下。餐桌上放着一碗麦片粥、一个煎鸡蛋、几片面包、一杯牛奶和一个苹果，旁边的凳子上放着书包。眼前这个凶巴巴的女人已经把一切收拾停当，背着挎包，一副随时准备出门的样子。小女孩乖乖地吃了起来。

李海音看着小女孩吃得津津有味的样子，焦虑的情绪舒缓了许多，心里涌起怜惜。她在眼前这个小女孩身上看到了自己童年的影子。没有无缘无故的缘分，也许她们的遇见是一场命中注定无法言说的缘。

小女孩又聪敏又倔强，一直不肯叫"妈妈"。不叫"妈妈"也就罢了，还冷眼相待，憋了很久才叫出"姨娘"俩字。李海音费了九牛二虎之力才把"姨娘"改成"阿姨"。

他们是一年半前从国内出发的。在广州上船走西线，经停新加坡，穿越马六甲海峡、孟加拉湾、印度洋、红海、苏伊士运河、地中海，由直布罗陀海峡进大西洋，最后来到伦敦泰晤士河的入海口。虽然坐船要一个多月，加上途中的费用，比坐飞机更奢侈，但他们有的是时间，三人都喜欢海上旅行，最主要的，他们想通过一个多月的磨合建立起亲密关系，找到一家人的感觉。小女孩是第一次出远门，船上陌生的面孔、一望无垠的大海和滚滚波涛、沿途港口的船桅风帆和异国情调的建筑都使她兴奋不已。李海音很想与小女孩套套近乎，但是小女孩对她不理不睬，对父亲身边的女人有一种莫名其妙的敌意。她与父亲睡在一张床上，对小女孩来说，这只是她与父亲一起的一次长途旅行。她从未想过,这是她离开妈妈走向异国他乡的开始。

轮船鸣着汽笛,缓缓驶入浊流滚滚的泰晤士河。小女孩依偎在父亲身边,看着晨曦浓雾中高高升起的伦敦塔桥,听见威斯敏斯特教堂尖顶的钟声敲响,似乎意识到了什么,眼里流露出一丝忧郁的梦幻色彩。

来特丁顿码头迎接他们的是李海音大学时的同学。这个女同学有一个与英国女王同样的名字——伊丽莎白。伊丽莎白出生在英国一个古老的贵族家庭,父母都是牛津大学的教授。她是 20 世纪 70 年代末 80 年代初最早一批来中国留学的学生。学校为了方便留学生学汉语,安排伊丽莎白与李海音同住。

李海音第一次见到伊丽莎白就被她迷住了。那时的伊丽莎白,二十三四岁,身材高挑,肌肤白皙,一头栗色的波浪卷发,碧眼秀目,五官精致立体如同雕塑。她的性格既矜持独立又随和开朗,在校园里独来独往,与李海音在一起却是笑声不断。她们很快就成了最好的朋友,互相交流阅读中英文书籍,一起去逛南京路、淮海路,一起坐船沿大运河到嘉兴、湖州和杭州旅游。李海音还带伊丽莎白到石库门的家里尝母亲做的中国菜,过年一起吃饺子和城隍庙的小笼包。伊丽莎白不仅学会了上海话,还爱上了中国的瓷器、丝绸和旗袍。她觉得那些穿旗袍的上海女人太漂亮了,把最初想要当外交官的愿望抛到九霄云外,改行时装设计。

伊丽莎白此时是伦敦艺术大学时装学院的讲师,又是两个孩子的母亲。她穿着红色的连衣裙,外罩深色风衣,脚蹬皮靴,虽然身材似乎比以前大了一号,但脸上笑容可掬,显得端庄优雅。她与李海音一直有书信往来。虽然一年前伊丽莎白还与父母到中国旅游,在深圳见过李海音,但在码头上,两人还是显出了久别重逢时的喜悦。伊丽莎白与李海音拥抱,点头与林波打招呼,又用手捏捏林晓的下巴,称赞李海音的女儿"可爱极了"。

林晓羞涩地躲在了父亲的身后,粉嘟嘟的脸略显疲惫,好奇地窥视着伊丽莎白。此刻的她绝不会想到,眼前这个陌生的外国女人将成为她未来生活里的一分子。

"西施,"那是伊丽莎白为李海音取的名字——她见过穿旗袍的李家母女,在她看来,李海音就是个古典美女,"不是我说你,你不应该选择住唐人街。既然选择做地道的英国人,就不应该在华人聚居的地方兜兜转转。"

李海音也不想这么做。可是她不想一而再再而三地麻烦伊丽莎白。经济担保、签证、租房、注册,伊丽莎白为自己做的事情太多了。没有人会给你安排好生活的一切。李海音与伊丽莎白一样个性独立,想用自己的能力在异国他乡闯出一番天地。

他们并不富裕,首先要站稳脚跟养活自己。李海音在时装学院注册留学也只是为打工做个幌子。在唐人街,至少租房相对便宜,找工作容易些。李海音还不知道是否要在英国长期居留,眼下只能走一步算一步。

他们度过了平静温馨的几个月。一家人在西敏寺登船,欣赏泰晤士河两岸的风光——伦敦眼、哈格佛桥、滑铁卢桥、莎士比亚环形剧场、圣保罗大教堂、伦敦桥、纪念碑、贝尔法斯特号巡洋舰、伦敦塔、市政厅。他们游览了伊丽莎白塔、白金汉宫、国会大厦、大英博物馆、威斯敏斯特大教堂、皮卡迪利广场。林波又独自逛遍了伦敦及附近所有博物馆、美术馆和剧院。他想努力适应英国的生活,可是他很快就对灰暗陈旧、多雾阴冷的伦敦感到厌倦了。他此行的目的地本来就不是伦敦,所以一接到老友蓝爱的电话,就匆匆去了巴黎。

成人往往低估小孩的适应性。失去依傍的林晓反而变得乖巧了。她知道,不管怎么哭闹,也回不了万里之遥的龙潭镇,潜意识中也明白,自己必须与不怎么喜欢的阿姨搞好关系。她渐渐适应了英国小学的生活。学校像个联合国,什么国家的学生都有。

林晓是插班生,尽管有校车接送,李海音还是有些不放心,天天跟车去学校。

"妈妈,你今后不要跟着我了,我自己能照顾自己。"小女孩吃完早餐,熟练地换上了漂亮的校服,背起书包。

李海音先是一愣,脸上随即绽开笑容,心里涌起一股暖流。这是她第二次听到林晓叫"妈妈"。

小女孩第一次叫"妈妈"时,是无意的、突兀的。那是一个月前,李海音在厨房里忙碌,房东太太,一个五十来岁胖墩墩的妇人,穿一条肥大的长裙,操闽粤口音,一双深眶眼睛眯着,边敲门边叽呱,带着一个客人走进来。

李海音很吃惊,因为来的不是别人,是海因里希。身材高大魁梧的他依然英气逼人,只是那留着青色胡茬的脸显得有些沧桑。

"柏林墙倒了。我现在应该有机会了。"海因里希表情严肃,直截了当。公司派他去上海发展业务,德国人希望李海音能同行。

"海因里希，谢谢你。可是我不能跟你走。"原来李海音这次能出国，海因里希也有帮助，他希望李海音能到德国发展，但李海音选择了英国。

"为什么？我这次特地从慕尼黑赶来，就是想带你回上海。"

"海因里希，上海姑娘有的是，你不能为了一枝花错过花丛。我们过去是好朋友，以后还是。"

"我就是要你这一枝。"

海因里希目光炽热，想有进一步的动作。小女孩从里间走出来，不知怎么地突然叫了一声"妈妈"。那一声"妈妈"解了李海音的围。

"你和龙骏的女儿？"德国人望着小女孩。

"不。是我的女儿。龙骏还在我们过去认识的公司，希望你去上海能与他联系，帮帮他。"

"我不会忘记他的。龙骏是我永远的朋友。你呢，作为朋友，有什么需要我帮助的吗？"

李海音想了想，拿出一封信，交给海因里希。

这封信是李海音写给母亲的。原来李海音是瞒着母亲出国的。李娇娘耳目众多，早就探听到女儿要去英国的消息，并未阻止，她不想影响女儿的独立生活。可是李海音出国并非只是单纯学时装设计，而是怀着别样的目的，做得实在过分，李娇娘多少有些生气。

海因里希带着书信失望离去。德国人古板而又热情似火，总的说来，他们对婚姻的态度还是谨慎严肃的，法律规定离婚者有义务和责任赡养弱势的一方。海因里希刚刚经历一场失败的婚姻，法律上的持久战使他疲惫，他要为同居女友和女儿支付抚养费，所以并不想增加额外的负担。

李海音望着海因里希远去的背影，怅然若失。

她现在必须全力以赴，做好母亲的角色。目送林晓坐上校车，李海音急匆匆地转身走向另一条街道。

二

人类伴水而生，城市依水而存。

世界上许多伟大的城市，都有伟大的江河依傍，如上海之于黄浦江，伦敦之于泰晤士河，罗马之于邰步河，柏林之于施普雷河，维也纳之于多瑙河，开罗之于尼罗河——从某种意义上说,江河的存在远比城市古老。

巴黎的生命线也在于塞纳河。塞纳河蜿蜒流淌穿过巴黎,编织了巴黎最美的景致和艺术之梦。卢浮宫,奥赛博物馆,巴黎圣母院,埃菲尔铁塔,大小王宫,国民议会大厦,夏约宫,巴黎最著名的建筑大多集中在塞纳河沿岸。林波觉得这是一座梦幻般的城市,一座灵动的城市,一座高傲而热情的城市,一座悠闲浪漫的城市。巴黎是不散的盛筵,无数的神话像塞纳河一样流淌。

自然,最主要的,巴黎还是艺术家的天堂。林波就是来巴黎寻找艺术之梦的。18世纪以来,法国取代意大利成为西方美术的中心,中国许多前辈画家如徐悲鸿、林风眠、颜文樑、潘玉良、刘海粟、刘开渠、吴冠中、李风白都曾留学法国。林波想追寻他们的足迹。波德莱尔说:万恶之都,我爱你。林波也想站在蒙马特高地的圣心教堂上吟诵:艺术之都,我爱你!

巴黎的艺术家,有无数的流派和主义——印象派,野兽派,达达,现实主义,立体主义,超现实主义。在这之前,林波只在那些大画家——毕加索、莫奈、塞尚、马奈、毕沙罗、雷诺阿、德加等的名画中见过巴黎。还有一些不太知名的画家,比如古斯塔夫·卡耶博特在阳台上看到的1880年的巴黎雨天街景。在林波朦胧的想象中,巴黎应该是香榭里大道的奢侈繁华,街上是西装革履悠闲自得的男人和比男人更加气度不凡慵懒神秘的女人,还有高朋满座的公爵夫人的艺术沙龙和车马喧嚣的诗人聚会。作为时代最不安分的一个群体,与所有的艺术家一样,林波总是在问"路在何方",同时随时准备上路。他踌躇满志而又惴惴不安来到巴黎,除了一个硕大的旅行箱,一无所有。

迎接他的是两个老朋友,上海文艺圈里的老熟人,他们都参加过林波的婚礼,一个叫蓝爱,一个叫何国清。

蓝爱四十出头,胖墩墩的,脸色红润,气血饱满,红红的酒糟鼻两边有一双骨碌碌的晶亮的眼睛。他衣着考究,穿西装,系领带,看上去像个精明的商人,而那光秃的前额和脑后披散的长发却显示他是与艺术沾边的人。实际上他并不是寂寂无名的小画家。在国内时,他就已经大有名气。他是画坛"八五新潮"的领军人物,20世纪80年代的实验艺术、先锋艺术、前卫艺术、新生代、厦门达达和政治波普,都有他活跃的身影。就是他一直怂恿林波来巴黎的。蓝爱两年前就来到了巴黎,出国前,作为小有名气的公众人物,他还发表了一篇《去国声明》,大意是他的出国与他人无涉,他是为了纯粹的艺术和爱情不远万里去国远行的。

蓝爱的确是为艺术也为爱情。他的原名叫蓝帅龙,蓝爱是笔名和艺名。他与国内的原配离了婚,带着他的学生兼崇拜者——一个二十来岁的美女来巴黎。他在巴黎的画坛已经闯出一片小天地,画作卖得不错,所以与现在的女友住在蒙巴纳斯的一套公寓里。

009

"我已经为你安排好了住处,在大巴黎区93省,远是远了点,不过郊区安静。巴黎交通便捷,远近不是问题。"蓝爱说道,"原本想安排你与小何一起住,考虑到你有夫人和孩子,不可能一直演双城记,所以单独安排一间。"

蓝爱身后的何国清不说话,只是微笑,笑中带些忧郁。与林波一样,何国清是诗人也是画家。他瘦瘦高高的,戴一副金丝夹鼻眼镜,穿着黑色的风衣像个衣服架子;他的脸苍白得如同一张白纸,眼神迷茫。

蓝爱出钱又出力,林波说了些感激的话。

"你放心,在巴黎,乞丐和流浪汉都可以找到住处,没人会被赶走。"蓝爱说道,"巴黎有的是画廊、艺术学院、博物馆、基金会和大小收藏家,是艺术家的天堂,我们肯定能实现梦想的。两条路,一条是进艺术学院当学生,另一条是先当街头画家。"

"我得先熟悉一下情况。"林波道。

"我想也是。我们都是学院派出身,在国内画坛诗坛的名气都不小,在我们这个年龄肯定不愿意回炉当学生,宁可当一名旅行艺术家。在巴黎街头,背着画架的流浪艺术家有的是。圣心教堂边有一个绘画广场,你先在外围待着,我想办法给你弄一个正式的摊位。以你的绘画功底,不愁生计无着。"蓝爱亲昵地拍拍林波的肩膀。

绰号"瘦猴"的何国清带着林波走。他们坐了很长时间的地铁。一出地铁,是黑压压的一片人流,各种肤色的面孔。地铁口的不远处是一片空旷的场地,再远处就是火柴盒似的高楼。这与林波想象中的巴黎有着天壤之别。林波也不介意,跟着何国清,终于来到狭窄街道尽头一栋古旧的法式小楼内。

这是用于出租的公寓楼套间。木结构楼梯上隔出一个阁楼用作卧室,楼下是休息室和工作间。房间里放着二手的家具电器。工作室里,画架和桌上的颜料笔墨纸砚都在,只是有些散乱。浴室梳妆台上是女人用了一半的化妆品,阁楼床上的被褥和厨房里的餐具似乎还留着余温。显然前一任租客刚搬离不久,有意把房间留给林波。

林波对衣食住行一向马虎,随遇而安,从不挑剔。他一直过着衣来伸手饭来张口的生活,在国内时有父母和诸葛慧莲安排好一切。对他来说,有许多比衣食住行更重要的事情要思考。

何国清就住在隔壁,单独的一个小套间。他是个时而沉默寡言时而滔滔不绝的人,与国内的妻儿决裂后,灵魂和躯体都躲进了狭小的空间里。

接下来的几个月很平静。他们早出晚归。作为先行者,何国清带林波游览巴黎的名胜古迹:巴黎圣母院、埃菲尔铁塔、先贤祠、卢浮宫、香榭里大道、九月四日大道、卢森堡公园、巴黎歌剧院和巴士底广场。林波最感兴趣的还是巴黎十八区那些过去的大画家曾经生活过的地方——蒙马特高地、圣心大教堂、小丘广场和红磨坊。

站在蒙马特山顶上,可以俯瞰整个巴黎。蒙马特曾是先锋派画家的据点,有许多豪情万丈又穷困潦倒的艺术家曾在此生活创作——苏波、郁特里罗、苏珊·瓦拉东、毕加索、凡·东根、勃拉克、阿波利奈尔。这里曾是舞女、娼妓、穷愁画家和酒鬼诗人生活过的地方。蒙马特留下了许多古迹故事,毕加索在阿黛尔大妈的狡兔酒馆里,把石膏壁炉、白鼠大军、猴子和乌鸦画上《在机灵兔酒馆》。外号叫洛洛的驴生活过的柳荫街有众多酒馆,还有葡萄园,蒙马特山上拉维尼昂街的"猎人馆",也就是后来举世闻名的"洗衣船"。

遇到周末,他们便去塞纳河畔的旧书市。河岸边人流熙攘,狭窄的过道两侧摆满大小书摊。书摊上年代不一的书籍杂志一字排开,有的放在书盒子里,有的放在摊主身后护栏悬挂的铁箱里。摊主在阳光下悠然地看书,并不介意能不能卖出。他们看不懂那些原价半折的成套法文古董书,只拣画册蹭着看,打发塞纳河畔的惬意时光。晚上,他们又乘船游塞纳河,看三十六桥和灯光映照下的两岸奇景。然后,在充满布列塔尼气息的蒙巴纳斯露天咖啡座里喝咖啡。

大画家蓝爱的小女友没有工作,经常回国,或是彻夜不归。所以他们就在蓝爱蒙巴纳斯的公寓里过夜,用咖啡提神,或是喝得烂醉,吞吐酒气,坐在房间里闲聊争论。

悠闲的时光总是短暂的。林波不得不为生计考虑。他先是在塞纳河的兑换桥替人画肖像,然后正式进驻圣心教堂东侧著名的绘画广场。这个绘画摊位是蓝爱给他的，何国清也常在这里画画。这里是游客最密集的地方之一，四周有许多咖啡馆和餐厅，热闹非凡。这里的绘画以肖像画居多，也有人物抽象画、风景画、漫画、波普风格和经典风格的水彩油画。

林波穿着风衣，戴着太阳帽，坐在画架前，一边用英语与人交谈，一边熟练地用炭条涂抹，一二十分钟画就，在客人愉快的笑声中接过钱，继续下一个。林波自以为是中国内地小县城的三流画家，并不认为自己比周围来回走动为游客画画的街头画家高明多少。显然，这种绘画方式只是权宜之计，不过每天几百甚至上千法郎的收入也给他一定的成就感。他赚够心中预定的数目，就优哉游哉地站在别的画家身后观看，或是坐在咖啡馆里看形形色色的人流。

这才是林波心中的巴黎生活。那个渐行渐远的艺术梦似乎又回来了。直到有一个晚上，他接到李海音从伦敦打来的电话。

电话那头的声音很轻很细，一开始抽抽搭搭，很快就恢复了平静。

"……我打掉了……那个孩子，我们的孩子……"

"什么？"林波惊愕，忽然间醒悟，似乎如梦方醒。一眨眼，他在巴黎已经生活了三个多月。他满脑子艺术和法郎，竟然很少同李海音和女儿通电话，更别说坐船横跨风大浪急的英吉利海峡去伦敦了。

林波愣神的工夫，电话那一头已经挂断了。

孩子，我们的孩子！林波有些愤怒，但即刻释然了。自己有什么权利责怪对方呢？虽然双方有爱的承诺，但是并没有名正言顺的爱的契约。何况，对方还带着自己的女儿在伦敦打拼，自己不但帮不上忙，而且几近累赘。

林波很沮丧。他做起了噩梦，两个女人在他的梦里交替出现。诸葛慧莲穿着粗硬厚重的白大褂，面沉似水，仿佛被锁在白色囚笼里的囚徒。而李海音则躺在床上，一脸痛苦呻吟的表情，身下是血迹斑斑的床单。

他再也睡不着了，通宵达旦地作画，画一张又撕一张。画面上是一个个表情扭曲的孕妇，每个孕妇的腹部都有一个面容模糊的婴儿。

三

一连几天，李海音都茶饭不思，呕吐不止。她以为是肚子吃坏了，并没有介意。

李海音在离家不远的一家中餐馆打工。她以前很少为钱的事焦虑,但是看到银行账户上的数字越来越小,也有些担心起来。在没有找到更好的出路前,这是不得已的权宜之计。毕竟这儿离家近,可以照顾林晓的饮食起居。

这是一家老一代香港人开的中餐馆。在伦敦,这样的中餐馆比比皆是。香港人渗透进了英国的各行各业,在华人社区,在唐人街,他们更是不二的主角。餐馆的老板五十来岁,矮胖,秃顶,脖子上挂一条金链子,肉嘟嘟的脸上一双细眯的双眼,透着精明和算计。他的祖父是最早一批坐船来英国的香港人中的一个,在"黑暗传说"年代,靠开赌馆、鸦片烟馆谋生。因为嗜赌,弄得妻离子散,最后还是灰溜溜地回到中国南方。他的父亲,跟随汹涌的偷渡客来到唐人街,卖假古董假烟,同时在黑帮里厮混,最后被遣送,但是想办法把儿子生在了香港新界。餐馆老板本人,开始在唐人街拿推子给人理发,兼营按摩推拿。1986年末,伦敦华埠开埠,香港移民蜂拥而入,唐人街也由原来的一条爵禄街扩展到附近的新港坊、丽人街等多条街道。中餐馆生意火爆。他放下剃刀拿起了勺子。他现在是名正言顺的英国公民了。

一见到李海音,胖老板的细眼更是笑成两条缝,发出奇异的光来。李海音能讲一口流利的英语和粤语,还能讲法语、德语。李海音上门求职,老板二话不说就留下了。

老板喜欢李海音,老板娘却是对李海音存有戒心。老板娘四十来岁,丰满圆润,波浪卷发,柳眉杏眼,眉弓略高,颧骨高凸,如果不是脸上抹太多的脂粉、穿一身艳俗花哨的连衣裙,倒是颇有几分风韵。她整天坐在收银台后面对中国大陆来的店员颐指气使。店里的员工悄悄告诉李海音,"那个老不死的女人"并不是名正言顺的老板娘,而是老板的"聘逃"。

在老板娘看来,作为一个刷盘洗碗的杂工,李海音太漂亮了。

女人的直觉总是对的。不久,表面平静的餐馆,暗战的火药味便越来越浓。终于,老板娘爆发,卷了大半年的营业款气鼓鼓地跑回了香港。

李海音被从后厨调到前台。老板让李海音去学车考驾照,又专门安排一辆车让李海音负责采买,让李海音参与餐厅的管理。看样子,李海音坐上原来老板娘的位置只是时间问题。

李海音有足够的时间由自己支配,又在附近找了一家中餐馆打工,错时上下班。一天十几个小时开车采买、洗碗刷盘,虽然累得腰酸背疼,但是看到银行账户里的钱多起来，心里踏实了许多。

这天半夜，她回到家里，又呕吐起来。胃口不好，白天并没有吃多少东西，吐出来的全是黄水。这些天，她感到很疲惫，头昏脑涨，尿频尿急，白天嗜睡，晚上又睡不着。她意识到自己身上发生了不寻常的事。

她没有时间到社区医院去检查，从药房的博姿专柜买了验孕棒验孕纸自己测试。果然中招了。

她的心里一阵狂喜，然后陷入深深的绝望。夜阑人静，看着林晓甜梦中酣睡的脸，她很快就知道该怎么做了。她一直瞒着小女孩，也不想与林波商量。这是她的事，一切由自己说了算。

她向老板请假。之前，她已经休息了两三天。餐馆老板直勾勾地盯着李海音的胸腹，摇了摇头。

"行了，从明天起，你就不要来上班了。你以为我不知道？你是从大陆来的，我冒着风险，好心好意收留你栽培你，你却不知好歹到另一家餐馆打工。我的池子小，养不起你这样的大鱼。"

老板说话的腔调和眼神都怪怪的。那是一种长期寄人篱下的自卑和高人一等的优越感的混合。

李海音知道真正的原因。老板曾经想方设法地和自己套近乎，有时候甚至肆无忌惮地拉手拍肩膀。李海音总是与他保持一定的距离。是那副若即若离的样子惹恼了他。

另一家餐馆闻到风声，也把李海音辞了。

李海音并不担心找不到打工的餐馆，她焦虑的是肚子里的孩子，四顾茫然，不知如何解决。

半夜里有人敲门。胖墩墩的房东不请自进。房东就住在楼上，也许是被李海音的呕吐声、咳嗽声惊醒了。这栋公寓楼里，住着韩国人、日本人、越南人和马来西亚人，大多单身。平时，像猫盯老鼠似的盯着进进出出租客的老妇人，对带着孩子的李海音本就特别留意。

房东太太叹息，指指另一个房间熟睡的女孩，又指指李海音的肚子，话里带有浓重的闽南口音。

"英国人做事总是拖拖拉拉的，再说，他们也不见得肯给你做。在英国，打胎是很严重的事。我有一个兄弟开了一家中药铺，他的打胎药很灵的，一帖见效。什么杂七杂八的检查费全免了。我看你们母女俩可怜，老乡帮老乡,别人收四百,给你半价,就收两百。"

李海音从床头小包里取出两百英镑,交给房东。房东第二天就拿了一大包用牛皮纸包的药来。

那药还真神,喝下六七小时,就大汗淋漓,不停地呕吐,似乎要把肠子都吐出来。一阵阵剧痛袭来,李海音不知道是心里的痛还是肉体的痛,也许两者兼而有之。她还来不及上厕所,一股股热辣辣的液体已经淌下,把身下的床单都染红了。

半夜,她从昏迷中醒来,看见林晓端着一杯热水站在床边。小女孩已经学会照顾妈妈。她甚至能独自到药店给妈妈买消炎药。李海音心里涌起暖流,眼睛又湿了。

不久前她收到母亲李娇娘的来信。母亲并不责怪她,只是重申以前说过的话,不管遇到什么逆境,母亲的怀抱永远敞开着,可是钱包是不会打开的。

自己选择的路,再难也要走下去!

再过一个多月,就是圣诞节了。圣诞树可以免了,但是火鸡、鸡蛋、牛肉、土豆、黄瓜和简单装饰的东西还是要买的,特别是给女儿林晓的圣诞礼物和冬装。

伦敦唐人街,也就是伦敦华埠,位于伦敦人流熙攘、高楼林立的伦敦金融城附近,是伦敦最繁华地段之一。这里有牛津大街、海德公园。海德公园西接肯辛顿公园,东连绿色公园,东北角有大理石凯旋门,东南角有威灵顿拱门。历史上这里曾经是英国国王的鹿场,后来又成为赛车和赛马的场所。海德公园里有维多利亚女王为其夫阿尔伯特王子所建的纪念碑,有森林、河流、草地和绿野,有著名的皇家驿道,道路两旁巨木参天,像绿色隧道。

来伦敦这么长时间了,忙于生计的李海音竟然还没有正儿八经地逛过牛津大街和附近的公园。她决定利用休养生息的这段时间调整一下发霉的心情。她的目光落在挂在墙上的吉他上,那把富有纪念意义的吉他是费了老大的劲从国内带来的。

在李海音租住的公寓里,有一个来自上海的中年人。中年人瘦瘦高高,留一头披肩长发,像一个落魄的艺人,平时不修边幅,沉默寡言。他每天喝完早茶就去海德公园闲逛,听演讲角的人慷慨陈词,或是参加无座音乐会。海德公园经常有乐队演奏,音乐会举行时,公园里人潮汹涌,森林里、树荫下、草地上，到处是躺卧的情侣伴友、流浪汉和音乐发烧友。中年人曾是个音乐家，靠在艺术街上倒腾工艺品和在地铁口拉小提琴谋生。

每天点头招呼，偶尔说几句上海话，李海音与音乐家已相当熟稔。中年人决定把他在地铁口卖艺的地盘让出一段时间，让给带女儿的老乡。音乐家还不忘劝慰老乡几句。

"卖艺不丢人。这可比你在中餐馆洗盘子实惠多了。阿吉瓦尔大街上住着许多阿拉伯人，他们都是富商阔佬，富得流油，出手阔绰。百伯利、玛莎都有阿拉伯人的身影，说不定你还能碰到一位沙特或是约旦王子呢。"

流浪音乐家带李海音到地铁站演出，又在旁边一遍遍地拉小提琴曲《梁祝》《茉莉花》助演。他说得没错，李海音的确在上下地铁的人潮中见到了穿长袍的阿拉伯人。

一连十几天，李海音都到地铁站去弹唱。音乐给了她慰藉，也带来了不错的收入。

每一天，都有一个阿拉伯人从她面前经过，驻足凝视，听一会音乐，然后丢下一张十英镑或者二十英镑面值的纸币离去。那个穿灰色长袍的阿拉伯人身材略胖，高鼻深目，一头紧贴头皮的卷发，络腮胡刮得干干净净。

这一天，丢下纸币后的阿拉伯人站住了，用奇特的眼神看着李海音。

"Hindoo?"阿拉伯人问。

"Chinese."李海音答。

他们攀谈起来。阿拉伯人一会用英语和法语，一会用中文和粤语，李海音对答如流。阿拉伯人从包里取出一张名片，递给李海音。名片正反两面分别是阿拉伯语与英语。

"我是做丝绸服装生意的。公司就在阿吉瓦尔，希望你到我公司里来上班。"

"谢谢您，穆罕默德先生。"

"是穆罕奈德。"

圣诞前一周，伊丽莎白来找李海音，邀请她们与伊丽莎白的父母、丈夫和儿子一起过圣诞节。伊丽莎白的丈夫是伦敦交响乐团的首席大提琴师，尽管有新年演出，但圣诞节肯定与家人一起过。

伊丽莎白看着那狭小的蜗居和李海音苍白的脸，双眉紧皱。

"你们中国人真奇怪，宁肯忍受两地分居，像蚂蚁一样辛勤劳作吃糠咽菜,而不享受正常的生活。西施,你真该挪窝了。不为别的,就是为你女儿凯莉也该这么做。凯莉迟早要融入英国,她应该接受更好的教育。"

伊丽莎白小心翼翼地选择词汇,想在不影响李海音自尊的情况下帮助她。经历一系列的波折,李海音不再拒绝伊丽莎白的帮助。

"英国真正的灵魂在乡下,那些有钱人和贵族都住在乡下。我父母退休了,要住到乡下的庄园去。他们在牛津街附近有一栋房子,可以让给咱们住。住那里对凯莉有好处。如果你觉得免费太奢侈,可以交一部分租金。我知道,你现在有稳定的工作了。"

伊丽莎白说着,脸上笑窝忽闪。

"你怎么知道的?"李海音惊讶。

"我了解过了,穆罕奈德先生拿的是黎巴嫩护照,实际上是叙利亚人。不过他的玫瑰公司不错,在法国巴黎、里昂,在阿联酋迪拜,在中国香港,都有分公司,以做丝绸服装生意为主。那正是你的老本行。叙利亚人精明着呢。他雇的可不是普通员工,而是一位免费的模特、一位免费的时装设计师。"

伊丽莎白似乎还在为李海音放弃时装梦惋惜。

"等我有一定的经济实力,我还是想来时装学院深造的。"

"以你的水平,完全没必要再回炉。拿到一个合法的工作签证不容易。西施,说真的,你还应该发挥你的运动特长:乒乓球,羽毛球。你可以利用业余时间到我介绍的俱乐部当教练或陪练。那个运动俱乐部教中国功夫、跆拳道、空手道和瑜伽,有许多会员是时装时尚界的高管。"

李海音明白伊丽莎白的良苦用心,微笑点头。

伊丽莎白并非没有私心。林晓与伊丽莎白的两个儿子年龄相仿,住在一起,可以互教互学中文和英语。伊丽莎白很喜欢林晓,希望这个叫凯莉的女孩能够成为她生活中的一部分。

李海音终于摆脱了噩梦。伦敦的这个冬天不再阴冷,古老城市上空飘着的雪花变得欢快。母女俩在伦敦过的第二个节日热闹非凡。圣诞节该有的都有了,连莱斯特广场旧历新年的烟花也变得格外璀璨。

四

林波的噩梦却挥之不去。他的噩梦是关于那个胎死腹中的孩子的。在他看来，那个生死须臾、阴阳两隔的孩子是一种暗喻，是他探索艺术和人生旅途上的一大挫折。那个雌雄同体的婴儿的夭折暗示着他浪漫爱情的消失和中西交融的困境。

然而，巴黎毕竟还是艺术的殿堂。白天的生活依然平静充实，只是一到夜阑人静的晚上，那个噩梦重新袭来，使林波夜不能寐。他不停地用咖啡、白兰地、香烟刺激。他灵感泉涌，通宵达旦地创作。那些画作，表面是巴黎的街景和塞纳河两岸的风光，内容却是童年少年时候龙潭镇人物的扭曲变形。他本是侧重户外写生的画家，现在因于室内，有时候只能凭记忆作画。油画、水粉、水彩、水墨、版画、摄影、素描，他尝试用各种方法创作。比起那些炭条、硬笔、水粉和油画颜料，他更习惯于用水墨线条。轮廓的勾勒，墨色的深浅，明暗的对比，流动的韵律，油画技法和水墨逻辑结合几乎成了他的不二选择。

林波不想欠任何的人情债和金钱债，所以打消了去伦敦过圣诞节的念头。他压缩开支，寄了一笔钱，算是尽一份父亲的责任和对李海音的安慰。他不擅理财，实际上，在这之前，他一直靠李海音的资助勉强支撑。

圣诞夜冷冷清清。半夜里，何国清突然来到林波的房间。黑色风衣里的身躯更加枯瘦，仿佛稍有点风就能把他刮走。他脸色苍白，神情忧郁，薄薄的嘴唇和尖尖的下巴神经质般地颤抖。

"波波，我要走了。我要离开这个鬼地方。你听他们怎么说？宁可睡巴黎市区的公园长凳，也绝对不住93省的公寓。这地方空旷荒凉，那些火柴盒似的楼房在我看来都像墓穴。到处是无业游民、小偷、酒鬼、骗子，酗酒、斗殴、吸毒……法国人的血液已经被染黑了。那些Halal的食品我也吃腻了……"何国清瞪着一双天真而又迷惘的大眼睛，脸上浓重的忧郁仿佛要从黑色的风衣上流淌下来了。

"你要搬到别处去？"林波以为何国清只是挪窝。

"不。我要离开巴黎。巴黎，曾是那么可爱的地方，有钱没钱的人都爱她。当初我也是抱着波希米亚流浪式的幻想，雄心勃勃，潇洒豪迈，以为在这里能冲破桎梏藩篱，为理想卖命，用自己的才华争取远大前程。可是三年了，我却越来越迷茫。巴黎是天堂也是地狱，你稍一放松就会坠入无底深渊。难怪波德莱尔要说，巴黎是万恶之都。"诗人忽然间激动起来，滔滔不绝。

"生活在哪里都是苦乐参半。不能只看到瓶子空的一半……"林波知道自己的话苍白无力，没有了劝解的意思，"你准备上哪儿去？"

"我不知道。也许是澳大利亚。我有一个朋友，与我一起出国的，我来巴黎，他去澳大利亚，听说混得不赖。每逢佳节倍思亲。你还有英吉利海峡那边的亲人可思念，我可是光棍一条，走到哪里算哪里。这地方我是待不下去了……"

"那你打算什么时候走？"

"年前或是年后，谁知道呢？我希望你能跟我一起走——可那是不可能的……算了，我还是一个人走，希望有一天你也能到澳大利亚来。"诗人吞吞吐吐。

"你走了我怎么办？你是我最好的朋友，在这里你是我的拐杖。"

"人都是孤独的。是啊，我走后你太孤单了……你可以住到蓝爱那里去。你知道吗？蓝爱的小女友跑了，跟一个华侨、温州来的大老板……"何国清说话颠三倒四。

蓝爱的漂亮女友跟一个在巴黎做珠宝生意的温州侨商私奔的事，林波早就听说了，只是他好些日子没见到蓝爱，无法求证。

林波最担心的还是何国清的事。他以为何国清只是说说而已，因为何国清不止一次发过同样的牢骚。可是第二天早上林波去约，何国清已经不见了踪影。

林波去找蓝爱。两个人在酒吧喝得酩酊大醉，搀扶着回到蒙巴纳斯的公寓。蓝爱的公寓够宽敞，二楼是起居室，一楼像个小型的画廊——客厅里铺了红色的地毯，蓝色吊顶，法式壁炉，四周的丝绒墙面上挂着蓝爱自己创作的油画。

他们继续喝。蓝爱发起了酒疯，呜呜地哭。林波以为他女友跑了伤心，说些安慰的话。

"非也。挣钱如捉鬼，花钱如流水，她总是买买买，恨不得把香榭丽舍的奢侈品全搬回家，我也养不起，跑了就跑了。"

蓝爱带着自嘲的神情苦笑，他一向是自负而乐观的。

"我哭，是为了我们的朋友小何。你知道吗，是抑郁害了他……我哭，是为了我们那破碎的艺术梦……"

蓝爱又开了瓶拉菲，两人边喝边聊。蓝爱一喝高，就变成话痨。

"18世纪以来，法国替代意大利成为西方美术的中心，所以我们的先辈后人前赴后继到法国来寻医问道，改良、嫁接、融合，寻找中国现代艺术的发展之道。可是三十年河东三十年河西，现在画风又变了。五六十年后的今天，引领西方艺术潮流的不再是欧洲，而是美国，是纽约，是曼哈顿，是华尔街。电影、电视、绘画、音乐、大众传媒，到处是美国梦的植入，是那些手里拿着美金的大佬控制着这个世界，控制着工商金融，也左右着世界的价值观和审美。十年苦画无人晓，一拍成名天下知。是金钱把艺术强奸了。我现在也是逆来顺受，慢慢接受他们的游戏规则。居留证，参展画册，获奖证明，入选通知，这些都是一个画家升值的重要砝码；参展拍卖，是一个画家成为职业艺术家的必由之路。说到底，画家的命运并不掌握在自己手里，而是掌握在那些评论家、收藏家和画展策划人的手里。我早就在准备改弦更张了，我要当一名画展策划人。"

蓝爱的确已经成功转型。他从小规模的沙龙展、个展开始，已经成功策划了几次大中型的画展，在国内外都小有名气。

蓝爱似乎对自己的处境依然不满，继续吐着苦水。

"这两年一直有人劝我回国。你说，我混到如今的地步容易吗？当初初来乍到，我也曾住过市郊的贫民窟，因为手头拮据还差点被房东踹出门。——作为画展策划人，我也想在中西间搭一座桥，把国内画家介绍给世人，让旅居国外画家的画作能在国内展出。可是他们并不买账。就拿这次北京画展来说，我好不容易凑齐几百幅油画运回国内，却是好事多磨，许多油画在运输途中遭受污损。画展不能如期举行。我真是伤透了脑筋。我已经心灰意冷了。等这次回国处理好那批油画，我也准备步小何的后尘跑路了。"

"你是说回国内发展？"林波醉意朦胧。

"不。是去纽约。我现在想明白了，没有拍卖行，没有美元支撑，一个艺术家终究不可能有大的出息……"

蓝爱狠喝一口，看着林波脸上失望的神情，拍了拍对方的肩膀。

"不过你放心，当初是我蛊惑你到巴黎来的，我不会丢下你不管。有人说巴黎街道肮脏建筑陈旧，早已今不如昔，可是它毕竟还是艺术之都，这里的艺术比别处纯粹。在法国，即使你在巴黎待不下去，还可以去外省，里昂、马赛、戛纳、蒙特卡洛、波尔多。——对了，明年里昂有艺术双年展，还有一些别的什么展，我一定要想法把你推出去。在这之前，你可以住我这里，反正我现在也是孤家寡人一个，东跑西颠，经常不在窝里待着……"

两人又开了两瓶葡萄酒，喝得烂醉如泥，然后在壁炉前的地毯上席地而眠。

第三十二章
双城记（下）

一

就像伊丽莎白说的,英伦生活的灵魂在乡村。英国人喜欢乡村,一个地道的英国人是个乡下人。英国人有一个共同梦想,就是在乡村拥有一栋大房子,过平静的乡绅生活。

怀特教授夫妇退休后,花钱买了一栋庄园,住到很远的乡下去了,把城里的老房子留给了女儿。老房子位于南肯辛顿区不远博览会路的文教区边,离伊丽莎白任教的学院不远。这是一栋维多利亚时期老式的三层红砖楼房,透过攀缘着常春藤的百叶窗,可以看见后院的花圃和一个绿色大草坪。伊丽莎白一家住两层,留一层给李海音母女。一切都合母女俩的意——西式的床铺和家具桌椅,配上墙上的卷轴书画、架上的瓷器花瓶、丝绸的窗帘和磨花玻璃的壁灯,很有些中西合璧的风格。李海音为了能让林晓与伊丽莎白的两个儿子一起度过周末,答应搬过来住。李海音现在的职业需要经常出差,所以让林晓上私立寄宿学校。

伦敦不再阴冷,不再像以前想象的那样威风凛凛不可一世。是的,伦敦本来就不是金碧辉煌奢靡豪华的,即使在最繁华的地方也少有摩天大楼,连白金汉宫也是红灰相间,没有耀眼的装饰。一切都是内敛的、素朴的,就像大街上的英国男女，衣着庄重，彬彬有礼。

一切都变得顺风顺水。玫瑰公司以经营中高端服装成衣和丝绸面料为主：西装、衬衣、领带、饰品、阿拉伯袍服、头巾、沙丽和华服。在伦敦，住着大量的阿拉伯人——大公司驻英国的代表，做生意的富商，客居多年驾驶豪车的富二代和知识分子。炎热炙烤的夏季，阿拉伯国家的皇室成员、富商及他们的子女就会涌向凉爽的欧洲，包下大量高档酒店，一待就是几个月。穆斯林斋月，更有无数的中东游客来伦敦疯狂购物。玫瑰公司不仅做阿拉伯人的生意，而且为伦敦、巴黎的许多高端时尚品牌提供时装面料。

玫瑰公司的丝绸服装和面料大部分来自中国和印度。穆罕奈德是精明的，他聘用李海音是一举三得：一个富有经验的商务人员，一个免费的设计师，一个免费的模特——李海音穿上旗袍沙丽，堪比杂志画册上的模特，活脱脱就是公司产品的直观展示。

20世纪90年代初期，中国的丝绸服装业非常红火。昂贵的丝绸是欧美贵族首选的服装面料之一，由于生意火爆，穆罕奈德决定大量进口中国的丝绸囤积居奇。龙马当时就是"中纺"和"浙服"设在深圳的出口公司的总经理。有龙马的老员工李海音出面联系，穆罕奈德满以为抢得了先机，结果却马失前蹄。

不管怎么说，李海音在玫瑰公司还是相当受器重。她很快站稳脚跟，薪酬也节节攀升。除了作为商务代表在世界各地飞来飞去，她还负责公司伦敦、米兰、巴黎、纽约四大时装周的服装展示和销售。业余时间，她又去伊丽莎白介绍的运动俱乐部当教练和陪练，认识了许多时装设计师。她自己也健身，并且迷上了瑜伽。

她成了大忙人。差不多一年半的时间里，除了电话与书信，她与林波极少见面。伦敦到巴黎，不过四百公里，但是，那条灰雾蒙蒙、白浪滔天、潮汐多变的海峡像巨大的天堑横亘其间，使他们像是生活在两个不同的世界里，心理的距离越来越远。

直到一年前英吉利海峡隧道开通，李海音去巴黎考察时装周，才有机会去找林波。

李海音来到林波住的蒙巴纳斯的公寓。公寓已经重新装修，隔成小间，进进出出的是陌生的东亚面孔，他们是不久前到巴黎高等艺术学校留学的中国人。

其中的一个租客告诉李海音,林先生和蓝先生都走了,搬到里昂去住了,参加双年展。

李海音听说过,林波的朋友蓝爱应里昂美术馆馆长邀请参与双年展的策展。林波也一直在为里昂双年展创作油画。李海音坐火车去里昂。

位于法国东南部的里昂是法国第三大城市,也是古代"丝绸之路"西方的终点,曾是中国丝绸产品在欧洲的集散中心。丝绸技术传入欧洲后,丝绸工业在里昂迅速发展。16世纪,在国王弗朗索瓦一世的大力支持下,里昂诞生了法国第一家丝绸纺织作坊,17、18世纪,里昂丝绸纺织业迎来黄金时代,成为欧洲的丝绸之都。虽然后来因为生产过剩、遭遇发展瓶颈衰落,但在19世纪,里昂丝绸纺织业获得重生,迎来又一个黄金时代。20世纪30年代的经济危机过后,里昂仍然是法国乃至欧洲的纺织重镇。

里昂城的兴与衰几乎完全伴随丝绸。虽然丝织业早已风光不再,但城里还有众多的丝绸企业和协会组织。里昂的丝绸依然名声显赫,欧洲王室显贵定制的高级时装和婚纱非里昂制造的丝绸不选,法国爱马仕集团就与里昂丝绸颇有渊源。里昂又是法国的文化名城和曾经的皇家都城,高卢文化、罗马文化和丝路文化的痕迹随处可见。被称为"男人河"的罗讷河与被称为"女人河"的索恩河,一阴一阳相伴而行,由北向南穿城而过在西南交汇,形成市中心半岛地带。索恩河西岸的老城背依富维椰山,山上有富维耶圣母院和罗马高卢剧院,山下有圣让主教堂。站在富尔维尔山丘上俯瞰,老城鳞次栉比的红顶老楼尽收眼底。走在老城蜿蜒曲折的窄巷里,一幢幢青墙红瓦的古建筑挨挨挤挤,仿佛置身迷宫。古老的台阶,家家户户阳台窗前的鲜花和教堂的钟声,使人恍若隔世。

李海音听说过,里昂老城有一家欧洲最大的织物博物馆,收藏着约二百五十万件各类织物,最古老的藏品可上溯至公元前2500年。她参观完博物馆,无心欣赏波光粼粼的索恩河两岸的风光,急着去找林波。

到处是双年展的橱窗海报。艺术博物馆、文化中心、基金会会馆、仓库,双年展的场地不止一处。李海音打听到,林波的画在一个由糖厂改建的"大厂房"里展出。

李海音并没有在那些进出展馆的观展人和打扮怪诞的艺术家中见到林波。但她很快在一大堆展览手册和资料文本中找到介绍林波的小册子,然后按图索骥,走进油画展厅找到林波的画。

林波的画一共有十几幅,印象派油画的风格加上水墨的神韵,描绘的却是龙潭镇的风俗,是过年时候蚕神庙会的场景——舞龙、舞狮、踩高跷、叠罗汉、龙舟竞渡和社戏。只有一幅画是例外。

李海音就在这幅画前停住了。这幅画是毕加索《怀孕的情人》和《阿尔及尔女人》立体派风格的糅合。画面中是一个身体被肢解的女人,旁边是一个扭曲的还未成型的孩子。那怀孕女人的痛苦表情是模糊的,但李海音分明看到了自己的影子。

李海音凝神观看时,有人轻轻拍了一下她的肩膀。林波站在身后,苍白的脸不再踌躇满志,而是多了一份沧桑凝重。

不知是惊喜惶恐或是内疚,林波变得笨嘴拙舌,竟然不知从何说起。

"你知道吗?蓝爱走了,他到纽约去了。现在我也成了孤家寡人了……"

"不是还有我吗?"李海音微笑。她的微笑里有一种自信的从容,亲切中带有异样的沉思。

林波看看自己的画,又看看李海音有些狡黠诡异的表情,什么都明白了。

激情的波澜早已褪去,剩下的是静水流深的平静。他们的生活足迹像两条平行的铁轨伸向远方,偶尔的交叉只是为了以后的延伸。

"你在伦敦,我在巴黎;你到巴黎,我又来里昂。对了,你为什么不告诉我?搞突然袭击?是专门来里昂看双年展的?"

"顺便看看丝织博物馆。这是我的爱好,也是我的职业。每个人都有自己的生活。你还记得威斯敏斯特大教堂地下室无名氏的墓志铭吗?"李海音说着,轻轻地吟诵起来,"And now as I lie on my deathbed, I suddenly realize: If I had only changed myself first, then by example I would have changed my family. From their inspiration and encouragement, I would then have been able to better my country, and who knows, I may have even changed the world."

林波的英文、法文已经相当流利。他能听懂其中的意思。

话题转到林晓身上。一提到女儿,林波变得絮絮叨叨、神情黯然,语气中充满愧疚。

"别说了。我喜欢这样的生活。林晓是我生命的寄托。我愿意陪伴她长大，让她有与你我不一样的人生。"李海音笑容灿然。

"Your children are not your children. They are the sons and daughters of life's longing for itself ... Let your bending in the archer's hand be for gladness; For even as he loves the arrow that flies, so he loves also the bow that is stable. 这是你喜欢的黎巴嫩诗人兼画家纪伯伦的诗。我愿意当你女儿身后那张挽满的弓。"

"是我们的女儿。你是位好母亲。我不是个好父亲，只顾着自己的事。我的心总在路上。"林波的嘴角露出一丝无奈的苦笑。

二

是的，林波的心永远在路上。

那幅《怀孕的女人与婴儿》是个隐喻，是谜面也是谜底。林波和李海音似乎渐行渐远。

在巴黎的日日夜夜，伴随着遥远国度巨大的不真实感消失，西方世界无数神话一一破灭。几年的生活眨眼就过去，一种浮生若梦的感觉时时萦绕心头。巴黎的生活是悠闲而缓慢的，时间仿佛停滞。没有人监督、提醒和催逼，即使随波逐流，也似乎生活在超时空的隔离状态中，大部分时间只能面对宣纸、画布、一大堆杂乱无章的画具和桌椅画架。无论空旷或逼仄，画室就是一个自设的监狱，里面平静得可怕。度日如年，度年如日；时而沮丧，时而亢奋；除了冥想，就是疯狂地创作。对林波来说，生活似乎永远孤独冷寂，即便是在万家团聚的除夕，林波也只能一人枯坐，与一盏摇曳的寒灯做伴。

艺术广大，足以占据一个人的一生，林波知道，艺术是要有所牺牲的，如果以艺术为生，就不能像普通人那样生活了。

好在林波并非一无所获。他获得西方世界自由体系下的艺术界的认同，成了小有名气的画家，经常受邀参展。他获得了数个艺术沙龙小奖和蒙特卡洛王子艺术基金会大奖，他的名字被法国权威杂志《艺术》提及，他的作品被大小博物馆基金会收藏，作品的价格也越来越高。里昂双年展后，他的龙潭镇风情系列油画以不菲的价格卖出，他的腰包鼓起来，不用再为金钱为生计焦虑了。

可他依然生活在白日梦中，那是母体文化带来的永远无法摆脱的旧梦，其中掺杂着欧洲印象派大师们编织的元素。他无法摆脱海外华人的标签，摆脱那种放逐的感觉。如果自我放逐只是为了获得名声，获得艺术作品价值的提升，那是毫无意义的。他要寻找的是解开中西交融困境的钥匙，寻找艺术的源头、生活的源头和生命的源头。毕加索们的巴黎、潘玉良们的里昂、凡·高们的普罗旺斯，已经对林波失去了吸引力。

他和蓝爱合租，住在索恩河畔艺术区一栋黄色小楼的公寓里。蓝爱走了以后，林波也待不下去了。事实上，林波从未打算在一个地方久居。空荡荡的卧室里，只有一个皮箱，里面放着几件四季换洗的衣服，一架海鸥照相机，一些能够证明他身份的证照文本。那是林波所有的家当。他很赞同乔伊斯的说法，流亡就是他的美学。现在他又准备上路了。只要钱包里的钱足够支撑，他就不想停下脚步。

第一站自然是毕加索的故乡西班牙。他翻过比利牛斯山脉，来到阳光灿烂风光绮丽的巴塞罗那。他参观了市内众多的博物馆，还有哥特式的教堂和其他灰石古建。他最感兴趣的还是老城区的兰布拉大街。兰布拉大街是流浪者和街头艺人的天堂，涂脂抹粉、衣着鲜艳、行为怪诞的"真人雕塑"沿街林立，各色杂耍艺人花样百出上演着滑稽剧，流浪者抖搂心智兜售物品。人生就是不停地上演悲欢离合的剧场。流浪不仅仅是艺术家的生活方式。在塞维利亚，吉卜赛姑娘卡门也是流浪者，那个骑着瘦马拿着长矛与风车决斗的堂吉诃德也幻想着骑士式的流浪。在马德里，林波参观各种斗牛场遗址，观看斗牛比赛，在狭窄街巷灯光昏暗的小酒馆里看费拉门戈歌舞。林波似乎明白了，为什么毕加索要把画作中的人物肢解得七零八落了，也似乎弄清了毕加索逃离沉闷压抑的故土成为巴黎蒙马特高地领袖的原因。

在葡萄牙，林波看与航海家哥伦布有关的古迹。那些15、16、17世纪的航海家，何尝不是另一类流浪者？哥伦布们之所以要冒着生命的危险穿越冷雾弥漫、巨浪狂涛的大西洋，并不仅仅是受了马可·波罗的刺激寻找遥远的东方财富，而是被人类寻求"他方彼岸"的欲望驱使着用另一种方式流浪。

林波转回法国，去第二站德国。柏林墙推倒，两德合并，德国很快从"二战"的废墟上站起来，成为欧洲举足轻重的大国。林波参观他崇拜的诗人歌德和席勒的故居。他更感兴趣的是那些哲学家，那些傲视欧洲乃至世界的一座座精神巨峰，康德、尼采、黑格尔、叔本华、费尔巴哈、弗洛伊德，林波大学时候读的哲学书几乎都是德国的。他在柏林市中心一处不起眼的公墓里看到了黑格尔墓。泥地小巷，墓地荒芜，智者的长眠之地是那么狭小。是啊，与留给世人的巨大精神财富相比，身后的荣名与帝王陵寝般的豪华墓穴就显得微不足道了。

游完瑞士、奥地利，他来到了亚平宁半岛。意大利，欧洲民族和文化的摇篮，是他最向往的国度。他首先来到水城威尼斯，因为林波的艺术之旅就是由他钟爱的中国"威尼斯"绍兴出发的。这里也是"威尼斯画派"的发源地，建筑、雕塑和歌剧浓缩了文艺复兴的精华。在林波的想象中，威尼斯应该是清波荡漾、水巷蜿蜒、舟桥纵横。亲临其间，林波不免有些失望。偏僻的小巷有一股难闻的味道，弯曲的河道散发秽臭，河道边的老宅风雨飘摇。一切都敌不过咸涩海潮海风的侵蚀。他来到了佛罗伦萨，这座文艺复兴的重镇曾经是世界艺术之都、欧洲的文化中心。这里有众多的博物馆、图书馆、美术馆、大小教堂、钟楼、广场和王宫，这里有文艺复兴时期的壮丽建筑、巨幅壁画、雕塑和其他艺术珍品。白天阳光灿烂，蓝天白云下是色彩鲜艳的墙壁、深绿的百叶窗和深红色的屋顶；月光照耀下的老城，高墙上的铁皮街灯闪烁幽光，窄窄一线天下，磨得溜光的街石发亮。佛罗伦萨诞生了无数文艺复兴的巨人：达·芬奇、但丁、拉斐尔、米开朗琪罗、多纳泰罗、乔托、提香、薄迦丘和马基亚维利，还有近代科学的奠基人、被打入因牢终身监禁的伽利略。文艺复兴雷霆万钧，要冲破中世纪愚昧黑暗的枷锁，总得有人做出牺牲。也许在其他国度，冲破了帝制的束缚，把平凡人的价值尊严放在突出的位置，不远的将来也能迎来一场真正的文艺复兴。

他又来到了"永恒之城"罗马。这里是古代大秦的首都，是从洛阳出发，横亘东西万里的古代陆上丝绸之路的另一端。弗拉维安半圆形剧场、科洛西姆大斗兽场、大竞技场、万神殿潘提翁神庙、凯旋门，他参观了罗马古城。在台伯河岸，他沿着狭窄的砖石小路前行，在百花广场观看鱼市菜市小商贩们叫卖果蔬香料，在附近古老的弩匠街、锁匠街、鞋帽匠街、缝纫匠街溜达。他不是很喜欢罗马。元老院废墟的残垣断壁给他一种苍凉破碎感。罗马厚重静穆，但是陈旧，像不可一世的恺撒和凶狠残暴的尼禄，使他产生了冰冷的距离感。

他很快就来到那不勒斯附近探访庞贝古城。这座被火山掩埋的古城大部分还埋在地下。在已经发掘的古城废墟上，可以看到街道和街石间的车辙水沟,店铺货物面包房里的种种器皿,剧院和剧场的环形座位,瓦罐制造工场,私家庭院和里面的怪异密室,妓院和墙上的春宫画,雕塑般的人形栩栩如生,仿佛他们昨天还活在这个世界上。自然的法则远比人类强大,似乎一切精致辉煌的文明最终都会在自然力前面败下阵来。

欧洲的大城市,或古典或雄浑或精致或壮观或伟大,总是给林波一种陌生感。他对那些大都市厌倦了,下一次出行,他选择了一些更小的国家和城市。他去了东北欧的小镇:那些与自然贴近的风情小镇更能给他亲切的感觉。

巴黎依然是他的中转站根据地。每次旅行归来他总要在巴黎待一段时间,潜心创作,参加各种画展。蓝爱在纽约、巴黎和北京三地穿梭,来巴黎的时间越来越少。

旅行给林波灵感和刺激的同时,也使他与巴黎的艺术圈有了隔膜。

林波渐渐明白,他欣赏并向往的西方文化有一种咄咄逼人的气势。那些衣冠楚楚的男人和慵懒优雅的女人表面上彬彬有礼,其实有一颗高人一等的颐指气使的心。作为引领现代世界发展的西方文明,一路轰鸣碾压倾轧,充满着与生俱来的征服欲,在她锦缎般华丽的外表下,还穿着另一套盔甲,那盔甲里面真正的东西是无法被人触摸的。

林波并不自卑,但是他觉得自己很难融入他想融入的世界。他决定离开欧洲,去往新的大陆澳大利亚。

不过在这之前,他要去一趟伦敦。

三

玫瑰公司每年都要从印度进口丝织品——混纺绸缎、衣用绸缎、丝绸服装、沙丽、头巾、长巾、垫套、丝毯和床上用品。丝绸业在印度是非常古老的行业。神圣的史诗年代,蚕丝业由中国传入印度,公元前58年迦月贰色迦王统治时代,印度人把生丝销往罗马。英国人统治的18、19世纪和20世纪早期,印度的丝织业起起落落,直到"二战"后又从大滑坡中恢复。20世纪八九十年代,印度丝织业发展迅猛,引进欧洲的生产设备,建立了现代化织造厂。全国各地还有无数的小厂作坊,配备动力织机、手摇织机、手动缫丝机、家庭缫丝锅和索绪锅。纺织服装业是印度的支柱产业,蚕丝业一向兴盛,在多个邦都有生产。不过由于国内消费市场庞大，印度丝织成品大多在国内销售，只有少部分用于出口。印度每年还要从中国、越南、巴西进口大量的生丝，出口的丝织产品销往美国、德国、英国和阿联酋。

20世纪90年代中后期，中国丝绸业一度萧条，大批企业倒下。囤积居奇的玫瑰公司遭遇大挫折，损失惨重。当英国的米字旗降下、最后一任港督黯然离去时，穆罕奈德决定把在中国香港的分公司迁往内地的广州，并派李海音去收拾残局。在这之前，穆罕奈德要李海音去印度考察，以决定广州公司未来的经营方向。

在伦敦华埠，李海音已经是小有名气的明星，中国大使馆举办的中秋晚会有她的旗袍秀，新年晚会上一曲美声《为艺术为爱情》更是使她惊艳四座。玫瑰公司高薪挽留，爱马仕、巴宝莉等一些时尚大牌有意请她当兼职的模特或设计师。再过几年，她就可以在英国永久居留了。但是李海音知道，那一切都不是她真正想要的。

李海音还没决定是否离开玫瑰公司，她想在完成她的印度之旅后再做决定。

不管怎么说，李海音心里一桩沉重的心事已经落地。怀特教授夫妇、伊丽莎白一家都对林晓钟爱有加，想方设法使林晓成为他们家的一员。林晓入了英国籍，又被送去最好的私立贵族学校念书。现在的林晓是圣保罗女中的一名学生。她的学习成绩很好，还赢取了学校设立的音乐奖学金，成了学校交响乐团和合唱团的成员。她喜欢音乐，是"甲壳虫"乐队摇滚乐的崇拜者。

李海音决定利用复活节的假期带林晓去印度。瑜伽现在已经成为李海音生活的重要部分，去印度的一个重要理由是去瑞诗凯诗朝圣。三十年前，"甲壳虫"乐队的四名成员也在印度的这个小镇修炼瑜伽、打坐冥想。所以李海音是公私兼顾、一举两得。

她们从希思罗机场坐飞机，在印度新德里机场换乘。瑞诗凯诗离新德里有二百多公里，飞机晚点，夜班火车已经开走，她们雇了一辆吉普车。司机开得极快，快要散架的吉普车在狭窄破碎的小路颠簸，横冲直撞。暗夜的寒风呼啸着，挟裹灰尘，卷起石渣。透过玻璃窗，可以隐约看见两边低矮颓废的房屋，蜷缩在墙角模糊的人影，还有路旁的卧牛和一堆堆的牛粪。

她们住在瑞诗凯诗的一家小旅馆里，每天步行半个多小时到山上的瑜伽学院去修炼。参观披头士静修过的石头小堡,然后去恒河边漫步。

　　一个星期后,她们回到新德里机场。李海音只买了一张去伦敦的机票。她要在印度待一段时间,去孟买、班加罗尔、坎普尔和艾哈迈达巴德市,顺便去尼泊尔,然后回广州。

　　"凯莉,你现在是个大人了,应该能照顾好自己。伊丽莎白会到机场来接你。"李海音要放飞林晓。

　　"妈妈,你放心,我不会把自己弄丢的。"林晓自信满满。

　　眼前这个背着双肩包的女儿真的长大了,一路上自己照顾自己,还能帮着雇车订旅馆。这个刚过十二岁的女孩只比李海音矮半个头,一头乌发微卷,精致的五官褪去羞涩,一双眼睛聪敏灵慧,脸上的笑容里带着几分顽皮狡黠。她将来一定是亭亭玉立的美女,她比那个上海石库门里弄长大的女孩更幸运更独立,也更倔强。

　　"妈妈以后不能经常来看你。需要用钱我会寄来。记住,不要轻易求助任何人。"

　　"妈妈,我什么也不缺。我会照顾好自己的。"

　　李海音目送林晓登机。

　　她不是个好情人,但是个称职的母亲。现在,她准备把母亲的角色完全交给另一个女人。

四

　　伊丽莎白把林晓当成女儿。林晓成了伊丽莎白家的一员,她的生活完全英国化,行为举止是一副英国的淑女范。她养成了喝茶的习惯,读《圣经》,做祷告,周末去教堂唱诗班唱颂。

　　林波结束两年的漂泊旅程,到伦敦探望女儿。

　　在红砖小楼后面的花圃里,怀特教授夫妇正带着几个小孩忙碌。怀特教授身材高大,红红的脸膛,一双深邃双眼,安详中透着威严。一头栗色卷发的怀特夫人白皙圆润,穿着旗袍式裙装,略显富态。老夫妇拿着锄铲在花圃里种花。不远处的草坪里传来除草机的轰鸣,两个英俊少年在除草。林晓拿着一把剪刀修剪路边的灌木,把灌木丛修剪成球形和门洞状。花圃旁的紫藤花架下有一个秋千。花圃里绿草茵茵,空气芬芳清新,一切都井然闲适。

　　那两个伊顿公学的学生像在学校里一样穿着一丝不苟。两个英俊的少年虽然像绅士一样彬彬有礼，但是眼神里分明对突然闯入的陌生男人怀有戒心，生怕他抢走心爱的妹妹。倒是怀特夫妇对林波很客气，没把林波当外人。他们还邀请林波到乡下庄园去做客。

　　在人们的头脑里，城市往往意味着更高级的文明、更优雅的行为和更舒适的生活，是名流精英和财富的聚集地，而乡村的生活是艰苦的、粗鄙的。英国人却恰恰相反，在他们心里，城市仅仅是一个聚会的场所，忙碌和喧嚣之后，他们一如既往地返归乡村生活。大部分英国人都向往乡村生活，英国的贵族对乡村生活尤其热爱。

　　怀特夫妇的庄园离牛津城还有四五十公里。一个古旧的村镇，房屋大多数是石头建筑。古老的教堂边有茶室，有商店，有边烤火边喝麦芽酒、品尝苹果派的小酒馆，还有挂着"B&B"招牌的小旅舍——由当地人自己经营的农家客栈。怀特夫妇就住在英国乡村里常见的那种豪华又朴素的庄园宅邸内。

　　英国的乡村生活缓慢悠闲。夜晚，一轮圆月挂在远处教堂尖尖的塔顶和近处的石屋草房上，静寂清冷，如同一幅淡淡的水墨画。天色微明，晨曦穿过低低的云层，照在古老的建筑上，爬满墙壁的红色藤蔓挂着露珠，闪闪发光。太阳升起，阳光透过玻璃窗照在卧室里，一切都显得金灿灿、暖融融的。早晨的田野一片静谧，亮晶晶的小河穿过田野，远处，绿茸茸的大片草地像绿色的地毯，褐色的牛儿悠闲地啃草；枝繁叶茂的娑婆树荫里，一汪湖水碧波粼粼，闪金碎银。教堂的钟声响起的时候，乡村渐渐苏醒，人们穿过小路涌向教堂。

　　怀特教授请林波到附近小酒馆里品尝麦芽酒、甜酒和琴酒，吃"威尔士兔子"。林波在怀特的庄园里住了两个晚上。他要带林晓继续旅行。牛津和剑桥他们早已去过了。林波要带女儿横穿英格兰。整个英格兰似乎还保持着一派田园风光，到处可以发现像牛津剑桥这样有淳朴乡村景色的小镇。英国的乡野里，草坡、树丛、溪谷和泥路，都像英国的花园整齐严肃。田野、森林、草地、河流和湖泊，隐藏在青翠的花园和树木之间的古老建筑，以及旧式的英国农舍都显得悠远恬静，有一种沉淀已久的淡雅和从容，又像秋收季节农庄花园里的苹果树，散发迷人的醇香。

几年的欧洲之旅使林波画风大变。他不再迷恋欧洲的那些大都市。在他的心里,那些或古老或繁华的城市和生活其中的各色人等渐渐隐去。那些喧闹的生活终成浮光掠影,留在记忆里的是地中海的阳光、大西洋的波涛和阿尔卑斯山的积雪,还有无数的大江大河、森林湖泊和溪流。绝美的风光都在乡下,在小镇。大自然才是真正的杰作。

复活节假期还有几天。林波又一次带女儿林晓去大英博物馆。上一次是在五六年前,父女俩很匆忙,没有细看。

林波带女儿来到33号展厅,这是中国古代文物的永久性展厅,展示了两万多件中国文物,包括从远古石器、商周青铜器、魏晋石佛经卷到唐宋书画,以及明清瓷器和其他各个历史时期的文化艺术瑰宝。展厅里,三彩罗汉背后是敦煌壁画。三位浓丽丰肥的菩萨雍容华贵,古朴久远的鲜丽中,难掩清晰的割痕。林波在敦煌待过一个多月,研究过敦煌历史和壁画。从1856年到1932年间,西方探险家以科学考察为名深入中国西北地区,有据可查的便有60多次,每次都掠走大量的文献文物。其中以1907年匈牙利人斯坦因和法国人伯希在敦煌藏经洞劫掠的文物最多。艺术品的命运就是人类的命运,中国艺术品的漂泊流离使人想起圆明园的熊熊大火和莫高窟前西方冒险家的马车卷起的滚滚风沙烟尘。

中国人创造了世界上最博大和悠久的文明。林晓自然知道父亲又一次带她来看中国馆的用意,她只是静静地看,边看边听父亲解说。林波很是愧疚,他自顾无暇,长久的分别使他和女儿的关系有些疏离。可是林波并不后悔。女儿似乎比自己还叛逆独立,小小的脑瓜里充满主意。女儿并不是属于自己的,林波更愿意当女儿身后的那张弓,让她飞得越远越好。但是,他的心里又很忐忑,一方面希望女儿能融入西方的生活,又怕她过于深入。也许中西合璧的女儿才是他心目中最成功的艺术品。

"林晓,你才是爸爸心中最得意的宝贝。我带你来这里,只是想让你知道,风筝飞得再远,后面总一根线牵着……"

"我知道,爸爸。"小女孩抬起头,"妈妈已经被那根线牵回去了……"

"妈妈,你说的是哪一位妈妈?"

"喔,是李阿姨,她已经回广州去了。爸爸,你什么时候回去?"

"我还没想好。我还没有找到心中的东西,无法停止旅行。"

"那你想上哪儿去?"

"澳大利亚。有朋友写信来，一定要我去那儿。也许有一天，新世纪的钟声敲响的时候，爸爸会再来看你。林晓，你将来喜欢干什么？"

"我不知道，也许会成为音乐家、戏剧家或时装设计师，也许像你这样成为画家。"

"不。爸爸不希望你成为我这样一无是处的画家。你的身上流着诸葛家的血液，我希望你将来能成为一名医生。"

女孩狡黠地笑了，那正是她内心深处潜在的愿望。

五

林波来到澳大利亚的墨尔本。众多维多利亚式的古建筑，有轨电车、歌剧院、画廊、博物馆，以及绿树成荫的花园和宽阔街道构成了"海外伦敦"墨尔本典雅的风格。

墨尔本被称为澳大利亚的"艺术之都"。地标性建筑维多利亚国家美术馆有众多来自世界各大洲的艺术品，是墨尔本冬季艺术盛会的主场地。联邦广场的伊恩波特中心的澳大利亚馆展示的是澳大利亚本土艺术。从美术馆的玻璃矩阵可以看见墨尔本夜空中熠熠生辉的标志性尖塔，那是南岸艺术文化区的维多利亚艺术中心，中心汇集各种表演展览和星期天手工艺市集。距离维多利亚国家美术馆国际馆五分钟行程，是澳大利亚当代艺术中心的艺术画廊，这里以展出踌躇满志的艺术家的最新艺术作品而闻名。距离墨尔本中央商务区二十分钟车程的海德现代艺术博物馆，是园林式的博物馆，有三个专门的展览空间，还有别致的古老菜园与雕塑公园。位于维多利亚州中部小城的本迪戈美术馆是澳大利亚最古老与规模最大的地方美术馆，古典与现代并存，馆内有充满时尚气息的咖啡馆。

葡萄酒和咖啡是墨尔本人生活的一部分。酒吧文化与咖啡文化在墨尔本并存。夜幕降临时，咖啡馆退到一旁，屋顶酒吧、啤酒花园闪亮登场。夜幕中的墨尔本，本身就是一幅色彩斑斓的油画。除了大型的美术馆博物馆，墨尔本的大街小巷里有街头艺人的即兴表演，还有奇形怪状的当代雕塑、涂鸦艺术、壁画。幽深巷弄里，有一个个安静的小画廊。

林波期望墨尔本浓浓的艺术氛围能让自己陶醉其中，发现艺术之美的新天地。半年前，林波接到好友何国清的电话。这个失意的诗人兼画家就住在墨尔本的唐人街。

19世纪淘金潮中，大批华人涌向维多利亚州，在墨尔本定居，渐渐形成了如今的唐人街。19世纪80年代，小柏克街两头修了中国式的城墙和城楼，街口修了牌楼式的城墙。毗邻市中心最繁华的斯旺斯顿大街边的一条古街又窄又短，但和周围的街道比却显得格外热闹。鹅卵石铺成的街道两旁是超过半世纪的古雅建筑，挂着的几乎都是方块字招牌。这里有不少的中国餐馆和食品杂货商店，有中文影院、华语夜总会、中文书店、中医诊所和中药房，还有银行、保险公司、律师事务所、会计楼、旅行社和免税商店。

林波按寄信的地址，在唐人街上找到一家ARI艺术馆。主人是一个三十来岁的华人，在国内是20世纪90年代新晋的小有名气的画家，林波在蓝爱的口中听到过这人的名字。

馆主把一封信递给林波，长长地舒了口气。

原来几个月前何国清就已离开墨尔本到悉尼去了。当初何国清申请到澳大利亚，七次遭到拒签，好不容易来到澳大利亚，生活却过得并不顺。他拔过萝卜，剪过羊毛，瘦弱的身躯还被袋鼠的利腿踢倒过。他一直被抑郁症折磨着，半个月前在悉尼大桥下结束了自己的生命。

那封信是何国清留下的绝笔，托付林波办他的后事：

> ……对我来说，巴黎太老，墨尔本又太年轻。我不是像我们的祖先那样来这里淘金的。我没有寻找到理想中的新大陆。我不想用自己的生命随便涂鸦。诗歌之神已经死了。就像墨尔本上空失控的气球，不知太平洋吹来的风要把我吹向何处。我回不了故土，无颜见江东父老。我讨厌束缚，却在了无牵挂的生活中感觉空虚。有时候，没有寄托的"自由"反而成了通向幸福的桎梏。当年我逃离故土，命运把我带到这里，将我葬身此处。
>
> …………

林波脑海里，何国清这三个模糊的字又变得清晰起来。林波是通过蓝爱认识何国清的，对他的过去也知道一些。何国清出生在舟山嵊泗一个无名小岛上，祖辈是渔民和铁匠，他自己大学中文系毕业后回海岛当教师和业余救生员。他从小就对绘画有浓厚的兴趣，闲暇时潜心学习绘画素描。在

20世纪80年代轰轰烈烈的水墨运动中，何国清崭露头角，获得过全国美展的铜奖，一度被誉为画坛新星。他的画，都是关于大海与渔民的。他写过无数赞美海岛渔民生活的诗歌，却不想一辈子生活在东海那不知名的小岛上，跟随蓝爱四海漂泊，先到中国香港、新加坡，然后到了巴黎，最后在澳大利亚画上了生命的休止符。

林波把何国清的骨灰带回国内，交给他的儿子。

林波再也不想留在墨尔本了。他到了悉尼。在悉尼安顿下来后，又踏上了旅途。

虽然约20%的国土面积为沙漠，但澳大利亚有着绝美的自然风光。大堡礁，波浪岩，昆士兰热带雨林，蓝山国家公园，十二门徒礁岩，沿海地区到处是宽阔的沙滩和葱翠的草木，林波依然只对那些小镇感兴趣。他走遍了新南威尔士州、西澳大利亚州、维多利亚州、昆士兰州和新泽西州的小城小镇，最后来到最南端的塔斯马尼亚岛——澳大利亚尽头的遗落世界，也被誉为人间天堂。这里有波光潋滟的湖泊、重峦叠嶂的高山、连绵起伏的丘陵和陡峭浩渺的海岸。火焰湾蜿蜒的海岸线上，白色的海滩遍布橙色的花岗岩，在阳光的照耀下像熊熊烈火。布莱德斯托庄园的花田里，紫色的薰衣草比普罗旺斯的还要烂漫。里奇蒙小镇上有澳大利亚最古老的石拱桥和天主教堂。还有酒杯湾、圣克莱尔湖国家公园的摇篮山、亚瑟港的残酷监狱、令人恐怖的遍布坟墓的"死亡之岛"和面目狰狞的袋獾。

美丽总是与丑陋并存，天堂与地狱也是近在咫尺。

林波又回到了悉尼，他不得不为以后的生计考虑。

作为大英帝国流放犯人的边陲，澳大利亚在原住民的抗议声中与英国保持若即若离的关系，在欧洲和亚洲间摇摆。而那些来自他国的新移民也面临个体身份的确定和文化的选择。19世纪末与20世纪初"淘金时代"的劳工多数返回故土，只有部分留居澳大利亚、忍受歧视。20世纪80年代开始，中国的艺术家也随着汹涌的移民浪潮来到澳大利亚。像整个澳大利亚一样，旅居悉尼的画家，是澳大利亚文化政策风向转变的受益者，是"出国大潮"中的弄潮儿。他们通过民间亲友、官方或半官方的邀请来到澳大利亚。那些被策展人选中，为展览而来的中国艺术家的命运，几乎与那些早期或后期到法国或是其他西方国家的艺术家相同，甚至更加艰难。中国的传统绘画——水墨水彩在早期的澳大利亚没有多少人理解和接受，很难进入专业和商业的画廊。在悉尼的帕蒂自由市场,很多中国山水花鸟画以二三十元不等的价格,像地摊上的旅游用品一样卖出。在"中国城"的小画店里,有人甚至被当成骗子轰出。一部分拿着学生签证的到处打工,靠在街头画像维持生计。即使那些侥幸获得居留权不再为面包牛奶发愁的艺术家,也像候鸟在南北半球飞来飞去。即便有幸举办个展,来捧场的也是华人。

林波却不介意这些,他在"中国城"德信街杂货店的三楼租了一个小房间潜心创作。在悉尼的华人艺术圈里,林波原本在国内认识的几位画家几乎帮不上忙,但他在国内和欧洲积累的名气多少起了点作用。他的作品,从类似艺术交流空间的小画廊起步,渐渐有了一定的名气。一年后,林波的十几幅油画在地区商业画廊展出。这个商业画廊是悉尼双年展场地的一部分,所以画展的规模不算小。画展的策展人是蓝爱的朋友,力邀林波参与。

一大早,画廊的门口就排起了长队。那些进场的观展人也是以亚裔面孔居多。林波在画廊转了一圈,仔细观摩别的画家的作品,又回到自己的画作前。

就像在成群的白天鹅里发现一只黑天鹅,林波在那些深色西服的男人堆里发现了一个穿旗袍的漂亮女士,大吃一惊。

是李海音!

他们差不多两三年没见面了。开始还有书信电话来往,后来联系的次数越来越少。虽然他们都把彼此放在心中重要的位置,但是他们生活在各自的城市里,人生难再有亲密交集。

李海音已经离开玫瑰公司独自创业。她是随广州商贸团来悉尼考察的。广州和悉尼是友好城市。

此刻,李海音就站在林波的一幅油画前凝神观看。林波的油画,多是澳大利亚的自然风光和小镇风情。只有一幅是人物画。中国江南的古宅,积雪的庭院,画面中一个穿肥大红花袄的女孩,脸冻成苹果红,在两棵光秃秃的柏树间拦着一根橡皮筋,欢快地跳跃。画作取名《跳皮筋的女孩》。

那油画中的女孩并不是李海音。

一切都在不言中。李海音能感受到站在身后的林波的沉重鼻息。

"谢谢你这几年对我的帮助。"林波打破了尴尬的沉默,"中午我请你在中餐馆吃粤菜。我们去逛维多利亚女王大厦和情人港。"

"这两个地方我都去过了。我的时间很紧，下午就要离开悉尼，随团回国。"李海音转身，依然是自信温婉的笑容，"你什么时候回去？"

"明年的悉尼很热闹，有奥运会，有两个月的悉尼国际艺术双年展。"

"深圳广州也很热闹。北京上海也有艺术双年展。你的好朋友蓝爱也回国了。"

林波知道。蓝爱现在是国际知名策展人，林波的画作能挤进悉尼双年展也是蓝爱帮的忙。蓝爱还竭力邀请林波回国参加上海的艺术双年展。

"别忘了你对林晓的承诺。"

李海音说完，头也不回，走了。

林波想起来了，他要在新世纪钟声敲响的时候去看女儿。

是啊，新世纪的钟声就要敲响，他要兑现承诺。

去还是留？无论如何，他要熬到悉尼双年展后再做决断。但是从这一刻开始，他的心里再也无法平静了。这些年他到处漂泊，似乎一事无成。经年流浪，行程何止万里！可是他的心却依然在此岸。

林波归心似箭，决定结束自己的放逐之旅。他似乎觉得生命里最爱的人都在远去。

男女之爱是牢固的，也是脆弱的，牢固到可以百年不变直至海枯石烂，也可以脆弱如同沙堡顷刻土崩瓦解。

林波不知道，在这个世界上，有一个女人一直爱着他，并且永远用另一种方式爱着他。

第三十三章
院　长

一

早上六点,诸葛慧莲去医院,顺路送儿子去实验幼儿园。

诸葛慧莲现在是市第一人民医院院长。与其说是院长,毋宁说是医生、母亲、女儿、妻子、商人、战士和同事的朋友。在所有的角色中,她最喜欢的还是母亲——哺乳、换洗尿布、买奶粉、买四季服装、做营养早餐,诸葛慧莲一手操持。她坚持把儿子带在身边,儿子与她一同上下班,大部分时间都待在医院里。儿子应明的长相酷似诸葛慧莲,一双大眼睛,高鼻梁,有些凸起的宽阔光洁的额头——诸葛家强大的基因发挥了作用,在应明身上,应家的基因似乎了无踪迹。

在医院里,诸葛慧莲一点也不用为儿子操心。应明长得虎头虎脑,比同龄的孩子要高出半头,人见人爱。医生护士,这个抱,那个搂,儿子成了他们的开心果。即便是来院长办公室办事的外人,在等待签字的间歇,也会逗一会孩子。诸葛慧莲觉得儿子待在医院里没有任何不妥,反而比在其他地方更有安全感。不过,为了不影响工作,诸葛慧莲还是买了些卡通漫画,让儿子待一角静静地看。应明不像别的男孩那样喜欢摆弄机器人奥特曼或是坦克、机枪、推土机、挖掘机一类硬疙瘩,他喜欢涂涂画画和一些看上去柔软的东西。多数时候他是安静的,可毕竟是男孩,并非没有性格,有时也会在走廊过道和电梯间疯跑。两岁半时,诸葛慧莲准备送儿子去幼儿园,以为这样可以省心些,哪知麻烦反而更多。应明黏人,当母亲的做长长铺垫,连骗带哄,他还是不肯去,宁愿与医院里的叔叔阿姨待在一起。

诸葛慧莲清楚地记得第一次送儿子上幼儿园的情景。儿子哭哑了嗓子,用哀求的目光看着母亲。诸葛慧莲站在铁栅栏外,看见儿子像一条泛白的鱼似的在老师怀里蹦跶,几欲后悔。最后一咬牙,狠狠心,终于没有回头。那一晚,儿子出奇地安静。那种安静使当母亲的焦虑不安。原来儿子哭闹得厉害,被老师惩罚了。

诸葛慧莲怒火中烧,第二天一早就去幼儿园兴师问罪。

"诸葛医生,您儿子太犟了。在幼儿园,对付犟孩子、熊孩子,也只有这一招。我知道您疼儿子,现在都是一个,谁家不是宠得像星星月亮似的?"四十来岁的宋老师一脸委屈,在幼儿园她也算老资格的幼师了,前一天正是她从诸葛慧莲手里接过儿子。"您儿子一闹腾,其他的都跟着哭。我实在没得办法。您看他把我挠的,整一个大花脸。"

诸葛慧莲看着宋老师鼻梁眼角的抓痕创疤,把想说的话咽回去。实验幼儿园是全市最好的幼儿园,城里有头有脸的人物都把儿孙往这里送。诸葛慧莲想不出能把儿子送到别的什么地方。

好在儿子慢慢适应了在幼儿园的生活。只是比原来更加文静了。

诸葛慧莲看着儿子在幼儿园里安安静静地吃完早餐,转身离去。

早上七点,是平时像超市般热闹的医院相对宁静的时刻,进出的车辆、排队候诊的人还不多,只有灯火通明的住院大楼一楼门厅略显喧闹。院办综合楼通过花园草坪上的天桥与门诊大厅、住院大楼相连。

七点一刻,诸葛慧莲走进办公室,一换上白大褂,她便把儿子的事抛到九霄云外了。她平息了焦虑,开始整理桌上的文件。虽然前一天下班前已经把这一天要做的事写在台历上,她还是要从头到尾捋一捋。这是神经紧绷的一天里最轻松的时刻。要做的事太多,仿佛永远也做不完。作为院长,医疗、教学、科研、预防、人事、财务、基建、后勤,事无巨细都要管。诸葛慧莲谈不上喜欢还是不喜欢,既然被推上这个岗位,她就想全力以赴、做到尽善尽美。

第一人民医院是婺州最大的综合医院,本地病人,不管大病小号疑难杂症都在这里看。同所有的事业单位一样,过去吃"皇粮",病人多了让人愁,现在不同了,愁的是病人往杭州、上海等大城市跑。前有上级大医院的"堵截",后有民营私立医院的"围追",在各种挑战面前,诸葛慧莲觉得肩上的担子越来越重。

好在这几年她交出了一份满意的答卷。门、急诊量猛增,固定资产和业务收入大涨。诚信医院、文明医院、绿色医院、国家级"巾帼文明岗"等锦旗挂满了院长的办公室,病人的感谢信也在桌上堆了一大摞。病人满意,上级也肯定,医院通过了省卫生厅"三级乙等"医院的复评。按照医院的硬件条件,完全有能力争取"三级甲等",诸葛慧莲自然想更上层楼。关键是人才,诸葛慧莲求贤如渴,制定了"筑巢引凤、内培外引、唯才是举"的政策。这几年,医院已引进了两名医学博士、十几名经验丰富的医生,建起了中医理疗、针灸推拿、烧伤整形、心理治疗等原本没有的空白科室。诸葛慧莲准备在报纸上刊载招聘启事,引进更多的高级人才,同时与杭州、上海的大医院建立良好的合作关系,让全国各地的医疗专家成为医院的特聘人才,让这些不在编的主刀医生来给婺州城里的疑难重症病人动手术。医院急诊科还需加强,危重病人的抢救最能代表一家医院的医技水平。第一人民医院已是国际紧急救援中心的网络医院和交通事故定点急救医院,担负起了全市危急病人、交通事故伤员、重特大突发事件伤病的救治。急救体系建设需加强,要引进先进的惠普监护仪、高档呼吸机、除颤仪、床旁摄片机、控温毯,实行院前救护、急诊、ICU、手术和血液净化科室的一体化管理,争取抢救的"黄金一小时"。还要与美国华盛顿、俄勒冈、加利福尼亚、阿拉斯加等组建"生命伴侣"急救医学专家团,开展"中美急救演习"。每次上班从门诊大厅走过,都能看见乌压压排队的人群。挂号、划价、收费、取药、血检、尿检、B超、放射胸透、核磁共振,病人或家属要拖着疲惫的身子排几小时的队。为了缓解这些,就要花巨资引进门诊诊间系统和电子叫号系统,让住院病人和急诊病人有专门的绿色通道。三分治疗,七分护理,护士的队伍和护理技术尤其要加强。

所有这些已经在做或计划内的事,每天早上都要在诸葛慧莲脑子里过一遍。

七点半左右,白班的医护陆续签到。诸葛慧莲走出办公室。她要到全院三四十个科室走一遍,了解情况。医生,这是大众最不能容忍出错的职业,哪怕是细小的医疗意外。八点一刻左右,她到妇产科查房,听床位医生汇报,与病人、孕妇交流,翻阅病历,检查身体。她现在每周还有三个下午的门诊时间,还要经常上手术台,在门诊室和手术室之间来回奔忙。

十点一刻,回到办公室,诸葛慧莲的工作似乎才刚刚开始。许多人、事已经在院长办公室等她处理。查房、门诊、手术、开会、汇报、总结、招聘、人事安排、陪领导参观调研、药品调配、医疗器械采购,一天的行政诊疗结束,她依然不能放松。她担任着医学院的兼职教授,做硕士研究生的导师,又要负责全市妇产科医生的培训。

在同事眼里,诸葛慧莲是谦逊随和、踏实勤勉的院长;在病人面前,她是医术高超、温婉和蔼的医生;而在自己心中,她永远是一个普通的母亲。

二

比起前一阵子"非典"肆虐时期,诸葛慧莲现在肩上的担子算轻松多了。

春节刚过,婺州城里就有传闻,说广东深圳那边出现了一种"怪病",已经导致病人"大批死亡"。坊间流传,煲醋和喝板蓝根可以预防这种怪病。有人已在悄悄囤积米醋、板蓝根。后来发生的事似乎证明这些消息灵通人士的确有先见之明,因为不久米醋和板蓝根就开始脱销。奇货可居,板蓝根涨到四十元一包,人见人爱的白醋甚至涨到千元。

传闻沸沸扬扬。龙虎和诸葛慧莲一商量,动员全院上下做各种准备。

三月末,局势越来越紧张,这种被命名为SARS的传染病已经在世界各地出现。四月中旬,省城杭州首现三例输入性"非典"病例。四月下旬,平静的婺州城出现了第一例"非典"病例。病人是一个中东客商,参加完广州的春交会,又北上婺州采购百货服装——此时婺州的商品城已是声名鹊起,吸引了大批中东客商常驻采购。那个叙利亚客商一下飞机就被查出异常,送到市第一人民医院时,表现出"非典"感染者的典型症状——高烧,X光透视结果显示肺部炎症弥漫性渗出,呈现点点"白斑",两片"白肺"如死神展开的翅膀。

病人很快被隔离。第一人民医院的传染病科是一栋单独的楼房,平时收治肝炎、结核病和其他普通的传染病患者。作为婺州城"防非抗非"的重点场所,普通的病人被转移,专门用来收治"非典"病人。接着,又有几名输

入型的"非典"病人送进来。

传染病楼房外设起路障,戒备森严。医院抽调传染病科、呼吸科、急重症科的医生护士,成立了专门的医疗小组,由龙虎带队进驻。

"我在部队搞过防疫,那里由我负责把控,你什么也别管。"龙虎要说服诸葛慧莲。

"可是……"

"没什么可是。你是三岁儿子的母亲,又是院长。要是两人都趴下,这医院谁负责?"龙虎一挥手,一副不容置疑的口气。

要说服诸葛慧莲并不难,难的是说服自己的老婆。孔鲁凤一听说龙虎要进隔离病房与死神打交道,呜呜咽咽地哭起来。

"哭什么哭,我记得你以前没这么脆弱。自从有了小龙,离开护理一线,你越来越婆婆妈妈了。我龙虎又不是第一次与死神掰手腕……你看我,比武二郎还强壮。我福大命大,你就放心好了。"龙虎边说边挥拳瞪眼。

"你是书记,医院里又不止你一个领导。慧莲我就不提了,还有那么多副院长、主任医师。"孔鲁凤不同意。

"院长、主任医师,一个萝卜一个坑,他们都有自己的一摊事儿,我不去谁去? 我就喜欢动刀子,喜欢刺激。"龙虎看着孔鲁凤梨花带雨的面孔,心软了,换上一副笑脸,"我要是真传染上,俩肺变成玻璃珠子,正好送你当首饰,我记得过去答应过你的,要送你一条水晶项链。"

"我不是担心你的肺,我是记挂你的心。"

孔鲁凤破涕为笑。她知道龙虎的性格,认定的事九头牛也拉不回。在别人面前,龙虎可没有这样的好脾气,火暴的性子常常发作,严重影响了他的心脏。孔鲁凤把一瓶速效救心丸放进龙虎的衣兜,目送他走进隔离病房。

不安的气氛在城市各个角落弥漫,车站、码头、机场,一切流动性大的场所都实施严格的测温措施,被筛选出的"非典"疑似病例和接触者被严格隔离。人们戴着厚厚的口罩穿行于熙攘的街巷。教室、办公室、商场等被严格消毒,一时间,许多地方酸味弥漫、醋潮翻涌。

医院里尤其紧张,如临大敌。孔鲁凤自己也加入了"抗非小组"。她每天上班的第一件事就是站在院大门外,给病人、医生和护士测温,然后把有发烧嫌疑的人送到专科门诊去。久而久之,她自己也患上了发烧疑心病,时不时躲到角落里给自己量体温。看到温度计上的读数是标准度数,她非但不高兴,反而号啕大哭。

下午四五点,主管财务的孔鲁凤都要去一趟银行,顺路把诸葛慧莲的儿子应明接来。看着慧莲文静秀气的儿子,想着医院银行账号上节节攀升的数字,孔鲁凤心情灿烂。

可是一回医院,孔鲁凤又变得忧心忡忡。她不是担心自己,而是担心龙虎。

在传染病楼完全隔离前,所有的医护人员都有一次重新选择的机会。没有一个人愿意离开。龙虎穿上白大褂,看着窗外警察拉起的警戒线,内心既自豪又悲壮。但是接着而来的就是担忧与恐惧。龙虎不能让自己倒下,更不能让病人和同事倒下。隔离区的医生护士各司其职,有条不紊,但是每个人的脸上都写着焦虑和压抑,小心翼翼,寡言少语。谁也不知道要在这个与外界隔绝的地方待多久。病人不断多起来,龙虎觉得身上的压力越来越大,表面上若无其事,内心却被孤独和压抑占据着。他一个人住在隔离区的小房间里,每当想念老婆儿子,就跑到楼顶去看看城市的万家灯火。一天的折腾使他满身疲惫、肌肉酸痛,还有精神的折磨。他做起了噩梦,梦见自己在无边的大海里颠簸,有时又像是悬停在万丈高楼上,心惊肉跳。

与龙虎一起进隔离区病房的还有孙兰英。龙虎点名要她,作为急诊科的护士长,孙兰英想也没想就同意了。医护人员在进入重病区前,要穿四层密不透风的隔离衣,戴多层口罩和一个厚重的眼罩,穿脱一次需要半小时,护士甚至比医生要更多地接触病人。化验、抽血、拍片,一天下来,孙兰英一次次浑身湿透,头晕目眩。不久,她自己也病倒了,成了一个隔离区的病人:高温发烧,肺部积水,气喘如丝。她咬牙坚持着,不愿与其他病人争抢有限的资源,戴着呼吸面罩,呆呆地望着天花板,什么也不想。

在传染病房外面,诸葛慧莲同样被焦虑折磨着。她记挂着传染病房里的病人,更记挂着龙虎和孙兰英。龙虎是她的同事、领导,更是她的左膀右臂——有龙虎在前面冲锋陷阵解决医院最棘手的问题,诸葛慧莲才能如此安然。孙兰英则是诸葛慧莲最倚重的急诊科护士长。

医院的许多骨干被抽调至隔离病房,门诊手术还得照常进行。诸葛慧莲成了救火队员。同时她还不能放弃每星期三次的妇产科门、急诊。她不想穿着防护服或是戴着厚厚的口罩与病人接触。那些孕妇一看见诸葛医生温婉的笑容,原本被医院紧张的气氛压抑的脸也舒缓了许多。

诸葛慧莲依然眼神坚定,步履匆忙。那一段时间,她带着儿子住在医院里,每天只睡四五个小时。

应骁从省行政学院毕业,回到副市长的岗位。他更忙,要到各个乡镇指导开展防疫"抗非"工作,根本没有时间回家,更别提带儿子了。

教授家的天井院子雾气蒸腾。平时给病人熬药的蒸锅根本不够用,龙十妹就像过年寺庙里熬制腊八粥一样,动用了做豆腐用的大锅。教授的汤药要供应龙潭镇三宅,龙十妹买了十几个热水瓶分装,定时定量供应,免费取用。

有一天,龙十妹突然想起女儿和外甥,就把汤药装在一个酒囊里,进城送药。不但诸葛慧莲和儿子喝,林峰夫妇喝,教授的汤药,在人民医院的医护中也悄悄地流行起来。

三个月后,疫情平息。龙虎从隔离区出来,瘦了一圈,脸上颧骨凸出,双眼凹陷。孙兰英也从死神手里逃脱,顺利康复。

诸葛慧莲长长地舒了口气。

三

在医院食堂用完中餐,诸葛慧莲回到办公室,开始整理下午开会用的发言稿。中午的这一个多小时,院办大楼静悄悄的,是诸葛慧莲难得平复心情整理思绪的清闲时间。

办公室虚掩的门开了,一个四十岁左右的男人走进来。来人胖胖的,很结实,穿着皱巴巴的西装,黝黑的圆脸上挂着挤出来的笑。诸葛慧莲去食堂时,就曾看见他站在洗手间前面对着一部粗黑的摩托罗拉哇啦哇啦。中年人在走廊里徘徊踱步,每过半点一刻就探头朝诸葛慧莲的办公室瞧瞧,看见里面有人,又把头缩回去。

这张似曾相识的脸在哪儿见过?诸葛慧莲想起来了,是在过年时候家里接待客人的宴席上。他应该是娘舅龙十一的儿子龙发。龙十一拜年喝醉酒,吹嘘自己的儿子怎么了得。龙发确实混得不错,拉了一个施工队,给人造房子,又做挖土平基运渣土的活,手下有几十号人,几台挖掘机、推土机和渣土车,是个不大不小的包工头。

除了过年时见过一次,平时很少见到,所以诸葛慧莲对这个表弟很生分。

龙发倒不客气,在诸葛慧莲的对面坐下,大大咧咧叫声"表姐"。

诸葛慧莲问他吃了没有。这个时候,食堂吃饭的点还未过。

"表姐,我龙发再穷,也不至于讨饭吃。穷人也有穷人的骨气。我不是为自个儿,是为手下的人讨口饭吃。"龙发把摩托罗拉放桌上,憨憨地笑,"无事不登三宝殿。我已经去找过姐夫了。姐夫是市里的大官,门路粗得像高速公路——他那大脑壳上的头发又粗又硬,随便拔下一根,都比我家的屋柱要粗。市府的门槛太高了,那儿还有警察守着呢。"

龙发东拉西扯,边说边用手比画。

诸葛慧莲知道龙发能侃、油嘴滑舌的,笑了笑。

"有事你就直说吧,能帮的忙我一定帮。"

"也没什么大事,就是想揽点活。都说现在两个地方最有钱,一个是银行,一个是医院。你是医院的一把手,哪个指头儿松一松、漏一点,油水就是哗哗的。听说医院要盖几栋新楼,那搭架葺屋的事我也不指望,毕竟没那个资质,水平也不够。不过,挖沟平地这些粗活还是能做的。弄个花坛,盖个车棚,刷刷墙,粉粉漆,贴贴瓷砖,修修补补,一年到头,医院里有做不完的泥水活——我去找过大表哥龙虎,不理不睬也就罢了,还把我臭骂了一顿。大家难得亲戚一场,你说,穷人就该挨骂?再说了,蚂蚁有蚂蚁的路,蚯蚓有蚯蚓的路,我龙发再穷,也有活路。不为别的,只为手下的兄弟……"

诸葛慧莲坐着静听,她知道,如果不刻意打断,龙发还会唠叨下去。

"龙发,不好意思,恐怕我也帮不上忙。这些事归赵副院长管。"

"赵副院长我已经找过了。他说要有你的指示才敢松口。只要你动动嘴皮……当然,最好是开个条子。"

诸葛慧莲知道龙发的脾气,韧得就像块牛皮糖,黏上身想甩也甩不掉。她坚持不松口。

龙发只好离去,对着摩托罗拉哇啦了一阵,消失在走廊的尽头。

楼道又恢复了宁静。这是医院行政人员休息的时间。诸葛慧莲有午间小憩的习惯,她靠在椅背上,打起了盹。迷迷糊糊中,她似乎听到噼里啪啦的鞭炮声和嘤嘤的哭泣声——在医院里,诸葛慧莲每天面对生老病死,听到病人或是家属的哭泣声是再正常不过了。可是这次的哭声实在很特别。

诸葛慧莲心跳加速。她刚睁眼,孔鲁凤已经推门而入,满脸通红,怒气

冲冲：

"慧莲，出事了！龙虎……小孙被人打了……"

"怎么回事？"

"有人闹事……俺的娘哎！……下手也太狠了，简直无法无天！"

"虎子怎样？兰英呢？"

"正在急诊室，有刘强他们照看着呢。小孙在清创……人没大事。现在急的是大厅里闹事的，这事只得你出面摆平了。"

正在午睡的院办大楼里的人都被吵醒了。他们跟在诸葛院长身后，穿过天桥，一起涌向门诊挂号大厅。

敞开式的大厅是医院大楼的主入口，通过电梯扶梯通向药房、输液室、急诊科、ICU和其他门诊科室。大厅里，里三层外三层，病人、医护和各色闲杂人员聚集，已经密密匝匝地围得水泄不通，闹嚷嚷的一片。

最凶险的时刻似乎已经过去。但是，诸葛慧莲拨开黑压压的人群走进圈内时，还是倒吸了一口冷气。

大厅里摆了四个花圈，中间是一幅年轻人的遗像，十几个披麻戴孝的人跪伏两旁。四周一片狼藉，平时光洁如镜的地上血迹斑斑，散落着桌腿木板、鞭炮碎屑、玻璃碴子、烟灰蜡油。大厅的门楣上挂着红布横幅，上面写着"谋财害命，还我儿子"。大门外，医院的所有保安都集齐了，正同一批叫嚷着又要冲进来的人推推搡搡。大厅里面，穿白大褂的医护们手拉手组成一道人墙，免得后面拥挤的人群踩踏。被砸烂的导医台后面，两个女护士蜷缩着，嘤嘤哭泣。

诸葛慧莲看到这场景，心里已明白了八九分。她沉吟不语，思考着对策。旁边的孔鲁凤早已按不住性子，伸脚要去踢花圈，被诸葛慧莲一把拉住。

那些跪伏在地的人听见人群里的窃窃私语，知道来的是院长，又呜哇呜哇地哭起来——虽然声音提高了八度，眼中却没有泪水——一边哭，一边悄悄地抬头，偷瞄着站在前面穿白大褂的中年女医生。拥挤在大厅门外的闹事者又激动起来，声嘶力竭地叫喊着要往里冲。眼看医院的保安们顶不住，几辆警车已经呼啸着停在门外圆弧形的通道上。十几名警察冲进大厅，局面很快得到控制。

带队的是辖区派出所的所长朱警官，诸葛慧莲认识。朱警官不苟言笑，一脸威严。

"不好意思,诸葛院长,我来迟了。情况我已大致了解。在医院设灵堂,辱骂殴打医护,这不是普通的医疗纠纷,也不是普通的医闹,而是有组织的犯罪!应市长有令,对这些人要严惩不贷、绝不姑息!"

朱警官说着,指挥手下搬花圈,要把那些跪伏在地的人强行架走。

"且慢,朱警官,你先别叫警察动手。给我半小时或一小时,我要跟他们好好谈谈。"诸葛慧莲轻声道。

大厅里很静,只有朱警官严厉的声音在回荡。"谁是头?带头闹事的,站出来!"

在那些跪伏的人里,有人站起来,跟在诸葛慧莲的后面来到急诊室边上的办公室。没人能看清他的面容,因为他头上裹的白麻布遮住了大半个脸,只隐约知晓他是个强壮的半老头。那老头一见警察,似乎也害怕了,弓背弯腰,手脚发抖,战战兢兢。直到诸葛慧莲把值班室的门关上,老头才抬起那张黑炭似的脸。

这张脸,在过去的某个时候,自己肯定见过。诸葛慧莲想起来了,这个老头应该是"铁炭龙"。

四

"铁炭龙"所在的山村已经整体移民搬迁。就在红土坡上,离农垦场不远,那些散居龙岗山峡间的山民易地搬迁后组成两个村落——向东、向阳。两三排整整齐齐的二层小楼,都是朝东南,的确阳光灿烂。

铁炭龙有些舍不得山里的生活。祖祖辈辈居住的老房子,冬暖夏凉,空气好,水甜,可以靠山吃山。他不知道为什么要易地搬迁移民——听说是为了脱贫致富,封山育林,保护下游供应城市居民饮用水的青山湖。大家都搬,铁炭龙也只好跟着搬。红土坡上可耕地很少,原住民匀出来分给移民的更少。铁炭龙学会了茶树整枝、茶叶炒制,他那双烧炭的手长满老茧,耐高温,的确适合这一行。空闲时候,铁炭龙又到砖窑厂打零工。两个女儿长得水灵,在工业园区的服装厂上班,嫁了好人家,日子越过越好。唯有那小儿子让他不省心。

小铁炭长得像块黑炭,浑身黝黑,肌肉发达,一张圆脸憨憨的,虽然初中毕业后在农技校学了三年烹饪,可是烧的菜连老爹老娘都嫌弃。铁炭龙没辙,拿出所有积蓄,让小铁炭去驾校学开车。小铁炭似乎开了窍,花一年时间拿出B照,跑到城里开垃圾清运车。起早摸黑开了半年,人家嫌他笨手笨脚,又把他开了。工业园区拓展,一条路从铁炭龙的房后穿过。铁炭龙又一次搬迁,房子由两层变成三层。铁炭龙拿出多余的补偿款给儿子买了辆方向盘式拖拉机。从此,小铁炭有了正经营生——给人拉砖。到处有人盖房子,到处需要红砖。小铁炭从红土坡的砖窑厂里拉砖,卖给需要的客户,每块砖赚几厘,拉一车砖也挺可观。他的生意倒是越来越红火。

铁炭龙还是焦心。钱是赚了,可是没有儿媳妇。红土坡上的太阳就是毒辣,把小铁炭晒得越来越黑,黑得晶莹透亮。除了脸黑和肩背胳膊上蜕皮留下的白斑,小铁炭其实也没什么大毛病,可就是没有姑娘肯嫁给他。好不容易花了几万块钱让媒婆给介绍了个云南来的媳妇,没想到对方不到三月就跑回娘家去了。小铁炭也跟着失踪。当铁炭龙的两个女婿找到小铁炭时,小铁炭正在云南山区的某个小火车站上沿着铁轨漫步。人是找回来了,可是魂却丢了。小铁炭变得痴痴呆呆的,愈加沉默寡言。他照样在红土坡的砖窑里搬砖、拉砖、卖砖。

这一天,或许是小铁炭想起媳妇分了神,或许是红土坡上毒辣的太阳晃了他的眼,小铁炭一头从堆得山高的砖堆上栽下来,头朝地,当即昏迷不醒。他被救护车送进了市中心医院。动手术的主刀医生是龙虎。铁炭龙满心盼望儿子能醒来,没想到盼来的是儿子冰冷的尸体。

在门厅边上的值班室里,诸葛慧莲凝视着那张黑炭似的脸,确认了自己的判断。她并没有马上开口,搬了张椅子让对方坐下。快三十年了,铁炭龙头上有了白发,额上有了川字纹,大模样并未改。

"龙老伯,您还认识我吗?"诸葛慧莲的声音柔柔的。

铁炭龙转过头,似乎在躲避什么,游移不定的目光中有怨恨和狐疑。

"你是医生……那些穿白大褂的医生说,他们能救我儿子的命。我就是要个说法。"

铁炭龙的眼神空洞茫然,浑身僵硬,只有嘴唇翕动着。

"龙老伯,您应该相信医生,医生已经尽力了。医生也不是神仙,并不是所有的病人都能救回来。就像您过去烧炭,不是每一炉都能成功……"诸葛慧莲一时也想不出更好的说辞。

"我不管这些。我就是要个说法。"老人依然歪着头，声音执拗。

"您的想法并没错，可是您不应该这样闹。您知道吗，这样闹是犯法的，弄不好还要坐班房。我知道，这并不是您自己的主意。"

"是我老婆的主意，那些人也是我女儿女婿请来的。他们也就是要个说法。"

"好吧。龙老伯，您要个说法，我就给您一个说法。您儿子的病，不是一般的重，右侧锁骨肋骨骨折，肚子的内脏也有伤。最主要的是大脑，脑挫裂伤伴有颅内血肿，弥漫性脑肿胀。人脑是十分神秘的，异常复杂，稍不注意就能引发不良后果。有磕破头皮就丧命的，有长年累月昏迷不醒的。大脑对人很重要，可是大脑很娇嫩，就像是一块豆腐，很容易因为震动受伤，引起头痛、昏睡、呕吐、瘫痪甚至死亡。"

诸葛慧莲知道，她很难把脑神经损伤这样复杂的问题用几句话说清楚，但还是不厌其烦地解释着。老人终于转过头，呆滞失神的双眼盯着女医生的前额。诸葛慧莲顿了一下，继续说道：

"就好比您儿子开的拖拉机，机头的发动机、方向盘，后面的轴承转向都出了问题，有时也不一定能修好。"

"可是你们在他身上插了那么的管子、电线，我以为你们有办法救活他。有一阵子他睁开眼，还能说话。他们说，我儿子是渴死的。他一整夜喊着'渴，渴'，要喝水，你们硬是一滴水也不给喝。"铁炭龙的声音微微颤抖。

诸葛慧莲不知如何解释才能让铁炭龙明白。小铁炭被送进医院时，的确进行了初步的手术：气管切开、鼻饲、导尿、引血消肿。那是为后面的大手术做准备。小铁炭的开颅去骨瓣减压手术和胸腹部的手术需要全身麻醉。全麻手术前禁止喝水吃东西是通常的做法，只是时间的长短不同而已。

"龙老伯，相信我，那也是为了您儿子动手术时的安全。您想想，您平时生疮长瘘需要医生动刀子是不是也给您打麻药？那是为了减轻您的痛苦，也是为了方便医生手术——我知道您失去儿子，白发人送黑发人，肯定很难过。花了那么多钱，原本的希望化为泡影，一下子肯定接受不了……"

"我不在乎钱。我女儿有的是钱。我只是要个说法。"

"龙老伯，您的想法没错。可是您想过没有，您这样闹腾，劳民伤财不说，也坏了两个女儿的名声。医院里每天有那么多病人要救，您儿子的命是命，其他病人的命也是命。"望着铁炭龙脸上执拗的表情，诸葛慧莲几乎词穷了。"龙老伯,这样吧,我给您写个报告,申请医疗鉴定。如果真是我们医院的错,我们一定会做出赔偿,绝不推卸责任。另外,在我职权范围内,尽量减免您儿子的医疗费用。"

"儿子没了,金山银山有什么用!"铁炭龙突然捂住脸,号啕起来,"诸葛医生,我不怪你。二十八年前,你跟老诸葛医生给了我儿子一条命,现在,是他们把我儿子的命要回去了。"

"龙伯,我们真的已经尽力了。"诸葛慧莲鼻子酸酸的,轻声说道。她觉得自己说的是那样苍白无力。

铁炭龙突然转身,扑通跪下了。裹在头上的白麻布掉了,麻衣下露出一双黑脏的大脚板,只穿草鞋,没有袜子。

"诸葛医生,这十里八乡的,都知道你是送子观音。我铁炭龙的身体壮得能打死一头野猪。我老婆也还行。我什么要求也没有,只想再要一个儿子。"铁炭龙仰起头,瞪着红肿阴郁的双眼,跪伏的身躯在发抖。

望着铁炭龙哀求的眼神,有一刹那,诸葛慧莲几乎要点头了。可是她知道,医学再发达,也不能轻易承诺。她想去搀扶眼前跪地的老人,可是双手却绵软无力,几乎抬不起来。

诸葛慧莲转身开门,又轻轻地带上,在门诊大厅乌压压人群目光的注视下,眼含泪花,默然走回院长办公室。

第三十四章
刀 锋

一

"虎子,你这次真的要辞职?"

"我已定了。这次是九头牛也别想把我拉住。"

在院长办公室,诸葛慧莲和龙虎面对面地坐着。这是晚饭后的下班时间,诸葛慧莲值班,龙虎休息。孔鲁凤在隔壁办公室带诸葛慧莲的儿子应明。龙虎显然做了充分的准备,要与诸葛慧莲好好聊聊。诸葛慧莲是龙虎最想说服又不愿意说服的人。

几年前,龙虎请辞过一次,没有得到批准,反而得到了提拔。在卫生局局长的任上龙虎只干了一年,又回到人民医院当书记,局级待遇不变。龙虎无法适应局长的岗位,他不在乎什么头衔职称,只想回医院拿手术刀,最主要的,作为诸葛慧莲的左膀右臂,为她分担些什么。

龙虎已经为医院培养好了几把"新的手术刀",上级也已物色好了书记人选。龙虎觉得该是离开的时候了。他唯一不舍的,就是二十年与自己荣辱与共的同事加表妹。

诸葛慧莲轻轻拨弄着桌上的医疗事故鉴定报告和处理通报文件,眼睛却盯着对面毫无表情的龙虎。龙虎的额头眼角贴着膏药,左手肩膀上绑着绷带,模样有些滑稽。

诸葛慧莲笑了笑:"虎子,这次你真的受委屈了。"

诸葛慧莲指的是"小铁炭事件"。

龙虎挥挥右手,轻描淡写。

"这点小委屈算什么?自从我穿上白大褂,就没想过舒心的日子。我也有过痛、累、心寒,有过沮丧、无助,发过怨言、牢骚。更多的时候是高兴、激动、骄傲、发狂,一种巨大的成就感。我是军人,这身白大褂就是我的盔甲,穿上它,我就是冲锋陷阵的战士。战士总有负伤的时候,到该退役时就该退役。"

"可是虎子,人民医院现在还离不开你,少不了'龙一刀',婺州城里第一刀。"

诸葛慧莲的恭维话没有挠着龙虎的痒处,反而捅到他的软肋。

"别提了。你一提手术刀我就来气。没错,手术刀的刀片经过高压灭菌,是安全的,可以用来治病救人,可有时那刀锋太过锋利,也可能滴血杀人、伤人伤己。"

龙虎当了二十几年的领导,说话也越来越有水平。

"不管怎么说,医生是个很崇高的职业。当医生是无上光荣的,为病人守望生命,也为自己维护尊严。"诸葛慧莲一时词穷。

提到"尊严"俩字,龙虎霍地站了起来。

"尊严?你说,现在的情况,我们当医生的还有尊严吗?顶着巨大的压力,天天站在无影灯下,腰膝酸软,汗流浃背,还是少不了要忍辱挨骂甚至挨打。我们弯腰屈背,步履匆匆,忙得像打仗似的,在病人面前躬身下问,在众人面前一抬头,依然是一张不受人待见的灰头土脸。有时候我也很沮丧,医院的楼越盖越高越来越豪华、仪器越来越先进、药房里的药越来越齐全,可是病人不见少,只见多。说起来那些病人也不容易,你看门诊大楼排队挂号的,天天乌压压的一大片,他们忍受着经济上、精神上的双重压力。病人家属来回奔波,求爷爷告奶奶。谈什么尊严?"

龙虎瞪着牛眼,似乎是在同一个看不见的人怄气;他挪动着庞大身躯来回踱步,挥舞手臂,滔滔不绝地说下去,几乎不容诸葛慧莲插嘴。

"我当过一年的卫生局局长,知道的内幕比你要多一些。先拿这几年一哄而起的民营医院来说,大多在烧钱,抱着投机心理,赚一票就转手。那些艰难生存的,大多数靠医托、承包科室,用铺天盖地的广告吸引病人求生。什么男科、妇科诊疗中心,什么治疗各种疑难杂症的老军医老专家,什么专科特色性病特效,都是蒙人的,广告打的是擦边球。医院应该是救死扶伤的圣地,可现在的有些医院,成了卖药的超市,并且卖的都是高价药,能卖一千绝不开九百。一颗牙齿要多少钱?一副心脏支架要多少钱?……还有各种名目繁多的检查项目,你我都身处其中,知道个中奥妙……医生应该是守护生命的天使,可我觉得他们中的一部分蜕化变质了,不再是医生,而是病人……"

诸葛慧莲沉默了。龙虎说得有些夸张,却也不乏实情,无可辩驳。她要挽留龙虎,不得不说话。

"虎子,没你说的那么严重。医院里的大多数人都守着做医护的本分。

没想到龙虎更激动了。

"是啊!我们不再是那个充满正义感、善良、温暖的人,变得跟周围的人一样世故、圆滑、冷漠、浮躁、功利甚至滑稽可笑。生而为人,每个人都难免与医生打交道。有人说,医院,那是最能反映人的善恶美丑的,是最能展示赤裸裸的人性的地方。病人把自己最宝贵的生命都交托给你,那是对你怎样的信任!医生和教师,那是整个社会的良心,没了良心,整个社会就没了底线。医者仁心,没了仁心的医生,岂不成了赚钱的机器?医生没有诚信不讲良心,与谋财害命有什么不同!"

龙虎的声音提高八度,咕噜噜轰隆隆,像是一颗颗闷雷在他的喉咙里炸响。隔壁的孔鲁凤以为龙虎与诸葛慧莲起了争执,连忙跑过来。

"叫你改改火暴脾气,就是不听。让你来唠唠辞职的原因,说说家事,不是叫你来发火的!"她娇嗔地瞥了龙虎一眼,脸涨得通红。

龙虎嘿嘿笑,坐回椅子,又安静下来。

诸葛慧莲知道这一次很难说服龙虎。她不想再谈那些沉重的话题,想与表哥拉拉家常。这些年他们在医院共事,见面就谈公事,很少谈及自己的私生活。

没想到,一说到家里的事,龙虎也是一肚子的火。

二

提到家事,龙虎就头大。最让他头痛的,就是不成器的儿子龙成。

在外表上,儿子龙成集合了龙虎和孔鲁凤所有的优点,身材魁伟又不乏英气。龙成很快长成英俊少年——高大挺拔,五官棱角分明,剑眉虎目,阳光帅气。

儿子龙成是孔鲁凤的心头肉。有人说女儿最好不要远嫁,如果找个靠谱的倒没什么,找个不靠谱的,受了冤屈无处申诉。孔鲁凤倒是找了个很靠谱的,可是家在山东,娘家人很少来往,只有龙成这么个有血缘关系的人,难免宠溺。她自己省吃俭用,把最好的都留给儿子,不忍心让儿子受一点点委屈。龙虎一发火,孔鲁凤就会朝龙虎发飙。

对一个母亲来说,儿子的成长是由那些琐碎的细节组成的,而那些细节几近消磨了一个母亲全部的人生,很辛苦,很漫长。孔鲁凤却乐此不疲。

在教育儿子的问题上,夫妻俩好像跷跷板的两头,严父慈母。龙虎很严厉,按军人的一举一动培养儿子。龙虎培养儿子只有两个目标:要么医生,要么军人,如果是两者结合成军医,那是再好不过了。

龙虎越严厉,孔鲁凤越柔顺,以抵消那些强制手段给儿子带来的伤害。结果,龙成在父母的磨盘里碾压着,慢慢地变了形。没有成龙,倒成了一头桀骜不驯的怪兽。

按说,龙家的人都是"鸭"嗓子,即使是深具音乐细胞的龙义,除了小提琴钢琴类的乐器,唱歌也不行。偏偏龙成是金嗓子。从小学开始,龙成就登台表演。高中时,龙成已经背着吉他,与他的乐队朋友到处演出了。除了谈吉他唱歌,别的他一概不感兴趣。自然,别说医科大学,一般的专科也没上。高中毕业,龙成就去酒吧当驻唱。在灯光闪烁或是黑暗的舞台上,在众人的欢呼声和啸叫声中,弹着吉他,唱了一首又一首。

这岂是龙虎能容忍的?

在龙虎眼里,流着龙家血液的儿子又犟又臭、野性十足,除了一副强劲的体魄,可以说一无是处。

龙虎不明白,在儿子的成长过程中自己从未缺席,怎么会花了二十九年把自己的心头肉变成陌生人。他怒其不争,绝望了,对儿子撒手不管。

孔鲁凤抓狂，也没了辙，只好请出三个叔叔出面管教侄子。

长兄如父，龙虎在龙家兄弟中一向很有威望。龙马、龙彪、龙狮，一向敬重他们的大哥，与龙虎穿同一条裤子，一鼻孔出气。

龙成被强拉硬拽，拖到三个叔叔面前。三个叔叔正襟危坐，你一言我一语，训得龙成七窍生烟。

龙成梗着脖子，一声不吭。

三堂会审的结果是，由二叔龙马想办法，以叔代父，教育龙成。

此时的龙马早已经在上海滩站稳脚跟，事业越来越红火。他先在虹口区开发高档住宅，又在长宁区虹桥古北开发区建成一栋高端写字楼。龙马成了上海颇具名气的房地产开发商，他的建筑获得了"白玉兰奖"和"鲁班奖"。在龙马的甲级办公楼里，有世界五百强企业、外国银行入驻。龙马成功融入大上海，成为上海知名的民营企业家。

龙马把龙成带到上海，给他按了个"项目经理"的头衔，给侄子一台越野车，由着他发挥。龙成却对房地产开发不感兴趣，东游西荡，结交社会闲杂人员，一心想当上海滩的"许文强"。龙马纵然足智多谋，面对龙成这棵歪脖子树，也是无计可施。

"大叔，买地造楼，周期太长，来钱太慢了。你给我五百万，三个月后我还你五千万。五百万，对你来说不过九牛一毛。"龙成有一天对龙马说道。

原来龙成认识了一个在上海滩颇具名气的艺术经纪人。龙成入股，在虹口体育场办了一场演唱会。演出结束后，龙成果然把一张千万支票放到龙马的办公桌上。

"大叔，我认识了一位大老板，他说浦东有一块地皮，很有开发潜力。你给我五千万，三个月后我还你一个亿。五千万，不过你身上一根毛……"

龙马害怕了。

龙成口气大，手脚也大，不按常理出牌，喜欢在刀锋上行走——他并非为了赚钱，只是寻求刺激。像他的父亲，龙成腹腔内有一颗比老虎还大的胆子。如果把龙成长期留在身边，只怕有一天，龙马身上的毛都会被拔个精光。

龙马交给侄子五百万元，送他回婺州城。龙成在婺州城人气最旺的商贸区盘下一家KTV，开了家名叫"巴黎春天"的演艺酒吧，当起了小老板。

一提儿子，龙虎就垂头丧气。

"我不是个好父亲。我人生最大的失败就是没教好儿子。"

"虎子,你也别太自责了。小龙健健康康的,能够自食其力,也算是有出息了。"诸葛慧莲安慰道。

"出息?他那算是出息?那是搞歪门邪道——也不怪他,这是一报还一报。我自己就不是个好儿子。我当了二三十年的医生,号称'婺州一把刀',连父亲的烂脚丫也对付不了。"龙虎抱着头,仿佛父亲龙禧烂脚丫的疼痛这一刻传染到了他的头上。

"实在不行,姨丈的腿也只好锯掉,毕竟保命要紧。"诸葛慧莲知道龙虎在为父亲的事焦虑。

"把腿锯掉,一个二三流的医生都能做到!这些年,多亏教授的中草药,父亲的腿才没有被锯掉。我是想挖掉烂根,又能保住那条腿。这是我后半生最大的愿望。"

人到中年,推己及人,龙虎深感父爱如山。他与父亲龙禧的关系已经大为改善。父亲的烂脚丫一直是龙虎的一块心病。本来,龙禧的烂脚丫只是淤黑发紫,一瘸一拐的,虽影响走路,但并无大碍。自从他承包土地下田干活,又严重起来。开始是发痒生疮,继而溃烂流脓发泡,油水似的毒液流散,疮口火辣辣地疼,像是撒了胡椒。近些年疼得越来越厉害,冬天连裤子也不好穿,因为裤管磨到疮口,钻心的疼痛使龙禧彻夜不眠。夏天更是难熬,气温升高,疮口局部生蛆,溃烂的小腿发出一股难闻的臭味,自己闻着都要作呕。

龙马也曾带父亲去上海,但是上海大医院的医生见了也是直摇头。似乎除了截肢,没有任何别的办法。

但是要锯腿,龙禧不愿意,他的几个儿子更不同意。

龙家的另外两个儿子,也在为父亲龙禧的烂脚丫想办法。尤其是三子龙彪。龙彪已经把龙马名下的几家厂转让,钱款打入龙马的账户用于房产开发,又把业务蒸蒸日上的大师画业中的股份转给了弟弟龙狮,全身心扑进制药厂。龙彪从教授那里拿来处方,生产市场上急需的中成药,供不应求。前一阵中药在"抗非"中发挥巨大作用,龙彪信心大增,野心也越来越大。他要办一家亚洲最大的药厂。龙彪把龙狮的蛇类研究所改成中药研究院,招聘大学生,联系十多家民间中医机构,研制高端抗癌药。

当然龙彪最感兴趣的还是研制治疗烂脚丫的药,因为只有这样才可以拉大哥入伙,同时与二哥一起怂恿大哥自己办医院。

还在龙彪办药厂时,龙虎就不自觉地被拉了进去。原来孔鲁凤见药厂生意红火,把家里所有的积蓄都投进去入了股。

拒绝进城的龙禧无意间说的那句骂人的话对龙虎刺激很大。那是龙虎要辞职办一所属于自己的医院最初的契机。龙虎要办医院,并不缺资金。有龙马资助,兄弟几个几乎没有办不到的事。龙虎渐渐接受几个兄弟要他办一所自己医院的建议。收入微薄,压力山大,妻子孔鲁凤也希望龙虎能脱离旧圈子,换种活法,实现自己的理想。辞职申请没获批准前,龙虎已经由龙彪出面,接手了一家奄奄一息的民营医院。

诸葛慧莲知道表哥龙虎的性格,现在再劝已经无济于事了。她只希望市人民医院需要时,龙虎还能来操刀做手术。

龙虎看出诸葛慧莲的心思,说出自己最隐秘的心里话。

"我越来越觉得手里这把手术刀无能为力。我要办一所康复医院,不仅仅是为了老爸。火灾中烧伤烫伤的,出车祸的,都需要康复治疗和护理。最主要的,天底下有那么多老人,被人遗弃的、卧床不起的、摔伤的、中风瘫痪的、痴呆的、精神不正常的,需要平安走完最后一程。当然,只要人民医院需要我,我一定全力以赴。我们并不是竞争对手,而是合作伙伴。"

夜已经很深,龙虎依然显得很兴奋,一会儿沉默寡言,一会儿滔滔不绝,仿佛要把他这些年的委屈、将来的远大设想和盘托出,与自己最信赖的表妹交流。

诸葛慧莲静静地听,偶尔插一句。

深夜,值班室的电话突然响起。

有两个危重病人正在送来人民医院的路上。这是两个特殊的病人,诸葛慧莲的脸骤然变色。

三

这似乎注定是一个不平静的夜晚。城市夜半的静谧被一阵刺耳的声音打破了。救护车间隔一秒的"嘀嘟"声比平时急促。在几辆救护车交错的"嘀嘟"声中又夹杂着警车的呼啸长鸣。一道道白光,如同闪电,掠过夜空,不安的气氛骤然间增加。

救护车、警车先后驶入医院。住院部大楼里，熟睡的病人和家属都被惊醒，探出头来看究竟发生了什么。

龙虎跳起来，扯掉肩上的绷带，抓起衣柜里一件白大褂穿上。他似乎嗅到了什么，两眼炯炯有神，仿佛终于找到猎物的猎手。

走廊里传来杂沓的脚步声。应梅花推门而入，这个平时见过无数大场面总是从容不迫的中年妇女，此时衣衫凌乱，步履匆匆，汗涔涔的脸难掩惶恐焦虑。

她是来找诸葛慧莲的，看到龙虎，脸上露一丝欣喜。少女时代深埋的情愫还在，在龙虎面前，应梅花没法用公司里发号施令的口气说话，急促中带有柔情。

"虎子，我正要打电话找你……我妹妹杏花就交给你了。我平生没求过你，这次你一定要救她！"

龙虎挥了挥手，那意思是，即使不是你妹妹，我也一定会全力以赴的。

"虎子，你一定要拿出看家本领。那是我的亲妹妹。弄不好，是一尸两命。我求你了。"应梅花几乎带着哭腔。

睡眼惺忪的孔鲁凤走进来，意味深长地看了应梅花一眼。两个中年妇女有着相似的性格，早已不是潜在的对手，而是好朋友，毕竟她们都爱过或是爱着同一个男人。

孔鲁凤陪诸葛慧莲的儿子应明睡在值班室隔壁的床上，她是被警笛声惊醒的，看到窗前有一道白光闪过，凭着女性的直觉知道发生了不寻常的事。她的心怦怦直跳，无法安睡。

"慧莲，你留下照看儿子，急诊手术那边就交给虎子好了。"孔鲁凤知道丈夫要去手术室。她要重新做回护士的角色，守在丈夫身边。龙虎的心脏不太好，动不动站七八个小时，她真不放心。

诸葛慧莲是院长，遇到这样的大事，岂能袖手旁观？更何况，那危在旦夕的病人是自己的小姑子。

一行人匆匆赶到急诊大厅。急诊室外面，由几个荷枪实弹的警察把守着，气氛越加紧张。

应杏花已经从急诊室的另一边被直接送往三号手术室。龙虎已经换上手术服，带着几名医生护士进了手术室。这边，应杏花的所有亲属——应梅花、应梅香和她们的丈夫，应富贵和陈氏都被挡在手术室外面。

不管来时他们是多么的绝望，一走进医院门厅，他们的心里还是升起了一线生的希望。这一线生的希望中又夹杂着恐惧、无助、茫然和伤痛。最忧伤的莫过于应杏花的母亲陈氏。陈氏皲巴巴的脸上满是愤怒、惊恐和疑虑。那张脸本来就小，此刻在明晃晃的灯影下更是缩成一颗核桃大小。她娇小的身躯绵软无力，如果不是应富贵搀扶着，陈氏已经瘫倒在地上了。

诸葛慧莲不知该说些什么安慰老人。当务之急是对病人的急救。急诊科当班的黄医生向她做了简短说明，忙别的去了。

一位穿白大褂的年轻男医生走到诸葛慧莲前面。他并不是今晚的急诊值班医生，是临时从家里赶来救急的。年轻的男医生是诸葛慧莲的学弟，浙江医科大学毕业后分配在人民医院。从见习医生起就一直跟随龙虎，当他的助手。原来这位叫刘强的外科医生是龙潭镇中心卫生院刘医生的儿子，诸葛慧莲当赤脚医生时，刘医生对她多有照顾。刘医生也是龙虎的同事，过去对龙虎也有提携帮衬。龙虎和诸葛慧莲都对刘强深为器重，悉心栽培，让他负责医院最重要的急诊科。

"接到赵副院长的电话，我就从家里赶来了。后来应市长又打电话，要我务必做好这台手术，保住他的命。"

"情况怎样？"诸葛慧莲忙问。

"不乐观。从五楼跳下，下肢粉碎性骨折，肝脾破裂，脑部出血。已经送他去四号手术室。我马上就去。"刘强已经从电话里知道病人的大概情况。

"你带孙兰英。另一台由龙虎做，带孔鲁凤。"诸葛慧莲吩咐。

刘强正要离去，忽然间发现有人搂住了他的胳膊。似乎听出点端倪的陈氏突然扑过来，抓住刘强的衣袖，声嘶力竭地尖叫道：

"他是凶手，你们让他死。他该死。你们要救我女儿——天杀的，你们都是天杀的……"

陈氏揪住刘强的白大褂不放。诸葛慧莲想说些什么，却说不出来。

应骁带着几个公安局的人匆匆走过来，解了刘强的围。

"他是凶手，也有权利得到治疗。这对案件查处至关重要。"

应骁的话干巴巴的，面无表情。他不得不到医院来露一面，毕竟于公于私，这事都与他有很大的瓜葛。见到父母和两个姐姐，应骁的厚嘴唇动了动，发不出声音来。他几乎不敢面对父母。应富贵面色严峻，一声不吭。陈氏的小眼睛像是要喷火，仿佛眼前的这一切都是应骁的错。应骁知道，不管四姐应杏花结局如何,经历这场意外后,他与父母原本渐渐弥合的裂痕又撕裂了,并且越撕越大。

应骁低着头,带着公安局的人匆匆离去。他要回市府开会研究后续事项。他是常务副市长,又兼着工业园区管委会主任一职。人命关天,这场劳资纠纷引起的刑事案件,如果不尽快处理、做好舆论引导,第二天,工业园区说不准会谣言四起闹嚷纷纷。

在医院急诊大厅外停着的警车里,还有一个与应骁一样自认为无辜却无意中成为罪魁祸首的人,那就是应杏花的丈夫——小方,他是被传唤来协助公安调查案件的。他坐在警车里一动不动,不敢迈入医院一步。

应杏花是在龙潭镇的衬衫厂里打工时与小方认识的,两人在同一条流水线上,一个烤边,一个熨烫。一来二去,两人就确立了恋爱关系。小方瘦瘦小小的,长得倒是很秀气。应富贵之所以同意这门亲事,一是小方是同年哥的儿子,来龙潭镇打工就是应富贵介绍的;二是同年哥有两个儿子,并不介意让小方当上门女婿。小方在应家的地位本不高,一双女儿出生后,地位就更低了。应杏花深受父母宠溺,加上小方事事忍让,她的脾气越来越大,不但在厂里发号施令,在家里也是颐指气使。应杏花的心气儿很高,憋着一股劲,要学两个姐姐做大做强,在厂里一言九鼎大权独揽,大事小事都容不得丈夫插手。直到应杏花第二次怀孕,作为村主任忙于村务的应杏花才渐渐把厂务交由丈夫打理。本来,作为高龄孕妇,应杏花应该在家里安心养胎,可是有一天,有谣言传来,说丈夫与厂里年轻的女工勾搭成奸,应杏花又坐不住了,回厂里吃住,腆着大肚子,重新掌权。

服装厂的生产,没有订单时闲得发闷,有订单时忙得脱气。二十四小时加班加点是常有的事。流水线上的工人,拿的是计件工资,多劳多得,平时向老板预支生活费,年终一次性结算。应杏花自己就是在流水线上熬出来的,没觉得有什么不妥。

员工大部分是小方从江西招来的老表。其中一个矮矮胖胖的,脸上有一道刀疤,平时闷声不响,除了宿舍就是网吧,前一阵擅自离职,被应杏花开了,后来天天到厂里来,要拿那几个月的工资。应杏花认为他已经预支了生活费,又耽误了流水线的生产,不找他索赔就已经便宜他了。两人起了争执,应杏花处于怀孕的抑郁期,骂人的话越来越难听。那个刀疤脸的年轻人一时性起,举起了菜刀猛砍过来,然后跳楼自杀。

离工业园区最近的地方是龙宅。如果不是教授第一时间赶到做紧急处置,应杏花当场就没命了。即便这样,被砍得血淋淋的应杏花也是凶多吉少。

四

在诸葛慧莲的眼里,送到医院来的病人并无高下之分,她都必须全力以赴地抢救。她几乎动用了医院能动用的所有精干力量。许多医护都是临时打电话被叫回来。急诊科少了医生,诸葛慧莲要自己顶上。她已经忘记了自己的儿子还一个人睡在值班室里。平时,只要一进诊室病房,她便把所有世俗的人事抛到了身后。这次有所不同,诸葛慧莲既是院长和医生,也是病人的家属,很难保持平时那种超然的态度。她不知道怎样安慰公婆和两个小姑子。唯一能做的,就是叫两个老人去安歇等待。

死亡对诸葛慧莲来说是司空见惯的事,但这一次却感到了从未有过的沉痛。她一遍遍地看应杏花的病历。应杏花的伤是致命的。她伤在人体脖子处最脆弱的两个地方——气管和动脉。虽然有父亲及时止血,但是应杏花被送来时已经重度昏迷、奄奄一息。

诸葛慧莲心知肚明,知道死神正在悄悄临近。但是,看着步履匆匆的护士把一袋袋血送往手术室,像所有的病人家属一样,诸葛慧莲心里还是涌起了一丝渺茫的希望。

她的心里还记挂着另一个病人,安排好急诊科的事,来到手术室。四号手术室静悄悄的,外面空无一人。不远处的三号手术室外面,应家姐妹在焦急等待。谁也不说话,大家面面相觑。

时间仿佛停滞了。这一夜似乎有一个世纪那么漫长。黎明的黑暗越来越浓重,诸葛慧莲的心也越来越压抑,忐忑不安。

天蒙蒙亮时,手术室的门终于开了。只有龙虎一人从里面走出来。他已经脱下手术服,换上普通的白大褂。

"怎么样,虎子?"应梅花抢在诸葛慧莲的前面。

龙虎面无表情,摇了摇头。

应梅香"哇"的一声大哭。

"虎子,你能救她的,你一定要再试试——那是我妹妹,你一定要救活她!"

"我已经尽力了。"龙虎面色凝重,疲惫得近乎虚脱,似乎连说话的力气也没了,"我不能说杏花已经走了,她的呼吸心跳已经停了,但是脑子的一部分还在运转。"

"你是说妹妹成了植物人?"应梅花眼睛一亮。

龙虎摇摇头,他是不想说出"死亡"这个字眼。

死亡是一个过程而不是一个时间点。有些病人并没有在医学上宣告死亡,但是病人家属早就弃之不顾;有的病人实际上已经走向死亡,但是家属非得缠着医生,花一辈子的积蓄或是牺牲几代人的幸福做徒劳的努力。面对后一种情况,龙虎通常会选择沉默。但是站在他面前的是应家姐妹,他不得不费一番口舌。桃花的死一直是他心里挥之不去的阴影,他对应梅花也心存愧疚。现在,他有机会把一切还清了。

"虎子,你不用解释了,我明白你的意思。杏花没死,她成了植物人,她肚子里的孩子应该还活着。"应梅花道,"现在你一定要想办法维持妹妹的生命一段时间。"

"越长越好。最好是能等到老爸老妈老去。要是杏花走了,白发人送黑发人,他们怎么受得了?"应梅香虽然泪眼朦胧,但还算沉着。

"虎子,你叫鲁凤把医院的银行账号给我,我马上打一千万进来。"

"是啊,只要还能见到妹妹的面,我们姐妹愿意把公司卖了……"

"就是为了杏花肚子里的孩子,也值得一拼!虎子,你不知道,慧莲为了能使杏花怀上,不知花了多少心血。杏花自己那么大年纪,也是豁出命了。"

"是啊,那是我们应家的骨血,是老妈最后的希望。"

"……杏花的预产期还有一个月,现在的医学那么发达,你们一定能做到的!"

…………

姐妹俩你一言我一语,几乎不容龙虎和诸葛慧莲插嘴。

她们并不知道,这是龙虎在人民医院做的最后一台手术。龙虎看了看财大气粗而又执拗的姐妹俩,又意味深长地看了一眼沉默的诸葛慧莲,走了。

看着龙虎佝偻着身子远去的背影,诸葛慧莲鼻子酸酸的。她想找一个没人的地方号啕大哭。可是她不能这样做。

新的一天等着她。远处,黎明的曙光中,车水马龙的城市大街上,传来不竭的喧闹声。一轮新的太阳正在升起。望着从走廊尽头的窗口洒进来的阳光,诸葛慧莲的心里又升腾起希望。

生与死,真的只在咫尺之间。无论如何,她要保住那肚子里的孩子,创造生命的奇迹。

第三十五章
护士长

一

应杏花被转移至重症监护室,全身插满管子。医院派了专门的护士,应家姐妹也商量好轮流照看,她们不敢把残酷的事实告诉父母。不管怎样,也要等案件的处理有了眉目后再说。

也许那肚子里的孩子才是对两个老人最大的安慰。尽可能地维持营养供给,等合适的时候再做剖宫产,诸葛慧莲也只能做如是选择。

也有好消息传来。四号手术室的手术很成功,十几个小时的手术,医生护士一个个瘫倒在手术室里,病人的命是保住了。那个病人同样被安排在重症监护室,由民警看护。

希望和绝望,焦虑和惊恐,熬夜和不眠。查房、手术、开会,又是忙碌的一天,诸葛慧莲像是被卷入了旋涡,头晕目眩,临到下班时才想起,忘了去幼儿园接孩子。

儿子早上是由孔鲁凤送去的。诸葛慧莲忘记了,这也是孔鲁凤在人民医院最后的一天,龙虎辞职后,孔鲁凤也跟着走了。说起来,自己的儿子还是跟表舅妈鲁凤贴心。平时接送大多是鲁凤的事,遇到出差开会,诸葛慧莲就把儿子丢在龙虎家里。

除了表舅妈，儿子最黏的人就是孙兰英。应明待在医院里，找不到妈妈时，就跑到护士室找兰英阿姨玩。孙兰英临时有事，就交代别的护士照看。

从一名妇产科的护士，到120的跟车护士、急重症科室的护士长，从初级护士到现在的主任护师，孙兰英一直跟着诸葛慧莲。她们之间早已建立了一种比亲姐妹还亲的关系。诸葛慧莲从护士室经过，经常看到儿子在与孙兰英嘀咕，有些与母亲不说的话，儿子也会跟孙兰英说。

诸葛慧莲正要离开办公室去幼儿园接孩子，一眼就看见孙兰英领着儿子从电梯口出来。原来孔鲁凤下午陪龙虎在办新医院的接管手续，打电话给孙兰英，要她接一下应明。孙兰英昨晚在四号手术室忙了一晚，白天休息。女儿龙飞天在实验中学读书，孙兰英顺带把在实验幼儿园的应明接来了。

诸葛慧莲把儿子安排在办公室的一角。应明安安静静地伏在一张小方桌上，拿着彩笔在白色的信笺上涂鸦。诸葛慧莲还不能回家。龙虎走了，她要把医院的大致情况整理成文案，以便新来的书记过目。她还要考虑医院新的财务科长的人选。最主要的，她要检查昨晚送来的两个重病号的情况，应对公安部门的询问。

孙兰英并没有走的意思，而是在诸葛慧莲的对面坐下来，嘴唇动了动，却没有说话。

孙兰英有话要说。这一点诸葛慧莲早就看出来了。最近一段时间，她经常看见孙兰英在院长办公室外面徘徊，一副心事重重的样子。

"院长，今晚有空吗？"孙兰英终于开口了，"我知道你今晚还得加班。本来我想请你吃顿便饭的。"

诸葛慧莲心里"咯噔"了一下。平时，在没有外人的场合，孙兰英总是称呼"慧莲姐"。现在，孙兰英一副公事公办的严肃表情，无疑瞬间拉开了两人的距离。

"怎么了，兰英，你有喜事？"诸葛慧莲温婉地笑。

"哪来喜事！在医院里待着，不是病人，就是死人，哭丧着脸，好像人人欠他们三百吊似的，尽是些倒霉的事！"孙兰英板着脸。

这不像孙兰英平时说话的口吻。平时，孙兰英不管受到多大的委屈，一穿上护士的衣帽，就是一副精神饱满、整洁干练的样子，笑容和蔼，说话柔声细语。

诸葛慧莲的心情变得沉重。她很内疚，孙兰英的岗位，不但超负荷的工作量令人难以想象，就是她所受的那些委屈误解，外人一般也难以承受。就拿前一阵子"非典"流行期而言，孙兰英像病人一样被隔离，九死一生。好不容易熬过来了，又遇上医闹。孙兰英是首先被打的一个，她身材纤瘦，不像高大魁梧的龙虎那样抗打。况且龙虎伤在明处，性子火暴的他发泄一通就完了，甚至可以像一个挂彩的战士一样炫耀。而孙兰英的伤在暗处，在隐秘处，在心里，只能默默忍受。院方除了及时治疗、心理安抚，不能有任何正面的暗示或是经济上的补偿。

孙兰英染上"非典"，预后良好。诸葛慧莲放了她半个月的假。孙兰英并没有在家休养。她南下广东去祭拜一个老同学。那是孙兰英最要好的同学，两人一直有书信往来。她是孙兰英的初中同桌，两人同时考入卫校护理专业。毕业后女同学在本地医院干了几年，后来南下广州，在一家中医院急诊科当护士长。"非典"肆虐时，女同学所在的医院成了疫情重灾区，高峰时一天有一百多个发烧病人，忙得团团转，疲劳过度，体力透支，终于被感染。高烧，厌食，补液，肺部插管，上呼吸机，再也没有醒来。孙兰英没有参加同学的葬礼，那时她自己也在隔离区内忍受病痛的折磨。她是在报纸上知道女同学去世的消息的。她只来得及在同学的墓前献上一束花。

这件事对孙兰英的刺激很大，她终于下定决心，要离开护士岗位。可是孙兰英却开不了口，几次走到诸葛慧莲的办公室前又退缩了。

离职，这个词太沉重了，尤其是在诸葛慧莲面前提这个词。

诸葛慧莲早已看出端倪，可是她绝口不提那个敏感词。这么多年的从医经历告诉她，护理在医院的重要性。如果让诸葛慧莲在一打医生和一名优秀的护士长中选择，诸葛慧莲肯定选择后者。医护人员中流传顺口溜：医院不是万能的，但护士的确是万能的！她们会修高大上的机器，会考试，会沟通，会宣教，会财务，会看病，会憋尿，会忍饥，会哄人，会熬夜，会受气，会大哭大笑——几乎无所不能。那些护士整日奔波劳累，长时间地站立、低头弯腰、熬夜加班，不是肠胃有病，就是颈椎膝关节腰肌劳损。可是她们的收入、地位和社会认可度并不高，诸葛慧莲一人无力改变"重医轻护"的行业惯性。

"是啊，这些天倒霉的事是不少。"诸葛慧莲顺着孙兰英的话题，"医院里有那么多医生护士，我是把你给忽略了。"

"我不怪你和龙书记,也不怪那些病人,他们比我们更不容易,天天忍着病痛,还大把大把地花钱。难怪人们要说,这世界上最贵的床是病床,钱花光了,人也差不多走了。我想通了,不怪他们打我。我至少无病无灾,还活着。"

"可是你心里的委屈一点也不见少。"诸葛慧莲听出了孙兰英的话中话,"要请客也得我请。我亏欠你的太多了。"

"慧莲姐,我也没别的意思,只想请你吃顿便饭。"孙兰英旧话重提。

"是啊,你是该请客,十几年了,我连你们答应我的蹄髈还没吃哩!"

诸葛慧莲指的是给孙兰英和龙骏牵线搭桥的事。当初他们结婚,孙兰英只请了半天假去办证,没有婚宴,没有婚纱,甚至连喜糖也没分。孙兰英为这事后悔不迭,抱怨了龙骏一辈子。

诸葛慧莲原本想使谈话轻松点,没想到触到了孙兰英的痛处,连忙笑着道歉。

"请吃饭的事还是以后再说。兰英,这样吧,你到食堂打几个菜,我们就在办公室里吃,晚饭后我们姐妹俩好好聊聊。今晚我还在值班室里过夜,不知你是否有空?"

"飞天有龙骏照看呢。她会自己坐公交上下学了。我来找你,就是有事与你商量的。"

二

晚饭后,诸葛慧莲去重症监护室检查两个重病号,留下孙兰英与应明待在院长办公室。近几个月,孙兰英与应明在一起的时间明显减少。以前,两家的关系很近,应明见到阿姨一家总是很亲切。应明开口说话很迟,与不熟悉的见面,只有点头与摇头两种语言,与孙兰英一家特别是姐姐龙飞天说话最多。

应明依然安静地坐着涂鸦,画完一张又一张,偶尔抬头看看孙兰英,梦幻般的大眼睛里滋生出一种陌生的距离感。孙兰英很失望,不过此刻她自己心事重重,并不以为意。

诸葛慧莲查房回来,见孙兰英急切地坐回原来的位置,笑了笑。

"兰英,这一阵大家都很忙,我对你家的事过问少了。我们是姐妹,有什么困难,你不妨直说。"

孙兰英不知道诸葛慧莲指的是哪一个家。在孙兰英的头脑里,永远有两个家。一个是邻县山区的老家,结婚前,孙兰英几乎全身心为那个家操劳,出钱造房子,供弟弟上学。弟弟考上了上海财经大学,毕业后在上海一家会计师事务所工作,结了婚,买了房子车子。孙兰英满以为该松口气了,哪想到烦恼的事还在后面。在弟弟的惯性思维里,这个比父母还管用的姐姐永远是他随时可用的提款机。连父母也认为,当姐姐的为弟弟分忧是天经地义的事。

为了帮儿子还房贷,老两口来婺州城打工。父亲在联托运市场当装卸工,拉板车,踩三轮,起早贪黑,什么赚钱干什么。母亲在医院里当护工。母亲认得几个字,在护工当中是最受欢迎的,不怕脏,不怕熬夜,帮人排队挂号拿药,推轮椅,抱拐杖,喂食喂药,端屎端尿,一个病人没有出院,另一个早已预约。有时候她顺带照顾一下同房的病号,随便家属给多少。

孙兰英安排老两口住在医院的集体宿舍。本来,这间原来由孙兰英住的单身宿舍早应收回,龙虎、诸葛慧莲只当忘记了,睁一眼闭一眼。

"慧莲姐,这些年你对我家的照顾够多的了,我哪敢再提要求?"孙兰英苦笑,"住在你家的房子里几年了,一分房租也没给。"

孙兰英提到的房子是应骁当市委秘书时分的那一套,房改后交了钱,简单地装修后,一直由龙骏一家住着。机关单位集资修建的小区一拖再拖,最近才竣工。诸葛慧莲就住在林家。沙中柳怕寂寞,一定要诸葛慧莲住着,没有充分的理由不许搬走。

"别提房租的事。那套房子,空着也是空着,你们爱住多久就多久。"诸葛慧莲道,"说起来,房子的事你也应该考虑了。"

孙兰英沉默了,一脸幽怨。房子,那是她心头永远的痛,一场治不好的心病,一个挥之不去的梦魇。

几乎所有的女人都认为,有房子才有家。孙兰英何尝不想有自己的房子!没有房子,人就像无根的浮萍随水飘零;没有房子,人就像孤飞的大雁、独栖的寒鸦。刚结婚那会儿,孙兰英觉得住在乡下李宅的老房子里并没有不妥,夫妻两地分居,她需要李翠花带女儿,再说,她需要积攒起足够首付的钱。作为事业单位的单职工,孙兰英也有机会参加集资建房。正好龙骏买断工龄拿到十几万元的补偿款。那笔钱,加上孙兰英的部分积蓄,已经足

够。可她的钱在参加集资前、在父母的央求下借给上海的弟弟买房了。孙兰英打电话要把那笔钱要回来,弟弟却在电话中发火:

"急什么急,借你的钱又不是不还!我不过暂时被股市套牢了。"

原来弟弟把钱投入了股市。2001年小股灾,弟弟损失惨重。他信誓旦旦,会在期货市场里翻本,以几倍十几倍的利润回报姐姐。

姐姐越催得紧,弟弟肝火越旺。姐弟几乎反目成仇,形同陌路。

女儿回城读书,原来的蜗居越来越逼仄。眼见科里刚入职的小护士都住上装潢考究的新居开着车子来上班,孙兰英越发焦虑。有一阵她几乎陷入疯狂,怀揣着银行卡,跑遍了婺州城所有的楼盘,刨根问底,讨价还价,计算了又计算,比较了又比较,一夜无眠后,终于下定决心。第二天去展示厅,在开发商倨傲的言辞中,房价又往上蹿了一截。

孙兰英省吃俭用积攒的钱,离买房子总是差着一口气。房子,就像挂在树上的红苹果,诱惑着却摘不到;又像挂在笨牛头前的甘草,引诱汗流浃背的牛犁地,却不让它吃到。

孙兰英绝望了,不再为买房的事操心,与人交谈,也不再提房子的事。买不起房子,孙兰英不怪任何人,只怪自己。因为家里所有的钱都由孙兰英掌管。即使是李翠花每月两千块钱的工资,也是及时打到她的卡上。对这个一辈子当民办教师的婆婆,孙兰英无法抱怨,唯一不满的是李翠花教会龙飞天龙潭镇口音浓重的普通话。

"不提房子的事,窝心!都怪自己无能。"孙兰英的语气中含着埋怨,她所说的"自己"肯定包含龙骏。

龙骏在龙家兄弟的公司上班,是大师画业的画师,又挂着公司销售总监的头衔,在全国各地推销火腿食品、酒缸酒瓶、红曲米酒、工艺品、挂历台历和装饰框画,因为不善于商场上喝酒搓麻吹吹拉拉那一套,业务没有大的起色。龙狮把他当兄弟,并不抱怨,但是龙骏自己过意不去,自降待遇。

龙骏处于离职边缘,只是在没有更好的去处前,暂时待在现在的岗位上。

"你呀,与龙骏一样,不愿意求人。如果你们开口,这座城里有许多人愿意帮助你们。"诸葛慧莲显然是为龙骏辩护。是诸葛慧莲促成了这桩婚姻,虽然她只是牵线的红娘,并不能保证他们一辈子的幸福,但是看到他们过得不如意,心中还是难免愧疚。

诸葛慧莲的天性中有艺术家的移情气质，会把生活中的点滴苦难转移到自己身上，对所有人的不幸感同身受。说起来她并不适合医生这一职业。谁也不知道，她需要多么强大的内心才能承受病人的病痛和那么多生离死别强加在身上的痛苦。

诸葛慧莲很想为他们做些什么，尤其是龙骏。没想到，一提到龙骏，孙兰英倒有一肚子的不满。

"我现在也想明白了，这是座商业城市，要赚钱还得做生意。我并不怪他扔了国企的铁饭碗回来做生意。问题是，别的老板西装革履、开着奔驰宝马，他天天穿一套黄不拉叽的工作服骑着电瓶车，别人能看上眼？一个堂堂的工程师，还不如一个摆地摊的。他挣的钱还没我妈多。"

"也许他还没有找到适合自己的位置。我了解龙骏，他是有志气、有想法的。他很清高，骨子里是个艺术家。"

"他们说，艺术家跟神经病差不多。我从不指望他成名成家。你说，他画画写书，整天抱着电脑窝在家里，不去交际怎么有出息？"

"不求闻达也是一种态度。过去那些搞卫星原子弹的，许多一辈子默默无闻。龙骏就是这么个人，你应该对他有信心、有耐心。厚积而薄发，伏久必高飞。"

"高飞我是不指望了。他呆头呆脑的，能正常走路就不错了。等他有出息的这一天，我也成了老太婆了。慧莲姐，你说我们女人有几个四十岁？房子，车子，儿子，票子，我什么都没有，只有脸上的褶子。"孙兰英越说越激动。

如果不是在诸葛慧莲前面，孙兰英不知会说出怎样的狠话来。诸葛慧莲已经意识到这对夫妻的裂痕，当初在她看来多么登对的一双现在却面临分崩离析。诸葛慧莲无论如何需要做些什么。

"兰英，你别急。你约个时间，我请你们两位。我得与龙骏好好谈谈。"

"慧莲姐，请客的事还是我来。当初我与龙骏结婚，没有摆酒。蹩脚的事我一直记着呢。我还是想请你一回。有人会埋单的。"

"是你还是龙骏？"

"都不是。是宋药代。"

三

宋药代是孙兰英的初中同学，瘦瘦高高的，平时总是一副干净得几乎纤尘不染的打扮——西装革履，戴着金边眼镜，整齐的头发油光可鉴，胳肢窝里夹着公文包，走路时急匆匆的，头向前倾。

诸葛慧莲第一次见到宋药代是在院办大楼的洗手间，她站在水龙头前洗手，忽然间看见镜子里有个瘦高个站在自己身后傻笑。以后，诸葛慧莲就经常见到他——不是在电梯里，就是在走廊尽头的角落里。

一留心，就觉得那瘦高的身影似乎在医院里无处不在。那个梨核似瘦削的头时不时会从虚掩的门边探出来，然后很快又消失。

终于有一天，瘦高个走进了院长办公室。他弓着腰，一副谦卑的笑容，递过一张名片，上面列了五六个头衔——某某药业集团销售经理、江浙地区总经理、主管、总监、健康顾问等等。没等诸葛慧莲开口，看见有人走进来，瘦高个一猫腰，又闪出去了。

第二次又是如此。瘦高个递上名片，从公文包里拿出一个厚厚的信封。"诸葛院长，这是敝公司的资料，烦请您拨冗过目……"

"宋先生，如果您要推销药品，请去药剂科。鄙人不管此事。"诸葛慧莲笑道。她说的是实情，除了大型医疗器械的采购要经过院办会议讨论，一般的药品器械由采购领导小组或药剂科负责，她并不过问。

也许是听到走廊里有人走动，瘦高个收回信封，咧嘴笑笑。

瘦高个并没有从此消失。有时候，诸葛慧莲待在林家二楼的阳台上，也能看见瘦高个在远处树荫下徘徊的影子；她带儿子应明到公园散步，也能看见瘦高个像个侦探似的尾随盯梢。

诸葛慧莲正想采取措施有所表示，瘦高个忽然消失了，足足有半个来月。

诸葛慧莲再次见到他，是在酒楼的酒席上。同时列席的还有医院药品采购小组组长、药剂科科长。诸葛慧莲终于拗不过孙兰英的一再恳求，同意参加。诸葛慧莲能喝酒，但是平时滴酒不沾，遇到推辞不掉的宴席，总要拉上好姐妹孙兰英，让她给自己挡驾。孙兰英酒量很好，红的白的啤的都能喝。

宋药代成了诸葛慧莲的熟客。

"吃人嘴软，拿人手短。兰英，你可别拉姐妹下水啊！"诸葛慧莲开玩笑。

"慧莲姐，我一个弱女子，哪有那么大的力气。我不想你犯错，只想你在同等条件下考虑一下宋先生。能帮就帮，不能帮也没关系。我也是被他缠得烦了。况且他是我的初中同学。"

"兰英，原来宋先生是你的初中同学啊，你怎么不早说？"

"做药代的都有好几副马甲。他用了化名，我也是不久前才知道的。"

孙兰英并没有说谎。宋药代出入医院几个月，好几次在走廊里擦肩而过，孙兰英并没有认出他，与他有交集，是在两个月前的同学会上。

圈子的妙用是神奇的。有时候你融不进某个圈子，纵有奇才也是枉然。于是便有了各种圈子，同学圈最显著。不知何时，各种各样的同学会风靡，大学同学、高中同学、初中同学，甚至小学同学也找个理由聚会。孙兰英也不能免俗，接到初中同学精致的邀请函，想回老家呼吸一下新鲜的空气，就答应了。

孙兰英的老家是临近婺州的一个山区县城，虽然山清水秀，但是因为闭塞，生活水准与婺州差了一大截。不过同学会还是开得相当气派。在离县城不远的一家农庄，三天两夜的食宿全由一个大老板包了。全班四十几个同学，除了因公殉职的那个女同学，都到齐了。男同学西装革履，女同学花枝招展，在宴会厅里依次入席。那位当了大老板的同学开着宝马姗姗来迟，最后入席，坐在孙兰英的身边。

原来他就是宋药代，小名三猴子，又名山菇，真名三木，化名大春。宋三木的父母是菇农。读初中时，孙兰英对他并无太大的印象，只记得他爬三十几里山路来住读，趿着布鞋，穿着破衣烂衫，猴子似的脸流着冒泡的鼻涕。他就坐在孙兰英的后面，时常痴痴地望着孙兰英的后背，搞些扔纸条的小动作。那会儿，成绩好的几个女同学推荐直考中专卫校，班里的同学羡慕得直流口水。没想到，成绩中不溜的宋三木考上了高中，后来又上了医学院的药学系，毕业后工作顺风顺水，当了大公司的销售总监。

宋三木衣着光鲜，一副大老板派头。他首先提议为殉职的女同学默哀三分钟，然后举起酒杯，要为"班花"孙兰英的光临干上三杯。

孙兰英读初中那会儿，根本没有"班花""班草"之谓。那时的孙兰英虽然五官精致，但土气多秀气少，并不起眼。她一直瘦瘦的，人到中年有些微胖,这一天穿了旗袍,化了淡妆,反而变得容光焕发,的确不愧"班花"称谓。

"三木,你是醉翁之意不在酒吧。"

"哪里,宋总监现在是大老板,班花也未必看得上。"

"唉,他们说,一朵鲜花插在牛粪上,我是说插在猴粪上……"

"哈哈哈哈哈哈……"

同学间开起玩笑来总是肆无忌惮。

一群暴发户!一帮土鳖!孙兰英愤然离席。

孙兰英中途离席,并非因为那些男生的粗鲁和酒桌上不入流的荤话。她有巨大的失落感,内心哀叹命运的不公。那些只有初中毕业的女同学,一个个珠光宝气,穿金戴银,是开着自己的车来的。只有孙兰英一人骑车过来。

孙兰英也不知道,宋三木花血本为同学会做东,很大一部分原因是为自己。在同学聚会的宴席上,宋三木频频为孙兰英举杯。他能喝,在酒桌上,除了喝酒,也不吃别的,仿佛那只有一尺九寸的水蛇腰内的肠胃就是为了存贮白酒而长的。

宋三木以为孙兰英生他的气,像个醉汉,捶胸顿足,又是献花,又是告饶,请求孙兰英给他一次补偿的机会。经不住宋三木的软磨硬泡,孙兰英同意了。两人在山庄的贵宾楼里找了个包厢单独会面。

宋三木早已不是过去那个胆小木讷的鼻涕虫,现在的他,长着两片薄薄的嘴唇,比京片子京油子还能侃。

"你说我这些年过得容易吗?谁不想过安稳的日子?医学院毕业,我分在省城一家大医院的药房里,因为一次配药搞错了剂量就被开了。我有老婆儿子要养活,求爷爷告奶奶,终于在药业公司做了名药代。他们派我到鸟不拉屎的地方开发市场,我什么也不懂,每天背着公司的药走村串巷扫大街。那些乡镇医生根本不理我,勉强拿了药也不给钱,还说我的药害人,一言不合就要暴揍。后来大区经理为了不影响他的销售业绩,开导我,耳提面命,教会了我怎样与医院的院长、药剂科科长、临床科室的主任、门诊医生、采购员、仓管员、领药员打交道。这些年,我不知见过多少冷脸、吃了多少闭门羹、挨了多少骂、上了多少回的当,终于学会了请客送礼、陪酒陪聊、洗脚保健那一套。人们称我们是药耗子,我的确像一只耗子,住在臭水沟里,风餐露宿、冰霜雨雪、忍饥挨饿、四处钻营。好不容易熬到大区经理的位置,老婆儿子却成了人家的了。我不怪人家,只怪自己。都说滚动的石头不生苔、流浪的人儿不聚财。这医药代表,简直不是人干的,点头哈腰,忍气吞声,热面孔贴冷屁股,要在各色各样的人前装孙子,还要与同行斗智斗勇——掐架、设陷阱、泼脏水。不过只要你入了行走上正道,其中的乐趣也是无穷。钱来得快是小事,主要是成就感,过去当儿子的现在成了爹,过去的孙子现在成了爷。我从药代、主管、大区经理,终于出人头地做了销售总监,虽然只有短短三个月,可是那种风光!——不过说实话,总监的位置也不是好坐的,公司前年换了五个,去年换了三个。公司待久了,知道的事情多,出局是迟早的事。兰英,你长得那么漂亮,又那么聪明,能喝能说能写,一辈子当伺候人的护士太可惜了。人活一辈子,就该对自己好一点,尤其是女人。药代这一行是别干了。你做保健品,化妆品,直销。直销是未来的大趋势,现在有好几个国外的大牌都在做。我有一个朋友,做地区总代,不到一年,就有了别墅宝马。我与两个销售世界著名品牌的大中华区总经理是朋友,你要是愿意,我可以介绍你去做。"

孙兰英虽然对宋三木怀有戒心,还是被他云遮雾罩的一番话侃晕了,内心似有触动。

孙兰英不知道宋三木葫芦里的药有水分。他的宝马车是租来的,包下山庄也花不了多少钱。表面上,宋三木衣着光鲜、出手阔绰,在婺州城开展业务,却是住在街角的小旅馆里。

孙兰英与宋三木保持着一定的距离。宋三木锲而不舍,三天两头登门造访,送龙飞天书籍鞋袜,送孙兰英衣裙珠饰化妆品,终于把老同学打动了。

"猴子,你说我一个小护士能帮你什么忙?"孙兰英答应帮忙,可不知怎么做。

"我知道你跟院长的关系非同小可,你只要请她出来吃顿饭,其他的我自有安排。我已经与美利集团的老总联系上了,她让你当浙江地区的总代。"

宋三木如愿以偿。

他代理的药没问题,可是诸葛慧莲对宋三木的为人并不认可。

"兰英,我看宋大春这人不是很地道,你还是保持一定距离为好。"诸葛慧莲劝道。

"他也没别的意思,只想感谢一下你对他业务上的照顾。我有自己的想法,不会被他牵着鼻子走的。"孙兰英叹了口气,终于说出想说的话,"我真的不想再这样下去了。我想换一种活法。"

"二十几年的同事了，我们比姐妹还亲。我舍不得你走。"诸葛慧莲露出一丝忧虑，"不过，人各有志，我也不强求。只是龙虎、鲁凤刚走，我一下子适应不了。我不会强留你的。无论如何，你再坚持十天半月，帮我做完那一台剖宫产手术。"

四

在诸葛慧莲面前，孙兰英实在不愿提"离职"这个词。诸葛慧莲显然早有准备，已经做好了孙兰英辞职后的安排。

孙兰英松了口气。她踌躇满志，回家路上边走边规划着自己的远大前程。她平时花钱很节俭，近段时间更抠。她已经物色好了市区繁华地段的一间店面，自己的私房钱加上从父母那里借来的一部分，足以承受昂贵的租金。另外，离职后，诸葛慧莲家的免费房子也不好意思再住下去了，重新租房又得花一笔钱。

他们现在住的房子是应骁名下的，是当初市府分给在机关上班的单身职工的，地段不算太好，临近铁路货场，一到晚上，火车的鸣笛和铁轨的"铿噔"声不时惊扰人的好梦。应骁对房子的事一向懵懂，反正不打算去住，就要了套人家挑剩的尾房。

这是几幢建于20世纪80年代的旧楼，当时穿过小区的一条溪流如今已经淤积成一条水沟。原本住在这里的领导和家属早已搬走，房子租给了货场的民工和菜场小贩。小区的环境很嘈杂，狭长的公用过道里堆满杂物，斑驳的灰墙上布满蛛网一样的电线，摆着高低床的房间里，一天二十四小时都有蓬头垢脸的人进进出出，大人吼叫，小孩哭闹。

一回到这个被称为家的蜗居，梦想带给孙兰英的愉悦心情便荡然无存。六七十平方米的套间里有客厅、厨房、餐厅、卫生间和两个房间，都是迷你型的，逼仄得只容人转身。她感到压抑、焦虑，心里有一股无处发泄的怒火。

"吃了吗?"胡子拉碴的龙骏开门，圆圆的脸上是谦和的笑容。

"吃吃吃，就知道吃！看看你的表，几点了?"孙兰英站在玄关处换鞋，狠狠地踢了一脚鞋柜。那双不合脚的高跟鞋磕得主人双脚冒泡，使主人火上浇油。

"民以食为天。我怎能让自己的老婆饿着?"龙骏看了看餐桌上热了冷冷了热的饭菜,"况且,你是我们家的最高领导,领导不发话,当下属的不敢把杯盘撤了。"

的确,龙骏在家里的地位不高。老婆是大领导,女儿是二领导。他自己就是个当差的,还是个出气筒和垃圾桶。别的不说,自己的工资收入就与老婆差了一截。老板龙狮答应他的收入很高,但是经常要打折扣,还不能时时兑现。水电煤气,米面油菜,龙骏那并不多的收入大部分花在家里。他已经戒了烟酒,不过心情郁闷到极点或是遇到喜事的时候也要抽几支烟慰劳一下自己。挣得不多,开支不少。书画颜料、电脑耗材要钱,还有一笔不小的开支要花在交通工具上。那辆上下班的坐骑——电瓶车成了龙骏的梦魇,前后换了几辆,每一辆都跟主人拧巴。买辆新的放在楼下过道里,第二天不是少了电瓶就是整辆车不见了。不换又不行,旧车子三天两头修,骑到半路还抛锚,推得人汗流浃背。人欺也就罢了,连车子也欺负人!

即使孙兰英不当面指责,龙骏也自我愧疚,觉得自己欠孙兰英的太多。人到中年,龙骏沉稳了许多,默默忍受,不再愤愤不平发怒发火。他有一样足以应对一切压力的有力武器:自嘲。

龙骏的笑容并没有浇灭孙兰英的心火。她瞄了龙骏一眼:"飞天呢?"

"快十点了,飞天已经睡了。"

"你叫她起来,我要检查她的作业。"

龙飞天的卧房与父亲的书房共用,四壁图书,一张小床。

龙飞天长着一张肉嘟嘟的瓜子脸,五官精致,集中了父母的全部优点,恬静秀美。小姑娘从房间里走出来,睡眼惺忪,一脸怨气:

"妈妈,你不知道,随随便便打断人家的好梦,是一种犯罪。"

"犯罪?是不是有老爸给你撑腰,你的口气也变得越来越大了?"女儿的话显然把孙兰英惹毛了,"还敢跟我犟嘴。你看看,这个英语单词写错了,重写一百遍。"

"妈妈,那不是错,不过稍微潦草了点……"

"潦草也是错。重写,一百遍,一个字母也不能少!"

龙飞天满脸委屈,回到房间。她不敢反抗,还没能力反抗。她知道,这个家是妈妈说了算。

在女儿的教育问题上,孙兰英说一不二,不容龙骏插手置喙。

"你知道妈妈为什么要给你取名'飞天'吗?"有一次孙兰英与女儿聊天时问道。

"妈妈,我的名字是老爸取的,老爸希望我像飞天女神一样美好——老爸希望我将来当一名画家。"

"错! 那是希望你一飞冲天,读本科、硕士、博士、出国、成名成家、出人头地——不要像老爸老妈那样窝囊一辈子!"

"妈妈,你希望我将来考什么样的大学?"

"除了北大和清华,其他的都不用考虑。"

"要是我考不上呢?"

"没有考不上这一选项。真考不上,你就别当我女儿!"

孙兰英说得很认真,丝毫没有开玩笑的意思。龙飞天吐了吐舌头。

孙兰英这么说,也是这么做的。她带女儿到北京参加表彰会,没去天安门、长城,什么景点都没去,就到北大、清华校园转了一圈。她对女儿管教得极严厉,想方设法送女儿进婺州城一流的学校。书画、钢琴、古筝、舞蹈、奥数、作文和辅考,女儿除了睡眠,一年三百六十五天,天天安排得满满当当。孙兰英虽然自己省吃俭用,在女儿身上却舍得花钱。在科室里,她极少参与年轻护士们的闲聊,但是提到最潮的国内外名牌,孙兰英也会洗耳恭听,屈尊请教。她要给女儿买最新款的运动鞋运动服,最时尚的少女裙装,最前沿的学习用品、热门书籍。

总之,女儿的一切都应该是一流的。孙兰英要掌控女儿的一切,包括她的前途。

"妈妈,你让我学书画,不是让我当画家吗?"

"那是两码事,那是素质教育,说白了就是为了考级、升学。画家和医生,这两项,你将来绝对不能选!"

飞天迷惑了。不当画家还好理解,医生也不让当,这是哪门子道理?

"奶奶让我将来当老师,她说我的气质最适合当老师。"

"教师更不行,你奶奶一辈子吃粉笔灰,坑了自己不说,还想坑孙女?"孙兰英的话使女儿越加迷惑。其实孙兰英自己也没有给女儿规划好清晰的愿景——一飞冲天后是呼风唤雨还是降妖捉怪?在她看来,女儿最不济也要读到博士,在世界五百强企业中谋得一个职位。那是孙兰英的底线。

在女儿的教育上,夫妻的角色已经颠倒过来,变成严母慈父。在龙骏看来,只要女儿身体健康、人格健全就够了。父女俩心性相同,站在同一个战壕里。每次孙兰英把女儿训得痛哭流涕,龙骏心里就难过,仿佛那些指责怒骂都像炮弹一样倾泻到自己头上。

"兰英,你这样对女儿……是不是太严厉了点?飞天正在长身体的时候……"龙骏收拾着桌上的碗筷,淡淡地说了一句。

"也是长知识的时候。你这样宠溺,不是爱她,而是害她。"孙兰英正在气头上,脸色苍白,"你自己没出息也就罢了,难道你要女儿也得过且过?你什么时候好好地管过女儿?"

"不是你不让我管吗?"

"子不教父之过。你这个父亲是怎么当的!都说男人是一座山,女人像水,缠缠绕绕的,轻轻松松地流淌就行了。都说男人是一棵树,能为女人遮风挡雨。女人就像小鸟,没有树,哪里栖息?"

"我不是也长得像棵树吗?不过不是参天大树,而是歪脖子树。我也想扎下根来,好好地长。可是你总是不省心,拿扫把敲打枝干。"

"肚痛埋怨灶菩萨,你还有理了?怪我瞎了眼,跟了你一辈子受苦!……"

孙兰英根本不顾龙骏委曲求全的语气,越说越激动。要不是她的手机响起,一场家庭争吵又不可避免。

孙兰英一提起随身的诺基亚手机,声音顷刻变得轻柔。她嗯嗯啊啊了一阵,穿上高跟鞋拿起手包又出去了。

每次孙兰英回家,家里就有一种沉重压抑的气氛。女儿龙飞天似乎也听到开门关门的声音,从房间里走出来,余怒未消。孙兰英一走,龙骏反而变得轻松了许多。

"我也没办法。你妈的指示就是最高指示,我只能在有限的职权范围内选择通融。这样吧,你抄五十遍。要是妈妈发火,那五十板子打在老爸身上。"龙骏道,催促女儿睡觉。

"真是的,妈妈最近怎么了,是不是吃错药了?絮絮叨叨、神神秘秘的。老爸,你说,老妈是不是又被那个'猴子'叫去洗脚了?"

"她哪是去洗脚,她是去洗脑!"龙骏半认真半玩笑。

第三十六章
母与子

一

　　龙骏受了女儿龙飞天的启发,决定为母亲画一幅肖像。

　　龙飞天写了一篇命题作文《我心中最可爱的人》,写的是奶奶李翠花,写完后要父亲过目。看到最后很是俗套的一句"春蚕到死丝方尽,蜡炬成灰泪始干",龙骏突然鼻子酸酸的,有一种要哭的冲动。

　　李翠花早已年过花甲,奔向古稀,看上去越发娇小,像晚年的李篾匠,身形有些许伛偻;又像她的母亲,渐渐消瘦,一头乌发中夹杂黄发白发,原本白皙饱满的圆脸多出细小的皱纹,只有那双眼睛依然炯炯有神。

　　龙骏想在母亲尚未走向衰老前把她画下来,他不知道为什么脑子里会突然冒出这样的想法。一旦决定做,龙骏就在记忆里搜肠刮肚,想象母亲年轻时俊俏的模样。

　　小时候,龙骏常听人说自己的母亲是龙潭镇的大美人。是不是大美人不知道,反正那时镇上唯一照相馆的摄影师常追着李翠花不放,把李翠花的黑白照放在门口招揽顾客。橱窗里的李翠花娇俏玲珑,齐耳短发乌黑发亮,肌肤白嫩的圆脸五官精巧,她穿着蓝黑格子罩衫和蓝涤卡裤子,衣服素雅干净,没一个补丁,一点不像农村妇女。想必彼时照相馆的摄影师孤陋寡闻,没有见过大城市的大家闺秀,但是这个摄影师并没有错爱。

人们心里的小家碧玉,通常体态娇小,偶尔冒点傻气或小脾气,大方的时候见多,她们虽然见识不广但聪明可爱,不算惊艳动人也算单纯朴实;她们不算知书达理也有知识青年的文静秀气。年轻时的李翠花就是这样的小家碧玉,是众人瞩目的焦点。李翠花虽然算不上是金嗓子,却是龙宅最有名的歌手,曾经被推荐登台演唱革命歌曲。她总是穿得干干净净、纤尘不染,白嫩的肌肤、甜美的声音和头上教师的光环都给她加分不少。如果不是竹篾一行不景气,心中又念念不忘李家的一门香火,李篾匠一定会送女儿进县城甚至到省城继续求学的。不过后来李翠花的确进了一趟省城,作为民办教师的代表接受领导的表彰。那是李翠花人生中最辉煌的经历。

李篾匠把崇拜有学问之人的做派传给了女儿。对于那个短暂闯入自己的生活、给自己带来一辈子苦难的男人,李翠花谈不上爱与恨。也许当初有过爱与恨,但都随着流逝的岁月淡忘了。如果不是那个男人,李翠花也许不会走上三尺讲台,也不会遇到另一个男人。也是在那个时候,龙禧闯进她的生活。龙禧是村里的大红人,当过兵,进过城,又会手艺,身兼书记大队长,在家族里说一不二,在村里也是只手遮天。连龙冒对这个同一太公门下的本家也是敬畏三分。龙冒落难的日子,龙禧对本家最漂亮的媳妇李翠花给予特殊照顾,不让她下田湿脚,又把她家一亩三分自留地的活全包了,还经常去祠堂村校敲敲打打修理桌椅板凳。龙禧长得强壮,脸皮也厚。烈女怕缠郎,李翠花无奈就范。这是李翠花一生最大的秘密,也是她心头永远的羞愧和创痛。

李翠花很少离开龙潭镇,对镇外面的世界知之甚少,对学校外面错综复杂的人情世故一片懵懂。她心里永远只对有学问的人才能产生好感,如果说她的生活中曾经出现过令她心仪的男人,那就是同行加上级的朱老师。"白头翁"朱老师的年龄比李翠花大了一截,又带着个女儿,这些在李翠花眼里都不是问题,她甚至认为年纪大是男人的一优势。朱老师满头亮晶晶的银发、紧抿的嘴角、额上川字形的皱纹,在李翠花看来充满男性的魅力。可是她从未对他有过任何表达,那些情愫只能深埋心底,让它们自生自灭。对李翠花的任何暗示——如果有的话——朱老师也是视而不见。他不能让李翠花从一个火坑爬出又跳进另一个火坑。他只能在力所能及的范围内照顾她,为她撑起一把伞。两个人默默同行,互相取暖,却始终保持适当的距离。

在李翠花以后的生活中,已很少出现足以令她倾慕的儒雅男人了。她全身心投在儿子的身上。儿子是她的铠甲,也是她的软肋。为了儿子,她愿意忍受一辈子的孤独。儿子读了高中,又上了大学,成了梦寐以求的大工程师,每一桩都使李翠花自豪,都足以补偿李翠花自己所受的苦。她从未离开过学校,自己就是个长不大的孩子。只要能跟孩子们在一起,她就是充实快乐的。到了真正退休终于拿不动教鞭的时候,李翠花才陷入茫然焦虑。

一条出路是当朱老师的助教。朱老夫子说了,如果李翠花愿意去,他的私塾可以破例适当收点学生的费用当作李翠花的报酬。李翠花不愿意去,怕勾起朱夫人的醋意。另一条出路是听从儿子的劝告,到城里去上老年大学,学书画、烹饪和插花。

龙骏很想为母亲出出主意,可李翠花不愿意让儿子多操心。

"骏,你就别为我动脑子了。妈会照顾自己,不会拖累你们的。只要你们过得好,比什么都强。"

李翠花显然已经隐隐感到儿子的一家生活陷入了某种旋涡。

"我们做女人的,一辈子很不容易,你要让着兰英。谁都可以得罪,唯独不能得罪她。这个家就是由她撑起来的。你在外面受了多大的委屈,回家也不要对她发火。实在憋不住,你就朝我发火。妈是你这一辈子随时可以得罪的人。"

"我已经处处让着她了。"龙骏叹息道。

的确,在家里,不但龙骏处处让着孙兰英,母亲李翠花也是时时让着,不摆一分婆婆的架子,与孙兰英说话从来都是用商量的口气,轻声细语。

"兰英是有些强势。不过她很聪明。聪明的女人总有一天会明白过来的。如果实在过不下去,也不要为难她。现在就按她说的做,她叫你做啥就做啥。"

"可是,妈,我实在搞不懂她要求的是什么。"

"妈也说不明白,是这个世界变得太快。当初你在那么大的国营企业做工程师,妈妈很为你骄傲。为了女儿飞天,你辞了工作回龙潭镇,妈也没意见。你到龙家的厂里去上班,妈的心里就很难过。不过既然去了,就要把事情做好。我知道你喜欢画画,龙狮厂里的事正适合你做。"

"妈,你知道的,那是权宜之计。"龙骏是喜欢画画,可是他喜欢创作,而"大师画业"的框画、装饰画都是临摹一些名画和流行小品,与龙骏的想法相去甚远。

"书读百遍,其意自见。能把一本书读破读烂的人一定不是等闲之辈,将来必成大器。妈也不是希望你一定要成大器,而是做一件事就要把它做好。你外公一辈子就是一把篾刀,你外婆一辈子就是一把梭子,你妈这辈子就一根教鞭。人这一辈子,能做好做成一件事就够了,不要这山望着那山高。你办画室,准备开装潢设计公司,妈都不反对。毕竟这是现在的潮流,人人都在做生意。妈是落伍了,跟不上趟。妈只希望你能静下心来做事。做生意也不错。不要管别人怎么说,路是自己走的。"

李翠花不厌其烦地劝儿子。龙骏点点头,暂时把给母亲画像的事搁置。这一阵李翠花有点忙,她在整理母亲的房间时发现了许多老式的织机、梭子和蚕匾,准备学习养蚕、织布和刺绣。龙骏要把李家的老宅修葺粉刷一遍。

龙骏自己处于半失业的状态,有一搭没一搭地在大师画业上班,大部分时间待在城里。他开了一个画室,教人书画。另外,他还在编一本杂志《婺州风物》。这本杂志是应骁委托龙骏编的,属于内部刊物,介绍婺州的历史典故、山川景物和乡村习俗,发行市内机关科室城乡农村,摆放在各大市场、宾馆、机场和车站等公共场合,让外地人和国外客商了解婺州的风土人情和营商环境。

酬劳的事,应骁没明说,龙骏也不提。龙骏只是想着帮朋友的忙,毕竟在这座城里,应骁是他龙骏最好的朋友。

二

夜里十点,披着风衣、胳肢窝里夹着公文包的应骁从皇都大酒店里出来,赶往湖清门的金豪大酒店。

人到中年,应骁顶上的头发越来越稀疏,鹰钩鼻两边的眼睛露出忧郁沉思的光芒。他刚开完一个市场调研会,下一站也是一个市场建设的会议。应骁既然答应参加,不管会议是多晚结束,都要去露一下脸。作为常务副市长,应骁几乎什么都要管——工商、税务、金融、交通、城建、农林水利、治安环境,不过他工作的重心是工业园区和市场建设。

城市建设的大框架拉开,婺州城区已由原来的几平方千米迅速扩张至上百平方千米。这是一座建立在市场上的城市,现有的小百货批发市场已经在国内称雄,在国际上也已声名鹊起。后面追兵四起,要保住龙头老大的位置,不能有丝毫松懈。老旧菜市场需要搬迁,新的粮油农贸市场、建材市场、汽车交易市场、机械模具原材料市场、旧货交易市场——很多类似的市场和商品专业街处于规划设计实施中。应骁有时一天要参加十几个会议。除了镇街和市里的,还有省里全国的会议。

家在应骁的脑子里成了一个符号。他现在已经很少回家了,在离市府不远一条偏僻小弄的旅馆里租了一个房间,长期居住,避免纷至沓来的人事纷扰。他是孤独的,孤高清傲的,不愿意寄人篱下,也不愿意沾染油污。他习惯独来独往,雄心勃勃又谨小慎微。

他已经由“小应”变成“老应”。他很喜欢“老鹰”这个称号,连新来的市委书记和汪市长都亲切地叫他“老鹰”。虽然大家伙合作愉快关系融洽,但是应骁始终与所有人保持一定距离。物以类聚人以群分,道不同不相为谋,应骁对自我的期许越来越高,他要翱翔天际,不与燕雀为伍。

表面的风光与真实的生活相距甚远。既然已经戴上了与众不同的面具,那就一直让它戴着。

酒店门厅外的坡道上刚好停了辆出租车。应骁视而不见,径直走到小广场外的交叉路口,叫了辆黄包车。他不喜欢前呼后拥的热闹,喜欢轻车简从。他不喜欢开车,偶尔也坐出租车,如果路途不远,连出租车也不想坐,走路或是坐黄包车。在慢悠悠的行进过程中,应骁可以理一下思路,准备下一次会议的腹稿。

那辆停在梧桐树下的黄包车或许是今晚停在酒店外最后一辆。穿一身黄色工作服的中年车夫看见应骁挥手,似乎犹豫了片刻才把车子靠过来。

应骁满脑子会议的发言、决议和简报,根本没有注意到车夫的异常举动。

一上车,应骁就接到一个电话。电话是大姐应梅花打来的,询问应杏花案件的进展。应梅花似乎很激动,声音尖厉,几乎有些歇斯底里,话里含着责骂。

应骁不知如何答复。应杏花案件已经侦结,是公诉的刑事案件,已经移交检察院法院。应骁作为家属,不便插手;作为领导,不但不能站在四姐这边,而且要批示为嫌犯指定辩护人,为他聘请公益律师。应梅花的不满显然是有所指,她在电话里一再要求应骁施加影响,尽快了结案件,严惩凶手。

应骁慢条斯理,一一解释,连他自己都感到吃惊,面对四姐应杏花的死会如此冷静。应杏花的遗体已经火化,应骁甚至忙得没有去参加她的葬礼。当初三姐桃花夭亡的时候,留给应骁的是一辈子刻骨铭心的痛,现在面对四姐的离去,他心里只泛起一阵痛苦的涟漪,很快又恢复平静。

是啊,人都要面对死亡。在这个世界上,只有死亡是最后的公平。不过,死亡对于死者也许是种解脱,留给生者的却是无尽的伤痛。对应骁来说,比伤痛更可怕的是巨大的心理压力。他不知道压力来自何处,只知道不经意间在心头蔓延。他不可能与任何人去述说那种纠缠不清的烦恼。

使应骁稍感宽慰的是,最后的剖宫产很成功。应杏花在她永远离开这个世界前,留下了一个婴儿,也留下了一大堆麻烦事——财产纠葛,子女归属。本来,刑事案件的审理就是旷日持久,现在节外生枝,又多了几桩民事诉讼。为了留下孩子,应家父母和姐妹不惜血本,最后变卖了应杏花的服装厂,把所得的一半让给应杏花的丈夫。那个鳏夫很快与厂里的女工结婚,回江西老家去了。应富贵与交往几十年的同年哥撕破了脸,老死不相往来。

人人都有烦恼,家家有本难念的经。所有的风光背后都有说不清数不完的辛酸。应富贵的一把老骨头几近散架,不过他还撑得住。尽管两个大女儿一再劝说,应富贵也只答应把应杏花的大女儿交给应梅花带,至于应杏花留下的孩子,应富贵一定要自己带。把这个襁褓中的婴儿抚养大,是他余生最大的愿望。陈氏呼天抢地,要跟小女儿同去,虽然经过众人的苦劝、答应为那刚刚出生的孩子苟活下去,但是已经失去心性,患上了越来越严重的癔症。

应骁与父母的关系越来越疏离。以往在这个家里,应骁与母亲的关系是最亲近的,不管家人如何对他横眉竖目,陈氏始终站在应骁这边,和风细雨温婉相待。现在应骁已经很难与母亲进行正常的沟通了。应富贵沉默,那是一种拒人千里的沉默,他不再对儿子怒目相向,但是应骁分明能感到父亲心底的怒火。

仿佛一切都是应骁的错,他应骁是一切悲剧的始作俑者。

应骁一路胡思乱想,根本无心欣赏商城流光溢彩的夜景。直到黄包车在金豪大酒店前"咯吱"一声停下,应骁才惊醒。他从包里取出十元钱,刚要递过去,又收了回去。

黄包车夫汗涔涔的,脱了外套,只穿背心,露出发达的肩背肌肉,黑黝黝的脸上露出得意的笑容。

"怎么,想赖我的车钱?"黄包车夫似嗔似嘲。

车夫是龙骏,应骁一脸尴尬。

"凭自己的力气挣钱,我觉得没什么见不得人的。夜里十点,真正的夜生活才刚开始呢。我喜欢看街景,还有大街上来往的商旅,阿拉伯人、印度人、欧美人、非洲人,各种肤色的人都有。灯红酒绿,五光十色,鱼龙游弋,商城的夜景很迷人。反正我也睡不着,出来转转,顺便赚几个零花钱。"

龙骏笑道。那辆黄包车是隔壁四川人的。那个四川人晚上要帮老妞摆夜摊,就把黄包车借给龙骏。开始是好奇,后来发现一晚上能挣上百元,龙骏就渐渐迷上了。

"龙骏,不是我打官腔,你这清高的毛病也得改改了。我现在想明白了,人有时候就得装孙子。人活一辈子,不求人是不可能的。只要你开口,很多人愿意帮你。"

应骁把十元钱递过去,缩了一下脖子——他想放低身段,以免给龙骏一种居高临下的意味。

"应市长说得对,草民记住了。"龙骏依然戏谑,"你快进去吧,不然要迟到了……"

"瞧你,还用这种口气与老朋友说话。"应骁一本正经,"楼上的会议,多我一个不多,少我一个不少。像你这样的朋友,一辈子只有一个。我得跟你好好谈谈。你还记得我们的校友、你过去的老师骆一行吗?"

龙骏点点头。骆一行就是龙骏就读"五七大学"时的骆老师。他先于龙骏两年毕业,一直在婺州城里公干,先是在化工厂、造纸厂当技术员,稍后走上仕途当环保局局长。有一阵龙潭镇野蛮生长,青山湖、龙潭湖水质恶化,骆局长铁腕治污,颇得好评,也得罪了不少人,沉寂了一段时间,后来又东山再起,调到商业局当副局长,兼任商城集团的老总,负责市场开发管理。大学毕业工作后,龙骏一直没有见过骆老师,直到不久前二十周年的校友会,两人才在过去的校园里重逢。

应骁继续说下去,解开龙骏心里的疑团。

"今晚我们在一起开会,他还提到了你。建材市场由他牵头,还有许多商铺留存。听说你要开一家装潢公司,他特地为你留着。明天你就去一趟他的办公室。装潢公司是个不错的选择,从设计到原辅材料销售,一条龙服

务。未来一二十年,房地产将繁荣,装潢公司也是前途可观。"

"谢谢兄弟提醒。"龙骏认真起来。

应骁看看手表,急匆匆地往前走了几步,又回过头来,从包里取出一串钥匙。

"我差点忘了,这是天胜小区我那套新房的钥匙。装修的事就全权委托你了。明天你发个银行账号给我,我先打二十万块过来。亲兄弟明算账,等装修结束再与你结算。这些年应明多亏了你的照顾,希望你一如既往,能照顾好我的儿子。唉,我实在太忙了,抽不出时间。你也别怪我斤斤计较。"

提到儿子,应骁露出难得的笑容。他急匆匆地走进酒店大堂。

龙骏把那一串专门给装修用的钥匙揣进衣兜,穿上衣服,打了个呼哨,用力蹬着黄包车驶向夜幕中的街道。他知道,在这座城市里,并不只有他一个人在孤独中打拼。想到自己的女儿龙飞天和应骁的儿子应明,他渐渐兴奋起来。

三

那个剖宫产的婴儿提早一个月来到这个世界上,发育状况尚好。不过他要先在保温箱里待着。费用不是问题,应家两姐妹每天到医院探望,把成捆的现钞放在医院财务科的办公桌上,要求对孩子加级护理。

诸葛慧莲依然感到内疚,参加完应杏花的葬礼后,有某种莫名的负罪感。作为妇产科的医生,作为应家的一员,诸葛慧莲现在能做的,是天天去病房查看保温箱里的孩子。看着无菌箱里那小猫似的静静躺着的小生命,诸葛慧莲如释重负的感觉消失了。闷热流汗,湿疹痱子,与世隔绝,没有母乳喂养,即使有一天出了箱子,没有了母爱,孩子又将迎来怎样的命运!

诸葛慧莲想起了自己的儿子。儿子应明近期的表现让当母亲的越来越焦虑。

应明不愿意去幼儿园,每次听到"上学"二字眼里就充满恐惧。好不容易给哄着走进幼儿园大门,也是三步一回头,用哀求似的目光看着母亲。幼儿园的老师也经常打电话抱怨,说应明孤僻、不合群、吃饭睡觉时不乖。老师显然是有所保留,实际上应明的表现远比所说的严重。应明上课注意力不集中,不是东张西望,就是盯着某样东西不放;平时从不举手发言,也不与其他小朋友说话,认定一样玩具一玩就是半天,换一种玩具就要发癫,歇斯底里地尖叫,把老师的脸抓得伤痕累累。

诸葛慧莲也觉察到了儿子的变化。儿子似乎失去了好奇心,对周围发生的一切漠不关心。应骁偶尔回家一次,应明总是躲到一边,不让父亲搂抱,他看父亲的眼神也是冰冷的,一副拒人千里之外的表情。儿子也不像过去那样黏母亲,同母亲呱啦幼儿园里的事,偶尔与母亲说话,目光也是游移不定。他不再吵着要跟母亲一起睡,他单独睡的小床上堆满了各种毛绒玩具,仿佛只有那些毛茸茸的东西才能给他完全感,给他一个安稳的好梦。

儿子的身体很健康,检查不出任何毛病。可是他的脸上不再有笑容,一副心事重重的样子,乌黑的眸子满是孤独。当过儿科医生的诸葛慧莲自然知道事情的严重性,决定带儿子去看心理医生。

人民医院里设有精神病科,但是并没有真正意义上的心理医生,只有一个接受过短期培训、帮助安抚病人的心理咨询师。既看肿瘤又看精神病的市第三人民医院倒是有一位具有心理学和医学双学位的女医生,并且与诸葛慧莲关系不错。诸葛慧莲就带儿子去咨询。

"诸葛院长,根据您的描述和我的观察,您的儿子很可能是得了自闭症。"金医生一连问了十几个问题,得出结论。

自闭症。诸葛慧莲的心掉进了冰窟。她不相信,也不愿意相信。金医生显然看出诸葛慧莲的情绪剧烈波动,笑了笑。

"我也不敢肯定。也许只是轻微的自闭症……要不就是受了某种创伤引起的短期思维情绪障碍。"

创伤?不可能!孩子一直由我自己带,周围的人都宠他爱他。应明虎头虎脑的,人见人爱。他虽然文静,也愿意与周围的人玩闹亲热。

金医生在一旁宽慰。

"或许是他一时适应不了幼儿园的环境。每个孩子身上都有两颗种子:自控力和主动性。两颗种子都很饱满,苗壮发芽,孩子就能和谐成长,这只是理想状态。家庭,社会,学校,每个孩子所处环境不同,多多少少都会有问题。您也别焦虑,保持足够的耐心,给他足够的爱,也许他会慢慢打开心扉的。"

诸葛慧莲并非讳疾忌医。可是她心里还是接受不了儿子患有轻微自闭症的事实。也许是疼爱他的兰英阿姨、鲁凤舅妈一个个相继离去,他一时难

以接受才会如此。诸葛慧莲能做的就是抽出更多的时间陪伴孩子。晚上，她不再要求孩子单独睡，而是搬进了他的小房间，与儿子睡在一起。

接下来的一段时间的确有所改变。儿子愿意乖乖地去学校了。直到有一天，儿子突然爆发，挣扎哭闹，说什么也不愿意去了。

事情是由那只母猫引起的。那只母猫原来是属于龙飞天的。龙飞天小时候由姥姥带，李家的院子前后有成群的狗，龙飞天被那些大大小小的狗吓怕了，见到所有的狗都躲得远远的。龙骏为了培养女儿与动物的亲近关系，就为她买了只猫。龙骏住的地方，人员混杂，过道里堆满杂物，鼠患横行，的确也需要一只猫。龙飞天喜欢上了猫，只要与猫在一起，她就愿意一个人睡，一个人待在房间里安静地写作业。老猫去世，又换小猫。最后的那只橘猫是龙飞天的最爱，每次去父亲的画室里画画，她都要带着。那只橘猫静静地蹲在一边，看龙飞天画画。

"飞天，爸爸跟你商量个事。你看应明弟弟看橘猫的眼神，眼珠子都要凸出来了，你能不能把橘猫送给他？"有一天父亲龙骏突然问道。

龙飞天点点头，她爱橘猫，更爱与她一起画画的弟弟。

从此那只橘猫在应明的小房间里安了窝。

林家的院子里并没有老鼠。离休后，林峰和沙中柳已经搬到楼下居住，把整个二楼让给诸葛慧莲和儿子。为了能够留住诸葛慧莲，林峰夫妇也是做出了很大的牺牲。那只橘猫是只母猫，并没有做绝育手术，一到发情期就整夜喵喵叫个不停。橘猫自由恋爱、产仔，带着一群花花的儿女满屋子撒欢，于是整栋楼便弥漫猫屎猫尿味。

诸葛慧莲早已习惯了那种气味，儿子与猫咪一起睡，猫身上的气味就是儿子身上的气味。

橘猫再次产仔，这一次，它把窝筑在床上一个破旧的毛绒玩具里。诸葛慧莲清理儿子房间的时候，顺便把猫窝移到房间的一个角落里。

母猫消失不见了。小猫一只只滚出毛绒玩具，四处乱爬。

小男孩把毛绒玩具放在阳台上，把一只只小猫小心翼翼抓到玩具窝里，蹲在旁边哇哇大哭。他不愿意再去学校，也不愿意吃饭睡觉，蹲在阳台上，一定要等猫妈妈回来。

诸葛慧莲抓狂，束手无策。她打电话向龙骏求救。

龙骏疾驰救援。

我试试。龙骏耸耸肩,想了一会。他在小猫身上抹了些猫屎猫尿,然后把猫窝搬回小男孩的床上,嘱咐母子俩睡另一个房间。

第三天,母猫回来了。小男孩露出了难得的笑容。

四

"以后就让我来当铲屎官吧。你别听心理医生瞎说,这颗种子、那颗种子的,在我眼里,应明就是颗天才的种子。他的画,或奇幻瑰丽,或稚拙可掬,连我都自愧弗如。"龙骏道。

诸葛慧莲幽幽的,语气中带有忧虑。

"你别夸我儿子。我不希望他成为天才,只要他平安长大,做一个正常的普通人,我就心满意足了。应明这些年多亏有你和兰英照看。前一阵子,你帮着接孩子,又教他画画,真是给你添麻烦了。"

龙骏嘿嘿笑。"不瞒你说,我那画室,现在只有两个学生,飞天和明明。"

提到画室,龙骏有些不好意思。他的画室就是邮电弄林波留下的那一个。李团长的儿子在别处买了房,在旧城改造拆迁之前,是不会记挂父亲的破书房的。

随着婺州工商业的繁荣,城市不断膨胀。穿城而过的铁路成了制约城市扩张的瓶颈,向西北撤出十几公里,火车站也搬了。原来一度最繁华的老火车站附近成了落后的棚户区。在这里居住的都是菜农、小商贩和民工。婺州城里,在教育局、工商所登记注册,从事奥数、理化、音乐等教培辅导的有几百家,书画培训的也有几十家。龙骏不是某协会的会员,没有书画家的头衔,也不做广告,只在门口挂了块"飞天画室"的牌子,所以来学画的寥寥。

"那儿现在成了'贫民窟',没有人愿意送孩子过来。再说,我现在是自由职业者,有的是空闲时间。"龙骏补充道。

他已经离开龙家的公司。画画,写作,夜市练摊,拉黄包车,带一帮老人打太极拳,龙骏很是享受这样"游手好闲"的生活。这也是孙兰英怒火中烧的原因之一。

"怎么会呢?我知道你在招兵买马,等你的装潢公司开张,我就该叫你龙老板了。"诸葛慧莲笑道。

龙骏的确在筹办装潢公司。他手头很紧,原本想挂靠有名的金鼎装饰,后来听从骆总的建议,自己成立了一家。骆一行在店面和仓库的租金上给予了最大优惠。公司取名"飞天",地板陶瓷、卫浴洁具、橱柜厨具、五金建材一条龙,销售设计并重。龙骏要招员工,跑市场,忙得不亦乐乎。

"我现在是生手。等把你家天胜小区的新房装修好,我就成了行家里手了。图纸我已经设计好了,现在请女主人过目。"龙骏把一摞图纸摊在茶几上。

"骏,我们相信你,就按你的思路做,以后也不要请示了。钱不够说一声。"诸葛慧莲笑道,瞄了一下茶几上厚厚的图纸,看也不看,"一切都包给你了。"

在林家二楼的客厅里,两人坐着喝茶说话。龙飞天带应明在房间里与猫咪们捉迷藏。

龙骏很少上林家二楼。他和林波是少年玩伴,那时候受林波邀请,龙骏也只在林波的书房里坐一会就匆匆离去。林家的独栋小楼在龙骏眼里就是深宅大院,有一种神秘的气息。那时候,在龙骏眼里,林家的父母是大官,严肃冷峻,龙骏不敢接近,更不敢与他们说话。即使现在,龙骏和林峰、沙中柳熟稔起来,两个离休的老人褪去了神秘的光环,龙骏见到他们也只是点头微笑。他从学校接来应明,只送到林家门口。

林家二楼已经进行了重新装修,房间、厨卫、书房重新布局。但是龙骏似乎还是处处能见到林波的影子,闻到林波留下的气息。十几年了,龙骏已经与林波失去了联系。他的心里深藏着一个秘密。林波去国远行在车站道别时,曾要求龙骏照顾诸葛慧莲。这么多年龙骏自己忙于生计,颠沛流离,没有能力帮助诸葛慧莲,倒是处处受到她的照顾。

"我想尽快完成装修,这样你们就可以搬入新家了。我是想,换个环境,也许对应明的成长会更有利。"龙骏道。

诸葛慧莲显然听懂了龙骏的话中话。

"骏,我知道你很忙。你先忙公司那边的事,我家的装修可以慢慢来,不着急。房子只是家的一个外壳。家很简单,也很丰富,不仅仅是一间房子、一座院子。家是柴米油盐,是酸甜苦辣,是遮风挡雨的地方,是我们生命里永远的牵挂。明明已经习惯这里的环境了。那边是高楼,一梯两户,门一关就与世隔绝,更加不接地气。这里有院子,有树木花草,有虫鸣鸟叫。隔一条马路就是四季景色不同的绣湖。公园广场上很热闹,天天有老人健身锻炼,吹拉弹唱。家有一老如有一宝,现在家里有两宝在,我有点急事也不怕没人照顾明明。他们是真心喜欢孩子。说真的,不是他们少不了我们,而是我们这些小辈离不开他们。一栋房子,有小孩的哭闹,有老人的笑声,才叫家。也许我是有些老套了。也许应骁喜欢住那边去,他喜欢高高在上离群索居的感觉。"

"那倒没有。应骁把钥匙给我,没定工期。按他的性格,即使遥遥无期也不会催我。"

"就是。他一向尊敬俩老人,对他们的话言听计从。住在这里也没有什么不习惯的。"

诸葛慧莲顿了一下,想起她当初对孙兰英的承诺。

"骏,你别老记挂着我家的事,也该谈谈你的家事。"

一提自己的家事,龙骏就沉默了。

孙兰英离职后,成了空中飞人,一只红色的旅行箱带在身边,今天北京,明天广州,后天上海,即使待在婺州,不是在某家高级酒店开会,就是在山庄里辟谷,手机关机,很少回家。她现在满嘴"高大上"的名词:成功、别墅、游艇、豪车、财务自由、周游世界。偶尔回家也是对龙骏横挑鼻子竖挑眼,或是把对女儿功课成绩的不满发泄到龙骏的头上。龙骏夹在两个女人中间,左右不是,一再退让,到退无可退的时候,也会做狮虎吼,结果更糟:家里乱成了一锅粥——碗碟像长翅膀似的飞来飞去,女儿哇哇大哭;孙兰英歇斯底里地尖叫着,发癫,做出卷铺盖走人状。

每次龙骏要发挥口才优势理论,孙兰英就祭起撒手锏,翻出龙骏的婚姻旧账,龙骏只好败下阵来。龙骏忍无可忍,三十六计走为上计,摔门而出,跑到附近的小公园溜达转圈,抽几根闷烟,等气消了再回去。

"家有河东狮,我能怎么办?认输呗!我有些担心,不久的将来,一个更年期,一个叛逆期,我该何处躲藏!"龙骏尴尬地笑。他现在也有一件称手的武器:自嘲自黑。就像一根弹簧,承受了巨大的压力而没有变形,就会变得异常灵活。在忍受了各种煎熬后,龙骏忽然有一天想明白了,变得豁达通透。

诸葛慧莲"噗嗤"笑出了声。"骏,你别拿我们女同胞开涮。这些年兰英不仅流血、流汗,还受了不少委屈,你应该体谅她、支持她。女人,找到一件自己喜欢做的事不容易。"

"我也想为太太打工，是她不要我。再说，我觉得她做那些事不靠谱。说得冠冕堂皇，其实是让最不应该埋单的那些人埋单。"

龙骏尽可能说得模糊。诸葛慧莲显出一丝忧郁。

"社会上鱼龙混杂，我也有些替她担心。不过，你也不要太挑剔了。活着并不容易，人人有苦衷。尤其到了中年，大家伙儿都收起了脾气性子，不再任性淘气，头戴金箍，身披盔甲，只为梦想奔波。遇见生命中的那一半需要珍惜，纵使悲凉也是情。"

龙骏凝视着诸葛慧莲温婉白皙的面容，不说话。诸葛慧莲心里承受的已经够多了，他不想让她夹在中间，为自己琐碎的家事增添烦恼。林波和应骁，都是龙骏最好的朋友，而诸葛慧莲，在龙骏心里永远占据着非常神圣的地位。龙骏对她有一种近乎友情又超越友情的情愫。她身上有一种温暖舒适的气场，与她在一起，自己可以无话不说，甚至可以哭泣流泪。

龙骏沉默着，眼中满是落寞和孤独。

诸葛慧莲温婉地笑，用平静的语气说着话。

"骏，我知道开装潢公司不是你的兴趣所在。不过你得考虑现实，先要解决生计问题。你也不必为自己的不合群而烦恼，真正优秀的人都是不合群的。他们面对的是真实的自我，是那个精神上内在的自我。有高人之行者，固见非于世，要么庸俗，要么孤独。有落月之相随，无一人而我同。你不必在乎别人的眼光，你就是你，是人间不一样的烟火！骏，你还在写作吗？我知道你还在写。骨子里你就是个文人，你千万不能放弃，你可以屈从于生活，但决不能屈从于命运，要听从你内心的召唤，不要放弃文人的风骨。我知道那条路不好走。在这个世界上，有人用笔墨写作，有人用躯体写作，有人用血汗写作，有人用脑髓写作，有人用灵魂写作。你就是用灵魂写作的那一类。我相信你一定会成功的，千万不要为了成功而媚俗。骏，你应该多到医院里走走，没有一个地方能比医院更加深刻地暴露世俗人性。医院里，有为儿子舍命的母亲，也有放弃痴呆脑瘫儿的父母；有家徒四壁依然不惜举债为父母治病的女儿，也有家财万贯依然不肯为躺在病床上的老父掏一分钱的老板；有欠债的老赖，有遗弃孤儿寡母的高官大员，也有割肝捐肾的亲人和捐血捐髓的志愿者。爱恨情仇，生老病死。每个人这一生都要与医院打交道。医院就是人间的天堂，也是人间的地狱，形形色色的人，组成一幅人间的浮世绘。"

诸葛慧莲娓娓道来,仿佛在自言自语。龙骏静静地听,偶尔点头或是摇头。

夜已经很深了。父女俩告辞下楼。

诸葛慧莲安顿好儿子,依然站在窗前,凝望夜空。

只有这一刻,她可以关照一下自己的内心。她的眼前浮现出一个熟悉的身影,那身影像夜空中的流星一闪而过。她不及细想,把思绪拉回到睡在床上的儿子身上。

儿子,那是母亲永远的牵挂。沙中柳虽然当着居委会主任,白天在外面风风火火咋咋呼呼,回家来却是另一副面孔,显得孤寂落寞。诸葛慧莲常常看见沙中柳悄悄地上楼,在林波原来的书房里枯坐,拿着一块纱巾把老旧的书架擦了又擦。遇到这样的时刻,诸葛慧莲就有意避开,装作看不见。每次龙骏来了又走,沙中柳也会露出失望的神情。

李翠花之所以愿意忍受孤独一个人生活在乡下,也是不愿意给儿子添麻烦。是啊,母亲,这是一个多么伟大的字眼。

诸葛慧莲沉思着,忽然想起同样生活在龙潭镇的母亲龙十妹来。

第三十七章
编外推销员

一

龙潭镇的名人很多。最近一两年，镇里冒出一位大名人"龙老太"。江湖传闻神乎其神，大约说她长着八条腿走路快如闪电，又长着千里眼和顺风耳，拿着一本天书，消息灵通，做事麻利——总之是有神光附体。

古宅里的药房是各种小道消息的汇集地。教授是从不相信那些奇谈怪论的，不过说的人多了，也渐渐留意起来。因为教授发现龙十妹最近一两年似乎很少待在家里。教授偶尔外出采药，时间有长有短，长则十天，短则两三天，每次回家总是发现药房关门闭锁，龙十妹并不像以往一样守着。

教授怕龙十妹受了传说中"龙老太"的蛊惑走上邪路，所以不得不有所防范。龙十妹曾说过，她也要做行郎，干出点名堂来，显然已有被人洗脑的迹象。

也难怪，龙潭镇的可耕地本来就少，近些年都集中到种粮大户手里了，还有许多变成种菜的大棚。龙十妹名下的耕地也被"集约"了，只留下老宅外面的一小块地种植瓜果蔬菜。村里腐竹厂也早已被大食品公司兼并，龙十妹不再做顾问，渐渐清闲。

最让人难受的是，龙十妹不能再养猪了。倒不是龙十妹不想养，而是教授委婉地说，来他这里看病的人反映，药房的药很灵，就是喝的时候有一股豆腐渣和猪大肠的味道。

"你怕我的猪圈影响你的药房,我还怕我的肥猪沾上你的药汤味哩!"龙十妹嘴里这么说,还是暂时妥协,拆了猪圈。她多少有些生气。"你去采药,留下我一人守空房。以后你自己雇人看药房。你干你的,我做我的,井水不犯河水。"

教授并不缺帮手。诸葛慧莲在人民医院筹办中医科,偶尔也派医生到教授这里实习,那些实习医生成了教授的临时帮手。

当了这么多年的差,教授不曾开一分工资,龙十妹心里有疙瘩。她倒是不缺钱花,使她生气的是,无论教授还是女儿,都强迫她退休,让她闲得发慌。不养猪也就罢了,外孙又不让我带,还不是嫌弃我没文化不认字?我晓得不少天下趣事哩!

龙十妹虽然年过花甲,看上去还很年轻,红扑扑的脸、墨黑的头发、乌珠似的眼睛、圆滚滚的手臂,除了额上几道褶子和手掌上的几个硬茧,岁月没在她身上留下任何其他印记。她一辈子忙忙碌碌,空下来简直就是遭罪,浑身痒痒,哪儿都不自在。

龙十妹决定自己闯出一条路来。镇上的老人、老宅隔壁的大爷大婶大娘一个个开起小店,或是守着菜摊,时时有进项。龙十妹心动了。

说起来,龙十妹身上做买卖的基因不比任何人差。

龙十妹的爷爷曾在龙宅的酒坊、火腿坊里当过伙计,一向机灵,娶了李宅有名的豆腐娘,回龙岗以酿酒做豆腐养猪为业。龙十妹的父亲龙褚打小在猪粪堆里摸爬,长大了自然从事与猪有关的职业。龙褚过去也是龙潭镇的名人,是十里八乡有名的猪行郎。他是龙潭镇李屠夫家里的座上宾,后来是生猪收购站的常客。他的消息很灵,知道谁家的公猪肌肉强壮,谁家的母猪种群好、何时发情何时配种何时产仔,谁家的猪何时可出栏。他的眼睛很毒,一眼就可以看出猪有没有遭过猪瘟,是喂生食还是熟食长大的,是圈养还是放养的,出栏时有没有喂过水食。他认识许多猪种——大耳猪、小耳猪、八眉猪、大花白、两头乌、二花脸。他养猪,当猪行郎,在贩猪生涯中练就一身抓猪绝活——别人要用带把的套圈,或一人抓猪头一人抓猪尾两人架抬,龙褚身体强壮,不管多大的猪,一撩后腿就把猪抓进笼子。养猪户、屠夫、肉庄都信得过他,因为龙褚不会在秤砣秤杆或猪笼猪价上做手脚,赚多赚少也不计较,有时遇到老熟客,为了一副猪下水他也做。除了贩猪,龙褚

又贩卖牛羊兔鸡鹅鸭,他的名声远播临近的几个县。可他赚得多,花得更多。他急公好义,修桥铺路、建庙立祠都要捐一点。龙褚唯一的毛病是好吃——喝酒时吃猪耳朵猪尾巴。他结交了一群狐朋狗友,那些食客三天两头聚在龙家,宁肯自己饿着,也要喂饱客人。结果他把原本准备造房的钱吃光了,家里还是那几间泥坏瓦房,锅灶连着猪圈,晚上门板一架当床铺。一大堆女儿,个个长得像泥猴,大的哭小的闹,龙褚伺候着满座高朋照吃不误。龙褚最大的愿望是生个儿子养老,可是没等龙十一长大,没享儿女一天的福,他就把自己喝死了。

龙褚对最小的女儿宠爱有加。龙十妹记得,父亲经常背着她出远门做生意。龙褚把一件鼓鼓囊囊的褡裢搭在肩上,光着黑黝黝的臂膀,哼着小曲儿走在龙川的山路上。在家的时候,父亲会把龙十妹抱在腿上,一边喝酒,一边吃着猪头肉,时不时把猪舌猪尾巴塞进十妹的嘴里。不知不觉间,父亲身上的猪脾气和做买卖的基因一起传给了龙十妹。

做猪行郎自然是不行了,摆个馄饨小吃摊也要帮手。龙十妹在龙潭镇的大街小巷走了一圈,发现很多城里人都开着车到龙潭镇买菜,觉得这是门不错的生意。她有老年优待证,坐公交进城只需五毛钱。她从人家那里盘了些,加上自家的瓜果蔬菜,挑着担到城里卖。婺州城里大大小小的菜市场门口,都有自产自销的菜农夹道设摊。龙十妹就选了离女儿医院不远的公园边,那儿也有个自发的菜场。

龙十妹不知道这是不合规的买卖。有一天早上,城管来了,旁边的老姐妹拎起菜篮狂奔,龙十妹也跟着撒丫子跑。

幸亏这天早上龙骏带着一帮老人在练太极拳。有他帮着,龙十妹的菜担子才得以保全,不曾少了一根韭菜。

"妈,你就省省吧。如果不够花,我再给你一点。"诸葛慧莲又好气又好笑。

"我不缺钱。是闲得发慌。当初让你介绍个保姆的活,你不愿意。听说在医院当护工,挣钱比卖豆腐还多。只要能挣几个,有事做,端屎端尿我也不在乎。"龙十妹一门心思要找活干。

"妈,当护工可不简单,起早摸黑,没日没夜,可操心了。我真的不是为面子。"

"我晓得了,是他们嫌弃我不认字。行了,我不烦你了。我也不是非得在城里做。我是到城里来练练胆、取取经的。"龙十妹不想为难女儿。

此处不留爷,自有留爷处。龙十妹在街上溜达,发现有人穿着花花绿绿的少数民族服装在推销饰品。龙十妹找到应梅花,应梅花很愿意为亲家母效劳,给了她一些镀金的饰品。龙十妹学样儿沿街叫卖。那些围观的人对龙十妹挂在脖子上的那一串金项链和手上的玉镯感兴趣,端在盘子里的饰品却没卖出几样。

亏别人老本的生意是做不下去了,龙十妹决定改弦更张。

说起来,龙十妹闯荡县城,也不是毫无收获,她那带有龙潭镇口音的普通话说得越来越溜。这一天她坐车回龙潭镇,与一个外地的女客商呱啦了一路。那个女客商在武汉汉正街经商,过去在城里小百货市场采购,这一次直接到龙潭镇找厂家进货。

龙十妹带女客商找到厂家,谈妥生意,千恩万谢。

"哎哟,大妈,您可是帮了我的大忙了。龙潭镇的街巷密密麻麻的像鱼骨,我自己找,几天也不一定能找到。"女客商从省下的旅馆费中拿出部分,一定要龙十妹收下。

龙十妹眼前一亮,终于找到一条生财之道。

二

经过几个月的观察,教授得出模糊的结论——龙潭镇买卖江湖上传得神乎其神的"龙老太",似乎就是龙十妹。

其实用不着教授处心积虑地研究,事情像秃子头上的虱子——明摆着,来教授这里问诊的病人开始还闪烁其词,后来就直呼其名了。教授的药房越来越热闹,那些来自天南海北的人,或西装革履,或粗布旧衫,并不都是来看病,大部分是冲着龙十妹来的。人多的时候,龙十妹要把客人分成几拨,带出去一拨,留在药房喝茶一拨。有时候龙十妹还亲自下厨,为那些客人做菜煮饭。

那些客人见到龙十妹,不但笑容灿烂、恭敬有加,而且对龙十妹言听计从。

"龙老太"就是龙十妹。这是明摆着的事实。教授还是不敢相信那铁一般的事实。教授并不知道龙十妹消失的那一阵子是去县城练摊的。他想

着,龙十妹莫不是得到龙潭峡谷山洞里某位高人的指点开窍了? 抑或是她受了妖人的蛊惑误入了歪门邪道?

教授感到事态严重。

跟踪盯梢是不可能的。龙十妹带客人办事,手拿一本神秘"天书",快进快出,速战速决。那本"天书"如同 FBI、克格勃的密码本,是龙十妹按图索骥赖以行事的法宝。

教授决定从研究"天书"着手。那本"天书",龙十妹外出办事并不是每次都带,就藏在诸葛慧莲床底下的樟木箱里,用红布包裹。教授终于抑制不住好奇心,趁龙十妹带一大拨客人外出时窃到手。

这是一本小笔记本,封面已经泛黄,纸张发霉,还有被老鼠啃过的痕迹,里面有彩色插图。那是教授送给女儿十岁生日的礼物,诸葛慧莲一直不舍得用,夹在她从小学至大学成堆的教科书里,不知为何落到龙十妹的手里。

教授简单翻了一下,越发觉得它是"天书"无疑,因为里面画满了奇怪的符号,有抽象的动物图案,有弯弯曲曲的粗细不等的线条——显然,这些肯定是龙十妹得自高人的真经。那些符号、线条、图案都是用铅笔和细头的碳素笔画的,比刚入学的小学生还稚拙,却玄妙无比,深藏奥义。"天书"分成几部分。第一部分大约是绪论。第一页页首左上,画了一条头上长角身上长着翅膀和脚爪的"长蚯蚓",旁边的像箭头也像一间房子。页面中央是一张密如蛛网的图案,粗细纵横,看上去像八卦图。

教授对八卦深有研究。无论伏羲八卦还是周公八卦,都由长短不一的线条组成,先天八卦还有太极图和阴阳鱼眼。可是教授眼见的图案都是长线条,像一束光从中央发出,向四面八方延伸。

教授疑惑了。他耐着性子看下去。第二页类似,左上是一个"李子"样的水果加箭头。第三页是一串珠子加箭头,正页的图案也像一张蛛网,只是没有第一张密,图案的中间和上下有水波纹样。

"天书"的第二部分大约是分述。每一页只有几根线,粗线上有触须样的细线。在粗细不同的线条头上和中间拐弯处,有许多奇怪的动物图形:鸡、鸭、鱼、猪、狗、羊、牛、乌龟、蚂蚁、麻雀、壁虎、蝴蝶、蜈蚣。有些是图形组合——一把雨伞加一个大人,一个小孩加一件衣服,一个女人加一只袜子或是一只鞋子。有的很简单,就是一个圆圈或一个方块,只是涂上了不同的颜色。

即便有福尔摩斯般的头脑，也是越看越迷糊。教授决定从最简单的部分入手。"天书"的后半部分，全是简单的竖线条，那些竖线条像是古人结绳计数的结，每天都在增加，向本子的页脚延伸。显然，它们是受了龙十妹的蛊惑而入"龙教"的人数。

教授的焦虑情绪越来越强烈。他决定趁夜深人静龙十妹熟睡的时候正儿八经地研究一下那本"天书"。他搬出了自己珍藏多年的宝贝——《大英百科全书》《康熙字典》《辞源》《二十四史》，以及一大堆装在匣子里的线装书。还有最新最时尚的高科技武器——电脑。那是教授听从女儿的建议用上的，平时用于存储病人资料，或是开票，或是用于搜索最前沿的医疗科技。

教授相信，凭着这些人类几千年的积淀和自己的智慧，足以解开眼前的"天书"之谜了。

教授拿起了放大镜，仔细看一遍那些线条旁的图形。确认它们绝非简单的图形，应该是，或者是远古时期的某种象形文字。教授对文字也是很敏感的。三皇结绳为政，太昊依类象形。古有六文、八体。后汉东阳公徐安于搜诸史籍，得十二时书，皆象神形，又加二十三体，共有五十六——龙书、风书、蝌蚪书、龟书、虎书、鸟书、鱼书、虫书、鹤头书、蚊脚书、虎爪书、天竺书——林林总总，不可概述。除了这些，教授还研究过甲骨文、石刻文、金文、水族的水文字、纳西族的东巴文、古埃及文、楔形文和玛雅文。他敢肯定，眼前这本天书上的文字一定不是其中的一种。

也许它们是某个少数民族使用过的文字？或者是"龙老太"跟着得道高人在山洞里修炼时从岩壁上临摹而来的"孑遗文字"？

教授越想越兴奋。他通宵达旦，伏案穷究，完全没有觉察到黎明的曙光已经照进书房。他得出初步结论，正想小憩片刻，忽然觉得脖子后面冷飕飕的。原来"天书"的主人"龙老太"不知什么时候已经站在身后。

教授的脸红一阵白一阵。

龙十妹的手里并没有拿擀面杖，教授松了口气。

"你还是教授哩，整日之乎者也，连我的行郎本也看不明白？"龙十妹似乎并不想惩罚教授的偷窥行为。

龙十妹的宽容助涨了教授的胆量："肉眼凡胎，凡夫俗子，你的'天书'我的确看不懂，还请赐教。那上面长着犄角翅膀的是什么动物？"

"那是龙，旁边一间房子，合起来就是龙宅。"

"龙有鹿角、兔眼、鱼鳞、鹰爪、虎掌、牛耳,你画的我怎么看着像一条蚯蚓?"

"蚯蚓也是龙,是地龙。我又不是画给人看的,我自己能看懂就行了。"

"可是那些鸡、鸭、牛、羊、乌龟、蚂蚁,还有带伞的大人,是怎么回事?"

"牛大街,鸡市口,鸭胡同,羊肠弄,龟背岭,蚂蚁巷,都是地名。画一把伞的是客人休息的旅店,挂着一只猪腿的是火腿坊,酒瓶子是酒厂,小人加一件衣服是童装厂,女人加袜子是织袜厂。龙潭镇上千厂家,躲在那些曲里拐弯的弄堂里。我自己做的记号,我自己懂。"

教授有一种醍醐灌顶的感觉,如梦方醒,恍然大悟。

龙十妹拿回自己的"天书","噔噔噔"下楼,留下教授一人站在书房里嘿嘿傻笑。

三

龙十妹如此宽宏大量,教授感激不尽。他不再提"天书"的事,对龙十妹"两人各做各的,井水不犯河水"的提议,更是举双手赞成。不用一天到晚听龙十妹唠叨,教授落得清净。

"龙老太"的江湖名声日盛,大有盖过教授之势。教授觉得有义务为龙十妹做些什么。除了为进出的商旅免费医治一些小毛病外,教授又添置了桌椅茶几供商旅们喝茶喝咖啡。药房外的庭院越来越热闹了。

龙十妹早出晚归,忙于她的"经纪人"事业。这天傍晚,她忽然带来了一个受伤的客商。

客商三十来岁,中等个子,西装革履。他似乎伤得不轻,脸上青一块紫一块,裤子和皮鞋的鞋帮有撕裂的痕迹。

客商是由龙宝的儿子龙有德和龙十妹抬着进来的。龙有德放下病人,一溜烟地跑了。这个车祸的肇事者、整件事的罪魁祸首,显然是想把事情推得一干二净。

原来龙有德在汽车客运站做载人拉客的生意。龙潭镇去往县城的公交车站设在红土坡上,本地居民和往来龙潭镇的客商,无论是坐公交还是出租车都在车站附近下车,然后步行或坐三轮卡进镇——龙潭镇的老街旧巷狭窄,只有这种原本用于装货的小三轮可以进出。车站接驳送客的生意非常红火,好的一天能赚几百块,远比在工厂打工强。龙有德秉承父亲的天性,除了喝酒和赌博什么也没学会,每天骑着三轮车在这里转悠揽客。接客的三轮车越来越多,竞争激烈。龙有德最近手头有点紧,中午时分好不容易抢得一笔生意,想多赚五元十元,就拉着客人多兜了几圈。

说起来也不全怪龙有德。客人是个大舌头,叽里呱啦一大通也说不清到底要去哪儿,一会儿说要去龙门书院找云鹤院长,一会儿又说要去找一位姓诸葛的教授,一会儿龙桑一会儿朱桑,搞得龙有德云里雾里。龙有德汗流浃背,骑车绕着三宅转了五六圈,客人也没有下车付钱的意思。龙有德早上只喝了两碗酒,饿得头重脚轻,加上太阳晃眼,一不小心把三轮车骑进过街桥下的溪沟里。

众人七手八脚把两个伤员抬上岸。帮忙的人中就有带客人办事的龙十妹。龙有德见到龙十妹,如见救星,一把鼻涕一把泪,扑通一声就跪下了。

"姨母,姨奶奶,祖奶奶,你是个大好人,你得救救我呀。你不救我,我有德一家十八代祖宗的名声就毁了。客人要是有个三长两短,家里三间破房卖了也赔不起,弄不好还要吃牢饭。唉,我怎么碰到这种倒霉事,姨婆,你一定要救救我呀!"

龙有德颠三倒四、语无伦次。

龙十妹看看被挤压变形的三轮卡和鼻青脸肿的龙有德,又气又恼又怜恤。涕泪沾襟的龙有德却还在一旁絮叨。

"姨奶奶,你别生气。这位客人是大老板,你看他这张脸,肯定是外国来的。他的腰包鼓鼓的,里面都是花花绿绿的大钞美元,你接了他,也是笔大买卖。你救我不会白救的。"

龙十妹招呼众人把客人送进附近的镇卫生院。客人几近昏迷,任人摆布。检查的结果更使人慌神,龙有德央求龙十妹把病人转到教授的药房。龙十妹既然背上黑锅,就决定背到底了。教授很少问及病人的隐私来头。他以为闯祸的是龙十妹,什么话也没说就收下了病人。不管怎么说,病人送到他这里,他就要负责把病看好。

教授拿起镇卫生院的X光片看了一下,不禁倒吸一口冷气。病人多处骨折错位,伤势不轻,如不及时治疗,很可能造成瘫痪。教授很快进行急救处理,正骨复位,用夹板固定骨折处。按摩推拿,针灸理疗,熏洗热敷,内服汤药,外贴膏药,一番综合施治,病人转危为安。

可是麻烦远没有结束。那苏醒过来的客商变得痴痴呆呆的,除了摇头点头,一问三不知,脸上一副狐疑愤懑的表情,有时候似乎也想说话,但听见院子里有响声,就闭口不言。

教授犯了难,问龙十妹,当初是怎么遇到这哑巴客商的。

"他哪里是哑巴?听有德说,他叽里呱啦讲的是东北话。我看着他的模样儿也像东北那旮旯的。"龙十妹现在见多识广,天南海北的人看一眼猜得八九不离十。

"那你去问问有德。这事得搞清楚了,不能马虎。"教授明白事情原委,更加疑惑。

"有德那小子早就躲起来了。这事就别声张了。送佛送到西,好事做到底。这位兄弟大老远地过来,连个亲人也没有,就让他在家里住着再说。"

龙十妹在二楼的药房里腾出一块地方,安了一张床。那客商原本一脸焦灼痛苦,无论接受何种治疗,双手都摁着腰包,勉强躺下也是睁着眼睛,这会却躺在龙十妹准备的床上呼呼大睡,一连二十四小时,一副永远睡不够的样子。

教授有些不放心。重度摔伤的病人如果脑部受伤,往往会伴有失忆症,意识记忆混乱,对自己的身份和周遭的环境产生错位幻觉。失忆症的种类很多,有心因性、解离性、暂时性、永久性,有局部失忆、选择性失忆、全盘失忆、连续失忆,还有轻、中、重度之分。教授需要因病施策,自己解决不了,要请城里的脑外科专家一起商量对策。

教授虽然通晓多种语言,对哑语却是毫无研究,就请龙十妹出马。龙十妹与客商一番比画,笑吟吟告诉教授,客商并没有患失忆症。

"他说他的脑袋瓜好着呢,知道自己是谁。他不相信什么省城县城的大医生,就要你给他治。"

教授半信半疑,暗中观察。那病人整日待在药房里,早已没有了焦虑痛苦,不但一副宾至如归、怡然自得的神情,而且像掉进米缸里的老鼠,双眼炯炯有神。他偶尔也会从床上起身,打开药柜瓷罐,这里嗅嗅,那里闻闻。每当被教授发现,客商都是神情自若,笑着走开。

教授按部就班地治疗。龙十妹照顾病人的起居,她姑且认定他是东北人,每天做本地最有名的面食麦揪给病人吃。吃得津津有味。

一晃快一个月了。这天教授出诊归来,忽然间听到二楼的病人在用一种奇怪的语言叽里呱啦地说话。教授知道病人在打电话,又兴奋又纳闷。

病人说的那种语言是教授非常熟悉的。

教授迟疑的工夫,病人已经拄着拐杖下了楼。

"对不起,诸葛先生,是我的不对,务请您原谅!"病人一个劲地九十度鞠躬,原来他真不是哑巴,"是我隐瞒实情,铃木大佐再次请先生原谅。"

病人会说中文,而且很流利。

"不必客气,铃木先生,我的病人也是我的客人。"教授听见那熟悉的姓氏,看着眼前这张似曾相识的脸,明白了许多,"不知您与铃木健雄是何关系?"

"那是我父亲。我这次到龙潭镇是有一件非常重要的事情要办。父亲再三关照,到这里务必找三个人:龙门书院的云鹤院长,诸葛教授您,还有一位朱女士。诸葛先生,事情已有所耽搁,如果您不反对,我想上白鹭洲看看。听说那儿在建一个纪念馆,我正是为此而来。"

"铃木先生,您的脚……来日方长,还是过几天再去吧。"教授已然明白铃木此行的目的。

两人正说着,龙十妹已经带着一帮客人进来。他们是龙潭镇派出所的民警和朱赫赫。

原来铃木大佐此行有一项特殊使命,没想到在龙潭镇遭遇车祸,失踪了一个月。铃木老先生打电话给朱赫赫,朱赫赫报了警,这才找到。

"铃木先生,我们一直在找您,原来您早已潜伏在龙潭镇。"朱赫赫笑道,"这些天您受委屈了。"

"哪儿的话。塞翁失马焉知非福,在日本我也是学汉方的,自己开药妆店。这次在诸葛先生的药房里学到不少。能见到诸葛先生,真是三生有幸。"铃木转向教授,庄重严肃,一再鞠躬,"先生,铃木大佐有礼了。您可一定要收我为徒啊!"

四

龙十妹再次成为龙潭镇的名人。省台省报、市台市报的记者蜂拥而至,争先恐后地采访她,一再追问龙十妹救人的细节。

面对那些伸到鼻子底下的长枪短炮,龙十妹有些不知所措,平时的一副尖牙利齿变成笨嘴拙舌。

"要是有德那小子那天不喝醉酒,也没这回事。我只是搭把手。有德那只白狗熊……"龙十妹意识到自己说漏了,赶紧捂住嘴。

明明是采访英雄,怎么半路杀出只白狗熊来?电台考虑再三,把这一段给掐了。

龙十妹有点生气,因为市报的记者未经她的同意,把她说成"市场经济的弄潮儿"。我明明当了外婆,是奶奶级的人物了,你们硬要把我弄成儿子孙子,这不是岔辈了吗?

记者忙不迭地解释:"龙老太,您别生气。弄潮儿的称谓是说您有一颗童心,喜欢在市场经济的大潮中戏水扑棱。您这么大年纪,还当经纪人,是新时代才有的新事物。"

龙十妹搞不清"经纪人"和"植物人"的区别,只知道自己是行郎。

"我爷爷是猪行郎。我老爹是猪行郎。我是'衣服行郎'。我就是个行郎。"

龙十妹不喜欢"经纪人"的称谓,不过对于镇政府颁给她的牌子还是欣然接纳了。因为有了"经纪人"的牌子,龙十妹可以名正言顺地做行郎生意,没有人会说她是非法经营了。

"过去叫行郎,现在叫经纪人。"被绕晕了的记者显然不再纠结称谓,"龙老太,都说您这几年当行郎发了,成了龙潭镇有名的'冒富大婶',能不能透露一下您一年能赚多少?"

这话算是问到点子上了。龙十妹从来没算过这笔账,她要回去拿出那本"天书"好好查一查。

龙十妹活到父亲的年龄,也像父亲一样成了马大哈。她的头脑里没有成本核算的概念。来到家里的都是客人,所以那些客人治病的医疗费和咖啡茶水饮料的钱从未当成本计算在内。龙十妹觉得自己是跑腿的,不过出点力气,所以每次牵线成功,所谓的佣金随便客商给,多少不计较。遇到那些服装积压的小厂,龙十妹分文不收,她觉得能把积压的产品推销出去就是她最大的报酬。

不过出名终归有好处。因为这时的龙潭镇,经纪人这一行也是竞争越来越激烈。"龙老太"的后面,又冒出了"应老太""陈老太""朱老太""李老太"。不过外地来采购的客商大多还是愿意找"龙老太"。"龙老太"成了龙潭镇的一张名片。本地的服装厂家,大大小小的老板看中了其中的商机,纷纷上门与"龙老太"签订合同——以后,"龙老太"的报酬由厂家给,凡是由龙老太陪上门成交的,按每件套五分至五毛给付报酬。

名声越大,来找的人越多。修桥铺路造凉亭,都有人拿个本子上门募捐,龙十妹从专门放钱的抽屉里抓一把,也不清点就送上。她当了村老年协会的副会长,老人搞一次活动,龙十妹就要"放一次血"。遇到蚕神庙会,又是一笔不小的捐款。

钱像流水似的哗哗进,又像流水似的哗哗出。不过龙十妹最大的开销还是花在她那些姐妹身上。

龙十妹的"天书"成了账本。账本上是只有她自己看得懂的图案。一条杠加一个人头代表大姐,两条杠加一人头代表二姐,依此类推。每一页上都有几个光屁股的男孩和穿着五颜六色裙装的女孩。男孩后面的鸡蛋代表礼俗:出生、满月、剃头、周岁、上学。女孩后面是花篮:定亲、出嫁、生孩子、坐月子。还有葺屋盖房和别的红事白事。每个月总有三四天,龙十妹这个当姨婆姨太婆的总要出门走亲戚,送礼物送红包喝喜酒。

年关一近,龙十妹又开始忙碌:采办年货、掸尘、杀鸡宰鹅、切糖熬粥、酿酒蒸糕、煮蛋泡笋、摆烛台、挂灯笼、贴春联。最重要的一件事自然是做豆腐,家里依然存放着做豆腐的老家什——带柄的石磨、镶灶镶锅、豆腐桶和竹制挂篮,龙十妹采用的还是老祖宗传下的那一套工艺——泡豆、磨浆、滤渣、煮浆、点兑和成型。龙十妹做的盐卤豆腐不同于市场上的石膏豆腐,鲜嫩爽滑可口,豆香浓郁,号称龙潭镇一绝,所以大受欢迎。隔壁邻舍,加上龙家的九姐一弟,都要吃龙十妹的豆腐。龙十妹不敢辱没了先人的手艺,又磨不开面子,所以单做豆腐一项就得忙上半月。还有饲养年猪。家里不能养,龙十妹就提早两个月在养猪场认养两头,亲手喂养。市场上的猪不是太肥就是太瘦,吃的是不明不白的东西,龙十妹不放心。猪头是要用来谢年——祭祀天地和诸葛家祖宗的,剩下的猪肉还要请客,岂能马虎?

年底,与龙十妹签订合同的老板纷纷送钱上门。龙十妹的钱柜塞得满满当当。不过这些钱很快就变成了一个个红包。正月,诸葛家的院子高朋满座,人声喧闹。龙十妹的姐弟儿孙一来就是一大串,加上回家省亲的诸葛本家,龙十妹忙得不亦乐乎。拜年一次,蚕神庙会一次,龙十妹照例要席开两回。诸葛家的宴席常常要从正月初一摆到出正月。

过完年,龙十妹又变得两手空空,开始新一年的忙碌。

第三十八章

红太阳律所

一

铃木大佐是受日本浙江商会的委托,来婺州把侵华日军用过的生化遗存用品转交给朱赫赫的。这些细菌战的证物共有十七件,有日军生化部队的防毒面具、生化战战服、生化部队日常用品,它们是铃木兄弟在日本国内拍卖所得。

铃木大佐很谨慎,一定要到龙潭镇实地踏勘、摸清虚实后把遗存证物亲自交给朱赫赫。朱赫赫现在是侵华日军细菌战受害者史料研究会会长、细菌战诉讼原告团团长和侵华日军细菌战史实陈列馆馆长。

捐赠仪式在白鹭洲举行。白鹭洲老人村旁古老的教堂被改造成纪念馆,前面竖一座大理石石碑,石碑上密密麻麻刻满已经故去的侵华日军细菌战受害者的名字。

朱赫赫从白鹭洲老人的身上,从公公龙禧的烂脚丫上窥见历史的秘密。那段尘封的历史揭开盖子。被残酷战争撕裂的伤痕、历史留下的巨大的疮疤,使朱赫赫愤怒、失眠、焦虑。她下决心要为那些受害者做些什么,哪怕用毕生的精力。

她首先从龙潭镇和周边的村落开始调查。那个被龙潭湖淹没的神秘山村,还有一些死里逃生的老人散居在龙潭镇。朱赫赫拿着慰问品和笔记本,坐在屋檐下,耐心听老人述说。

1942年农历四月,日军占领了龙潭镇,同年九月末的一天,驻婺州城的日军731部队和1644分队在指挥官石井四郎的策划下,出动飞机在龙潭镇附近的山村撒播鼠疫和其他菌苗。他们又打着免费治疗的幌子,把村民诱骗驱赶到龙门书院关押,众目睽睽之下进行活体解剖。有人被绑在椅子上蒙住脸掏肠挖肺,有人被砍掉一条大腿割去一只手臂,有人被挖去了子宫,有人被活活肢解不见了尸首。

朱赫赫很震惊,她以前只听说侵华日军731部队在哈尔滨的所作所为,却不知原来这支部队与她从小生活的龙潭镇也有神秘的联系。眼前的所见所闻一定是冰山一角。她一定要把所有的事实查清楚,把所有的证据链都串起来。她风尘仆仆地沿着浙赣线深入调查。当年侵华日军的细菌战部队就是沿线南下,在浙江的宁绍金丽衢以及江西、湖南一路撒播鼠疫的。

战争本身就是一场巨大的瘟疫。战死、病死、饿死的尸体在城墙根下摞起来,像稻草垛子,用石灰和黄土覆盖。城里弥漫着浓浓的恶臭,从茅厕里溢出的粪尿四处流淌。乡下更糟,房屋倾塌,一片焦黑,房前屋后躺着没人认领的尸首,蛆虫从散发着浓烈恶臭的腐烂的尸体里爬出来,被窝里、锅台前、桌椅上和抽屉里都有小拇指大小的蛆虫在蠕动。蛆虫常常在人睡死的时候钻进鼻孔、耳孔和张着打鼾的嘴巴,无意中咬得一嘴蛆脓满口腥臭。

杀人、强奸、抢劫、放火、瘟疫、活体解剖,那地狱般的末日景象使朱赫赫恐怖、悲伤、战栗。朱赫赫要把真相告诉世人。她不再退缩,义无反顾地向前走。

在朱赫赫之前,龙潭镇已经有人对侵华日军细菌战展开调查,并且明确提出要与日本政府打官司。朱赫赫后来知道这个人是龙猫。那些被日本人的火焰枪烧成焦土的山村遗存老人的后代,集体委托龙猫写了一纸"联合诉状",控告日军法西斯在婺州城龙潭镇进行的灭绝人性的细菌战,明确要求日本政府对"人体实验解剖残害致死者、焚烧民房造成的各项财产损失赔偿共计155.5万美元"。

龙猫自知是民间讼师,靠两条腿去不了日本,一直在另寻高人。朱赫赫是挂牌律师,曾留学日本,在日本有许多朋友,这桩跨国官司的诉状最后自然落到了她的手上。

朱赫赫清楚地记得主持细菌战诉讼第一次原告代表会议的情景。那是在婺州城一个简陋的小宾馆里,宾馆会议室的玻璃残破不全,窗外是寒冷冬天刺骨的北风,北风呼啸着卷起漫天飞雪从破窗里吹进来,冻得人瑟瑟发抖。朱赫赫站在主席台上慷慨陈词,使人热血沸腾:

"细菌战诉讼是真正草根、民间的诉讼,我们要理直气壮地向世界揭露被掩盖的侵华日军细菌战历史事实。这场历史的审判,如果开庭,是许多中国人与反对日本侵略战争的日本人民长期努力的结果,是众多的中国细菌战受害者和坚持揭露细菌战史实的日本有良知的知识分子、民众长期努力的结果。"

铃木大雄第一次到龙潭镇访问与云鹤交谈时,就知道了"联合诉状"的事。铃木健雄故地重游回国后,组织当时日军的后裔来到龙潭镇实地调查,与朱赫赫接洽。联合调查团经过大量实地勘察,资料翻译,反复沟通,达成共识——在厘清龙潭镇及浙赣沿线日军侵华战争细菌战史实的基础上提起诉讼,要求日本政府承认历史事实并承担责任,对细菌战受害者做相应的赔偿。

铃木兄弟在日本找了几个律师,组成细菌战原告日本律师团,铃木兄弟任正副团长,协助朱赫赫出庭诉讼。1998年2月,细菌战诉讼在东京地方法院首次开庭。原告团八十名成员赴日,其中就有龙禧。龙禧在法庭上高高抬起他的左脚,就像一面胜利的旗帜,那一刻他觉得自己也是个英雄。但是判决的结果让他把鼻子都气歪了。日本人不承认有这么回事。

法庭的外面有人集会起哄,拿着高音喇叭喧嚷,污称南京大屠杀、细菌战是子虚乌有的事。朱赫赫冲出阻拦的警察队伍,挥舞拳头,大声呼喊。

朱赫赫要做的事谁也阻拦不了。她昂首挺胸,义无反顾,愈挫愈勇。2002年8月,日本东京地方法院一审判决,确认浙江湖南两省有一万多名细菌战死难者,首次以司法判决的形式认定了侵华日军细菌战的事实,同时驳回了原告的索赔请求。对细菌战原告诉讼团而言,这是一个不小的胜利。日本政府承认侵华日军在中国各地曾将细菌武器用于实战并使民众感染鼠疫霍乱,造成多人死亡的事实,这种将细菌武器用于实战的行为违反了《日内瓦议定书》,违反国际惯例,日本政府对此具有国家责任。

但是承认并确认事实远远不够,还需谢罪、赔偿。原告团不服判决,继续上诉。2005年7月,东京高等法院做出判决,维持地方法院的一审原判,驳回原告的谢罪索赔请求。

在朱赫赫看来,这场中国民间个人对日本政府的诉讼关乎一个民族的尊严,关乎无数人的个人尊严,不管胜负成败,诉讼还将进行下去,她绝不会放弃。她暂时无法为那些死难者洗清冤屈,就先把精力集中到那些受害的老人身上。那些细菌战的受害者,提起诉讼的一百八十位原告,三分之二已经故去,剩下的也是风烛残年。她成立了侵华日军细菌战烂脚病医学研究会和细菌战烂脚病老人救助爱心募捐会。她心里想着,即使诉讼被迫终止,对细菌战的调查和对受害老人的关爱也将继续,那是她毕生的事业。眼下最要紧的是将那些已经厘清的史实公之于众,让世人铭记。由朱赫赫牵头,一些民间组织准备在白鹭洲建一座和平公园。

二

朱赫赫的正式身份是红太阳律师事务所的所长和主任律师。

红太阳律师事务所位于老城区南门街的转角,一栋单独的五层楼建筑,顶层面街的一面竖立着一块巨大的广告牌,广告牌上是一轮从海平面升起的红日,气势磅礴,很是符合朱赫赫张扬的个性。广告牌后,在屋顶青翠的树木和下垂的藤蔓间,有一个高高的水塔,使得这栋建筑在周围低矮的老居民区里显得有些突兀,而那水塔,远远望去倒像是船的桅杆或是刺破苍穹的利剑。

这栋建筑有一个属于自己的小院。小院入口有一间平房,那是传达室的老朱头居住和工作的地方。

老朱头一大早就起来把铁栅栏门打开,他不能把"老娘舅"关在门外。"老娘舅"总是很早就来上班,第一个到律师事务所报到,比老朱头起得还早。

"老娘舅"有时骑一辆老式的凤凰自行车,大部分时间是走路,上班的第一件事就是与老朱头聊天。拔秧、割稻、种菜、施肥,老朱头很是纳闷,这位生活在城里的"老娘舅"对乡下犁耙耕耖类的农活比自己还在行。聊着聊着,他们就聊成了同年哥。

虽说是同年哥,两人的外形却是天差地别。"老娘舅"身材魁梧,走路时腰板挺直,步步生风,虽然头发和络腮胡子已经花白,但紫铜色的国字脸鼓

鼓的,少有皱纹。而老朱头自己是满脸褶子,弯腰弓背,走路一摇三晃。

唉,人与人真的不能比!老朱头心里不免大发感慨。

时间一长,打交道的次数一多,老朱头对"老娘舅"心生敬佩。

几年前,老朱头第一次见"老娘舅",可没现在这样客气。那天早上,身材高大、头发灰白的陌生老头骑着一辆破自行车要进院子,老朱头一把拽住车头,死活不让进。

直到朱赫赫出现,微笑着同来人打招呼,老朱头才恭恭敬敬地让来人进去。

老朱头后来才知道,那个头发花白的"大块头"的确来头不小。县城里大大小小的会议都要请他去,让他坐在贵宾席上;这个协会那个商会成立,大小公司和商场开张,都要请他去主持,有时候动嘴皮子,有时候动剪子;逢年过节,聚会酒宴,城里那些做生意办厂发了大财的老板也想请他,奔驰宝马在他家的门口排成一溜。老朱头还听说,这位"老娘舅"还曾当过地厅级的大官,不禁肃然起敬——老朱头倒不是仰慕"老娘舅"曾经的官帽和光环,他一辈子生活在朱宅,很少进区衙、镇衙和县衙,也不屑认识当官的。龙潭镇还是红旗区时,老朱头就知道区里有个与自己同名不同姓的"官",当时也没有任何要去谋面的冲动。现在,这位叫林峰的与自己做了同事,并且从"同名哥"发展成了同年哥,老朱头才对他另眼相看。

林峰从县级市市委书记升任地级市的副市长,在宣传和组织部门干了几年,最后彻底退下来。他是个闲不住的人,总想着找点事情做做。婺州的书记市长大多是由林峰一手栽培提拔的,他们给林峰安排了一个市总工会名誉主席的头衔,虽然是虚职,林峰却当成实职来做。商业的繁荣给婺州带来了成千上万家企业,雇用大量外地民工,劳资纠纷频繁。市总工会成立了职工法律维权中心,受理农民工投诉,调解纠纷,追讨工资,代理诉讼,出庭仲裁,处理合同纠纷。那正是林峰最喜欢干的事情,他自诩是农民的儿子,总想为民工兄弟做点事。过去林峰在职时候是发火烧火,现在的他要到处浇水灭火。维权中心探索出了一条职工社会化维权的新模式,被中央、省、市媒体广泛报道。林峰一时又成了新闻人物。在林峰看来,这才是他人生最辉煌的顶点。

林峰干了几年,急流勇退。他不能鸠占鹊巢,碍手碍脚,赖在那里不挪窝,毕竟他已经到了应该退居三线的年龄。他想干点别的,于是找到了朱赫赫。朱赫赫曾是林峰"农民工维权中心"的法律顾问,是免费的出庭律师。

"林书记,您到我的律所来上班吧,有您这样的大块头摆着,就像一面招展的旗帜,有分量的志愿者纷至沓来,我的公益事业就可以更上层楼。"两人已有十几年的交情,朱赫赫实话实说。

"你不怕人家说你拉大旗做虎皮?"林峰笑道。

"有人说龙家沾了您一辈子光,也不怕多沾这一次。您的光,我朱赫赫也没少沾。别的不说,对日细菌战诉讼,如果没有您的支持,我也走不到这一步。"

朱赫赫说的是细菌战诉讼宣传报道的事。1998年细菌战原告代表团第一次开会时,很少有媒体关注,当时林峰刚从领导岗位退下,运用他的影响力,拉来了《八婺日报》的记者采访报道。后来这家地区级的报刊每次都及时报道细菌战诉讼的进展,进而吸引了省级、中央级的报刊电台甚至国际媒体的关注。

不但在本地区,在浙赣湘三省,林峰也有许多战友,他运用自己的各种关系,给朱赫赫关于细菌战的调查、诉讼提供帮助。朱赫赫带领她的团队进行细菌战跨国诉讼,林峰一直是背后无形的推手。

"大树底下好乘凉。有您这棵大树,我这里就会少许多风雨。只怕我这儿的池子小,养不了您这样的大鱼。"朱赫赫笑道。

"我林峰哪是大树大鱼,不过是小草小虾。最辉煌的日子过去了,老了,日薄西山了。可我这夕阳晚霞还想再灿烂一回。只要有个地方让我窝着,再干点事,我就心满意足了。"

"律所一楼全是书籍案牍杂物,我可以腾出来,给您做办公室,您就挂上维权中心的牌子,重操旧业。只有一样,我不能给您开工资。"

"这么多年,你我都在做公益,何曾拿过一分工资?你不向我收房租就不错了。牌子的名称改一改,叫'民事纠纷调解中心'。我不想当什么主席,就让我当一回'老娘舅'。"

作为律师,朱赫赫知道,百分之七八十的民事商事诉讼都是可以通过庭外和解和法庭调解解决的。来找律师打官司的也有很多是并不大的民商纠纷和劳资纠纷。纠纷调解正是林峰擅长的。林峰嗓门大、身材魁梧,不怒而威,一见他,那些刚刚还争得脸红耳赤,甚至抢胳膊抬腿的当事双方经不住几句"训斥",早已泄了怒气冷静下来;而公司老板之间有矛盾的,到了林峰这里也是不看僧面看佛面,各退一步,准备回去好好地自行协商解决。

名声在外,来找的人很多,林峰这个"老娘舅"当得不亦乐乎。

这天早上,朱赫赫上班时却发现一楼调解中心的门锁着,她去传达室问老朱头。

"主任,这段时间你出差,不晓得那门已经关了半个来月了。我也怪想他的。听说是同年哥的老婆生病,来不了——提到老婆,大侄女,我朱峰老了,也想回乡下帮老太婆种菜去了。"

长久不见同年哥,老朱头也变得蔫了吧唧的,一脸落寞。

朱赫赫沉吟着上楼,想着林家的事。

林峰偶尔与朱赫赫闲聊,也会说起沙中柳。沙中柳更是个闲不住的人,从二线退下来之后,休息了一年,又要去竞选居委会领导职务。沙中柳要去竞选,居委会主任自然是非她莫属。林家所在的片区,是商业行政重地,居民分散,居委会主任要管的事纷繁杂乱,也只有沙中柳这样有能力又有人脉的才能胜任。沙中柳既是社区主任,又是社区文化艺术团团长,每天带着一群大妈大嫂跳舞唱歌。

照例,像沙中柳这样能歌善舞经常锻炼的人应该身体很健康,不幸半年前她却查出患了乳腺癌。她一直瞒着诸葛慧莲,一个月前,住进了一家叫"韩风"的医院。这家私人医院是婺州最大的整形医院,装修豪华如同星级酒店。沙中柳也是偶然认识这家医院的老板娘的,人家信誓旦旦,说一定能帮沙中柳根治乳癌,重做一个完美的乳房。

可手术并不成功。这些天,林峰正是陪夫人在处理那边的麻烦事。

朱赫赫思前想后,总是不妥,没进办公室,又回到一楼。她想开车去医院看沙中柳,却见一楼的门已经开了。林峰坐在办公桌前,眼圈发黑,脸色忧郁,粗大的手掌捧着头——他的偏头痛又犯了。

一年前,沙中柳去北京参加了一场追悼会,回来后心情就有了微妙的变化。诸葛慧莲为了接送儿子和上下班方便,流露出要搬家的意思,尽管很快就打消了念头,沙中柳的情绪还是有很大的波动,言语间责怪林峰没尽到做"父亲"的责任。林峰自忖对"女儿"诸葛慧莲和她的儿子都不错,常常带应明到公园溜达。思前想后,林峰忽然醒悟,夫人近几个月之所以胸中有一股无名火,是因为自己对她关心不够——他在地委的这两年,沙中柳就是留在县城独自生活的。沙中柳当居委会主任,林峰也有怨言,常常无意间流露出不满。

林峰心生愧疚,陪夫人住院,端屎端尿地伺候着,没想到手术的失败把林峰赎罪的努力一笔勾销了,还惹出一堆麻烦事。

看着朱赫赫走进来,林峰带着歉意,讲了事情的大概。林峰想调解私了,沙中柳不同意,一时家里鸡飞狗跳。

"林书记,您不知道夫人受到的伤害,这事可不能私了。这不是简单的医疗纠纷,一定要用法律手段讨回公道。您不方便出面,这事就全交给我了!"朱赫赫习惯性地挥手。

林峰摇头苦笑。清官难断家务事,对这句话他是理解得越发深刻了。

三

朱赫赫回到办公室,刚在主任的大班台后落座,就看见应梅花扭动腰肢款款走进来。深秋时节已有一些寒意,应梅花穿团花旗袍,身材丰满圆润,颈项上的珠饰晶莹闪亮,显得雍容华贵,饱满精致的脸化了淡妆,戴了眼镜,已经看不出过去俗艳的土气,看上去倒像个退休的中学老师。

"我的朱大律师,今天总算逮着你了,见你一面可真不容易!"一说话,应梅花还是露了馅。

"说到忙,你才是大忙人。我是小律师,你是大代表。听到应梅花这三个字,婺州城里谁人不是如雷贯耳?"朱赫赫笑迎。

"跟你比,我是小巫见大巫。婺州就不说了,你的名字已经漂洋过海、闻名于世了。"

两个女人嘻嘻哈哈,互相抬举中有互相抬杠的意味。

确实,论名气,应梅花不如朱赫赫,朱赫赫的名字常见诸报端,又上过电视,而应梅花作为婺州城最成功的女商人、女企业家,大名更多的是在固定的商业圈内。

梅花公司已是万人规模的饰品企业,聘请了职业经理人,应梅花任总裁,丈夫挂名董事。这些年,应梅花挤出时间去大学念书进修。

"你别损我了,梅花,有话你就直说。"朱赫赫收敛笑容。她平时总是一身正装,穿西装打领带,中性的职业打扮使她显得很严肃。

"无事不登三宝殿。来找你朱大律师,除了打官司还能有别的事?我也是来讨说法的。"梅花说话有点冲。

朱赫赫知道应梅花是为了妹妹应杏花的案件而来。因为犯罪嫌疑人病情再次恶化,一直处于昏迷状态,应杏花一案还未审结。

"这桩旷日持久的案子何时能有结果?你知道,每拖一天,都是对家父家母很大的折磨。我们两姐妹的心头也像是压了块大石头。"梅花圆脸上的笑窝不见了。

"梅花,这事你应该去问检察院和法院。"

"他们说了,所有的问题都出在你朱赫赫身上。他们要我来问你,是你要求延期的。"

的确,作为辩护律师,朱赫赫一再要求法庭延期,并发回公安局补充侦查。朱赫赫是认真的,不但仔细阅读了所有卷宗,还去与案件有关的所有场所——工厂、职工宿舍、阳台过道——实地勘察,对每一处细节都提出质疑:工资纠纷、犯罪嫌疑人的动机、应杏花有无过错、医院抢救过程中有无瑕疵、有无刑讯逼供。还有警方的尸体勘验笔录和证据——菜刀、毛发、衣裤上的血迹、法医的鉴定结果、DNA检验结果。在外人看来,朱赫赫分明是在鸡蛋里面挑骨头。

"这件案子,秃子头上的虱子明摆着,血淋淋的事实,有那么多目击证人,还有凶器菜刀、太平间的尸体,难道还要补充侦查,延期再审?"应梅花的声音里有些愠怒,要是以往早已发作,但她的身份特殊,得理还需让人。现在的应梅花见多识广,遇事沉着多了。

"梅花,你应该懂得一些法律常识。程序的正义比实体的正义还重要。我既然被指定为嫌疑人的辩护律师,就要对我的当事人负责。在法院判他有罪前,他也是个正常的人,享有一个公民应该享有的权利和尊严。"朱赫赫一本正经。

"我说不过你,谁不知道你是铁嘴钢牙的大律师?再说检察院、法院的那些人你都认识。"

"大家都听法律的。你要是不相信,也可以请律师。"

应梅花不是没有想过,她认识许多法学院的专家教授和上海杭州的大律师。不过,既然是公诉案件,市检察院已经出庭公诉,应梅花自然不便插手。

"不管怎么说,赫赫,你不能昧着良心为一个杀人犯辩护。想想杏花,她也曾是你的同学和好姐妹。"在朱赫赫面前,应梅花也有些词穷。

"梅花,我们都想为杏花讨一个公道,可是谁来为那个民工兄弟讨公道?我并不想证明他的清白,我只想维护他作为一个公民应有的尊严。他有罪,自然会得到应有的惩罚,可是在法官的法槌落下前,我必须完成自己的使命。"

看似温和的谈话中蕴含着火药味。朱赫赫泡了一杯茶,放在应梅花面前,神色郑重,语调平稳。

"我受托为这位兄弟辩护,特地去了一趟他的老家。他的老家在赣湘交界的罗霄山特困区,那儿层峦叠嶂、山岭高峻、道路崎岖、土地贫瘠,许多村民还生活在人畜混居的石头房子里。他的家在一处穷山沟里,用树枝竹片搭起的茅草屋泥墙布满裂缝、东倒西歪。他还有弟弟妹妹,他的父母根本不想再提起儿子,也无力来见他一面。这位兄弟,他从楼下跳下的那一刻,就没想过要活着。梅花,你想想,我们是不是应该为这些兄弟做些什么?"

梅花沉默了。她何尝不知道,在别的地方,还有一个与她现在生活的城市迥然不同的世界,那儿人的生活,即便是在她贫困的童年也不敢想象。她自己公司上万名的职工中,就有许多来自云贵川的。这些年来,梅花的足迹遍及广西百色、贵州荔波、云南怒江、四川凉山。她已经匿名捐建了十几所希望小学,只是她默默地做着慈善,并不想让人知道。方家的人也支持她这么做。

"一码归一码,等这桩案件了结,我一定为他的父母弟妹做点什么。"应梅花忽然间想起什么,从手包里拿出支票簿,开了一张一百万元的支票,推到朱赫赫面前。

"无功不受禄,梅花,你这是……"朱赫赫警觉起来。

"这不是行贿,这是给你的酬劳,另一桩案件的酬劳。"梅花很认真,"我要聘你,想办法把杏花的儿子留下来。"

原来,应杏花的丈夫小方见自己的儿子奇迹般诞生,并且似乎没有任何畸形,有些后悔了,受了父母的怂恿,要来争夺儿子的抚养权。

"岂有此理!这个男人,惹出祸端一甩手,占了便宜还得陇望蜀,岂能容他!这案子我接了。我有百分百的把握留下杏花的儿子。"朱赫赫皱起了眉头,"不过,这一百万元不能算律师费,如果捐给我下面的慈善基金会,我会欣然接受。"

"赫赫,我比你年长几岁,也算你大姐。你别怪我直来直去。做慈善没错,但是首先不能委屈了自己的合伙人和员工,否则就是假慈善。"应梅花笑吟吟的,"我知道你不缺钱,龙马是上海滩的房产大佬,身上拔一根汗毛都比我的胳膊还粗。你要是嫌少,我可以增加一点。"

应梅花拿过支票,在后面加了一个零。

"梅花姐,你真是冤枉我了。除了当初开业,这些年我没向龙马开口要过一分钱。我们是各干各的。怎么,你这一千万……"

"这一千万元也不是让你白拿的。我的公司正准备上市,原来的那些法律顾问我还是不放心。你是本地的大律师,有多年的企业管理经验,熟悉公司上市的法律实务,我想请你来担纲首席。这一千万元包括孩子案件的律师费、公司上市的法律咨询费、常年法律顾问费用……如果有结余,算我的捐助。"

"那我就恭敬不如从命了。"朱赫赫收起支票。

"这才是我的好姐妹!"应梅花笑逐颜开。

"不是姐们,是哥们。"朱赫赫哈哈笑道,"他们不知道,你我虽是女儿身,却有一颗男人的心。并不是只有男人有侠肝义胆,才会两肋插刀,女人同样可以义结金兰、义薄云天!"

两人一聊就聊到中午。律所有自己的员工食堂,朱赫赫请应梅花吃工作餐。就在朱赫赫的办公室里,简单的饭菜,两个女人狼吞虎咽,风卷残云,很快就吃完。

"赫赫,我就喜欢你这种不撞南墙不回头、不见棺材不掉泪的性格。你够朋友、够哥们!龙家的兄弟如果都像你这样,龙应两家就不会磕磕碰碰、有那么多解不开的小疙瘩了。"应梅花用餐巾纸一抹嘴唇,走了。

来时兴师问罪,走时欢天喜地。女人的心思男人永远搞不懂,这就是一例。

四

朱赫赫静下心来,整理案牍卷宗思路,准备手头几个紧要的案子。

红太阳律所有一支精干的律师队伍,在婺州城首屈一指。律所名声在外,生意红火。朱赫赫为手下的员工买了房购了车。优厚的福利待遇,众多办案升迁机会,吸引了更多未成名的律师和政法学院的毕业生。

大部分案子可以交给律所其他律师办理,但是遇到感兴趣的案子,朱赫赫也要亲力亲为。她并非对辅导公司上市、跨国并购这类"高大上"的法务不感兴趣,民事和刑事案件的律师代理费与上述非诉讼业务的收费相比不可同日而语。但是,在朱赫赫看来,市井里巷中的民间小案意义更大,一场官司的输赢,涉及当事人的家庭生计、困顿穷富,甚至关乎当事人的身家性命,对律师来说,处理好这类小案,绝非大材小用,而是小材大用。出庭应诉辩护,是每个律师崇高的职业梦想,法庭就是实现这个梦想美妙、高冷而又神圣的殿堂。在司法实践的侦、辩、诉、审四个中轴主体角色中,庭审是出庭律师的主战场。朱赫赫在公、检、法、司等司法实践部门都有过历练,但是作为出庭律师,她还是不敢有丝毫的懈怠,用战战兢兢、如履薄冰的态度对待每个"小案子"。

大大小小的案子,无数的细枝末节,调查,走访,勘验,对话,出庭辩护,公益诉讼加上慈善募捐等社会活动,让朱赫赫大部分时间都在路上、在法庭上。

她难得在办公室里安安静静地待着,正想闭目养神放松一下疲惫的身心,楼下传来了柴油机的轰鸣声。不多久,穿着肥大工作服、脸色红中透黑的孔鲁凤就推门走了进来。

孔鲁凤是开着一辆烧柴油的皮卡车来的。那辆方头大耳的皮卡与她的身材倒是很相称。用虎背熊腰来形容孔鲁凤一点不为过,她已经发福,臂膀滚圆,肉嘟嘟的瓜子脸有了双下巴。过去身材好的时候,孔鲁凤习惯穿休闲牛仔,现在她的腿再也套不进牛仔裤的裤管了,勉强穿上,到肚腩这里挤出一大团肉,再也扣不上了。

孔鲁凤学会了开车。龙虎要为她买一辆宝马,但是孔鲁凤觉得皮卡车更合适——既可以载人也可以拉货。眼下的孔鲁凤,与其说是众人艳美的老板娘,倒不如说是一名打工仔、勤杂工和大管家。医院的财务、食堂、基建、药房、仓库,大大小小的杂务都归她管,她比过去任何时候都忙。

短短两三年时间,龙凤康复医院已经成了婺州数一数二的私立大医院。医院以各种伤科和老人的康复治疗为主。龙虎二三十年的从业经历,使得医院迅速发展壮大。除了门急诊和住院大楼,龙虎准备在院内建几栋别墅,吸引全国各地有名的创伤科和康复理疗的专家入驻。他自己也在过去各种荣誉的基础上添加了诸如"著名民营企业家"之类的头衔。他雄心勃勃,还要与几个兄弟合资开分院,筹建医学院、研究所和新的药厂。

孔鲁凤一进办公室,就在班台对面的椅子上坐下。虽然两人都在城里,但很少见面。龙家四妯娌中,朱赫赫的威望最高,龙家大小事务,不是朱赫赫拿主意,就是她最后拍板。不但龙家的长辈对朱赫赫"唯命是从",小辈也是对她恭敬有加。所以孔鲁凤对朱赫赫是格外倚重。

"赫赫,好不容易逮住你一次,我就直话直说了。我是来当说客的。"孔鲁凤依然大大咧咧,说话连珠炮似的,"最近你是不是接了个案子,有关韩风医院医疗事故的?"

朱赫赫"哦"了一声,听孔鲁凤说下去。

"如果没有立案,那我劝你就别掺和了。虽然林家是龙虎的大恩人,沙局长过去对龙虎有很多照顾,但是韩风里面的水很深,你一头扎进去,怕要淹死。韩风的潘老板是福建人,财大气粗,听说靠山很硬。韩风里面进出的,都是有头有脸的人,是城里的大老板富太太,我怕你不一定惹得起。"

"鲁凤,龙虎是怕得罪同行吧?"朱赫赫微笑。

"不是怕,龙虎怕过谁?不过我们两家的确有业务往来,那些烧伤留疤、四肢残疾的病人,有些需要转到韩风去。韩风的老板娘我也认识,她还劝我去抽脂减肥哩。你说,像我这样杨贵妃样的胖美人,不管咋弄,也弄不成赵飞燕。"

朱赫赫被逗笑了。孔鲁凤依然有说有笑。

"韩风的装潢像宫殿似的。人家是真的有钱,划拉一个双眼皮、装个假鼻子就是几千上万块。老板娘说了,只要你这个大律师不追究,一切都好说。她已经答应沙局长,后续的治疗费全包了,病治好,假乳房也给她安上,需要多少赔偿由沙局长说了算。林家人都不打算追究了,赫赫,你还瞎折腾啥?你多少也要给我一份薄面。再说了,慧莲刚刚被提为局长,私立医院也归她管,你不应该给她添麻烦。上次你插手应杏花的案子就有点过了。龙虎离开人民医院,又把慧莲重点培养的医生刘强挖了过来,过河拆桥,到现在还过意不去。慧莲是你我最好的姐妹,帮不上她的忙,至少不要给她添乱。"

孔鲁凤拉拉杂杂说了很多。朱赫赫沉思良久,点点头。

"如果林家坚持私下调解,我的确不便插手。鲁凤,你不单单是为此事来的吧。"

"那是。我是在为老爷子的事烦心。龙虎当初辞去公职自己办医院,不就是为了老爷子的烂脚丫吗?现在倒好,龙虎把别的烂脚的老人当县太爷般伺候,一个个治好了,却把自家的老头丢在乡下不管不顾。"

孔鲁凤说的那些烂脚的老人是侵华日军细菌战的受害者,在龙凤医院治疗,治疗费用由朱赫赫的慈善基金出,不足部分从朱赫赫的法律顾问费中抵扣。孔鲁凤当了几年的医院财务总管,对银钱往来越来越较真。医院一盈利,孔鲁凤就把几个兄弟原本在医院里的股份收购了。亲兄弟明算账,孔鲁凤不想纠缠不清,伤了兄弟和气。

"老爸是舍不得他的承包地,这些年他种田种上瘾了。"朱赫赫道。

"你说,龙家兄弟的日子个个过得滋润活泛,还用得着他拖着条废腿东跑西颠?老爷子就是想管人。龙虎的话老爷子根本不听,这父子俩心里有疙瘩,一直解不开,像两头公牛,见面就顶角。龙家四兄弟,老爷子最器重龙马,在这个家里,也只有你的话老爷子会听。上次你让他去日本,他二话不说,一瘸一拐、屁颠屁颠地就去了。你得劝劝老爷子,再不治,他那条腿真的就该锯了。"孔鲁凤边说边比画。

"我这里看门的老朱头要回乡下种菜,我想想办法把老爷子哄过来。鲁凤,不是我不想管这事,没办法,这一两年太忙了。"朱赫赫道。

孔鲁凤胖嘟嘟的脸露出一丝忧虑。

"是啊,大家都很忙。龙家人都一个德行,喜欢穷折腾。龙虎尤其是。什么时候见面,你也劝劝龙虎,该有的都有了,也该停下来歇口气了。他的心脏不好,我真担心他什么时候会倒下……"

"也只有龙马的话龙虎会听。碰上现在这样创业的好时代,哪个男人不想闯出一番事业?男人在前面冲锋陷阵,我们女人要学会自我照顾。鲁凤,你也别太操劳操心了,别忘了,龙家还有一个兄弟,以后医院装修的事可以交给龙骏,听说他开了一家不错的装潢公司。"

第三十九章

商　道

一

婺州小商品城的崛起带来了运输市场的空前繁荣。某种意义上,是货运物流成本的低廉造就了商品城的价格洼地。在婺州城里,有成百上千个托运处辐射全国,其中有政府开办的专业联托运市场,大部分则是民营的组货点,从事短驳和长途货运。在城中村的各个角落,某块围墙里坑坑洼洼的空场地内,一排排低矮的平房前,随处可见"婺州—乌鲁木齐""婺州—海南""婺州—拉萨"等字样的牌子。大大小小的运输车辆在进出城的公路上飞驰,五菱车、厢式货车、三轮车在城市的大街小巷穿梭。由于各组货点、托运处自行定价,估包加费、敲诈客户的事屡有发生,市政府不得不出面干预,严格统一长途运输的收费标准,又成立市运管办,投入公营的"联发车队"平抑运价。

县婺剧团李团长的儿子李根忠原是龙川火车站的站长,回城后当了铁路货站的站长,很快退休,由大儿子李培孝顶班。他的小儿子李培义从云南回来在货站当装卸工。铁路移线,新的货站建成后,李培义下岗了。李培义于是买了几辆二手的厢式拖拉机,从事短驳货运。

短驳货运中的一大业务,是把铁路货站车皮上卸下来的货物运到仓库或用户手里，货物包括中小型机械、燃煤、粮食、化肥、塑料粒子等。李培义运得最多的是建筑陶瓷类的货物。老李喜欢给龙老板运货。龙老板从不压价，对瓷砖破损也不计较。龙老板的仓库在老火车站附近的粮食储备库内，粮食储备库已经很少有粮食运进来，大多租给建材市场的经营户堆放货物。眼见龙老板仓库的货从小堆变成大垛，各种规格的瓷砖堆得像一座座小山，老李心里很高兴。

老李运完最后一车货，从龙老板那里接过一摞钱，脸上露出憨笑。

"龙老板，这是我最后一次给你拉货。用车皮拉砖不合算，价格贵不说，破损也严重。现在都走海路，集装箱货柜，门到门，同样重的货，还能省几千元。"

"老李，你告诉我这个，不是砸自己的饭碗吗？"龙骏道。

"不砸也得砸。开几辆破车，一年到头辛辛苦苦、灰头土脸的，也挣不了几个钱。我帮建材市场的老板拉货有些年头了，眼看市场生意越来越红火，也想进来分杯羹。我得为儿子考虑。我想把爷爷的房子卖了，再凑些钱，买两台机器，办个石材陶瓷加工厂。"

"老李，这是个好主意。我有大量这方面的业务，以后就全交给你了。"

李培义爷爷的房子就是老火车站邮电弄的蜗居，一度被龙骏当成书画培训室。虽然早已不用，但龙骏还是很感激。

婺州城最大的建材市场就在老铁路货站里，这里有大量的工棚、厂房、仓库和废弃不用的办公楼，水泥墩垒砌的月台边大多杂草丛生，还有一畦畦的菜地。老铁路在的时候，这里是城市边缘，现在成为市中心，却依然保持着城中村的风貌。附近有铁东、铁西、仓前、仓后等五六个村落，除了本地居民，还有大量租房种菜的农民、上班的打工族、摆夜市的摊贩、开大篷车的杂技演员和行走江湖卖狗皮膏药的游医——总之是寄生在铁路旁的小商小贩，生活在城市边缘的芸芸众生。

早在十几年前，在铁路货站附近的村落里，已经自发形成建材小市场。政府出面规划后，这里便迅速形成一个正规的大市场，凡是与建筑装潢有关的东西——钢筋水泥、玻璃铝合金门窗、橱柜灯具、五金锁具、油漆涂料、地板木线、大理石花岗岩、陶瓦瓷砖——都能在这里找到。

婺州城的居民还不太愿意花设计的钱，喜欢自己采购，找临时施工队装修，龙骏不得不先做买卖。佛山陶瓷、顺德家具、南浔地板、潮州洁具、台州五金、中山灯具,龙骏走遍南北了解市场行情,决定从他喜欢的陶瓷入行。陶瓷行业普遍实行代理制,龙骏从佛山陶瓷厂进货,每天窝在一百平方米的仓库里,先是蹬三轮,后来是开柳州五菱,送货上门。有时他要把几十公斤重的瓷砖背上六七楼。他成了搬砖高手,重达百十斤的一米瓷砖扛在肩上,健步如飞。

从业三年,龙骏成了家装业的行家里手。他的飞天装潢公司已经有相当规模,在一个六七百平方米的旧厂房内,二楼是办公室和设计室,一楼是陶瓷建材产品展示厅。他现在雇有十几个员工,既设计又销售。市场里的品牌经营户都喜欢与龙骏合作,由"飞天设计"带动他们的产品销售。

龙骏当起了真正的老板,每天一早到公司,第一件事就是泡茶。

这天早上,龙骏刚刚在树根状的茶几前落座,就看见同市场的杨老板上楼来喝茶。

杨老板叫杨粤辉,是粤北仁化县人,师范院校毕业后在家乡教了几年中学,离职到珠三角闯荡,阴差阳错进了佛山陶瓷行业,在佛陶企业集团当业务员。佛山陶瓷企业的业务员,跳槽频繁,今天在这家,明天可能就在另一家。杨粤辉几乎在佛山元老级的陶瓷企业都干过。

龙骏第一次见到杨粤辉,是两年前的冬天,天寒地冻,积雪盈尺。龙骏一大早去仓库兼店面开门,看见杨粤辉蹲在雪地里等候。龙骏前天已经接过杨粤辉的名片,知道杨粤辉正找代理客户,但是没想到杨粤辉会这么顽强盯牢自己不放。龙骏请杨粤辉吃了两顿火锅,虽然业务没谈成,但是两人成了好朋友。以后每次路过婺州,杨粤辉都要到龙骏处喝茶。

陶瓷业务员一年大部分时间都在出差的路上,走南闯北,寻找代理,推销产品。杨粤辉的身份却有些特殊,既是业务员,又当老板。两年前,他的老婆在婺州建材市场开了一家店,销售佛山陶瓷。杨粤辉来龙骏这里喝茶的次数更多了。

杨粤辉四十来岁,身材不高,精瘦精瘦的,自称是体育老师、运动健将,还会咏春拳。他原本有一头乌发,只是发际线靠后,现在几乎掉光成了秃顶。

"龙老板,首先我要表扬你,你的工夫茶越泡越有味了!"杨粤辉落座,摸着自己的光头,乐呵呵的——他以前来时大多是颦眉蹙额、唉声叹气。

"这都是跟你学的。以前你总说江浙一带的人喝茶是牛饮,只有潮汕一带的人才真正会喝茶。"看见对方红光满面,龙骏很是惊讶,"杨老板,有喜事?"

"的确有喜事,大喜事!那笔孽债终于还清了。唉!十几年了,我心头的石头终于落地,以后我可以清清白白做人了。"杨老板瞳仁闪亮。

杨粤辉说的那笔孽债,指的是他第一次当业务员时未收回的欠账。最初的建陶行业时兴赊账经营,厂里先发货,经销商销完货再打款。杨粤辉刚入行时,给婺州城的一个工地发了几百万货款的瓷砖,工地完工后,姓高的老板寻找各种理由拒绝付款。杨粤辉蹲点要债也要不回,就叫老婆在婺州开了家店,边做生意边要债。杨粤辉与姓高的既打官司又打架,还是无法要回欠款,他除了喝醉酒"老狗老狗"地骂,几乎没辙,只好用自己挣的钱去填补窟窿。

欠账还清,杨粤辉一高兴,话也多起来。

"龙总,你可千万别怪我一年跳几次槽,谁会真心实意用一个有污点的人?在我这个年纪,人家早已是地区经理级别了,我还是一个普通业务员。做瓷砖销售,真不是人干的活,要会喝酒会说话会算账会咨询会侦探会看相会早起能熬夜能受气,还要会跳舞、会卡拉、会洗脚、会泡澡,忙得脚不沾地,混几年,不成精也看破红尘了。不过我还是喜欢这一行。现在好了,老板叫我回去,让我当销售副总。"

杨粤辉说完,长舒了一口气。

"杨总,可喜可贺!"龙骏道,把茶盏送到对方面前。

杨粤辉眉开眼笑。"好事还不止于此。过完年我就可以带老婆回佛山了。老总答应给我买套房子,给儿子上户口读书。我还干老本行。房地产繁荣,建陶业定然大有可为。我就是为这事找你的,我想把我代理的几个牌子都给你,我知道你的为人,在这个市场上只有你有这个资格。"

"蒙娜丽莎,马可波罗,罗马里奥,听上去都是洋名啊!"龙骏笑道。

"龙总,我知道你也干过陶瓷这一行,又是画家,对陶瓷有研究。没错,中国是陶瓷的老祖宗,不说夏商周隋唐,就是宋朝一代,就有定、汝、官、哥、钧五大名窑。近代又有景德镇。可是要说建筑陶瓷,那还得说意大利、西班牙,人家的技术、花色、设计、研发,都树立了行业标杆。佛山虽称南国陶都,建陶的技术设备也大多是从意大利引进的。你放心,我浸润陶瓷行业十几年,不会把不靠谱的牌子推荐给你。这几个牌子,是在国内生产,请的是国外设计师。"

杨粤辉怕龙骏误会,把工厂生产销售产品的优势甚至老板的爱好一一罗列介绍,不厌其烦。

"好吧,我考虑考虑。即使我没能力代理这几个品牌,我也会尽力推荐给终端客户。"龙骏道。

杨粤辉盯着龙骏。

"你就别犹豫了。喝茶有茶道,从商有商道,做人有人道。做生意最终要归结为做人。我就是看中你这个人。前两天我还去了趟龙潭镇,祭拜陶公庙。龙潭镇能成为商业重镇,婺州城能崛起浙中、名闻天下,我想与陶朱公不无关系。那陶朱公怎么做来着?"

"与时逐而不责于人,获时无免,逐十一之利,圣人不积,物聚必散……"龙骏知道杨老板是想挑话头,娓娓道来,一番"之乎"。

"这就对了。我老婆是潮州人,潮汕一带尽出名人,我老婆也姓李。我现在知道潮汕人为什么那么厉害了,他们有一套做人从商的老规矩。十比八比卖小理,绞刀一落如圣旨。人爱长交,数爱短结,做人要守信。千金买厝,万金买邻。买卖算分,相请无论。菜徙哙青,人徙发家。大富由天,小富从俭。忍气留财,忍祸得福。鸡啼猛慢,天光相同。拳头练到死,当无粒铳籽。百货合百客,老姆合老伯。慢落渡船先上船,二刀相砍一刀缺。人无贪念品自高,出日着积落雨粮……"

杨粤辉越说越兴奋,咕噜出一大串潮汕话来,搞得龙骏一头雾水。

"杨老板,你说的话我是越听越糊涂了……"

"龙总,我会慢慢跟你解释的。咱们后会有期,你这个朋友,我这辈子交定了。"杨粤辉摸摸光头,哈哈大笑。

二

龙骏送杨老板下楼出门的时候,发现自己公司的门口停着一辆雷克萨斯轿车。一个五十岁左右的男子刚从轿车里钻出来,笑吟吟地走向自己。龙骏觉得有些面熟,一时又想不起来,那中年人已经伸出手。

"龙老板,你好啦!还记得我吗?"

"真抱歉,一时还真……"龙骏尴尬地笑。

"龙老板,真是贵人多忘事。我是诸葛志刚。"

春寒料峭,诸葛志刚却穿着有些花哨的韩风T恤,肌肉紧绷,使得他在沉稳儒雅中透出俏皮。诸葛家特有的宽阔额头亮晶晶的,睿智的双眼炯炯有神。

龙骏与诸葛志刚见过一面,那是在诸葛慧莲乔迁新居的晚宴上,诸葛志刚带着他的太太与儿子,正好与龙骏同桌。席间两人简单地交谈了几句,龙骏不喜欢那种觥筹交错的场合,但他是新房装修的一等功臣,不得不出席。席间,诸葛慧莲不时帮腔,要诸葛志刚多多照顾龙骏的生意。

诸葛志刚是婺州台商联谊会会长。他是最早一批来大陆的台商,投资集中在婺州,在城里开了个珠宝城,销售自己的品牌,同时代理周大福、谢瑞麟、金至尊。诸葛旗下有两个珠宝金饰品牌,一个在台湾,另一个由婺州"梅花饰品"生产;他是梅花饰品的合伙人,最大的投资也在梅花饰品。

"诸葛先生,稀客稀客。"龙骏笑着把客人带到楼上,"不知诸葛先生喜欢喝什么茶,我这里有普洱、龙井、铁观音、大红袍、竹叶青,应有尽有。"

诸葛志刚落座,一副谦逊随和的样子。

"那就龙井吧。家父一辈子喜欢龙井,把这个癖好也传给我了。去年我还特地跑了趟梅家坞,买清明前狮峰龙井。在家里,太太为我泡的是龙川茶,直接去茶农那里买,十几元一斤,味道不亚于龙井。喝龙井,太奢侈了!"

"诸葛先生对龙川很熟悉啊!"龙骏递过茶盏。

"那是。家严家慈都在那安息呢。龙潭镇,那是诸葛家的根,我现在婺州城里安家,也算半个龙川人了。"诸葛志刚把黑色的HTC手机放在茶几上,环视一圈大堂设计,微微点头,"十几年前,我那个家装得太粗糙,简直没有任何设计。要是我知道大侄女有一位设计师朋友,就不会省那几个钱了。"

"诸葛先生,那会儿我还在厂里上班呢。怎么,你的家要重新装修?"

"是我的店铺要重新装修。原来的店面太小了,我在商贸城对面租了一栋楼,要扩大经营。我接触了几位广州、深圳的设计师,要价太高,再说他们也不愿意为这点业务跑到婺州来。所以我就来找你了。"

"诸葛先生,我是半路出家,入行不久,对店面设计不是很拿手。"

"我走过几家你设计的店铺,就喜欢你的设计风格。设计,最要紧的是简洁大方,要有艺术家的眼光,要有品位。深圳的设计师推荐用进口大理石和花岗岩,几千元一平方米,我觉得没必要。有没有辐射就不计较了。我自己倾向于古色古香的,与诸葛家珠宝金饰的风格吻合。这年头,设计风格一日三变。拿珠宝设计来说,时尚过了头,就变成俗气,最重要的还是要有与众不同的文化积淀和气质。家装、店铺设计也是如此。我心中有大概图样,倾向于用仿古砖。有朋友推荐了一个牌子,我常去广州,顺便到佛山这家厂的展厅看了一下,的确不错。老总的意思,可以给最优惠的价格,但要通过地区代理拿货。"

诸葛先生说的仿古砖牌子,正是杨粤辉代理的其中一个。

"杨老板刚刚在我这里喝茶,我可以为你联络。"

"我与杨老板合作过几次,他说已经把代理权转给你了。"

龙骏笑了笑,杨粤辉显然是想走之前送朋友一些礼物,不过他也需要龙骏帮忙销售库存。

"我相信你,通过你向厂里拿货。上百万元的生意,不算大也不算小,合理的利润还是要留给你的,毕竟人工、运输、库存都需要成本。另外,设计费用,你大致报个价。"

诸葛先生拿出珠宝城的建筑图纸,做了简要说明。龙骏翻了翻,沉吟一会儿,说出一个数字。

"你的报价只有深圳、广州那边设计师的三分之一。我希望你的设计品质不会低于他们。我知道你报的是友情价,我可以在你的报价基础上再上浮十个点。这事就这么定了。另外,我在工业园区新建了一家工厂,那里的装修也交给你了。"

这才是大生意。五六万平方米的厂,单单装修材料费用,就是个大数字。龙骏很惊讶,张着嘴,半晌才说出话来。

"诸葛先生,你的摊子越铺越大啊!"

"珠宝城是我太太经营的。我负责饰品生产。工业园区的厨具用品厂是与德国人合资的,将来留给大儿子,给他一个施展才能的舞台。他刚从德国回来,醉心家居用品设计。我只负责投资,由专业经理人打理。前一阵子,老板商人的圈子闹得沸沸扬扬,都在传说我与梅花公司闹分手的事。你也一定听说过。"

龙骏点点头,他很少深究别人的隐私,即使当事人同他述说,也是守口如瓶。他依然充当倾听者的角色。

诸葛志刚沉吟片刻,主动说起来。

"我到大陆投资,第一个合伙人就是梅花。这些年梅花饰品发展迅速,我也是受益者,很感激她。不过在商言商,只有永恒的利益,没有永恒的朋友。梅花公司要借壳上市,还要投资房地产,我有不同看法。道不同不相为谋。你一定听说过台商在大陆投资创业的'三不'经——追求品质不惜重金,家底厚实不忘节俭,公司传承不搞家族接班。这后一条尤其重要。公司越大,越需要职业经理人,由股东选出长期的管理者,而不是一味把自己家族的人塞进公司。传贤不传子,才能打破富不过三代的魔咒。我也不想过河拆桥,只是撤出部分资金。一来,我想在龙潭镇造一家酒店,作为商会的活动基地;二来接待来婺州的台商客人。当然,最主要的是投资工业园区的厨具厂。厨具厂的装修还得征得德国合伙人的同意,海因里希先生严谨认真。不过我相信他会同意把装修交给你的,你也是个非常认真的家伙。"

诸葛志刚显然把龙骏当成老熟人,说了很多,最后开了句玩笑。

"诸葛先生信得过我,我自当全力以赴。时候不早了,我请你吃饭吧。"

"吃饭的事再说。如果不介意,我想先送你点礼物,一套西服。"诸葛志刚盯着龙骏身上的西装。龙骏穿衣向来随便,他的西装还是在炼油厂上班时发的,奉帮的牌子过硬,但是长期不穿,又不打理,显得皱巴巴的。

"真正的品质并不在于牌子有多响亮。有些很服装品牌很低调。我常去港珠澳。广州小巷里,有一个女设计师,曾留学英国,圈里的大老板常常在她那里定制服装。我太太很喜欢穿她设计的旗袍。这两年她似乎从江湖上消失了。上个月我太太在珠宝城与她不期而遇,太太要去女设计师那里定制西服,有机会给你定制一套。"

"诸葛先生,我们现在成生意伙伴了,相信一定有机会的。"

"朋友归朋友,生意归生意。后天晚上我请你喝茶,我们把合同签了。"

诸葛志刚喝完茶盏里的茶,拿起手机,匆匆离去。

三

建材行业的水很深,瓷砖销售尤其复杂。一个品牌的省级、地区级代理,意味着一年上千万元的销售任务,大量的垫资压库。陶瓷厂家每年都会推出一批新的品种,所以一到两年,店面都要根据厂方的要求重新装修,铺贴样板。从厂里出样板到用户手里铺贴完成,哪一道环节出点差错,都要老板去处理。单是培养一个好的销售人员就不容易,往往需要一年或更多的时间。装修大多是一次性的消费,客户选材,货比三家,挑挑拣拣,犹犹豫豫,要有极大的耐心花无数的口舌才能说服客户。产品送到客户手里,后续的麻烦事一大堆,不是客户自请的设计师挑毛病,就是装修队的泥瓦工要不到回扣暗中捣鬼。即使是为客户免费提供装修设计也不省心,有时花几个星期设计的一套图纸,因为某个关键细节的改变就要推倒重来。

下午五点半,公司的员工陆续下班,龙骏准备关门打烊。今天他接了两个意向性的大单,没有遇到气急败坏的客户投诉,心情愉悦。这样的日子很少。会见厂方经理,接待客户,处理纠纷,设计图纸,利用极少的闲暇时光挥毫泼墨,通常情况下龙骏要晚上八九点才回家,迟了就睡在公司里。女儿龙飞天住读,龙骏孤身一人,四处为家。

龙骏下楼,正准备拉上卷闸门,一个年轻的外国客商急匆匆走来。在建材市场,大家对外国客商已见惯不惊,他们来自中东、北非、南亚和欧美。婺州的外贸依存度越来越高,来自世界各地、各种肤色的采购商在市场里穿梭。那些常驻的阿拉伯商人,有晚睡晚起的习惯,常常在店铺快要打烊时还在市场里逛。

眼前这个老外,显然不是在闲逛。他看上去三十来岁,身材肥硕,头发短而微卷,高鼻梁,深眼窝。他穿着白色阿拉伯长袍,拿着手机,斜挎背包,站在门外,抬头看看门牌,咧嘴盯着龙骏,露出怪异的笑。

龙骏还没明白怎么回事,来人已经一把抱住龙骏,嘴呱巴着,左右吻腮,络腮胡扎得龙骏的脸生疼。

龙骏把客人迎进展厅。来人咕噜了几句,以为龙骏听不懂英文,露出失望的神色。龙骏的英文原本很溜,只是长时间不用,说得有些磕磕巴巴。

"Coffee or Tea?"

"Coffee."

"Black coffee?"

"Bitter coffee."

龙骏泡了杯苦咖啡,放在迎宾台上。他依然有些懵懂,猜不透来人的意图。眼前的阿拉伯商人似曾相识,又很陌生。

通常外商采购商品会通过外贸公司,后者可以拿提成。一些国内翻译在办理业务时或明或暗在商家那里拿三至五个点甚至更多的回扣,把这行的名声搞坏了,阿拉伯商人便通过自己老乡开的外贸公司采购组货。在婺州城里,有许多阿拉伯人开办的外贸公司,他们常驻婺州,中文说得很流利。那些独闯市场的不是大胆就是自己会中文。

果然,来人用中文做自我介绍。他是叙利亚人,名叫阿米尔·默罕奈德·阿布·马赞。他边说边打开手机里的照相簿,里面存了许多照片,是飞天公司门头、员工、瓷砖样板间的留影。有一张赫然是龙骏和另一个人在展厅内的合照。那个老阿拉伯商人除了卷发花白、络腮胡子略显稀疏外,与站在面前的人一模一样。

照片里的人,是龙骏的老朋友——叙利亚人默罕奈德,住在大马士革,祖辈都是商人。听他自己说,默罕奈德家族一直在迪拜做转口贸易,20世纪90年代才到中国香港经商,借助香港和迪拜,把东南亚的商品卖到中东、北美。在广交会上,默罕奈德听说中国内地靠近上海有个地方,商品比广东还便宜,遂北上来到婺州。这里的大市场没有让他失望,价廉物美,应有尽有。珠宝饰品、服装百货、圣诞用品、仿真植物,老默罕奈德几乎什么都做。儿子在国内做建筑承包商,老默罕奈德要充分利用集装箱货柜的空间,便盯上了笨重然而利润巨大的建材。几次与龙骏打交道后,两人成了很好的生意伙伴。最近一次,默罕奈德家族承包了一家豪华酒店的装修业务,老默罕奈德为儿子采购酒店装潢用的所有建材,还有大量的酒店用品——软垫床、写字台、衣橱衣架、茶几、座椅沙发、床头柜、电器灯具、窗帘挂件和洗浴用品,有许多是龙骏陪着老默罕奈德一家家上门采购的。

"原来是默罕默德先生,失礼失礼!"龙骏恍然大悟。

"是默罕奈德,不是默罕默德。"叙利亚人笑道。

"默罕奈德先生,您别见怪。阿拉伯人,我是说叙利亚人的姓名,有族名、父名、别名、昵称,长长一串,常常搞得我云里雾里。"

"龙先生,名字叫错没关系,交货出错才是大事。"默罕奈德忽然换了一副严肃的面孔,边说边从包里取出一大摞资料,有交货合同、买卖单据、酒店的图纸和画满各种符号的建材加工清单。叙利亚人叽里哇啦说了一大堆阿拉伯语,里面夹杂中文、英语和法语。他一杯杯喝着苦咖啡,一副咄咄逼人兴师问罪的口气。

龙骏终于明白了,原来是上次用于酒店装修的大理石和花岗岩成品在

加工时有部分出错,该倒六十度角的倒成四十五度,鸭嘴边磨成圆边,有许多尺寸短了五十毫米。这批大理石花岗岩数量不少,是龙骏为市场里另一家公司代销的,放在李培义刚办的加工场加工,没想到出了这么大的纰漏。叙利亚人有一张张照片为证,不由得龙骏不信。

"默罕奈德先生,事情既然已经出了,现在是如何处理的问题。"

叙利亚人双手一摊,一副委屈又无奈的样子。

"默罕奈德先生,您把所有加工有误的尺寸列一张表,叫您父亲传真给我。如果不耽误工期,我可以再加工一批,装在下一次货柜上。您是知道的,上一次的货款并没有结清。"龙骏道。

由于对外贸的高度依赖,婺州城的商户在做外贸生意时大多采用赊账经营。有一些不诚信的外贸公司卷款潜逃或外国商人骗货走人的事时有发生,尽管政府也发出警示,但遇到有外贸单子,经营户还是愿意冒风险的。这样做,即便不打水漂,货款有时候也要一年半载才能收回。龙骏充分相信老默罕奈德,接过下一单生意时才付清上一单的货款。

也许是喝多了咖啡,叙利亚人的脸渐渐疏朗,多云转晴。

"龙先生,看在您和父亲的交情上,我可以既往不咎。不过,"叙利亚人说着,从包里又取出一大摞图纸,"我又承包了一家酒店,这次采购的和上次差不多。人生地不熟,我还要请您帮忙。上一单的货款明天就可以结清,分文不少。接下来这一单,大理石和花岗岩的加工费减半,瓷砖的价格在原来的基础上再让五个点。"

龙骏想了想,同意了。两单生意,都在盈亏平衡点,不过不赚钱,总比赔偿亏本要好。

在二楼的办公室,两人一个喝咖啡,一个喝茶,忙到半夜,敲定了所有合同细节。

"默罕奈德先生,不知您住在哪里,我开车送您。"龙骏道。

默罕奈德住金鼎宾馆。龙骏知道那家宾馆在商贸区附近,里面住的全是阿拉伯商人,大部分是短期入境采购的,少数是包房长住。

"我有一个兄弟来婺州好些年了,在婺州城开了家餐馆。我要去见他。龙先生,晚上我请客。请您吃阿拉伯大餐。"叙利亚人得偿所愿,兴高采烈。

龙骏不止一次与老默罕奈德吃过阿拉伯大餐,羊肉卷、羊肉串、面饼、饭卷、豆泥、丸子、椰枣、咖啡、啤酒,香甜油腻,看上去很丰盛,但每次吃完回家都是饥肠辘辘。不过为了生意，他也豁出去了。

婺州城北路商贸区一条长街上，集中了许多阿拉伯餐馆。每到夜晚华灯初上，这里便会宾客盈门。他们中少数是早已定居婺州的外国客商，来自叙利亚、也门、伊朗、伊拉克、约旦、土耳其，大部分是刚到婺州，就风尘仆仆地来这里寻找他们的老乡。

龙骏开着车带默罕奈德沿长街兜了一圈，也没找到默罕奈德兄弟的餐馆。最后他们进了一家叫苏坦的土耳其餐厅，喝了杯红茶，吃了一大堆龙骏并不喜欢的烤串肉丸。

四

一连几天，龙骏都在陪默罕奈德先生采购酒店用品。默罕奈德机智灵敏，很快摸到了门道。他知道龙骏很忙，就撇开龙骏独闯市场去了。

这一天，飞天公司展厅又走进来一个默罕奈德。这个默罕奈德块头更大，肩圆脖子粗，高鼻深目，脸上的络腮胡子刮得干干净净的。他并没有穿长袍，一身休闲打扮——牛仔裤，皮凉鞋，花格子衬衫的袖子卷起，露出毛茸茸的手臂。在飞天公司二楼，他要了杯苦咖啡，在茶几边落座，像个自来熟，与龙骏套近乎。

"龙先生，我可找到你了！为了找你，这座城里的装潢公司，我一家家地找过去，像个扫大街的。我可是快把腿跑断了！"这个默罕奈德的嘴唇很薄，显然很健谈。他的中文说得比婺州本地人还好。

"默罕奈德先生，我们也在找你，你的餐馆搬了？"

"没有啊。就在那家土耳其餐馆边上，旁边还有一家瑜伽馆。现在餐馆停业，准备重新装修，里面破墙挖洞，外面搭起了脚手架，晚上乌漆墨黑的，怪不得你和我兄弟要错过啦。我现在的老板财大气粗，把旁边的那栋楼也包了，准备开一家更大的。"

"餐馆不是你的吗？"

"不是。原来是我叔叔老默罕奈德的，他回国之前转给菲利普了。菲利普是印度商人，他的真名叫普拉地·夏帝利，菲利普是他的中文名。我也有中文名，我的中文名叫哈德。菲利普先生是做香料生意的，熏香、檀香、精油、香水、香皂，也做珠宝饰品，与我叔叔是生意上的伙伴。他们是在香港、

广东做生意时候认识的。"

小默罕奈德先生越说越绕,把龙骏绕糊涂了。

"哦,我原以为,老默罕奈德先生带我去吃阿拉伯大餐的餐馆是你开的呢。"

提到餐馆和生意,这个默罕奈德眉飞色舞。

"哪里。我一直是个打工的。我的命就是打工的命,在世界各地讨生活。我从小喜欢中国文化,在迪拜时,认识了许多中国朋友。那时我是叔叔手下的伙计,到了中国的香港、广东,还是他的伙计,一个月拿二三百元的工资。我觉得那不是个事儿,但自己出来做生意,亏了。我不是做生意的料,可我喜欢中国美食,到餐馆打工,又回国学会制作阿拉伯大餐和各种穆斯林清真美食。来到婺州后,我一直在叔叔的餐馆打工。很多人劝我回国,你说,我还能回去吗?我来婺州已经十几年了,在这里成家立业,早把这里当成第二故乡了。在这里,我遇到了真爱,娶了拉面王的女儿,有了一双儿女,他们的汉语说得比我还溜。他们在婺州出生,在婺州长大,在这里上学,汉语就是他们的母语。不过我希望他们能接受阿拉伯语教育,学习阿拉伯文化。"

默罕奈德又要了一杯苦咖啡,边喝边说:

"龙先生,你说我还能回叙利亚吗?阿拉伯世界,那片富得流油的地方,如今变成了火药桶。西方人来了以后,伊斯兰教、基督教、犹太教,吵吵嚷嚷;阿拉伯人、土耳其人、库尔德人、波斯人、旁遮普人、孟加拉人、普什图人、马来人,各行其是。屠杀、空袭、爆炸、抗议、示威、冲突、难民潮,你看着,这些灾难迟早会落到以富饶稳定著称的叙利亚头上。"

或许是生性乐观,默罕奈德攒眉蹙额,一番唉声叹气,但脸上很快又浮现出灿烂的笑容。

"我现在远离故土,日子过得很安稳、很滋润。叔叔开的餐馆完全交给我打理。现在的菲利普先生,忙着做生意,也不管餐馆的事,我是掌勺的,又是掌柜的。在那条街上,周边一百米内,至少有二十家阿拉伯餐馆,印度餐馆也不少。我的玫瑰餐厅生意是最好的,许多食材调料都是从老家空运过来的,是地道的伊斯兰美食。我的玫瑰餐厅就是小小的联合国。"

"您刚才说玫瑰餐厅转给菲利普先生了……"

"实际上菲利普先生并不管餐馆的事,管事的是他的夫人。我也不敢确定那位女士是不是菲利普夫人，但她一定是世界上最美的女人。她会五六种语言，曾经在英国留学，喜欢设计服装，喜欢瑜伽。有人说她是约旦公主，有人说是宝莱坞演员。她总是那么神秘，我也只见过她一两次……只要她把玫瑰餐厅交给我打理，我才不管这些。我就是奉那位女士之命来找设计师的，她的条件很苛刻，说她要的设计师必须会画画，会写诗，她大概是想把自己美丽的肖像挂在餐厅里……我找遍全城，最后才找到你。"

默罕奈德俏皮地笑了笑，笑容里有些神秘。

"默罕奈德先生，我平时是喜欢涂鸦、写诗，可是我对阿拉伯文化、伊斯兰教文化知之甚少，恐怕很难胜任啊。"

龙骏学着默罕奈德的样子，耸肩，摊手。

"这却不难，如果你答应设计，我可以帮忙，当你的助手，为你出谋划策。龙先生，其实我也有些纳闷，这事好像就是冲着你来的。也许女掌柜是受了我叔叔和菲利普先生的影响。说实话，我只是打前站的，最后拍板的还是老大。这两天自会有人与你联系。"

默罕奈德拿了龙骏的名片，走了。

龙骏并未把这事放在心上。第二天，果然有一辆路虎越野车停在飞天公司的门口。开车的司机是一个四十来岁的印度人，一头长长的天然卷发，穿着黑色的瑜伽服，坐在驾驶室里并未下车。与默罕奈德嘴里的印度美女一起从车里出来的，是一群孩子，有男有女，高矮不一，肤色不同，一进展厅，就在楼上楼下奔跑嬉闹，叽叽喳喳说个不停。展厅里的女营业员来不及被印度女人惊艳，已经被这群活泼的孩子缠上了。

那个印度女士穿着一身琥珀色刺绣绲边的镂空纱丽，像一朵云似的飘了进来。她身材修长，娉婷婀娜，白皙温婉的脸被一袭头巾遮住了大半，只露出殷红的眉心贴和长长睫毛下顾盼生辉的双眼，神秘而摄人心魄。

她径直走上二楼，站在龙骏的前面。

"我是英迪拉·迪克希特，龙先生，我是来请您为我的玫瑰餐厅设计的。"

龙骏对女性的美是很敏感的，要是在以往，这个似乎从古典油画里走出来的飞天般的女神早已令龙骏晕眩、手足无措了。但现在，龙骏却出奇地冷静。眼前这个印度美女，散发着淡淡的茉莉花香，有一种熟悉的令人宁静的气场。

"不好意思，英迪拉女士。餐厅的设计，我可能力所不能及。"龙骏想拒绝,口气却不是很坚决。

"默罕奈德先生竭力推荐您。玫瑰餐厅和旁边的梵音瑜伽馆就交由您设计了。我来中国已经十几年了,对婺州很熟悉。龙先生,我知道您是龙潭镇的人,在龙潭镇,我的公司还有多处物业和营运场所,如果时间允许,那里的设计业务也交给您。我相信您的能力。这事就这么定了。明天我先打两百万元到您公司账上。具体的装修事宜,会有专人与您联系。"

英迪拉女士用不容置疑的口气说完,没等龙骏点头,转身就下了楼。

晚上七点,龙骏依然在公司楼上修改设计图纸。仿佛内心一直沉睡的某些东西忽然间被触动了,他有些心绪不宁。

晚上十点,他关灯锁门,一个人在熟悉而又陌生的城市街道上踽踽独行。他想起了一个人孤零零生活在龙潭镇的母亲。龙潭镇的人事又浮现在眼前,他在犹豫,是不是该回龙潭镇了。

第四十章
青 川

一

每当龙虎放下面子恳请父亲去县城治疗烂脚丫,龙禧就会瞪起牛眼:

"我有数,你真当我是老糊涂!你老爹也读过几年的夫子。孔子说了,身体发肤受之父母,岂能刀伤?再说……"

龙禧千方百计寻找各种理由拒绝。龙五妹被熏得七荤八素,下了最后通牒:再不去,就跟你分开过!

再缓缓,再等等。龙禧依然嬉皮笑脸。他打着自己的小算盘。他相信二儿媳朱赫赫,真的要治烂脚丫,也要等她打赢官司,用日本人赔偿的钱。

即便那官司打不赢或不打了,龙禧也决定熬一熬,先了却几桩心事。龙家的族谱修好后,作为族长的龙禧也得了一珍藏本,有空就翻一下。龙家人丁兴旺,龙禧颇为自豪,最让他自豪的是,原来自己祖先来自天府之国的四川,与诸葛家早已是亲戚。族谱三十年一修,但是龙禧已经等不及了,一个人拍脑袋决定,十五年一小修。龙禧等着四代同堂,把龙家曾孙也入谱。修谱前龙禧还要学诸葛老先生的样子衣锦还乡,去一趟四川寻根祭祖,或是请老家的人到龙潭镇来聚一聚。

再说,龙禧的八十大寿就要到了。弄不好,医院一检查,要把他的腿锯了——他可不愿意当一条腿的寿星。

龙禧一向对自己的年龄讳莫如深,根据需要决定自己的年龄。过去,要相亲结婚,就小报几岁;平时要处理龙家一族大事,就多报几岁。总之,龙禧的年龄像是皮筋,富有弹性。也怪不得龙禧,或许他真的弄不清自己是属龙属蛇或是属马。上一次修谱,顶真的龙猫经过考证,认定龙禧出生于戊辰年,具体的日期时辰待考,不过可以肯定的是:龙禧出生在老屋后临时搭起的牛栏里。对存心跟自己过不去的龙猫,龙禧表现得很大度,一笑置之。实际上,他现在也没什么需要隐瞒的了,年龄就是身份证上一串数字,数字的真伪已经无足轻重。

或许,那串数字唯一的用处,是让人记挂自己的生日。

龙禧原本是不打算做寿的,怕自己命贱,欢天喜地地瞎折腾引起阎王爷的注意。不过这次村里做寿的不止他一个。还有一个确凿无误的寿星是应富贵,应家两姐妹决定为父亲大操大办一回。应骁和诸葛慧莲也同意,他们顺便可以把教授的八十大寿也做了。

三个寿星中,教授看上去最年轻,顶多六十岁。龙禧的头发与应富贵的一样白,额上的皱纹也一样多,应富贵要做寿,龙禧自然不敢落后。

用不着龙禧暗示,龙家的儿子儿媳早已商定,春节都要回家,给龙禧过八十大寿,同时安排完成龙禧的其他心愿。

不巧,2008年初的大雪把龙禧的如意算盘打乱了。那场大雪,整整下了将近一个月,电视里天天播放着抗灾救灾的报道:罕见的雨雪冰冻,暴雪肆虐,飞机延误,航班取消,高速封道,列车受阻,高压输变线倒塌。直到大年三十,还有无数的民工在冰天雪地里等候,大批的旅客滞留车站或是被困在回家的旅途中。很多异乡打拼的人望"雪"兴叹,放弃回家的梦想,在第二故乡过年。

这一年,龙川的雪似乎格外的大,厚厚的积雪铺天盖地,白茫茫的一片,已经分不清山峰峡谷溪涧山道村野。虽然冰瀑雾凇的奇观像是童话世界,但已无人欣赏。龙潭镇的人都被风雪堵在家里了。被积雪压断的树枝横在行人稀少的街道和进出村镇的公路上,大街小巷都是厚厚积雪,长长的冰凌挂在屋檐下,与房顶墙头轰然而下的积雪一起在青石庭院碎裂四散。大小溪流凝固,连龙潭湖都结了冰,覆了雪,变成了雪湖、冰湖。

龙禧记得很小的时候才有这样的大雪,那时候,他穿着开裆裤在路边拉的一泡屎,瞬间就变成石头般坚硬。龙禧有四五十年没见过这样的大雪了。虽说瑞雪兆丰年,但是龙禧隐隐有些不安。

四川那边原本要来的"娘家人"是不会来了,龙禧计划中寻根祭祖的事也泡了汤。龙禧天天站在村口,等候最后一个儿子归来。

大年三十晚上,龙马才从上海赶回家。

龙禧的寿宴按时举行。

这一年的龙潭镇格外热闹。祭蚕神,演社戏,迎龙灯,踩高跷,叠罗汉,赛龙舟,蚕神庙会虽然延期,却吸引了更多的人。因为有几万打工族滞留镇上。大街小巷烟花璀璨,灯火熊熊,锣鼓喧天,人人脸上洋溢着喜气。因为这一年是奥运年,那即将举行的盛会似乎也给每个人增添了乐观的情绪。

冰雪消融,春回大地,时光飞逝。儿子儿媳各忙各的,暂时忘了龙禧的烂脚丫。龙禧也忘了祭祖修谱的事,因为他要为百十来亩承包地操心。尽管春播的秧苗长势喜人,事事顺遂的龙禧还是有一种要出事的感觉。乐极生悲,这是龙禧的老经验。

龙禧这种不安的预感很快在大儿子身上得到应验。立夏过后一天,在医院里忙完护士节演出的龙虎回家,边吃饭边看电视。电视屏幕上播音员沉重的声音播报的消息使龙虎大吃一惊。

四川。汶川。八级地震!龙虎手里的碗摔在地上。一阵晕眩过后,龙虎沉重的身躯瘫坐在沙发上。他跌跌撞撞地爬了起来,抓起了客厅里的电话。

第一个电话打给了诸葛慧莲。诸葛慧莲是卫生局局长。

"四川地震,伤亡惨重,十万火急。我要救人,我现在就要开救护车,带几名医生开赴前线!"龙虎喉咙干涩得厉害,声音喑哑。

"虎子,我也是刚接到通知。现在进川的公路拥堵得厉害,你千万别冲动去添乱。"电话那头,诸葛慧莲的声音也很沉重。

"怎么是添乱!你是不是当了局长就摆官架子?我是退伍军人、抗震老兵、外科医生、防疫专家……"龙虎吼叫道。

"虎子,我知道。我也正在与省卫生厅联系。有任务一定会交给你。"

龙虎一大早赶到医院,吩咐专门聘请来管理院务的楼院长安排一辆最好的救护车和几名医生。前一晚他已打电话给医院的徐书记,在全院发动救灾捐款。下午,龙虎把医院职工的五万元捐款送到市慈善总会后,开着桑

塔纳径直来到市卫生局。

"虎子,现在全国各地抗震救灾的队伍都在往四川赶,医疗队的事需统一调度,你再等等。"诸葛慧莲怕龙虎冲动。

"人命关天,救人要紧,哪怕有百分之一的希望就要付出百分百的努力,怎么能等——地震都过去几天了!"龙虎双眼圆睁。

"好吧,实话告诉你,省卫生厅的指令刚到,婺州要组成十人的医疗防疫队,对口支援青川。"诸葛慧莲知道瞒不住,"第一人民医院报名的人很多。我只能给龙凤一个名额。可是你不能去,上面要求,年龄不能超过四十六岁,虎子,你是大大超标了呀!"

"什么逻辑,救人还分老幼?我龙虎强壮得能打死一头牛!"龙虎拍起桌子,"不行,你给我两个名额。把你的那个让给我。我是老局长、老院长、老书记,能力比你强,家无拖累……"

诸葛慧莲知道龙虎犟起来不讲理,心软了。

"好吧,有你带队我也放心。不过你得通过鲁凤这一关。"

龙虎一回家,就与孔鲁凤直说。现在的龙虎,无论在家里还是医院,都是说话有分量的狠角色。龙虎满以为会轻松通过,没想到孔鲁凤一听说他要赴川,脸一下阴了。

"你要捐钱我没意见,你捐一辆救护车、一卡车的医疗设备,多派几个医生,我也没意见。你要自己去,我不同意,婺州城里那么多医生,为什么非得是你?……"孔鲁凤哭哭啼啼、絮絮叨叨。龙虎的喉咙又变粗了。

"我是防疫医师,有几次抗震救灾救护医疗队的经历,我不去谁去?别婆婆妈妈的。自从脱了一身白大褂,你连脑瓜也拎不清了。"龙虎瞪着眼。

龙虎一瞪眼,孔鲁凤就怕。龙虎的犟劲上来,九头牛也拉不回。地震过去一周,电台电视台天天播报消息,这些天,龙虎急得像热锅上的蚂蚁,晚上辗转反侧不睡觉,说胡话。要阻止他去几乎是不可能的。

"我也不是非阻止你不可,我是担心你的身体。你的心脏,别人不知道,我还不了解?"

"放心,这一阵我感觉良好。慧莲给我配了两个保镖。一个是人民医院的黄医生,他是我一手培养的心胸科主任;另一个是我的好兄弟刘强,他年轻力壮,有他照顾,你尽可放心。"龙虎征得孔鲁凤同意,喜上眉梢,"有你这样的好老婆,我还想再活五百年。要是我真的出事,现在就立个口头遗嘱:

实在不行,就把老爸龙禧的烂脚锯了。"

龙虎开起玩笑来也是没边没际。

孔鲁凤还是放心不下,晚上偷偷地把速效救心丸缝进龙虎穿的衣服里。

二

"立正!——稍息!"

"蹲下!——起立!"

一大早,龙虎就听到部队教官响亮的口号声。这些天他一直很亢奋,前半夜像吃了兴奋剂,后半夜却呼声如雷,一睡就睡过了头。

门外,是青川县青溪镇青溪小学的操场。四周的房屋已经倒塌,在废墟瓦砾前的空地上,搭着一排排的帐篷。救援医疗队与当地的百姓一样,晚上就睡在低矮帐篷里。

震后两周,5月26日下午,龙虎带着他的团队驱车来到萧山机场与省医疗队的其他成员会合。下午五点半,从杭州飞往成都的航班顺利降落成都机场。一下飞机,龙虎就看到了两条标语——"感谢人民子弟兵!""向抗震救灾的白衣天使致敬!"龙虎既是战士,也是医生,觉得那两条标语就是专门欢迎自己的,兴奋莫名。在通往灾区的路上,随处可见满载帐篷、食品和其他救灾物资的汽车,还有来来往往急行军的部队。龙虎觉得自己又回到了军营。

从成都到青川,平时只要五个半小时,由于公路塌方、余震不断,中巴车走走停停,足足开了十三个小时,晚上十点多才到目的地。蜀道难,难于上青天。这一段路大的塌方有几十处,大大小小的急转弯有六七百个,连开十三小时的中巴司机长出一口气,连说救援医疗队的人命大。

青川县城多数房子已经倒塌,成了废墟,满目疮痍。道路旁的废墟上是一排排的帐篷。地震,废墟,险峻的高山峡谷,半山腰凿出的盘山公路,一边是岩石构成的悬崖,另一边是深谷湍流,行驶在这样的羊肠公路上,似乎是在用自己的生命做赌注。余震随时可能发生,如果山石滚落砸到车子,车子不是变形就是翻下崖壁河沟。龙虎心情沉重,但他即刻又自我兴奋起来。这儿就是个战场。战场上你知道敌军的方位、炮弹可能从哪个方向飞来,而在这里,那些无声的"敌人"随时可能开枪——弹石如雨,危机四伏,其实比战场更危险,敢来、能来这里的都是英雄好汉!

浙江省医疗队对口援助地震重灾区广元市青川县。全国各省区市派往青川的医疗队统一由浙江省卫生厅指挥。医疗队实行军事化管理,遵守铁的纪律。

医疗队七八十号人,列队在年轻教官指挥下操练。龙虎知道自己迟到了,脸色铁青,站在一旁。

一个五十来岁的男子走过来。他是省医疗队领队、省卫生厅副厅长。龙虎当过婺州市卫生局局长,两人早已认识。

"老叶,你可真不够哥们。"龙虎不管官场那一套,向来直呼其名。

"怎么,不叫你出操生气了?"老叶微笑,"你是身家过亿的老总,龙凤医院是全国民营医院的一面旗帜。来的时候,杨厅长一再关照,诸葛慧莲也打了好几个电话,要我安排好你的工作,保证你的安全。"

"我又不是国宝熊猫,用不着重点保护。"龙虎撇嘴。

"你看看,站在这里的都是三四十岁的小伙,只有你,是严重超标。考虑到你的年纪,心脏也不太好,就不要求你参加了。"老叶指指龙虎腆起的腹部。

"我不是老总,我是老兵。老叶,你要是不服气,咱们掰手腕试试?"龙虎伸出大手掌。

"我领教过你龙虎钳一样的手,掰手腕就算了吧。"老叶大笑,知道龙虎的犟脾气上来了,答应让他入列。年轻的部队教官被两个老队员逗乐了,示意龙虎排在末尾一列最边上。

龙虎岂肯,他犟头犟脑,硬是站在最前面,单独一列。他那魁梧的身躯像一座铁塔。

"立正! 向左转——向右转! 蹲下,起立!"

平时忙于应酬,缺乏锻炼,渐渐有了大肚腩。龙虎这才意识到,自己的身体有些不听使唤了。大块头身躯像个大铁砣,死沉死沉的,蹲不下,起不来。在家里,龙虎从来不蹲,坐下也要两腿分开。孔鲁凤特地为他安排高脚凳。

他咬着牙,装出一副若无其事的样子,站在烈日下一直练到下午四点,额上是豆大的汗珠,身上的衬衣像刚捞出水。

"怎么样,龙总,你这下服气了吧?"老叶打趣,"你就留在指挥部帮帮忙,这里的条件相对好些。"

"服气？我龙虎什么时候服气过？我是老兵,是防疫医师。不行,我一定要到一线去!"龙虎喘着粗气。

"好吧。我给你安排到防疫二队一组,负责就近楼桥乡的卫生防疫,晚上可以回青溪镇宿营。两个人一组,协同作战。你的助手是你的老部下刘医生,他年轻,可以照顾你。记住,可不允许单独行动,这是纪律!"老叶这次很严肃。

龙虎心满意足地嘿嘿笑,不敢再提过分的要求。婺州医疗队的其他成员被分到较远的马鹿乡、七佛乡,有三四个小时的车程。

青溪镇楼桥乡,在大比例的地图上也只有一个点,实际上却是一大片,方圆上百公里。一个行政村就有方圆十来公里。山路蜿蜒崎岖,几户农家的自然村,看似在眼前,一走就是一小时。医疗队的任务就是完成每个村房前屋后的消杀防疫,特别是容易滋生蚊子苍蝇的臭水沟,有时需向村民借锄头开挖疏导堵塞的淤泥。

他们穿戴整齐,带上药水,背着喷雾器,每天早出晚归,走村串户,防疫消杀。大热天的,一身防护设备加上肩背装有消毒药水的喷雾器,沉重而又闷热,稍一行动就会汗流浃背,一天下来,内衣干湿转换几十回。

晚上回营地,洗澡是医疗队最大的奢望。龙虎这样的块头,特别怕热,夏天在家时一天要洗几回。在青川,开始的几天停电停水,没洗一次澡。后来叶总指挥安排十几辆车跑了几十公里从一条小河里拉了一车水,大伙才痛痛快快地洗了一次。吃饭也是问题。营地并没有锅灶厨具,也没有人烧饭。医疗队只能吃自带的干粮:压缩饼干、大蒜、榨菜和火腿肠。早餐是矿泉水加压缩饼干,中晚饭向老乡要些开水泡方便面。

龙虎觉得自己又过上了集体的军营生活,整天乐呵呵的,成了大家的开心果。他的老毛病又开始犯,不但开起玩笑没边没际,而且喜欢在晚上开会时"放炮"。

"老叶,咱们现在是战友了,不管你是部长、厅长还是处长,有些话我这个老兵就直说了。我每天搞防疫消杀,发现一个问题,这里的人习惯喝生水,这可不行。还有,搞卫生防疫,不能光靠我们,得发动群众,帮他们把县、镇、乡三级防疫体系建起来。"

"龙总,你这一炮放得好。防疫医疗队的目标就是帮助青川老乡,指导培训他们,留下一支永远不走的医疗队,确保大灾之后无大疫。"老叶眼睛一亮,"楼桥乡就交给你了,明天你就去乡卫生院联系。"

楼桥乡卫生院的院长见到龙虎,面露难色。也难怪他,地震后医院成了废墟,仅有的几个医生,每天只能在简陋的帐篷里接诊,每个医生一天要接诊几百个病号。最难的是医疗设备奇缺,除了听诊器、血压计、体温表,没有任何其他设备。

龙虎把年轻的院长拉到一边,说起了悄悄话。

"院长,你这个乡有多少人,几个村?"

"七千七百五十一个人。十三个行政村,自然村就数不清了。"

"我也当过乡镇卫生院院长,我的龙潭镇……"龙虎如数家珍,把龙潭镇介绍个遍,最后说道,"我们是同行,我知道你的难处,可防疫是大事,我们可以为你的医院捐一辆崭新的救护车,还有其他的设备药品。我们早已准备好了,只要你点头,我马上打电话叫他们送过来。"

年轻的院长面露喜色,惊愕地张着嘴,说不出话来。第二天一早,他就来到医疗队驻地找龙虎,要陪他到乡下去"发动群众"。

三

龙虎捐救护车的事虽秘而不宣,还是在医疗队传开了,引起了轰动。

龙虎的搭档刘强一点也不意外。他是龙虎的徒弟,知道龙虎的性格——喜欢充阔佬。龙虎有许多绰号——"龙一刀""龙大胆""龙一炮""龙大摆",还有一个最难听的——"龙抠门"。

在婺州城大大小小的老总中,龙虎的抠门是出了名的。外人不知道,龙虎要盖新的住院大楼,修专家别墅,自然要省着用,一个钱掰成两个花。

可是穷家富路,龙虎把这种抠门的习气带到救援医疗队来,刘强的脸也有些挂不住了。

说起来,刘强自己也很抠门。他的母亲刘医生是最早的一批知青,下乡后同当地农民结婚,为了回城又离了婚。从赤脚医生到正式医生,刘医生把毕生的精力和积蓄都花在了儿子身上。刘强快三十岁才结婚,妻子是同院护士。儿子上学,家里刚买的新房要装修,虽然钱去得哗哗的,捉襟见肘,刘强还是咬咬牙买了一架数码相机,想把青川抗震救灾的经历拍下来,作为留给儿子的传家宝。不想相机在颠簸的旅途中碰坏了,到青溪镇驻地时才发现。医疗队的营地每天有司机去广元市区,听说那儿的数码相机只要一千二百元,刘强就想着让龙虎周济一下,叫司机捎一架回来。

"刘强,花那冤枉钱干啥?我带的钱也不多。老叶、黄医生都有相机,到时候去他们那里蹭一下,拍两张,留个纪念就行了。"

大钱不花也就罢了,连小钱也抠。医疗队住的帐篷,中午高温闷热,大部分队员都自掏腰包,花二十元钱买了一把竹躺椅。刘强一催再催,龙虎还是舍不得买。

"刘强,实在吃不消你就买一把,你不躺的时候我也好蹭一下。我也不是白躺,每躺一次你的竹椅,我就送你一件长袖衬衣。"龙虎板着脸,认真中带着狡黠。

青川是高海拔地区,夏日的白天非常闷热,太阳火辣辣的,紫外线非常强烈。刘强带的是短袖,入营两天,手臂就被晒得通红,开始脱皮。刘强去过青溪镇,走遍所有的店也没买到长袖衬衣。

"怎么样,姜还是老的辣吧?我带了十几件衬衣,全是长袖的,可以匀一两件给你。"龙虎很是得意,摆出一副长者面孔。

"龙书记,短袖好,我习惯了。即使穿长袖,我也得把袖管卷起来。"

"刘强,你别逞强。别人的手我不管。你现在是龙凤第一刀,也是婺州城里的一把刀。你的手是外科医生的手,别说受伤脱皮,就是晒黑了也不允许!"

龙虎的话里有调侃,也有自豪。医科大学毕业的刘强是龙虎一手教出来的高徒,碍于诸葛慧莲的面子,龙虎下了很大的决心才把刘强挖到自己的医院。龙虎待刘强不错,工资最高,有进修学习机会总想到他。

刘强想到平时的种种,对龙虎的抠门也不便多说了。

龙虎的衬衣,穿在刘强身上,像是长袍。并且,衬衣还鼓鼓囊囊的,前襟后背都缝着东西,凭着医生的敏感,刘强一摸就知道那是一支支小药瓶。

"都是老娘们多事,非得叫我带这些东西。"龙虎嘟哝。

刘强被逗乐了。龙虎是有名的马虎,除了医院里的事,生活里总是丢三落四。每次出门,孔鲁凤总要唠叨几遍,尤其出差,准备好行李后还要一遍遍叮咛。这次赴川,她更是不敢大意,把最重要的钱物缝进龙虎常穿的衬衣里。速效救心丸,那是用来对付龙虎的心肌炎的。藿香正气水是夏天出门

必备,可以用来治疗蚊虫叮咬、湿疹、空调病、水土不服、消化不良和美尼尔综合征,不过在龙虎这里,主要是用来对付晕车晕船的。

龙虎有晕车的毛病。他喜欢自己开车,实在没办法坐别人的车,也总是坐到前排。他那大块头也受不了后排的颠簸。院里的医生护士都知道龙虎这个"秘密",下乡救护,看到龙虎脸色不对、说话变轻,就递两支藿香正气水给他。出门坐长途汽车对龙虎简直就是一种折磨,唯一的办法就是喝藿香正气水,上车前两支,下车后一支。

龙虎把所有衬衣里的药品都拆下来,交给刘强保管。除了防疫消杀,刘强还有一项重要的任务,就是保证龙虎的安全。刘强把药瓶药丸用小布包包好,放在马甲的口袋里,每次出门都会带上。

这一天,他们去渔寨村消杀。渔寨村只有一百五十多户人家,却分散在十三处,不但要攀岩爬山,还要过一座铁索桥。三十多米的铁索桥悬于两山间,下面是湍急的河水。龙虎抢先过桥。刘强虽然双脚发软,也哆哆嗦嗦过了。为了证明自己并不胆小,他主动要求去河里灌水。龙虎站在山崖上观望,眼看刘强跳到河中间的一块岩石上弯腰取水,连人带喷雾器栽进河里,一眨眼就不见了人影。刘强在湍急的河水里挣扎。龙虎一个箭步跳下,跳进河中,在离取水处二十几米的地方把刘强拽上岸。

"龙书记,东西还在,我抓着呢!"刘强哇哇地吐着水,"谢……谢谢你救了我。"

"刘强,幸亏我是浪里白条。我救了你,你也救了我。"龙虎看着刘强手里紧握的布包,哈哈大笑。

两人都成了落汤鸡。浸湿的防护服更是如盔甲般沉重。龙虎再也不肯把二十公斤重的喷雾器交由刘强背了。

"刘强,论年纪我差不多可以当你的父亲,这世上只有父亲照顾儿子的,哪有相反的道理?"龙虎倚老卖老。

刘强不敢再逞能了。龙虎虽然块头大,但一副军人的身板,走路虎虎生风,他从小在龙川山谷里撒野,登山敏如猿猴,刘强喘着粗气才跟得上。

一天下来,刘强觉得腿肚子抽筋,流了十几斤汗,又瘦了一圈。

晚上,他们早早地钻入帐篷休息。

青川位于四川省北部边缘,川、甘、陕三省接合部,海拔高,昼夜温差大,白天热得出奇,晚上却很冷。刘强和龙虎同住一顶帐篷。帐篷只有半人多高,进出都要跪着,在里面只能爬着移动。刘强瘦削,倒是行动自如。龙虎这样的大块头就像进了笼子,苦不堪言。最难熬的还是睡觉,龙虎的睡相很差,四仰八叉,一床被子占了四分之三,只留一个被角给刘强。

龙虎半夜醒来,看着冻得缩成一团的刘强,怒了:

"你怎么不早说?我皮糙肉厚,身上的脂肪厚得像北极熊,怕热不怕冷。喏,被子全给你了!"

"龙书记……"

"这里没有书记、老总,我是队长,我说了算!"龙虎的口气不容置疑。

两人各自打完报平安的电话,并排躺着,望着头上低矮的帐篷顶,都睡不着。刘强与其说是兴奋,倒不如说心有余悸。傍晚他们完成任务返回青溪镇营地时,穿过一条小巷,那儿还残留着一些没被震塌的民房。刘强忽然听到一阵风刮过般的呜呜声,接着有瓦片跌落脚边。刘强正站在屋檐下,被龙虎一把推开,然后拖拽着跑向空地。

大地轻轻颤动。民房轰然倒下。

"龙书记,今天你救了我两次。"

"我说过了,别龙书记长龙书记短,叫我名字!"

听着龙虎一本正经的严厉口气,刘强笑了。

刘强只是心怀忐忑,脑子里却浮想联翩,想同龙虎说说话。

"龙队长,这四五级的余震都有此威力,像那天八级强震该是怎样的动山摇令人恐怖?队长,听说你还参加过1975年7月的抗洪,那会儿我还穿开裆裤呢。"

"是啊,我还感染了伤寒,在军区总医院住了两个月。有那么多的医生护士专家教授出手,我才死里逃生。加上唐山那一回,我已经白白捡了两条命。我龙虎福大命大,又活了三十九年。我这条命,再怎么折腾也值了。"

"队长,我现在明白了,为什么你同诸葛院长一样,是不可救药的理想主义者了。"

"生若桃花,只要开过、灿烂过,有没有结果并不重要。人活着,就要为别人做点什么。活过,折腾过,就不枉此生……"龙虎盯着帐篷顶部,眼睛里露出深邃的眼光。

刘强若有所思,想了一会儿——他根本不知道,桃花在龙虎生命里的意义——他实在太累,不知不觉地睡着了。

龙虎给刘强盖好被子,在旁边的泥地上躺下,不久就打起了呼噜。

他做了个梦,梦见了龙潭镇——操场上的露天电影,龙潭湖湖滨的枫杨林,在卵石溪流间觅食的白鹭。他梦见自己用自行车载着桃花在古老的婺州县城的街道上疯跑。他梦见桃花一头扎进龙潭湖里,他自己也跟着跳下去。

有人在叫龙虎的名字。龙虎发现自己躺在泥水里。原来后半夜下起了暴雨,雨水淹没了帐篷,但两人躺在水里呼呼大睡,毫无知觉。直到来查岗的叶厅长推了推龙虎的肩膀,龙虎才迷迷糊糊地苏醒过来。

叶厅长叫人抬了两块门板来,要他们垫上。

"龙总,你得注意身体啊。我得为你的安全负责。"

"老叶,您也不是像鱼一样睡在水里吗?没事,我在龙潭湖边长大,水性好,淹不死。"龙虎揉着眼睛,像个孩子似的傻笑。

四

一大早,龙虎戴上钢盔、防护镜、口罩,穿上防护服,背上喷雾器,准备出发去渔寨村。渔寨村的村民居住非常分散,龙虎怕上一次去有遗漏,想去复查一次。

刘强要跟着去,被龙虎喝止了。

原来前两天,有一个参加抗震救灾的猛虎团小战士被山上滚落的石头砸伤了脚,血流不止,送到医疗队的驻地,希望他们能帮忙。驻地距县城有四十几公里,龙虎和刘强就把战士送去楼桥乡卫生院。刘强亲自操刀,为小战士做了手术。院长见刘强医术精湛,试探着问龙虎能不能留下刘强帮助坐诊。医疗队的任务本来就不仅仅是防疫消杀,龙虎就一口答应了。

一连几天,刘强都在楼桥乡卫生院坐诊,一天要接诊百十来号病人,忙得不亦乐乎。

整个乡的防疫消杀已基本完成,刘强想劝龙虎像前几天一样带些宣传资料分发一下就好了,龙虎一瞪眼,刘强又改了主意。他把装有药瓶的小布包塞进龙虎的马甲口袋,一再叮咛,有急事一定要呼他。速效救心丸的小药瓶是满的。藿香正气水的消耗量特别大,刘强又从别的队员那里要了十几支。

龙虎想单独行动。他这次进川并非没有私心,他想找龙家祖上的人。他不知道,四川的龙姓也是过去由河南、湖广迁入的,大多居住在巴中、安岳、屏山、资阳一带,离青川很远。龙虎想着,青川龙川不过一字之差,他不相信在楼桥乡七千多号人当中找不到一个与自己同宗的龙姓家人。

龙虎从驻地出发,走走停停,又来到那座令人恐怖的铁索桥上。上一次,龙虎为了在队员面前做出榜样,装出一副沉着勇敢的样子,抓紧铁索朝前看,很快就过了桥。这一次,他发现桥索摇晃得特别厉害。他看了一眼桥下湍急的河水,一阵晕眩。

他想起了昨天晚上的梦。这些天他一直在做同样的梦,梦见桃花。一开始,梦的色彩很明亮,是非常美妙的春梦。桃花生前,龙虎也仅仅握过她的手,只有在对躺在晒场上的溺水的桃花进行施救时,他才清晰地见过桃花娇美的身体。在梦中,龙虎不时与桃花缠绵。那春梦给龙虎畅快淋漓的感觉。可是后来,梦的色彩越来越阴暗离奇古怪,龙虎每次醒来,心里都有一种被掏空的感觉,心跳加速,忐忑不安。在从婺州出发赴川的前一天,龙虎特地去看了一下桃花的墓。桃花的墓已经塌陷。四周漫山遍野的桃树都会结出酸涩的野毛桃,唯独桃花墓前后的桃树却从不结果。五月末,山里的桃花早谢了,龙虎环顾四望,却忽然间发现桃花墓后的桃树上,竟然还有一支粉红的花骨朵不肯凋谢!

龙虎越过铁索桥,站在江中的岩石上取水的时候,依然想着晚上的梦。弯腰时,装药的布包从马甲的口袋里漏出,但他茫然不知。

龙虎沿着蜿蜒的山路向前走,四周的景物似曾相识,又很陌生。身上的装备越发沉重,龙虎又开始迷糊起来,不知道该往哪个方向走。这个寨地广人稀,问路是件很麻烦的事。龙虎并没有固定的目的地,只是在寻找他可能遗漏的村居。

他忽然闻到一股腊肉的香味。龙虎对肉香极为敏感,他喜欢吃肉,特别是红烧肉、回锅肉、火腿腊肉,在家里一日三餐,无肉不欢。在医疗队驻地,龙虎已经十几天没吃到新鲜的肉了。

三岔路口有几个帐篷。其中的一个帐篷外,有一个中年妇女正在炒菜,简易的灶台、锅碗瓢盆。那肉香就是从焖锅里飘出来的。

中年妇女看见龙虎,知道他是医疗队来问路的,放下锅铲,热情地打招呼。

"大嫂,您知道附近的山里有桃花吗?"龙虎脱口而出。中年妇女的笑靥变成惊愕。

"桃花?没听说过。山里有桃树,这个时候花也谢了。你要是找茶叶、木耳、天麻、核桃,山里村寨里有的是。医生,我锅里正炖黑木耳腊肉,你就在这里吃饭吧。"

龙虎摇摇头。他向前紧走几步,忽然间又转回来。

"大嫂,你知不知道这个寨有龙姓的人家?"

"姓龙的?我真说不上。说是一个寨的,只有一百来户人家,但分散居住在十几个地方,有的从不来往,真说不清。这座山后面还有一个村,是老居民,你可以去那里问问。"中年妇女向远处指指。

龙虎闻着肉香,不停地咽口水。他这才意识到已经到了吃中饭的时间。他拿出压缩饼干,和着矿泉水,吞咽了几口,觉得自己又有了力气。

山看上去不高,却很难爬。这个季节的青川,雨天比晴天多。上山的小路蜿蜒崎岖,已经被泥石流淹没了,几乎难以分辨。龙虎找了两根木棍当登山杖。他并不怕陡峭的山岩,却很讨厌横亘在前面的枯藤树木和时时蒙住人脸的蛛网。爬了四十来分钟,他才气喘吁吁地爬上山顶。

极目远眺,层峦叠嶂,沟壑纵横,怪石嶙峋。这里的风景与龙川有些相似,只是龙川的山更加秀美,而这里海拔高,山势雄浑,异峰突起。

龙虎又兴奋起来,他已经看见山另一边半山腰的一个帐篷。他可以肯定,那是他先前不曾到过的地方。

看上去那个帐篷并不远,龙虎还是走了足足半个小时。

悬崖边一块大空地上,支着一顶由塑料布和竹子搭起的帐篷,帐篷里住着祖孙三代三口人。龙虎每到一处,都要问主人的姓名,当他得知这家的主人正是龙姓时,高兴得要跳起来。

真是踏破铁鞋无觅处,得来全不费工夫!

龙虎终于在青川找到了亲戚。他一边喷雾消杀,一边同那个六十来岁头发花白的老人热络地攀谈。龙爷爷觉得让龙虎找到这样偏僻的地方来消杀,很是过意不去,从帐篷里面拿出两个熟鸡蛋,一定要龙虎吃。"龙老爷子,住在这里太危险了,您应该搬到山下去。"龙虎边吃边说。

老人露出忧伤的眼神。"原本我们已经搬到山下去住了,在青溪镇,一栋三层的小楼,那是小龙父母在浙江辛辛苦苦打工挣钱盖的。过完年搬进去才住三个月，就遇到了地震。小龙他妈被压在房子下没了，他爹被砸伤脚。另几个儿子还要惨，全家都埋了。我不想在那个伤心的地方待着，就回到山上，这里是我祖辈居住的地方。"

老人说着，带龙虎钻入帐篷。狭小的空间里弥漫着一股麝香药膏的味道，简易的木板床上躺着一个四十左右的男子，双脚贴膏药打绷带，双眼微闭，神情忧郁。床边蹲着一个十岁左右的男孩，在一张小板凳上做作业。看见龙虎，小男孩忽闪着眼睛笑了笑，算是打招呼。

龙虎的手伸进马甲里的衬衣口袋，摸出一沓钱来。这一千元是他应急用的钱，离开青溪镇换防的时间就要到了，龙虎觉得没必要留着。他把钱放在床板上，弯腰退出帐篷。中年男子挣扎着坐起来，把钱塞到儿子手里。小男孩追出帐篷，一定要把钱还给龙虎。

"小龙，这些钱是留给你上学用的。你姓龙，我也姓龙，咱们是本家，如果你不收下钱，那就是看不起我这个龙叔。"

小男孩点点头，把钱交给身边的爷爷。

"龙叔，我知道另一条下山的近路，我送你下山。"

小龙已经十一岁了，看上去比同龄人矮半头。他在前面带路。沿山腰蜿蜒的小路时断时续，有许多处被山石树木截断了。羊肠小道的一边是刀削斧凿般的悬崖，另一边是沟壑深流。

龙虎的步伐越来越沉重。他觉得燥热难耐，心跳骤然加速，胸闷得喘不过气来，浑身汗淋淋的像是泡在水里。他摸了摸马甲的口袋，那里空空如也。他低头看了看峡谷中的小河，眼前一阵晕眩。他抬头望着天空。午后西斜的太阳火辣辣的，在他头顶的天空中闪耀，幻化成千万朵五彩缤纷的桃花。

小男孩站在离他十几米远的一处山崖下叫他。有几块石头正从山上滚落。龙虎想呼喊，却发不出声音来。他突然间跳起来，冲过去，把头盔戴在小男孩的头上，使出浑身力气把小男孩推开。

一声轰响，随着山体轻微的颤动，早已松动的山石泥土瞬间塌方，把龙虎推下了山崖。

"龙叔！龙叔！"小男孩朝山崖下的小河呼喊。

没有任何回应。

小男孩已经懂事了。他知道发生了什么事，迈开双脚拼命朝山下奔跑，一边呼喊着，一边跑向医疗队的营地。

第四十一章
寒　冬

一

"狗日的！"

当龙虎的遗体被运回龙潭镇的时候,龙禧喉咙咕噜着,朝天吐了口唾沫,狠狠地骂了一句。

龙禧似乎这才意识到,那个一辈子与自己顶牛惹自己难堪的大儿子才是最像自己、最让他牵肠挂肚的人。如今他却先走了。白发人送黑发人,伤心总是难免的,但龙禧经历过人生的大风大浪,依然表现得很平静。龙禧觉得大儿子龙虎的死就一个字:值！

与运回龙潭镇老家时静悄悄的情景相反,龙虎的遗体在青川青溪镇起运时,动静却很大。6月12日,离地震发生正好一个月,离救援队进驻青溪隔了半个月,医疗队完成使命准备返回。大部分队员坐车去成都转飞机,留下刘强一人坐救护车,一路护送龙虎回家。刘强觉得自己在最后几天没有保护好自己的恩师,深感内疚。

那辆用来运送龙虎的救护车正是龙虎捐献给楼桥乡卫生院的那一辆,刚于前两天送到,驾驶员又要马不停蹄奔波三千公里回婺州。救护车缓缓驶离,营地里所有部队、医疗队的官兵脱帽行军礼。龙虎穿戴防护服,遗体上覆盖着他所有的遗物——从老家带来的衬衣、鞋袜、被褥,还有十几面锦旗。当地的村民自发聚集道路两旁,掬泪相送。其中就有住在山腰帐篷里的祖孙三人和一定要请龙虎吃四川腊肉的中年妇女。刘强看着夹道相送的黑压压的人群,看着那些似曾相识的面孔,再也忍不住了,号啕大哭。

龙虎的遗体停放在父母住的老房子里。老房子的一间成了暂时的灵堂,龙虎安睡在鲜花、冰块、香蜡丛中,接受众人的瞻仰祭拜。

"狗日的!"

龙禧站在院子里,望着头顶火辣辣的毒日,又骂了一句。

龙禧觉得大儿子并不算短命,至少比自己的父亲——龙虎的爷爷多活了几年。龙禧已经看淡生死,早为自己的后事做好了准备。他和五妹守着老房子,和儿孙分开过,就是不想麻烦他们。早在十几年前,就在诸葛老先生修祖坟时,龙禧就偷偷请同一班修墓人在自家祖坟边筑了一座双孔的坟窟。作为木匠,他有搜罗木料的习惯。他利用农闲时间,用上好的梓楠松柏为自己和五妹打好了两具棺木。他想着,等到有一天自己干不动了,就睡在里面——他可不想等口眼歪斜、四肢瘫痪了再让子孙抬进去。

可是大儿子竟然先他而去了,龙禧还是一时拐不过弯来。在如何安葬龙虎的问题上,龙禧和儿媳孔鲁凤又进行了一场暗战。龙禧想把做好的坟窟和棺木先给儿子用。他想给大儿子办一场龙潭镇老式的葬礼,孔鲁凤不同意。隆重的追悼大会后,龙虎的骨灰被安葬在县城的烈士陵园。

龙禧没去参加葬礼。儿子的遗体已经被一把火烧了,要那块碑有啥用?!龙禧把家里龙虎用过的东西全找出来,连同那副棺木,在路边付之一炬。

"狗日的!"

龙禧又吐一口唾沫,望着头顶乌沉沉的天空骂道。

秋去冬来。接下来似乎又是一个漫长的冬天。朔风阵阵,暮雪纷纷,湖畔的石埠台阶上,积雪像是堆堆簇簇洁白的梨花。

大哥龙虎死后,龙家的好运似乎跟着结束了。

龙马成了上海滩的地产大鳄后,在楼市的高温中头脑发热,当了一回"地王"。在2007年开始的地产寒流中,他的事业一时陷入低谷,——信贷抽紧,资金捉襟见肘,拆东墙补西墙,忙得焦头烂额。不过龙马毕竟是久经商场的老将,他收缩战线,把大部分房地产开发业务转回老家。早几年前他就已在婺州城和龙潭镇设摊布点。

三弟龙彪是四兄弟中最走运的，娶了一个乐天派媳妇。他的媳妇是本镇李宅人，平时一天到晚咧着嘴笑，即使是天上砸下鸡蛋大的冰雹，她也会冲出去当珍珠捡。他们唯一的儿子龙利医大药学系毕业后，子承父业，接管了药厂和药物开发研究所。龙利有自己的想法，觉得父亲研发虚无缥缈的抗艾滋病抗肿瘤药是一件吃力不讨好的事。药厂转型生产市场上急需的短平快产品，同时向保健品领域进军。老两口觉得后继有人、事业有成，就一门心思搞种植，把九大仙草中能种能养的都搞起来，在山沟里搭建了十几个大棚。虽然年初的那场大雪把他们的大棚压塌了，损失惨重，但两口子依然乐呵呵的，一头扎在山沟里，修棚建房，种植药草，不问世事。

龙狮的事业最不堪，他转让了陶瓷厂和酒厂，固守大师画业。大师画业一直在走下坡路，如果不是龙马一再注资，早已破产。这年冬天，大师画业突然燃起一把大火，把库存产品烧了个精光。龙狮原本想借机申请破产，没想到聪明反被聪明误，差点给自己换来牢狱之灾。幸亏有朱赫赫，龙狮才勉强逃过一劫。龙马又及时出手拉了兄弟一把，总算保住了大师画业。龙狮步步困顿、事事不顺。坊间的人都说，那是龙狮杀业太重，是过去那些被龙狮残害的蛇来索债了。

同样被索债的还有五妹。儿子儿媳不要她带龙家的第四代，这个带大一大帮孙子的奶奶终于失业。她成了老糊涂，还患上了一种怪病，天天晚上做噩梦，梦见无数的蛇在追赶她纠缠她。她不仅怕泥鳅、黄鳝、蚯蚓和其他条状的蠕虫，到后来就是见到麻绳草绳也会尖叫连连。她整天在外面捡垃圾，把锰钢厂废渣中的锈铁、服装厂外的碎布条、垃圾桶里的水瓶废纸箱捡回家，把老屋整个院子堆得满满的。她也不卖，只是捡，像龙禧搞收藏一样。她的身上渐渐生出一种怪味。

"老糊涂，你再不收手，我把你的手剁了！"龙禧忍无可忍，终于瞪着牛眼怒了。

五妹嘻嘻傻笑。

参加完大儿子龙虎的葬礼后，五妹改掉了喜欢收藏垃圾的毛病，却变得比以前更加痴痴呆呆了。这个八十三岁的老太婆头发花白，身体康健，甚至比年轻时还强壮，一顿能吃三大碗，胃口比龙禧大一倍。她爱上了暴走，从早到晚，在龙潭镇的大街小巷里不停地走，漫无目的，不知疲倦。

龙禧放弃田里的活，一瘸一拐地跟在五妹后面。年轻时龙禧喜欢偷腥沾荤，是五妹偷偷地跟在龙禧后面追赶，现在轮到龙禧追五妹了。唉，真是一报还一报！龙禧又气又恼又好笑。龙禧是瘸子，怎么也追不上健步如飞的五妹。终于有一天，五妹走丢了，失踪了，再也回不来了。

龙家人贴出寻人启事，到派出所报案，在电台广告寻人，五妹还是杳无踪影。镇上的人都说，五妹是去找她的大儿子去了。

也许龙禧永远也不会明白，大儿子龙虎的死对五妹造成的伤害。

不过在龙潭镇，还有一个比失去儿子的五妹更悲痛的女人，那就是失去了丈夫的孔鲁凤。原本一直嚷嚷着要减肥的孔鲁凤终于得偿所愿，龙虎死后，她整整瘦了好几圈，身段看上去苗条了许多，倒是比原来好看了，只是原本黑里透红的脸变得苍白憔悴。谁也不知道，仿佛平静湖面下暗流旋涡翻涌，孔鲁凤表面平静，身体里已经五内俱焚。龙虎火化那一天，她借口看龙虎最后一眼，征得火化工同意站在火化炉前看，如果不是朱赫赫和诸葛慧莲拉住，她就一头扎进火化炉里去了。

龙虎的遗体化作一缕青烟，孔鲁凤的身体仿佛也被掏空了。只要他活着，只要他的爱，哪怕每天面对龙虎瞪大的牛眼，也比现在这样孤枕冷衾要强。在龙虎葬礼后的几个月里，人们经常可以看见一双熊猫眼的孔鲁凤带着一大摞纸巾在龙虎的墓前哭泣。她再也没有心思到龙凤医院去了。龙凤医院整体转让，被韩风收购。即使龙家兄弟没有陷入暂时的困境也阻止不了这笔交易，即使没有遭到朱赫赫诸葛慧莲的一致反对，孔鲁凤也无心打理了。

转让医院的钱足够孔鲁凤花销几辈子，足以令孔鲁凤当一个养尊处优的阔太太。但是接下来发生的事使孔鲁凤在平静中过完后半辈子的梦想打破了。儿子龙成，早已变卖了酒吧，过起了"浪荡子"的生活。他先是组了一支乐队到各地巡回演出，后来又到龙潭湖对面的高家镇，当起了"高漂"，一心想当演艺明星。终于有一晚，龙成喝醉酒飙车摔断胳膊，把自己送进了医院。

儿子，那是孔鲁凤最后的希望。孔鲁凤万念俱灰，她在龙虎的墓前撕心裂肺地号哭着，一边把成捆的冥币撕成碎片，撒在龙虎的墓上，撒向灰沉沉的天空。

孔鲁凤与娘家唯一的联系是她的兄弟。早几年，在孔鲁凤的资助下，她那学国际贸易的兄弟已经移民澳大利亚。孔鲁凤不想回山东老家,也不想在龙潭镇这个伤心之地待下去了。寒冬过后,她带着儿子去了澳大利亚,开始了全新的生活。

二

2008年初的那场大雪,把龙潭镇许多上百年的老房子压塌了。应富贵家本就摇摇欲坠的老房子却岿然屹立。应富贵有先见之明,这些年,有一点余钱就对老房子修修补补,今天砌墙,明天换梁,使他的老房子比人家的新房还结实。

除了房子,应富贵生活的核心就是孙子。那是应杏花的儿子,老两口当自己的儿子养。

应富贵原本想给"孙子"取名"应千万",因为这个奇迹般诞生的孙子经历了剖宫产、保温箱、法庭拉锯战,没有来到应家前就花了上千万元。后来觉得这名字太招摇——应富贵就按辈分取名应骞。

官司是打赢了,应杏花身后留下的钱也花得差不多了。应富贵是倔强的,愿意接受双胞胎女儿为孩子出力,却不要她们的钱。他也拒绝应梅花为孩子请保姆。

"我还不老呢,我自己能养!"

的确,应富贵看上去并不老,身板硬朗,头发黑多白少,紫铜色的脸饱满紧致,除了额头眼角的皱纹,少有老人斑。他脾气温和,做事不紧不慢,极少与人怄气,心宽体健,极少生病。

对应杏花留下的财产,应富贵讳莫如深。即使有,那也是留给孩子将来应急的。应富贵不想坐吃山空,要自己赚钱养大孩子。他捡起修鞋补伞配钥匙的老手艺,又在镇上的集贸市场租了个摊位,种菜卖菜。到了榨糖季节,他到榨糖厂当大师傅打零工。应富贵没想到,那些快要失传的老手艺虽然极少派得上用场,却是越来越值钱。

应富贵外出的时候,就由陈氏照看孩子。陈氏喜欢带孩子。应梅花的儿子方圆、应梅香的儿子王赟和女儿王芳、应杏花的一对双胞胎女儿都在古宅度过童年,一大帮孩子在院子里嬉闹,大呼小叫,给陈氏带来了无限欢乐。孩子们一个个长大离开,陈氏又变得郁郁寡欢。

应骞的出生救了她一命。她本来得了失心疯,语无伦次,失魂落魄,但一见到孩子,紊乱的心智正常了不少,泡水喂奶、换洗尿布之类的轻便活竟也会做了。

不过那毕竟是暂时的,她病弱娇小的身躯无法抵挡岁月这把锋利的杀猪刀。她堆满皱纹的脸像一张揉皱的纸,上面还有许多斑点;她的背弯得像犁铧,走路一摇三晃,仿佛随时要被风刮倒。她的脑神经渐渐萎缩,除了应富贵和应骞,别的人都不认识了。两个大女儿一进院子,陈氏就会操起扫帚驱赶,把她们当成人贩子。

“老爸,这可不行。得请个保姆,不是为了应骞,而是照顾老妈。”应梅香急了。

“请保姆?保姆知道你妈喜欢吃豆花?保姆会用开塞露塞你妈屁股帮她拉屎?再说了,请一个保姆一月四五千,这笔钱怎么在三家头上分配?你别说了,除了我应富贵,谁也照顾不了你妈。”

应富贵并不想麻烦两个女儿。女儿也有自己的家,上有老下有小,有自己的一摊子事。

应富贵很为两个大女儿骄傲,觉得自己命里就该是“园里开花、园外结果”。但他不想沾女儿的光,再说,两个大女儿那里有没有光可沾还是疑问。水牛食,水牛屎——吃进去的多拉出去的也多,看上去家大业大,很可能是个虚胖子、空壳子;外表财大气粗,不过是在拿银行的钱折腾——龙潭镇不是有很多这样的厂子吗?

应富贵一直留心两个大女儿,知道她们两家并不像表面那样风光。应梅花好出风头,坊间关于她的闲话最多——听说她到处办市场,又投资房地产,早已资不抵债,到了破产边缘。一人富,十人妒,谣言最凶的时候,还有人说应梅花的丈夫——梅花集团的方董事长已经跳楼自杀了。梅香的性格最像应富贵,素来稳健,可是自从在工业园区盖起新厂房买了新机器,有些事她也控制不了。又是袜子丝巾,又是针织内衣,又搞房地产,多种经营,快速扩张,摊子一大,就像快速行驶的火车,梅香想刹车歇口气都不可能了。

梅花已经收养了杏花的大女儿应骊。梅香为了保住杏花和她孩子的命花了几百万元,应富贵已经过意不去了。

梅香捏了捏父亲长满老茧的手,看着父亲两鬓的白发,鼻子酸酸的,不再说话。她撇下厂子,带了被褥,回到了娘家。她要伺候母亲陈氏。

可是陈氏似乎并不买她的账。实际上陈氏已经认不出梅香了,一天到晚碎碎念,埋怨应富贵乱花钱,请了一个不称职的保姆:这个保姆烧的菜不是太咸就是太淡,并且心怀不轨,一双贼溜溜的眼睛老是盯着摇车里的孩子。

梅香黔驴技穷,欲哭无泪。

"老爸,妈的身体一天不如一天,我们得想个法子。妈已经不认我这个女儿了。"梅香话里有话。

"梅香,你也别伤心,她过去是疼你的,现在老了,糊涂了,认得的人没几个。"

"难不成妈要别的人伺候?"

"梅香,你们当女儿的,隔三岔五来看看就不错了。积谷防饥,养儿防老,那是几千年留下的老规矩。"

梅香听懂了父亲的意思。

"可是爸,你是知道的,骁一家都住在县城里。他们都太忙了。慧莲还要自己带儿子。"

"对慧莲这样的媳妇,我是一点意见也没有。要说对应家的付出和功劳,慧莲排在第一。可是应骁就不同了。"提到儿子,应富贵的脸沉了下来。

"骁现在是市长,管的事多,太忙了。"

"忙,你说现在谁不忙?梅花不忙?你梅香不忙?我应富贵倒没什么,我与他生肖不合,一辈子闹别扭,也不想他伺候。你妈就不同了,打小就宠他,有好吃好喝的都留给他,有一点私房钱也往他口袋里塞,难道他就那样忘恩负义?"应富贵气呼呼的,腮帮子鼓起来。

"爸,你别责怪骁,他难得有时间回家,兴许妈也认不得他了。"梅香还想为应骁辩护,却想不出理由了。

应富贵坚持要自己照顾老伴,他承包了所有的家务。陈氏每天的事就是照看孩子。那孩子体弱多病,陈氏还能走动,经常抱着孩子去教授那里看病,顺便要一碗龙十妹做的豆花,半碗自己喝,半碗留给孩子。孩子断了牛奶开始饭食后,最喜欢吃的就是龙十妹做的豆花。老两口不敢把孩子送去幼儿园,一定要留在身边眼睛能看到的地方。

除了应富贵和孩子,陈氏还认得一个人,那就是五妹。龙五妹迷上了暴走,天天到应家的院子里来报到,早中晚一天三趟,时刻比挂在墙上的自鸣钟还要准确。两个老太婆同病相怜,成了最好的朋友。陈氏搬来凳子,要五妹坐。五妹站着,莫名其妙地嘻嘻笑,并不说话。陈氏自己坐在矮凳上,目不转睛盯着坐在摇车里的孩子。

十分钟,不多不少,五妹转身,继续她的暴走旅程。

终于有一天,五妹没来。

冬至到来时,听说五妹的尸体被从龙潭湖里捞上来,烧了,埋了。

陈氏的病急转直下。

应骁请了一个月的假,回家照顾母亲。

应富贵脸色阴沉沉的,不置一词,却分明像是在说:母亲到了这个地步,你自己看着办吧!

三

婺州城有两处象征性的古建筑。一处是距市政府大楼不远的千年古塔大安寺塔,塔下有一个湖泊,名绣川,原是一个有数顷之广的大湖泊,四周群峰环绕,云霞掩映,景色如绣,所以又名绣湖。沧海桑田,世事变迁,尽管市府前建起摩天大楼、公园广场和地下商场,缩成一口水塘的绣湖和大安寺塔依然是离乡背井在外打拼的婺州人怀想的文化圣地。

另一处就是老火车站附近黄土坡上的孝子祠和孝子墓。它们是婺州城的根和魂。原本的古祠早已倾颓,只剩下一丘荒冢。20世纪90年代后期,这里开始建婺州城的第四代大市场,当时刚上任的分管文教卫的副市长应骁力主在此建了一个大公园,并重修了孝子祠和孝子墓。

对于孝文化与孝道,应骁自以为有深刻的理解。他带着铺盖卷儿回家,准备伺候母亲,送母亲最后一程。

家里的气氛很沉闷。应骁知道,他在这个家里是不受欢迎的人。应富贵神色凝重,沉默得像块岩石,那块岩石下也许就是随时可能喷发的炽热岩浆。在母亲卧房的隔壁,应骁睡在小时候睡过的床上,整夜噩梦连连,辗转难眠。应骁对母亲陈氏有一种非常复杂的感情。他知道母亲是爱自己的,可是这个娇小的女人夹在父子之间,总是战战兢兢,不敢全然地付出,而应骁对亲人间那种亲密关系有着天然的排斥,他像蜗牛一样蜷缩在自己的壳里,拒绝接纳所有的亲密感情。即便与如此疼爱他的母亲,也从未有过深爱的连接。

应骁克服内心的不安和恐惧,每天给陈氏换衣擦身、煎药熬汤。开始的几天,陈氏并不排斥,只是机械地配合,没过多久就露出不耐烦的神色。陈氏似乎已经认不出应骁,时常直勾勾地看着他,眼里不是陌生就是惶恐。

"我不鸟你,你不是我儿子!"

应骁决定送母亲去养老院。怡乐养老院的软硬件是整个婺州城最好的,只要陈氏肯去,可以安排最好的单间、最好的床位,提供最周到的护理。

应骁一开口,就遭到父亲应富贵的一顿臭骂。

"有儿有女,谁家会送父母去养老院?你要是不愿意服侍,尽可以滚蛋,我会另请高明!"

陈氏没有丝毫好转的迹象,精神状态越来越差。她对应骁的敌意越来越重,只要应骁一碰她,她就会神经质般地颤抖。陈氏形容枯槁,体力却似乎比以前更好,白天在院子里转圈,诚惶诚恐地望着路过的行人,怀疑他们是偷儿窃贼。她把以前织布用的梭子和缝衣的针头线脑藏在枕头底下,过十几分钟就去检查一遍;晚上也不睡觉,整夜说些应骁听不懂的胡话:

"七屁八磨,哄么的,易歪,骚狗子,鳖户子,靠你嘎,嘎迪盖……"

应骁知道母亲的精神出了问题。他抱着母亲,要送她去精神病院治疗。他刚刚发动车子,应富贵冲出来,一把拔掉车钥匙。

"你想干啥?送你妈去那种地方?"

"爸,我们不能讳疾忌医,妈的精神分裂症很严重,再不治就不行了。我也不是把她关起来,送医院检查,完了还把她接回来。"应骁耐心解释。

"谁有病?你自己才有病!你就是想把她推给医生,给她铐上脚链关起来。你想撒手不管,就开车走人,我自己会服侍她。你要尽孝道,就在家里待着,耐性子给你妈端屎端尿。不要耷拉着一副面孔,好像谁欠了你似的……"

应富贵火大了,面容扭曲,怒目相向,骂人的话越来越难听。

应骁只好强行把母亲带到医院配了一大堆药,每天督促母亲吃。陈氏已经养成吃药的习惯,一吃一大把。

陈氏吃了药,安静了许多,白天嗜睡,到了晚上又很亢奋,满屋子乱转,寻找可以敲打的脸盆瓦罐,一边敲一边咿咿呀呀地说唱花鼓戏。最严重的时候,陈氏趁人不备,用洗衣的棒槌敲自己的脑门。她两眼血红,像是要冒出火来，用充满敌意的目光看着应骁。

"我不鸟你，你不是我儿子！"

应富贵跑上楼，安抚陈氏，抱着让陈氏躺下。那个小男孩跟在应富贵的身后，脸色秀气苍白，精致的五官像极了杏花。应骁还未与孩子说过一句话，因为小男孩总是躲躲闪闪的，羞怯中怀有敌意。

应骁跟着母亲陈氏过起了黑白颠倒的生活，他失眠，焦虑，夹在父母之间，夹在家里的另两个男人之间，像是被炼狱的火炙烤着。

他是孤傲的，在外面广阔的天空中，他是一只鹰，而在家庭这个囚笼里，他是一只鸡，甚至连鸡都不如。

趁母亲熟睡的间歇，应骁走出老屋透透气。

从龙川峡谷里吹来的西北风凛冽刺骨，田野山坡一片肃杀之气，溪边的银杏、枫杨、垂柳都是光秃秃的，连灰白色天空中的太阳也显得冷冰冰的。应骁蹲在树底下，感到彻骨的寒意，他想哭，却哭不出来。

一种要与人倾诉的强烈愿望驱使着漫无目的地游荡的应骁，这一天，他不知不觉走进了龙门书院。这些年，应骁被一个巨大的疑团折磨着。那个疑团一直盘踞在他的脑子里，仿佛要把他的脑壳炸裂。应骁知道，只有云鹤能帮他解开这个疑团。但是他又不敢轻易走进龙门书院。龙门书院比原来扩大了一倍，建起了六合楼、阳明学院。云鹤除了创作书画、管理书院，还要经常外出到各地授课。

云鹤自然是很欢迎应骁到来的。他依然体态健硕，虽然威仪凛然，宽脸大颡，气质却是温润如玉。也许在这个世界上，云鹤是最懂应骁的那个人，那双睿智的双眼仿佛能洞穿应骁的灵魂。见到云鹤，应骁又退缩了，他不再想解开那个疑团了。因为那个疑团是他的心病，也是他心里一个强大的支撑。

"我想送母亲最后一程，可是不知道该如何尽孝。"

"孝不在形貌，在于质实。一切顺其自然，莫要刻意为之。现在最要紧是减轻她的痛苦……"云鹤和颜悦色，蔼然笑道。

他们走出书院，沿着湖湾踱步。应骁脸色阴郁，望着远处的山峦天空。

"我觉得身上的躯壳越来越沉重，我想像鹰一样地飞翔，却不得不像鸡一样生活。"

"山峦重重，崖嶂蔽天，云树苍茫，霜天万类。传说中，鹰欲重生，必须脱喙换羽。传说的故事,我们姑妄听之。"

"也许我也到了在悬崖上筑巢换羽重生的时候了。我渴望飞翔,渴望山崖上的那一片蓝天。"

云鹤望着身后书院的亭台楼阁,沉吟着。

"我记得过去借给你的书中,有一本《颜氏家训》,其中有'三重楼喻'的典故。往昔之世,有富愚人,到余富家,见三重楼,高广严丽,轩敞疏朗,心生渴仰。即唤木匠造楼如彼。木匠垒墼作三重楼,愚人曰:我不欲作下二重之屋,先可为我作最上层。木匠答无有此事。愚人曰,我今不用下二重屋,必可为我作最上者。时人闻之,皆怪笑嗤笑。"

应骁涨红了脸,低下头,匆匆辞别。

陈氏的病越来越重,躺在床上,不吃不喝,再也起不来了。应骁知道,母亲剩下的时间不多了。

从阁楼窗户里吹进来的西北风越来越寒冷。陈氏像个婴儿缩成一团,枯草似的头发下,那张皱巴巴核桃似的脸毫无表情。应富贵一定要自己照顾陈氏,他不顾陈氏手扯脚踢,给她盖上厚厚的被子。应骁又变得手足无措,不知道如何照料母亲。他木然坐在床边,茫然注视着母亲枯槁的脸。

阁楼上出现了一个熟悉的身影。应富贵走后,龙猫蹑手蹑脚地走上来。他的鼻子像猎犬一样灵。对龙猫来说,每一个行将就木的老人都是他潜在的一笔生意——他做这些生意,并非为了钱,而是为了展示他高超的手艺。

龙猫并没有同应骁打招呼,而是盯着陈氏看了一会儿,仿佛自言自语:明天这个时辰,她就要去了。

果然,第二天下午,陈氏的喉咙咕噜了一阵,脸色由紫变灰,再也不动了。

应骁烧完母亲的头七,蜷缩在歪脖子的柳树底下,终于哭出声来。

应骞被梅香接走了。应富贵不肯住到女儿家去。他要一个人守着那座老屋。

四

在龙潭镇李宅,同样有一个人孤零零地守着一座老宅,她就是李翠花。

李翠花已适应不了外面的花花世界,她喜欢过无风无浪、有花有香的自在生活。她当起了"宅女"。李篾匠留给女儿的宅子足够大,以前李翠花只要几平方米的蜗居,从未真正地打理过。她现在有足够的时间慢慢收拾。原来父母给她留下了无数的宝贝。且不说李篾匠留下的那些精致的灯笼、鱼篓、虾笼、朱漆盒子、会跳的"蚂蚱"、会跑的"兔子",在母亲的房间和院子里,李翠花还发现许多未曾留意的东西——竹编蚕匾、筛子、帘子、方筐、圆箕、鹅毛扇子、放大镜、温度计、水缸水勺、大大小小的网箔布垫。母亲去世前把这些东西整理得井然有序。李翠花过去并不知道它们的用处,直到有一天她在父亲的书房发现一幅蚕织图和一些种桑养蚕的书,才恍然大悟。李篾匠粗通文墨,又有童心,喜欢收藏些花花绿绿的小人书。

李翠花不喜欢养鸡鸭宠物,迷上了养虫子——蚕宝宝。龙潭镇三宅已经很少有人养蚕了,但是在龙川山谷一些村落里,还有一些老人固守着这门古老的技艺。李翠花从老蚕农那里引进蚕种,又花一年时间学会了采桑养蚕缫丝织锦的技术。她并不需要种植桑树,因为蚕神庙后自然生长的桑树是免费采摘的。除了春夏养蚕,她又学会了刺绣。有一阵子,十字绣在市场上非常流行,一幅好的手工十字绣在婺州城的大市场上能卖到成千上万元。李翠花戴着老花镜,一坐就是一整天。大的作品她舍不得卖,留着自己欣赏。有人上门收购,她也卖掉几幅小品。她有的是时间和耐心,一幅《湖山锦绣图》绣了半年。

李翠花现在的收入足以养活自己。养蚕,缫丝,织锦,刺绣,她忙忙碌碌,自得其乐。

她甚至拒绝了儿子要她去当大老板娘的请求。儿子龙骏的生意步入正轨,越做越大。他有了自己的装潢设计公司,雇了十几名员工,仓库里的货也越堆越多,根本忙不过来。李翠花知道,所谓老板娘,就是个看店的,早晚打扫卫生,中午烧菜煮饭。李翠花知道自己不是做生意的料,一大把年纪,碍手碍脚的,很可能帮倒忙。再说她现在已不想介入儿子的生活了。

李翠花陶醉在自己春意融融的小天地里,不知道儿子一家正遭受着一场冬日的严寒。因为女儿龙飞天,龙骏和孙兰英还保持着若即若离的关系。

孙兰英的生意似乎并不顺利。她代理的保健品品牌一月一换,昨天是蛋白粉和神仙水,今天就是龟鳖丸和补肾精。她成了空中飞人,在世界各地飞来飞去。偶尔回家一次,也是为了拿衣物行李,交代女儿学习的事。她拿着女儿的试卷,颦眉蹙额,指指点点,女儿稍一顶嘴,她就做狮吼状,大动肝火。她一定要女儿上清华北大,除了政法财经,其他的专业均不在考虑之列。一开始龙骏还能联系上她,后来她的电话也打不通了。她失踪了几个月,再见到时,她变得蓬头垢面、衣衫褴褛,虽然面容憔悴,精神却很亢奋,像是打了鸡血。嘴里依然是成功、财务自由、环球旅行、别墅、游艇、豪车等一些高大上的名词。她说她要做蝴蝶夫人,过她的精彩生活。

龙骏陷入了绝望。两人大吵一顿后,孙兰英再也不回来了。

龙骏再次听到孙兰英的消息,是在这个冬天里的一天。朱赫赫找到龙骏,说孙兰英惹上了官司。原来有一晚孙兰英陪宋三木喝酒,宋三木喝了两斤二锅头,开车出了车祸,坠河身亡。

"兰英怎么样?"龙骏急问。

"孙兰英倒是没事,只受了点皮肉伤。"朱赫赫道,"保险公司在追查此事,当晚聚餐和出车祸的车上只有他们两个人。有些事说不清也道不明。死者家属提出要赔偿。"

"大概需要多少钱?"

"要一百万元,毕竟是一条人命。"

"好吧,这些钱我来出。只要她能平安度过此劫。"

"你的麻烦还不止于此。孙兰英现在提出要结束这场婚姻。她并不想见你,只委托我带来一份协议。她什么也不要,只要你在上面签字。"

龙骏同意了。

龙骏明白孙兰英的想法。这几年他们之所以维系着这场名存实亡的婚姻,完全是为了女儿,现在孙兰英主动提出解除婚姻,很大一部分原因也是为了女儿。他们原本想等女儿参加完高考再做了断,现在看来已经用不着了。龙飞天已经适应没有母亲的日子,她的成绩并未受多大影响。没有母亲这个紧箍咒,龙飞天反而有更大的自由。

"公司的生意现在尚可,我可以再拿出二三十万元。"龙骏道。

"龙骏,我要是你,这后面的二三十万元就省了。我也是女人,通常我是为女人说话的,但在这件事上,我要站在你这边。欲望是个无底洞,不能控制欲望就无法控制人生。孙兰英现在所做的一切无异于飞蛾扑火。她现在陷在泥沼里,没有人能够帮助她,除非她自拔。也许她再吃些苦,就能够幡然醒悟。龙骏,你用不着刻意去讨好任何人,有时纡尊降贵换来的只能是对方更加居高临下的颐指气使。没有平视就没有平等。婚姻也是,好聚好散,再见不难。"

朱赫赫对老同学一番劝解,头头是道。

龙骏点头,心里五味杂陈,一片酸楚。他也曾想把孙兰英拉回来,可是那些所谓的成功学大师画的饼远比龙骏画的东西有吸引力。孙兰英被一种强大的泥石流裹挟着,越飘越远。龙骏势单力薄,无能为力。

龙骏觉得这事可以瞒着所有人,却不能瞒女儿。

"飞天,妈妈还是爱你的。如果有时间,她还会经常来看你。"

龙飞天点点头。她早已过了叛逆期,在一个愿意把自己宠上天的父亲呵护下茁壮成长,变得亭亭玉立。龙骏给她最好的营养,又带她健身,使得龙飞天的身材出人意料地修长。龙飞天的身上集中了父母所有外貌和性格上的优点。她已经学会了料理家务,为父亲的公司经营出谋划策。她又继承了父亲的绘画天赋,通过了中国美院的校考,以她优异的成绩去中国美院读服装设计专业是板上钉钉的事。

这大约是这个寒冬最让人温暖的好消息了。

第四十二章
开发商们

一

婺州古城，虽是巴掌大的地方，却是钟灵毓秀，为八婺肇基，是吴越文化的源头之一，在浙中盆地名声显赫，历史上曾有"小邹鲁"之美誉。古城虽无城墙城垣，却有城门——东朝阳门，东北卿云门、通惠门，拱辰门，南文明门，西迎恩门，西北湖清门。

古城所在地绣川，除了那一泓叫绣湖的湖泊和湖畔的大安寺塔，就数朝阳门里的朝阳街最有名了。这里曾是历代县衙所在地，是古城最繁华的地方。据记载，朝阳门始建于北宋大观三年，后屡有颓葺，明嘉靖十九年重修，始用石筑，为门楼，用于守望，颇如城门之制。清乾隆三十年，婺州最繁盛时还有七座城门城楼，到清末民初，只有朝阳门留存。在婺州老一辈居民的记忆里，朝阳门颇有些古朴雄浑。那些乡下村民，偶尔到城里奢侈一回，如果没有逛过朝阳街，只在石砌的拱形门洞前留个影，就算是白进城了。

朝阳门内的朝阳街又名县前街，地势高峻突兀，门楼鳞次栉比。说是街道，其实是一条山岭，有四五十步石阶。拾级而上，是狭长的石板卵石街，电线杆和树枝上密密匝匝的电线，灰墙黑瓦、木扉石窗和洞门前，推车挑担的商贩来往吆喝。街道两边是同样狭长的弄堂小巷，还有一座巍峨的古建筑——黄大宗祠。

20世纪80年代后期,当婺州城开始扩张的时候,这条地扼新旧城区要道的老街成了障碍。打通老街向新城区延伸的道路成了急中之急。整个工程需要几千万元的资金,靠财政拨款至少要等十几年,婺州人充分发挥了敢作敢为的创先精神,先把即将拓宽的道路两侧可以建造的商铺、商品房按面积估算测出,用招标的办法预定给用户。当建筑大军开进工地的时候,预收的资金已达几亿元,市政府用这笔钱疏浚了绣湖,建了两个新村。两年后,老街改造工程完工,老城门变成一片废墟,与它一起拆掉的还有狭窄街道两旁的民居和黄大宗祠。虽然石阶山岭被夷为平地,原来的街道还是保留,只是在它的附近多出了一条叫"工人路"的街道。改造后的朝阳门区块,依然是婺州最繁华的地方。新建的工人路更是被誉为"浙中第一街",酒店栉比,商厦林立——卖的都是当时的奢侈品:珠宝首饰、高档烟酒、人参鹿茸和品牌服饰。白天游人如织的工人路,夜晚更是霓虹闪烁,客流熙攘,热闹非凡。

工人路奢侈品的经营者和消费者都是不久前刚洗脚上岸的农民商人。20世纪70年代末的婺州,地狭贫瘠,穷得只剩甘蔗渣,当时的县长林峰出于朴实的愿望,出台了"四个允许"政策——允许农民经商、允许农民从事长途贩运、允许开放城乡市场、允许多渠道竞争。他只是顺应民意为那些坚韧的草根创业者提供了一个舞台,却无意中书写了一部跌宕起伏的传奇。从林峰确立兴商建县发展战略的那一刻起,婺州再也没有走过回头路。

婺州最早的小百货市场形成于老城北门街一带,龙川那些肩挑货郎担、手摇拨浪鼓、走村串户的"敲糖帮"在这里聚集,慢慢地形成了第一代原始市场。两年后,由政府牵头,个体户经营的第二代市场在附近的马路边开业。这是一个棚架式的市场,有近三千个摊位,吸纳了周边县市的众多经营户。婺州商品市场的名声日隆,吸引了全国各地的商贩。车到婺州客如潮,南腔北调、携带大包小包的客商不断涌来。几年后,第三代市场应运而生,依然是棚架式,但是商品做了简单分类,摊位增加到五千多个。接着是第四代、第五代的室内市场,市场几易其址,迅速壮大,不但吸引全国各地的经营户采购商,也吸引了世界的目光。第五代的国际商贸城,分类精细,行业齐全,成了国内的龙头市场、全球最大的小商品市场。

除了国际商贸城,城里还有几十条商品专业街。实际上,整个婺州城成了一个大超市。从雏鹰啼鸣到朝阳喷薄,婺州在不断的裂变中越来越耀眼,

这座昔日红土丘陵上的农业县，变成了国际性的商业城。

市场的繁荣带来城市的急剧变化，婺州城从内陆闭塞的小县城变成了现代化的移民新城。不但本县那些洗脚上岸的农民蜂拥进城，来自全国各地的经商户也在新城落户。还有来自中东、非洲、拉美、欧洲的各种肤色的新移民定居。

城市的裂变是从古城的核心区块开始的。十年后，朝阳门朝阳街经历了最后一次蜕变。剩余的老旧民居、旧改中通常有的"钉子户"和十年前建造却很快过时的"新建筑"一起轰然倒下，朝阳门朝阳街灰飞烟灭，从婺州老居民的记忆中抹去。朝阳门朝阳街的辉煌成了历史。这里成了新的市府所在地，建起了公园、大型广场和地下商场，既是雄踞市中心的行政重地，又是繁华商圈，四周高耸入云的大厦和湖光塔影相映，煞是壮观。

这是一座迅速膨胀的城市，也是一座生机勃勃野蛮生长的城市。道路在向四面八方延伸，城里的街道由窄变宽，又迅速由宽变窄。昨天的楼房变成了今天的废墟，今天的废墟明天就变成了高楼。去年还是人烟稀少的市郊野地，今年就可能是城内某个热闹的商圈。城市的行政街道也在迅速增加，由一个变两个，再变成五个六个。即使是三年一变的城市规划也跟不上形势的发展。整座城市就是一个大商场，也是一个大工地——塔吊林立，脚手架密密匝匝，到处机声隆隆，推土机、压土机、挖机、铲车和渣土车来来往往。

随着城市扩张的步伐，开发商们也在城乡接合部的空地上大展拳脚，或是施展腾挪功夫，在城市狭窄的空间里见缝插"房"。

在公园里悠闲地摆龙门阵的那些老人中间流传着一个笑话，说某个住在高档公寓里的黄老头，原是朝阳街的老居民，有一次出门溜达，在附近转了一圈就失踪了。老人身体一向硬朗，头脑清晰，也不是路痴。他的九个子女费了九牛二虎之力，最后在离家不到百米的地方找到了他。

原来黄老头被公寓边一夜暴起的高楼晃晕了眼，找不到回家的路了！

二

笑话归笑话，黄老头却是确有其人。黄氏一族，在朝阳门内是世家大族。

婺州素有崇文重教之风,建塾办学传统在朝阳门内尤浓。昔日的朝阳街巷中,建有多所书院、义塾和学堂,弦歌阵阵,书声琅琅,翰墨飘香。其中尤以黄氏一族最为著名。数百年来,黄氏一族耕读传家,褒奖优学,讲学风气浓郁,颇是出了几位俊杰儒流。元代,朝阳门内金山岭顶就出了位大儒,清末又出了一位文化名人。黄大宗祠内,文人雅士荟萃,莘莘学子济济,个个胸怀大志、儒雅风流。清中期,就有黄氏族人在宗祠不远办起了塾学,正房三进,东西厢房各十间,学舍总共三十多间,义学之设,俾贫而无资者皆得有所成就。

婺州城百姓大都聚族而居,大小宗祠众多。清末民初,宗祠办学之风蔚然,有绣川陈氏完小、武陵龚氏完小、黄氏江夏初小、楼氏求是小学、毛氏文明初小和金氏星拱初小,其中以黄氏江夏初小最为有名,后与黄氏家族设于绣湖畔的书院合并,更名婺州高等小学堂,迁至朝阳门石鼓巷黄大宗祠内。风雨飘摇的1927年,有黄氏族人会同朝阳门内的楼姓、朱姓同好,筹钱出力成立了婺州县立初级中学,也就是后来有名的婺州中学。学校建成后,几位先生功成身退,婉拒校长之职。黄氏宗祠因此成为"英俊渊薮",黄氏族人诗礼世泽,书香传家,以后又出了大学教授、中学校长、医科专家等名人。

黄老头自己也是才华横溢,一生守执教鞭,誉满杏坛,退休前是县中学的语文名师。

黄老头名黄家泽,一心只读圣贤书,对教室外面的世事风云不闻不问。或许是祖上一脉单传的缘故,黄老头虽然年轻时受过西风洗礼,脑子里多子多福的观念还是根深蒂固。他不但桃李满天下,在养儿育女方面也是收获颇丰。他结了两次婚,生了五个儿子、四个女儿。前面八个子女,都接受了良好的教育,个个成器,在教育局、粮食局、卫生局、医院、学校、铁路部门和外贸公司这些单位上班,过着并不富裕却安安稳稳的日子。唯独最小的一个不让黄老头省心。这不奇怪,龙生九子,性状各异。黄老头五个儿子中的前四个,即便不是样貌魁伟、器宇轩昂,起码也是身体康健、思维正常。这最后一个,却是瘦瘦小小,像个老鼠精。

毕竟是年近五十岁生的儿子,黄老头对这个瘦小的儿子还是宠溺有加。他想把自己平生所学全部教给儿子,可是这个儿子根本不爱读书,见到书本就哇哇大哭。学校老师也是三天两头来告状,说黄老头的小儿子黄善,上课抓耳挠腮东张西望哇哇乱叫,一个人就把教室闹翻了天,小小年纪还要起了

167

流氓——撕扯女生的衣裤,在游泳池里钻入水底摸女生的大腿。黄老头无计可施,只好棍棒伺候。越是如此,那太岁爷越是不买账,干脆不上学,在校外当起混世魔王,爬树掏鸟蛋,用弹弓打碎人家的玻璃窗。

黄老先生早断了把儿子培养成栋梁之材的念想,只希望儿子能健健康康地长成,做一个良善之辈,哪想到儿子却越来越痞。等儿子到十八岁,黄老先生一气之下,与儿子断绝了关系。

黄善住在父亲分给他的一间鸡笼似的平房里。平房位于街尽头、山坡岭脚的一块低洼地上,晴天一层灰,雨天成水泽。这里原是黄家临时搭起来饲养鸡狗家畜的,黄善光棍一条,根本不在里面待。他结交了一群狐朋狗友,帮人要债做打手。他虽然长得瘦削,像个猴精,却滑溜得像条黄鳝,与人打架,一蹦三尺高,对方还在眨眼,他的拳头就到了。他相信:这年头穿鞋的怕光脚的,软的怕硬的,硬的怕狠的,狠的怕愣的,愣的怕不要命的。黄善就是那不要命的,他的三脚猫功夫足以使他在江湖上混出名头,投奔他的人越来越多。

不过,黄善结交的并非全是下三烂,也有一个"正经"的朋友——高尚君。

高尚君就是原来的高尚军。自父亲从农垦场调到县建筑公司当经理后,高尚君学了一年的泥工手艺,当了建筑工人,不但在城里葺屋造房,还曾去阿联酋修桥铺路,可谓见多识广。

高尚君也曾住在朝阳街,比黄善大五六岁,是小时候一起打打闹闹的玩伴,也是黄善的大哥。

高尚君早已是土建工程师、建造师,从建筑公司离职后,成立了自己的房地产开发公司,当了老总。

有一天,他找黄善谈话。

"黄善,你这样打打杀杀、三天两头进派出所可不行,坏了自己的名声,没人愿意嫁给你。你得学门正当的手艺。"

"我大字不识几个,能学什么手艺?我还想找过去的老师,把七八年的学费退回来呢!"

"这样吧,你跟我师傅学。学会这门手艺,有了建筑师的头衔,就不愁娶不到老婆,还可以一辈子吃香喝辣的。"

高尚君的师傅姓李,是李宅的泥瓦匠,不但在龙川,在整个婺州城也很出名。他门下的徒子徒孙遍及城乡，自然也包括后来在婺州城里出名的"三巨头"——龙发、高尚君和黄善。

泥瓦匠李师傅已近古稀，本来准备收山，但是经不起高尚君的一番鼓动，还是答应收黄善为徒——高中毕业，有一个大哥在建筑公司当经理，一个城里的孩子，愿意干这一天到晚搬砖砌墙、灰头土脸的活也不容易。

可是黄善依然是扶不上墙的烂泥。他没想到高尚君嘴里的建筑师原来是泥瓦匠。在李师傅手下，他经常把采买泥沙、木料、水管的钱拿来偷偷约那帮狐朋狗友吃喝。三天打鱼，两天晒网，黄善在李师傅那里混了两年，算是出师，并且是"师出名门"。

出师后的黄善依然过了一阵饥一顿饱一顿、穷迫潦倒的日子。可不久他的好运就降临了。先是他朝阳门鸡笼似的房子拆迁，分得一笔巨款。他用这笔钱在城北红土坡上买了块地搞农业开发。说是开发，其实就是养殖，养他喜欢的藏獒。养着养着，黄善发现那些藏獒变成了大犬，他只好把那些笼犬放在公路边兜售。大犬卖完，他的几百万元也折腾光了。

困顿的日子没过几天，黄善又交了大运——正应了那句老话，好运来了挡也挡不住。政府在城北建市场，用到了黄善那块地。这一次他拿到了更多的钱。黄善吸取教训，开始倒腾房子，收购那些东倒西歪的老房子，然后等着拆迁补偿。他消息灵通，每一次都押对宝。短短几年，他的资产就膨胀了数十倍。

黄老先生八十大寿，再次见到儿子时，黄善已经是开着玛莎拉蒂的阔佬。黄善的房地产开发公司在婺州城里名声大噪，他开发了几个大楼盘，拥有了自己的酒店、商务大厦，还有洗浴城、酒吧、商场等众多物业。

不过与师兄高尚君相比，黄善还是小巫见大巫。高尚君不但在婺州城里是一只鼎，还把公司的业务拓展到杭州、上海甚至北京。

高尚君、黄善和龙发，三人师出同门，情同手足。三人配合默契，同一地块投标，必然同时出现，围猎标的。不管是谁中标，龙发都能分到不少好处。龙发尝到了甜头，再也不愿意去干挖土夯基的苦力了。

这一天，三个师兄弟中的两个，在黄善的皇都大酒店喝酒。

"这一阵我们已经窝着很久，也该我们出手了。"龙发笑嘻嘻的，有些急不可耐。三兄弟中，龙发最不济，他虽然是大师兄，但在黄善面前倒像是师弟，唯唯诺诺，点头哈腰。在婺州城里，像龙发这样的小老板，拎着猪头也找

不到庙门,全靠在两个师弟的碗里分一杯羹。

"师兄,现在闹金融危机,你知道的,这两年我的手头也有些紧。"黄善袒胸露腹,摸着自己渐渐凸起的圆肚子。

龙发知道,这两年黄善已经瘦了。黄善忙着结婚离婚,离婚结婚,每折腾一个回合,他的肚子也像他的物业一样瘦一圈。

"可是我们也不能老是当缩头乌龟啊。你们两个倒好,老本够吃几辈子的。我都快喝西北风了。修桥铺路,我们没那个资格。旧村改造起新屋,那些土佬都很抠,只能赚点清工费,还不够塞牙的。"龙发抱怨。

"师兄,婺州城里造房子的蛋糕就这么大,现在腰包里有点钱的都想来切一块。梅花饰品要搞,梅香袜业、王家兄弟也按捺不住要搞。听说龙马也要来。他是上海滩的大佬,打一个喷嚏,我们都得被吹出十里。他那样的巨鲨游过来,我们这些小虾米哪有活路?你们是表兄弟,你可以到他那里揽点活。"黄善有些阴阳怪气。

"你还别说,我去找过,他都不正眼看我。表兄弟哪有师兄弟亲?我还是得仰仗两位师弟。"龙发抱拳拱手。

"师兄,我们再不能小打小闹了,要闯就闯出些名堂。现在城里连片的地块越来越少了。新市街地块,属于旧城改造,拆迁费用巨大,纠纷很多,碰不得。我们现在要把目光投到镇上去。听说龙潭镇要改,整体旧改,那可是十几亿元的大工程。师兄,管这事的老应是你亲戚,你为什么不去找他?"黄善依然怪里怪气。

"他呀,更别提,鼻孔朝天,六亲不认。我看这事还是要二师弟出面拿主意。"龙发鼻子哼哼。

"是啊。还是二师兄有路子。他路子粗,能弄到地弄到钱。只要他碗里有肉,我就能啃到骨头,师兄你呢,至少可以喝汤。"黄善道。

他们决定,还是去找高尚君拿主意。

三

"这种摊大饼的发展方式恐怕难以为继啊。"

在林峰家二楼的客厅里,应骁和林峰面对面坐着,边喝茶边聊天。

应骁搬到天胜小区的高楼后,来林家的次数反而多起来。这个家是他非常熟悉的,当初林峰到地委赴任,应骁在这里住过一阵。

应骁的生活一直处于尴尬的境地,既不想被人看作忘恩负义之辈,违逆一手提携自己的两位恩人,更不想违逆诸葛慧莲要照顾两位老人的愿望。好在这样的日子不长,他去省行政学院进修,回来后借口工作繁忙,在宾馆长住。事实上,他的确很忙,过着黑白颠倒的生活,几乎没有属于自己的私生活。他回绝了许多高档宾馆为他免费提供的大套间,蜗居在无人知晓的偏僻小旅馆里。对他来说,席地而卧和睡总统套房没什么区别。

应骁是孤僻的,从未与任何人建立起亲密无间的关系,对衣食住行也不讲究,随遇而安。他穿戴随意,一年四季,一套中山装或西装,一双皮鞋,一件棕色大衣或是老棉袄。平时习惯步行,独来独往,饿了就在街边的面食店吃碗面。他不想被世俗生活所羁绊,总想着玄而又玄的东西。

应骁头脑中,家的观念极为淡漠,与父亲的紧张关系不但使他对家怀着恐惧,对权力也是充满敌意。小时候,有一年,母亲陈氏为他做了一件过年的新衣,应骁兴高采烈地穿出去,周围的人讥笑他,说他像"脱产干部"。应骁痛哭流涕,满地打滚。那时候,童年的他并不知道"脱产干部"是什么,只认为他们是比父亲还强悍的可怕怪物。那时候,应骁对村里带"长"的人避之不及,对城里来的大官更是心存敬畏。

没想到,长大后,应骁自己却成了"脱产干部"中的一员。他对权力的恐惧和敌意渐渐消失。在应骁看来,炫目的权力圈远没有他过去想象的那么耀眼。像一个武林高手,应骁看到场子里那么多二三流的练家在比画,也是按捺不住性子,跃跃欲试要跳进圈子。他是自卑的,更是自负的。他对自己的智商充满自信。在外人的眼里,应骁是刻板、木讷、勤勉和谦和的,交办的事做得滴水不漏。实际上,人们永远也不知道他深藏的另一面。

人们对自己身上没有的优秀品质,通常有两种态度,要么嗤之以鼻,要么极为欣赏。林峰夫妇是后者,他们欣赏应骁并栽培他,几乎把他看成自己的另一个儿子。应骁却并不想与林峰建立亲如父子的关系,不过他对林峰还是很尊敬的。在林峰夫妇面前,应骁可以放下自己的戒心,无所顾忌。特别是现在,诸葛慧莲母子搬离林家后,林家的温馨感反而强烈起来。

林峰已经彻底地退下来。虽然市府的各种会议邀请他旁听,城里的各种大型活动请他剪彩,但林峰能推就推。他现在的生活过得很惬意,除了当"老娘舅",就是看书、练书法、打太极,偶尔陪沙中柳去听曲唱戏。夫妇俩决定在他们生活了几十年的婺州城里颐养天年。自然,他们心里还有一个隐秘的希望,就是期盼失踪了十几年的儿子能幡然醒悟,有一天突然出现在院子里。

林家的小院很安静。站在二楼的阳台,可以看见林立的高楼大厦和绣湖商圈璀璨的灯光。远处是二十四小时不眠不休的生机勃勃的城市。林峰已经为这座城市定了调,打下了发展的根基。林峰启动了列车,他身后的一任任书记市长,只需把住方向盘,列车就会以自己的惯性飞速向前。1988年撤县设市,这座城市便走上了快车道,民航机场、新的火车站、博览会展馆、体育馆相继投运,高等学府入驻,第五代市场建成,成功发布全球小商品指数——婺州成为市场经济的一面旗帜和改革开放的典型。东南西北,城市建设的框架拉开,向周边延伸扩张,迅速膨胀。城区面积早已是老城的几十倍。

虽然鬓发皆白,林峰依然身材魁梧而且腰板挺直。他的脾气不再火暴,变得温文尔雅。他似乎比以往任何时候都要健康,顽固的偏头痛消失了,睡得稳吃得香,身心愉悦。

林峰坐在沙发上,起了个话头。

应骁并没有马上接话,他在林峰对面的矮凳上正襟危坐,手碰了下茶杯,也没有喝。在林峰夫妇面前,应骁永远扮演小学生的角色,像一只小猫安静地坐着,做一个倾听者。

林峰看了看沉默的应骁,走进书房,拿了一摞书,随意翻着,慢条斯理地说下去。

“我以为,用土地换发展只能是权宜之计。并不是每个城市都要长成巨人,城镇化指人而非土地。城市建设也不是发面团,想发多大就多大,总得有个边界。城里的规划建设用地要省着用,农村的耕地更是不能占。上面有耕地占补平衡的补救政策,但是地方上往往占多补少、占优补劣、占近补远、占水田补旱地,有时还圈占高产农田。现在,城郊的一些耕地已经被钢筋水泥一口口吞掉了。这样下去,耕地红线怎么能守住?我们这一代人,抛头颅洒热血,为了什么?就为了土地。土地是财富之母。世界上所有的财富都来自土地。我是搞农业出身的,知道土地对农民的重要性。人多地少是我国的基本国情,不守住耕地红线,怎么养活这十几亿人口?民以食为天,吃是人的第一本性和根本诉求。孔子说:饮食男女,人之大欲存焉。管仲也有言：衣食足则知荣辱，仓廪足则知礼节。吃饭的事比皇帝还大。古时候江山社稷相提并论，《周书》上介绍国家的八政，第一就是粮食。也就是说，无农不稳，压倒一切。农业，农民，农村，依然是中国问题的根本。农民富裕了，我们的国家才算真正强盛。

"中国的农耕文明可是世界上最古老的文明。农耕文明也有优点，其中有对生命本真的智慧参悟，有道法自然天人合一的哲学思想。《白虎通》一书记载：古之人民，皆食禽兽肉，至于神农，人民众多，禽兽不足，于是神农因天之时，分地之利，制耒耜，教民农作，神而化之，使民宜之，故谓之神农也。春秋战国时我们就有了世界上最先进的农耕技术。西汉的《氾胜之书》是现存最早的农书，有作物栽培方法的详细论述。粪肥是先民对人类农业的巨大贡献，《农书·粪田之宜》说，用粪犹用药也。《吕氏春秋》说，凡农之道，厚之为宝。《齐民要术》要我们顺天时量地利，如此则用力少而成功多，否则就会任情反道，劳而无获。荀子则说得更详细：万物各得其和以生，各得其养以成，不见其事，而见其功，夫是之谓神。万物相生相克、共生共荣，仁者以天地万物为一体，一荣俱荣一损俱损。民胞物与，辅相参赞，耕而不耨，不如作暴。

"中国的农耕文明何止五千年，它是比四大发明更伟大的发明。可惜我们的农耕文明已经被冲得七零八落了。吃饭成了大问题。土地板结，掺进了太多的化肥农药重金属，江河湖泊成了荒滩臭水沟，酸雨雾霾代替了蓝天白云。家禽家畜被关在笼子里，养鸡的不吃鸡，养牛的不喝奶，制药的不吃药。吃饭成了闹心的事，人人成惊弓之鸟，这怎么行？乡下人在城里打工，城里人淹没在车水马龙中，似乎谁也找不到自己的家。我们已经失去了根。终有一天，我们会幡然醒悟，厌倦被钢筋混凝土包围的城市，怀念起过去的慢生活，想起过去的乡愁。我记得乡下节日的浓郁氛围、鸡犬相闻的淳朴乡风。闻鸟语花香，喝甘甜泉水，在瓦楞窗下品茗论道，和百岁老人、三岁顽童一起坐在热炕头唠唠家常，看牧童吹笛老牛暮归，在太阳下看田野上的滚滚麦浪，在清晨霞光里听岚风松涛，在静谧夜空中仰望头顶的繁星，那才叫真正的慢生活！"

四

"林老，您现在不像退下来的书记，倒像是隐居的诗人。"

应骁这句半揶揄半恭维的话把林峰逗乐了。林峰摸摸自己的板寸头，哈哈大笑。

"在野之身，可以胡言乱语。我现在除了看书，就是临帖。什么闲杂书都看，看的书多了，肚子里的牢骚就变成了感慨。退下来后许多事反而比以前看得明白。过去他们叫我林大炮、大老粗书记。没错，我骨子里就是个农民，这一辈子大部分时间与农民打交道，现在满脑子还是农民。"

"是啊，农民太苦了。几千年来，他们也就是求个温饱。有衣穿，有房子住。可是人生除温饱之外，还应有更多的东西……"

应骁插一句，就打住了。对于玄而又玄的哲学问题，他比林峰想得更多。对于林峰的观点，他大多数是赞同的。应骁并不想深入探讨下去，他有许多眼前急于要解决的现实问题，要寻求林峰的支持。最迫切的就是农村的旧村改造。

林峰显然有一肚子话要说，应骁没点明，林峰就急切地接过话头。

"提到旧村改造，我倒是有许多想法。我现在是旁观者，也是监督者，专门挑刺的。现在的旧村改造，有几大弊端。一是城郊的地越来越值钱，动辄几万十几万元一平方米，其中的利益太大了，除了部分变成国有，其他的由村里的领导把控，容易滋生腐败。我就知道，有几个村的村主任、村会计因贪污进了班房。二是激化了家庭矛盾，父子反目，兄弟阋墙，为了几平方米的宅基地，有人大打出手，有人遗弃孤寡。三是助涨了奢靡之风，动不动就是千人宴、万人宴，无端大吃大喝。钱来得太快了，昨天还是赤贫，今天就是千万亿万富豪，即便没那么富，也可以守着房子当房东，一辈子不愁吃喝，躺在富裕的温柔乡里，再也不思进取。还有，那些房子，全是五层半、四层半，村村一个模样。那些火柴盒子般的房子夹在高楼之间，弄得城镇像农村，农村像城镇。当然，好处还是有的，毕竟旧改村的农民都富了。"

这最后一句话显然是安慰应骁的。应骁的脸白一阵红一阵，仿佛那一切都是他的错。虽然不全是他一人决策，但应骁知道，他显然该负若干责任。他尴尬地笑了笑，不说也不行了。

"城镇化还是必经之路。人多地少，八亿农民不可能被束缚在有限的土地上。拿婺州来说，本地户籍六七十万，外来人口有一百多万，这些人以后肯定要生活在城市里。现在的城市早已今非昔比，过去二三十里外的龙潭镇都快成城郊的一个行政街区了。我也知道这种摊大饼的方式并非上策，但势已形成,非一人一力可以扭转。我无法急刹,只能做点刹。我想把精力集中到老旧城区的改造上。城市核心区可资利用的土地越来越少,新市街那个方向是一大块。"

应骁仿佛自言自语,又像是在自我辩解。林峰站起身,来回踱步,接过话茬。

"新市街离这儿不远,我有空也去溜达一圈。你也应该多去走走,详细调查。那儿全是老旧的房子,有四合院,有古庙,住户复杂,产权纠纷多,搬迁难度比别处更大。要改那个区块,你需慎之又慎。当时朝阳门朝阳街的改造,我们就犯了很多错误,把不该拆的老房子拆了。那些古宅宗祠是先人留下的宝贝,异地重建,修起来的也是山寨文物。当时做得太急了。城市规划几年一变,没有长远目光。仅过十年,街上的房子又推倒重来,劳民伤财,罪不可赦。当然,拆建拆违是领导最头疼的事,前一阵子,城里大规模拆除违法建筑,有些做法我也不敢苟同,太野蛮,弄得民怨沸腾,差点出了人命。"

应骁面露难色,嘴里喃喃着,似有难言之隐,新市街和龙潭镇,成了他的两块心病。城市要发展,旧改就要进行,明知不可为,也要为之。

林峰停下脚步,望着窗外灯火阑珊的城市,语气温和了不少。

"我也不是一概反对旧改。像龙潭镇,是我林峰的根据地,我们都曾当过那儿的领导,那里的村镇旧貌变新颜,我当然高兴。尤其是三宅,如果一定要动,那些古宅一定要保留下来,还有那里的山水景观、湖泊岛洲、自然生态,否则,我们很可能会成为历史的罪人。至于新的民居如何设计,搬迁到哪里,我作为局外人,实在不便置喙。我只希望你们能通盘考虑,立足长远。"

应骁沉默了,神色有些焦虑。他看上去比林峰还要苍老,鹰钩鼻两边的眼窝深陷,大脑壳上头发越来越少,头顶晶亮,四周稀稀拉拉的头发已经灰白。处于各种利益的旋涡中心,被某些不知名的心事纠缠着,应骁显然有些力不从心。

林峰看着有些忧郁的应骁,动了恻隐之心,责备的意味少了些,语重心长道:"做人做事,脚踏实地是最好的方式。当官也是。我们都来自底层,了解民生疾苦,想为他们做点事。这一行有时就是千人过独木桥,你上了桥就再也不能回头了。越往前走,也许风景越好,可竞争也越激烈,推推搡搡,明枪暗箭,甚至血雨腥风。有人帮忙固然好,大部分时间还得靠自己把控。就像在大海里行船,一帆风顺也好,狂澜巨涛也罢,最要紧的是安全靠泊。说到底,我们只是历史上的小人物,将来没人会记得我们,只是我们自己不甘寂寞,要像萤火虫似的发光。"

林峰说着,又坐回沙发,拿起一本书来。

"我最近在看《淮南子》,觉得其中有些话说得很有一些道理。舟覆乃见善游,马奔乃见良御。置猿槛中,则与豚同,非不巧捷也,无所肆其能也——说的就是守拙的功夫。正身直行,众邪自息;不贪最先,不恐独后;君子不谓小善不足为也而舍之——说的是君子为人的道理。夫大寒至,霜雪降,然后知松柏之茂也;欲致鱼者先通水,欲致鸟者先树木;逐鹿者不顾兔——要树立目标,咬定青山不放松。患生于多欲,害生于弗备;积爱成福,积怨则祸;福由己发,祸由己生——说的是祸福的道理。目妄视则淫,耳妄听则惑,口妄言则乱——人生最难控制的是自己的欲望,欲望是吞噬一切的陷阱啊!国无义,虽大必亡;人无善志,虽勇必伤。当下的社会,我是越来越看不懂了,个个心浮气躁,急功近利。尤其是土地利用和房产建设这一块,从泥瓦匠到建造师,从街头的小商小贩到商界巨头,都卷入了房子房事。也许是我林峰真的落伍了!"

应骁一言不发。林峰伸出手拍了拍对方的肩膀,仿佛要把陷入沉思的应骁唤醒。

"不在其位不谋其政。我拉拉杂杂说了这么多,你就当是废话,该干吗就干吗。只希望听我最后一句话:土地房产的利益纠葛太大,你千万别与那些开发商走得太近。"

第四十三章
新市街

一

春分过后,白昼渐长,黑夜渐短,天气也变得暖融融的,花红柳绿,草长莺飞,连路旁梧桐的枯枝也急切地冒出了芽苞。

下午三点左右,一个商人模样的人,胳肢窝里夹着一个公文包,慢悠悠地向新市街走去。他中等个子,黑色的西装外披了一件棕色的风衣,一副墨镜架在拱起的鼻梁上,遮住了半张脸。他梳了一个大背头,乌黑的头发亮晶晶的,仿佛用了无数的发胶才把浓密的头发粘在硕大的头颅上,显得有些滑稽。

他要去的新市街,现在是古城少数残留的老街区。这条街记载了老婺州人曾经的辉煌、祖辈的艰辛和长期的困顿。时光在这里慢慢流淌,历史在那些纵横交错的小巷里沉淀。

城市是有生命的,有她的生老病死。婺州城的"生"就与新市街有关。先有木头龙后有婺州县,老一辈的婺州人至今还会念叨天上雨神"西隅龙祖"下凡的故事。公元前的某一年,有一木龙头逆水而行,漂至婺江西桥,一老翁将其捞起,雕出西隅龙祖,供座西门,谁料龙祖随后就不见了踪影。仙人离去,留下一座百求百应的老城隍庙和庙里的龙祖。据说,晚清时有一年,婺州遭遇大旱,县太爷率老百姓将西隅龙祖抬出求雨,说来神奇,竟然真的下起了大雨。老百姓都说是西隅龙祖显了神灵,乃在西门老街城隍庙龙庭供奉龙祖。

岁月流逝,那木头老龙已不见踪影,可是那老城厢的城隍庙至今尚存。婺州古城的城隍庙会,那是足以与龙潭镇的蚕神庙会相抗衡的庙会,庙会期间,挑担背包的乡民都进城来,一时间人山人海,颇为壮观繁盛。

新市街几乎与老城隍庙一样古老,是一条有历史的老街。老一辈的西门人说起新市街总是头头是道,脸上洋溢着自豪。明清时期,新市街就已成名,街上有众多富家大户的名门望楼——魁星第、演武堂、陈大宗祠。那些古建筑大多毁损,只留下戚宅里,那是抗倭英雄戚继光在婺州的募兵处。这里的老街坊习惯称戚宅里为戚家公祠或七进戚宅。这座四百年的古宅曾是新市街标志性建筑,如今也只剩下残缺不全的第七进,摇摇欲坠。残楼前面有一汪水塘,名魁星塘,传说是戚家军训练水军的场所,有人在四周围起青色石栏。夏日,池塘的一角有荷花盛开。

在西门,陈姓曾是大姓。据说南宋婺州永康状元陈亮的四子——陈焕徙居本地,繁衍生息。绣川陈姓后裔,也是戚继光抗倭军的主力之一。只是,新市街现有本地居民几千,百姓杂处,陈姓早已是泯然于众姓了。

新市街又是一条留着老城区夕阳余晖的"味儿街"。老人们还记得这条街上老婺州的小吃美味——肉饼、烧饼、麦鳅、麦锅、麦角、手牵面、荞麦老鼠和各种糖酥糕点。除了小吃,还有数不清的老建筑、老街坊、老手艺。在城隍庙老人的诵经声、铁匠铺的叮当声和古老四合院门前的鹦鹉叫声中,道情老人伴着渔鼓的唱念和清脆的花鼓声从某条巷弄尽头传来,悲怆沙哑,使得老街更加沧桑。

"婺州县,出西门……"许多道情、花鼓说唱都是这样开头的,仿佛人间所有的悲欢离合、才子佳人的故事都是从新市街肇始的。

20世纪七八十年代,新市街还是婺州城相对繁华的去处。各种小吃摊热气蒸腾,小商小贩穿梭,阵阵叫卖声回荡。小孩子在街上追逐嬉戏,大人们穿着蓝色的劳动布衣裤,骑着自行车进出街巷,叮铃叮铃的铃铛声日复一日,冬去春来,热闹而不喧嚣。眼下的新市街,似乎已沉寂于市。在周边林立的高楼间,新市街的老旧房屋更显低矮。这里的建筑三十多年来几乎没有大的变化,只是街边的路灯换了,电线杆上贴的广告多了。两侧低矮的旧房给老街画了片狭长的天空，一线蓝天间有群群鸽子飞过。密如蛛网的电线下，来来往往的都是外乡口音的年轻人。落寞的街巷里，除了一些上了年纪的原住民，就是新移民，一家三代人住在一间不到十平方米的房子里，门口摆放着小彩电和电动车。巷弄更窄，如果谁要骑车出门，巷口进来的车和人都得往边上靠一靠才行。老街两侧依然是小吃摊，只是换成了凉粉肉夹馍之类。

岁月更迭，老屋的霉味中夹杂了石板路中油污的酸馊味。在新市街寒酸的外表下，生机勃勃的生活依然涌动。这里三教九流会聚、百工百业共存。街上有店铺菜场、工厂作坊、堆场仓库。店铺里卖茶叶烟酒、米粮小吃、厨卫电器、殡葬用品、螺丝铁器、丝网窗帘、保健用品。这里的人，有回收废品的，修理电器的，敲墙打洞的，缝纫补衣的，钉鞋修伞的，卖狗皮膏药的，杂耍的，跑腿的，看场的，应有尽有。

新市街的入口，一堵一人多高的墙围住里面倒塌房屋的废墟，墙边也有许多临时摊位，修理钟表的，篆刻印章的，书写楹联的，修伞补鞋的，配钥匙开锁的，一溜排开。靠墙根的梧桐树前，有一个书写对联的摊位很是扎眼。一个穿着缀满补丁的布衣的老人，端坐桌后，黑色的墨镜遮住半张脸，露出的部分全是褶子。下巴几根稀稀拉拉的山羊胡须，额顶枯中带白的头发却很浓密，一眼就可以看出，那些头发不是那个圆脑壳上土生土长的。长条桌上堆满书籍，除了书写对联用的笔墨纸砚，还有用来射墨的针筒。长条桌旁，放一只盛满墨汁的塑料桶和一个拖把。桌前铺一块帆布，布上的黑字龙飞凤舞，颇有气势：

书画大师，射墨专家；如椽大笔，描天画地。

对联摊的旁边摆了一副象棋残局，摆摊的小个子中年人蜷缩在墙根，呼呼大睡。

中年商人在摊前驻足，看了看地上的字，嘴角浮出一丝笑容。

"大师，您的口气有点大呀。"

"小丑在高堂，大师在流浪。你没有看过本大师的表演，怎敢妄加断言，说我的口气大？"老者瞟了客人一眼，口气冷冰冰的。

"我是说，您这身行头有点唬人。"商人的口气依然揶揄。

"行头者,皮相也。所有皮相皆虚妄。脂粉下的也许是一具骷髅,道貌岸然的往往是衣冠禽兽。在这个世界上,有多少人戴着假面具生活?我听说,面具戴久了就会成为人的一部分,再也摘不下了。很少有人愿意以自己的真面目示人,你敢说自己没有戴着面具套着假发?"老者抬头直视商人,墨镜后面的目光使商人打了个激灵,"现代社会,瘪三喜欢充大佬,土豪有时候愿意装孙子。这座城里,土豪一抓一大把,听说开宝马车的比骑自行车的还多。某个卷着裤管打着破伞灰头土脸的可能就是亿万富翁。我看你就不简单。"

"哪里哪里,本人是区区一个小商贩。"商人的气势似乎被老者压倒,口气缓和了些,"不过,我在婺州做文玩生意十几年了,书画界的朋友颇是认得几位。我可从来没有听说过大师之名啊!"

"少见多怪!孤陋寡闻!你去问问,在新市街,在写红白喜事对联的摊位中,哪一位不知本大师之名?"老人咄咄逼人的口气有些吓人。

"老先生,您别生气,也许真是本人孤陋寡闻。只是我从未听说过射墨专家一说。"

"所谓射墨,就是把墨装在针管里,然后射在宣纸上……这是本大师发明的书画绝技。本大师还有一项绝技,那就是'地书',用拖把蘸了墨汁,用如椽大笔在地上狂书……怎么样,想不想看看本大师的绝技?不过事先声明,看大师表演是要收费的,并且价钱不低。"

"您这不是发明绝技,而是在糟蹋书画艺术啊!我本来是想试试的,看您老的架势就打退堂鼓了。"

一

商人转身就要离去,却被老者伸过桌面的手一把揪住了。

"来过看过就莫要错过。遇到我这样的大师,是千载难逢的机会,错过就太可惜了。"老者发出一阵诡异的笑声。

"下次有机会,一定来观赏大师绝技……"商人一脸无奈,"老先生,不瞒您说,我今天是来找人的,听说这位高人,不但在龙潭镇,而且在婺州城新市街这一带颇有些名气。"

"你是说龙猫?像他那样的高人,云游四海,难得在家,你就不要找了。

我就是他的高徒龙小猫。你找我就对了。"老者脸上阴转多云,浮出笑意,"不知客官找龙猫,意欲何为?"

"近来生活困顿,诸事不顺,我想找龙大师开导开导。"

"老规矩,先付款,再消费。别人一百,看在你与龙大师的交情上,给你打折,五十。"老者用笔管敲着桌上的瓷碗。

商人从包里取出钱,放在碗里。

老者取下墨镜,瞟了商人一眼,又把墨镜戴上,嘴里念念有词。

"古之高人,目光犀利,一眼能看透人的福禄寿禧。我龙小猫的功夫虽则只有龙大师的十分之一,但看一眼也是八九不离十,不知这位客官要听真话假话、官话套话、梦话废话还是胡话。"

"当然是实话了。"商人道。

"实话可求不可说。说好就好,说孬也孬。说你孬,乃是你一辈子要经历坎坷尝尽苦辛。说你好,你是人中龙,鸟中凤,文阁魁星,墨渊翘楚……你天资聪颖。只是长得有些寒碜,一个大脑壳像山里挖出的树根……不过奇相必有奇才。你才高八斗,学富五车,过目成诵,群书博览。虽然谈不上天阁丰隆、眉宇生辉,过去是个读书人,现在是个当官的。"

"老先生,套话还是免了。我说过,我是个商人。"

"可惜,经商非你所长,不饿死就是上上大吉。依我看,你儿时该是困顿穷迫,衣衫褴褛,饥一顿饱一顿,见到一块红烧肉就像猫见老鼠。少时也是苦厄穷逼,劳筋熬骨。之后算是坦途一片,一帆风顺。中年应该衣食无忧,不愁吃穿。究其一生,财运平平,难以大富……说到桃花,你身边也算是美女如云,不过弱水三千只取一瓢,你也没福消受,不能狂喝滥饮。"

"桃花的事就免了。"听到"桃花"二字,商人急切地打断。

"是男人都关心自己的桃花运。商女不知亡国恨,隔江犹唱后庭花……看你现在气色容颜,耳垂肥厚,腮红唇润,恐有桃花劫……有桃花也是烂桃花。客官,听我一句话,你近期要多提防,一失足成千古恨,到了万劫不复的境地就悔之晚矣。"

"胡说!"商人笑道,"不瞒老先生,我在脸上稍做了打理,只是为了对得起客户。"

"是吗?"老者脸上又露出诡异的笑,"依我看,你长在女人堆里,桃花运不浅。只是你的煞气很重,那些女人见了你都退避三舍。本来嘛,你是要打

一辈子光棍的,也许你做了大好事,不但娶了个贤淑良德的好女人,还诞下贵子……你千好万好,只有一样不好,犯孤鸾星……"

商人的脸沉下来,起身要走,刚走几步,又转回来。

老者微微一笑:"世人皆爱听恭维话,说你不好,你也别生气。客官,一切福田,不离方寸;从心而觅,感无不通;求在我,不独得道德仁义,亦得功名富贵。荀子曰:积土成山,风雨兴焉;积水成渊,蛟龙生焉;积善成德,而神明自得,圣心备焉。荣辱之来,必像其德。"

老者念念有词。商人露出讥诮的神色。

"先生果然学问深奥,不愧是龙大师的高足。我来婺州好些年了,听说,您师父博古通今、学富五车、满腹经纶、能说会道,不但会书画,还是捕鼠灭蟑扎风筝的高手。"

商人的一番恭维并没起作用,老者依然一副倨傲神色:

"人各有志,孰能强求?他喜欢这样,觉得这样活得很自在。"

"老先生,我没惹您生气的意思。在下才疏学浅,也学过一点雕虫小技,我看您师父最近也可以发一笔小财。我有位朋友,最近他在找编龙潭镇镇志的人,这事非您师父莫属啊。"

"这事我可以转告他。他是龙潭镇人,龙潭镇的镇志,一钱不收他也愿意编,责无旁贷。我在谈你的事,怎么忽然扯到龙猫身上去了?"老者忽然显出不耐烦,生气了,从瓷碗里捡出一张纸币,扔过来,手一挥,示意客人走开,"信则实,不信则空。我啰唆半天,喷一大堆唾沫,你看样子什么也不信!"

商人把五十元大钞捏在手里,起身离去。

老者一番唏嘘。商人沉默不语,渐渐把凝视老者的目光移开,转到旁边的棋盘上。棋盘上摆的是江湖上有名的残局"千钧一发",五个黑卒兵临城下,围住红方之帅。

摆棋的睡眼惺忪,揉着双眼,直直地盯着商人。显然,他不想放过好不容易上门的一笔生意。

中年商人犹豫片刻,把捏在手里的钞票放在棋局上,起身缓缓离去。

三

中年商人带着沉思的表情步履沉重地往前走,不时四处张望。他的身后,广场酒店的幕墙在西斜的阳光下熠熠生辉。在那些林立高楼的映衬下,新市街的老房更显低矮,而商人那踽踽独行的身影越发渺小,仿佛在地上爬行的一只孤独的蚂蚁。

那中年人对新市街并不陌生。差不多二十年前,他刚进城时也来过。新市街还有许多木结构的老房子,门槛高,门框矮,其间夹杂着新修的两三层的土坯房。那时,这里的小巷里弄,和他熟悉的龙潭镇的狭长小街一样,时常可见挑着货郎担来回穿梭的敲糖佬、挑着爆米花机的老人和背着一条长凳磨剪子锬菜刀的刀匠。街面上有许多传承古老手艺的手工作坊——弹棉花的,钉秤的,补锅的,打银打锡的,剃头文脸的,用蒲草编织蒲包篮子的。自然更少不了唱道情的和说小锣书的,它们是婺州古老的曲艺,有老曲也有新编,词曲讲究押韵,通俗易懂,语言生动,风格诙谐幽默,融大俗于大雅。现在,这些道情花鼓戏,除了龙潭镇李宅,也只有在新市街才能听到。

如今新市街的那些手工作坊已经被米面店、小杂货店、蔬菜水果店、熟食店取代。进进出出的都是一些陌生的面孔。中年商人似乎有些怕热闹,在主街走了一段,拐进一条小巷。弯弯曲曲的小巷尽头,有家陈氏打铁铺,商人上一次来的时候,四十几平方米的房子里还很热闹——炉火熊熊,黑烟升腾,古旧的风箱呼呼,炉子里是烧红的铁器,铁砧前,手拿铁钳、抡着铁锤的中年铁匠浑身乌黑发亮,发达的肌腱像一根根粗硬的钢筋。

那间打铁铺似乎还在,只是没了叮当作响的声音。年近七十的老铁匠穿着厚实的围裙,坐在门口的条凳上打瞌睡,花白的头颅耷拉在胸前。

老铁匠听到脚步声,打起精神。

商人微笑着,彬彬有礼:"老师傅,这么大年纪了还守着铁匠铺,不容易啊。"

老铁匠厚厚的嘴唇抖了抖。

"是不容易。我快七十了,十八岁在龙潭镇李铁匠那里学会这门手艺,一直干这个。新市街住着许多工地上干活的,他们要用铁锹铁棍铁铲,还真少不了我。我把铁匠铺搬到乡下去了,这里的房子用来卖自己打的这些铁疙瘩。"

"城里乡下两头跑,够累的。听说政府要回购这里的老房子,准备对这一片进行改造?"商人用试探性的口吻说道。

"改,改,喊了几年了,也没个动静。说真的,我还真舍不得离开这里。老西门是婺州城的繁华地,是婺州老城的根。我穿开裆裤那会就住在这里,我是老西门!"老人提到"西门"两字,黝黑的脸露出自豪的神色。

"你不希望搬出去?"商人问。

"说心里话,我很矛盾。这里的老街坊老邻居都搬走了,连个说话的人也没有。我的儿子女儿都搬了,住高楼去了。女儿做生意,儿子给人看场子。现在的年轻人谁还愿意住这里?住这里的都是外乡人,摆夜市的,开小店的,做些小本生意。你看现在的西门,房子歪歪斜斜,泥地油迹斑斑,污水到处流。搬总比不搬好。政府也为难,这里的住户漫天要价,听说我这样的小窝也值几百万。能不能搬还是未知数呢。好地方都有人占了,搬得太远,就不是城里人,就不是西门人了。"

"老师傅,你是老西门,我向你打听个人,这条巷里有个自称龙大师的认得吗?"商人转了话题。

"你是说龙猫吧?认得,老一辈的街坊都认识他,在新市街,他可是有名的奇人!"提到龙猫,铁匠的黑脸上露出一丝怪异的笑。

"奇人?怎么个奇法?"

老铁匠朝四周看看,压低声音。

"他呀,脑筋搭错,神神道道的,谁也不知道他脑壳里想些什么,喜欢装神弄鬼,还游手好闲,抓老鼠、灭蟑螂、放风筝,不干正事。时不时给政府找麻烦,是个癫人。前几年,他常常把一个唱花鼓戏的老女人带回家,人家以为他在干那见不得人的丑事,偷偷举报,派出所找上门一查,原来他是在用一个小匣子给花鼓戏录音。你说他这不是吃饱了撑的?不过他的嘴皮子的确厉害,能把死人说活了。龙猫这人,像只野兔,城里乡下都有窝,神龙见首不见尾,找他可不容易。也难怪,自从他打渔鼓的后爹和唱花鼓戏的亲娘死后,他就独自一个人过,锅灶砌在脚背上,想去哪就去哪,谁也管不了。离家也不关门挂锁,说走就走。"

"他就不怕贼惦记?"商人疑惑。

"贼偷石磨,进他家偷的也是笨贼。他那破房子里,全是一堆垃圾。我和他也算老街坊了,喏,他家就在这条巷子里,戚家公祠的后面,老陈药铺的对门。你找他有事?"

"没有。我是外乡人。来这里看看戚家公祠,一时找不到……"商人还没说完,老铁匠已站起来,要带商人去找戚家公祠。

老铁匠是孤独的,好不容易逮住一个能说话的,打开了话匣。

四

西门标志性建筑戚家公祠历经四百多年,依然如迟暮英雄立在新市街的这条小巷里。当年,戚继光在他捐资二百两黄金建造的戚家公祠招募义乌兵,应者云集。婺州南乡有一个陈姓聚居的村落,附近的宝山有银矿。嘉靖年间,村民与外地的盗矿贼械斗,死伤一千多人。陈氏族长得知戚将军募兵,立即带了勇猛强悍的亲信子弟三千多人前来。婺州人不怕死,一呼百应。戚继光在婺州招募的亲兵,就是后来赫赫有名的"戚家军"主力。

婺州兵习练拳脚,攀爬人梯,创鸳鸯阵。在戚将军亲自操练下,这支军纪严明的部队,九战九捷,荡平浙江沿海倭患,又转战东南、闽粤彻底肃清沿海倭寇。

南平倭寇后,戚家军奉命北上,戍守山海关长城,建敌台筑烽燧。婺州兵携家带口,屯垦戍边,他们的后裔就留在边疆关隘。天下第一关山海关,老龙头,董家口段,板厂峪段,绵延百里的长城脚下,散落三十多个明长城守卫者后代聚居村落。

"原来我祖上是戍守长城的功臣。去年,有陈氏老乡,是当年修长城的后裔,回乡寻亲。我老家乡下的陈氏宗祠可热闹了,敲锣打鼓,迎龙灯。我那同宗兄弟,是义务长城保护员,二十多年来,每次走十几里山路,风雨无阻,沿着崇山峻岭修建,因而一路上不仅崎岖难行,而且荆棘丛生,每年至少要穿破六双胶鞋。"

"老师傅,原来你舍不得离开新市街,是要守着戚家公祠。"

"是啊。刚才看见你,还以为又是陈家人来寻亲呢。你要是想了解戚家公祠和鸳鸯阵,找我就对了。回头到铁匠铺让你看看我复制的戚家军用过的狼筅、用火烤制的矛头倒钩。你要是看病,我给你介绍陈医生。他也是我的本家。年轻时他不争气,变戏法,卖狗皮膏药。现在,他是新市街有名的医生。"

他们正说着,忽然听到身后一阵干咳声。从对面的院子里走出一个穿唐装的老人,微笑同两人打招呼。老者年近七旬,一张白里透红的脸,两颊须髯飘飘,面容沉静,一派仙风道骨。

老铁匠告辞,商人随那老者走进戚家公祠后面的院子。

这是一栋二进三开间的木结构老房子,门楼上飘着"陈氏药铺"的旗幡。大约已到下班时间,一楼的药房里,只有一个穿白大褂的女药师坐在曲尺柜台后面。这是木结构双层楼房,楼房外加装钢板扶梯通向二楼。商人没有说话,跟在老人后面上了二楼。二楼几间也是药房,架子上放满大大小小的瓷罐,贴着标签。靠楼梯的一间是诊室,四面墙上除了黄帝像和人体针灸经络图,全是感谢的锦旗。

老人双眸如电,凝视着被他的干咳声吸引进来的客人。

"先生,你的气色可不太好啊。"老人在桌子后面落座,把桌上的把脉枕推了推。

"不好意思,我并不是来看病的,只是随便走走。看到你打招呼,我就进来坐坐。"商人无动于衷。

"怎么,你信不过我这个土郎中?我用中草药给人治病,外面的人称我为草医。草医者,草根医生也。没错,我年轻时候是行走过江湖,卖狗皮膏药,用砖头砸自己的脑门,用老虎钳给人拔牙。不过,自从我投在龙潭镇诸葛教授门下,我就改邪归正了,专心致志,学习岐黄之术。我现在是正规的医生。陈氏药铺在新市街已经二十几年了,远近闻名。"老者微微一笑,"也是,看你的样子,并不像是来看病的。来我这里看病的都是引车卖浆者之流,小商小贩,他们没钱没时间去别处的大医院,到我这里看病可以省几个钱。看你的打扮,也不像土豪富贾,倒像街道里弄的干部。"

商人愣了下,转头环顾四周。

"听铁匠师傅说,你的医术不赖。"

"是啊,我在村里当过一阵赤脚医生,学会用草药给人治病。陈师傅是我本家……说起来,我们陈家也是医学世家。我的祖先是有名的大师,陈无咎,想必先生也听说过。小时候,我见过回乡的陈大师给人治病。可以说,我是陈氏一派的嫡传后人……我的陈氏药铺,生意一向红火,因为我有自己的绝招——三项绝活。"

老中医越说越兴奋。商人却露出了不耐烦的神色,仿佛被什么东西刺痛了。

"听说这一片老街区要拆改,到时候,你的药铺怕是开不成了。"商人语气很温和,还是难免揶揄。

"此处不留爷,自有留爷处。我谁都不怕,就怕'韩风'那样的大佬把我吃了。不瞒你说,这四合院里,原本住着几户人家,我这些年赚了点钱,就把边上的房子盘过来了。旧改搬迁，我这栋楼，现在少说也值几百万。牵涉到钱财，过去的房子主人反悔，恐怕要找我麻烦……人要是一夜暴富，只会凶多吉少。现在的人，虚火太旺，老祖宗留下的东西说拆就拆，说扔就扔，说白了，就是为了名利乌纱。唉，体疾好治，心病难医啊！我看现在的人，都病得不轻。"

陈草医一边发着牢骚，一边用老顽童似的目光注视着商人。

铁板楼梯传来脚步声，有人来看病。商人起身告辞。

陈氏药铺斜对面就是龙猫的居所。这是一栋单独的木结构老房，只有两间，可能是原来四合院的一部分残留，黑色的瓦顶落满枯叶、杂草丛生。前面一个小院，围着水泥的院墙，中间开了圆拱形的门洞。门洞两边挂了许多招牌——龙猫捕鼠、龙猫蟑螂白蚁防治所、龙猫风筝有限公司。白色的粉墙上又写了许多广告语——灭蟑高手，捕鼠大侠，民间讼师，铁嘴钢牙，天上蜈蚣，地上龙猫，诸如此类，不一而足。

两扇锈迹斑斑的铁门敞开着。商人探头往院子里看了看。油毛毡撑盖的院子很杂乱，堆满了各种制作风筝的材料：毛竹条、毛竹片、泡桐木、碳素杆、旧报纸、废塑料、无纺布、碎纸绢。一些已经制作完成的风筝骨架，颇具蝴蝶、蜈蚣、螃蟹、龙、虎、大雁等动物雏形，横七竖八地躺着。骨架旁边的地上，是篾匠常用的工具：砍刀、削刀、篾刀、小锯子、小凿子。四周的泥地上还散落着捕鼠夹、粘鼠板和灭蟑药袋药盒的残骸。

木结构老房狭小的门窗都关着。商人没有走进去，站在门口，望了头顶那一线狭长的天空。透过墨镜，远处的天空变得灰蒙蒙的，一片暗红。他似乎听到有渔鼓简板和花鼓大筒的声音从老屋里传出来，时而悲怆激昂，时而委婉凄凉。

他出了小巷，一直向前走，走到城市的边缘。夜幕中辨不出眼前是城郊的田野还是城中村的荒地。他感到身心俱疲，不知该走向何处。他的身后是灯光璀璨流光溢彩的城市。他原本以为自己已经融入了这座城市，现在看来自己还是一个过客，眼前这座生活了几十年的城市现在变得如此陌生。

他内心深处坚硬堡垒的一角似乎开始松动了，那是支撑他向前艰难行走的一部分。

第四十四章
黄雀在后

一

"汪兄,听说你在读大学时是围棋冠军?"

"的确,是大学生联赛的冠军。别提了——好汉不提当年勇。"

"什么时候教我两招? 我父亲当年也是婺州的象棋冠军。我自己也曾痴迷于在楚河汉界跃马开炮。"

"玩物丧志,尚君,玩物丧志。不过,围棋的确是我们老祖宗发明的好东西。黑白世界,蕴含阴阳乾坤,看似简单,实则奥妙无穷,其中有日月天地的运行之道、天人合一的和谐之道、对立统一的矛盾之道、政商博弈的生存之道。有气则生,无气则亡,弃子争先,舍小就大,彼强自保,势孤取和。"

"汪兄不愧是哲学家,连围棋也能说出这么多道道来。"

这里是婺州繁华的梅湖商圈里最大的私人会所——天堂鸟会所,七楼的茶室位置隐秘,闹中取静,透过临街的窗户,可以看见人影婆娑的广场和树木掩映的湖光塔影、亭台楼阁。

两个男人在说话,其中一个是汪彬,也就是曾在林波婚礼上出现过的王秘书,后来的龙潭镇镇长。他的仕途一帆风顺,升迁缓慢却稳健,在邻市当了七八年的副市长,兜兜转转,最后回到婺州当了市长。他出生在婺州邻县，号称"建筑之乡""百工之乡""木雕之乡"的婺阳，父亲曾做过乡长，母亲是地道的农民。大学毕业后他被分在婺州县政府当文秘。对于一个农民的儿子，走到现在这一步算是不错了。汪市长人如其名，文质彬彬，白净的脸上戴着金丝眼镜，人到中年，微微有些发福，长期的官场历练使他不再青涩拘谨，变得沉稳大气，年轻时候的秀气变成了现在的儒雅。

坐在对面的高尚君比汪彬大了五六岁，长相却是另一种风格——肥头大耳，膀大腰圆，一个锃光瓦亮的光头，肉嘟嘟的脸白里透红，一双细小的眼睛笑眯眯的，眼角带有杂乱的鱼尾纹。他已不是过去那个蛮打蛮撞的"嘎耳朵"，作为婺州城里最大的房地产开发商，早已褪去土豪习气，不再挂金戴银，手腕处戴的也不是劳力士、金斯丹顿之类的名表，而是沉香、紫檀、金丝楠木的佛珠手串，厚实的手掌上盘玩着几颗乌亮的核桃。

夜已经很深了。他们刚刚送走一帮熟客。在麻将室，他们打了十几圈麻将。高尚君提议来点小刺激，被汪彬拒绝了。毫无目的地"筑长城"总是容易使人疲惫，现在是喝口茶提提神的时候。汪彬胃不太好，喜欢喝红茶。

高尚君坐在茶几前，硕大的将军肚几乎顶着几沿，肥厚的双手却很灵活。他泡好茶，把茶盏送到对方的面前。

"我敢说，在婺州，或者说，在整个八婺，汪兄的棋艺也是无人能敌了。"高尚君眼皮耷拉着。

"不然。俗话说，山外有山，人上有人。别说八婺，就是在婺州城里我也有对手。真正的高人是不轻易出手的。我与他有过十几次交手，每一次都输他半子；每一次打劫，我总是差一口气，被他压半头。唉，我和他似乎总有无法消解的万年劫啊。"汪彬若有所思。

"哦？婺州还有这样的围棋高手？谁？"

"应骁。"

"哦！是应副市长。不过那是你谦让，手下留情。说到底，你与他应该算是棋逢对手、将遇良才。说到底，还是汪兄围的空多。"

汪彬轻啜浅呷，放下茶盏，头往后靠，笑了笑。

高尚君并没有正眼看对方，双手熟练地在杯盘间鼓捣，提壶倒茶。

"提到老应——不知夕照街的事怎样了，听说应梅花有意接下这块地。"

"这事老应在管，我不能越俎代庖。现在还处于研究阶段，到底是易地搬迁还是回迁，是高楼或者低层，都还没定。那块地，情况很复杂，弄不好就是个大窟窿,把自己栽进去。看上去是黄金地块,其实是鸡肋。"汪彬的话模棱两可。

"是啊,那烫手的山芋扔给我我还不要呢。我担心的不是这个。应梅花是名人,靠山硬,背景深厚,又是上市公司的老总,财大气粗,她要是出手……"

"老应是聪明人,不会不知道避嫌。"

"应梅花我倒是不忌,毕竟是女流之辈。我是担心龙马,像他这种上海滩的大鳄回归,我们这些本地的小虾米真的要死翘翘了。"

"老高,你不要门缝里看人,把人瞧扁了,更不能以小人之心度君子之腹。龙马和我曾经共事,我知道他的为人。他回来投资,我们是求之不得的。他在龙潭镇搞旅游开发也不是一年两年了,湖滨的渡轮公司、连岛工程、白鹭洲的纪念馆博物馆、瀛洲岛的星级酒店,都是他的投资。他现在搞的生态农庄和养老院都是福利项目,纯粹烧钱的……"

"不是有政府补助吗?政府给钱给地,还给各种优惠——龙马精着呢,他那些项目,现在烧钱,将来都是聚宝盆。"

"将来能不能盈利也是未知数……"

"龙潭镇,那可是风水宝地啊!背山面湖,风景优美,还有省级森林公园。那么多的地块,说给就给了龙马……现在所有人都盯着那块大蛋糕呢。几十亿的投资,多少分一杯羹给我。我自己倒是无所谓,是为手下那一帮兄弟考虑。"

"人心不足蛇吞象,老高,你别得陇望蜀。在高家镇不是也有你的高老庄吗?还说你不懂围棋,你老高才是围棋高手啊!"

汪彬原来靠在椅背上,眼睛半睁半闭,此时睁开盯着高尚君。

高尚君的眼睛笑成一条缝。

高老庄在龙潭湖的西南面,原来只是几个山脚下的小村落,村落间有大片的缓坡地,芦荡垂柳,山峦俊秀,湖光岛影,原始古朴。高尚君在荒僻山地上建起了农庄、古民居苑和一个影视基地。全市旧村改造启动,拆下来的文物古宅都迁移在这里,高尚君还从全国各地收罗了几十栋古建筑,一砖一瓦地运回照原样重建。他又在湖堤岸建起步行街、仿古商业街,在山坳里修建祠庙和仿古宫殿。高老庄的规模越来越大,围起来的地也越来越多,已更名为"高家镇",成为颇为热闹的集镇。

"我要说的与高家镇有关。你把龙潭三宅的那些老房子拆了,移到我的地盘来,腾笼换鸟,在原来的地方建高楼,几十亿变成几百亿,面子有了,里子也有了,岂止双赢,简直可以说皆大欢喜啊。"高尚君眼皮耷拉着,手掌里的核桃转得"咔咔"响。

汪彬不说话,又靠在椅背上闭目养神,脸上掠过不易觉察的表情——高傲、轻蔑、疑虑。也许高尚君说的正是他揪心的事情。高尚君装作没看见,顾自说下去。

191

"我的高家镇已经粗具规模,影视城、国学馆、民居苑、文玩街、剧院、画廊、美术馆、酒吧和茶楼,差不多都齐了。我知道你和老应都是文化人,我也在为婺州的文化事业劳心竭力啊!我在高家镇开画廊,请一些名画家驻镇,给每个画家配备专门的画室,给他们开画展。我邀请的那个上海画家,曾留学欧美和澳大利亚,名气不小,收藏他的画正当其时。等他大红大紫的时候,画价几百上千倍翻番。我的古民居苑里有状元府、进士第,占地几百上千平方米,那样的深宅大院随你挑。我知道你喜欢低调,给你弄套小四合院。现在你的四合院已经装修好了,完全按你的要求,徽派风格,请的施工队也是你老家搞古建的。你的宝贝,那些文玩古画、古籍善本,随时可以搬进去。"

汪彬的嘴角抽动了几下,仿佛被什么东西触动了,眼睛半睁半闭,脸上依然是沉思的表情。

二

高尚君打了个响指,一个瘦小的男人推开茶室的门闪了进来。

原来黄善一直就在隔壁房间待着。作为铁哥们,只要高尚君摁摁手机,黄善立马赶到,照高尚君的吩咐,鞍前马后伺候该伺候的人。实际上,黄善大部分时间都待在会所,是会所名义上的老板。

高尚君一般并不让黄善上麻将桌,因为黄善自称"雀圣",手脚不稳,赌瘾上来根本不顾暗示,六亲不认,谁的钱都要赢。

汪彬有些不喜欢这个猴精似的男人。倒不是黄善的形象上不了台面,而是黄善口无遮拦,说话粗鲁。高尚君不同,公司里聘请了一帮搞策划的文化人和职业经理人当幕后高参,自己也弄了张大学文凭,甚至去商学院读了

MBA，说话做报告也夹杂些"之乎"，已经颇有些儒商风范了。

不过，汪彬城府极深，从来不会流露出不该流露的情绪。

黄善笑眯眯地走到跟前，拍了拍汪彬的肩膀。

"汪兄，你是厅级干部，老应不过一个小小处长。俗话说，官大一级压死人。难道你还怕他不成？"

"不是怕，是尊重。毕竟大家都是同事，为了一个共同的目标——把婺州的经济搞上去。"汪彬沉下脸。

"不愧是一把手，说话就是有水平。不像我等，是泥土里钻的土鳖。"

"黄兄，我现在还不是一把手。我上面有吴书记。"

"哦，那老头我见过，慈眉善目的，在他面前，我们这帮兄弟肚子里有坏水都不敢倒了。不过他的年纪到了，就等着回家抱孙子去了。你现在就是实际上的一把手。"黄善大大咧咧，摆出一副见多识广的架势。

"吴书记上面还有林峰……"

"那老头，不是早就退了吗？"

"瘦死的骆驼比马大，更何况林峰还没瘦呢。他在婺州三十几年，树老根深，盘根错节，影响力、号召力还不容小觑。"

"汪兄，我就不明白了，你，应骁，吴书记，都是林峰一手培养的，林峰怎么能厚此薄彼呢？——他似乎总是对老应高看一眼。"高尚君插话。

"还不是因为女人，那对老夫妻把离了婚的儿媳当女儿，又把她的现任丈夫当儿子……真是奇葩的一家子！"黄善撇了撇干瘪的嘴角。

"黄善，你说话越来越不着调了。男人间的事不要把女人扯进来——人家那是知恩图报！"高尚君狠狠地瞪了黄善一眼。

汪彬脸上厌恶的神色一闪而过。

"实际上，我对他们一家人很尊敬。尤其是诸葛慧莲，我敢说她是天下最圣洁的女人。只可惜……唉，别说了，尚君说得不错，做人应该学会感恩，否则与禽兽何异？对林书记和沙局长，我也是满怀感恩的，如果没有他们两个，就没有我汪彬的今天。"汪彬沉吟着，微笑道，"林峰是军人，一身正气。吴书记也是军人出身，他们都喜欢重用退伍军人。现在市府的各个部门，都有退伍转业军人的身影。军人是历史洪流中的中流砥柱，是为改革开放保驾护航的。军人在中国历史嬗变中的作用怎么说都不过分……"

"是啊……"高尚君有些自得，露出会心的微笑。

黄善笑眯眯地插话。

"是啊,做男人,就该有男人的雄风……汪兄,你要是觉得身体不适,吃不消,我这里有进口的玛卡,还有一些非常神奇的药丸……"

黄善旧病复发。高尚君这回是真的生气了,连忙把兄弟拉到一边。

"猴哥,你真是狗嘴不吐象牙!这么多年了,我就是教不会你。除了插科打诨,你还会什么!"

"我能口吐垃圾,也能口吐莲花。歪话能说,正事也能办。你交给我办的事我都办妥了。"黄善依然嬉皮笑脸。

"怎么样,你倒是说说?"高尚君努努嘴,示意对方轻声。

两人在一个角落里嘀咕。

"这事我不便出面,是交给大师兄发哥去办的。他和老应是亲戚,跟老应的老婆是表亲。发哥今天拎一袋地瓜,明天拎一袋土豆,人家也不好拒绝他。只要不谈包工地的事,老应的老婆倒是很客气。那老应却是鼻孔朝天,不看一眼。"

"黄善,你怎么像老太婆,一张碎嘴……简明扼要,往简单说。"

"老应这个人,简直是世界上最奇葩的男人,一年四季,一套中山装一套西装,山珍海味、鲍鱼龙虾也吃得,霉干菜、臭豆腐也喜欢,最喜欢吃街边摊的油渣面,你说,现在谁还吃那玩意儿,喂猪喂狗还嫌弃……"

"这些是众所周知的事实,要谈细节,他的爱好——嗜好。"

"听发哥说,老应在家里也是窝书房,偶尔看电视也只看两个频道——新闻和戏曲。发哥说的时候我还不信,叫我那帮兄弟去打探,还真是这么回事。老应这个人,不但奇葩,而且神出鬼没,喜欢独来独往,很少回家。最喜欢的一件事是下棋,蹲在公园里,与那里的老头,一下就是几个小时,晚了就住旅馆,是巷子里的小旅店。他在旅馆有个房间,睡一觉就走。他很少开车,走路匆匆忙忙,一副心事重重的样子,不好烟酒,不搓麻将,不赌不嫖,呆头呆脑,我还没见过这么无趣的人,简直就是个木头人……狗咬刺猬没处下嘴,要我说,我们真的拿他没办法。"

"一个人,没有缺点就是最大的缺点。苍蝇不叮无缝的蛋,不是蛋有无缝的问题,而是你能不能制造出苍蝇喜欢的臭味……"

"二师兄,你与汪市长在一起待久了,说话也越来越玄乎、越来越有水平了。"

三

师兄弟回到原位。他们说话的声音断断续续地钻入旁听者的耳朵里。

汪彬把手臂交叠在胸前，一边闭目倾听，一边想自己的心事。他其实很能理解应骁的所作所为，内心深处与应骁有同感。官场况味，身在场外的人是无法体会的，不身临其境，谁也想象不出那种说不清道不明的微妙。

汪彬并不把黄善放在眼里，所以对黄善的放肆还能容忍，并不计较。一个人的认知决定了他的层次。那些昏妄懵懂，喜怒无常的人，是一些没有明天的人，为生计而忙碌，不知为何活着。稍高一层的，有些小聪明，已经摸清了门道，知道该怎么走，但是他们不知道哪些是明道哪些是暗道，最后还是被人牵着鼻子走，或者干些刀口舔血、虎口拔牙的荒唐事，最终在阴沟里翻船。再高一层的，他们有自己的思想，洞悉世相，有实力有能力利用现有的平台走向成功，但是他们为环境所限，并没有洞悉全局的大格局。再往上，就是窥破权道，洞明世事，知道有所为有所不为、谋事在人成事在天的大道；他们内省自视，敏行讷言。还有更高的层次，越往上走天地越宽。

汪彬知道自己落于非常尴尬的层次，要捅破眼前的天花板，走向更高的舞台，就要广罗各种人才为己所用。

汪彬终于睁开眼睛，朝高尚君使了个眼色。高尚君当然明白汪市长的意思，支开了黄善。

"你别看猴哥嬉皮笑脸的，心里精着呢。他手下的那帮兄弟，神通广大。他是在场子上混的人，你要让他守口如瓶，把他的肋骨全打断了也不会说。汪兄，你尽可以放心。"

"做人最忌讳的是摆架子，端着自己的身份。我也想与你的兄弟交朋友，可有些事还是小心为妙。"

"汪兄，你也太小心谨慎了。这年头，饿死胆小的，撑死胆大的！"

"尚君，我不是不想有所作为，可是不能剑走偏锋，搞歪门邪道。作为一市之长，我的压力也不轻，上面交的任务必须完成。现在是以招商引资论英雄，以政绩数字论成败。城建这一块，不得不为，但不能乱为，非法拆迁暴力拆改都是不允许的。再说我上面还有书记、省地市各级领导盯着呢。"

"所以我要为你助一把力，把老应引到我们的道上来。兄弟齐心，其利断金。"

"我知道你父亲与林峰是战友,交情不错。应骁那边的事就交给你了,多做做他的思想工作。要把握好度。另外,千万别把我扯进去。"

"我办事,你尽可以放心。如果你们两个能精诚合作,一定大有可为!"

"最高明的手腕就是不用手腕。我和老应同事多年,交情还是不错的,最好不要伤了和气。我知道他痴迷围棋,还有一个鲜为人知的爱好——桥牌。在婺州乃至八婺,他是一等一的高手,至少他自己是这么认为的。"

"我已经想好了,就以高家镇影视基地落成的名义,举行一次大型的桥牌赛,邀请各地的高手名人来参赛。有个北京的棋王,也是桥牌高手,已经联系好了,答应参加。老应不会无动于衷的。"

"老应心高气傲,不一定会与棋王手谈,输不起。至于桥牌,他有胜算,一定不会拒绝。老应谨小慎微,不喜欢热闹,你还是不要兴师动众,邀请几个顶尖的高手就行,并非要搞什么比赛,私人聚会,以牌会友。"

"场地就选在天堂鸟。这里环境清幽,吃住条件都不错,还有一干美女作陪,谁会拒绝呢!汪兄,不知道鬼谷子七十二计中有没有请君入瓮这一计……"

"话不能这么说。这叫步步为营,皆大欢喜。"

汪彬笑了笑,抬手看看腕表。已经凌晨两点。他不顾高尚君的挽留,执意要自己开车回家。

"汪兄,这么晚了还回家给夫人暖被窝,现在像你这样的好男人真的不多了。"高尚君把汪彬送出会所大门,意味深长地笑道。

四

夜晚,在建材市场飞天装潢公司二楼的办公室里,龙骏坐在电脑前修改设计。公司聘用了两个搞设计的大学生,负责基础图样,最后的细节还要龙骏自己把关。要找装修施工队和监理并不难,只要设计得到甲方认可,装潢算是完成大半,接下来的任务只需偶尔跑到现场与客户沟通即可。

诸葛志刚的珠宝城和厂房装修都很顺利。玫瑰餐厅的装修费些周折,龙骏要查阅大量与阿拉伯建筑的设计风格有关的书,亲自设计,并且要赶工期——龙骏把大部分精力放在这上面,几乎没日没夜,吃住在公司里,终于如期完成。

玫瑰山庄的设计装修早已完成,龙骏现在忙于英迪拉在龙潭镇李宅布衣巷物业的设计。

他完成了最后的修改,起身伸了伸懒腰,准备回那个好几个月没回去的家里睡一晚。

楼梯口忽然传来轻轻的脚步声。应骁那穿着西装和风衣、有些臃肿的身影出现在水晶吊灯下。应骁的夜生活单调乏味,偶尔到龙骏这里喝茶成了他最大的享受。

两人在茶几边落座。龙骏忙着烧水沏茶。

"市长大人光临,真是蓬荜生辉啊!"龙骏指指头顶的水晶灯。

"龙骏,你这话有语病。'蓬荜'一词,是指蓬门荜户,意为寒舍,你这里装修豪奢,哪算寒舍?应该是三宝殿。是我应某人求你,有事来登三宝殿啊!"应骁一本正经。

"市长大人,你也错了。'三宝殿'指的是'大雄宝殿''藏经楼''禅房',乃是佛门重地,俗人不得擅入。我这里只有铜臭,你要烧香求佛也是进错了门。"

两人相互揶揄一番。这对儿时的伙伴步入中年,更是心有灵犀,交情日厚,说话做事都不用拘束设防。

"我知道你的古文功底,在我面前就不要之乎者也咬文嚼字了。说吧,今天你要喝什么茶?"龙骏笑道。

"什么茶都可以。只需一个玻璃杯、一撮茶叶、半杯开水,哪里用得着颠来倒去的那么麻烦?我有工夫,也没耐心等你的工夫茶。"应骁道。

"你呀,还是喜欢牛饮。应骁,我劝你几次了,再也不能像老鹰一样在空中孤飞,也要落到山崖林子里与雀鸟同食了。现在的人,讲求生活品质,开车要宝马,喝酒要拉菲,咖啡要加糖,茶要工夫茶。城里的夜生活那么丰富多彩,凡夫俗子,总要学会享用人间烟火。"

"龙骏,你不也一样吗?别看你生意做得越来越大,照样灯孤影子。"应骁揶揄。

"我不一样。我已经改了许多,学会了酒道茶道商道。我现在连雀道也学会了。"龙骏做了个搓麻的手势。

"这么说,你真的是堕落了。"应骁脸上浮出难得的笑意。

"过去我在大师画业做销售,因为不愿意搓麻,吃了不少亏。别人在那里掷骰子、稀里哗啦洗牌、自摸、杠头开花,我在旁边干瞪眼,有好生意也黄了。现在我不再抵触,花点心思,很快学会。"

应骁啜着茶水,沉默。龙骏接着说下去。

"麻将的学问可大了。东西南北中代表五行;梅兰竹菊为四君子,对应春夏秋冬;'发''白'代表天圆地方。麻将中数字也各有意涵,三为基,九为极,十二为生肖时辰年月,还有三十六天罡、七十二地煞。其中的游戏规则尤有文化韵味——以弱胜强、守己顾彼、胜负轮转、风云变幻,最后以和为贵、和气生财。麻将易学难精,既要审时度势,也要当机立断,运势技巧各占半,也可体现一个人的学问智慧。"

"近朱者赤近墨者黑,龙骏,你真的在大染缸里染黑了。"应骁板着脸,丝毫没有了开玩笑的意味,"麻将除了滋长赌风、消磨时光还有什么意义?稀里哗啦的,就两个字:功利。小小的一粒骰子就把人投进没有硝烟的战场,拉帮结派、钩心斗角、城墙高筑、互相提防、尔虞我诈、挖人墙脚,俩字:恶俗!"

"那是因为你对麻将一窍不通。方城之内,你碰我吃,其乐融融;春夏秋冬,娱乐大众,麻将功不可没。游戏就是游戏,你何必那么认真。"龙骏望着应骁那张义愤填膺的脸,笑道,"把麻将说得一无是处,那你倒是说说,什么游戏不恶俗?"

"我不想用围棋象棋中深刻的哲理与你理论,就拿西方人发明的扑克说道说道。扑克牌中也有历法天文,大王小王就是日月,五十二张正牌代表五十二个星期,一个花色代表一季,点数之和为九十一,总的点数加起来就是一年。四个花色是春夏秋冬四季……"应骁正襟危坐,仿佛在做报告。

"据我所知,扑克牌的四花色在古代代表军人、牧师、农民和工匠,在现代则是象征和平、智慧、幸运与财富。西方人崇拜强者,讲的是规则,拼的是实力,大牌压小牌,如果你抓到一副烂牌,基本就没有翻身的可能了。"龙骏争辩。

"但是桥牌不同,桥牌讲究公平、沟通、合作、默契、信任、团队精神、循规蹈矩,大家按同一规则办事。"应骁道。

"所以说,世上的事并无绝对的好坏,就像硬币,都有两面。费了那么多口舌,还是先喝口茶润润嗓子。"龙骏把茶盏递到对方手上,知道这次应骁来不是单纯喝茶,"刚刚你说找我有事,现在说吧,市长大人,我听你的吩咐。"

"的确有事。最近市里开会,已经定下来了,要在龙潭镇进行旧村改造,就从核心区的三宅开始。"应骁恢复平静,说话变得慢条斯理,字斟句酌,"老宅的居民全部搬迁,一部分移到红土坡上,另一部分移到龙江两岸,建新村。这些天我一直在考虑这事。那些老宅原地不动,需要重新修葺,所以我想到了你。"

"这么大的工程,不经过招投标的程序,你不怕落人口实?"龙骏很快就明白应骁找自己的原因。

"举贤不避亲。三宅的那些古街巷,有谁能比你龙骏更熟悉?那些古老的石板街、古井古庙,特别是那些古宅,要修旧如旧,一砖一瓦,一檐一柱,都不能变,一丝不走样,这事非你莫属,交给哪一个设计师我都不放心。要恢复成我们儿时记忆中的模样,也要让老一辈的人放心。"

"照理呢,作为龙潭镇人,修葺古宅我是责无旁贷。可是作为你最好的朋友,我还是应该避嫌。"

应骁似乎没听见龙骏的话,沉浸在自己的思想话语里。

"虽然现在还是大概的设想,不过我心里已经定下来了,就是你,你不要推辞了,现在就可以着手寻找资料。你只需按古宅历史上原有的样子设计好,交给有专门资质的古建公司修复。我不可能给你很多钱,只能保证你不亏本。我已经叫龙猫去编写龙潭镇镇志,他是龙潭镇的百事通,你可以找他帮忙。龙潭古镇不应该只留在人们的记忆里,我也不想成为龙潭镇的罪人。一个决定牵动另一个决定,一个偶然注定另一个偶然,所有的偶然组成必然。开弓没有回头箭,人生中,我们就像过河的卒子,只能向前,没有退路。"

应骁像是在劝龙骏,又像自言自语。那副风萧萧兮的壮士模样把龙骏逗乐了。

"哈哈,应骁,你还是念念不忘你的象棋围棋啊。龙潭镇是你的'大场',那么你的'急所'在哪里呢?"

"我的'急所'不在棋枰上,而是在桥牌桌上。高尚君要组织一次小型的桥牌赛,作为棋牌协会的名誉会长,我没有理由不参加。我想请你做搭档。"应骁很认真。

"高尚君曾来我这里订购精装修楼盘的瓷砖,显然是冲着你的面子来的,我把他直接打发到佛山厂家去了。我不想跟他打交道。应骁,我怕高尚君给你我布下迷魂阵……"龙骏道。

"桥牌桌上比的是智商而不是手腕。本来,我也是不打算参加的,可他这次真的动了脑筋,发英雄帖请了各路高手,还邀请了北京的棋王。我过去有幸与棋王手谈,只输了半子。围棋是下不过他,桥牌就未必。虽然他的牌技不错,只要我们两个能联手,一定能赢他!"

龙骏在最后一学年曾与应骁搭档获得大学生桥牌联赛双人赛冠军。此后两人再也没在一起打过。20世纪八九十年代,桥牌也曾在婺州城里风靡一时,进入新世纪,打桥牌的人越来越少。尽管每年也组织一两次正式比赛,但是应骁只出席不出场,他觉得婺州城里仅有的几个高手中,还没有配得上做他搭档的人。不过现在不同了,有老搭档龙骏,应骁信心满满。

"跟一个没有游戏精神的人——我得考虑考虑。"龙骏依然犹豫。

"只要你答应,我就游戏一回。"应骁急了。

"真的要我做你的搭档也可以,你得改改你的臭脾气,不要同伴出点纰漏,就吹胡子瞪眼睛、脸红脖子粗做狮吼状,就差打架了。"

"我一定改,一定改。"应骁知道龙骏答应了,破天荒地像个孩子似的咧嘴笑,"那你花点功夫,把所有的定约整理好,印一份给我。"

"二十几年了,精确叫牌法已经过时了。"龙骏面有难色,毕竟他们已经那么多年没在一起搭档打牌了。

"自然,精确,精准,大梅花,蓝梅花,弱开教……只要你喜欢,什么都按你的思路走。现在我们就熟悉一下牌感,练练叫牌。"

应骁从风衣口袋里掏出一副扑克,非常熟练地发起牌来。龙骏要想拒绝也不可能了。

第四十五章
儿子与猫

一

诸葛慧莲终于辞去了卫生局局长的职务,回到人民医院当院长和妇产科医生。她的性格,实在不适合当那样的官,只是靠一份沉甸甸的责任勉强支撑她,维持一段时间。她是性情中人,这种性情从小被压抑,从未有机会展露。她渴慕的是古镇那种优哉游哉的慢生活,艳羡书本上古代人浪漫唯美的情怀——诗词歌赋、琴棋书画、风花雪月,做风情万种只为悦己者容的女人。

在局长的职位上,她不得不周旋于繁杂的人事之间,奔波于各种场合,迎来送往,开会做报告,检查指导,程序化地笑脸相迎,格式化地逢场作戏,重复那些无趣的琐事。苦恼的是,她明知身在其中,又不得不像机器上的一个齿轮,按别人设定的节律运转。现代社会,机器的智能在不断进化,人却在不断蜕变成机器。城市的变化日新月异,社会变革的逻辑也在深化,无论是官场、商场还是职场,人们都在追求时间、效率、财富和成功,去感情化的人变得越来越理性,成了一台台设了既定程序的机器。诸葛慧莲就觉得自己像是被套了一副枷锁变成了机器人。

在医院里,尽管有许多先进的医疗设备拉开了人与人的距离,但是医生护士还是与病人有面对面的交谈,有肌肤接触、情感交流。只要能每天见到新生命的诞生、听到婴儿的啼哭,生活的一切苦难都是可以忍受的。

诸葛慧莲有足够的理由辞去局长职务。一是避嫌。尽管口碑极佳,诸葛慧莲还是觉得在丈夫直管的机关担任领导职务并不合适。二是她有儿子要照顾。她的母亲身份使她出差去参加一些重要会议时深受羁绊。还有一个最重要的原因,诸葛慧莲不能启齿。她内心深处一直在为表哥龙虎的死感到内疚。在龙虎的葬礼上,除了孔鲁凤,哭得最伤心就是诸葛慧莲。表哥龙虎一直是诸葛慧莲生命空间的一根擎天柱,他那理想主义的激情是照亮诸葛慧莲人生旅途的一座灯塔。龙虎离去,诸葛慧莲像是被砍了一条手臂,那种钻心蚀骨的痛只有诸葛慧莲自己知晓。她觉得有生之年,应该为龙虎做些什么,最好的办法,就是回到医院,做龙虎喜欢做的事,完成他未竟的事业。

医院,家,诸葛慧莲重新过起了两点一线单调乏味的生活。

诸葛慧莲有三个家。一个是绣湖边狭窄弄堂里的林家小院。林峰和沙中柳很希望诸葛慧莲经常带儿子去走走,那是这对老夫妻最快乐的时光。沙中柳很想显摆显摆她的厨艺。诸葛慧莲也很想这么做,可是实在抽不出时间,从天胜小区到林家有些远,从一周一次、半月一次到一月一次,母子俩去的次数渐渐稀少。诸葛慧莲并不想打搅两位老人平静的生活,只要他们身体健康,她就放心了。

龙潭镇的娘家是诸葛慧莲永远的牵挂,现在也很少回去了。龙十妹经常托人捎口信,要女儿带外孙回去看看。诸葛慧莲怕母亲唠叨:好好的儿子,养成这样呆头呆脑,要是当初交给我带,怎会弄成现在这个样子!龙十妹因为不能亲手带大外孙,一直耿耿于怀。诸葛慧莲又怕惊扰了忙碌的父亲。每一次诸葛慧莲回去,教授都要歇业半天,到街上采购食材,买回一大堆小孩并不喜欢的玩具。

更何况,诸葛慧莲并不能单独带儿子回去。回龙潭镇的家,少不了要去应家。应骁和父亲的关系依然很紧张。应富贵虽然很喜欢诸葛慧莲和应明,但是对应骁一直冷脸相对。

应骁不但与父亲形同陌路、势如水火,同儿子的隔阂也越来越大。他显然是爱过孩子的。那是孩子小时候,虎头虎脑,活泼可爱,应骁经常用肩膀驮着他去逛街,到公园里放风筝。每次出差回来,唯一记得的是给儿子买礼物。可是像许多中国父母一样，应骁从未与儿子建立起平等亲密的关系。他与儿子待在一起的时间越来越少，儿子看他的眼神越来越陌生。儿子的孤僻、脸上越来越多的冷漠使应骁从失望走向绝望。

应骁与诸葛慧莲的关系也是不冷不热。虚幻的彩虹总是很快消失，单相思的热情变成现实柴米油盐的平淡后，对家里只谈工作和儿子的家庭主妇也有了怨言。对她过去的婚姻，虽然嘴里说不介意，应骁的心里还是存有芥蒂。应骁总是在自卑与狂傲间摇摆不定，没有能力从容不迫地处理好各种关系，尤其是男女关系和家庭关系。

龙虎永远走了，孔鲁凤、孙兰英、刘强都离开了，诸葛慧莲是孤独的。有时候，她真想一个人远走高飞，去想去的地方，开始一种全新的生活。她能时时刻刻感到肩上沉重的担子，各种压力压得她喘不过气来。在所有公开的场合，她习惯于藏起忧伤露出笑脸。身累可以休息，疲惫的心何处栖息？有时她真想痛痛快快地睡上几天几夜，在没有惊扰的梦中长眠不醒。在外人眼里，她似乎得到了女人该得的一切，可是她心里的苦、身体的累无人知晓。夜深人静的时刻、一人独处的时候，诸葛慧莲真想偷偷地哭一场。

可是她不能这么做。她无法卸下身上的担子。这个社会赋予了她多重角色：妻子、女儿、儿媳、医生、院长、教师、会长、朋友、闺蜜。还有一个无可替代的角色——母亲。

现在，母亲的角色在诸葛慧莲的生活中占据中心。儿子，是她头顶灰暗天空的一抹亮色，是她生命的全部支撑。家是温暖的地方。诸葛慧莲最重要的家就在天胜小区二十层高楼宽敞的公寓里。这个家不但温暖，而且有一股猫屎的味道。诸葛慧莲闻惯了医院的药味，但是让她最感亲切的是家里的猫屎味。书房、卧室、沙发和茶几上，到处是毛绒玩具——兔子、狗熊、鲨鱼、熊猫、企鹅、乌龟、海绵宝宝和葫芦娃。只是没有老鼠。即使是假的老鼠也不敢进这个家，因为应明在房间里养了七八只猫。那些猫白天优哉游哉地四处走动，仿佛家里真正的主人，晚上则蜷缩在沙发墙角，在黑暗中发出萤火虫一样的光亮。应明给每一只猫取了名字。那只从林家院子里移民过来的体态优雅、时刻带着警觉眼神的母猫叫"慧慧"，那只牙齿洁白两眼溜圆最漂亮的小花猫叫"飞飞"，那只常常吐舌头露出蔑视冷傲眼神的丑陋老猫叫"小小"，那只遗世独立、目光睿智深沉的公猫被命名为"俊俊"，而那只偶尔流露无辜眼神常常卖萌的帅气花斑猫则叫"明明"。

诸葛慧莲接送儿子上下学，为儿子的饮食起居操心，又要为庞大的猫家族忙碌。她忙得不亦乐乎。只要儿子高兴，她宁可冒着辣眼的臭味伺候这些家里的主人。

搬到现在的花园公寓后，应明的生活越发孤单。他生活在自己的梦里，害怕黑暗，害怕老鼠的吱吱声和刀叉的声音，他宁可闻猫排泄物的气味，也不愿闻医院里的酒精味。没有人知道他内心在想什么。他总是忐忑不安，只有在母亲的身边，他才是快乐的。

当然，除了那些绒毛玩具和猫，应明还有一个朋友，那就是勤勉的铲屎官龙骏。

二

每隔三四天，龙骏都会到诸葛慧莲的家里，给猫窝来一次大扫除，更换海绵棉花，清洗砂盆。那些橘猫、黑猫、白猫、花斑猫，或是大摇大摆，或是小心翼翼，瞪着警觉的双眼，来回走动。应明静静地待在一旁，用好奇的眼神盯着龙骏的一举一动。这个十岁的小男孩眉清目秀，有一个宽阔的光洁的额头，乌黑的双眸露出梦幻的色彩。

那只叫"小小"的丑黑猫走过，龇牙咧嘴，朝龙骏叫着。

龙骏摘下手套，摸了摸应明的板寸头。龙骏，是小男孩除了母亲诸葛慧莲外少数几个愿意说话的人。

"明明，你为什么给这只黑猫取名'小小'？"

"不是大小的'小'，是一个'马'字旁加一个'尧'。"小男孩说着，露出一口洁白的牙齿。

"你爸爸可没有这么丑。我觉得你爸爸是个真正的男子汉。"

龙骏笑道。他知道小男孩并无恶意。应明给每一只猫取了名，与现实中的人一一对应，只是为了记忆，是一种情绪的表达。龙骏为应明不经意间流露的幽默感到高兴，他自己现在也常常自黑自嘲。

看着蹲在阳台上的两个顽童，诸葛慧莲的脸上也露出了久违的笑容。这是家里最温馨的时刻，那些平时到处乱窜的猫变得乖巧温驯，不再捣乱。家里有了欢声笑语，偌大的房子不再冷清。

诸葛慧莲拿了洗手液，端了盆热水。龙骏洗刷完毕，回到客厅。诸葛慧莲打发儿子去书房做作业,走到沙发旁,给龙骏泡茶。那只叫"明明"的小猫窝在龙骏身边的毛绒玩具上打盹。

"应骁也真是的,他应该多回家陪陪孩子,否则应明都不认他这个老爸了。"龙骏用戏谑的口气说道。在诸葛慧莲前面,龙骏有话直说,不过他对应骁既不恭维,也极少刻意批评。

"不怪他。他太忙了。再说,他自己也是个孩子。"诸葛慧莲的语气很平静。

龙骏明白诸葛慧莲嘴里"孩子"的意思。应骁是生活的低能儿,某种意义上就是个孩子,他回家来,只能是给诸葛慧莲增添一个需要照顾的孩子。

"是啊,在他这个位置,如果愿意做,那是有做不完的事。他又是那么一个顶真的人,事必躬亲。不过他近来也有改变,知道用适当的娱乐放松自己,劳逸结合,张弛有度。我看他也不再是以前那张严肃的苦瓜脸,面色红润,神采飞扬,精力充沛,身上好像有使不完的劲。最近他在忙龙潭镇的事……"

"龙潭镇要旧改了?"诸葛慧莲有些惊讶,她很少过问应骁的工作,在家里,她满脑子都是儿子,"时间过得真快,一眨眼,儿子长大,父母也老了。我真该带应明去看看外公外婆,还有爷爷。"

"不错。你应该带应明出去走走。他太孤单了。飞天到美院读书后,就没有年龄相仿的孩子过来与应明做伴了。"

"飞天怎么样?"

"她很好。"龙骏露出骄傲的神色。谈到女儿,他总是眉飞色舞,有说不完的话。不过他知道诸葛慧莲现在肯定不愿意听他谈女儿飞天的事。

"有好一阵,明明老是念叨飞天姐姐,那是他童年最好的伙伴。伤心总是难免的,很快就会好起来。飞天不在了,不是还有你吗?"诸葛慧莲在对面就座。

龙骏沉默了一会。他本想告诉诸葛慧莲,这些日子,他也要到龙潭镇去了。玫瑰餐厅装修完成后,龙骏接下来最大的工程是龙潭镇古宅的修葺,有大量的设计要到现场摸底。他把要说的话咽了回去,想着,无论如何,他要抽出时间回城继续做他的"铲屎官"。

谈话的中心还是转回到小男孩身上。

"我以后只能五六天来一次,所有的重担都落在你肩上了。"

"还有学校的老师照顾他。他们对明明都很好。"

"我还是觉得,让明明与那些正常的孩子在一起上学,对他不公平……"

"这没什么。明明只是反应迟钝一些,不愿意与人说话,没事的时候安静地在座位上坐着。他的学习中等,还能跟上。我与校长、班主任老师都说好了,他不会被人欺负的。"

"可是你不了解他的感受,我们不能完全走进他的内心世界。明明,他是一个非常奇特的孩子。"

龙骏小心翼翼地选择词汇,避免说到"自闭症"一类的词。

"当然,每个孩子都是非凡奇特的,他们是我们这个世界的天使,他们的世界充满了成人所没有的美好。我不知道明明是不是星星的孩子,但是他的画,像星星一样纯洁明亮,像浩瀚的星空一样湛蓝深邃,充满瑰丽奇幻的想象。我把明明的画放到博客上,赢得一片赞誉。有许多人愿意收藏他的画。即使在婺州城里,也有人愿意出五十万元的高价买明明的画。"

"谁?"诸葛慧莲睁大双眼。

"高尚君。他知道我平时也画几笔,就向我索要书画。我带了几张明明过去的习作。高尚君很喜欢,当场就要买下。"

"骏,你我都不是很了解现在的高尚君。事出反常必有妖。一个成名画家的作品也未必能卖出如此高价。我怀疑高尚君买画的动机,他是醉翁之意不在酒。"

"不管怎么说,这对明明是个好消息,有人欣赏他的画,是对明明的肯定、鼓励和赞美,会给孩子更多的勇气,使他从封闭的世界里走出来。高尚君也不是一般的土豪,他在高家镇建起了影视基地、剧院和画廊。他还说,要给明明专门开一个画展呢。"

"骏,我不想抹杀你这位启蒙老师的功劳。可是开画展卖画,那只会揠苗助长。明明的画,大部分是涂鸦,没什么章法,没有技巧,只是一些冲击眼球的色彩。"

"无章法才有奇趣。明明的画,充满人类原始的想象。我敢说,他就是绘画天才。"

听到"天才"两字,诸葛慧莲忧郁的脸突然变得有些激动,自言自语似的说下去。

"骏,不是每一个自闭症儿童都是绘画天才,也不是有绘画天才的儿童

就是自闭症患者。我不想儿子成为天才,只想让他做个普通人,像一个普通人一样成长,像普通人一样生活。他现在这个样子,我心里很难过,过去他不是这样的,健康活泼,他一定是在某个时候不经意间受到了巨大的伤害。终有一天,他会恢复正常的。在这之前,我要一直陪着她。爱和陪伴就是治愈他心伤的良药。最近几年,我有空静下来,也在反思,是不是在教育孩子的问题上出了错。我阅读了大量儿童心理学的书籍。是的,我们做错了。过去我们只关心孩子的身体健康,只要孩子的身体没毛病,我们就放心了。实际上,孩子心理营养的需求跟身体营养的需求同样重要。首先是无条件地接纳。不管孩子胖瘦俊丑,我们一定要让孩子明白,他是最重要的。其次是要给孩子足够的安全感,还要给孩子肯定、赞美、认同。最主要的,我们要当好父母的角色,给孩子一个学习认知的榜样。"

书房里传来的猫叫声把诸葛慧莲的话打断了。诸葛慧莲从沙发上跳起来。不知何时,龙骏的身边,那只蜷缩在沙发上打盹的猫已经不见了。龙骏跟在诸葛慧莲后面,急匆匆走向书房。

书房的门虚掩着。在柔和的灯光下,小男孩已经趴在书桌上睡着了。书桌上,墨水颜料把一幅画了一半的画全部浸润。闯祸的正是那只叫"明明"的猫,它的猫爪上蘸满颜料,听到敲门声,纵身一跃,钻入床底。书桌的另一头,叫"慧慧"的老猫蛰伏着,瞪着警觉的双眼,看着书桌上熟睡的主人。

诸葛慧莲把儿子抱到小床上,关了灯,悄悄地走出来。

三

"所以说,绽放自己,就是你带给孩子最好的礼物。"

龙骏接着刚才的话题。他原本打算起身告辞,但是看到诸葛慧莲疲惫孤独的身影,又改变了主意。诸葛慧莲欲言又止的忧郁眼神告诉龙骏,她有许多话要与人倾诉,龙骏自己也有未完的事要交代,就留了下来。

他们在客厅外的大阳台上落座。这个大阳台是龙骏按诸葛慧莲的要求设计的,圆弧形的落地窗,一边是层叠的花架,放着花盆,一年四季生机勃勃,另一半是简易的书房,原木椅子,一只吊挂的藤椅。坐在阳台上既可以安静地看书,也可以欣赏远处的风景,俯瞰大半个城市。

远处灯光璀璨的城市车水马龙。小区边上,公园里树荫婆娑,休闲纳凉的人影影绰绰。显然,夏日的夜晚,八九点钟还很早。

"我现在明白了,"龙骏说道,"我们应该听从内心的声音,追随直觉的力量,为自己而活,做自己想做的事,追逐自己的梦想。野蛮产生野蛮,仁爱产生仁爱。种瓜得瓜,种豆得豆。父母幸福,孩子才会幸福。要把活力、生命力传给下一代,活出自我就是对孩子最好的教育。"

"道理我也懂。可是爱和责任呢?"诸葛慧莲接茬,"我也想活出自我,给孩子一个幸福的榜样。可是在这个世界上,有些人的角色是被定位的。有时候我也觉得哪里不对,像是生活在别人的躯壳里,无法淋漓尽致地扮演自己的角色。生活有时就是这样错位的,你好不容易爬到梯子的顶端,却发现梯子架在你不想上的那堵墙上。"

"这样做太苦了。"龙骏叹了口气,"什么事都一个人承担。医院,病人,父母,孩子,那么多的担子,那是你不能承受的生命之重。"

诸葛慧莲露出坚毅的眼神,微笑着。

"我并不觉得苦。那是他们这样认为的。他们不是我,我不是他们。谁也不能替别人感同身受。有付出才有回报,有汗水才会有成果。生活就是苦累,没有苦累,哪来硕果累累?责任,是人生苦乐的根本。负责是苦的,尽责是乐的。那么多人相信你,把他们的希望、未来甚至生老病死托付给你,你却辜负了他们,那才是真正的苦呢!相反,你尽了责,为别人解除了痛苦,那种身心的愉悦是难以用语言形容的。挑着担子负重前行,等你卸下担子的时候才有身心的快乐。人生就是苦乐的循环,时时尽责,时时快乐,处处尽责,处处快乐。"

龙骏还想劝慰。

"尽责是对的。要对别人负责,也要对自己负责。但你不能所有的事情都一人扛。我是说孩子,一个人带,战战兢兢,小心翼翼,越是倚重越是怕失去。病人和儿子成了你生活的全部,你也应该有属于自己的空间,有自己的生活。"

诸葛慧莲说道:"我有自己的生活。我现在也在慢慢地改变。医院里的女医生女护士,成立了舞蹈队、木兰拳队,邀请我参加。还有五禽戏、八段锦、瑜伽。对了,就是瑜伽。那些女护士利用休息时间练瑜伽,我给她们开了个瑜伽室,我自己也跟着学。"

提到瑜伽,龙骏突然兴奋起来:"我认识两个瑜伽教练,是从印度来的,

男的叫普拉蒂·夏帝利,中文名就叫菲利普;女的叫英迪拉,是瑜伽馆的老板娘。你可以到她那里办一张年卡,她肯定会给你最大的优惠。在她那里,你可以学到正宗传统的印度瑜伽。有规律的坚持才能达到锻炼效果。"

"你是说梵音瑜伽馆? 我们医院的瑜伽教练就是梵音瑜伽馆派来的。是个男的,印度人。梵音瑜伽馆的老板娘,她偶尔也过来指导上课。"诸葛慧莲道。

"哦! 那对印度夫妇——那个印度美女,原来你也认识?"龙骏惊讶。

"谈不上认识,只是面熟。两年前,我还没到卫生局去上班,英迪拉到医院来找我。她一直在找那些被遗弃的非婚生的婴儿,我介绍她到民政局去办领养手续。"

"是啊,她很喜欢孩子。你瞧她带着一大群孩子,脸上洋溢着母性的光辉。她的美艳,简直让人不敢直视。她有五六个孩子,各种肤色的都有。我起初以为他们都是她亲生的,原来都是她领养的。她是那样美貌而又伟大的母亲,还很能干,她的玫瑰餐厅就是我设计装修的……"

龙骏顿住了。他忽然间觉得,那些毫无相干的事情中有一种必然的联系,被一根线联结着。这几年自己在生意场上顺风顺水,原来是因为背后一直有一种神秘的力量在推动。

"玫瑰餐厅完工,我就要去龙潭镇搞装修,恐怕有一阵不能按时来做'铲屎官'了。"龙骏把话题拉回来。

"这是好事。骏,龙潭镇是我们的出生地,是我们童年和少年生活的地方。"诸葛慧莲若有所思,仿佛在回忆过去美好的岁月,"那里的街巷,古宅古井古树古桥,一草一木,都是我们的根。要是把古镇拆了,改得面目全非,我们的魂以后就无所依归了。只是这样,你得把县城这边的生意搁置了。"

"没关系。公司里有许多称职的员工,县城这边的事我完全可以丢开。龙潭镇的古宅,那样浩大的工程,我得全力以赴。"

"是啊,我也很长时间没回龙潭镇了,该回去看看了。不单是带明明看看那些古街古宅,也好陪陪老人,安顿好他们的生活。"诸葛慧莲显然是在担心父亲的诊所。

"这些事,相信应骁会考虑的,政府会有适当的安排。"

"如果那些古色古香的东西都能保留,那最好不过了。那些古宅,每一栋都是精美的艺术品。骏,你一定要恢复它们的原样。为了修复那些古宅,暂时牺牲你的画画写作也是值得的。"诸葛慧莲怕龙骏心有顾虑,反而劝起他来。

"我也这么想的,所有的牺牲都是值得的。"

"骏,我真为你高兴,找到了这辈子值得做的事。你总是说我脑子里只有工作,你不是一样吗?你总是想着别人,很少谈及你自己。你也该考虑自己的生活了。她怎么样,我是说,兰英?"

诸葛慧莲扬起脸,用充满期待的目光注视着龙骏。

"我已经好几年没见到她的影子了。听说她在做一桩非常伟大的事业。我怕她是受人蛊惑走了邪路。不过我现在也想明白了,只要她走正道,不管她干什么事,都应该支持她。"龙骏自嘲地笑,"不管怎么说,她还是飞天的母亲。她还是经常给飞天寄钱,到学校看飞天。"

"就是嘛。每位母亲,都是无私地爱着她的孩子的。在母亲眼里,所有孩子都是不长翅膀的天使。"

"我知道,明明就是你的天使。可是在我心里,他是绘画的天才。我还是觉得,我们现在这样待他,对他不公平。"龙骏并不想谈论孙兰英的事,绕了一圈,还是回到明明身上。

"这座城里并没有给自闭症儿童开设的学校。我也不认为明明是自闭症儿童。"诸葛慧莲露出忧郁的神色,"医院的金医生,是我引进的心理学博士。她认为明明的自闭症并不严重。金医生认为,成年人的许多心理问题都是他们不堪的童年造成的。明明是在童年的某一时刻受到了巨大的惊吓伤害。"

"不管怎么说,我们要找出明明的病因。"

"我也在找。金医生说,现在心理学上有一种催眠疗法,也许有效——可那是对成年人的。"

"只要能找到明明受伤的原因,所有办法都值得一试。"

"我也想等待合适的机会试试。我实在想不出明明在什么时候受到过伤害。我们都那么爱他,外公外婆,爷爷奶奶,医生护士病人。包括你。我知道你是最疼他的人,应骁还说,让你来当明明的干爹。"

"我是想当,可是我现在不能这样做。不管明明将来怎样,我会一如既往地疼爱他。"

是啊,所有的人都爱他。爱,不需要一个"谢"字;只要有爱,这个世界就不是冷酷的,所有的苦难就能扛过去。我现在唯一能做的,就是把你们的爱传递给更多的人。

诸葛慧莲眼神坚定沉着,并没有把她想的说出来。

时间不早,龙骏起身告辞。

他一个人走在深夜静寂的街道上,面前不时地浮现诸葛慧莲的面容——她的脸似乎越来越饱满,她的额头依然那样光洁,笑容温婉,神色忧郁而坚毅。

是啊,也许有一种女性,她们真的会逆生长,随着岁月的流逝越来越美。那是因为她们从不刻意追求什么,只听从内心的召唤,做她们认为该做的事。那是因为她们身上带着善与美的基因和人性的光芒,那是因为她们爱着众人并为众人所爱。

龙骏胡思乱想,看了看自己被街灯拉长的孑然的影子,笑了。

他的步伐坚定有力,在这座城市里,他是孤独的,但是想到过几天就要暂时离去,龙骏忽然间有些怅然若失。不管怎么说,在回到生养他的龙潭镇去之前,他还要同另一些朋友告别。

四

在龙潭镇,有一个像生活在城里的龙骏一样孤独的人,那就是应富贵。

过八十大寿的时候,应富贵着实风光了一阵。过完生日,他又去全国各地旅游。北京七日,游览了天安门、毛主席纪念堂、八达岭长城、颐和园、十三陵。他还去了桂林、西安、洛阳、南京和苏州。应富贵是与村老年协会的老人一起去的。连一字不识的副会长龙十妹都每次必去,作为老年协会会长的应富贵没有理由推辞。应富贵是所有老人中识字最多的。

走来走去,应富贵还是觉得龙川的风光最好。他决定不再出远门了,要走也在八婺附近的各大景点走走。他觉得自己身体不错,不想游手好闲,又在镇里的集贸市场摆起了摊位,卖针头线脑衣服百货,顺便修鞋补伞配钥匙。他并不缺钱,只是不想闲着。每次两个大女儿回娘家,苦口婆心地劝,应富贵就会沉下脸。

“你们要是认为老爹丢了你们的颜面,以后就不要再来了。我不要你们管!”

两个女儿本想为父亲找个保姆，或是接到县城里与她们同住，看到应富贵铁青的脸，只好作罢。孝不如顺。

应富贵是不会住到女儿家里去的，住别人家的金窝，还不如睡自己的狗窝。

应富贵不愿意离开龙潭镇，还有一个重要的原因，是他要守着那座老宅。他一辈子生活在这座老宅里。第一个老婆，为他生了双胞胎女儿，大出血死了。第二个老婆在老宅里与他厮守了大半辈子。他所有的心血都在这座房子里。即使到了现在，应富贵还在对老宅修修补补，今天砌墙，明天换瓦，从木材市场买来老房拆改的旧木料，换梁换栋。老宅修旧如旧，越来越结实。

应富贵知道，迟早有人会盯上他的老宅。他已听到风声，乡政府已经成立拆迁办，开始动员龙宅的村民。果然，这一天回家，一个穿制服的矮墩结实的中年男人上门。那人还没开口，被应富贵一顿狮吼，狼狈而去。

第二个上门的是在镇政府上班的。夹着公文包，穿着白衬衣，戴着眼镜，斯斯文文的，笑容可掬，捧着笔记本，甲乙丙丁、子丑寅卯，讲了一大堆道理。

"你这样天花乱坠，口吐白沫，不就是一个'拆'字吗？"应富贵的蚕眉凤眼拧成一堆，"我的房子是文物，是不能拆的！"

"按政策，明清的老宅才算文物。您的老房子，是民国初期的一般民居，不在文物之列。"中年人翻弄着一大堆图纸。

"这房子是我父亲荣禄留给我的，他辛辛苦苦积攒的银子，还有我一辈子的心血都在这里。你别说了，我是不会拆的！"

"应老伯，您怎么这么不开窍呢？只要您签个字，就可以住高楼了。您这房子两三百平方米，一比六，可以换同样面积的公寓六套。如果您只要一套，那五套卖了，市价千万元。千万元呐！耕地刨土，做小买卖，几辈子也赚不了，这些钱够您几辈子吃香喝辣的了。"

"要那么多钱干啥，跟我一起进火化炉，还是在我坟前当纸钱烧？住那样的高楼，我家里的锄头铁锹、货郎担往哪儿搁？我老伴的纺车、锣鼓家什往哪儿摆？还有那些小孩的摇车摇床——你别费口舌了！"应富贵怒目相向。

老房子算是保住了。应富贵知道是暂时的，他盘掉了摊位，索性守在

家里。

他开始为老房子焦虑起来，又开始抽烟喝酒——那是女儿儿媳一再禁止他做的。

应富贵什么事也不做，就拉了把竹躺椅躺在院子里。夏日正午，骄阳似火，稀稀拉拉的树荫投射在他苍老的脸上，刺耳的蝉鸣叫得他心烦意乱。

应富贵合计着老房子的归属。他不想把老房子留给儿子应骁，老房子要拆，说不定就是他的主意。那栋建在山坡脚下被拆的新房子，是应富贵心里永远的痛，是父子俩一辈子过不去的坎。养儿防老，那是屁话！按理说应该把房子留给应骁，可是他已经被过继给梅香，入了她家的户口，况且这孩子的脾性一点不像杏花，白眼球多黑眼珠少，一看就是白眼狼。也许应该留给应明，不管怎么说，他是自己名正言顺的孙子，是诸葛慧莲的儿子，每次见到都是"爷爷爷爷"地叫得很甜。可是这孩子，虽然长着宽脑门大眼睛，可是看上去痴痴傻傻的，身上流的应该是诸葛家的血液。

应富贵越想越糊涂：老了，我这个小诸葛成老糊涂了。这老房子，谁也不能给，等我两眼一闭，双腿一蹬，爱谁谁去。可是，只要我还有一口气，谁也别想动老房子的一片瓦！

电风扇呼呼地扇着热风，扇得应富贵头昏脑涨。他觉得浑身汗淋淋的，额头上汗珠像是下雨似的流淌。他头痛欲裂，恶心想吐，鼻孔里只有出气没有进气，眼皮沉重，头顶的太阳冒着金星，四周的一切都在旋转，变得黑沉沉的。

应富贵昏死过去了。要不是龙十妹遵照女儿的嘱咐每天这个点来看他，应富贵真的就见老伴陈氏了。

救护车把应富贵送进了人民医院。他的思想被老房子占据，脑子里的血管被什么垃圾堵住了。应富贵从昏迷中醒来，迷迷糊糊中，觉得自己双手双脚被绑住了，嘴巴鼻子被堵住了，身上所有的地方似乎都被切开，插满了管子。

应富贵的心里充满愤怒：你们为什么不让我死，为什么要在我身上动刀子。我知道是应骁在手术单上签的字，我要找他算账！应富贵想挣脱束缚，拔掉身上的管子。可是他的手有千斤重，动弹不得。他听到有人在哇哇大哭。听得出那是女儿梅花和梅香的哭声，就在身边的床沿。

"爸爸，你醒醒啊……你可不能就这样去啊……"是梅花的哭声，有些沙哑。

"爸爸,你睁眼看看女儿啊,你千万要挺住啊……"是梅香的哭喊,平稳中有起伏。

哭声渐渐平息。她们还在房间里说着悄悄话。

"应骁也真是的,爸爸病成这样,来看一眼就走了。"是梅香的声音。

"有慧莲在是一样的。钱是慧莲交的,家属单上的字是慧莲签的。没有慧莲,爸爸这次真的就去了。"是梅花的声音。

"是啊,慧莲,这次多亏了你。爸爸这辈子太苦了,哪怕花个百万千万元,也要救过来。钱不要担心,我们两姐妹会出。我还想给爸爸过百岁大寿呢。"是梅香在说。

看样子儿媳妇也在现场。

"放心吧,爸爸已经度过了危险期。不过,他的病,恐怕会留下后遗症。"是诸葛慧莲的声音。

应富贵的愤怒减轻了。但他还是不想活。他不想大小便不能自理,口眼歪斜地躺在床上让人伺候。他已经活够了,不想为房子的事烦恼,不想与那帮人周旋下去了。

他想拔掉身上的管子,可是一直没有机会。房间里似乎二十四小时都有人——医生、护士、护工。他似乎一整天都能听到诸葛慧莲在房间里轻轻走动、轻身细语。

除了那些声音,应富贵还能听到一个孩子怯怯的叫声,夹在哭声、说话声和杂沓的脚步声中间,几乎听不清楚。这一天,应富贵又听到那怯怯的叫"爷爷"的声音。他睁开眼,看见应明羞怯的笑脸。小男孩怀里抱着的那只猫也用同样怯怯的眼神看着自己。

应富贵决定暂时苟活下去,哪怕是坐在轮椅上。他同时打定主意,要把那栋老房子留给孙子应明。

第四十六章
玫瑰餐厅

一

"欢迎欢迎,龙先生,你是玫瑰餐厅今晚最尊贵的客人!"

小穆罕奈德伸出右手,与龙骏握了握,顺势搂住龙骏的肩膀,行贴面礼。牛仔裤,阿拉伯图案的T恤,小穆罕奈德一身休闲打扮,黝黑脸上深邃的双眼笑意盈盈。

这是玫瑰餐厅装修后重新开张的第一天。这一晚,五层楼的餐厅张灯结彩,宾客盈门。在这条外国餐馆集聚的街上,玫瑰餐厅很是显眼。餐馆的外立面,以阿拉伯人喜欢的金黄色为主基调,加上浮雕、拱门、立柱和阿拉伯文字的图案,异国风情十足。餐厅的内饰,也是充满阿拉伯特色,装着水晶灯的金色吊顶镶嵌金色的花卉,显得富丽堂皇,使得整个餐厅像是一座阿拉伯王宫。

餐厅门口的左边,是由玻璃隔开的烧烤屋,里面烟火缭绕,放在木炭上炙烤的正是餐厅的招牌菜烤鱼——撕一块阿拉伯大饼,包上鱼肉,蘸一点酱,香脆可口。门口右边是用凉棚搭起的露天餐室,许多阿拉伯人喜欢在这里就餐,三五成群,脱了鞋子席地而坐,面前是几碟甜点、果汁和阿拉伯茶,一边抽着水烟,一边悠然自得地看着街上熙来攘往的人群。

这一切，使龙骏这个本地人有了一种身在异乡的感觉。

"穆罕奈德先生，你太客气了。今晚我是来与朋友告辞，做短暂分别的。"

"这不行！来了你就别想走了，我请你吃阿拉伯大餐。"

龙骏对所谓的阿拉伯大餐已经颇为熟悉。前菜通常是一些拼盘：蔬菜沙拉、黄瓜酸奶沙拉、芝麻酱茄子泥、西红柿芹菜泥，正餐大多是各种烤肉——鸡肉、牛肉、羊肉、烤羊排、烤龙虾、烤石斑鱼之类。龙骏不是吃货食客，从不关心八大菜系四大名看什么的，对于阿拉伯的浓汤红茶、面包大饼和鸡肉饭，谈不上喜欢或不喜欢。

龙骏跟着小穆罕奈德走进大厅。大厅里到处点缀着时令花卉。类似庭院的餐厅中间，摆着长凳长桌椅，戴着头巾穿着阿拉伯长袍的食客摩肩接踵。

小穆罕奈德边走边说，显得很兴奋。

"龙先生，你是我的朋友，也是阿拉伯人的朋友。在这座城市里，有许多阿拉伯人，一个阿拉伯人就是一个公司，有多少阿拉伯人就有多少公司。入乡随俗，我的玫瑰餐厅提供各种美食，不仅欢迎穆斯林兄弟，也欢迎其他的朋友。印度人、巴基斯坦人、土耳其人、伊朗人、伊拉克人，他们都是在这座城市做生意讨生活的。我的玫瑰餐厅就是小小的联合国。"

哈德要把龙骏介绍给他那些最好的朋友。他们上了二楼。二楼的格局与一楼不同，过道两边，是类似包厢的隔间，在阿拉伯语中叫"Bait"，每个"Bait"之间，放了休息用的长凳长椅。

他们走进一个写着"Damascus Bait"字样的隔间。长条形的桌前已经坐了七八个客人。穆罕奈德的朋友们见到龙骏，纷纷起立。

"诸位，诸位，我给大家介绍我最好的朋友龙骏龙先生。他也是英迪拉小姐和菲利普先生的好朋友。本餐厅就是龙先生设计装修的。本来我是想用阿拉伯大餐招待他的，但看样子龙先生不'感冒'。"小穆罕奈德开起了玩笑，"龙先生是设计师，也是画家、诗人、作家，各位还是用好故事招待他吧。龙先生想写一部中国版的《一千零一夜》……"

小穆罕奈德介绍完龙骏，指指站在龙骏身边的一个女的，那女的三十来岁，穿普通的裙子，头上披着白色"喜玛尔"，露出温婉的圆脸。

"龙先生，这位就是拉面王的女儿，王桂芳，我的那位……北方人叫媳

妇、南方人叫老婆,还可以叫太太、夫人、娘子、内人、掌柜的——唉!中文真是麻烦,把我弄晕了,最后我也不知道她是什么了。"

"去去去,到后厨颠勺去,别在这里耍贫嘴。"王桂芳嗔道。

"龙先生,今晚客人太多了,我要到那边招呼,这边就由内人招呼你了。稍后我再过来。"小穆罕奈德抱拳作揖,走了。

咖啡,果汁,沙拉,甜点,大饼,烤鱼,烤羊排,餐桌上摆满阿拉伯美食。桌旁五男三女,加上龙骏,共有九人。龙骏对面的几位客人坐下后开始低声交谈,一会用阿拉伯语,一会用英语。

龙骏很快就和王桂芳熟络起来。王桂芳一边招呼龙骏用膳,一边与他闲聊。她是宁夏吴忠人,原来在老穆罕奈德的公司里当阿拉伯语翻译,老穆罕奈德的公司撤走后,她就在玫瑰餐厅帮忙。她的父亲是宁夏有名的拉面大王,在乌鲁木齐开拉面馆。20世纪90年代末,开始有新疆维吾尔族和宁夏回族的商人前来婺州市场进货,肩扛手提,大包小包往西北贩运,后来在新疆做生意的阿富汗和巴基斯坦商人也跟着来。那时候,王桂芳的父亲跟着商人,带着一大帮族人来到婺州,在大街小巷开起了拉面馆。

王桂芳和小穆罕奈德是在红楼宾馆认识的。那时候,离市场很近的红楼宾馆是阿拉伯、巴基斯坦和阿富汗商人的集中地。没有正式的清真寺,他们就在宾馆的房间里做礼拜,人太多,连过道都站满了,宾馆就把会议室和仓库腾出来做穆斯林的礼拜堂。

"现在好了,城里已经有了正式的清真寺,从北京请来了大阿訇。清真寺可以容纳五千人做礼拜。还有许多宾馆小区的小型场所,也可以做礼拜。穆斯林生活在这座城市里真的很方便,大街小巷有很多清真餐馆,还有专门的清真菜场。过节、婚丧嫁娶、会礼聚礼都不愁找不到地方。唯一使穆罕奈德焦心的是孩子的教育,两个儿子在这座城市出生长大,说一口流利的汉语。穆罕奈德希望孩子受阿拉伯语教育,不要忘了阿拉伯文化……"

王桂芳滔滔不绝地介绍自己一家生活的时候,坐在龙骏右手边的年轻女子一直在微笑。她看上去像是南亚一带的妇女,可是并没有穿纱丽戴头巾,而是一身靓丽的时尚休闲裙装。

"龙先生,我的故事太平淡了,萨拉的故事才精彩呢,她的故事可以写一部传奇哩。"王桂芳望着龙骏身边的女子,"萨拉,你给龙先生说说吧。"

"还是你说吧,我的汉语不流利。"那女子露出羞涩的面容。

"好吧,那我就代劳了。"拉面王的女儿露出热情的笑靥,"龙先生,你知道十几年前在红楼宾馆发生的那件事吗? 有一个巴基斯坦商人在红楼遗失了几万美元,回国后才发现,宾馆找到后如数奉还。这件事使当时的红楼宾馆声名鹊起。在阿拉伯人的眼里,红楼曾是这座城市知名度最高的宾馆。"

王桂芳很健谈,无须龙骏搭腔,讲起了萨拉的故事。

那位丢失巨款的巴基斯坦商人正是萨拉的哥哥。20世纪90年代初,萨拉的大哥在阿联酋迪拜做生意,又在新疆开贸易公司。萨拉先是跟着大哥做生意,后来来到了婺州,负责这边的办事处。他们家兄妹五个,在巴基斯坦拉哈尔开了家很大的贸易公司,还有工厂和专卖店。大哥在巴基斯坦坐镇指挥,其他人在世界各地奔忙,生意越做越红火。萨拉在婺州采购商品,很快就独当一面,不再为大哥打工,而是为自己闯天下。她成了穆罕奈德家族的一员。她现在是穆罕奈德的弟媳,穆罕奈德弟弟在迪拜销售,萨拉在婺州采购。她在婺州已经有十几年了,说一口流利的汉语,口袋里装着本地的驾照。萨拉在这个国际大超市里如鱼得水,她租了两栋大楼,成立了数家外贸公司,一年到头在广州、深圳、乌鲁木齐、北京、上海、迪拜穿梭,当空中飞人。

"萨拉,你现在不仅仅是穆罕奈德太太,而且是商场上的穆桂英、男人堆里的女强人了!"王桂芳笑道。

萨拉依然羞涩地微笑。也许在她的心里,她所做的一切都是平淡无奇、水到渠成的事。

二

他们正说着,小穆罕奈德又转回来了,像电视剧里的店小二,肩上搭着一条白毛巾。他环视一圈餐桌上的人,突然间一拍脑门,叫起来:"嗨,瞧我,真是马大哈,一忙起来就乱了套了。刚才把龙先生介绍给大家,忘了把我的朋友介绍给龙先生了。"

"你啊,就是个打工的命,哪像个二老板? 还是坐下来,陪陪龙先生和大家伙,别瞎忙了!"王桂芳笑着打趣。

小穆罕奈德憨笑,依然站着,介绍起他的朋友来。

坐在萨拉身边的另一个女士,一身黑袍黑头巾,裹得严严实实的,一直安安静静地坐着不说话,她的脸型有些像穆罕奈德,只是更加柔和饱满。

"我有两个妹妹。大妹妹和大妹夫没来。这是我的小妹妹阿曼达,不过现在应该叫她奥登太太。"

哈希姆·奥登就坐在阿曼达边上,穿天蓝色的短袖,牛仔裤,长方脸,高鼻大耳,架一副眼镜,是个精明的商人。

"奥登先生来自约旦,那是一个小小的沙漠国家。不过那个狭长的沙漠小国有一条伟大的河流,出了一个伟大的国王,生活安静平和。我妹妹阿曼达真是幸运。别看奥登先生斯斯文文,在足球场上可是一名骁将。当然,坐在这里的都是我的朋友,也是足球场上的战友。每周六,我们都去足球场上踢球,有时候是和那些韩国人、日本人较量。"

说到足球,小穆罕奈德眉飞色舞。他一边介绍他的朋友,一边不忘卖弄口才。

"这位是土耳其的哈桑先生。他娶了位中国太太,那位太太是王桂芳的好姐妹。说起来,哈桑先生才是我们这里的大老板,他把生意做到了非洲,一天五个货柜,一年赚好几亿元。哈桑和他太太,那才是惊心动魄的传奇。龙先生,有空我一定请哈桑先生给你讲讲他的故事,就在隔壁的土耳其苏坦餐厅。"

坐在奥登边上的人皮肤白皙,高鼻深目,一双褐色的眼睛炯炯有神。

土耳其人朝龙骏笑笑,算是打招呼,也算是点头约定。

小穆罕奈德的目光已经转到下一个客人身上。这个阿拉伯人精瘦精瘦的,尖下巴,鹰钩鼻,一头粗短的卷发,看上去严肃而忧郁。

"这位是伊拉克的马苏姆先生。底格里斯河,幼发拉底河,伟大的祖先,伟大的河流,巴比伦空中花园,汉穆拉比法典,龙先生,你要了解《一千零一夜》里故事的背景,找马苏姆先生就对了!"

"穆罕奈德先生,别提我的国家,那儿尽是恐惧、爆炸和危险。我早已离开那地方,我现在是百分之八十的中国人了。我的大儿子跟我一起生活在婺州,我们都是中国人。曼苏尔先生,你说是吗?"

马苏姆先生穿着灰袍,说话时把头转向坐在旁边的穿一身黑袍的男子。那黑袍男子浓眉大眼,鼻梁高直,宽颐方脸,下巴上蓄着浓密胡须;那头巾下麦色的脸有一种凛然的威严,看上去有些神秘悲情。

"马苏姆先生,我不同意你的观点。虽然中东那片土地充满恐怖的硝烟,宗教的、民族的、文化的纷争不断,乱局如麻,我还是愿意回到祖国伊朗去。"

穿黑袍的伊朗人正想说下去,被穆罕奈德打断了。

"曼苏尔先生,四海之内皆兄弟。你与马苏姆先生都是逊尼派,虽然你们两国曾经打得不可开交,可不能在这里吵架。何况,我们都是阿拉伯兄弟。"

"错了。我不是阿拉伯人,我是雅利安人的后裔,是波斯人。波斯人可比阿拉伯人成名得早多了,波斯人建立庞大帝国时,阿拉伯人还在血族仇杀当中不能自拔呢。"伊朗人很严肃。

"是啊。波斯人伟大,了不起。安息王朝,萨珊王朝,伟大的波斯帝国,居鲁士,大流士,伟大的王,诸王之王,诸国之王——曼苏尔先生,我没有一点冒犯你的意思。不管怎么说,你们现在也算是阿拉伯伊斯兰的一员了。"

小穆罕奈德转向龙骏,介绍起曼苏尔先生的身世。

原来老曼苏尔很早就来到中国,常年游走于中国的各大展销会博览会卖波斯地毯。波斯地毯在原料选择、色泽调配、图案设计和编织技艺方面要求极其严格,堪称世界上最精细、最有收藏价值的地毯。而伊朗手织地毯更是世界闻名,历经数千年,承载了伊朗的历史和文化。伊朗人把地毯视为传家宝,名贵的地毯比黄金、钻石还要珍贵。近些年伊朗地毯的价格一路飙升,一块中等质量的小地毯价格就达到了七八百美元,好的真丝地毯达到数千甚至上万美元。曼苏尔父子已在中国安家,一年只回一次伊朗。

"龙先生,曼苏尔先生待在中国很多年了,他才是真正的中国通。曼苏尔先生经常光顾玫瑰餐厅,是穆罕奈德家族的老朋友。他是商人,更是诗人、哲学家、历史学家,学问大着呢!"

曼苏尔先生一直在用英语和阿拉伯语与马苏姆先生交谈,被穆罕奈德一番恭维,倨傲的态度缓和不少。他朝龙骏温和一笑,开口就是流利的中文。

"龙先生,我对中华文明一向是敬仰的,她与波斯文明一样悠久。可是西方人可不这么认为,西方人总是自以为是。就拿你的姓来说,在英语里译作'Dragon'。在《圣经》里,魔鬼撒旦有许多名称,其中之一就是红龙,代表恐吓、黑暗、邪恶。你看,在西方的影片里,我们经常看到一个怪兽,全身鳞甲,尖牙利齿,有一对蝙蝠似的羽翼,强有力的四肢践踏一切,口中喷火,性情残暴,贪婪无度。西方人认为龙是邪恶霸气的庞然大物,您怎么看?"

龙骏本想做个安静的听客,没想到被曼苏尔将了一军,只好开口:

"曼苏尔先生,这实在是天大的误会。龙是中国人的图腾,是值得敬畏崇拜的神灵,在天则播云撒雨,在地则潜渊蛰伏,伺机而动,自强不息,刚健,威严,吉祥,喜庆,德载乾坤。有人把龙译成'Dragon',实在是以讹传讹。"

龙骏不想在这个问题上纠缠,接着说道:"曼苏尔先生,您是中国通,又是阿拉伯问题的专家,我今天来,是想听听古代丝绸之路上波斯人或者阿拉伯人的故事的。"

曼苏尔点头,知道龙骏并非泛泛之辈,沉吟片刻,娓娓道来:

"《史记·大宛传》记载:条枝在安息西数千里,临西海。安息就是波斯,西海就是波斯湾。这是历史上中国与波斯最早的交往。古丝绸之路由长安出发,经河西走廊至敦煌,出玉门关,西越葱岭,穿中亚木鹿,取道波斯到达阿拉伯世界。另有一条海上丝路也称"香料之路",由中国的海岸码头出发穿越马六甲,绕道印度半岛,至波斯湾和红海。陆路上是骆驼商队,海上是中国和波斯的商船。波斯人运来香料如乳香、苏木、龙脑、龙涎香、胡椒和沉香,珠宝如象牙、犀角、玳瑁、珍珠玛瑙和珊瑚琥珀,药物如没药、丁香和葫芦巴,以及玻璃制品。从中国运回的是陶瓷、丝绸、茶叶、麝香等。阿拉伯人作为中转商人,又把丝路拓展到了西方。中国商船曾远航至巴格达,历史上的阿巴斯王朝曾在巴格达建立专门的中国市场。古代伊朗的伊斯法罕曾有远行的中国商人,当时的旅栈曾拴满骆驼。作为东西方桥梁的阿拉伯人又把中国人发明的造纸术、印刷术、指南针和火药传给西方人。阿拉伯文化,天文、数学、医药、建筑,也经由商人、旅行家、使节、军人和朝贡者传入中国……"

伊朗人的表情专注投入。仿佛是为了回应伊朗人的盛情,龙骏轻轻地吟诵了几句英文诗:

What you seek is seeking you.

Don't grieve. Anything you lose comes round in another form.

Lovers don't finally meet somewhere. They're in each other all along.

Everything in the universe is within you. Ask all from yourself.

Yesterday I was clever, so I wanted to change the world. Today I am wise, so I am changing myself.

I died. I am reborn...

"龙先生,您也知道古波斯伟大的神秘诗人卢米?"曼苏尔先生露出惊讶和钦佩的神情,"是啊,大地上所有的灾难,以及你们所遭的祸患,在我创造那些祸患之前,无不记录下来。人是世间的匆匆过客,躯体是灵魂暂时的依附之所,活着只是短暂的一瞬,死后才是永生。和永生相比,那短暂的一瞬是微不足道的,荣华富贵只不过是过眼烟云,金银财宝只不过是粪土污泥。人,应该知天乐命,宠辱不惊,不以物喜,不以己悲! 在这一点上,我们是相通的……"

曼苏尔以为找到了知己,没完没了。小穆罕奈德连忙找了个理由打断。

的确,龙骏到玫瑰餐厅另有任务,他朝曼苏尔抱拳拱手,离开了包厢。

三

龙骏几乎没吃什么东西。倒不是因为他不喜欢阿拉伯大餐,他的晚餐通常吃得很少,以茶饮和零食代替。写作、画画、设计,他通常要工作到很晚,有时候是通宵达旦。脑子里有事,就全神贯注,把所有其他的都抛诸脑后。

他现在就处于这样的状态,想着与英迪拉女士会面的事,匆匆与穆罕奈德先生告别。

梵音瑜伽馆在另一栋楼里。两栋楼之间有天桥相连。瑜伽馆也是龙骏负责装修的,所以算得上熟门熟路。他径直走过五楼天桥的通道,来到了另一层楼的练功大厅。大厅里头装着落地镜,使得整个房间显得更加通透空旷。

刚刚下课。实木地板和瑜伽垫上还有明显的汗迹,大厅里依然回荡着梵音,节奏舒缓,空灵悠远。菲利普先生与几个穿瑜伽服的女孩挥手道别,兴冲冲地与龙骏打招呼。

菲利普先生四十来岁——也许是五十九岁,显然他看上去比实际年龄要小许多——中等身材,一头天然卷发,棕褐色的脸英气勃勃,五官精致柔和,下身穿黑色大裤衩,上身穿黑色的圆衫紧绷,凸显出匀称健美的身材。

菲利普先生的脸亮晶晶的,圆领衫的一大半也被汗水浸湿了。他把龙骏迎进大厅一角的办公室。办公室也是茶室。

"打扰了,菲利普先生,"龙骏道,"您还是先去洗澡更衣吧。"

"没关系,龙先生,我已经习惯了。一天总要出几身汗。入乡随俗,我现在连喝茶的习惯都改了,学会了中国的工夫茶。"菲利普笑了笑,在紫檀木的茶几边坐下,"我这里有各种茶叶,不知龙先生喜欢什么茶?"

"随缘吧,菲利普先生。"

"那就红茶,我这里有上等的大吉岭红茶。"

菲利普现在喝茶,不再加奶、糖或各种香料了。他熟练地泡着工夫茶,不时地用友善的目光看看龙骏。他们已经打过好多次交道,玫瑰餐厅和瑜伽馆的装修,大多是菲利普出面。英迪拉偶尔光顾,纱丽头巾裹身,不露真容,也极少与龙骏交流。

"龙先生,我真羡慕你们。在你们国家,只要会普通话,偌大一个国家就可以畅行无阻。不像我们印度,除了英语、印地语,官方规定的语言就有十几种。全印度各种语言加起来,有上千种,成了印度发展的鸿沟羁绊。"

"菲利普先生,中国的方言俚语也不少啊,有普通话后交流才没障碍。我没想到菲利普先生中文讲得这么好。您要是讲英语,我就鸭子听天了。"

"龙先生谦虚了,我知道您的英语也很好。"

这句话要是放在十几年前,是对的。但长时间不用,龙骏现在的英语真的成了哑巴英语。瑜伽馆装修,龙骏与菲利普有过合作。菲利普显然很想与龙骏有深入的接触,但每次见面都是匆匆忙忙的,只能在装修业务上做短暂的对话。

"瑜伽馆的装修,各方都很满意。瑜伽是我的挚爱,来中国已经十几年了,我一直在做瑜伽教练。"菲利普接着说,把一杯红茶递到龙骏手里。

"菲利普先生,您不是一个生意人吗?"龙骏惊讶。

"开始是做生意,后来是瑜伽教练。"菲利普尴尬地笑了笑,似乎在掩饰什么,"我待在中国十几年,越来越喜欢中国的美食美景。中国的文明,与印度文明一样古老,博大精深。我有些不明白,中国有那么多值得自豪的东西,偏偏有许多人只喜欢外国的,比如说印度的瑜伽。我知道中国有太极拳……"

"菲利普先生也喜欢太极拳?"

"是啊。我想把中国的太极和印度的瑜伽结合,自创一派太极瑜伽。龙先生,我想跟您学太极拳,不知您练的是哪门哪派,陈式还是杨式?"

"非陈非杨,是龙氏太极。"龙骏笑道。

菲利普睁大了双眼。龙骏连忙做一番解释。

"我师父是一位大师,不过他是绘画大师,而不是太极大师。他没跟我说教的是哪门哪派,我只能姑且称为龙氏太极。菲利普先生,我只是太极拳的爱好者,三脚猫功夫不值一提,不过我对太极文化还是有所研究的。在我看来,太极的真谛也是中华武学的奥秘,那就是见自我、见天地、见众生,明心见性,洞彻天地万物,润德培福,以至修身齐家治国平天下。"

说到自己熟悉的东西,龙骏突然兴奋起来。

"果然是好东西。不过恕我直言,印度的瑜伽,现在是世界各国白领健身的好手段,每年为印度创造几百亿美元的产值,中国的太极拳还在各大公园里徘徊哩。"

在朋友面前,菲利普一向直来直去。

"那是有原因的。山头众多,门派林立,画地为牢,自说自话,老死不相往来。菲利普先生,我并不赞成把太极当成摇钱树。天地大阴阳,人身小阴阳,说到底,太极是中国人一种古老的智慧,是一种古老的修身哲学。印度的瑜伽也是。"

龙骏还是把话题转回瑜伽上。谈到瑜伽,菲利普显然有话要说。

"瑜伽在印度也有众多流派,说到底,瑜伽也是修身的智慧。体式、呼吸、冥想三者合一,才能接近真的瑜伽。瑜伽是对自己身体和内心世界的一次探险,是灵性的觉醒。瑜伽和太极,名不同而实相同。我高兴的是,中国现在已有众多女性修习者。在瑜伽发展的历程中,女性最初是被排斥在瑜伽之外的群体。在古老的印度,社会等级森严,女性地位低下,瑜伽只有男性才能修习。印度的女性习练者远没有中国多。"

菲利普顿了一下,意犹未尽,继续说下去。

"我并没有歧视女性习练者的意思。男性练习瑜伽,受益的仅仅是练习者个人,而女性练瑜伽,受益的是整个家庭和社会。现在的瑜伽,根据女性的身体、生理心理做调整,这样可以给女性带来身心的和谐与健康。从青春期、生理期、孕期、产后及更年期,瑜伽要贯穿女性生命的始终,因势因时而动,这样才能获得瑜伽带来的优雅、美丽和健康。"

"所以菲利普先生和太太一直致力于在中国推广瑜伽?"龙骏不得不打断。

"龙先生,您错了,英迪拉并不是我太太。"

龙骏很是惊讶。尽管在以往的交往中,龙骏已看出两人关系特殊,但是由菲利普先生口中说出,还是使龙骏吃惊。

"龙先生,我原本应该保守这个秘密的,现在告诉您也没关系了。我和英迪拉女士过去是生意场上的好朋友,现在是瑜伽馆的合伙人。我一年到头在各地跑,泰国、马来西亚,还有中国的上海、北京、西安、广州、深圳,还要定期回印度见我的吠檀多哲学上师。在我离开期间,这座城里的瑜伽馆就由英迪拉管理。说起来,英迪拉女士比我更忙。她要料理公司业务,还要抽出时间去医院和学校去上瑜伽公益课。瑜伽教练和母亲,这是她现在最重要的两个角色。我知道今晚您是来找她的。她让我先招呼您喝茶。因为要安顿那些孩子,所以她要晚些过来。"

龙骏正想问问英迪拉和她孩子的事,菲利普的手机响起。英迪拉女士已经在四楼公司办公室等候客人。

四

龙骏现在所在的这栋楼,一至三层是土耳其餐馆,五楼是瑜伽馆练功房,只有四楼是留给英迪拉公司用的。四楼被分隔成两部分——展厅和办公室。

龙骏进过展厅一次。展厅很大,分成几个区。印度区布置成迈索尔王宫的样子,里面展示来自印度的熏香、香皂、檀香精油和印度服饰——纱丽、男女裹裙衬裙。阿拉伯产品区是阿拉伯服饰——头巾、头箍、腰带、长袍、水烟和各种清真用品。最大的展区是服装,除西装、衬衣、夹克、大衣外,大部分是旗袍。这些服装有一个共同的品牌"小巷布衣",龙骏在诸葛志刚那里听说过这个品牌,所以印象深刻。

一个穿着纱丽的女孩把龙骏引进英迪拉的办公室。房间不大,与其说是办公室,不如说是一间私密的会客厅。靠墙放了一排酒柜、一个圆弧形吧台,对面是一个大茶几,两侧放着钢琴、古琴和古筝。

房间里播放着古琴曲《高山流水》,弥漫着一种淡淡的茉莉花香。那香味似乎是从房间一角的香炉里飘出来的,似乎又是英迪拉的体香。

英迪拉穿着宝蓝色的纱丽,同样颜色的头巾遮住了半边脸,在柔和的灯光和朦胧窗纱的映衬下,更显美艳神秘。

"龙先生,红酒、咖啡还是茶?"英迪拉像个老朋友一样打招呼,声音柔柔的。

"还是茶吧。"龙骏满肚子茶水,还是喜欢茶。他想不出有比茶更好的东西。

英迪拉坐在茶几前,像是表演茶道的女艺人,翻弄纤手,熟练地煮水泡茶。龙骏坐在斜对面,看着那双肤如凝脂的手,不敢看英迪拉的脸。他的屁股尖搭在椅子上,懵懵懂懂地想着心事。

"龙先生,菲利普都跟你说了些什么?"

"他说,你并不是他太太。"龙骏脱口而出,即刻后悔了。

英迪拉似乎并不介意,脸上浮现不易觉察的微笑。

"这是个秘密。我希望,以后不管发生什么事,你都能保守这个秘密。你是否觉得,这事很奇怪?"

"我奇怪的是,作为一个印度人,你的中文说得那么好,有时候比我还说得漂亮,字正腔圆。"

"这不奇怪。我母亲是中国人,我身上流的是中国人的血。再说,我是语言学家,还能说一口地道的上海话呢。就是龙潭镇的方言我也能来几句。说真的,我比中国人还'中国'。在中国,我有许多朋友,就是在婺州城里,我的朋友也数不清。"

龙骏沉默着。英迪拉把茶盏端到他手里,笑道:

"龙先生,今天请你来,一是对你表示感谢。玫瑰餐厅和瑜伽馆的装修,比我想象的还要好。龙潭镇两处物业的装修设计稿我也看了,很满意。考虑到你很忙,玫瑰山庄装修的事我自己来。李宅布衣巷的装修还要麻烦你代劳,我准备在那里办博物馆和服装设计工作室。"

"怎么,你打算把公司转移到乡下去?"

"这些年我常去龙潭镇,那里的山水风景我很喜欢。我打算在那里定居。人生最惬意的事,莫过于和心爱的人或三五知己,清茶淡酒,择一镇终老。龙潭镇,那儿就是我最后的归处。"

"可是你城里的生意怎么办?"

"在我最困难的时候,是老穆罕奈德帮了我。他的人情,我现在还清了。玫瑰餐厅本来就是穆罕奈德家族的,以小穆罕奈德现有的能力,足以独立经营了。至于梵音瑜伽馆,可以交给菲利普。他本来是来中国做香薰生意的,因为迷恋瑜伽,把公司都变卖了。他在中国和世界其他地方开了许多瑜伽馆,他喜欢做瑜伽教练。有穆罕奈德和菲利普,还有那么多尽职的员工,公

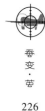

司的业务并不会受影响。"

"还有你的孩子……"

"是啊,就是因为我的孩子我才移居乡下。学校里教的不一定是他们感兴趣的东西。在李宅,正好有一栋废弃的校舍,可以用来办我理想中的学校。这件事两年前已在筹措,今年九月就可以开学了。我的孩子可以在那里学习阿拉伯语、祖鲁语、斯瓦希里语、印地语,还可以学习制陶、酿酒、画画、舞蹈、唱歌、戏曲。我不想我的孩子成为一台台考试的机器,我希望他们成为艺术家。"

说到孩子,英迪拉变得很兴奋。

"我现在是天下最幸福的母亲,我生活的重心就是那些孩子。前两天,我还带着孩子来了一趟自驾游。和我一同前去的还有我的一个好朋友,她是我最好的闺蜜,几乎和我形同一人。她从小在上海长大,在龙潭镇有亲戚,她的母亲就是在龙潭镇出生长大的。她母亲希望叶落归根。几年前我朋友就在龙潭镇买了块山坡荒地,建起了一个山庄。我的朋友很喜欢你极简主义的装饰风格,所以委托我找你设计。以后我会与朋友一起长住玫瑰山庄。"

"明天我就回龙潭镇。布衣巷的装修我一定抓紧。你的事就是我的事,我一定尽力而为。"龙骏说道,脑子里依然想着别的事。他知道英迪拉快要说到事情的核心部分了。

"因为母亲的关系,我朋友每年都要去一趟普陀山……龙先生,你去过普陀山吗?"

"去过。过去常去。不过最近有七八年没去了。"龙骏喃喃地说着,凝视着英迪拉。他内心的某个悬念正在解开,可是他还是不敢相信那种猜测。他早已过了冲动的年龄,即使是最令人激动的事,也能保持那份克制和冷静。

英迪拉站起来,走到窗户旁,侧对着龙骏,双眼湿润。

"龙先生,普陀山,你真该去一趟了。还有桃花岛,那里有柔软的沙滩,蔚蓝的海……"

"我是想去来着,是普陀山。桃花岛,我没上去过,也许这一辈子我也不会去了。那里留着太多的美好和伤感……"龙骏站起来,站在英迪拉的身后,声音微微颤抖。

"是啊,这个世界是不完美,充满悲伤和泪水。世界没那么温柔,你也要坚强,也要坚信世界没你想象的那么糟,因为总会有一个人,不早不晚出现在你身边,用心陪伴你,极尽所能帮助你,在心里偷偷地爱着你。"英迪拉仿佛自言自语。

"上天不给我的,无论我十指紧扣,仍然走漏;给我的,不论过去怎样失手,都会拥有。"龙骏几乎哽咽了。

"人生大部分的光彩都被岁月夺走了,你攥紧拳头,好像什么也抓不住。但其实,你现在拥有的,就是人生最美好的东西。"英迪拉的声音温婉轻柔,没有一丝的伤感。

房间里很静,只有古琴曲《高山流水》的音乐还在一遍遍重复。龙骏又闻到了那股熟悉的茉莉花香。

窗外的城市也很静,仿佛睡着了。只有电信大楼的钟在敲响,钟声在静寂的夜空中荡漾开去。

十一点了。是到龙骏告辞的时候了。

直到走在街上,挂在龙骏眼角的泪珠才流下来。他心中的谜团大半已经解开。还有一个谜团,他并不想触及。那是他一生的秘密。他愿意把它留在内心温暖的一角,当作一生最美好的记忆。

第四十七章
父与子

一

龙禧终于把烂脚丫锯掉了。他少了一只脚,多了两条腿。

那只时痛时痒时好时坏的烂脚丫,好歹跟了龙禧大半辈子,龙禧对它还是深有感情的。当村干部那会,到公社或是县里开会,人家知道龙禧腿脚不便,总是把最好的凳子让给他坐。因为那只烂脚丫,龙禧可以名正言顺地不下地干活,偶尔卷起裤管下田,也给自己的形象加分。年纪越大,烂得越凶,龙禧还是舍不得锯掉,需要独处的时候,可以熏跑儿子,熏晕龙五妹;需要儿孙看望的时候,可以躺在床上嗷嗷叫一阵,不愁他们不上门。总之,那只烂脚丫是利弊各半,利还稍大于弊。

现在,龙禧的烂脚丫已经完成了它的历史使命。日本东京地方法院虽然认定侵华日军细菌战事实,但是驳回了原告的索赔诉求。细菌战原告团上诉至东京高等法院,高等法院维持原判。儿媳朱赫赫还要把官司打下去。作为证据之一的龙禧的烂脚丫已经为世人熟知,为法官采信,又拍照存档。

日本人的钱是不能指望了,龙禧只好自掏腰包把脚锯了。给龙禧做手术的是刘强,作为龙虎的大徒弟,他总算完成了龙虎的遗愿,了却了一场心事。龙家的人要为龙禧安装假肢,并且是那种最先进的电控仿生假肢,但是被龙禧拒绝了。一条假肢多少钱？动不动成千上万元；一副拐杖多少钱，几十元。龙禧是精明的，他要了拐杖，并且是木拐杖——他是木匠，对木头还是有所偏爱。

龙禧拄着双拐，东游西荡，无所事事。镇上村里，那些熟人怜悯的眼神使龙禧怅然若失，继而愤愤不平。村老年协会组织旅游，四处游山玩水，所有的老人都去了，唯独不邀请龙禧，就像金盔金甲的神人不邀请阿Q去革命，龙禧难免阿Q了一回。

有什么好神气的，你们走得最远，也是在国内，我还出过国哩，并且不止一次，是两次！你们去过洛阳，我也去过。

不过，现在的龙禧之所以愤愤不平，很大一部分还是因为老对头应富贵。同样是白发人送黑发人，一个送走心爱的大儿子，另一个送走宠溺的女儿，龙禧本来觉得与同样苦命的应富贵打成了平手，可是眼见得自己少了一条腿卸田归家，而对方却在风风光光地忙碌，惺惺相惜又变成了愤然。龙禧拄着双拐，远远地看见应富贵守着货摊，平静愉悦地与人讨价还价，一沓沓地往兜里塞钞票，心里又是妒火中烧。

好在不久厄运就降临到对手头上了。龙禧倒是没有幸灾乐祸。他挤上公交车，跑到城里，买了点营养品，偷偷躲在医院重症监护室外面的走廊上瞧。看着浑身插满管子躺在病床上的应富贵，龙禧一阵唏嘘，深陷的眼睛里挤出两滴眼泪来。

看样子，应富贵也好不到哪里去，剩下的日子差不多要在轮椅上度过了。

不管怎么说，龙禧与应富贵又平起平坐了。

一个烦恼过去，另一个烦恼接踵而来——生活总是这样，快活的日子短暂，烦恼的日子漫长——一天早上醒来，龙禧发现老屋的外墙上多了个大大的"拆"字。

龙禧一个人住在老房子里，说实话，龙禧对这栋老宅是怀有很深的感情的。那是父母留下的家产，四个儿子都在这里出生，老伴五妹也在这里去世。可是这栋房子实在太老了，像掉光牙齿的老人老态龙钟，石墙开裂，屋脊歪斜，栋梁弯曲，房梁上的黑瓦稀稀拉拉遮不住风雨，倾塌泥墙围起的院子长了一人多高的狗尾巴草，仅有的几棵枣树也枯死了。房间里更不堪，有一股酸馊的味道，一到晚上，老鼠窜来窜去吱吱叫。龙禧经常在灰暗的灯光下"看到"五妹和龙虎的影子。最让龙禧不能忍受的是那些蛇,它们不但在家里筑窝,还爬到龙禧的床上与他同枕共眠。

龙禧并不反对拆了老房,他只是不想去住高楼。儿子儿媳都想请龙禧住到他们家里去。要是龙虎还活着,龙禧为了弥合与大儿子的关系,现在应该愿意住到城里去了。可惜,孔鲁凤带着儿子移民澳大利亚,一走杳无音讯,再无可能。龙马是造房子的,上海、杭州、婺州城里都有房子,住龙马家是不错的选择。龙彪把村口大樟树下后起的新房给了弟弟,自己住进山沟沟的窝棚里种植仙草,一心要捣鼓出抗癌药,所有的钱都投在制药厂和肿瘤研究所,只给儿子盖了一栋两层的矮楼。楼房在山坳里,有园子,空气清新,可以养鸡养鸭。住龙彪家也是一种选择。五妹生前的意思是把老房子留给最小的儿子龙狮。龙狮是几个儿子中最不济的,不过这几年还清了债务,也已缓过气来。要是龙狮能像当初设想的那样为龙家生个女儿出来,住在龙狮家也是顺理成章的事。可惜龙狮夫妇不愿再生。龙禧思来想去,最后还是决定住到龙马开发的老人公寓去。

老房子留给谁成了问题。最简单的办法是把拆迁款分成四份。不过平均主义已经行不通了,龙禧也不打算这样做。龙禧召集剩下的三个儿子商量。三个儿子倒是高姿态,把生杀予夺的大权全部交给媳妇们。龙禧也觉得这是避免家庭矛盾的聪明做法,自己年轻的时候要是多听五妹几句,就不会惹出后来的许多麻烦。

毕竟是几百万元的事,再大方的女人心里也要"咯噔"一下。三个女人各怀心思,都有盘算。孔鲁凤在的时候,龙家四个媳妇有商有量,最后由朱赫赫拍板。

龙彪媳妇李菊花是乐天派直性子,大大咧咧,张嘴就来:

"爸,这事就甭商量了,你住龙马家,这钱就给赫赫。她是大慈善家,我想着,赫赫拿了这些钱,也是去做好事,为你留功德。"

龙狮媳妇李桂花是属于算盘打得精,什么事都是胳膊肘往里拐的那种。她原本倒是对那笔巨款有所企图,眼见大事不妙,只好应声附和。

"是啊,爸。照理呢,祖宗留下的东西,儿孙都有份。长兄为大,现在龙虎不在了,龙马就是老大,大伯大婶说了算。赫赫做事公平,交给她我们也放心。"龙狮媳妇面上笑嘻嘻的,心里却有些酸。

"爸,你要是愿意把巨款捐出来做慈善,那是再好不过了。可这笔钱我不能要。我的慈善基金并不缺钱。"朱赫赫笑道,"爸,你想想,这辈子还有什么未了的心愿,你最想做的事。要是有,你就拿了这些钱去做。"

龙禧思索片刻,恍然大悟。

"我知道该怎么做了。思来想去,我这辈子做的最大的事就是恢复了蚕神庙会。我现在还是庙会的名誉会长呢！我把钱全部捐给庙会,省得每年都筹一次款。"

龙禧如释重负。房子的问题解决,接下来该处理房子里的东西了。

实际上,使龙禧头痛的还是老屋里的那些宝贝。五妹捡回来的垃圾好说,一股脑儿运去废品收购站。还有一些宝贝——旧的雕花门窗、屏风、床阁,前些年陆陆续续卖了一些给上门收购古董的人。龙禧把变卖的钱全部用于承包地上——他不想从儿子那里要钱,而购买农机化肥种子毕竟不是小投资。

剩下的宝贝中,最值钱的是李木匠留下的那套木工器械和一个大铁匣子。那些东西,龙禧即使舍了身家性命也不敢卖。龙禧并不是一个好木匠,但他不想辱没了师傅李木匠的名声。李木匠留下的东西,就是皇上的尚方宝剑,就是号令江湖的盟主宝器。龙禧要是守不住,那是要被鲁班的子孙世世代代唾骂的。

处理老房子里的宝贝就是处理自己口袋里的私房钱,龙禧觉得没有必要经过儿媳们的'恩准'了。他叫来了在家的两个儿子商量。

"爸,你操劳一生,为四个儿子打下基业,算是功德圆满了。你这么大年纪了,也不可能收徒,现在也没人愿意学木工活了。李木匠的东西,你还是捐给博物馆吧。"龙彪道。

"不然。老爸,你给四个儿子都留了家产家业,也该为你的第五个儿子想想了。"龙狮凑到龙禧耳边,神神秘秘地嘀咕。

"胡说！"龙禧瞪起牛眼。

"老爹啊,这事……我就不用挑明了说了。别人不知道,我可是心知肚明,他才是你胳肢窝的那块痒痒肉。"龙狮笑眯眯的,一脸戏谑。

龙禧装聋作哑,脸上却分明露出年轻时狡黠的笑容。

二

龙骏回到龙潭镇。这一天,晚餐时间未到,他早早地来到了龙湖鱼馆。今晚在这里,有一次历史性的会面。

龙潭湖东北面的堤岸一带,早已今非昔比,成了龙潭镇乃至整个婺州最热闹繁华的去处。这里建起了游船码头、连岛浮桥、曲径长廊、水阁亭台,原来石砌的湖堤和沙滩,被各种风格的现代建筑取代,宾馆旅社、茶楼酒肆、西餐影楼、超市书铺鳞次栉比。华灯初上,沿湖大道旗幡招展,车马人喧,欢声笑语不绝于耳。

龙湖鱼馆是众多餐馆中的一个,位置并不佳,坐落于李宅龙宅交界的湖湾处、桃花溪的入湖口,掩映于浓密的枫杨林间。这是一座三开间三层楼的中式木结构建筑,原本这里开了家川菜馆,因为生意惨淡,三年前被龙宝和儿子龙有德盘下了。

龙宝的两个儿子,从小顽劣,没读几年书就辍学,很不成器。大儿子龙有道是镇上出名的混混,偷鸡摸狗,最后因为拿刀子捅伤人被判了刑,至今还被关在牢里。二儿子龙有德不过也是不甚成器。龙家另两房,龙福早逝,独生儿子龙生憨厚朴实,娶了李裁缝的大徒弟、人人称羡的媳妇后步步开挂,孙子龙正当镇长,曾孙龙信大学毕业也在机关里上班,一家个个成器。龙寿的子孙,大多在龙彪龙狮的厂里上班,虽说没大出息,也是衣食无忧。唯有龙禄这一房人多事杂,四个儿子龙珍、龙珠、龙宝、龙贝都过得不如意,推来搡去,谁也不愿赡养老爷子。年近九十的龙禄独居在破庙似的老房子里,靠种菜、领低保救济度日。老态龙钟的龙禄涕泪涟涟,央求龙禧出面管束,龙禧就请出了龙家的名人龙马。龙马出资盘下这家餐馆,送给龙宝家,希望龙宝改弦更张,不要坏了整个龙家的声誉。

头一年,鱼馆的生意并不好,第二年,不知为何突然间红火起来,食客如云。龙有德不但娶了媳妇,还造了新房,像模像样地当起了小老板。龙宝也性情大变。

龙潭湖边众多开鱼馆的竞争对手都很纳闷。不知有什么奥秘。外人不知晓,龙骏也很好奇。更使龙骏奇怪的是,他今晚要见的客人怎么会选这家并不起眼的小鱼馆。

黄昏时分,龙湖鱼馆楼前屋后的树上,一排排灯笼亮起。龙骏夹杂在进进出出如同游鲫的食客中,走进一楼不大的厅堂。大堂里除了迎宾的曲尺柜台,就是一尊木雕的陶朱公像。龙骏一出现,一个只穿裤衩的胖老头,从中央藤椅上跳起来迎接。

"哎呀,龙骏兄弟,你终于来了!还认得我吗?我是龙宝啊!"胖老头用手摸摸光头,又摸摸圆滚滚的大肚子,咧着嘴笑。

龙骏还真没认出来。龙宝脸颊上的刀疤已被厚厚的脂肪填上了,那张原本颧骨鼓凸、凶巴巴的脸变得光亮圆润。龙宝的身材,像是鱼缸里的球形金鱼,圆滚滚的。

"你看,我像不像一尊弥勒?"龙宝摸着孕妇似的肚子,哈哈笑,"多亏龙大师指点,我龙宝家时来运转了。知道你今晚要见客人,我给你们留了最好的包厢。"

龙骏很想问问"龙大师"是谁,不过他约的客人已到了。龙宝见了那个客人,更是客气,一口一个"龙大师",笑得合不拢嘴。那龙大师倒是一脸庄肃,并不搭话。

女服务员把两人带到二楼的包厢。包厢的确位置极佳,隐秘幽静,靠西北的窗户外面是溪流群山,东南的窗户可以纵览渔火湖光。

女服务员泡好茶,退了出去。房间里的气氛一时很尴尬。因为坐在龙骏对面的不是别人,而是龙猫。这是四十八年后,名义上的父子俩第一次如此认真地面对面。

龙猫今晚显然刻意做了打扮,穿着彩色T恤衫,把头上仅有的几根白发染黑了,遮住光秃秃的头颅,圆嘟嘟的脸上扑了些粉,抹平皱纹,看上去年轻了不少。

"龙叔,龙宝大哥称呼你'龙大师',不知其中有什么奥秘?"龙骏努力寻找话题,打破沉默。

"奥秘?其实也没什么,"龙猫一副天机不可泄露的样子,神神秘秘的,说到他感兴趣的话题,脸一下子生动起来,"我不过略加点拨而已。把鱼馆里的摆设挪了挪。最主要的,是我给他们家送了两尊'迎财神'。"

龙骏"喔"了一下,龙猫的眉眼开始闪光。

"一尊供在家里。我教龙宝天天给他早晚问候、端茶送水,给他洗澡擦背泡脚,一星期刮一次胡子,半月理一次发,修剪脚趾甲手指甲。另一尊供

在店里，每天笑嘻嘻地迎候所有客人。"

龙骏明白了，供在龙宝家里的那尊是指还活着的龙禄，另一尊大约是龙宝自己了。

龙猫正想说下去，龙有德端着几碟酒菜冷盘走进来。龙有德原来精瘦的身子像发酵的馒头般鼓胀，活像一条胖头鱼，头大脖子粗，一副大厨模样，红润的脸也颇有几分老板的气概。他本是个贫嘴，学做生意后更是喜欢耍贫。

"龙大师，多亏你指点，我家的鱼馆现在生意火得不行了，吃货挤破门槛，晚上数钱数得手抽筋，睡觉做梦都要笑出声来。按你的吩咐，老爸每天伺候老爷子，一点不敢马虎。过去老爸脾气差得很，张嘴就吼老爷子，现在改了，把老爷子伺候得服服帖帖的。我自己也学着做，给老爸老爷洗脚擦背。这一招真管用，我家的日子一天天红火。我造了新房，讨了老婆。老爹还成了鱼馆的一个招牌，那些吃货听说我这里供了尊弥勒，都想来瞧瞧热闹。龙大师，听说过去老爹还用脚踢过你，你都不计较，你真是大人有大量，是我家的大恩人哪！"

"有德啊，这一切都是你们自己感召来的。你别吹我，一口一个大师，太酸了。这儿没有外人，别装着端着。"龙猫嘴里这么说，心里却很受用。

龙有德笑眯眯的。

"我没装。不管怎么说，排起辈来，你是我爷，龙骏是我叔。龙湖鱼馆，龙宝是大老板，有德是二老板。今晚我就当一回大的，免费请两位长辈。两位喜欢吃什么鱼，尽管吩咐。草鱼、鲤鱼、青鱼、鳙鱼、鲢鱼、银鱼、鳜鱼、红鲌，什么鱼都有，都是刚捞的，可红烧，可清蒸，可剁椒，可水煮，煎的炸的炒的烤的焗的，你们爷俩说咋弄就咋弄。"

"有德，你别贫了。亲兄弟明算账，更别说一个太公门下的本家，到时候一个子儿不会少你。鱼菜你随便上，我和你龙骏叔不是吃货，是酒鬼，菜马虎点没关系，有什么好酒你尽管拿来。"龙猫一本正经。

"我这儿什么酒都有，红的、白的、黄的、青的、啤的。还有本地龙狮酒厂的红曲米酒，有十年存、五年存、三年存的。不知龙爷和龙叔要哪样？"龙有德依然不忘耍嘴皮。

三

餐桌上摆满了鱼盘鱼碗,足以喂饱十个人。鱼菜的边上,鱼骨鱼刺鱼泡鱼鳍和红红的辣椒堆成一小垛。他们已经喝了半小时左右的闷酒。两人的脸色在变,桌上的气氛跟着变。

"刚刚你说啥来着,龙骏,舍命陪君子?"龙猫开始叨咕。

"是啊。龙叔,我陪你喝酒,就是舍命陪君子!"龙骏脸色微红。

"龙骏,君子,这可是对我最大的褒扬啊!比起那些风筝大师、民间讼师的名头,我更喜欢君子的称谓。圣人,吾不得而见之矣,得见君子者,斯可矣。"

龙猫的脸红扑扑的,显然,酒精勾起了他的好古癖,他继续说道:"君子有大道,必忠信以得之,骄泰以失之;君子不患位之不尊,而患德之不崇;不耻禄之不伙,而耻智之不博;芝兰生于深林,不以无人而不芳,君子修道立德,不为穷困而改节。"

"君子安贫,达人知命。君子外宽而内正。"龙骏插了一句。

龙猫顺势发感慨。"是啊,君子好啊!只可惜现在君子越来越少了,小人越来越多:妖言惑众,挑拨离间,阿谀奉承,阳奉阴违,见风使舵,落井下石。历史上的小人真不少。我龙猫翻看典籍,研读古史,满纸都是君子与小人的争斗,往往是君子失意小人得利。君子总是斗不过小人,我心酸啊!"

龙猫摇头苦笑,露出懊丧的神情。

"君子坦荡荡,小人长戚戚。龙叔,你何必耿耿于怀呢。"龙骏安慰。

"我难过。因为我自己想做个君子,最后只做了半个。"龙猫眨巴眼睛。

"那另半个呢?"龙骏问。

"另半个,我想不应该是小人,姑且叫俗人庸人吧。我这一生,都是半个——半个农民,半个知识分子,半个正常人,半个疯癫病,半好人,半孬种……"龙猫道。

"半个好啊,龙叔,半醉半醒,人生才有诗意。"

龙骏已经半醉,他的酒量本来很好,只是长时间不喝退化了,几杯下去,眼珠子一半红了,酒意朦胧,吟起诗来:

"半水半山半竹林,半俗半雅半红尘。半师半友半知己,半慕半尊半倾心。半醒半迷半率直,半痴半醉半天真。半虹半露半晴雨,半皎半弯半月轮。"

龙猫也跟着吟诗:"半水半烟箬柳,半风半雨催花。半没半浮渔艇,半藏半现人家。"

"一道残阳铺水中,半江瑟瑟半江红。"龙骏咏。

"姑苏城外寒山寺,夜半钟声到客船。"龙猫吟。

"三山半落青天外,二水中分白鹭洲。"龙骏吟。

"取次花丛懒回顾,半缘修道半缘君。"龙猫吟。

"昨夜闲潭梦落花,可怜春半不还家。"龙骏吟。

两人你一句我一句,仿佛是在斗诗,最后还是龙猫没接上。

"哈哈,龙骏,念'半'字诗我是输给你了。你不愧为诗人。"龙猫呵呵笑。

"龙叔,我哪是诗人。我是半个诗人半个画家,半是码字的,半是搬砖的,半是生意人,半是旁观者,一半清醒,一半糊涂。"龙骏的眼睛也是半睁半闭。

"龙骏,你可不能这样啊。你念了那么多书,应该算是地道的知识分子了。不像我,顶多算半个知识分子。我知道,做一个知识分子不容易,用自己的嘴不行,活在别人的嘴里更糟。你不像我,我已经七十几岁了,人生七十古来稀,鹤发鸡皮,我当个缩头乌龟没事。当乌龟长命,把头一缩,任人唾骂。喜欢你的自然会越来越喜欢,不喜欢你的只会越来越恶心你。对世界的恶意,我龙猫可以管他娘的,一心过自己的快意人生。可是你不同,你是社会的良心,这个时代的敲钟人,这个世界的守夜人。天行健,君子以自强不息。"龙猫摆出一副长者面孔,教训起龙骏来。

"照例,人到中年,颔首如春,低眉落花,浅笑含秋,正是当年。自强不息,厚德载物,我也想这么做。可是理想很丰满,现实很骨感。龙叔,我那些诗那些画,也是聊以解闷的。我顶多只能算半个知识分子、半个文人。文人就是……一张三寸舌,最为无用……百无一用是书生啊!"

龙骏似乎是喝醉了,有些沮丧。

龙猫却突然激动起来,拍着桌子,额头上冒出青筋,大声咕噜:

"文人岂是弱者,书生岂是无用?屈原忧愤赋《离骚》,嵇康斩首抚《广陵》,陶潜不为五斗米折腰,文天祥留取丹心照汗青。文人,都是有骨气的。再说了,无用乃是大用。话说古代文人圈帮派林立,就战国而言,就有儒道墨法百家,其中庄子貌似最为无用,后世文人,哪个不受他影响?在庄子眼里,春花秋月、朝霞夕阳、一草一木、一石一瓦,皆是无用之大美!"

"话是这么说,龙叔,我做不了老庄,谁不是在为五斗米折腰?饮食男女,人之大欲存焉……"

龙骏也想"之乎"一番,刚说两句,就被龙猫抢了话头。龙猫瞪起血红的双眼,嘴里又咕噜了一阵。龙猫正想长篇大论,被忽然间传来的敲门声打断了。

包厢的门被推开了。龙有德探头看了看。桌上的菜都是满满的,鱼骨鱼刺倒是堆了不少,酒似乎还有半坛。他原本是想问一下要不要再上酒,看见龙猫气鼓鼓的样子,又把头缩了回去,边走边嘟哝。

"唉,这位大师,之之乎乎,天花乱坠,怕是把龙骏叔侃晕了。"龙有德知道龙骏的酒量,他不怕龙骏喝高了,就怕他中了龙猫的魔法。

龙骏的确喝高了,醉眼蒙眬,忧郁的脸转向一边,凝望包厢外的景色。窗外,在黑黝黝的枫杨林和群山之间,一轮圆月升上了瓦蓝色的天空。另一边,龙潭湖的湖面上是点点渔火,夏夜的熏风中夹杂着鱼虾的气味,送来避暑纳凉的夜游船上的阵阵笑声。

龙骏的目光从远处收回,平静地注视着龙猫:"月缺月圆月高悬,月亏月盈月有信。看到这轮圆月就使我想起了家。龙叔,我们都是凡夫俗子。是凡夫就得有个家。家是什么?家是粗茶淡饭,酸甜苦辣;家是鹤发稚童,欢歌笑语;家是小船避风的港,是倦鸟归栖的巢穴;家是让人梦牵神回的地方啊!"

龙猫像是被什么东西重重地击了一下,原本努力挺直的腰背瞬间佝偻,脸上闪过一丝痛苦的神情。

龙猫的脸上显出执拗而痛苦的表情,声音有了哭腔:"我后悔。我后悔的是自己一意孤行,给你们母子带来那么多的痛苦,我真是罪该万死,死有余辜,我欠下的债,这辈子怕是还不清了。"

"龙叔,你不欠任何人的债。这辈子你已经过得很不容易了。我理解你,原谅你了。毕竟你还是我的……老爸……"

龙骏的声音有些哽咽,轻得几乎听不出。

有人敲门,打断了包厢里的说话声。

龙有德抱着酒坛推门进来的时候,吓了一大跳。他看见两个食客抱在

一起哇哇大哭,放下酒坛拔腿就走,心里还在一个劲地嘀咕:

"唉,大师就是大师,龙叔没被灌醉,却还是中了大师的邪!"

四

据说,醉酒有文醉、武醉两种。文醉的表现形式之一是巨大的呼噜声,或是像个木头人呆坐,或是步履蹒跚、独自享受飘飘欲仙的感觉。武醉是各种夸张的肢体语言和疯狂的发泄,抑或是那种无节制的号啕——从眼眶里奔涌而出的泪水,既有欢乐也有痛苦。

龙猫显然不属于任何一种,而是介于文武之间的第三种。他搂住龙骏,哇哇哭了一通,又突然间把对方推开。

"龙骏,你刚才叫我什么……"

"我叫你老爸……"

"君子一言,驷马难追。你可是当真的……"

"我是当真的。至少在法律上,在某种意义上,你还是我老爸。"

龙骏安静地坐着,显然他是属于典型的文醉,或者说,他还没失去理智根本没有醉。童年迷糊,少年懵懂,青年激愤,人到中年,龙骏内心深处对父亲的仇恨已经释然。他已经明了,因为迈不过父亲这道坎,对领导和权威有一种天然的排斥、轻蔑和恐惧,他从来不能恰如其分、从容不迫和上级相处,使得他过去在职场上总是磕磕碰碰、跌跌撞撞。当了父亲后,龙骏对龙猫的看法有了很大的改变,他一直在等那个与父亲和解的机会。可是四十几年了,真正面对、要把那个陌生的字眼说出口时,龙骏实在有些别扭,只好在"爸"的前面加了一个"老"字。

龙猫的确是老了。尽管他过着无忧无虑、逍遥自在的生活,尽管他不服老,在众人面前嘻嘻哈哈装出一副老顽童的样子,但当他脱去伪装露出真性情时,难免露出衰老的一面。

"龙骏,你还是叫我龙叔吧。那个字眼,听起来扎心。"

龙猫扯起T恤的下摆,擦着眼泪,他刚刚喝进去的那些酒,至少有四分之一变成了泪水,他想忍住,可是那咸涩的眼泪还是哗哗地从浑黄的眼眶里流出来。

"况且我也不配当你的父亲。我可是犯过大错的人啊。"

"那不是你的错……"

"龙骏,你是没听明白。孟嘉落帽是名士风流,但我头顶的绿帽子一直戴着呢!"龙猫擦干眼泪,又显出一副玩世的戏谑的神情。

"……在这个世界上,我只认你这个父亲。只要你不装神弄鬼,你就是个好父亲。他们说,你是龙潭镇有名的两脚书柜、一张活地图、半部活历史,如果你把精力花在正事上,一定可以干出点名堂来。我从不怀疑你的为人,在我眼里你就是真男人、真君子。"

龙骏的恭维话起了作用,龙猫两眼放光,笑逐颜开,一连干了好几杯。

"龙骏,有你这样的儿子,我感到骄傲。因为这一声老爸,我决定了,把我名下的两处房产全都送给你了。"龙猫大手一挥。

"君子爱财,取之有道。这事万万不可。"龙骏连连摇头。

"我的意思是登记到飞天的名下。我是你老爸,龙飞天就是我孙女。这个闺女,我一直在留意,才貌双全,越看越欢喜。"龙猫的醉眼眯成一条缝。

"这就更加不对了。你这不是爱她而是害了她。说实话,这些年做生意顺风顺水,我并不缺钱。飞天也很有志气,她不要我的钱,要自己养活自己。"龙骏委婉拒绝。

龙猫有些失望,叹了口气:"他们说狡兔三窟,我龙猫只有两窟。我老了,那遮风挡雨的窟留着也没什么用了。新市街的房子,眼看就要拆又搁浅了。原本我还为那些钱伤脑筋哩!龙潭镇的老房子已经塌了,里面全是杂草。拆了不可惜。两处房产加起来,少说也值六百万元。生不带来,死带不去,这些钱在我看来像冥纸一样。君子喻于义,小人喻于利,龙骏,既然你不要,我也不勉强。"

"这辈子你过得不容易,那些钱应该由你自己支配。我倒是有个主意,你可以拿着钱在龙潭镇开个风筝公司。或者干脆当寓公,放放风筝,安度晚年。"龙骏道。

"这主意不错。龙骏,说起来这辈子我也没有白活。说到遗憾,是我没有把你外公李篾匠的绝活都学到手。我只学会了扎风筝这一样。那些兔子蜈蚣蝴蝶,龙骏,实话告诉你,我不是在放风筝,是在放我那颗伤透了的心啊!"

龙猫说着,忽然间又泪流满面,弄得龙骏不知所措。

龙猫边擦泪边抽抽搭搭的。"酒入愁肠,化作相思泪。龙骏,说到遗憾,我这辈子最大的遗憾，是伤了你母亲李翠花。我现在最大的愿望，是跟你的母亲去养蚕，或者干脆变成蚕蛹。"

"你现在应该还有机会。"龙骏插话。

龙猫抹去脸上的泪迹，两眼发出电光："是吗？我想我应该还有机会。我现在是清白之身，经济实力雄厚，身兼几个公司的董事，还是镇志的总编，应该是配得上李翠花的。我想抖擞精神，从头再来。我已过古稀，年近杖朝，追不到也没什么丢脸的。我有老伴最好，没有也就那样了，顺其自然。即使活到耄耋，也不过十几年。可是你，龙骏，你不一样，还有几十年的大好光景，可不能这样下去啊。人生没有另一半就是不完整的。孙兰英是个好护士，她还掐过我的人中，扎过我的屁股哩。她现在走那些歪门邪道，完全是受了骗子的蛊惑。龙骏，你不能太计较，应该有所行动，虽说强扭的瓜不甜，但是有瓜总比没瓜好。"

龙骏没想到龙猫在这里打了埋伏，怕他絮絮叨叨个没完，连忙打断：

"这事还是容后再议。你知道我业务繁忙，在龙潭镇有几个项目在做，最大的项目就是古宅修复。今晚我就是来向你请教的。"

"说实话，我是考证过那些古宅，对那些老宅也有些记忆，可是光凭这些是不够的。这里有一个非常关键的人，你只要找到这个他，所有的事情都好办了。"

"谁？"

"龙潭镇三宅的老房子，大部分是李家祖辈的工匠修造的。李家祖先的那些工匠，也是画师，每造一栋房子都画有草图。那些图纸最后传到龙禧的师傅李木匠手里了。你以为李木匠平白无故就能在手艺人的江湖上声名赫赫？你以为龙彪龙狮能一夜间学会佛像木雕的活？你以为卖服装的龙马能轻而易举地造出那么多好房子来？秘密都在龙禧身上，在李木匠留给龙禧的那个铁匣子里。"

"你让我去找龙禧？"

"是啊。过去他给我戴过绿帽，我是心存芥蒂。这俗话说了，世上大仇，莫过于杀父夺妻。对一个堂堂的文化人败给一个很不成功的木匠，我也是耿耿于怀，不过现在已经释然了。他送我龙猫一个儿子，并且是龙潭镇最聪明的儿子，算是扯平了。龙骏，你要是抹不开面子，那我就舍下这张老脸去找他。古宅修复，那是大好事啊！我龙猫愿意耗尽脑汁帮你，只求你一件事,让那破镜儿重圆。龙骏,我们爷俩比赛,你去追孙兰英,我去追李翠花,看看我俩谁先中头彩!"

尽管舌根已经很硬,龙猫依然不知疲倦地搅动着三寸不烂之舌。

龙骏沉默,不再说话。

酒已喝完,说也说尽,龙猫头一歪,倒在地板上。

龙骏起身想去扶,突然间觉得头重脚轻,也不知不觉地哧溜到了桌子底下。

夜已经很深。月亮从龙川峡谷转到龙潭湖上,照着空荡荡的静寂的湖面。窗外黑沉沉的,只有几只萤火虫在草虫的唧鸣声中飞来飞去。

第四十八章
火！火！火！

一

午夜后的龙潭湖，宛如一个妙龄少女，在寂静的夜空下沉睡。

瓦蓝色空中，星光隐去。月亮悬在天空，把银色的光辉播洒到平静的湖面上，仿佛轻笼薄纱罩在少女身上。那明镜般的圆月沉在湖中，使黑黝黝的湖水更加深邃。夏夜的熏风吹过，原本晶莹如镜的湖面波光粼粼，泛起了鱼鳞般的涟漪。喧闹的湖滨大道归于沉寂，车马人稀。远处，湖对面的堤岸，映在湖中的斑斓灯柱影影绰绰、忽隐忽灭。只有湖中瀛洲岛上的度假村和星级宾馆还是灯火闪烁，与月光交相辉映。

湖水的哗哗声，溪流的潺潺声，青蛙昆虫的鼓鸣噪吟，使得龙潭湖的夜越发静寂。

龙骏做起了梦。他的梦总是与龙潭湖有关。在梦中，一轮血红的太阳从龙川峡谷里升起。龙潭湖亮了，宽阔的湖面映着霞光，像是缀满宝石的彩带。青色天幕下，龙潭湖变得湛蓝，蓝得透明，蓝得耀眼，蓝得使人心旌摇曳。蓝宝石般的湖面倒映着蓝天白云、青山绿树、舟桥游艇、鸥鸟船帆，仿佛一轴迷人的画卷。

一群白色的精灵飞进了这幅迷离的画卷中。夕阳暮霭中，那群白色的精灵在郊外金灿灿的稻田里,在溪堤浓密的枫杨林和房前屋后青翠的竹林间,在湖畔翠黄相间的芦苇丛中惊起,扑棱着翅膀,画一道优美的弧线,齐刷刷地飞向白鹭洲。

龙骏又梦见了白鹭。白鹭群像一片白云从湖面上掠过,然后停留在白鹭洲的竹林树梢上。在崖壁树杈间,有无数枯枝杂草搭起的浅碟形的巢穴,雌雄白鹭就蛰伏在巢穴上,孵化淡蓝色的卵。

除了鹭鸟的呱呱声,白鹭洲一片静寂。

可是这无声的静寂很快被打破了。湖的另一边,黄昏时的云霞仿佛被点燃了,烈火熊熊,一片殷红。天空似乎被撕裂了,滚滚浓烟中,火花四溅。赤色的烈焰在蔓延,吞噬一切。白鹭惊叫着四处逃窜。接着是刺耳的警笛声,嘈杂的脚步声和大人小孩的呼叫啼哭声。

这一切似乎都是梦境,又像是真真切切地发生在眼前,龙骏无力打破梦境,把自己从睡梦中搜出来。

早晨,龙骏从似睡非睡中醒来,依然觉得昏沉沉的。他知道自己喝醉了,艰难地支起身子从地板上坐起来,揉着眼睛,迷迷糊糊地想起来昨晚发生的事。

屋子里只睡了他一个人,龙猫不知何时已悄悄走了。

龙骏刚在椅子上坐定,龙有德就端着早餐推门走进来。盘子上是一碗鱼粥、一个鸡蛋和两个肉包。

"龙叔,着火了！昨天后半夜,你睡得像猪一样沉,我没叫醒你瞧热闹。"

"是镇上?"龙骏急切地问。

"不是。是县城的方向。应该在城里。嚯！那个大火,烧得猛,南边的半个天空都烧红了。像是高家镇在拍打仗的戏,隆隆隆,嘭嘭嘭,那些浓烟,一直飘到湖这边来。"

这么说,昨晚的那个梦是真的?龙骏心里隐隐有些不安。

"龙爷一早起床就把单买了,还多付了几百元。他说,你不像他是在酒缸里泡大的,这次喝醉总有几天不还魂。他叫我安排一个房间,让你住在鱼馆里,有事他好随时来找你。房间我已经弄好了,里面有床、沙发、电视,还有一台笔记本电脑——龙爷不会用那玩意,我也不会。"

接应骁的指示,镇里原本给龙猫、龙骏各安排了一间办公室。两人都不想去。龙猫散漫惯了,东住一夜,西住一宿,龙潭镇的大小旅馆客栈都奉他为上宾,不愁找不到地方吃住。龙骏怕镇政府大院嘈杂,自己的业务又是公私兼顾,也没有去。

龙骏随遇而安,只要有电脑,什么地方都可以凑合办公。他匆匆用完早餐,来到龙有德说的房间。这间房原是龙有德父子夜里守店用的,在龙湖鱼馆三楼架空的凸起部分,隐藏在溪谷的枫杨密林里,遥对群山,可以俯瞰桃花溪觅食嬉戏的白鹭,的确是幽僻的隐居地、理想的办公场所。

"龙爷说,你躲在这里,连鬼也找不着你,只有他能找到。你就窝在这里码字,需要吃的说一声,我随时送来。"龙有德显得很殷勤。

龙骏唯一的要求是不要有人打扰。另外,如果有报纸,最好每天送来。

龙有德说:"有有有,鱼馆订了好几份报纸,都是顾客要求订的。"

龙有德转身离去。龙骏坐下,打开笔记本电脑,茫然盯着电脑屏幕,什么也不想做。他还是念念不忘县城里的火灾,凭直觉,隐隐感到那场火灾与自己有某种必然的联系。

不一会,龙有德把当天的《婺州早报》送来了。果然,在首版的右下角,龙骏看到了火灾的消息:

> 昨天晚上,位于城区繁华商圈的天堂鸟会所发生大火。市消防中队接警后,出动了六辆消防车,又从邻县调集两个中队十辆消防车增援……这场大火起于午夜十二点,直到凌晨三点才被扑灭。火灾过火面积两千多平方米。起火原因、火灾损失、人员伤亡情况还在调查统计中……
>
> 在烈焰浓烟中,消防战士用血肉之躯筑起了一道安全屏障,可歌可泣。记者从消防中队了解到,有一位消防战士在灭火战斗中牺牲。他叫贾浩然,是中队的宣传干事……他手拿相机,冲在最前面,用镜头记录消防战士在滚滚浓烟中的矫健英姿。让我们铭记这位冲锋陷阵的"红门卫士"……

龙骏的心像是被扎了一下,感到一阵刺痛。

四年前,龙骏从应骁手里接过《婺州风物》编辑任务。《婺州风物》介绍婺州的名胜古迹、乡风民俗和传说故事,也做科普宣传。因为是公益性的内部刊物,几乎由龙骏一个人负责组稿编辑。龙骏是在那个时候认识贾浩然的。

贾浩然是报社通讯员，主动加了龙骏的QQ。龙骏委托他写过森林防火和中国古代消防器材演变一类的文章。此后，不管用不用得到，贾浩然不断地写一些诗歌发过来。同时发过来的，还有许多婺州各地山川地理古宅名胜的照片。贾浩然自称"鸟人"，他利用下乡培训业余消防员和宣传森林防火的机会，拍摄了大量鸟类的照片，其中最多的就是白鹭。

两人很少见面。龙骏只知道贾浩然是个老兵，来自江西赣州。贾浩然最大的愿望是在转业退伍后留在婺州，在婺州成家。他已年过三十，还没有女朋友，因为脸上长着青春痘一样的疙瘩——一种顽固的皮肤病，到处寻医也没疗效。龙骏介绍他到教授那里治疗。贾浩然病愈大半，对龙骏心怀感激，把龙骏当作恩人又当师长。

龙骏沉思着，犹豫良久，还是点开了QQ中熟悉的"火凤凰"头像。QQ里有贾浩然不久前发布的图片。其中一组是消防兵的日常：新兵入伍时的欢闹、老兵退伍时的不舍、训练时的你追我赶、比武时的奋勇争先和火灾现场的奋不顾身。另一组是白鹭或飞翔或觅食的生活照，其中一张是雏鸟刚从浅蓝色的鸟蛋里破壳而出。

龙骏能想象到，那个大男孩长时间蹲伏在鸟巢外面的情景。他的心情越发沉重。贾浩然是龙骏生命里无数擦肩而过的人中的一个，他就像一只"火凤凰"，飞进龙骏梦里，又顷刻化作灰烬，消失得无影无踪。

二

在龙潭湖对面的高家镇，也有几个人因为天堂鸟会所的火灾陷入了焦虑。

黎明前，高尚君还睡在自己四星级的宾馆里做梦。他做的不是噩梦而是春梦。这些年，高尚君志得意满，一直顺风顺水，近来更是喜事连连。首先是他开发的楼盘高老庄销售火爆。高老庄在影视基地的旁边，背山面湖，风景秀丽，环境清雅，有别墅、排屋、小高层。高尚君很善于策划，雇用了一批炒房团的人——其实那些太太的鼻子比猎犬还灵，不用动员，早已闻风而动——她们晚上在龙潭湖周边的大小宾馆蛰伏，开盘当天在售楼大厅外排起长龙。售楼处的大门一开，她们便蜂拥而入。那些不明真相的买房人被裹挟着争先恐后往里挤，把玻璃门和服务台都挤破了。警察赶到拉起隔离带。虽然出了点纰漏——有人动起手脚打得头破血流,可效果有了,不到一上午,楼盘销售一空。

246

第二件喜事是高尚君投资的电视剧封镜。这部电视剧的女主角是一名风尘女子。饰演女一号的三流女演员宁火火,原本是一个国际著名影星的替身,后来不甘寂寞走向前台,在大小影视剧和娱乐节目中频频亮相。虽然粉而不红、红而不紫,可是想把宁火火捧红捧紫的却大有人在。高尚君就是其中的一员。宁火火身材火辣,清纯中带有妖魅,有些故作矜持的俗艳,正是高尚君喜欢的类型。高尚君不但是投资人,而且在电视剧中客串了一把。高尚君虽然色胆包天,在戏里却不敢揩宁火火的油。在片场外,高尚君把价码从五百万元增加到一千万元,终于得偿所愿。

金屋藏娇是不可能的,人家不愿意。脾气乖张火爆的宁火火可不愿意将一朵鲜花插在一堆固定的牛粪上。高尚君觉得自己也不算吃亏。千万元算什么?也就是几套房子的事。高尚君原本心仪的是那个国际影星,心驰神往,如今得到她的替身,也算了却平生一大心愿。高尚君觉得自己很有自知之明,甚至很有些自嘲的幽默感。他长得肥头大耳、大腹便便,自称二师兄。尽管财大气粗,高尚君却无心留宁火火当高老庄的"压寨夫人",完事后就叫司机送她去县城里参加电视剧杀青的庆功会。他自己留在宾馆里继续做他的春梦。

高尚君也梦见了火。似乎是在电视剧的拍摄现场,烽烟四起,炮火连天,轰隆隆的爆炸声在他身后响起。黎明时,他被一阵急促的敲门惊醒了,从床上骨碌翻下来,穿着睡衣,趿着拖鞋,揉着双眼,很不情愿地把门打开。

黄善闪进来。他有些狼狈,稀稀拉拉的头发有几处焦黑,双眉被烧光了,T恤衫布满烟孔。

"火……着火了!"黄善的声音有些结巴,眼光游移不定,"……天堂鸟着火了!"

"黄善,你真是羽毛压秤砣! 不就是着火嘛……"高尚君被扰了春梦,很不耐烦。

"师兄,这可不是一般的火。天堂鸟差不多烧成空壳了。唉,那个大火,好像天上的八卦炉倒了。"黄善恢复镇定,唠叨起来,"不是在举办庆功会吗,大家伙又唱又跳,还放烟火,突然间,'嘭'的一声,那些纸烟花全着了。那个火苗……那个烟雾,大家伙推来挤去,哭爹喊娘的!"

"火火没事吧?"高尚君淡淡地吐出一句。

"她倒是没事。唉,跑得比兔子还快。留下我一个人在那儿撑场子。你说,那样乱糟糟的场面,我怎么压得住？我自己也被烧得够呛。我给你打电话,你也不接。"

高尚君瞪了黄善一眼。他让黄善喝口水压压惊,顺便叫他打电话给大师兄龙发。提起宁火火的名字,高尚君觉得下体火辣辣的。他要先去洗个凉水澡。

听着洗浴间哗哗的水声,黄善不安地在房间里踱步。

高尚君不一会儿就从淋浴间出来了,依然穿着睡衣,圆鼓鼓的大肚子从薄薄的丝绸睡衣凸出来,肥嘟嘟的脸换了一副容颜,油光锃亮的头发梳得整整齐齐,一脸镇定自若。

"黄善,你别慌,我自有妙计。不就是钱的事吗？烧了也就烧了,只要不死人……"

"二师兄,事情就糟在这里。我听说死了一个兵,那个消防兵还有些名气,这下事情闹大,想捂恐怕捂不住了……"

"其他的有几个？"

"闹哄哄的,我也不清楚。全市的救护车都来了,那个警笛声啊,我的耳朵都聋了。我亲眼所见,总有二十来个被抬上救护车。"

"市府里的人来了吗？我听说汪兄到北京学习去了,现在市里的一切都由应骁负责。沉住气,黄善,有些事看上去是坏事,其实是好事。黄善,你听我的……"

高尚君附在黄善的耳边,嘀咕起来。

就在两人交头接耳低声说话的时候,龙发推门走了进来。

龙发的年纪比高尚君小,因为入行早,当了大师兄。其实三兄弟中他的胆子最小。龙发显然已经听说了县城的那场大火,并且隐约感到那场火可能要烧到自己的眉毛,脸色铁青,两腿不自觉地抖动着。

看着高尚君一副若无其事的样子,龙发慢慢恢复了正常。

"大师兄,那一千万你送出去没有？"黄善笑嘻嘻的。

"送出去了。"龙发一脸懵懂。

"怎么送的？你可要说实话……"黄善追问。

龙发一激灵,记忆恢复了,可是说话还是磕磕巴巴,前言不搭后语。

"怎么送的？说实话,那可是比我开挖机开吊车难多了。一千万！不是个小数目,兴许我这辈子也赚不了那么多。我原本想直接去表姐家,可是后来一想,这事不妥,表姐那人一副冷面孔,肯定是不会收的,要是送一袋番薯土豆还行,送一千万……"

龙发的眼神空洞茫然,不停地用手擦着额头上的汗珠,似乎在艰难地搜肠刮肚。

"……我就天天盯梢应骁,终于找着了门路。我原以为应骁一脸包公相,原来他也有另一副面孔——男人总有些见不得人的事,他是我表姐夫,我也管不了那么多了,一心只想着把钱送出去。我略施小计,从仙桃那里拿到了卡号,就打过去了……"

"这不就结了?有钱能使鬼推磨。是女人,没有一个不爱钱的。"黄善眉开眼笑,"大师兄,还是你手段高明——现在还有一件事需要你帮忙。你知道,天堂鸟可是登记在你名下的……"黄善勾肩搭背,附耳嘀咕。

"我什么时候成天堂鸟的法人了?天堂鸟与我龙发可是没有半毛钱的关系!"龙发一听,尖叫起来,"这不是明摆着叫我背黑锅吗?!"

"大师兄,我们三兄弟,是比西游兄弟还铁的哥们。你想想,在《西游记》里,哪一次不是大师兄孙悟空挨紧箍咒、背黑锅?"黄善依然嬉皮笑脸。

"是啊,师兄。我们三兄弟有福同享、有难同当。每次有工地总少不了你。别的不说,这次送给你的高老庄的那些房票,你就赚了几百万。高老庄的基建土方工程,你也赚了不少。"一直不声不响的高尚君开口了,"其实,我也不让你背黑锅。天堂鸟有火灾保险,烧成空壳也不要你掏一毛,重新装修后,百分之五十的股份就是你龙发的了。"

"可是要是死了人怎么办?"龙发满腹狐疑。

"应骁是你的表姐夫,他这个人好强好面子,绝不会拿你做垫背。还有,天堂鸟的人都知道应骁与仙桃的那层关系。外面的人都以为仙桃才是天堂鸟真正的老板娘。师兄,你不过挂个名而已,你上面有仙桃顶着呢!"高尚君安抚道。

"要是仙桃死了呢?"龙发眨巴着白眼。

"那就更好了。一了百了,死无对证。"高尚君微笑。

龙发轻轻嘟哝,依然心神不定。

"师兄,你就放心好了,那些消防火灾调查、死人赔偿之类的小事不会扯到你头上的。万一你有事,我和师弟也不会坐视不管。我们三人的事,只有天知地知你知我知。这几天，你就和黄师弟在高家镇窝着。有我高尚君在，你们尽管呼呼大睡。"

高尚君把两人打发走，懒洋洋地躺在床上，继续做他的好梦。

三

这天晚上，诸葛慧莲有些烦躁不安。不知何时，家里出现了一只老鼠，显然它是从下水道排污管或是烟道里上来的。那只老鼠，久居闹市，在垃圾堆里长大，不但长得肥硕，而且久经沙场轻功了得。于是在猫和硕鼠间有了一场大战，猫叫声、吱吱声、乒乓声不断。诸葛慧莲一次次起床，走到儿子的房间里。看到儿子应明像个婴儿般地熟睡，才放下心来。

午夜后，猫鼠大战平息，诸葛慧莲好不容易进入梦乡，又被一阵急促的手机铃声惊醒。

电话是从医院打来的。诸葛慧莲从床上跳起来，边穿衣服边打开窗帘。

窗外，东北方向的城市夜空，升腾起一团浓烟，巨大的火球把瓦蓝色的天空照亮了。刺耳的警笛声从灯影绰绰的城市街道中传来，忽远忽近。

诸葛慧莲的心揪紧了。她不想叫醒儿子，但是她不得不这样做。

小男孩不知道发生了什么事，紧紧拽住母亲的手。母子俩坐电梯下楼。

"明明，妈妈有急事要去医院。也许要好几天。这几天你就待在爷爷奶奶家里。他们会送你去上学的。"在电梯里，诸葛慧莲耐心地解释。

小男孩并不是第一次碰到这样的事，已经习惯了。但他还是有些不安，到一楼的门厅时，揉着睡眼惺忪的眼睛，抬起头：

"妈妈，猫咪。"

诸葛慧莲想起了什么，匆匆返回房间，抱着那只叫"明明"的猫和一个熊猫玩具，重新下楼。在小区外空旷的街道上，诸葛慧莲拦了一辆出租车。

诸葛慧莲不会开车。平时接送孩子都是坐公交或者出租车。她没有时间去学车，实际上即使学会了也不会去开。她是个路痴，平常脑子里总是想着医院病人和其他一些她自己才知道的玄奥的事情，开车对她实在是件危险的事情。医院里给她配了专职的司机和车，小区的左邻右舍都认识她，让她蹭车，所以她并不觉得有什么不便。

诸葛慧莲叫出租车司机在林家院子外面等候。她把儿子应明交给林峰夫妇,又坐同一辆出租车直奔人民医院。

在院长办公室,诸葛慧莲刚换上白大褂,值班的赵副院长就走了进来。赵副院长像是汇报,又像是解释。

"院里已经成立了紧急医疗小组,就等你这个组长下指示了。急诊科已经做好了接收伤员的准备。值班室已经通知有关科室的医生护士马上赶到医院。医疗小组下面设急诊、烧伤、外科、呼吸和血液五个救治小组,各小组有科室主任坐镇,及时鉴诊分诊,对所有火灾的伤员开辟绿色通道,各科室紧密配合、通力合作、群策群力,保证送进人民医院的每一个病人都能得到有效救治。"

医院已经启动了群体性伤害的一级预案。这套预案关键时候发挥了作用。诸葛慧莲满意地点点头,又问医院现在一共收治了多少病人。

"一共是十五名。"副院长回答道,"都是危重病人。一些较轻的病人分散到市区的其他医院去了。接市里的指示,凡是危重病人都要送到人民医院来。这里有全市最好的医疗设备,有最精干的医护团队。"

"如果需要,可以请其他医院烧伤科的医生来帮忙。"诸葛慧莲道。

"现在还不需要。"副院长答,"大半夜的,本来我想动员全院医护,可是剩下科室都有正常的业务要开展,有那么多正常的病人要医治护理。人手是紧了点,但能对付。"

诸葛慧莲看着副院长匆匆离去的背影,听着不时响起的救护车的鸣笛,脸色凝重。

火灾现场送来的危重病人通常情况复杂。或目光呆滞,或呼吸暂停、脉搏微弱,或口唇发绀、四肢冰凉,千差万别。有些是从高处跳下,有严重的骨折和内脏损伤,需要及时地清创包扎止血、补充体液后伺机动手术。那些呛入浓烟中毒昏迷的,需要解毒,马上打开呼吸道,手术一刻也不能等。而那些重度烧伤的病人情况更是复杂。重度烧伤往往累及全身器官,出现免疫失调、继发感染、心肺肝肾受损等一系列病理过程,甚至危及生命,需要清疮、敷药、补液等一系列支持疗法和抗感染治疗。他们通常有一段较长的危险期,预后也有一个漫长的治疗过程。

诸葛慧莲又变得忧心忡忡,仿佛那些烧伤病人的剧痛和窒息感都发生在自己身上。她正想去急诊室,心理科的金医生急匆匆地走进来。她是在诸葛慧莲任卫生局局长期间调入人民医院,负责组建心理治疗科的。金医生不到四十岁，面容白皙温婉，气度恬淡。

"金医生，你怎么来了？"诸葛慧莲又惊又喜。

"我不应该来吗？医院突然收治这么多烧伤病人，正是需要我的时候。大部分重度烧伤病患都有严重的心理问题，初期的镇静淡漠只是一种本能的防御机制，是情绪休克，很快就会出现过激反应：紧张、恐惧、悔恨、焦虑、忧郁。他们可能拒绝治疗，特别严重的会有自杀倾向，所以心理医生必须第一时间介入。"

同为女性，金医生与诸葛慧莲关系融洽，几乎无话不谈。金医生平时就很健谈，在毫无身份感的诸葛慧莲面前更是放得开。

诸葛慧莲舒了口气，说道："是啊。心理的痛苦才是更深的痛苦，今晚这些病人，大部分没有家属陪伴，这种痛苦更严重。我心里一直空落落的，总觉得什么事没办妥。现在我明白了。金医生，你牵头成立一个心理疏导组。多亏你想到这一块。只是大半夜的，辛苦你了。"

"慧莲姐，你不是一样吗？只是接下来我够忙一阵的了，为明明催眠治疗的事可能要往后挪。"

金医生似乎有些内疚。

"没关系。明明有他爷爷奶奶照顾呢。"诸葛慧莲淡然一笑。

诸葛慧莲送金医生出门，忽然间看见远处的过道里有一个穿白大褂的人影晃动。那医生个子小小的，走路却是呼呼生风。过道昏暗，直到那小个子医生走近，诸葛慧莲才看清，是刘强。

龙凤医院被韩风并购后，刘强转型当了一名专职的整形外科医生。除了一些隆鼻隆胸美容整形的小手术，他还要负责耳鼻再造、烧伤烫伤和化学伤害病人的皮肤移植一类的大手术。专业认真的态度很快赢得好名声，刘强的收入翻了几倍，同时也成了大忙人，有时候一天要看几十个病人、做五六台手术。

"诸葛院长，我向你报到来了，看看能不能帮上什么忙。"刘强说道。

"刘强，你不是在龙潭镇的度假村休假吗？"诸葛慧莲一直留心着这个老同事的动静。

"是啊。老板发慈悲，给了我半个月的假。"刘强道，"说是度假，我也没闲着。我在向你父亲学中医。教授有一种敷贴药膏，可以减少术后的结痂时间，提高皮肤再生的概率。植皮手术费用昂贵，难度大，如果患者坏死的皮肤能够再生,那是天大的幸运。"

"谢谢你对家父的夸奖。"诸葛慧莲笑了,"你不请自来,不怕别人说你走穴?"

"我在龙潭镇听到火灾的消息,就连夜赶来了。我是来帮你个人的忙的。老板知道了也不会责怪我,许多烧伤病人预后需要做整形手术,我也算是为他在招揽生意。"刘强轻描淡写。

"刘强,你总是故意把高尚的行动说得那么平常。"诸葛慧莲不知说些什么表示感激。

"我没那么高尚。这么多年待在龙院长和你身边,如果不能从你们火热的心里借得一丝温暖,那我岂不是成了石头人了?"刘强憨笑。

诸葛慧莲突然鼻子酸酸的,眼睛湿润了。

"谢谢你。现在我这里的确需要你这把手术刀。这里的医生护士都是你的老熟人,你马上到急诊科去报到。"

刘强知道怎么做,人民医院的烧伤科就是刘强一手组建的。

诸葛慧莲的心慢慢平复下来。有那么多人在帮助自己,何愁渡不过眼前的难关?

喧闹一阵的医院终于平静下来。救护工作有条不紊地进行着。诸葛慧莲坐在办公室里,觉得眼皮沉重,趴在桌上迷糊了一会,醒来时,发现天已经亮了。窗外,黎明时的城市静悄悄的,晨光透过窗帘,温暖和煦。

诸葛慧莲忽然想起了父亲。是的,父亲的药膏,他的中药对付烧伤病人的热毒有奇效,在他们后期的治疗中用得着。

诸葛慧莲正要给父亲打电话,急诊科的护士长走进来,报告说有一个女病人拒绝进手术室。

"她已经度过了休克期,醒了。可是一听说要动手术,就歇斯底里哇哇叫。她手里拿着一个小挎包,说什么也不肯放下。金医生劝了半天,一点用也没有。"

诸葛慧莲跟着护士长来到手术室门口。那个女病人躺在平车上,身上脸上盖得严严实实,只露出一双眼睛。那双眼睛里满是焦虑、恐惧和绝望。

诸葛慧莲没有说话,微笑着,用温和柔婉的眼神注视着那双似曾相识的眼睛。女病人像是突然被什么东西触动了,闭上双眼,然后很快被推进了手术室。

四

市人民医院住院部的值班室里，应骁在与睡魔的顽强搏斗中终于败下阵来，迷迷糊糊地打起了盹。

那场火灾发生的时候，应骁正在龙潭镇开协调会。他要动员镇上的人搬到高楼上去。那些高楼建在龙潭湖南岸，与县城相接的红土山坡上，毗邻工业园区，是由龙马公司和梅花公司联合开发的微利安置房。

龙潭镇三宅，新旧房子交叉错落，看上去杂乱无章。这也是市政府决定重新规划拆迁安置的原因之一。按计划，住在明清古宅里的老住户最早安置，以便那些作为文物的古宅得到修葺。其他的住户根据情况分批拆迁。安置动员并不顺利。年轻人都愿意住高楼，做一个名正言顺的城里人。老一辈却不愿意，他们宁可住在老宅或是20世纪七八十年代建造的半新不旧的老屋里。虽然高楼前三年物业费全免，但是以后的居住成本怕是会越来越高，老年人不想把自己仅有的几个养老钱花在住房上。另一个重要的原因是，老人不愿意扛着锄头坐电梯。一部分老人住到龙马开发的生态农庄和老人公寓里。生态农庄在龙潭湖南岸的边坡上，建筑很有特色，一个个农家院落，架空层下农田依然可以耕种。空出的古宅由政府回购，当作文物保护。那些愿意继续住在古宅里的老人，等古宅修好后可以回迁。

房子，这是最让应骁头疼的事。就拿城里新市街拆迁的事来说，虽然应梅花很愿意帮应骁的忙，不盈利或者少盈利把新市街动迁的事办了，但是原住户的要求太高，拆迁成本越来越大，应骁不想陷得太深把应梅花拉进坑里，事情只好暂时搁置。龙潭镇的情况更复杂，先行启动的李宅、朱宅的动员还算顺利，最麻烦的是龙宅，龙姓人多势众，暗中抵制，漫天要价，一时陷入僵局。

成也房事，败也房事；兴也房事，衰也房事。有时候，良好的愿望和现实间有巨大的沟壑，看上去多赢的政策并不能在普罗大众中入脑入心，应骁在龙宅一连开了几场协调动员会，在无休止的争吵扯皮中渐渐失去耐心，心情也郁闷烦躁起来。

半夜时分，应骁接到火情，驱车赶回城里。作为直接负责公安消防的常务副市长，他必须第一时间赶到现场，指挥救援。火灾扑灭后，应骁要做的事才刚刚开始,成立医疗救护组、事故调查组、信息发布组和综合协调组,同时安排对全市进行消防安全大排查。

当务之急是伤病救护和善后处理。每减少一个伤员,应骁就可以多松一口气;每增加一个伤亡,他的心里就多一重压抑和罪责。

好在汪市长从北京赶回,省里派来的事故调查组由他接待。应骁可以把所有的精力放在伤员的救治和死者的善后上。这件事并不容易。那些在天堂鸟上班的女孩,有时只有一个代码,或者是化名,要查清她们的真实身份才能通知家属。

所有的重伤员都集中在市人民医院。死者的遗体先存放在医院的太平间。那些被烧焦的女性已经面目全非,完全无法辨认。

应骁就把现场办公室设在市人民医院的值班室里,一连几天,不眠不休。隐隐之中,应骁觉得天堂鸟的那些女性与自己的命运有一种联系。这场大火似乎是冲着自己来的,在那些扭曲的残骸面前,应骁感到自己的心也开始慢慢炭化了。

这个夏天似乎特别炎热,一连十几天,白天的最高气温都超过三十八摄氏度。太阳像个大火球炙烤大地。空气闷热潮湿,人在晒得发软的柏油马路上走几步就大汗淋漓。即使到了夏末的夜晚,城市热岛的风还是火辣辣的。

应骁没有开空调。他讨厌空调。小时候他体弱多病,母亲陈氏怕他着凉,总是想方设法把他捂着严严实实。他自己也愿意这样做,怕在众人面前露出难看的细胳膊细腿。这种怪癖保留到了成年。即使是在大热天,他也不愿意穿短袖,一身长衣长裤皮鞋,衬衣袖口扣得紧紧的。他抠门惯了,觉得开空调是一种浪费,几十元的电风扇足以应付一个夏天。应骁的这一怪癖,使他在人际交往间又多了一重隔阂,给他的生活带来了不小的麻烦。尽管这些年养尊处优、前呼后拥的生活使他克服了对空调的恐惧,可这几天他害怕空调的毛病又犯了。

现在,值班室的桌子上就放了一台电风扇。电风扇摇着头,嗡嗡作响。从叶片里吹出来的风燥乎乎热辣辣的,像是尘土,抽打在应骁的脸上。

他还是睡着了。他做了个春梦。这是这个夏天他做的最美妙的春梦。他梦见自己还睡在天堂鸟那个房间里,在与仙桃缠绵,一次次地高潮,一次次地飘飘欲仙,一次次地大汗淋漓。仙桃的躯体是柔软的、温暖的,滚烫的。

应骁觉得自己躺在火炉子旁边。他梦见了火。烈火熊熊，浓烟滚滚。他拉着仙桃的手从安全门里冲出，从楼梯往下跑。仙桃似乎突然想到了什么，挣脱了他的手，向铺着地毯的狭窄过道里奔去，然后消失在腾空的火焰里。

应骁惊醒了，浑身汗涔涔的。热辣辣的风还在吹。似乎是深夜两三点了，除了电风扇的嗡嗡声，一向人流不断人声嘈杂的住院部也安静下来。

应骁正想起身伸伸懒腰，忽然间瞥见门外有人影晃动。那人似乎已经在门外站了一会了，犹豫着。听到屋里有动静，推门走进来，扑通跪在地上。

应骁吓了一跳，因为那人穿着病人的条格衫，头上戴着头套，只露出一双眼睛，在这静寂的深夜，如同突然出现的鬼魂。

"你还认识我吗？你现在一定认不出我了。我现在成了怪物。"那声音嘶哑、颤抖，充满愤懑，充满自怨自艾，"你一定不认识我了。前天你站在病床前，同那些医生护士说话的时候，就没认出我……"

应骁听出来了。那声音曾经使他心旌摇曳，可现在说话人的模样——那皱巴巴的条格衫和刺眼的头套使人忐忑不安。她的躯体被那一身包裹着，如同枯萎凋零的花，如同风雨后泥坑里污秽的残枝，不忍目睹。这个夏天燃烧应骁的欲望瞬间熄灭了。

"你以后不要再来找我了。我也不想见任何人。我把你的东西还给你。这张银行卡上有一千万元，他们说，这是送你的。"女病人从随身包里掏出一摞东西递过来。

"你……这不是把我往火坑里推吗？"应骁怒火中烧。有一刹那，他觉得十分厌恶，厌恶眼前的女人，厌恶周围的一切，更厌恶自己。

"不是我推你，是你自己要往火坑里跳的。"

"是啊，是我自己引火上身。"

"你把卡交上去，交代清楚。"应骁用低沉沙哑的声音吼叫着，几乎失去了理智。

女病人站起来，犹豫了一会儿，走了。

电扇热辣辣的风吹得应骁头晕目眩。他颓然坐下，觉得自己沉入了无边的暗夜，掉入了寒冷的冰窟。

第四十九章
龙门书院

一

青山湖本是夏季游人的避暑处,湖畔隐在千樟林里的龙门书院,更是涤尘去燥的幽静所在。重建后的龙门书院,已然成为远近闻名的风景名胜,这里门楼肃穆,亭阁错落,琉璃金碧,朱墙蜿蜒,粉墙黛瓦,翠竹幽径。古老的书院盛着岁月的辛酸和山岩的沧桑,不见苍老,反而历久弥新。

书院堂楼水榭结合,融合徽派建筑与江南园林风格,与越王山、青山湖连为一体,气势恢宏,构成了一幅人文气息浓郁的别致画面,被列入婺州十大地标建筑。书院内有大成堂、尊经阁、博文阁、崇知斋、桂堂、梅鹤轩、古陶馆、竹博园、莲画馆、六和楼。书院突出教学、展示、藏书三大功能,中轴线上以大成堂、明伦堂、光明厅、藏书楼、先贤阁为主,两边是轩园库房斋舍和其他生活设施。正中最大的光明厅又称阳明大讲堂,可坐千人,经常有名师学者在这里举行联讲会。先贤阁祭祀先贤,挂先圣孔孟和本地圣贤宗师像。书院的六和楼是访问学者、教师和学员住宿处,有厨房、浴室等,学员斋舍挂不同条幅,上书"明善"或"希贤"或"尚志"或"修己"。

青山湖畔翰墨飘香,来自民间和各地捐赠的藏书已达数万册,还在持续增加。

书院完全对外开放,把教育、文化资源直接延伸到乡村,在城乡间架起了文化桥梁。书院定期举行专题展览、书画沙龙和艺术研讨会,各地名家纷至沓来。

龙门书院是属于民间的,建成后,由专门的基金会管理。每年夏季,龙门书院的阳明大讲堂便迎来众多的学员。他们素食淡茶,听课精修,止息去滤,明静观照,做义工,行慈善——无论何人,来到这里都一样对待,吃饭住宿,一切免费。

在龙门书院,院长云鹤的一天是很忙的,刊印藏书目录,制订借阅条例,管理日常事务,事必躬亲。他要带义工擦洗、搬运、洒扫、烹饪,他要升堂讲学,校对经籍,为学员答疑解惑,还要抽出时间挥毫泼墨,通常一天只睡四五个小时。

一到夏天,阳明大讲堂的学员便在书院外面排起长龙。在这些学员中,有两个云鹤非常熟悉的老朋友——龙马和朱赫赫。自书院启动兴建,龙马一直在为龙潭镇营造书香之地出钱出力。龙门书院的大部分捐款都来自他。儿子龙义考入上海音乐学院后,龙马便过起半退休的悠闲生活,他把公司交给经理人打理,把主要精力放在了慈善公益上。人们现在听到龙马,马上就会联想到"龙虎救援队"。

每年,龙马都要向书院捐款千万元,用于义工和学员的衣食住行。每次龙马夫妇半个月的学员生活结束后,云鹤都要抽出时间专门接待他们。

这天早上,云鹤就在院长室,用两杯清茶对龙马夫妇表示谢意。

"先生,应该表示感谢的是我们。如果没有先生的教诲,我们也不可能有今天的成就和通达的人生感悟。"一张圆脸白皙饱满的龙马,温润敦厚,看上去更像个学者,"凡事将心比心,真爱才能赢得爱,爱的升华就是慈悲,许多人有慈善心,但因种种事由不能成事,犹如播种,种子虽播在田里,也要风调雨顺才能丰收。能为大家做些慈善,我们夫妇心甘如怡!"

"人要感恩,要惜福,要过'如蜂采蜜,不损色香'的安平人生。戒贪戒啬,乐善好施,热心公益,这自然是对的。然而慈善也有两面,慈善救助虽能济人燃眉,但是无法熄灭贪嗔。泛滥的慈善会养成社会的贪心及虚浮伪善的心理。因此所谓慈善,应该是救急而不是救贫,救心而不是救人。文教重于慈善,有道重于有财。"云鹤沉吟道。

云鹤最后的话显然说到朱赫赫的心坎里去了,她眉开眼笑。

"老师，谢谢您的教诲。我们今后慈善公益的重心正是救急救心，致力于文教。"朱赫赫道，"我们在李宅办了一所国际艺术学校，龙马亲任校长。"

"我要说的正是这件事。龙马，云鹤已届耄耋，这龙门书院院长一职还请考虑。"云鹤看着龙马敦厚的脸，蔼然笑道。

原来云鹤早就有意辞去院长一职，此前已三番五次邀请龙马接替。

云鹤心中对接替者也有严苛的要求，在学问修养外，云鹤更看重人品道德。在云鹤看来，龙马几近完美，是龙门书院院长的天选之人。他饱经磨难，在生活的困顿徘徊迷茫焦虑和事业家庭的重压下，起起落落，虽处尘埃的强烈暴击中，身体与精神遭受双重考验，依然品性高洁，不坠青云之志。他阅历深厚，精明干练，最主要的是，他怀一颗仁爱之心，善心具足，见人苦如己苦。

"先生此言差矣。龙马才疏学浅，殊难胜任。"龙马道，"龙马以为，新院长还是在书院原来的老师，或者在先生的其他弟子中遴选。我心中倒是有一两位候选人，只是现在时机还未成熟……"

龙马忽然想起了什么，没有说下去。

书院的教师大多是临时聘请的，要在教师中选拔有一定难度。龙马本想推荐林波，但是想到曾经的承诺，又止住了。在龙马看来，现在还没有一个人能接替云鹤。

云鹤虽然有意推选龙马为书院院长，但也知道龙马的难处，并不强求。

第五十章
云鹤院长

一

云鹤送龙马夫妇出大门,看他们穿过千樟林远去,便往回走向他平时工作的书画室。在莲花馆和蚕茶馆之间的书画室外面,云鹤忽然间被几个特殊的游客吸引住了。

一对既像母女又像姐妹的游客带着一群孩子从蚕茶馆出来。那群小孩一共有五六个,从四五岁到十几岁,有高有矮,有男有女,肤色各异,显然都是外国孩子。年轻的女宾披素色纱丽,丽质天成。年长的女宾穿着浅灰色的短袖旗袍,身型微胖,腰板挺直,虽然头发灰白,但是面如满月,眉目如画,肤白唇红,齿若含贝,一颦一笑高雅脱俗,举手投足仪态万方。

年长的女宾看见云鹤的一刹那,脸上浮出浅浅的笑意。在茫茫人海里穿梭,有时五百次的擦肩也未必使人有交集,而有时偶然的一瞥,却可成就永恒的相知相识。

实际上,云鹤已经不止一次见过这位女士。她到阳明学院进修过两次,平时也常到书院来当义工,穿着黄马甲接待各地学员,为他们烧菜煮饭、端茶倒水、安排住宿。女士就住在附近,在龙门书院对面的青山湖畔,通往龙岗森林公园的一个湖湾里。那儿是一个人迹罕至的山坳,乱石堆里杂草丛

生,原本有一座古庙,古庙废弃坍塌后,成了一堆瓦砾,显得幽僻荒凉。两年前,那儿忽然出现了一个别致的山庄,几间洋房木屋,木屋周围还有溪流草坪、竹篱花园。

云鹤经常去龙川峡谷里登山徒步,有时候绕青山湖走一圈,看看松涛竹海、岩峰泉瀑和天空飞鸟。云鹤从那个湖湾经过的时候,时常听到那里传来琴曲声。有时候也会远远地看见她,一年四季不时变换各种颜色的旗袍,独自一人出现在晨雾暮霭绿树红花间,仿佛一幅迷离的水彩画。

显然,她是山庄的主人,是一个隐居者,是龙门书院最近的邻居。

每次近距离相见,目光交错的瞬间,她都有一种欲言又止的神态。这一次云鹤决定邀请他的邻居喝茶。一个重要的原因是这个女士一开口就是"阿拉、我伲、组撒、伊纲、伐要特"——那糯糯的口音使云鹤觉得很亲切。

云鹤把客人迎进莲画馆边上的茶室。那群孩子原本对四周的一切充满好奇,叽里呱啦嬉笑打闹,一进莲花馆却都安静下来。年轻的女士带孩子观看四壁的荷画。

年长的女士在茶几前盘膝而坐,落落大方。

"院长先生请学生喝茶,学生实在是诚惶诚恐啊!"

"我们是邻居。邻居间就应该多走走。我也没什么好待客的,只有清水淡茶。"云鹤道。

"先生此言差矣。每一次到书院进修,学生都是收获满满。本来嘛,能来书院做义工,择菜熬粥,端茶送水,学生应该心满意足了。怎奈学生心性愚钝,又对世事充满好奇,总想多听听先生的教诲。说实话,我是来问茶的。"

"心素如简,心静如水,心如淡茶。酽茶三两碗,意在镬头边。"云鹤示意喝茶。

"吾心似秋月,碧潭清皎洁。元物堪比伦,教我如何说。岁月人间促,烟霞此地多。殷勤竹林寺,能得几回过。"女士品茶应诗。

"碧涧泉水清,寒山月华白。默知神自明,观空境逾寂。万别千差明底事,鹧鸪啼处百花新。"云鹤吟。

"岩上桃花开,花从何处来?灵云才一见,回首舞三台。三十年来寻剑客,几回落叶又抽枝。自从一见桃花后,直到如今更不疑。"女士接。

"手把青秧插满田,低头便见水中天。心地清净方为道,退步原来是向前。"云鹤诵。

"处处逢归路,头头达故乡。本来成现事,何必待思量。"女士接。

"菩提本无树,明镜亦非台。本来无一物,何处惹尘埃。哈哈,女士,你不必向我问茶,你已经悟茶了。"云鹤笑道。

"先生谬赞,学生卖弄了。都说先生博古通今、茶艺深厚,果不其然!"女客依然不卑不亢。

"女士,你很懂得口布施啊。其实,我请你来,不单是品茗论茶的。你我是邻居,我们来叙叙家常。龙潭镇的常住老居民,我大多认识。听你的口音,不像本地的,好像是上海来的。"

"的确,我在上海生活了五十几年,算是上海人。不过我的老家在龙潭镇,就在青山湖下的李宅。少小离家,现在也算是落叶归根了。"

"那你对上海一定很熟悉了。"

"谈不上熟悉。我是唱曲的,过去叫优伶,像我这样住在台门里弄的百姓也不管大事。"女客欲言又止,似乎不愿意谈过去的事,"先生,您也是上海人?"

在阅人无数的云鹤看来,眼前这位女士绝非等闲之辈,她那沉稳练达的气度是无数次人生沉浮历练的结果。也许她的坎坷经历足以写成一本厚重的书。云鹤已大概知道她的经历,在龙潭镇,老一辈的人过去时常提起她。

现在是云鹤要回答她的问题。云鹤沉吟着,仿佛在回忆往事。

"十里洋场,百年繁华。我是出生在上海,不过很小就离开上海了。我脑子里的上海是小时候的记忆。那时的上海,号称'东方小巴黎',音乐电影等娱乐业不输于如今的好莱坞。小时候我爱看电影,现在还能想起那些黄金时代的名伶。阮玲玉留下长篇遗书恨别人世,胡蝶颠沛流离,周璇最后死在精神病院里。还有李香兰、小凤仙——都说红颜薄命,实际上,那时国难当头,战乱频仍,女艺人的命运可想而知。风光一时,寂寞一世,她们的命运实在让人唏嘘啊!"

女客凝视着云鹤,听出话外音,忽发感慨。

"是啊,繁华落尽总是空,唯留青山红尘中。我不过是上海滩的一个小人物,磕磕碰碰、跌跌撞撞,总算平平安安过来了。人生如戏,无论是主角还是龙套,谢幕之后,终归寻常。现在我明白了,龙潭镇、青山湖就是我生命的彼岸。在这里,有万竿修篁风月、一泓寒玉烟霞,还有我女儿和那么多的孩子做伴，我可以说是生活在人间天堂里了。"

说到孩子，刚才那些在莲画馆里观画的孩子早已耐不住性子，跑到外面嬉笑打闹起来。穿纱丽的年轻女士根本管不过来。年长的女士心里记挂着孩子，起身告辞。

二

梅花公司的上市之路并不顺利，不过跌跌撞撞，最后还是成功上市了。应梅花成为上市公司的董事长，谋大局，把方向，公司实务交给丈夫老方和他的兄弟叔侄。2008年金融危机后，诸葛志刚的台资撤出，到处投资扩张的梅花公司经历了一场生死劫，差点破产。好在朱赫赫从中牵线，龙马及时出手，又是注资，又与应梅花共同开发房地产，梅花公司终于走出低谷，起死回生。有朱赫赫和诸葛慧莲在，龙应两家的关系大为改善，虽然暗中也有竞争，但明面上还是以合作为主。

云鹤送走那一对母女后，迎来的客人正是刚刚听完课的应梅花。

年近六十的应梅花看上去不显老，只是膀厚腰圆，富态尽显。她穿着裙装，头发烫成大波浪，脸上略施粉黛，脖子、手腕上戴着金饰，依然风风火火、性情泼辣。每年夏天，应梅花总是开着一辆坦克一样的越野车，带她的儿子方圆在龙门书院住上一段时间。

以往有事找云鹤，应梅花就直接去院长室，一阵呱啦，把事说完就走。在应梅花面前，一般人只管倾听，不用插嘴——也根本插不上嘴。

这一次，应梅花一改平时的爽朗，而是颦眉蹙额，似乎遇到了难以启齿的烦心事。不过，她迟疑片刻，端起茶盏一饮而尽，一抹嘴，还是忍不住倒豆子似的倒出来。

"老师，我是为儿子的事来找您的。说到我儿子，真是让我操碎了心。打小文静，内向得可怕，呆头呆脑的像魂灵出窍，不知道在想些什么。他又胆小又心善，一只蚂蚁一只蚊子也不愿意掐死。读书倒是不错，他还是省高考状元哩。要填报志愿了，他舅舅要他读政法，他硬是填报了医学专业。我与老方商量他工作的事，老方只嘿嘿笑，让我拿主意。我也真是没办法了。"

云鹤"哦"了一下，微笑着续茶。

"你是怕梅花公司和方家后继无人？"云鹤试探着问。

"那倒不是。我现在也想明白了,公司的那些钱财只是偶然落到我手里,取之于民用之于民。本来我是想送他出国的,可是您知道吗,他哪儿也不去,我也不知道他哪根筋搭错了。我想请您开导开导他——方圆,学问口才了得,只有您能对付。"

"这事我可以试试。"云鹤微笑道。

应梅花一高兴,当即叫来了儿子。原来她儿子就坐在附近停车场的车上。

云鹤见到应梅花的儿子方圆,也是吃了一惊。

方圆长得高大英挺,四肢修长,唇红齿白,一双清澈的眼睛既有梦幻般的玄思又有孩童般的天真。

云鹤想起来了。他似乎不止一次见过那双充满玄思的眼睛。

原来方圆的童年是在龙潭镇度过的。一到假期,他就来到龙潭镇做义工。

云鹤心生欢喜,竟一时说不出话来。那年轻人注视着云鹤,若有所思的眼神有些羞涩,微笑中带有温良谦恭。

"孩子,现代社会不缺所谓圣哲,缺的是好医生啊!天地万物,人身殊为难得,生命诚可贵,一失人身便是万劫不复。世上最痛苦的是病人,不但要忍受病痛煎熬,而且为治病不畏路途遥远,不惜倾家荡产。去除病痛者,医生也。"云鹤蔼然。

年轻人抬起头,注视云鹤,眼神变得坚定刚毅。

"老师,诚如斯言。病家求医,寄以生死;医者仁心,悬壶济世。但是当下有比治身还紧迫的事,那就是治心。若人心陷溺,便会招来空前劫运,若纲纪紊乱,便会使世道陷入隆污。唯有收拾世道人心,别无他途。"

云鹤转过头,望着窗外的飞檐翘角,沉思良久。

"孩子,你真愿意舍弃万贯家财,致力求真授业吗?"云鹤的声音有些压抑。

年轻人似乎看到了希望,两眼放光。

"我愿意。人类太渺小,还自以为是。其实我们不过沙滩中的一粒沙、大海中的一滴水。浩瀚的宇宙有无穷的未知。斗转星移,万物皆变,一切都将烟消云散,唯有真理永存。"

年轻人为了显示自己一心求真的决心,宏论滔滔,清澈的双眼满是渴求。

云鹤欣然，突然间朗声大笑。

"孩子，我本想说服你，没想到被你说服了。现在我们要做的首先是说服你的父母。你的事还得从长计议……"

年轻人得到云鹤的允诺，像个孩童般笑了。

应梅花在茶室外面候着，看见儿子欢欢喜喜地出来，以为他心结已解，对云鹤院长千恩万谢。

三

云鹤送别应梅花母子，刚走进莲画馆，就听到外面传来一个熟悉的声音，洪亮中带一丝沙哑。随着那中气十足的声音，身材魁梧的林峰已经大步迈进。

林峰依然饱满的紫糖脸上，粗硬的络腮胡刮得干干净净，虽然白色的短袖衬衣紧绷，显露出发达的肌腱，但是大脑壳上一头雪白的头发还是泄露了他的年龄。

"云鹤兄，找你可真不容易！我到院长室，他们说你在书画室，我就找来了。我到你这里来讨口茶喝。"林峰拱拱手。

云鹤一边说着"稀客稀客"，一边泡茶。茶几上放着一杯，应梅花的儿子方圆一口也没喝。林峰端起来，一口气咕噜下去。

"云鹤兄，你还别说，这龙门书院的茶有一股书香，比外面的茶好喝多了。不愧是大师亲手炒制的好茶。"

"多亏了你，老弟，当初在道人峰下后划出一片山地，书院现在既可采茶，还可以种菜摘果，自给自足。"

"哪里哪里，都是你的功劳。我已经十几年没来青山湖了，今天上午转了一圈，大成堂、崇文阁、博文阁、六和楼、崇知斋、桂堂、陶瓷馆、竹博园、梅鹤轩、莲画馆……雕梁画栋掩映湖光山色，这才是书香之国应有的气象啊。"

"老弟，其中也有你的功劳。要不是你当初的开明政策……"

"也是也是。"林峰用粗大的手掌摸摸头，嘿嘿笑，"多亏诸葛君的药汤，那时候我的偏头痛没发作，脑筋转过来了。"

林峰精神矍铄、气色爽朗，像个遇到了大喜事的人。

云鹤把泡好的茶放在林峰的面前。"老弟,你今天不单单是来讨口茶的吧。"

"那是那是。你是知道的,我平时喜欢舞文弄墨。难得来一次龙门,我岂能错过向你讨教的机会?"

"讨教谈不上,应该说切磋。要论书道,我们何不移步书斋?"

"免了免了。云鹤兄,我知道你是个大忙人。"

"你不也一样吗?"

"我不一样。我现在除了乱涂几笔,大部分时间是看书。无官一身轻,有孙万事足!"

"怎么,有孙子了?"云鹤惊讶。

"哦,这是秘密。"林峰笑道,"这个秘密……你等下就知道了。浮生偷得半日闲。我夫人,你弟媳沙中柳,正带着孩子在外面转悠呢。那孩子,也不知道是不是成天被关在学校的缘故,有些痴痴傻傻的,大家都很着急。正好今天星期天,沙中柳一定要带他来龙潭镇转转,散散心。我想也对。夫人最近心情不错,孙女从伦敦写信来了,差不多二十年了,终于联系上了。"

林峰端起茶杯,又一口咕噜下去。

云鹤很想问问林峰儿子林波的事。林峰似乎有意避过,兴致勃勃地说下去。

"对老人来说,没有比这更令人高兴的了。在位就要为民谋利,退下来就做好百姓。"

"平安即道。"云鹤接着林峰的话茬说下去,"《淮南子·览冥训》云:昔日黄帝知天下,使强不掩弱,众不暴寡,人民保命而不夭,岁时熟而不凶,百官正而无私,上下调而无尤,法令明而不暗,辅佐公而不阿,田者不侵畔,渔者不争隈;道不拾遗,市不豫贾,城廓不关,邑无盗贼,鄙旅之人想让以财,狗彘吐菽粟于路,而无忿争之心。几千年来,除了温饱,老百姓最想求的也就是'平安'。"

知道林峰一时半刻没有离去的意思,云鹤又泡了杯茶,示意林峰坐下聊。

"云鹤兄,论学问,我还是最佩服你!"

"大音希声,大悟无言,我这好为人师的毛病是改不了了。"

"不然。就像我,当初要做事,要经常上台做报告,该说的还是要说,该放炮时还是要放。"林峰一看表，放下茶杯拱手作揖，"云鹤兄，你的茶使我醍醐灌顶。下次有机会再来喝，顺便向你讨要墨宝请教书道。今天要先告退了。"

云鹤一路送出。在竹博园前面，见到了一身粉红裙装的沙中柳。如林峰所言，人逢喜事精神爽，沙中柳的气色不错，虽然鬓边的黑发已夹杂着银丝，却不显老，只是以前白玉一样光洁的肌肤稍有松弛，皱纹悄悄地从眼角向额头和两腮蔓延。她的身姿略显富态，不再飒爽，但是柔婉的气质中平添了一份从容优雅。

沙中柳的注意力全在身旁十岁左右的男孩身上，见到云鹤，微微一笑，算是打招呼。

"云鹤兄，这就是我的孙子，也是我们的孩子。"林峰指着那男孩。

"我们的孩子？"云鹤疑惑。

"这个孩子与我们都有关系。他是诸葛君的外孙，应富贵的孙子。诸葛慧莲是我们的女儿，应骁又是你的干儿子，你说，他是不是我们的孩子？"

云鹤恍然。他俯下身子，想同男孩说话，那男孩把大半个身子藏在沙中柳后面，用清澈的眼神注视着云鹤，显然并不想开口。

云鹤要林峰夫妇留下吃中饭。林峰婉拒："我还有一些一起来的朋友，在湖畔酒家订了餐，下午还要陪孩子坐船游白鹭洲。"

云鹤也不强留，送三人出大门，然后匆匆回到书画室。

他的心绪稍有不宁。小男孩的脸在他面前晃动，眼神是羞怯的、天真的，如同那个迷茫的大男孩方圆。

云鹤一直挂念着书院外面的一个人，那就是诸葛慧莲，自从他给她取了名字后，云鹤就把她当作自己的女儿，内心的一角始终给这个女孩留了个位置，惦记着她生活的点滴。

也许是心念所致，下午在阳明大讲堂上完课回到院长室，云鹤就见到了诸葛慧莲。

四

诸葛慧莲已经好几天没与儿子在一起了。她回龙潭镇，到父亲那里取一些治疗烧伤病人的药膏草药，听说林峰夫妇带应明在龙门书院游玩，就找过来了。

"诸葛君还好吧?"云鹤见面就问。

"我爸他好着呢。他知道伯父很忙,不便过来打搅。"诸葛慧莲从小叫云鹤"伯父",现在也改不过来了。

"他好些年没到书院来喝茶了。我可是惦记着你妈做的豆腐呢。"云鹤笑道:"有事做的人是幸福的。说到忙,诸葛君才是真正的大忙人。与他一比,我可以说是虚度此生了。诸葛君,他是这个世界上真正的大儒啊。我与他比,真如蝼蚁之于大象,蜡烛之于太阳。"

"伯父过谦了。爸爸提到您也是满怀尊敬,龙门书院能有今天,伯父居功至伟。只是您和爸一样,不事炫耀。我妈现在提起您,也是赞不绝口。"诸葛慧莲似乎突然想到了什么,换了话题。

"这次城里有一场大火,想必伯父听说过……"

"这件事在书院也传得沸沸扬扬。应梅花也提起过。"云鹤道。

"你满脑子都是工作,还是谈谈你的家事。"云鹤云鹤话里有一丝忧戚。

"这场火灾,多少与应骁有些瓜葛。他最近精神恍惚,神情忧郁,您若是能见到他,也开导开导。他很少跟我交心,谁的话也不听,只听您的。"

云鹤点头。他不知道自己能不能遇见应骁。前些年在龙潭镇,应骁常来龙门书院拜访云鹤。这几年,他见应骁的次数越来越少。应骁即便到了龙门书院,也是来去匆匆,似乎有意避开与云鹤见面。

云鹤的心思完全在诸葛慧莲身上。诸葛慧莲好几宿没睡好觉,脸色憔悴,带着浓重的黑眼圈。她承受的东西太多了。云鹤的双眼露出悲悯。

"那孩子——你的孩子是怎么回事?"

"他们说是自闭症。我不相信,孩子只是受了点惊吓。……过几天要给他做心理治疗,我希望伯父也参加。"

"你们的儿子也是我的孩子,我一定参加。"

接送诸葛慧莲的车在书院门口等候,她匆匆告别。

平凡的琐事,书院外世俗的生活,已经很难搅动云鹤宁静的内心了。不过这一晚,云鹤还是感到隐隐不安。应骁、诸葛慧莲、应明,三个人的身影不时浮现,使得这种不安在他心头弥漫开来。深夜,他独自走出书院,在静寂的湖堤上里踱步。

天宇方沐,山峦清净,古木翳郁,远峰近壑黛色迷蒙。在湖光阁影间,在飞檐灰脊上,一轮明月高悬,泻下如水的月光,把龙川映照得如同白夜。

第五十一章

新　月

一

在每个人的一生中,都有这样的白夜。在云鹤的一生里,有着无数这样的白夜。

头顶分明是白昼,可是挂在天上的昏黄的太阳变得朦胧,仿佛刹那间变成了圆月。

那是青山湖上的圆月。月光如水银泻地,使青石板的台阶、大理石的围栏、黑色的水泥地变得晶亮。白日的喧闹随着袅袅上升的云烟消散。风掠过水榭回廊,吹拂着飞檐翘角的铃铎,发出清脆的声响,仿佛绕梁的晨钟暮鼓,余音不绝。树林里夜鸟的啼啾、花坛草丛里的虫鸣、六和楼里传来的诵读声,使得山院越发静寂。

他出了书院。在岚风松涛中,一池湖水像银色的白练在黑黝黝的群山间飞舞,上面是瓦蓝色空中的圆月。

那是黄浦江的圆月。那轮陈旧的圆月照在蜿蜒而去的江面上,照在江边高耸的洋楼、古老的台门和狭窄的弄堂上。那月光是柔滑的、温暖的、伤感的,仿佛醉酒旅人的泪光,一切都变得模糊。轻纱薄雾里的黄浦江船桅林立,江边外滩熙熙攘攘,码头上小汽车排成长龙,跑马场里人声鼎沸,火车站同样是人流熙攘。在最繁华的南京路上,各种西式洋楼耸立,旅馆、商铺旗幡招展。路旁有煤气路灯,扎着辫子的有轨电车叮叮当当驶过。高鼻深目的洋人、穿着长袍马褂的江湖人、富商巨贾、军人官僚来来往往。

画风忽然间就变了。圆月被浓烟遮蔽。宽阔的街道布满了铁丝网、碉堡和路障,成了硝烟弥漫的战场,轰炸机呼啸着掠过,日本人从街上列队走过,那些衣衫褴褛扶老携幼的难民蜂拥进租界。沦陷的孤岛风声鹤唳。

黄浦江的月变得孤寂凄冷,仿佛被风霜雪雨浸过一般,使人发颤。

那冰冷的月也照在龙川的山峦峡谷上,照在书院的断垣残壁上。暮色苍茫,松涛阵阵,秋雨潇潇,深山古寺积满厚厚的枯叶。秋风乍起,苍苔露冰,竹径风寒,鸟鸣日稀,蛩虫的叫声凄冷。在这样更漏滴残的不寐秋夜,只有那一轮秋月与他相伴。他仰望星空。瑟瑟秋风很快变成刺骨的西北风。山峡间乌云密布,寒风萧索。在残砖瓦砾堆上,他生起了篝火。密林里传来猫头鹰的叫声,沟壑山崖间狐鸣狼嚎。在那间还未倒塌的四面透风的石屋里,他蜷缩着身子,望着头顶亮得刺眼的月亮,等待白夜的过去。

大地是白茫茫的一片。那不是月光,那是雪光。雪光照耀的世界也如白昼。北风呼啸着,旋转的雪粒像鞭子一样抽打在脸上,痛入骨髓。他深一脚浅一脚,在齐腰深的雪地里行走,不时he仰望天空,大声呼喊。

他要离开这里。他不知道要往何处,总之要离开快要坍塌的石屋,到别处去安身,安置他那漂泊的灵魂。雪盲使他迷路,他在龙川峡谷里转圈。厚厚的积雪,把一切都淹没了,山峰、峡谷、湖泊、溪涧,变得难以辨认。冰瀑从山崖上垂下,刺骨的北风使人麻木。

只要能看到一点绿色,他就能从雪盲中解脱。他不知疲倦地行走,终于听到了溪流的潺潺声和瀑布的哗哗声。他看到了两边山坡上的草地,青翠的,夹杂着五颜六色的花朵。那儿是他放牧牛羊的地方,也是他捡拾牛粪的地方。他拿着簸箕,用一把小锄头把牛粪往簸箕里扒拉。牛粪并不多,用这种方法太笨拙,他就用手抓。手上衣服上全是牛粪,连身上也是一股牛粪的味道,洗也洗不掉。他砍过柴,驮过毛竹,插过秧,种过田,最后,所有的记忆都被牛粪的味道抹去了。他双膝跪在泥地里,扒开番薯藤,用小锄头拼命地刨挖出一块,然后躲在山岩后面连带泥沙咀嚼吞咽。这一刻他觉得自己不再是君子而是窃贼。

山坡地里有密林。那里的小木屋是他临时居住的地方,每天有斧斫锯拉的声音。他在木屋外面用枯柴燃起篝火,在孤寂寒冷的冬夜等待黎明。密林深处有竹笋、蘑菇和野果,也有蚂蟥、毒蛇、蜥蜴、巨大的蜂巢和成群的野蜂,他并不惧怕它们,与红肿的肩膀、跪烂的双膝、血肉模糊的手臂带来的剧痛和放木时河谷湍流带来的威胁比,它们并不算什么。

大地终于解冻。龙川峡谷的溪涧小河奔流不息。他踩着积雪融化后的泥泞一路向南,向西,走过红土地、黄土地、黑土地和棕褐色的土地,走过丘陵、山地、盆地、河谷、高原雪山和冰川草甸,一直走。

他又掉头向北,穿越无数崇山峻岭,穿越戈壁沙漠和草原,一直走到青海湖畔,走到敦煌,走到天山和祁连山脚下。他在寻找心中的那轮圆月,充满智慧之光的新月。可是,他头顶的月亮总是缺了一角,总是动荡不安,时而钻入云层,时而隐晦朦胧。

他还记得一生中最刻骨铭心的白夜。那是黄浦江畔的月明之夜,也是风雪交加之夜。他跪在母亲面前,母亲已经苍老,口唇干瘪,用陌生的眼光盯着他看了半晌,默然转身。他来到他熟悉的弄堂里,与妻子做最后的告别。门关着,妻子并不愿意见他。他在寒风中伫立良久,随身的包裹里装着他过去收到的所有家信,还有一些能证明他还活在世上的证书、衣物、存折和钱票。他把包裹放在门口,毅然决然地走了。

黄浦江上的圆月是伤心的。他记忆中最美好的圆月是杭州西湖的月,是三潭印月,是平湖秋月。这里的湖光山色融入了他人生美好的希冀、青春和爱情。无论是依然耸立的保俶塔还是六和塔,是北高峰还是南高峰,是西湖的碧波还是钱江的潮涌,他画中的一草一木、一街一景、一桥一船、一笔一画都是明媚柔和的,充满勃勃生机。那钱塘江的白夜是他生命里的春江花月夜——江潮连海,浩瀚无垠,明月皎洁澄澈,月光下曲曲弯弯的大江奔流,白沙如银,轰鸣的波涛如万马奔腾而来。那是他青春的回响。

只是那样明快的白夜不再有了。无数个寂寞月夜,他仰望星空,被那束之光照亮。

他的心里一片空白,那无数的印象一闪而过。时间的概念消失了,仿佛静眼闭眼之间,他的白夜就结束了。

一切似乎都是梦境。是的,其实生命只是一个巨大的梦境,美妙的、可怖的、凄婉的、真实或是荒谬的梦。在梦里,生死都是假象,在梦里你可以上天入地,你可以是羔羊也可以是猛兽,你既是主角又是配角,既是参与者又是旁观者。梦中的得失，并不是真实的存在。世界像梦境一样变化多端。当我们明白一切都犹如梦幻，现实也是一场以假乱真的梦时，我们就能放下一切。

时空流转，生命也在不断流转。如同孩子们在沙滩上砌出来的小城堡，是沙也是城堡，抑或两样都不是，随着海浪的拍打，城堡顷刻间就会变成另外一种东西。世界流变，生命在不断地衰老，但是在那些衰老的肌体中，细胞的分裂和新陈代谢从未停止，新的生命正在孕育。

二

云鹤依然双目微闭。他想把那无数白夜的片段连缀起来，却做不到。他知道其中必然有缺失的片段。

是的，他想起来了。那也是一个白夜。月光把龙川峡谷照得如同白昼。他离开了那座摇摇欲坠的石屋，寄宿在蚕神庙里。他一生的挚友诸葛君来找他，怀里抱着一个刚出生不久的婴儿。他毫不犹豫地就收下了。

现在，这个长大了的婴儿就坐在自己身边。

应骁坐在云鹤旁边的椅子上，焦虑不安。

这里是医院的心理治疗室，二十几平方米，一张躺床，几把椅子，几盆花木，淡蓝色的墙上有几幅挂图。房间里放着节奏单调的音乐，淡淡的顶灯灯光通过白色的天花板反射下来，使得若明若暗的房间如同笼罩在月光之中。

男孩倚靠在诸葛慧莲的怀里，茫然睁着双眼。一身白衣白帽的女心理医生不断地重复着单调的数字，她说话的声音很柔和，仿佛来自遥远的天边。她用同样柔和的目光注视着孩子的眼眸，戴着白手套的手遮住孩子的双眼。男孩闭上了双眼，仿佛在母亲的怀里睡着了。

房间里似乎燃着香。像是檀香，又像是麝香，又或者是两者的混合。应骁一时闻不出来。他的鼻子最近几天失灵了。他待在医院里，闻到的都是酒精和消毒水的味道。他讨厌医院的味道。

他顽固地支撑着，不想被催眠。可是房间里似乎有一种强大的气场，压迫着他。那像是流水似的叮叮咚咚的音乐，女心理医生时急时缓、柔和而坚定的声音，还是使他似睡非睡。

儿子的脸是苍白的、不安的。那不是儿子的脸，那是自己的脸。

应骁不知不觉陷入了白夜。

他就是那个幸福的孩子,只是他不是倚在母亲的怀里,而是倚在三姐的身边。他们倚坐在门槛上,三姐捧着饭碗一口口地喂食。他们在院子里的泥地上玩耍,三姐让他骑在自己肩膀上爬上院子里的枇杷树掏鸟窝。三姐把他放在背后的竹筐里,带他去放牛割草。他们骑在牛背上,穿过映着融融月光的水田,走向牛舍。

清凉的水从头顶哗哗地浇下,然后滴滴答答地落在地上。那水是从房子后面溪里抽上来流进水缸里的,三姐常带他去溪里抓螃蟹摸鱼虾。

溪水的叮咚声忽然变成了呜咽。那是溪水在哭泣。他并没有哭泣,但是他听到所有的人都在哭泣。应富贵喉咙咕噜着,低沉地干号,母亲陈氏撕心裂肺地尖叫,三个姐姐涕泪涟涟、抽抽搭搭的。连家里的狗也在院子里发疯似的乱转,冲着头顶乌沉沉的天空吠叫。

他没有哭,他只是像那只狗一样冲天哀号。

他就是那个痛苦忧伤的孩子。

那是个月光如昼的白夜。月光泻在地上,如同一层薄薄的积雪。他背着书包,躲在院子的墙角,偷偷地抹着眼泪。没有人注意到这个忧伤的孩子,没有人看他脸上扭曲的表情。他在屋外的泥土路上奔跑,在长满枯草的田埂上奔跑,在长着一排光秃秃柳树的溪堤上奔跑,迎着从山谷里吹来的呜咽的北风。泪水模糊了他的脸,他一头栽进了溪沟里,那冰冷的溪水使他麻木的肢体有了疼痛的感觉。他不知道脸上流着的是溪水、泪水还是血水。比起肢体上的疼痛,他胸中的痛更加钻心蚀骨。

他是孤独的。他跪在泥地上,想再看一眼三姐。但是他再也见不到她了。她被严严实实地包裹着,躺在院中临时搭起的棚子里,头上和脚下的位置点着蜡烛。那蜡烛流着蜡油,似乎也在哭泣。烛光惨白,比泻在地上的月光还要白。

他再也见不到三姐了。她被装在枇杷木做的小棺木里,在惶惶的锣鼓声中,在一列披麻戴孝的妇女的哭声里被送上了山。一轮圆月还挂在空中。白夜似乎很漫长。他来到三姐的坟前。三姐的坟在乱石岗上,周围一片荒凉。他记得三姐的坟,那儿光秃秃的,没有一棵草,只有父亲应富贵从院子里移植的一棵桃树。那棵桃树在温暖的白夜里一夜盛开,可是他并没有看见月夜星光中满树的秀蕾粉蕾,那缤纷的花朵全部散落在坟头不再新鲜的泥土上。

只有一朵还开在枝头,开在白夜朦胧的月色里,顽强地吐露芬芳。

他又闻到了桃花的香味,见到了月晕中桃花的脸。一连几个白夜,他都去看那枝桃花。当夏日的熏风吹来的时候,那枝桃花终于凋零了。一同消失的还有月光中的脸。

那张脸其实并没有消失,只是变得丑陋了。当那张脸从缠裹的头套里解脱露出来的时候,他大吃一惊。那张脸布满了水泡瘢痕,原本水嫩的肌肤变得皱巴巴的,如同一个风干的梨。还有她的躯体,在这个热辣辣的白夜,像一个腐烂的苹果散发出异味,又像是燃烧的蜡像开始溃散。

他感到厌恶。并不是厌恶那张脸和那个躯体。他厌恶的是无明和痴愚的自己。

他感到无比痛苦。那是他幡然醒悟后的痛苦,那是他内心深处渐渐升起的情绪压迫带来的痛苦。

他还能清晰地记得那个白夜发生的一切,依然胆战心惊。他惊慌失措地向前奔跑,不顾一切地逃跑,想要挣脱那股力量。似乎有一双神秘的眼睛一直监视着他,那股神秘的力量——冥冥中支配万物生灵的力量——一直支配着他,他想挣脱,可是挣脱不掉。

现在,那股神秘的力量似乎又控制了他的儿子。

应骁睁开眼睛,看看被催眠的儿子,看看身边的好友龙骏,又痛苦地闭上双眼。

三

诸葛慧莲搂着儿子,斜倚在椅子上,上半身靠在墙上。椅背磕着她的腰,有些痛,有些麻,这样的姿势很不舒服,但是她太疲倦了,已经三天三夜没有合眼,还是迷糊起来。

她似乎是睡着了,可是分明还能听见金医生的声音。金医生说话的声音很轻,柔柔的,像是母亲在呢喃。头顶朦胧的白光在晃动,仿佛是笼纱的月光。

她迷迷糊糊地陷入白夜。

她一个人走在龙潭镇的街道上。似乎是吃晚饭的时间,那些卷着裤腿

273

一身泥土的男人端着饭碗站在门口或是蹲在屋檐下吃饭。女人坐在矮凳上,抱着婴儿在喂奶。无论熟悉还是陌生,那些人见到诸葛慧莲,都用一种奇怪的眼神看她,疑惑不解的,或是怜悯同情的。诸葛慧莲并不介意。她很兴奋,系在脖子上的红领巾把她的小脸映得红扑扑的。早上上学时母亲给她打扮了一番,梳两条冲天的角丫辫,穿上薄薄的红花袄蓝裤子解放鞋。她的身后是那些高年级的男生女生,龙家的兄弟。她的表哥龙彪龙狮还拿着刀和红缨枪,是那种用木片削的刀,红缨枪的枪尖也是用木头削的,挂着纱线或者用玉米须染红的缨。孩子们绕着古镇的街巷兜圈,诸葛慧莲站在队伍的最前面,她又自豪又紧张。

圆月从山后面升起,挂在古宅的上空。皎洁的月光洒在镶嵌着鹅卵石的青石板路上,亮晶晶的。一条突然从小巷里窜出来的狗挡住了去路。她又惊又怕,捂紧书包,拼命奔跑,一直跑回古宅的家里。

家里静悄悄的,只有楼梯下的猪在哼哼。父母都不在。母亲总是很忙,割草喂猪,做豆腐,还要积肥做秧田。父亲常常背着黄药箱出门,什么时候出去回来没个准。她已经习惯了。她把书包放在阁楼的小书桌上,又走了出去,穿过古宅长长的回廊,一直走到村口龙潭湖边的湖滩上。那儿比演戏还热闹。临时搭起的台子,台前人山人海,鞭炮声,锣鼓声,高音喇叭刺耳的啸叫声。

她离开湖滩,回到家。古宅依然静悄悄的。她坐在阁楼上,再也无心看书做作业。从窗口吹进来的风冷飕飕的。山峦田野一片银色,月光惨白。

不,那不是月光,那是雪光。大地银白,山野银白,青山湖冰封雪冻,北风呼啸,巨大的雪团不停地从山上滚落,旋转的雪粒抽打着人脸。她看见了父亲迎着雪山远去的背影,她看见了山坳木屋里朦胧的灯光,她听见了婴儿的啼哭,看见了殷红的血和熊熊燃烧的炭炉。

这是她的白夜。这寒冷的白夜也有一丝温暖。她趴在书桌上睡了一会儿,醒来时发现桌上的油灯已经点着了。窗户关着,阁楼里已经有了暖意。父亲不知什么时候已经回来了。与他一起的还有一个男人——母亲叫他师傅,似乎并不欢迎他,要用擀面杖驱赶;父亲倒是经常去他那里喝茶,母亲不在的时候,父亲也叫他到家里喝茶。

她假装睡着了,听他们低声说话。她听不懂他们说的话,但是几十年后的今天,她还依稀记得大概的内容。

"诸葛君,她睡着了,我们的孩子睡着了。你不要担心,眼前的一切并没有伤害到她。苦难不是魔,而是觉醒的钟;苦难是另一种形式的爱,一切苦难都是无言的呼唤。只要心中有爱,她终会挺过去的。"

诸葛慧莲醒了。她睁开眼睛,看见对面的老人,他是那么安详,似乎把过去所有的苦难都化成了心中的大爱。她不知道,自己心中的坚冰是否已经融化,但是她知道,生活在给她无数苦难的同时,也给了她最好的祝福和礼物。

275

这个孩子就是生活给她最好的礼物。她抱着孩子,努力想进入他的世界、他的梦境、他的白夜。她做到了。

他似乎在急诊科旁边的护士室里玩耍。这个小男孩,只有五六岁,穿着白衬衣、牛仔裤、黑皮鞋,虎头虎脑,眼神是清澈快乐的,他在同护士阿姨说话,从一个护士阿姨的膝上钻进另一个阿姨的怀里。

外面传来救护车的声音。孔鲁凤走了,孙兰英走了,所有他熟悉的护士阿姨都走了。他独自玩耍了一会,离开护士室,上了楼梯,穿过天桥,来到院长办公室。母亲并不在,他很失落,下了天桥,在草坪花坛边站着,茫然地望着天空。天上是一轮圆月,这是一个白夜。

他呼喊了几声,并没有得到回音,就迈开小脚丫走了。他走进了最近的一个门,上了电梯,来到一个门厅里。门上挂着手术室的牌子。他似乎知道母亲在里面,就蹲坐在角落里守候。一个个病人推进去,又推出来,里面还不时传来婴儿的啼哭。那些欢天喜地或是哭哭啼啼的人来一拨又走一拨,似乎谁也没有注意到小男孩。

他迷糊了一会,又犹犹豫豫地离开了。穿过长长的走廊,上电梯,下电梯,走出安全门。他进了灯火最亮的一栋楼,一层层地找过去,一个个房间地探看。这里有很多病房,形形色色的人来来往往。房间躺着一些人,有的膀大腰圆,有的骨瘦如柴,有的在打针,有的在吃药,有的斜倚在床榻上默不作声,有的直挺挺躺着,身上插着管子。

那些陌生的面孔使他惶恐。他又撵了电梯的开关,直接下楼,来到一片空旷地。他显然是迷路了,不时抬起头,望望头顶的月亮,仿佛在月亮里寻找母亲的脸。他小跑起来,一直跑进医院另一栋楼的地下室。门口的值班室里,一个小老头在呼呼大睡,嘴里冒着酒气。大厅里似乎空荡荡的,两壁一排排硕大的柜子,柜子里发出有节奏的嗡嗡声。空气中弥漫着浓郁的怪味,暗绿色的灯光忽明忽暗。

　　小男孩终于害怕了,惊叫起来。他沿着一条长长的灰色的走廊向前奔跑,眼里充满了惊悚、恐惧和绝望。他的身后,是无数只老鼠在追赶,它们忽然间从黑暗的角落,从散发着腐臭的阴沟里钻出来,爬上他的身体撕咬。

　　诸葛慧莲再也看不下去了。她冲上去,一把抱住了孩子。

　　她闯进了儿子的白夜。在这个白夜里,孤独无助的小男孩经历了生老病死,看到了他这个年龄不应该看到的一切。

　　诸葛慧莲和孩子一起痛哭起来。母子俩的哭声把所有人都惊醒了。

第五十二章
古镇画廊

一

　　龙骏完成了李宅布衣巷的设计装修,难得有闲暇,想放松一下,雇了一条小船,到湖对岸的高家镇看一个画展。

　　靠近龙宅的这个渡口,原来是石阶堤埠,细沙如银。过去渡船一靠岸,不但可以望见古樟后古宅的台门柴扉和湖面上的青黛岛屿汀州白蘋,而且可以听见农妇洗衣的砧声,如今那船埠已是旗幡猎猎游船如织的大码头。"老摆渡"的儿子"小摆渡"现在也成了半老头,穿一条裤衩,脸色黝黑,肩背油亮,依然在湖畔码头谋生。从码头到湖心各个岛洲有大的游船,那艘破旧的木船混杂在招揽生意的新船间,有些落寞,所以"小摆渡"很高兴有一个雇用他一整天的顾客。

　　小船紧靠龙潭湖南岸慢悠悠地行驶。初秋的早晨有些清凉,天高云淡,龙潭湖波平如镜。

　　小船驶过南岸大坝的水电站。龙骏想起小时候曾在滚水坝下面的龙江遭遇的危险。梅雨季节的汛期,龙川山洪肆虐,浑浊的湖水从滚水坝下泻,龙骏像所有的小孩一样,在下泻的湖水中捞鱼,被卷入洪水。浑黄的龙江水像一条上下翻飞的巨龙,顷刻间把他吞噬。就在他快要窒息完全绝望的时候,突然被一股神奇的力量托起,把他抛上江堤。

那是龙骏与水打交道的经历中最惊险的一次。如今,龙骏的生活里已不再有惊涛骇浪。他的白夜消失了,他生命的小船重新驶回了龙潭湖。龙江上下游也不再有洪水肆虐。岁月把所有澎湃奔涌的污泥浊水都沉淀了,就像眼前碧波万顷的龙潭湖,一切都归于沉静。

这是一种更加纯粹的存在。沉静不是冷漠,不是熊熊燃烧后的寂灭,而是默默发光发热的炉火;沉静不是默然,不是一味地忍让退缩,而是浓缩的汇聚,是深沉的蓄积,是宽广的积淀,就像静静流淌的河流,默默滋润着两岸的花草树木稻菽麦浪。这样的沉静是超然的洒脱,是闲云的悠然,是一种妙悟。这样的沉静是心如止水的心境,浩瀚无垠,蕴含高山流水大漠云天的大美。

龙骏思绪茫然。小船已经绕湖半圈,靠泊在西南岸的码头。

高家镇有大量的仿古建筑:秦王宫、古长城、明清宫苑、香港街、广州街和上海滩,还有从各地收罗来的历代老宅。在这些仿古建筑的外围,又建起了众多现代化的楼房。自从小镇成为影视基地和旅游景点,这里的旅馆客栈便住满了演员、游客和无数怀揣艺术梦的"高漂"。镇上的居民越来越多,每天摩肩接踵、熙来攘往。旅游用品、古玩玉石、影印冲洗、字画装裱、南北美食、酒楼影院、菜场商店和超市广场,应有尽有,俨然是一座繁华的小城。

龙骏一直在县城里忙生意,还是第一次来高家镇。他离舟登岸,穿过一条仿宋古街,来到画展所在地——高家镇美术馆。美术馆是一栋船帆形建筑,在湖湾深处,背山面湖,临水而建,像是缩小版的悉尼歌剧院。

或许不是周末,或许是画展举行了好些天新鲜劲已过,参观画展的人并不多。大理石和花岗岩装修的高大门厅里空荡荡的。一个三十来岁的男子从圆弧形的服务台后面出来迎接。他瘦瘦高高的,面容白皙,一头披肩长发,一身肥大的牛仔衣裤颜料斑驳,一看就是个搞艺术的。

"龙先生,久仰久仰!"腼腆的画家露出自来熟般的笑容。

龙骏有些惊讶。在县城搞艺术的小圈子里,龙骏小有名气,偶尔也参加画家书法家的聚会,但似乎从未见过眼前的年轻人。

"您不认得我,我可知道您。在书画协会年会上——那种聚会,大腕云集,您自然不会注意到像我这样寂寂无名的小辈啦。我知道您在城里开过画室,是位老师。"年轻的画家说道。

龙骏明白了。

"先生贵姓?"

"姓何。您就叫我小鹤好了。我是野鹤老师的学生。龙先生,您是来看野鹤老师的画展的吧?"

"嗯。顺便看看那些明清古宅。我是第一次来,想多看看。"

小鹤显得很殷勤,二话不说,在前面带路。

二

"野鹤老师是海归,是海派大画家,是摄影大师也是建筑设计大师。您一定听说过他的大名。"年轻画家露出颇为自得的笑容。

"我是业余的,对专业画家不熟悉,听说过他的大名,可惜未曾一睹尊容。"龙骏道。

年轻画家露出失望的神情。

"也难怪,野鹤老师太低调了,不愿意炒作自己,隐居高家镇,拒绝参加超过三人的聚会。再说,他用了太多的化名:孤松野鹤、龙湖居士、袋鼠骑士、钓客、仙翁、鸟人。"

鸟人?龙骏一愣。

年轻画家开口闭口"野鹤老师",龙骏觉得这个野鹤一定是位鹤发童颜、仙风道骨的大画家,心里有了见面拜访的欲望。

"是啊,他就是个鸟人,飞来飞去,今天杭州,明天上海,后天也许就在纽约、伦敦、巴黎了。"年轻画家似乎为老师也为自己的小幽默笑了笑。

他们已经走到长廊的尽头。这里才是正式的个展展区。大厅的门口悬挂条幅:野鹤先生书画展。旁边有个两百平方米左右的小展厅,门口展架上写着"鸟人摄影展"。

"鸟人"两字对龙骏太有吸引力了,他不自觉地在小鹤的带领下走进了小展厅。四面墙上全是鸟类的摄影作品。作品分成两部分——"诗意栖居"和"记忆飞翔"。龙骏渐渐看明白了,"诗意栖居"部分全部是龙潭镇本土的鸟类或是南来北往从龙潭湖经过的候鸟。在湖光山色的黑白光影中,鸟类雀跃起舞,追逐嬉闹,或悠然伫立,或群飞迁徙,或啼鸣呢喃,在方寸之间欢唱悲歌,为生存而努力,为领地、爱情和子女而忙碌。每幅作品下,都配有作品名称和一首小诗:《等待》《家园》《青山绿水》《归途》《四喜临门》等等。"记忆飞翔"板块,色彩更加明丽,背景更加辽阔,有一种异国情调。原来这里展出的是生活在澳大利亚大陆的鸟类。

"何先生,我对你的老师野鹤先生越来越感兴趣了,不知你能否引荐?"龙骏出门时说道。

"龙先生,您今天算来着了。这几天老师正好盘桓于此。我说过,他是个鸟人,有空就驾一叶小舟,扛着长枪短炮去鸟岛。您到那儿去找他一准能找到。您还是先看看他的书画,说不定这儿有您心仪的作品,激起您收藏的冲动。画如其人,至少您对野鹤老师的画风会有个了解。"

年轻画家仿佛自己得了赞美,愈加殷勤,边说边引路。

他们已经走进近千平方米的大展厅。展厅中央空荡荡的,只放了一张大画桌,上面有画家本人用于出售的书画卷轴和画刊书籍。旁边备了笔墨纸砚,大约是给参观者留墨宝写评语的。四面墙上有几百幅画。

这么多画,不可能每幅都细看,龙骏加快了步伐,只在某幅特别认可的画作前多做停留,细心揣摩。野鹤似乎特别喜欢自然山水,画面也是以自然风光为主。

龙骏边走边看,忽然间在一幅画前站住了。

龙骏对这幅画太熟悉了。那是应明的画作之一,用似乎杂乱无章的线条和色块描绘的浩瀚星空,奇幻瑰丽,有一种梦幻的色彩。画下标有"已售出"的字样。

一直跟在身后的年轻画家早就憋不住想说话了。

"龙先生,这是您的画。野鹤老师认为,把您的画放在这里,算是抬举他了。"

"不,这不是我的画。这是一个孩子的画。"龙骏道。

"是您学生的画。野鹤老师认为,这幅画才是天才的作品,是用灵魂画的杰作。老师认为,他的画有太多的匠气,所有的作品加在一起还不及这一幅。"

可惜那孩子不会再画画了。他的白夜梦结束后,逐渐恢复正常,画画的天才也消失了。龙骏既高兴又有些失落。他并没有把想说的话说出来。

年轻的画家还在一旁不厌其烦地解释。

"画廊里原本一共展出五幅您学生的画,有四幅野鹤老师决定自己收藏。这一幅,前些天有个来看画展的印度女士要买,我就自作主张,以十万元的价格售出了。办画展的目的不就是卖画吗?龙先生,我想,您和野鹤老师一样会同意的。那位女士还订了一幅,是野鹤老师的作品,以三十万元成交。高家镇虽然有大量游客光顾,可他们大多是附庸风雅之徒,欣赏不了真正的艺术。真正又有钱又有眼光的人不多,画作能卖出这价钱也算不错了。"

年轻的画家说着,已经走到最后一幅已经售出的画前。那幅画的标题是《跳皮筋的女孩》。画面的背景是一个古老的祠堂,祠堂前是积雪覆盖的古井石墙和草垛柴堆,一个梳着角丫辫、穿着肥大红花袄的女孩,在两棵光秃秃的柏树间拉的皮筋上欢快地跳动,像苹果似的冻得通红的脸上一双聪慧灵动的眼睛乌黑发亮。

龙骏愣住了,因为画面上的一切对他来说是那么亲切。他的心怦然而动,几乎来不及与年轻画家道别,就急匆匆地走了出去。

三

已经是下午三点,龙骏步出美术馆,这才感到饥肠辘辘。他穿过仿宋街的时候,在路边烧烤摊上买了几个肉饼和一瓶矿泉水,边走边吃。

龙骏赶到湖畔的青石码头。摆渡人窝在船上,在午后的暖阳下打盹,听见上船的脚步声,睡眼惺忪的眼睛盯着龙骏手里的食物。

"龙师傅,去鸟岛。"龙骏说着,把手里剩下的半个饼和水递给对方。

摆渡人狼吞虎咽着。小船"哒哒"响着,犁开一条水路,驶向湖中央。

鸟岛是号称"百岛之湖"的龙潭湖上最大的岛屿之一,在湖中央偏西一侧,因为荒凉,除了摄影爱好者,平时很少有人上岛。摆渡人龙师傅偶尔送城里来的"鸟人"上去,所以对鸟岛并不陌生。

鸟岛是龙潭湖上少数几个未被开发的岛屿,至今保留原始风光。岛上既有山地丘陵也有裸露的陡峭巉岩,有参天古木也有茂密竹林。岛内低洼部分被湖水浸没,形成大片沼泽滩涂。这儿是鸟类生活的天堂,除了本土的留鸟,大量南来北往的候鸟也在此做短暂的停留或是过冬。

岛上的留鸟和候鸟共有上百种。柴油机的马达声惊起成群的鹭鸟。小船绕岛半周,终于靠泊。龙骏下了船,从西面上岛。这儿植被稀少,巨大的山岩下有小片的沙滩。举目远眺,湖天一色,微风吹拂,细浪涌上沙滩。空旷宁静的景色使人如同来到海边。

龙骏急于见到画家野鹤先生,加快步子,踩着岩砾,翻过一座小山包,来到另一处湖湾里。这里的湖水很深,是深蓝色的。水岸边,平展展的山岩上架着几根竹炭的钓竿,旁边一个鱼篓,鱼篓前的矮凳上空空的。

龙骏继续向前走,走向岛的深处。身后的荒芜远去,眼前出现了生机勃勃的景象。不远处的小岛水潭有大片绿色的浮萍水草,潭边是茂密的芦苇藤蔓,与对岸翠绿的竹林和渐渐变色的水杉形成一幅斑斓的图画。那些嬉戏飞翔、羽毛鲜艳的水鸟使这幅静止的画面顿时生动起来。

水潭边的芦苇丛里,架着一门大炮一样的东西。一个穿着灰色马甲的人站在相机后面,猫着腰,几乎像一尊雕像凝滞不动。龙骏站在坡顶的岩石上良久,那人似乎也没发现。

"野鹤先生,您是在等传说中的仙鹤吗?"龙骏憋不住开口了。

"非也,我在寻找传说中的神鸟。"那人直起腰,说话了。

那人转过身,用俏皮的眼神注视着龙骏。他并不是鹤发童颜的老者,而是一个身材魁梧的中年人,长发披肩,粗硬的络腮和黑色的髭胡使他看上去有些沧桑。他身上裸露的肌肤是麦色的,同样麦色的脸棱角分明,一双深邃的眼睛透着些许的孤傲和忧郁,更多的是自信、坦荡、友善和谦恭。

那自然卷的黑发和微微翘起的鼻尖是龙骏熟悉的,可是龙骏还是不敢认。

龙骏呆立的瞬间,那人已经冲上来,一把抱住了龙骏,用粗硬的胡碴摩挲龙骏的脸,又用拳头猛击龙骏的胸脯。龙骏几乎站立不稳,要从岩石上摔下。

"兄弟,咱们终于又见面了!"野鹤声音嘶哑。

"是啊——你这鸟人!"龙骏声音哽咽。

"哈哈!我就是个鸟人!我是天鹅、仙鹤。我是凤凰,非梧桐不栖,非竹实不食,非清泉不饮……"

"不,你是孤雁。现在是回归雁群的时候了。"

有一会儿两人都不说话。龙骏转过身,装作擦拭被风吹湿的眼睛。站在他身边的野鹤也是眼睛湿润,他那张被太阳晒成紫铜色的脸越发俊逸凝重。他们凝神远眺。夕阳映照的湖面碧波万顷,深邃宁静,那湖里的金光流霞像是一团团燃烧的火。

"龙先生,您是特地来鸟岛找传说中的大师的?"野鹤的话有些戏谑。

"非也。我到高家镇看画展。"龙骏很认真。

"说说,野鹤的书画怎样?"

"画是中流,书是上乘。那书法,笔挟天气,风骨苍润。"

"一针见血。敢于直面惨淡的人生,敢于实话实说,还是我记忆中的那个好兄弟! ——兄弟,我们有多少年没见面了? 走,到我的'鹤巢'去,今晚我们要举杯畅饮,彻夜叙旧!"野鹤先生挥挥手。

"可是你的钓竿鱼篓?"

"哈哈哈! 随它们去。前些年我在澳大利亚,也经常去海钓,风大浪急,几个小时也钓不到一条鱼。我只是想过过钓瘾。钓翁之意不在鱼,在乎山水之间也。"

"还有你的'长枪短炮'。我知道,它们可不便宜,一个长镜头就要十几万元……"

"骏,你还是这样婆婆妈妈的。别管它们。这荒岛很少有人来。丢了又何妨? 身外之物,何须如此念念不忘! 再说,明天我们还要上岛。"林波以一种毋庸置疑的口气说道。

龙骏想去拆相机架,林波已经拉起他下了山坡。

不一会儿,林波从苇荡里推出一艘乌篷船来。乌篷船原是影视基地用来拍摄的道具,是林波从高尚君那里要来的。他喜欢一个人荡漾湖岛,过那种慢悠悠的泛舟湖上的生活。

乌篷船慢慢地荡出岛内湖潭。龙骏这才想起他雇的那条船。好在龙师傅等不及,见乌篷船出来,已经把船靠过来。

龙师傅自告奋勇,要在鸟岛夜宿,帮他们看护相机钓具。他常年在湖上兜揽生意,船在哪里他就在哪里过夜。

太阳西坠。黄昏时的湖面空荡荡的,游船画舫都已归港。一轮明月从他们身后瓦蓝色的空中升起。夜幕笼罩,月色溶溶,烟波浩渺,孤舟明月。林波摇着橹,不禁诗兴勃发,随口吟诵:

> 春潮带雨幽涧绿,野渡潮平孤舟眠。
>
> 夏绿浓荫接水天,日暮归客闻荷浅。

秋蒲落木雨打篷,雁阵萧萧残江青。
冬雪簌簌悄无边,寒江独钓锁舟扁。

一棹清波一叶舟,一牙弯月一轻钩。
凤凰仙鹤何处觅,轻纱薄雾笼岛洲。
一袭凉风一归篷,一声牧笛一枝柳。
蓑衣渔歌今何在,孤帆船影凝回眸。

　　龙骏坐在船首,没有说话,沉浸在和故友重逢的喜悦中,心潮起伏。是啊,这一叶孤舟载满了他们年少的懵懂和青春的激情,载满了他们过去岁月的酸甜苦辣。岁月绵延,四季轮回,这一叶孤舟渡人渡己渡心渡魂,只是他不知道,孤舟冲过急流险滩飘荡湖海,渡过疾风骤雨和清风明月后将会把他们送往何处。

　　龙骏很想开口,却不知从何说起。这么多年没见,林波在龙骏心里成了一个谜。看林波那熟练的摇橹姿势,像个老练的船工——他还是那样倔强,一定要自己掌舵,不容别人插手;他那近乎邋遢的外表说明他是放荡不羁的,而他的眼神依然那样清澈、目光炯炯,说明他并没有失去童真、激情和诗意。

　　从见到龙骏的那一刻起,林波就兴奋莫名。岁月的磨砺在他身上留下了沧桑和沉重,可林波还是林波,是那个为了艺术不惜飞蛾扑火的人。

　　乌篷船慢悠悠地荡进湖湾深处。两边的湖岸堤坝上,人影绰绰,酒香阵阵,不时传来欢歌笑语。在黑黝黝的群山映衬下,古镇的宾馆客栈、宫阙洋房、街巷店铺和摩天大楼灯光璀璨。

　　"兄弟,你一定是等急了。我的'鹤巢'就要到了。你瞧,那一栋就是。"林波显然不习惯长时间的沉默,把乌篷船靠近一个青石码头,指着不远处浓荫里的一栋院落说道。

　　"看到瓦房,就知道我们的家到了。瓦房,那是我们深深的眷恋。那瓦房里曾有多少迷人的故事啊!那些凹凸有致的瓦片,素雅的、古朴的、宁静的、厚重的,承载了人间的多少酸甜苦辣!在雄浑辽阔的北方,在烟雨迷蒙的江南,这一砖一瓦承载了多么厚重的人文情怀!兄弟,今晚就让我俩在这灵魂归栖处一醉方休!"

四

那栋有几百年历史的徽派建筑也是从别处搜罗来重建的,粉墙黛瓦、马头墙脊、木雕门楼、石雕影壁、游廊石阶和青石板路,一股脑儿全部搬迁。古宅坐落山坳湖湾处,四周竹林松柏掩映,走近了才能发现。它远离影视城,孤零零的,有些落寞——也许这正是野鹤先生把它作为隐居之所的原因。

这栋只有一进的古宅原本是个空壳,林波搬进去前做了简单的装修。院前种一棵香樟树,院里移栽了几棵果树——石榴、枇杷、枣树和杏树,果树间用鹅卵石和细沙铺就,点缀些苔藓枯草花木。院子一隅建了一个八角亭子。那些庭院中通常应有的假山喷泉鱼池之类已经无处安置。

"中国的传统建筑就是一幅画,以围墙做画框,围墙之内,静可望,动可游,步移景换,情随境迁,正有画的神韵。尤其是古老的瓦房四合院。"

林波边说边带龙骏走进院子。房间里的灯都亮了,似红似黄,朦朦胧胧的,正与幽幽夜色下老旧古朴的宅子相配。灯光透过木雕窗格照在院子里。

"今晚我们就在亭子间里享用天地盛宴,醉卧长眠!"林波道。

"怎么,不带我参观一下你的'鹤巢'?"龙骏道。

"哈哈,我把这茬忘了。我太兴奋了,急着与你把酒言欢。兄弟,你既已知道我在龙潭湖畔隐居,以后有的是机会来我的山房做客。"

"不是'鹤巢'吗,怎么这会儿变'山房'了?"

"一山一水一舍,与白云对坐,与清风为伍。在云中,在松下,在红尘外,一把泥土,几蓬茅草,一块瓜田,数株果树,晴日种花摘果,雨暝片刻小憩,诗书画印,琴棋酒茶,山房是也。你要认它为'鹤巢'也无不可!"

两人走进正房。正房里放着条案和八仙桌,几把硬木靠背椅,显得空荡荡的。他们直接穿过去,走入旁边的耳房。这里显然是主人的书房,一把圈椅,一张用于小栖的罗汉床,一个香几,四壁都是厚重的木柜书架。主人并没有邀请客人在书房逗留,拐个弯进入厢房,这儿显然是主人的画室。画室中央放了一张明式的画案,画案是长条形的平头案,两个牙板上雕刻梅兰竹菊,只寥寥几笔,就有简约大气画龙点睛之美。画案后是一把扶手椅,其余三围是高低错落的椅凳。画室一侧是明代黄花梨的博古架,架子上有字画卷轴、瓷器古玉、青铜器、鼻烟壶、龙泉剑,另一侧是一张紫檀雕花炕桌,一条明式琴凳,一个明式黄花梨镜箱。案桌上除了文房四宝、铺开的宣纸,还堆满了书籍。地上也是些线装古籍画稿信笺,显得有些凌乱。

"一切都是因陋就简。房间里家具是原房主从古玩市场搜罗来的,大都是赝品,我还来不及全换掉——现在的古玩家具,良莠不齐,真假难辨。不过正宗的明式家具的确是难得的瑰宝。"

林波边走边说,显然对自己置换的家具很满意。

"那些几案、帽椅、炕桌,不管是黄花梨还是紫檀,方圆曲直,软硬协调,材质圆润而不张扬,富有灵性与气韵,骨骼清奇、棱角分明、俊逸儒雅、简约古朴,浸润江南烟雨,承载了千年文化,达到了传统家具的最高境界。"

林波滔滔不绝。龙骏已经习惯了当看客、当听众,不说话。

他们重新回到院子里。亭子里的石桌上,已经摆下了酒宴。原来小鹤接到老师的指令,早就回"鹤巢"开了灯,准备好客人的晚餐。小鹤见到龙骏,意味深长地微笑。野鹤先生与他的学生嘀咕了几句,把他打发走了。

他们在石桌前坐定,准备享用晚宴——说是天地盛宴,其实是几个简单的酒菜和几瓶红酒。

月亮已经升上了天空。月光把庭院照得如同白昼。

林波依然兴致勃勃,开着酒瓶,抬头仰望。

"廊檐长扫静无苔,枯木山水手自裁。一湖水漾映玉轮,两山排闼送客来。寒舍简陋,聊以薄酒小菜待客,兄弟可不要见怪。不过今夜的月色多美啊! 月亮,那是中国人绵亘的千年诗意,那是中国人永恒的情人挚友。在国外,我曾经看过红色月亮升起的奇景。那一轮明月也美不过今晚的月亮。从此以后,我再也用不着月下独酌了。"

"'寒舍'不简陋,这晚宴倒是够寒碜的。"龙骏话里有话,"你心里只有清风明月,不食人间烟火,难怪成为孤家寡人。"

"我不认为自己是孤家寡人。至于孤独,对我而言却是盛宴。孤独俩字拆开,有小孩,有瓜果,有走兽,有蚊蝇,那是盛夏黄昏的街巷庭院,老幼欢聚,尽享天伦。叔本华说,没有相当程度的孤独,就不可能有内心的平和。无锦衣玉食,无香车宝马,唯春花夏雨秋风冬雪,寂然独立,融身心于宇宙,非孤独不可得!"林波为自己辩解。

"谬论! 不过你的孤独并不彻底,不是还有学生小鹤做伴吗?"龙骏想转变话题。

林波脸上露出忧郁沉思的表情。"小鹤要打理画廊的具体事务。一个画家要成名太难了。人人都在过日子,家家有本难念的经。在作品得到市场认可前,艺术家的日子尤其艰难。画廊、文化街、艺术区,到处都在做,你吹我捧,最后成了名利场,一个美丽的肥皂泡。伟大的艺术家不能迎合市场,不能庸俗化,他应该有历史责任感,这样,他的作品价值才会更高。"

"小鹤对你可崇拜了,一口一个大师。"龙骏的语气里有揶揄。

林波并不以为意,仰天大笑。

"哈哈哈,这年代,哪来什么大师! 有也是炒作出来的。如果有人送我一个诗人的头衔,我会欣然接受。大师? 惭愧,我不过是一个画匠。说到小鹤,的确是个可造之才。孺子可教也! 他美院毕业,基础扎实,还有商业头脑。现在的艺术圈需要他这样的通才。"

"那幅画是怎么回事,那幅《跳皮筋的小女孩》? 有人已经出几十万元买了。"龙骏想把话题引向正轨,急于了解林波这些年的生活经历,深入他的内心。

林波突然露出警觉的神情。

"喔,那幅油画,是我在澳大利亚期间画的旧作,其中糅合了龙川一带年画版画的风格,的确是我的得意之作——我的画没什么好谈的,加在一起还不及你的一幅《星空》。"

"那不是我的画。是一个孩子的习作。他的自闭症被治愈后,天赋也随之消失了。"龙骏道。

"是啊,艺术家都是疯子、傻子。"林波自嘲。

"波波,你就是个疯子,这么多年,离乡背井,抛家别妻。"

林波听出龙骏话里谴责的意味,突然间沉下脸。

"兄弟,别叫我波波。那个叫林波的人已经泯然众生矣。我现在叫野鹤、龙湖居士、鹤巢隐士。当初我答应为龙马公司做设计,有个先决条件,就是要尊重我的隐私。我希望兄弟也能守口如瓶。龙骏,你骂我也可以,打我也可以,我的确就是个鸟人! 这些年,我像离群的孤雁四海漂泊,放浪形骸,逍遥江湖,实在是不堪回首啊!"

林波顿了顿,突然间仰天望月长叹。

"兄弟,你看那月色多美,清夜阒寂,尘渣全无,月色荐酒。如此良辰美景,今夜我们不谈国事家事,不谈往事艺事,只谈酒事,举杯畅饮,畅叙友情。"

林波把石桌上的葡萄酒打开,倒满玻璃杯,对着月亮先干了三杯。

"兄弟,对不起了,我要先敬天地日月三杯。这是法国波尔多的红酒,里面有大西洋的洋流和地中海的阳光。兄弟,你知道吗?'鹤巢'后面的半山腰有我的酒窖,里面是从法国和澳大利亚运过来的葡萄酒。当然,还有本地的高粱米酒。也许有一天,等它们成为陈年佳酿,我的画笔也会变成文物了。现在先不管那些鸟事,让我们兄弟俩痛饮三杯!"

"我宁可要一杯清茶。"龙骏望着红红的酒杯。

"等我的茶室装修好,你就可以天天来我这里品茗论道了。"林波放下酒杯微笑。

"这些年你在此隐居,与龙门书院近在咫尺,至少要去见一下云鹤。那是我们的老师。"

"是啊,云鹤,他才是我们心中真正的大师。我是至今未悟透'无用乃大用',所以羞于见他。终有一天,我脱胎换骨,艺有所成,会去拜会他的。龙骏,你现在还在练龙氏太极吗?说到太极,真是帮了我大忙,有一阵我在澳大利亚极为潦倒,就是靠着到公园里教人太极谋生的。张大千曾经说过,书法就是在纸上打太极。书画之道,先要养心,意守丹田,入静默思,运气于笔端,然后似蛟龙出海腾空天宇,圆活自如,刚柔相济,虚实分明。书法就是阴阳黑白的艺术,是泥土与水的艺术,书法是中华文化最接近自然与自然沟通的艺术。世间万物、人类文明的一切皆源于自然。"

林波忽然间变得异常兴奋,目光炯炯。

"天何言哉!地何言哉!天地有大美矣!胸中有丘壑,方寸才有天地!东临碣石,以观沧海。秋风萧瑟,洪波涌起。日月之行,若出其中;星汉灿烂,若出其里。曹操若是没有壮阔胸襟,何来这磅礴雄浑的慷慨悲歌!李白仗剑走天涯,诗酒寄年华,因有'千金散尽还复来'的豪气,才有'天子呼来不上船'、绝不'摧眉折腰事权贵'的傲骨。乾坤朗朗,铁马河山,孕育万物的自然才是真正的艺术之师啊!"

"你说过不谈艺术的。"

"是啊,是啊,是我的错,罚酒三杯!"林波又一口气饮了三杯。

"不过'鸟事'还是可以谈的。你是鸟人,你的那些鸟类作品我很喜欢。"龙骏陪着喝了三杯,幽默起来。

林波斟酒,一边频频与龙骏碰杯,一边侃侃而谈。

"摄影也是艺术,同绘画一样,是光和影的艺术,是瞬间艺术。你知道我过去就是摄影迷,我游猎各地,拍了几千张照片。我真不知道,我的绘画和摄影哪个艺术价值更高。这世上到处都是美,一草一木都是大美,只是我们对美视而不见。说到鸟类,我还差一些猛禽的照片。什么时候你陪我到龙川峡谷走一趟,去看看鹰嘴岩、鸢尾峰。龙骏,记得吗,少年时,我们曾立下誓言,要走遍龙川的每个角落。"

"我当然记得!我还记得我们还曾在古宅探宝。我就是为这事找你来的。龙潭镇的古宅需要全面修葺。你设计过高家镇的古宅,还有龙马的山庄民宿公寓,我需要你的帮忙。"

龙骏说到了正事。

"好啊!建筑,这是大地的艺术,是最古老的艺术。我定当全力以赴。不过我这人个性散漫,只能当配角。你是踏实的工匠,你当主角。"

找到龙骏感兴趣的话题,林波越加亢奋。龙骏一时高兴,又失了底线,举杯痛饮起来。

那一晚,他们一直喝到月亮西坠,烂醉如泥,然后睡在院子的青石板上。

第五十三章
鹰嘴岩

一

应骁一个人坐在办公室里,目光呆滞,黑眼圈浓重,连内眼角也有些发青。他陷入了焦虑。实际上,他自己也搞不清是焦虑还是抑郁。他经常遇到这样情绪低落的时候。如果遇到身体不适,这种情绪低落则会更严重,一言不发,整日枯坐,做什么事情都提不起精神。一种万念俱灰的感觉像烈火一样炙烤着他。

人生有两大悲剧,一是踌躇满志,一是万念俱灰。

此刻,应骁就被那种万念俱灰的情绪控制着不能自拔,虽然外表平静,内心却像有一团火在燃烧。这种感觉就像喝醉酒,表面沉着甚至脸色红润,肚子里却是翻江倒海——一种恶心想吐却吐不出来的感觉。

过去有一段时间,应骁也是喝酒的,也有过喝醉的时候。包厢里烟雾弥漫,餐桌上杯盘狼藉,那些茅台、五粮液、洋河大曲一大半成了空瓶。应骁固守着,只喝饮料或白开水。酒酣耳热觥筹交错间,还有猜拳行令的嘶吼。突然间餐桌上的喧闹平息,所有人目光齐刷刷地盯着静坐一旁的应骁。

不喝酒的男人不是真男人!

嗨嗨,你们别把小应瞧扁了,他老家出产红曲米酒,他是酒缸里泡大的。

所谓真人不露相,露相非真人……

应骁的嘴角开始上扬。他本来把眼前的这些人看成小丑,内心的轻蔑不自觉地露出来。就像一个武林高手,看到场子里耍把式的三脚猫功夫难免跃跃欲试。那时候他还没有足够的定力。红的白的黄的,各种酒都端上来。还有整箱的冰啤,一瓶瓶地打开,一瓶瓶地对吹,咕噜噜,平均不超过五秒一瓶。

应骁终于赢了,看着对手一个个趴下,他有一种莫名的快感。

可是这种快感很快消失了,变成了巨大的悲悯和失落。天旋地转,头痛欲裂,他跑到洗手间,用食指抠喉咙,吐得满地污秽。连身上也是这种难闻的污秽味道。应骁从此再也不喝酒了。他只喝茶。

对于喝茶,他并不讲究,不拘什么茶叶,往杯子里放一撮,倒上开水。有时候喝两口,有时候那杯茶就放一整天。倒水冲茶只是他机械性的习惯动作,那端着的茶杯成了他思考问题时的道具。

这天早上一上班,应骁照例泡了杯茶。可是他并没有喝,茫然地注视着杯中不断沉浮的茶叶末子,目光慢慢地移到对面的书架上。他的办公室,三面都是书架,另一面是一个加锁的文件柜,一把电风扇,一个滴水观音的盆栽。办公桌上除了一台电脑,就是大量的书籍文件。

老式的木头书架灰蒙蒙的,似乎积了薄薄的一层灰。打开水、拖地板、抹桌子和柜子,是以前的他早上要做的第一道功课。这个功课做了十几年,现在无须他做了。要是以往,那个年近六十的女勤杂工一上班就会来应骁的办公室,把窗台书架办公桌擦拭一遍,把所有的东西整理得井井有条。有时候她还会微笑着与应骁说说话,把邻居间的家长里短,甚至与媳妇吵架的事也跟应骁细说。最近几天,她似乎也碰到了烦心事,一脸严肃,匆匆进来,放下报纸和热水瓶,很快蹑手蹑脚地走出去。她脸上的表情怪怪的。

实际上,应骁感到他所遇见的人都是这样的眼神。他默然凝视,脑子里似乎一片空白,又似乎思绪潮涌。办公大楼里静悄悄的,连走廊过道也很少听到脚步声。应骁无所事事,成了空气人。

整个上午,只有两个人来找他,一个是市府办主任,另一个是新来的秘书。

办公室主任是一个沉稳练达的中年人,大学哲学系毕业,是应骁一手提拔的,平时早汇报晚请示,往应骁的办公室走得很殷勤。他自己的文字功底很深,但是起草文件写报告需要引经据典的时候,还是经常来请教应骁。有时候,一个关键字词的运用也要应骁定夺。

"应市长,小马写了份调查报告,是关于龙川旅游深度开发的,其中有个用典是否恰当,想来请教您。"

主任指指身后的年轻人。年轻人面容白皙,戴着金边眼镜,似乎有些急于表现,抢着说话。

"龙川峡谷里有许多山峰有待深度旅游开发,雄奇险峻的鹰嘴岩就是其中之一。鹰嘴岩有许多动人的故事,有神鹰斗恶龙的故事,有神鹰与头陀的故事,这些故事在那一带流传很广。有一种说法,说老鹰是世界上寿命最长的鸟类,一生可达七十岁,但要活那么长,它必须在四十岁时做一个艰难的抉择。四十岁时,鹰爪老化无法有效地抓住猎物,它的喙变得又长又弯,几乎碰到胸膛,它的羽毛长得又浓又厚,翅膀变得十分沉重,飞翔十分艰难。这时的老鹰面临两种选择,要么等死,要么历经一个十分痛苦的蜕变过程——飞越山巅在悬崖上筑巢,用它的喙击打岩石,直到喙完全脱落,等新喙长出,再用新的喙把指甲、羽毛一根一根地拔出来,经过一百五十天漫长的磨炼,老鹰开始重新飞翔,再过神鹰一般的三十年岁月!有人认为这是真的,有人认为这是谣传。我不敢肯定。"

应骁沉吟着,似听非听。鹰嘴岩,那些传说是应骁最熟悉不过的。他望着年轻人谦恭的眼神,指了指面前的电脑。

办公室主任微笑着。

"应市长的意思是,你回去在电脑上查询下,或是查阅一下有关书籍。小马呀,汇报问题要简明扼要,你没看见应市长正思考问题吗?老鹰的传说或是讹传,如果不能肯定真假,那就不用。老鹰面临的困境,正是艾伯特·塔克描述的'囚徒困境',或者说是'蜈蚣博弈',那都是似是而非的东西。"

两人走了,办公室又恢复了死一般的沉寂。

鹰嘴岩,老鹰,蜈蚣博弈,囚徒困境……应骁脑子里的某根神经被触动了。他陷入了更深的忧虑。

他现在是属于停职检查,暂停职务,等待新的任命。暂时不要出差,车钥匙上缴。护照也上缴——这倒没有什么,他的护照办了几年,还未使用过,他几乎一年忙到头,别说出国,出差也是能推就推。没有什么好抱怨的,这些处分,有的是他自己主动提出的。他不知道是不是为了证明自己的清白,只是凭直觉感到应该这么做。在火灾事故处理大会上,吴书记、汪市长都做了深刻检查,提出要以大局为重勇于担责。作为负主要责任的直接领导,应骁没有理由推诿。

那场把许多东西燃成灰烬的火早已熄灭,但是在应骁身上还在燃烧。他像一只被蛛网网住的飞蛾,再也无法挣脱。他觉得头顶有一张巨大的天网,所有人都成了那张网里的鱼。是啊,人再聪明,终究还是逃不脱那张网。没有人愿意去扯断那张网上借以立脚的网线,只是,有时候一场不起眼的意外也会捅出一个窟窿。

那场火几乎把他身上的铠甲烧熔了。他自以为是骑士,挑战作恶多端的恶龙拯救遇难美丽少女的骑士,其实是蜷缩在生锈铠甲中的懦夫。人人皆困于盔甲中,成功、权力、金钱、欲望、爱情、知识、天才、名望和荣耀,其实都是盔甲。如果一场大火能融化那身沉重的铠甲,那倒是好事。褪去盔甲,让身心获得自由!可是脱去铠甲,也意味着露出你的本来面目,在对手面前露出你所有的软肋!

应骁这样胡思乱想着,随手端起茶杯喝了一口茶。茶是苦涩的。是的,酒是烈的,茶是苦的,很快就会有人请他喝咖啡了。是那种苦涩的咖啡。

应骁枯坐了一天,临下班时接到通知,要他第二天到有关部门去报到。

二

应骁穿着风衣,戴着假发,在城市的街道上行走。

他不习惯在居住小区附近的公园散步,一来平时很少回家过夜,二来他怕见到居住在同一小区的熟人——他们大多是在市府各大机关上班的公务员,偶尔相遇难免闲扯几句,气氛尴尬,徒然影响心情。他喜欢在熟悉或是陌生的大街小巷行走,两条腿不停地迈动,头脑里海阔天空地遐想。这是属于他个人的时间,他要与内心的那个自我对话。

临近仲秋,城市的天气依旧不见凉爽,北方没有冷空气南下,南方副热带高压迟迟不肯让位,虽然来自南太平洋的台风擦过,带来了暂时的降温和一场中雨,但是雨过之后,天气依然像梅雨季一样潮湿闷热。不过,比起前一阵夏季的高温酷暑,算是好多了,毕竟气温降了不少。一场风雨过后,街上落满了法国梧桐和香樟的枯枝败叶。打扫干净后,夜晚这一刻的街面又热闹起来,车来车往,行人熙攘,华灯初上,夜色璀璨。这座城市依旧是生机勃勃的,充满野性的欲望。

应骁选择了一条比较偏僻的街道,有意避开熙攘的人流。街道的一侧,在画了一排宣传画的围墙里面,是刚刚拆掉的老房子的废墟,山一般的残砖砂石堆与街对面霓虹闪烁的商铺形成鲜明的对照。这样的场景曾使应骁感到骄傲,因为那废墟之上很快就会有高楼大厦耸立。可是如今,那瓦砾堆上,在夜幕下裸露的钢筋像一把利剑插进他的胸膛,使他痛得快要窒息了。

绕来绕去,最后还是绕到了城中路上。往北走了几公里,在高大的行道香樟树右侧出现了一个公园。似乎是鬼使神差,应骁不自觉地来到这个公园。还在当秘书的时候,他就租住过老火车站附近的小旅馆,经常在附近一带散步。他似乎很有些怀旧,在以后的岁月里,又经常到这里散步,有时候是步行过来,有时候是开车。这个公园是应骁主持修建的,在老火车站和第四代小商品市场之间,是婺州城最早最大的公园之一。公园里有孝子庙、孝子墓、牌坊、孝风亭、广场、喷池、假山和石桥,还有从别处拆移来的古建。公园的植被非常茂密,乔木灌木花草相间,竹林苍翠,名目繁多。

应骁经常光顾这个公园,一个重要的原因是,公园里有一个仿松木筑堤的荷塘,这里可以观赏荷的四季。春夏之际,清澈的水面浮起巴掌大的荷叶,慢慢变大,亭亭地撑起一把绿伞,绿色的浓荫里冒出白色的蓓蕾、粉红色的花朵,然后是莲蓬,接着在秋风冬雪里荷花枯萎剩下一塘的枯枝。在荷塘假山草坪的外围,有一条近似环形的青石板路,低缓的斜坡蜿蜒在林木间,一天的大部分时间里都有居民游人在这里慢跑散步。应骁一进公园,也要绕青石板路走上几圈——有时是八圈,有时是十圈,有时是走到精疲力竭为止。

很少有人能认出化了装的应骁。他们不认识应骁,应骁也不认识他们。有一个老态龙钟的妇人,经常拿着一塑料袋的鱼虾龟鳖到荷塘里放生,然后在荷塘边的亭子里,在黑暗中默然枯坐。一个光着黝黑膀子的老人,拿着编织袋,沿路捡拾垃圾。一对中年夫妇,似乎是附近小区菜市场卖菜的,身上有一股鱼腥味,每天都来散步。男的矮小,秃顶;女的高大壮实,两个手掌撑在腰间像是鸭蹼,走路一摇一摆。还有三个男的,一高一矮一瘦,边走边大声议论着股市:大户、坐庄、割肉、放血、追涨、踏空、K线图、牛熊——从他们激烈的争吵声里、时而兴奋时而哀叹的语气中,旁人就感到股市的汹涌波涛。公园的一角，在一栋移建的老宅前，放着几把旧沙发椅子，椅子上坐着几个拄拐杖的老人。青石板路的对面，在树林浓荫下的石凳上，一群老人三三两两地围着，谈天说地，纵论古今，从远古的三皇五帝谈到乡下演出的社戏，从小布什、奥巴马、核动力航母、海湾战争一直谈到最近城里的那场大火。人堆的旁边，有几个人在摆摊。公园的另一边，在罗马柱前的广场上，是夜夜不停的歌舞，男女老少，人流如织，蹦蹦跳跳。广场一角，是一个坐在轮椅上的青年摆的卡拉OK摊——一个音箱，一个话筒，围着的人群里不时响起声嘶力竭的吼唱，沙哑中带着高亢，流浪的乡愁中带着伤感。

　　世俗的生活就在公园里流淌。有时候这种单调乏味的生活使应骁平静，更多的时候使他感到沮丧。想到有一天，自己也会像那些公园里的老人一样在无谓的唾沫星子里度过余生，他就不寒而栗。

　　应骁走进公园。黄昏时的那场风雨把荷塘的荷叶打烂了，残枝碎叶一片狼藉。路两旁的灌木丛和草地，覆盖了一层枯黄的叶子。应骁顷刻间兴致索然，脑子空空的。晚上八九点，公园里灯光昏暗，行人渐渐稀少。应骁绕着青石板的环形路一圈圈地走，偶尔停下来，在路边的长条石凳上坐一会儿。他身后树荫间的石凳上，一男一女搂抱在一起在小声嘀咕。他对面的石凳上，一个光膀子的小伙子躺着呼呼大睡。

　　他站起来继续向前走。散步的人越来越少。他突然间闻到了一股浓烈的香味，那是路旁桂花林里散发出的花香。他拐上了一条小路。鹅卵石铺的小路上洒满细碎的桂花。靠近孝子墓的小山坡上，参天古木和婆娑的孝顺竹遮蔽的林荫里，有星星点点的火光在闪烁。几个中年女人站在浓荫里吸烟，应骁从她们身边走过的时候，闻到她们身上刺鼻的香水味，其中的一个靠上来，嘴里说着什么。

　　应骁像逃避瘟疫似的跳开。他急匆匆地穿过树丛，出了公园的北门，继续走在城市的街道上。那些女人身上刺鼻的香水味刺激着应骁的神经。他又有了醉酒的感觉，恶心欲呕，腹内翻江倒海似的灼烧着。

　　应骁不知疲倦地向前走，浑身汗津津的，思维却活跃起来。

　　他想着，自己从未真正摆脱过世俗生活的羁绊，他就是个凡夫俗子。他也曾在公园的长凳上睡到天亮。他并不比树荫下那个小老头高尚，也不比那些在公园里高谈阔论的小股民聪明。那些似乎活着却徒然耗着余生的老人就是他以后的影子。

当你卸下面具脱去铠甲,你就是芸芸众生中的一个!你自以为是正人君子,不愿意与燕雀宵小为伍,实际上你就是那些到处刺探钻营的鼠辈中的一员!

夜深了。街上的行人汽车越来越少。路灯昏暗,头顶是灰沉沉的夜幕。应骁形单影吊,在城市的街道上,像只孤狼似的游荡。在这个城市里,他是孤独的。他从未摆脱那与生俱来的孤独感。

也许人生来就是孤独的。人类的命运充满烦恼与困惑,那与生俱来和生命同在的孤独来自灵魂深处。我们假装忙碌、尽量不让自己闲着,我们东奔西走、追名逐利、谈情说爱、吃喝玩乐、蝇营狗苟,孤独还是乘虚而入。璀璨之后是灰烬,狂欢之后是落寞。人生短短几十年,我们孤独地来,又孤独地去,从未真正战胜过孤独。

应骁已经走到城市的边缘。这里有更多的建筑工地,脚手架和吊臂林立。他能听到一阵阵轰然倒塌的声音,那是他内心深处,顽强支撑他生命的东西在崩塌。

他一头扎进夜幕,依然不知疲倦地向前走,一直向北,向着龙潭镇的方向走。

三

蜈蚣博弈,囚徒困境,是啊,我就是那只用毒液撕咬自己的蜈蚣。我就是那个困境中的囚徒。

是困境也是囚笼,是囚笼也是外壳。是几千年来罩在我们身上的坚硬的外壳。那个外壳是如此坚硬,似乎从未被打破过,即使偶尔软化松动、局部锈蚀,也很快就会被修复。那层外壳使人压抑窒息,它的气场是如此强大,不但凿壳的人和壳中人低头弯腰卑躬屈膝地生活,那些逃离了或是自以为逃离的人都被裹挟着沦为它的附庸。那外壳就像是皇帝的新衣,人人看见却人人视而不见。

应骁在黑暗中走着,脑子转得飞快。他不停地思考,被抽象的思维牵着鼻子走。无休无止的思想像无数的蚂蚁吞噬着他的脑汁,深入他的噩梦,毒化了他的生活。

我堕落了吗?我们堕落了吗?我们的祖先有受人之托一诺千金赴汤蹈

火的德信,充满救危济困路见不平拔刀相助的侠义精神,有强悍尚武又温文儒雅的气质。我们的祖先,有智慧超群、洞彻天地人间大道的圣人,有人格独立、舍生取义的易水壮士。不知何时,我们中的一些人变得狡猾愚昧、贪婪懦弱、猥琐冷漠、自私麻木。这一切是怎么造成的?是那千年的帝制!帝制的垄断使得万马齐暗、死气沉沉,皇权的建立使社会陷入打打杀杀一治一乱的恶性循环。那是一具僵尸,一具身上涂了防腐香料描有象形文字并且以丝绸包裹起来的木乃伊。那具僵尸犹如冬眠的动物一般,体内血液循环已经停止,但是遇到合适的气候还会蠕动,散发遗毒,贻害苍生,使得民众变得柔靡,变成另类的奴隶,使官僚变得卑污暴戾。

在忽明忽暗的黑夜里,应骁走走停停。一直走到红土坡上的工业园区。这个工业园区在应骁的手里扩大了四五倍,曾经使他感到骄傲,现在那些一排排的厂房,林立的塔罐,轰鸣的机器声,却使他莫名地恐惧。他在那些还亮着灯的厂房外面兜了一圈,寻找四姐应杏花的服装厂。那块新的童装厂的招牌使他感到沮丧。

他走下红土山岗,沿着龙江堤坝向前走。上大学时应骁曾溯钱塘江而上,寻找钱江源。即使是现在,他还喜欢沿大大小小的江河溪流行走。应骁当镇长时,对大龙江进行了一次彻底的疏浚,在两岸筑起堤坝。他现在就沿石堤一直走到龙潭镇。

黎明时分,他走近龙潭湖。晨曦中的龙潭湖是宁静的,在灰暗的天幕下,黑魆魆的湖水还在沉睡。湖滨大道上鳞次栉比的宾馆酒楼、湖岸停满游艇画舫的码头、湖中隐约的岛洲和龙江两岸林立高楼上闪烁的灯光,这些多少跟应骁有关的东西给了他一些慰藉,使他觉得自己的一生并没有虚度。

可是这样的平静是短暂的,他很快又烦躁不安起来。他没有忘记自己到龙潭镇的目的。在熹微的晨光里,他溯溪而上。这条叫丹溪的小溪从他家老屋后流过,他小时候经常在溪里淘鱼摸虾,他总是习惯走溪堤而不是穿过古宅到湖畔玩耍。

应骁已经走到自家的老屋边。老屋静悄悄的,竹篱门扉紧闭。斑驳的灰墙上写着一个巨大的"拆"字。阁楼的窗户开着,一群麻雀飞进飞出。老屋关门落锁,似乎已经很久无人居住了。应骁并不想走进去。无论甜蜜还是伤感,他在老屋度过的童年少年时光和家的记忆也在这一刻被掏空了。

应富贵半边瘫痪,在医院里做康复理疗。应骁去看过一次。父子俩没说一句话。应富贵茫然地注视儿子,眼神是温和的,甚至充满怜恤。那一眼,似乎把父子俩过去的恩怨情仇一笔勾销了,也把连接父子的最后一根线扯断了。

天已经大亮。应骁步行上山来到桃花坞。这里是龙潭镇有名的乱坟岗,低矮的山丘岩石裸露,荆棘杂草丛生,在稀稀拉拉的马尾松之间,鼓起一座座坟包。应骁走到山腰间,在一座孤坟前停下。那座坟包,微微隆起,高半尺许,只有两三平方米,一半砂岩一半枯草,四周有几棵细小的柏树。那几棵柏树是应骁去年种下的。应骁还是心存疑虑,不知道坟包里埋的是不是亲生父母的遗骸。他曾经问过诸葛教授,可是教授也搞不清了,四五十年前逢年过节是教授祭扫,事情一忙,祭扫的次数也少了。前些年进山公路穿过坟岗,那些有主的坟墓都移到镇公墓去了,一些无主的乱坟被移到桃花坞。

我是该被唾骂,哪怕被唾沫淹死,也是应该的。应骁想着,突然间跪了下去,匍匐在地上,一手抓住枯草,一手抠进沙土,先是哽咽,继而号啕,涕泪纵横。

他折了两段柏树枝,把其中的一段放在坟包上,然后离开,来到另一座孤坟前。那是桃花的墓,差不多也已沉陷,坟上覆盖了一层枯黄的桃叶和松针。他把另一段柏枝放于墓顶,遽然离去。

秋日的暖阳照着山坡下的古镇。古宅新楼间的大街小巷车水马龙、人流熙攘。古镇依然生机勃勃。可是那生机勃勃的一切似乎已同他没有任何关系了。应骁脸色阴沉,穿过熟悉的街巷,对周围的一切视而不见。

他来到了李宅曾经就读过的学校门口。他记得那是村口的一排平房,房前的泥地上,李翠花曾经带孩子在花坛边种下十几棵梧桐树,后来只存活了一棵。那棵梧桐已经长成合抱的大树,枝繁叶茂。低矮的瓦房也变成了五六层的高楼,外面筑起了围墙,门口花岗岩石牌上刻着"海马国际艺术学校"的字样。

"我想见见我的儿子。"应骁把头伸进传达室的窗户,"我的儿子叫应明。"

传达室里,坐在方桌后面椅子上的小老头,用狐疑的目光看着应骁。

"是有一个孩子叫应明,这个学期开学才送来的。"小老头说道。学校就七八十个孩子,有些是黄头发蓝眼睛的外国人。"这个叫应明的我认得,虎头虎脑的。"

"对对,他比同龄孩子要高,有些呆头呆脑。"

"呆头呆脑?那倒是没有。这个叫应明的孩子很正常,同别的孩子一样,踢球打闹,唱歌画画。我看不出有什么不正常。你是孩子的家长?"小老头戴起老花镜,翻着手里的来客登记簿。

"你看这里,监护人一栏写着诸葛慧莲——是龙宅诸葛医生的女儿,她经常来。开学时我倒是见过一个秃顶的男人陪着过来,后来再也没见过。你知道的,学校实行封闭管理,为了安全,平时不让人进。"

应骁觉得脖子酸酸的,一扭头,看见窗玻璃上映着一个形容猥琐的男人。那男人穿着肥大的风衣,满头枯黄的头发蓬乱披散,面容憔悴,眼神阴郁。

门卫老头用警觉的目光注视着,应骁匆忙逃离。

孩子很好。孩子很正常。我又何必非见他一面呢?我要远离他,我只会给他带来灾祸。我本来就操心少,现在更是没必要了。他是这个世界上另一个独立的生命,他会健健康康长大的。

这样的想法给他疲惫的身躯注入了活力。应骁穿过一条小巷,一口气爬上山坡,走进了龙门书院。这里有他要见的最后一个人——云鹤。

应骁已经很长时间没进龙门书院了。云鹤倒是希望应骁能来书院喝茶,他甚至邀请应骁到阳明大讲堂为学员上课。应骁以忙为理由推托,觉得自己已经不配为人师。

一个戴眼镜的中年人坐在院长办公室里。

"朱院长是几所大学的客座教授。他昨天到杭州上课去了,一周后回来。您要是有急事,可以打电话给他,或者让我转达……先生,请您到茶室喝茶。"

"不用啦……不用啦。"应骁嘟哝着。

结束了。一切都结束了。

应骁想着,出龙门书院,穿过千樟林,木然站在青山湖的堤坝上,茫然注视着眼前的一汪湖水。他就是在这学会游泳的。他不敢去龙潭湖与龙家的兄弟一起游。那时候他脱得光光的,站在湖岸上,心里充满绝望与恐惧。突然间,有人从身后推了他一把,是龙家兄弟中的龙彪或是龙狮。应骁在水里扑腾挣扎,喝了一肚子的水,被捞上岸时已奄奄一息,但是终于学会了游泳。

现在,他又像是被人推下了水,在水中扑腾。那种令人窒息的感觉再次袭来。湖水已经没过头顶,他在巨大的漩涡里沉下深渊。

四

一整天,应骁都在龙川山谷里游荡,形单影只,像个孤魂野鬼。

对应骁来说,龙川就是上演悲喜剧的人生大舞台。这里的景物是应骁非常熟悉的,他曾在最西端的龙峡小学教过书。当镇长的时候,他为修公路,兴水利,又走遍了龙川每一条峡谷。这是典型的江南山乡,青山如洗,层峦叠翠,山花烂漫,溪涧碧绿。古木深林中横柯交蔽,林荫湿地长满莓苔,松栎丛间清风拂衣。横跨溪流的石板桥下,泉声淙淙,赤脚涉水过涧,清冽的溪水在脚背流淌。两岸的山坡上,时时可以见到山民种植的大小麦、玉米、高粱、荞麦、瓜豆和桃李杏枣。云光松风水露间,鸟鸣山涧,牛羊啃草。

不知不觉间,应骁走入他最熟悉的龙潭峡。龙潭峡的上游人烟稀少,荒凉僻静,中下游溪涧奔流,两岸红崖夹峪,怪石嶙峋,深潭之下,潜石如兽,暗流九曲。

应骁没有走有人车往来的公路,而是沿着少年时走过的羊肠小道独行。他要远离尘嚣,远离有人居住的村落。

在应骁的眼里,龙潭峡美景不再。四周的峰峦如怪兽蛰伏,吞噬了太阳。苍穹隐晦。溪流泉瀑声像是惊雷,又像是山峦崩塌的声音。

他的身体消失了,只剩下无休止的思想。他的思想杂乱无章,颠来倒去。每当狂躁抑郁来袭,他就会陷入悲观的情绪难以自拔。他作茧自缚,像一只翅膀慢慢腐烂的蛾生活在黑暗当中。他思考着大而无当、玄而又玄的问题,沉浸在梦幻里,一会儿是高尚的拯救世界的英雄,一会儿又是毫无用处的懦夫,卑贱如同蠕虫。

人啊,你是如此渺小,如此自不量力!人啊,你一直生活在幻想中,生活在谎言编织的世界里。这是一个充满盲从者的世界,我们不过是一群生活在巢穴四周的蚂蚁,一堆被人驱动的提线木偶,一群在世俗生活的囚徒。我们吃着同样的食物,在相似的房间里寄居,遵循同样的生活轨迹,过着和昨天同样的生活。我们在浮躁和喧嚣中衰老死亡,然后,我们的子孙做一遍同样的游戏。

我们是谁？我们自诩天之骄子，自诩是地球上璀璨文明的创造者，实际上，我们不过是井底蛙。我们坐在井底，以为世界只有井口那么大，既不知道井外的世界是如此浩瀚，也不肯承认人心的清明无垠。我们躺在温水里，志得意满，而对井外的未知世界充满恐惧。

可是，难道我不是我们中的一员吗？我是谁？我自谓善琴，实则与弹棉絮者无异。我本是一介布衣，如果安于清贫，本可以做一粒现世安稳岁月静好滚滚红尘中的微尘，一个衣食不缺、无是无非、喝着清茶安闲度日的书生，弹琴赋诗，啸吟终日。可是不甘寂寞的天性，使自己浮沉宦海迷航不悟，追逐名利自寻烦恼，求静不得求闲不能。那膨胀的欲望把自己毁了。

我是谁？我是那匹在城市徘徊的独狼，表面上枭视狼顾，实际上是徒有空虚躯壳的行尸走肉。这个表面温文尔雅、勤勉谨慎的人，骨子里却是一个愤世嫉俗的悲观主义者。

我是谁？我是那个不知父母是谁的孤儿。我不知道从哪里来，又要到哪里去。我不是父母的儿子，也不是儿子的父亲。我怀疑自己的身世，一直被忧郁症折磨着，医生说这是精神分裂的前兆。精神病就精神病，随他们怎么说！我这条命本来就是捡来的，苟活于世还是黯然消失有什么区别！

我是谁？我就是那个无家无室的孤家寡人。爱，多么美丽的语言，爱可以消弭世界上一切仇恨怨尤，爱是世界上最伟大的语言。爱与被爱都是幸福的。可是我没有爱。我丧失爱的能力和权利了吗？

没有爱，这是何等的悲哀！

我是谁？我是君子，也是小人，是王子，也是乞丐，是那个思想的巨人，也是行动的矮子！我就是那个在阴暗走廊里念着独白的幽魂：

> 生存还是毁灭，这是一个值得考虑的问题；默然忍受命运的暴虐的毒箭，还是挺身反抗人世间的无涯的苦难，通过斗争把它们扫清。这两种行为，哪一种更高贵？死了，睡着了，什么都完了⋯⋯

沿着那条早已废弃的羊肠小道，应骁不知疲倦地行走，脑子像飞轮似的转动着。那篇他过去经常念的哈姆雷特的独白忽然间使他兴奋起来。

他已经来到佛首峰鹰嘴岩下。这一带他是非常熟悉的。他曾在鹰嘴岩下砍柴，记得那些在草丛中游弋的毒蛇，那些使他脊背红肿又痒又痛的毛毛虫,那些使他鲜血淋漓的荆棘树杈。那个砍柴的少年常常抬头,看鹰嘴岩上兀立的苍鹰腾空而起,在群山之巅飞翔。那些猛禽的雄风英姿使他肉体上的痛苦减轻了。

他很快爬上山腰,从南面一侧登上了鹰嘴岩。

站在岩顶举目西望。近处的山涧峡谷,急湍奔流如雷轰鸣;远处绵延的山峦起伏,松涛阵阵,秋日五彩的树叶斑驳如画。群山之巅,苍穹之下,一只苍鹰鼓翼翱翔。

暮色苍茫,残阳如血,满目青黛,秋风萧索。他纵身一跃,终于像一只重生的鹰,冲天飞起。

第五十四章
重　生

一

应梅花站在龙门书院院长办公室外面,焦急地等待着,一脸忧戚。她还没有从弟弟应骁突然离去的事件中缓过神来,又遭遇到平生最大的烦恼。她现在所有的心思都落在儿子身上。

在方圆走进院长室与云鹤长谈前,应梅花先来到院长室见了云鹤。应梅花一脸的庄重严肃。云鹤看出了她平静外表下深深的焦虑。

"这次他舅舅应骁不明不白地离去,对他触动很大。不管儿子选择哪条路,我现在都能理解了。儿子大了,已不再是我的私有财产。"

"你能理解,或许你家人——他的父亲爷爷奶奶有想法。"云鹤继续试探。

"他父亲就是个老好人,家里、公司里的事都是我说了算。他爷爷更是个大善人,在我们那一带很有名,一辈子做小生意办糖厂,辛辛苦苦赚的那些钱,连同我们现在给的零花,大部分都用于修桥铺路、赈灾济贫了。自己烟酒不沾,为乡亲办事倒是出手大方。说到阻力,反对最激烈的还是我爸,不过这次他生了一场大病,又遇应骁离世,一生几次白发人送黑发人,想想也就能想通了……"

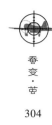
应梅花虽然语调平稳,但脸上多少有些哀伤。

"是啊,世事无常。人生之苦,莫过于生离死别。还有就是财富,不可得,或者得而复失。"云鹤道。

"老师,我已经想通了。亿万家财也不一定能给人幸福,绞尽脑汁要守住,还想赚更多,二十四小时都睡不好。有时候钱多了反而使人烦恼。我已经决定,死后统统捐出去。我连自己的身体也捐献了。"

应梅花突然间鼻子酸酸的。

她想起了过去的一切。她想起了贫困的童年,想起了创业的艰难:衣衫褴褛,风餐露宿,天南海北,在笼子一般的闷罐车里,躺在座位下几天几夜;在雨雪交加的街边,为了一毛钱的利润声音嘶哑地吆喝;在陌生城市陌生的人流中,汗流浃背地奔波;为了要债,为了贷款,几个星期蹲在楼道边的垃圾堆旁,饿得奄奄一息。即使在她积累了亿万家产功成名就的时候,依然被各种流言蜚语纠缠。那些巨额财富似乎并没有带给她想象中的幸福。

她深知父亲应富贵因为没有儿子而遭受的歧视和内心的痛苦。儿子成了应梅花的心头肉。她一定要亲手抚养儿子,不管到哪里摆摊做生意都要带着。儿子也跟着她颠沛流离,尝尽了苦头。好不容易把儿子拉扯大,花无数的本钱培养他,儿子却不买她的账,没有朝她希望的方向发展。

儿子那张白皙的书生气十足的脸她百看不厌。应梅花总是为儿子感到骄傲。方圆是那么英俊,甚至比年轻时穿着军装的龙虎还要英俊!——龙虎,那是应梅花心里永远的痛,是她一生割舍不掉的隐秘的情丝。她默默地关注着龙虎的一切。她参加了龙虎的葬礼,又偷偷地到龙虎的坟前去上香。她见到了正在哭泣的孔鲁凤,孔鲁凤那张痛不欲生的脸使梅花醒悟。她对龙虎的最后一缕情丝也被斩断了。应梅花悲痛欲绝,又暗自庆幸,她的儿子没有像龙虎的儿子龙成那样不成器。

她想起了夭折的三妹桃花,想起了腆着大肚子血淋淋地躺在急救室的四妹杏花,想起了不久前离去的弟弟应骁。作为家里的长女,应梅花心里的痛并不亚于母亲,只是她内心的剧痛被风风火火大大咧咧的外表掩盖了。是啊,人生无常,即使是在最风光的日子里,她也能感受到鄙视的冷眼和妒忌的红眼。繁华之后是落寞,热闹过后是冷寂。我又何必执念于无人继承巨额财富呢?不管儿子选择哪条路,我都应该支持他……

不知过了多久,院长办公室的门终于开了。俩人一先一后走出来。站在云鹤背后的方圆眉宇开朗,眼神清澈,像顿悟之人,精神百倍。

"孩子已经同意了。他答应做书院的讲师。以后他就在院长办公室上班,做我的助手。"云鹤颔首点头,意味深长地望着应梅花。

"太好了！您是应骁的义父,现在又是方圆的老师,希望您能严加管束,多多培养。"应梅花声音颤抖。她现在不再奢求儿子能够从事所学专业,也不再希望他放弃"不婚主义"。从云鹤的字里行间,梅花能感受到对方对自己儿子的期许和疼爱。

"想到崇文尚武经世致用的婺州理学有人承继,想到有人铁肩担道义守护这一方独领风骚生生不息的文脉,实际上,梅花,应该高兴的是我啊！"云鹤一改平时的庄肃,仰头朗声大笑。

应梅花的眼泪夺眶而出。那是悲喜交加的眼泪。

二

婺州城里差不多时间举行了两场葬礼,一场是静悄悄的,另一场是轰轰烈烈的。后一场万人空巷的热闹葬礼是为在火灾中牺牲的消防兵"火凤凰"举行的,报纸连篇累牍,广播电视滚动播报,宣传"火凤凰"的英雄事迹,使人们对火灾本身的记忆反而模糊了。

毕竟是白发人送黑发人,龙禧对老对头应富贵的遭遇感同身受,大度地动员儿子儿媳孙辈参加应骁的葬礼。实际上,用不着龙禧动员,龙马也会率领龙家人参加表妹夫的葬礼。龙应两家年轻的一辈因为有诸葛慧莲这根纽带,早已是化干戈为玉帛,亲和融融。

天堂鸟火灾的浓烟散尽,事故责任也很快厘清,龙发、黄善被判了刑,高尚君的事也捂不住了,他在潜逃的路上被抓获。不久,汪彬因涉嫌严重违纪违法,接受市纪委纪律审查和监察调查。

葬礼结束后,朱赫赫留下来照顾诸葛慧莲。与应杏花有关的刑事民事官司都已了结,朱赫赫现在把所有的精力都放在跨国的细菌战诉讼和公益事业上。

人到中年,这对少女时的好友、如今最好的闺蜜越加心有灵犀。在客厅里的沙发上,她们面对面坐着。诸葛慧莲的表情是平静的,她内心炼狱般煎熬的痛苦似乎已经过去。朱赫赫,这个平时风风火火乐观坚毅的女人,看见诸葛慧莲瘦削的身形和憔悴的面容,鼻子也是酸酸的。

"虽然已逝之人的坏话说不得,但我还是要说,应骁走这一步,太过分了!"朱赫赫有些激愤。

"他不过是想证明自己的清白。一个人能清清白白度过一生也不错了。"诸葛慧莲似乎是在安慰朱赫赫。

"我有把握证明他的清白——你,我是说他,为什么不来找我?"朱赫赫挥舞手臂。

"那可能要牵扯到更多的人……再说你太忙了,有那么多的官司要打,还要做公益。"

"这不是理由。是他太孤傲了,不愿意放低身段求人。"

"……谁也不知道他在想些什么,从来没有人真正走进过他的内心世界。他太悲观了,那硬币的两面,他只看到其中的一面……"

"他是内向,闷葫芦,又自卑又自负,遇到这样的男人——真是苦了我们女人。行了,不说他了——我知道,这些年你过得很不容易,我真担心有一天你会扛不下去……"朱赫赫不再提应骁,她现在最担心的是诸葛慧莲。

诸葛慧莲却出奇地平静。

"别为我担心。一切都会过去的。爱过,痛过,苦过,甜过,尝遍苦辣酸甜,人生不就是这样吗?我从不觉得自己比别人苦。有那么多朋友在背后支持我。我有工作,有病人,还有父母,最主要的,有儿子。上帝关上一扇门,又会打开一扇窗。"

朱赫赫不再规劝。她知道说再多也是废话。她只是想站在诸葛慧莲的身后,给最好的朋友以心理支持。

实际上,诸葛慧莲面前的那扇窗早已打开。

应明到龙潭镇的国际艺术学校就读后,像是换了一个人,虽然还是寡言少语,但是眉宇渐渐舒展,眼神清澈。他已经学会与别的孩子一起玩耍,踢球唱歌。他正在慢慢地变成正常的孩子——没有比这更让人高兴的事了。

龙潭镇,有父母和乡情,有她熟悉的街道小巷,有美丽宁静的田野山川湖泊,有瓜果菜园和鸡鸭猫狗。孩子的脚踩在泥土上,在那里一定会健康成长的。

诸葛慧莲现在经常抽空去看望儿子。这一天,她看完儿子,顺便到龙门书院把应骁留下的信交给云鹤。

在整理应骁遗物时，发现了两封信。一封是写给龙骏的，大意是要龙骏多多照顾他的儿子应明，以及不管遇到什么困难，龙潭镇古宅的修葺工程都要坚持下去。另一封是写给龙门书院院长云鹤的，谁也不知道其中写了什么。

云鹤接过信，也不拆开，直接带诸葛慧莲来到莲画馆。莲画馆里是云鹤几十年间创作的四季莲花，有水墨、水彩、油画……

他们边走边看四壁的莲画。云鹤的目光，慈蔼中带有怜恤。

"……莲花生于淤泥，绽于水面，出淤泥而不染，洁净高雅。莲瓣莲蓬可赏，莲子莲藕可食，一身是宝啊！女人如花，该绽放的时候就要绽放，给世人以美，给自己以生命的璀璨……"

诸葛慧莲点点头。她显然听懂了云鹤的话。

离开龙门书院，诸葛慧莲穿过千樟林，沿着青山湖湖堤漫步。她在寻找少女时代的足迹，寻找深秋时像红缎子一样舞动的乌桕林，寻找那团曾经在她体内燃烧的火焰。

她需要独处，需要疗愈。傍晚时分，她穿过熟悉的溪流和田野回到古宅。

父母脸上的表情是宁静和温暖的。阁楼上她小时候睡过的床依然留着。她盘膝坐在草席上，倾听自己的呼吸，陷入深深的冥想。她忘记了世界的存在。随着轻柔的呼吸，她感到过去一直在寻找的那种东西正在回归。那是她的身体，女性的身体，美的身体，人类无与伦比的身体。那是生命的杰作，像宇宙一样浩瀚，像大地一样宽广，把阳光空气和水都包孕其中。她感到自己的身体正被痛苦包围着，那是一种不可名状的痛苦——大地的痛苦、祖先的痛苦、父母的痛苦和婴孩的痛苦。然后，有一种慈悲和爱的力量牵引着她，引领她飞升。接着又是回归，回归到婴儿时期的自我。

她感到自己成了一个被坚硬外壳包裹着的毛毛虫，一个作茧自缚的蛹。她不再抗拒那些痛苦，她知道任何挣扎或试图改变的行为都是徒劳的，她全然接纳，平静地等待。她已经没有了过去那种无助无力感。

这是黎明前最黑暗的时刻，是蜕变前最煎熬的时刻，那破茧成蝶的纯粹的力量正在悄悄凝聚。

窗外，是星空下静谧的田野，散发着稻香荷香桂花香，青草泥土的气息使人沉醉。诸葛慧莲第一次感受到了生命不可承受的痛，也感受到了即将蜕变前的喜悦。

第五十五章
药台峰下

一

教授失踪两天后,龙十妹渐渐焦急起来。

要是以往,教授出远门消失三四天或者个把星期,龙十妹一点也不担心。那时候教授年轻,走得再远再久也会像恋家的老猫似的回来。可现在的教授,毕竟是八十来岁的人了。龙十妹早已把他外出的时间限制在两天以内,地域不得超出龙川。通常,教授一大早出门,最迟到晚上十点,准会出现在院子里;即使偶尔在外面过一夜,第二天准回。

古宅里的人陆续搬走。龙十妹不想去住高楼,守着古宅里的药房不愿意搬。龙潭镇少不了诸葛教授的诊所,镇乡的领导经过商议,决定让教授继续开下去,万一要搬也是先搬到祠堂里去,等老房子修好再搬回来。

刘强回县城后,诊所里又只剩教授一个人了。原本教授雇了一个年轻的中药师负责抓药,教授开不起高工资,那些大街上比米店还多的药店又充满诱惑,中药师很快就离开了。好在有龙十妹这个熟练的帮手,洗晒、粉碎、炮炙、煎熬,样样在行。龙十妹又限制教授每日看病的人数,只接待疑难杂症病人,所以教授一个人忙是忙了些,倒还能对付。

老两口在古宅里过着平静而忙碌的生活。龙十妹在药房打下手,平时种菜做豆腐,接送应明。对于第二任女婿的猝然离去,龙十妹着实伤心了一阵,为女婿难过,更为女儿揪心。好在有了外孙,每天早上看着虎头虎脑的应明把一碗碗豆花"咕嘟嘟"喝下去,龙十妹忧伤的心很快复复。她是乐观的,在龙十妹这里,再可怕的梦也会在第二天太阳出来前忘得一干二净。

龙十妹知道,自己对女儿的事已经无能为力了。对老人来说,照顾好自己的身体,不给子女添麻烦,就是上上大吉。龙禧成了三条腿的瘸子,应富贵成了坐轮椅的瘫子,使龙十妹高兴的是,同样年纪的教授却是身体很好,除了那越来越瘦的身板,几乎没什么毛病。教授很注意保养,自有一套养生秘诀——五禽戏,八段锦,穴位按摩,还有早晚必喝的神秘药汤——他头发乌黑,面色红润,越活越年轻,大有返老还童的趋势。

不过,龙十妹心里一直记着教授的年龄。她为教授制定了众多行为规范,其中之一就是:进山采药一般不准过夜,遇有特殊情况,最多允许过一夜。

这一次,龙十妹本来是不批准教授进山的。教授信誓旦旦,说这是今年冬天冰雪封山前的最后一次,力争当天去当天回,龙十妹就勉强同意了。

两个晚上过去,教授的身影还没在院子里出现,龙十妹心焦起来。第三天一早,她就去村口守候。

她正巴巴地望着,远远地就看见陈草医向她走来。陈草医快七十岁了,须髯灰白,一身布衣布鞋。

一见陈草医,龙十妹就气不打一处来,因为但凡教授外出采药,多半是受了陈草医的怂恿。

"老陈,你把教授弄到哪里去了?"龙十妹压住火气。现在只有陈草医知道教授的下落。

陈草医两手空空,两眼昏昏,一副天地不知的天真模样。

"嫂子呀,你还问我,我是来找教授算账的。"陈草医一脸的茫然和无辜。

"算账?我是要找你这个土郎中算账!你把教授弄丢了,还装出一副没事的样子,你这个骗子!"龙十妹鼻孔里冒出粗气,"教授以前进山采药,哪一次不是受你鼓动?"

"是教授要拉我入伙的,我年轻一点点,可以帮他背家伙拿东西。采的药平分,大家都不吃亏。"陈草医的须髯抖了抖。

"每次都是教授吃亏,你把好的草药藏篓底,塞在衣兜里,以为人家不晓得？你就是个滑头骗子。年轻时候就会骗。你倒是说说，年轻那会儿，你有没有卖过狗皮膏药？在村口晒谷场上，牵着个猴子，用砖头砸脑壳，嘴里喷火，吞宝剑，变蛇变蛤蟆……"龙十妹边说边用手比画。

"嫂子哎，打人不打脸，揭人不揭疤。过去行走江湖，我是卖过酒、镶过牙、种过发、用大力丸糊弄过人，可那是过去的事了。谁年轻时没有荒唐过？我早改邪归正了。自从认识了教授，我就一心向善，继承先志，苦学医术，辨识百草，解众生于倒悬……"陈草医的脸红一阵白一阵，神情沮丧。

龙十妹一副兴师问罪的样子，陈草医早已慌了神。他最怕别人揭老底。他过去凭一两张家传秘方和土草药给人治病，常常入不敷出，为生计所迫，就当起了游方郎中，走街串巷，到处赶集市庙会，又耍杂技，身兼剃头师、镶牙师、魔术师和武师，什么样的行当都干过。

"你别之之乎乎，谁都晓得你长了一张会吐天花的嘴！你说，这次进山，是不是你把教授诓去的？"龙十妹的鼻孔开始冒烟。

"教授在龙岗林场干过活，熟悉那里的地形，不找他找谁？进山采药确实是教授的主意，再说，我们是不分你我的铁哥们。"陈草医很是委屈。

"你不晓得教授已经是八十多的人了……"

"我也年过古稀了。认识我俩的人知道教授是我的兄长，不认识的还以为教授是我弟弟呢。教授看上去比我还年轻，爬山爬树像猴子似的……现在的年轻人，谁愿意进山采药，忙乎几天，晒干了捏吧捏吧，拿到市场上卖也就百把元钱。只好我们这些老骨头上山了。年轻人哪里知道，山里的一花一草都是治病的神药啊！"陈草医露出老顽童般的微笑。

"我也不怪你瞎鼓动，你把教授带出去，也该带回来。"龙十妹的口气软下来。

"怎么，教授没有回来吗？"陈草医瞪大双眼。

"他要是待在药房里，我还在这里跟你啰唆！"

"嫂子，我是说师母，这事真怪不得我。前天下午，我们走到药台峰下，药篓差不多满了。我说教授，我们回去吧。教授不同意，他一定要爬到瀑布另一边的悬崖上去。我站在下面，等啊，等啊，一直等了两三个时辰，教授也没下来。我绕过去一看，教授早就没影了。你是知道的，教授平时很少言语，像师母说的，十八大棍打不出一个响屁。我心想，这独头，一定是爬到山的另一边、抄小路先下山了。等到天乌漆墨黑，我实在等不住就回来了。昨天我还生了一天的闷气呢,想着教授一定是采到野生的金钗石斛、千年的灵芝,或是百年的土茯苓之类的神药仙草,不肯分我一半。"

陈草医意识到事态严重,但是他有三寸不烂之舌,还能应付。

"你说教授是'毒头',你自己才是最毒的毒头!你怎么能把教授丢在山里,顾自回来,你这个骗子!一定是你变了戏法把教授变没了!"龙十妹突然尖叫起来。过去在庙会集市上,龙十妹见过陈草医大变活人的魔术。

"师母啊,这事真的不怨我。"陈草医脸色苍白,支吾着,"我联系不到教授。那地方没信号,我和教授也没手机——你是晓得的,一筐草药才几个钱,一个手机多少钱?爬高登低的,说不定手机就掉了。再说,天黑了,那紫杉峡,阴惨惨的,鬼哭狼嚎,还有野猪出没。我最怕野猪突然窜出来,青面獠牙的……"

陈草医扭头想走,但是被龙十妹一把揪住了。

"你个卖狗皮膏药的骗子!拉完屎还不想擦屁股……"龙十妹几乎要发癫了。

"师母,你且松手。现在找教授要紧。我不是想开溜,我是去报案。县城里有一支登山救援队,上一次他们的队长跌断脚骨是我治好的。我去搬救兵,你先进山找教授,我带人马上赶到。"

陈草医像个犯错的孩子,慌慌张张地向远处红土坡的车站奔去。

龙十妹的脑子一片空白,眼泪不自觉地哗哗流下。她一边擦着眼泪,一边沿土路朝青山峡方向急走。

二

药王山位于龙川东北,在青山峡与紫杉峡之间,是整个婺州市界的东北端。叠嶂的峰峦间有峡谷深壑、泉瀑溪涧和松涛竹海,有远近闻名的野猪岭、红杉谷、屏风岩和千槠林。这里曾是龙岗林场的所在地,残留少数原始密林。

龙岗乡原有的十几个小村落都已移民下山。国营林场解散后,这里越发人烟稀少。林场离龙潭镇有二十几公里,过去修的土路杂草丛生、早已废弃,后来建的公路只通到山脚原来的林场本部,因为年久失修,也是坑坑洼洼,人迹罕至。

每过十天半月，教授就要进山采药。戴草帽，背药篓，穿着雨鞋雨衣、防滑的布鞋和耐磨耐刮的布衣，一身固定的行头，随带小锄头、十字镐、砍刀和绳索之类的采药工具。还有防止蛇蝗蜂虫的药膏，因为要在山里过夜，有时候还带少量的食物、帐篷和衣物，大多数时候是轻装简行，能省就省。教授年轻时走得远，到邻县的山区，年纪大了以后，就在龙川。紫杉峡阴冷潮湿，有山水，有森林草坡，那些阴森森的密林和背阴的峭壁石缝非常适合一些名贵中草药的生长。

与教授一起去的是县城新市街的陈草医。陈草医自从跟教授学习望闻问切，就自称教授的大徒弟。两人结伴采药，采的药两人平分。有时候陈草医还可以多分一些，倒不是陈草医要滑头，而是教授自愿的。

三

在药台峰的一处悬崖下，龙十妹找到了教授。

教授在卵石堆里蜷缩着，斜倚着一块巨大的圆石。离圆石不远，是教授的采药工具：十字镐、砍刀、背篓，还有过去上山砍柴的人带的那种竹篾编的饭篮，教授用于带豆腐干、馒头、面包之类的食品。此刻，那些食物与矿泉水瓶一起在乱石堆上散落。圆石一侧是溪流深潭，这条溪流源于药台峰另一边流泻的瀑布上游，向东流入青山峡。教授过去曾在这条溪流里放木。这里的峡谷河岸，荆棘丛生，险崖峭壁，怪石陈横，平时水流不深，遇到汛期，山上雨水山洪下泻，两岸无数溪水汇聚，洪流滔滔奔腾咆哮，轰鸣于峡谷间声震九天。水桶粗的圆木一推入河中，就如脱缰的野马、水中的怪兽，在激流中左冲右突时浮时沉，疾速下行势不可当。

清冽的溪水在这里形成一个急湍，把药篓里大部分药材冲走了，只剩下几块枯根。溪岸上树荫浓密，还有枯藤茅草。这地方幽僻，不走近了，很难发现这里有人。

教授的脸上有几处瘀青，双目紧闭，唇角凝着血块，凌乱的头发粘在太阳穴上，刚长出的胡碴上满是岩砾草屑，双手垂着一动不动，四肢冰冷，布鞋也少了一只，裸露的脚有血块。中山装外面的夹克衫不见了，腰里的麻绳还系着。冰冷的水在他身上淌着，浸透了他的衣服。

在悬崖上采药，通常是顺着崖壁较易攀登一侧徒手登上崖顶，将绳索一端捆绑住一棵粗壮的树木,再从另一端下去。药台峰的这处崖壁并不陡,一连几天的初冬暖阳给教授一种错觉,似乎徒手爬上应该没事,但是紫杉峡的小气候特殊,别处艳阳高照,这里会下起雨来。前一晚一场小雨使得这里越发湿滑,教授不小心就从上面摔了下来。

龙十妹撕下衣襟,把教授裸露的伤口包扎好。她还不知道教授伤得多重,无法断定是否伤及了头盖骨。锁骨脱臼,肋骨骨折,引起伤者重度昏迷的胸腰椎损害等一些专门的医学术语她是不懂的,她只知道蹲下来,挨在教授耳旁轻声呼唤。伤者的嘴里仍有一股湿润的热气,说明他仍有呼吸,还有生命,只是极度衰弱。

教授一定伤得不轻,从昏迷中醒来,隐约听见有一个熟悉的声音在呼唤他。他睁开眼,看见那张熟悉的面孔,像一个天真的孩子笑了笑,又闭上双眼。

怨愤,责备,焦虑,怜惜,龙十妹所有的情绪都消失了。她的脑子里只剩下一个愿望——把教授背回去,背回古宅的院子里。

教授的身体似乎很轻,轻得像个婴儿。龙十妹背起他,踩着大大小小的卵石和坑坑洼洼的礁岩,很快蹚过溪坑,爬上堤岸。

虽然已近古稀,龙十妹依然壮健,她的肩背、胳膊、大腿都是圆滚滚的,肉嘟嘟的手掌除了有一层薄茧儿,看不出有枯衰的迹象,厚实的身板里仿佛还有使不完的气力。她背着教授,一口气穿过了千樟林,上了野猪岭。

附近山林里的一草一木都是她熟悉的,她从小在附近的山里放牛羊、割猪草、挖竹笋、采蘑菇。她熟悉这里的地形,决定抄近路。老林场去龙潭镇的公路弯弯曲曲,差不多有四十里,而从那条早已废弃的土路走,只有三十里的路程。

她站在坡顶歇了一会。虽然是初冬,午后挂在峰峦间的太阳还是暖融融的。龙十妹觉得身上热乎乎的,那是她的身体在冒汗。

教授似乎睡着了,手臂绕在龙十妹的脖子上,龙十妹用双手托住他的双臀,不让他滑下去。那是母亲背小孩的姿势。小时候,父亲就是这样背着龙十妹到附近的林场玩,到龙潭镇去逛街的。父亲总是宠着最小的女儿。

龙十妹站在坡顶四处张望。山坡的一边,是她熟悉的龙岗村,林场附近唯一的大村落。那是一个有几百年历史的古村落,鸟鸣溪涧,仿佛世外桃源。四周有许多山峰,或像牛头马面,或像猪臀羊角,或像簸箕镰刀,奇形怪

状,山中云遮雾绕,古木参天。那些幽碧的群峰连绵起伏,还有漫山遍野的翠竹绿杉、茅草和茶树。村口千年古樟树影婆娑。村里的老宅大多是茅草屋、泥坯房和厚重的石子房,到处是土得掉渣的夯土黄泥墙,长着青苔的卵石板路和泥泞的土路在黄墙褐瓦间穿过。童年的龙十妹光着脚丫在这些路上走过,慢慢长大。那些黄黑相间的老房子就是母亲的模样。

龙岗村的村民早已移民下山,如今这个深山里寂静的村落墙垣颓废,一片荒凉。山坡的另一边,在一片缓坡地上,是林场的一排排平房,斑驳白墙上的标语还依稀可见。除了偶尔光顾的驴友和巡山的护林队员,那些房子也早已无人居住。

龙十妹背着教授走下山坡。在山脚的一片竹林里,她碰到了一群野猪——一头长着獠牙的雄野猪,两头毛发深褐色的母猪,六七头浅棕色的幼猪。林场植被恢复后,野猪多起来,大白天的也敢出来活动。

龙十妹心里一直纳闷,自己怎么会鬼使神差,与身上背着的这个男人结缘,并且死心塌地地跟了一辈子。猪。是的,龙十妹想起来了,那是猪月老做的媒。

十七岁,也许是十八岁,家里的母猪病了,母亲叫龙十妹到林场去请医生。母亲知道林场里有个医生,经常给被马蜂、毒蛇、蚂蟥叮咬的村民看病,还会给大肚子的村妇和母猪接生。

医生来了,看上去三十岁左右,瘦瘦的,脸色苍白,穿着中山装,戴着鸭舌帽,斯斯文文,寡言少语。见过一次后,龙十妹似乎经常看到他。有时候,那医生在村口的山坡上拾牛粪。有时候他在林子里伐木,低头弯腰,瘦削的肩膀扛着木头,牙关紧咬,满头大汗。

龙十妹的心里产生了怜悯。

"我要嫁给那个给母猪看病的兽医。"她对父亲说。

父亲笑笑,没有说话。父亲见多识广,他的女婿中有杀猪杀羊杀牛的屠夫,有木匠铁匠箍桶匠,有种地打鱼打短工的,有弹棉花酿酒腌火腿的,就是没有一个读书的。父亲要给最宠的小女儿找一个读书人。父亲的狐朋狗友很多,他到镇上转了一圈,回来把一盆冷水浇在龙十妹头上。

"十妹啊,这个人有文化,听说还是大学教授。你那些姐夫,不是花岗岩脑壳就是榆木脑袋,不开窍。有文化的人呢,脑子比别人多几道褶子,好是好,就是容易犯错误。这个兽医,毛病就不少。他的头上戴着高帽,家里还是大地主出身。顶重要的,他的年纪差不多比你大了一圈。你嫁了他怕是要吃苦。你年纪轻,还是等等吧。"

"我要嫁给那个兽医。"龙十妹说道。

母亲声音嘶哑,哭多喊娘地尖叫。那会儿,父亲来不及享儿女福已经两腿一蹬先走了。龙十妹不顾母亲和众多姐姐的苦劝,选择私奔,她逃离龙岗村,嫁给了教授。

龙十妹一边走,一边胡思乱想,低头看着脚下的土地。那些草丛里裸露的泥土是黄褐色的,有一种野草花的清香,一种淡淡的草药味。教授身上就有这股味道。也许是这股味道把龙十妹迷晕了。

龙十妹又想起了另一种味道。那是龙岗村灰褐色泥土的味道,混杂着猪粪、豆腐渣味。那是母亲身上的味道。龙十妹从小在泥土里滚爬,家中窄小的泥土院子里,五六个光屁股的孩子大呼小叫,母猪的哼哼和小孩的哭闹声中,母亲声嘶力竭地呵斥着。

想起母亲,龙十妹内心愧疚,鼻子酸酸的。她觉得肩背上教授的身躯变得沉重起来。龙十妹并不缺少脚力,她从小在山里长大,后来也常常挑豆腐担进山,一直到龙川西北端最偏僻的村里,为的是拿竹篮里最后一块豆腐换两毛钱或是一把黄豆。

长路无轻担。年岁不饶人。龙十妹走走停停,太阳下山时,终于看见了青山湖。

她回过头叫了几声。教授并没有回音。龙十妹越发焦急,心想,教授已经好些年没有到龙门书院喝茶了,他要是能醒来,就背他到龙门书院去跟云鹤喝茶。过去,每一次教授提着豆腐去会云鹤,都会招来龙十妹一顿劈头盖脸的训斥。现在的龙十妹,巴不得教授经常会会云鹤,因为她知道,云鹤是远近闻名的大学问家。

天很快黑下来。龙十妹觉得双腿像灌了铅般的沉重。她越过青山湖,踉踉跄跄地走下一段山坡,顺着桃花溪岸来到田垄间,腿一软,终于倒下了。

她几乎用尽了所有的气力,脑子里只有一个倔强的念头:把背上这个瘦削的老男人背回家,背回古宅。

她的身下是黑土,是龙潭镇松软黑色的土地。她在这里生活了大半个世纪,割稻、插秧、种菜、放牧牛羊、养猪、酿酒、做豆腐。她又闻到了那股熟悉的泥土味,夹杂着花草的清新和晒干的药材的香味。她已经看见远处古

宅里的灯光。她把双手深深地抠进泥土,匍匐着,一步步向前挪动。她眼中的泪水和双手的鲜血流下来,流进那黑的土里。

四

夜幕中,一辆救护车呼啸着把教授送往市人民医院。

有人在龙宅村外靠近溪涧的田垄里发现了教授和龙十妹。教授依然趴在龙十妹的背上,昏迷不醒。他身下的龙十妹满脸泥土血污,双手的十个指甲有五个已经抠断了。

是龙虎救援队的人发现了他们。

龙虎救援队是婺州最大的民间救援组织,是龙马夫妇发起成立的,为了纪念他们的大哥龙虎。这天早上,接到有人失踪的消息,搜救队员就带着搜救犬进了山。大部队是沿着公路进入龙岗林场紫杉峡的,所以并没有与龙十妹遭遇。直到天黑,部分杀回马枪的队员才在古宅外找到失踪的教授。

教授很快就被推进了手术室。手术室里集中了医院最好的医生,这是作为院长的诸葛慧莲的权力,也是她的一点私心。手术室外面是焦急守候的人群:龙马和朱赫赫,不愿意离去的龙虎搜救队队员。大家凝神屏息,默默不语,几乎站立不动。

只有一个人在惶惶不安地走来走去,他就是陈草医。陈草医脸色阴沉,灰白色的须髯乱蓬蓬地纠结,薄嘴唇抖动着,一个劲地哆嗦。他似乎想说话,为他自己所犯的错误忏悔,但似乎谁也不愿意搭理他。他像个孩子似的兜了几圈,在走廊一角颓然蹲下。

诸葛慧莲受不了手术室门口的沉闷气氛。她还有事情要做。她带着母亲来到急诊室,给她做清疮消毒,洗去脸上衣服上的污泥血迹,然后带她到旁边的临时病房,让她卧床休息。龙十妹的体力一恢复,精神也好起来。

"慧慧,你爸什么时候能出来?"龙十妹卸下心里的包袱,像是在拉家常。

"妈,他们在救他呢。你放心,他们都是医院里最好的医生。"诸葛慧莲把头转向一边,不让母亲看见自己的焦虑。

"我惦着家里的事呢,做豆腐的黄豆还泡在桶里,我记不清早上炉灶里有没有烧火,要是还烧着,怕是铁锅都要烧穿了。"

"妈,你什么也别想,先在这里睡一会。"

"我睡够了。是你爸睡不够,经常熬夜,今天还在我肩膀上睡了大半天。你爸除了瘦,也没大毛病。他这辈子还没住过医院哩。我想明白了,你爸要是住院,我也丢开家里的事陪他住几天。以前我想做护工你不同意,这次我可以当个护工好好服侍你爸了。"

"妈,你放心睡觉,有事我会叫醒你的。"

"我想通了,等你爸出去,再不让他进山了,也少为药房的事操心。他要到云鹤院长、朱老夫子那里去喝茶,就让他去。"

母亲脸上平静的笑容使诸葛慧莲越发难受。这一切都是自己的错,诸葛慧莲想,自己平时与父母的联系太少了。她曾经为母亲买了一只手机,可是母亲从来不用。母亲不识字,不会用手机。母亲也不知道,老人摔倒后,如有骨折,应该就地保暖止痛,防止休克;如出血就要马上止血,就地固定;如果是脊柱骨折,问题比较严重,更不能搬动病人而应该就地仰卧平放等待救援。母亲的好心也许帮了倒忙。

教授的病情很不乐观。他有多处骨折、内脏器官损伤,可能还有脑出血和严重的弥漫性轴索损伤。

这注定又是一个不眠之夜,是诸葛慧莲生命中永志难忘的不眠之夜。医院的夜总是宁静而又躁动不安的。救护车小汽车进进出出,病人家属医生护士匆匆往来,急诊室门口的红灯,手术室的蓝灯,住院病房的白灯,总是通宵亮着。在影影绰绰的光影里,红色的血液在流动,蓝色的希望之光在闪烁,白色的月光在与夜的黑暗较量。婴儿在啼哭,病人在呻吟,医生在叹息,护士在微笑。天使与死神在搏斗,生老病死的人生悲喜剧每日都在上演。

诸葛慧莲已经习惯了医院里生离死别的场景。但是这次不同,这次是她最挚爱的父亲。作为医生,她知道父亲病情的严重性;作为女性,她有敏锐的直觉。她有一种不祥的预感,在别的医生护士面前掩饰着,她不想让众人看出她内心的焦虑、惶恐和悲痛。她甚至刻意回避去手术室探询,她怕看到主刀医生们愧疚的眼神。

诸葛慧莲坐在母亲身旁,听着母亲的唠叨,直到龙十妹实在熬不住迷迷糊糊地睡着了才离开。

作为医生和院长,诸葛慧莲必须接受残酷的现实。她的心里已经做好了准备。

黎明时分,教授的手术做完了。他被推进了一间单独的ICU病房。

诸葛慧莲已经知道手术的结果。她走进ICU病房,把门关上,她要单独跟父亲待在一起。

她又一次感到作为医生的无奈和医学的无力。这一次是那么地痛,撕心裂肺地痛,她感到自己的整个身心一下子全被掏空了。

她跪下了,跪在父亲的病榻旁。教授已经处于弥留之际,他的鼻孔里没有插管,身上也没有其他的针管连着,那是诸葛慧莲要求的,教授如果有知觉也会要求这么做的。教授躺着,一动不动,双目紧闭仿佛睡着了。他脸上的表情是平静的,好像在微笑。

那是诸葛慧莲熟悉的微笑。在诸葛慧莲面前,父亲脸上总是挂着这样的微笑。教授不喜欢看到女儿哭泣,看到诸葛慧莲脸上的眼泪,教授的脸也会痛苦地扭曲。诸葛慧莲不能哭泣。她的心在喃喃自语。

爸爸,是你带给我生命,带给我无限的父爱;如果没有你,我的童年少年我的一生,将会是怎样的另一番景象?爸爸,你能够听见吗?请让我再叫你一声:爸爸!

诸葛慧莲已经很长时间没同父亲说话了。她想与父亲说最后的几句,可是父亲厚厚的嘴唇紧闭,再也不会开口了。他总是沉默。

病榻上的教授,看上去依然年轻。他的头发依然乌黑,那诸葛家特有的宽阔的额头光洁饱满;他瘦长的手臂放在外面,一双温润的双手依然柔软;他穿着中山装,看上去依然瘦瘦的。

父亲只是睡着了,诸葛慧莲想。诸葛慧莲仿佛又看见冰天雪地里的年轻父亲,他穿着中山装的身形有些佝偻,正踩着厚厚的积雪走向远处,融化在初升的阳光里。

病房的门开了,随着朦胧的晨曦,一个身材魁梧、须髯如雪的老人走进来。

是云鹤。云鹤听到教授出意外的消息,连夜赶来,想见挚友最后一面。一进病房,就明白了一切。云鹤面沉似水,沉默良久,然后悄悄地走了出去。

见或不见,他都在,他从未离开过你我。他就在你的心里。诸葛君没有走远,他在龙川的湖泊群山中,在龙潭镇的那片泥土里……

五

一个星期后，教授的葬礼在龙潭镇举行。

这是古镇最隆重的葬礼。据镇上一个刚过百岁的老人说，自打记事起，还没见过这么隆重的葬礼，以后恐怕也不会有了。

出殡的那一天，天气并不好，阴沉沉的，还下着毛毛细雨，从龙川峡谷吹来的西北风已有些刺骨，站在烟雨迷蒙、碧波翻涌的龙潭湖上，这种寒意更加明显。龙潭湖上，大小不同的船艇都停止营运载客，挂上黑纱，系上红带，齐聚龙宅一侧的码头，加入了送葬的服务行列。而在湖岸上，送葬的队伍已经从龙宅码头一直排到朱宅的山脚。

"你倒是说说，这个镇上有几人没有得过教授的恩惠？上了年纪的人就不说了，十有八九喝过教授苦分分的汤药。那些年轻年少的，倒是不认识教授，可是他们，或他们的父母，或许就是教授接生的。"

说话的是一个胖胖的秃顶的老头。那些在湖畔酒楼茶楼上的游客，听说这位乡村医生的事迹，也向老板老板娘要一块黑布，用别针别在袖子上，或是在纽扣上挂一条麻线，纷纷加入送葬的队伍。

龙猫只管鼓动游说，并没有参加。他坐在酒楼上喝着酒，冷眼旁观。他不想凑热闹。

送葬的队伍浩浩荡荡，蜿蜒曲折，足有四五里长。

走在队伍前面的是龙十妹，她捧着教授的骨灰盒。教授猝然离世，龙十妹哭爹喊娘捶胸顿足，悲号了一个晚上，第二天又恢复如初。她是乐天派，她想教授八十几了，不算短命，她不应该哭爹喊娘的。再说，作为死者的遗孀，龙十妹也没有时间伤心，她要打起精神料理教授的后事。

她忙着整理教授的遗物。一辆破旧的二十八吋永久自行车，那是教授骑坏的八辆自行车中的最后一辆。一个掉光油漆的黄药箱。还有足可以进博物馆的手电筒、煤气灯。一些采药工具如登山杖、绳索、十字镐。在教授诊桌的抽屉里，有十几本求诊患者的登记簿，上面密密麻麻写满了姓名、住址、电话号码、大致病情、初复诊时间。龙十妹不识字，又见惯了这些，就忽略过去了。唯独一个黄色的信封引起她的注意，她知道，这里面一定有重要秘密，就规规矩矩地交给了治丧委员会。

原来教授十几年前就立了遗嘱,死后要树葬,就葬在北门外石桥边的那棵银杏树下。

这可难住了治丧委员会。因为龙十妹坚持要把教授葬在他的母亲旁边。老诸葛回家省亲迁祖坟时,龙十妹曾听教授亲口说过,以后要与母亲睡在一起。教授可能是随口一说,龙十妹可是一直记着呢。

"这有什么难的,把骨灰一部分洒在银杏树下,其他的送去白鹭洲,岂不两全其美?"

既然治丧委员会名誉主席龙猫认为可行,大家伙就照此办理。

龙十妹坚持要把教授送去白鹭洲。她这么做也是有理由的。教授就是个孩子,一辈子懵懵懂懂的,一日三餐,穿衣叠被,都由龙十妹照顾着。龙十妹既是他的妻子,也是他的"母亲"。教授睡在母亲身边,龙十妹才放心。至于是两位老太太中的哪一位,龙十妹也不计较——教授的两位母亲的墓挨得很近。

在成千上万名送葬者中,有许多神秘的客人。素不相识的占了很大的比例。有的似乎从未露过脸,有的只见过一面,似乎面熟,却叫不出名字。比如教授同父异母的四兄弟,比如诸葛家族的侄子侄孙,他们的名字都在诸葛族谱中,生活在国内的诸葛后裔,知道消息的都从天南海北赶来了,参加古宅里的最后一场葬礼。

不过,在送葬的行列里,总有一些是我们认识的老朋友。

林峰夫妇。他们与教授曾是儿女亲家。林峰吃过教授的汤药,又是患难兄弟,没有理由不参加这场龙潭镇最隆重的葬礼。同样是儿女亲家,应富贵坐在轮椅上,由女儿梅香推着。作为治丧委员会的成员,应梅花和朱赫赫一起,留守古宅坐镇指挥。

林峰夫妇的身后,是朱老夫子和夫人。朱老夫子现在是私塾先生,又是海马国际艺术学校教师,忙得没有时间与教授一起品茗论道了,不过他与教授那份友谊一直都在,自然要送挚友最后一程。

应富贵轮椅的旁边,是拄着拐杖的龙禧。有儿子儿媳和孙辈在,龙禧本来是不打算来送的。他觉得自己拖着三条腿、涎着一张老黑脸出现在众人面前有失面子。不过他很快心安理得地发现,有一张比他更老更丑的脸,那人不但须发皆白,连鼻毛也是白的,并且也拄着拐杖!

那是白鹭洲的老村主任。

也有一张比龙禧更黑的脸。那是铁炭龙。与铁炭龙走在一起的是一个六七十岁的老头,不但脸黑,而且满身油污。他是自行车修理铺的师傅。这么多年,因为有教授照应,也是为了能修教授的旧车,他一直守着镇上唯一的自行车修理铺。

是啊,在长长的送葬队伍中,每个人都有足够的理由来送教授一程。他们中的大多数,像李翠花龙骏母子,像固守一只破船的摆渡人,淹没在人流船桅中,默默送行。

参加葬礼的人太多了,有些走浮桥,有些坐船,从中午启程,直至黄昏才在白鹭洲聚齐。

主持葬礼的是龙马。龙马觉得教授对自己和自己的家族恩重如山,因此主持葬礼义不容辞。他已经在教授的追悼会上读过一篇悼词,葬礼结束后觉得还有必要再念几句。他受了岳丈朱老夫子和恩师云鹤的影响,业余时间读了大量典籍,最近又被推举为八婺十大儒商之首,因此最后的祭文难免"之乎"一番:

> ……
> 大医精诚,救死扶伤;悬壶济世,德艺流芳。
> 鹤发童颜,天真未泯;赤子之心,君子坦荡。
> 夜踏冷月,晨拥暖阳;布衣草履,寻常陌巷。
> 杏林三月,橘井四时;嘤嘤盈盈,生命浩畅。
> 呜呼,仁者逝矣! 湖山垂泪,天地同悲。
> 哀哉乌伤! 哀哉龙川!

似乎是为了回应龙马的祭文,在众人默然的泪光里,黄昏时候的龙潭湖,淅淅沥沥的雨越下越大。

第五十六章
远方来客

一

冬日的早晨，龙潭湖畔格外寒冷。码头边，大大小小的船只与那些船工一样，似乎还未从酣睡中醒来。诸葛慧莲正忧心张望，一条小型的机动船从不远处靠过来，发动机"哒哒"的声音打破了黎明的寂静。

诸葛慧莲上船。开船的是"老摆渡"的儿子"小摆渡"。一身旧棉袄的小老头望着客人，黝黑的脸上露出憨憨的笑容。他告诉诸葛慧莲，一大早已经有人上白鹭洲去拜祭老诸葛医生了。

"龙叔，您认得他吗?"诸葛慧莲问道。

"不认得。他不是镇上的人，他说从很远的地方来，住在那边的大宾馆里。路灯还亮着呢，他就叫醒了我，向我打听诸葛医生的事。我就把他送到白鹭洲去了。"

"那您为什么不等他?"

"他说要多待一阵，叫我两个时辰后去接。兴许他想到别处转转——我记着呢，今天是诸葛医生的头七，诸葛家的人肯定要上岛，就把船开过来了。以前诸葛医生和龙婶上白鹭洲，都是坐我的船去的。"

诸葛慧莲不再问了。这是她与摆渡人说话最多的一次。在寡言少语的龙叔那里问不出更多的东西。一大早就有人去祭拜父亲,诸葛慧莲心里纳闷,却不感到惊讶。在父亲的葬礼上、送葬的队伍中,有无数陌生的面孔。

又是一个阴天,刚从青山峡升起的太阳隐藏在厚厚的云层里。船在湖上行驶,迎面吹来的风寒冷刺骨。机动船靠泊白鹭洲的小码头。诸葛慧莲上岸。一入山坳,风就突然停了,走在茂林修竹掩映的青石阶上,有了一种温暖的感觉。

蟹钳形的山湾里,林木郁郁,松柏苍翠,庄严肃穆。诸葛家的祖坟隐约显现。教授的新墓在圆弧形墓地幽僻的一侧,前面立一块石碑,石碑上刻龙马的祭文——治丧委员会的人坚持要这样做。

诸葛慧莲沿着长长的卵石甬道走了一段,忽然间站住了。

教授的墓前跪着一个男人,双手撑地,弯下腰,正在磕头。后衣摆下露出的皮鞋沾着山上的红黏土。据此推断,他可能是烧了纸香放好花篮后,又到附近山上转了一圈,然后回到教授墓前做最后的告别。

诸葛慧莲悄悄走近。那人站起来转身。原来是一位古稀老人,中等个子,黑西装、白衬衣和条纹领带,外面披着棕褐色的短大衣,没有一丝皱褶,穿戴整整齐齐。只是因为刚磕完头,原本梳得纹丝不乱的灰白头发的前半部分稍显凌乱。老人清瘦的脸是麦色的,宽广额头上显出几道细细的皱纹,闪光的镜片后面,微凸眉弓下一双深邃的睿智的眼睛,使风尘仆仆的他看上去沉稳儒雅。

"钱老师!"凝视片刻,诸葛慧莲惊叫起来,眼里闪着泪花。

"怎么,你还记得我?"老者凝重的脸上露出一丝笑意。

"怎么不记得,您的头发白了,额上有了皱纹,可是面容没变。我是不敢相信,不敢叫……"诸葛慧莲激动得语无伦次,"真的是您,您是我们的班主任老师,我怎么能忘了? 一日为师,终身为父!"

老者的笑容消失,眼眶湿润。

"是啊,一日为师终身为父,我愧对我的老师,愧对班主任诸葛教授,三十几年前我就应该来见他。我总以为还年轻,来日方长,一定有机会见面聆听他的教诲,哪知道留下终生的遗憾! 我从纽约飞来,为名声所累,途中盘桓多日,紧赶慢赶,还是没能赶上教授的葬礼。"

"这不是您的错,您太忙了。"诸葛慧莲温婉地说道。大学毕业后的头几年,诸葛慧莲与班主任钱江潮还有书信往来,后来就断了联系。20世纪九十年代末,钱江潮去了美国。

"忙不是理由。怪我动身太晚,才错过教授的葬礼。"老者轻轻叹息。

"您怎么知道家父去世的消息?"

钱江潮微笑,笑容里有难掩的愧疚:"你们父女俩的事我一直在留意,多少知道一些。你的校友兼同事刘强,也是我的学生,我们一直保持联系。别的班级,都有五年、十年一次的聚会。我身在美国,班级同学会、联谊会没能组织起来。这些都是我的过失。我问心有愧,本想在教授的墓前磕个头就悄悄溜走。我知道这些天你迎来送往很忙,不想打搅你。"

"钱老师,您也一定要多待一天,给我一个尽地主之谊的机会。"诸葛慧莲道。

钱江潮沉吟着,他的行李还在酒店,早已预订了今天到北京的机票。见到诸葛慧莲,他忽然间改变了主意。他想起过去西子湖畔与学生在一起的青葱岁月。一眨眼,他们个个人到中年。而他自己则成了白发老翁,世事是多么令人感慨!

"那些烦人鸟事,不去管它!我答应你,再待一天。不过,这次我是为你父亲诸葛教授而来,你须答应我,一不能影响你的工作,二不要惊动其他同学。还有,你要让我来为我的过错埋单!"

"您是老师,又是为我父亲而来,哪能让您请客?"

"那就 AA。"钱江潮笑道,"或者入乡随俗,中午你请,晚上我请。我留下来,一是看看教授的诊所,二是顺便叙叙未了的师生情。"

他们在教授的墓前祭扫叩头,然后乘船回龙宅。

二

诸葛慧莲请假,带班主任钱老师参观父亲的诊所。

老宅里,堂屋和院子都是敞开的。作为诊室的堂屋里除了一张桌子、一张茶几,就是各种中药材加工炮制煎熬的工具。青石庭院像是一座花圃,大大小小的花盆、瓦罐、陶缸高低错落,种着草药。他们在院子和堂屋转了一圈,走进药房。

已经落了锁的药房,这天特地为客人打开。钱江潮不住地朝师母拱手作揖,对师母提供方便表示感谢。有女儿招呼客人,龙十妹忙着整理教授的遗物去了。

药房里,浓烈的药草香中混杂着泥土味和朽木味。一楼的泥地上,放一个低矮的曲尺柜,其他三面靠墙的木架上是大肚子的瓷药罐。阁楼上,靠墙全是木格子的药柜。钱江潮一言不发,这里闻闻,那里嗅嗅,时不时地从瓷罐和木格子里抓一把草药,放在掌心里细看,或是塞进嘴里嚼。他似乎对什么都感兴趣。

325

走出药房,他又在古宅里四处参观,似乎对天井院墙、雕花门窗、飞檐屋脊也感兴趣,时不时抬头凝望黑色瓦楞上宁静的天空。

钱江潮坚持要在诊所,在教授的平时用过的茶儿上以茶代膳,诸葛慧莲觉得在如此简陋的老屋里招待老师有些怠慢,就在老师住的宾馆旁要了一个幽静的包厢,要了两杯龙川本地产的道人峰茶。

"慧莲,我想请你谈谈你父亲。我不知道教授这些年是怎么过的。"落座后的钱江潮不再沉默。

提到父亲,诸葛慧莲似乎有千言万语,又似乎无话可说。他是那样普通,有时像个荷锄挑担的农民,有时像个粗衣布鞋肩背竹篓的采药人,有时像个穿着布衣严肃又敦厚的乡医。走在行人熙攘的街上,混在普通的人群里,即使是最亲密的女儿也要错过。父亲的形象在诸葛慧莲脑海里浮现,如此清晰,又是如此朦胧。

"我爸,他就是个乡村医生。过去是赤脚的,后来穿上了鞋子。采药、看病、看书,这么多年他就是这么过来的。他总是沉默,他这辈子与我说的话,我掰着手指头都能算过来。"

"低调。你父亲太低调了!就像这茶杯里的茶末,就像深谷里的幽兰,就像宁静夜空的皓月,就像万顷碧波中的一滴水。真正有大智慧大才华者必然低调,举千钧若扛一羽,拥万物若携微毫,怀天下若捧一芥,济苍生视己如尘。斯人已逝,一个时代也结束了。望着大师远去的背影,怎能不叫人唏嘘!"

钱江潮忽发感慨。

"钱老师,您谬赞了。"诸葛慧莲嘴里这么说,心里还是很自豪。

"非也。我记得我在医学院的时候,学校曾经给他写过信,要他复出。教授不肯出山。可惜啊可惜!——我记忆中的教授,可不像你说的那样沉默,他是很活跃的。他的学问才华深得学生钦佩,他能用日文、英文、德文授课,各个系科的学理都难不倒他。当然平时他是寡言少语的,但是在课堂上会引经据典。教授还会吟诗作画呢。教授的性格,拿现在时髦的语言说,那叫'闷骚'。"

钱江潮露出沉思回忆的表情。

诸葛慧莲笑了。因为钱老师说的似乎就是他自己,也许正是同样"闷骚",钱老师才会如此钦慕教授。可是诸葛慧莲无论如何不能把木讷的父亲与"闷骚"两字挂钩。

"钱老师,您说爸爸会作诗?"诸葛慧莲很想听听父亲在大学教书的事,她对父亲的过去知之甚少。

"是啊。教授还常常带我们去野炊,去西湖上划船,去宝石山、凤凰山、南北高峰登山。"钱江潮似乎陷入了回忆。

"爸爸还做了什么?"诸葛慧莲好奇。

"说真的,他只当了我一个学年的班主任。后来……后来的事我也说不清。唉,往事不堪回首——我现在只想了解教授在龙潭镇的事。"钱江潮注视着杯中沉浮的茶末。

"我爸爸真没什么可说的。钱老师,还是说说您在美国的生活吧。"诸葛慧莲最关心的还是老师的现在。

钱江潮欲言又止,诸葛慧莲也不便追问。实际上,她最想听的还是钱老师谈谈医学前沿的事,作为一个小县城三级医院的院长和医学会会长,诸葛慧莲有许多开会学习的机会,但是她还是觉得自己知识陈旧。

钱江潮明白自己心爱学生的意思。他沉思了片刻,打开话匣子,开始滔滔不绝地说起自己的事。

"我开始是自费留学,后来是移民。人就像生活在围城里,有时候总觉得围城外面的世界很精彩。为什么选择移民?一百个人有一百个理由。移民他国,也许是人生无奈的选择。我也有过海外漂泊的凄凉、寄人篱下的痛苦,不过比起大多数人,我算是幸运的。我的家庭事业都算不错,只是心中那种无根浮萍的飘零感依然存在。子在川上曰,逝者如斯夫。白驹过隙,华发渐生,年纪越大,这种感觉越强烈。生命就是一场轮回,归去来兮,出海又海归,这也是一个循环。"

"怎么,钱老师,您有回来的意思?"诸葛慧莲忍不住插了一句。

"在回答你这个问题前,你先听我讲一个故事。听完这个故事,你也许就明白了。"钱江潮喝了一口茶润润嗓子,说下去。

"那是2003年年末,我休假去波士顿东部一个名叫塞勒姆的地方旅游。那个只有四万人口的沿海小镇,因为1692年曾发生过震惊世人的'塞勒姆女巫审判'而闻名于世。不过今天我要说的不是镇上诡谲的女巫文化,而是镇上塞勒姆建筑博物馆一座古宅的故事。古宅叫荫余堂。走进塞勒姆建筑博物馆,我仿佛回到中国,来到古老徽州的古村落。荫余堂是座有着十六间卧室、四合五开间的古宅,青石板庭院,马头墙,雕花镂空木窗,一砖一瓦一草一木全都是以前的模样……

诸葛慧莲露出了疑惑的神情,不知道老师为什么要讲荫余堂的故事。

"我不仅想看看这个镇上的古建筑,对教授生活过的这片土地更感兴趣。这样吧,下午你带我走走,晚上我请客。你把刘强也叫过来。"

钱江潮显然还有话要说。

三

整个下午,他们都在镇上和湖区四周游玩。时间紧,他们只能走马观花。到晚餐时间,钱江潮一定要找一个有本地特色的酒店品尝龙潭湖里出产的鱼,诸葛慧莲就带他来到龙湖鱼馆。这个面山临溪环境清幽的小酒馆,很适合他们的性格。

在三楼的包厢里,特色鱼头和红曲米酒上齐后,他们等了一会儿。刘强临时有一台手术要做,说晚一些才能到。诸葛慧莲就陪老师先喝起来。

诸葛慧莲的酒量,遗传自母亲龙十妹,其实不错。只是她的职业不允许她发挥酒量。现在,她不能看着钱老师自酌自饮,就破例答应小酌几杯。

为了驱寒,鱼馆老板龙有德在温热的米酒里加了红糖姜丝。几杯下去,钱江潮麦色的脸泛起红润,主动打开话匣子。

"中午在茶楼,我说到被搬到美国的徽州民居荫余堂。除了古建,还有一个与我们息息相关的东西,它是我们文化之根、民族魂魄。这就是中医。一部中医学的演变史就是中华民族的思想史。中国思想史的源头是什么?易学。易之书也,广大悉备,有天道焉,有人道焉,有地道焉。自《易经》开源的中国古代思想史有四大特征:求根、尚简、重意、笃行。求根就是崇本息末,所谓圣人春夏养阳秋冬养阴,从其根也。尚简,得道之本,握少以知多,言简意赅,大道至简,执简驭繁,执一统众。就拿中医经典《黄帝内经》来说,就是得其要者一言而终,不得其要流散无穷。重意,就是得意忘形,得意忘象,如同中国的艺术,书画诗词讲究意境,只可意会不可言传。中医亦如是,医者意也。中华思想是农耕文化产物,中医的思想也受农耕文化影响,药食同源,一草一木皆可入药,又讲求实行、经世致用。

"先秦的诸子百家,无不受《易经》影响,而《黄帝内经》《难经》更是与《易经》密切相关。精气学说、阴阳五行、经络藏象、针灸机理,无不如是。灵枢之下,又有医圣张仲景。精于辨病、粗于辨证、擅于方证是《伤寒杂病论》的特点。此后探索专病专方与方证成了主流,《金匮要略》《五十二病方》《肘后方》《小品方》《千金要方》《千金翼方》是也。后来医者,与宋明理学相互影响,格物致知,穷推事物之理,欲穷极处无不至,于是有《伤寒明理论》《格致余论》。后有张元素的《脏腑标本寒热虚实用药式》《珍珠囊》。《珍珠囊》大扬医理,李时珍曾赞它深阐轩岐秘奥,参悟天人幽微,言古方新病不相能,自成家法,辨药性之气味、阴阳、厚薄、升降、浮沉、补泻、六气、十二经及随证用药之法,立为主治秘诀心法要旨。由此衍生出金元四大家——刘完素、张从正、李东垣和朱丹溪。其中又有对伤寒论中六经辨证和辩证思维方法的研究。中医学不仅是一方一药一技一招的简单积累,而是一种关乎人体生命健康的知识体系,是中国古代社会形成的人体生命之学和人类健康之学,具有深厚的传统文化背景、独特的哲学思维、系统的基础理论、丰富的科学内涵和鲜明的人文色彩。恬淡从真的养生之道,冲和中庸的治疗法则,清心内守的性命理念,以人为本的医道准绳,诚信无欺的行业规范,这些使中医成为中国传统文化的活化形态,成为独立完整的知识体系,从而屹立于世界医学之林。"

"钱老师,您是著名的西医专家,怎么突然夸起中医来了?"诸葛慧莲不能让老师唱独角戏,要让老师歇歇,吃一口菜。钱江潮却只碰酒杯,双眼紧盯自己的学生。

"不识庐山真面目,只缘身在此山中。正因为我在西医领域浸淫已久,所以能看清它的弊端。你一定看过曼戴尔松博士那本惊世骇俗的书——《一个医学叛逆者的自白》。"

"我看过。他劝人们不要受医生化学药品和医院的坑害,以捍卫自己的生命,他说西医是科学的迷信。我觉得他的观点太极端了。"

"钱老师,您说的可能部分是事实,可也不能否定,现在的医院还是看好了大多数病人。因为新的医疗技术的推广,人的寿命也大大提高了。"诸葛慧莲小心翼翼地选择措辞。

"这一点我不否定。任何事都有两面,我说的只是西医的阴暗面。我是想说明,我们不能因噎废食,盲目崇拜西医,自废武功,扒了祖坟,掘了祖根,丢了魂魄。西医不过二百年。中医,自神农尝百草始,已有五千年,她是我们祖先的智慧积累,是我们的国魂。中医有丰富的知识理论、经验实践和有序的传承,有一套完整的哲学思想——自然的、文化的、艺术的、辩证的、古老而又符合未来生态发展新理念的体系。当然,如果中西医能真正结合,催生出新的医学疗法,那是最好不过了……"

钱江潮话锋正劲,侃侃而谈。

329

四

如果不是有人推门而入,钱江潮一定刹不住话头。

进来的是刘强。他做完手术直接驱车赶来,一脸倦容,却很兴奋。

"钱老师,非常抱歉,来晚了。"刘强抱拳。

"刘强,迟到了就要罚酒,先干三杯。"钱江潮笑容可掬。

"老师,您知道我不会喝酒,滴酒不沾的。"刘强摆手。

"刘强,我记得你过去会喝酒。有一次上解剖课,我闻到你满身酒气……"钱江潮端起酒坛。

"老师,自从那次挨了您的批评,我就把酒戒了。"刘强羞赧。

"作为拿手术刀的医生,我是不鼓励你喝酒的。可是今天例外。故友重逢,师生情浓,我特许你破戒。"钱江潮在刘强面前的酒杯里倒了半杯。

"实在是,老师,等下我还要开车送您回城。您的机票我已经订好了。"

"机票可以退。如果喝醉了,我们可以在此过夜。刘强,诸葛慧莲今天陪我逛了一圈龙潭镇,我已经喜欢上这个地方了,说不定将来有一天我会到此隐居。一壶琼浆一情殇,一世飘零尽张狂。那些俗人鸟事,且不管它!"钱江潮笑道。

鱼馆老板龙有德捧着酒坛进来,听见两人的对话,信誓旦旦地说:"你们尽管喝,喝醉了,我会开车送你们去县城。"

"那我就恭敬不如从命,舍命陪君子了。"

刘强连站十几小时,做完一台成功的手术,心里高兴。他端起酒杯一饮而尽,然后毕毕敬敬地坐下。"我的酒量,只能小酌。不过有诸葛院长在,我就不怕。钱老师,您不知道,诸葛院长才是海量。"

诸葛慧莲瞪着刘强,正欲责备,那边,钱江潮已经与刘强连干三杯。

"然也然也。"钱江潮开怀大笑,"五花马,千金裘,呼儿将出换美酒,与尔同销万古愁!我记得诸葛教授也是会喝酒的,那一次,教授与我们告别到乡下,就差点把我灌醉了。教授会喝酒,教授的女儿自然也会。"

提到父亲,诸葛慧莲又竖起来耳朵。她真想听老师多讲讲父亲的事,但是钱老师这次又是点到为止。

虽说是小酌,诸葛慧莲不知不觉已经喝了不少,原本憔悴的脸又显得温润。她安安静静地坐着,一副沉思的表情。这样的时刻,她更愿意当倾听者的角色。实际上,钱江潮已然微醺,有些控制不住自己的舌头,仿佛站在三尺讲台前,面对学生,旁若无人,滔滔不绝。

"诸葛一生唯谨慎。花繁柳密处拨得开方见手段,风狂雨骤时立得定才是脚跟。信交朋友,惠普乡邻,恤寡矜孤,敬老怀幼,救灾周急,排难解纷。利在一身勿谋也,利在天下者必谋之,利在一时固谋也,利在万世者更谋之。诸如此类。

"提起诸葛教授,我钱某人便心生羞愧。这些年,我被世俗的潮流裹挟着,越活越迷茫。几年前我休假,在美国一号公路疾驰,碧波万顷的太平洋,陡峭高耸的悬崖山脉,一望无边的草地,沿途绮丽的风光,使人心旷神怡。在某个岑寂漆黑的夜晚,我转向十五号公路,数小时疲惫驾驶后,突然看到远处天空有斑斓的光,像海市蜃楼般迷离惝恍。原来我已经来到了拉斯维加斯。百乐宫、四季、米高梅、恺撒宫、巴黎、威尼斯人,住一家家奢华酒店,玩一个个刺激赌局,我穿梭于皇宫般的大殿和劲歌狂舞的男女间,为的是放纵自己、体验一下世界上最奢靡的生活。有一天早上醒来,我突然间感到头痛欲裂,仿佛体内所有的器官都被掏空了。我来到街边拐角一家很不起眼的中餐馆,吃了一碗清汤素面,终于找回了自身的存在感。拉斯维加斯,Sin City,在那里,人性中所有的贪婪欲望险恶丑陋被无限放大。那里的饕餮珍馐就像中国商代的酒池肉林,那里的霓虹彩灯就像聊斋里的鬼眼磷火。那座建在沙漠中的城市被称为人间奇迹,可是在她光鲜亮丽的外表下,除了欲望,什么也没有! 我幡然醒悟。这么多年,我原以为生活在天堂,却一直行走在地狱边缘。我想,人类正在走向歧途。所有的东西都成了赚钱的工具,地球成了淘金的矿场。那些背后掌控这个世界的大鳄从未想过要救人,他们所做的一切只是为了控制人、奴役人,而我却成了他们帮凶中的一员。"

钱江潮停顿了一会。酒桌上的气氛变得有些沉闷,两个学生面面相觑。也许觉得扯远了,钱江潮严肃的表情有所舒缓,把话题拉回。

"这几年我回国的次数越来越多,为的就是找回大学校园里的那种感觉,找回我的根。还记得过去我们看过的钱江大潮吗?那种万马奔腾、惊涛拍岸的壮阔。长江后浪推前浪,我期待有一天你能超越我。"

"老师,您是博士、院士、专家、教授,是医学界的大咖大佬,我们怎么敢把您拍死在沙滩上。"刘强笑道。

诸葛慧莲也笑了,她没想到平时一本正经的刘强喝了酒,也会来点小幽默。

钱江潮的脸上浮现出自嘲的笑意,挥舞手臂,醉态可掬。

"中医大有可为,因为中医把人看成活生生的整体,一个自然的人,与天合一的人,一个有智慧心、仁慈心和爱心的人。心病不治,怎能救病人于既倒? 要拯救人类的痼疾,唯有挽回人心。医者仁心,如果把这颗心丢了,医生就是病患,就会沦为赚钱的机器,沦为帮凶杀手。"

钱江潮又恢复了严肃的表情。刘强默默地喝酒,看似轻松,心情却很沉重。

诸葛慧莲沉默着,内心却思绪翻滚,仿佛被什么东西击中了软肋,腹内有一种火辣辣的灼烧感。

她喝醉了。这是她一生中唯一的一次醉酒。

第五十七章
小巷三寻

一

母亲是一种岁月！那是痛苦磨砺的岁月，是负重前行的岁月。母亲咽下太多的泪水，仍以温情慈悲善良微笑着面对我们。

母亲是一种岁月！童年时对母亲的依赖转变成少年的叛逆，是爱的另一种形式。当生命的太阳走向正午，我们对母亲才有深刻的理解，才会幡然醒悟。母亲就是一种岁月，是从草地流向森林、从小溪流向深湖、从江河流向大海的岁月。时光流逝，当我们对母亲的岁月深有感悟时，人生也就进入了秋季。

母亲又是一盏永远悬在每个人头上光明温暖的灯。没有母亲，生命将是一团漆黑；没有母亲，世界将失去温暖。母亲又是一棵为我们遮风挡雨抵御严寒的树，春天倚着她的幻想，夏天倚着她的繁茂，秋天倚着她的成熟，冬天倚着她的沉思。悲伤时她是慰藉，沮丧时她是希望，软弱时她是力量，远行之际，在离别的蓦然回首中，我们就会发现，那棵巨树的树冠从未离开过我们的视线，那温暖的鸟巢依然在浓密树荫里。母亲又是一条船，载着在我们在岁月的长河里前行，驶过那片江河纵横的宽广土地。

诸葛慧莲在城里乡下两头跑，每天坐公交车来回。这天下午，有些晚了,她就决定在古宅里过一夜。

龙十妹自然十分高兴,准备烧几个菜款待女儿。教授去世后,龙十妹一人生活在老房子里,孤灶冷火,难免寂寞。

龙十妹烧火,诸葛慧莲炒菜。她们还用老式的柴火锅灶,里面一口大锅,外面两口小锅。龙十妹要做豆腐、酿酒,所以一直没用煤气灶代替。炉膛里燃烧的火映着龙十妹的脸,从灶门里飘出的烟尘落在她的头上。在诸葛慧莲的脑子里,母亲似乎永远是三十来岁时候的模样——乌黑的头发,红通通的脸,身体壮健滚圆。可是这一刻,诸葛慧莲突然发现母亲似乎一夜间老了——额前有了一缕白发,眼角有了鱼尾纹,细小的皱纹偷偷爬上了她的脸。

一眨眼就过了钻在母亲怀里撒娇的年龄,自己也成了中年母亲。诸葛慧莲觉得,这些年她对母亲的关心太少了!

“妈,你真该听他们的,住到老年公寓去,那儿热闹。”

龙十妹知道女儿的意思——古宅里住户越来越少,老年人,除了像她这样的“老顽固”,大多搬到老年公寓去了。

“别提那个。就是拿麻绳来绑,我也不去。我要守着你爸的药房,死也死在老房子里!”龙十妹有些生气,站起来,嫌女儿炒菜笨手笨脚,接过诸葛慧莲手里的锅铲。

诸葛慧莲的心沉了下去。母亲是平静的,平静中有些伤感落寞,这一点从她喜欢唠叨责备的口气里可以听出来,她并不提父亲的事,而是絮絮叨叨抱怨老天不公,使女儿成了孤儿寡母,又心疼女儿两头跑太辛苦。

诸葛慧莲依然做着该做的事,谁也不知道她内心深处承受的煎熬。自从那天陪班主任钱老师喝醉酒后,诸葛慧莲就一直失眠。失眠,对她来说是极少的事,以往不管遇到多大的事,诸葛慧莲都能沉住气,因为白天太过劳累,晚上一沾枕头就能睡着。在这些不眠之夜里,一个念头突然钻入她的脑海,使她既兴奋又痛苦。她并不想遏制那个念头,渐渐地,那个念头越来越清晰。诸葛慧莲似乎明白自己该怎么做了。她要卸下一副担子,挑起另一副担子。在没有付诸行动前,她还不想让任何人知道自己的想法。

教授的药房是龙十妹的心病,也是诸葛慧莲的心病。诸葛慧莲不想提也得提。

“妈,这房子,如果一定要拆,你总该挪窝。”诸葛慧莲小心翼翼。

"他们敢,我有擀面杖呢！拆迁办主任是龙生的孙子龙信,他说了,你爸的药房是文物,不用拆,只需修一修。过两天他就派人过来,先把药房搬到祠堂去。修房的是李老师的儿子龙骏。骏儿说了,这房子还能住人,只需把阁楼书房的后火墙拆了重砌,再换几根柱子加固一下就行,年前就能弄好。过年我还要在院子里招待客人哩。"

说到客人,龙十妹又高兴起来。

"龙骏来过了?"诸葛慧莲似乎意识到什么。

"是啊。好几次。一次是跟龙生的孙子,另一次是跟一个女的。那女的穿得很洋气,却是来收老的织机和梭子的。富贵家的就被收走了。她要我那把织红带子的小梭子,我舍不得给。"龙十妹边说边把菜盛好端上桌,这时候忽然想起什么,一拍大腿叫起来,"我想起来了,骏儿还拿了一封信。"

龙十妹"咚咚"地跑上楼,又跑下来,把一封挂号信交给女儿。

诸葛慧莲的心怦怦直跳,迫不及待地撕开阅读。信寄自英国伦敦,是女儿林晓写来的,信中表达了对外公去世的哀痛,并且说,这个春节如果不出意外,可能回来云云。

龙十妹在问是谁写的信。诸葛慧莲知道母亲的脾气——龙十妹对外孙女林晓"这头白眼狼"至今不肯原谅,撒了个谎。

"妈,是老爸的一个远房亲戚寄来的,她要我向你问好呢。"

诸葛慧莲已经收到过好几封女儿的信,都是龙骏转交的。收信地址同一个:龙潭镇李宅布衣巷66号。龙骏每一次把信送到老宅交给龙十妹,什么也不说。

诸葛慧莲心中的疑团越来越大,决定自己去探个究竟。

"妈,你先把饭菜热着,我要找龙骏商量修房的事。"

龙十妹看着女儿兴奋的神情,已经猜出了大概,朝女儿远去的背影直摇头。龙十妹虽然不识字,但是对那信封上的蝌蚪文还是很敏感的,知道那些"鸡毛信"与女儿、外孙女有关。

诸葛慧莲走得很急。傍晚时分的街道显得有些冷清。走在古宅老街熟悉的青石板路上,诸葛慧莲的心里暖乎乎的。那是一种爱的温暖。这个冬天,她并不觉得特别寒冷,她能闻到干冷空气中爱的气息。那是参加父亲葬礼的人群里发出的气息,是家里炉膛柴火的气息,是她刚刚收到的信笺散发出的气息。爱就在身边,从未离开过她。诸葛慧莲觉得现在并不是冬天,而是秋天。

这是个多事之秋,也是沉甸甸的收获之秋。她特别喜欢深秋,喜欢深秋的成熟和忧思,喜欢天高云淡、月软风轻的静美,喜欢深秋婉约中掩藏着的淡淡清愁。花儿谢了,残荷枯了,梧桐叶落,但是空气中依然飘着桂花和莲蓬的余香。在这样叶黄花落的时节,她可以静下心来回忆那些斑驳的往事,在静美的诗愁中思念怀想,悄悄默念那在心的一隅久放的熟悉的名字。

诸葛慧莲一路沉思,并没有放慢脚步,很快来到李宅。

李宅的老房子比龙宅的先行维修,大部分人已经回迁。

布衣巷66号是诸葛慧莲熟悉的。那是一栋靠近湖湾的老宅,听说是李渔的后裔、一个戏班的班头花毕生心血修的。徽派建筑,三进庭院,门口的大场院有一棵百年古樟,朱门铜环,白粉墙,圆洞门,用瓦片叠成的墙窗,里面有喷池假山和厅阁回廊,还有一个小戏台。李翠花,龙生媳妇的娘家人,许多演戏唱曲的艺人,剖篾、斫木、种花、叠园的匠人都在附近居住。

青石板的门楣上挂着"梭织博物馆""小巷布衣定制"两块牌子。已是黄昏,老宅紫铜色的大门关着。诸葛慧莲有些失望,站一会儿,拐进另一条小巷。

龙骏家的老宅就在小巷尽头,一栋两层的木结构老房子,前面用砖墙围起一个小院。竹林掩映的棚架下,放着许多养蚕的工具器物:蚕匾、竹篓、簸箕、水缸、自动撒粉器、塑料筛网。挂着灯笼的屋檐下,满头白发的李翠花坐在门口的矮凳上,在木板搭起的绣床上做针线刺绣活,旁边的藤椅上还有几件五颜六色的袍装。

"李老师,我向您学习养蚕来了。"诸葛慧莲走进院子。

"哎哟,慧慧,你来得不是时候。天气太冷了,我怕它们冻着,暂时不养了。等骏儿把暖棚搭好,我就可以一年四季养蚕了。那些蚕宝宝太可爱了,我真是一天也舍不得离开它们。"

李翠花招呼诸葛慧莲坐下,手里拿着五彩的丝线在绣床上忙碌,一边刺绣,一边滔滔不绝说起养蚕的事。

"说真的,我是来找龙骏问事的。"诸葛慧莲不得不打断,"布衣巷66号的老板娘,龙骏可认得?"

李翠花盯着绣针丝线,断断续续,拉拉杂杂,有些前言不搭后语。

"你晓得的,骏儿以前见了姑娘就脸红。他忙着修宅子的事,很少回来。

那个老板娘我倒是见过。她有时穿纱丽,有时穿旗袍,有时穿裙装,又漂亮又神秘,我只打了几次照面,没说上话。说到客人,骏儿上次带着一个大胡子的画家来。他看上了我的《湖山锦绣图》。我有些不舍得。原来那幅《湖山锦绣图》给一个大胡子阿拉伯人买走了。我只好给这个大胡子再绣一幅。还有,住在山庄里的李娇娘也要我绣。我们是儿时的玩伴,拗不过她。这么多活等着我做,我整天忙着飞针走线,骏儿的事知道的真不多。"

李翠花想与诸葛慧莲多说说话,又怕误了手上的活。

诸葛慧莲的眼睛落在绣台边的藤椅上,那上面是一大堆花花绿绿的衣服。

"这些是飞天的。她做的旗袍,要我绣上龙凤团花。飞天在美院读服装设计。她要参加比赛,我这是为她做嫁衣呢。骏儿是个女儿奴,对飞天可宠了。"

说到孙女,李翠花抬起头,一脸自豪。

"逢周末,飞天就赶回来,说是给她父亲帮忙,其实是在布衣巷66号打工,跟老板娘学服装设计。听说那老板娘做的衣服很有名。李娇娘穿着那么时尚,有时候也过来找她做衣服。我很少出门,上半年养蚕,下半年缫丝染织刺绣,外面的事知道得少。布衣巷66号的事,你问飞天,她准知道。"

"那要等周末,这事,我还是碰到龙骏再问他。"

诸葛慧莲说着,起身告辞。

二

修房的龙骏说,教授家的老房子础基柱子很结实,换些瓦片,换掉朽烂的椽檩,再加固几处砖墙,就会跟新的一样,可以再支撑几百年。龙十妹想那维修是免费的,过年前就能完工,就同意了。

搬迁的事由施工队负责。阁楼上的小房间全是书,厚重的书架把楼板都压弯了。教授的藏书足有几千本,搬迁时需要分门别类整理。诸葛慧莲把医院紧要的事布置好,回家帮忙。

药房和书房,母亲和儿子,诸葛慧莲已经把她生活的重心转移到龙潭镇。她需要时间从痛苦中解脱,需要疗愈和沉淀。她有一个大胆的想法,就是接手父亲的药房并且把它扩建成一家国药馆。场地、人员、资金,需要考虑的事情很多,真正要开国药馆会困难重重。没有人会随便把现成的东西准备好送上门。当然,如果诸葛慧莲开口,肯定有很多人愿意帮忙,但是她并不想轻易求人。再说,她还没有最终下定决心,眼下还有很多其他的事要考虑。她已经写好了辞职报告,但并没有上交。

诸葛慧莲依然念念不忘女儿的事。父亲的书籍整理完,就想到李宅再走一趟。

她刚跨出门槛,龙十妹就从后面追上来。

"慧慧,你有事求人家,也不能空着手去呀。这两把梭子你带去。"龙十妹从围裙兜里掏出两把小巧的梭子——一把是青冈栎的,黄褐色;另一把是鱼骨的,白中透黄。

"妈妈,你舍得?"诸葛慧莲知道母亲大方,但是没想到这么大方——那些梭子可是龙十妹心爱的宝贝。

"这把木头梭是龙禧做的,鱼骨梭是我自己慢慢抠慢慢磨的。我还留了一把牛角梭,是应家嫂子送的,我要留着织红带子。你说,人活一辈子,婚亲嫁娶,谁家省得了?"

母女俩会心地笑。诸葛慧莲接过梭子,急匆匆地走了。她要在天黑闭馆前赶到布衣巷66号。

比上一次早了一个小时,大门开着。诸葛慧莲上了台阶。大门左边的倒座房里有一间办公室。敞开的窗户后面,一个穿着青色团花旗袍、胸口别着工号牌的身材修长的姑娘站起来。

诸葛慧莲说明来意。姑娘秀气的脸笑容温婉。

"不知您有没有预约,董事长可不好找。她很忙,世界各地飞来飞去,城里乡下两头奔。她在龙潭镇隐居,找她的人还是踏破门槛。"

"我是给她送梭子来的。"诸葛慧莲掏出梭子。

姑娘接过梭子,仔细看了看,脸上绽开笑容。"这么贵重的礼物,董事长一定很高兴。按规矩,凡捐赠的东西都要登记。我顺便给您预约一个时间。这两天董事长没出远门,天黑前兴许能回来。"

姑娘在登记本上写完,又抬起头。"东西厢房都关门了,如果要定制衣服,恐怕要改天。不过离闭馆还有一个小时,我可以带您参观一下梭织博物馆。"

诸葛慧莲点头。转过影壁屏门,她们走上二院的石阶,进入内院。

这是一个很大的庭院,像一座小公园。鱼池假山、亭阁回廊、青石桥拱、爬满青藤的圆拱门、长满青苔的石阶,小公园布局奇巧,园中有园,曲中寓直,融花影树影云影水影和风声水声,有鸟语花香、弦音绕梁之工巧。

穿过走廊,她们进入正房大厅。大厅改造成一个织机博物馆。新主人在这里陈列了三四十台老式织机。一台台织机用绳柱隔开,伸手可以触摸。每台织机上还放了不同的布料和部件。诸葛慧莲很快被身边的一架全木结构的织布机吸引住了。她似乎在桃花家里见过。桃花母亲陈氏是远近闻名的织布能手,一天能织四米白布或者图案颜色多样的花布,密密实实胜过洋布,她偷偷拿去卖,换些油盐酱醋茶或是交孩子的学费。她织的豆腐袋布尤其有名,做豆腐少不了,还可装东西。有时候陈氏会迈着小脚丫到棉花地里拣残留的棉絮。童年时,月亮升起的夜晚,诸葛慧莲和桃花躲在炉膛里煨红薯,在柴草火苗的噼啪声、院子里狗的汪汪声和蟋蟀的吱吱声中,可以听到阁楼上那架老旧织布机的唧唧啾啾蹦蹦声。

诸葛慧莲沉浸在回忆里。旁边的姑娘,指着身边最大的一架土布织机,像个导游似的介绍,字正腔圆。

"七亩地,八亩宽,中间坐个女人官。脚一踏,手一扳,十二个环环都动弹。土织布机是旧时候农家普遍使用的织造器具,全部机器为木质结构,部件繁多,一般分为机架、布机屋、脚踏板、经线、线轴、布轴、棕梭、扣吊、弓吊绳等。类型也多样,有无踏板织机、重锤式织机、双轴地机和踏板织机。我国壮族、傣族、维吾尔族、黎族等少数民族就拥有一些具有浓郁民族风情的土织布机,如腰机、竹笼机、傣锦机和田织机等。织布机在汉代就有了,古代用于丝绸纺织。您看,这块老粗土布,以棉麻为主,有浓郁的乡土气。还有夏布,是非常轻薄的布料,有二千多年历史,必须用古老的织机梭子,以苎麻为原料编织。处理苎麻就是个漫长过程,苎麻春天插秧后成熟,去皮,抽麻晒干,漂白晒干,绩纱,纺纱团,上浆,纱条,最后上木头织布机。织女固定身腰,像犁地的牛和爬犁一样,手脚并用,吱嘎吱嘎日夜劳作,腰膝伤痕累累。再有用于做豆制品百叶的滤布,必须用特殊的扎箔,用竹子制成,短短六十三厘米长的空间里要设置一百八十至一千二百个箔空,工艺难度高,已经很少有人会做了……"

时间有些紧,诸葛慧莲不能细看。她们从耳房小门出去,走进后罩房。这里仿佛是一家奢华的珠宝店。明亮的灯光下是一排排的玻璃柜台,柜台里陈列的全是梭子,那些梭子像玉镯金饰一样,放在红色的天鹅绒垫上。

原来这里是梭子博物馆。姑娘又介绍起来,语气平静。

"董事长总共收藏了四千多把梭子,从秦汉战国到现代,应有尽有。有柿木青岗栎层压木做的,有金银铜铁尼龙塑料的,也有牛角羊角鱼骨兽骨的。寻梭藏梭是她的爱好。她酷爱旅行,过去常常背上背包,只身一人走南闯北。这些年她几乎走遍了中国和大半个地球,为的就是寻找她心仪的梭子。她买下这栋房子,很大一部分原因就是为了办梭子博物馆。"

"那你应该叫她馆长呀。"诸葛慧莲插话。

姑娘露出神秘的笑容。

"董事长、馆长、设计师、歌唱家、老师,她的头衔可多了。您说得对,她还是喜欢人家叫她馆长。为了这个博物馆,她真是动足了脑筋。她特地请高人设计装修。这里的每把梭子都有文字说明,您可以自己看。"

诸葛慧莲弯下腰,果然看到了前言部分:

> 岁月如梭,梭织岁月。一梭一世界,一世一把梭。梭者,织具也。常见者,两头尖,中间粗,呈枣核形,为织布时往返牵引纬线之工具。穿越古今的梭子,蕴含的是古老的纺织技艺和浓浓的家园情怀。它们是我们民族的古老智慧和童年的乡土情结。一把梭,短的是丝缕,长的是光阴;短的是旅途,长的是故事;短的是相遇,长的是相知。一把梭,编织了黑白的人生和色彩斑斓的世界。一把梭,编织着女人的酸甜苦辣苦乐年华。伟大的母亲用梭子缔造了文明,温暖了我们……

诸葛慧莲的目光转向第一个展柜。那是一个单独的展柜,里面静静地躺着一把牛角梭。牛角梭缺损得厉害,因为岁月的磨砺和血汗的浸润,变得油光可鉴。

诸葛慧莲脸上有一丝的疑惑。姑娘的笑容有些尴尬。

"是的,只有这把梭没有文字说明。我只知道这把梭是我们董事长收藏的第一把梭,是她用命换来的。其中有鲜为人知的故事,董事长没有细说,也不让我们说。其实,这里的每把梭子都有一个故事。您下次来,我一定带您仔细看看。"

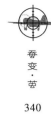
看着姑娘欲言又止的样子,诸葛慧莲也不追问。

天已经暗下来。原来早已过了闭馆的时间。看样子今天是等不到想见的人了。诸葛慧莲一再称谢,匆匆离开。

三

诸葛慧莲并不失望,虽然是走马观花,但对布衣巷66号有了初步的印象。古宅的新主人一定是个有厚重生命质感的女人,女儿林晓与这样的女人联系在一起,使诸葛慧莲有了前所未有的安全感、温暖感。只是她的好奇心越来越强烈。诸葛慧莲迫不及待地想见到那个神秘的女馆长,选择周末下午去找她。

天气越来越冷,从溪谷里吹来的风带着水汽,凉飕飕的。

周末,原本清静小巷尽头的古宅,却是一番热闹景象。门口的小广场上停了几十辆轿车。大门口进进出出的,也是衣冠楚楚的中年男人和穿着华服拎着手包的中年妇女,操着天南海北的口音。

倒座房接待办公室的窗户关着。诸葛慧莲径直走进去。内院两侧,东西厢房的门都开了。东厢房第一间的门楣上挂着"小巷布衣定制"的牌子,房内站着五六对中年夫妇。上一次见过的那个姑娘在接待她们,边询问边登记,看见诸葛慧莲,露出歉意的笑容。

第二间房内,坐着五六个同样穿青色旗袍的姑娘,在听一个微胖的老妇人讲话。老妇人头发花白,穿着斜襟上衣,腰里系着厚厚的土布围裙,说一口标准的龙潭镇普通话。她身后是一台老式的缝纫机,机前一个木板台,上面堆满五颜六色的布料和缝纫工具。四周的墙上挂满服饰配搭小件——帽子、头饰、围巾、披肩、斗篷、腰带、背心、手包、拎包,还有耳坠耳环项链手镯。

诸葛慧莲正欲转身离去,坐在矮凳上的老妇人已抬头,白皙的圆脸露出温润的笑容。原来她是龙生媳妇。论亲戚按辈分,应该叫她表嫂,诸葛慧莲习惯叫她"李师傅"。

"李师傅,您上课吧,我不打搅您。"

龙生媳妇显然很想与诸葛慧莲唠唠,一挥手,叫那群叽叽喳喳的姑娘自己忙去,站起来与诸葛慧莲说话。

"慧慧啊,我这是赶鸭子上架。是娇娘一定要我来的。娇娘的面子,抹不开。你说,我一个土裁缝,没念过几年书,要我教这帮高中生大学生,不是赶鸭子上架是啥?"

"李师傅,您是有名的心灵手巧,做了五六十年的衣服,带带她们很值当。"诸葛慧莲道。

"老了,都是做太婆的人了。老年公寓住不惯,星期六星期天过来打杂。闲不住,闷得慌。天气好的时候,附近巷子里的老人都聚在这里,听道情花鼓。娇娘喜欢唱曲,有时也上台过过瘾。我喜欢听戏文,老了老了,反而喜欢热闹。"

原来龙生和媳妇已经把裁缝铺关了。龙生年轻时身强力壮,但是因为长期窝在堆满布料的铺子里,又开店又要下地干活,积劳成疾,这些年身体每况愈下。龙生夫妇带头住进老年公寓。儿子龙正当了十几年的镇长,已近退休。孙子龙信大学毕业后在镇政府上班,是拆迁办主任。龙信娶了李宅的大学同学,刚生了个儿子。龙生媳妇说做太婆就是这档事。

一家人生活和和美美,见人三分笑的龙生媳妇虽则看上去有些佝偻,依然能说会道。

"说是上课,其实是凑热闹。量身、选布料、缝纫熨烫,那是没的说。特别是量身,我不用尺子,一瞄一个准。老板娘让我教这帮姑娘手工活,拿布头丝线缝个包做朵花,配旗袍用的。也是,老祖宗传下的手艺,再没人学,就要断在我这辈手里了。慧慧,你是来定做旗袍的?"

"李师傅,我是来找老板娘的。"诸葛慧莲说明来意。

"她呀,可不好找。我也没见过几面——对了,你要找她,最好问问李翠花的孙女龙飞天。她就在西厢房第一间。这丫头,跟老板娘最亲。她是大学生,脑瓜子又灵。"

龙生媳妇说着,往西头指指。

听到龙飞天三字,诸葛慧莲很是惊喜。她很快穿过庭院,来到西厢房。不知何时,太阳已从云层中钻出,把古宅照得暖融融的。

西厢房最里面的房间里,一排排衣架上挂满五颜六色各种质地的旗袍。中央的台子边上,坐着一个二十岁左右的姑娘,正埋头做着手工,看见诸葛慧莲,起身抬头,惊叫着扎进诸葛慧莲的怀里。诸葛慧莲也很兴奋。她对龙骏和孙兰英的女儿,有着母亲般的情怀。

半年多不见,突然转身的龙飞天使人惊艳。现在的她越发亭亭玉立,过去那张稚气未脱羞涩白皙的脸已然成熟不少,在水墨养成的艺术气质中,又有她这个年龄女孩特有的青春气息。都说李宅的女儿个个水灵,真是一点不假。

"飞天,你在捣鼓啥呢?"诸葛慧莲推开飞天。龙飞天指着桌上花花绿绿的一堆,像是在回答老师的提问。

"我在学做盘扣呢。这些小玩意儿真是太漂亮了。小小的盘扣,是一个大大的世界,用布条折叠缝纫,细细盘织,一枚枚意蕴无穷。四方、蝴蝶、琵琶、蜜蜂、一字、菊花、燕子、树叶、花蕾、青蛙、树枝、凤凰、花篮、三耳、双耳,花样儿真多。这些盘扣可以用在请柬、钱包、鞋子和抱枕上。我把它们用在旗袍上。立领配盘扣,旗袍就有范儿;低领配盘扣,秀丽活泼;对襟缀盘扣,端庄含蓄;斜襟配缠丝盘扣,古雅清纯。这些盘扣,都是李奶奶教我的。"

"哪个李奶奶?"

"就是李师傅,大家都叫她龙生媳妇。"

"飞天,按辈分你应该叫她伯母。"诸葛慧莲并没有责怪的意思。年轻人极少论资排辈的思想,再说,龙飞天从未在龙宅的老房子里生活过,永远也不知道父亲与龙家人那些错综复杂的关系。

龙飞天不以为然地吐吐舌头。实际上,龙生媳妇在李宅与李翠花同辈,龙飞天叫奶奶并不错。不过最合适的叫法还是"李师傅"。

"李师傅的绝活,布艺手作,真是太使人着迷了,甚至比旗袍更使我着迷。寻常巷陌,有朴真大美,华服佳丽,是时尚造梦,素服美人才是江南经典。雨巷丁香,临水淡菊,玉阶翠微,空谷幽兰,小巷有美待三寻,一寻织机老宅,二寻如梭岁月,三寻湖山锦绣……"

"这是你写的诗?"

"是老爸写的。"

"龙骏真是把你宠坏了。"

提到老爸龙骏,龙飞天一脸的自豪。"不单老爸,奶奶也宠着我。你看,这些旗袍上的团花都是奶奶绣的。刺绣原来有那么多学问。苏绣、湘绣、粤绣、蜀绣,四大名绣都是针尖上的国粹。也不知道奶奶是从哪里学来的,她都会一点,特别是蜀绣。奶奶说了,做一样事情就要把它做好,做到极致。我现在就想把旗袍做好。这些盘扣,就是为了搭配我参赛的旗袍用的。阿姨,您也应该定做一件旗袍。"

"是吗,我这身材可以穿旗袍吗?"诸葛慧莲微笑,为的是鼓励龙飞天说下去。飞天刚学了点东西,正想显摆。

"您穿旗袍一定很好看。没有什么比旗袍更能衬托出东方女性典雅绰约的风姿了。在绫、罗、绸、锦、缎、纱、绡、绉、纺、呢、葛、绒、绢、绨十四大类织物中,我最爱锦缎,我的旗袍就是以宋锦为主缝制的。老爸为了让我能够参赛,真是下了血本。阿姨也很支持我。她为我成立了这个服装设计工作室。我希望有一天能成为阿姨这样的服装设计师。"

龙飞天因为兴奋涨红了脸,滔滔不绝。诸葛慧莲听得津津有味。眼前的姑娘显然使她想起了自己的女儿,想起此行的目的,她不得不打断年轻设计师的长篇大论。

"阿姨?飞天,你说的是哪个阿姨?"

"就是这座老宅的新主人。每逢周末,我就到这里来。有时是老爸开车来接我,有时候是阿姨,如果她正好从杭州或者上海回来。"

"听你的口气,阿姨很关心你,超过你妈妈……"

"不,我的妈妈只有一个。您是我的好阿姨,她也是。"

"说真的,飞天,我就是来找你那个阿姨的。她们说,你最了解她了。"

"我知道一些。但爸爸不让我跟人说。"龙飞天露出童真的微笑,附在诸葛慧莲的耳边,压低了声音。

"有些事是我到杭州读书才知道的,原来'小巷布衣'这个品牌在时装界很有名。那位阿姨,外人只知道她是时装设计师,很少有人知道她是一家香港上市公司的董事长。她的身份多了去了,时尚教主,慈善家,歌手,模特,杂志编辑,瑜伽馆馆长,博物馆馆长,还是一大群孩子的妈妈。"

龙飞天突然打住,咽下后面要说的话,闪到一边。因为她听到了门外的脚步声。

屋外有个女人在说话,声音轻柔。

"是谁在说我的坏话呢?龙飞天,是你吗?"

房间内的两人不约而同地转身。门外回廊上,站着一个中年妇女,穿着一袭华美的橘黄色旗袍,风姿绰约。夕阳的余晖从厢房的格子窗斜射进来,映在她安详内敛略带忧郁的脸上,使她的身上有一股阳光的暗香。

四

布衣巷,是龙潭镇李宅一条普通的小巷。青石板铺的小巷两边是粉墙黛瓦、木门雕楹。小巷弯弯幽幽逼仄悠长,青石板路深深浅浅苔痕斑驳。千百年的时光转瞬即逝,宋风明月,清烟民雨,都沉淀在厚重的石头里。那些被岁月的足迹磨得光亮的青石间,不知沉睡了多少人的梦。从小巷的这头走到那头,是山长水远的旅愁,是一念故里的归程。

大约在两年前,小巷里的老居民开始注意到一群陌生人的出现。住在巷边小楼里的人推开窗户,就可以看到那个穿着纱丽、额上点红痣的异国女子带着五六个小孩从小巷里走过。孩子们欢叫着,嬉闹着,使得幽暗静寂的小巷突然鲜活起来。

那女子,更多的时候,总是单独出现。四月的早晨,阳光斜照屋脊,在青石板上投下一片清幽的暖意,从湖上吹来的风夹带着杨柳樟木的清香。女子迈着优雅的步子,不慌不忙地走过小巷,高跟鞋踩在青石板上"嗒嗒"的跫音,仿佛一串悠扬的音符。在某个秋日的黄昏,空中飘着雨丝,在轻纱薄雾笼罩的小巷,她又变成婉约柔美略带沧桑的素衣女子,穿着一身质朴素雅的布裙,撑着油纸伞,走在烟雨迷蒙的小巷里。

有时纱丽,有时旗袍,有时布衣白裙,那女子是如此多变,时隐时现,使小巷的居民越发感到她的神秘。他们只知道她住在青山湖的山庄里,偶尔到小巷尽头的古宅来。龙潭镇一年四季游人如织,可见多识广的李宅人都说从未见过如此美貌的女子。小巷的人甚至不敢直视她、多看她几眼。

自从这个神秘的女子租下巷子尽头的老宅,以前静寂的小巷热闹不少,连巷口小吃摊的生意都好了很多。那些开车来的访客丢下百元大钞,就嚼着馒头肉饼直奔小巷尽头的古宅而去。也不知道他们是想窥看女子的美貌还是别的什么。

小巷居民,大多数是老人,只要有花鼓道情听,有戏看,也不想刨根问底弄清那女子的来历。

此刻,诸葛慧莲就和那个神秘的女子在一起,在西厢房靠近倒座房的一间房子里。这间临水而建的房子显然是后来加盖的,三面是通透的玻璃,地上是原木地板。站在这个通透又私密的房间里,可以看见枫杨林掩映的溪流和不远处的湖湾。

暖色的霞光照进来,使得房内有一股淡淡的薰衣草的香味。她们面对面临窗站立,互相凝视。作为女人,诸葛慧莲也不得不惊叹神秘女子的美貌。那一袭旗袍恰如其分地衬出她修长婉约的身姿,别有韵致。天鹅颈、高挽着的发髻使她像走出古画的仕女,她那凝脂般透明的脸上,五官精致立体,透着坚毅和干练,又有一种褪尽沧桑后的娴雅和沉稳。

两人沉默了一会。穿旗袍的女子微笑着,终于说话了。

"我知道你是林晓的母亲。我也是。我现在把女儿还给你。"

"谢谢您。"千言万语,都浓缩在这三个字里。

"别您啊您的,说你比较亲切。"

"我要谢谢你把女儿还给我,更要谢谢你这么多年对她的抚育和栽培。"

"不,应该谢的是她,我的女儿,我们的女儿。那个天使般的精灵,是她唤醒了我的爱,使我学会了爱。我要一辈子感谢她的陪伴。有人说,人生就像搭车旅行。在我生命的列车里,因为有她同行,我才有力量面对所有挑战,克服犹豫彷徨。因为她的陪伴,我生命的列车才没有驶入歧途。接下来的行程,就由你陪伴了——不,她本来就是你的。我要谢谢你的慷慨和宽容。"

旗袍女子望着有些憔悴的诸葛慧莲,脸上浮现一丝忧郁。

"没什么,过去的就让它过去吧。"诸葛慧莲仿佛从回忆中醒来,声音轻柔,"做女人不容易,做母亲的担子更重。我希望,你以后还能与林晓结伴同行。其实我们早已在同一趟生命的列车上了。记得上一次,你到医院里来教瑜伽课。那时候,我真以为你是印度来的。"

"我一直是中国人。我是李宅的女儿,这儿是我灵魂栖息的净土。我很高兴我生命的列车驶入这宁静的小站。我的确走过世界上的许多地方,也到过印度。女人就应该为自己而活。生活不仅仅是苦难,除了责任,生命里还有爱、自由、独立、成长和奉献。"

旗袍女子娓娓道来,像是在规劝别人,又像是自言自语吐露心声。

"谢谢你跟我说这些。"诸葛慧莲显出沉思的表情。

旗袍女子两眼亮晶晶的。"我也参加过你父亲的葬礼。是啊,这个世界上是有一些高贵灵魂,他们的心里充满仁爱。他们的爱不是属于一个人的,而是属于很多人。这个世界因为有他们存在而温暖,充满希望。诸葛教授就有这样一颗高贵的灵魂。教授的女儿也有。与你相比,我自愧弗如。在这个世界上,真正配得上你的男人真的很少。"

"谢谢你对家父的夸奖。我是凡夫俗子,真的不值一提。时间不早了,我想我该告辞了。"诸葛慧莲看着湖面上渐暗的天色说道,"我很高兴有你这样的朋友,改天我再来喝茶。"

"以后林晓的信就直接寄到龙宅诸葛家了。龙骏还告诉我一些别的事,他是你我共同的朋友。好朋友就应该患难与共。你有困难,有人愿意帮助你,希望你不要拒绝。"

旗袍女子最后说道,然后送客人出门。

第五十八章
古宅老人

一

古宅修葺工程遇到些麻烦。虽然签订了合同,但是维修古宅的资金一分也没有到位。龙骏的前期工作纯粹是在贴钱贴时间。他正心灰意冷准备放弃时,形势却突然有了转机。龙生的孙子、年轻的乡长兼拆迁办主任龙信找到了龙骏,要他勉力而行干下去。

镇里投入巨资,让古宅里的住户搬上高楼,原计划是想连片拆除用于开发房地产。现在有拆有留,一小块一小块的地成了鸡肋,有意开发的房产老板都放弃了。开弓没有回头箭。这是为下一代谋福利的大好事。省市领导对文保很重视,列入文物的古宅一定要保留。原来的合同肯定要履行,不过追加资金的可能性不大。全市那么多古宅宗祠要修葺,资金捉襟见肘,镇财政暂时也很困难,好在龙潭镇民间资本雄厚,可以自己想办法筹措。

龙信不愧是老镇长龙正的儿子,一番利弊分析,一通政策鼓励,龙骏又幡然醒悟,"蠢蠢欲动"。

只要能把古宅修葺的工程做下去,即使项目亏损,龙骏也愿意硬着头皮做下去。他得了"尚方宝剑",设立专门账户用于筹措民间资金,很快就有了几千万的捐款。有了钱,龙骏又像打了鸡血,变得热血沸腾。他雄心勃勃,不但要修葺已有的老宅,还想重建一些已经消失的古宅,尽可能修复古镇古街原来的样貌。

龙骏把整体设计交给林波,自己先参与前期的拆迁。那些夹杂在古宅间20世纪七八十年代建的"老房子"——两三层砖混结构楼房和越搭越多的工棚像是一块块膏药贴在古宅身上,必须先行拆除。

李木匠留下的那套木工工具,大部分几近散架。墨斗干裂,绳规纠结,生锈的锯齿十个掉了八个,刨子、斧头、凿子、锤子都已木铁分家。不过那个刷了油漆的铁盒子里的东西却是保存完好。那里面全是宝贝,一本《园林谱》,一本李氏三雕图谱,还有大量的原始图纸,几乎涵盖龙潭镇所有古宅——朱宅的葆真堂、李宅的李奇记、诸葛家的八德堂、龙门书院、古戏台、文昌阁、陶公庙和蚕神庙。

龙骏得了那些宝贝,与龙家的恩怨算是一笔勾销了。龙骏觉得那套木工工具不能烂在他手里,得空要把它们修一修,拜个师傅学木匠活。他天生是工程师的料,喜欢静下心来钻研技术活,五十岁学做木匠也不迟,即便成不了大师傅,也可当作一种生活的调剂。不过这是后话了。

现在最要紧的是修葺古宅。李木匠留下的那些图纸,多有散佚,并且线条字迹模糊,缺页少角,只能做参考。龙骏还得另外再请教高人。他首先要把古宅的人文历史和现状摸清楚,所以这些天,他一直带着龙猫在拆房现场转悠。

他们走到祠堂前的空场。这儿是整个古村落的核心。

"我以为,最先要修的是花厅,它是诸葛家为老夫人祝寿所建。孝悌也者,其为人之本欤。"龙猫指指墙垣颓废的花厅。他总想为龙骏出谋划策。

"花厅自然要修的,它的框架还在。八德堂,龙叔,有些只留下残垣,有些连础基也没存。你最好说说与八德堂有关的事。"

"建筑是给人住的,有人才有德,有德才有魂。除了人,还有树木花草。据我所知,龙宅里就有两个大的园林,一个是百草园,一个是兰桂坊,皆是李家园艺师杰作。中国园林以人为本,巧于因借,得景随机,聚则通阔,散则萦回,宛若天开。造园如作诗,曲折有法,前后呼应,山回路转,曲径通幽。盖为园有三境界……"

"龙叔,我们现在谈宅事,不谈他事。"龙骏怕龙猫扯远了。

"龙骏,家事国事天下事,事事相连。古宅修葺是大事,我怕我们爷俩无职无权,力有所不及啊!"

"事在人为。龙叔,现在帮我们的人很多。"

"别的不说,现在懂古宅的人就不多。"

"我已经找好了一家古建公司,他们曾赴西安、南京修过城墙,又建过许多仿古建筑。这是我一位很好的朋友介绍的。"

"哦,还有这等高人? 龙骏,你一定要让我龙猫会会他。"

"我也是这么想的。古宅修葺,还真少不了你们两位高参。龙叔,他是隐士,你要答应我,千万不要泄露了他的真实身份。"

三

龙骏带着龙猫,坐"龙摆渡"的船来到高家镇。因为野鹤先生也很忙,龙骏事先与他约了时间。

野鹤本来可以躲在鹤巢里专心创作,现在不得不腾出一部分精力打理美术馆和画廊。冬天的深夜,野鹤常常穿着睡衣拖鞋在街巷间踽踽独行。他是个夜猫子,凌晨两三点前很少睡觉。

龙骏和龙猫来到鹤巢时,野鹤刚刚起床,睡眼惺忪,脸色苍白,头发蓬乱。客人被带到茶室。茶室刚刚装修好,靠墙的博古架上,放着各种高档奢华的茶道器具,银的、瓷的、玉的、竹节的,有翡翠松柏常青茶具、铜胎掐丝珐琅茶具、椰壳茶具、兽纹觚型茶具、紫泥八瓣菱花仙子茶具和孔雀紫砂壶。

龙猫倒背双手,边踱步边看琳琅满目的茶具,两眼发直。

野鹤先生从盥洗室出来,依然穿着睡衣趿着拖鞋,只是把头发胡子梳整齐了。

"失礼失礼,让两位久等了。"野鹤声音沙哑。

龙猫拱手作揖。"久仰久仰。野鹤先生,久闻大名,如雷贯耳,如今得见,三生有幸。鹤巢隐士的风采果然名不虚传。名利本为浮世重,世间能有几人抛。古之读书人称为士,不求名利,有道德学问者叫高士,宋以后皆称处士。处士者,别走一路隐于山林,也即隐士。"

"龙先生,您是前辈,太抬举我了。我想隐却隐不了。鹤巢隐士,徒有虚名罢了。我没日没夜写字作画,还不是追逐大师之名为五斗米折腰?"野鹤倒是谦虚。

龙猫一副自嘲的神情。"野鹤先生,不能这么说。人人心里都有一个艺术家的梦,老一辈的人拼死劳作,还不是为了后代能过上艺术人生?我年轻时,也喜欢涂涂抹抹,写了字拿到街上卖。我也想成名成家来着,最后却成了三家村学究。你是野鹤,我是乌鸦,不可同日而语。"

"一样一样,都是鸟类,都是鸟人。"野鹤哈哈大笑。

落拓不羁的野鹤虽然须发浓密,大半张面孔被遮,但是龙猫第一眼就认出了他。

"野鹤先生,虽然我在你父亲手里吃了不少苦头,但是对你的为人还是颇为敬仰的……"龙猫的话说了一半,野鹤露出警觉的眼神。

"龙先生,繁华若梦,岁月静好,红尘之中,不谈悲喜,只闻茶香。喝茶!喝茶!"

龙骏知道这两人都是侃爷,喜欢引经据典、东拉西扯,在他们身边只能静静地聆听。他坐在茶几旁,早已泡好了工夫茶。

站着的两人按宾主落座。侃爷的本性是改不了的,两人的心思根本不在茶杯上。龙猫咽了半句,另半句还是冒了出来。

"我和龙骏已经重修旧好。今天我们父子俩过来,就是想请你出山帮忙的……"

"此言差矣。说什么请字,龙骏是我在这个世界上最好的朋友,他的事就是我的事,我岂能袖手旁观而不两肋插刀?说起来,龙骏才是真正的高人隐士,为了修葺古宅,他连家业都弃之不顾了。"野鹤道。

"然也然也。为了那些老房子,我们都该尽力。野鹤先生,你对老宅的修葺有何高见?"龙猫一副谦恭的样子。

"建筑是大地的艺术,它们才是一个时代真正的黄钟大吕。那些古建筑是我们民族的魂魄,是镌刻在石头上的史书,蕴含源远流长的文明和生生不息的智慧。古建老宅里,有古代的政治经济和文化,有稳重典雅均衡的空间美学,有循规蹈矩长幼有序和谐统一的生活理念,有天圆地方天人合一的哲学思想。"野鹤开始神侃。

"野鹤先生,你说得有道理。依我看,如今的那些城市,都是钢筋水泥的盒子,千篇一律。他们叫我去旅游,我都懒得去,都是一副面孔,还不如窝在家里。"

龙猫一会儿摇头,一会儿撇嘴,时而鄙夷,时而冷笑。野鹤知道龙猫有所指,大度地笑笑。

"龙先生,你关于城市建筑的高论我完全赞同。至于古镇古街古建筑,那要辩证而论。中国历史悠久,建筑艺术浩繁流长。传统建筑就有八大流派——四合院、徽派建筑、江南民居、岭南建筑、海派建筑、川西民居、邛笼建筑、书院建筑,风格迥异,各成一景。虽然我钟爱自己隐居的鹤巢,但是我也反对把所有的建筑都设计得古色古香,灰沉沉的,非白即黑,全是粉墙黛瓦、圆洞门、马头墙、四合院和影壁回廊。建筑也不是一成不变的,要吸收好的东西、新的东西,甚至西洋的元素。一个民族要有海纳百川的气度,一栋建筑也要有繁华盛世的色彩。中国的古建,也不全是色彩单调、灰暗陈旧的。盛世大唐的建筑,就不是这样的,这一点敦煌的唐代壁画绢画可以见证,从引进中国风格的日本京都、奈良的建筑中也可以看到。北宋时期建筑《营造法式》中的'七朱八白',就是源于唐代建筑的'重楣'结构。'七朱八白'在宋代江南流行很久,在宁波北宋保国寺大殿内,还保存了与之相近的'七朱八白'彩画。龙骏在宁波生活了十几年,保国寺去过几次,一定不会忘记。"

野鹤用征询的目光看着龙骏。龙骏颔首微笑。

龙猫本就听得云里雾里,又失去了一个"同盟军",心里有些懊恼。他也想显摆显摆。

"野鹤先生,你说的大致是对的,有些观点却不敢苟同。古建古宅就应该古色古香,修旧如旧,正如我们对历史的态度,要秉笔直书,黑就是黑,白就是白。我龙猫虽则人微言轻,却不敢颠倒黑白。现在被委以重任,编撰《龙潭镇镇志》,我身为总编,过去那是翰林院的撰修,现在则是龙潭镇司马。要修花厅和八德堂,就要照原样来。"

龙猫还未说完,野鹤已经抢过话头。

"龙先生,我的意思是,不要一概修旧如旧。那些重起炉灶的建筑不妨加进一些新东西。建筑是人住的,要兼顾美学和实用。龙骏跟我说了,龙宅的花厅,以后很可能用于商务实业,比如开国药馆。"

"这就是了。野鹤先生,真是英雄所见略同。"龙猫有求于人,不想再扯下去。

两人相互妥协,相视而笑。

"龙先生,不知您的大作何时完成?我是否能帮上忙?"野鹤乘机问道。

谈及镇志,龙猫两眼放光。"拙作即将付梓。《龙潭镇镇志》是我毕生才学所系,所以我不敢有半点马虎。"

野鹤投其所好,龙猫眉开眼笑。

"还有一事要烦扰你。我想请你为我的大作设计一个封面。我自己也考虑过用越王山龙潭湖,或者老街古宅的照片,想想均不妥。还要烦请你出主意。"

"龙先生,您何必舍近求远?我的想法就用龙骏母亲的《湖山锦绣图》。那幅图就在李老师手里。你们现在是一家人了,唾手可得!"

四

是啊,为什么不用《湖山锦绣图》?那幅刺绣图,龙川山峦、龙潭湖、龙潭禅院、龙门书院、龙潭镇的古街古巷全有了,层次分明,气势恢宏又古朴娟秀。

那幅图,龙猫早有耳闻,也见过一次,是在阿拉伯商人那里——刺绣用了上百种丝线,几十亿针的上上下下,上面留了李翠花无数的心血,龙猫无论如何要闻闻摸摸,他缠着阿拉伯大胡子软磨硬泡,终于得偿所愿。

龙猫的眼睛亮了一阵,又黯淡下去。别的人还好说,在李翠花手里,却是难上加难。

可是,用《湖山锦绣图》做封面的念头一出来,再也压不下去了。像是耳朵里钻进蚂蚁,无数的蚂蚁在大脑壳里爬行,搅得龙猫心神不宁。

龙猫毕竟还是足智多谋的人,想了又想,决定运用迂回战术。在回龙潭镇的船上,龙猫首先与龙骏套起了近乎。

"龙骏,上次我们在龙湖鱼馆的约定,你还记得吗?"龙猫开腔。

"记得。"船在湖上荡着,龙骏远眺湖面,还在想古宅修葺的事。

"孙兰英的事怎样?"

提起孙兰英,龙骏收回了远眺的目光。他现在的生活平静而充实,心甘情愿地当着女儿奴,几乎把孙兰英忘了。龙骏心不在焉,并不忘搭腔。

"我已经很长时间没见着她了。听说她参加了秘密团队,在各地参加秘密会议,像是吃了兴奋剂,一天二十四小时处于亢奋状态,听讲座,呼口号,咽着粗糠烂菜,跳着捶胸顿足的舞蹈。她前方的天空挂着彩虹,头上的馅饼就要砸下来了。龙叔,不瞒你说,她现在是大华东区的经理,我这个搞装修的小老板怕是配不上。不过,来日方长,等古宅修好,我就准备行动。龙叔,你那边进展如何?"

龙猫附耳轻声,神情诡异。"我就是与你商量这事的。修古宅的事我会鼎力相助,修补破镜的事还要你帮忙。"

龙骏知道龙猫的意思,微微一笑。"龙叔,李家的大门一直开着,你可以大大方方地进去。"

求人不如求己,龙猫自然知道这个道理。实际上,早在龙湖鱼馆的晚餐前,龙猫已有动作。这么多年李翠花一直单着,龙猫早有想法,只是不敢付诸实践。李翠花退休前,龙猫不便到学校去找她。退休后的李翠花当着'宅女',龙猫也没有多少机会。年轻时,龙猫被丈母娘的竹鞭抽打,留下了后遗症,直到现在还不敢贸然靠近李宅。偶尔,在春夏时节,李翠花背着竹篓到蚕神庙的桑园采桑,龙猫想跟着,李翠花要么躲得远远的,要么视而不见,把龙猫当成空气,龙猫连搭讪的机会也没有。

现在,龙猫过了李翠花儿子这一关,一时信心爆棚,决定马上采取行动。

船靠龙宅码头。龙骏回镇政府为他安排的临时办公室。时候还早,龙猫辞别龙骏,直奔李宅。

李家的大门果然敞开着。龙猫心有余悸,在院墙外徘徊。那院墙并不高,只比龙猫的身高高出一点点。踮起脚尖,透过院子里婆娑的竹林,能够看见坐在院子中央绣床前的李翠花——鼻子上架着一副老花镜,灰白的头发下,有着细细皱纹的白皙圆脸上一副宁静专注的神情,十指上下翻飞,动作轻灵优美。

龙猫想起张生和崔莺莺的事来,心里一阵激动。他在原地转了十几圈,最终还是放弃了翻墙而入的念头——他是正人君子,怎能做那种偷偷摸摸的勾当!

转过弧形院墙,龙猫蹑手蹑脚地从大门走进,嘴里咕噜着。他的咕噜声并没有引起院子主人的注意,于是又干咳了几声。

"翠花,你大人不计小人过。我不是来骚扰你的。我与你商量个事。我们的老房子——龙宅的破房子拆了,很快就能拿到一笔补偿款。我孤家寡人一个,那笔钱也没处花。我知道李家经济并不富裕,飞天现在读大学,正是用钱的时候,我想资助她,尽点力——毕竟她也是我的孙女……"

听到"孙女"两字,那双刺绣的巧手停了。李翠花突然抬头,满脸愠怒。她操起了一把扫帚——那把扫帚就放在边上,是李翠花防止闯入的野狗的。

龙猫落荒而逃,一直跑出两三里,才惊魂初定。光秃秃的头上冒着亮晶晶的汗珠,龙猫一边擦汗,一边审视自己的狼狈样。他的身体本来就胖,腆着啤酒肚,两腿粗得像水桶,穿着肥厚羽绒服的他,像那掉光头发的大脑壳,活脱脱一个圆球。

龙猫知道自己失败的原因了。他绝不是那种轻言放弃的人。虽然老了点、模样不如人意,但是他也有撒手锏——那就是嘴里的三寸不烂舌。第二天,他西装革履,修饰一新,又来到了李家院前。

龙猫一开始就吃了衣服的苦头,那身西装偏小,紧巴巴的,勒得浑身酸痛——不过为了有一个良好的形象,这点牺牲还是值得的。他又在头上戴着一顶缀着绒球的线帽,那是年轻时李翠花亲手织的。龙猫戴过无数的帽子,唯独对这顶帽子情有独钟。

除此之外,出发前,龙猫又在酒楼喝了半斤白酒。都说酒壮怂人胆,龙猫倒不是为了壮胆,而是为了壮行。有一点是肯定的,喝酒后的龙猫面色红润,足足年轻了二十岁。

龙猫雄赳赳地走进去,直截了当。

"翠花,你先把扫帚放一边,看着它我的舌头就打哆嗦。都怪我龙猫年轻时冒傻气,没有责任感,给你们母子俩带来了灾祸。这些年我也一直在忏悔。还是那句话,你大人不计小人过,你大人大量宰相肚里能撑船。都说一日夫妻百日恩,百日夫妻似海深。我计算了一下,我们做夫妻的日子,也有三百五十五天零九个小时。你现在用扫帚柄伺候我,难不成我们的夫妻之恩还没龙潭湖深?"

看样子不搭腔是不行了,李翠花抬起头,声音幽幽的。

"龙冒,谁跟你是夫妻?我们早已恩断义绝……"

"是是是,我也不是指望破镜重圆——要把破了的镜子复原,那得天工巧手——像你这样的巧手。花随玉指添春色,鸟逐金针长羽毛。我素来仰慕李家人的巧手,特别仰慕你父亲这样的工匠大师。我也没别的意思,既然你不愿搭理我,我就想着在公寓楼下要一间店面房,准备开风筝公司。你父亲的那套篾匠工具,放着也是闲置,还不如让给我。"

龙猫一番不露声色的恭维起了作用。李翠花站起来,掏出钥匙开门,从屋里拿出一个藤箱,放在院子的青石板上。那箱子里装的就是李篾匠干活用的全套工具。

龙猫抱了箱子就走。第三天,他又来到李家院子,手里拎着大包小包。

"来而不往非礼也。翠花,我是来感谢你的,感谢你的宽宏大量,感谢你的慷慨大度。你整天伏案刺绣,低头弯腰,贵体有恙,凤体欠安。我特地从新市街陈道医那里配了些药,可以治疗你的颈椎腰椎,也算我龙猫的一点心意。"

龙猫涎着脸笑,不但冒着傻气,也冒着酒气。

伸手不打笑脸人,李翠花叹了口气。

"龙冒,你别得寸进尺。有事就说,不要拐弯抹角。"

"……也没有特别重要的事……我不是在编《龙潭镇镇志》吗?准备出版了,想借你的《湖山锦绣图》做封面。"龙猫实话实说。

"我李翠花也不会画画,我是边想着边绣。这样吧,这幅《湖山锦绣图》快绣完了,什么时候你借个相机来照一张,等咔嚓完了,你就再不要来找我了。"

李翠花依然不愿抬头。龙猫放下大包小包,走了。他兴奋莫名,沿着湖滨大道来来回回走了两趟,停下来,远眺龙潭湖,唱起了曲子:

朝霞啊映在阳澄湖上啊……啊……啊……

他唱了一句就唱不下去了,他想起了李翠花最后一句话:"等咔嚓完了,你就再不要来找我了。"

湖畔景色是龙猫非常熟悉的。过去的湖滩——曾经搭过枫杨木台的沙滩已经消失了。龙猫忽然想起往昔的情景,脖子冷飕飕的,又唱起了《小尼姑下山》:

真是阿弥陀佛格喏。我的命犯孤鸾星,哎哟孤鸾星,三六九岁难得过,哎呀一十三岁命归阴……

龙猫浑黄的眼睛里不自觉地流下眼泪。冬日的黄昏,湖面上已是寒风刺骨。龙猫内心濩落,一边流泪,一边踽踽独行,慢慢地走过浮桥,走向白鹭洲。

他想起来了,教授的葬礼,作为治丧委员会的一员,自己没有去送行。他想,何不趁现在能流下眼泪,去哭祭一番?

第五十九章
国药馆

一

慧莲吾囡：

见信如晤。

也许你读到这些信的时候，我已经不在人世了；也许我已成了耄耋老人，分不清独活和姜活、鸡血藤和大血藤；或者老眼昏花，口眼歪斜已不能言。所以我写下这些信，希望有一天你能看到。如果看不到，那就让它们像老屋的雕梁画栋屋瓦脊兽一般成为残破的文物，让鼠蚁们去钻研批阅吧。

你妈总是责怪我"之乎"，所以我尽可能少些"之乎"。我曾拿过传道授业解惑的教鞭，那种好为人师的毛病一时半会儿恐也难改。不过，我会尽量用现代化的平实语言，以免你说我是在板起面孔说教。

发明书信的那位古人真是了不起（我曾经探究过这个问题，最后还是搞不清是希腊的奴隶、中国古代戍边的军士还是在天上的飞鸽羽檄），使远隔千里的人像是坐在一起可以面对面地谈话，使远古的祖宗隔了千秋万代还能与子孙交流，也使那些木讷沉默的人能把他们不愿说不便说的心里话说出来。

从前的生活是那么简慢,慢得就像古宅里的生活,像那些烟囱里冒出的袅袅炊烟,像从龙川山谷里慢悠悠升起的月亮和那些黑色瓦楞上空眨眼的星星。现代生活的节奏太快了,快得人们的脚步已经跟不上灵魂,就像坐在疾驰的列车上,那列车不知要把人们带往何处。我常常有些担心,或许是我杞人忧天。

我实在不知晓现在好还是过去好。过去我也有苦闷的时候,像是生活在一个与世隔绝的世界,常常盼望着外面世界的人送来只言片语。后来终于有一封杭州的来信,上面有官方的印戳。不过,我已经不是那么激动了。我不想去了,倒不是怕你妈的擀面杖,而是我已经习惯了龙宅的生活,离不开龙潭镇这片土地了。

那时候,我最盼望的还是收到你的信。我常常到龙马的办公室和龙生的小店去问,或是站在村口,巴望着公社里那个穿绿衣服的邮递员。他总是迟迟不出现,骑自行车的姿势也是慢悠悠的。收到信的日子对我就是节日,你的来信,就像过去皇恩浩荡的圣旨,使我喜上眉梢。

你在杭州求学时,我叫你多写信,你的每一封我都有回复。可是你妈可能舍不得八分钱的邮费,觉得那样太奢侈,我也不想影响你的学业,于是许多信写完了,却没有投邮。

那些信,与以后岁月里写的,我都默默藏着。不管你能否看到,我都不想用书信里的言语影响你。每个人都是一个独立的生命,我没有权利影响你的独立。我只想让你知道,在我的生命里,你是如此的重要。

慧莲吾囡:

见信如晤。

今夜我又接生了一个难产的巨婴。有些兴奋,睡不着,所以坐下来给你写信。

这个产妇,家里并不富裕。可能是只能生一个的缘故,公公婆婆、爸爸妈妈、爷爷奶奶、妯娌姑妈,都从口里剩下吃的,喂了孕妇,结果营养过剩,孕妇自己又不劳动,导致巨婴难产。中国的父母真不容易。

我想起了你妈怀你的时候。快到临产期，你妈还在家里家外忙活——挑粪、拔秧、磨豆浆、喂猪。家里有个接生爷，她似乎一点也不担心。实际上，你妈早就打定主意，不让我接生，怕我的手弄脏你的身体。你出生的那天早晨，我正在村口捡拾牛粪、猪粪和狗粪，突然接到线报，说龙十妹在家里杀猪似的号叫。我火急火燎地赶回家时，你已经安然出生了。你母亲已经剪断你的脐带，洗干净，用棉布包好，把一切弄得妥妥帖帖的。一切似乎都很顺利，唯一的遗憾是你在猪栏边出生，与你的母亲一样，身上有猪饲料豆腐渣的味道。

你出生的头几个月，你妈不让我"染指"与你有关的任何事务，有她的擀面杖扬着，我不敢抱也不敢碰你。你妈像一只孵雏的母鸡一样照顾你，到地里干活也把你装在布袋裙里兜着。她早已为你准备好了一切。

或许你妈对你多少有些失望，有一天，她终于抱着你，破例把你放到我身边——准确地说，是放在我的胸脯上。我见过很多刚出生的婴儿，他们通常都是丑丑的，但是我还没见过像你这样丑的——请原谅父亲的直率，你的大脑壳，诸葛家宽宽的凸起的脑门，使我不得不实话实说。可是那会儿，在你母亲开恩让我抱你的那一刻，我也顾不了那么多了。我闻到了你身上的奶香，捏到了你胖嘟嘟的小手，听见了你的心跳。那一刻，我感到天使降生了。在这个多灾多难的世界上，有一个生命融入了我的生命，因为你的到来，我的生命从此不再寂寞，变得饱满。你的到来，像一线曙光照亮前程，我已经有足够的勇气度过所有的艰难岁月了。

…………

慧莲吾囡：

见信如晤。

你在来信中提到，你的名字有些土气，在这里我要解释一下。

你的母亲龙十妹喜欢男孩，也想给你起一个男孩的名字。她当时也给你起了好几个，按她的想法，要起一个贱名，越贱越好。

可是村里村外,阿狗阿猫阿傻胖妞之类已经很多,她就想着用你出生时第一眼见到的东西或者她吃过的野菜命名:诸葛根、诸葛豆、诸葛缸、诸葛马兰之类。最后她自己摇头,把起名的任务交给我这个冒名的教授。我也是绞尽脑汁。我翻遍《康熙字典》和《辞海》,也找不出一个合适的字。那一天,我正搜索枯肠,你云鹤伯父来了。他是听到消息来祝贺我的,一见我他就哈哈大笑:诸葛君,你小孩的名字我早就想好了,男的叫诸葛志仁,女的叫诸葛慧莲。你是知道的,云鹤伯父的学问比我大,那天早上他来时,正好看见村口湖塘里的第一朵莲花开了。你的名字就这么定了。

你妈那时候虽然对云鹤伯父心存芥蒂,对他起的名字倒没什么异议。

你妈之所以不让我带你,就是怕我一天到晚"之乎"把你教坏了。实际上,我从来不敢当着你妈的面"之乎",只是偶尔把你抱在膝上,与你云鹤伯父喝茶闲聊的时候,教你几句《三字经》《千字文》什么的。倒是你云鹤伯父"之乎"个不停。说真的,你云鹤伯父比我这个当父亲的还疼你。

女儿啊,在你的童年和少年期,我总想走进你的生活里,却不敢深入;虽然我小心翼翼不使你受到伤害,但是,你还是因为我特殊的身份吃了一些苦。为此我深感内疚。

好在,你像别的孩子一样,健健康康地长大了。没有比这更让人高兴的了。在家里,你有母亲的严厉管束,放牛,割猪草,养兔子;在学校里,有李翠花和我的好朋友朱老夫子照顾,我一点都不用担心。后来,你又上了赤脚医生培训班,上五七大学,我知道,诸葛家的女儿长成了。你的样貌,在别人的眼里或许只是中上,但在你父亲眼里自然是天下最漂亮的,我的心里骄傲得不得了!

二

慧莲吾囡:

来信收悉。

知道你已经在学校里注册安顿好,成为一名正式的大学生,我那颗悬着的心终于放回胸腔。这些日子,你妈总是唠叨个不停,责怪我没有亲自送你去。在她看来,杭州是非常遥远的地方,就是另一个世界。

她哪里知道,我也有难言之隐。我知道自己的女儿能对付,早在五六年前,你就能独立生活照顾自己了。另外,最主要的,这么多年来,你的生活里总有善良的贵人出现,他们像六甲六丁一样护着你。

早在你收到录取通知书那天,我就激动得不能自已,只是我不敢将那欣喜若狂的神情表露出来,怕那只是一场梦,等梦醒了一切都恢复如旧。在事情没有最终成功前,我们最好缄口不言,不要到处宣扬,因为老天爷有时很吝啬,会把你嘴边的馅饼夺回去。

不过现在,我放心了。我准备喝点小酒庆贺一番。你妈不让我喝。(你是知道的,这些年你妈把队里分的那些糯米全都酿成了红曲酒,名义上是给我当药引,可私底下她自己一直在喝:早上起床就喝,下午的点心时间喝,有时候睡觉之前也要抿上一小口。我也不责怪她,酒是她酿的。问题是,她自己蹲在酒缸边偷喝,却不让我喝,难免使人觉得这世道之不公。)……

你妈良心发现,最后还是烫了一碗红曲酒,允许我开戒。不过,那碗酒我无福消受,因为你云鹤伯父来了。云鹤伯父已落籍朱宅,他虽然要当隐士,但凡心未泯,他手舞足蹈,要为诸葛家的女儿大大地庆贺一番。

四季轮回,生命轮回,命运也轮回。那一晚我们一直坐着喝茶,回忆过去西子湖畔的岁月,感谢生活的丰厚馈赠……

慧莲吾囡:

见信如晤。

这段时间的来信,我看了又看。尽管你写得隐晦曲折,我还是能从信的字里行间读出那个神圣的字眼。

我稍稍有些不安。不过总体说来还是很高兴的。我只希望你不要因此耽误学业。在这个世界上,哪个少女不怀春,哪个少男不钟情?关关雎鸠,在河之洲;窈窕淑女,君子好逑;有美一人兮,见之不忘；一日不见兮，思之如狂。莎翁也说，爱情舒心，犹如雨后朝阳。在美丽的西子湖畔，在"桃之夭夭，灼灼其华"的春天，在"杨柳依依，雨雪菲菲"的烟雨江南，发生这样的事再自然不过了。

有爱的人是幸福的，爱会使人成长成熟。如果因为爱而受到伤害，我们只能想办法让这种伤害尽可能减轻。我现在能做的，就是天天擦拭你的小书房。在阁楼上靠窗口的小桌子上，你妈不知何时给你买了一个小花瓶，还插上了她从田野里采来的野花。我每次擦拭花瓶，都得小心翼翼的。

女儿啊，爱会使人内心丰盈，使人快乐幸福，却不会使人沉迷癫狂。真正的幸福是无言的，沉静，低调，澄澈，朴素，令人平静，令人感恩，无须恣意张扬，无须千言万语，因为一说出口，就惊扰了那害羞的丘比特。

女儿啊，在你现在的年龄，也许并不真正懂得该找怎样的另一半。真正的男人，并不在他身躯之伟岸、容颜之俊美，而在于他精神之深厚。真正有深度的男人，自信、坦荡、友善、大度、谦恭、冷静、沉稳、睿智。他的胸怀像沉默的山、广博的海。他没有眼高手低志、大才疏的张狂，而有锲而不舍、博览群书又融会贯通的深邃；他柔情似水，会为你赴汤蹈火矢志不渝；他刚正不阿，忍辱负重，任劳任怨。这样的男人是经过岁月磨砺温润的玉，是历久弥香醉人的酒。

女儿啊，其实你应该找一个真正懂你的人。他懂你的沉默，懂你的微笑，懂你的眼泪和悲伤。

自然，在你这样的年龄，这样的男人是难找的。

对林峰的为人，我是很敬仰的。对他的儿子，我知道的不多。他很有些才气，只是脑子里有许多的生活幻想——有关爱情和艺术的乌托邦。

不过，我还是很高兴。人生难得轰轰烈烈的爱情，哪怕是飞蛾扑火——这些天我的头晕乎乎的，仿佛喝醉了。……

慧莲吾囡：

这几日我也是失眠，睡不着。我想控制住自己的泪腺，但是那些泪腺还是要冒出天然的汁液来。在我这样的年龄,让那些汁液冒出眼眶是件丢人的事,尤其是在你和你母亲面前。

我不知道如何劝你。所有的语言都是苍白的。所以我还是选择沉默。

当初,在你的婚礼上,我就有些惴惴不安。不过,你脸上幸福的红润和灿烂的笑靥把我的不安冲淡了。实际上,从一开始,那种不祥的预感就折磨着我。

现在这种预感变成现实时,惴惴不安就变成了隐隐作痛。

记得小时候,有一次你睡过了头,没有按时起床去放牛,你母亲用一根细细的竹鞭抽你的小腿,你痛得哇哇大哭(你可千万别记恨你母亲,小时候你是很乖巧的,所以你母亲很少有机会使用她的"权威")。你一哭,我的泪腺也躁动起来;你痛,我也感觉痛。

那会儿是肉痛,现在是心痛。这种心痛似乎比以往强百倍。

女儿啊,我懂你。我知道,你继承了诸葛家的人喜欢奇思玄想的天分,天性中有诗人艺术家的移情气质,因此以医生为职业本就是一个痛苦的选择。现在,你又遭此一劫,心里一定痛苦不堪。

我的心里也很痛。我的痛苦是,明明生活向你露出狰狞把你推入水深火热,我却无能为力。

女儿啊,我不是袖手旁观。因为我知道,这一切的苦难还得你自己扛。

选择当医生,就是选择仁爱和悲悯。善良没有错,仁爱更是没有错。我现在明白你伯父云鹤的用意了,他给你取名慧莲,实有深意存矣!莲花就是从淤泥中长出来的,那些风霜雨雪吹打的枯枝残叶能滋养来年的莲花盛开。

不要抱怨任何人。你对了,这个世界就对了。

这几日心绪不宁,一直在看书,稍得安慰。是啊,人生不如意占八九,有困境,有挣扎,有痛苦,有迷茫,是正常的。越是艰难处,越是修心时,凤凰涅槃,破茧成蝶,最终你会遇见最美的自己。此心不动,你就是黑暗中的光明!

三

慧莲吾囡：

通讯越来越发达，写信的人越来越少。我已养成习惯，过一段要写几句。大约是因为在我心里，女儿是最值得对话的亲人。

这几日龙门书院举行竣工大典，龙潭镇颇为热闹。不知你为何没来凑这个热闹，想来你也很忙，你爷爷从台湾过来，打个电话都没时间。

你云鹤伯父要我去剪彩，我一个籍籍无名的乡村医生哪配有这等荣幸。最后还是请你从未谋面的爷爷奶奶过去剪彩。你云鹤伯父勉力重建龙门书院并出任书院院长，继承龙川文脉并光大文辉，实在是一件令人兴奋的事。

现在我可以大大方方去你云鹤伯父那里喝茶了。只是大家各忙各的，这样的机会不多。我们坐在一起喝茶，谈论最多的还是为人为医之道。

我每日坐诊出诊，发现乡村与城里一样，病人和怪病越来越多。人生大事，莫过于生老病死。病从何来？都是因为人心出了问题。《灵枢·邪客》云：心者，五脏六腑之大主也，精神之所舍也。心伤则神去，神去则死矣。养心就是要静养。夫物芸芸，各归其根，归根曰静，静曰复命。人莫鉴于流水，而鉴于止水，唯止能止众止。现代的人喧哗躁动，急功近利，有无数的痛苦烦恼。心念不止，怎能不病魔缠身！

慧莲吾囡：

自从你去城里生活，我和你妈便无时无刻不想你。老了老了，忽然间耐不住寂寞来。忙是好事，充实、有目标、有事做的人是幸运的。任何人只要坚持，都可以做一件世代相传的事。问题是大多数人经不起诱惑。魔鬼总是在适当的时间出现，给你诱人的条件使你放弃心中的目标，出卖自己的灵魂。现在的生活节奏越来越快，物质财富越来越丰富，什么也不缺，缺的就是精神和智慧。

我们追求幸福的方法错了,导致精神和物质严重失衡。精神扭曲,甚至与文明社会南辕北辙,人类终将趋于没落走向绝望的边缘。

所以别忘了静下心来沉淀自己。吾日三省吾身,必有所得。静然后定,定能生慧。

夜深人静的时候,我又想与你说说话。晚上,我又把梭罗的《瓦尔登湖》看了一遍。这本书我不知看了多少遍了,每一次看,都有新鲜感,都有所悟。

我心中的龙潭湖就是梭罗的瓦尔登湖。梭罗在瓦尔登湖畔生活了两年零两个月,我则准备在龙潭湖边生活一辈子。

龙潭湖的四季是那么美妙。那些轻纱薄雾中若隐若现的岛屿,那些晨光暮霭中变幻的湖水,那些湖面上锈漆斑斑的渡船和脸色黝黑的摆渡人,那些迎风飞翔的鸥鹭和不断跃出水面的鱼虾,那些枫杨掩映的溪涧和茅草芦苇丛生的沙洲,都已经融入了我的生命。

岁月在龙潭湖畔的古宅里静静流淌。我的生命仿佛就是为古宅而生的。为那些斑驳的泥墙和泥墙上的衰草,为那些磨得光亮的青石板庭院和长满青苔的古井,为那些雕刻鱼藻虫鸟的花窗门楣,为那些飞檐屋脊和上面层叠的黑瓦。古宅里的生活并不寂寞。我喜欢观察小动物特别是鸟类的生活。每年春天,都有熟悉的燕子到堂屋屋檐下筑巢。你母亲常常数落我,说我仰头看母燕喂养雏燕时粪便落到头上也不顾,像只呆鸟。为了躲避你母亲无休止的唠叨,我就踱到村口去看樟树上的鸟,那儿有乌鸦、斑鸠、麻雀、黄鹂、伯劳。后来我又在北门的银杏树上观察。那儿虽然只有喜鹊,可我能观察银杏树的四季。树的四季就是人的四季,树叶的一生就是人的一生。

还有龙川峡谷,那儿是更广阔的天地。那儿的一山一石一草一木都给我无穷的喜悦。

女儿啊,那些江河溪流就是我们的血液,山峦丘陵就是我们的骨骼筋脉。水土就是我们的生命。草木不但养育我们,还给我们治病。

慧莲吾囡:

我想提笔给你写信,可是这笔似有千斤重,握在手里瑟瑟发抖。

我总是劝你要忍受生活的苦难,可是当苦难真的落到你头上时,我的心里还是痛。或许是年老易伤感,虽然我知道女儿足够坚强,能走过生命中的所有坎,我还是有欲哭无泪的感觉。

过去我没法帮助你,现在更是无能为力。女儿啊,我还是要劝你,不要哭泣。我看不得你哭泣。我希望你能微笑。

雨果说:有一种东西,比我们的面貌更像我们,那便是我们的表情;还有另外一种东西,比表情更像我们,那便是我们的微笑。

女儿,人生的风景不在别处,就在你的心里。要做一个心中有风景的女人,成熟优雅,自修自悟,善解人意,明是知非,能进能退,不以物喜不以己悲,无论顺境逆境都能谈笑自若、从容应对。心中有风景的女人,不会被失意落寞忧伤击倒,她们能发现生活的可爱抓住幸福。时间会治愈所有的创伤,时间会给出正确的答案。生活不仅仅是包容、理解、忍让、责任和苦难,还有爱和欢笑。我希望你能走出过去的囚笼,活出自我,活得漂亮些。

所以,女儿啊,你不要哭泣,要微笑。不管遇到什么,要永远微笑。你不知道你的微笑对我有多重要,那是我生命的阳光和温暖。不独对我,对那些病人,对天下人皆然。

四

诸葛慧莲看着父亲留下的信,不停地哭泣——有时咽泣,有时候抽抽搭搭,有时候抱头掩面,有时候眼角眉梢分明挂着笑意,眼眶里的泪水却是哗哗的。祠堂里还有人在忙碌,收拾整理搬过来的东西,诸葛慧莲怕母亲或别的什么人不经意间走进来,所以不敢哭出声来,但是她控制不了泪水。泪水迷糊了她的双眼,滴滴答答地落在信笺上。她也顾不得那么多了,为了不让泪水打湿信纸,当那些泉水似迸涌而出的泪水流到嘴角下巴处的时候,就举起袖子擦抹,就像小孩在寒冷的冬天里擦抹鼻涕。不幸的是,还是有几张信纸的部分被打湿了,变得字迹模糊。她费了好一番功夫才读了九封。

诸葛慧莲整理父亲书房时并没有发现异常。后来施工队的人上楼施工，在书房后面的砖墙内发现一个暗室——那堵墙有些厚，移开几块松动的砖块，里面竟然有一个暗洞，暗洞里还有一个樟木匣子。施工队以为发现了诸葛先人留下的宝贝，欣喜若狂。他们的领导龙骏交代过，古宅——尤其是教授的药房，一砖一瓦一草一木都是文物，要么原拆原用，要么上缴。所以施工队的人虽然眼馋手热，却不敢私吞。

木匣子转交给教授的女儿。里面有厚厚的一扎信件，一大沓处方笺——那是教授几十年来开的药方。原来教授每一次开处方都用复写纸，一式三份，一份给病人，一份留待自己备查，还有一份永久保存。木匣里还有一本厚厚的笔记本和一本书。笔记本里写得密密麻麻，粗粗一看，里面全是古宅的记忆和对古宅砖木构件的描写与维修建议，诸葛慧莲当场就交给龙骏。那本叫《瓦尔登湖》的书不知被教授看了多少遍，泛黄的纸张变薄变软，有些残破。

诸葛慧莲小心翼翼地把信件放回木匣，又把木匣放上书架。剩下的信，她已经看不下去了。也许将来有一天她会看，把读过和没读的信仔仔细细地看几遍。

老房子里的东西差不多全搬过来了。诸葛祠堂厢房曾经做过学校老师的宿舍，这里的架空层，与老屋的阁楼很相似。诸葛慧莲读着信的时候，仿佛父亲就坐在身边，与她说话。读完信，父亲，这个她生命里最重要的男人的形象又模糊起来。

是的，父亲希望她能微笑。可是这一刻，她只想哭，躲到一个没人的地方痛痛快快地哭一场。

她在寻找父亲。黄昏时分，她走出祠堂，来到北门外石桥边的那棵银杏树下。父亲骨灰的一部分就撒在这里。银杏树，那是父亲在这个世界上最忠实的朋友。

教授最忠实的朋友，原本不只这棵银杏树。村口最大的那棵香樟树也是。那棵香樟树是龙宅的标志，远行的游子回乡，无论站在哪个方向，一看到香樟树，就知道龙宅到了。香樟树就在湖畔，粗大的根须伸入湖水，在它四季常绿的浓密的树冠里，栖息着众多的本地鸟，它们停驻其间，筑巢、孵雏、觅食、嬉戏、斗嘴。教授每次从白鹭洲回来，都要在这里停留，伸长脖子观察树上的鸟。后来，香樟树附近的房子越建越多，人声嘈杂，教授就少有光顾了。他喜欢安静。石桥边的银杏树不像香樟树那么热闹,极少鸟类栖息,只在春天的时候,有一对对喜鹊筑巢,在那光秃秃的枝丫间,用枯枝搭起竹篓般大的鸟巢,下蛋孵雏。

教授就站在银杏树下,看喳喳叫的喜鹊。没有鸟的日子,他就站在树下发愣,一站就是一个下午。银杏树是宁静的,就像树下沉默的石桥和石桥下千年流淌的溪涧,就像流过山川古宅田野静美的岁月。

诸葛慧莲只记得小时候,父亲在中秋前后到树下去捡白果,然后回家晒干,果壳果仁分开,装入瓶子。

现在,那只牵着她小手的大手已经不在了。诸葛慧莲一个人,孤零零地站在树下。冬日傍晚的瑟瑟寒风吹过,那树梢间光秃秃的枝丫像父亲头上的黑发在舞动。她抱着银灰色的树干,终于号啕大哭起来。她不再害怕有人听见,也不想抑制自己的泪水,她要让泪水尽情地流淌!不知怎么的,父亲去世的那几天,她并不觉得特别悲伤,也许是因为悲伤过度,也许是因为要料理父亲的后事迎来送往忙碌,她胸中的泪水被一道坚硬的闸门锁住了,想哭却哭不出来。现在,那道闸门打开,泪水终于奔涌而出。

这是咸涩酸楚的泪水,是苦闷委屈的泪水,是积聚了几十年的苦难的泪水,也是劫后余生幸福的泪水!

不知过了多久,她终于止住了,不再哭泣。她抬起头,望着伸向天空的灰褐色的树干。站在银杏树下,人会瞬间觉得自己真的很渺小。人的生命,最多不过百年,而眼前的这棵树却已经存活于世这么多年,并且还将存活下去。那些我们平时所在意的东西,真的那么重要吗?银杏树叶落枝枯,依然伟岸,在萧条的寒冬孕育着春的希望。父亲并没有离去,他还在我身边。他不希望我哭泣,那我就应该微笑。

是的,泪水不应使我沉沦颓废。诸葛慧莲想,我是教授的女儿,我要把苦难的泪水酿成美酒。我应该感谢生活的苦难!这些苦难涤净我身上的污垢,使我的灵魂变得那样纯净,使我的生命变得那样丰满!

泪水把那最后一层坚硬的外壳融化了。诸葛慧莲觉得轻松了许多,内心宁静安详,躯体也变得优雅轻灵。她似乎一下子挣脱了所有的羁绊,长出一双翅膀,飞舞起来。

五

元宵节过后,龙潭镇的国药馆在龙宅诸葛祠堂挂牌。

诸葛慧莲的辞职申请得到批准。在辞去院长职务之前,诸葛慧莲又与刘强进行了一次长谈。刘强虽然在韩风名利双收,但也感到压力巨大,龙虎和诸葛慧莲的影响使他清醒地认识到韩风并不适合他的职业前途,早已萌生去意,只是直到上次见了老师钱江潮后,才下定决心,回到人民医院。

教授的药房后继有人,钱江潮很高兴,送来一块牌匾,建议给新开的国药馆取名"佰仁"。他还给诸葛慧莲推荐了一名自己的学生。这名学生大约一个月后到诸葛慧莲处报到,他是医学博士,当过赤脚医生、乡镇卫生院院长,阅历深厚,有三四十年的从医经历。他背井离乡,留学美国,当了钱江潮的学生兼助手。2003年后,中医渐受到重视,他觉得自己应该回国干回老本行。那个黄博士决定来龙潭镇行医一辈子。

在没有正式的坐堂医师前,陈草医隔三岔五来教授的药房坐诊,以完成他的免费千人义诊计划。

镇里也很重视,开馆当天,敲锣打鼓,鸣放鞭炮,送锦旗送匾额,以示祝贺。诸葛家的寿春堂,全盛时期居八爰之首,是江浙沪有名的老字号国药馆。镇里已经决定要把医药产业作为龙潭镇的支柱产业,未来几年内把龙潭镇建成闻名世界的医药小镇。等诸葛家的花厅和百草园修复,用于国药馆的馆舍,到时候,针灸、理疗、推拿、艾灸、火罐、汤药、膏方和未病康复全部上,把教授的药房建成名副其实的国药馆。

自然,最兴奋的还是龙家兄弟。他们已经从教授的药房得到巨大的实惠——他们投资的药厂、药剂实验室、药草种植园和药材一条街都已粗具规模。等教授的国药馆开张,龙家兄弟就可以把他们全国各地的药店全部改成"国药分馆"。

不过,那是以后的事了。

诸葛慧莲没有想那么长远。她现在想的是守住父亲的药房。她着手整理父亲留下的诊疗笔记和处方。尽管从小在父亲身边长大,耳濡目染,诸葛慧莲对中医中药还是了解不深。她要静下心来,研读中医典籍,学习望闻问切。

人生五十才开始。诸葛慧莲决定从头开始。

第六十章

丝与剑

一

2010年的春节，龙潭镇迎来了历史上最隆重的蚕神庙会。龙潭镇新任的镇长顺应民意，把蚕神庙改成蚕茶馆，新馆比原来的旧庙扩大了一倍。

这次庙会的"操盘手"是龙马夫妇。三十五年前的那一次蚕神庙会就是血气方刚的龙马组织的。这一次，人到中年的他——按最新的科学划分法他应该算青年，龙马也是这样认为的——决定吸纳最亲近的家庭成员共同主持。夫妻同心，其利断金。

吃水不忘挖井人，龙潭镇能有今天，老区长——也是后来的县长、市长、书记林峰功不可没。龙马夫妇决定特邀老镇长林峰参与。龙潭湖畔，有一个雕塑公园，里面有龙潭镇历史上的众多名人，还有龙潭镇乃至整个婺州赖以发迹崛起繁荣的"敲糖帮"的群像。

林峰开了后门，骑着那辆快要报废的二十八大杠溜了。三十五年前的那次蚕神庙会，他也是骑自行车去龙潭镇的，那一次他站得很远，是惴惴不安的看客，现在他还是愿意混在热闹的人群里，当一名普通的观众。

这是大年初一早上的事。蚕神庙会的盛典正在朱宅举行。

第一个隆重仪式是朱宅龙窑复烧开窑。朱宅曾有大小窑炉好几座。当初龙狮要烧酒缸陶器,朱宅的人只舍得把小窑炉包给龙狮。龙狮折腾了几年,烧出一些成品半成品和一大批残次品,就没再折腾下去。最大的那座龙窑一直闲置,炉火已经沉寂了近一个世纪。

这些年,朱云逸一直没有闲着,夫人跳广场舞唱戏,他就躲在家里抄抄写写,除了办私塾、在海马国际艺术学校当语文老师,又埋首故纸堆,研究朱宅的历史人文。据他考证,历史悠久的朱宅早在北宋时期就有烧窑制缸的明确记载,那座一百多米长的龙窑烈火熊熊,已经燃烧了千年!

朱老夫子决心重燃龙窑炉火,他鼓动女儿朱赫赫和女婿龙马出资,请来景德镇的老师傅,依据传统制陶烧窑技艺,修复了龙窑。龙窑的开窑仪式也是整个春节期间蚕神庙会的开幕式。参加开幕式的人都可以领到一份礼物——两本刚刚出版的飘着墨香的新书,用红绸系着,装在大红的礼品袋内。一本是《龙潭镇镇志》,另一本就是朱老夫子的杰作《龙窑》。

朱宅村后山坡上,修葺一新的龙窑昂首静卧。龙窑四围已经人山人海,连制陶的工棚作坊和堆仓都被挤得水泄不通。仪式在龙窑前的小广场举行。女儿女婿被晾在一旁,朱老夫子当仁不让地做了主持,他须髯雪白,神色凝重,站在石台上,身穿大红锦袍,脚着布履。他的前面是来自书塾和艺术学校的四五十名学生,清一色的传统汉服,跟随朱老夫子摇头晃脑,吟诵朱老师创作的《龙窑赋》。

老夫子觉得,唯有诗词歌赋才是仪式正宗。古有吕蒙正的《寒窑赋》,今有朱夫子的《龙窑赋》。遗憾的是现场实在太过嘈杂,人们对朱老夫子前面的一大堆"之乎"听得并不真切。最后的几句,吟诵者越发卖力,声音提高了八度,听者都听清了。

> …………
> 厚水澹澹兮,润泽龙川,
> 沃土绵绵兮,五谷芬芳;
> 万载陶窑兮,巍巍伫立,
> 千年炉火兮,熊熊未央!

一番"之乎者也矣焉欤兮"后,朱老夫子中气十足,大喊一声:"开啊……"龙窑的窑门打开,几十名陶工肩挑杠抬,将数千陶坯送进龙窑。

接下来的庙会活动,由各宅自行组织,有分工合作,也有竞争。

李宅的活动以戏曲为主,从正月初一到月末,日夜不停,附近村镇的老戏迷们铆足了劲,打算过足戏瘾。戏迷们为了减去车马劳顿,就在李宅安息,有亲戚的在亲戚家蹭吃蹭睡,没有的在小旅馆居住,饿了就去街上买些小吃。因为有李娇娘牵头,各色戏剧班子蜂拥而至,越剧、沪剧、京剧、豫剧、黄梅戏、闽剧、粤剧、高甲戏,你方息鼓我登场。自然,最受欢迎的还是本土的婺剧。李娇娘并没有彻底隐退,她又捡起年轻时学过的婺剧,把自己编的一个小剧《青山湖畔》搬上舞台。上台表演的都是国际艺术学校的学生,李娇娘又教又导又演,那些来自地球各个角落的学生肤色不同,天然的脸谱,在台上有板有眼,拿腔拿调,引得观众阵阵喝彩。

除了原来的老戏台,又搭了几座。不过,还是布衣巷66号小戏台最热闹,既古老又时尚,老少咸宜。这里有名角李娇娘的演出,每次正式的戏文开始前,还有龙飞天获奖作品的旗袍秀。

在李宅国际艺术学校新落成的歌舞厅里,还有音乐会专场,同样是中西合璧,古典与时尚交融。上半场是龙马的儿子龙义带来的小型交响乐,下半场是龙成的流行音乐演唱会。孔鲁凤母子每年春节都要回龙潭镇。

以龙马的名声威望,一声令下,无论身在何处,龙家的人都得赶回来。龙潭镇的蚕神庙会,怎能没有龙家人的参与呢?龙家人永远是最活跃的!龙禧的孙子,龙成龙义龙利龙益龙能,加上福禄寿三家的孙子曾孙,已经足以凑成两个罗汉班。龙家的孙辈,不拘平时多么萎蘼酸倒闷声不响,到了庙会上都是生龙活虎抢尽风头。

龙宅的庙会活动是最多的,少不了龙家人。在传统的项目叠罗汉、踩高跷、迎龙灯、赛龙舟、舞狮子外,今年的庙会又新添了不少项目——打车子、轿夫班、锣鼓班、走马灯、荡秋千、花鼓锣书、十字莲花、大头娃娃、独角戏、金台拳术和戚家军鸳鸯阵法。

正月十五,蚕神祭祀仪式按时举行。新落成的蚕茶馆外摩肩接踵、挨挨挤挤,几乎连插脚的地方都难寻。入夜,朱宅李宅的阁跷銮驾和龙宅的板凳龙又在庙里庙外相聚,争奇斗巧,把蚕神庙闹得个火树银花不夜天。

不过这些都不是高潮。真正的高潮是第二天蚕花姑娘的巡游。当坐着蚕花姑娘的两顶花轿出现的时候,整个龙潭镇都被挤爆了。巡游这天,大街小巷,人推人挤,扯衣掣肘。为了看一眼蚕花娘娘,大家都翘首以待,有的甚至像猿猴似的爬上屋顶房梁。也难怪那些看客，听说今年是代表朱宅李宅的"土蚕花"和代表龙宅的"洋蚕花"斗艳。有幸目睹蚕花娘娘芳容的人都说，两个身穿旗袍头顶蚕花的姑娘果然令人惊艳。

二

那个来自英国的"洋蚕花"是春节前几天来到龙潭镇的，住在青山湖玫瑰山庄，每天跟着山庄的主人到李宅布衣巷66号玩耍，很快跟"土蚕花"交上了朋友。

"土蚕花"龙飞天放寒假，难得有属于自己的大把时光，整天泡在66号的旗袍工作室里，学习缝纫手作，给她获奖的旗袍系列锦上添花，准备在庙会期间秀一场。父亲龙骏忙于古宅修葺的事，几乎对她不闻不问，奶奶李翠花窝在家里刺绣，准备开春养蚕的事，对孙女回不回家也不关心，龙飞天落得逍遥自在，吃喝拉撒睡都在老宅厢房里。

没过几天，两个姑娘就成了黏黏糊糊难舍难分的朋友。龙飞天早就听说李阿姨有个英国籍的女儿，是牛津医学院的高才生，才貌双全，亲眼见到，果然比想象的还美，越加欢喜。那个英国姑娘，五官立体精致，肌肤白嫩，如画的眉目既有东方美女的神韵，也有一种清新的异国情调；对方几乎比自己高半个头，身段修长，活脱脱就是天然的T台模特，穿上旗袍更是风情万种。

自然，对方也非完美。中国古代公认的四大美女尚且有缺陷，不是脚大头大就是身上有难言之疾，何况现代外国的舶来品！有缺陷的美才是生动的美、真实的美。在龙飞天看来，对方美则美矣，却有两处白璧微瑕。一是额头，对方习惯用发卡别在额头上，使得那原本有些凸起的额头越加宽阔，发际线偏后。其次是头发。

"你不应该烫发，应该让乌黑的头发自然流泻，那样更好看。"龙飞天委婉建议。

"哪儿呀，我没有烫发……"

龙飞天一摸，果然，原来对方是天然卷！

洋姑娘咯咯大笑。她总是笑个不停，使得整栋古宅一天到晚充满笑声。龙飞天很喜欢对方这种有些刁蛮的爽朗个性。当然，龙飞天最欣赏的还是对方的知性和无与伦比的语言天分。对方似乎无所不会，英语就不说了，法语、德语、西班牙语、葡萄牙语都说得很溜,时不时地还会蹦出一两句龙潭镇的方言。

两个姑娘一见如故,同吃同睡。T台上旗袍秀完了,就在镇上疯玩:看社戏、坐龙舟、踩高跷、荡秋千、玩泥巴,变着花样,把沿街店铺小吃摊的美食一家家吃过去。"洋蚕花"玩性大发,乐不思蜀,早已把到县城见爷爷奶奶和到白鹭洲给外公上坟的事忘得一干二净。

镇上的人都知道,李宅的布衣巷66号是美人窝。龙马要选蚕花姑娘,自然要到这里来。在上海的同乡会里,龙马与李娇娘早已认识,而他与66号女主人的关系更是非同小可。实际上,这对母女在龙潭镇落户,在青山湖隐居,在李宅办博物馆和国际艺术学校的背后,都有龙马的影子。

龙飞天早已内定为李宅的蚕花娘娘。对龙宅的蚕花娘娘人选则颇为踌躇。龙马要挑选能代表龙宅形象的蚕花姑娘,不得不慎之又慎。在T台上走秀的众多姑娘中,龙马一眼就看上了那个身材高挑的洋模特。事后证明,龙马的眼光不错。

蚕花娘娘巡游结束,喧闹了半个多月的龙潭镇终于恢复平静。

那位"洋蚕花",玩心稍收,这才想起要办点正事。这天下午,她悄悄地走进古宅。

童年的记忆是刻骨铭心的,她沿着长长的廊道小心翼翼向里走的时候,老屋庭院的模糊景象渐渐清晰起来。但是,想到那位慈祥而又严厉的老人,"洋蚕花"的脚步还是有些犹豫。

古宅里静悄悄的。居住在这里的人已经很少。

龙十妹于年前搬回老屋。龙骏就在教授当药房的那一间新砌一个三锅的大炉灶,又在屋外的菜园子里挖了一个地窖,用来储藏红曲米酒。厨房、会客厅、卧室各一间,老屋一下子变得开阔亮堂。做豆腐酿酒,在依然散发着中药味的老宅里招待客人,龙十妹没有什么可以抱怨的。

诸葛慧莲和儿子待在祠堂里,偶尔过来帮忙。龙十妹嫌她笨手笨脚,又知道国药馆要开张,不要女儿帮。

母女俩各忙各的,整个蚕神庙会没瞅一眼。春节前的忙碌就不别提了,整个春节,龙十妹没有一丝歇空。买菜,洗菜,烧菜,包红包,发红包,迎来送往。那些在教授葬礼上来过一次的客人又来一遍。尤其是娘家人,一来就是一大串。还有教授以前的故交旧友和他看过的病人。庙会期间客人总是很多,一天到晚,堂屋和庭院里六七张大圆桌要翻好几次。

一天下来,龙十妹虽然累得腰酸背痛,但依然是一副乐呵呵的样子。

这天下午,龙十妹终于得了些空。她刚刚做了些青菜馄饨,好随时打发那些上门蹭吃蹭喝的戏迷。她坐在院子里的条凳上,灰白头发和腰里的布裙沾了许多面粉,正想打个盹,那个穿旗袍的女孩已经走到她身边。龙十妹耷拉着眼皮,装作没看见。

"请问,这是龙十妹的家吗?"那个女孩东张西望,俏皮地笑。

"没大没小。龙十妹是你叫的吗?"龙十妹瞪眼。

"我想叫她外婆来着,只怕她不答应。我是来给她拜年的。"

"你来拜年,也不带年货礼品?"

"哎哟,我把这茬忘了。我的东西全在山庄里。拜年的年货,明天叫辆车送过来。我先来探探路。我们那儿过圣诞,是老人给小孩礼物。"

"是哪门子狗屁规矩?这里的规矩,小辈给大人送好吃的,大人才给小孩红包。"龙十妹看了一眼堂屋里堆成山似的年货,又看看女孩空空的双手。

"带吃的不方便,我住得太远了。我住在英国。"女孩解释道。

"喔,那你是洋人?我晓得的,黄头发、蓝眼睛,明明学校里就有。你说你是英国人,怎么眼睛鼻子跟中国人一个模样?"

"我是中国人,在英国牛津大学读书。"女孩快憋不住了。

"我听说了。什么牛筋排骨的,我不识字,对那个什么排骨大学也不稀罕。"

女孩被逗笑了,笑得前仰后合,说不出话来。

"你说你来给外婆拜年,她那张皱巴巴的鸡皮老脸还能认出来?"龙十妹沉着脸。

"不。我外婆可年轻了。他们说,她能活一百二十岁。"

"活到那个年纪,不成老妖精了?"龙十妹的脸阴转多云,"你倒是说实话,你到诸葛家来做啥?"

"我是学医的,大学快毕业了,想找个实习的地方。听说诸葛慧莲开了家国药馆,我来给她打工。"

"这事我做不了主,你还得去问她。"龙十妹朝祠堂方向努嘴。

"我是她女儿,她能不要我?再说,我就是诸葛家里出生的。他们说,只要是龙十妹用擀面杖敲过的,都算诸葛家的人了。"女孩说着,突然拔出龙十妹别在腰里的擀面杖,轻轻地敲了一下自己的后脑勺。原来龙十妹有个习惯,擀完面,就把擀面杖插在围裙腰带上。

龙十妹笑了笑,站起身,又板下面孔。

"用擀面杖敲了也没用。我认得你,进台门我就认出来了。我养的孩子,烧成灰我也认得。林家的人,一个个都是养不熟的红眼猫、白眼狼。"

"我不是白眼狼,我是黑眼妹。我是姓林,可是我长着一颗诸葛的心。外婆,你还是认了吧,我饿了。"女孩咯咯笑着,往龙十妹身上靠,撒起娇来。

"好吧,我暂时认了。你还是林家的人。来的都是客,我要给客人烧吃的。"龙十妹接过擀面杖,走进厨房,"也怪我小时候没用擀面杖敲你,你才变得这么野。你别指望我像小时候一样喂,你长大了,得像老母鸡一样自己刨食。"

林晓跟在后面,搂着龙十妹的腰,又是磨又是蹭。

"外婆,你去烧火。炉膛口黑漆漆的,小时候你抱着我烧火讲白狗熊的故事,把我吓怕了。"

这些天林晓一直在街上的饭馆小吃摊前转悠,边吃边学。她觉得自己已学了不少,决定在外婆面前露一手。她的确也是饿了,在锅里放满水,把水缸盖上的馄饨全都倒入,又取灶台上的蔬菜作料,每样不等,一股脑儿加进去。

龙十妹在炉膛前烧火,一边抹着眼泪,一边回忆林晓的往事,红眼猫、白眼狼、白狗熊的,絮絮叨叨,没完没了。等她起身来到锅台前,那一大锅黑乎乎的馄饨已经煮好了。

"哎哟,我的宝宝哎,你这是煮的啥嘞?"龙十妹又好气又好笑。

"外婆,你不懂,这是最新的时尚做法,叫黑暗料理。"林晓咯咯大笑。

三

龙潭镇的静怡老年公寓,建在桃花溪下游,龙宅和李宅之间的湖湾里,风景优美,环境清幽。三栋高楼,十几栋独门独院的别墅式小楼。公寓里有医院、食堂、电视室、棋牌室、健身房,还有一个亭台桥廊、喷池假山一应俱全的公园。

公寓是由龙马公司开发的,公益性质,凡是镇上六十五岁以上的老人都可以入住,开始全部免费,后来委托镇政府管理,为了支付工作人员的工资和房屋设备维护运行,适当收费。

别墅式的小楼是为有特殊需要的老人开发的,收费高些,一栋三层,一梯两户,每标间住一人。龙禧和应富贵就住在这样的贵宾楼里,同一小院。两个昔日的冤家对头又做了邻居。

龙禧挂着拐杖,腿脚不便,衣食住行要人照顾,上不了高楼,顺从龙马的安排乖乖地住进来。他还是有些后悔,倒不是心疼那栋被拆掉的老屋,而是心痛老屋里被他贱卖的那些宝贝。

不过,后来他还是想通了。千万财富也换不回一条好腿!

倒是一直犟着不肯拆房子的应富贵爽快地答应挪窝。不过要应富贵搬到老年公寓的贵宾楼,他还是不乐意,梅花梅香苦苦劝说,应富贵才答应。中风出院后,应富贵还需理疗。他真不愿意挂着吊瓶度过余生,可现在坐在轮椅上,除了手能动、嘴能说,大部分事自己做不了主。

钱财的事还得自己说了算。为了省钱,应富贵愣是把照顾自己的保姆辞了。他已经能推着轮椅到处走动了。

距贵宾楼不远,有一个伸向湖湾的水泥平台。平时,公寓里的老人就聚在这里,海阔天空地神聊。元宵节前后这几天,能走动的老人都去看戏了,龙禧和应富贵却没去。前些日子,由孙子搀扶的龙禧和女儿推着的应富贵几乎看遍了蚕神庙会的所有项目,唯独没去戏台。他们觉得那些老戏迷很幼稚,像只呆鹅仰着头盯着戏台看半天,也只是图个热闹。有本事就自己上台演!

龙禧和应富贵都觉得,在龙潭镇的戏台上,他们俩就是角儿。这两个蚕神庙会的支持者冷眼旁观,心里却是骄傲到内伤。他们觉得龙潭镇有今天,他们俩才是功臣。

这天下午,天气晴朗,龙禧和应富贵双双来到了湖湾的观景台上。高高在上的两人,像君临天下的帝王,又像睥睨世界的凯旋将军。

远处,李宅的戏台上传来"锵锵"的锣声。龙潭湖上艳阳高挂,午后的阳光暖暖的,照在两个老人身上。这会儿是两个纵论世事、指点江山的时间。

"富贵,你说,今年的两个蚕花娘娘咋样?"龙禧弹掉烟蒂开腔。

"不赖。"应富贵似乎懒得说话。他知道,无论夸哪个损哪个,都得上龙禧的套路。李宅的"土蚕花"和龙宅的"洋蚕花"都与龙禧有瓜葛。说心里话,应富贵对两朵"蚕花"都很喜欢,但他不想说满话,抬举龙禧。

"要我说,两个蚕花娘娘都漂亮,还是大学生。"龙禧熟练地吐着烟圈,"就是她们再漂亮,也比不上桃花,要是桃花在……"

真是哪壶不开提哪壶。应富贵被触到了痛处,不说话也不行了。

"龙瘸子,你就别提桃花了。"应富贵真生气了,这是他第一次叫龙禧的诨名,"桃花开了,又谢了,没有结果。做人也不就那么回事吗?到头来还不是一场空?"

"富贵,你说得有道理。"龙禧笑眯眯的,"阎王爷已经在记挂咱俩了,说不定哪天晚上就把咱俩绑了去,我们还在这里较啥劲?人活一辈子,最后的归宿都是那个小匣子。"

"是啊。像教授这样的大好人,到头来也只剩下一把灰,还撒在树根。不过,做人做到教授那份上也够本了。到时候,来送我们的人有教授的十分之一,我就心满意足了。"

"是是是。提到教授,我又想起来一件事。都说诸葛家有一件祖传的天蚕衣,盖在身上肉身就不会烂。不知你有没有见过?"

"没有。那只是传说。要天蚕衣干啥?人死如灯灭,留着那副躯壳实在没有必要。古代的皇帝,埋得再深再好,到头来不是照样变成一把泥土一把灰?"

"说得在理。有时候,人活着时就被人忘了。像林峰和他老婆,那么大的官,过去那么风光,那天在庙会上看到,也混在人堆里,被人推来推去,我想上去握个手都不能。富贵,都说你是龙潭镇的小诸葛,说话就是有水平。不过,诸葛也有失算的时候,像你的父亲荣禄,算盘放在头上也能扒拉得哗啦哗啦的……"

"人算不如天算。他积了德,也留了债,都应在后代身上了。"

"龙猫那小子,还真有两下子……按说,龙猫编了镇志,应该风风光光地做人了,怎么今年的蚕神庙会上没见他的影子?"

龙禧是明知故问。因为龙猫的事已经在老年公寓传得沸沸扬扬了,大家伙都心知肚明。

《龙潭镇镇志》刊印出版后,龙猫一高兴,喝得酩酊大醉,站在龙潭湖边引吭高歌。他唱的不是《僧尼会》,而是京剧《沙家浜》选段。以前他嗯嗯啊啊唱了第一句就唱不下去,那一次,他终于唱全了:

朝霞映在阳澄湖上啊……

芦花放，稻谷香，岸柳成行。

全凭着劳动人民一双手，

画出了锦绣江南鱼米乡。

啊……啊……啊…………

他一边啊啊啊，一边放着蜈蚣风筝。那蜈蚣风筝在龙潭湖上飘着，系在他腰上的风筝线慢慢地把他拖进水里，他再也没有上来。

关于龙猫的奇闻逸事，公寓里的老人说得头头是道。众口一词的说法是龙猫咎由自取，因为他年老花心，揪着李宅的李翠花不放，死皮赖脸追她。每次李翠花背着竹篓去蚕神庙采桑叶，他都偷偷地跟着。至于龙猫是因为失恋投湖自尽，还是因为高兴得忘乎所以失足落水，并没有人去较真。还有一种说法是，龙猫并没有死，是到龙川峡谷的山洞里隐居去了。总之，不可否认的事实是，龙猫走了，镇上的人再也没见过他。

"唉，龙猫这人，一根筋，吊死在李翠花这棵树上。说起来造化弄人，这一对都挺可怜的。"应富贵说着，意味深长地看了龙禧一眼，算是将回一军。

应富贵话里有话，龙禧装作听不懂，嘿嘿笑。

有一会工夫，两人沉默。西斜的太阳照着波光潋滟的湖面，也照着不远处光秃秃的枫杨林。应富贵低头看着地上的一堆烟蒂。龙禧吸着烟，眯眼远眺湖畔的溪涧。龙潭湖边的一切几乎都变得面目全非，唯有那条从龙宅李宅间穿过流入湖里的桃花溪还是原来模样。小时候，龙禧逃学，就是在那条溪里与应富贵一起掏鱼摸虾。那一碗火腿白米饭的恩怨几乎延续了一个世纪。

"富贵啊，有些事也怨不得别人。要是小时候我们多学几个之乎，哪会活得这么窝囊。你看我的亲家朱老夫子，摇头晃脑，之乎者也，多么威风。要是我肚子里有墨水，站在龙窑开窑台上的兴许就是我了。"

"龙禧，也不要羡慕朱老夫子他们。那些读书做学问的，有时候也活得苦，不比我们活得好。世界上，谁都有苦衷，谁都活得不容易。要说我们两个，给蚕神庙会起了头，也算没到世上白走一趟了。"

"可是他们把我们这两个元老给忘了。至少应该发个帖子请我俩去发个言。现在的庙会,热闹是热闹了,没有我们那时的味。过去有斗牛,现在没了。过去的蚕花娘娘十六七岁,穿的是花袄。现在的蚕花娘娘,二十几岁,穿的是旗袍。世道真的是变了。过去我们不愿意当田乌龟,削尖脑袋往城里钻。现在的城里人,有事没事往乡下跑,过去的番薯、野菜是拿来喂猪的,现在成了城里人的美餐……"

"是啊,过去养牛用来耕地,现在用来挤奶。现在的人,不喝人奶喝牛奶……"

"说的是,过去养狗是用来看家护院的,现在像祖宗一样供着,还给它们穿上花花绿绿的衣服……"

"没错。过去见面大家打招呼,热乎着呢;现在的人,对着一块黑砖头伊里哇啦……"

…………

两人你一言我一语,在谴责世道多变中找到了共同语言。

"龙禧,不是世道变了,是我们老了。这世道哪里公平过,像我们这种不该活的活着,教授那样不该死的却死了。"应富贵毕竟多认几个字,说话有哲理。

两人又唠起了家常,绝口不提自家的伤心事,纷纷赞扬自己的儿女多有出息,暗中较劲,最后比拼的结果是两家同样走运,不分伯仲。

"富贵啊,我真羡慕你,有这样孝顺的女儿,给你买了如此高档的轮椅……"

"龙禧啊,如果可以,我真愿意用我的两个轮子换你的三条腿……"

他们沉默着,对视着,惺惺相惜。龙禧看上去有些衰,灰黑的脸沟壑纵横,额上已有几块树根样的老人斑。倒是坐在轮椅上的应富贵白白胖胖的,不显苍老。

太阳慢慢坠向湖面。柔和的霞光照着两个老人。黄昏的这一刻是宁静的。应富贵已经迷迷糊糊睡着了。龙禧也打起了盹,他似乎听到有脚步声,顽强地睁开眼睛。是有人走上水泥平台,那张脸似乎也在什么地方见过。龙禧真想与那中年人打招呼,可是敌不过瞌睡虫,脑壳和眼皮一起耷拉下来,打起了呼噜。

那中年人走近又走开,下了水泥平台,沿着溪边的路向青山湖的方向走去。

四

靠近李宅一侧，沿着画溪的堤岸，有一条樟树蓊郁夹荫的土路，通往龙门书院。走在土路上的中年人身材高大，穿一件20世纪80年代流行的杜丘式的风衣，略带卷曲的长发披散在肩上。他的脸刚刚刮过，连鬓络腮和下巴粗硬的胡茬依然依稀可见，使这张年轻时俊美的脸，在中年的儒雅谦和中带些沧桑。

他是从龙潭湖西南高家镇的方向过来的，一路步行，似乎并没有特定的目的地。穿过静怡公寓时，在伸向湖湾的架空平台处停了一会，想走上前与平台上的老人打招呼。两个老人爱理不理、似睡非睡，中年人踌躇片刻，又走开了。

他不再东张西望，迈开大步，沿着通向青山湖南侧的岔路走，很快上了山坡走进山坳。少年时他曾在这一带探险，依稀记得这一带很荒凉——一座已经倒塌的陶公庙，四周是坟丘似的山包，乱石嶙峋，荆棘丛生。如今这里却似世外桃源，像个小型的农庄。几栋青瓦白墙的中式宅院，墙面墙根是鸭脚木和阿波蕨，前庭后院是菜园果林，园中小路由碎石子铺成，边缘种植竹林和一年四季的鲜花。一条由青山湖引出的人工开凿的小溪潺潺流过，夹岸是花坛苗圃，色彩斑斓。山坡上，大片的草坪果树间，点缀些木屋亭阁。

一切都已改变，只有那古樟林下长满青苔的石阶依旧。

中年人带着沉思的表情上了青石台阶，穿过草坪花坛，走进中间最大的一栋木屋。一条原木铺的长廊，两边的墙上挂着几张扎染布艺画。长廊尽头，木结构的客厅也是极简，几件原木家具，一张复古茶几。房间里有一股淡淡的木香和檀香的味道，温暖而宁静。

"先生，您找谁？"

"我来找我女儿。她叫林晓。"

"哦，是那个英国来的女孩子。林先生，真不巧，前两天她搬走了，搬到龙宅去了。听说那儿有她另一个妈妈，是她真正的家。她在山庄里住了没几天，一直在李宅布衣巷住着。蚕神庙会热闹，她又贪玩。"

"没关系。你东家在吗？"

"在。两位东家都在。"女人把林波带到窗前，卷起了百叶窗，"喏，她们在那儿呢。"

窗外是一片缓坡草地。或许是靠近湖滨的山坳里小气候的影响,别处的草木还是一片枯黄,这里的草地已经长出嫩芽,生机盎然。缓坡的尽头就是青山湖湖湾,一条弯弯曲曲的原木桥搭在湖面上。年轻的女主人正带着一帮孩子在木桥前的草地上玩耍。他们似乎在玩老鹰抓小鸡的游戏。女主人张开双臂,闪跃腾挪,那些肤色不同的孩子,由低到高排列,欢叫着,很快搂抱成一团。离他们不远的花圃里,站着一个头发花白的老妇人,手上拿着一把小锄,身上的布衣粘着泥巴,微笑着,怡然自得地看着草地上嬉戏的孩子。

远处是叠嶂的峰峦,青霭野竹,闲云古松。远山含黛,湖天澄碧,霞光映着女主人通红的脸。孩子们欢快的笑声在平静的湖面上荡漾。

"您如果有别的急事,我去告诉她们……"

"不用了。下次有机会我可以再登门拜访。"中年人伫立窗前,若有所思地望着青山湖对岸。那个宁静的湖湾深处的千樟林里,露出龙门书院的飞檐翘角、粉墙黛瓦。中年人仿佛被什么东西触动了,匆匆转身。

他刚走出长廊,那个穿纱丽的女人气喘吁吁地赶了上来。

"对不起,先生,您一抬腿我才想起……一件事。这是小东家吩咐我的,要我把这幅画交给您。"女人说着把画轴递过来,"这幅画原来挂在林晓姑娘睡的房间,她搬走的时候忘带了。"

"这幅画是你东家花大价钱买的,我岂能要回?"

"东家说了,这是您的画,应该物归原主。先生,您可千万不要使我为难。"

林波笑了笑,接过画轴,大步离开。

他加快步伐出了山庄,越过青山湖大坝,穿过千樟林,步入龙门书院,径直找到院长室。

院长室里端坐一个年轻人,面如冠玉,俊美儒雅,见到林波,颔首微笑。

"先生,您找……"

"我找云鹤大师。"

"老师他走了。"

林波惊诧,张嘴说不出话来。这些年,他在一湖之隔的高家镇隐居,也早就听说过云鹤出任龙门书院院长的事。可是,就像他不愿意回梦萦神牵的龙潭镇一样，他也不敢轻易去打扰恩师，亲聆他的教诲。

"怎么会……大师一向身体康健……"林波像是自言自语。

"老师与镇里的诸葛教授有生死之约，虽是茶中戏言，可他是当真的。诸葛教授走了以后，老师就深居简出，不再过问书院的事……先生，老师走得很平静，就像一颗熟透了的果实落地。他的遗体悄悄火化，骨灰撒在青山湖里。"

"那么您是……新任的院长？"

"非也。德不配位，必有灾殃。新任院长正在推举中。我是老师最后的学生，暂居院长室是为了整理老师留下的笔记字画，准备择时选地展出，毕竟他是一代书画大师啊！"

"我也是学书画的，是云鹤大师的弟子。这次带了一幅画，本打算请教他，现在看来是不可能了。小兄弟，我有一个不情之请，能否将我的画与云鹤大师的一同展出？"

"既是老师的弟子，自然可以。您把画留下吧。"

林波放下画轴，匆匆离去。刚走出大门，那院长室见过的年轻人急急地追出来，把一个黄布包的盒子交给他。

"先生，失敬失敬！原来您就是老师的大弟子林波先生。老师留下遗言，一定要我把这个包裹交给您。这包裹里有一件天蚕衣和一把越王剑，它们暂由老师保管。老师认为，您是这民间奇珍的最佳继承者。"

天已经黑下来。林波独自来到湖堤上，踟蹰徘徊。他从风衣里面的口袋里拿出一样东西来。那是一个红线系着的小布包，包的是诸葛祠堂照壁上刮的泥土。前些年异乡漂泊，带出去的东西纷纷散逸，唯有这个小布包留着。他和女儿没有患过水土不服的毛病，里面的泥土一直没用。

现在既然已经回归故里，那泥土也用不着了。

他解开红线，把泥土倒入青山湖，然后走下湖堤。

"我来迟了……来迟了……来迟了……"他喃喃自语，在龙门书院内硬憋着的泪水终于夺眶而出。泪水模糊了他的双眼。那些勾起他浓浓乡愁的东西——身后巍巍的越王山和山脚下青山湖畔的龙门书院，头顶瓦蓝色空中的明月，远处龙潭湖上璀璨的游船画舫和湖畔古镇的万家灯火，又变得朦胧起来。

他像是喝醉了，深一脚浅一脚，踉踉跄跄地走着，终于跪倒在一片田地里。他把黄包裹放在一边,匍匐在地上,把手深深地抠进泥土里,号哭不已。

这么多年,他落落寡欢,远走他方,一直在寻找心灵的寓所,没想到他的灵魂一直没有离开过眼前这片土地。他的脚下,就是他苦苦寻找的五色土——黑的土,白的土,青的土,红的土,黄的土。

生命是一场轮回。人啊,你的生活从未离开过土地!你源于尘土,还要归于尘土!

谨以此作献给我的母亲,献给天下所有的母亲,
献给生于斯长于斯的这片土地。

蚕变·蚕

蒋永伦　著

浙江工商大学出版社
ZHEJIANG GONGSHANG UNIVERSITY PRESS
·杭州·

图书在版编目(CIP)数据

蚕变. 蚕 / 蒋永伦著. —杭州:浙江工商大学出版社,2023.5

ISBN 978-7-5178-5129-5

Ⅰ. ①蚕… Ⅱ. ①蒋… Ⅲ. ①长篇小说—中国—当代 Ⅳ. ①I247.5

中国版本图书馆 CIP 数据核字(2022)第 175105 号

蚕变·蚕
CAN BIAN·CAN

蒋永伦　著

责任编辑	张莉娅
责任校对	何小玲
封面设计	望宸文化
责任印制	包建辉
出版发行	浙江工商大学出版社
	(杭州市教工路198号　邮政编码310012)
	(E-mail:zjgsupress@163.com)
	(网址:http://www.zjgsupress.com)
	电话:0571-88904980,88831806(传真)
排　　版	杭州朝曦图文设计有限公司
印　　刷	杭州高腾印务有限公司
开　　本	710mm×1000mm　1/16
印　　张	75.25
字　　数	1196千
版 印 次	2023年5月第1版　2023年5月第1次印刷
书　　号	ISBN 978-7-5178-5129-5
定　　价	268.00元(全三册)

自　序

　　博尔赫斯说,这个世界若有天堂,天堂应该是图书馆的模样。世上最美的地方应是图书馆,没有之一!

　　同样,世间最美好的事,莫过于读一本好书。一本书就是一个世界、一座建筑、一座庭院花园。在书的世界里,有明月清风、苍霭流云,有雨落残荷、雪融瓦上;远山苍郁,近林荟蔚,飞檐翼然,吐纳云气……水声、棋声、松声、鸟声参错并奏。一切风景,皆是生命的历程,充满郁勃生机。曳杖者从云中来,怀抱典集尺牍,于是吟咏之声又起,天籁人籁合同而化。

　　一本书就是一座庭院。东方人的庭院,总是充满生活的诗意。庭院深深深几许,杨柳堆烟,帘幕无重数。竹篱雅舍,石径柴门,啜茗莳花,遍植四时草木,庭院用天地的生息,勾勒生活的良辰美景。春花盛放,夏苔侵阶,秋叶静美,冬雪满院,一方庭院,纳四时光泽,是生命的滋养,是四季留给生活的礼赞。一方庭院,宛如桃源,可安余生,是自得其乐的心天地,步入此间,便无畏世俗嘈嘈,内心宁静,闲寂至美。

　　一本书又像亭子。于此亭中,观瀑闻声,可见人见万种意趣。一座亭轩或坐落山巅,或挨靠水滨,或造在湖心,或在竹丛花间,是山水之眼,能让疲惫的旅人深呼吸,赚得片刻的放松。

　　人生行旅,一缕萍踪,无论他乡还是故乡,都只是驿站。时易岁更,校园塔楼拖曳着历史的影子,在波光粼粼的江面摇荡倒影,如同变幻的命运。倏忽间,江河把一叶扁舟送回故土,那份人生的孤独感在书卷中得到释怀。林莽逝波,涛声悠远,潮起潮落,昼夜拍击着记忆与想象。岁月河山已成生命年轮里色泽最深的纹路,足以在脑海里伸展出庞大的根系。

　　彷徨的岁月,迁客的心境。慰藉着那一缕排遣不去的乡愁的,还是眼前这片草木蓊郁瓜果飘香的红土地。我们依然在耕耘着身边的生活,在其间呼吸与行走,渐然发现一片厚土。山重水复,柳暗花明,故乡的这片原野,庭院依旧,茶香依旧,情怀依旧。

我们依然在昏暗的台灯下写作,以点燃生命火焰,把人生照亮。治学观史,阅世察俗,教书育人,对文学的探究和对美的热爱紧密相连。回到哲思天地,每日读书写作,不为学者的矜荣,只为创作过程中的那份快乐。当阳光洒进书房,那书香便使我们获得心灵自由,乃至有一种飞翔感。

夕阳西下,在落日余晖里,云霭吹散,现山水真容。

只有靠近真理,人才可能学会思考。个人命运的浮沉与王朝的盛衰孰轻孰重?文学艺术,如同历史与思想的终极意义,应回归人文、人道与人本。

文化人最大的快乐之一,是为理想的读者出理想的书——不一定是绝妙好辞,亦不一定是锦绣文章,但绝不提供鸡汤,也不提供成功学。在碎片化的网文大肆盛行的今天,纸质书终应有一席之地。

在知识的海洋上,只有真正的好书才是思想的明灯。

一部好书的面世,有时像一个新生命的诞生。孕育的艰难,分娩的阵痛,那位躺在产床上汗涔涔的母亲,看着身边皮肤皱巴巴的"丑宝",会有些惴惴不安,但婴儿第一声清脆的啼哭,总会使她欣喜。

对我来说,《蚕变》三部曲,就是我的孩子。不管是俊是丑,我都怀着一种自豪的心情把这个孩子介绍给大家。

《蚕变》三部曲,具备长篇小说应有的"度"——时间的长度,地理的跨度,人生的广度,人性的深度,哲学的高度,思想的厚度。

为什么取名《蚕变》?大道之源,唯易不易。蚕是蚕桑,代表农耕。变是变革,是蜕变和蝶变。《蚕变》正是反映了一座浙中千年古镇,从农耕社会到工业社会、商业社会乃至信息化社会的巨变,以及伴随社会巨变带来的人心人性的变化。

从人生的角度讲,蚕,茧,丝,是人生的三个阶段:成长、历练和奉献。

文学的命运就是人的命运,是时代浪潮中芸芸众生的命运。既是平民的史诗,就该描写"小人物"的命运。《蚕变》三部曲中,有四五个家族几代人的命运纠葛——他们的童年、少年、青年、中年和老年,他们的婚丧嫁娶、生老病死、喜怒哀乐和悲欢离合。《蚕变》中有亲子情、男女爱、夫妇恩、师生谊、朋友义、故国思、家园恋,有悲剧也有喜剧,有伴随传统家庭伦理和宗族文化解体带来的代际冲突,有艺术人生和世俗人生的冲突,乃至传统文化和现代文化的冲突,中西文化的冲突。

第一部《蚕》,是作品的男女主人公们的童年少年青年,结婚成家的成长过程。

第二部《茧》,是人到中年面临的困境,是觉醒重生和艰难蝶变的过程。现实世界是充满欲望的——追求,渴望,爱恋,贪心,嗜好,思绪,愿望,成功,权利,名声,地位,等等,还有道德,规范,礼仪,秩序,公义,法律——人其实是一个比蚕还善于作茧自缚的物种,人类历史也许就是一幅作茧自缚的浮世绘,而人的成长就是一部破茧成蝶的诗篇。若要羽化成蝶,必然要经历"作茧自缚"的痛苦。有圈禁之痛,才有成蝶之欢,才有翩翩起舞的那一瞬。

第三部《丝》,是人生的成熟与奉献,其中的"丝"是丝路的丝,也是情丝的丝,是人情世故编织成网络的丝丝缕缕。

一个新生命的诞生,远不是父精母血结合那么简单。单就分娩环节,就有医生、护士、助产士等的功劳。所以,对三部曲的顺利出版,首先,我要对台前幕后无数人的辛勤付出表示感谢。对这些需要致谢的人,在此不能一一列举。也许最好的感激感恩,是为读者写出更好的作品。

其次,我要感谢生活,因为生活赐予我的太丰厚了。每个人在抵达目的地前,都要穿过一段黑暗丛林。只有穿过生活的泥泞沼泽,才能看透生命的真谛,看穿世间的真相。一个人,只有蜷缩在太阳底下哭过,在漫漫长夜枯坐黑暗一角,向隅而泣,才能对人情世故通达了悟。成熟在逆境,醒悟在绝境。经过痛彻心扉的反思和渗入灵魂的自我拷问,才有强大的人生、生命的升华。

再次,我要斗胆以《蚕变》三部曲,向那些伟大的先师致敬——但丁、荷马、塞万提斯,莎士比亚、狄更斯、歌德、雨果、巴尔扎克、列夫·托尔斯泰、陀思妥耶夫斯基、乔伊斯、普鲁斯特、马尔克斯……这个名单可以列出一长串。这些文学巨匠的作品,曾经给一个懵懂少年、苦闷青年以极大的心灵慰藉,同时使他心潮澎湃,不自觉地走上崎岖的文学之路。

在我看来,那些具有世界影响的文学家,他们首先是思想者、引领者,他们既是现实主义者也是理想主义者。他们洞察人性的幽微,像烛光照亮人们前行的路。他们有普济众生之襟怀,有追求人生真谛、生活真理和公平正义的美德。他们是自己时代仰望星空的人。他们是化腐朽为神奇的能工巧匠,是化陶瓮瓦釜为黄钟大吕的宗师巨匠!

任何一部深刻的作品,都源于思想的深邃。一个人能走多远,取决于其思想能走多远。同样,人的思想能走多远,决定了一个国家民族能走多远。在喧嚣的年代,尤其需要聆听思想者的声音,因为只有思想才能引领一个时代。

伟大的时代需要伟大的文学家和艺术家。一流的艺术家须有一颗赤诚之心,对艺术的深入思考和对文化的真诚感知,才能浸润出奇妍芬芳。文学艺术,电影音乐无不如是。伟大的心常需孤独的灵魂,有山水花鸟的欣托、创造发明的欢欣、战胜艰险的喜悦、天人交会的皈依。他们的作品力透纸背,入木三分,有直达灵魂直击人心的力量。他们熟谙生活的底层逻辑和时代的运行规律,他们的存在是一种气场、一种感召、一面旗帜。

我们有幸生活在一个值得怀念的和平年代,一个生机勃勃的伟大时代。在这样的时代,除了流行时尚的轻音乐小夜曲、丝竹管弦、长号短笛,更需要气势宏大的交响。

要写出大作品,自然需要大苦闷、大抱负、大精神、大感悟、大气象和大手笔。所谓大气象,是在现实的理想主义和浪漫主义之间,有诗意的风花雪月,也有柴米油盐的烟火。所谓大手笔,是谋篇布局的收放自如,在冗简虚实之间,疏可走马,密不透风。

真正的文学作品,不应拘泥于谋篇布局、讲曲折离奇的故事,作品的艺术性首先应该体现在语言上。文学作品的字里行间应彰显出从容优雅,扑面而来的是一种大河奔流的汪洋恣肆、伟岸摩云的气象和隽永超然的气度——或笔力扛鼎、雄浑磅礴,或如风樯阵马,既潇洒飘逸又沉着痛快,于是满纸云烟便透出浩然之气。

要写出好的作品,单有深厚的学识修养、高雅的审美情趣和宽阔的艺术视野是不够的,最主要的,还需有大悲悯——对弱者的同情,对人民的深爱大爱,同时把文化之根扎于脚下的沃壤。

现代人的根不再有固定空间,但文化之根必然植于每个人心中。人之所至,根必随之。古建民居,书法国画,中医中药,彩陶青瓷,戏剧民乐,太极武术,丝绸稻作——它们都是我们的根文化的一部分。

《蚕变》三部曲以浙中八婺为主要背景,其中有许多八婺的传统民俗和风土人情。蚕桑文化,茶酒文化,建筑文化(徽派建筑和江南民居),美食文化(火腿、蜜枣和红糖等),匠人文化——陶艺、木雕、针织、刺绣、旗袍、戏装、剪纸、风筝等等,道情、花鼓戏、小锣书等地域特色的曲艺,以及最具特色的地方戏婺剧,都是与八婺有关的文化的一部分。

婺州素为文献之邦,学者云集,人才辈出。婺学闻名遐迩,流传数百年;婺文化包楚络吴、依鲁纳越,温敦仁厚,知书达理,崇文尚武,博纳兼容,义利并重。

当然,作为一部超百万言的长篇,不可能局限于八婺一隅。推而广之,作品也有对影响浙江的吴越文化的探索。丝与剑——作品中用天蚕丝织的"天蚕衣"和"越王剑",就是试图对影响浙江乃至江南的吴越文化进行诠释。

丝是丝绸锦绣,是华丽璀璨的一面。丝绸之府,鱼米之乡,清绮四季铸就了江南千年的骨相。天幕锦缎下的桑基鱼塘,夕阳欲坠,沉鲤竞鳞。越窑青瓷、翠釉碗盏泡出龙井茶的一世清凉。丝是女性柔软优雅的一面。沉鱼落雁的浣纱西施,断桥残雪里明眸皓齿的白娘子,采菱村姑,花布船娘,温婉贤淑的旗袍新娘——一江春水流过唐宋明清,流过柔弱而坚韧的女性江南。

丝是水的柔波,是灵性的水墨。江河湖泊、溪流泉瀑,多水多情的江南,风光旖旎。新安江,兰江,浦阳江,富春江,曹娥江,楠溪江,西湖,东钱湖,鉴湖,南湖,一泓德水哺育大美浙江。丝是丝帛,是青绿山水的诗画。从河姆渡到良渚,从上山到跨湖桥,从崧泽到钱山漾、马家浜,吴越先民生活在这片古老而年轻的土地上,当凤凰的彩翼穿过玉琮的天圆地方,水土激荡,山海交响。

剑不唯指春秋二王剑,也指曾经喋血疆场的吴钩吴戈。剑的精神内涵,正是吴越人刚毅勇猛的一面。两千五百年后的今天,吴王夫差剑依然砺光裂岩,越王勾践剑依然锋利异常。剑的文化内涵,远了说,是越王的卧薪尝胆、忍辱负重,近了说,是鲁迅投向黑暗势力的匕首,是巾帼英雄、鉴湖女侠秋瑾的钢刀短剑。

在现代,剑则是浙江人坚韧顽强、百折不挠、吃苦耐劳、勇于开拓的精神,体现了时代大潮中浙江人敢于改革、善于拼搏、不畏艰险、四海为家的品质,是浙江人的群体精神。走遍千山万水,想尽千方百计,说尽千言万语,吃尽千辛万苦——发轫于浙南的"四千精神",实际上是浙商创业精神的强烈体现——《蚕变》三部曲中,塑造了一批民营企业家,特别是女企业家,他们正是婺商或曰浙商的典型。

以上只是从思想性和地域文化的角度,对作品略做介绍。显然,一部近一百二十万字的文学作品,是多维的、立体的,可以从历史的、社会的、人文的、人性的、人生的不同维度解读。"序"只是打开一扇窗,使人能看见庭院里的花草树木。

我知法如树叶,我讲法如掌叶。自然,封面的这片银杏叶是鲜活的。这片叶足以代替一棵树。银杏树是国树,是生活之树,是文化之树,是文明之树,更是久经风霜依然郁郁苍苍的生命之树!

一颗种子长成了参天大树。亲爱的读者,当您像归飞的倦鸟深入这棵树中,希望您能找到温暖的巢,找到慰藉心灵的一枝一叶。或者,当您在树下闲坐、抚卷深思时,那透过树隙的一束光,能给您带来一丝人生的启迪。

文学艺术源于生活,又高于生活。十几年来,一个个鲜活的生命从生活中走进了我的脑子,我与他们同喜同悲、同哭同笑——是他们给我带来了创作的快乐和生命的狂喜。现在,我要与这些朝夕相处的朋友告别了。

在这里,我无须对这些朋友做一一介绍。因为,一千个读者眼中有一千个哈姆雷特。有句陈词:经得起多少诋毁,就能受得起多少赞美。对我老说,诋毁与赞美都是不可接受的。我们需要理性而客观的评价。

我只希望,我的朋友能在现实世界里得到善待。

最后,强调一下三部曲的两个主题。

一个主题是变。越王山下千年古镇的沧桑巨变,不唯是八婺、浙江,也是中国四十多年来改革开放的一个缩影。面对百年未有之大变局,有着五千年文明史、热爱和平的中华民族,拥有海纳百川的气度,在吸收世界多元文化特别是现代科技文明的基础上,终将屹立于世界民族之林。

另一个主题是人民。150多个有名有姓的人物,30多个着意刻画血肉丰满的典型,他们在时代大潮中跌宕起伏的命运,实为一阕气势雄浑的交响。三部曲以中下层人物为主,他们来自农村工厂、乡镇城市,来自天南地北、国内国外,其中有船夫渔翁、工人农民、乡村学究、工匠艺人、小商小贩、医生、教师、律师、工程师、企业家、厂长、镇长、市长——他们是平凡的普通人,是人民的一部分。

人民,只有人民,才是创造世界历史的动力。

爱人民,爱土地,是中华民族刻骨铭心的真挚而朴实的情感。

为什么我的眼里常含泪水?因为我对这土地爱得深沉。

是为序。

目 录
CONTENTS

蚕变·蚕

蚕变

蚕

第一章
龙　川

一

　　进入二十一世纪的第六个年头,龙潭镇开始大规模旧村改造时,在迎风招展的"拆"字令旗下,在推土机、挖土机的轰鸣声中,有考古工作者冒着漫天尘土,在废墟瓦砾间发掘出旧城隍庙的一段断壁残垣。这段断壁残垣是在镇郊与越王山相邻的坡地上挖出的,与残垣同时挖出的,还有十多口古井。这些古井分成两列,井与井的间距约八米,排列整齐,很有些规矩。

　　早有人把工地上发现古井的消息上报市里。市博物馆李馆长即刻带领人马入驻。李馆长是土生土长的李宅人,年近六十,头发灰白,一张黧黑的国字脸上有一双炯炯有神的眼睛。他是个考古迷,与龙川有关的所有考古——塔山万佛塔的地宫、龙栖山石室土墩墓都是由他组织发掘的。

　　十几台抽水机一字儿排开,花了三天三夜才把井水排干——这可不是件容易的事,因为边抽边有水莫名渗入。露出原形的古井呈底圆口方之状,残深约四米,井壁呈正方形,木质井架保存相当完整,有八层,每层用四根桁木搭成"井"字形,桁木上有榫扣,互相咬合,为半榫连接结构。在其中的一口残井里挖出一些碎陶片,一把锈蚀的剑,一只相当完好的细方格纹红陶缶——缶为泥质,直口,短颈,丰肩,深腹,圆鼓,平底。

考古现场，还有一个无关人员在转悠。这人年逾古稀，已近杖朝，矮矮胖胖的，暮气沉沉的圆脸上一双亮晶晶的猫眼闪烁着狐疑的光芒，仅剩的几根白发顽强地粘在头颅上。他就是龙潭镇的怪人龙猫，平时最喜欢找碴，是有名的"杠精"。镇上的人认为龙猫的精神不是很正常，因为即使是在炎热的夏天，他也喜欢穿一件污迹斑驳的长袍——不过李馆长对龙猫的学问还是佩服的，因为龙猫号称龙潭镇的"百事通"和"两脚书柜"。

龙猫背剪双手，绕着古井转了十几圈，一双猫眼望着尘土飞扬的灰白天空，"呜呼哎呀"地慨叹，说出使人目瞪口呆的俩字："春秋。"他对自己的判断不是很有把握，赶紧回龙宅的"猫窝"，在故纸堆里翻检一番。

龙川溪涧泉瀑众多，水源丰沛，在古宅外的方寸之地发现如此多的古井，的确令人费解。《淮南子·本经训》云："伯益作井，而龙登玄云，神栖昆仑。"古人挖井，动工劳民，所费不菲。这些古井阵列绝非为生活生产所需，如此诡异必有隐情。

难道这里曾经有过一个古老的国族城邦？《春秋·隐公元年》载："三月，公及邾仪父盟于蔑。"《左传·哀公十三年》记："六月丙子，越子伐吴……吴大子友、王子地、王孙弥庸、寿于姚自泓上观之，弥庸见姑蔑之旗，曰，吾父之旗也，不可以见仇而弗杀也！"《旧唐书·地理志》记载："会稽郡曾有龙丘县。"《路史·国名记》说："姑蔑，一曰姑妹，大末也。"

难道这里就是传说中的"姑妹国"的遗址？

龙猫摇头晃脑，经历一番痛苦的否定之否定，终于在古籍《拾遗记》里找到了线索：

> ……范蠡相越，日致千金，家僮闲算术者万人，收四海难得之货，盈积于越都，以为器。铜铁之类，积如山阜，或藏之井堑，谓之"宝井"。

原来，那些"井堑"是吴越交战时范蠡用来储存军需物资的"宝井"！龙川是越国后方大本营无疑。

很快，李馆长由红陶缶断定，古井年代为春秋战国时期，印证了龙猫的推断。龙川的考古历史一下子又上推数百年。

可惜，龙川出土古井的这片区域，并无春秋战国时期确凿的历史文献可考。不过龙猫依然很兴奋,他正奉命编撰龙潭镇志,要对龙川的山川形胜人文地理做一番考证。

龙川,古称藩墟。藩者,屏也,障也,篱也,翰也,又义属国、属镇、属邦;墟者,集市村落或曰废墟也。龙川是会稽山余脉一支,东西北三面环山的龙潭镇便是越国古镇。龙潭镇现时是婺州市下辖的一个镇,不过在龙潭镇祖辈的记忆里,他们生活的这块风水宝地一度建了城隍庙,筑了城墙,曾经是堂堂县衙所在地。秦汉时期,这里是交通要道、军事要塞。宋代设武臣为之、训练甲兵巡逻州邑、擒拿盗匪的巡检司。元代设驿站,扼守通往诸暨绍兴之咽喉,明洪武又设巡检司,后废,改设龙栖乡管守派。

龙潭镇的人已经查不出他们祖先引以为傲的龙川县城是什么时候变成废墟的,但有确切记载,至少在盛世大唐,龙川作为一个县曾经在八婺大地存在过。后来它成了婺州的一部分,成了藩属。

秦灭六国后始设乌伤县。乌伤县址并不在龙川,而在离龙潭镇三十几里外的另一个古镇绣川,那古镇就是现婺州城所在地。邑自乌伤立,名由孝举传。秦在会稽郡设的乌伤县所属甚广,地及八婺全境和现仙居、缙云的一部分。后来的乌伤,分列郡县,百姓杂居,但他们在文化上认同一个祖先——颜乌颜孝子。

东晋干宝撰的《搜神记》和后南朝宋刘敬叔撰的《异苑》均有提及"颜乌葬亲,群乌助之"。旧县志载:"秦颜孝子氏,事至孝,葬亲躬畚锸,群乌衔土助之,喙为之伤,后旌其邑曰乌伤,曰乌孝,曰义乌,皆以孝子故。"

颜乌之孝,感天动地,名震神州。秦始皇为表颜乌孝德赐县名,使颜乌成为婺州历史上第一位名人。历朝历代,上至帝王将相,下至平头百姓,都给予了一介布衣颜乌孝子相当的尊重。南宋时,有位任丞相的婺州人上书朝廷,请求给颜乌立庙祭祀。宋理宗应允并赐名"永慕",即民间俗称的"孝子祠"。历任乌伤县令都非常重视颜乌墓和孝子祠,上任伊始,即到墓前祭拜,弘扬其孝德,为民众做表率,以教化民众。明朝年间,某位朝廷命官认为"乌伤"一词不雅,遂改县名为婺州。历代婺州知县不但对颜乌父子墓呵护有加,还在有限的财政中拿出不少的银子屡次对永慕庙进行葺建。

但是人力终究敌不过自然,20世纪80年代,永慕庙和孝子墓终于变成一堆废墟荒冢。到了20世纪90年代末,婺州一位新上任的副市长决定在原来的废墟上重修永慕庙和孝子墓,并把周围开辟成公园。几年后,在寸土寸

金日益繁荣的商业城里,孝子祠公园落成。粉墙黛瓦的永慕庙掩映在葱茏的林木间,庙里陈列着歌颂颜乌孝子的碑林石刻,庙后是竹藤修木中的孝子墓——一个三四平方米的土包,前面竖立一块大理石碑,上面是龙门书院院长云鹤笔力遒劲的魏碑书法:

秦颜氏乌伤孝子墓

历史文献,言之凿凿,颜乌应该是绣川人。不过,龙川人可不这么认为。他们认为颜乌应该是龙潭镇人。过去,龙潭湖没有形成时,在龙江对面就有一个叫颜坞的村落,村民皆姓颜,村里的老祠堂里还供奉着那位大名鼎鼎的祖先,来自四面八方的颜氏后裔来认祖归宗祭祀先人。后来,日本人一把火把颜坞烧得精光,村民中只有一个十来岁的小孩幸免于难,可惜瞎了双眼,常跟龙猫讲起颜坞村的历史。龙猫不忍心改这个苦命人的错误,不过他还是认为,颜坞村旧祠堂里挂的不是秦时的颜氏,而是魏晋时期的颜之推。

二

龙猫的兴奋不无理由,与龙潭镇的大多数老人一样,他们念念不忘龙川曾经的荣耀,现在,龙猫有足够的考古证据把这种荣耀追溯到春秋战国时期了。

青山峡口,有一座海拔八百八十米的越王山,山势险峻,古木参天,景色秀美。相传,吴越争霸时,越王兵败退至此山,刚至山腰,吴军人马已经蚁逐蜂拥般追至。当时,勾践骑着一匹白马,急中生智,急命坐骑倒行,退隐于山林。吴军见蹄印朝向山下,遂南面而追。勾践幸免于难,复国后赐名此山为勾余山——龙潭镇的人却宁愿叫它越王山。

越王山曾经是龙川古树名木遗存最多的地方,千百年的香樟、柏树、银杏、桂树、马尾松比比皆是。多年砍伐后,山阳一侧荒芜,荆棘丛生,后被龙门书院开辟成茶山。越王山半山腰,曾有越王庙。原本只是一座小庙,明末清初有高人——听说他曾经官至翰林院大学士——来越王山隐修,耗尽家财,鸠工葺建。新的越王庙落成,坐北朝南,前后三进三开间,左右两侧设两廊、配井、厢房,后有两配殿共二十七间,飞檐翘角、殿阁巍峨,庙内有古柏、罗汉松,庙前有卵石拱桥、龙潭和古樟,沧桑而神秘。

可惜,越王庙最后也难逃兵燹火荼,最终成为一堆瓦砾。

但是,要是有人怀疑越王山与勾践千丝万缕的联系,龙潭镇的人肯定会吹胡子瞪眼睛。他们会指着千年的古柏和残砖碎瓦间的础基证明越王庙曾经的宏伟。至今,在离破败的庙基不远的山坡上,还有几座乱石堆砌的王坟岗,镇上的人说,那是古代百姓为纪念卧薪尝胆的越王勾践而立的"衣冠冢"。

越王山中除了王坟岗、卧薪尝胆洞、退马坡,还有乌龙居焉的龙潭。这里不仅是传说中越王勾践的葬身处,也是他卧薪尝胆谋求东山再起的地方。的确,越王峰很像一个躺卧的巨人。巨人峰两侧峡谷,溪涧潺潺,泉瀑飞泻,狮虎般的巨石布满浅濑深潭。那长满野草青苔枯藤的悬崖上,有泉水千年不断。过去,有樵夫因为口渴喝了一口,发现泉水是苦的,后来就有人附会,说那是从越王尝过的苦胆里流出的。泉水虽苦,但据说有幸能够喝到的人就会变得力大如牛,可以拳打东山猛虎、脚踢北海苍龙。龙潭镇的人还认为,那泉眼与古宅里的水井相通,所以他们把泉眼视若神明,不敢亵渎。

越王山又曾是勾践屯军练兵之地。泉瀑一侧的绝壁下,有碧绿的深潭,据说就是欧冶子淬剑之所。言者凿凿,听者诺诺。

吴越交战,勾践在会稽山大败,面北称臣,入吴当奴,同行的有谋臣范蠡。勾践在范蠡的辅佐下卧薪尝胆,励精图治,终于东山再起,灭了吴国。事成后,范蠡深谋远虑,及时隐退;他一身布衣,游走于齐、吴、鲁之间,勤力耕作,经商治产,成为富商巨贾,三迁三徙皆有荣名。

龙潭镇古时候遍布陶公庙,香火旺盛。据《史记·货殖列传》,范蠡佐越王,既雪会稽之耻,乃乘扁舟,浮于江湖。范蠡功成身退,携美人西出姑苏,泛舟五湖间。可龙潭镇的人相信,陶朱公范蠡是携美人西施在龙川隐居的。越王峰下的青山湖,古称药仙湖,又名织女湖,据说就是范蠡和西施的隐居地。

越王山的东北有两条峡谷——青山峡和天蚕峡。龙潭镇的人称天蚕溪为小龙江。小龙江蜿蜒于崇山峻岭之间,终年不断,时宽时窄,时深时浅,急湍如朗笑,迂缓如浅唱,河水清澈,鱼虾成群,河底布满银白沙砾卵石,江堤江滩上,绿草茵茵,乔灌杂生。据说,出天蚕峡往北,就是越女西施的出生地苎萝村。龙潭镇的人相信,天蚕峡溪涧的水就是北流至浣纱江的。传说古时候天蚕峡最北端的山里曾有一大片柞树林,生活其上的天蚕能吐翠绿的丝,用天蚕丝织的锦缎璀璨夺目,华贵无比,能羡煞天上的王母。

在龙潭镇大兴水利移民搬迁前,龙川峡谷里是有不少古村落的。龙猫不辞辛劳,实地踏勘,从"浣纱双姝"出生的苎萝村一直走到龙潭镇,试图找到蛛丝马迹以拨开历史的迷雾。他没有找到"二姝故里"乔家村、外婆家的娘院塘。峡谷的层峦叠嶂间,土黄外墙、青灰瓦顶、高低错落的民居倒是不少。石阶踏步、龙尾道上盖骑马楼,小溪巨川游走穿梭,横跨峡谷溪涧,有桥数十余座——单拱石梁、八字石梁、石板平铺、竹排独木,桥的名称千奇百怪,有万宁、铁脚、万峰、同庆、泥桥、福星、登步、德纯等。

沉鱼落雁的西施与龙潭镇的人有没有血缘关系姑且不论,但有一点是肯定的,那就是虽然是穷乡僻壤,但龙川山水养出的姑娘一个个温润如玉、灵秀异常。据说,那些樵夫猎人和在山道间进出的官兵商旅见了她们,常常因此失魂落魄,两眼发呆如同泥塑木雕,久而久之就变成一座座山峰,立在了峡谷间。

三

龙川,翠嶂纵横,峻岭逶迤,近山墨绿,远山紫黛,不但四季景色迥异,一日之中也是变幻无穷。日出日落时分,群山霞染霭抹,氤氲万彩。初雨时,山峦里常有流云飞瀑;雨住间隙,山中白雾升腾,罩住山峰,如同给群山穿了白纱短裙;雨后初霁,则水气如烟,恰似洁白的幕幛拉开。从山脚下古镇飘来的炊烟浓雾化入山峦,在茂林修竹间悠然遁形。

历史的烟云在龙川的山峦间凝聚,又在牧童的横笛声中消散。镇上的老人背犁牵牛,抽着旱烟,谈笑间自有一股隐逸之气。

在龙潭镇文人墨客的眼里,龙川的一山一水一石一木全是神工造化。山峦间云蒸霞蔚、山色空蒙,时时有紫气冉冉、云烟澹澹,处处有隐世秘境、神道仙迹。在某个绝壁悬崖下的隐秘的山洞里就留着老道士的炼丹炉,山坳沟壑间每每可见被神仙点化的石猴、石狮、石虎、石像、石马、乌龟、巨蟒,某座山顶上还长着半在人间半在月亮上的巨树,而无底的水潭里则锁着牛怪蛙精。

历史中有传说,传说中有历史。龙猫搜集到的传说中有龙川最早的居民应该是远古的神仙的说法。

很久以前,龙川还是一片莽荒之地。一日,有两位仙人骑着牛羊到这里——大约龙川多牛羊,因此来这里的神仙也应该骑牛羊。他们应该是八仙之外的第九、第十仙。两位仙人望着山谷外起伏的红土丘陵,伫立良久,骑牛的那位大仙开口了:

"十里红山出状元,此处是文曲星点化之地,可三年出一个状元。"

骑羊的扯了一下前一位所骑之牛的牛尾道:

"师兄,太少了。还是三个月出一个状元吧。"

骑牛的仙兄笑了:

"就依师弟。不过,三年中一状元,是做官。三个月中一状元,是做缸。一身手艺千代荣,做缸好。做缸,赐他们红土足矣。"

"师兄,你也忒小气了。此地人心古朴、民风淳厚,岂能让他们守着一片红土世代辛劳?! 何不赐他们五色土——红土用于烧窑,黄白土用于建房,黑土用于植桑种草,青土用于稻菽糖粮。有土斯有财,让这里人丁兴旺、丰衣足食,岂不妙哉!"羊仙说道。

"好吧,师弟,就赐他们五色土。不过有土还不够,还要有水,利于舟楫货殖商贸,还可酿酒,可浣纱,可放牧牛羊,可做豆腐养猪……"

"然也,师兄! 我们做神仙的也不能遭人唾骂。此地民众安居乐业,我们亦可在仙界逍遥了。"

龙潭镇古老的制陶业从此应运而生。至今在龙潭镇朱宅的山坡上,还留存遗址——一条近百米长的古窑,朱宅村里还有一栋栋用废坛破瓦垒砌的老宅呢。

世事纷纭,剪不断理还乱。花落花开,四季更迭,宣和三年,在此隐居的理学士在龙川峡谷的千樟林鸠工新建龙门书院。那位理学士扶杖行舒,开卷讲学。他居家十七年,精研理学,著书立说,声名远播,从而开创了龙川的理学儒脉。千樟林后有山两座,名砚台峰、笔架峰。此时两座山下,早已形成一个朱姓聚居的村落。

龙门书院在清朝后期一度达到鼎盛。据说,有位进士无心仕宦,回乡后专研圣贤,做了书院的主人,此时龙门书院的藏书已有数万册。

不过,龙门书院还是难逃兵火荼毒。几度沉浮,毁而复建,建而复毁,上百年的战火离乱后,龙川的理学儒脉终于黯然失色。龙门书院那数万册圣贤古书最后也不知所终,就像历史的烟尘化作山岚云霞,消失在龙川的峰峦之间。

四

沧海桑田。仙霞,书香,依然留在龙川的山水间。

群山逶迤的龙川,峡谷纵横,有三江、六瀑、九溪十八涧、三十六峡、七十二峰、一百零八岩。登上越王山的最高峰,万千锦绣尽收眼底。远眺似巨幅画卷,日丽天开,云蒸霞蔚,遥峦苍莽与天毗连。近处俯瞰,村舍棋布,古宅巍巍,锦带缭绕,水流潺潺,波光粼粼的湖水玉润映碧。晨昏之时,松涛簇拥,青葱盖岭。若是天风雨寒,可见天穹如盖,龙游蛇舞,山濡湿迹,烟波缥缈,幻成奇诡之境。

这种奇诡之境隐藏在两岸夹屿的峡谷古道上。龙潭镇的文人把古人留下的盘山步道归纳为诗画古道、丝茶古道。走在这些丛林幽谷间的古道上,或如进入诗画之境——清溪潺潺,怪石嶙峋,蝶舞蜂飞,鱼游虾戏,或如步入溢满禅韵的丝茶古道——青苔石阶,古木森然,树草间茶香药香四溢,山林变幻的色彩如同丝绸锦缎。龙潭镇的人相信,青山峡的尽头就是古越国的唐诗之路。

青山峡西北侧有一道峡谷名紫杉峡,这里云封雾锁,沟壑深幽,峭壁深切,阴森冷寂,是人迹罕至的地方。云遮雾绕的云黄山药台峰就在两峡交汇处,陡峭如削,藤蔓缠附。过去常有采药人到这里采集名贵药材。

两峡溪涧汇河,过去林场的伐木工在此放木。峡谷江岸荆棘丛生,险崖峭壁怪石横陈,遇到山洪暴雨,青龙江便变成怪兽,奔腾咆哮,声振云霄。大小木头推入江中,犹如脱缰的野马,在滚滚激流中左冲右突,时浮时沉,疾速下行,势不可当,使人心惊肉跳。

后来,青龙江大部分被青山湖淹没,就此消失。青山湖原本是两个湖塘,大兴水利时,堤坝加高,两湖合成一湖。蚕神庙就建在青山湖下,在越王山对面的一座小山丘上。山下土路过去建有凉亭——五里一棚、十里一亭,供行旅者歇脚。

这儿也是天蚕峡的豁口。三十几里长的天蚕峡北端就是越地绍兴地界。龙潭镇的人过去北往杭州、上海,旱路走的就是天蚕峡的土路。峡谷前半段,是草色青青的低山缓丘,适合放牧牛羊。这里的溪谷山脚过去遍植桑树,后来开山挖地,两边都成了种植旱地作物——玉米番薯高粱的梯田。天蚕峡的中端,山势渐高,这儿有天蚕峡最有名的两座山峰——牛郎峰和织女峰。天蚕溪西侧,有一座山形如卧牛,昂然耸起的牛头上有两块巨岩,形如牛的犄角。峡谷溪流的对面,有一座酷似少女的山峰,山峰上有五岩,俨然一手,势若探天,雨后初霁、晨阳暮霭中,云霞抹染如同织女织成的五色绸缎。

龙川的西面是更多起伏的山峦——白鹤山、蟹形山、谷头山、馒头山、稻蓬山、松瀑山、西山、莲花山、金鸡山。这里的山相对低缓,森林植被稀疏,多嶙峋怪岩,有磐陀岩、石坞岩、龟头岩、狮子岩、千丈岩……似云层岩鬼斧神工,万岩争势,目不暇接。佛首峰下鹰嘴岩,四周巉峭壁立,有尖峰若鹰嘴,鹰背平台前端有石臼,圆凹如喙。鹰嘴岩突地千寻,冲霄万仞,张羽舞爪,鹰峰势昂,威风凛凛,堪称龙潭峡的第一怪岩。

龙潭峡是龙川最大的峡谷,连接着众多的小峡谷和溪涧泉瀑,是下游龙江的发源地。这里最有名的是峭壁高耸的松瀑山,嶙峋石岩上有奇形怪状的古松,还有一泓飞瀑。

从龙潭镇一侧进山,走在龙潭峡凹凸不平的石道上,沿江而行,远远就可以听到龙潭飞瀑的轰鸣。龙潭峡向西,长几十里,两旁悬崖陡壁,怪石凌空,幽深凄惶,到松瀑山这一段突然变得敞亮。走近松瀑山,轰鸣声渐变惊雷,抬眼一望,蓝天下,长着巨松挂满枯藤的山崖石壁有巨练飞下,凌空百余米的瀑布冲岩击石、卷浪飞珠,蔚为壮观。瀑布落处,形成了一个池塘大的深水潭,四壁青石,潭水深绿如碧玉,水汽弥漫如同笼罩轻纱薄雾。

诸水汇聚,化作泉眼飞瀑,积水为潭,蜿蜒急湍奔流。龙泉飞流千秋画,松瀑无弦万古琴。龙潭镇的人相信,水潭与东海相通,是龙的居所,遂命名为龙潭。又有说法,当年朱元璋由严州新安一带转战八婺,路过龙川,见此处地形奇特,四周古木参天,山峰环绕,可容数万人起居,如鱼龙入海,遂用作屯兵练马之地。朱元璋在龙川养精蓄锐,如猛虎下山,攻城略地,无往不胜,当上皇帝后,他便封这个深水潭为龙潭。

于是乎,龙川外的古镇,自此也被称为龙潭镇。

五

山因水而活,水因山而媚。龙川的山,步步景,处处画。龙川的水,也是声声歌,潺潺吟。

龙川的溪流弯曲多变,蜿蜒于崇山峻岭之间,溪涧清水盈盈,细流涓涓,白浪跳珠,鱼影浮动。还有那些奔腾如泻的飞瀑流泉,如玉龙呼啸穿云劈翠,壁幔绮丽如金缎银绸。

龙川的地形,西北高东南低,峡谷里的水最终都汇入了龙潭湖。只有青山湖的水是例外。

古时候青山峡中有龙、云双溪,合成君溪即青龙江流入青山湖。青山湖的水一部分在越王山北侧下泄,形成小龙江,向西北流向浦阳江。大部分湖水在越王山脚与其他溪流水汇聚,流经越王山前的几座低山,在李宅和朱宅间穿过流向龙潭湖。这一段旧时有一个很美的名字叫画溪,画溪原本是流宽水满的江,上面还有一座廊桥。上下游成了青山湖、龙潭湖的一部分后,那种"人在岸上走,鸟在山中度。船如天上坐,人似镜中行"的美景不再。青山湖水质清冽,作为县城居民饮用水源之一,通过涵管水渠输送了大部分,只有少部分下泄。画溪成了真正的溪流。

画溪在龙潭镇北一分为二。一条支流从李宅和龙宅两村间穿过,这条支流叫作桃花溪。桃花溪上游有桃花峪,听说古时候峪中遍植桃树和其他的果树。后来由于人居扩展,桃花峪变成荒山坟岭,桃树也变得稀稀拉拉了。然而桃花溪依然恬静优美,两岸树茂林密,沙青石白,清流潺潺,鱼虾游弋。这里是野生鸟类觅食处,有白鹭、鸳鸯、池鹭、斑嘴鸭、青脚鹬、鹧鸪、翠鸟。最多的是白鹭,所以龙潭镇的人又叫桃花溪为白鹭溪。

桃花溪又分出一支,沿龙宅东北绕村而过,折向南流入龙潭湖。这条溪叫桑溪,古时候两岸遍植桑树。龙潭镇的蚕桑业衰落后,桑树日少,改植杨柳和能榨籽炼油的乌桕树。桑溪又叫丹溪,传说是古时候朱宅有一个官绅嫁女与龙宅的诸葛氏,完婚之日轿马相连,披红挂彩极其华丽,映红了溪水,故而得名。

所有的绫罗绸缎都染成红色,也不可能把整条溪都映红了。据龙猫考证,最有可能的是,朱家嫁女,挑了十八担红曲米酒,不慎打翻了其中的几坛,于是把溪水全染红了。龙潭镇的人至今仿佛还能在桑溪水中闻到一股红曲米酒的醇香味,大约龙猫的考据是站得住脚的。

龙川最大的水系还是大龙江。大龙江是婺江的支流,源出龙潭峡,由西北向东南,绕了一个大大的弧形,然后径直向南穿过龙潭镇外的红土丘陵,汇入流经县城的婺江。龙江流经龙潭镇,在三宅外各冲出一个大湖塘,朱宅的叫洗砚塘,李宅的叫大染缸,龙宅的湖塘最大,因为形状像荷叶,名荷叶塘。这些湖塘是村民洗漱浣衣的地方,也是古镇通向外界的船埠码头。

龙潭镇祖辈叫大龙江为南江,也叫大黑龙,因为这条从峡谷里跃出的黑龙像龙潭镇的人一样有一股牛脾气,桀骜不驯,它不愿意东流,偏要向南。大龙江在两岸冲积出无数的沙洲泥屿,给龙潭镇带来了土地肥沃的小平原,也使得龙潭镇成为下达婺江、兰江和其他县城州府的水运码头。

古时候,大龙江江面开阔,水流潺缓,明清时江两岸就有富户豪绅建起高楼深院,又有酒楼客栈、草市小市等,菱歌曼曼,笙歌彻晓,形成"夜市卖菱藕,春船载绮罗""夜市桥边火,春风寺外船"的奇观。龙潭镇最繁盛时,镇上的船埠码头泊舟如蚁,最多时有几百艘。镇上的人在古商埠登舟,载着丝绸、陶器、火腿和山货外出行商,外地的商旅佛道信众也由水陆两路来到古镇,点香朝拜,购买丝药山货。那时的古镇,人烟稠密,商贾云集,江上堤岸,酒旗相望,码头渡口,船帆簇拥,樯橹相连,桨声幽幽。

龙江对岸是典型的丘陵区,阡陌纵横,坑岭交错,溪流池塘密布,因桑林成荫,俗称桑园畈。桑园畈有低矮的山丘和缓坡田畴,还散布着许多山区村落。两岸除了舟楫往来,并没有桥,交往很不方便。于是众人便集资造了一座浮桥——沙滩地段用井字形木架,水中用一排松木舟架起。松木舟造好,唯缺两条铁索以镇浮梁。正好对岸白鹭峰下有一个姓刘的员外,将女儿许配给了朱宅的朱公子,刘员外得知此事,慷慨解囊,锻造了两条各长百余米的铁索。

即便在大半个世纪前,龙江江面上还不时可以看到渔船渔夫渔网、光着膀子被太阳晒成紫铜色的船工和手持竹篙纤绳的纤夫。金黄的沙滩上,造船工拉着长锯在解木,或叮咚叮咚地敲打,用桐油泥把一条条船缝拼得无一丝漏痕。沙滩的边缘,是一块绿草茵茵的草地,牛儿羊儿悠闲地在啃草,不时抬起头来看看远方,似乎在听夕阳下的渔舟唱晚。

大龙江肆虐,十年九涝。特别是到了雨季,山洪肆虐,江水滔滔,把对岸的低洼地变成水乡泽国。为了锁住龙川水患,20世纪50年代末时当地政府决定在龙潭镇的南面拦堰筑坝,修一座大水库。

水库修成后,黑龙被降伏了。龙潭镇三宅外的湖塘不见了,浮桥湮没,古商埠消失。不过最大的变化是,龙江西岸的山包变成了一个个岛屿,白鹭峰变成了白鹭洲。龙潭镇外,有了一个真正的大湖泊,碧浪万顷,烟波浩渺。

第二章
古宅老街

一

　　龙腾圣地传万代,潭耀清辉照四方。龙潭镇是千年古镇、书香之国和清风商埠。

　　越王山脚,在龙川与东南几十里的红土丘陵间,有一片台地,龙潭古镇就坐落于此。古镇北负越王,南临大江,山环水抱,丘岗连绵,湖塘密布,沃土平畴,桑田遍野,物阜民丰。古镇地接邻邑,是水陆通衢,由陆路可北达苏杭、东通宁绍,由水路过婺江、兰江,可上达湖嘉、下达闽赣。大龙江使古镇成为四方辐辏、服贾牵牛的繁华商埠。上游筑坝成湖后,由西南向东北,湖湾处呈月牙形排列的三个村——朱宅、李宅和龙宅,由一条老街连成一体。

　　位于上湾的朱宅形似一把古琴,背后的笔架山砚台峰如同正欲拨弦奏乐的屈指,与湖溪辉映,可谓珠联璧合、造化神秀。朱氏后裔从隐修的千樟林里下山定居,大概也是看中了这里的风水。在龙门书院建成前,龙潭镇已经存在了。只是那时的古镇或被铁蹄碾压,或遭兵燹火荼,历经浩劫,逐渐衰落。后来,在昔日城隍庙的城垣废墟上,又有了一个几百户人家的小镇。一条萧索的窄街,两边土墙茅舍,镇上的人以渔猎农桑制陶酿酒为业。随着龙川书院墨香浸染,小镇又渐渐兴旺。

那时的朱宅居民中,有香客、帮佣、商贾和还俗的僧尼——朱宅旧村改造挖土时,发现的古代十多个为寺僧加工粮食的踏碓和碾槽证明了这一点——当然,最多的是陶工和酿酒师。制陶是朱宅值得骄傲的传统工艺,十里红山盛产陶土,龙川茂密的松林和大龙江丰沛的水资源,使周围的山坡非常适合建窑,至今在朱宅还有老窑数座。被烟熏得乌黑的炉壁,角落里堆叠的旧陶器,遗留在建筑墙上的陶缸碎片,说明朱宅是制陶古村。龙窑烧制的酒坛水缸和碗勺盆罐等日常器皿,或用机帆船通过水运码头运绍兴、余姚、桐乡,或通过古驿道运往东西南北。陶工本来住在红土坡和大龙江对面的山坳里,长年累月早出晚归,为避免送饭归宿之累,遂定居朱宅,居住在用红泥和陶坛瓦片建筑的房屋里。后来,越来越多的乡绅等人来朱宅定居。

朱宅成了龙潭镇最早的古村落。村里除了为刚直清廉的朱氏清官建的风雨百尺楼,还建了文昌阁、胡公殿、孝子牌坊、铁塔、龙窑、祠堂、庙宇、古桥、古亭、古驿道和古书院。朱宅水系以泉井水圳为主,村内至今留存古井十二口,房前屋后均用明沟排水,四水汇檐归堂,沿散水沟渠汇入溪流。两棵水口古樟一南一北像巨人把守,历代建筑依樟树格局规划。街巷与山周边建筑自然围合而成,宽窄不一,曲折蜿蜒,随形就势,高处沿石阶而上高低错落,低处卵石弄巷连续贯通。有三合四合深宅大院,也有传统民居——土木结构的砖瓦房、版筑泥墙夯土房、块石垒砌的虎皮石房、陶片垒砌的杂石瓦房、形式古朴黄灰墙面的缸瓦泥房。

朱宅的古宅颇多,有葆真堂、传真堂、六行堂、九思堂、光裕堂、树滋堂、绍衣堂、敬修堂和环翠堂,以明清建筑为主。青石板的老街两侧,老宅一幢紧挨一幢,粉墙黛瓦,古朴深致,青林古木掩映飞檐翘角。七弯八拐的小弄堂里,青砖黑瓦和斑驳粉墙间,时时可以看到合抱的樟树,油漆剥落的旗杆,悬挂牌匾的门楼和青石板铺就的庭院。青苔在岁月的风雨中慢慢地爬上了老墙,空气里弥漫的是岁月的尘埃。老宅外围,沿坡修筑的石阶两侧,那些用陶罐陶瓦垒砌的土房,隐修客和僧尼卜居的茅舍泥房,在裹挟着老木旧砖和陶土窑灰味道的穿堂风里倍增苍凉。

葆真堂在石板弄石库门内,内敛而不张扬,主体建筑坐北朝南,为硬山顶,两层重檐。大宅前后两进三开间,左右各六间,为前廊式四合院结构。堂东西侧均为藏书楼,名双宝轩。主人匠心独运,在明间设井口天花,出檐用牛腿,雕精美花卉纹饰。厅堂大额枋上雕夔龙纹和折枝。檐柱间有绕堂一周的美人靠,倚美人靠小憩,前顾格扇门,可以赏门上烫漆雕刻画,后顾天井,可赏院内繁花秀树。格扇门雕镂菱花、椀花、鼎、瓶、扇、壶等图形。当时的葆真堂主人正在广东广雅书院授课,因此葆真堂的许多建材千里迢迢运自广东,裙板便是产自广东的木棉板,整版刻雕梅兰竹菊、荷花茶花和玉兰石榴等文人墨画,朴雅唯美。东西厢房有两帧兰花图,山石奇峻,花叶疏朗。厢房走廊安落地花罩,镂空雕缠枝纹,南玉兰北如意,典雅精致,美轮美奂。

葆真堂有两室书房,中间以落地垂花门隔开,隔屏花饰缠枝鹤梅。一室书房门饰大幅蕉竹浮雕图,蕉叶弧线便是门线。另一室书房,墙饰巨幅梅雀透雕,虬枝缠绕,繁花点缀,气韵流畅。梅画前半墙博古书架,可容千余卷书。书房的八块板壁,是当时七位名家——黄士陵、张度、汪洵、朱启连、汪鸣銮、陶睿宣、陈宗颖——题赠的八幅书法镌刻,书体各异,笔墨精湛,气韵高古。书房外便是天井,花木扶疏的院内有一对青褐黄花陶缸,腰部题写"葆真堂朱"字样,正是主人所书。书房二楼,临轩靠窗眺望,在明暗不定的天光里,远处刀削斧凿的笔架山横卧屋脊之上,犹如两支如橼巨笔,描天画地。

整栋葆真堂,建筑中规中矩,虽宅基方正,唯后背舍去一角呈大圆弧状。原来龙潭镇有加工腐竹的传统,村人常做了豆腐外出挑卖。葆真堂后临一小弄,是村民外出必经之地。为了村里人挑豆腐担转角时更宽裕,不至于撞上墙壁,朱怀儒便在建堂时缩去一角。朱氏年轻时候曾官至监察御史,担任过两院山长,自是有如此体恤民生屈己成人的胸怀气度。

辛勤有此庐,但愿子孙守!只可惜,光绪十九年秋,葆真堂刚落成,主人朱怀儒便客死广东。作为一代经史大家,葆真堂主人宦海沉浮,客中漂泊,了然时局,知道民生凋敝,心中不无忧虑。他节省修金寄充赀费,庀材鸠工,为的是给后世留下大美之雅,不料天不假年,堂成人去,令人痛惜。

朱怀儒客死他乡时,与葆真堂同样规模同时动工的传真堂还未竣工。时值胞弟朱传儒得罪权臣辞官回乡。他原打算归隐故里,与庭花野草为友,邀清风明月相陪,怡乐诗书。怎奈父兄之志未竟,不得不勉力而为。就在他决定继承父兄遗志倾其所有鸠工葺建传真堂时,县学找到他,要他为修本县的文庙出力。原来本县学宫大成殿久历风雨,桁梁坍塌,毁损严重,急欲重建。朱传儒一口应允,为修文庙,他呕心沥血,耗尽了家财。一年零九个月后，文庙撤旧起新，信足以习礼仪而光芹藻。而两头奔忙的朱传儒终因劳累过度，不及官府嘉奖，在一片唏嘘声中溘然离世。

而朱宅朱氏父子毕生所寄的"葆真""传真"二堂，也在十几年后换了主人。

二

虽然只有一溪之隔，李宅的风土人情却与朱宅迥异。如果说朱宅是山谷之民，那么李宅便是水泽之民。

中湾李宅，以李姓为主。李宅的李姓，少有高官巨贾，都是平头百姓布衣巷人，拿龙猫的话说，是贩夫走卒、牵牛屠狗之辈。没有家谱族谱可以凭据，李宅的李姓，宗族观念也不强。他们自称从兰溪迁来，是李渔的后代。兰溪夏李村，人多地薄，流寓于外者几三分之二，族中不少人在外经营药材。李渔无心仕宦，醉心饮食男女和园林花木，所以他在龙潭镇的后裔也大多是匠人——叠山师、园艺师、木匠、石匠、铁匠、竹篾匠、泥瓦匠、裁缝，或是走街串巷的小商小贩，或是卖唱艺人。

不过据龙猫考证——龙猫虽然与李家人有"宿怨"，却不能不秉笔直书——早在李渔后裔来到李宅之前，已有李姓定居龙潭镇，他们是为龙川修庙立寺和为镇上的乡绅建宅邸而来的手艺匠人，只是这些人并未留名。随李渔后裔而来的，除了艺人工匠，还有九姓渔民、船工和船娘。他们都有一个共同的特点——喜欢水。在李宅众多的工匠中，就有许多与水利有关的工匠。他们在画溪上造文锦廊桥，在桃花溪上造回龙桥、锁龙桥和文昌桥。他们到处建堤筑坝，开沟挖渠，砌石护坎，拦堰修闸，在村口设碞谷舂米的水碓房，在村中构建用条石铺盖以利通行的水圳，又在溪流中开挖水仓——这些水仓，平时水源充足时候用石板盖着，干旱断流年份打开取水饮用。

双溪襟带、四水交汇的李宅，村里大小水口、沟渠支流众多，清流玉带绕村，家家户户枕水临埠。由于水系发达，在丘陵山峦为主的八婺大地，李宅竟似杭嘉湖平原上的泽国水乡。村中有石巷老屋、河埠廊坊、过街戏楼，也有穿竹石栏、临河水阁和如虹的拱桥。依河成街，因水成弄，溪水清莲，高昂的马头墙和淡雅的粉墙黛瓦倒映水中，形成小桥流水之观。水乡小巷多，人家尽枕河，山岚炊烟起时，古村笼罩在梦境里，如仙人下凡驾一叶扁舟飘入古卷,空灵缥缈,超越尘俗。而那坚硬的石板路上厚厚的青苔、乌黑的屋檐下的蓝花印布更增添了水乡沧桑之美。

李宅略呈正方形,以"七星八斗"布局——"七星"指七个水口,"八斗"指流经村落四条溪流的八条分支。村里的建筑,是各种风格的混杂,有明清的徽派建筑,有杭派江南民居和民国的老瓦房,偶尔还可以见到南方少数民族的竹楼吊脚楼。明末清初,李渔后人来龙潭镇归隐,李宅形成规模。随着龙潭镇成为繁盛的商埠,有一批经营丝绸药材火腿盐货的徽商来此经商。"徽骆驼们"走出深山沟壑,换乘船只,一支从钱塘江上流的徽江到屯溪,另一支从严江到了兰溪,一直漂到龙潭镇。徽商发家后,就在镇上建起豪宅,修筑园林。于是没有显赫家族、少有深宅大院的李宅便多了些徽风皖韵——到处可见冬瓜梁头、牛腿、雀替、斗拱、琴枋、檐廊和木雕门窗。

随大量皖南徽商而来的是徽戏。在婺州、严州、处州,徽戏班子有二三十个。单单龙潭镇就有两个。李氏后人本来就流着李渔的血液,耳濡目染,渐渐醉心于蛇行狐步、飘若纸人、蜻蜓点水和口喷烈火之类的"妖术末技"。先是徽戏,后来是集高昆、乱弹、滩簧于一体的婺州本地戏婺剧,李宅人拉起草台班,到处演出。

俗话说,滚动的石头不生苔,流浪的人儿不聚财,喜欢像吉卜赛人一样流浪的李氏后人,凭借那些雕虫小技,终是寄人篱下籍籍无名,难以出人头地。这种状况直到清末民初才有所改变,因为李氏的后裔中出了个奇人。

这位叫李琦的显然是李氏后裔中的异类。他出生于光绪十三年,十几岁就被父母送回祖居兰溪,在一个叫钜源钱庄的店铺里当学徒。当时的兰溪早已是"摩登狗儿",与上海一样摩登,甚至与苏州也有的一比。李琦很快就在有"小上海"之名的兰溪城里混出名堂来,他回到龙潭镇,在古商埠浮桥头租了店面,自立门户。李琦长了颗商人脑袋,他把兰溪一家糖行的一百多件滞销白糖运回婺州,奇货可居,高价抛售,赚得了第一桶金。他又广罗人才,遍交朋友,通过当时龙潭镇刚刚成立的商会结识了在上海经营丝绸火腿的大商人诸葛氏,强强联手,成立了经营南北货的商行。尽管其时军阀混战民生凋敝,李琦还是运用借风驾船、借鸡生蛋的绝招步步为营,赚得钵满盆满。

积累了巨资的李琦见好就收,在李宅购得十几亩宅基地,在徽商的高墙大院边造下了后来被称为"七十二间头"的居家大院——李琦记。整座大院占地庞大,结构复杂,由四方形的四幢"十八间"组成,中间用回廊水榭相连。单幢建筑又分为前厅后堂,前进三间为楼下厅,后进为中堂和正房,左右两厢四合,井字形弄堂,东西门穿厅呈龙虎门结构。为了这所豪宅大院,李琦特地聘请被称为建筑和木雕大师的李木匠操刀,整栋建筑有三绝。

一绝是别具一格的架构。虽然整幢建筑周正稳固,但是屋内柱子没有一根通直,让人匪夷所思。其实,当时正值军阀割据,战火已燃,物资匮乏,建筑材料奇缺。特别是建房的屋柱,只能采集附近山区的一些杂木。杂木自然弯曲,要做房柱,必须根据每根柱子的曲直向背计算出房间的宽窄,然后因材施工。李木匠了然于胸,别出心裁,精心筹划,竟成奇巧。

二绝是木雕之绝。进入李琦记,映入眼帘的满是巧夺天工的木雕,所有雕刻手法熟稔,图案生动,故事题材别具匠心,美不胜收。牛腿木雕围绕天井的十根房柱,内容取材于古代神话,如意祥云之上是寓意平安、和谐、幸福和康健的珍禽瑞兽。内厅房间的门枋门窗门额上则是戏曲人物、渔樵耕读、鱼藻花鸟和亭台楼阁。冰裂纹的窗格拼花,中间一个等边六角形,看似凌乱,实乃玄机暗藏,细心一看,却是众多的"人"字——以人为本,六面通和。

三绝是天井中的两口水池,据说是采用了糯米饭加石灰加砂浆捣和而成的构缝工艺。百年后,虽已是青苔附着、绿荇生长,水池却是滴水不漏。池中鱼儿时沉时浮,逍遥游弋。

后人都说,李木匠在造李琦记时用了毕生所学。自然,这座宏大的私家宅邸的构架也有奇特之处,那就是高低错落,有三层楼也有半层楼。明清民国的屋宇一般都是两层结构,很少有三层的,而李琦记居然有一部分建了三层半。

原来李琦记直到1941年也只造了大半,还未竣工,日寇已沿着浙赣铁路南下,李琦记的主人毅然在原来三楼上再升高半层,建了一个防空报警的瞭望台。在瞭望台上,可以俯瞰全镇,敌机来时可及时报警,方便百姓躲避。李琦记因此没能躲过日机的轰炸,最后只剩下小半残楼。李琦本人为避战乱,颠沛流离,寄寓香港。抗战胜利后,他返回故土,看到老房子被炸成一片焦土,自己毕生心血凝结的豪宅大院变成残垣断壁,顿时万念俱灰。

位居镇中的李琦记,位置极佳。当时的县长找上门,李琦毅然献出大宅留下的部分,作为国民政府的镇公所。新中国成立后,它又成了区公所、区政府的办公楼。

李琦本人去意萌生,漂泊他乡,从此消失人间。有人说他在上海老租界当了寓公,又有人说他命丧太平轮。众说纷纭,莫衷一是。

三

如果说朱宅是山谷之民、李宅是水泽之民,那么龙宅便是丘岗之民。

一水之隔,龙宅在李宅东偏南的下湾,是龙潭古镇最大的村落。据传,龙宅最辉煌时有三塔五井八门、十八座祠庙、三十六堂居,村民四五千人。村南的百年古樟、村北的千年银杏和溪流上摇摇欲坠的石桥目睹了她曾经的沧桑。历史的风雨过后,许多古建筑和老式楼房或倾颓倒塌,或严重损毁,湮没于尘埃。

背山面湖的龙宅,建在龙川山脉与南面红土丘陵间,地势平缓。那老城隍庙的础基残垣和范蠡用于藏战略物资的宝井就是在龙宅旧村改造的工地上挖出的,足见这是块风水宝地。不过诸葛的先祖决定在这里定居时,还是慎之又慎,先从龙门书院里移来一棵银杏,栽在丹溪古月桥畔,看它第二年抽出嫩芽来,才决定大兴土木。

龙宅依据八卦五行布局,平面酷似八卦图。有八条小巷向四面八方延伸,直通村口八门。五行是指村中的五口水井,分别以"金、木、水、火、土"命名。虽然龙川并不缺水,但是旱涝无常,饮水大计,谨慎为妙。

这位诸葛氏最早在龙潭镇开小药铺,悬壶济世,勉强温饱。他每日号脉问诊开方抓药,得空便去龙门书院,听那些名士鸿儒高谈阔论。或许是书香熏久了,这位诸葛氏有一天忽然开了窍。

他离开了龙潭镇,远走他方。

十年后,他又回到了龙潭镇,在镇上建起了诸葛氏的第一幢豪宅。据说,那十年他在南方丝路和茶马古道与印度人、波斯人和阿拉伯人做香药生意发了财,不但衣锦还乡,还从天府之国带回了一个善织彩锦的美娇娘——龙氏。

诸葛后人在龙潭镇定居,繁衍开来。虽然发了家,诸葛后裔还是秉承"不为良相,便为良医"的祖训,回归老本行,行医之余,又重耕读农桑。

整个龙宅村,按照诸葛先祖最初的设想,应该一个大八卦。后来的龙宅,商旅移民益多,人丁兴旺,百姓杂处,到处盖楼建宅,那大八卦就走了形,越来越模糊。虽然如此,村落核心部分依然是中规中矩的小八卦。诸葛后裔在八卦的八个方位依次建了崇德堂、承德堂、怀德堂、修德堂、培德堂、润德堂、慎德堂和观德堂,八栋建筑之间又有儒丰居、立孝亭、耕读园、百草园、桂芳轩、美鱼楼、集贤居和痴泉等众多轩园,由大小天井弄堂回廊相连。

不过,龙宅最有名的建筑并不是八德堂,而是位于太极图阴阳鱼眼上的诸葛宗祠和花厅。

诸葛宗祠呈"日"字形,前中后三进,中庭内天井院落,对外辟石库台门。宗祠里沿山墙三座五花马头,高低错落浑然一体。前进是门庑照厅戏台,居中开大门,青石门楣镌"诸葛家庙",两边阳刻楷书匾"忠""武"。中进飨堂,五间七架敞厅,彻上露明造,设天井、水院。后进寝堂,步架间设神龛,东西厢房为祭器库、神厨和守祠居所。处处可见透空牛腿、落地隔扇、团龙天花、砖雕漏窗、花脊马头、草龙吻脊和石狮辟邪,整座祠宇庄严肃穆。

另一座老宅花厅是某一位诸葛为庆祝五世同堂的母亲龙老太百岁寿诞而建的。这位诸葛氏希望后人能光宗耀祖,所以花厅也叫"中兴堂"。花厅始建于清嘉庆元年,于嘉庆十八年落成挂匾。整栋建筑规模宏大,坐西南朝东北,占地近三千平方米,建筑严谨规整,设计匠心独运。花厅与宗祠隔一个大场院,共有七进厅堂,主体建筑和附属建筑沿着一条中轴线和两条横线构成,建筑精妙,用材精良,布局精巧。中路依次分布门厅、戏台、飨堂、穿堂、寝堂、左右两边厢房,围合成两进四合院落,后院天井有水池,接百草园。门厅设单间屋宇式金柱大门,门前一对圆雕石狮门墩。歇山顶滚瓦花脊的戏台,脊中装饰葫芦宝瓶,斗八藻井贴雕八条璃龙。建筑内有支祠,大堂明厅和重厢深院可用于族内婚嫁喜事、丧事佛事。

花厅最初是为百岁老太祝寿而筑,后进中堂悬挂乾隆帝御赐的鎏金堂匾"升平人瑞",中厅太师壁上的大额枋悬"七叶衍祥""瓜瓞绵绵"木匾和琉璃珠花宫灯。

不过,让后人记住花厅的,并不是御赐的鎏金堂匾、琉璃珠花宫灯和那些方形青石柱、用材硕大的梁架、檐柱坨墩、坐斗重拱,而是堪称卓绝的花厅"三雕"——砖雕、石雕、木雕,这里被后人称为古代雕刻艺术博物馆。门、梁、柱、枋、檩、椽,到处镶嵌精雕细镂的图案,题材丰富,令人目不暇接。大厅门楼的水磨砖浮雕,像一幅大型壁画,上方是繁简适度的回纹、如意纹、卷意卷草纹,雕镂的道教人物线条流畅、神态毕肖,瑞兽鱼虫棱角分明,与出挑的纹砖、瓦当及下部的青石门框、磨砖画壁和石刻门槛相映衬,淳朴厚重,浑然一体。门厅梁柱上,有白虎朱雀、孔子问道、武松打虎、鲤跃龙门、文武八仙、飞禽走兽和花木果蔬。大厅与门厅以边廊相连,檐廊上镂刻富贵吉祥图案——牡丹、芙蓉、玉兰、灵芝、荷叶、莲花和佛手等。花厅内的木雕构件琳琅满目,庑壁雕刻犹如一幅壮丽挂画,梁上牛腿镂雕的戏球狮子,腾挪跳跃、活灵活现,观蟾刘海肌理丰满、如醉若痴。梁下雀替、抱头梁和槛窗,均雕刻神话戏曲人物,或羽冠纶巾英姿勃发,或舞枪弄棒形态毕肖,与山水楼台亭阁相映衬。还有层层相衔的斗拱,似重峦叠嶂,雄壮奇伟。

花厅的间架尺度、柱材大小、纹饰繁简处理得恰到好处,成功运用了"密不透风、疏可走马"的技巧。可惜,五十年后的一场大火烧毁了门厅正立面石雕、前进的堂楼和后进的花园。

花厅剩下的建筑架构依然显示着当年的辉煌。只是"中兴"成了黄粱一梦。清王朝风雨飘摇每况愈下。在这位诸葛氏之后,龙宅的诸葛后裔少有经商的,大多干回老本行,再也无力修复被大火烧毁的花厅。时代的浪潮和纷飞的战火把诸葛家青壮一代卷向四面八方,只留下老弱妇孺在古宅苦苦支撑。欧风登陆,西医东渐,那些外出求学行医的诸葛后裔流寓各地,再也不回龙潭镇了。

古镇姓诸葛的人越来越少。百年之后,诸葛家的"八德堂"和轩园庭居或倾颓或荒芜。让诸葛后人引以为傲的祠堂和花厅也只有残存部分泯然于众,几乎被人遗忘。

前世的繁盛换来今生的落寞,几段残垣,一声叹息,昔日的辉煌随着四季轮回的脚步,走进了岁月的相框。

四

龙潭镇昔日的繁华集中体现在穿镇而过的老街上。这条弥漫历史风尘的老街有四五里长,由西而北折向东南,首尾不相望。主街两旁,还有无数宽窄不一的小街和纵横交错的巷弄。主街圆弧形的走向,正与古镇月牙形的走势一致。

老街在朱宅这一段,有七八百米,中间略弯曲,狭长幽深。老街屋宇连栋,鳞次栉比,巷弄两侧的深宅大院飞檐翘角气象威严,同时也中规中矩。

街面铺青石,两侧留出排水阳沟,檐上雨水滴到青石板上水花飞溅,湿滑滑的,泛着耀眼的白光。临街的铺面,门洞很小,走进去是东折西转的厅堂,散发着浓郁的书墨香味。

北宋毕昇发明木活字印刷术,南宋时临安成了书刊印刷圣地。木活字印刷在龙潭镇朱宅,也曾一度昌荣。据龙猫考证,八婺之地存世的用木活字印刷的家谱就有三千多种,其中三分之二出自朱宅。朱宅老街旧时就有印制坊,龙潭镇又是书画之乡,因此朱宅老街就以书画为主。街面上大多是卖笔墨纸砚的文具店,出售竹简版牍古籍善本的书铺,兼卖各种漆画颜料的裱糊店,卖木版画、铜版画、年画、挂历、楹联、雕花拼窗的画铺和古琴古筝的乐器店。后来,大约是由于书画生意寥落,有人开起了卖金银玉器的古玩珠宝店,卖土陶窑货和纸扇布伞的杂店。再后来,是卖丧葬祭祀用品的店摊,花圈、香蜡烛台、纸币符咒、寿衣寿裤、灵堂牌位和祭祀器皿,足足挤占了大半条街。

过画溪上的石拱桥,便到了龙潭镇的核心区李宅。古街忽然变得敞亮。老街在李宅的这一段,有二里多长,中铺青石板,两旁嵌鹅卵石。街边的建筑遵守中国传统建筑的规矩,全是南北朝向。主街的两边还有横街,无数的巷弄水汉像鱼骨状散开,密如蛛网。那些临河而建的密密匝匝的砖楼窝棚里,住着各式手艺人——木匠、篾匠、铁匠、皮匠、银匠、补锅匠、修鞋匠、磨刀匠、剃头匠和修表匠。

李宅的直街,过去以纫缝一条街著称。走在街上,经常可以听到老式缝纫机发出的连续不断的喳喳响。这里聚集了大大小小的缝纫店,十里八乡的人扯了布,都要拿到这里来,请这里的师傅做成各色衣裳——老人的对襟衫和裤衩,女人的罩衫裙装和时尚的西服旗袍。店里的老板娘双脚踩动机器踏板,眼睛紧盯机板上流动的布料,旁边的小姑娘用针线绕着盘扣、结着花蝶,店门口还有老人坐着,守着修鞋补衣的小摊。临街房子的后院里,时时传来古旧木织机的"哐哐"声,其中夹杂着"砰啪"声——那是弹棉花的老店,棉絮雪花般飞舞,老师傅背着一架弹棉的大弓,戴着口罩。随着音乐般有节奏的"啪嚓呱唧咣当"声,蓬松的棉絮出来了,经过表层的布线一番挤压,一壁新被胎被整齐堆码一边。直街里还有几家染坊,大师傅们把煮染碾压熨好的衣服布料在后面的水汉中漂洗,又在石埠上撑起竹竿晾晒。

这条直街也是婚庆用品一条街。写生辰八字的红纸布帛,新嫁娘的红衣红袄,金银玉器耳环吊坠,女红用的针头线脑,迎来送往的凉篮、竹篓担子和扁担红带,淘米洗菜的坛坛罐罐,做糕点的印模,铜火熜,木摇椅,锡壶银台,白铁油灯,小孩的红肚兜虎头鞋,鞋帮鞋底鞋套鞋楦,凡是结婚嫁娶的东西都可以在这里买齐。

在龙潭镇,婚嫁从来都是大事。单单那些给婆家人准备的千针万衲的布鞋就有很多学问。不同于闺房里的女红,新嫁娘要把女性的细腻和心思,用中指上的顶针顶进密密的针脚里。镇上的规矩,姑娘出嫁要准备"上和鞋",新娘回娘家过端午后要带回"翻面扇",作为送给夫家直系亲属的礼物。这两样只有老街上的人会做。那些编扇的女人会配上一柄刺绣的扇团,缠上许多红丝线,把祝福一针针缝上。而那些在其他地方早已消失或即将消失的古老家什:悍妇们用来教训丈夫的罚跪"神器"——木质搓衣板,贤媳们用来推碾谷物的"神器"——推磨,为人作嫁衣用的纳鞋底"神器"——锥子顶针,祖奶奶用的油吊子、木箱子——都可以在这里买到。

直街拐弯处有几条横街,一条是手工作坊店铺街,这里有打金打银打锡打铜的,有补缸补碗修伞铸瓢的,有钉称剃头的。打铁铺里,炉火熊熊,大小锤叮当作响,门口放着打好的犁耙锄镐锹镰刀剪。木器店前摆放的是普通的桌椅板凳、床架箱柜和龙潭镇户户人家都要用的八仙桌和条案。篾器店前则是箩筐、米筛、簸箕、背篓。农家要用的农具家什都可以在这条街上找到。

另一条横街则是龙潭镇的小吃美食街。牛杂汤、羊骨汤、白切羊肉、肉饼、酥饼、手牵面、红馃、馒头、年糕、清明馃、玉米糊锅、荞麦角、豆皮素包、青菜煎包、豆腐脑、小米粥是龙潭镇美食小吃的一部分。还有龙潭镇特有的芝麻糖、麦芽糖和梨膏糖。街上有几爿糕饼铺,卖的是手工做的龙潭镇传统糕点:茴茴糕、芙蓉糕、八仙糕、鸡子糕、油枣、市荷、雪片和麻条。这条街上总是香喷喷甜丝丝的,热气蒸腾。

而两条横街之间的小巷里,在肩挑手提的流动商贩的叫卖声中,夹杂着渔鼓花锣的唱和。这里是牵猴遛狗的杂耍艺人走街串巷的场所,也是锣鼓班、道情、花鼓、小锣书和讲大书的艺人流动卖艺或是寓居的地方。那些从戏班子退下、居住在这里的老艺人时不时要吊下嗓子,吆喝一两声。

过了桃花溪上的骑楼戏台,便是龙宅。龙宅的老街也有二里多长,起首是青石板鹅卵石路,接着是坚硬的土路。街边房子新旧混杂,有明清的也有民国的。许多木结构的老房子显然是专门为开设店铺而建的,二层楼砖木结构楼房,临街店铺的挑台栏杆配上雕花牛腿和鹤颈轩美人靠,楼上供伙计居住或用来仓储,楼下前店后堂,沿街清一色木排门,推拉门板后有曲尺柜台。

这段老街,过去以丝药闻名。街上有大大小小几十家中药铺,药铺里的郎中既行医也卖药材,药材有龙川土产,也有从安徽等地收购来的。丝绸店里的丝茧绫罗绸缎大部分本地产,小部分贩自杭嘉湖,后来也卖土布、棉布和进口的洋布。在众多的布店药店间,又夹杂些其他店铺——卖本地火腿的腊食店,卖本地产酒缸、酒瓮和景德镇瓷的陶器店,经营土烧白酒和红曲米酒的酒坊酒楼。

五

店前搭棚子,棚下摆摊子,摊前放篮子,篮前跑车子。

龙潭古镇的这条老街,最繁盛的时候,车水马龙,万商云集,有商铺近千家。酒坊、油坊、火腿、黄酒、红糖、蜜枣、粮食、田料、草籽、杂货店、南北货、中药铺,三十六行齐全,徽闽赣、宁绍衢、杭嘉湖的会馆齐聚。沿街设市,茶馆酒肆客栈钱庄应有尽有。清末民初,古镇余晖残照,还有经营丝药、茶馆、酒馆、钱庄、当铺和百货的商号四百余家,商号以"丰、盛、隆、裕、昌"等吉字命名。

随着战火的荼毒,龙潭镇清风商埠的风采不再。老街逐渐衰落,那些老字号、老街巷、老码头、老牌坊、学堂、会馆、当铺成了历史陈迹,盐埠头、绸码头、浮桥头、新市基、老市基、直街、横街也改成了新地名。

20世纪60年代初,古镇老街也热闹过一阵。原来的古镇核心李宅成为区政府所在地,集贸中心转移至龙宅。龙宅成了龙潭镇唯一的集市,逢农历二、四、七开市,老街和两边的空场地,有买卖菜篮、扫帚、畚箕、砧板、锅盖、锄耙、犁轭等的山货市,有出售家禽家畜的牛市,有出售蔬菜瓜果米面的粮市和日用百货的杂货市。后来,老街上的集市也变得越来越冷清,只剩下两家百货副食店和一些杂货店。

再后来,老街不再车水马龙,行人也变得稀少。代替过去那些衣冠锦袍商旅和挑担背篓小贩的,是头戴箬笠身穿蓑衣的"泥腿子",他们牵牛背犁,吆喝着走过。

青石板鹅卵石铺的街道镌刻着古风遗韵。龙潭镇依然沧桑朴美。龙川巍巍耸立的山峦和纵横的江湖溪涧,古街两旁鳞次栉比的古民居和深宅大院,湖畔的石埠码头,依然组成了一幅古朴的画卷。

只是,那条老街昔日的繁华热闹留在人们的记忆里了。时移世易,时光似乎在老街上静止了。老街显得苍老而沉默。世俗的生活依然在古宅老街间持续,悠然而凝重。

还有四季的风花雪月。

春天到来,被江南的烟雨濡湿的古镇茶香四溢,花开成海。先是某座古宅庭院里的梅花、杏花,接着是桃花峪深红浅红橙黄粉白的桃花,然后是山野间的野樱花、野海棠和溪旁花架上的紫藤花。夕阳斜照,暮色苍茫的老街上,荷锄挑担的农夫相遇絮语,牵着牛羊没入深巷柴门。炎热的夏季,老街越发安静,年逾古稀的老人,坐在百年老宅的墙根下,敲着旱烟管聊天,或是在街尽头某个茶摊前默默喝茶,回忆老街过去的岁月。古宅里,妇女们谈笑着在古井旁打水,在湖溪里捣衣、淘米、洗菜。孩子们在古树下追逐打闹,玩耍嬉戏。秋天的老街古宅,仿佛也像田野染上了金黄色彩,虽然景况萧索,却也有稻米香。秋蝉的喧嚣渐渐停歇,它们知道,无论怎样聒噪,都扯不回那随风而逝的岁月。

所有的繁华都将被岁月一点一点抹去,古宅老街的故事注定渐渐模糊以至无人知晓。龙潭镇的居民自有一种"惟适之安"的气度,安然目送金秋的远去。

接着又是冬天。大地银白,积雪把龙川的山峦湖溪、古镇的老街、古树、古井、古巷都淹没了。此时的龙潭镇,仿佛只剩下那些雕梁画栋飞檐翘角的古宅还在风中屹立。

纷纷扬扬的雪飘着,从远古飘向现代,从遥远的苍穹飘向近在咫尺的庭院。那朵从时光尽头飘来的晶莹雪花,慢慢地落入1967年的古镇老宅。

第三章
贵客临门

一

"慧慧，慧慧！"

大年初一早上，龙宅"三十六间头"的老屋里传出女人脆生生的声音。一个二十七八岁的农妇拉开咯吱作响的木门走了出来，站在青石板的院子里，仰起头，朝院子一侧阁楼的格子窗喊叫着。她中等个儿，圆胳膊粗腿，一头乌黑油亮的头发齐刷刷梳向脑后，挽成田螺髻，露出饱满光洁的额头，圆润紧致的脸红扑扑的，一双清澈温和的眼，眸子晶亮。虽然天寒地冻，但她的上半身只在薄薄的空心棉袄外罩一件藏青色的对襟衫，下穿单裤布鞋，腰上系的土布围裙沾着草灰木屑，身上散发出一股泥土、稻草、豆腐渣和猪饲料的混合味。她的声音里有一种炉膛柴火的味道，身上也似乎带着一团火，给人暖暖的感觉。

"慧慧，慧慧！"

没人应答。头顶的雪花飘着，仿佛已经飘了一个世纪。

"小娘，一大早不知跑哪儿去了……这爷俩，总是合伙欺负我！"

龙十妹轻声嘀咕，回到屋里，踩着狭窄的木楼梯咚咚地上了阁楼。阁楼有些昏暗，能依稀看清靠窗的小木板床。干干净净的草席上，小被子叠得整整齐齐的。

推开窗户,风裹挟着雪花吹进来。天空灰白,远处是白茫茫的一片。村口的丹溪已经凝冻,溪上的古月桥变成了雪桥。石桥边,银杏树伸向天空的黑色枝丫也变成了白色。近处,瓦楞屋脊上的雪越积越厚,像是盖了一层厚厚的棉絮。从龙川峡谷里吹来的风呜呜作响,屋檐下长长的冰凌随雪团掉落,发出了咔嚓声。

龙十妹下楼,朝空荡荡的回廊喊了几声,声音带着些愠怒。平时,她总是一大早催爷俩起床——她自己每天早起,也不允许爷俩赖床——人不能偷懒,一偷懒身上就会长蛆。

侬个麻柳花娘!……她刚要骂出声来,忽然间想起这是大年初一的早上,又咽了回去。

龙十妹想起了大年初一的种种禁忌。比如早餐忌食稀饭,因为只有穷人家才喝稀的;比如忌动刀剪针线,说是"初一动了刀剪,口舌是非难免","初一动针线,挑了龙筋,生下小孩眼睛变针眼";比如忌用斧子劈柴,说是"初一斧子劈柴(财),劈开再也回不来";比如忌打碎盘、碗等器皿,认为打碎碗盏,一年四季不吉利;比如忌洗涮、忌倒污水垃圾、忌用扫帚扫地,因为容易把家中的财气扫掉。

还有许多的其他禁忌,都是爹娘亲口传授的,龙十妹一直铭记在心。她特别叮嘱教授忌做两件事:一是提医师、生病、吃药之类——那是教授经常挂在嘴边的字眼;二是摸扫帚——因为教授似乎对扫帚特别有感情,一到刮风下雨,就忙着打扫庭院天井。这不,这几日教授就穿着高筒雨靴在村前村后扫雪铲雪,累得满头大汗的。

唯一叮嘱女儿的,是不要乱说话。年前,龙十妹甚至买了一刀擦屁股的黄草纸,万一女儿嘴里不小心蹦出不吉利的字眼,就马上用黄草纸擦女儿的嘴——那也是老娘口传心授的绝招。

一忙碌,龙十妹差点把这些禁忌给忘了,说出骂人的话来。

的确,龙十妹太忙了。进入腊月,生产队的活是少了,家里的活却忙不完,龙十妹恨不能长出八手八脚来。

柴米油盐酱醋茶,家里日子要过得红火,哪一样不得家庭主妇操心!第一样是柴火,过年用的食物多要蒸煮,平时烧火的稻草不管用,一有空,龙十妹就到山里捡些废木头干树枝,然后用斧头劈开,整整齐齐地堆在堂屋里。

遇到天晴,她要把菜园里的白菜拾掇进来,然后把被褥面套、衣服鞋帽、碗柜衣橱拿到湖湾里洗。她把那些老旧褪色的橱柜泡在水里,伸出冻得通红的手臂刷了又刷——她是个爱干净的人,总想把老屋里长年被烟熏得暗黑的家具弄得一尘不染。她也顾不得"廿四扫尘"的习俗了,因为逢四是集,她要到街上把茶叶、食盐、蜡烛、排香、草纸、锅碗瓢盆和待客的瓜子花生买进来。这一天她顶多在竹竿上绑一些竹梢,对房梁墙壁门窗仪式性地再掸一遍。

腊月廿三是小年,祭完灶神,开始做豆腐,杀鸡,杀年猪,这几件事都必须龙十妹亲力亲为。平时她也做豆腐,那是为了赚点豆腐渣养猪。年前的这几板豆腐是为邻居做的——邻居把黄豆交给龙十妹做成豆腐,再来分取。杀鸡这事也是龙十妹亲自操刀,因为教授手无缚鸡之力,而且似乎怕见鸡血。至于杀年猪,那是一户人家年前的大事——虽然是上门的李屠夫操刀,而且只要半天工夫,但少不得有人在旁边帮忙。中午还要请李屠夫吃饭,用猪尾巴、猪肝、猪肠之类招待,算是屠宰工钱;杀完猪,主人还要清洗猪下水,收拾残局。

龙十妹不仅是杀猪的好帮手,也是养猪的能手。每年她要养两头肥猪,一头给生产队换取工分,另一头杀了当年猪——猪肉舍不得自己吃,只留一个猪头自用,其他的卖给副食品公司。龙十妹要赶在腊月廿九最后的"通天集"前把第二年要养的猪仔买回来。除了丈夫与女儿,猪仔就是龙十妹生命中最重要的东西,只有听见有猪在楼梯下的猪栏里哼哼唧唧,她的心里才踏实。

每每这些宰鸡杀猪需要男人在的场合,都有龙十妹忙前忙后的身影,至于教授和女儿,只能做旁观者。好在龙十妹手脚麻利,也不要父女俩帮忙,她还嫌弃父女俩帮倒忙哩。教授通常愣愣地站在一边,听龙十妹声嘶力竭地吆五喝六,就嘿嘿傻笑——还美其名曰"君子动口不动手"。

不过这些天教授也不是无所事事。他除了扫雪开路,还买来了红纸笔墨写对子。女儿慧慧歪着头,静静地看着父亲裁纸、书写,等对子写好了,父女俩又挨家挨户送上门,亲自贴好。教授为了犒劳女儿,竟破天荒地动起了手,剖蔑糊纸,做了一个椭圆灯笼——尽管这个灯笼有些粗糙歪斜,女儿慧慧还是喜欢得不得了,整个大年三十的晚上,她提着灯笼,屁颠屁颠地跟在龙禧家那些男孩和应家那些姐妹后面疯癫。

大年三十的晚上,祭完天地祖宗,一家三口掰猪头——实际上只吃一些猪耳朵猪舌头,剩下的用于待客。吃完团圆饭,龙十妹又在油灯下忙碌,蒸年糕,做红馃,裹粽子,染鸡蛋,煎豆腐,纳鞋底,织彩带,酿米酒。忙着忙着就天亮了,早就准备好答应给女儿的压岁钱依然塞在裙兜里。

女儿慧慧不知道是什么时候回来"安置"的,或许她也一夜未眠,早上回家溜一圈,又嬉去了。慧慧小时候跟父亲睡过一段时间,龙十妹怕教授"之之乎乎"的书呆气传染给儿女,就让女儿单独睡小床。

教授在隔壁药房的楼上看了一夜的书,一大早也不见踪影。大年初一的早上,教授和女儿都不在家,把家当庙,所以龙十妹有些生气。

龙十妹回到屋里,看见里灶台前挂篮里的豆腐少了一块,气更大了。教授八成又是提溜着豆腐去见龙门书院的那个怪人去了。

"用得着你天天给他送豆腐……"过去,每当发生类似的事,龙十妹就会尖着嗓子训斥——她倒不是心疼那块豆腐,而是反对教授跟那个怪人交往。

"云鹤兄不是怪人,他只是暂时寄居在龙门书院里……"教授的厚嘴唇翕动着,想辩解。

"不是怪人,一双手脚齐全,更该自己到地里刨食。"龙十妹没好声气。

教授嘿嘿笑,垂手恭立一旁,不想再说什么。他依然我行我素,每天从龙十妹做好的豆腐里挖出一小块,一早提溜着去龙门书院。

龙十妹抬脚回屋,忽然间听到猪栏里猪仔的哼哼,气消了大半。她仔细检查屋里的东西,发现条案上的烧纸香烛少了。或许教授一早去龙栖山上坟了。龙十妹想,教授是正儿八经的医生了,虽然是光脚丫的,毕竟还是受人尊敬的,自己脸上也有光。并且,教授还名正言顺地当起了"接生婆",每次接生回来,口袋里都会带回一些鸡蛋、红糖、米面之类的东西,算是对这个家有贡献了。

龙十妹是个健忘的人,能很快把不愉快的事忘了。对父女俩怨气消了,她心里又生起愧疚来。原来年前她扯了块洋布,准备给父女俩各做一套新衣,因为忙碌,竟把这事给忘了。

就在大年初一的早晨,龙十妹听着窗外风雪的呼啸声,担心父女俩挨冻,又想起做新衣的事来。

二

过新年,做新衣,在乡下可是件大事。普通人家一年到头难得做一回衣服,去成衣店买衣服那更是一种奢侈。通常的做法,是自己买布料上裁缝铺或是请裁缝来家里做。主妇先筹划好,该添置什么衣服,然后带了布票和省吃俭用攒下的钱去百货公司剪布料。布料也不是一次买来,需要有空才去,一要选价廉实惠的,二要选自己中意的。请裁缝尤有讲究,因为裁缝论天计酬,所以被请的裁缝师傅的技术人品都得是主人认可的,活要好,价格要公道,最好还要省布料。一般请裁缝还得自备缝纫机,没有的,也要事先借进门。裁缝大多只带一只包上门,内装竹尺、皮尺、顶针、镊子、画粉细袋、大小缝衣针、裁剪刀,外加一把烙铁,一日三餐都在雇主家吃,路远的还要留宿。所以除了红白喜事或是人丁多的大户人家,一般人难得请裁缝。一到年关,好的裁缝成了香饽饽,更是难请。

好在龙十妹要找裁缝并不难,近水楼台,裁缝曾经就住隔壁,是龙生媳妇。原来土改时,除了花厅和诸葛宗祠,龙宅的其他古宅都隔成单间分给了无房少房的佃户贫农,人口多的两间,少的一间或一间半。"三十六间头"过去叫"怀德堂",在村里的东北角。教授和龙生家的房子在最北端,三间最差的尾房,每户一间半,一间堂屋两家共用。

龙生是龙福的独子,龙禧的大侄子,黧黑,高大,俊挺,是个种田能手,犁耙耕耖样样会。虽然父母早亡,寡言少语、憨厚老实的他,却从李宅婆了个模样周正、心灵手巧的老婆。十里八村的人都叫她龙生媳妇,她的真名也就没人记得了。听说她祖上是打铁的,是李宅老街十八家打铁铺中最有名的一家,打出的剪刀与杭州张小泉、北京王麻子齐名,合称"三刀"。龙生媳妇从小喜欢拿剪刀,踩洋车,拜的是李宅最有名的红帮裁缝李师傅——李师傅是方圆百里闻名的大师傅,过去只为富家大户或是戏班子做服装。

李裁缝与李铁匠同住一条巷子,是一个太公门下的本家。李裁缝名气大,家底殷实,可惜发财不发丁,年过半百,才得了个女儿,于是视女儿若掌上明珠,宠爱得不得了。

龙生媳妇是李裁缝的关门弟子,不但手艺精湛,而且品行良善,说话慢声细气,性情柔婉。她自带缝纫机上门,收的工钱比别的师傅还地道,所以一年到头总有忙不完的活。龙生媳妇白白嫩嫩的,圆圆下巴,慈眉善目,脸上总是挂着招牌式的笑容——那笑容,像炉子里的炭火,别说村里的泼皮无赖,就是鬼神见了也要被软化。她不但人缘极好——婚丧嫁娶红白喜事做衣服,从不讨债,随便什么时候给都行,平时缝缝补补不收钱——而且还有一双巧手。男人穿她做的衣服,服服帖帖,精神抖擞。大姑娘小媳妇尤其喜欢找她做,这里一朵花,那里一个纽扣,在暗处既不张扬又得恰到好处的别致,叫人心生欢喜。

老实巴交的龙生娶了媳妇,就像迎进了一尊财神。两口子发了财,很快在新街起了三间两层的新房,上住下铺。原来的老房就堆些旧家具杂货,堂屋留给龙十妹用。

龙十妹与龙生媳妇年龄相仿,关系不错,打算请她忙里偷闲把衣服做了,没想到龙生媳妇却亲自找上门来了。

那是腊月廿八。与龙生媳妇一起来的还有一个少妇和一个七八岁的小姑娘。那少妇二十六七岁,披肩秀发,鹅蛋脸,肤如凝脂,柳眉凤眼,唇红齿白,一袭鹅黄色丝绒旗袍更使她显得身材窈窕、风情万种。少妇身后的小姑娘,穿的是水红缎子旗袍,棕色的皮靴,白色长筒袜,齐刷刷的刘海下一张婴儿肥的脸白里透红,粉雕玉琢,煞是可爱。

这母女俩一走进古宅,灰墙黑瓦的古宅似乎顿时亮堂了许多。

"姨娘,我带娇娘提前给你拜年来了。"龙生媳妇笑脸温婉,手里提着大包小盒,一见面就呱啦,"娇娘如今在上海滩唱戏,可红了!你一定不记得了,前些年,她还在老屋里住过一阵。师傅师娘过世后,她每次回来就住我家,那时候阿拉还是邻居。娇娘对你和教授很是敬重,一定要拉着我过来看看你们。"

那少妇的确似曾相识,六七年前,她自己似乎还是稚气未脱的姑娘,却腆着大肚子,住在龙生家待产。三年前她又带着刚刚学会走路的女孩在古宅住过一阵。龙十妹也依稀听说过她的事。她是李宅人,爷娘亡故后,由外公外婆带大。女孩从小叛逆,迷上了唱戏这一行,十五六岁时就跟一个戏子跑了,先是去了杭州,后是到了上海。外公外婆去世,祖屋坍塌,她每次回来都由龙生媳妇招待。

李娇娘一两年回来一次,有时单独,有时带着女儿——谁也不知道女儿的父亲是干什么的。这对母女的事,镇上颇有些风言风语,龙十妹懂规矩,

装作不知道,也从不过问。

龙十妹一边"稀客稀客"地说着,一边要让客人进屋。

叫娇娘的少妇有些矜持,微笑着,并不挪步。

"十姨,阿拉就不进去喝茶了。娇娘很忙,年前还有些要紧事。正月里给父母上坟,走完一些老亲戚就要赶回上海。"龙生媳妇说着,把两包东西塞到龙十妹手里,"这是娇娘特地送给慧莲的,上海买的,杭州丝绸厂出的最好的缎子。有空我给慧莲做一件旗袍,剩下的料还够给你做一件褙褡。这些是上海糕点。慧莲与阿拉海音同岁,娇娘可喜欢她了。"

龙十妹忙不迭地进屋,把礼物放在桌上,顺手抓起两个过年当回头货的红鸡蛋出来,塞到小姑娘手里。小姑娘粉嘟嘟的脸泛起红晕,活像从年画上走下来的玉女,越发可爱。

"来看我就是抬举我了,还买这么贵重的礼物……乡下的孩子,有衣服穿、不冻着就是了。像我在娘家的时候,是大姐穿完给二姐,二姐穿过给三姐……轮到我十妹早破得像米筛,照样穿。"龙十妹看着客人道,"说到衣服,我扯了块布想找你,又怕你是个大忙人——李师傅,要是你那儿有半新旧没人要的衣裳,就给我家留几件。"

"姨娘说笑了。我那儿有料子,得空来给你和教授量尺寸。乡里乡亲的,又是亲眷邻居,不要见外。大过年的,怎么能让你们穿旧衣裳!"龙生媳妇笑道,带着客人走了。

李娇娘送的缎子布料,颜色鲜艳,摸起来滑溜溜的,一定很贵。龙十妹一时还舍不得给女儿做了,放在樟木箱底部,小心翼翼地盖上其他旧衣服。那盒上海特产,其中有果脯、酥糖、切糕、饼干、松子、榛子和牛奶糖,都是从未见过的奢侈品,龙十妹只留了五颗牛奶糖,其他的均出来留作招待客人用。她已经用一块猪肉换来了应家三姐一件七成新的衣服——那件花袄穿在慧慧的身上有些肥大,但比女儿平时穿的要好多了。能抠就抠,能省就省,这是龙十妹持家的规矩。

女儿过年的新衣有了,教授凭一身中山装外加一件列宁装已经挨过几个冬天,也应该习惯了。龙十妹想了想,暂时把做新衣服的事忘了。

心里空落落的,龙十妹喂了一次猪,又把过年要用的东西仔仔细细地拾掇一遍,然后重新站在门口张望。她巴望着父女俩能早点回家,更巴望着客人能突然来串门。

古宅老屋冷寂,龙十妹郁郁不乐。

不知何时,空中飘舞的雪花已经停了。古宅慢慢有了些生机。一群鸡鸭在青石板庭院的雪堆间觅食嬉戏。村庄的另一头,远处的街口,隐隐传来此起彼伏的爆竹声。

望着越来越亮的天空,龙十妹越发愁闷。她是一个喜欢热闹的人,每年这个时候心里却很纠结。自从嫁给教授,她与娘家人就几乎断绝了来往,九个姐姐和唯一的弟弟从不来串门。只有五姐,龙禧的老婆五妹,因为在同一个村里,过年的时候会打发几个儿子象征性地来吃一顿,算是拜年。龙十妹盼望着姐妹兄弟来拜年,又害怕他们来。她喜欢客人,可是每次过年都很失望——别人家热热闹闹,唯有自己家冷冷清清。

今年似乎也不例外,所以龙十妹有些闷闷不乐。

她站在门口发一会呆,正想抬腿回屋,忽然间听见远处的台门外,有自行车的铃铛声,接着是撑脚收拢的咔嗒声。抬眼细看时,一个高个子男人已经从南面的耕读门走进来。他步履矫健,裹挟着一身风雪,穿过长廊,很快来到她身边。

"嫂子,给您拜年了!"

来人身材魁梧,紫铜色的国字脸长满络腮胡子。他穿一套褪色的军装,绑着裹腿,宽阔的肩膀上披着棉军大衣,头上戴着军帽,手里提着一个鼓鼓囊囊的帆布包。

"嫂子,拜年了!"来人脱下军帽,拍打着帽檐上的雪花,露出一头板寸乌发。他的声音沙哑低沉,却铿锵有力,仿佛一门大炮,震得屋檐上的雪唰唰往下掉。

"哎哟! 我道是谁,原来是林革命……"龙十妹脸上绽开了笑容。

"嫂子,您别革命革命的,我有名字……"来人一口北方腔的官话。

"你是区里的大干部,大革命。不叫你革命,那该叫你林土改、林四清……"龙十妹说着拗口的龙潭镇官话。

"不管是区里的干部还是县里的干部,大家都是老百姓。我有大名,林峰,双木林,山峰的峰。不过你一定要叫我革命也没关系。哈哈哈……"来人大笑,"仲平兄呢? 他怎么不来接我?"

"他呀,一个闷葫芦,十八大棍打不出一个响屁。开口闭口'之乎',有事也不跟我商量,一大早就出门……八成是到龙栖山上坟去了。"龙十妹笑得

有些尴尬。

"这是迷信。您可得管管!"林峰板起面孔。

"米线毛线,人总得有根线牵着。老百姓,谁没有个爹娘,谁没有祖宗?"龙十妹打趣道。

"嫂子,跟您开玩笑呢。仲平兄不在,我就先不进屋了。"林峰笑道。

"大过年的,总得进去食口茶。狐狸给鸡拜年,也不带这样的。"龙十妹一着急,口不择言了。

"您误会了。红旗区是我的根据地。过完年我就要调到城里了。这两天我的任务很重,有十几个地方要走。我已经打电话跟龙禧说好了,中饭在他家吃。等仲平兄回来,晚饭一定在您家吃。"

原来此时的龙潭镇叫红旗区,朱宅、李宅、龙宅分别是红旗一大队、二大队、三大队,属于红旗区红旗公社。龙禧是三大队的书记。

林峰从鼓鼓囊囊的帆布包里取出拜年的礼物——用黄纸锡纸包裹的"斤头",里面是红糖、白糖、蜜枣和柿饼之类——塞到龙十妹手里。

"这三包是您家的。其他的我要到别处分发。"

好不容易来个客人,茶也不食一口,龙十妹一脸失望。

林峰忽然间想起了什么,从背后拽出一个小男孩。原来那小男孩一直悄悄跟在父亲后面,只是父亲的块头太大,加上穿着厚大的棉军大衣,把人遮住了。

男孩八九岁,瘦瘦高高的,五官精致,头戴草绿色五角星帽子,身穿军绿色的棉衣棉裤,脚上一双黑皮鞋。不知是风雪吹的,还是脖子上系的红领巾和领子上那两块红绸衬的,白皙的脸变得通红,而帽檐下那一簇天然卷的乌发,更是给小男孩增添了不少神气。

"您要是不信,我把这小子押在您这里,也免得他到处撒野。"林峰指指茫然站着的小男孩。

"都说林革命有个俊儿子,如今见到真人,还真是俊,像那个和猢狲打架的小哪吒。"龙十妹有些言不由衷,心里话,对眼前的男孩谈不上喜欢或不喜欢,第一眼看去,男孩确实很俊,可是龙十妹不喜欢男孩的卷发,认为有些女孩气。

"嫂子,您可别夸他,这小子骄傲得很。您一夸,他真要脚踩风火轮飞上天了。"林峰咧着一张大嘴说道。

"过年过年,大人发愁,小孩发癫。这年就是给小孩过的。小人大客,林革命的儿子林公子,就是贵客……"龙十妹道。

小男孩乌溜溜的眼睛盯着龙十妹,叫了声"阿姨"。龙十妹忙不迭地从裙兜里取出一个红纸包,塞到对方的小手里。

"嫂子,您别宠着他。有钱他都去买鞭炮了。他口袋里鼓鼓的,全是那些玩意儿!"林峰哈哈大笑着走了。

龙十妹发完压岁红包,即刻就有些后悔,因为红包里的"银角子"是一笔巨款,足足有两元,原本是给女儿的压岁钱,是她一分一角好不容易抠下来的。

龙十妹正懊恼的时候,一个穿着肥大花棉袄、梳头两根冲天小辫、有着光洁额头的小姑娘,从龙十妹身后冒出来。她是龙十妹的女儿诸葛慧莲,十几分钟前溜进屋里找吃的,一直躲在门后听人说话。

与所有盼望着家里来客的孩子一样,小女孩瞪着乌溜溜的眼睛,凝视着新来的陌生客人,脸上绽开了笑容。趁母亲一愣的工夫,小女孩已经满心欢喜地拉着小男孩的手,向院子的另一头飞奔而去。

三

进入腊月,天气便日渐寒冷。从龙川峡谷里吹来的凛冽寒风拍打着人脸,仿佛刀割一般,似乎随时能把冻僵的耳朵削下来。

但是人们依然盼望着能够下雪,因为只有在大雪隆冬的夜晚,他们才能心安理得地围着炭炉取暖烤火、抽旱烟、喝烧酒、侃大山,而小孩子们则可以无忧无虑地疯玩——堆雪人、打雪仗、吃雪花、吞冰凌。瑞雪兆丰年,只有下一场或几场雪,过年才有年味。

第一场雪在腊月二十八的晚上悄然无声地降临了。早上醒来,人们就发现房门外已是一片银装素裹的世界。龙川白雪皑皑,积雪没膝。村边的田野沟垄、镇里的大街小巷、房顶屋脊和庭院井口都是积雪,连村前村后樟树浓密的树冠和银杏黢黑的树干也被染白了。

这场雪下下停停,终于在大年初一的中午停了。灰白的天空挂起了暗红的太阳。

积雪覆盖下的世界渐渐有了生机,慢慢躁动起来。大樟树浓密的树冠中,乌鸦和喜鹊扑棱翅膀抖落雪花。那些活跃的灰麻雀,绕着房梁屋檐飞来飞去,到处觅食,三三两两停在石墙院垣、稻棚柴垛和枯枝木桩上,叽叽喳喳叫个不停。

古宅中央,诸葛宗祠和花厅之间的那块空地,是古宅最大的庭院,足有四百平方米,青石板铺地,四周断断续续的石头矮墙边有几个柴垛草棚。院落中央有一棵硕大的古樟,树下有一眼石栏围住的圆形古井。离古井不远,有四棵光秃秃的古柏。

院子里的积雪大部分已经清理掉,只除了大樟树下还有几堆雪,那是鸟雀活动从树冠上重新落下的。清掉的积雪堆在花厅前面。在花厅高高门楼前的旗杆石边,堆着几个憨态可掬的雪人,还有狗熊、猴子、乌龟、羊羔、兔子,形神毕肖。

宗祠台门前的石阶上支着一帘半球形的米筛子,支撑的木棍上系着的麻绳弯弯曲曲,一直拉到大樟树后面。几只麻雀叽叽喳喳商量了一阵,终于禁不住秕谷米粒的诱惑,扑向罗网。

"嘭!"

随着一声巨响,麻雀飞散逃遁。寂静的院子里忽然间又热闹起来。十几个孩子从柴垛草棚和大樟树后冒出来。他们是龙家四兄弟龙虎、龙马、龙彪、龙狮,应家四姐妹应梅花、应梅香、应桃花、应杏花,还有龙骏、应骁、诸葛慧莲和林波。

"谁放炮仗?"声音里带着火药味。说话的是龙虎,一个十四五岁的高个子大男孩,上唇已长出细细的髭毛,刚过变声期,说话有些低沉,显然已是半大后生。

"是啊,谁放的炮? 赔我们麻雀!"

"还有雪人!"

打仗亲兄弟,上阵父子兵。龙家兄弟站在龙虎后面,一个个鼓起腮帮。他们虽然高矮不一,长相却相似——宽脑门,大鼻子,一双牛眼,颧骨微凸,下巴紧致结实。只是大哥龙虎特征最明显,其他三兄弟圆胖柔和一些。

这场恶作剧的设计者林波若无其事站在一旁,是他偷偷把鞭炮插在雪人头上并点着的。旗杆石边上,那个最大最高的雪人被炸飞了半个脑壳。龙虎怒气冲冲地盯着穿一身军绿装的闯入者。

"那是反革命的,本来就应该拉出去枪毙!"穿军装的小男孩毫不示弱。

"谁说的？我堆的雪人是日本鬼子，是用来练弹弓的靶子。"龙虎瞪着牛眼。

"日本鬼子？……"瘦高的男孩依然一副不以为然的样子，好像是为了故意气对方，又掏出一串鞭炮，点着了，抛得远远的。乒乒乓乓，落在雪堆里的小鞭炮溅起雪花，落在水井里的发出沉闷的声音。

龙家兄弟齐刷刷地冲向小男孩，瞪眼挥拳。穿军装的小男孩也舞起胳膊。

眼看双方剑拔弩张，应家大姐梅花连忙过来劝解。她的年龄最大，差不多已是大姑娘了，圆脸大眼，身材匀称，结实丰满——尽管努力束缚，单薄罩衫下的胸脯还是高高隆起。应梅花虽然算不上很漂亮，却也楚楚动人。她的声音带有男音：

"虎子，你千万别训他。他可是林区长的公子。"

应梅花的妹妹梅香站在身后，用眼神附和。两姐妹几乎是一个模子铸出来的，原来她们是双胞胎。

"我认得他的，叫波波。他爸过去就吃住在我家。他爸是区长，也没有他那么神气。我听着他放的鞭炮，跟放屁一样。他以为自己穿了身绿军装戴着红领巾就神气了。"龙虎撇着嘴，用不怀好意的眼神从头到脚扫了一眼林波，似乎因对方那一身簇新的衣服和一头卷发生气。

"我就是神气，是正规军！你那件破衣服，顶多算土匪！"林波盯着龙虎。原来龙虎穿的是父亲给他的肥大的旧军装和解放鞋——他是几个兄弟中穿得最好的，脚上穿了袜子。他的兄弟都是七八成新的黑衣布鞋，没穿袜子。

"我们是武工队、游击队。你去问你爸，过去的侦察兵、地下党都不穿正规服装。你说你是正规军，是解放军就有枪。我有枪！"龙虎说着，从兜里掏出枪来。那是一把用粗钢丝拗折的纸火药枪，类似田径场上的发令枪，以皮筋为动力，把纸炮的火药装进枪膛，用一枚铁钉撞击。

见大哥掏出真家伙，龙家兄弟纷纷亮出他们的武器——龙马的木头枪，龙彪的弹弓，龙狮的玻璃弹子和抽陀螺的鞭子——它们大多是父亲龙禧的杰作。

林波露出不屑一顾的眼神，很快从鼓鼓囊囊的口袋里掏出一把货真价实的家伙——虽说是一把塑料玩具手枪，可是它的精致逼真已足以把对手所有的武器比下去。

场上的火药味越来越浓。又有三个小姑娘加入劝解行列，她们是应家三姐应桃花、小妹应杏花和诸葛慧莲。三人原本不想掺和，在一边跳格子。院里的青石板已经风干，她们用木炭在地上画出格子，跳得不亦乐乎。

在所有的小姑娘中，诸葛慧莲与应桃花最要好。那个十一岁不到的小姑娘不像两个姐姐粗壮，而是娇小玲珑，乌黑的头发，俏生生的脸蛋，双眼皮，大眼睛，唇红齿白，虽然穿着厚厚的红棉袄，也难掩她婀娜的身材，一看就是美人坯子。桃花不仅长得好，而且心灵手巧，人见人爱。桃花的妹妹杏花，比桃花矮半个头，长得一样娇俏，却是一副严肃的样子，瞪着乌黑的眸子，漠然地瞧热闹。

"虎子哥，你别为难波波了。他可是你家的客人。"应桃花的声音又甜又柔。

"是啊，波波也是我家的客人。我妈说了，小人大客，来的都是贵客。"诸葛慧莲只有六七岁的样子，说话的口气却像个大人。

龙虎本就想顺坡下驴，看着一脸娇羞的桃花，不吭声了。站在龙虎身后的龙马出来打圆场，他比大哥龙虎矮半头，平时说话慢条斯理，一向沉稳，在龙家兄弟中号称"智多星"。

"哥，桃花和慧慧说得对。波波是客人，大过年的，我们不能动刀动枪，要比就派一个代表，跟他比拳脚功夫。"

"谁愿意跟你们兄弟比？以多欺少，以大压小，算什么英雄好汉？"林波哼着鼻子。

"我们派龙骏跟你比。你是客人，龙骏是李老师的儿子，也算客人。"龙马说着，从身后推出一个小男孩。小男孩比林波矮一截，一张白皙的透着书生气的圆脸，穿着四个兜的中山装式的衣服，看上去有些文弱。他原本躲在龙家兄弟后面，安安静静地看女孩子们游戏。

"龙骏学过武术，波波，你要是赢了他，大家都服你。"龙马补充道。

"比就比！怎么比？"林波把塑料枪放回裤兜。

"要是比顶头，你肯定顶不过龙骏的圆脑壳。你有两条鹭鸶腿，你们就比顶拐。"龙马道。

那个叫龙骏的小男孩只微笑，一副随便比什么都无所谓的神色。

在龙家兄弟的起哄声中，两人各挽一只脚，你推我搡，顶起了拐。林波满以为能轻松取胜，哪知费了九牛二虎之力才与龙骏打了平手。最后两人人仰马翻,倒在地上,口袋里的宝贝——压岁钱、鞭炮、纸方包四处散落。

或许是意识到被人当枪使,或许是惺惺相惜,两人刚刚还扭作一团,过一会嘀咕一阵,就趴在地上砸起了方宝。龙骏的方包是用练习簿纸叠的,他对林波用"大前门""利群""雄狮"等烟壳叠的方宝很是羡慕。——孩子的世界大人永远不懂。不一会,两双在青石板上砸得通红的手就拉在一起,两人亲如兄弟了。

龙家兄弟眼见点火不成,悻悻然散去,各玩各的——抽陀螺,打弹子,拉弹弓。龙虎把纸火药枪高举空中,叭叭打响,眼睛却瞄着穿红袄的桃花。说到底,男孩子们争强斗狠,只是为了吸引女孩的注意力。

可是,女孩子们也在玩自己的,根本没有注意男孩子的嬉闹。她们踢起了毽子。桃花和慧莲踢的是用橡胶瓶塞和鸡毛做的,应家二姐、四妹踢的是用废报纸剪成的纸缕绑扎的。

只有应家大姐没人搭。男孩子们不经意的眼神更多地投在桃花、慧莲身上。应梅花很是落寞,气鼓鼓地冲进男孩堆里。

"虎子,这些个一点不好玩!男孩女孩,大家应该一块儿嬉!"

龙虎爱理不理。

"玩什么? 要是抓特务,林波和龙骏都会参加,女孩却不感兴趣。"龙马搭腔。

"就玩老鹰捉小鸡。虎子,你当老鹰……"应梅花提议。

"那谁当小鸡呢? 波波和龙骏肯定不乐意!"龙虎依然心不在焉。

是啊,这是个难题。龙家兄弟个个生猛。龙马满脑子鬼点子,龙彪、龙狮不但歪主意多,而且胆儿也特大,敏捷如猿猴,滑溜如泥鳅,十几米高的大樟树银杏树上的鸟窝敢掏,"咝咝"吐舌头的活蛇敢抓。

"要是没人愿意,就叫我家应骁当小鸡。"应梅花道。

四

此刻,那个叫应骁的男孩正站在大樟树底下的雪堆里发呆,根本不知道有人在讨论让他当"小鸡"的事。

这个七八岁的男孩,长得比同龄人要小,细胳膊细腿,却长着一个硕大的脑壳,一头蓬乱的头发,脑门鼓鼓的,鹰钩鼻两边有一双忧郁的小眼睛。

小男孩上穿缀满破棉絮的空心棉袄,用稻草绳系着,下穿裤腿又短又宽的单裤,单帮布鞋已经前后撕裂,露出皲裂的脚趾和发硬溃烂的脚后跟。

他总是落落寡欢,不愿意参加男孩子的任何游戏。尽管太阳底下暖和得多,但他宁可站在寒冷树荫下没膝的积雪里,时不时用笼在袖子里的手擦着鼻涕,摸摸红肿的耳垂。要不是三姐桃花硬是把他从家里拽出来,他宁可躲在家里某个黑暗的角落里发愣。他的脸上流露出阴郁恼怒的神情,手脚上又痛又痒的冻疮使他痛苦不堪,不过更使他痛苦的是心中的屈辱。

应骁现在的处境都是自己一手造成的。大年三十晚上,应家烧了白米饭,每个孩子都分到了一块香喷喷的红烧肉。他狼吞虎咽地吃了三大碗,每吃几口饭就舔一舔那块又咸又香的肉,三碗吃完,那块肉还完好无损。吸取往年的教训,为了防家里的猫,应骁小心翼翼地把那块肉藏在碗柜最里面,每过半小时就偷偷拿出来看看闻闻。活该他倒霉,一次不小心脚下凳子打滑,红烧肉滚到一边不见了踪影,碗跌落地上也打碎了。他本来想把碎瓷片偷偷扔进后院,结果还是被母亲陈氏发现了。父母还是宠他的,不过打破新瓷碗可是罪不容恕。如果父亲应富贵在,难免一顿暴揍。因为三姐桃花求情,母亲陈氏没有打骂,却剥夺了他新年穿新衣的权利。不过,最使他痛心的,是整个正月再也闻不到肉香了。

家里似乎只有三姐最疼他,给他温暖的安全感,所以应骁的目光总是不离三姐桃花。他站在树底下的雪堆里,盯着桃花和诸葛慧莲欢快地抬腿,把毽子踢来踢去,一边不停地咽着口水,偶尔抬头看看积雪压弯的树枝和树梢上的一线天空。

雪后初晴,阳光变得暖融融的,地上的积雪闪着金光。四周的柴垛草棚鸟雀啾啾,远处是隐约的鞭炮声。

渐渐地,应骁的目光被另一个小姑娘吸引住了。那个小姑娘不知什么时候出现在花厅前,在两棵光秃秃的柏树枝干上拉起两根皮筋,顾自一人跳着。她穿一件及膝的大红花袄、一双精致小巧的皮鞋,粉嘟嘟的脸白里透红,乌黑的头发梳成十几根小辫,俏皮可爱。

“3332321121253215……”小姑娘哼着曲调,双脚跃动,像一只轻快的蝴蝶,翩翩起舞。

诸葛慧莲最早发现她,走过来看了一会,跟着跳。

“我见过你的,你叫什么?……我们到那边一块儿踢毽子吧。”

小姑娘没有说话,友善地微笑,双脚依然轻快地上下翻飞。

"人家是上海阿拉,奶婆气很重的,不愿意理睬阿拉乡下人。"应梅花走过来,闷声闷气地说道,因为"老鹰捉小鸡"的提议没有得到男孩子的响应,她正在气头上。

"大姐,奶婆气重的还不知是谁哩! 音子是上海来的客人,慧慧只是想叫她一块嬉。"桃花过来帮诸葛慧莲。

"没有奶婆气,你叫她唱两首歌试试?"应梅花怨气未消,不想搭理妹妹,诚心要拿上海小姑娘开涮,"听说你妈是大金嗓,你是小金嗓。小囡,你会唱《九九艳阳天》吗?"

"我会唱《卖报歌》《南泥湾》《红梅赞》,还会唱《茉莉花》。"小姑娘矜持地微笑,一点不怕生,没等应梅花进一步怂恿,已经唱了起来:

> 红岩上红梅开(哎),千里冰霜脚下踩(哎),三九严寒何所惧,一片丹心向阳开(哎)……

稍停,她又唱起了《茉莉花》:

> 好一朵茉莉花,好一朵茉莉花,满园花开香也香不过它。我有心采一朵戴,又怕看花的人儿骂。
> 好一朵茉莉花,好一朵茉莉花,茉莉花开雪也白不过它。
> …………

整个庭院忽然间变得很安静,只有小姑娘清脆甜美的歌声在飘荡。

男孩子们不再嬉闹,目不转睛地盯着上海小姑娘,都有些失魂落魄。

应桃花走过去,附耳与上海小姑娘嘀咕了几句。两人拉起手,一起加入了女孩子们的游戏。青石场上,应家二姐梅香和四妹杏花已经甩起了绳子。李海音、诸葛慧莲、应桃花相继冲进去跳起来。应梅花不想落单,也跟着跳。诸葛慧莲虽然穿着肥大,但是跳得最认真。应桃花身材小巧,步履轻盈蹦跳自如。跳得最好的还是李海音,她左跳右跃,身轻如燕,脑后的辫子一甩一甩的,甩得在场的男孩子们心旌摇曳。

龙虎带头,男孩子们也加入了跳绳的行列。与其说是跳绳,不如说是捣

乱，他们像狗熊似的上蹿下跳，像猿猴似的钻来钻去，结果，男孩女孩推推搡搡，嘻嘻哈哈，很快就乱成一团。

"不好玩，一点都不好玩！"应梅花又板起脸，"虎子，要不我们换一个游戏，抬花轿抬新娘。"梅花说的，是两个或三个男孩双手交叠让女孩坐在臂弯间抬来抬去的游戏。

"好。我同意。"龙虎擦着脸上的汗，"可是谁当新娘呢？"

应梅花红着脸，不说话，乌黑的眼睛直勾勾地看着龙虎。

"要我说，要是让桃花当新娘，大哥二哥肯定愿意抬！"龙彪道。龙狮点头。这对兄弟人小鬼大，喜欢抬杠。

"如果让慧慧当新娘，我也愿意抬。波波，你说呢？"龙骏脸色通红，不停揉搓在青石板上拍打得有些疼痛的手掌。两人原来一直在砸方宝，互有输赢，玩腻了，不自觉地也被女孩子吸引。

林波点头，微笑不语。虽然他还是更喜欢那个上海小姑娘，但他不知道人家愿不愿意当新娘。林波很骄傲，也很讲义气，不愿意伤了新认识的兄弟龙骏的自尊。

"新娘只能有一个。我有一个主意，大家先玩捉迷藏的游戏。女孩子躲起来，男孩子去找，最后被找到的女孩子当新娘，由男孩子轮流抬。"龙马慢条斯理地说道，"女孩躲的地方不能超出大祠堂。"他总是考虑周全。

大家都没意见。

龙马原本想把花厅也包括进去。可是花厅已经被改造成大队礼堂，除了开大会，平时总是大门紧锁。只有祠堂一直敞开随意出入，虽然门口挂着"龙宅小学"的牌子，但是里面只有一部分归小学用。敞厅用作教室，几间厢房用作教师的办公用房。大部分用于大队和各个生产队堆放粮食和村民办红白喜事。祠堂里剩下的房间还堆放着各种杂物——风车、水车、石臼、石磨、犁铧锹铲、锣鼓铁器、舟楫船桨。有一些房间长年无人进出，里面的古旧物件几乎被人遗忘了。

偌大的宗祠里有许多隐秘的角落。不过在场的男孩多数在这里上过学，不愁找不到女孩。

除了应骁，所有的孩子都参加捉迷藏的游戏。五分钟后，女孩们就在那座有些阴暗的建筑里消失了。半个小时后，女孩们又被男孩子们一个个找出来。

只有一个女孩没找到，那就是上海小姑娘李海音。

就在大家焦急万分，分头去找的时候，那个失踪的上海小姑娘却自己从一个阴暗的房间里走了出来。女孩子们如释重负，男孩子们欢呼雀跃。

可是他们并没有得到抬心目中最美新娘的幸运，因为他们很快就听到祠堂外一个少妇娇柔的呼叫声。那个一直骄傲的小姑娘似乎被吓得不轻，一脸惊恐，梨花带雨，一路小跑，扑倒在母亲怀里。

"姆妈，我看见一个妖怪……一个人头马身的妖怪。"

"宝贝，哪有什么妖怪。那是蚕神，姆妈小时候也见过。——你可真野，姆妈到处寻你……快走，阿拉到山上给你外公外婆烧香磕头。"

母女俩很快走远。大院子很快静下来。

男孩子们的魂似乎被那个精灵般的女孩勾走了，屁颠屁颠地跟在那一对母女后面。男孩子们一走，余下的女孩子们也失魂落魄，虽然继续留在院里跳绳踢毽，可是已经没了先前的欢闹。

对于诸葛祠堂前玩耍的男孩女孩们来说，那个来自上海的小姑娘就是他们新年里的第一位贵客。后来听镇上的人说，那些男孩子为了多看上海小姑娘一眼，漫山遍野地疯跑，直到那个女孩下山穿过老街，消失在沉沉的暮色中。

第四章

龙十妹的擀面杖

一

下午四点钟左右,教授回来了,手里提溜着一条一拃长的鲫鱼。

他年近四十,瘦瘦高高的,脸色苍白,前额宽大饱满光洁,浓眉下,闪光的玳瑁镜片后面,一双忧郁的眼睛露出若有所思的表情。他戴了一顶黑色鸭舌帽,身穿一件灰色中山装,外披棕色的列宁装,脚蹬高帮橡胶靴子——这双胶靴是他外出扫雪清淤时候才穿的,平时他喜欢穿龙十妹做的布鞋。

"这就是你分到的年鱼?"见到教授,龙十妹劈头盖脸一句,语带嗔怪。

教授闪到一边,咧嘴嘿嘿笑,心里盘算着如何把年鱼的事应付过去。

龙潭湖属于周边的十几个大队,大致分了片区,每年腊月捕一次鱼。可是突如其来的冰冻和大雪给渔民撑船撒网添了不少麻烦,直到大年初一才有所获。网上来的鱼由大队分到各生产队,再分到各户。

教授从山上回来时,湖滩上已经站满了黑压压的人群。教授只顾着瞧热闹,等有人提醒他时,湖滩上只剩下几堆没人要的小虾米,最后还是龙生从自家的鱼堆里捡了一条给教授。

要是龙十妹在,绝对少不了自家的一份,最不济也能拿到筷子长的一条。

这条鱼,还不够自家塞牙缝的! 龙十妹又好气又好笑。她刚刚在里屋和面,腰里系着沾了白面粉的围裙,手里拿着一根擀面杖。

"原本倒是有三条,不过有两条机灵,蹦回湖里去了。"教授生平第一次撒谎,脸红了红,"这条鱼熬成鱼冻,也可打发几拨客人了……"教授偷睨龙十妹一眼,实在搪塞不过,急着换话题,"慧慧呢?"

"你还好意思提女儿? 你什么时候花心思管过她? 你们爷俩一路货,把这个家当破庙,脚不沾地,一炷香没烧完,人就没影了。"龙十妹边说边用擀面杖比画。

"我看见村里的小孩都跟着娇娘母女俩往山上跑。慧慧八成是与那些野孩子混在一起……"教授没话找话。

"你知道了还问我? 慧慧乖巧,到哪里都有吃的,不用操心。哪像你这只呆鹅,整日'之乎',要我龙十妹到地里刨食喂养……"

龙十妹忽然意识到什么,放缓了语气。或许是她想起今天是大年初一,没让后面尖刻的话蹦出口;或许是她看到教授可怜巴巴的样子生起了怜惜之心。她回到里屋,拿出一把剪刀,递到丈夫手里。

"去,你把这条鱼杀了,等下有客人要来食夜饭。"

"谁?"

"你的老朋友,林革命。"

"哦,是林峰。我想起来了,我得去隔壁给他配……"教授把后面的"药"字咽下去了。

"听说过完年他要调到城里,当更大的官了。等下他过来食夜饭,家里的事,你自个的事,跟他提一提。"

龙十妹去灶前忙活。

教授拿着剪刀和鱼,茫然不知所措。本来,找个水桶把那条鱼一放,他所有的麻烦就没了,现在的他却是愁绪满怀。对他来说,杀鱼实在是比给心脏病人动手术还棘手、比读懂爱因斯坦的相对论还难的事。可是他又不敢违拗龙十妹的旨意,她的手里握着擀面杖呢! 那根擀面杖是用碗口粗的青冈栎做的,坚硬如铁。教授从不怕夫人的"刀子嘴"——她唠叨她的,自己只管一只耳朵进一只耳朵出,当耳边风就是了,可是,每每见到她手握那根擀面杖,教授就会噤若寒蝉,觉得后脖子凉飕飕的。

教授一筹莫展,正绞尽脑汁思考着如何对付手里那条已经翻白的鲫鱼,忽然听到屋外有咚咚的脚步声,有人叫他的名字。

龙十妹已先于教授一步跨出了门。

来人与教授年龄相仿,身材高大魁梧,一张白皙饱满的国字脸,鼻直口方,淡眉凤眼,一头长发披散脑后。他似乎穿着单薄,上身一件荷叶领、对襟盘口的粗布衣服,下身是同样肥大的黑色裤子,裤脚部位用草绳绑住,穿一双草鞋,露出粗大的光脚丫。他一定是走了一段长长的雪路,浑身上下和手里拎着的麻袋口沿都沾着雪花。

"哎哟,是朱师傅……"龙十妹张着嘴。

"嫂夫人,你一定不欢迎我这个怪人吧。"来人调侃似的笑了笑。

"哪里的话。这俗话说了,客人是条龙,不来家要穷。大过年的,来的都是客……"龙十妹嘴里这么说,却尴尬地站着,一时竟不知如何是好。

话说这龙潭镇有两个癫子,一个文癫,一个武癫。文癫叫龙猫,整日游手好闲,嘴里哼着小曲儿东游西荡。武癫就是眼前这位。关于他的身世,众说纷纭,莫衷一是。只知道前些年他是寄居在龙门书院的,镇上的人还看见他在房前屋后刷标语,或是在街面上支一张桌子写对子,画灶神、财神和门神。后来人们见到他的次数越来越少。有人进山,看见他衣衫褴褛,在快要倒塌的书院里乱涂乱画。又有人看见他在悬崖绝壁上练功,剑光闪烁,远远有一股凌厉的气场,没人敢靠近。据说,这个武癫已经练就飞檐走壁的绝世神功。越把他说得神秘玄乎,越是没人敢接近他。只有教授愿意与他交往,隔三岔五,提溜着一块豆腐,找他喝茶闲聊。为此龙十妹没少发脾气。教授我行我素,龙十妹先是抓狂,后来也就渐渐习惯了,听之任之,不过心里总是还有芥蒂。

"嫂夫人,原谅我不请自来。"来人放下麻袋,拱手作揖,"大雪封山,天寒地冻,我想来偷食一点人间烟火。"

"你别一口一个嫂夫人,叫得我年纪大了一截。论年纪你应该比仲平大。"龙十妹的口气和缓了许多。

"学长为兄。诸葛君的学问比我大,他是大学教授……"

"教授教授,越教越瘦,风车里吹出来的风都能刮倒他。再说,他现在早不教书了。"

龙十妹有些言不由衷。实际上她还是很在乎"教授"两字的。要是有人不称诸葛为"教授",她心里还不高兴。

"嫂夫人真有趣……"来人笑道,"你要是嫌弃嫂夫人这个称谓,那我就叫你'豆腐婶'。"

"这话我爱听。这方圆几十里,老老少少都喜欢我做的豆腐,哪个都叫我豆腐婶。"龙十妹听了客人不动声色的恭维,脸上浮出笑意,客客气气地让客人进屋,随手接过客人的麻袋。

"来了也就来了,还带什么东西……"

"几颗冬笋,一堆蘑菇,都是地道的山货。大过年的,我怎能空着手来拜年?"客人笑道,"受人滴水恩,理当涌泉报。更何况是那么多块豆腐?豆腐婶,你那些豆腐的恩德,恐怕我三生六世都报答不完啊!"

客人见到教授,像老熟人似的抱拳微笑。教授原本躲在门后观瞧,见龙十妹没挡驾,还客客气气把客人让进屋,如释重负。接下来,他不但能把刮鳞剖鱼这项无比艰巨的任务推掉,还可以名正言顺地与客人"之乎"去了。

二

离晚饭的时间尚早,龙十妹拿出花生瓜子和糖果,给客人泡了茶,就去里间忙碌,剖鱼、烧火、煎豆腐、切菜、炒菜,几乎手脚不停。等锅台上的一切准备停当,又拔出别在腰里的擀面杖开始擀面,砧板就是大水缸上的盖板。

房间不大,很是局促。里半间是灶台、碗柜、水缸,几乎与楼梯下的猪栏、羊圈和鸡窝挤成一团。用布帘子隔开的外半间就算客堂。客堂上首位,灰色的砖墙上贴着主席像。靠墙横放长条案,前面一张八仙桌,两把圈椅,三条长凳。

灶膛里燃烧的火光给暗冷的房间增加了暖意。一股茶叶的清香随着瓷碗里袅袅升起的蒸汽在房间里弥漫开来。八仙桌旁的两人相视而笑,边喝茶边聊。

"云鹤兄,寒舍简陋,还请包涵。"教授挪了下圈椅,请客人就座。故旧来访,他心情愉悦。

"哪里哪里,比我那四面通风的书院要强多了。"

"今晚还有客人要来,你就在寒舍将就一顿。"

"我只喝茶。如果是青菜豆腐,我就不推辞了。"云鹤呷了口茶,微笑道,"诸葛君,你好福气啊。见到尊夫人,我都有意放弃闲云野鹤的神仙生活了。"

"女人都有两面,那是你没有领教过她手里擀面杖的威力……"教授压低声音,脸上露出孩子般狡黠的笑容。

"哈哈哈,难道……是河东狮不成?我倒要领教领教。"云鹤朗声笑道。

"云鹤兄,轻点声,隔帘有耳。"教授把声音压得很低,"她老说我身上有臭味,我倒是想说,她身上有猪粪味道……"

"应该说是豆腐的味道……"

"云鹤兄,还是你拍马的功力深我一层。她最喜欢别人叫她豆腐婶。世间有三苦,打铁撑船磨豆腐。她偏偏喜欢做豆腐,起早贪黑,还不让我插手干预。"

"尊夫人做的豆腐又香又糯,不知迷倒了多少人!每次你我一起喝茶,我向你讨教,你都不肯透露一二。"

"我实不知其中奥秘,等下拙荆过来你亲自向她讨教。"教授正色道,"过去,寺庙有专门制作豆腐的场所,其过程类同参禅、悟禅。豆腐又称'素醍醐',我的知识浅陋,正要向你请教。"

云鹤听到"请教"俩字,来了精神,打开了话匣子。

"的确,禅家有醍醐灌顶之说,喻智慧灌输使人顿悟。豆腐虽无肉料之味,却有肉料之功,食豆腐而参禅,正合佛家一体同观、离色离相之法度。所谓醍醐,原指酥酪上凝聚的油,乃是其精华所在。豆腐气作龙诞,色过牛乳,柔嫩细滑,食之口味醇厚,唇齿留香,堪比醍醐。至于'素醍醐'一说,源出元末明初龟巢老人谢应芳。谢生逢乱世、仕途坎坷,古稀之年退隐乡里,常与老僧品茗论禅,食寺院豆腐斋菜,赞不绝口,久而久之,悟出豆腐蕴含的禅意,名之'素醍醐'。豆腐清淡寡味,品一口'众生扰扰,其苦无量',可以平心性,生悲悯,最宜养慈悲之心。禅家认为,豆腐成型的过程就是禅悟的过程。一粒黄豆放入石磨,经研磨化豆浆,是为一重境;点卤成型,又是一重。磨豆成浆,添加水分,掌控火候,适时点卤,时时处处都需要精心静心,精与静正是修行必不可少的法门。明末清初诗人尤侗自幼研习佛法,借豆腐论立戒修身,提出'豆腐戒'。久食豆腐,可以清心寡欲,所以非吃豆腐不能持此戒也。"

云鹤一开腔,便滔滔然刹不住,连面前的茶也不喝了。

"醍醐灌顶!醍醐灌顶!云鹤兄,听君一席话,犹如拨云见日,茅塞顿开。"教授敲着桌沿,也有些兴奋地说道,"鱼生火,肉生痰,白菜豆腐保平安。关于豆腐,我也略知一二。过去贫困人家有燥热病症没钱看医生,就吃几块豆腐权当治病。古医书说:豆腐可以宽中益气,和脾胃,下大肠浊气,消除胀满,解除胸中一切陈腐之气。《遵生八笺》就有一道独具匠心的豆腐药膳:茉莉花嫩叶采摘洗净,同豆腐熬食,可以祛火安和、舒肝明目、清热解毒。我只知道吃豆腐可以养生,没想到还有这么多学问。"

云鹤还在兴头上,接过话题。

"诸葛君过谦了。你是腹内锦绣口讷言,哪像我这半吊子?兔马渡河,未征菩提,却喜欢卖弄。实际上,岂止佛家以做豆腐吃豆腐参禅悟禅,历代儒生更是借吃豆腐以砺德修身。豆腐的修身之德至少有三。一曰济世。《诗经》云:中原有菽,庶民采之。这菽就是做豆腐的原料黄豆,庶民烹之食之,于是有了博施于民的济世之功。青菜、豆腐、米面,乃是中国人最普通的食物。古往今来,上至圣贤帝王,下至黎民布衣,哪个不曾受过豆腐的恩惠?豆腐可富贵可贫贱,王公贵族吃得,平民更吃得。皇宫内有豆腐的身影,以八珍入馅的豆皮包子就是名贵佳肴。民间有西施豆腐、麻婆豆腐、小葱拌豆腐、钱袋豆腐、砂锅豆腐、大煮干丝、雪里蕻炖豆腐,几百千种,不一而足。朱元璋贵为九五之尊,每餐也必食豆腐。苏东坡被贬黄州,创出东坡豆腐,后人有诗赞曰:大烹豆腐瓜茄菜,高会荆妻儿女孙。

"二曰守中。《汉书》云:大味必淡,大音希声。极致的美味绝非酸甜苦辣咸,而是尝尽五味后的和淡执中。淡也者,五味之中也。豆腐甘而不浓,酸而不爽,咸而不减,辛而不烈,淡而不薄,肥而不腻,正是君子执中之中庸之道。三曰励志。清代诗人胡济苍有豆腐诗:信知磨砺出精神,宵旰勤劳泄我真。最是清廉方正客,一生知己属贫人。正是中华儒生克己寡欲、洁身自好、自甘清贫的写照。明代最后的儒学大师刘宗周正直清廉,操守甚严,官至兵部尚书,遭贬后仅以豆腐白菜果腹,日给不过四分,每日买菜腐一二十文,因此得了'刘豆腐'之称。《周易》云:大烹以养圣贤。食以养德,古代清正的儒士无不以豆腐为修身自律的盘中首选。"

云鹤眉飞色舞。教授身体前倾,听得如痴如醉。

"云鹤兄果然博学宏论。高见!高见!像我每日吃豆腐的,倒不如你这位隔三岔五吃的,能讲出这么多豆腐的道道来。"教授频频点头。

"拾人牙慧!拾人牙慧!"云鹤笑道,摇头晃脑,甚是得意。

两人还要"之乎"下去，却被门口的鼓板锣声打断了。原来有一男一女两个乞讨者经过。每到腊月、正月，这样上门乞讨的流浪艺人就多了起来。这一对显然是夫妻，衣着单薄破旧，缀满补丁，男的背着唱道情的渔鼓简板，是个亮眼，走路有点瘸。女的是个盲人，站在男的身后，一手搭在男的肩膀上。女艺人打着小铜锣，用沙哑的声音唱了几句。龙十妹从里间走出来，把盛在碗里的红馃、粽子倒在男艺人的布兜里。

回到八仙桌前，龙十妹用一把铜壶给两位续茶水。

"两位只管'之乎'，茶水凉了都不晓得。"龙十妹瞪了教授一眼，"我在里间，只听到你们一直豆腐长豆腐短的，这小小的一块豆腐，有什么好说道的？"

"豆腐婶，这豆腐的学问可大了。我今天就是特地从山里赶来食你做的豆腐的。方圆百里，都说你豆腐婶做的豆腐最好吃，不知其中有何奥秘。"云鹤一本正经地说道。

"朱师傅真会抬举人。"龙十妹笑道，"要说窍门，告诉你也没关系，就是井水——要用祠堂前的那口井，别的井里的水都不行。我做豆腐，不用盐卤，用了那井里的水，豆腐特别香。"

"真是卤水点豆腐，一物降一物。"龙十妹转过身后，云鹤言简意赅地总结道。

教授没有说话，若有所思地望着窗外。显然，他的思绪被刚才两个流浪乞讨的艺人带走了，没有了"之乎"的激情。

太阳西坠，暮色苍茫。天似乎又要变了。暗沉沉的天空飘起了雪花。透过格子窗，可以看见外面白色的庭院屋脊，连廊的尽头，是白皑皑的田野山峦。在凛冽的寒风中，那小溪上的古桥似乎在轻轻颤动，而银杏树光秃秃的枝丫也在风中呜咽。

两人沉默着，心情似乎都很沉重。

屋里的空气变得越发清冷。连廊弄堂的远端，传来花鼓女有些悲凉沙哑的吟唱，使得古宅更显冷寂。

云鹤忽然站起来，望着门外，喟然长叹："疮痍四海谁解铃，唯有食豆腐之人心怆然！"

三

豆腐,豆腐,要是有大鱼大肉,谁愿意天天吃豆腐!

天色渐暗,龙十妹自言自语似的唠叨着,点亮一盏油灯,挂砖墙木柱上。她把八仙桌上的果盘挪到长条案上,往桌上端菜。猪头肉,猪舌头,韭菜炒蛋,油豆腐煎鱼——那条鱼太小了只好与油豆腐拼碗,煎炸豆腐,清水青菜豆腐,清煮冬笋,白菜蘑菇。后面三道菜不用猪油,是特为朱师傅准备的。其他的炒菜用猪油,杀完年猪熬成的猪油可以用一整年。

每端一次菜,龙十妹都要出门瞧瞧。今晚最主要的客人没来,桌上的客人也不便动筷子。

龙十妹第五次转身时,过道里传来"通通"的脚步声,一个魁梧的身影出现在门口。林峰挟风裹雪,大步迈入。他的脸红通通的,已带了不少的酒气。教授和云鹤起身招呼,林峰朝两人抱拳,眼睛却看着女主人:

"嫂子,不好意思,来晚了!"

"再不来,菜就凉了! 还是龙禧的面子大,留得住你这样的大革命……"龙十妹话里有话。

"三大队是红旗区典型、榜样。春耕备耕,这些工作都要跟龙禧商量。嫂子,你不知道,不止他一家,我一天要转十几家。这酒喝得晕乎乎的,误事。不能再喝了!"林峰把军大衣脱了,放在条凳上,也不客气,大大咧咧在上首圈椅上坐下。

"都说你林革命是北方人,食酒海量,到我家怎能不食酒呢? 酒已烫着了,自家酿的红曲米酒,喝了不上头,还养人。"

原来龙十妹每年都把队里分的糯谷全做成酒。教授不喝酒,只把米酒当药引子。龙十妹倒是能喝,干活累了,或是做豆腐熬夜,都要喝上几口。

"还是嫂子了解我,那我就恭敬不如从命。"林峰哈哈大笑。

"只是这菜差些,清汤寡水的。"这是女主人照例的客套。

"不碍事! 只要有酒,就是两块臭豆腐、几粒茴香豆我也能凑合一顿。今日老友相聚,我就不客气了。嫂子,拿酒来!"林峰沙哑的声音高了八度。

龙十妹转身,从灶台上烧开水的铜炉里拿出锡壶。这是她特地为林峰烫的米酒。她刚回到八仙桌旁,就看见龙禧从门外蹩进来。

054

龙禧的脚有点跛,平时走路一颠一颠的,但是不明显,不仔细根本看不出来。他是一个瘦高精壮的中年人,三十七八岁,上穿褪得几乎发白的军棉袄,下身单裤布鞋,一张黝黑的脸棱角分明,微凸的颧骨,方形的下巴,大而直的鼻子,那颗锃亮的光头使得"奔"形额头更加突出,眉骨下有些凹陷的双眼炯炯有神,闪烁着狡黠执拗的光芒。

龙禧进门,伸出铁钳似的粗大手掌,把一个盛酒的广口瓶放到桌上,从兜里掏出一包"大前门",递一根给林峰,划火柴点上,又用火柴杆拨弄一下嘴里叼着的旱烟锅。

"十妹,我给你送酒来了。"龙禧脸上挂着讨好的微笑。

"就你多事!我家又不是没有酒……"龙十妹愠怒。

"你不知道,林区长喜欢烧酒。我这酒是山里佬送的青柴滚,高粱烧白酒,会食酒的人食这个才过瘾……"龙禧似笑非笑,吧嗒着烟,并不在乎龙十妹的脸色。

"还是你龙禧的脸盘宽,面子大,有人送酒……"龙十妹看也不看龙禧,把广口瓶搬到长条案上,给林峰斟了满碗的米酒。

"十妹啊,你别生气,说到底我们还是亲戚……五妹还是认你的。她总在我耳边吹枕头风,要我照顾好你们一家。"五妹是龙禧的老婆,龙十妹的五姐。龙禧抽着旱烟,慢条斯理地说下去:"我也不是特地送酒来的,是想跟你说一声,慧慧今晚就在我家吃饭,你别记挂了。还有林区长的公子,李娇娘的公主,李翠花的儿子。那么多小孩在一起,热闹。今晚我家总有好几桌,我的老战友、公社的领导、木器社的师兄弟……"

"知道你龙禧家客人多……"龙十妹的声音有点酸。

"还有,外面下大雪,今晚林区长就不回县城了,他们父子的床铺我已经安排好,这事你就不要操心了。"

龙禧的目光从教授、云鹤的身上扫过,露出怪异的神色。

教授想留龙禧喝酒,龙禧推说家里要陪客,又递一支烟给林峰,笑笑,走了。

"龙禧说了,你就敞开了食酒。林区长,听说你喜欢面食,我给你做馄饨去。"龙十妹去灶台忙碌。

餐桌上的气氛一时有些尴尬。林峰第一眼见到云鹤时,有些错愕,但是毕竟是老熟人,一会儿就释然了。他现在的心情依然不错,端起酒就是咕嘟嘟的一大碗。教授连忙拿起锡壶，又斟上。

"老弟，这里没人陪你喝酒，你就不要客气了。"

"客气？革命不是请客吃饭，喝酒与革命一样，我是从不客气的。"一碗酒下肚，林峰的嗓门又粗起来，"诸葛君，你不喝酒可以理解，据我所知，你是向来滴酒不沾的。至于云鹤兄，我就有些失望了。你过去可是嗜酒如命的，记得在林场那会，有一次，你把最好的一件大衣卖了，为的是换一壶葛根做的苦酒……"林峰瞪着红红的豹眼，看着坐在对面的云鹤。

"戒了戒了！我现在是也是滴酒不沾。"云鹤微笑道，用同样意味深长的目光看着坐在对面的林峰，"我现在只喝茶。滔滔不持戒，兀兀不坐禅。酽茶三两碗，意在镢头边。饮酒可成仙，品茗可成道。你吃你的酒，我喝我的茶。"

"什么仙啊道啊的，我们干革命的不信那一套。要说这世界上有一条道，那就是社会主义的康庄大道。"或许是酒劲上来，林峰有些激动。

"云鹤兄说的是兄弟之道。"教授嘿嘿笑道。

"是啊。当初我们也是难兄难弟，同扛一根木头，同盖一床被子，同穿一条裤子，一起下河摸虾，一起拾牛粪挖野菜。"云鹤不动声色地说道，"林老弟现在就把那些事忘了吧？"

"我没有忘！我一直记着患难的兄弟之情，所以才坐在这里苦口婆心地劝你。不瞒你说，我家客厅里现在还挂着你送的字：勤政为民。我祖辈都是农民，我是农民的儿子，农民太穷太苦了，我林峰就是要想办法挖掉穷根，为一方百姓谋福利！"林峰越说越激动，"云鹤兄，我素来非常敬仰你的学识才华，我那几个毛笔字还不是你教的？要是你肯出山，定能为革命事业做一番大贡献。"

"我是闲云野鹤，在山里住惯了。"云鹤道。

"我怕你一个人待在山里太寂寞了。"林峰语气稍缓。

"一点也不寂寞。山林草泽、飞禽走兽、云岚烟霞都是我的朋友。"云鹤淡然地说道。

"人各有志，谁也不能强求。云鹤兄，我只是想劝你，别疯疯癫癫地住在书院里。都说我林峰是林大炮，口无遮拦，我现在就向你开炮了！"林峰又激动起来。

林峰的口气有些生硬，坐对面的云鹤本来就气盛，也有些按捺不住了，

缓缓站起来,滔滔不绝地说起历史故事来。云鹤长篇大论,林峰几次要打断,都被云鹤的气势逼了回去,他早已按捺不住了。

"云鹤兄,论口才,我不是你的对手……不过上级有指示,红旗区属于重点整治区……打掉偶像容易,去掉人们头脑中的神佛困难,该管的我还是要管!"林峰通红的脸膛憋得深紫。

眼看两人唇齿间的火药味渐浓,教授连忙打圆场:"大过年的,大家吃酒喝茶,吃酒喝茶……"

四

听到客堂里闹嚷嚷的,生怕有人发酒疯掀桌子,龙十妹忙从里间出来,又是斟酒倒茶,又是夹菜。餐桌上紧张的气氛很快缓和下来。

似乎是刻意来解围,这时,龙禧拎着一麻袋东西笑呵呵地走进来,忙不迭地给林峰递烟点火。

"龙禧,你又拎了什么东西来孝敬林区长?"龙十妹打趣道。

"十妹啊,你的舌头真锋利。——这袋冻米糖是孝敬你和教授的,早就准备着了,前几日一忙把这事忘了。五妹今天一唠叨又想起来了。"

冻米糖是一种用红糖浆粘拌爆米花、炒粟米等切成的薄片,待客解茶用的小吃,腊月里做,过年时用,正月过后还可以用作充饥的点心。八婺大地,无论穷富,几乎家家皆备。龙禧家每年多切几板,龙十妹太忙,每年都从五妹家拿现成的。

"你是记挂着林区长吧。"龙十妹笑道,见到龙禧的殷勤样,心软了,"这次来就别走了,陪林区长食两碗。"

"十妹,你是主人,这里哪轮得到我龙禧掺和。"

"你是酒坛子,就别客气了!"龙十妹板着脸。

"是啊,龙禧留下。嫂子,你也过来喝。要是嫂子不来,这酒我就不喝了!"林峰朗声道,又变得笑容可掬。

"灶台水开了,等我下一锅馄饨,再过来陪酒。你们先食碗馄饨醒醒酒,免得火气那么大。"龙十妹话里有话。

"十妹,你怎晓得林区长爱吃面食?都叫你豆腐姊,什么时候学会裹馄饨了?"龙禧没话找话,半打趣半恭维道。

"还不是跟应家大嫂学的？我的手艺糙,应家大嫂做的馄饨那才叫好,料配得好,皮子捏得薄,下锅不散,又能灌进汤,很鲜。"

龙十妹进里间。林峰催促龙禧坐下。龙禧把冻米糖放到条案边,依然站着。

"在座的不是大领导,就是大知识分子,我一个大老粗怎敢随便坐?"龙禧吧嗒着旱烟,皮笑肉不笑。

"叫你坐你就坐!"林峰掐灭香烟,"我是书记,你也是书记,说起来你这个书记比我还大,在农村,是贫下中农领导一切!"

龙禧挨着教授,小心翼翼地把屁股搭在条凳的一头。龙十妹端上几碗热乎乎的馄饨。除了云鹤,大家都趁热吃了。屋里热气蒸腾,气氛也热起来。在油灯跳跃的火苗的映照下,连安安静静坐着喝茶的教授和云鹤的脸上也有了红光。

龙十妹搬来一只高脚凳,坐在林峰对面,又给林峰龙禧斟上酒,也给自己倒了一碗。

"论理,我一个农家妇是上不得台面的,林书记一定要我陪酒,我就赶鸭子上架了。"

"嫂子,这话差了! 你是妇女,现在的妇女了不得,那是能顶半边天的。"林峰哈哈大笑。

"林书记看得起我,我就敬你一碗。"龙十妹一仰脖把一碗酒干了,"都说我龙十妹是刀子嘴,直筒子,趁着酒兴有些话我就直说了。林书记,你是大领导,你说,教授头上的这顶帽子,什么时候能摘了?"

林峰收敛笑容,一脸惊愕,继而又平静下来。

"嫂子啊,这摘帽的事情不是我做得了主的。要按我林峰个人的观点,诸葛君头上这顶帽子早就该摘了。"

"是啊,在内人擀面杖的调教下,我早就是老老实实规规矩矩的人了。"教授在一旁嘿嘿笑,"不过戴着也好,戴着暖和。"

"大热天的也戴? 捡拾牛粪猪粪的时候也戴? 也不怕焐出头虱痱子来!"龙十妹瞪了教授一眼,"我龙十妹没读过书,斗大的字不识一箩筐,有些事也比你拎得清。你这个教授,就是酸腐,读书读到屁眼里去了,整日之乎乎,连个左右都分不清。就是牛呀猪呀羊呀这些畜生都晓得怎么走道,该左左,该右右。一个大人,连走路也不会? 不晓得拐弯,左右走不通,那就往

中间走走嘛。"

"高见！高见！"教授一边傻笑，一边竖大拇指。

"路线问题是个大问题，一切还得听上级指示。龙禧，你说呢？"林峰已经醉意朦胧，龙十妹一个劲地敬酒，也由龙禧挡驾。

龙禧虽然号称酒坛子，不过在家已经喝高了，说话也没了分寸。

"是咯是咯。教授是我连襟，我可以证明，的确是改好了。他现在是村里的赤脚医生，找他看病的人比那些个正规的医生还多。就是那些生小孩的大肚婆，也得找他。一个男的当起了接生婆，怪不容易的。比如我龙禧的这只烂脚，要不是教授的药，早就变成瘸子了。还有你林书记的偏头痛……"

"是啊，我的偏头痛，也多亏了仲平兄，也只有仲平的药能控制。"林峰望着教授。

"说到药，倒是提醒了我，这两天我就能配好。哪天龙禧上城里给你捎去。"教授道。

"这事不忙。年后我要调到城里，我在想，能不能给仲平兄帮点忙？现在每个大队都要成立医疗室，是不是……"林峰是在提醒龙禧。

"是咯是咯。这事我已经想好了。"龙禧连忙接茬，"隔壁是我侄子龙生家房子，年后就腾空，连同堂屋，开一个大一点的诊所。教授现在挣一个正劳力的工分，可以帮衬十妹了。老林要是愿意帮忙，就在上面活动活动，争取给教授穿上鞋。"

"好，好。"林峰道，挺直身子，用粗大的手掌摸摸板寸头，似有所思，"说到我这个偏头痛，真是顽固。没事还好，痛起来还真是要人命……"

"那是因为你头脑里那根弦绷得太紧了。"一直坐着喝闷茶的云鹤突然插了一句。

林峰似乎被这句话磕着肋骨，身体前倾，像一只好斗的公鸡伸长了脖子。

"我们都是经过革命风雨洗礼的人。我的偏头痛是革命战争的礼物。要说这弦还真放松不得，要时刻绷紧。龙禧，你说呢？"林峰有意避免与云鹤正面冲突，转向龙禧。

"是是是。书记是大领导，觉悟就是高。"龙禧点头。

"龙禧啊，不是我说你，红旗三大队虽是先进，形势却不容乐观，有些死角并未清理干净。我是侦察兵出身,有些情况可能比你还了解。中午在你家吃饭,人多嘴杂,不好说。比如你那远房亲戚,叫李娇娘的,母女俩穿着那样的衣服在街上招摇……"

"林书记,那门亲戚远得很,是我哥龙福儿子龙生媳妇师傅的女儿。再说人家是上海来的,只住几天,我也不好说人家。"龙禧笑得尴尬。

"还有其他呢?"

"有几个在外面挑货郎担敲糖……我早注意到了,等过完年,我会组织民兵把他们拿了。杀鸡儆猴,擒贼擒王,应富贵是这伙敲糖帮帮主,等他回来,我就先把他的尾巴割了……"龙禧眼窝里的眼珠骨碌碌转动,环顾左右。

"不要动不动就割呀,杀的,人民内部矛盾,还是以教育为主。现在毕竟还是猪糖粮时代,吃饱饭是第一位的。在家老老实实地种地,不要去搞什么歪门邪道。你再想想,还有没有遗漏……"林峰提醒他道。

"书记呀,我也有难处,大家伙乡里乡亲的,过年放个炮,祭祭祖宗,我不好多说。说到底,农民还是靠天吃饭,遇到旱涝,还是喜欢求神拜佛。你是说山上的寺庙?……我记得小时候大旱,就是去蚕神庙里求的雨水。"龙禧东拉西扯,忽然间觉得自己说多了,连忙拉回话题。他已醉态尽显,舌根发硬。

"还有这位朱师傅。李宅的书记是我的师兄弟,我打个招呼,朱师傅就可以下山来……入籍……"

朱云鹤的情况,龙禧也隐约了解一些,知道他的祖宗是朱宅的,但是爷爷辈就去了上海。朱师傅的问题,林峰解决不了,龙禧一个大队支书谈何容易?不过信口开河,说说而已。

"谢谢龙书记的美意。我云鹤散漫惯了……天下之大,总有我云鹤的安身之处。"

云鹤抱拳拱手,起身告辞。教授出门相送。

这边,龙禧给林峰披上棉军大衣。两个醉态可掬的人互相搀扶着与龙十妹告别。

龙十妹收拾着桌上的盘碗。刚刚还十分热闹的屋子忽然间安静下来。夜幕沉沉。油灯跳动的灯焰越来越微弱。古宅外风雪的呜呜声使得屋内更加冷寂。

客人一散,龙十妹的心又空落落的。只是这种不愉快的心情并没有持续太久,因为疯玩了一天的女儿慧莲回来了。小姑娘的一张小脸被风雪吹得通红,她似乎很兴奋,蹦蹦跳跳地进了屋。

女儿身上的红棉袄使得阴暗的房间忽然间亮堂了许多,龙十妹的心也温暖起来。

"妈妈,表哥家的客人真多。姨丈还说了,要认我做干女儿。"小姑娘瞪着乌溜溜的眼睛,似乎还沉浸在不久前欢闹的气氛中。

"别听那老狐狸颠唇簸嘴!"龙十妹又恼了,"你的后脑勺,我龙十妹用擀面杖敲过了,你永远是诸葛家的女儿!"

第五章
干爹干娘和干儿女

一

古宅廊道上稀稀拉拉挂着几盏灯笼，在风雪中轻轻摇曳。微红的灯光后面，是家家户户杯盘交错和喝酒行令的声音。从大年初一下午开始，已有拜年客上门。正月里待客的晚餐总是比平时要结束得更晚。

教授出门送客，刚走几步，龙十妹追上来，把装满冻米糖的麻袋塞到教授手里。教授追上云鹤，两人边走边说话。

"云鹤兄，你过去自称酒中仙，每每挥毫泼墨，都要以酒相伴，现在却是滴酒不沾，这种定力非常人能及啊！"

"诸葛君，我现在依然是坚定的拥酒派。酒是精神之液、灵魂之饮，如果没有酒，这个清冷的世界就更加寒寂了。"

"茶也不错。茶禅一味。偷得浮生闲半日，静坐庭前细品茗。如尘俗事眼前过，唯留清风绕衣裙。只是这农家的茶有些泥土味，少了山中泉水茶的仙侠气。"

"哪里哪里。弟媳的茶满是人世的烟火味，我喝了很温暖。"

晚餐云鹤吃得极少，除了喝茶，偶尔动动筷子，也只是吃一些青菜豆腐。教授颇为歉疚。

两人说着话，很快出了古宅，来到古银杏树下。这儿是古宅的东北角，过了溪涧上的石拱桥，折向西北就是通向龙川的小路。

"诸葛君，你还是请回吧。送君千里，终有一别，前面的路会越来越难走……"

"我再送几步……"教授看着云鹤心事重重欲言又止的神色，知道对方有话要说。

他们过了石桥，折向西北，借着雪光，踩着齐膝的积雪向前走。飞舞的雪花很快把他们的衣衫染白了。头顶乌沉沉的天空中飞舞的雪花越来越密。

"这样的风雪夜，待在家里也无事可做。"教授道。

"看样子，明天还有一场更大的风雪。"云鹤道。

"山里的暴风雪会更猛烈，还有野猪豺狼……那残垣颓败的殿堂，遇到这样大的风雪怕也是撑不住了。衾寒枕冷，我真为你揪心啊！"

"诸葛君，你放心，我总能找到栖身之地。你还记得越王山前的那座蚕神庙吗？高高的大殿，厚实的围墙，四周还有几亩荒废的桑园，有几棵枝丫虬然的古桑。那里面空空如也，却可以暂时安身。"

"虽然蚕神庙暂可栖身，只是这么厚的积雪……你总不能靠着吸风饮雪辟谷吧。"

"我有吃的，我在地窖里埋了许多地瓜。"

"烤番薯可以充饥，你却不能一边吃着烤番薯，一边喝茶。所以……"教授把一直拎着的麻袋移到前面，"这袋冻米糖你带着，既可解茶，也可充饥。临出门拙荆一定要我送你。"

"诸葛君，此言差矣……我不是说弟媳的一番美意，而是这冻米糖的称谓。据我考证，这冻米糖应该叫'堕民糖'。历史上，堕民又称'丐户'或'乐户'，不在士农工商四民之列，深受歧视。元明时期，越地曾有几万堕民，如今的八婺也有他们的后代，这堕民糖就是他们发明的。"

"云鹤兄，真有你的。涕泪都冻成冰碴了，还有闲情逸致引经据典、穷究历史。"

"胸有酸腐气，不吐不快。"云鹤突然间笑出声来，"诸葛君，我是为你高兴。当初你这个冒牌兽医救了一头母猪，成就了这段奇缘。我原以为她只是出于一时冲动，为你背柴挑水舂米磨面，没想到这猪倌的女儿是铁了心地跟你。我可没有歧视弟媳的意思,卑贱者最聪明,高贵者最愚蠢。弟媳勤勉良善,是含在蚌里的野珍珠。诸葛君,我是真为你高兴,为你有现在这个温暖的家而高兴。"

"这个家也是属于你的。家妻虽然对你心存芥蒂,小女对你这位伯父却是满怀尊敬。云鹤兄,小女的名字还是你给起的呢——她呱呱落地时,湖塘里正有一朵莲花盛开,于是你给她取名慧莲。"教授的脸上露出难得的笑容。

有一会工夫,两人都不说话,听着双脚踩在雪地里的嚓嚓声。雪越下越大,他们都成了雪人。

"云鹤兄,你还记得我们一起走过的戈壁沙漠吗?"教授望着远处白雪皑皑起伏的山峦,突然没头没脑地说道,"羊本来是不会上树的,可是在那寸草不生的沙漠里,羊就会爬上树。"

"诸葛君,我明白你的意思。可是我没有你那样隐忍的功夫。今天晚上,或许是我们最后一次坐在一起品茗论道了。"

"你打算何去何从?"

"不知道。随缘自在,心安是归。若逐微风起,谁言非玉尘。你看这一朵朵雪花,不管落到何处,最后都化成水滋润大地。我本闲云野鹤,已打算好云游四海,用双脚去丈量这片苦难的土地。"

"龙川就没有值得你留恋的人事了吗?七年前的那个风雪夜,我用棉被包裹、送到你院里的那个男婴……"

"诸葛君,你这么一说倒使我想起来了。我的确还有未了的事。那就再待一段时间,等过完这个年,等龙川峡谷的冰雪融化再走。"

两人不再说话。教授把麻袋塞到对方手里,默默回头。云鹤站在原地,足足有一刻钟,看着教授越过银杏树下的古石桥,瘦削的身影消失在夜幕古宅里,才转身迈步。

积雪淹没了一切,分不清田垄沟渠和小路。他顶着风雪,深一脚浅一脚,艰难地往前走。快走到山脚时,忽然间又停住了。

夜似乎很深了,在密密麻麻舞动的雪花中,远处的古宅陷入黑黝黝的睡梦中。古宅的西北角,却有一处闪烁着朦胧的烛光。

他忽然间改变了主意,往回走,像扑火的飞蛾朝那亮着灯的地方疾速奔去。十几分钟后,他已经跨过溪涧上的石桥,来到那栋有些熟悉的房子面前。

这栋房子紧挨着古宅,独门独院,三间砖瓦房已经很陈旧,墙砖开裂,屋脊歪斜,在厚厚积雪的重压下,似乎随时都有可能倒塌。瓦房前有一个石头墙围起来的院子,里面有一株硕大的枇杷树,还有几棵矮小的光秃秃的树——桃树、梅树、杏树。墙垣树枝全是银白。

有一间屋里亮着灯,里面传来一个中年妇女的说话声。

云鹤在竹篱前站着,正犹豫着是否要叫门,一条小黑狗已经拱开篱笆门冲出来,汪汪叫着。接着,一个穿破棉袄的小男孩悄悄地跟出来,脚上趿了双前后开裂的布鞋,站在雪地里,用忧郁狐疑的眼光看着客人。

小男孩似乎认出了客人,瓮声瓮气地叫了声干爹。

"应骁,这么晚了,你还没睡呢……"

"我们在等爸爸。他不在。敲糖去了。"

"什么时候能回来?"

"不知道。妈妈说这两天。我们在等他。"

"等你爸回来,就告诉他,要找我就到蚕神庙去。如果我不在那里,就不要找我了,以后也不要去了。我走了,如果有缘,我们还会再见的。"

小男孩似懂非懂地点头,依然用忧郁的眼神看着客人。

屋里传来妇人的叫声,似乎是在催促男孩。

云鹤转身要走,忽然间想起了什么,撩起肥大的布衣——原来他里面穿了一件棉马甲——从紧身的棉马甲兜里掏出两张揉皱的纸币,塞到男孩手里。

男孩呼唤着吠叫不停的小狗回屋。屋里的灯很快熄灭了。

身后剩下一片黑暗。云鹤朝山谷方向慢慢地走了一会,然后踉跄着疾走。从峡谷里吹出来的风裹着雪团,呼啸着抽打他的脸。朔风的怒吼声中夹杂着冰凌的碎裂声和溪边枯柳朽竹的摧折声。刺眼的雪光使人头晕目眩,他突然间感到彻骨的寒意,胸中似有冰块郁结,望着白茫茫的天地,声嘶力竭地嚎叫起来。

二

应骁有些苦闷。他不知道为什么这么苦闷。说起来父母待他不错,总是想方设法把家里最好的留给他。四个姐姐也是宠着他,让着他。可是他还是自惭形秽,或许是因为自己的长相。应骁睡的地方没有镜子,但是他能从灶台前的水缸里照见自己的模样——树根似的脑壳,奇形怪状的鼻头,细长的脖子,麻秆似的四肢。龙家的野孩子给他取了个"细脚骨"的绰号。

他四肢羸弱,脑壳却很发达。他总是想着一些别的孩子想不到的问题。这一晚,他翻来覆去地睡不着,想着干爹的事。自己明明有父亲,为什么还要去认一个干爹。或许是父亲嫌弃,才让自己另外去认一个"爹"。

家里人口多,但只有三张床,大姐二姐一张,母亲陈氏与三姐四姐一张,应骁从小就跟父亲睡。父亲应富贵块头大,四仰八叉,应骁只好蜷缩在父亲的脚旁,成了可有可无的存在。父亲总是那么严肃,木讷寡言,几乎不跟应骁说话。应骁怕父亲,却不敢将这种害怕的情绪流露出来。

应骁迷迷糊糊地想了一个晚上,第二天终于憋不住了。

他把昨晚遇见干爹的事说了一遍,把干爹给的压岁钱交给母亲,希望能用这笔巨款换回穿新衣去亲戚家拜年的权利,至少把干爹的事搞清楚。

"妈妈,他们说我干爹是个疯子……"

"疯子咋了?他疯疯癫癫的,会把你身上的晦气带走。"陈氏用惯常怜恤的目光看着应骁,"干爹不是疯子,是活菩萨,会保佑你一辈子的。"

一大早,母亲陈氏就起来包拜年用的"斤头"。锡纸衬里,黄糙纸折出梯台形的八个棱角,再用蒲草捆扎好,底部垫上一张红纸条,里面包一斤左右的红糖、白糖、藕粉、蜜枣。这种"斤头"是走亲戚必备的礼品。在龙潭镇,应富贵的亲戚不多,但他有很多糖厂、蜜枣厂的工友和挑货郎担的朋友,过年这一趟少不了。年初二陈氏要打发四姐妹去拜年。

要是应富贵在,这一切都不用陈氏操心。应富贵不在,陈氏便没了主心骨,手忙脚乱不说,心情也很烦闷。

陈氏收了红包,依然不让应骁去拜年。应骁孤零零地一个人守在屋里,望着窗外白茫茫的一片发愣。他还在思考那个百思不得其解的干爹的问题。

应骁不知道,他还算是幸运的,至少认了个大活人当干爹。村里的有些孩子,认的干爹是石磨、石碾、水缸、樟树、银杏树,最倒霉的甚至认了鸡鸭猪狗或是山沟水坑里的某块石头做了干爹。

农耕社会留下的风俗淳厚浓郁,和别处一样,龙潭镇还保留着认干亲的古老传统。总的说来,龙潭镇的人是纯朴友善的,对本地和外地人一视同

仁,很好地保持着礼仪之邦应有的品性。陌道问路或是求人帮点小忙,开口就是"同年伯""同年婶",即使是没有长胡子的小后生,也会被人叫作"同年哥"——这可是个了不得的尊称,如果两个人正好同年或是相差一两岁,认了"同年哥",那就成了一辈子的朋友,关系不亚于一奶同胞的兄弟。虽然两人的交情不能像桃园三结义的刘关张一样青史留名,但是关系肯定不会亚于他们。但这并不是说龙潭镇的人不重视血缘关系。相反他们将血缘关系看得很重。他们中的大部分都希望儿孙绕膝人丁兴旺。

过去的龙潭镇,每逢年节,还有迎龙灯的习俗。当打扮得华华丽丽的龙头经过时,有些财力的人家就会在自家门口摆下斋宴,顺便从龙头上取一颗龙珠,希望来年家里的女人生一个儿子。缺衣少食的人家也有办法,就是备好香蜡去蚕神庙求取。蚕蛾一次能下四五百枚卵,可谓多子多孙。据说龙潭镇的蚕神庙很灵,从未让人失望过。

不过子孙满堂也有烦恼。人多地少,越生越穷,一是养不了,二是养不好,不是吃不上饭饿死,就是体弱多病夭折——过去的龙潭镇,几乎每户人家都有一胎或是数胎夭折。这也许是他们想方设法认干亲的原因,万一有困难,干爹娘也可以伸援手。

即使个个都能养大,也有缺憾。往往儿子一窝,女儿一窝,想传宗接代的却没儿子,想穿件小棉袄的却没有女儿。

龙禧的苦恼就是后一种。自从龙家太祖跟随最早那位龙老太移民到龙潭镇,儿孙中一直是阳气不旺,孤脉单传。到曾祖这辈,老人终于花大把的银子请了当时最有名的道士,相了一块风水宝地,移了祖墓。从此龙家祖坟冒烟,男丁大发。

可惜的是,这些流着龙家血液的男丁一个个都是"呆头鹅""大牯牛""田乌龟",没有一个有出息的"状元郎"。

轮流转的风水走偏了。龙家的风水走了极端,由阴盛阳衰变成阳盛阴衰。龙禧的祖父、父亲都只有兄弟,没有一个姐妹。龙禧同辈四兄弟——龙福、龙禄、龙寿、龙禧,膝下也全是男丁,号称"十八罗汉"。龙禧娶了"十朵金花"中的五妹,巴巴地想要个女儿,结果生下龙虎、龙马、龙彪、龙狮四个儿子,愣是没有女儿。

所以说,龙禧表面神气淡定,内心却是想女儿想疯了。没有女儿,也要弄一个女儿出来——至少要认个干女儿。一有空闲,龙禧就开始琢磨这件事。大年初一的晚上，龙禧家来了许多女孩，一个个花枝招展、娇羞水灵，龙禧受了刺激，认亲的那一股筋又被拨动了。

大年初二的早上，龙禧借着一股还未散尽的酒气，又慢慢地转悠到应家的院子里来。

陈氏拿了把扫帚在院子里扫雪。她是个唱花鼓戏的，应富贵的第一个老婆生下双胞胎死后，娶她当续弦。陈氏娇娇小小，溜肩细腰，巴掌大的鹅蛋脸上五官精致，柳眉下的桃花眼水汪汪的，年轻时肯定是个美人坯子。应富贵宠着她，把她养得细皮嫩肉的。陈氏居家，织布养鸡，很少下地干活，每天早起第一件事，就是梳理一头细软的乌发，用女儿桃花买来的雪花膏搽脸。陈氏自己也懂得保养，所以过了三十岁，肌肤依然白皙如玉。

陈氏一见龙禧，脸就拉下了——她看上去低眉顺眼，脾气却不小：

"你干啥来？你个孬熊！"

"我来了这么多次，你还不明白吗？……"龙禧皮笑肉不笑。

"梅花，梅香，杏花，你挑一个，不能是桃花，我不同意。"陈氏知道龙禧的目的。桃花是陈氏的宝贝疙瘩，模样儿长得像，从小乖巧伶俐，能唱能跳，人见人爱。听说县婺剧团有一次来招演员，挑中了她，后来不知什么原因——大约是年龄太小或是文化程度不够，最终没去成。

"我就要桃花。别的我还看不中。"

"桃花是富贵的心头肉，这事要富贵做主。"

"在你这里，富贵的耳朵就是棉花做的。只要你点头，再在富贵那里吹吹枕头风，事就成了。乘年节把认亲的酒席办了，生米煮成熟饭，还怕富贵要赖？"

龙禧依然站着，一副死皮赖脸的样子。

"谁要赖？我不想跟你拉呱，不理你。你就会拣软柿子捏，你把这一家害得还不够吗？"陈氏的声音突然尖利起来。

"侬个安徽婆！真是……我什么时候害你们了？"龙禧吧嗒着旱烟，脸变成猪肝色，"当初你和应骁能入籍上户口，我可是出了大力的。拿应富贵来说，我也没有少照应他。没有我同意，应富贵能当生产队长？每年腊月过年，应富贵都挑着货郎担做鸡毛换糖的买卖，当我不知道？为村里的事，我龙禧也是动破脑壳，上面能敷衍的敷衍，下面能遮盖的遮盖。你的忙我也没少帮……一切都是你情我愿的事，谈什么害不害的？！"

"就是你害的,侬个……"陈氏带着哭腔尖叫,操起了手中的扫帚。

一条黑狗从屋里窜出来,朝龙禧狂吠。阁楼的窗户上,出现了一张小男孩的面孔——鹰钩鼻,一双忧郁的双眼,无奈的孤僻中带着愤怒。龙禧不怕黑狗,却有些怕那个像看家狗一样的男孩。

龙禧不是轻言放弃的人,虽然从应家院子落荒而逃,但很快又有了新的主意。他慢慢踱着步,来到"三十六间头"。教授带女儿串门去了,屋里只有龙十妹一个人。

"十妹,我想让慧慧做我的干女儿,不知你愿不愿意?"龙禧和颜悦色,直截了当,"要说这十里八乡,就数慧慧最耐看,文静聪明,还能干。如果事成了,我们就是亲上加亲。"

"龙禧,我家慧慧有爸爸,干吗要再认一个干爹?我只有这么个女儿,健健康康,无病无灾的。"龙十妹笑道,"大过年的,人人忙得出气,你却想这种三姑六婆的事?"

"我就是想有个女儿。过去皇帝也有个蝼蛄义女呢,我龙禧就不能有?"龙禧眨巴眼睛。

"没错,大队长,会计,民兵连长,村里当官的都是你们家的人。你是书记……"

"十妹,说话不要这样难听。论起来我对慧慧也是照顾有加,一个小姑娘,放牛割草,我给她半个劳力的工分。再说,认慧慧做干女儿,也是为她的前途考虑,有我这样的干爹罩着,她以后就不会受人欺负……"

龙十妹真生气了,终究却没有发作:"你要认,就去应家认一个,四个闺女,一个比一个水灵。最好是桃花,那个伶俐,谁要是有这样的闺女,那是前世修来的福分!"

"十妹呀,不瞒你说,我已经去过了,碰了一鼻子灰。在村里,你跟陈氏关系最要好,我就是来找你帮忙的……"龙禧涎着脸。

"这忙我可帮不了。那是你自作的孽……谁叫你脑壳撞墙,一门心思想着害富贵!"龙十妹厉声冷语,"要想认桃花做干女儿,你得活到脊背出牙齿……"

"好你个十妹!好你个十妹!狗……"龙禧沉下脸,差点把常挂在嘴边的口头禅骂出来。

龙禧灰溜溜地转身,嘴里哼哼唧唧,心里恶狠狠地犯嘀咕。他还是不死心,满脑子是桃花的影子。

三

在离龙潭镇几百里外的江西弋阳,还有一个人在记挂着桃花,那就是桃花的父亲应富贵。

这个中年人,中等个子,一张紫红色的田字脸,额头饱满,鼻准丰隆,双耳贴头,耳垂肥大,卧蚕眉下是一双若有所思的机敏的眼睛。厚厚的嘴唇使他看上去有些木讷,实际上,他心思缜密,村里人称"小诸葛"。

这是晚饭后的烤火时间。腊月末正月初,他租住的地方也是雨雪连绵。路不好走,敲糖收工时浑身湿透。当天的衣服必须换下来清洗,他在烤火的炉边上搭一个三脚架,把湿哒哒的鞋和衣裤放在上面烘烤。这些烘干的衣裤鞋袜第二天还要穿。

穿一套单薄的卫生衣,应富贵坐着边烤火边抽烟。抽的是老表送的烟叶,烟叶切细之后卷起来塞进烟锅里。旱烟管很简陋,把一根小的毛竹削出来,用铁丝串通就成了。总的说来,应富贵很节俭,节俭得几乎有些抠门。

他咂巴着旱烟,粗糙厚实的手从胸口位置的衣兜里掏出女儿桃花的照片,在缭绕的烟雾中看了又看。照片是黑白的,是县婆剧团来招聘时拍的。应富贵自己也搞不明白,为什么对这个长得最不像自己的女儿时时挂念。或许是因为爱屋及乌,桃花是那个曾经面黄肌瘦的花鼓女为他生的第一个女儿;或许是因为桃花漂亮乖巧、对应富贵特别黏。

他把一块姜糖塞进嘴里,咂巴着。一股甜蜜的味道从他干渴的喉咙里渗下去,胸中渐渐升起一股暖意。那是应富贵熟悉的生姜糖的味道——辣辣的,甜后是焦苦味。

龙潭镇种植甘蔗的历史已经有几百年了。郑和下西洋,从新几内亚岛带回糖蔗,这种可以吃的竹子样的东西就在龙潭镇落了户。过去,龙江两岸的低山丘陵间有大片深松细肥的土壤,水源充沛,阳光充足,冬夏温差大,非常适合种植甘蔗。据镇里老一辈的人讲,民国时期,冬至前后,这里大批的蔗林成熟,一眼望去如同漫无边际的青纱帐。长期种植使土壤肥力减退,加上龙潭湖成型,糖蔗种植面积大大缩减,但每个村还是想办法在边边角角种一些,因为用糖蔗榨的红糖是镇上居民生活里必不可少的东西。

寒冷的冬至,秋收后农闲,龙潭镇上空便弥漫起一种甜丝丝的味道。一缕缕黑烟从湖滩上临时搭建的榨糖的棚寮里升起,随之而来的是一股扑鼻的焦香。绑着糖蔗的独轮车和挑着担的蔗农进进出出。几头健壮的公牛拉着石柱绞转动,甘蔗被挤压,变成蔗渣,不断流出的蔗汁经过滤清的水桶,又被送到五六个连成一体的灶台的大锅里。在熊熊的炉火上,蔗汁中的水分开始蒸腾散发,糖水变成糖浆,冷却、凝固、返砂,最后变成金黄色的红糖。凭票供应的白糖对村民来说是奢侈品。高等级的红糖成品要交售,留下的部分足以给村民慰藉,使他们感到生活不总是苦涩的。红糖是切冻米糖必备的原料,是拜年走亲戚时必备的礼品,又是产妇坐月子时吃的食补。那些藏在阁楼的某个角落、装在玻璃瓶陶罐瓦罐里的红糖,与花生、黄豆、番薯干、土豆片一样成了小孩可以放肆享用的美味,是他们童年记忆的一部分。

最主要的,由它制成的棒棒糖、姜糖、糖汁麻花是外出鸡毛换糖的敲糖帮的必备。

应富贵已是个老货郎担了。他先是跟着村里老一辈敲糖帮行走江湖,后来摸到门道就开始独闯了。往东他去过绍兴、宁波,往北去过杭州甚至江苏、安徽地面。不过去得最多的是西南——台州、丽水、温州,最远到南面江西的上饶、鹰潭。

在龙潭镇,应富贵算得上头脑活络的一个。早些年他曾经跟着龙十妹还健在的父亲做过猪行郎,贩卖过猪仔牛羊。他几乎一有空就往外跑,修鞋补锅,磨刀打锡,穿棕棚弹棉花,什么赚钱就做什么。后来,许多的老行当冷落,他就专心做敲糖的生意。只是这敲糖的生意也是偷偷地做,并且只有在腊月十五至正月十五这一个月的农闲做。这一个月的生意寄托了应家一年的愿景——生产队的缺粮款和老婆儿女一年的衣食零用。有一家七口要养活,天上下刀子应富贵也要出门。

腊月的头几天,应富贵就着手准备货郎担。姜糖,麻花,针线,纽扣,面巾,头花,小镜子,小别针,吹吹泡,泥哨子——全是些吸引家庭主妇和小孩的玩意儿。年末年初,是农家集中杀鸡宰羊的日子,家庭主妇舍得花,小孩手里也有几个压岁钱,对敲糖帮来说是黄金岁月。腊月初十应富贵提早出发,熟门熟路,来到江西弋阳的一个叫方塘的村里。这儿是应富贵的根据地。这家老表曾在应荣禄管的火腿坊里当过伙计,应富贵认他做干爹。干爹死后应富贵又与小老表认了同年哥,所以老马识途的应富贵大多来这里敲糖。虽然姓方的同年哥热心随和,对落难的穷亲戚应富贵没有一点的歧视甚至把他看成自家人,应富贵还是很谨慎。一落脚,先帮同年哥家干几天的家务杂活——上山砍硬柴。他通常要砍两天,把一个月的柴火备好,因为应富贵并不是单独开灶,而是借用同年哥家的灶台烧火煮饭。他拿出钱票,让同年哥去附近的镇上买了一百斤米和一大块猪肉。猪肉与从家里带来的霉干菜做成霉干菜扣肉,加上早上做好盛在铝盒里的米饭,是应富贵外出行脚的中餐。

凌晨四点他就起床,吃过早饭备好中餐,挑着货郎担出发,摸黑走出五六十里,然后穿村走巷,像扫街一样往回扫。从最远的村庄往回走,摇着拨浪鼓鸡毛换糖,货郎担越来越重时,离家就越来越近了。回到住处,应富贵还不能吃晚饭,那些用姜糖等换回来的鸡毛都是刚褪的,用结实的稻草扎着,又湿又重,他先把鸡毛中的水拧干,把鸡毛散铺在地上晾干——潮湿的鸡毛闷着会发霉,发霉后就不值钱了。

除了鸡毛,还有鸭毛、鹅毛、羊毛、猪毛、兽皮兽骨和旧的蓑衣,它们各有所用,在应富贵的眼里都是宝贝。他租了隔壁一户人家的空院,用于存放晾晒。

应富贵愣愣地看着女儿桃花的照片良久,突然间有些想家了。一向太平的村里也有了动静,有人站在晒谷场上吹哨子,叫大伙半夜起床,到晒谷场上听广播。同年哥是生产队长,公社已经派人来通知他去县里开三级干部会议了。

应富贵不知道发生了什么事,但是到处闹哄哄的,他那根回家的神经已经被触动了。他已经有七八年没在家过年了。除夕团圆饭是与同年哥家一起吃的,应富贵还给同年哥半大的孩子包了两元压岁钱。自己家五个孩子,孤零零的,过年可是没有收到过他一分压岁钱。

应富贵把照片放回内衣兜里。与女儿的照片放在一起的还有这些天他赚的钱。那些一分、五分、一角、五角、一元的钱被分门别类,用一块手帕包着。他站起身,摸摸钱包和女儿的照片,看着隔壁院子里自己的货物,打定了主意。虽然现在是正月初八,元宵节前还有一波杀鸡的高峰,但应富贵归心似箭,决定提早打道回府了。

那些收来的货物用不着操心,由同年哥打包代寄,到时候去县城的火车站取。以往应富贵还会顺带些山货土产回去,坐车到某个小站下车,一边鸡毛换糖、修鞋补锅，一边往家里赶。

今年，为了早点到家，应富贵直接在离家最近的龙川站下了车。

应富贵是谨小慎微的，并没有直接回家，而是多走几十里山路绕道西北面，由朱宅方向进村。这样，如果有什么不测的事发生，他也可以从容应对。

正月初三开始放晴，龙川峡谷里的积雪还没有完全融化，依旧白茫茫的一片。正月初十傍晚，应富贵穿蓑衣戴斗笠，像个从龙川峡谷里出来的山里人，挑着货郎担，沿着雪水泥泞的小路往前走。他已经看见朱宅村口那棵树冠如云的千年古樟和古宅的飞檐翘角了。他又累又乏，正准备在前面路边的凉亭里歇歇脚，一眼看见了站在凉亭口穿花袄的小姑娘。

每年的这个时候，桃花都在这里高高兴兴地接父亲回家，给父亲捶背捏腿，端来热水泡脚。

这一次，应富贵看见桃花，鼻子酸酸的，突然流下两行眼泪来。飞奔而来的女儿脸上却没有笑容，有的却是焦急惶恐。

"爸爸，你不能回家，快去躲起来，他们要抓你！"桃花的小脸涨得通红，气喘吁吁的。

应富贵用怜爱的眼光看着女儿，一脸茫然。

"村里早回来的敲糖佬已经被抓，货郎担都被没收了！他们说要抓你！"桃花边说边跺脚，有些语无伦次，"他们以为你早回来了，亲戚家都去找过了……"

应富贵不及细问，远远地，已经看见大樟树后面闪出十几个身影，大多是二三十岁的青壮和十几岁的半大后生，都是龙家的人。有两个背着老式的步枪，为首的正是民兵连长龙宝，身后是他的儿子龙有道、龙有德。后面还跟着一大串，龙禧家的四个儿子都在里面。

"爸爸，你快走，到应骁干爹那儿躲一躲……躲到大山里，他们就找不到了！……"桃花急得快哭了。

应富贵张着嘴，却说不出话来，急急忙忙从内衣兜里掏出一个小包，塞到桃花的棉衣口袋里，挑着货郎担，摇摇晃晃地走向另一条岔路。

"狗日的龙禧！狗日的龙禧！"应富贵低声嘟哝，很快消失在小山坡后。

这边，龙家人已经过了凉亭，很快齐刷刷地站在桃花面前。龙家四兄弟一致认为这种抓特务似的游戏好玩，是来看热闹的。四个人挤在最前面，嘻嘻哈哈。

"龙宝大哥,桃花都在傻等,应富贵一定还没回来。"龙虎嬉皮笑脸地说。

"这种傻瓜等老婆的游戏一点不好玩,我们回去。"龙马闷声闷气地说。

龙宝还不死心,恶狠狠地盯着桃花。他年纪最大,是这班人的头,满脸横肉,长得凶巴巴的。

"我看桃花站在这里很久了。刚刚还看见一个挑担的走远。应富贵一定是回来了……他就是躲到地底下,我也要把他揪出来!"

四

龙禧的耳朵有点背,记性有点差,嗅觉却很灵敏。他暂时忘了认干女儿的事,到县城去"临市面",顺便去老书记家拜年,把教授配的药送过去。

婺州虽然古老,却是个巴掌大的小县城,主城区面积不过三平方公里。本县的人常常以"县城一条街,一个喇叭响全城"自嘲。

龙禧转了一圈,并没有去老书记家拜年。他看着林峰家门墙上贴的大字报,蹲在后墙根听了会动静,回家了。

县委大院后,一条偏僻小巷里,有一所简朴的独门院落。二楼的客厅中,林峰与夫人正在念叨红旗区红旗大队这些天发生的事。

夫人三十来岁,柳叶眉,丹凤眼,鼻梁挺直,虽然颧骨有些突出,肤色偏黑的脸上有风霜的痕迹,但精气神十足,让人觉得她年轻时一定是个美人坯子。那一身打补丁的军绿色衣裤有些臃肿,却掩饰不了原本修长苗条的身材,而那一头齐耳的短发使她更显干练。

她叫沙中柳,也叫沙胡杨。这两个名字肯定是后来她给自己起的,至于她的真名,与她原来的家庭一样,她总是讳莫如深。因为她已与她原来的家庭脱离关系。有人问起,她就说自己出生于上海一个普通工人家庭。她是20世纪50年代中期最早的知青,怀着满腔热情,坚决要求到边疆垦荒,没成行,就自己背着行囊来到龙潭镇,接受贫下中农的再教育。在红旗水库的工地上,她同男民工一起推车挑筐、垒石打夯、挥汗如雨,站在齐腰深的冰水里掏淤泥筑堤坝,很快成了全省闻名的"钢铁姑娘""巾帼旗手"。这段经历成就了她与林峰的姻缘。林峰的老上级是地区行署专员,后来升任省里主管农林水利的领导。老领导认沙中柳做干女儿,又从中撮合,沙中柳就成了林峰的夫人。

她刚刚带着儿子林波去了一趟北京,带回一些县城里的人从未见过的新鲜东西——小家电、香水、呢料、巧克力、鱼子酱和纸巾。她兴冲冲地回家,却被林峰的事扫了兴。

林峰刚刚调回城里,工作上就遭受了挫折。他的家庭地位本来就不高,如今更是落了下风。他的夫人——那个在男人堆里摸爬滚打的"铁姑娘"本就干练,如今更是有了掌控全局的沉稳自信。

"你不该叫林峰,应该改名叫林冲!你的炮筒子性格什么时候能改改?你呀,吃的就是这张嘴的亏。你以为自己是门大炮,开始轰的时候也该看看炮口的朝向!"

林峰坐在沙发上,把头抬起来,铁青着脸,看着挺起身板来回踱步的夫人。沙中柳平时总是昂首挺胸——先看到她的头和胸脯,然后才是她的其他部位——说话也是铿锵有力,同时不断挥舞手臂,以加强不容置疑的口气。

"好不容易调回城里,这一次差点重蹈覆辙。"夫人又挥舞起手臂,"你自以为是侦察兵出身,有些事可能还没有我了解。你说,经常往你这里跑的那个龙禧可靠吗?"

"可靠,绝对可靠!我们已是十几年的老交情了。"林峰清清嗓子。

"我看不见得……他表面应付你,私底下发了许多通行证,让村民外出经商,每个外出鸡毛换糖的人手里都有一张证明,上面有大队的印戳……"夫人的脸上透着狐疑,盯着沙发上的男人摇头苦笑,"看你这张脸,这么有气势,胸腔里却长了颗妇人之心。王区长就不像你这样仁慈!"

"都怪我脑子里这根弦绷得不够紧……"林峰轻声嘟哝。

"说起来也不能全怪你,形势太复杂了。连干爹这样的大领导有时也迷惘。方向问题始终是个大问题……"沙中柳盯着丈夫看了一会,口气有些缓和。

"夫人说得对。有人说,世界上最强劲的风是枕头风。这股风一吹,我的头脑清醒多了……"林峰微笑道。他本想调节一下谈话气氛,没想到却更惹恼了夫人。

"自称老革命,说话却不经过大脑。什么枕头风?!"夫人沉下了脸,"这些个还是小事,最主要的还是人,看你跟什么样的人在一起,与什么人打交道。与凤凰一起,你就是俊鸟,与虎豹一起,你就是猛兽。"

"对,对,龙生龙凤生凤,老鼠的儿子会打洞……"

"你看你看,又错了。要讲成分,但也不能唯成分论!家庭不能选择,但是革命的道路可以自己选。你呀,最大的毛病是附庸风雅,读过几本书,也就初中水平,却喜欢与那些所谓的知识分子待在一起,会写几个字,就喜欢舞文弄墨——你看客厅里挂的这几个字,我早就看不顺眼,要把它撤了……"夫人抬头,看着墙上挂的书法横幅。

"我觉得这几个字没错呀!勤政为民。我林峰是农民的儿子、革命的孤儿,就应该为农民谋福利……"林峰的目光追随夫人,看着头顶的字。那四个斗大的字方方正正、笔力遒劲。

"你还狡辩。你要是蹲在地头,卷起裤管与农民兄弟聊天,倒是你的本色。我也没说这几个字写得不好,关键是写字的人。你了解姓朱的吗?他上海的妻儿都毅然与他断绝关系了,你还与他称兄道弟……"

夫人疾言厉色。林峰似乎意识到问题的严重性,不说话了。

"还有那位诸葛,改造得倒是不错,可是他的情况甚至比那位画画的更复杂。"夫人得寸进尺。

"我不是在吃他开的药吗?我的偏头痛,你又不是不知道……"林峰抱着头,似乎又犯病了。夫人看着他脸上痛苦的表情,语气温和了许多。

"吃他的药没错。你要是真想根治,去一趟北京。让干爹联系一家最好的医院……"

"我哪有时间。再说,你从北京带回来的一大堆药,我不是没试过,都不管用。还真只有诸葛的药最灵,能暂时对付一下。"

"做人留一线,日后好相见。我也不是要你与他绝交,只是劝你与他保持一定的距离。诸葛的情况我也有所了解,在农村诊所待着总非长久之计。我倒有个主意,既可以发挥他的特长、拿一份固定的工资,也免了不必要的风风雨雨。那就是给他在区卫生院找个位置,成为正式的医生,然后派他去白鹭洲……"

"白鹭洲?……这倒是一个不错的主意。这事还得请你出马。"林峰鼓凸的眼睛亮了。

"不在其位,不谋其政。这事你不用急,我自有分寸。"沙中柳把一只手放在胸口。

"夫人高见。夫人一席话,使林某人茅塞顿开!红旗区是我的根据地,我这就打回去,我就不信婺州会没有我林峰的立足之地。"林峰霍地站起来。

"你看你看,你这炮筒性子又上来了不是……现在你什么都不要做,在家蛰伏一段时间。过一阵我再去趟北京……我就不信,像你这样经历了战争风雨、脑子里留着弹片的老革命会没有勇气打开工作局面!"

沙中柳宽宏大量地摆手。林峰执拗的脾气又上来了。

"夫人,请你放心,这次回去,我一定小心行事。我还是忘不了红旗区的事。千条理,万条理,为老百姓办事这条理总不会错!红旗水库要加高大坝,再建个电站。现在的红旗区,三分之二的农村连电都没通,大过年的还是黑灯瞎火,我看着不好受……"

第六章

乡村女教师

一

与往年一样,龙十妹终究没有等到娘家来的客人。不过她并不伤心,因为这个正月,来诸葛家拜年的客人明显多了。那些来自十里八乡的年轻父母,肩背怀抱着由教授接生的孩子,放下一包包红糖、藕粉、蜜枣,连口水也不喝就走。大人呱啦,小孩嬉闹,给诸葛家冷清的老屋增添了不少喜气。龙十妹笑呵呵地派送着红鸡蛋,心里喜滋滋的。原来教授那双细长柔软的手不仅仅能拣粪掏肥扫地,还能派上大用场。

过去的龙潭镇,孕妇临盆多由村里的接生婆接生,一盏油灯、一把剪刀、一个木桶,手忙脚乱地捣鼓,婴儿多有夭折,弄不好还是一尸两命。自从教授有一次从接生婆手里挽回两条人命,他的名声就传开了。特别是那些难产的,非教授不可,教授的手细腻精准,孕妇生产后,还交代注意事项,给产妇留些药,又经常回访。他接生的小孩个个顺顺利利、健健康康,渐渐地,十里八村的大肚婆都来找他。

龙十妹一开始是反对教授去接生的,觉得"血凄污拉"的,晦气,时间一长,也就听之任之了。看见教授每次接生回来满脸生光,又能带些回头货,她就渐渐高兴起来。

教授却觉得,那是稀松平常的事。他少年时就离开古宅去了外地,年轻时在省城杭州上班,回原籍后,村里人与他很是生疏,甚至有些冷漠——他们甚至不知道他的真名,该如何称呼。是龙猫第一个叫诸葛"教授",村里人便跟着这样叫开了。

"教授"的称谓有些怪怪的,有些另类。不管怎么说,丈夫现在有了正式的名分,"教授"之外又多了"医生"的头衔,龙十妹自然十分高兴。

一过正月初十,队里的农活就多了起来,开沟排水,除草积肥,准备春耕。龙十妹照例该下地干活了,不过现在她得帮教授整理房间,把龙生家的老屋堆积的杂物清理掉,里里外外打扫一遍。堂屋前的石板庭院可以晾晒树根树皮,那些老式的衣柜可以分门别类放置花花草草。同时,教授打算去采购几样炮制中药的器械工具:药钵,药碾,铡刀。原来的小诊所很简陋,一只黄药箱,一个酒精灯,一些瓶瓶罐罐,除了红汞、碘酒、纱布、消炎粉和一些极普通的西药,大多是教授自己采制的中草药。

教授低着头,闷声不响地进进出出,一副怡然自得的神情。龙十妹心里越发乐不可支,她甚至想着,要在元宵这一天破例杀一只老母鸡给又瘦了一圈的教授补补身子。

正月十四,龙十妹挽着衣袖裤腿,用水桶里的水擦洗老旧的木柜。静悄悄的古宅里来了一位并不陌生的客人。这位三十岁左右的妇女,穿半新旧的藏青格子衫和黑涤卡裤子,脚上白袜布鞋,看着不鲜艳,却干净合体。她中等个子,微胖,本分利落的齐耳短发衬着圆圆的脸,眉眼儿周正,白皙的脸和一头乌发使她在农村妇女的朴素外有了灵秀的书卷气。只是那双乌黑水灵的眼睛似乎总是含着泪似的,给人一种低眉顺眼逆来顺受的感觉。

"哎哟,是李老师!"龙十妹放下竹刷,用围裙擦着双手,眉开眼笑。

"龙婶,给您拜年来了,拜个晚年。"李老师的声音又慢又柔。

"不晚不晚,元宵还未过哩!我爹活着的时候,带干粮走百十里路,晚上住宿凉亭,也要去拜年。老规矩,拜年拜到正月出头。"

龙十妹说的倒是实情。她父亲曾是远近闻名的猪行郎,走南闯北,认识的朋友极多,到处有他的干爷亲姐同年哥。

"年前我要陪娇娘到处走走,这些天又忙着家访,所以来晚了。本来早就应该来拜年的。龙婶可是我李家的救命恩人哪,骏儿是吃您的奶水长大的。"说到儿子,李翠花竟有些泪汪汪的。

原来李翠花的儿子龙骏只比诸葛慧莲早出生一个月,李翠花自己没有一滴奶水,又忙着学校的事,就把龙骏寄养在龙十妹家里,一周岁前就由龙十妹喂养。别的产妇要产后几天才有奶水,而龙十妹快要生产时,两只圆滚滚的乳房奶水就哗哗的。

"那些事还提它干吗……"

"怎么能不提,我心里记着呢。说来惭愧,来拜年也拿不出像样的东西,我就带了个铅笔盒、两支铅笔和一块橡皮,算是给慧慧的礼物。慧慧在家呢?"李翠花把铅笔盒塞到龙十妹手里,站着说话,不肯进屋。龙十妹已经知道李翠花的来意。

"慧慧可是忙着呢。她要割猪草,放牛,还养了一窝兔子。家里还真少不了她……"

诸葛慧莲一早就出去放牛去了——那头生产队的耕牛是她和应桃花合养的,每户人家两条腿。

"是啊,慧慧这孩子,聪明乖巧,真是人见人爱。哪像我家骏儿,一点不懂事。回家来就哭哭啼啼的,说是慧慧如果不去上学,他也不去了。现在的孩子,真是没办法!"李翠花拐弯抹角地说道。

"李老师,我晓得你的意思。我龙十妹是个睁眼瞎,斗大的字不识一筐,照样活得好好的,挣的工分比教授还多。教授呢,读书读傻了,像个木头人。我怕慧慧太聪明,就用擀面杖敲过了,省得她像老爸,整日之乎迷糊,不成器。"

"龙婶您这话就委屈人了。教授是医生,又是大学问家,我们心里崇拜着呢!慧慧那么聪明,读好书,将来会有大出息,不是医生就是工程师,人人尊敬。慧慧已经八岁了,你看她这么大的孩子,有几个没上学的?"

龙十妹低头不语。提到女儿上学的事,她的心里有疙瘩。每次见到女儿背着竹筐站在村校教室窗外偷看的身影,龙十妹的鼻子也是酸酸的。前年夏天她就找过龙禧,龙禧支支吾吾,只答应让诸葛慧莲跟着读,拿条矮凳坐在教室最后面,算是编外学生。

"大家伙都是一个鼻子两只眼睛,没见得谁家孩子头上长犄角……"龙十妹说着气话,却把李翠花逗笑了。

"龙婶您这话说得对,谁家的孩子都有权利读书。怪我当初不坚决。"李翠花其实也有苦衷,她是拿生产队工分的民办教师,自己还有把柄捏在人家手里,"这次我是下定了决心,一定要叫慧慧去上学。下半年有好几个大年级的学生升初中,教室里空出了位置。我已经想好了,把骏儿念过的旧书给慧慧,让慧慧正式注册。"

"这事还得龙禧同意,村里的事他说了算。"龙十妹依然面有难色。

"我就是从龙禧那里来的,他已经同意了。他还要给慧慧打一套新桌椅哩。要是慧慧能上学,骏儿肯定很高兴,龙家、应家的那些小子姑娘个个都会很高兴!"

龙十妹嘴里不说,心里暖暖的。她心头的一块石头落了地。当天晚上,她坐在煤油灯下,用旧布料给女儿缝了一个简易的书包。

而龙禧也没有食言,亲自动手,为慧慧打了一套新桌椅。龙禧打着自己的小算盘,要认桃花做干女儿是不可能了,虽然龙十妹没有同意,但在龙禧的心里,诸葛慧莲俨然就是他的干女儿。

二

区政府所在地李宅办有红旗学校,有小学,有初中,照例龙宅的人可以去那儿上学,但是龙宅村大,适龄学童多,龙禧坚持要在村里办一所小学。

龙宅小学就在诸葛宗祠内。原本粉墙黛瓦、飞檐翘角、巍然可观的宗祠历经风霜雨雪侵蚀,此时已是墙壁溃塌、梁柱倾倒,一副颓败的样子。敞开厅改造成的教室由以前的冬暖夏凉变成了夏热冬寒。每到寒冷的冬季,寒冷的西北风从纸糊的花窗榻扇间吹进来,冻得教室里孩子手脚发麻、鼻涕直流。不过比起其他地方的孩子,这里的孩子算是在享受天堂般的快乐了。

学校有六七十名学生,两位老师。一位老师是李翠花,另一位,教高年级学生的老师兼校长是由县里派来的正式老师,姓朱。朱老师斯斯文文的,白皙的脸饱满温润,看上去并不老,顶多四十岁,却顶着一头白发,被村民称为"白头翁"。与他年龄一样叫人摸不着头脑的还有他的身世,他总是沉默寡言,几乎不与村里的人打交道,一到周末就带着八九岁的女儿骑自行车回县城。朱老师兼着李宅初中的课,平时却喜欢与女儿一起住在诸葛宗祠后厢房的阁楼上。偶尔,人们也会看见他到教授的药房里喝茶,两人或默然枯坐,或长时间地聊天,见到有人来就放低声音。大多数夜晚,他一人待在厢房的阁楼上,在昏暗灯光下苦读,一灯如豆,彻夜不灭。

朱老师神龙见首不见尾，龙宅学校大小的事务就落到了李老师的头上。李翠花虽然是民办教师，却是一人教低年级的几门课。她是嫁到龙宅的媳妇，户口在龙宅，心里却不愿承认是龙宅人。

年纪轻轻的李翠花有一段离奇的身世。他是李宅李篾匠的独生女儿。李篾匠是远近闻名的巧匠，晒谷垫席、米筛糠筛、斗笠凉席、簸箕箩筐、菜篮摇窝、灯笼风筝，凡是与竹有关的东西都不在话下。据说他劈出的篾薄如丝帛，能照见人影，他编的鸡鸭狗兔形神毕肖，能在地上蹦跳。李篾匠对自己的这手绝活却不怎么看重，他走南闯北，见过不少大宅富户，唯独对读书人非常尊崇，挖空心思要培养女儿读书。也多亏他见多识广，李翠花一直读到初中毕业——在旧时的乡下，这已经很能显示出李篾匠的远见卓识了。

在李宅，李篾匠也算是家底殷实的中上富户，世代传承李氏行灯，祖上留下一所老宅院，妻子还是养蚕织布的能手。李篾匠原本也指望女人能像蚕产卵似的给他生下一窝来，哪想妻子生下女儿李翠花后，肚子再无动静。李篾匠也不怪妻子，照样惯着娇妻，对女儿更是宠上了天。

李翠花初中毕业，李篾匠却不让她再读了。他怕独生女儿翅膀硬了远走高飞。女儿文文静静的，长得像他自己一样慈眉善目——世道不堪，随随便便闯荡江湖恐有不测。篾匠活需要登高爬下砍竹子，屈膝跪地长久蹲，女孩自然不合适，李篾匠又不愿意让女儿跟着戏班唱曲或是学做裁缝，觉得那些个要么不入流，要么太辛苦。尽管篾匠这门手艺越来越难做，他也宁愿自己挣钱，把女儿像掌上明珠似的呵护着。

眼看女儿到了出嫁的年龄，李篾匠开始着急起来。说媒拉纤的人不少，都不入李篾匠的法眼。他自己会号行灯，粗通文墨，一门心思要找一个读书人当乘龙快婿。

不久，候选女婿就出现了。那人是李宅村小的代课老师，高中毕业，却有一副大学问家的派头——穿着笔挺的中山装，上衣口袋插一支金光闪闪的钢笔，脚上是同样锃光瓦亮的猪皮鞋，一头油光可鉴的头发齐刷刷梳向脑后，遮住粗短的脖子。

个子矮，圆脸圆下巴，说实在的，李篾匠开始并不喜欢这个毛遂自荐的年轻人，尤其不喜欢他粗短鼻子两边那双滴溜溜转动的黑眼睛——那双圆圆的眼睛有些深邃神秘，混杂着天真、善良、倨傲和孤僻。可是不久，或许是鬼迷心窍，李篾匠和女儿一样被年轻人拿住了。

年轻人能说,两片薄薄的嘴唇翻动着,从走进院子直到打着酒嗝离开,一刻不停,滔滔不绝。天文地理,四书五经,二十四史,皇帝名号,历史典故,古典诗词,张嘴就来;《三字经》《百家姓》《千字文》《名贤集》《弟子规》《增广贤文》之类更是不在话下。

　　毕竟是女儿的终身大事,李篾匠还需刨根问底。查十八代祖宗不可能,但是上一辈还是查得清的。龙老师就是隔壁龙宅的,李篾匠对他父亲略有所知,年轻时还在李宅的街巷里见过。

　　那个叫龙犀的人时常穿一身红不红黄不黄的袍衫,剃着光头,一张满是油光的脸,下巴是稀疏的黄胡子,哼着小曲儿,不紧不慢地迈着四方步,眯缝着双眼,半咧着嘴,一副天塌下来当被子盖的乐呵样。说起来,龙宅龙氏一脉,龙冒的父亲龙犀也算数一数二的大能人,虽然只读过几年私塾,可是说起诸子百家、八卦杂学来却是头头是道。他不但能说,也能做,杀猪宰羊、占卜算卦、拉胡吹箫、琴棋书画、说媒拉纤,样样无师自通。逢年过节,他还在草台班子里当鼓手,时不时蹦到前台做一回小丑。镇里的红白喜事更是少不了他,只要有人的地方他都能插上一脚。他还跟李木匠学过雕工,木雕、石雕和砖雕学得有模有样,最拿手的绝活是漆画——不是胡乱刷漆的“漆糊涂”,而是画工——在房梁屋脊、寺庙庵堂、花床花轿上用油漆作画,什么飞禽走兽松柏如意,照葫芦画瓢,有模有样。

　　可惜,龙犀能耐大,脾气也大,赚了银子就买地纳妾、花天酒地。他最大的嗜好就是喝酒,一坛子一坛子地灌,直喝得昏天黑地、口吐白沫。喝完酒就骂街,不管县长镇长保长里长,看不顺眼,性子一起就破口大骂。最后,这位对外自称“风水先生”的龙大师没能算到自己的结局,把自己弄死了。至于怎么死的,却是无头案。有人说是喝醉酒跌落湖塘溺毙,有人说他太张扬挨了枪子。总之是不明不白地死了。酒精烧坏了他的脑子,也烧坏了他的身体。他偷偷纳的那些妾没给他留下任何子嗣,扒他一层皮就开溜。最后还是原配给他生了唯一的儿子龙冒。发财不发丁,龙犀是龙氏家族唯一独苗单传的一支。龙犀死后,原配改嫁县城新市街一个唱道情的。龙犀最风光的时候,他的堂兄叔伯眼红手热,恨不得在龙犀喝的酒里放砒霜。龙犀一死,却是群情激愤,无论如何不让龙冒改名换姓。于是龙冒便成了后来自称的“两栖动物”——城里乡下各有一个家。

　　龙犀辛辛苦苦挣了一份家业,供独生儿子龙冒读书,希望他出人头地。

龙老师在学校里的口碑倒很不错,深受学生欢迎。站在讲台前的他口若悬河,手舞足蹈,常常逗得学生前仰后合。他多才多艺,还会画画,写的字龙飞凤舞。

李篾匠越了解越迷糊,最后犹豫起来。而他的女儿李翠花却是被年轻人的迷魂汤灌醉了。一进李家小院,龙冒就眉开眼笑,与围上来瞧热闹的邻居套近乎,插科打诨,逗大家开心。虽然龙老师其貌不扬,但是胸怀锦绣,一肚子学问——晨昏之间,从盘古开天辟地讲到慈禧太后驾崩,洋洋洒洒,口吐莲花,时不时蹦出大段诗词歌赋、经论杂说。

还有一样,龙冒虽然家底殷实,在龙宅和县城都有家产,却愿意到李家倒插门——他只有一个条件,就是生儿子随他的姓,至于女儿,不拘姓什么。

李篾匠一时昏头,答应了这门亲事。他甚至没提倒插门的事——女儿嫁到隔壁龙宅,跟在自己家里没什么两样。

不过,李篾匠虽然把女儿嫁了,心里还是隐隐有些不安。不久李篾匠那不祥的预感就成了现实。

那是女儿李翠花嫁过去一年后,龙冒被派到了龙川峡谷一个叫冷水沟的山村里教书。那是龙川的最西端,离李宅有三四十里,是个鸟不拉屎的地方,山路崎岖,悬崖陡峭,出村要爬几百步石梯——当地人称"老鼠梯"。虽然两地分居,李翠花却没死心,希望龙冒能改邪归正。毕竟龙冒还是孩子王,头上还有教师的光环。

龙冒确实也安分了一段时间,开办夜校,教目不识丁的农民识字,把山村小学办得红红火火。可是他那不安分的天性又一次冒出来,代课老师做不成,成了无业游民。离婚,与龙冒彻底决裂,成了李翠花的必然选择。她顶替龙冒做了一名民办教师,又怀孕生子,虽然清苦,但心里的负担减轻了不少。

嫁出去的女儿泼出去的水。李篾匠后悔不迭,千不该万不该,当初不该只重学问不重人品。好在有了外孙,李篾匠让女儿周末回家居住,一家人还是其乐融融。时间一长,李篾匠便很少想起那个叫龙冒的年轻人了。

自从成了无业游民,龙冒就变成疯疯癫癫的,整天在龙潭镇的大街小巷瞎逛——或是手舞足蹈、拿着粉笔在地上墙上乱涂乱画,或者扎一个巨型的蜈蚣风筝在龙潭湖边上放飞,嘴里哼哼唧唧唱着戏曲。他经常白天睡觉,晚上出来活动,神出鬼没。他的名字因此变成了龙猫。

龙猫自己倒是逍遥,却给李翠花留下了挥之不去的噩梦。

三

诸葛慧莲成了李老师的正式学生。

龙十妹一大早起床又多了一件事,那就是给女儿梳辫子。除了把冲天的"角丫"变成垂向脑后的"麻花",龙十妹也变不出别的花样。

诸葛慧莲还要去放牛,她原本负责那头母牛的"两条腿",现在减为"一条腿"。因为那头母牛已经怀孕待产,要等它产下幼崽生产队记上一笔工分,龙十妹才肯把剩下的"一条腿"让出去。看着女儿每天早上背着书包蹦蹦跳跳地去上学,龙十妹的心里喜不自胜。这一阵,龙十妹心气儿挺高,教授的新诊所已经开张,宾客盈门,几十里外的病人都慕名而来。白天,老屋热热闹闹,晚上女儿在阁楼上咿咿呀呀地读书。龙十妹忙里忙外,忙得踏实。一切都顺风顺水。唯一的缺憾是,女儿似乎比以前少了言语,有什么心事再不肯跟她这个当母亲的说,性格越来越像教授。

这天下午放学,女儿的脖子上多了根红绸子,似乎兴奋异常,一张小脸憋得通红,龙十妹问话,女儿什么也不说,背起竹筐又去放牛。

第二天早上,女儿没有在往常的时间起床。龙十妹叫了三次,没有任何回应,她的脾气上来了,咚咚地上楼,一巴掌拍在女儿的屁股上。

女孩蒙着被子,连哼唧一声都没有,转个身,继续缩在被窝里。

龙十妹叫来了丈夫。教授摸了摸女儿的额头:没事。是放牛割草累着了,让她多睡一会儿就好了。

"春耕一寸,秋打万石。太阳都上三竿了,还赖床?昨天我看她还好好的,一蹦三尺高。做个梦就病了?会不会是那脖子上的红绸子勒的……"

"那是红领巾,是少先队的标记。你让她休息,我去李老师那儿请个假。"教授一副心不在焉的样子。

龙十妹心里疑惑,却也想不出道道来。

教授一忙乎,把请假的事给忘了。中午,龙十妹下地回来,见女儿还躺在床上,尖叫起来,朝教授发火。

"女儿不吃不喝的,躺了一上午,你还说她没事?八成是病了。"

"我已经检查过了。慧慧好好的,什么病也没有。"

的确，龙十妹一走，教授就对女儿做了检查，量体温、把脉、观喉看舌。教授也很纳闷，女儿没有任何异常。"或许是偶感风寒，我已经在煎药了……"

"你就知道熬那些个苦兮兮的汤药，还教授呢，连女儿的病都看不好！你看她不声不响、痴痴呆呆的，肯定是丢了魂了，她的魂被牛魔王勾走了！"龙十妹忧心忡忡。

"这世上哪有牛魔王？"教授摇头。

"怎么没有？就是跟孙猴子打架的那一位……慧慧一定是撞见牛魔王，丢了魂了！"

龙十妹的语气是那么坚决，几乎不容教授置疑。教授苦笑，回到楼下煎药。

不管怎么说，龙十妹要按照自己的方式给女儿治病了。她知道许多平时喂猪养牛的草能治病，比如蛤蟆叶草可以治头痛脚痛，野堇菜能治拉肚子，麻叶可以止痒，鸭脚板可以治毒疮，鹅鸪英能治喉咙肿痛——这些是她帮教授收拾花花草草时学到的。还有一些是她从娘家带来的，是她那位无所不能的母亲传授的。

还有一个绝招就是"叫魂"。

龙十妹决定用母亲传授的方法为女儿"叫魂"。她在女儿的床前点起一炷香，拿一个盛满米的瓷碗，用一块布料蒙住，倒扣过来，抓在手里，嘴里念念有词。米碗在女儿的头顶做圆周运动。阁楼上很快香烟缭绕。果然不出所料，瓷碗放正后，原本满碗的米有了一个坑，缺口正好朝着女儿放牛的龙川山谷方向。点香，转碗，如此这般，一遍又一遍，直至米碗不再有缺。龙十妹又跑到村口，朝龙川山谷方向喊女儿的名字，然后回到床前，揪着女儿的耳朵，朝耳孔里吹气。一直折腾到晚上，看着女儿在自己的威逼利诱下喝下教授的汤药，龙十妹才放下心沉沉睡去。

龙十妹满心以为女儿一早醒来，肯定会活蹦乱跳地上学去。事实是，直到中午，慧慧才从被窝里钻出来，直挺挺地坐着，依然是一副失魂落魄的样子。夫妻俩站在床前，一筹莫展。

就在教授茫然、龙十妹抓狂的时候，楼下传来熟悉的慢声细语，李翠花已悄悄地上了阁楼。

"听说慧慧病了，我过来看看……"

"天大地大，老师为大。现在的孩子，只听老师的，老师的话就是圣旨。

李老师,你一来,我龙十妹就有救了!"龙十妹的话还未说完,床上的小女孩已经委屈得泪流满面。

"龙婶,您还别说,慧慧这病,只有我李翠花能治。"李翠花在床沿坐下,把一本旧书放在被面上。刚刚还是泪人似的小女孩擦干眼泪,一把抓住课本,塞进床头书包,然后一骨碌跳起来,咚咚咚地下楼,一眨眼就不见了。

"是骏儿借给慧慧的语文课本,她前天放牛的时候弄丢了。昨晚,有人悄悄地塞进我的宿舍……"

龙十妹张着嘴,似懂非懂。追下楼的教授却是听得明白,端着药碗,看着女儿远去的背影,嘿嘿地笑:

"孺子可教!孺子可教!"

阁楼上,两个女人依然在说话。

"龙婶,慧慧可聪明了。我原本还担心她跟不上,现在看来,下半年就可以升二年级了。这孩子,文静秀气,又有礼貌,真是人见人爱……是龙婶和教授教育得好啊。"

"哪儿的话,都是李老师你的功劳。"龙十妹听到有人说教授的好,心里总是美滋滋的——丈夫虽然笨手笨脚,连换块尿布也不会,但对女儿读书识字这件事却不含糊,他经常抱着女儿,把她放在膝上,一边喝茶,一边捧着本书,摇头晃脑,大声吟诵。"要说教授,功劳也不是没有,他整天之乎,多少有几个字从女儿的耳朵里钻进去。"

李翠花笑出声来。

"龙婶,慧慧进步很快,现在是少先队员了……"

"是啊。我晓得,那块红绸子,系在她脖子上挺神气的……"

"所以要读书嘛。有件事我得跟您商量,慧慧放学后有要紧的事做,这些天放牛割草的事就烦劳您了。"

"哟,这么小就去帮老师工作了……"

"慧慧是小,可不愧是教授的女儿,她的普通话是最标准的,比我李翠花的发音还好,声音又脆,一点不比中央台的'小喇叭'差。所以这工作还真非她莫属。"

李翠花说的是实情。婺州十八腔,隔溪两个村讲的方言有时都要费神才能听懂。李翠花自己传授的就是龙潭镇特有的"官话",有时难免把学生教歪了,倒是教授的普通话字正腔圆。

"慧慧能帮老师做工作,那敢情好,我龙十妹也是脸上有光。"龙十妹兴高采烈,想也没想就答应了。

四

教授八岁的女儿这些天成了大忙人。放学后,她要领着村小的一帮同学呼口号。三四十个小孩,全都系着红领巾,由低到高成一列,沿着古镇青石板的宽街窄巷兜兜转转,差不多一个小时。这些孩子中,有龙禧家的两兄弟龙彪、龙狮,有应家姐妹桃花、杏花和弟弟应骁,还有李老师的儿子龙骏,朱老师的女儿朱赫赫。诸葛慧莲站在最前面,兴奋的小脸涨得通红,一次次地举起小拳头,声音脆生生的。

龙十妹不知道,女儿慧慧参加的革命工作,多少与教授有点关系。

龙十妹在忙自己的事。母牛产崽,她要喂些催奶的精饲料。教授接生的小牛犊如果能够顺利长大,能给诸葛家带来不少的工分。再过一阵,龙十妹就可以把母牛连同牛犊放养的事交给其他人。

这天傍晚,龙十妹从牛棚回来,正在喂猪,一抬头,瞥见门外一个熟悉的身影。站在连廊上的龙禧东张西望了一会,先把那只有点瘸的脚伸进来,后脚再慢慢跟上。他穿着那套褪色军服和解放鞋,下巴胡子刮得干干净净的,一看就知道是刚去上面开会回来。

龙禧脸色凝重,嘴里叼着旱烟管,吧嗒吧嗒地抽着,观察龙十妹的脸色。古宅里静悄悄的。龙十妹知道,龙禧挑教授背着黄药箱出诊的时候来,一定没有好事。

"有话就说,有屁就放!"龙十妹失去了耐心。

"你厉害,嘴巴凶,眼睛毒。我怕放个臭屁把你龙十妹气炸了……"龙禧眉头紧锁。

"我什么时候凶你了?看看你自己这副鬼头鬼脑的样子——你这只老狐狸!"龙十妹沉下脸。龙禧的脸上露出尴尬的笑。

"是有事。我想请教授再做一回陪客……"龙禧小心翼翼选词。

"我就知道,你这个丧门星进来不会有好事!怎么又是教授?"龙十妹愠怒,但还能沉住气,"每一次刮风下雨,都得让他淋着。说是陪客,苦头一点没少吃。"

"说起来,我也不是没有照顾教授……你也要理解我的难处。"龙禧笑嘻嘻的,慢条斯理地说道。

"可是,连林革命也说了,教授已经改造好,用不着再戴高帽了。"抬手不打笑脸人,龙十妹有些无奈。

龙禧把头转向别处,开始嗯啊起来。

"十妹啊,你不知道,林峰现在也是泥菩萨过河自身难保。别说升官,原来那顶乌纱帽能不能保住也难说。上一次我进城买化肥,看见他家那大院子死气沉沉的,院墙上贴着厚厚的大字报。我也不知道他是不是窝在家里,不敢走进去……十妹,你一个妇道人家,真不知道外面的事。你说我这芝麻官当得容易吗?就像一粒黄豆,上面压,下面挤,要不是我龙禧的骨头硬,早就被磨成豆浆了。……"

龙禧摆出一副苦瓜脸,絮絮叨叨说了一大堆,旱烟抽了一锅又一锅,干裂的嘴唇咬着旱烟管,烟雾缭绕的脸愈加黝黑。

龙十妹一激动,像竹筒倒豆子似的一阵哗啦。

"我就知道,你是为头顶的乌纱帽。我不管,这次教授绝不当陪客。你是贫农,我也是贫农,比你还要贫。小时候十几口人,住在歪歪斜斜的老房子里,连破衣裳也没的穿,光脚光屁股,吃的是泥巴野菜、树根树皮。大的哭,小的闹,在泥地上打滚,晚上门板一架,就住在猪栏里,那些蚊子苍蝇,嗡嗡的像野蜂似的。你倒是说说,还有比我龙十妹更贫的贫农吗?!"

龙禧的脸上露出不耐烦的神色。

"十妹,你这哪是贫农的贫,是贫嘴的贫……你别忘了,教授还有那层海外关系,要是深究起来……我龙禧做事一向公正公平,就是一个太公门下的龙冒照样要拿了!这次搭台唱戏,龙冒才是主角,教授不过做个陪衬。要不是看在五妹的分上……要不是看在教授配的汤药的分上,我才懒得跟你啰唆!"

龙禧梗着脖子,瞪着双眼。

村里的人都怕龙禧瞪眼,因为那双突然之间从深陷的眼窝里鼓出来的眼珠子不但有一股摄人心魄的神秘威严,还有凶光。

"以后你也别想教授给你配药了。我巴不得你这只脚烂掉,变成瘸子!你干的那些龌龊事,还以为人家不知道?"龙十妹以眼还眼。

"龙十妹,你别用嘴皮子杀人!别人怕你,我龙禧可不怕!"龙禧的眼珠子鼓起,声音变得凶巴巴的。他猛吸几口,抖掉烟灰,在门框上用力敲击着铜烟锅。"你别看错人,老虎不发威当成是病猫。我龙禧也是有性子的人……"

"我没看错,你就是个笑里藏刀的笑面虎!老色鬼,老流氓,白眼狼,白狗熊,狐狸,野猪,野狗!……"

龙十妹语无伦次,气呼呼的,边骂边跺脚,一转身,顺手操起了擀面杖。

好男不跟女斗。龙禧一缩脖子,"哧溜"一下窜出了门。

第七章
龙应两家的恩怨情仇

一

　　不知何时，有飞鸟衔来一串串元宝形的枫杨翅果，撒在桃花溪畔，于是这种树冠宽广、枝叶茂密的落叶乔木便在桃花溪两岸迅速繁衍，而原来的桑林和桃李枣杏等果树便迅速萎缩。枫杨树根系发达，小时候生长缓慢，一簇簇、一蓬蓬地从沙滩卵石堆里冒出来，然后突然间蹿高，形成密密的一大片。枫杨树主干高大，木质轻软，不耐腐蚀，只能制作简单的家具农具。龙潭镇的人称枫杨树为麻柳，要是谁家的孩子顽劣不成器或是不幸夭折，就叫"麻柳鬼"。

　　龙川的积雪没有完全融化，春寒料峭，龙潭湖还处于枯水期，湖畔大片的沙滩裸露。这里的湖滩，除了顽强生长的枫杨和芦苇茅草，就是大小的石头堆积的泥涂沙滩。

　　龙潭湖的湖滩和上游的溪涧曾是龙潭镇野孩子们嬉戏的乐园。桃花溪畔涧草丛生，苇茅萧萧，沙石累累。蓝天白云下，婆娑树荫里，清流潺潺。连日的桃花雨使溪水猛涨，龙潭湖里喜欢新水的鱼群便逆流而上联翩而来，涌上溪头浅滩，拨鳍摆尾，蹦蹦跳跳，一派勃勃生机。附近的孩子常来桃花溪掏鱼摸虾。在奔流的溪水和一洼洼的水坑里，搬开每一块石头，都会发现螃蟹、泥鳅、石斑鱼和草虾。

这片湖滩是龙潭镇风云演义的场所之一。镇上老一辈的人还记得,刚解放那会,这里就举行过一场隆重的庆祝大会。那时候,这里还是大龙江堤坝下平坦开阔的沙滩,一个用枫杨木搭起的台子前,摆开一排八仙桌和红漆条案。十里八乡的村民在这里聚集,他们大多面容黝黑,衣衫破旧,但是有说有笑,菜色的脸上挂着喜气,现场锣鼓喧天,人声鼎沸。

半个世纪前,应富贵的父亲应荣禄,曾是龙潭镇的风云人物,身世却是个谜——他是外埠人,据说少年时曾在兰溪老街的药铺里当过学徒,孤身一人来到龙潭镇,在诸葛家的寿春堂当伙计。应荣禄读过几年私塾,略通文墨,天生一副生意人的头脑,能掐会算,算盘放在头顶打得哗啦啦响,人称"小诸葛"。他做事勤勉,敏行讷言,多谋善断,很快步步高升,最后成了诸葛家的大管家。

彼时的龙潭镇已开始衰落。外面的世界狼烟四起,风云跌宕,随着城头大王旗的变幻,各种新思潮也是汹涌而来。诸葛家的人早就放弃只行医、不仕不商的想法,老少青壮——老太太的叔伯侄孙——被清末民初轰轰烈烈的时代风云裹挟着,像蒲公英的种子被吹向四面八方。他们或是变卖家产,在杭州上海等一些大城市定居,或是漂洋过海到了国外求学谋生,再也没有回来。西医东渐,中医被冲得七零八落,药铺生意大不如前。诸葛鸿翔,诸葛家族中最小的一个,本来负有留守古宅重振家业的任务,也赶起时髦,留下夫人和小儿子,自己打点行装,带着大儿子诸葛柏高投奔革命军去了。

诸葛家只剩下一些老弱妇孺。诸葛龙氏,最后一个从四川嫁过来的闺秀,带着小儿子在古宅枯守。瘦死的骆驼比马大,诸葛家田产广袤,家大业大,需要有人打理。诸葛龙氏有心无力,一门心思寄托在刺绣编织和小儿子诸葛仲平的学业上。龙潭镇的蚕桑业也已凋零,一来被崛起的湖丝抢了风头,二来又被洋丝、洋布、棉织品冲击,名存实亡。镇外的桑园越来越少,变成了棉田、稻田。古宅里,一帮妇人用老式织机织出的丝绸只能提供自家人的穿衣。刺绣编织之余,夫人吃斋念佛,默默祈求,巴巴盼望着,那些诸葛家生龙活虎般出去的男人能够平安归来。

诸葛家大大小小的事务实际上都交给大管家应荣禄掌管。谷仓粮仓、火腿坊、酒坊、染坊、丝绸成衣铺和药铺的生意全由他打理,租借田地、估产收租、良田置换也是他说了算。他的确也是任劳任怨,深得老太太信任。

同时,应荣禄也是谨小慎微的,因为他知道自己有一个致命的弱点,那就是外来户,曾经上无片瓦下无立锥之地。尽管夫人把最贴心的丫鬟许给他,让他在龙潭镇落了户,他还是觉得自己是水上的浮萍,没有真正地扎下根来。在龙宅,只有他一户姓应,大部分人姓龙。

龙潭镇的龙姓,最早是龙老太从四川带过来的,后来又有从北方中原和湘赣陆续迁来在这里安家的。龙氏一族,像萌发力极强的枫杨翅果,即使落到石头缝里也能长成,又像他们养的牲口,繁殖能力特别强。龙姓人丁兴旺,却大多数地位卑下,不是丫头养娘、耕夫佃户、船工运卒,就是在酒坊火腿坊人扛背拉干苦力活的伙计,稍有点技术含量的活都很少涉足。龙家人以为是大管家应荣禄刻意为之,所以对他恨之入骨。

应荣禄还有一个心病——膝下缺后少丁。他的老婆李氏,知书达理,能织会绣,可就是肚子不争气,生下一个男孩后再也没了动静。民国后纳妾废止,应荣禄左思右想,也只有在独生儿子身上花血本,努力把他培养成有出息的读书人一途。

他把儿子应富贵送到朱宅的私塾去念书,期望儿子成为通晓四书五经的大儒,即便将来不能出相拜将,也能做个教书先生或是受人尊敬的大夫,不要像自己一样寄人篱下。

教私塾的朱老夫子穿长衫布鞋,一张和蔼温润的方脸,天庭饱满,须髯皆白,整日里摇头晃脑,满口之乎者也。应富贵开始倒也坐得住,因为私塾只有两个学生,另一个就是诸葛家仲平。诸葛仲平斯文白净,天资聪颖,一学就会。应富贵天资中等,坐在少爷后面,耐住性子,勉强跟得上。

不久,私塾又来了个学生。这一个不但黑瘦,穿得破破烂烂,而且菜色的脸上还粘着泥土鼻涕。他似乎是被人逼着来上学的,眉眼间带着恶狠狠的神情,很不情愿地坐在应富贵边上,木然地望着"之乎"不停的朱老夫子,云里雾里,如同鸭子听天。对他来说,那管笔杆比锄头柄要重多了。他胡乱地在宣纸上涂鸦,那毛笔字,像一只只横行的螃蟹。

朱老夫子终于恼了,每日里戒尺侍候,打得这个学生手心手背青一道紫一道的。应富贵却渐渐对这个叫龙禧的学友同情起来。他自己养尊处优,住一个单独的房间里,里面有床铺被褥、米菜缸子、铜罐炉灶,还有专人烧饭侍候。而龙禧每天要光脚丫来回跑,中午吃的是装在饭篮里的冷饭疙瘩和咸菜。

应富贵戴着青色的瓜皮帽,穿暗花条纹的绸衣绸裤,胸前还挂着金锁银铃。龙禧原本对这个白白胖胖一身光鲜亮丽的同桌很有敌意。有一次,应富贵请龙禧到自己的房间里吃火腿白米饭。那一碗香喷喷的火腿白米饭不但消除了龙禧胸中块垒,而且大大拉近了两人的情感距离。

同学间一熟稔,龙禧顽劣的天性就冒了出来。

"富贵,我有个主意。我们把抄抄写写的事交给诸葛少爷,到外面透透气。"龙禧眨巴眼睛。

应富贵本来就对"之乎者也"不感兴趣,只喜欢算术,喜欢扒拉算盘珠子做买卖。两人一拍即合,一有空就偷溜出去,跑到船埠码头去戏耍——有时候在火腿坊和陶窑附近瞎逛,有时候去桃花溪里掏鱼摸虾。他们不但逃学,还一起到酒坊里偷酒喝。酒坊的伙计存心捉弄两个顽童,有一次把他们灌得烂醉如泥。

两人各挨一顿戒尺。诸葛仲平不能幸免,他被送去县城,在县城绣川学堂里学了一段时间,很快被送往国外。

朱老夫子彻底失望,把两个学生辞退,关了私塾。

"此处不留爷,自有留爷处。"两人暗自嘀咕。李宅的李琦记早已办起了新式学堂,龙禧和应富贵又做了同学。应富贵还是讨厌语文,只对算术感兴趣,而龙禧更是连兴趣也谈不上。两人的脑子似乎是被酒精烧坏了。应富贵勉强应付学业,龙禧却是榆木脑袋不开窍,硬着头皮苦撑。三年后,龙禧再也撑不下去,不想念书了,回去跟父亲商量,父亲破口大骂。

"我豁出老命换雪花银供你,你不好好读,就像你老子兄弟一样挑大粪去!"

的确,老龙是顶着巨大的压力供最宠的小儿子读书的。几个大儿子都是一字不识的"睁眼瞎",他自己也是只知道耕犁耙耖的"田乌龟"。他租种十石田地,累得昏天黑地,也只是刚够一家半饥半饱。老龙一心要在土疙瘩里刨出金子,让老幺龙禧脱离牛马生活。

没办法,龙禧只好回到学堂。又读了两年,眼看就要高小毕业,龙禧却辍学了。这回是他想读也读不下去了。

龙禧的父亲病了。检查出来是痨病,吃些土草药,毫无效果。按他的吩咐,家人把他抬到蚕神庙里去,烧香磕头。在庙里住了一个多月,依然没有起色,又七手八脚地抬回来,放在门口的泥地上。老龙睡在草席上,奄奄一息,把兄弟儿子叫到跟前,吩咐这吩咐那,大意是叫龙禧的母亲要带好龙禧,叫龙禧好好念书,不要像自己当一辈子"田乌龟",千万要跳出农门,最不济也要学一门手艺,说完就闭上了眼睛。

一家老小号啕大哭。正在大家哭得惊天动地的时候,老龙忽然又活过来,一骨碌从草席上坐起来。

"谁叫你们哭了?……我走到半路,听你们这样哭多喊娘的,心里烦,就从阎王爷那里告假回来……我想起来了,还有两件事要交代。第一件,是你们的族叔龙犀,有一次我去借俩银子救急,他不肯,你们要记住。第二件,是应荣禄那家伙,处处刁难龙家人,一辈子欺负我们,你们以后千万不要对应家人好。……我走了,你们再不要哭了……"

老龙直挺挺躺下,真的一命呜呼了。父亲的话说得莫名其妙,跪在一旁的龙禧却听得真真切切,记在心里。

二

那一年,父亲五十七岁,龙禧大约十三岁。

说大约,是因为龙禧真的不知道自己的确切年龄。龙家人多,命贱,父母兄弟不会刻意去记住每个人的出生年月。父母去世后,龙禧更是对自己的生辰迷糊,后来只得根据需要增减,说个大约。

龙禧的父亲龙裕,村里人叫他"大水牛",是裕泽丰隆四兄弟中的老大,长得高大魁梧,力大如牛,脾气暴躁,作风强悍,是家族中说一不二的人。原本一大家子合着过,龙裕一死,整个家族便失去了主心骨,散了架。叔伯分家后不久,龙禧的几个哥哥也闹着要自己过。龙禧的母亲骆氏是续弦,是个小脚婆,只知道在家生儿养子、孝敬公婆,何曾经历如此场景?刚刚烧完丈夫的五七,几个叔叔瓜分完家产,现在辛辛苦苦养大的儿子也闹腾起来,早已慌了手脚,一把鼻涕一把泪的,只知哭泣。

于是叫来几个叔叔主持。那几个叔叔平时吃过"大水牛"的亏,存心刁难,就叫大管家应荣禄做中人写分家约。家里最好的肥租田分给兄长,留给龙禧两间旧房和一石山脊上的薄田;分家约上写明,要骆氏"恪守妇道,抚养龙禧成人"。因为曾拜一名绍兴师爷为师,无意中成了擅长舞文弄墨、城府极深能翻云覆雨的刀笔吏,应荣禄不管怎么做都为人忌惮。本来龙家的田地是租赁的,应荣禄也要到场,说起来,应荣禄还算一碗水端平。龙禧的几个兄长早已拖家带口——老大龙福的儿子都快十岁了,除了分到好一点的熟田,几乎是净身出户,而龙禧分到祖屋,并不吃亏。

龙禧的母亲,那个守寡的小脚婆,从未离家一步,此时不得不带龙禧干农活。小脚下田,又扎又泥泞,寸步难行,骆氏便坐在田埂上呜呜大哭。龙禧也跟着哭。

好在天无绝人之路。龙家人成熟早,龙禧的个子明显比同龄人高一截。他很倔,读书不行,田里的活倒是无师自通,很快就学会了挑肥浇粪、拔秧插秧等一些普通农活。骆氏低声下气,求爷爷告奶奶,向人借来水车、稻桶,雇人收割,竟然也有了收成。为了种好地,她请人在院子里挖了一个茅坑,放了粪缸,又圈起一个猪栏,养了两头猪。

孤儿寡母,艰难度日。

1942年,日本人沿铁路南下,很快就要到龙潭镇。镇里的人纷纷去龙川峡谷避难。骆氏小脚跑不快,待在家里听天由命。母子俩实在是无处可逃,再说,山脊田里的稻谷也到了收割的时候。

夏天的一个下午,一场大雨过后,龙禧一个人到田里割稻,发现稻田里浮着一层油污。他并没有在意——后来听说,当天早上有人看见日本人的飞机从龙潭镇上空掠过,撒下一些传单,还喷下一阵阵烟雾。龙禧以为油污是落在稻田里的传单带来的。不久,龙禧就发现脚踝处有点痒,渐渐地小腿也发痒。回到家中,骆氏卷起儿子的裤管,看到龙禧左腿上的油污,连忙用清水洗,又抓了一把灶灰抹在起泡的脚上。龙禧又到药铺配了不少药,内服外敷。过一阵,表皮的伤泡消失,但还是时不时痛痒发作——发作时像撒了胡椒粉,火辣辣地疼,痛心蚀骨。

龙禧是不能再下地干活了。没了生机活路,骆氏忧心如焚。她忽然想起丈夫临死说的话,就把两头肥猪卖了,去找李宅的李木匠。

李木匠名气大,架子也大,爱理不理。他攀眉蹙额,阴沉个脸,一双睡眼惺忪的眼睛细眯着,斜睨着跪在地上的小脚女人。最后,架不住三番五次找上门、涕泪涟涟的小脚婆,李木匠终是发了善心,收龙禧为徒。

李木匠苍老,骨瘦如柴,身体佝偻着,细脖上顶一个骷髅头,白发稀疏,额上青筋暴突,一双眼眶深陷的眼睛布满血丝,带着浓重的阴影——这双永远睡不醒的眼睛,只在见到稍有姿色的女人时才睁开,露出奇异的光芒。

李木匠身上,唯有一双铁钳似的手还显瘦硬,然而就是这双有些残余力量的手也是不断颤抖。这双手不做别的,只用来握水烟管,一天到晚吞云吐雾,似乎只有在缭绕的烟雾中,这个行将就木的老人才能找到些许的快感和生活的乐趣。显然,李木匠的身体和财富已经被前面五六任妻妾榨干,他自己也想挥霍完剩余的东西去见阎王。外面的世界兵荒马乱的,李木匠准备收山了,有一搭没一搭地接活,接的活也由身边还没出师的徒弟干,自己从不动手。

所以说,龙禧虽然跪拜了鲁班,入了李木匠的门,后来号称李木匠的关门弟子,实际上学到的东西不到李木匠手艺的十分之一。这些手艺,也是在给师兄们递烟送茶、拉锯扛木时偷学的。头三年,别说墨斗线绳,就是斧子凿子也没摸过。

一句话,龙禧就是混口饭吃的。

就是这口饭,也不好混,要等师傅师兄们吃完,才能吃些残羹。李木匠的脾气大得很,稍不如意,手里的水烟管就会对准龙禧的脑壳——那玩意,比栗凿可是厉害多了,一敲就是一个大包。如果龙禧尿尿时候发出点声响,李木匠就会破口大骂。

"读过几天私塾,就以为自己了不起?! 书本拿倒,之乎不会,笨得像头牛。……朽木不可雕也! 朽木不可雕也! ……"

后面的话越来越难听,荤素混杂,龙禧塞住耳朵也没用。

实际上,龙禧就是个服侍人的跟班,起早贪黑不说,挨打受骂是常事。除了给师傅提盆倒尿、端茶送水,还有一项非常重要的任务,就是给师傅把门望风。李木匠有特殊的癖好,经常叫一些浓妆艳抹的女人过夜,呼噜噜地抽完大烟,再干那种男女之事。师傅成了启蒙老师,龙禧耳濡目染,出师后,从李木匠身上承继了两大癖好:一是手不离烟枪,没有烟枪含在嘴里就会头脑空空;二是管不住自己裤裆里的玩意,见到稍有姿色的女人就心痒痒。

当然,龙禧多少学到了一些真本事。李木匠的手艺精,眼睛毒——什么桐、杨、槐、榆、柳、枣、楸、梨、松柏,什么紫檀、黑檀、红酸枝、黑酸枝、鸡翅木、香樟木,一瞄就准,与木头有关的东西无所不会,雕镂刻画,无不精通。李木匠只给大户人家盖房子打家具,见惯了城里富商巨贾家的家什——床榻几案、桌椅箱柜。龙禧的手艺不精,眼界却不低,后来养成收集古董破烂的习惯就与此有关。另外,出师后的龙禧还落下一块心病,就是想方设法要跳出农门,过城里人的生活。

那时的龙禧,就像块木头疙瘩,由着师傅师兄锛砍刨凿。他很想摆脱这样窝心的生活。听说龙川的山里有抗日纵队在活动,龙禧也想跟几个堂兄弟一样上山打游击,可是他又拿不准自己有没有那个胆。前些年与母亲一起逃难,躲在寺庙里的时候,他曾目睹日本兵用枪托敲碎人的脑壳,又从村里拉来几个妇女开膛剖肚,让人心惊胆战。一想到眼泪汪汪的母亲,他还是打消了这个念头。

说起来,李木匠待龙禧不薄,年终时也会发几个工钱和一些米面,让龙禧回家孝敬老娘。只可惜骆氏无福享受新生活,日本人刚败退,她就生黄胖病死了。

成了"独佬"的龙禧铁了心跟李木匠过。婺州解放前夕,李木匠像一盏枯灯燃尽油脂熄灭,临死时,他把一套足以让人自豪一辈子的木工器械和一个神秘的铁皮箱子留给龙禧,承认龙禧是他的关门弟子,算是龙禧侍候六七年给他养老送终的回报。

就在龙禧在李木匠家里辛苦学艺的时候,他一生的死对头应富贵却在父亲的账房里写写算算学做生意。高小毕业后,应富贵没有再读书,因为日本人的飞机把学堂炸了。日本人来了以后,龙潭镇很乱,尽管应荣禄到处拱手作揖、小心周旋,还是轻易不敢让应富贵外出。

这样苦熬了几年,日本人败退后,应荣禄松了口气。他想早一点过抚儿弄孙的日子,就给应富贵定了一门亲。应富贵却厌倦铺房里枯燥沉闷的生活,不想成亲,想先到外面世界去闯一闯。

1948年的春节,应富贵在杭州工作的二舅回李宅探亲,答应应荣禄为应富贵找份工作。二舅的内弟在上海橡胶厂当工程师,答应给应富贵安排橡胶厂的工作。过完年,应富贵就挑了被子和换洗的衣裤到婺州县城乘汽车。浙赣铁路这一段被破坏,还没修好,应富贵在诸暨下车,住了一夜,第二天乘火车到了杭州二舅家。在二舅家住了两夜,第三天由舅母送到了上海杨树浦路舅母弟弟家。舅母住两天回杭州,留应富贵一人在上海。没想到,橡胶厂没有原料,一时进不到货,已经停产了,不知何时开工。住了数天后,舅舅内弟一个亲戚来,答应为应富贵找一份新工作。当天他就挑了被褥行囊去了金山县张堰镇。

几十年后,应富贵回想此事,已经记不得自己是在税务局还是粮食局工

作了,只记得在那里当勤杂工,扫扫地,擦擦桌子,买买东西。一年到头闷在箱子似的格子间里,城市枯燥乏味的生活远没有乡下来得有趣。应富贵经常一个人坐在那里写信,告诉父亲要回家。应荣禄先是不同意——儿子好不容易跳出农门,岂有回家之理?

后来不知怎么的,应荣禄忽然又同意了,还给儿子写了封信,同时在信里附了一个锦囊。

应富贵如释重负,挑了行李乘船到松江,托人买了一张到龙川火车站的火车票。他归心似箭,辗转回到了老家。

婺州城已经解放,龙潭镇也是一番新气象,正轰轰烈烈闹革命。应荣禄被五花大绑押在台上批斗。早在日本人来的时候,诸葛夫人已经遣散了宅子里所有的妈子丫鬟,一心烧香礼佛,深居简出。就在日本人败退前夕,她沐浴更衣,悄悄地投了井。大地主没了,龙家的人便把怨气撒在应荣禄的头上。抗战时期,搞减租减息,老夫人要免了龙家的所有田租,应荣禄愣是不同意。应荣禄自己名下租给龙家的田地,也不肯少收一粒稻谷。龙家人对应荣禄的积怨由来已久,只待时机。应荣禄早就知道,那些他辛苦积攒购置的田地会带来麻烦,已经想方设法转让出去了,只留给儿子三间带院子的瓦房。他在日本维持会当过差,又当过保长、乡长,自知罪孽深重,就一头扎进湖塘自我了断了。

应荣禄的妻子李氏,草草办完丈夫的丧事和儿子的婚事后改嫁了。屋漏偏逢连夜雨,一年后,应富贵的老婆给他生下一对双胞胎女儿,大出血死了。

龙禧本来是有种种理由恨应家的。不过,在土改评成分时,龙禧忽然间想到在应富贵那里吃过的那碗火腿白米饭,看到儿时的玩伴应富贵拖家带口、一副穷途末路的凄惨景象,心一软,给应富贵评了个中农。因为这事,他后悔了几十年。

不管怎么说,过去风光无限的应家已经败落。龙家扬眉吐气,开始翻身了!

三

龙禧没爹没娘,要说苦大仇深,在龙潭镇也算数一数二,至少他自己是这样认为的。所以新中国成立后,减租减息,土改,反霸斗地主,抗美援朝,每次运动斗争他都表现得最积极。

龙潭镇已经成立了新的区政府,农村则是农会。龙家人数众多,势力庞大,龙禧被推选为农会主任。论资历,他那些打过游击的堂兄弟比他强,但是他们都是"睁眼瞎",而龙禧至少是高小毕业,有文化,见多识广,能说会道。

龙潭镇的形势依然复杂,1950年的春节刚过,县里就派来了工作组,先是减租减息,然后是土改。工作组组长姓徐,四十来岁,穿黄色军装,打着绑腿,腰里别着盒子枪,面容沉静严肃。徐组长是个大官,是地区行署派来的,又是县委书记兼农村工作团团长。与他一起来的也是个军人,叫林峰,二十岁不到,身材魁梧,黝黑的国字脸,留着黑黑的胡须。

林峰虽然年轻,资历却不浅,父母早亡的他十三岁就当了兵,是个老革命。他在打仗时负了伤,在医院里躺了一段时间,出院后没有再南下,而是留在婺州革命。

龙禧就是此时与林峰认识的。龙禧已经二十挂零,瘦瘦高高的,脸上显出龙家人特有的特征——突脑门,高颧骨,下巴微翘,眼神执拗刚烈。或许是过去寄人篱下压抑太久,长成了的他性格大变,走路昂首挺胸。

工作组就住在龙禧家里。龙禧家的老房子,是"大水牛"一手造的,三面夯土石砌混合,一面块石垒砌的虎皮墙足有半米厚,加上龙禧后来一有空就捣鼓,牢固得像座城堡。虽然阴暗陈旧,房子却很大,前面还有一个宽敞的院子,住七八个人不成问题。

不久,徐组长走了,龙潭镇的土改就由林峰负责。林峰虽然嗓门粗大,做事风风火火、干脆利落,但在龙禧面前很随和。原来林峰也是农民出身,对田里的农活几乎比龙禧还熟悉。两人一起烧菜煮饭,同进同出,同睡一张床,几乎无话不谈。这两人年龄相仿,意气相投,很快成了朋友。

虽说是铁哥们,林峰却把经济账算得很清,把伙食费用记在随身带的笔记本上,一星期一结,一分不少。龙禧对这位穿军装的兄弟很是钦佩。

龙禧带着林峰挨家挨户摸底,登记房屋财产,丈量山塘土地,又帮助成立共青团、民兵自卫队,发展农会会员,办夜校,组织妇女扫盲。在林峰的介绍下,龙禧不但入了团,还成了支部书记。

三天两头开会,龙禧可谓风光无限。可是他心里跳出农门的心结萌动了,又对穿军装的人充满敬畏,所以村里土改反霸一结束,他就穿上了军装,

加入了抗美援朝大军。

龙禧成为英雄的愿望并没有实现,不知什么原因——也许是年龄问题,也许是他不争气的脚痛病发作,龙禧并没有跨过鸭绿江。半年后他就回来了。尽管如此,龙禧后来对这段当兵的经历总是念念不忘、无比自豪,平时有事没事喜欢穿旧军装不说,每次开会喝茶,总是喜欢端着那个印有"中国人民志愿军"的搪瓷杯子。

龙禧不在的半年多的时间里,龙潭镇又有了变化。龙禧的老对头应富贵成了村里的红人。应富贵表现得比龙禧还要积极,充分发挥自己能写会算的特长,出黑板报,搞宣传,在夜校当老师,大量吸收青年入团。

最让龙禧羡慕的是,应富贵竟然又娶了老婆,并且红红火火地摆了两桌酒席。说起来应富贵也是无奈,一双女儿总得有人带。有女人才算个家。有一次,一对唱花鼓戏沿街乞讨的外乡人在应家门口经过。那个"小花鼓"又饥又冷,再也走不动了,应富贵就留下了她。"小花鼓"是个"半大脚"——母亲给她裹脚时看她嗷嗷直叫,可怜她,裹了一半,就放了。"小花鼓"能走路,但不能下地干活。应富贵并不介意,养了一阵,给她梳洗一番,穿上新衣,原本那个面黄肌瘦、声音细得像蚊子叫的花鼓女变成一个小巧玲珑活脱脱的小媚娘。应富贵喜出望外。

应富贵对龙禧心怀感激,把他奉为座上宾。龙禧正襟危坐,眼睛却盯着应富贵的新媳妇。穿上大红新衣的陈氏娇小玲珑,更显水灵,正是龙禧喜欢的那一类。龙禧心潮翻滚,肚子里火烧火燎——世道真是不公,自己长这么大,连女人的手都没摸过,而应富贵却已经娶第二个了,并且个个都是美娇娘!

应富贵看出龙禧的心思,和母亲一起为龙禧说媒拉纤。

应荣禄死后,他的老婆李氏改嫁到偏远的山村龙岗。李氏并没有完全与应富贵断绝关系,常常暗中照应,为儿子张罗娶亲的事。龙岗有一家姓龙的,家里有十姐妹一个弟弟,父亲是个猪行郎,开明乐天,经常把一件衣服搭在肩上,嘴里哼着小曲,东家走西家串。应富贵曾一度在诸葛家的火腿坊管账,与猪倌打交道,后来又跟龙褚做过一阵贩卖猪仔的生意,所以两家的交情一向不错。

应富贵和母亲李氏为龙禧介绍龙家的五妹。五妹像她家里养的"两头乌",黑黑壮壮的,模样倒是耐看。按说龙禧自身的条件不错,有手艺,穿上一身旧军装更是英气逼人,但毕竟无父无母,腿脚有小恙,娶一个"山里佬"并不算委屈。山村僻远,兵荒马乱时候可以避难。再说山里人的日子不比山外种田地的差,随便砍一担柴、挖几棵笋、倒腾几根木料,就不愁饿死。龙禧一合计就同意了。由应母做媒,龙禧穿戴整齐,提着一篮子糕点——白糖、藕粉、蜜枣,上门提亲。两人的年庚八字一合,就成亲了。

应家母子为龙禧的婚事忙前忙后,龙禧表面感谢,心里却是憋屈。显然这时应富贵压了龙禧一头。

不过龙禧翻身的时机很快来临。几年后,林峰又带着工作组进村了,这回是指导互助组合作社的工作。林峰依然与龙禧同吃同睡,两人看着对方身上的旧军装,一见如故,越发亲切。

龙禧自己也争气,很快组织了一个低级合作社,取名"龙胜",当社长。他的侄子龙宝组织了另一个合作社叫"龙利"。那边,应富贵也成立了一家,叫"应和"。三家合作社暗中较劲。龙家人多势杂,虽然内部兄弟间明争暗斗,有时会争得脸红脖子粗甚至大打出手,但是遇到外人,倒是不会胳膊肘往外拐,而是团结一致枪口对外。所以两家合作社很快合并,成立一家大的,同时不断吸收新的农户。可是他们不管怎么努力,还是争不过应富贵的"应和"合作社。应富贵放手让懂农耕的副社长抓粮食,自己负责开办榨糖厂、蜜枣加工厂,又办了个农贸集市,社员有粮有钱,生活过得红红火火。龙家这边的农户纷纷倒戈,加入了"应和"。龙家的合作社支离破碎,几近散伙。

两年后,上级命令成立高级农业合作社,应富贵成了高级合作社社长。龙禧不愿意加入"应和",他的合作社勉强支撑,社员闹着要拆社单干,上级不同意,龙家内部又起了内讧。龙禧被迫下野,把社长的职务让给了侄子龙宝。

一年后,上级决定在原来龙潭镇边上修大水库,龙宅村口,大龙江两岸,成了大工地。堤坝上红旗招展,卷扬机嘎嘎作响,打夯的打夯,垒土的垒土,挑担的挑担,推车抬筐的人流如同蚁群。附近十里八村,每户人家出一个正劳力上工地。龙禧被任命为工地食堂主任。

正是冬季农闲,应富贵去温州瑞安学习压榨制糖技术——原来龙潭镇制作红糖还是用牛力绞车,而温州那边已经用机械压榨了。应富贵的老婆陈氏在工地食堂烧火,龙禧便乘机纠缠她。

四

　　林峰第三次到龙宅驻点的时候,已经被任命为龙潭区区长兼红旗水库建设总指挥。在龙潭镇土改合作化期间,他走遍了这里的山山水水,觉得龙江上下游水患严重,打了一个报告,要在原来湖塘位置拦腰筑坝,建一个水库。他的老上级此时已是省里主管农林水利的大员,欣然批复,不但拨付一笔资金,还派省地两级的专家来设计指导。

　　林峰住在工地大坝上,早出晚归,披星戴月,一张黝黑的脸胡子拉碴,沾满黄土。龙禧自己也住工地,每天都能见到林峰,林峰的声音嘶哑,似乎并不想跟龙禧多说话。不明就里的龙禧还在纳闷,以为林峰当了区长摆架子故意疏远自己。

　　龙禧原本还指望在林峰的庇护下在村里东山再起,有所作为,这次是失望了。五妹一连给他生了两个儿子,肚子里又有了。老婆要养,儿子嗷嗷待哺,龙禧不能坐以待毙,决定另谋出路。做城里人的梦一直都在,他决定去城里闯闯。婺州刚解放那会,他的师兄弟成立了一个木器社,邀请龙禧当领导,可是龙禧没去——说起来他是当社长的最佳人选,因为李木匠留下的那一套木工器械就像"御赐宝剑",是江湖上"武林盟主的标志物"——倒不是龙禧怕自己的手艺镇不住,而是他忙于村里的事。木器社的生意并不好,不久就解散了,印证了龙禧的先见之明。

　　龙禧决定进城干点别的。城里时不时到乡下来招工,只是反反复复没个准,干几个月又退回来,一会儿要,一会儿不要,松一阵紧一阵。都说"当工人不及农民的一条田塍",但是人们还是削尖了脑袋往城里挤。凡是能进工厂进机关单位的,一定是有文化有真本事或者有其他门路的,吃商品粮的总归比"田乌龟"强,龙禧想。

　　在家熬了一阵,这样的机会终于来了。上面来招工,龙禧报名并被顺利录取。1958年的春节刚过,龙禧就挑着被褥铺盖和一只箱子,随带户粮组织关系到县砖瓦厂报到。与龙禧一起报到的有三四十人,全是从农村招的。原来这家厂的厂长姓高,是林峰的战友,也是南下老革命。龙禧被分配到水泥车间,当了主任。他想着时来运转,以后就是一辈子吃商品粮的工人了,所以格外卖力。可是他没有想到,这城里的江湖一点不比乡下浅。龙禧不管这些,只顾按领导指示埋头干活。

烧水泥的高炉建起来了,烧了一段时间,却烧不出水泥。水泥烧不成,改做耐火砖,还是不成功。领导动起了脑筋,买来洋瓦机,改做洋瓦。水泥车间变成了窑炉车间。龙禧负责带着一帮工人到附近的湖塘里挖泥,运到窑厂。

眼看又到年底,这一天,龙禧嘴里叼着烟,正在挖泥,远远地看见五妹带着两个儿子找来了。一家子气喘吁吁的,显然是辗转多处才找到龙禧的。五妹腆着个大肚子,头发蓬乱,两个儿子的脸上全是灰尘鼻涕。

"你还有心在这里挖泥,家里的炉灶已经揭不开锅了。"一见龙禧,五妹就哭起来,抽抽搭搭的,说不下去了。

"哭什么哭! 有话好好说。"龙禧擦着脸上的汗水泥土,尴尬地咧着嘴,面对两个衣不蔽体光脚丫的儿子,他发不了火。

"你不回去,我们三个,怎么干活?"五妹哼哼唧唧,气得几乎说不出话了。

"我是工人,吃的是国家的商品粮,哪能说走就走? 再说了,只要应富贵还掌着权,我龙禧就不能回去!"

"富贵已经落台了……现在是龙宝掌权。富贵一气,什么也不管,自己敲糖去了。"五妹擦干泪,喋喋不休地述说起村里发生的事。

应富贵家倒是过得滋润,老婆前些年还是"闷鸡娘"不会生,前年底给应富贵生了个女儿,现在肚子又大了……

五妹不管龙禧爱听不听,把她知道的都说了一遍。

"日他娘的!"

听到龙宝还有应富贵的名字,龙禧的脸就变成了猪肝色。他掐灭烟头,朝地上吐了口唾沫,骂了句脏话。龙禧把泥瓦刀一扔,撂挑子不干了。

龙禧人高马大,干的又是体力活,除了喂饱自己,实在剩不下多少。不过他是好面子的人,在县城里找了一家面馆,带娘仨吃了顿饭,又买了一包纸烟——在县城里他学会了抽纸烟。不过这包烟并不是自己抽,是回家递本族的人用的。

他挑着箱子被褥回家,回到家也是发愁。龙禧绞尽脑汁,终于还是想出了办法。他听说林峰还在龙潭区当区长,就去找他。

林峰正坐在办公桌后面,捧着个头苦思冥想,见到龙禧,马上换上一副老熟人似的笑脸。

"龙禧,你来得正好,我正要去找你……"

林峰还未说完,龙禧就开始诉苦,说来说去还是前途的问题。

林峰希望龙禧留在村里当村书记,当然这还要靠龙禧自己努力,发动群众。有林峰撑腰,龙禧自然有了底气。

第八章
乡村的定亲礼与葬礼

一

　　那一碗火腿白米饭的恩怨远没有了结。时代的风云依然在龙潭湖的湖滩上演义。

　　转眼到了1973年的秋天。红旗水库建成后,堤坝上建了一座巨型水闸和一座水电站,补充新安江水电,使附近的村庄都用上电。三宅外的大湖塘终于连成一体,成了一个大湖泊。湖上岛屿耸立,绿洲茵茵,碧波万顷,名曰"龙潭湖"。

　　画溪、桃花溪依然流淌。溪涧两岸的枫杨自我繁殖,茂密苗壮,高的达几十米,褐色树干沟纹纵裂,巨大树冠下,小枫杨光滑灰色的枝条一簇簇一列列向四周延伸。生活在龙潭湖畔的人也像枫杨的翅果,串串累累,不断增多。龙潭湖畔,大片的坡地和泥涂沙滩地被开发,用于建筑住宅,安置被淹库区的移民。移民中的大部分安插在龙潭镇的朱宅、李宅和龙宅。

　　龙宅成了整个红旗区最大的村落,上千户人家,十几个生产队。

　　龙禧的权力越来越大,虽然龙宅一把手当得顺风顺水,但也有力不从心的时候。尽管龙姓依然是大姓,但其他姓氏也越来越多,百姓杂处,龙家的权力受到了不小的挑战。在诸多繁杂的公事外,龙禧还有私事要操心。几

个儿子渐渐长大，龙禧要为他们的前途考虑。龙禧觉得，自己权力再大，也不过是个"田乌龟"的头。他内心深处还是揣着做城里人的梦，自己吃不上商品粮，但是他希望儿子能一个个跳出农门——这是龙禧内心最大最隐秘的愿望。

四个儿子像山里的竹子突然蹿高，龙禧虽然高兴，但儿子的前途让他寝食难安。龙马是村里唯一在读的高中生，龙彪、龙狮读初中，三兄弟暂时不用考虑。可是大儿子龙虎的前程已经摆上了桌面，拿五妹的话说，是老虎龁到脚后跟了。

变化最大的也是龙虎，他继承并糅合了父母的优点，比龙禧还高半个头，宽肩长臂，黝黑的脸英气勃勃。龙虎初中毕业后没再上学，供销社的店员不愿当，机械厂招工轮不到，水电站临时工又觉得低人一等，挑挑拣拣，最后当了村里的一名赤脚医生。龙虎最大的愿望是当兵。粗手大脚的龙虎，拿着细细的针头给人扎屁股，龙禧也觉得别扭，不过在没有更好的去处前，只得如此。

儿子长大，娶媳妇是迟早的事。龙禧已经在村里最好的位置造了四间两层的楼房，用的也是当时最好的材料——水泥红砖。楼房面湖，前面是一大片开阔的水泥地，连接沿湖石砌的堤坝船埠。楼房的后面是老宅村口的大樟树，边上是大队里的一批办公用房——会议室、碾米房、农机房和医疗室。

龙虎就在家门口的医疗室上班。医疗室前面的水泥地就是村里的大晒场。这个大晒场也是村民聚会娱乐的场所。日出而作，日落而息，乡村的生活单调沉闷，除了从大喇叭和极少数人拥有的奢侈品——小匣子里听听新闻，最大的娱乐就是看电影。区里有一支电影队，轮流到各个村放映。一块露天场地，挂在树木、旗杆或是贴在墙上的银幕，两部胶片放映机，胶片盘装上卸下，持续播放。灯柱晃动，人声嘈杂，布幕上的景物影影绰绰，虽然看不太清楚，大人小孩还是乐此不疲。

放电影，那是比过年还热闹的事。听说村里有电影，村民就早早收工，吃完晚饭，搬着长短高低的凳椅抢占有利地形。十里八村的人也陆续赶来，把晒谷场围得水泄不通。

这一晚，龙宅晒谷场放映的是《柳堡的故事》。龙虎个子高，站在最后一排。看了没多久，他就离开了，朝远处的枫杨林走去。他的身后，十几步远的地方,跟着一个娇小的身影。是应桃花。

初冬的夜晚,从湖面上吹来的风已经有阵阵寒意。龙虎只穿了一套单衣,桃花却已经穿起了小红袄,或许是从密密匝匝的人群里挤出来的缘故,一张小脸红扑扑的。

两人来到溪边的枫杨林里,隔着一个身位,在滩地的一块巨石上坐下。这片枫杨林很隐秘,很少有人来。白天会有数十只白鹭成双成对地飞来,集成小群在这里觅食。这些白鹭鼓动着宽大的翅膀在树林里缓慢飞翔,从容不迫,姿态优美。它们或是在沙滩上步履轻盈地行走,或是一脚站于水潭中,另一脚蜷缩于腹下,头缩至背上呈驼背状,伫立不动;当清澈的水流中有虾蟹小鱼游动时,长喙向水中猛地一啄,将食物准确地啄到嘴里。一到傍晚,它们就飞回白鹭洲。

有一会儿工夫,两人都不说话,听着脚下叮咚的流水声。远处传来隐隐约约的电影对白。

"叫魂似的叫,来了又不说话。我要回去看电影了!"桃花噘起小嘴。

"我没叫你,是你自己要跟我来的。"龙虎狡黠地笑,那脸上的表情酷似年轻时的龙禧。的确,龙虎并没有叫,是桃花跟过来的。

桃花一天不见龙虎,就像丢了魂似的。这个十六岁的少女已经长成,比同龄人要矮一些,却是玲珑有致,越发娇俏。父母姐姐宠她,不让她到田里干脏活。每天放牛割草回来,桃花脆嫩的皮肤总是很容易受伤——不是脚趾踢伤就是手指割伤。她到村医疗室叫龙虎看。龙虎拿着镊子,蘸点红药水擦擦,却不敢摸桃花的手。

教授去白鹭洲后,他的药房就暂时封了。龙虎接替教授,当了赤脚医生,在大队部新开了一家。小时候,五妹经常打发龙虎到教授那里取药,所以龙虎觉得当医生不错。没病人的时候,龙虎也负责开机碾米。他虽然不穿白大褂也不赤脚,但是桃花觉得他背着黄药箱的样子很神气。

"这天冷飕飕的,又是黑夜,看啥电影?"龙虎的心思根本不在电影上。

"我知道,你喜欢看打仗的。"桃花叹了口气。

龙虎喜欢看打仗的电影,什么《地道战》《地雷战》《铁道游击队》《英雄儿女》《渡江侦察记》之类的,都看了好几遍。他是铁了心要去当兵。龙禧退伍时带回了一块白毛巾,珍藏好久,送给龙虎。龙虎用了十几年,最后变得破烂不堪黑硬如铁,还是舍不得扔。他常常梦见自己穿上绿军装挎着冲锋枪,

红红的领章,帽徽金光闪闪。

龙虎已经错过两年了。前年冬征,龙虎缠着父亲改年龄报名,龙禧没同意。今年他终于有了机会,早早报了名。

"哎,你的事情咋样了?"桃花转过脸,问龙虎应征的事。

"像我这么棒的身体,没问题!"龙虎用手捶捶胸脯,自信满满。

龙虎已经去公社卫生院初查。龙宅去的大多被刷下来,未能过面筛关。龙虎虽然紧张,走路一摇三晃,还是通过了。后来又去区卫生院体检。视力,听力,体表,这里摸摸那里捏捏,体检完后,医生竖起大拇指。

"没的说,甲等! 医生很满意。不过部队首长说了,我的心跳有点快,最好去县人民医院做个心电图。"龙虎道。

"你不是说自己的身体很棒吗?"桃花故意抬杠。

"我验的是海军,很严的。我想明天你陪我去。"

"不去!"

"怕你爸骂你?"

"我爸宠我,从来不骂。他去榨糖厂帮忙,也不在家。"

"那你陪我去。要知道,我就是因为想你才心跳加快的。"龙虎咧着一张大嘴,伸手去抓桃花的小手。桃花的手瞬间缩回。

"不去就是不去。"桃花低下头,蹙起又弯又细的眉毛,"穿上军装,你就远走高飞了。我怕你像麻柳树籽被飞鸟叼走,不知撒向哪里……"

"我还会回来的,就像那些白鹭……我是说天上的大雁,天气暖和的时候往北飞,天一冷又回南方了。两年,三年,五年,十年,最后我肯定会回来的。所以你一定要陪我去,有你在身边,我就吃了定心丸。"

龙虎嘴里这么说,内心却很矛盾。他希望一辈子当兵,却又盼着有一天回龙潭镇。实际上他无时无刻不想着桃花。有一次他路过莲塘,看见穿着艳丽红袄的桃花划着小舟,边唱边采莲蓬。少年的情愫突然萌动,龙虎再也想不到自己这辈子能爱别的女人了。

有好一会儿,两人都沉默不语。龙虎按捺不住了。

"我们还是去看电影吧,省得你不高兴。"

"我不去………我已经看过几回了。我还会唱呢!"

"那你唱啊,我最喜欢听你唱歌。"

桃花唱了起来。

九九那个艳阳天来哟

十八岁的哥哥呀坐在河边

东风呀吹得那个风车转哪

蚕豆花儿香呀麦苗儿鲜

………

　　桃花唱得很轻,仿佛怕被远处的人听见。但是她头顶的枫杨林听见了,远处的龙潭湖听见了,湖中洲屿上的白鹭听见了,她脚下的溪水听见了,叮叮咚咚地伴唱。

　　这首歌是大姐应梅花教她的。桃花并没有看过《柳堡的故事》,但是梅花看过,并且不止一次。那时还没电,用脚踏的柴油机发电,断断续续的黑白片,应梅花追着放映队,看了十几遍。

　　桃花水汪汪的眼睛看着树梢顶上乌沉沉的天空。

　　龙虎也不说话,望着远处。黑暗中,龙潭湖成了海洋,古宅成了城堡,枫杨树丛成了密林。他自己裹着绷带,挎着冲锋枪,成了高大威武的负伤战士。

　　"虎子哥,明天我陪你去! ……可是你要保证不让任何人知道……"桃花紧咬嘴唇,忽然说道。

　　第二天一早,桃花就来到村口的大樟树下,穿得鼓鼓囊囊,用一块白围巾裹住头。龙虎骑车带她。那辆二十八时的永久自行车是龙禧用的公车,在龙宅乃至整个龙潭镇也是奢侈品。

　　龙虎在绣湖边的县人民医院培训过,熟门熟路。他叫桃花在外面等,自己进了医院。

　　两个小时后,龙虎满脸笑容地出来了。

　　桃花依然等在原地,只是手里多了两样东西——一块香皂,一条白毛巾。它们是送给龙虎的礼物,趁龙虎体检的时候,桃花去百货店买的。

　　"你哪来的钱票?"

　　"是我自己的私房钱,我爸以前给的,我一直攒着……"

　　"哦,你是嫌我又黑又脏……"

　　"胡说! 我只是希望你多洗洗……我喜欢你身上的汗味。人家自己身

上也有味道。"桃花娇嗔道。

"我骗你的。我就喜欢你身上的香皂味。"龙虎咧开嘴笑。

"快跟我说说,结果咋样?"

"万事大吉,只欠东风。他们又把我从头到脚检查了一遍。哎,这体检麻烦的……当医生的也真不容易,连我的胳肢窝、屁股都要闻。他们还捏我的蛋蛋呢……"龙虎指指自己的裤裆。

桃花的小脸涨得通红,眼泪汪汪的。她转过身,忽然哭起来。

"你怎么了? 我开玩笑的……"龙虎急了。

"你就会骗人,说的从不算数。你一走,就再也不会回来了……"桃花抽泣。

"别哭了。我是认真的。回家我就跟我妈说去,让她去你家提亲!"龙虎黑黝黝的脸露出从未有过的严肃庄重。

他推过自行车,让桃花坐在后座,在陌生的县城里,骑过一条条街巷——南门街、北门街、新市街、朝阳门、东江桥……古老的县城很小,但在他们眼里却是奇异的大世界,怎么也逛不厌。直到黄昏来临,两人才往龙潭镇方向骑。在尘土飞扬的黄土路上,在凛冽的寒风中,龙虎双脚猛踩,像是一只站在青石上的骄傲大公鸡,伸长脖子,嘴里"喔喔"地一路欢叫。

二

五妹给龙禧生了四个滚壮的儿子,家庭地位节节攀升。龙禧是村里的一把手,五妹当了十几年的"第一夫人",又当了几年妇女主任,见多识广,也从原来那个温顺柔弱的农妇变成了能说敢做的"当家的"。家里条件越来越好,五妹心宽体胖,越活越年轻。

在家里,龙虎跟母亲关系最好。第二天一早,五妹就悄悄地来到古宅找十妹。毕竟是亲姐妹,生活在同一个村里,低头不见抬头见。过去碍于龙禧的面子,五妹只能暗中给十妹一些照应。教授去白鹭洲后,他的事影响越来越小,两家的关系也大为改善。五妹现在常来串门,有要事也与十妹商量。

"五姐,这事应该由龙禧来跟我说呀。"龙十妹听完五姐的低声嘀咕,故作惊讶。

"他呀,怕你的擀面杖! 每次来,你都是凶巴巴的。"

两姐妹都笑了。这一笑,说话的气氛更加融洽。

都说三个女人一台戏,有时候,两个女人就能演出一台好戏。

"说到底,这事还得我们女人说了算。我五妹给他生了四个儿子,一把屎一把尿的,没有功劳也有苦劳。家里的事总得做一次主。"五妹的口气很坚决。

"说的也是。村里也有风言风语传到我耳朵里,与其让人嚼舌头,还不如挑明了。五姐,这事你自己咋看?"龙十妹用探询的口气问。

"好事啊!我早就盼着抱孙子了!龙虎是我带大的,他的脾气我最清楚,硬梆头筋,心比龙禧还野。我还怕他穿了一身'绿皮'就不回来了。结一门亲,手里箍着线头,就不怕他像纸鸢一样飞走了。我思来想去,这事还是与你十妹商量最妥。村里哪个不知道你十妹热心肠,是说媒的能人?"五妹不忘恭维。

"要说龙宅最大的能人,应该算龙禧与应富贵。过去两人结孽,你一锄头我一铁锹,互敲脑壳,弄得脸上青一块紫一块的,也不是个事。"龙十妹道。

"所以我来求你。要说能人,说心里话,应富贵可是比龙禧强多了。龙禧一天到晚就知道骑个破车到处开会,吐唾沫星子,挣的是面子。你看应富贵,闷声发大财,把老婆儿女养得那个滋润。他那个队,是龙宅最富的,十户有八户起了新屋。"

五妹说的是实情。应富贵是生产队队长,有自己的一套,允许社员在自留地种经济作物,又办了蜜枣加工厂,划出一部分田地种甘蔗榨糖。龙禧虽然看着别扭,但是应富贵受队员拥护,他也无可奈何。

"可是五姐,这事你还是跟龙禧通个气。"龙十妹正色道,"要是家里两头牯牛顶起角来,弄得鸡飞狗跳的,也不好看。"

"是龙虎叫我来的。龙禧那里好说,别看他在外面咋咋呼呼,家里的事还得听我的。再说,龙虎也大了,两人要真的顶起牛来,龙虎那块头,还不是把龙禧甩出三丈远!"五妹边说边比画。

"是咯,五姐,你的枕头风一吹,不怕龙禧不同意。"龙十妹笑道,"这事我答应了。你就买了蹄髈炖着,等我的好消息。别的我不敢说,去应家说媒,是刀切豆腐的事。"

龙禧与应富贵已经很长时间没有正面交锋了。不过最近两人正为批宅基地的事闹别扭。应家的老房子东倒西歪,应富贵要批宅基地,龙禧支支吾吾,迟迟不肯答应。龙禧当了多年书记,沉稳多了,大度邀请应富贵出任大队会计,应富贵没同意。两人就这么僵着。

龙十妹早就有心弥合龙应两家的关系,二话不说,梳洗一番,喜滋滋地来到应家。

刚推开院子的木栅栏门,陈氏就迎了出来。她娇小的身躯圆润了许多,白皙的脸也是圆鼓鼓的。只是深居简出,很少与人打交道,所以见了生人她有些胆怯。

不过龙十妹是例外,两人关系亲如姐妹。

"一家人不说两家话,嫂子,我今天是来说媒的。是龙虎和桃花的事。"龙十妹直截了当。

陈氏笑盈盈的脸突然阴下来。

"这事……怕是弗落坞。"陈氏的声音很柔,却很坚决。

"是龙虎不中你意?……"龙十妹错愕。

"我对龙虎……没意见。龙虎是个好后生,高高壮壮的,又是医生,见到我一口一个姊子,我喜欢。"陈氏吞吞吐吐,似有难言之隐。

"那是因为桃花太小? 桃花十七岁,要放过去都可以抱孩子了。再说,现在只是把亲事定了,龙虎当两年兵回来,正好结婚,不误事。要说龙虎这样的后生,十里八乡打着灯笼也难找。同一个村的,又知根知底……"龙十妹道。

"姊子,你别说了。只要是桃花……我坚决不同意!"陈氏转过脸,或许是太决绝,怕伤龙十妹的心,又转回来,"哪有大麦没割割小麦的? 要是梅花梅香,你随便挑一个。"

女大十八变,梅花、梅香二十一岁了,这对双胞胎在村里也是出名的美人,除了肤色略黑,身材脸蛋没的说,按乡下的标准也是百里挑一,齐整! 虽然说客盈门,应富贵却不着急。两姐妹也不松口。梅花作为老大,既泼辣又能干,里里外外的重活脏活都是她的。梅香除了田地里的活,还偷偷去龙生媳妇那里学缝纫。家里七口人,只有应富贵一个正劳力,每年都缺粮。两姐妹争相为父亲减轻负担,护养弟妹。不知情的还以为陈氏这个后妈不关心,其实她心里比谁都着急。

"这两姐妹我都喜欢……那就梅花吧。"龙十妹虽然有些失望,心里却不愿放弃玉成两家的亲事。

龙十妹回到家。当天晚上,五姐又来找她。

"应家嫂子没同意,也没有回绝。她的意思是先割大麦。"

"你是说梅花?那敢情好啊!"五妹肉嘟嘟的脸漾出笑窝。

"五姐,你怎么萝卜白菜都要啊?"

"说正经的。我中意的便是梅花。提亲的人踏破门槛,她都不点头。我怕人家眼界高,不敢用龙虎的脸贴她的冷屁股。"

"我常去应家,梅花的心思我知道,得相思病已经好些年了,想的就是龙虎。"

"你怎么不早说!说心里话,我就中意梅花,人齐整,又能干,懂事。那桃花看着叫人苦痛,一双桃花眼水汪汪的,以后怕是不好伺候。"

"梅花可是比龙虎大……"

"女大三抱金砖,女大两,拾银两。我就比龙禧大。梅花好,胸脯大,屁股圆,这样的女人能生孩子。"

"五姐,现在年轻人讲究自由……你得跟龙虎说一声。"

"十妹,你跟教授的事……我就不提了。父母之命媒妁之言,千百年来的老规矩到你我这里就破了?我一把屎一把尿把龙虎拉扯大,我的话他总得听一句。龙虎这头有我老娘。你这个当媒婆的,别扭捏了,再给我去一趟应家。"

"五姐,你也太性急了!"

"我能不急吗?再过个把月龙虎就穿军装走了。部队不让找对象。只要把亲事定了,龙虎就飞不走,我的一桩心事也落地了。还有,你也别忘了问问梅花的生日,我好叫人算一算。"

"这倒是,你就叫龙猫掐一掐,别看他装疯卖傻,人聪明着呢。"

龙十妹又去应家。陈氏早就知道她的来意,笑脸相迎。

"我跟梅花提过了,梅花昨天就去见了富贵。"陈氏说道。

"应富贵怎么说?"

"他呀,与教授一样,是个闷葫芦。他不说话,就是同意。只要梅花高兴,他也没意见。这些个女儿,他都苦痛来着。"

"那你叫梅花再跑一趟,问问自己的生辰年庚,顺便叫应富贵回来一趟商量此事。"

"富贵是请去帮忙的师傅,不好随便回来。梅花心眼大,自己会拿主意……"陈氏皱了下眉,讷讷的,"这事是不是急了点?"

"是有点急。不过急事急办,时间一长,嫩豆腐都变成霉豆腐了。梅花年纪不小了,龙虎就要去当兵……定了亲,以后两家就是儿女亲家,有什么难事龙家也会过来帮忙。龙禧和应富贵再也不会你挑鼻子我瞪眼了。"

"那敢情好……敢情好。"陈氏嗯嗯着,依然一副狐疑不决的样子。

龙十妹来回穿梭,很快拿到梅花的生辰年庚。她拿了老主意,把梅花、桃花与龙虎的三个人一起算。龙猫阴阳怪气的,说龙虎与桃花的生辰八字不合,怕是这辈子也成不了,梅花与龙虎却是天造地设的一对。

龙十妹做媒一向干脆利落,不过在龙应两家的这桩亲事上却犹豫起来。桃花是诸葛慧莲最好的玩伴,龙十妹最是怜爱。她本来想着,桃花那么年轻,以后有的是机会。龙猫那么一说,龙十妹更是心安理得了。

那边,五妹已经做通了龙禧的工作。龙禧打着自己的算盘,他一边希望龙虎当兵后能跳出农门,另一边又不希望他脱离自己的管束。也许龙虎脱了军装还要回来,即便他在部队当军官,也可以把梅花接去——龙虎是头犟牛,也只有梅花这样泼辣的新妇镇得住。

不管怎么说,这门亲事已接近水到渠成了。

三

叫龙猫算命的当天,五妹又叫他选了几个吉日。这是龙潭镇婚俗中"提包"的日子。吉日早上,五妹和十妹一起拎着元宝篮去应家。元宝篮里装了成双成对的桂圆荔枝,只要女方接了提包,初步的婚约就算达成了。

陈氏很高兴,端茶倒水,家里平时客人不多,来的又是书记夫人,有些手忙脚乱。第一次上门的五妹倒是很自在,笑容可掬。不过言语间还是有一种居高临下的意味。五妹在家里招待过许多有头有脸的人物,自己又当了几年的妇女主任,自然今非昔比。

"以后我们就是一家人了。一婿半子,龙虎还要你和应富贵多照顾。"五妹喜滋滋的,边说边拉住陈氏的小手。

"哪里哪里……应该是你们以后多照顾梅花……对了,龙虎怎么没来?"陈氏把手缩了回去。

"他呀,当个兵不容易,争破头。社里、区里、县里都要跑……"五妹收敛笑容，神色郑重，"都是同村人，天天见面，大家知根知底，三句两话的事。这边呢，你劝劝桃花；那边呢，我训训龙虎。屁大的孩子，懂啥来？都是父母辛辛苦苦养大的，又宠着他们，没道理不听父母的。"

"那是那是。"陈氏温婉地笑，诺诺连声，眼神飘忽，声音里透着迟疑。

三个女人坐下来，很快就敲定了一个正式定亲的日子。

五妹走了，龙十妹留下来，作为媒人，有许多事要交代。

"婶子，我是外来的，龙宅的礼数不太懂，还要你指教。"陈氏依然有些焦虑。

龙十妹一五一十说开了。

"嫂子，你就放宽心，是龙家要娶应家的女儿，该他们送礼，你大可以端端架子。不过有些礼数还是免不了的。到时龙家会请人挑礼担过来，照例呢，要给每个挑担人脚钿。两家这么近，脚钿可以省省，能不花就不花。不过茶水溏心蛋还是要的。最主要的是回礼，放在龙家挑来的良篮里带回。第一呢，是男方从头到脚衣帽一套。梅花、梅香在龙生媳妇那里学过裁缝，问问就知道龙虎的尺寸。中山装、白衬衫、皮鞋、袜子、帽子，花的应该是男方的钱。第二呢，是一双完完整整的藕，不能断须短节，到时由未来的新郎捧在手里，表示后代人丁兴旺。第三是五个包包，将来儿女用的。还有五袋粽子、五袋馒头、糕点饼干、花生喜糖、红稞，放在良篮里让男方带回，分给亲属本家，一来表示女方有礼，二来表示以后的日子红红火火。"

"哎哟，这么麻烦……"陈氏听完龙十妹的一番说道，皱起了眉头。

"所以再忙，你也得叫应富贵回来一趟。"

龙十妹回家，吃过晚饭就开始忙织带。教授在白鹭洲，诸葛慧莲在李宅中心学校初中住读，两人都只在周末回家，龙十妹有大把的时间忙自己的事。她的手织红带是龙潭镇乃至整个婺州嫁女的必备，如今在龙潭镇只有极少数人会这门手艺。龙十妹是村里有名的媒婆，每介绍成一对，就送女方几条。隔壁邻村有婚嫁的也常常到她这里索取。龙十妹经常抽空织一些，以备急需。

她眼下织的就是送给梅花的。乡下的定亲丝毫不亚于迎亲。讲究点的，迎亲时抬花轿放鞭炮大摆筵席，再热闹一番；将就点的，定亲时摆几桌，迎亲也省了，女方跑到男方家里生活在一起，就算成家了。

龙十妹刚把红丝线和梭子等一些织带用具拿出，龙禧已经满脸堆笑地走进屋。

"十妹,辛苦辛苦! 这次你的功劳可不小。"龙禧白胖了许多,额头颧骨的突出已不明显,一个光头闪闪发亮。双喜临门,连烟管里喷出的白烟也透着喜气。

龙十妹微笑,知道龙禧是无事不登三宝殿。

"你同意了?"

"同意! 好事我哪会不同意? 有了这根红绳子,就不怕那头犟牛瞎跑!"龙禧摸摸光头,嘻嘻笑,"定亲是大事,你是这方面的行家,所以我特来向你讨教。"

龙禧见过不少大场面,村里婚丧嫁娶都少不了请他坐上位,本族本家娶亲更是需要他出谋划策,但是他从不参与具体事务,所以对定亲的礼数也是一头雾水。

"你是想简单点呢还是热闹点?"龙十妹问。

"当然是热闹的,越热闹越好!"龙禧吧嗒着旱烟。

"简单点呢,就两担、四担;热闹点呢,就十二担、十八担。礼担都要逢双,定亲那天当聘礼送去女方家。"

"那就十八担。龙虎是头一个,后面还有几个跟着,我不能让本家的人看笑话,顶要紧的,不能让应富贵小瞧了我。"

"时间可有点紧……就是把溪滩里的石头捡来,怕是也凑不齐十八担。"龙十妹嗤嗤笑道,不想驳龙禧的面子。

"你放心,我有师兄弟,有战友,有的是关系! 我就是豁出老本也要办齐。锣鼓鞭炮酒席这些你就不用操心了。你就说是哪十八担?"

"那你就准备十八根红扁担,十八双良篮——那挑担的,你龙家有的是,我也不操心。这第一担呢,是彩礼礼金,至于是八百八还是八千八,由你这个财大气粗的书记自定……"

"唉,十妹呀,不能这么说。我这个书记也是穷光蛋……该借的钱还得借。"龙禧摇头摆手。

"你要打肿脸充胖子那是你的事。彩礼可多可少,女方也不会全收,顶多收个零头。可是这'日子银'却是少不了的,包在八尺的红布里,那是将来梅花过门的日子,如果等龙虎当兵回来再成亲,也可以先不送。这第二担呢,是买给梅花的金器银器首饰耳坠之类。这第三担呢,是给梅花做的一年四季的衣服鞋袜,还有脸盆、脚桶、牙膏、牙刷、香皂、毛巾、雨伞、草帽、梳子、篦子。这第四担呢,是桂圆、荔枝、枣子、莲子、白糖、藕粉。这第五担呢,是香烟、喜糖,还有老酒……"

龙十妹说得认真,龙禧听得仔细,像个小学生,记在一个小本子上。那个小本子是龙禧开会记录领导的指示和发言用的,一般都是随身带。

这十八担的确有些繁复,不过龙禧并不担心。虽然龙潭镇只有龙宅一个新市集,还没完全放开,但是李宅的婚庆用品一条街却是一直悄悄热闹着,毕竟,不管什么困顿穷富的年代,婚丧嫁娶还是免不了的。有了钱,定亲用的东西在那条街上随时可以办齐。

龙禧打道回府。他慢悠悠地往回走,边走边默默盘算,暗自掂量,心里一高兴,竟用沙哑的嗓子哼起不成调的曲子来。

还没到晒谷场的新屋,龙禧嘴角的笑意就消失了。离家十几米远,龙禧就听到自家楼上龙虎低沉的吼声和五妹声嘶力竭的尖叫。他刚推开红漆大门,迎面被龙虎撞了个满怀。龙虎气鼓鼓地从楼梯上冲下来,几乎要把龙禧撞倒。

龙禧脸色蓦地变了,嘴角立纹骤现。

龙虎的脸也是铁青的,腮帮的肌肉抽搐着,鼻孔里只有出气,一双凸出的眼珠盯着父亲。

"龙禧……算你狠!"

"什么时候你吃了豹子胆了,敢跟你妈犟嘴,还叫我名字!"龙禧怒目相向。

"我就是要叫你名字……你不是我爸!亏你还是个书记,不知道现在是恋爱自由?"年轻人气咻咻地撇嘴。

"自由也有个度。自由自由,自由能给你衣服穿?自由能供你念书?你喝西北吹来的自由风能长这么高?……"

"你们……有事为什么不跟我商量?"

"你妈这不是在跟你商量了吗?你忙着征兵体检政审,我跟你妈只是先做一步。你不是口口声声要娶应家的女儿吗?"

"我不管,我就要桃花……"

"梅花有什么不好?要长相有长相,要人品有人品,屋里烧饭煮菜、田地里的活样样会做,针线女红件件能干,连公社王书记的侄子都想娶她,十里八村也找不到这样的好媳妇……"

"我没说梅花姐不好。我就是喜欢桃花……"

"我跟你说,任何人都可以娶,就是桃花不行!"

"我就是要桃花,除了她,我一辈子不娶老婆!"

"你这根贼骨头,山里核桃,又想敲来着。跟我犟,没有好果子!要是我不在大队证明上盖章,那身绿皮你也别想穿!反了你!"龙禧提高嗓门,双眼鼓凸,举起了烟枪。

龙虎夺门而出。一连几天,他住在医疗室没回家。

四

应富贵是在定亲日子到来的前四天回家的。他在龙潭镇南面二十几里、离县城不远的王宅村里帮忙。那里是婺州糖蔗产区,每年冬至前后是榨糖季,到处是临时的厂棚作坊。王宅村的书记曾与应富贵去温州瑞安学习机制榨糖,便请应富贵当师傅把关。

应富贵请了几天假,上完夜班往家里赶,到家时天才蒙蒙亮。这个中年人总是面色凝重步履匆匆,一年到头没有歇空,忙完生产队的事,就去外面找活干,修鞋补锅,鸡毛换糖,不知情的人以为他闷声发财,只有他自己知道肩上担子的沉重和内心的酸苦。

他推开木栅栏门走进院子时,陈氏已经迎出来,她看上去脸色苍白,一副心事重重的样子。

"桃花呢?"应富贵声音沙哑。

"应该还睡呢……前两天还哭哭啼啼的,昨天晚上在我床前坐了很久,问她什么也不说……她呀,跟你一样闷葫芦。"陈氏像做错事的小学生,声音嗡嗡的。

应富贵推门进屋,咚咚咚地上楼,来到桃花睡的小隔间。床上没人,被褥枕头叠得整整齐齐。

应富贵下楼,东找西寻,看见桃花割草用的镰刀竹筐和放牛用的竹鞭在院子一角放着,心一沉,忽然间有一种不祥的预感。

应富贵出了院子,快走几步,突然间甩开步子跑起来。他穿过古宅,向龙潭湖方向狂奔。

早上回村时，应富贵走的是北面的小路，听见村口的大樟树上有鸦雀在叫，湖边的大晒场一片空寂。可是此时，大樟树下的晒场却聚满了乌压压的村民，他们或是窃窃私语，或是掩面而泣。

应富贵知道出大事了。世事如果都按正常的逻辑发展，那人间就没有悲剧了。对大人来说可能是针孔样的小事，对懵懂的少男少女可能就是天大的事。桃花的尸体是被龙潭湖上的摆渡人发现的。移民新区的人在湖中的洲屿上有田垄耕地和自留山，每天有船从龙潭镇一边的船埠不定时地划向湖中。桃花穿戴着红袄白巾，漂浮在水面，很鲜艳，所以没有被摆渡人错过。

人们已经用了各种方法施救，倒背在身后摇晃，牵来一头公牛把她放在牛背上转圈。龙虎又对她进行人工按压嘴对嘴吹气。那是龙虎第一次与桃花亲密接触，他已经不再顾忌别人的眼光，一心要把桃花救活。最后，公社卫生院有医生过来检查，确认桃花已经停止呼吸。

天色阴沉。冬至前后的天气已经寒气逼人。龙潭湖上雾气弥漫。湖面上吹来的风夹着水汽，抽在人脸上，更使人感到彻骨的寒意。

围观的人群闪出一个缺口。龙虎号啕着从人群里冲出来，向溪边的枫杨林踉跄而去。应富贵在桃花的身边屈膝跪下，佝偻着身子。他的脸上毫无表情，嘴张着，却哭不出声来，只有泉水般涌出的泪沿着黑瘦的脸颊泻下。他顾不上擦涕泪，从地上抱起桃花，像抱婴儿般地抱在怀里，慢慢走回家，把她放在枝丫光秃秃的桃树下。

没有不透风的墙，尤其在乡村，龙应两家定亲的事早就张扬开了。可如今，喜事变成丧事，两家都笼罩在寒风阴影里。龙家一直在按部就班准备定亲礼——花些冤枉钱还是小事，名誉损失才是大事。

龙家沉默。五妹觉得自己抬不起头，好几天不出门，龙禧却是不得不打起精神来抛头露面。毕竟村里的事——特别是眼下征兵的事还要处理。另外，作为事件的当事人和大队书记，于公于私，龙禧都要出面到应家走一趟。

可是龙禧抽着闷烟，哭丧着脸出现在应家院子里的时候，陈氏已经发疯似的扑过来，张牙舞爪。要不是龙禧机灵躲得快，脸上怕是已经布满爪痕了。陈氏先是呼天抢地地号啕，接着是撕心裂肺地哭喊，最后是喃喃地诅咒。

陈氏似乎是真的疯了，云鬟散乱，布裙撕裂，坐在床沿上不吃不喝，一夜白头,两眼血红呆滞。她已经哭不出声音来了,原本饱满的圆脸一下子瘪了,面容憔悴,额上布满细细的皱纹,像个小老太婆。要不是龙十妹寸步不离地守着,陈氏说不准已经从二楼的窗户上跳下去了。她的心里藏着一个秘密,这个秘密无人知晓,一直跟她走进坟墓。

梅花把自己关在房间里,用剪刀把新衣剪成丝丝缕缕。无言的伤痛折磨她,使她失去了对婚姻的信心,要过好些年她才能从这场阴影里走出来嫁人。倒是梅香还坚强。她的性格最像应富贵,少言寡语,沉稳勤勉。她料理家务,把在李宅上学的妹妹弟弟叫回来,报丧守灵。杏花一见姐姐桃花的尸体就哭成了泪人——她除了哭,也做不了别的,桃花的死改变了她的命运,杏花从此辍学,接过三姐的竹筐牛鞭。

应富贵在桃树下搭了个简易的棚子,叫应骁晚上守灵。

应骁没有哭,甚至没有一滴眼泪。这个第一次经历死亡的少年呆呆地跪在三姐的灵堂里,脸色苍白,目光阴郁。他不知道自己心里是悲苦恐惧还是仇恨。大人们在各忙各的,只留下他一个人。他从院子里跑出来,在黑暗的夜晚,在溪流田垄山丘间跑来跑去,时不时停下来望着乌沉沉的天空发呆。他的胸中似乎有无数的蝎子在蜇咬,他发泄着自己的愤怒仇恨,但是他不知道自己该向谁报仇。在三姐桃花这件事情上,似乎谁也没有错。他找不到仇人,因而更加怒不可遏。在这个寒冷寂寞的冬夜,他内心深处一个正常的世界崩塌了,谁也不知道,甚至他自己也没有意识到,这一晚的阴影将伴随他一生。

应富贵不得不强打精神处理桃花的后事。在这所老旧的砖瓦房里,在这样凄冷的夜晚,也只有龙十妹能与他说说话。龙十妹虽然悲痛欲绝,眼里布满血丝,依然手脚麻利、思维正常。

"都怪我,要不是我嘴馋,想吃炖猪蹄,桃花也不至于……"龙十妹是真心懊恼。她认为是自己点错鸳鸯谱才惹出这场祸事,之后的几年里,都不敢轻易说媒。

"弟妹啊,这事绝不会怪你。桃花——这是她的命。也好,她走了,省得留下来跟我吃苦。"应富贵自怨自艾,强打精神。

"是啊,桃花那么乖巧,人见人爱,怪可怜的。"

"不管怎么说,我已经定了,要给桃花一个像样的葬礼。我要把她葬在应家的祖坟里!"应富贵咬着厚嘴唇。

"我想也是,桃花配得上,他们要是嚼舌头就让他们嚼好了。"

应富贵决定要给桃花一个成人的葬礼。桃花的遗体放在灵堂里七天七夜。出殡的日子是由龙猫选的,龙猫是看坟的风水先生,又是给桃花做道场的道士。桃花遗体前后、头脚四围点满蜡烛,龙猫敲木鱼念经,烧纸钱,又当哭丧妇,当所有人都停止哭泣的时候,只有龙猫还在哭,下巴稀稀拉拉的胡子上沾着涕泪。他和应富贵也算是难兄难弟,怪自己贪几个小钱乱掐乱算,内心愧疚,有意将功补过。

院子里原来有一株合抱的枇杷树。那棵枇杷树曾是应富贵的心头宝贝,长出的枇杷又红又甜,像是挂在树上的一串串红灯笼。每当"蚕老枇杷黄"的时候,龙家的那些野孩子就爬上石头墙偷吃,还朝阁楼的房间偷窥。应富贵认为是龙禧在怂恿,一怒之下把枇杷树砍了。应富贵就用枇杷木给桃花做了一个小棺椁。那段枇杷木原本是留着给应骁做将来结婚用的花床雕板的。

应富贵终于还是没有把桃花葬入祖坟,而是在后山给桃花做了一座新坟。坟在高岗上,可以俯瞰整个龙潭镇,望得见远处的龙潭湖和桃花溪里的枫杨林。

第二年春天,应富贵把院子里的桃树移到桃花的坟头,以后每年都种十几棵。二三十年后,这里成了龙潭镇一处有名的景点——桃花坞。如织的游人在漫山盛开的桃花中穿梭,却不知道脚下曾埋葬着一个投湖的少女。

那少女的纵身一跃,不知给多少人留下难以磨灭的伤痛。人一旦被命运的绳索绑定,就在劫难逃,难以翻身?没有人替那柔弱的少女承担她心里的痛。人们只知道,是桃花溪的水滋润着她,蹂躏着她,最后又毁了她。

几年后,桃花那香消玉殒的尸骨和孤坟就被人遗忘了。只有龙猫记得它的位置。每年清明冬至,龙猫都要来祭拜,痛哭流涕,比他在父亲的坟前哭得还伤心。哭完后他又放起风筝,让那个大大的蜈蚣风筝飘向远处的龙潭湖。

"龙猫,你的蜈蚣会咬人吗?"看到的人问。

"我的蜈蚣有毒,但从不咬人。"龙猫答。

"听说你常常来哭桃花。桃花有什么好哭的?你还是唱一曲吧。"

龙猫原本想唱京剧《沙家浜》的《阳澄湖上》,想想不应景,还是唱《小尼姑下山吧》。他哼哼唧唧地唱着小尼姑,扯着蜈蚣风筝慢悠悠地下山。

这些是以后的事了。

桃花虽然没有入祖坟，但是她的葬礼一点不马虎。桃花出殡的那天，大半个村的人来送，有铜锣开道。天上下着淅淅沥沥冰冷的雨雪，上山的土路泥泞，人们拄着松木拐杖，举着被雨淋湿的花圈，深一脚浅一脚走在坑洼里。在老老少少披麻戴孝的人群中，有一少女也哭成泪人。诸葛慧莲是特地请假来送桃花的。桃花只念了三年就辍学了，诸葛慧莲几十年后才意识到，桃花虽然早夭，这位儿时最要好的玩伴却融入了她的生命。

龙虎并没有来送。他胸前戴着大红花，被一群人簇拥着，离开龙潭镇去县城报到。他的耳边回响着桃花出殡时低沉的铜锣声，对身边欢快的锣鼓唢呐声充耳不闻。他望着同样脸色阴郁的龙禧，忽然间有了一个念头：与父亲断绝关系，一辈子不回龙潭镇！

送走儿子，龙禧顺便绕道后山，来看桃花的新坟。桃花的死使龙应两家的关系雪上加霜。儿子当兵，龙禧一点高兴不起来，心事重重，咬着烟管抽闷烟。他不知道自己做错了什么，以至于父子反目、心疼的女孩遭此横祸。他不知道为什么龙潭镇的人总是受穷，为什么人与人之间有那么多跨不过的沟坎，为什么世上的人有那么多不同的命。龙禧苦思冥想，不得其解。

桃花的坟前，应富贵正在烧纸。往年腊月的这个时候，应富贵早已经出门敲糖去了，这次为了给女儿桃花烧五七，一推再推。

纸钱燃尽，烟灰蝴蝶般飞舞。应富贵忽然间苍老了许多，头发灰白，额上爬满皱纹。两个男人木然对视。龙禧从应富贵的眼睛里看到的不是仇恨，而是一种近乎悲悯的同情。龙禧不知道，在应富贵的眼里，龙禧同样是面容枯槁、一夜苍老。

两人沉默，一言不发。龙禧转身，倒背双手，慢悠悠走向烟雾迷蒙的古镇。

冬天最寒冷的日子又要来临了。从龙川峡谷吹来的西北风掠过枯树衰草，呼呼作响。

第九章
风雪接生夜

一

一进腊月,便是一年中最寒冷的数九寒天,即使无风,人们也能感受到刺骨的寒意。一连几天,天空都是阴沉沉的,布满了高低层云,像雾气似的层云悬在龙川的山峰峡谷间,久久不散,而龙潭湖面上那些层云闪着光晕,几乎压在水面之上。晌午时分,太阳忽然露了一下脸,很快消失了。

午后,灰白的天空便下起了雪子,沙沙的,在地上积了薄薄的一层。细小的雪花静悄悄地飘落,像素蝶般消失在水面,然后,又慢慢地变成密集成团的雪朵,在古宅的屋脊和青石板的街巷积聚。

在这样寒冷的雪天,除非必要,人们是很少出来活动的。

这是1975年的冬天,诸葛慧莲一个人待在大队办公房的医疗室里。这个十六岁的少女已经初中毕业,没有去参加高中入学考试。龙十妹去问龙禧,龙禧支支吾吾,说全县仅有两所高中,有的考试入学,有的推荐入学,名额有限。

这年夏天,诸葛慧莲参加了赤脚医生培训班。龙虎走了之后,村医疗室关了一年,后来有一个公社卫生院下派的医生偶尔过来坐诊。龙宅这样的大村,村民有个头疼脑热的不可能全跑到李宅公社卫生院求医,村医疗室的医药器械也不能闲置。龙禧思来想去,还是让诸葛慧莲顶上。在农村,赤脚医生是一个非常受人尊敬的职业,与兽医、农技并列。龙禧这样安排算是对龙十妹一家的回报照应。他的确很喜欢诸葛慧莲,而诸葛慧莲学习好,文静乖巧,又是团员,条件符合。在他看来,让医生的女儿学医也是顺理成章的事。

诸葛慧莲在赤脚医生培训班里培训了四个月。学的内容有打针、听诊、包扎、开药、消毒。打针是根据成年人手臂、屁股的肥瘦该怎么扎,婴幼儿的预防针怎么打。听诊要分清干性啰音、湿性啰音和肺部感染等。会辨析一些简单的药,像止痛药头痛酚、消炎药红汞碘酒、阿司匹林、葡萄糖、青霉素、链霉素、庆大霉素。学习适龄儿童疫苗的接种和流感、流脑、疟疾的预防等公共卫生知识。中医是认识常用的中草药——田七、贝母、黄连等;学针灸,用酒精消毒的银针在自己身上不同的穴位试扎,体验麻、胀、沉的感觉。

最主要的还是学习新法接生。诸葛慧莲自己才刚刚长成,看到赤脚医生手册和黑板上女性生理解剖的挂图很害羞,几乎不敢看。可是她很快认真学起来。因为上课的女医生把接生员说得很神圣,说她们是送子观音,是救命的活菩萨,是一个个来到人世间的小生命的守护神。生儿育女对一个家庭来说是头等大事,对临盆分娩的产妇是一道鬼门关,产妇和孩子随时有生命危险,阴阳一张纸,生死一瞬间。过去,新生儿的死亡率高达千分之二百,即使是在新法接生推广后,也有千分之二十。

培训班结束后,县里又给她配了一只黄药箱,里面有止血钳、脐带剪、脐带线、木制听筒、绷带、产包。诸葛慧莲穿上有些肥大的工作服,俨然是一名正式的医生。不过她还是有些胆怯,心里没底。好在有公社卫生院派了一个姓刘的女医生指导。公社卫生院也很简陋,只有三个医生,刘医生是临时下派救急的。刘医生三十来岁,医专毕业,态度和蔼,承担了大部分医务,她在的时候,诸葛慧莲当下手。刘医生不是专业的接生员,以看病为主,镇上的人还是喜欢叫教授接生。教授去白鹭洲后,普通产妇又叫村里的老接生婆,特别难产的抬到县医院去。诸葛慧莲名义上是赤脚医生,最主要的任务还是接生。

教授嘴里不说,但从脸上难得露出的笑容可以看出,他对女儿当赤脚医生很高兴。男医生接生有许多人还是接受不了,教授也常常听到"有伤风化"的言辞,现在有女儿接班,教授自然很乐意。诸葛慧莲也很想向父亲请教产妇分娩接生的知识,但是父女俩见面的机会很少。教授通常十天半月在周六下午回家来住一个晚上,第二天又回白鹭洲。他面色凝重,寡言少语,对自己所做的工作更是讳莫如深。或许他是想尽可能减轻自己对女儿的负面影响。诸葛慧莲却很想与父亲亲近,只是总觉得自己和父亲之间隔了一堵墙,并且,随着父亲长时间的消失,见面次数越来越少,那堵墙也变得越来越厚了。

这一天又是星期六,是父亲回家的日子。诸葛慧莲不停地朝门口张望。

彤云密布,朔风四起,纷纷扬扬的雪越下越大,晒场上很快积了厚厚的一层。飞舞的雪花在风中搅动,笼罩洲屿岛山,使龙潭湖变得迷迷蒙蒙。船埠渡口本就人烟稀少,此刻,近岸的湖水已经开始结冰,连空空的渡船也不见了。

诸葛慧莲有些失望。办公房里已无人走动,静寂使得空荡荡的医疗室越发寒冷。诸葛慧莲在棉袄外套上接生员单薄的工作服,不时地打寒战。刘医生定的规矩,工作时间必须穿工作服,有事外出要在小黑板上留言,以便来找的病人知晓医生的去处。刘医生是穿白大褂的正规医生,周末要带儿子回外婆家,通常不来龙宅。

诸葛慧莲独坐窗前,望着天空中越来越密的雪团,愁绪顿起。她站起来,不停地跺脚,驱赶寒意,来来回回走了几趟,又走到门口张望。

一个三十岁左右的男人穿过晒场急匆匆地走来,头顶的虎皮帽和身上的棉袄落满雪花,用绳子扎起的腰里别着一把柴刀,粗大的双脚穿着草鞋,一张山里人才有的黝黑面孔汗涔涔的,喘着粗气。

"我找医师。医师在吗?"来人说话急促,用袖子擦着不停冒出的汗珠,厚嘴唇下密密的小胡子抖动着。

"刘医生不在。我就是医生……"诸葛慧莲怯怯的。平时刘医生总会在她前面接手病人。

"我不找刘医师,我找诸葛医师。"

诸葛慧莲本想说"我就是",但是看到男人异样的目光又咽回去了。虎皮帽男人用奇怪的眼神盯着诸葛慧莲光洁的额头。诸葛慧莲虽然长得瘦瘦高高的,但是还未完全发育成熟,白皙的脸还显稚嫩。

"我到药房里找过,他们说诸葛医师在这里……"

"你找他有事吗?"诸葛慧莲已经明白来人是找父亲的。

"我老婆肚子痛,怕是要生了……"

"你家在哪里?"

"东龙岗。我叫铁炭龙。诸葛医师晓得的。"厚厚的嘴唇翕动着,来人不愿多说一个字。

诸葛慧莲知道这个村落,在青山峡里,外婆家所在的龙岗村东面。这个村只有两三户人家,掩映在青冈栎、香榧林、红枫古木和古榆树里。青山峡长二三十里,丘壑连绵,山道崎岖,山湾众多,还散居着不少这样的山里人,以伐木烧炭、砍柴卖柴、打猎挖笋、种植茶叶等为生。

"我就是接生员,这就跟你去……"诸葛慧莲鼓起勇气。

"不。我找诸葛医师。我的大妞、二妞都是他接生的。三妞找个老产婆,就没了。我就要诸葛医师。"山里人露出执拗的眼神,不停用袖子抹去脸上快要凝冻的汗珠。

"诸葛医师在白鹭洲,还没有回来。"诸葛慧莲不知道该不该说明自己是他的女儿。来人似乎已经从她的额头上看出她与诸葛医师的某些联系。

"那我等他……弄不好出人命的事,我就要诸葛医师。"

来人在外面的墙根下蹲了一会,站起来,一副手足无措的样子,在雪地里走了十几个来回,终于等不住了。他盯着诸葛慧莲的额头看了良久,肥厚的嘴唇动了动,却没说出来。他脸上的表情越来越焦急,一转身,大步流星地走了。

二

诸葛慧莲犹豫着,是否要跟山里的男人走。她心里嘀咕,手却没有闲着,点燃酒精灯,对止血钳、脐带剪消毒,又检查了一遍药箱里的听筒、绷带、产包、针线。她不时地走到门口张望。

不知什么时候,雪已经停了。天空依然乌沉沉的。大约是下午三点钟,往常的这个时候,父亲应该回来了。不是万不得已,人家不会跑远路来找医生。诸葛慧莲眼前晃动着山里男人说到诸葛医师时执拗的表情,心里涌起了自豪感。她知道,作为教授的女儿,自己总要迈出这一步。

诸葛慧莲在小黑板上写了几个字,背起黄药箱,带着手电筒出了门。她咬了一下嘴唇,第一只脚踩在门口的雪地上时,心里所有的犹豫与恐惧似乎都消失了。外面已是白茫茫的一片。树梢屋顶、街面道路都是积雪。土路上，那个男人留下的脚印还依稀可辨，可是他的身影已经穿过李宅上了山坡，在通往青山峡谷的山湾里消失了。

好在附近积雪的路还可分辨，诸葛慧莲很快越过长满枫杨林的桃花溪和行人稀少的街道，来到山脚下。山腰间，在光溜溜的马尾松枝干上，叠着几个圆锥形的稻草棚，远远地看去，像是指示旅人的灯塔。稻草棚盖上落了厚厚的积雪，几只麻雀在草垛间叽叽喳喳地叫着，一只老鼠在窸窸窣窣地爬动。诸葛慧莲看着那些活跃的小生命，渐渐地有些兴奋起来。

她很快翻过第一座山。这里的地形她非常熟悉，过去常常到这里来放牛割草。山坳间有一条从青山湖流下来的溪涧，两岸长满本地人叫红树的乌桕，读小学时，李翠花会组织学生来这里搞小秋收，捡拾乌桕树白色的果子。乌桕籽可榨蜡油和青油。冬天的乌桕林像一条火红锦缎，在太阳下金光灿灿，清澈平缓的溪水倒映着乌桕林，乌桕林里鸟声婉转，牛儿在草坡上悠闲地吃草——这样的场景铭刻在诸葛慧莲的记忆里。

最初的兴奋很快就过去了。天色已经暗下来，空中又飘起了雪花。她已经来到青山湖的堤坝上。下午五点，暮色低垂，但是有雪映衬着，还不见黑，反倒有一种明亮的感觉。青山湖在舞动的雪花中变得迷离惝恍，千樟林对面龙门书院的断墙残垣若隐若现。

路在青山湖堤坝分叉，一边通向天蚕峡，一边是青山峡。沿青山峡进山也有两条路，一侧的尽头是紫杉峡药台峰，另一侧通向龙岗林场。通向林场的土路，诸葛慧莲并不陌生，它是龙十妹回娘家的路。龙十妹过去经常进山，带女儿采蘑菇木耳，挖春笋冬笋。每年五六月份，龙十妹还要挎篮背篓进山采摘树叶做紫叶豆腐。山里人把紫叶灌木叫作豆腐柴，把小枝条上绿得发亮的粉嫩叶子采下，洗净、水焯、揉搓、挤出汁液、加过滤的草木灰水，凝固后就成豆腐状。龙十妹总能在山里或是田野里搞到吃的。诸葛慧莲想着母亲的事，驱赶旅途的寂寞。她不知道山里的雪比山外大多了，一直没有停过，积雪很厚，沿湖湾进山弯弯曲曲的土路已被完全覆盖。积雪渗进鞋子把袜子弄湿了。她脱下鞋子，在路边的岩石上敲了敲。这双解放鞋是父亲在诸葛慧莲刚上初中时候给买的，当时有些肥大，现在已经偏小、紧脚。诸葛慧莲上赤脚医生培训班时，教授特地给买了块上海牌手表，可是诸葛慧莲舍不得戴。

127

雪伴着山风越下越大。密集的雪朵从灰暗的空中垂下,落在悬崖绝壁和深涧湖面上。天色越来越暗,眼前一片迷蒙,即使她打起手电,也只能看清大致的方向。山道上空无一人。一边是悬崖,另一边是深沟,被积雪掩埋的深坑沟壑已很难辨认。诸葛慧莲深一脚浅一脚,时不时掉进雪窝,又爬起来艰难地挪动脚步。四周暗沉沉的天幕中,惨白的山峰像一个个坟包似的耸立。少女的心里忽然间充满恐惧。刹那的恐惧把她身上汗吸干了。工作服内只穿了件空心棉袄,吸汗的棉袄由湿变干,冰冷如铁。身上背的药箱越来越沉重,诸葛慧莲忽然间有些后悔了。可是她已经没有退路。她咬紧牙关,急急地往前赶,又走了六七里路,来到一个岔口。一边通向林场和她的外婆家北龙岗,一边是她的目的地东龙岗。转过一块叫屏风石的巨岩,就是更加陡峭的山路。这儿有个叫人心惊胆战的名字——风车口。

风突然间大起来。原本垂直飘落的雪花忽然间变成横飘。西北风裹着雪花雪粒斜刺里扑过来,旋转着,把即将落地的雪花和地上的积雪搅起,左冲右突,狠命地狂扫。有一刻工夫,她即使使出浑身力气也是寸步难行。鹅毛大雪早已把她变成一个雪人。刺骨的风裹着雪花雪粒猛烈地抽打脸颊,又从衣领袖口灌进脖颈。她浑身冰冷,手脚麻木,几乎挪不开步子。头顶的天空像是垮塌了,棉垛似的雪花倾泻而下,把人笼罩在雪幕之中,几米外的东西也看不清。

她一手扶着药箱,一手打手电,即使这样也看不清前方的路。西北风呼啸着,她的耳朵嗡嗡作响。抽打在脸上的雪花使她睁不开眼睛,使她不能呼吸。她咬着牙,摇摇晃晃地往前挪步,从侧面吹来的风还是很快把她推倒了。她掉在路边的一个深坑里,幸亏那只还亮着光的手电筒落在不远的地方。她爬过去,把它抓在手里,然后艰难地爬上去。她大口地喘气,顾不得拍打身上的雪,腾出手来不停地擦脸——她的脸已经湿透了,眼里泪如泉涌。

诸葛慧莲猫腰往前走。风终于小了。在渐渐弱下来的西北风的低鸣声中,她听到了汪汪的狗吠声。她已经看见不远处的一片朦胧灯光,近乎崩溃绝望的心里燃起了希望,踉踉跄跄,连滚带爬,朝隐约的灯光扑过去。

三

山脚下三间砖瓦房,前面一个小院子,院子里有一棵古榆树,树冠如云,远远地站在山岗上就能见到。院门口有小溪、石桥。这个建在偏僻山坳里的村落原来有三户人家,两户已经移往山外,现在只剩下一户。

靠山吃山,这户人家的主人以烧炭为生,这是他家祖传的赖以生存的手艺。青山峡东边的这些山虽然紧挨着林场,却不是林场的一部分。这里的山以棕色的酸性土壤为主,满是风化的砂岩,只能生长一些灌木杂木。烧炭成了山民生计之本,龙川人把木炭叫作铁炭。

龙川的铁炭远近闻名,据说,民国时期龙潭镇上还有几家过堂行,逢集一天收二百五十余担木炭,发往杭嘉湖、绍兴、上海,这些城市百分之八十的木炭来自龙川。这里生产的木炭大小如拇指,质脆坚硬,乌黑油亮,敲击时叮当有声,是冬季取暖的首选,李宅的打铁铺也少不了它们。木炭依据窑内窑外熄火法分为黑白两种,六斤杂木烧一斤白炭,四斤杂木烧一斤黑炭。这里出产的榛科杂木粗细均匀,烧出的黑炭首屈一指。

这家的主人三天能出炭三百六十余斤,须砍碗口粗的杂木一千六百斤,所以非常强壮,加上他窑艺精湛,所以烧出来的铁炭一流,能卖好个价钱。祖传的手艺使他获得了"铁炭龙"的绰号。过去,有一阵龙岗林场林木茂密的时候,铁炭龙也干过打猎的营生,背一杆黑不溜秋的猎枪,黑鞋黑裤,打些野猪、野鸡、野山羊、野兔和狍子,又在林场里采蘑菇,掏野蜂窝制成蜂蜜、蜂蜡、蜂王浆出售。林场的林木被砍后,野味越来越少,他只能以砍柴为生。上街卖柴走一天,只能换回半包盐,无以为继,他又干回了老本行。他的手上满是被荆棘划伤的血痕,还有一块被狼咬过的疤痕。

山外积雪盈尺,山里就是积雪盈丈。半米多高的积雪淹没了小溪桥梁。铁炭龙已经把院子前面堵门的积雪扫开了。院子里垒起了一米多高的雪堆,巨大的雪团不时地从压得低低的榆树树冠上落下。

听到狗吠声,铁炭龙又一次焦急地从屋里走出来。那个背着药箱的十六岁少女像一个雪人站在面前。他狐疑地盯着诸葛慧莲光洁的额头看了一会,原本忧心忡忡的黑眼睛里渐渐露出希望的光芒。

诸葛慧莲跟在铁炭龙的后面进屋。没有电,前屋的灶房和中间的过厅里点着煤油灯和十几支蜡烛。碎雪被山风裹挟着从房檐瓦缝间钻进来,落在灶台水缸和桌椅板凳上,地上有一层薄薄的积雪。

卧室在最里面,放着一张大床、一张小床。悬挂在房梁上的一盏马灯和一盏煤气灯把房间照得透亮。房间正中央摆着一个大炭炉,烧红的铁炭熊

熊的,把房间烘得热乎乎的。炭炉边上,一个五六岁的小女孩坐在矮凳上烤火,她的边上,一个三四岁的女孩拿着拨浪鼓,站在一米高的火桶里取暖。

一切似乎都很平静。在这样的风雪夜,一家人坐在火炉边烤火,拉着家常,或者懒洋洋地躺在被窝里,听着雪花雪粒撒在房顶瓦楞上的沙沙声,甜甜地进入梦乡,总是非常的惬意。

可是眼下,诸葛慧莲感到的是平静中的不安、呻吟中的焦虑。

汗水已经把产妇的头和脸湿透了,散乱的头发粘在脸上脖子上。产妇娇娇小小的,看上去不过二十出头,躺在床上,只剩下一个隆起的肚子。那隆起的肚子在诸葛慧莲的眼里就像一座很难逾越的高山。她自己还是个孩子,对男女之事和女人怀孕生子的事懵懵懂懂。第一次流血的时候,诸葛慧莲又害羞又惊恐,几乎不敢跟母亲说。龙十妹还是知道了,告诉女儿,是女人都要流血,给了她一叠粗糙的黄纸。倒是教授给女儿买了一包柔软的纸巾,嘿嘿笑着——显然,女儿成人了,他很高兴。

最初的平静很快过去。那位坐在床沿的产妇用异样的目光看着背黄药箱的少女,一副无可奈何听天由命的样子。诸葛慧莲叫她半躺卧。产妇龇牙咧嘴,又呻吟起来,抓着爬着撕咬着,两条腿在空中乱踢乱蹬。男人嘴里嘟哝着,站在一边,呆若木鸡。

诸葛慧莲看着女人裸露的胴体和身下的血,羞红了脸。好在此刻她还清醒。她叫手足无措的山里男人去烧一锅水,自己打开黄药箱,拿出听诊器。产妇的心跳和婴儿的心跳都很正常。她用老师教的方法在产妇的肚子上摸。婴儿的头部朝下,胎位也很正常。诸葛慧莲松了口气。一切似乎都朝着好的方向。她把培训班老师教的一切从头到尾闪了一遍。第一产程、第二产程、第三产程、胎位、头枕后位、横位、心音、子宫、骨盆、脐带、胞衣、呼吸、羊水、止血钳、出血……一大堆的名词浮现脑海。

诸葛慧莲想与产妇说话,叫她放松、深呼吸。可是产妇并不听她的,每隔十几分钟就开始呻吟,双手紧紧地抓住诸葛慧莲的胳膊,指甲深深地抠进肉里。

房间里很暖和,诸葛慧莲感到汗涔涔的,身上的衣裤已经与皮肤粘在了一起。

产妇的呻吟变成尖叫,间隔也从十来分钟变成五六分钟。诸葛慧莲有些发蒙了,不知道自己该做些什么。她只知道按她记得的做,伸出双手在产妇的肚子上搋,有多大劲使多大劲。那产妇趴在床沿,咬牙切齿,双手在诸葛慧莲的脸上身上乱抓,膝盖抵着诸葛慧莲的腰,顶得她肋骨生疼。

这一刻,少女感到了女人的脆弱和坚强,生命的痛苦和伟大。

坐在火桶里的小女孩哭起来。山里的男人拎着一桶热水走过来,用无助的眼神看着床上的两个女人,一会儿颓然坐下,一会儿又像弹簧一样从泥地上跳起来,不安地来回走动,嘴里发出低沉沙哑的咕噜声。

炭炉的火炙烤着。少女的脸上渗出豆大的汗珠,汗水已经把她全身湿透了。诸葛慧莲开始迷糊起来,仿佛整个身子都泡在水里。

这汪水开始是温暖平静的,慢慢地流动,渐渐地,清澈的水流变得殷红,仿佛血液,弥漫泼洒开来。诸葛慧莲似乎感到自己在随着血流摇晃,开始害怕了,心里充满了恐惧。她好像在血河里游泳,挣扎着,艰难地爬上堤岸。一阵风吹来,又把她卷入了一个黑暗的隧道。这条隧道很长,好像永无尽头,连接着另一个世界。她独自一人在黑暗的隧道里行进。耳边的哭声尖叫声停止了,她仿佛看到了一线曙光。在黑暗隧道的尽头,有一个长着翅膀的天使朝她飞来。

可是朦胧的光线和长翅膀的天使很快消失了。她又听到了风声。西北风呜呜地呼啸着,夹杂着女人的哭声、雪粒抽打屋顶门窗的嗒嗒声、大片雪团落在地上的吧嗒声。房梁横柱嘎吱作响,整栋房子在厚重的积雪中摇摇欲坠,好像随时会塌下来。

有一会儿工夫,屋里变得静寂黑暗。炭炉里的火停止燃烧,冒出黑烟。产妇停止呻吟,似乎睡着了。

诸葛慧莲摸起听诊器。胎心已经降到八十多……

诸葛慧莲陷入了绝望。黑暗中,她仿佛看见那些解剖图上的骨骼变成了一具骷髅,死神正从坟包似的山峰里钻出,向她猛扑过来。那个面容黝黑的山里人像头孤狼,在白雪皑皑的山坡上狂奔怒吼……

她忽然间又听见了熟悉的狗吠声。一阵杂沓的脚步声响起。屋里的灯亮了,炭炉又开始熊熊燃烧。随着一股凉风,两个男人急匆匆地走进来。

诸葛慧莲看见站在铁炭龙后面的那个熟悉的身影,眼泪夺眶而出,哭了起来。

教授用怜爱的目光看了一眼满脸血污的女儿,示意她闪到一边。他脱下外套,撸起袖子,伸出光滑白皙的手……

四

在黎明前最黑暗的时刻,这座山脚下孤零零的瓦房里传来了婴儿的哭声。

孩子脸色紫黑,有窒息症状。教授做了人工呼吸,在婴儿的脚后跟拍了拍,婴儿哇的一声哭了起来。

铁炭龙黝黑脸上的大嘴张着,一直咧到耳根。

屋外的风雪已经停了。屋内也是一片静寂。那个坐在矮凳上的女孩已经钻进小床的被窝里呼呼大睡。坐在火桶里的女孩也耷拉着脑袋进入梦乡,那只拨浪鼓掉在地上。产妇侧躺着,看着身边安静熟睡的婴儿,伸出一只肉嘟嘟的手紧紧地抓住又红又丑的婴儿的小手。房间里弥漫着一股水汽,温暖湿润。炉子里的黑炭燃烧着,发出轻快的噼啪声。

诸葛慧莲已经涮洗干净。教授穿上外套,背起药箱,带女儿出了院子。

铁炭龙追出来,突然间在父女面前"扑通"跪下。

"诸葛医师,你无论如何要受我这一拜。你救了我老婆的命,救了我儿子的命,也救了我全家的命。"山里人厚厚的嘴唇翕动着,终于憋出话来。

"这可如何担待——担待得起……"教授连忙把对方搀起。

"你不肯受我拜,那你们爷俩无论如何要吃点东西再走。我已经煮好了红糖鸡蛋——不是一般的蛋,是我老婆养的山鸡蛋。"

"那个……留着你内人吃,补补身子……"

铁炭龙张着嘴,似乎听不懂教授的话。

"是夫人……你老婆。"教授补充道。

铁炭龙憨笑,咚咚咚地跑进屋,又大步流星地跑出来,手里拎着一块猪肉和一麻袋铁炭。

"两位不吃也不喝,这点东西总要收下。地道的山货。这块是野猪肉,风腊的。"

"这样吧,野猪肉就算了。这袋铁炭我带走,天寒地冻的,白鹭洲的老人用得着。"教授想了下说道。

铁炭龙有些失望,把风干的野猪肉放在窗台上,然后跟在父女俩后面走。一直走到风车口,铁炭龙似乎想起了什么,说道:

"诸葛医师,你们还是空手去吧。回头我挑一担铁炭,给你送到白鹭洲去。"

教授知道铁炭龙的用意,目送他下山回屋,然后带女儿往前走。他的肩上背着两个药箱。他自己的那个比女儿的稍大,已经褪色,油漆斑驳,不管去哪里都是随身带着。

天已经蒙蒙亮。灰白色的天幕下,白皑皑的雪山起伏连绵。雪后无风的山区越发寒冷。弯曲狭长的湖湾里水结了厚厚的冰。不时有巨大的雪团从压弯树冠的马尾松上落下,越滚越大,轰然滚进湖湾里。

他们踩着齐腰深的积雪向前走。教授走在前面探路,不时停下来,等落在后面的女儿跟上来。他自己走在靠近青山湖的陡峭的一侧,让女儿走在里侧。诸葛慧莲知道父亲是怕自己摔下山崖。与女儿在一起,教授脸上的表情通常是沉静的,偶尔也会露出焦虑,仿佛一不小心,女儿就会遭遇不测,从他眼前消失。

父女俩单独在一起的时候很少说话。但是诸葛慧莲能感受到父亲身上的气息,那气息给她一种踏实的温馨感。父亲的脸满是沧桑和沟壑,仿佛被凛冽的山风吹粗糙了,可他忧郁的目光满是慈蔼和温暖,那是一种男人很少流露的令人感动的温柔。

听着脚下有节奏的响声,他们早已忘记了冰雪的寒冷。再冷的雪也抵不过一腔沸腾着的热血。他们已经来到青山湖的堤坝上。天已经大亮。青山湖畔忽然响起了钟声。

那钟声疏朗清明,仿佛黎明的晨光给人希望和温暖。那钟声在群山万壑间回荡,千樟林里百鸟齐鸣。

教授的脸上露出了难得的笑容。

他把女儿的黄药箱还给女儿,又把外套脱下,披在女儿肩上。离家还有三四里路,接下来的路女儿可以自己走。

"告诉你妈,今天不要等我了。我直接回白鹭洲。"

"爸,你要干吗?"

"我还是不放心,得回去看看……以后你会懂的。"

诸葛慧莲也隐约知道一些产妇出血的事。大出血并不是分娩后马上发生。像铁炭龙妻子这样生育过频、身材娇小却产下巨婴的,出现大出血的可能是存在的。

诸葛慧莲还想与父亲说说话,可是父亲已经走远。望着父亲瘦削的身体和踽踽独行的背影,少女的鼻子酸酸的。教授只穿了一件中山装,高高瘦瘦的,背着药箱,有些佝偻。可是有一刹那,诸葛慧莲觉得父亲的背影比远处的雪山还要高。父亲的身影很快闪进湖湾,在他消失的地方,冬日的暖阳正在徐徐升起。

诸葛慧莲的身高已到父亲的眼眉,那外套披在她身上依然肥大。可是青春期的她正在快速长大。这位惊魂初定的少女还没有完全明白生命的这一刻意味着什么。刚刚经历的风雪夜将永远铭刻在她的记忆里。这一晚,她经历了犹豫、疑虑、恐惧、焦虑、兴奋和沮丧,经历了希望、失望与绝望,经历了生存与死亡。她克服了羞怯,迈过了人生的第一道坎。尽管她还保持着少女的思维,但她的内心深处,自己也意识不到的改变正在发生。

诸葛慧莲慢慢地向山下走去。冻僵麻木的双脚越来越暖和,一股暖流从脚下涌上来。她的身边,红红的炭炉还在"滋滋"燃烧;她的身后,暗红的云霞把溪滩边的红树点燃了,像火红的缎子似的飞舞着。少女感到胸中有一团火在滚动。这团生命之火将帮她度过一生中最艰难的岁月。这团火将在她身上燃烧一辈子。

越王山白雪皑皑,青山湖湖水氤氲,蚕神庙前的山坡上,成群结队的麻雀在稻草蓬上飞来飞去,叽叽喳喳地叫着。太阳暖融融的。诸葛慧莲越走越兴奋。她似乎已经看见脸蛋儿冻得通红的孩子在雪地上大呼小叫地追逐嬉戏。雪是这个冬天的主宰。漫天飞舞的大雪下着,所有的生命都在接受洗礼,大雪把所有人的心灵都洗涤得无比洁净。茫茫凄白中因为有了婴儿的哭声和孩子们的笑声而变得生机灿烂。那婴儿的哭声,仿佛冰裂声打碎了一个世界,又迎来了一个世界。

寒极暖至。冬季最寒冷的日子似乎即将过去。春的气息正在积雪下黑色的泥土里积聚,在荡漾着钟声的湖面上升起,在水草鱼虾游动、叮咚流淌的溪涧间蒸腾。

山脚下冰封雪凝的古镇,也在悄悄地迎来涌动的春潮。

第十章
蚕神庙会

一

1976年，注定是不平凡的一年，对龙潭镇亦是如此。

腊八这一天，龙禧来不及尝尝五妹熬的腊八粥，一大早就往应富贵家里走。他要赶在应富贵出门敲糖前与他商量一些事。

早上起床洗漱照镜子的时候，龙禧发现下巴上稀稀拉拉的黄须中有几根白得扎眼，心里"咯噔"了一下。想起自己的年龄，像打翻了五味瓶，酸甜苦辣咸一齐涌向喉口，龙禧终于下定决心，要做些惊天动地的事来。

这些日子，公事私事在龙禧的脑子里纠缠，折腾得他几宿未眠。龙禧在盘点这一年的得失。

龙禧眼下的遭遇喜忧参半，总的说来，是喜大于忧。

第一件让龙禧高兴的，是龙虎的回心转意。当初龙虎去部队，有一年多的时间没一点消息。龙禧写了十几封信，龙虎一封不回，看样子是铁了心要与父亲断绝关系。最后还是五妹请人写了封"含泪泣血"的信，才有回音。龙虎在山东服役，表现突出，进了海军医院医训队学医，成绩优秀，在舰艇上当卫生员。这年七月龙虎参加安徽河南抗洪救灾，带病奋战一线，不但入了党，还被提拔为军官。龙虎跳出农门已是板上钉钉的事。春节前后，年轻的军官要回家探亲,自然是龙家一大喜。

第二件,二儿子龙马的事,忧中有喜。龙马高中毕业后曾被推荐上大学,结果被人莫名顶替。龙禧当时苦闷异常,天天骂娘。好在天无绝人之路,失之东隅收之桑榆,作为补偿,龙马进了农技学校,毕业后成为公社农技员兼红旗三大队的农技组长。举贤不避亲,经龙禧介绍,龙马又成了预备党员。1975年下半年,区委书记林峰组织全区各大队支部书记、科技组长到江苏华西村参观学习,其中就有龙禧与儿子龙马。全区五六十号人到龙川站乘火车到杭州,晚上在卖鱼桥上船,第二天早上船到苏州,在苏州逛了一圈,又到无锡住一晚,第三天到华西村参观。华西村实行机械化生产,村里有钢铁厂、服装厂等三四个工厂,以前种田的农民成了按月领工资的工人。乘车回家途中,父子俩再也睡不着了。原来龙马的志向并不在指导社员如何科学种田、治理虫害,他想办厂。龙禧也开了眼,原本就血脉偾张,经儿子一劝说,更是跃跃欲试。

第三件,是林峰的儿子林波到红旗三大队蹲点,元旦过后就住进了龙禧家。说起来这算不上喜事,不过至少说明老领导没忘龙禧这个老典型。

想着头脑里惊天动地的大事,龙禧的心情渐渐舒朗。他的气色不算差,光光的头颅和突出的前额亮晶晶的,渐渐丰满的脸颊上留着昨晚的酒晕,黑里透红。他倒背着双手,咬着旱烟管,慢悠悠地踱进应家院子。

应富贵并没有出门。两人就在院子里的石凳上坐下。

岁月是把杀猪刀,岁月也是和事佬。桃花那件事过去几年了,两人见面不再横眉竖目,既点头也打招呼,只是各怀心思、各打算盘。

应富贵似乎对龙禧并不待见,在想别的事,低头抽着闷烟,沉默不语。

"富贵,你别闷葫芦一个……难道还为桃花的事记恨我?"龙禧笑嘻嘻的,轻松地喷着烟雾。

"那事……我早就忘了。"应富贵抬起头,"你是大书记,我是小队长,在等你指示。听说你去了趟江苏华西……"

"是啊,真是开了眼,开了眼!我就是为这事来与你商量的。都说你是村里的小诸葛、神算子。要我说,你就是龙潭镇的卧龙、梁山泊的吴用。"龙禧先不露声色地恭维一番。

"我是吴用,你就是宋江。你是来逼我上梁山的?"应富贵皱了下眉。

"是吴用把宋江诓上梁山的。你说我是宋江也好,我就是来拉你入伙的，你只有跟着我才有好果子吃。"龙禧的口气有些霸道。

"你这是……要招安啊！"应富贵瞟了一眼龙禧。

"我就是要招安你！只要答应跟我干，你提的事，能办的我都给你办！"

"别的不说，那宅基地的事……"

"我知道你应富贵能，这些年赚了不少钱，急着要给儿子造新房。我答应你，就那边那块地，你写个申请，我马上批！"

应富贵跟着龙禧站起来，顺着龙禧的旱烟管看了看西北方向。龙禧的旱烟管指着桑溪对面的一座土丘。

"那可是座小山啊，没有空基。"应富贵露出失望的神情。

"你把山挖了，不就有空地了！你倒是说说，现在的龙宅还能找出比那更好的风水宝地吗？坐北朝南，前有大路，边有两溪，双龙戏珠……东边簸箕形的两座山，天天招财进宝。不是你富贵，别的人我还舍不得！"龙禧舞动着手里的旱烟管。

"好，好，那就一言为定！"应富贵的脸上掠过一丝笑意，"地基批给我，就算被你招安了。有话你就说。"

应富贵从衣兜里取出一个小小的铁方盒放在石桌上，里面是上等的烟丝。龙禧满满地装了一烟管，猛吸几口。

"是有话跟你说，要不谁一大早来受你白眼？过了初十你就要出门敲糖……"

"今年不去了。"应富贵淡淡一句。

龙禧不知道，应富贵过年要留下来操办女儿的亲事。双胞胎女儿二十五了，在农村不算小了。梅花听说龙虎在部队提了干，终于死心，答应嫁给父亲的朋友——榨糖厂厂长的儿子。大麦割完割小麦，梅香也公开恋情。两个女儿都会在春节定亲。

应家两个女儿的婚事拖到现在，多少与龙家有关系。龙禧不想戳应富贵的痛处，顾自说下去。

"再过二十来天，就到龙年。我在想，这龙年，龙潭镇、龙宅的人总要干几件大事闹腾闹腾……"

"你就喜欢折腾，龙禧。"应富贵抽着闷烟，慢条斯理地说道，"老一辈的人说了，龙年可不吉利，多灾多难。过去逢龙年，村里就多死人。龙禧，你还记得吗，小时候龙年，龙川发大水，把整个村都淹了，死了多少人？日本佬杀人放火,逃日本鬼子的难,还是龙年。前些日子有人去紫杉峡采药,见到许多阴兵出没,鬼哭狼嚎的……这些都是龙年的凶兆。"

"迷信!富贵,你倒是说说,既然龙年不利,为什么给女儿办亲事,要她们生龙子龙孙?"龙禧瞪着眼,嘴角却挂着笑意。

"这不是没办法吗?梅花梅香年纪大,不能再拖了。再说,我只是定亲,等过了龙年,再让她们成亲。"应富贵的脸上露出一丝尴尬,"龙年生人,心高命独多劳苦。龙禧,我记得你也是龙年的。"

"我不是龙,富贵,你不要把我扯进去……"说到讳莫如深的年龄,龙禧露出不悦之色。应富贵想起宅基地的事,连忙回到正题。

"我也是听龙猫说的,他掐指一算,说龙年恐有大灾,流年很不利……"

"龙猫这疯子的话你也听?不怕龙抬头,只怕蛇摆尾。我龙禧可不信这个邪!富贵啊,再不折腾,我们就老了。我娘在这个年纪,已去见阎王爷,现在骨头烂了,坟头的茅草比人还要高!"年龄毕竟还是最大的心病,龙禧吧嗒旱烟的嘴抖动起来,"我也不想蒙人家,的确,我也是快五十的人,算是一脚踩进坟墓半截入土了。我急呀!还有几年可以折腾?现在不折腾,更待猴年马月?再过几年,这个舞台就不是我们哥俩的,是龙马梅花他们的了。那句话怎么说来的?他们是早上八九点钟的太阳。看着他们一个个像麻柳树一样蹿高,我心里又高兴又犯愁,晚上睡不着啊!"

龙禧猛吸着烟,眼珠子凸出来,越说越激动。

"我龙禧当了十几年书记,没功劳也有苦劳。可就有人在背后骂我,指指戳戳,说我无能,是败家子……这么多年,龙宅没有起色,是我龙禧一个人的错?穷!也不是龙宅一个村穷!可我听着不是味……富贵啊,再不想办法把穷根挖掉,现在的人要戳我们的脊梁骨,连子孙后代都要骂我们了。再不济,我们也要想办法为龙马应骁他们搭好一个唱戏的台子。"

龙禧的一席话说得应富贵也是热乎乎的。

"那你说该怎么做,我跟着你干!"应富贵噌地站起来。

"我是有些主意。想先听听你的看法。"龙禧反倒冷静下来。

应富贵装了一管烟,慢慢地吸着,若有所思地走进屋去。不一会又转身出来,伸出他的右手。

二

龙禧看到应富贵右手的手心里写着的字,脸上的笑容顿时消失了。

"包,包你个大头鬼!富贵,你的闷葫芦里难道只有这一服药?包,包,到时候发财的发财,发呆的发呆,包出穷富,你我都要吃不了兜着走。"龙禧铁青着脸,"你要是想包干,我龙禧就实行'五不':不机耕,不放水,不负担农业税,不调解纠纷……"

"行行,我怕你。你要挖掉穷根,又不让人包干,到底想怎么做?"应富贵颓然坐下。

"办厂。城里人不让我们进去,我们就自己开工厂,自己给自己发工资。"龙禧终于亮出真招。

"你就不怕上面说你走资本主义,割你的尾巴?"

"上头说了,要把经济搞上去。这次去华西,是林峰亲自带队,他也在为挖穷根的事伤脑筋。难道我们就该是一辈子面朝黄土背朝天的命?天天造梯田,难道那些山上的破石头黄土疙瘩里能刨出金子?只要是社队企业,大伙都有份,就没事。你要动动这方面的脑筋。"

应富贵低头抽了一锅烟,慢慢抬头。

"要致富,做豆腐。这第一件事,是学龙十妹做豆腐……"

"富贵啊,你怎么出这样的馊主意。大家都去做豆腐,等豆腐长毛,大家伙还是一个穷字……"

"你别打岔。你一打岔,我就不说了。"

"好吧,我不打岔。"

"我说的不是一般的豆腐,是腐竹。龙潭镇的腐竹方圆百里闻名,连上海杭州人都喜欢吃。田角地头套种黄豆,二十斤豆加工十一斤腐竹,卖给副食品公司,可以挣两元钱。剩下豆腐渣可以养猪积肥。有了猪肥,就有粮食。猪养多了,火腿坊可以挂腿。有肥有粮,人吃饱了,多余的可以酿酒,龙潭镇的红曲酒以前可是朝贡的。酒厂开张,龙窑炉就可以起火,那可是千年的炉火啊!粮食够吃,可以划出几亩种糖蔗,有了糖蔗榨糖厂就可以冒烟。有了红糖,家家户户过年切麻糖。还有芝麻糖、生姜糖、牛皮糖、破皮糖、梨膏糖……"

"打住打住,富贵,你怎么三句不离本行,老想着鸡毛换糖的事⋯⋯"龙禧还是没忍住,看着应富贵生气的样子,连忙把要说的咽下去。

"说过别打岔,我不过起了个头。"应富贵依然慢条斯理,"龙川什么东西最多? 山! 所以要过好日子,就要念好'山字经'。山里的东西样样是宝。毛竹可以办篾器厂,木头可以做家具农具。那些矮山用来造梯田种粮食,实在得不偿失,一下大雨,冲垮山脚的田垄不说,还会酿成灾。得靠种养,山顶山腰栽橘子、蜜桃、山花梨,山底背阴地种枇杷、杏。还有枣,龙潭镇的青枣加工成的蜜枣,过去那可是贡品。不成林的地方种茶叶,山地成了茶山果园,人何愁没出路? 最不济也可种草,放牛养羊。老龙潭镇的白切羊肉可是远近闻名的美食,还有牛系列——牛火锅、牛杂汤、牛肉、牛舌、牛肚、牛蹄、牛血⋯⋯"

龙禧咽着口水,边听边微笑点头。他心里赞同,嘴里却不说恭维话,有意打压应富贵,显示自己的高明:

"除了'山字经',还有'水字经'。龙潭湖可以养鱼,种植莲藕菱角,也是个大聚宝盆⋯⋯富贵,你说的这些,终究还是小打小闹。你把最大的一桩忘了。龙潭镇什么最出名? 是老街的裁缝! 要把服装厂搞起来,人人有衣穿,有粮食吃,那才叫温饱。"

"你说的是。过去龙潭镇出名,最主要的两样就是丝料、药材。可后来越来越不景气了。父亲在时,也常发感慨。世事变化,谁也难料⋯⋯"应富贵叹了口气,说下去,"记得小时候,在现在龙潭湖淹没的地方,还有不少的桑田,你看现在村前山后还有多少? 先是棉麻,后改种水稻。现在采桑养蚕的人家不到过去的十分之一。"

"养蚕的人是少了。可是蚕神还在!"龙禧喷着烟雾,声音提高了八度,"我收藏起来的东西还不少,有龙灯灯头、铁铳锣鼓家伙、大轿、花床、龙舟⋯⋯我是木匠,知道那些东西都是宝贝,老祖宗在上面耗了不少心血。我可不想让人骂我是断子绝孙的龙禧!"

"你打算做什么?"应富贵的眼睛亮了。

"蚕神庙会!"龙禧猛吸几口,吐出四个字,掷地有声。

"这⋯⋯跟办厂可没有关系。"应富贵眨着眼睛,明知故问道。

"富贵啊,你是聪明一世糊涂一时。要做大事,最要紧的是什么? 人气!你得先把人气聚起来! 连林峰也说了,干大事需要天时地利人和。龙年到了,就是天时……地利我就不说了,蚕神庙还在,那一套祭祀的器具家伙也能凑齐……人和嘛,听说龙门书院的怪人回来了。蚕神祭祀少不了由他主持。过年是人气最旺的时候,连龙生的亲戚、七八年没有回来的李娇娘都要带女儿回来省亲……"龙禧越说越兴奋,连嘴角的白沫也忘了擦。

"这办庙会……可是冒风险的事。"应富贵小心试探。其实他心里也赞成龙禧的主意,他有自己的小算盘,借蚕神庙会的热闹给一双女儿的定亲礼增添喜庆气氛,何乐而不为呢!

"风险自然会有,不过我有妙计。李宅朱宅的书记都是我哥们,我们商量好了一起搞。"龙禧脸上露出狡黠的笑。

"你就不怕林峰说你带头瞎折腾、搞迷信?"

"大不了把我的帽子撸了。干部年轻化马上要化到我头上,我龙禧也干不了几天了,豁出去了! 我龙禧要做的事谁也拦不住。不在龙年搞出点大名堂,我就不姓龙,改姓蛇!"龙禧恶狠狠地在石凳上磕掉烟灰,似乎对应富贵的谨小慎微生气了,"富贵,你要是怕,就站一边看戏好了。黑锅我一个人背!"

"庙会的确不关我富贵的事。"

"怎么没你的事? 你是军师,哪件事都少不了你! 我现在就请你当大队会计。将来厂办成了,龙马是厂长,你就是会计出纳。"龙禧依然唾沫横飞,"离过年就二十来天,现在动手还来得及! 富贵,你以为我是小打小闹? 我是要搞大的,庙会期间还要迎龙灯、赛龙舟,请戏班子来演戏,还有叠罗汉、斗牛、抬阁跷……凡是老祖宗闹腾过的都拿出来闹腾,闹个天翻地覆!"

"这哪是闹腾,龙禧,你这是穷作乐!"应富贵收起空空的烟丝盒,笑了。

"我龙禧就是要穷作乐! 富要乐,穷也要乐,否则人活着有啥劲?"龙禧吐着烟圈,哈哈大笑。

"龙禧,你要办厂我赞成,可是你要兴庙会,我觉得还是少了'由头'……"应富贵依然心有顾虑。

三

龙潭镇过去每年一次的蚕神庙会总是人山人海,游医杂耍,马戏班子,变戏法拉洋片,三教九流会集。庙会上有祭蚕神、迎龙灯、抬阁跷、赛龙舟、叠罗汉、踩高跷、唱戏文、斗牛等十多项活动,花样翻新,蔚为大观。

龙禧已经想不起几岁看过最后一次盛大的庙会了。他清楚记得父亲给他讲的蚕神的种种好处。原来龙禧的曾祖当过蚕神庙的庙祝,所以龙禧想在龙年干一番大事,首先想到的就是恢复蚕神庙会。

不过冷静下来一想,应富贵说得对,要办庙会,还是缺乏足够的"由头"。父子俩一商量,决定由龙马出面,请龙猫寻找"由头"。

龙马见到龙猫,说起办蚕神庙会的事,请他费心找找"由头"。龙猫的头摇得像拨浪鼓似的。

"龙叔,你是龙宅,不,是整个红旗区的大学问家,腹有诗书,胸怀锦绣,这事非你莫属啊!"龙马不愧龙家的"智多星",知道龙猫喜欢吃哪一套。

龙猫被戴了高帽,心里开始发痒。

龙猫虽然与龙禧有不共戴天之仇,却对本家这个知书达理、沉稳干练的侄子有好感,因为龙马上大学被人顶替之事,他颇有与之同病相怜惺惺相惜之感。实际上,龙猫自己也喜欢热闹,正为无从插手而焦虑——要是蚕神庙会的筹备没有他龙猫的份,那才是天下最冤屈的事!

龙猫心里亢奋,躲在自己的老屋里,埋首故纸堆,花了三个晚上,写出一份洋洋洒洒的万言书来,取名《致县区社三级领导——关于红旗区(龙潭镇)举办蚕神庙会的报告》。鉴于龙猫呕心沥血,兹将该报告的部分内容抄录如下:

> 汉之黄河中原和川蜀乃蚕织业之两大兴盛地,官内设东西织室服官,浴种、采桑、养蚕、缫丝、织绸、染帛、缝衣,各尽其责。织品有锦绮绒纱罗縠(注:有皱纹之纱绢绣)。更有张骞凿空西域,辟丝绸之路。而彼时吴越仅以葛麻胜。然我吴越之地向重蚕事。昔有吴楚争桑,吴国君孙权以农桑立国,迁越人至平原耕作……西晋十六国,有七十万汉人南下与越人混居,能工巧匠携蚕织技,于是吴越丝织业大盛。史称吴扬有全吴之沃、鱼盐杞梓之利,充牣八方,丝锦布帛之饶覆衣天下。孙权又建官营丝织,拓海上丝路,用丝帛换东南亚犀角、象牙、翡翠、珠玑。会稽人杨泉有《蚕赋》:蚕生春三月,春桑正含绿。女儿采春桑,歌吹当春曲。

> 隋唐贯通大运河,吴越国王钱镠大办官营制造,引润州锦工、

高档织锦。江浙有江河湖海地利,蚕桑业崛起,丝绸之府之名立矣。江浙丝绸由商旅经运河、江都、京都,运至各地直至西北边陲。然此时丝织业,若高端之锦绫罗纱,仍以中原巴蜀为首。至两宋,江南丝织业终迎辉煌,与中原、川蜀三足鼎立。北宋,中原川蜀以锦绮绫质胜,江南则是罗绢绸,大路货称雄。宋室南渡,江浙丝织孤峰崛起。达官贵人,富商巨贾,文人画士,布衣匠人云集两浙,百倍于常。自汴京到临安,官营作坊有文思院、绫锦院、染院、文绣院,设于临安武林门外夹城巷晏公庙,单绫锦院就有织机三百张、工匠数千人。临安贸市彻夜不绝,夜交三四鼓始稀,五鼓钟鸣,早市又开矣。丝锦行、生帛行、枕冠行、估衣行、衣绢行、银珠彩漆行,诸行百市汇聚,锦绣罗帛、销金衣裙、描画领抹,大量丝织品经明州、泉州、广州销往日本、南洋、阿拉伯。

元代,江南丝织业依然繁盛。"吴蚕缫出丝如银,头蓬垢面忘苦辛。苕溪矮桑丝更好,岁岁输官供织造。"江南输出的丝绸有龙缎、苏杭无色缎、花宣绢、杂色绢、丹山绢、水绫、丝布。明代海禁,江南丝织业跌宕起落,仍有湖丝一枝独秀。桑麻两岸三州接,财赋江南亦壮哉!太湖之滨,桑林成海,市声喧闹,机声轧轧,比户相闻;四方商贾,蜂攒蚁聚,挨挨挤挤。浙江丝绸尤其湖丝由葡萄牙人、西班牙人、日本人、荷兰人传销世界。

清代,吴越之地桑林被野,犹有天下丝缕之供一说,杭嘉湖丝织业一度亦达鼎盛,催生辑里湖丝之富商巨贾——四象八牛七十二狗。惜此时欧陆印度崛起,鸦片之战爆发,江南丝织业走向衰落,成落日余晖矣!

龙川所在之八婺,古属吴越,也曾桑林遍野。唐武德年间,婺州分置绸川、绣川,皆与丝绸有关,诚非偶然。两晋时婺地已广植桑以养蚕,有"縠巾取于邱岭"之说。唐杜佑之《通典》六卷有婺州纤、锦等列为贡品之记载。宋代,八婺之蚕桑业已相当发达,民以织作为生,号称衣被天下。欧阳修有诗赞曰:孤城秋枕水,千室夜鸣机。婺州之丝织尤以罗胜,有山谷之民,织罗为生。宋太宗淳化年间,朝廷向婺州预购丝织品,数量近万匹。宋元时八婺列入贡品之丝绸,有红边贡罗、平罗、含春罗、花罗、暗花罗、婺罗、刀罗等。

明清时,八婺丝织业堪与杭嘉湖绍媲美,后因种种原因落步。然《浙江经济纪略》犹有龙川养蚕法记载:筑梯田砌石坎,桑树上山……竹制蚕筛或制一蚕架,架有九层,可储九筛;或簟,铺置楼上……

旧时龙潭镇之蚕神庙会,由商贾引进,源出湖州蚕花会。传春秋战国时,范蠡由越都会稽送美女西施经湖州,遇十二采桑姑娘,窈窕多姿,于西施轿前翩然起舞。西施手托花篮,分多彩绢花赠采桑姑娘,以祈风调雨顺、蚕桑丰收。方圆百里蚕农为纪念西施、祈祷蚕桑顺遂,每到清明,乃聚办蚕花会,意在祛蚕祟,祭蚕神,轧蚕花。

龙川人效之。然龙川人个性执拗,怎能步人后尘?他们改蚕花会为蚕神庙会,时在春首而非清明。大祭前后,宰牛屠羊,献香烟酒果,披丝绸于神龛佛像,庙会期间还斗牯牛、踩高跷、叠罗汉、赛龙舟、演社戏、耍狮子、迎龙灯、打长旗、抬阁跷、走花桥……缤纷登场,各具姿态,争奇斗艳。

吾幼时有幸目睹蚕神庙会。那蚕神庙,巍然独峙,森然肃然,古祠高树,苍古端穆。庙外山势峥嵘,湖涛阵阵,团团云雾迷漫青苔古藤岩壁。庙内琉璃碧玉闪光,古画神龙舞爪。庙会之日,碧空如洗,晚霞涂染,龙潭镇上,锣鼓喧天,万人空巷。真个是"桑柘影斜春社散,家家扶得醉人归"。

龙潭镇之蚕神庙会,销声匿迹久矣,今又鸣锣张旗,实乃幸甚!衣食住行,衣乃第一。上古之人,衣不蔽体,乃称"蛮"。有衣乃有文明,乃有文化。庙会之事,乃民间风俗,风流之,俗化之。龙川若能人丁兴旺、事业发达,举办庙会,何乐而不为欤?

四

龙马看了龙猫的长篇报告,犹豫良久,最后还是锁进了抽屉。报告拉拉杂杂,龙马是断乎不会上交的。

报告呈上后两天没有消息,龙猫坐不住了,跑到大队部龙马的办公室探听虚实。

"龙叔,报告写得很好……"龙马把龙猫大大夸奖一番,笑道,"只是有些文绉酸溜。龙叔,庙会是肯定要办的。我们晚辈对庙会民俗知之甚少,你最好在这方面写一点,到时候我们也好照葫芦画瓢。"

龙猫知道龙马的意思。他窝在老房子里,搜肠刮肚,花了三个晚上,又写出一篇《关于龙潭镇蚕神庙会上一些民俗活动的考证》。这一回,龙猫不敢用太多"之乎"了,尽可能写得通俗文白:

　　婺州地处浙中盆地北缘,丘陵岗地,三面环山,地瘠人贫,因此素来民风强悍,俗近秦风,喜习戈矛。传明时戚继光受命东海抗倭,屡战不胜。欣闻婺州人骁勇善战、威武刚烈,遂至招募,组成一支以婺州人为主的戚家军,九战皆捷,清除了沿海倭寇。人奋荆棘御之,暴骨盈野,其气敌忾,其习骠而自轻,即一旅可当三军。《戚继光上书》中称的婺州好汉很大一部分就来自龙川。

　　龙川的叠罗汉就源于明朝嘉靖年间,与戚家军有关。这是一种由武术套路、战时阵法和杂耍技艺糅合而成的练武取乐游戏,因龙川一带的人常练南少林派的罗汉拳,故取名为叠罗汉。活动大多由一村或一族组班表演,逢年过节、寺庙开光、丰年庆岁渲染喜庆气氛,炫耀力量,显示族人村民齐心,故常有三代同阵、四代同班现象。在先锋锣鼓和唢呐声中,几十个壮汉手持十八般兵器,你来我往,穿插走动,摆出各种阵容——长蛇阵、蜈蚣阵、龙门阵、梅花阵、盾牌阵。"走阵"之后是高潮叠罗汉——少则十几人,多则上百,立牌坊、树亭阁、观音坐殿、观音渡船等等,层层上叠,其间有滚叉、拳术、刀棍术表演,独具匠心,惊心动魄。

　　龙宅罗汉班明末已有,清末民初尤盛。当时政局动乱,龙家人为了防匪强身,由太爷领头创办了罗汉班,取名"龙家班"。抗战期间曾间断,抗战胜利后便予以恢复。

　　另一件常在庙会期间举行的活动就是斗牛。婺州斗牛,始于南宋,乡人祀之,以此娱神,积习相沿。斗牛依其场上表现获各种称谓——罗成、武松、小烂污、双牙撞、花旦、黄大梁等等。斗牛是牛中猛士,一旦在角斗场上获胜,便身价倍增、待价而沽。斗牛有如此礼遇,自然要在角斗场拼杀。

　　角斗场通常是一丘水田,蓄少量水,泥质松软适度,四周筑七尺高土坎围堰供众人围观嬉娱。场地两侧各搭竹棚彩门,名之"龙门"。斗牛进场前有化装巡游——旗伞堂灯前引,一帮鼓乐吹吹打打,牛执事、牛斗士们紧随。然后,在头扎汗巾、腰系红带的牛壮士的簇拥下,头簪金花、身披红绸、全副武装的斗牛们昂然而入。待龙门鞭炮响过,两头斗牛便从各自彩门突入,奋力相搏。角斗开始,善斗之牛纵横疆场,步履从容,应敌有方。不擅角斗的菜牛则满场乱转,一触即溃,狼狈鼠窜。亡命之牛常常左冲右突冲入人群推翻摊肆,酿成大祸。这是牛壮士大显身手的时候,他们也是角斗场上的主角。两牛若是杀红眼死缠烂打,也是牛壮士出场的时候,他们一拥而上,抓牛鼻、攀牛角、推牛躯,将斗牛拆开。除了在斗牛期间享用由祠堂寺庙提供的酒肉美食,牛壮士并无额外报酬。每场斗牛,配牛壮士二十名左右,他们个个膀大腰圆,身强力壮,即便常常面临被践踏、顶撞甚至牛角穿肚的危险,也毫不退缩。这些视死如归以身搏命的牛壮士,大多是龙川的龙家人。清乾隆时,有县令以伤农耕为由始禁之。然龙川人乐此不疲,依然热衷斗牛。民国时期再三禁止,均未奏效。日寇入侵,婺州沦陷,斗牛才一度停止。抗战胜利后,各地又兴起。

庙会的又一项重要活动就是迎龙灯。龙灯一项,不独龙川,曾在整个婺州盛行。正月里迎龙灯是婺州农村古老而又盛大的活动,一般是正月初八起灯,元宵后散灯。南宋吴自牧在《梦粱录》中记载,南宋行都临安元宵之夜以草缚成龙,用青幕遮草上,密置灯烛万盏,望之蜿蜒如双龙之状。不过婺州人耍的不是草龙,而是板凳龙。灯板中间安装红灯笼两盏,灯板两端钻有圆孔,连接时两灯板对准圆孔用木插销固定,各节灯板间可小幅扭转。迎灯时,全村各户都要出身强力壮男丁一名——没有的出钱物雇用——随带灯板,各家灯板相接,点起红灯笼,加龙头龙尾,拼成一条巨龙,少则数百多则上千,绵延四五里,可谓"飞霞流彩撼长空,天底吴楚走长龙"。龙灯的龙头龙尾均用樟木雕刻,龙头仿照亭阁式样设中殿、三殿,玲珑别致,周围绣帷,披红挂绿,悬结绣球。龙灯出迎,提前几天在祠堂内摆下香案,村民族人沐浴更衣,焚香祈祷,祭天地请神灵。震耳欲聋的三声铳响后,锣鼓齐鸣,鞭炮燃放,龙灯出阁。

在号角声中,旗牌灯先行,接着是龙头。一时喜气洋洋,浩浩荡荡,龙灯所经之处,男女老幼手提行灯夹道迎送。龙头行至,有农户设案摆斋,摘取绣球,以便来年产下"龙子"。行至晒场或是村口空旷地,龙灯都要嬉舞一番,俗称"盘龙"——龙头开道,龙身腾挪,龙尾翻跹,一条火龙翻江倒海,上下舞动,蔚为大观。舞龙的大多是后生壮汉,腰系红带,别着把砍柴刀,口袋里装干粮和续灯的蜡烛。

　　除正月外,还有清明时节的清明灯,九九重阳的重阳灯,专为妇女儿童舞的老婆灯、童子灯。

　　…………

五

　　第二份报告交给龙马后,龙猫不再关心下文。他的心理颇为矛盾,一方面等着凑蚕神庙会的热闹,另一方面又想看龙禧出洋相——在如此短的时间内办成蚕神庙会,几乎是天方夜谭。

　　龙猫不知道,其实龙禧父子早几个月前已在暗中筹措。

　　龙禧并不傻,早已与李宅、朱宅的书记通过气。要办蚕神庙会这样浩大的工程,非得三个村分工合作不可。朱宅负责祭祀大礼时候的抬阁跷,李宅有老戏台,负责五天五夜的戏文,其他的均以龙宅为主。三宅既合作,也竞争,龙灯、龙舟、斗牛、蚕花四项要比赛分高下——李宅、朱宅合伙,对垒龙宅。

　　以一敌二,龙禧一点不怵。他意气风发,胜券在握。在他看来,胜利者的奖品——那个硕大的猪头,肯定是他的。

　　眼下的龙禧,手下兵勇将强。他把筹办庙会的大权交给龙马。龙马虽然只有二十郎当岁,却颇有大将风度,沉稳老练,指挥若定,将任务一项项分解,指派专人负责,自己统揽大局。应富贵为军师,负责预算,规定凡愿出力者,村里一律给予粮食经济补偿。结果,听说要恢复消失已久的庙会,大家伙都愿意无偿出工。

　　龙五妹、龙十妹和一帮妇女做纸花装饰龙头,洗刷从祠堂仓库里清理出来的所有老物件。龙生媳妇做绸布挂饰、服装道具。龙猫也没闲着,运用从李篾匠那里偷学的手艺剖篾糊纸,做起了灯笼。龙禧的两个小儿子龙彪龙狮准备"龙家罗汉班"器械服饰,制作罗汉头——将粗草纸泡透,打成稠纸浆,均匀涂在木雕的罗汉头模型表面,待晾干后剪开纸壳取下,缝合定型,裱涂上色,画出黑色的发顶和五官。

龙禧带一帮木工加固已经散架的龙舟,给每户人家加工龙灯灯板。虽然他的木匠手艺已经生疏,但是这些锯板凿孔、敲敲打打的粗工还是不在话下。

另一项非常细致的活是给大花轿刷漆。龙禧的师爷——李木匠的师傅一生架梁造屋、建庙筑园,做了无数的家具物件,最让他自豪的还是两顶花轿。一顶花轿在龙宅,是老诸葛家迎娶新娘的喜轿。那顶清代八抬大花轿,全用花梨木做成,豪华厚重,配饰华美,三面均有玻璃轿窗,内装饰有纸扎戏台;轿身两侧还嵌有琉璃瓦,上绘龙凤如意、梅兰竹菊;轿帘为蜀绣杭缎,金光璀璨;轿顶还竖着几十柄木刻"火焰",上面镶嵌辟邪用的小圆镜。与花轿配套的还有三对仪仗牌、四个装嫁妆用的樟木抬箱。另一顶花轿在老家李宅,更是了得,色彩艳丽,装饰繁复,描金绘彩,雕镂精湛,俗称"万工轿"。它是李木匠的师傅的得意之作,可惜他没有完工就去世了,李木匠接着做,两代匠人做做停停,据说耗时近万工。花轿全用红木,轿身共有三百多个配件,雕镂三百多个喜剧人物和三百种鸟兽虫鱼,贴金箔,刷朱金,富丽堂皇,堪与皇家花轿媲美。这顶花轿是当时为李宅的一名徽商娶亲定制的,后来并没有使用,李宅的人视为珍藏瑰宝,从不轻易示人。

过年的日子越来越近,龙禧忙得不亦乐乎。不久又有一名强将加入准备庙会的行列。

龙禧的大儿子龙虎回来了!

龙虎是在腊月二十六日到家的,有二十天的探亲假,过完元宵再回部队。这个一身军装、英武挺拔的海军军官的到来在龙宅引起了第一波轰动,每到一处都有人众星捧月般追随。村里老头老太见了他眉开眼笑,少男少女更是整天围着他转。一时间,提亲说媒的人踏破了龙家的门槛——即使有人看见他悄悄到桃花的坟上去上香,红娘月老的队伍人数也不曾减少。对那些提亲说媒的,五妹一概客客气气地拒绝。在五妹看来,以现在龙虎的长相人品地位,只有县长省长的女儿才配得上。儿子归来,五妹几夜睡不着觉,偶尔入梦,也会不自觉笑出声来。

龙虎并没有给父母买专门的礼物。一些海带紫菜海虾鱿鱼类的海产品,七八个姨娘,众多本家,一户一包。他带回家最重的礼物是一套锣鼓家伙:大锣、堂锣、小锣、马蹄锣、钗和中鼓。原来龙禧在信中说村里过年要办庙会,龙虎采购礼物时在一家乐器店里看到了这些,便花光大部分积蓄,毅然买下。

他对表妹诸葛慧莲接自己的班当赤脚医生很高兴,送给她一个急救包。在剩下的那些工艺品中,他挑选了一个最大的海螺,送给林波。

林波初中毕业后并没有上高中,而是迷上了画画、唱歌,在县婺剧团里学习唱戏。母亲沙中柳决定让他下乡参加农业学大寨,元旦过后,林波就住进龙禧家。林波在城里游荡惯了,开始很不习惯,骑着自行车三天两头回县城。后来听说要办庙会,喜欢舞枪弄棒的他非常高兴,不但准备在龙宅过年,还加入了叠罗汉、赛龙舟的龙家班。可惜,龙禧本家侄孙,加上龙彪龙狮,组成一支罗汉班已然绰绰有余,林波只能当替补。

龙禧本已专门请了老罗汉来调教龙家班,龙虎加入教练的行列后,更是如虎添翼。龙家的子孙,虽然身强力壮有一股蛮力,却纪律松散自行其是,年轻的军官正好有用武之地。龙虎除了教他们舞枪弄棒,还教他们各种队列。龙虎从小生活在龙潭湖边,捞鱼摸虾是他的专长,几年的海上生活更是使他成了浪里白条,他自然又当起了划龙舟的主教练。龙宅的龙舟出现在湖面上时,又一次引起了轰动。冬天的龙潭湖处于枯水期,又有薄薄的冰冻,凿开冰冻的浅浅湖面,用于龙舟训练还是够了。湖堤湖滩上站满了穿得鼓鼓囊囊看热闹的人,他们与其说是来看龙家人怎么划龙舟,不如说是来看龙虎的。料峭寒风里,这位年轻的军官穿着海魂衫,站立船头,一身发达的肌腱,英气勃发,又一次成为万众瞩目的明星。

在这些挨挨挤挤看热闹的人里,就有悄悄落泪的梅花。趁着过年灯红炮响的喜庆气氛,应富贵把两个女儿的定亲喜事办了。两户亲家的家底都不错,凑齐了十八担,风风光光的,一时也抢了龙家的风头,算是给梅花、梅香一些心理安慰。

正月初三,蚕神庙会热身。先是李宅的老戏台开唱,连唱五天五夜。是李宅本村临时凑起的草台班子,演的是传统婺剧——《三请梨花》《滚灯》《大补缸》《白蛇传》《僧尼会》等,有龙宅龙家班罗汉助演,有朱宅抬阁跷助兴,戏台前一时也是热闹纷纷。

说起来,在蚕神庙会所有的项目中,朱宅的抬阁跷历史最悠久,因为它与龙潭寺的开山祖师龙大士有关。自宋代开始,每逢龙潭寺祖师龙大士生日这天,都要抬着雕有龙大士塑像的佛龛巡游,以便众人祭拜。巡游时,有龙虎旗、蜈蚣旗、清道旗开道,唢呐簇拥,铜锣齐鸣,铁铳崩响,响叉队、堂灯等整齐有序的开路先锋后面跟十几抬阁跷。阁跷是特制阁台,周围饰有小围栏,台中装有可供童男、童女坐站的铁架。童男女一般不超过八岁,穿戴戏剧中的铠甲、古装行头,头顶长长的雉鸡毛,手刀枪剑戟等。

正月初十,庙会的正式比赛拉开序幕。先是斗牛。龙宅派出的四牙公牛"龙飞虎",膘肥体壮,没几个回合就把李宅、朱宅的"花旦"打败了。尽管斗牛草草收场,但整个龙潭镇的人气已聚,观者云集。

第二项是迎龙灯。龙宅的龙灯有六七百片灯板,绕着龙潭湖边所有村落兜一圈,又在蚕神庙所在的山路蜿蜒盘旋,气势宏大。李宅、朱宅拿出的是由妇孺迎的"童子灯"。

庙会的重头戏是蚕神祭祀和蚕花姑娘巡游。龙宅的人早已把装扮一新的蚕神——人身马头的马明王菩萨归位。元宵这天,龙宅的人抬着几百斤重的大蜡烛,李宅、朱宅的人抬着全猪全羊来到蚕神庙,在龙门书院云鹤的主持下,举行了祭祀仪式。

祭祀完毕,是蚕花姑娘巡游——这才是整个庙会的重中之重。

龙宅的蚕花姑娘是诸葛慧莲。龙十妹年前就拿出珍藏的锦缎在龙生媳妇那里定做了新衣。巡游这天,龙十妹又给女儿精心打扮了一番,抹粉搽香,梳头簪花。人靠衣服马靠鞍,这话一点不假,穿上青色旗袍的诸葛慧莲使龙十妹也大吃一惊——原来自己的女儿竟然这么漂亮!诸葛慧莲又羞涩又兴奋,坐在祖太婆坐过的喜轿里,由龙家八个精壮小伙抬着,沿龙潭镇的大街小巷巡游。她不停地往外抛洒纸制蚕花。在她身后,是另一顶花轿,另一位蚕花姑娘。

按说,龙宅的花轿描龙绘凤,有仪仗,有气势,应该能赢。但是龙禧不知道李宅、朱宅抬出来的是贴金描朱的万工轿,而轿子里坐的姑娘更是了得。虽然那位姑娘很少探出头来,但是每一次露面都会引来簇拥其后的少男少女们海啸般的欢呼。那万工轿里坐的是李宅的美人——来自上海的李娇娘的女儿李海音!这个十六岁的少女穿着红色旗袍,袅袅婷婷,面若桃花,凡是看见过的人无不艳羡。无论是龙潭镇的本地人,还是外来的观光客,后来都信誓旦旦地赌咒,说那万工轿里坐着的是他们见过的最美的少女,即便是西施投胎再生,也不一定比得过!

自然,这一阵,算是李宅、朱宅赢了。

唉,要是桃花在,龙宅这关键一战就不会输了。

龙禧还是不服,心里暗自嘀咕。参加过龙潭镇这场大赛评判的文人雅士对此津津乐道,龙宅的蚕花姑娘也很美,文静秀气,有一种天然的母性气质。而李宅、朱宅的"蚕花姑娘"美则美矣,有些过于妖冶。总而言之,两位蚕花娘娘应该是平分秋色,不分伯仲。

龙禧听到这些,心里稍感到宽慰。二比一,龙禧还是信心满满,他对最后的龙舟赛更有把握。

但是比赛的结果出乎意料——李宅、朱宅赢了!

二比二,平手。

这样的结果谁都可以接受。三个村的书记坐在一起商量,一致同意把那个猪头放在蚕神前面,作为祭品。这实在是皆大欢喜的结局,但龙禧没能拿到原以为唾手可得的猪头,多少有些失望。

不过,龙家父子的目的已经达到了。这一年春节,只有一万多人的龙潭三宅聚集了几十万人,每天人山人海。小商小贩赚得盆满钵满,庙会则赚足了人气。龙潭三宅,特别是龙宅,更是名声大噪。

龙禧终于还是办成了他一生引以为傲的大事!

第十一章
古镇的少男少女们

一

说起来,最后的龙舟赛,龙宅输得并不冤。

龙舟赛要在龙川峡谷的积雪融化、龙潭湖水满波平时才能进行,所以安排在正月十八,此时龙虎已经回部队。失去主帅的龙家人纵然彪悍得如狼似虎,也只与对方的龙舟同时撞线。

要判输赢,只能根据龙舟的好坏和龙人的表演。龙宅的龙舟个头大,但是做工粗糙,而李宅、朱宅的龙舟精美华丽,尤其是船首的龙头雕镂精湛,远远站在湖堤上,也能看清栩栩如生的龙须龙爪和一双乌黑的发出冷冽光芒的龙眼,两舟相比,高下立判。

另外,龙舟赛还是两个威风小子的较量。龙宅龙舟上的威风小子林波身材修长,一头天然的乌黑鬈发,瓷娃娃般的脸,眉清目秀,模样倒是俊俏,只是他站立船头耍的是舞台上的花枪。而李宅、朱宅龙舟之上的威风小子耍的是真功夫,一招一式都显出深厚的童子功——短衣打扮的他爬上几米高的竹竿,弯竿如弓,翻转腾挪,一个个惊险动作引得岸上的观众发出阵阵喝彩。并且,这个威风小子还文武双全,表演完武术后还念了一首诗《蚕之歌》:

桃花溪的桨声响起

一个传说在龙潭湖摆渡

在鲜花烛影里,在黑白炼狱里

一个生灵破茧而出,化蛹为蝶

蚕之心,丝之魂,三千年潮起潮落

蚕农的手掌磨出了血痕

蚕茧熟了,作茧自缚的誓言熟了

红日喷薄的黎明,你又赴一场生死之约

蜕变出一个世界的缤纷

蚕之心,丝之魂,几万里

丝丝缕缕,牵连大漠驼铃

在茧灶到缫机间穿梭

纺一个鱼米之乡

织一个丝绸之府

绣一片宁静祥和的锦缎绫罗

啊!那美若西施的蚕花姑娘

在俊美少年的眼眸里下凡

爱为经,情为纬

织一个卿卿我我的春

纺一个你侬我侬相思的秋

让蜻蜓飞起来,让蝴蝶飞起来

迎接那蚕花的璀璨

…………

李宅、朱宅龙舟上的威风小子不是别人,正是林波的老朋友、过去曾经与他顶过膝盖一起砸过方宝的龙骏。龙宅小学并入李宅中心学校后,龙骏随母亲李翠花回李宅外公家居住,他的户籍虽然还在龙宅,但开口闭口自称"李宅人"。

林波输得心服口服,对这位又会武功又会写诗的对手心生仰慕,龙舟赛后就去找龙骏。龙骏依然比林波矮半个头,在龙舟上生龙活虎的他,平时却是腼腆寡语,圆脸上乌黑的眼眸透着文静的书生气。

两位少年惺惺相惜,本想切磋武艺,谁想一见面,就为蚕花姑娘的事争论起来。

"我不否认龙宅的蚕花姑娘好看,可是跟我们李宅的蚕花姑娘比,还是差了一点点。"龙骏有意妥协。

"我敢说龙宅的蚕花姑娘最美,天下第一。"林波被激起了好奇心,"那天我在龙宅的花轿前举牌子,没能去看你们李宅的蚕花姑娘。她叫什么名字?"

"海音。她是娇娘阿姨的女儿。"

"她现在还在吗?"

"走了。先去县城,然后回上海。我答应过海音,今天要去火车站送她。波波,你能把自行车借我用一下吗?"

那辆簇新的凤凰自行车是林波值得炫耀的坐骑。林波欣然同意,并且一定要与龙骏同去。两位少年骑着自行车,很快来到龙川火车站。

这是一个离龙潭镇十里开外的小站,在一片红土坡上,有一排低矮的房子,一块站牌,一片水泥台子,一条铁轨,浙赣线上来来往往的货车客车都要从这里过。林波过去经常跟父亲林峰来龙潭镇玩,有时候骑自行车,大多数时候在这里坐火车,所以认识这里仅有的几名工作人员。

站长兼司旗员姓李,是一个四十来岁穿铁路制服的男人,他一眼就认出了林波。

"两个穿旗袍的上海美女?见过!一大早她们就来这里候车,没多久,来了辆吉普把她们接走了,先到县剧团办事,下午或明天再回上海。"

李站长也是李宅人,说起本家的大美人,一脸自豪。

李娇娘这次省亲,因为演戏和女儿扮蚕花姑娘的事,在李宅逗留的时间最长,已误了归期,索性又请了几天假。

没能在车站见到母女俩,龙骏很是失落。林波不想让龙骏失望,自告奋勇,要带龙骏去县城碰碰运气。龙骏长这么大,还没有坐过火车,也流露出要坐火车去看看外面世界的想法。可听李站长说,最近的一班客车也要在一小时后,并且开到县城至少需要半小时。

他们等不及,决定骑自行车进城。林波骑,龙骏坐在后座上。

到县城已是午饭时间,林波在街边的小吃店里买了豆浆油条,算是请客——林波不敢回家吃饭,要是母亲沙中柳知道他擅自回城,非打断他的腿骨不可!

龙骏好奇地东张西望,心里却记挂着上海来的少女。林波玩心大起,载着朋友在老旧狭窄的街巷里穿行。婺州城的这片老城区,是林波非常熟悉的。一个叫绣湖的湖泊,湖畔有大安寺塔,老城依湖而建,南门街、北门街、新市街、朱店街、朝阳门、湖清门,名称一大堆,不过巴掌大的地方,数得过来的几条街巷,一条几百米长的马路。县前街,朱店街,湖清门街,算是繁华的地方,据说民国时期就有很多店铺作坊,有大成书店、李家祠堂廿四间、贫民习艺所。现在这里的老街建了粮管所、信用社、供销社、百货店、五金店和农具店,又有汽车客站和文化馆。他们要找的地方就在离新马路不远的一条街上。

七弯八拐,他们来到一条幽静的巷弄。巷弄口,沿街一排低矮的老房子,有一栋两层的楼房,砌一堵高大的围墙,里面是个大院子,围墙上开大门,门口挂着"县文艺工作团"的牌子。两个少年不敢从正门进去,而是绕到后巷,从一座小门蹩进去。穿过一个小院,来到一所仓库似的大房子里。房内一排排花花绿绿的戏服,木架上插满刀枪剑戟棍棒,边上是锣鼓响板胡琴等各种乐器。灰色的墙上挂满五颜六色的面具。砖墙后面,传来锵锵的锣鼓声和咿咿呀呀吊嗓子的声音,似乎是排练厅。大房的一角隔出一个小间,内放一张书桌,桌上除了笔墨纸砚,就是杂七杂八的书籍,与散落宣纸、信笺的地上一样,有些杂乱。

一个年近七十的老头坐在书桌后的旧沙发椅上,戴着老花镜,用蝇头小楷抄写着什么。他满脸皱纹,前额光秃,后脑灰白的长发披在肩上。林波认识他,那是文工团的老团长,林波叫他李老伯。

李老伯见到林波,站起身,脸上露出老熟人才有的笑容。

"又逃回来了?要是让你母亲知道,恐怕不会有好果子吃……"

林波把食指放到嘴边,顽皮地笑了一下,明知故问道:"李老伯,您认得我家老娘?"

老人苍白的脸露出沉思的表情:"怎么不认识?婺州县城,就这么点大的地方,北门敲锣,南门都能听见。沙主任又是名人,她把我的孙子弄到云南去,我还指望她尽快弄回来呢。这儿离你家很近,沙主任偶尔也光临寒舍……"

林波只知道母亲是县里知青办的头,官衔不大,权力却不小。

"老娘对唱戏可不感兴趣……"

"小子,你错了。沙主任的嗓子不错,唱起样板戏来有模有样。看得出,她是个文化人,对书画的鉴赏水平一点也不比我低……我恐怕我们之间的秘密她早已知道了。"

原来这间道具房的隔壁还有一间更大的仓库,那儿堆满了书籍、古玩和字画,既有大部头的字典辞典、线装古籍善本,也有巴掌大的小人书,还有些西洋油画、中国山水花鸟画和书法卷轴。林波经常借着学戏的名义在里面淘宝。

"李老伯,您一定得保守住那个秘密……我回来的事也别告诉老娘。我这次是来送客的。"林波把他找人的事说了一遍。

李老伯认识李娇娘,当初就是他把李娇娘送到省城去的。"她是来过,不过听说请她来指点样板戏的排练,转身就走了。她现在是上海滩的红人,连一些大领导都认识。她痴迷越剧,是越剧的名角。……有吉普来接,娘俩这会儿恐怕已到上海了!"

两个少年很失望。不过既然来了,他们决定在这里开开眼。在这个道具间里,林波有一种回家的感觉,可以肆无忌惮地疯玩。

李老伯的目光落在林波身后的少年身上,龙骏安静地站着,脸上带些羞涩。林波告诉李老伯,龙骏是他天底下最要好的朋友,有话尽可以说。

"我认得他母亲。李翠花是李娇娘的好姐妹,当初我也想招她来,李篾匠不同意……李翠花的嗓子不错,歌唱得好,长得又甜,在李宅也算小美人……"

龙骏听到李老伯称赞母亲,脸红了红。他依稀记得是有人说过母亲能唱。他还在李宅的老照相馆的橱窗里看见过母亲年轻时的黑白照,圆脸短发白衬衣,清纯可人。

"李老伯,你也是李宅人?"龙骏怯怯的。

"是啊,年轻时在乡下唱戏,后来有了剧团就到县城里来了……"

"李老伯,您整天手握毛笔,到底在抄写什么?"林波怕李老伯陷入回忆,想换个话题。

李老伯指指密密麻麻的蝇头小楷,压低声音。"我走遍八婺,收集各种老的手抄剧本,把它们整理出来,希望有一天它们重能见天日。我老了,不知等不等得到那一天。希望两位将来能够记得有一位花甲老人,曾经像老鼠一样,钻在落满灰尘的故纸堆里啃咬。我吐出来的心血凝成文字,或许有一天你们也能从故纸堆里翻出来。"

老人顿了一下,清清嗓子。长时间的孤独使他憋坏了,他对着两个少年倾诉起来。"婺剧可是八婺大地的瑰宝啊。越剧只有百年,京剧也只有两百年,婺剧已有四百年! 婺剧可是大剧种,融高腔、昆腔、乱弹、徽戏、滩簧、时调六大声腔,尤以高腔最为著名。据我所知,婺剧总共有八百多本剧本折子。过去各种剧团草台班子有四五百,村村锣鼓响,处处戏文唱。说唱做白,舞美道具乐器,样样有特色。如今式微,真是叫人心痛。"

林波耐心听着。那边,龙骏没有见到要送的客人,失望至极,站在外面,愣愣地看着架上的刀枪剑戟和五颜六色的服装面具。不一会,林波揉着耳朵,从隔间里走出来找龙骏。老人跟着走出,见两个少年对仓库里的东西感兴趣,似乎很兴奋,浑黄的眼睛闪着光,指着一件描龙绘凤的戏装,仿佛自言自语般说着。

"婺剧戏服尤有特色,一件传统的戏服,用到五十多种丝线,要花百来个工时。即便是龙套的行头也是精工细作,分五色,全用金线婚绣,起转台、跑幕作用,又可代替千军万马。蟒袍、龙箭、龙通、宫装、客衣、铠甲,婺剧戏服是舞台上除盔帽刀枪等道具外最重要的行头,上有民俗、图饰典章、装饰年画,变化多端,地方特色浓郁。男盘龙,女绣花,这些戏服大红大绿,看上去土气,却是对比强烈,与婺剧的粗犷、豪放、高亢正好相得益彰。你们看这件戏服,豪华富贵,上有盘龙、香草龙;各种吉祥图案,要用复杂的婺绣针法,龙的图案由金线勾勒,而绣娘则用平绣的方法把其他的图案绣上去。这门手艺是民间特技,口耳相传,恐怕就要失传了。"

老人长长地叹了口气。林波怕李老伯无休止地讲下去,连忙打断。"李老伯,您把隔壁的门打开,我们进去挑几本书看。与您一样,龙骏也是个书蛀虫。"

"今天不行,太迟了,下次吧……你们俩,只要愿意听我唠叨,不管什么时候来,我都会打开那把铁锁。"

老人见两个少年不愿听,摇摇头,又回他的蜗居抄写去了。

二

正月一过,林波就从龙禧家搬出来,住进龙生家的老屋,与诸葛慧莲做了邻居。这是龙禧的安排。

蚕神庙会后,龙禧趁热打铁,要和儿子龙马一起实施宏大计划。他们决定开办腐竹加工厂、服装厂、机械加工厂、棕棚厂、竹木器社,又准备大力发展养殖业。龙彪从山里抓了几窝野蜂,龙狮抓了几条蛇,两人在破败的老房子里先行做起了养殖试验。要办厂,公房远远不够,龙马就把自家新房隔出几间,其中的一间砌一个大锅灶,准备做腐竹,捞豆腐皮。另一间用于开办缝纫培训班——办服装厂,先得让村里的少男少女都学会踩洋车。

用房还是紧张,只得让龙禧出面解决。这一天,他吧嗒着旱烟来找龙十妹。村里要办腐竹厂,龙禧想先让五妹学会腐竹手艺,故来请龙十妹当老师。

那敢情好。村里姑嫂妈婶赚几个零用钱,是大好事啊!龙十妹听说要自己当老师,眉开眼笑地说道:"龙禧,你是领导,现在又是大红人,庙会后红透了半边天。有事你说了算。"

"可不能这么说,十妹!李宅、朱宅的书记已经撤了,我这个书记看样子也不长久。管不了那么多,开弓没有回头箭,走一步算一步。反正我已经准备隐退。"

龙禧抽着旱烟,脸上笑嘻嘻的,一副轻松的表情,看样子是真的想通了。

"还有一件事同你商量,我准备让林波住到龙生的老屋来。"龙禧拐了几个弯,说到正事。

"是林革命的公子、那个高高大大的俊后生?我就纳闷了,长得细皮嫩肉的,不在城里念书,怎么跑到乡下来了?"龙十妹不知道龙禧的葫芦里卖的什么药。

"十妹,你不懂,这叫上山下乡。他老娘是管知青的领导,自然要带头。"龙禧猛吸几口,磕掉烟灰又装上,"林书记的儿子要来,我也没办法。原本以为他只是来住几天,新鲜劲一过就回城。没想到林书记把儿子的户口都迁来了。这次去见他,他很不高兴,面色铁青——他的意思是要让他儿子独门独户单独过,自己烧饭,下地干活。看样子,林峰是要儿子在龙宅生根,一辈子在这里闹革命了！"

"打小生活在城里，连韭菜小麦都分不清……让他挑粪浇肥拔秧种田？"

"就是嘛！所以我让他住你隔壁。你晓得的，我有三个儿子，住房紧，老房子已经被龙狮龙彪的蛇蝎、蜥蜴、马蜂窝占领了。新房嘛，你晓得的，儿子大了，说不准什么时候就带个姑娘回来。"

"龙生家的房子，也是你龙禧说了算，不用为难。"

"最主要的是让你用擀面杖敲敲他，让他早点成才。你不晓得，这小子有点怪，经常背个木架子东西乱窜，晚上也不好好睡觉，趴在书堆里摇头晃脑，哼哼唧唧，咿咿呀呀的，还在墙上涂涂写写。他的房间乱得像个鸡窝。我看他跟教授倒是脾性接近。教授周末回来，也好教教他'之乎'。"龙禧清清嗓子，神色郑重。

"这所老宅子里，有一个'之乎'就够了！"龙十妹笑道，"'之乎'就别教了。耕田犁地、拔草插秧这些粗活，我倒可以教教他。"

"你只需在锅里多加把米，多烧个菜，别让他饿着。他顶多待个半年就须回城。我龙禧也不会派他重活，让他抄抄写写，出个板报什么的。他说喜欢牛，就给他一头牛，让他当牛倌。他住这里，有你龙十妹的擀面杖伺候着，有慧慧做伴，我是一百个放心！"

三

龙禧指定林波放牧的就是斗牛大赛的获胜公牛"龙飞虎"。龙宅买了拖拉机，连片的稻田可以机耕，只有边边角角的山坡地、冷水田还需牛耕。耕牛数量少了，但还要养着。

在林波的脑子里，那个遥指杏花村的牧童生活是充满诗意的：草铺横野，笛弄晚风，月明卧衣。他憧憬着牧牛生活，一兴奋，晚上又睡不着了，第二天早上日上三竿才起床。此时别的放牛娃早已放牧归来。

林波只好单独去放，诸葛慧莲陪着他。

龙飞虎悠然地在山坡上啃草。这儿的山坡地，在李宅、龙宅之间，背山临溪，绿草茵茵，有大片野生的紫云英。远处山峦起伏，山花烂漫；面前一望无际的田野，山脚下的村落和远处的龙潭湖尽收眼底。

春天终于来到了龙潭镇。登高远眺，群山葱翠。龙川积雪融化，峡谷间

泉瀑飞花溅玉，犹如珠帘倾泻而下，一时间所有的溪涧涨满春水。清溪潺潺，卵石间鱼虾悠然游动。青山湖畔，萧索的万木绽出新绿，千樟林里鸟鸣啾啾。龙潭湖则是另一番景象，波平如镜，成群的白鹭在湖面的绿洲和湖滩的枫杨林间飞来飞去。一场细柔春雨唤醒了龙川山峦。杏花、桃花、李花、野樱花、紫藤花、杜鹃花，还有无数寂寂无名的野山花，次第盛开。桃花坞的桃花最盛，整片桃林，像烈焰一样燃烧了整个山岗。烂漫的桃花俏立枝头，如临水梳妆的美人，令人心醉。野樱花是悄悄开放的，很快就成花海，每一树繁花都梦幻唯美，欲迷人眼，微风拂过，樱花便簌簌而下。垂丝海棠不甘寂寞，光秃秃的树枝上蹦出一朵朵红色花蕾，柔软的花朵仿佛醉酒女子，惹人垂怜。龙川峡谷古道的两侧紫藤花早放，站在花下，细小的花粒凝成紫霞般绚丽的锦缎，远远望去，满目紫艳。

越王山下的古镇，墙高院深，弄曲巷幽。老街老宅，古桥古亭古戏台，走马楼人字坡青瓦顶，那些仿佛是从褪色的老照片里走出来的沧桑古朴悄然恢复了生机、变得鲜活。村口银杏古樟耸立，村后竹林茶园藏在云雾之中，一切都显得静谧安详。在小桥流水青藤古井间，乡村宁静幽雅的生活画卷徐徐展开。

春意渐浓，古镇的老街新巷也是热气腾腾。蚕神庙会后，街面上卖早点的摊肆多了起来，馒头、粽子、红馃、小笼、大饼、团子，最有特色的是素包子和清明馃。素包子里面是这个季节才有的馅料——春笋、荠菜、香椿。荠菜是本地人最爱的野味，在主妇们的手中，一棵普通的野菜可以变出各种美味——荠菜馄饨、荠菜饺子、荠菜春卷、荠菜年糕，用它搭配春笋来炒更是鲜上加鲜。香椿嫩芽，凉拌或是煎蛋都能吃出春天的鲜味。艾青和粳米粉做的清明馃更是本地的传统美食，几乎家家户户都要做，用于清明祭祀，也用于尝鲜。糯糯的团馃，嗅着有一股股青草的香气，让人口水直流。

春的气息就是由山中竹笋和田垄野菜带来的。古镇外的田野春意盎然，满目苍翠，草树青青。在漫山遍野的紫云英间，夹杂着星星点点的杂草野花。云荡花海，芬香四溢。连绵不断的春雨打湿了人的心情。空气中弥漫着水的柔情、春的希冀。

江南三月的迷蒙烟雨，龙川山野的阳春美景，不知让多少少男少女情窦初开！

诸葛慧莲背着竹篓，竹篓里放着黄色的小药箱。她用镰刀尖在草丛间挑野菜。林波无所事事,跑到溪沟边打水漂,看白鹭在溪水里捕食鱼虾。溪涧两岸,成群的白鹭和翠鸟在杨柳间栖息飞翔。

林波慢悠悠地走了几圈,又转回来,目光落在少女竹篓里的黄药箱上。

"听说你是赤脚医生。这赤脚的与穿鞋的医生有什么区别?"

"赤脚医生就是为农民看病的。他们要为农民打针配药,还要光脚丫下地干活。"诸葛慧莲低着头。

"可是你穿着鞋呢!"

"不是为了陪你放牛嘛。牛吃草可以,可不能吃庄稼。过去有一次,我的牛不小心吃了田里的禾苗,妈妈又是补苗又是浇粪,连她的肠子都赔上了。"

"那你爸爸呢?……为什么人家叫他'教授'?"

"他过去在大学里上过课……"

"我怎么很少见到他?"

"他在白鹭洲。"

"什么时候你带我去白鹭洲玩,坐船去……我还没有到湖里面玩过呢,听说那里很好玩。"

"爸爸不让我去。他是医生,我也想成为他那样的医生。现在我还不是正规的医生,我是……"

"我知道,你是个接生婆。要是她们要生孩子,怎么找到你?"

"要是真有急事,刘医生会派人来叫我的。刘医生教我,为附近村所有孕妇画了一个表格,预产期几月几日一清二楚……"

"告诉我,那些小孩……是怎么生下来的?"

"就像那些蚕宝宝,有一天长大了,变成蝴蝶一样的飞蛾,然后——你别问了,我也说不清……"

诸葛慧莲抬起头,脸忽然间涨得通红。诸葛慧莲的身体开始圆润起来了,她低头时毛茸茸的发根,面对阳光时极薄的半透明的耳郭,都散发着少女青春的气息。

在林波的眼里,眼前的亭亭少女是神秘的。她的手肉嘟嘟的,白皙柔软,却很灵活,在草丛间翻飞;她的眼睛清澈柔和温暖,带些忧郁;而她那光洁饱满的额头,似乎在哪里见过。林波想起来了,是在剧团那间神秘仓库里的那些西洋油画上,那画上怀抱婴儿的圣母,就有这样的额头。那画上的女人总是丰满圆润的。有一会儿工夫,林波的目光从少女红花袄微微鼓起的胸前飘过,怦然心动。

他跑到溪边,折下几根柳枝,绕成圈,又在上面插几朵紫云英,趁诸葛慧莲不注意,套在她的头上。

"柳枝要到清明节才能折,插门窗。现在才长芽儿,可不能攀折。"诸葛慧莲装出生气的样子,心里却很高兴。

"你戴着挺好看。这是献给女王的花冠。"林波很严肃的样子,"听说那柳树皮能做哨子,吹起来很好听。我不知道柳笛怎么做,可是我知道许多关于杨柳的诗歌。昔我往矣,杨柳依依。今我来思,雨雪霏霏……"

"我只会一句:春风杨柳万千条。现在是阳春三月,哪来雨雪?"

"阳春景物的诗也有。比如桃花。桃之夭夭,灼灼其华。诗歌总是写花啊草啊的。比如扶苏,就是你名字中的莲花。山有扶苏,隰有荷华。还有蒹葭,就是龙潭湖边的芦苇。蒹葭苍苍,白露为霜。所谓伊人,在水一方……蒹葭萋萋,白露未晞。所谓伊人,在水之湄……"

"蒹葭就是芦苇,那伊人是谁?"

"我也不清楚。伊人大概就是淑女。窈窕淑女,君子好逑。"

"这些歪诗都是你自己写的?"

"什么歪诗,这些都是《诗经》里的诗,中国最古老的诗歌,《风》《雅》《颂》,美得令人窒息……"

"你爸妈让你看那些杂七杂八的书?"

"我自己偷偷看的。我爸倒是不管,我妈管得可严了,要我练琴唱歌,强压牛头喝水……可我喜欢写诗。"

"你长大了想当一名诗人?"

"我最喜欢的是画画。诗画同源,诗歌也要懂一些。要是我今天带了画板彩笔,一定把眼前的美景画下来,把你也画进去。"林波眯眼远眺,环顾四周。

山坡上,那头公牛已经吃饱了,躺在草地上,懒洋洋地晒着太阳。山坡下的田野像碧绿的地毯展开,开花的紫云英则是地毯上的织锦,给绿毯增添了华丽梦幻的色彩。太阳下的秧田闪着金光。田垄间农人荷锄挑担,鸡鸭鹅羊蹒跚觅食。远处,琉璃似的龙潭湖面上飘起一只只风筝。

诸葛慧莲直起身子。她几乎不敢正面看林波的脸。林波虽然只有十七岁,唇上毛茸茸的刚露出点黑,个子却已经与表哥龙虎一样高,那一身白条格的运动服使他像龙虎一样英气勃勃。只是,龙虎的脸是粗犷的,而林波的脸白皙细腻,长长的睫毛下一双梦幻般的眼睛,微翘的鼻尖很俏皮,一头天然的卷发使他五官精致的脸有些女性化的柔美。

诸葛慧莲心跳如鹿,红着脸,蹲下去。

他们已经来到山脚的田垄间。林波低头,看诸葛慧莲的手在草丛间忙碌。

"筐里的草已经满了,你还要割?"

"我不是割草,我是在挖野菜。你看这马兰头,凉拌爆炒都可以吃,有一股清香,爸爸说它还能清火凉血健脾开胃呢。清明节就到了。我妈说要做清明粿给你吃——抢青,讨聪明。"

林波露出顽皮的笑。"不吃清明粿我也够聪明的了!——要吃以后有的是机会,我已经落户龙宅,以后就是龙宅人了。"

"我妈说了,要她的擀面杖敲过后脑勺才能算。"诸葛慧莲咯咯笑,"你要是永远待下去就好了。龙川美极了,有龙潭、瀑布、泉水、奇岩怪石,那里的山水草木你一辈子也画不完……现在你得先学会挖野菜。"

林波弯腰,在草丛间扒拉一阵,也没找到诸葛慧莲说的马兰头。

"这山野之中除了能吃的野菜,有能吃的野果吗?"

"有啊!龙川山谷里才多呢!有山楂、野樱桃、野李、白果、覆盆子、野荸荠、乌稔果……你要认得,保你不会饿死。这些田垄间也有许多小野果,有一种野草莓,我们这里叫'红公公'。不过最好吃的是桑朵儿……"

"桑朵儿?"

"就是桑葚,又叫桑枣儿……"

"我知道了,就是《诗经》里写的'于嗟鸠兮,无食桑葚。于嗟女兮,无与士耽'中的那个桑葚。"

"就是。桑葚酸酸甜甜的,好吃极了,听爸爸说能生津润肠、乌发明目、止咳解毒、补肝益肾,号称圣果。可惜现在还没有成熟,要到初夏才有。小时候我们常去李宅的桑园偷摘,小手小嘴紫黑紫黑的,吃多了连拉出来的……那些都是紫黑的。"

"你说桑葚好吃,可我没看到桑树。"

"前些年田塍溪沟边还有。现在只有李宅还有人种桑养蚕。"

"你这么一说,我倒是想起来了一首写蚕的诗……"

英俊少年仰起脖子,煞有介事地吟诵起来。少女抬起头,入了迷。

"这诗是你自己写的?"

"不是,是我的好朋友龙骏写的。他在蚕神庙会的龙舟上朗诵的。"

"喔,是骏儿。他是我同学。他和你一样,也喜欢写诗画画。"

"我又想起来了,你那天扮的蚕花娘娘真好看……"林波的思维总是跳跃。

诸葛慧莲又涨红了脸。

有一会儿工夫两人不说话。诸葛慧莲整理着挖到的野菜,分门别类。旁边的林波忽然间惊叫起来,原来他在田坎边发现了一株茅莓,莓果青红,他伸手去摘,手指被毛刺扎了一下。诸葛慧莲不由分说,下意识地抓起林波的食指,含在嘴里吮吸起来,忽然间又觉不妥,连忙松开。两人一时都红了脸。

"你看,那个蜈蚣风筝,现在越飞越高了。"林波岔开话题,望着远处的天空。

"那是龙叔放的风筝……"诸葛慧莲也抬起了头,声音很轻。

"我又想起来一首诗。生命诚可贵,爱情价更高,若为自由故,二者皆可抛。那风筝飞得那么高,在蓝天白云间,多么自由……"

"不管风筝飞多高多远,下面都有人牵着线呢!"诸葛慧莲幽幽地说道。

林波似乎没在听,眼里露出迷离梦幻的色彩。他的脑子里总是充斥着稀奇古怪的想法,他在想山湖外面的那个世界。不过他打定主意,要先对眼前神秘的古镇探究一番。

四

在龙宅,林波认识的人不多,龙骏是他最好的朋友。龙骏也是牛倌,他放的就是"龙飞虎"的手下败将"花旦"。

放牛在大清早,白天不用。吃过早饭后,龙骏就从李宅赶来找林波。两人在诸葛祠堂前的大场院里相会,在青石板上戏耍。林波教龙骏骑自行车,龙骏不到半天就学会了。作为回报,龙骏教林波少林南拳、罗汉拳和太极拳。孤儿寡母的,李翠花怕儿子被人欺负,从小就请高人指点,龙骏的童子功扎实,一招一式颇像个练武之人。

龙骏每次来都背着一个画架。李翠花听说儿子要学画画,很高兴,不再强迫他待在家里学篾匠手艺。李篾匠虽然不懂素描、水彩一类高大上的名词,但对唯一的外甥学画很支持,为龙骏置办了全副行头。龙骏喜欢画画,不过那副行头更多的是幌子,免得人家说自己游手好闲。每次两人约好外出,都背着画架。林波穿着钓鱼翁穿的那种马甲,兜里塞满水墨彩笔之类的画画工具。

这是他们两人的秘密。比如说,去县剧团的废旧仓库淘书,也是他们的秘密之一。

"龙骏,我借给你的那些书,千万不能再借给别人。"林波道。

"我只借给应骁看,他死乞白赖地缠着我。"龙骏言不由衷。

"应骁是谁?"

"他是应富贵的儿子。龙家兄弟总是欺负他,还给他取了很多绰号:鼻涕虫、大脑壳、细脚骨。要我说,他是龙宅最聪明的人——下次我一定注意。"

林波并没有露出责怪的意思。好朋友是不能责怪的。没有他林波,龙骏自己也能借到书,因为李老伯是李宅人,与李篾匠是本家,看着李翠花长大,对李翠花的儿子自然也是高看一眼。只要借来的书能按时完璧归赵,林波也不好说什么。

"好吧,现在最要紧的是实施我们的计划。晚上躺在床上,我总是睡不着。我看过福尔摩斯和狄仁杰,龙川有那么多古寺古庙古宅古堡老井,一定藏着无数古老的秘密,等着我们去揭开。"林波的脑子已经转到他们早已商量好的探宝事情上来,他需要龙骏当向导,像汤姆·索亚一样去历险。

"波波,你倒是说说,揭开这些秘密有什么意义?"龙骏忽闪着眼睛,有些怀疑。

"怎么没意义? 别的不说,要是我们在某个地方挖出金子银锭,龙马他们办厂不就有资金了吗?"

"即使有秘密,也早已被前人解开了。"

"总有一些秘密是留给后人去解的,否则历史就不会进步了。"

"你说得有道理。可宝贝却是难找。上次蚕神庙会,花轿、龙舟、龙头、阁跷、仪仗,都已亮过相。听外公说,一次次刮地皮,就算有金银珠宝,也早被搜刮干净了。"

"不一定要金银珠宝,其他宝贝也可以。特别是与神秘的蚕神庙有关的。你再想想,你外公还对你说了什么?"

"这么一说倒使我想起来了。外公说,过去蚕神祭祀,诸葛老太总要在马明王菩萨前放一件天蚕衣,那件衣服缀满珠宝,发出五颜六色的光芒,比过去皇帝穿的龙袍还珍贵。那个老太投井后,天蚕衣再也没人见过。"龙骏显出与他年龄不符的沉稳,慢条斯理地说道。

"这就是线索!"林波眼里闪出兴奋的光芒,"你想想,李老伯的刺绣戏服都是无价之宝,更何况缀满各种珠宝的天蚕衣?寺庙,老太,老宅,古井……对了,我们就从古井开始!"

林波说的古井就是诸葛宗祠门前的那一口,就在离他们不远的大樟树下。这口古井,原本装有一个辘轳,辘轳吱呀响着,缠在辘轳上绷紧的井绳一圈一圈绽开,然后绞动拐把,井水就上来了。村里装自来水后,辘轳就撤了。除了龙十妹偶尔过来打水做豆腐,很少有人光顾。

他们跨过石栏,站在井口向下看。井水很深,仿佛一个无底的深潭。井壁上长满青苔,一股清冽的寒气冒出井口。

"这口井里的水永不干涸,一定是活水……"林波自言自语似的,仿佛是在推理。

"是啊,他们说这口井与山里的龙潭相通,有龙居住。"龙骏道。

"龙不一定,宝贝肯定有。或许下面藏有大秘密,揭开某块活动的石头,里面有暗室密道……我们得下去看看。"

两人商量了一番,决定先试探一下井水的深浅。龙骏从场地边的稻草棚里找出一根长长的竹竿,弯腰探头往井里放。

两个少年正低声嘀咕,祠堂后面传来一阵脚步声。原来是龙十妹带着龙禧龙马过来看井水,商量做豆腐的事。

两个少年扔掉竹竿,一溜烟地跑了。他们不想被人发现,拐进一条弄堂,从小巷高墙一个小门躲进那栋叫作花厅的大房子里。除了正中的大厅被用作村里的会议室,花厅大部分已被废弃,墙垣颓废,杂草丛生。他们在庭院弄巷间穿来穿去,见一扇锈迹斑斑的大门虚掩着,慌不择路,走了进去。

高敞开阔的大厅空荡荡的,阴暗潮湿的地面落满一层霜花似的东西,连雕梁画栋上都是这种毛茸茸的白霜。空气里弥漫着刺鼻的霉味和咸涩的味道。

林波的目光落在斑驳的灰墙上,那儿有一幅褪色得几乎看不清的古人画像。

"龙骏,你看,我敢说,这位老人一定是诸葛家的祖先……"

"不。这是宗爷,火腿的祖师爷宗泽像。外公说,他是南宋抗金名将,一千多年前,是他将火腿献给皇上,然后八婺的火腿就出名了。"

龙骏向林波介绍起火腿的知识来。原来花厅的一部分曾经是龙宅的火腿坊。

"至少这座古宅的一个秘密已经被我们揭开了。火腿坊里的盐汁渗下去,那古井里的水就变咸了。"林波很兴奋。

这个秘密对他们探宝并没有帮助。他们商量了一阵,决定要到龙潭湖的岛屿上探究一番。

出了古宅,来到湖边,他们在船埠头等了一个多小时,并没有渡船来回。他们的心思很快转移。暂时的失望并没有阻止他们探险的步伐。他们沿着桃花溪向上游走。溪滩上沙石累累,岸边的枫杨树已经抽出嫩叶,褐色的枝干下是丛生的嫩竹野草。他们停下来,静静地看白鹭在溪水里觅食,等白鹭飞走,他们又边打水漂,边漫无目的地向前走。走走停停,他们忽然发现自己已经来到朱宅村后的山坡上。山坡很荒凉,一排早已废弃的红泥陶瓦垒砌的房子东倒西歪,残垣瓦砾间生长着一人多高的狗尾巴草,杂草泥土中,还有一堆堆破破烂烂的陶缸酒坛,积满水污。

山坡的一侧有几座废弃的陶窑。陶窑长六七十米,宽两至三米,顺山势而砌,拱顶圆弧形两侧有数百个投柴孔,还有窑门、窑铺、窑室。这些陶窑大部分已经沉陷。只有一座半颓的还躺卧在山腰间。他们从一侧的窑门猫腰进去,沿着隧道似的窑室向上走。窑室千疮百孔,泥泞焦黑,到处是泥坯焦土和缸、坛、罐、瓶、壶的残片。

"这才是值得探险的地方,像地道战的场景。越是这种人迹罕至的地方,越有可能埋着古代的财宝。"林波又兴奋起来。

"我倒觉得这些窑炉像是坟包,阴森森的。这座山后面有个古墓群,他们说那里埋着龙川的先人,还有过去最早到龙川定居的王。那些坟墓裸露的坟砖上有纹饰纹雕,刻着朱啊龙啊等字样。有一次我放牛误入,差点没被吓死。"龙骏边说边吸冷气。

167

"是吗？什么时候带我去,那儿有可能有古剑古钱……可能还有古画。"

"现在不行,清明时节雨水太多。"

"也好,等哪天我们准备充分,借把猎枪,打起火把再去。"

"波波,你不打算找那件天蚕衣了?"

"天蚕衣肯定要找的。探险才刚刚开始,现在我们走的地方还不到龙川的十分之一。我们有的是时间。古宅里的老房子要探究,我觉得,龙潭湖里的岛屿、龙川峡谷里的那些洞窟更值得我们去冒险。"

他们从另一个窑门里出来,再走一段,忽然间发现自己已经在青山湖的湖堤上。

时间已经不早。西斜的太阳已经落到白鹭洲的上方。青山湖在深邃的蓝天下清澈宁静,氤氲似梦。远处的龙潭湖碧波万顷,鸥鹭飞翔。环视两侧,群峰巍峨,层峦叠嶂,远山如黛,近山斑斓,山脚下田畴缓坡逶迤。

他们决定干点正事,支起画板画起来。林波一副煞有介事的样子,边画边眯眼远眺。他们沉迷探险,连中饭也没吃。龙骏这时感到又饥又疲,心不在焉。

"波波,你说,我们画这些东西有用吗?"

"我也不知道。我就是喜欢。"

"我觉得我们还是应该去读书。"

"李老伯说,天地山川就是本大书,看懂了自然有用。"

"我妈说,人生也是本大书,只有多读书才能弄懂。我觉得这样乱涂乱画是在浪费时间。"

"你说画画没用,那放风筝有用吗?你看,那边又有人放风筝!那蜈蚣风筝往龙潭湖上飞,越飞越高——龙骏,你认识那个放风筝的人吗?"

"不认识……"

提到风筝,龙骏的脸阴沉下来。他再也画不下去了,站在林波身后看他画画。

身后忽然间传来脚步声。两个少年几乎同时转身,愕然看着不速之客。那个中年人是从龙门书院那边走过来的,他似乎站不远处看了两个少年很久了。

龙骏脱口而出,叫了一声"师父"。

一脸庄肃的怪人看着两个少年,轻轻点头,微露赞许。

"恰恰用心时,恰恰无心用,无心恰恰用,常用恰恰无。有用实为无用,无用却有大用。"中年人哈哈大笑,说完转身,飘然离去,消失在千樟林里。

两个少年缓过神来。他们已经见过这位不速之客,蚕神庙的祭祀就是由他主持的。

"龙骏,你刚才叫他'师父'?"

"他就是我师父。我的拳是他教的。"

"那他刚才的话你听懂了吗?"

"我没听懂。"

"我倒是懂了一些……"

"波波,我还是觉得我们应该去读书,不是偷偷地读,而是坐在教室里。"龙骏有些沮丧,茫然望着林波。林波也停止作画。天色暗下来,林波画了一半的画再也画不下去了。他们收起画架,在苍茫的暮色中下山。

五

林波不知道,就在他和龙骏在乡下探宝历险的时候,一场关系到自己和龙潭镇许多少男少女命运的谈话正在县城自己的家里举行。

林波的母亲,年过四十的沙中柳,除了身材比以前稍胖,几乎没什么改变,依然风风火火,快人快语。她在客厅里来回踱步,昂首挺胸,侃侃而谈,仿佛在千人大会上做报告。不过这会儿她的听众只有一个,那就是坐在沙发上颦眉蹙额的丈夫林峰。

"说你几句还不服气! 奔五十的人了,臭脾气一点没改。"沙中柳指手画脚地说道。

"我觉得自己没错。龙川人多地少,要劈山造地修梯田,毕竟现在还是猪糠粮时代,多打粮食才能吃饱饭。可我们不能老盯着那一亩三分地。农业现代化,首先是机械化,有集体经济才能买农机。上次去华西村参观,我是大开眼界……我现在算是明白了,工业化这条路迟早要走,刨土疙瘩永远富不了,要办厂。"林峰还想辩解。

"我没说你鼓励办厂有错。可这次做得太过分了,就在你眼皮子底下! 现在的红旗区,不但县里,在省里都挂了名了!"

"我原以为他们只是过年几天乐一乐,没想到他们把一些老古董都抬出来,闹得那么凶。我已经把两个书记撤了。龙禧也撤,让他的儿子龙马顶上。"

"亡羊补牢犹未晚。本来嘛,你可以上来了……以你的资历,像你这样的南下老革命,早就该是地区级的大领导,哪像你——我不说了,这次一折腾,又得推后一年半载。"

"说心里话,那县长的位置我还真不稀罕! 我已经决定在龙川干一辈子革命。"

"要我说,你目光短浅,胸无大志。为官一地造福一方是没错,到县里来,不就有更大的天地,可以有更大的作为了吗?"

林峰欠欠身,摸了摸板寸头,嘿嘿笑。

"你说得不错。你的脑瓜子比我好用,鼻子比我灵。"

"山雨欲来风满楼。不过我相信现在是黎明前的那一刻,天很快就要亮了。我们应该沉住气,待时而动。"

"行了行了,听你说这些,我就头大。"林峰又皱起眉头,"大事咱理不清,那就先理家事,眼前最要紧的还是儿子的事。"

"说起波波,都怪你这个当父亲的。子不教,父之过。"

"怎么是我的错? 儿子可是一直你在带。叫他学弹琴是你逼的,叫他学唱戏舞枪弄棒也是你的主意,让他涂涂画画也是你暗中指使,他到农村去插队落户更是你一手安排。衣食住行,哪一项不是你一手操办? 现在倒怪罪起我来了。真是岂有此理!"

林峰鼓起豹眼盯着妻子,喘着粗气,差点压不住火气。

"我带儿子,不是为了让你省心吗? 儿子的事真是让我操碎了心,不过一切都在我的掌控之中。"沙中柳看着林峰严肃的样子,笑出声来。她终于换上了一副轻松的表情,语气却是一本正经。

"知青下放那是国家大事。我管理这一块,不能落人口实,授人以柄。儿子偏科,我也没有办法,要不是数学考零分,他读高中的事也不至于让我为难。进不进工厂是小事。你是农民的儿子,他就是农民的孙子,让他扎根农村,当一辈子农民不是正合你意吗?"

"可是书还是要读的。要当也要当有知识的农民!"

"工农兵大学生的名额,我不是没想过。那样还是要被人嚼舌头。我已经想好了一个主意,不要看人脸色,我们自己办一所大学——五七大学!"

"五七大学?"

"对! 现在全国各地有许多这样的大学,学制两年,半工半读或半农半读,从工人农民中来,又回到工厂农村去。区里公社里都可以办,国家还有补助。红旗区可以单独办,也可以与别的区合办。规模、生源、师资、校址、校舍,这些问题我都考虑过了。办在红泥岗农场,还可以解决农场知青的大问题⋯⋯"

"好主意! 我马上行动!"林峰眼睛一亮,从沙发上蹦起来。

"两年后,波波大学毕业,十八九岁参加革命也不算迟。至于以后,还是那句话,待时而动,我自有打算。"

沙中柳一副成竹在胸的样子。林峰的心结打开,眉开眼笑,对家里这位至高无上的领导越发钦佩。

第十二章

五七大学

一

　　上游拦湖筑坝后,大龙江变成了一条季节性的河流,时断时续,江水随干湿季而变。干季断流,越抬越高的泥石江滩,星星点点的水坑不久也被烈日晒干,陷在皲裂淤泥里的鱼虾渐渐腐烂,发出一阵阵恶臭。雨季来临,一场暴雨过后,大龙江的水就会暴涨,雨水裹挟着泥沙、衰草和枯枝涌入河道,此时大龙江又变成一条漫溢的黄河,像一条不羁的黄龙,穿过山野,向南蜿蜒奔腾。

　　大龙江中游经过的地方,是浙中盆地典型的红土丘陵。在南方高温多雨的环境下,裸露的地表长期风化,碱性物质渗漏迁徙,红色氧化铁和褐色氧化锰固化沉积,形成越来越深厚的红壤。这片面积五六十平方公里的红土山坡植被稀少,长了几十年的杉树也只有碗口粗,如那些荆棘灌木,稀疏枯瘦。山坡上最多的是自然繁殖的马尾松,稀稀拉拉,没有一棵高直,全都是弯曲的,佝偻着身子,仿佛永远也长不大。干旱的日子,一阵风吹来,低矮的马尾松就会连根拔起,被风刮走。风卷起的红尘,像沙尘暴一样扫过山坡。而一阵雨过后,这里的土路又会变得泥泞不堪,脚踩在上面,连鞋子也拔不出来。连绵的红土山坡,除了松杉茶树间生的丘岗,就是被雨水风沙侵蚀的纵横沟壑。山坡下的低洼地带也有村落，都不大，几户或十几户人家。村落周围的黑土地与坡上的红土地间有一道明显的界线。

这儿原是红旗区的属地，后来部分划给县里。县里在这里开办了一所五七干校，建了一座砖窑厂和一个国营农垦场。农垦场有百十来名知青，种植加工茶叶。红旗区五七大学就在农垦场边上，一个叫"红山岗"的小村落旁。

173

小山丘上的学校，没有牌子，没有通常意义上的标准教室、教研室、广播站、医疗室、学生食堂和学生宿舍，一切因陋就简，边开学边建设。教室和教师办公用房临时租用农垦场废弃的厂房。这些厂房，和在建的校舍一样，是用红土、沙粒、石灰三种材料的砂浆捣墙、白灰粉刷，并不牢固，带有临时性质。临时教室边上的厕所，是一个男女混用的粪坑。教室前面一块坚硬的红土场地，就是学生活动的操场，没有篮球架，只有一个水泥台的乒乓球桌。

整个学校只有一个班，五十几名学员，来自红旗区的各个村，大多是来自社队的初中毕业生，或是下放回乡的知青。学员由大队、公社、区政府层层推荐，县教育局政审把关，学制两年，"社来社去"。说是大学，教的却是高中课程——也只有语文、数学是正规的高中课程。化学课改为"农业基础知识"，主要内容是化肥的化学分子式和与之有关的反应方程式。物理课改名为"工业基础知识"，主要内容是拖拉机的构造和机电知识——柴油机、茶叶烘干机的工作原理。因为是半农半读，学生农忙时须回村割稻插秧；在学校也是以劳动为主——沟渠开挖、茶叶采摘、茶树整枝和修建梯田。学生还要参加新校舍建设，推着独轮车去龙江江滩上运沙石，带着锄头畚箕扁担掘土挑沙。偶尔也学工，到茶厂参观车床，学习机械维修。学军则是野营，到龙川山谷里行军。

不论远近，学生都住读。男生宿舍租用村里的民房，在一座小山坡前，一间四面透风的空房子，所有的男生都挤在两间房内，席地而卧，泥地上垫油毛毡和稻草。女生宿舍条件稍好，是木板床的上下铺。学生教师共用的食堂，其实就是村民的灶房，一个大水缸，几口大铁锅，既蒸饭又烧菜。

林峰是五七大学名义上的校长。实际的校长是农垦场场长，五十出头，姓高，是林峰的老战友。高校长负责每周至少两次四节政治课，学习马列主义毛泽东思想，开会读文件简报，督促学生每周写两篇学习心得。

几个老师也是农场的知青。教工业和农业基础的叫骆一行，二十三四岁,高中毕业后下放农垦场。他很珍惜这次机会,希望能弄一个民办教师的指标。骆老师瘦瘦高高的,脸色苍白,戴一副眼镜,是一个沉默寡言的人。他自费买了一些瓶瓶罐罐,在自己宿舍里捣鼓,分析红壤的成分,课余还教学生陶艺、茶艺。体育老师是场长的儿子,农垦场知青,二十岁左右,穿着油迹斑斑的肥大工装,矮胖结实,一脸疙疙瘩瘩的横肉,留着小胡子板寸头,练过几天拳脚。他的名字叫高尚军,因为说话大舌头,叽里呱啦的,大嗓门有些刺耳,学生尤其是女生都有些怕他,背后叫他"嘎耳朵"——大概是割耳朵的意思。

正规的老师只有一名,"白头翁"朱云逸,他既是副校长,又是班主任,兼教语文、数学。他一直在李宅的红旗中学任教,林峰请他来筹备学校,一人身兼数职也是暂时的,因为林峰答应他会慢慢补充教学力量。朱云逸曾是师范专科学校的讲师,后来回原籍教中小学生,与在县人民医院当护士的老婆离婚后,带着女儿朱赫赫单独过。朱老师满头斑白,脸却是饱满精致的,带着忧郁的沉思表情,闪光的镜片后面一双眼睛炯炯有神,只是因为缺乏睡眠,眼下常有黑眼圈。

朱老师知识渊博,中学的语数理化都不在话下,最擅长的还是语文。朱老师喜欢古典诗词,常常在上语文课时游离课本之外,天南海北闲扯,引经据典,摇头晃脑,一副陶醉的样子。学生虽然在背后叫他"朱老夫子",却很喜欢他的语文课。课下一副呆板迂腐的他在课堂上却是神采飞扬。他的古文极好,许多名篇烂熟于心、倒背如流。他讲《岳阳楼记》时慷慨激昂,论《捕蛇者说》义愤填膺,读《五人墓碑记》热泪盈眶,解《核舟记》又妙趣横生。

他的书画也颇有功底。在李宅任教时,农家婚庆喜事写对子,翻造房子写横匾,都会找他——他的字秀逸俊挺,人称"朱体"。他爱画梅兰竹菊,他画的梅花枝干如铁,疏影横斜,暗香浮动;他画的竹兀傲清劲,翠绿葱茏,大有"立根破岩、千磨万击还坚劲"的气势。朱老师尤喜画鸡,画的鸡有昂然神武之气,送人"鸡"画时,会标上"五德之禽",又配上称颂其"仁义信智勇"的诗词。

朱老师在教学上有一套,生活中却是低能儿。女儿朱赫赫从小与父亲生活在一起,渐渐学会照顾父亲的饮食起居,与各色人等打交道,因此养成了能干泼辣的性格。

女儿朱赫赫跟着他来到五七大学,住在女生宿舍里。她不像父亲那样木讷寡言,而是快人快语,风风火火。她不但人长得漂亮,而且口才出众,各门课成绩都很优秀,又热心助人,所以被选为班长。

这个班里有朱赫赫初中的同班同学诸葛慧莲和龙骏。诸葛慧莲并不知道推荐上大学这样幸运的事情会落到自己头上,只是隐隐觉得背后有人一直在帮她,他为自己能重新捧起书本而兴奋。她在离此不远的五七干校读过赤脚医生培训班,所以很快适应了这里的生活。

倒是头一次离家单独生活的龙骏一开始很不适应。他发育迟缓,上嘴唇还未长髭,是班里个子最矮的一个。第一次挑着被褥到学校报到时,李篾匠背着一坨米亲自送到学校。母亲炒了一大罐霉干菜肉,又把身上的钱都塞给了他。在家里,龙骏被李翠花李篾匠宠着,很少干体力活,而在学校,大半天是劳动,推独轮车,挑沙挖泥。龙骏腰酸背痛,手脚全是血泡。他总是感到饥饿,没到吃饭时间早已饥肠辘辘。那个小小的刻着他名字的铝饭盒里的饭也总是不够吃,要加几块番薯才能填饱肚子。从家里带来的咸菜、霉干菜肉不到两天就空了。他又不愿意中途请假回去,只能熬着。难得有坐在教室里看书的机会,他不想浪费一点时间,既痛苦又兴奋。龙骏的成绩很好,却把学习委员让给了诸葛慧莲,自己当了骆老师的课代表。他觉得与骆老师脾气相投,迷上了骆老师房间里的瓶瓶罐罐和骆老师教的陶艺、茶艺。

其实,龙骏并不孤单,因为这里有他最要好的朋友林波。

林波只比龙骏大一岁,可是已经发育成熟,身材修长,唇上黑髭显出成熟男人的气息。他是班上的文体委员,出板报、写大字、拉二胡、吹笛子、诗朗诵、唱歌、跑步、打球,样样在行。他会摆弄枪子,行军时穿一身绿军装,背一个军用水壶,走在队伍前面指挥大家唱歌,英姿勃勃。体育课上,林波穿一身运动服出场,就会吸引班上所有女生的目光。只是他总是心不在焉,自由散漫,身上有一股痞味。越是这样,女生反倒越欣赏他。

林波打打闹闹,无法无天,还常常逃课,睡懒觉。遇到劳动就装拉肚子请假,晚上去村民的果园里偷桃子。他骑着自行车到几里外的龙川火车站买五分钱一个的包子分给大家吃。他把龙骏也带坏了,遇到他们不感兴趣的课就去探险、钻地洞。那些山坡上的地洞是"深挖洞、广积粮"时挖的地道,有一丈多宽,他们拿着手电,走在弯弯曲曲迷宫般的暗道里,小心翼翼地探路,越走越兴奋。晚上他们骑着自行车去龙川火车站,在李站长家看电视。原来李站长就是县文工团李老伯的儿子,家里有一台飞跃牌的九吋黑白电视机——在龙川火车站,甚至在整个红土坡,那台电视机简直就是奇珍异宝一样的存在,平时锁在单独的房间里舍不得开,却愿意搬出来给两个少年看。记得有一次,黑白的电视机里播放的是《冰山上的来客》,直到电视机里雪花飘飘,两个少年才想起回学校。阿米尔和古兰丹姆的爱情故事使他们几夜睡不着。

林波又迷上了小说,一本没看完,他已经盯上了下一本。

二

龙骏永远搞不清楚,林波的那些书是从哪里弄来的,因为同学当中很少有那样的"闲书"。有了课本,他们已经很少到县剧团那个废仓库里去淘书了。龙骏自己拿了一本《新华字典》逐字逐句地看,越看越觉得其中奥妙无穷。

这是他们在五七大学的第二个学期,1977年夏初的晚上。江南的梅雨季节,连绵的阴雨把整个红土坡浇透了,道路泥泞,凡是有人活动过的地方都留下鞋跟鞋帮带来的红土疙瘩。空气闷热潮湿。一场豪雨过后,浑黄的雨水便从屋后的山坡上渗进来。白天已经有人爬上屋顶加盖一层油毛毡,滴滴答答的雨水还是从梁柱上不停落下。

房间里散发着一股腐烂稻草的霉味和油毛毡的焦臭味。新学期开始后,晚自习就停了,因为班上大多数男生都患了皮肤病。先是一个个芝麻大的红点,红点很快扩散,连成红色的斑块,奇痒难忍,手一抓就出血,落下粉状的鳞屑。开始时不太严重,用土办法,从村里摘来樟树叶泡洗,没有用。接着从医院里配来软膏,还是止不住。

班主任朱老师决定自己想办法。原来朱老师略懂医术。他有一个治疗痈疽疔疖的独门秘方——捉来苍耳虫,配之以朱砂末、麻油等物,调成糊状,敷在患处,非常见效。在李宅任教的时候,有学生家长和当地的农民会慕名找他。农村条件差,环境糟,许多人患疔疮痈疽等疾病,很难治。曾经有个农妇背上生痈,烂如碗口,医院多次看不好,后来找到朱老师,两次用药后,患处就好了许多。治愈后,农妇拎来半篮鸡蛋,千恩万谢。朱老师婉拒,他自称朱丹溪后裔,只是对岐黄之术非常感兴趣。

可是这次,朱老师的土药方也不灵了。皮肤病在男生中蔓延开来,最严重的几个已经送到县皮防站去了。有些学生乘机请假不来上学了。

剩下的男生,涂了止痒的软膏,已经入睡。龙骏躺在草席上,怎么也睡不着。他窝在薄薄的被单里,打着手电看《新华字典》。身上黏糊糊湿哒哒的,针扎般的疼痛过后,是难忍的奇痒,像是有无数的毛毛虫在皮肤上蠕动。

林波就睡在他的旁边,两人共用一床被单。林波总是神神秘秘的,背对着龙骏看一些抄在信笺上的东西。那一摞厚厚的信笺就藏在草席下面,不让任何人看。

这间民房没有厕所,男生"小号"就在屋后的松树林里解决,要拉"大号"还得走几十米,到村民用木板搭起来的茅坑上解决。这会儿,龙骏正想趁林波去后山坡"小号"的机会翻开草席,探看林波的秘密,林波却突然回来了。

林波习惯穿背心和花裤衩,露出使龙骏自惭形秽的修长身躯。不过这些天,林波白嫩的肌肤上也有不少的红斑,只是不太严重。

"波波,又在看什么歪书?"龙骏想说说话,分散注意力,减轻身上针刺般的奇痒,"还是《第二次握手》?"

"《第二次握手》我已经借给朱赫赫看了。这次……是一本奇书。你要是答应我刻印几本,我就告诉你。"林波坐在边上,还不想睡。

原来林波看的是手抄本小说,私底下在男女生间传抄。林波怕一个个传抄风险太大,就叫龙骏刻印。

龙骏的书法不是最好,但他的楷书、行书在班上却是数一数二的。他做事认真严谨,守口如瓶。学校的文件、宣传资料,甚至任课老师的教案和试卷都由龙骏刻印——将附有蜡脂的薄纸铺在细纹钢板上,用尖尖的铁笔将文字图案刻在上面,然后将蜡纸固定在手推的油印机上一张张印出。朱老师专门为他准备了一间刻印室。龙骏常常独自在刻印室忙到深夜,出来时满脸油污,手掌青紫,被林波称为大花脸。

"这事风险太大了。"龙骏道。其实不只有被老师发现的风险。蜡纸刻印是件很费神的事,掌握不好握笔的力度和技巧,就会刻破蜡纸,油印出来一塌糊涂。长时间刻写,龙骏常常感到腰酸背痛,手指酸麻。

"你要是先给我看看,我就答应给你印。"龙骏补充道。

两人正说话,屋外传来了轻轻的敲门声。林波、龙骏起身,一同走出来。

这是一个月夜,远处的山野朦胧,近处却能看清月光中的人脸。

门外站着的是朱赫赫和诸葛慧莲。朱赫赫显然经过精心打扮,穿一条白色的裙子,裙装在她丰满的胸脯前紧绷,她那长着少许青春痘的鹅蛋脸搽了雪花膏,身上有一股淡淡的香气。诸葛慧莲像平时一样穿着的确良的白衬衣,青色长裤,干净利落——她总是素颜,头发整齐地梳向脑后束成马尾,露出光洁的额头。这两个女生彼此是最要好的朋友,住同一间宿舍,上下铺,不论做什么事总是同进同出。朱赫赫在前面咋呼,诸葛慧莲安安静静地站身后撑腰。

诸葛慧莲看见两个几乎光膀子的男生,一时脸红,说不出话来。倒是朱赫赫快人快语,倒豆子一般呱啦一番。原来男生的皮肤病使朱老师焦头烂额,朱老师向诸葛慧莲的父亲求教。教授配了内服外洗的药,朱老师要林波和龙骏连夜试试。

"怎么又是我和龙骏?"林波佯装不耐烦。

"其他男同学都睡了,知道你们两个是夜猫子。这是我爸对两位的特殊优待。"朱赫赫直勾勾地看着林波。林波卷曲的头发被汗水黏在脸上,越发俏皮。

"不去。平时我们穿裤衩背心,朱老夫子就没有好脸色,要是我们光屁股出现在他面前,他还不吹胡子瞪眼?!"

"这是朱老师的命令!我和慧莲把开水烧好,一会儿过来叫你们。就在我们女生宿舍前的院子里。"朱赫赫说完,拉起诸葛慧莲的手走了。

女生宿舍是一栋两层的砖瓦房,楼下有一个小庭院,一口大水缸,还有几个大木桶。平时女生就在这里洗澡擦身。学校操场边的山坡有一口大水塘,塘水时清时浑。女生不敢走近水塘,连男生也不敢下去游泳。

林波嘴里拒绝,当朱赫赫第二次来叫的时候还是与龙骏一起去了。水桶里已经放满温热的药汤水。两个男生就穿着裤衩背心泡在水桶里。朱赫赫不停地从水缸里舀水添加,伸手试探水温高低时,目光却停在林波裸露的白皙臂膀上。诸葛慧莲拿着一只矮凳,背对着他们,坐在院子的门口守望,托腮沉思。诸葛慧莲比朱赫赫小一岁,当过赤脚医生和接生员,心理上比朱赫赫更成熟。她不想辜负那些背后暗暗帮助她的人,她只想把精力投在学习上,如饥似渴,像海绵般吸取能吸取的所有水分。她沉默寡言,宁愿躲在朱赫赫的后面,做她的帮手。

蛙鸣虫叽声中,村民已进入梦乡,四周高低错落的民房在月光下显得黑黝黝的,只有远处学校里朱老师房间里的灯还亮着。不远处的山坡上,隐隐约约传来狗吠声,接着是孤狼似的嚎叫。那是体育老师"嘎耳朵"在唱歌。

洗完药水澡,刺痛奇痒消失了。但龙骏还是睡不着。他感到有一股热乎乎的东西在体内躁动。

林波换上新的背心裤衩,到房间外面去了。他总是睡得很晚,每次龙骏从刻印室回来,总看见林波在外面的山坡上闲逛。尤其是这样的月夜,林波在松树林前面伫立,望着月空下起伏的山丘,仿佛在思考什么。

趁林波外出,龙骏从草席下找出了林波一直在看那一摞东西。这是用信纸钉起来的手抄本。

龙骏不及翻开,林波已经回来了。龙骏装出若无其事的样子,心跳却骤然加速。两人都很兴奋,听着其他同学的呼噜声,在黑暗中说话。

"波波,你说,诸葛慧莲和朱赫赫,到底谁是真正的古兰丹姆?"

"当然是诸葛慧莲。她身上有冰山的气息,像一朵雪莲。"

"我想也是。可是朱赫赫也不是古里巴尔。女同学里她长得也算漂亮,成绩好,心肠热,又能干……"

"我没说朱赫赫孬……"

"她对你那么好,是不是看上你了……"

"赫赫,你看这名字,就像火一样。她总是咋咋呼呼的,像个男人婆。我不喜欢男人婆一样的女人。说起来,朱赫赫也是很好的同学,我佩服她。"

"那个谁是不是在追求她? ……可是那种追求方式,太残酷了……"

龙骏说的是白天体育课上的事——每次体育课,朱赫赫跑步,总能吸引所有男生的目光,因为朱赫赫不但跑得快,丰满的胸脯总是随着她的脚步有规律地颤动。这天的体育课,朱赫赫跑在最后,她的运动裤被血染红了。那个谁盯着朱赫赫的胸脯,嘴里恶狠狠地嘟囔着。朱赫赫咬着牙,终于还是跑到终点。

"这个臭流氓!我迟早要教训他一顿。我一个人不是他的对手,我们两个联手,一定可以把他打翻在地。"林波咬牙。

夜已经很深。两人不再说话。

屋外月光如水。龙骏依然睡不着。朱赫赫跳动的胸脯和诸葛慧莲光洁的额头交替在他的眼前浮现。他睁眼盯着灰蒙蒙的屋顶,冰凉的水珠落下来,滴在他的脸上。

三

对女儿朱赫赫近期的生理心理变化,朱老师懵懵懂懂。他太忙了,学校大大小小的事都要管,连新校舍的建造也要过问。他房间里的灯常常是彻夜不灭。备课写教案,写汇报材料,忙完这些,他还要坚持每天临帖作画。他是孤独的,除了住在隔壁的骆老师偶尔过来喝茶,聊上几句,几乎很少有人来打扰他。

白天则是上课。语文课没问题,驾轻就熟,不过遇到数学课就头疼。

朱老师的数学课不像语文课受欢迎,那是因为这批推荐上来的学生数学基础普遍较差,并且大部分学生认为学了数学没多大作用。数学课不是朱老师所擅长,可是他教得很认真,特有耐心,生怕同学们听不懂,讲了一遍又一遍。他讲个不停,板书也写个不停。他的板书总是从左上角写起,一堂课下来写满一黑板,工工整整,一丝不苟。有时黑板上写满了,忘了拿黑板擦,就用中山装袖子当刷子一擦,弄得自己满身都是粉笔灰。

所以这天早上的数学课,朱老师走进教室,看到学生稀拉懒散的样子,心里不免一阵心酸。一个班五十几个学生,生病请假走了二十几个,位置空出很多。可是课还得上。朱老师不动声色,把一大堆的立体几何模型放在讲台上。那些圆柱、圆锥、锥台、球体、棱柱等立体几何的模型都是骆老师帮他用红泥捏的。

朱老师用一把木三角尺在黑板上画出棱柱体的三维剖面图,刚转身准备开讲,忽然间看见坐在最后一排的林波埋首书桌的抽屉里在做些什么,心里陡然升起一股怒火。朱老师并不是没有脾气,平时温良谦恭,在课堂上也会发火,遇到下面的学生交头接耳做小动作,他手里的粉笔或是黑板擦就会脱手而出,像离弦之箭般飞过去。过后,他又会向学生鞠躬道歉。

林波对数学课向来不感兴趣,不是趴着睡觉,就是偷看闲书。他属于那种屡教不改型。朱老师手里的粉笔像出膛的子弹,带着"嗤嗤"的怒火,朝林波飞去。林波并没有失去警觉,头一歪,躲了过去。

林波满以为躲过一劫,没想到朱老师已经飞奔而来,一把夺过林波手里的手抄本,狠狠地摔在地上。

林波的脸腾地红了。同学的目光齐刷刷地扫过来。朱老师的脸也变成猪肝色,气喘如牛。

"你……你……你在做些什么?"朱老师嘴唇颤抖,说不出话来。

林波直直地站着,脸红一阵白一阵,忽然间露出顽皮的笑。他想用以往那种俏皮的方式把尴尬掩饰过去。

"几何几何,人生几何?学了几何能几何?"

教室里发出一阵哄笑。

"你……还有心思说笑?这是数学课……"朱老师好不容易沉住气。

"数学有什么用?又不能当饭吃,又不能开拖拉机开机床。"林波撇嘴。

"你怎么能说数学没用?数学是人类文明的基石之一。没有数学,古代的天文学家张衡何以发明浑天仪、地动仪?没有数学何来中国古人控四时纬三才的珠算?远的不说,说近的,数学家华罗庚就是因为精通几何学、函数论才牵头发明优选法、统筹法,这两种方法在生产实际中应用取得良好效果……这些数学书上都有。陈景润因为证明了'1+2之陈氏定理',成了哥德巴赫猜想的重大贡献者……数学家就是科学家,凡科学都应该得到尊重!"

朱老师口才了得,这时也变得结巴。

朱老师加重语气继续说道:"我知道你是鹦鹉学舌。你可以不喜欢数学,但不能在数学课上看这种书……"

同学们叽叽喳喳地议论开了。有些男生显然已经看过,知道私底下传阅的严重性。

仿佛一件很见不得人的事被曝光,林波的自尊受到伤害,怒火中烧。"看手抄本怎么了?!"

朱老师的嘴唇又开始抖动。"你……这是狡辩!你不但自己看,还叫人刻印,贻害更多的人。……我阻止你,是为你好,你这样不识好歹,顶撞老师,在过去是要关禁闭打戒尺的。"

林波恼羞成怒,变得语无伦次。"你不是为我好,你这是师道尊严!你自命清高,比茅坑里的石头还臭!我不想听你上课,你不配站在讲台上。"

教室里喧闹声更大了。有人起哄,有人嬉笑。

原本安安静静坐着的朱赫赫终于按捺不住了,冲到林波面前,脸色苍白。"林波,我不许你羞辱我爸爸!别以为你有个区长老多就可以为所欲为,人靠的是知识而不是官衔……你那一套理论在这里行不通!他是我爸爸,

也是我们的老师,你不让他上课,比杀了他还叫他难受。别羞辱他!"

朱赫赫捡起地上的手抄本,狠命地撕扯几下,从窗口扔了出去,然后坐在位置上呜呜地哭了起来。

林波羞愤交加,无处藏身,窜出座位,推门冲了出去。诸葛慧莲紧跟着冲出去,把林波从操场上拽回来。林波无可奈何地坐下,鼻孔里依然喘着粗气。

龙骏坐着没动,把头埋在两臂间。所有手抄本的刻印都是他完成的,他如坐针毡,肚子里火烧火燎的。

教室里终于安静下来。朱老师已经回到讲台上,镜片后面的眼睛里闪着泪光,声音低沉沙哑,仿佛哽咽着说话。龙骏抬起头,不敢看朱老师悲戚的脸,可是朱老师一字一顿的话像雷鸣般在他的头顶轰响。

"同学们,我朱某人斯文扫地没关系,希望你们将来不要斯文扫地,而是要堂堂正正地做人!没书看也不要看那些歪书、淫书。一点黄也是黄。千里之堤溃于蚁穴。我觉得对不住你们,对不住你们的父母,在这里吃不饱,风吹雨淋,天天挑沙挖泥,身上还长满皮癣癞疮。可是你们还算是幸运的,毕竟你们还能坐在教室里,有书读,外面有多少像你们一样大的孩子在羡慕嫉妒你们。既然坐在这里,就学点东西。语文书里有诗词,有做人的道理;工业基础的机电一章也有线圈磁电转换。学会劳动,会开拖拉机,会给茶树整枝也是好的。没错,这是块贫瘠的土地,但是那些落在红土坡上的松果不会因为惧怕被风刮就不生长。生命是顽强的,看那些车前草,千百次地被车轮碾压,依然要昂起头发芽抽叶。在龙川峡谷里,人们经常可以看到悬崖绝壁上有树枝抽出,那儿没有一点泥土,还有风雪冰凌。还有烈日下的水泥地,只要有裂缝,就会有草芽长起。是种子就要发芽,是生命就要成长,关键还是要看自己……"

四

这个学期快结束的时候,林波转到县城中学读高中去了。临走时,林波由父亲陪着向朱老师赔礼道歉。朱老师对这个和自己有相同爱好的学生并无成见,早已原谅他,相反他为失去这样多才多艺的学生感到惋惜。

这段时间里,诸葛慧莲常常陪着朱赫赫落泪,为朱老师接二连三受到的委屈伤心,也为林波的离开难过。朱老师还是决定留下来任教。第三个学期开学的时候,好消息一个接一个。新的教学楼竣工了,从附近三个区招收的一百多名新生入学,学校即将从五七大学变成正式的高中。虽然暂时沿用老教材,但是变化正在一步步到来。

最大的好消息是,中断的高考恢复了! 10月21日,《人民日报》头版头条刊发了《高等学校招生进行重大改革》的报道。冬天里的一天,学校所在村的喇叭播了一条消息:高考恢复,想要参加的人,带上五毛钱去公社报名。谁也没有想到,这个寒冷的冬天里,红土坡刮来了春风下起了春雨,给这里的少年学生提供了生命成长的另一种契机。

骆老师,那个瘦削的青年,脸色苍白忧郁,心里却有火,眼里闪着光。他窝在狭小的办公室里苦读,然后披星戴月奔赴寒冬的考场。参加高考的人实在太多,先筛选掉一部分,12月初由各个市县出题初试,然后12月23日参加正式的高考。骆老师顺利考入杭州大学化学系。

骆老师参加高考的时候,也给他最好的学生龙骏偷偷地报了名。龙骏虽然离录取分数线差了十几分,但积累了临场经验,为他第二年顺利考上杭州大学化学系奠定了基础。

骆老师做了榜样,还留下一套复习丛书。龙骏夜以继日地刻印,作为班级的补充教材和有志参加高考的同学的复习资料。

朱老师的精神从未如此亢奋。高考,这是女儿朱赫赫的机会,也是他众多心爱学生的机会。他现在最大的愿望就是把孩子们送入大学的校门。

第十三章

孤独少年的苦难

一

应骁的苦恼是没有书读，没有书看。

他不明白，为什么当初大队里开会商议五七大学推荐名额时，父亲不置一词，那天晚上，应骁就躲在会议室外面的窗户底下偷听。回家时，应富贵用近乎怜悯的目光看着应骁，拍拍他的肩膀，摸摸他的头，沉默无语。

应骁外表平静，内心却充满了屈辱和愤怒——这种淤积的愤怒使他后来对生活的不公变得异常敏感。这个孤独少年对幸运者的切齿痛恨终究无处发泄，因为他不知道应该恨谁。初中同学中，诸葛慧莲的成绩与他不相上下，以她的人品和两家的关系，应骁都只有高兴的份。而龙骏是应骁最好的朋友，在所有同龄人中，也只有龙骏能入应骁的法眼，在他孤傲的心里激起一丝钦佩。与应骁一样，龙骏腼腆寡言，学习成绩优秀，喜欢看书。龙骏从不会取笑应骁的长相，最主要的，龙骏经常借书给他看。应骁把龙骏借给他的书藏在草席下，等夜深人静的时候才拿出来看。早上放牛割草，他把书放在竹筐里，白天下地干活时夹在肥大的衣裤里，一有空就躲在背阴的树后面看。他用随身的汗巾裹着，小心翼翼，战战兢兢，怕被人看见，又怕弄脏弄破，看完一本，再换一本。龙骏上五七大学后，应骁就跑到学校里去见龙骏。

他站在红土岗的一棵歪脖子松树底下，朝校舍方向张望。龙骏放学后会过来找他，一言不发地把书塞过来。应骁知道不能老是白借，趁着在红土坡上开垦茶园的机会，偷偷从家里拿一些吃的东西——有时候是几块番薯，有时候是几斤米或几块豆腐干，送给龙骏，作为借书的交换。应骁知道龙骏在学校里吃不饱，经常饿肚子。

即使这样，龙骏借给他的书也越来越少了。应骁只好去大队部借书。队里没有图书室，仅有的几本公共图书已被老民兵连长龙宝占为己有。龙宝用一种鄙夷的眼光看着应骁，把一本污迹斑斑的《水浒传》丢给应骁，再也不理他了。

应骁不喜欢看小说类的图书，觉得太肤浅，他喜欢那种深奥的带有哲理意味的书。没想到他硬着头皮看《水浒传》，却越看越喜欢，一连看了几十遍，直到那本书变得破破烂烂缺页少角实在看不下去为止。渐渐地，在梦中，他觉得自己成了天罡地煞，变成了能降妖捉怪的张天师和呼风唤雨的吴用。在梦里，他像黑旋风李逵一样手拿板斧杀虎救母，像花和尚鲁智深一样倒拔垂杨柳，像八十万禁军教头林冲一样在风雪中跋涉。

被排挤不能上学而产生的屈辱与仇恨渐渐淡漠，对书籍的渴求也不再强烈。因为眼下，折磨应骁的是无休止的体力劳动。

在应富贵的眼里，十七岁的儿子算是正劳力，应该挑起家里一半的担子了。

龙禧被撤后，大队会计应富贵也跟着辞职。应富贵甚至把生产队长的职位也推了。在村里，即使是最好的年景，一年辛辛苦苦忙到头，也不一定能吃饱。经济上更拮据，化肥、农药、地膜、种子，队干部的补贴，民办教师的工资，子女的上学费用，红白喜事人情往来花销，大多数时候总是入不敷出。应富贵为大伙办事的雄心渐渐被消磨殆尽。

好不容易从缺粮户变成余粮户，应富贵却不敢喘气，因为一个更重的担子已经压在他的头上，那就是造房子——在农村，房子和儿子是两件大事，大部分人为之忙碌一辈子——应富贵现在最关心就是造房子。前些年外出鸡毛换糖、在榨糖厂帮忙赚了些钱，女儿定亲时花了一部分，剩下的钱就是用来造新房的。可是造房的事远比应富贵想的要难，他首先要像愚公一样把宅基地上的小山移走。砍掉小山上的荆棘草树，开挖浮土，没日没夜地挖也只挖出一个坑。买来炸药爆破，进度是加快了，可是一场豪雨过后，洪水卷起来不及搬走的浮土引发泥石流,差点冲毁附近的农田。更使应富贵懊恼的是,他发现浮土下竟是坚硬的岩石!

三间房子,打地基的石头、做梁头的木头、夯墙用的黄沙石灰钢筋水泥,不知要多少费用。单单挖掉这座山就大大超出了预算。眼看新房一年半载也起不了,应富贵只好先将老房子修理一番,暂时栖居。他并不气馁,除了农活,依然不分酷暑寒冬埋头炸山挖石。双胞胎姐妹知道父亲的心事,所以又推迟半年嫁人。对两个大女儿,应富贵不是没有私心,他想等新房地基弄平了再让她们去婆家。除了起屋造房的事,干农活赚的工分和其他私活挣的钱都记在女儿名下,等将来出嫁时做补偿。陈氏知道应富贵的苦衷,可是除了织布,她什么也不会。桃花死后她老了很多,坐在织布机前不到半个小时,前心后背的衣服就被汗湿透,有时梭子从织机上掉下,弯腰去捡,没半晌直不起腰。有一次她在织机上累倒,再也弯不下腰了。她学会了养鸭。鸭子圈养,或是在附近溪沟里放养,偶尔也把鸭子赶到稍远处。收割过的稻田里落有谷粒,有草籽和昆虫,犁过的水田里有小鱼细虾、泥鳅螺蛳及各类水虫,可使鸭子增肥产蛋。晚上纳鞋底,编麦秆扇和草帽,拿到市场上卖,赚些零花钱。女儿杏花学缝纫,在服装厂上班,有空就帮母亲放鸭。

应骁隐约觉得,一家人辛辛苦苦忙碌都是为自己,所以没有理由屈辱抱怨愤怒,也没有理由不拼命干活了。放牛,打柴,送公粮,修水,耕田犁地,锄草挖泥,挑担推车,拔秧种田,打稻扬谷,整米磨面,摘棉花,割麦子,扎麦秆,撒化肥,喷农药,踩水车——一年到头,似乎总有忙不完的农活。应骁首先学会了使用肩膀。在开山挖土的工地上挑泥,上山砍柴挑柴担,田间地头挑草头,都要用到肩膀。可他的肩膀还很嫩,很快被扁担压得肿痛。挑粪桶的时候,掌握不了平衡,应骁总是用右手撑着,两条细腿发抖晃动,踉踉跄跄地向前走,使得两个粪桶上下摇晃,那样子活像个小丑。他知道人们在笑话他,可是没空理睬,因为他忙着擦去溅到脸上的粪便。他的两条细腿也是众人嘲笑的对象。无论多么炎热的天气,应骁都习惯穿着长裤长袖干活,这样,割稻时不会被稻叶划伤,也没人会一直盯着他的细脚骨了。晚上拔秧,应骁也是一个人躲在一边,黑暗中或是月光下,没有人会再注意他。应骁一点也不觉得蛙鸣虫叫的夜晚有什么诗意,因为他惴惴不安,害怕蚂蟥会悄悄地爬上他的脚踝。每次蚂蟥钻进皮肉,他不是生拉硬拽,就是用手掌拼命地拍打,结果弄得鲜血淋漓。他也不喜欢拉线插秧,因为这样他就不得不卷起袖子裤管露出细胳膊细腿,而且必须同边上的人同时进退。他躲在田边一角,自己单独起行。他不喜欢戴草帽,因为草帽戴在他的大脑壳上有些滑稽,帽绳系在下巴上使他喘不过气来。夏天的水温很高,有些烫脚,水田里,粪肥的臭味酸馊味直冲鼻孔,不一会他便觉得腰酸背痛、汗流浃背。他爬上田塍,在树荫下休息片刻,脱掉汗水浸透的衣服,露出黑黝黝的瘦弱的身板。肩背已经蜕了几层皮,像针扎一般疼痛。他穿上拧干的衣服,回到田里继续插秧。直到两腿打战时又直起身子。他觉得头晕目眩,汗水和泪水慢慢地流进嘴里,有一股咸涩的苦味,就像树底下放在桶里的"六月雪"茶水。

头顶是炙烤的烈日,脚下是散发腐臭的田水,不远处,犁田的老牛拖着疲惫的身躯行走,后面是脊背裸露的扶犁老人。泥土在犁铧下哗哗地翻动,远处平展展的水田在太阳底下闪着光,仿佛无边的苦海。

应骁不知道这样烈日下的劳作何时到头,心里涌起一阵阵酸楚。唯一的好处是他能够吃饱了。应骁再也不用喝稀的,差不多顿顿都是干的。农忙时候下午三四点的点心,他甚至还能吃上脂油饭——这是一种用猪油酱油热炒的饭,是他小时候不敢奢望的香喷喷美味。代价是一天到晚不停地干活。白天下地,晚上也不能闲着。应富贵在新房的工地上搭了一间茅草棚,叫应骁看管工地。应富贵偶尔过来陪儿子,他坐在岩石上,一锅接一锅地抽着旱烟,用一种陌生的忧郁的眼光看着应骁。

父子俩依然没有任何交流,不说一句话。

二

应骁是孤独的,几乎没有任何朋友。村里那些与他差不多年龄的少年不是游手好闲东游西荡,就是一天到晚只知道闷头干活,有的在父母的催逼下早早地去相亲然后等着结婚。应骁会看书,思考一些高深的问题。他不愿意与同龄人为伍的另一个原因是他们经常要取笑他,拿他的细脚骨、大脑壳、鹰钩鼻开玩笑。

应骁自惭形秽。他的身高比同龄人矮一些,有成人的模样——嘴唇下巴长起了髭须,脸上长满疙瘩,声音也变粗了。水缸里的那个影子使他沮丧,不知道为什么几个姐姐如花似玉一个比一个漂亮,自己却是这般歪瓜裂枣。他把唾沫抹在浓密的乌发上,努力寻找水中那张奇怪面孔上的优点。

他不用镜子,也不敢到三个姐姐的房间里照镜子。三个姐姐的闺房很温馨,整洁干净,有一股淡淡的幽香。女大不中留,应富贵有些内疚,所以两个毛脚女婿上门留宿或是很晚回家他也不好说什么。梅花梅香的未婚夫一个个高高大大、憨厚朴实,经常上门干活,在造房工地上炸山移石,每次来也给应骁带些礼物——的确良衬衣、猪皮鞋或是其他的小东西。他们很少同应骁说话,也不正眼瞧他。应骁知道其中的原因。

晚上,应骁一个人睡在三姐桃花睡过的小床上。他常常做一些奇怪的噩梦,不是被人追砍在空中飞来飞去,就是浸在湖水里,被淹过头顶的湖水呛得窒息。小时候是母亲陈氏带他睡,稍大一些,是父亲应富贵带他睡,应富贵的手脚像钢筋一样硬,应骁有些害怕,睡在另一头,蜷缩着,不敢触碰父亲的躯体。后来是三姐桃花带他睡。那是应骁最幸福的时光。桃花的房间和小床总是香气扑鼻,她身体温软、声音轻柔。她常常给应骁洗澡,在院子里的桃树下,把他脱得光光的,用一块香皂擦身,温柔地搓洗,然后从水缸里舀水当头淋下。再后来,就是应骁一个人睡。

三姐桃花死了以后,那种无边的孤独就一直伴随着他。他不怕孤独,宁愿一个人待着。因为有一种比孤独更可怕的东西折磨着他,那是他内心不安的躁动。他不愿意再睡三姐睡过的床了,怕做噩梦。他不怕闷热和蚊子,而是怕听见夜幕下溪堤杨柳间少男少女的嬉闹。他怕听到院子外面的狗吠声。

他喜欢狗。小时候他养的那只黑狗几乎与他形影不离,一起长大。后来,有一年春节,应富贵为了招待客人,把那只老狗杀了——在狗脖子上套上绳索,绑在麻袋里扔进水中活活闷死。应骁一再哀求也没用。他哭了三天三夜,后来一听到狗吠声就浑身颤抖,家里就不再养狗了。

家里的四个女人却喜欢养动物,尤其是母亲陈氏,养猪不会,养鸡养鸭却是能手,屋里院内到处是各种家禽家畜。陈氏把禽蛋积起来卖给食品公司贴补家用。没有了狗,陈氏就养一只鹅看家护院。这是一只发情期的母鹅,陈氏准备让它育雏,所以每天要应骁抱着它,去村口另一户人家找一只公鹅交配。应骁觉得很别扭。交配完的母鹅在院子里大摇大摆地行走。旁边,一只羽毛鲜艳的公鸡在挑逗一群母鸡。树上的鸟雀也在成双成对地追逐嬉闹。

应骁偷偷地看,浑身燥热。应骁养成了窥视的习惯,早上放牛时,他爬到树上,偷看正在割草的女同伴,直到对方拿他的细脚骨取笑他才灰溜溜地下来。他羞愧愤懑,却改不了这个恶习。

收工后,应骁一个人待在茅棚里,望着远处发红发暗的天空发呆。炎热的夏天,皲裂的土地蒸腾着热气,脚下的山岩热得发烫。山坡上,山知了尖厉的叫声让人凄惶。他坐立不安,莫名地烦躁,辗转难眠。他跑到溪边,用冷水洗把脸,然后恍恍惚惚沿着丹溪绕到龙潭湖畔。

村口的大樟树下是村民夏夜纳凉聊天的地方。小时候应骁常到这里玩。那时候还没电,村民们少有的娱乐方式就是听花鼓道情。李宅的一对夫妻档经常到村里演唱。花鼓女是一个盲人。男的唱道情,有一个奇怪的名字叫"悟通",悟通不但头发雪白,连身上的皮肤也是白的,白里透红。应骁不知道白化病是怎么回事,那个几乎透明水晶似的艺人在应骁眼里就是会巫术的怪物,神秘而充满魔力。

道情这种古老的曲艺在婺州很是流行,用渔鼓伴奏,一人自打自唱,扮演众多的角色,有韵有诗,有俚有白,才子佳人,悲喜交加。有在县城或是镇里坐堂的。更多道情艺人习惯走街串巷,边乞讨边卖艺。纳凉的夏夜,村民们你一角我五分地凑够钱,男的就开唱。唱得最多的是《双刀记》。正本开始前,常有现编的小段,里面大多是男女打情骂俏的段子。一连几个晚上,应骁听着听着就入了迷。后来有了电影,应骁却不喜欢看,电影里那些虚幻的故事和村里生活的巨大反差,会激起他对这个不公平世界的愤恨,使他难受。

村里通电后,来大樟树下纳凉的人反而少了。应骁躲在大樟树后面,朝湖滨埠头偷看。那儿有许多洗衣的妇女,挽着裤管袖子,露出雪白的胳膊大腿,站在齐膝深的水里,举着棒槌捶打青石板上的衣服。也有一些妇女在洗澡,整个身子泡在水里。最后一丝晚霞消失的时候,这些穿花裤衩和背心的妇女从水里钻出来,身上水淋淋的,衣服黏在身上,紧贴皮肤,趿拉着拖鞋向家里走,大屁股扭动着,胸前的肉球在昏暗的光线下跳动。

应骁浑身热辣辣的,他觉得下身有一团火在燃烧。

天完全黑下来,他回到茅草棚,点燃一支蚊香,躺在石板上。他跳进冰冷的溪水里,要把那肮脏的身体洗干净。他沿着桃花溪流浪,用丝网竹竿捕蝉,然后生起火来烤着吃。他不是为了美味,而是发泄心中的愤怒。

他又回到茅棚躺下,像躺在热锅上的蚂蚁,辗转难眠。坚硬的岩石硌得红肿蜕皮的脊背生疼。比这一切更难以忍受的是内心压抑的躁动、茫然的仇恨和没人知道的孤独。成群的蚊子在他耳边嗡叫，几只萤火虫在他的头顶飞来飞去。他不知道怎样度过这漫长的失眠的夏夜。他需要与人说说话，需要有人拉他的手，抚摸他的身体肌肤。

他终于决定要找一个异性朋友。四姐杏花的厂里有许多与她同龄的姑娘。应骁同杏花商量，要去厂里上班。

"骁，你笨手笨脚的，一定学不会踩洋车。还是死了这条心吧。"

杏花担心应骁古怪的长相受嘲弄，丢了自己的面子。她并不知道应骁心里的烦恼与痛苦。

三

在农村，造房子是件浩大的工程。请风水先生，放炮拉石头，请泥瓦匠垒基砌墙，买木料预制板，处处需要钱。新房工地像个无底洞，小山开挖一半，屋基墙脚还没影子，应富贵已经投入了大半积蓄。他决定开源节流，动员家里所有人赚钱。

这两年应富贵埋首新房工地，忙着砸石移山，没有外出。他盘算着让应骁接过那副货郎担。先从修鞋补锅开始，应富贵花了十几个晚上教会儿子那门手艺，然后把担子交给了他。那副担子里有一台小型的补鞋机和钉碗修伞补鞋用的铜丝、桃花纸、金刚钻、皮料和针线，是应富贵农闲时外出赚钱的传家宝。

应骁不愿意在离家近的地方行艺，怕碰见熟人。他翻过龙川山谷，一口气走了五六十里，来到邻县诸暨。这是他第一次出远门，心里恍恍惚惚如同梦游。他风餐露宿，饥肠辘辘，在陌生的村落里转悠。好不容易接了一个钉碗的活，一不小心，浮箭射出，将金刚钻也带了出去。跌到泥地上的金刚钻再也找不到了。

一天上午，一个中年男人拿了双球鞋来修补，谈好修补费是五毛钱。揽到平生第一笔大生意的应骁激动不已，从未拿过针线的手不住颤抖。补了一个多小时，球鞋没有补好，一只手却被针刺破了皮。血滴到球鞋上。

"小师傅，鞋不要补了。五毛钱还是给你。"中年男人用怜悯的目光盯着应骁，递过钱。应骁不敢接，用袖子擦掉球鞋上的血迹，还给客户。他已经泪流满面,等中年男人一走,他就抱着头放声大哭。

应骁挑担回家。应富贵看着面黄肌瘦的儿子,叹了口气。

"没有金刚钻,难揽瓷器活。爸,骁就不是那块料,再说他还是个孩子。"梅花替弟弟说话。

"怎么不是料?谁是天生就会的?老爸在他这个年龄,已经在账房里独当一面了!"应富贵脸色阴沉。

"过去是过去,现在是现在。爸,你要是不反对,让骁跟着我做。"梅花说道。

应富贵点头。原来母亲陈氏把她最拿手的馄饨手艺传给了大女儿。梅花在李宅中心学校的门口摆了一个馄饨摊,每天早上烧馄饨,生意颇为红火。学校后门是李宅的老街,卖婚嫁用品,已经存在很多年了,老百姓离不开,政府也就默认了。老街上经常有小商贩提篮叫卖,却是明令禁止的。不过这些小商贩警惕性很高,有人专门望风,看见戴着红袖章的市场管理人员,就抓紧手里的东西撒腿就跑。

馄饨摊也是临时的,属于小商贩之列,有风险。李宅是公社、区政府所在地,那些市管办的人特别凶。好在梅花胆大,嗓门粗,在这条老街上是有名的泼辣户。梅花的馄饨好吃,半碗几只也烧,随便你往铝盒里丢多少钱,不计较,所以早晨工夫就卖光。馄饨摊很简单,一张桌子,几只凳子,一块放面团和馅料的砧板,一口支在炉子上的大铁锅。梅花的手很灵巧,一手擀皮,另一手捏馄饨,一眨眼就是一锅。

应骁负责看管炉子烧水,他虽然躲在姐姐的身后,心里还是有些紧张,仿佛在做一件见不得人的事。这天早上果然碰到了麻烦。提篮叫卖的小商贩在一阵嘈杂声中鸟兽散后,应骁就看见四五个戴红袖章的人向馄饨摊走来。为首的中年人一脸横肉,一声不吭就要掀桌砸锅。原来这天早晨县长林峰来明察暗访,区委一帮新领导带队突击检查街道市场。

梅花操起菜刀,杏眼圆睁。

"老百姓谁不要吃饭!一个大活人,要让一泡尿憋死?!"梅花说着,就挥舞菜刀。应骁不知哪里来的胆量,也豁出去了,愣头愣脑,梗着细脖子往前冲。如果不是被人拽住,他已经撞到林峰的裆部。

在场的男人羞红脸,面面相觑。谁也没想到眼前这个漂亮姑娘如此泼辣粗俗。林峰脸色铁青,一言不发。他似乎在想些什么,看看水锅里的馄饨和众多的食客，摆摆手，带着市管办的人走了。

应富贵唉声叹气。梅花摆不了馄饨摊还是小事，儿子不成气候是大事。应富贵知道儿子并不适合耕田犁地，也不是做生意的料，想让儿子跳出农门成了比上天还难的事。应骁的身体摆着，当兵提干是不可能的，等城里招工，那种天上掉下来的馅饼也砸不到他头上。唯一的出路是让他学一门手艺。应富贵抽着闷烟，想了几个晚上，决定让应骁去学相对轻松又能"吃香喝辣"的篾匠。李篾匠是应富贵的原配李氏的本家，看在李翠花和外甥龙骏的面子上，勉强答应收应骁为徒。

李篾匠已经很老了，头发花白，身体佝偻，两腿青筋裸露，双手满是竹片的划痕。他的心理也很矛盾，一方面不想再收徒，另一方面又不想让一身绝技失传。除了剖篾为丝的功夫，他还有两项家传绝技——扎风筝，号行灯。行灯古时用于照明，点上蜡烛，外罩灯壳风吹不灭，方便夜间走路或打更。行灯用毛竹编制，在糊裱的纸上号字或画上图案，再涂上青漆。这种精致工艺品，过年迎龙灯、造新房以及各种红白喜事都少不了。

心有余力不足，要不是为了女儿，为了唯一的宝贝外甥，李篾匠早想洗手不干了。即使这样，他也是只在家里接活，做些上门定制的东西——凉席、箩筐、礼篮、筛子、蟹箩、摇篮和果盘。院子里堆了许多竹子，那些竹子都是李篾匠亲自上山砍的，竹子精挑细选，质量有保证，那些非常细致的篾匠活只有他才敢接。

李篾匠坐一把竹藤椅，身边工具箱里放小锯子、小凿子、篾刀、度篾齿。他一边劈竹剖篾，一边艰难地弯腰下蹲，捡起地上应骁劈的篾，眯眼细看。

"应骁，你准备在这里学多久？"

"我不知道，师傅，你要我学多久就多久。或者一年，或者两年。"应骁迷迷糊糊地回道。

"你以为篾匠是个轻松活？一蹲就是一天，腿脚好还不够，还要有脑子。这可是门大学问。选竹子就不容易，好师傅一眼就能看出竹子有没有长虫，什么样的竹子柔韧性好。学劈篾更难，全看你的篾刀功夫，好师傅能剖出三青三黄，厚薄均匀，青黄分开。还有砍、锯、切、拉、撬、磨，削根扁担要刚韧相宜不磕肩，编筛子要方圆周正，织凉席要光滑舒坦——这些，没有十年八年的功夫休想学好。"

说到本行，李篾匠白眉下深陷的眼睛便炯炯有神。

"李师傅，只要你肯带我，我就跟你学一辈子。"

应骁有些犹豫，说的却是大实话。李篾匠很宽容，应骁累了可以坐一边看书——只要有时间看书，少年内心的苦闷就减轻了许多。

李篾匠从应骁的脚下捡起中间断裂和宽窄不一的竹篾，摇摇头。他的目光落在应骁的细胳膊细腿上。

"这剖竹劈篾也像写字，要有腕力……你的脑壳那么大，又文文静静的，我看你还是适合去念书，像骏儿一样。"

应骁抬起头，看着师傅，眼睛里闪着光。

李篾匠眼里闪过慈爱。

"你要是愿意，我跟校长去说说，让你去念书。城里乡下几个中学的校长我都认识。他们都会给我李篾匠一份薄面。"

应骁只当师傅说笑，低头想自己的心事。他不知道，李篾匠却是认真的。

原来李篾匠不但手艺精到，口才也很好。李篾匠小时候读过几年私塾，自称半个文化人。他走南闯北，穿街走巷上门做篾匠活，学得各地方言，听过无数大头天话，加上他知天达命、乐观豁达，每到一处都喜欢与人侃大山，说的话不黄不俗，却能逗得人前仰后合。久而久之，他的嘴皮子功夫比手上功夫更出名，经常受邀到各个学校做报告。李篾匠坐在主席台上，讲他小时候如何受财主的压迫，讲他的父亲老李篾匠被日本鬼子开肠剖肚掏心，讲自己逃日本人的难，子弹在头顶呼呼地飞过，他躲在番薯地里挖开泥土就像野猪般啃咬。说着说着，他和台下的学生一起流泪了。

半年后，李篾匠有意试试应骁的手艺。应骁花了一个星期的时间编好一件。李篾匠看着那个歪七歪八的竹筐，摇头叹息。

四

应骁编不好竹筐，编草鞋倒是拿手。

造房子要请帮工，靠稻草和陈氏扒拉的枯枝树叶不够烧。应骁要穿上草鞋到山上砍柴，算是为母亲分忧。被李篾匠婉言辞退后，他已经没有任何理由拒绝折磨人的体力活了。

过去是跟着父亲去砍柴，现在，应骁喜欢独自一人去。一大早从家里出

发,带着柴尖担、砍柴刀、麻绳和饭篮——饭篮里装着中午吃的干巴饭和霉干菜。他不带水壶,因为龙川山谷里到处有溪水泉水。

应骁来到离家十几里的龙潭峡的鹰嘴岩下。这一带山地泥土瘠薄,岩石裸露,除了稀稀拉拉的松树杉木,就是一人多高的杂草灌木,划片分山时分给龙宅砍柴用。鹰嘴岩四季风景变幻,站在山腰间眺望,远处群峰逶迤,层峦叠嶂,松涛阵阵,竹海翻腾,也有一番景致。应骁却无心欣赏四周的美景。他钻进半山腰的荆棘丛中,专挑拇指粗的鸡骨树。不一会,他的手便被杉树的叶刺、灌木的枝杈扎得鲜血淋漓。他并不觉得痛,也不担心突然出现的独狼野猪——那些野兽早被炸山炮轰走了。他最害怕的是枯草乱石堆里钻出的蛇,还有毛茸茸的松毛虫。人从马尾松林穿过的时候,那些雨点般的松毛虫就会从松枝松叶上飘落,落在头上脚上,钻进脖子里,弄得全身痛痒。应骁后来一见到松毛虫,就会浑身起鸡皮疙瘩。

中午之前就能把七八十斤柴砍好。应骁用绳子扎好,挑山坡陡峭的一面滚下山去,然后坐在岩石上吃饭,一边嚼着冷饭团,一边望着天空发呆。山里的气候多变,刚刚还是艳阳高照,一阵凉风过后,就会闷雷炸响,乌云压顶。大片的灰云在山峰峡谷间飘荡,刹那间电闪雷鸣,暴雨倾盆。应骁知道不能往山下跑。他向上爬,一直爬上山顶,在鹰嘴岩下躲雨。这块几十米高的鹰嘴岩向前凸起,像一把巨伞撑在他的头顶。鹰嘴岩的顶端有几只苍鹰栖息,捕食野兔、山猫和老鼠。

雨很快就停了。苍鹰开始在空中飞翔。巨大的鹰嘴岩又变得清晰起来,尖厉的巨喙昂然而立,仿佛要刺破灰白色的天空。应骁摸摸自己的鹰钩鼻,感到莫名其妙的痛苦。

那是一种灵魂深处的痛,是不能像苍鹰一样飞翔的痛。吼叫的欲望一次次占据他的头脑,在这荒无人烟的深山里,他真想痛痛快快地叫喊一阵,可是一开口,却变成了低声的呜咽抽泣。

他下山,挑起柴担,沿着龙潭峡弯曲的山路往回走,步履沉重,两腿发颤,肩膀酸痛,浑身大汗淋漓。他已经忘记了心里的悲凉,只想早点回家放下柴担,美美地睡一觉。

初春的傍晚,雨霁云散,瓦蓝的天空中飘起一只风筝。应骁挑着柴担来到峡谷豁口。泥泞的小路上出现一个熟悉的身影,那人矮矮胖胖的,头发稀疏灰白,手里拽着小拇指粗的尼龙绳。尼龙绳的另一头,一只硕大的蜈蚣风筝在岚风的吹拂下,飒飒作响,飘向龙潭湖的上空。

龙猫看见应骁放下柴担,笑吟吟地走过来。"应骁,啥事不高兴啊?我看你整天一张苦瓜脸,好像人家欠你二百吊似的。"

应骁没有回答,抬头看着空中张牙舞爪的蜈蚣。他很羡慕风筝,虽然被人拽着,却能飞翔。

龙猫摆出一副长者面孔:"天下就没有过不去的坎。上帝关了一扇门,又会在别处开一扇窗。听我说,应骁,在你这个年龄,应该读书,而不是砍柴。像我的儿子龙骏——虽然他现在不认我这个老爹,我还是以他为荣、引以为傲。"

"龙叔,你说我还能读书?"应骁的眼睛亮了。

龙猫的薄嘴唇翻动着:"能!你要是听我的,我就给你指条明路。听说你在李老头那里学过篾匠活,告诉我,他有没有提起过我龙猫的名字?"

"没有。"应骁很老实。

龙猫的脸上露出诡异的笑:"这就怪了。虽然李老头不认我这半个儿子,我还是把他当爹的。一个人往往有好几个爹的。应骁,你也有好几个爹,你一定是忘了,除了应富贵,你还有一个爹——如果你要借书看,可以去龙门书院找你干爹,他最近在募捐重建龙门书院。"

干爹?找他借书?应骁似有所悟。

"对。现在就可以去,我敢说他一定在等你——只是,你千万不要说是我龙猫教你的。另外,你不能再叫干爹,应该尊称他为云鹤大师了。"

蜈蚣风筝越飘越远。龙猫拽着越绷越紧的风筝线,踉踉跄跄地奔下山坡。

应骁想了一会,放下柴担,毅然决然地向龙门书院的方向走去。刚爬上青山湖的湖堤,就看见一个人从千樟林里迎出来,像龙猫说的,仿佛早就在等他。

应骁低着头,没有说话。他已经很久没有见过这个中年男人了。十多年前的那个风雪夜,干爹长发披散,一脸风霜,眼里满是焦虑不安和愤懑,现在这张脸却是饱满沉静的,眼神平静温柔,充满慈爱。他的目光从应骁血痕斑斑的手脚扫过,落在少年被痛苦扭曲的脸上。

故天将降大任于斯人也,必先苦其心志,劳其筋骨,饿其体肤,所以动心忍性,曾益其所不能。人世间所有甜蜜的果实,皆从风吹雨打中来。抱怨和逃离,最终只能被人践踏……

应骁恍恍惚惚地听着,忽然间觉得鼻子酸酸的,一种无可名状的痛苦使他的泪水在眼眶里打转。

"砍柴也罢,扫地也罢,你须静下心来默忍。僻处竹林,无人得知,依然竹叶攒簇,香侵衣袖。你看那些嫩竹,最初的几年,每年只长几厘米,却把根须扎进土里延展几百平方米,时机到来,它们便迅速蹿高,终成郁郁竹海。别灰心,总有一天你会像新笋那样夜抽千尺。"

云鹤望着远处的竹林,面沉如水。

"干……师父,他们说,你这里有书,我是来借书看的。"应骁满脑子是书,终于憋出话来。

"聚散皆是缘。你要是想看书,每个星期的星期天在这里等我。记住,不管什么书,你都得看完,并且保守我们之间的秘密。"

云鹤转身,消失在千樟林里。

龙门书院的钟鼓楼已经修复,附近的村民现在每天早晚都能听到龙门书院的钟声。应骁就是听着钟声挑着柴担回家的。他在暮色中不断地回味着干爹云鹤的话,心里莫名地兴奋,仿佛一个快要溺毙的人抓住绳索上了岸,重新振作起来。

一切似乎突然间都变得顺遂。第二天,李篾匠告诉应骁一个好消息,只要通过考试,有一所高中愿意接纳应骁入学。

应骁重新回到学校的时候,龙骏接到了杭州大学的录取通知书。

也就在这一年,林波、诸葛慧莲和朱赫赫都考上了大学,成了大学生。

第十四章
西子湖畔

一

爸爸:

　　您好!

　　我现在一定是世界上最幸福的人,生活在这座美丽的大城市,真像生活在天堂里!

　　离开龙川,来到杭州,有些忐忑不安,现在觉得一切都是多余的。刚下城站火车站,看到那些带着大包小包的人流,我还有些茫然。我很快就找到来接我们的校车。从车站到校园,到处挂着"欢迎新同学"的标语。老生们很亲切很热情,我却站在挤挤挨挨的新生后面不敢说话,怕开口说出龙川口音的普通话,后来发现自己普通话还不赖,而那些来自全国各地的同学的口音却是五花八门,说的普通话还没我地道。我原以为我的蓝裤子白衬衣土气,没想到他们穿得更朴素。满眼是黑灰蓝三种颜色。有的还穿着塑料凉鞋,连袜子都没穿。

　　有一个穿中山装、戴玳瑁眼镜的中年人,笑容可掬,见我孤身一人,就帮我把行李扛上了车。他一直陪着我,带我办完新生入学

手续。原来，帮我扛樟木箱的那个中年人就是我们的班主任钱老师。他有一个很好听的名字，叫钱江潮。他对我特别照顾，晚上常来寝室里坐坐，详细询问每个学生的家庭情况。我说我的父亲也是位医生，很骄傲地把您的名字告诉了他，钱老师的眼睛闪闪发亮，似乎对我另眼相看。

爸爸，我要告诉您一个好消息，朱老师的女儿，我最要好的高中同学朱赫赫也考上了医学院。还有过去的同学林波，他考上了浙江美院。所以我一点也不孤单，您和妈妈不要为我担心。

龙骏已是大二了。报到那天他到城站火车站去接我，没有接到，就到学校来找我，帮我铺床叠被打水，收拾衣柜。他已经适应了大学生活，看上去非常老练。

寝室不大，一张带抽屉的方桌，四张双层床，上下铺位，住六个人。虽然简陋，但比我高中时候要好多了。同寝室的六个女生，都是笑容灿烂。我们很快熟悉，成了好朋友。

早上打稀饭，要了五分钱的，一大碗吃也吃不下，就分给大家吃。我不知道为什么，所有的人都对我这么好。学校不收学费，每个月还有十几元的补助金，加上您偷偷塞给我的钱，这个学期所有的费用足够了。

爸爸，我现在每天都在兴奋、期待、忙碌中度过，您不用为我担心，我会很快适应大学生活的。

…………

院子里鸟鸣鸭嬉，老屋越发静谧。教授抬起头来，目光从女儿的信上移向远处。古宅外面，柳树吐翠，古银杏褐色的枝丫将绽出嫩芽。长满青苔野草的石桥下，溪水叮咚流淌。

两年前，教授结束了在白鹭洲的工作，回村当医生。卫生室搬回老宅，龙生家的房子当中药房，堂屋是诊疗室，靠墙一排放西药的柜子，两条长凳，一张桌子——给病人切脉问诊开处方都在这张桌子上完成。

桌上放着一摞信件。教授现在每天去一趟龙生家的裁缝铺。

龙潭镇的老街新屋都还没有门牌号，除了一些需要签收的挂号信送到大队书记龙马的办公室，普通的平信由邮递员送到龙生媳妇的裁缝铺。憨厚的龙生当了十几年的大队长,却是甩手掌柜,一切事情由着龙禧做主。他退下来之后,帮媳妇做衣服,又开了家代销店。龙生夫妇是龙宅的隐形首富,做事极低调,连他们儿子龙正上完工农兵大学、回来在公社上班这样的事外人都很少知道。夫妇俩虽是热心肠,可平时太忙,有时候也会忘了分发信件,教授就上门自取。

那些信都是女儿诸葛慧莲写来的,她是浙江医学院的大学生。填报志愿的时候,诸葛慧莲不知道自己该当个儿科、产科医生还是拿手术刀的外科医生,曾征求过父亲的意见。只要是当医生,教授都高兴,所以他要女儿听从自己内心的声音。医学系、口腔系要五年,诸葛慧莲想早一点毕业,选了药学系。

别人家的孩子上学,都是父母兄弟一大家子送去,教授只送女儿到龙川火车站。为此龙十妹还责怪教授。教授嘿嘿笑,知道女儿独立生活能力很强,并不介意。

龙十妹却是很伤心。她总是害怕女儿像一只燕子似的飞走再也不飞回来了。以前还能一星期见女儿一面,女儿一回家就帮着干活,母女俩依偎在一起说说悄悄话。知道女儿要几个月甚至半年才能回来,龙十妹就像嫁女似的把女儿所有的衣物都塞到樟木箱里。那个樟木箱是龙十妹唯一的嫁妆。女儿一收到录取通知书,龙十妹就开始准备女儿的行装,拆洗被褥,做秋冬衣服,又为她买了一条素花床单、一个花枕套、一双新皮鞋。女儿去杭州,龙十妹还像往常一样收拾女儿阁楼上的小床,把被褥叠得整整齐齐,一遍遍擦洗靠窗的小书桌——有时候早晨醒来,龙十妹会觉得女儿还睡在这里。

好在女儿走了,教授回来了。

教授最近的心情很好,灰色的中山装穿身上不再显瘦,走路也不再佝偻,而是挺直了腰杆。有时还能听到他边走边哼不成调的小曲。原本苍白消瘦的脸胖了,有了红润,光洁的额头亮晶晶的,一头乌黑的头发梳得整整齐齐,比原来清爽了许多。他依然沉静,只是话语明显比以前多了些。

"哎……"教授转过脸,想跟龙十妹说话。龙十妹坐在院子里的青石条上,收拾教授从山里采来的花花草草树根树皮。

"你别总哎哎,我有名字,叫十妹。"龙十妹板着脸。

"得罪得罪。"教授抱了抱拳。

"要么叫我慧慧她娘,要么叫我孩子她妈……"龙十妹笑。

"还是叫你龙师傅。你现在是村里的大师傅。"教授很严肃。

"说吧,师傅听着呢! 有话就说,有屁就放!"

"跟你商量个事……晚上你温一壶老酒,我想喝一小杯。"教授用试探的语气说道。

"豆腐上面长豆芽——你出息了! 你可是从不喝酒,你要喝,我去叫龙禧这个酒糊涂陪你喝个够。"

"别叫龙禧,就你我两个……这事不能让外人知道。"

"就你那点酒量——龙师傅很忙,没空陪你喝!"

龙十妹起身,拍拍围裙上的尘土,走了。她已经把草药分门别类放整齐了。

龙十妹虽然板着脸,心里却很高兴。她现在是村里的大红人。龙宅的豆腐作坊已经很有名气,加工的豆腐皮和腐竹,食品公司、供销社抢着收购,连上海杭州也有人跑来求购"十妹"牌腐竹。龙十妹是豆腐作坊的"大师傅",又是一个大学生的母亲,很受待见,不管走到哪里,都有人笑脸相迎。连以前一向爱端架子的五妹也对她刮目相看,把她奉为座上宾,端茶倒水。过年时娘家人来试探,有意把这门亲戚走回,却被龙十妹回绝了。

龙十妹现在的心气高着呢。她有足够的理由心气高,丈夫头上的帽子摘了,龙十妹现在是堂堂正正的"教授夫人"了!

教授似乎被龙十妹身上的高兴劲感染了,拿出抽屉里的处方笺,准备给女儿写信。可是他心里兴奋得晕乎乎的,什么也想不起来。

他把女儿写的信又看一遍。

爸爸:

　　您好!

　　您叫我经常给您写信,我记着呢。我会每星期给您写的。除了功课,按您的吩咐,我会天天写日记,把学习的心得和学校的生活记下来。

　　钱老师又来宿舍看我们。他要我向您问好。我已经谢过他了。

　　钱老师还兼着别的系的课,很忙。他要修订教学大纲,编写教学实验和实习指导书,要上课,还要到医院临诊。

学生也忙,学习紧张,每个人都像上足了发条的闹钟滴答不停,每个人都是那么步履匆匆,沉静而欢快,像草地上的牛犊,如饥似渴,汲取知识。课堂上总是座无虚席,每个人都目不转睛盯着老师,手里的笔刷刷地写不停,生怕漏过一点点细节。下了课也是发疯似的读书。宿舍里只有一张书桌,虽然大家礼让,还是不够用。大家都跑到图书馆里去看书。图书馆里的书桌很难抢到,大家就跑到外面席地而坐,或是随便找个地方把鞋子脱了垫在屁股下,边啃馒头边看书。

钱老师要我当班长,我怕自己镇不住,宁愿当个学习委员。我怕学习成绩落下了。

朱赫赫倒是很轻松。她依然风风火火的。她是班里的团书记,又当了系里的学生会副主席,经常参加各种活动,组织各种学生社团,参加辩论会。我们经常串门,一起吃饭聚会,所以一点不孤单。

不知为什么,班里的男生给我取了个绰号,叫"小尼姑"。也许是因为我有一个与您一样光洁的大脑门,也许是我平时不爱说话,不搭理男生的缘故。或许是我平时总是素颜,不化妆不打扮。不管别人说什么,我没有时间打扮。因为有时候大家连盥洗室都抢着用,头发没梳就往教室或是图书馆跑。我可不能落后。

二

爸爸:

您好!

我很抱歉,不能经常给您写信了。我想把每星期一封改为半月或一月一封。

我会记得把英文学好的,我知道学医的人将来要查许多的外文资料。至于德文、日文、拉丁文,我实在没有功夫学。

时间很紧,我恨不得把自己掰成两半,长出八手八脚四颗脑袋。要学的东西很多,高等数学、医用物理、无机有机生物化学、微生物、免疫学、药理学、诊断学、内科、外科、妇产科、儿科、眼科、耳鼻喉科、皮肤科、医学影像、中医、口腔、遗传学、病理解剖……除了本专业的课程,所有的知识我都想学,因为我不知道将来会当哪一科的医生,我想把能学的都学到手,以便将来用得上。

学校已经开始上解剖课了。记得在家里的时候,母牛产牛犊,我激动得几个晚上睡不着。家里那些刚刚出生的毛茸茸的小白兔多么可爱。我实在不忍心对解剖室里那些小白鼠下手,它们都是一个个鲜活的生命,我想了又想,想到它们为人的健康做出牺牲,才释然。

可是"人尸"的解剖实在使我恐惧。虽然我以前见过人体骨骼标本,但第一次见到冰冷的人体还是使我震撼。解剖室里有一股浓烈的福尔马林的气味,那些透明容器里人的大脑、肠胃、心脏、大腿肌肉……晚上我失眠了,做起了噩梦,几天吃不下饭,一吃饭就呕吐,我躲在被窝里偷偷地哭,然后跑到盥洗室里用冷水把脸洗干净。

好在我们同寝室的女生互相打气,钱老师过来安慰,我终于习惯了。可是在我的梦里,那些冰冷的躯体又复活了,仿佛他们从未死去,而是用奇怪的眼神盯着我。爸爸,生命是怎样的奇迹,活着是一件多么美好的事啊!以前我总是羞于与您说话,那个字眼——那个神圣而美好的字眼我总是羞于说出口,现在我可以大胆地说出口了,我爱您,爸爸,也爱妈妈。

又:朱赫赫最近似乎在闹情绪,她说她想退学,重新参加高考。她不想学医了,想学法律,将来当律师。朱老师不同意。我也劝她,先学会当医生,以后在当医生之余也可以干点别的。她暂时同意了。不过她对专业课不是太认真,经常抱着本法律书看。我也没办法。在大学里,选错专业的学生很多,因为当时填志愿时懵懵懂懂的,大多数学生不知道自己真正需要的是什么,只要能考上大学就谢天谢地了。

这是我与朱赫赫的小秘密,您千万不要对人讲。朱老师和赫赫妈已经复婚了,我也为赫赫感到高兴。我想,叫赫赫上医学院一定是赫赫妈的主意,朱老师疼爱女儿,一定会尊重赫赫的选择的。

········

从豆腐作坊回来的时候,龙十妹白胖的脸颊泛着兴奋的红晕。她的手里捏着一封教授的信。龙十妹知道这封信肯定不寻常,因为上次给教授摘帽时候也有这样的信。

那封信是龙马亲手交给她的。在所有娘家的后辈亲眷中,龙十妹最喜欢这个外甥。龙马很有礼貌,"姨娘姨娘"地叫得很甜。龙马不但聪明,平时也不像别的青年咋咋呼呼、冒冒失失,而是一副老成的样子,做事也踏踏实实,每做必成。龙宅的社办企业办得风生水起、红红火火。村里的服装厂、棕棚加工厂、蜜枣加工厂已经开张,其他的厂也在紧张地筹备中。龙马现在是村支书,也是这些厂的厂长。

龙十妹走进堂屋。教授不在,一定是出诊去了。看着桌子上散乱的信,龙十妹皱起了眉头。教授最近迷上了女儿的来信,没事就坐在那里把女儿的来信看了又看,天打雷劈都不动窝。

龙十妹把桌子上的信归拢,把手里那封重要的信单独放到一边,然后到药房打扫卫生。教授总是心不在焉、丢三落四。龙十妹则习惯把诊所里的一切搞得井然有序,擦擦抹抹,连堂屋楼板横梁上的蛛丝虫迹也不放过,直到纤尘不染。堂屋横梁下有一个燕窝,这个燕窝是今年春天才有的。龙十妹每天看着两只大燕子飞进飞出,喂养巢穴里的雏燕,心里乐不可支。

喜鹊叫,燕筑巢,这是诸葛家时来运转的象征。

龙十妹从药房的阁楼上下来时,教授已经回来,正在展读挂号信,表情凝重。

"有大事?"龙十妹盯着信笺上的大红印戳。

"没事没事。"教授像是被人窥探到见不得人的秘密,有些尴尬,他把信折叠好,塞进了抽屉。龙十妹拉下了脸。

"我晓得有事。上次给你摘帽的时候也有这样的信,上面有红印子。你别骗我。你总是骗我,以前你在白鹭洲,就不跟我说去干啥。"

"我不是老实交代了吗?是去照顾一些生病的老人,是工作。"

"那这次来信又是什么事?龙马跟我说了,上次是县里寄来,这次是省城里寄来的。这封信很重要,也是关于你工作的事?"

"是从慧慧学校里寄来的,说慧慧成绩好,被提拔为革命干部……就这点事。"教授脸红一阵白一阵。

"我晓得你在骗我。连女儿也学你样,学会骗我了。你们爷俩合起伙来,欺负我龙十妹不认字!"龙十妹眼圈红红的,真的生气了。

"我们……什么时候欺负你骗你?"教授不知所措。

"你说你不骗我,你倒是说清楚,女儿在信中说了些什么?"

"她说你缝的被褥很暖和,你买的秋冬衣很合身,你买的皮鞋很合脚。她还提到你的擀面杖,她说,幸亏你的擀面杖敲过后脑勺,她读起书来才这么轻松。"

教授顿了一下,似乎是为自己添油加醋羞愧,不过还是加了一句:

"她每封信都提到你,说闻不到你身上的豆渣味睡不好觉。"

"我说呢,女儿就是离不开娘。慧慧不是那种养不熟的红眼猫。"龙十妹高兴起来。

"那是。"教授简明扼要。

"要是哪一天她心野了,不认我这个老娘,我就把她扫地出门。你也一样,想离开龙宅,我就跟你一刀两断。"

"岂敢岂敢。有你的擀面杖高高举着,谁敢不老老实实?我现在是穿鞋的医生了,可穿上鞋我还是龙宅的医生。"

"你要是走了,我就嫁给龙猫,反正他现在还打着光棍呢!"

龙十妹"嘻嘻"地笑,心满意足地走了。她再也不提挂号信的事了。

教授舒了口气,坐下来,又捡起了一封女儿的来信。

爸爸:

　　您好!

　　龙马表哥带来的东西收到了。

　　妈妈可真会赶时髦,那么鲜亮的裙子,我怎么穿得出去。大家都穿得很素,顶多白衬衣蓝裤子。不过我试了一下,妈妈买的裙子很合身,只是叫她下次别买了,浪费钱。

　　李篾匠编的篾凉席刚刚好,您替我谢谢他。

　　表哥很忙,每次到杭州,要联系业务,又要到商学院和丝绸工学院旁听学习。篾凉席、白衬衣,他带给龙骏的东西是我送去的。还有妈妈做的清明馃、端午粽,龙骏不好意思一个人躲在蚊帐里吃,我一送到,他就分给寝室里的同学了。

龙骏好像变了个人,开朗活泼多了,说起话来滔滔不绝。他也跑到学校来约我和朱赫赫一起看电影。文二街有家露天的电影院,是水泥浇筑的凳子,大家边嗑瓜子边看电影。有时候林波也过来。我们四个人,看完电影后,我们不坐电车,沿着城市的街道漫无目的地闲逛。他们把我和朱赫赫送回学校后,继续走,一直走到后半夜。他们总是辩论一些高深的问题,有时候争得面红耳赤,过一会又称兄道弟。龙骏最近在研究爱因斯坦的相对论,林波则是满口尼采、弗洛伊德、萨特,他还嘲笑龙骏,说研究相对论还不如研究相爱论呢。

龙骏似乎对自己的专业也不是很满意。他最近迷上了音乐,虽然我觉得他的歌喉实在不怎么样,他还是抱着吉他叮叮咚咚地弹唱。他又学跳舞,叽里咕噜学外语。一定是外语系的女生漂亮,他才这样着迷、神魂颠倒。不知为什么,他说暑假不想回家,要到上海去……

林波在自己的学校成了小有名气的画家,不过他似乎更想当一位诗人。他订了许多诗歌杂志,有《诗刊》《星星诗刊》,还有文学杂志《青春》《萌芽》。他已经在《东海》《南湖》和《浙江日报》上发表了几十首朦胧诗,在大学生圈里有了"诗人"的雅号,听说《东海》的诗歌编辑还邀请他到普陀山去开笔会呢。他疯狂地写诗,把诗歌当成太阳,当成生命。有时候我真替他担心,他瘦了很多,不修边幅,长发披肩,精神亢奋,那张脸更显苍白,神情疲惫,因为熬夜,眼睛里常常布满血丝。

我自己不会写诗,但我觉得这是个充满激情与诗意的时代。与林波、龙骏走在一起,坐在他们身边的时候,我的心里暖暖的、软软的,也有写诗的冲动,可是我不知怎么落笔,不知道怎么描述那种朦胧的情感。听着龙骏那叮咚的吉他声,我也想唱歌,可是却唱不出来。我对自己的歌喉觉得害羞。

可是那些我想唱的歌一直在我心里,有时候觉得就在喉咙口。

爸爸,这种充满诗意的生活多么美好!生活赐给我们的太丰厚了,有时候睡在床上,我会热泪盈眶。我小心翼翼,战战兢兢,生

怕一觉醒来,眼前这充满诗意的生活会消失。

我的担心肯定是多余的,每天早上醒来,依然是同学们熟悉的面容,依然是校园里灿烂的阳光,到处是书声笑声,温馨忙碌的校园生活使我静下心来。

可是爸爸,我真想让妈妈的擀面杖再敲敲我的后脑勺,使我不会去想那些高深的问题。我已经闻惯了妈妈身上的豆腐渣味,还有您房间里的中草药味。我常常梦见龙川的山水田野,那些孕妇,黑面孔的山里人,烂脚的老人,我知道有一天我肯定会回到你们身边,当一名普通的医生。现在最要紧的是把学校的课程学好。

…………

三

教授终于还是没有喝酒。他已经习惯于喝茶,现在他可以经常去龙门书院找云鹤兄喝茶了。云鹤募得少量善款,先把钟鼓楼修好,他自己安住的地方只做简单的修葺,不漏风漏雨而已。教授一有空,就大大方方地提着一块豆腐到云鹤的书院喝茶闲聊。

最使教授高兴的,还是读女儿的来信。

有一阵工夫,那封省城里的来信的确使他焦虑不安。不过只要展读女儿的来信,他很快就平静下来。教授把那一摞女儿的信件放入抽屉,抬起头,凝视房梁下碗状的燕巢。巢穴里,四只渐渐羽翼丰满毛色乌亮的燕子探出头,唧唧不停。

教授的心情从未像现在这样愉悦。他站起来,背剪着双手,慢慢地踱出堂屋。青石板的天井四围,也有几棵树——香樟、黄杨、榆树,夏日浓密的树荫成了鸟类栖息的乐园。麻雀、斑鸠、布谷、画眉和黄鹂,它们在枝杈间飞来飞去,觅食求偶,筑巢孵雏,唱歌嬉闹。那些自由自在的小生灵都是教授的伙伴,观察这些鸟类成了教授生活的一部分。没有病人,或者他心绪波动的时候,他就在古宅里到处走动,边看边凝神沉思。那些格子花窗、雕镂门楣、斑驳木门、灰色墙壁、合抱梁柱、斗拱牛腿、黑色瓦当、飞檐翘角和曲折回廊,都是他熟悉的,过去有些灰暗,现在忽然间都变得明亮起来。

不过,眼下的教授,对这一切熟视无睹,似乎满脑子都是女儿信中的文字：

> ……生活是多么美好！爸爸，每个生命都是这个世界的奇迹。听说，校园里还有几栋教学楼是民国的建筑。从这些古老的建筑里，不知走出多少医生……我的心里永远记着希波克拉底誓言：凡授我艺者，敬之如父母……视彼儿女，犹我兄弟……愿尽余之能力与判断力所及，遵守为病家谋利益之信条，并检束一切堕落和害人行为……无论至于何处，遇男或女，贵人及奴婢，我之唯一目的，为病家谋幸福，并检点吾身，不做各种害人及恶劣行为，尚使我严守上述誓言时，请求神祇让我生命与医术能得无上光荣……
>
> 是啊，爸爸，医生是多么崇高的职业。每当在这古老校园里，听到树荫草坪间琅琅读书声，我的心里便充满献身的热情；听到百鸟鸣啭，便会涌起对生活无限的感恩……

教授已经慢慢踱出古宅的北门，来到那棵古银杏树下。每年春天，都有成双成对的喜鹊在银杏树浓密的树冠间筑巢。过去，每年秋天，教授都要带着女儿到树底下捡拾白果，当成一味中药存贮。

当那个刚出生不久的柔软的小身躯第一次躺在他的胸脯上、听着她心跳的时候，教授还不知道意味着什么。那个梳着冲天角丫辫穿着肥大红袄的小女孩忽然间就长大了。与其说是父亲在呵护她，还不如说是女儿在陪伴父亲。教授渐渐明白，女儿是上天赐给他的最好的礼物，是他坚硬铠甲中的软肋，是他在这个世界上最好的朋友，是他一生的挚友。女儿已经融入了他的生命，成了他心中的另一个太阳，温暖着他，帮他度过了人生中最黑暗的岁月。

银杏树下是石桥，这座五边形的单拱石桥以青石砌成，中间没有桥墩，是一条半月形的桥梁。桥上石板布满黑斑苔藓，两侧藤蔓垂绕。枯藤嶙石，使石桥尤显古朴苍凉。这座桥一定年代久远，教授闲时考证，发现桥南侧压梁石上阴刻楷书"皇宋癸酉季秋闰月建造"的字样，只是字迹模糊，不能定论。

教授坐在石桥上发呆。脚下，丹溪蜿蜒流淌，清澈的溪水在下垂的青藤间泛着粼粼波光。溪堤两岸的垂柳在微风中袅袅摇曳。

……爸爸，杭州真是座美丽的城市，与故乡龙川一样，这里有众多的泉水溪涧——九溪十八涧，虎跑，龙泉。……还有那么多的桥，钱塘江上有桥，古运河上有桥，流经城市的众多河汊上有桥……苏堤上就有六座桥：映波桥、锁澜桥、望山桥、压堤桥、东浦桥、跨虹桥。不过我最喜欢白堤上的断桥，不是因为白堤上的依依垂柳，不是因为这里能看到我最喜欢的荷花，而是因为那古老的传说，白素贞与许仙，那人与妖之间的千古爱情使我落泪……爸爸，您知道，我小时候最怕蛇了。我相信白素贞并不是蛇，也不是妖。断桥并没有断，我相信白素贞和许仙的爱情终成正果。爱情是纯洁的，是世界上最伟大的感情……

想到女儿有一天会离他而去，教授不免有些伤感，但想到另一个男人会走进她的生命里，又释然了。是的，那个男人迟早会出现，给女儿甜蜜与幸福的爱情。爱情，教授想起这个字眼时有些羞愧，但他希望女儿能拥有完整的爱。

他跨过古月桥，沿着溪堤小路向南走，眼前是一派田野风光：农夫们扶犁深耕，荷锄挑担；蓝天下，牛羊在茵茵草地上吃草。

……爸爸，我记着您的话呢，并不是一味地死读书。星期六下午，或是星期天一整天，我也会与同学们一起去玩。有时候是与龙骏、林波、朱赫赫，我们四个老同学一起。龙骏背着吉他，林波背着画板。我们坐在草地上，一边唱歌，一边吃东西。龙骏的学校杭州大学所在的文教区附近，有一个叫古荡的地方，龙骏常常在那儿独自散步，这里城郊的田野风光很像龙川，河汊纵横，鱼塘密布，弯弯曲曲的河湾绕过田头地角池塘，直通大运河，这里有弥望如雪的芦花，有冬日盛开的梅花，这里的溪堤田垄间还有柿子树和我最熟悉的桑树。我们赤脚走在田边小路上，林波又哼起了不知从哪里看来的诗。

我们沿着城郊去游戏，要采些最美丽的东西，矢车菊，朵朵兰，玫瑰花儿红又香……

教授已经走到南面的村口,站在大樟树下。在婺州这片土地上,樟树被誉为神树,又是摇钱树、保安树、水口树,几乎每个村落都有樟树。眼前这棵古老的樟树,几人合抱的主干被雷电劈去一半,露出伤疤似的一个大空洞,依然枝繁叶茂、华盖亭亭,巨伞似的树冠遮天蔽日。地上落满樟树的枯叶并没有使教授愕然,枝头上已经长出新叶,不知不觉间,百年老树已经完成新老交替的代谢过程。

他来到船埠边。教授是这儿的常客,那个面色黝黑的撑船老人一见教授,就把船靠过来,招呼教授上船。教授摆摆手,表示今天他并不想去白鹭洲。小船摇橹荡开。教授站在湖堤上远眺,平静湖面波光潋滟,远处是一片片镶嵌在琉璃上似的绿洲。

　　……爸爸,这个星期我又去划船了,看见西湖,我就会想起龙潭湖。龙潭湖很美,可是西湖更美。龙潭湖是属于龙川人的,西湖是属于天下所有人的。我不会写诗,无法把西湖的美写出来。我只觉得生活在美丽的西子湖畔是多么幸运。星期六我们又去爬宝石山,站在山顶鸟瞰整个西湖……我们常常去爬山,吴山,凤凰山,南高峰,北高峰。在北高峰顶上遥望浩瀚的钱塘江,在孤山茶室里喝茶,我们几乎逛遍了杭州所有的景区——灵隐寺、六和塔、虎跑、动物园、岳王庙、雷峰塔。不过我们最喜欢的还是逛西湖。我们沿着湖滨苏堤白堤步行绕圈。有时候我们在湖滨雇船,在西湖上度过整个下午。龙骏弹吉他唱歌,林波画画写诗。

　　有时候是船老大或是船娘划船,有时候是我们自己划。我通常保持沉默。可是我的心里比谁都激动,仿佛眼前的小船就承载着我所有的希冀、爱和未来。我不知道这生命的小船会把我带到何处,不管怎么说,我会记得西子湖畔这人生中最美好的岁月。

　　杭州离龙川并不远,只有一百三十几公里。可是离开了您,我总觉得非常遥远。常在梦中梦见您和妈妈,我知道总有一天我会回来的,回到龙川,回到您和妈妈的身边……

　　……爸爸,有一件事要告诉您,朱赫赫终于还是退学了,本来这件事我是不想说的,不过现在她又考上了新的学校,学习法律,所以告诉您也没关系。（朱赫赫之所以铁了心要退学，考政法，与学院内那座清水红砖楼有关。这座清水红砖楼，您一定还记得的，据说八百多年前，它是岳帅府，就是那位精忠报国的岳飞岳家宅邸，后来又改造成太学和西湖书院。朱赫赫跟我说，她的外公曾是法官，至于有没有在这栋红楼里工作过，并没有透露。）

龙骏快毕业了，忙着毕业论文和实习。林波来找我的次数也少了，他要到外地写生。

四季有轮回，人也有聚散，我并不难过。学习越来越紧张，原谅我以后不能经常给您写信了。

有一刹那，西子湖畔的岁月在教授的眼前浮现。他记忆中最深刻的也是学院里那座暗红色的清水墙楼房，那拱形门洞，那古希腊的科林斯式的大门柱子，门楣上的华丽雕饰，像一幅美轮美奂的西洋画雕刻在脑海里。

不过，那幅油画终究模糊起来以至消失。教授知道，那样的苦乐年华已经离他远去，自己已经离不开身边的病人——那些朝夕相处的卑微的人，自己的生命已经融入了龙川的山水。他要做古宅的守望者，就像那棵古老的银杏树。

教授离开湖边，沿着新街老街慢慢地向前走。见到的人都微笑着同他打招呼。镇上的人几乎都认识他，他们不是教授接生就是吃过他配的药。不知不觉间，他已经绕了一圈，又回到那棵银杏树下。他抬起头，终于找到那个竹筐大小的鸟巢。两只喜鹊在巢边喳喳叫，嬉闹跳跃。有时候一阵狂风吹来，会把鸟巢吹走，可是几天后，在原来的地方，同样的鸟巢又出现了。一代又一代，喜鹊或别的鸟在银杏树上安家，它们见证了银杏树的四季。

夏天到来的时候，这棵千年古银杏便枝繁叶茂、果实累累。秋天是它最美的季节，白果成熟自然掉落。扇形树叶慢慢变成金黄，像小精灵般舞动，随风飘落在古桥上、溪涧里，厚厚的落叶在树底织出一张金色地毯。冬天，银杏树变得光秃秃的，黑色的树干像老人的手一样粗糙枯干，盘曲的枝丫在风霜冰雪中顽强地伸向灰色的天空，在瑟瑟寒风中冬眠蛰伏，仿佛已经枯萎死亡。

可是等到春天一来，它又发新枝吐新绿，变得生机勃勃。

四

婺州县城县政府后街安静小院,二楼的客厅里,有两人也在念叨教授与他的女儿。林峰现在是副县长,随着职务的提升,家庭地位也有所提高,坐在那张陈旧的沙发上,不再低首含胸、颦眉蹙额,而是四仰八叉,双手扶着椅背,一副怡然自得的神情。不过比起夫人沙中柳的气势,林峰还是明显逊色不少。沙氏依然是一贯的做派,昂首挺胸,来回踱步,挥舞双手加强说话的语气。只是她的口气温和多了,稍许带些商量的口吻:

"你说,波波每封信都提到一个叫慧莲的女孩,他是不是在恋爱了?"

"这不是秃子头上的虱子——明摆着的事吗?你是明知故问。儿子的每封信都是你先审阅,然后才轮到我看……"林峰指指自己的板寸头,一副淡然的表情。

"现在不是争论信件阅读的优先权问题,而是讨论儿子的前途,你别混淆视听!"沙中柳疾言厉色。

"天底下,哪个少女不怀春,哪个少男不钟情。到了这个年龄,是顺理成章的事。说起来如果这桩婚姻能够缔结,还要归功于你,要不是当初你把他下放到龙宅……"林峰欲言又止。

"怎么是归功于我?那儿是你的革命根据地,是你年年带儿子去龙宅,是你一直在喝教授配的药汤,是你想报答教授那一碗药汤的恩情。"

提到教授,林峰警觉起来,听夫人说下去。

"提到那位诸葛,他的情况你比我清楚。帽子已经摘了,就应该恢复政治名誉,安排好他的工作和生活。"

"摘帽的事很繁复,我第一个想到他。至于他的工作,听说医学院有意请他回去任教,不知为何没去。如果他愿意,我可以请他到人民医院来,凭他的医术完全可以胜任。不过摘帽以后还有很多事要做,须彻底平反。"

"诸葛的事有些复杂,别忘了,他还有海外关系这一层……"

"不变是暂时的,变才是硬道理。优势与劣势常常转换。谁能说仲平兄那层海外关系一直会是劣势?"

"这倒是。中央也发文说要平反昭雪,纠正冤假错案,充分信任,放手使用,人尽其才,才尽其用。你我是初高中毕业,以前也算是知识分子,以后就难说了。不过,我沙中柳毕竟也算出身大知识分子家庭……"

"你不是说自己是工人阶级家庭吗?"林峰撇撇嘴。知道夫人对自己的家庭讳莫如深,随口一说,并不想刨根问底。

"知识分子也算工人阶级的一部分。"沙氏眼中掠过一丝不悦,很快又变得神采飞扬,"知识分子受重用是好事……"

"老吴很快就到地委工作,到时你就是一把手,可以大展拳脚了。"沙中柳笑意盈盈,瞳仁晶亮。

"我现在只想做好自己的事。一把手可不是好当的。这是有名的穷县,人多地少,又没有任何资源,现在连吃饱饭都是伤脑筋的事。"林峰摊开粗大的手掌。

"所以我们要另谋出路。以前我对你怂恿龙川人办厂有看法,现在我也想通了。形势比人强,我们应该顺势而为。形势在变。就拿知青政策来说,过去是要他们下去,现在农村联产承包,又要他们回来。那么多知青要安置,我的脑筋都动破了。县城里只有一个机械厂、一个造纸厂,国营企业少得可怜,难道叫回城知青都去捡破烂不成?现在知青办归口劳动局,我继续挑这副担子也是给你擦屁股。"

"那是给你自己擦屁股。知青的事要管,现在你应该把工作重点转移一下了。"

"你别打岔,听我说。我是说社队企业也是条出路,要大办。像红旗区这种地方,你要重点抓,把它树为典型。有我这样的左膀右臂为你挑重担,啃硬骨头,你有什么可愁的?"

"你扯远了。我们是在谈论儿子的事。"

"国事政事家事,事事相连,我说的就是儿子的事。我是怕你自卑。你口口声声是农民的儿子。上溯三辈几代,我们都是农民。没错,你是只有初中文化,可是你有几十年的革命工作经验,这比什么都宝贵!"

"我明白你的意思……"

"你明白?你倒是说说,你对那位叫慧莲的姑娘了解多少?"

"人家是教授的女儿,又是大学生,将来从事的也是令人尊敬的医生职业,你还有什么可挑的?这且不论,慧莲那姑娘我见过,人品、长相、性格,那是百里挑一、千里挑一。所以要我说,我们不是低就,而是高攀了!"

"这不是低就高攀的事。波波说不定将来能成为大艺术家,如果有心仕途,那也是前程远大。以波波的才能长相,娶个上海的大家闺秀也不是问题。在这个巴掌大的小县城里,漂亮的姑娘更是随他挑。如果我点个头,她们都会忙不迭地送上门来。"

"光漂亮有什么用?亏你还是搞青年工作的,恋爱自由、婚姻自由也不讲了?车到山前必有路,船到桥头自然直,你瞎操心啥?依我看,这事还是顺其自然。"

"怎么能顺其自然?儿子的婚姻……那是家庭的大事!"

"你越说越绕,搞得我头都大了。你是咳唾成珠、掷地有声的女强人,一切还不是你说了算。"林峰求饶了,每次打家庭嘴仗,他总是败下阵来,这次也不例外。

"我没有那么霸道。怎么是我说了算,我对慧莲也不是不满意,不过儿子的事我总得管,这叫未雨绸缪。国家要计划,家庭也要计划,儿子的前途更要计划。不过,你就放宽心,孙猴子最厉害,也逃不过如来的手掌心。我都计划好了,一切听我的!"

沙中柳依旧一副男人婆的做派,哈哈大笑。

五

在龙潭镇,除了教授,还有一个人在记挂着诸葛慧莲,那就是龙禧。

当初诸葛慧莲考上医学院,龙禧是眉开眼笑,逢人便夸,那口气,好像他龙禧是诸葛慧莲考上大学的第一功臣。的确,如果没有龙禧花心思让她去当赤脚医生,后来又推荐她上五七大学,诸葛慧莲也许就是另一种命运。尽管龙十妹没同意,龙禧还是把慧莲当成干女儿。

人过五十,就被划入老人行列,可龙禧不服。他是不愿意轻易退出龙潭镇大舞台的。他当了十几年书记,自以为劳苦功高,心里也是志得意满。像教授一样,遇到心情特别郁闷或是特别高兴的时候,龙禧也喜欢倒背着双手走路,在他过去治下的地方走一圈。

他先来到老对手应富贵的新房工地。龙禧当初真不是故意为难,看着应富贵像个愚公一锄头一簸箕挖泥,没日没夜地炸山搬石,心里也不是滋味。应富贵倒没怨天尤人,而是埋头苦干,五六年过去,山丘移走,新房打好墙脚,造了一层,浇好水泥平台。应富贵耗尽了所有积蓄,可也苦尽甘来。

双胞胎女儿嫁的都是殷实人家。梅花的公公会榨糖,丈夫憨厚朴实,开一家代销店,小两口在学着做生意。梅香的丈夫是机械厂工人,念过一年初中,离职后承包了一个农机厂——农机厂在一栋破祠堂里,有一台旧车床,生产拖拉机和方向机,虽然又破又小,但毕竟也算是厂。杏花已经在服装厂上班。最让应富贵高兴的是,儿子应骁考上了大学,将来由国家分配,商品粮是吃定了。家里只剩下三口人,应富贵决定暂停建设新房,先赚钱。

上面的政策变了,提倡"大包干"。书记龙马挨家挨户做工作,要大伙儿"包"。应富贵鼻子很灵,闻到了"包"字后面的气息。他决定种甘蔗,办榨糖厂,承包了几十亩烂泥田。那片谁也不要的烂泥田在山脚下,一发大水就变成水塘,淤泥没膝。一遇大旱,淤泥结成坚硬的板块,无法犁耕,只能用锄头掘,一锄头下去两臂发麻,一天下来腰酸背痛、两掌冒泡。应富贵却乐此不疲。他还引进新的甘蔗品种,学会营养钵育苗,看架势是想大干一番。

看着应富贵闷声发财,一副心满意足的样子,龙禧难免有些醋意。龙禧不愿意落后,也想包,并且包大块的地。可是想到要弯腰种田,他又有些犹豫——一怕政策有变,二怕自己没那个技术。

最主要的还是担心自己的烂脚丫。过去,那脚丫只在来风来雨的时候痛,像天气预报一样准确,现在则是不定期发作。脚踝处皮肤越来越黑,时时刺痛,痛得钻心噬骨。过去,龙禧走路只是有点颠,现在则是一瘸一拐,即使这样他也硬撑着。现在的龙禧,不敢穿裤衩,只能穿长裤,生怕别人发现自己的脚已烂,有一股难闻的味道。

唉,世道真是变了,连脚丫也跟自己作对!除了那只脚丫,龙禧还在为四个儿子的婚事和房事发愁。

第一个让龙禧闹心的就是大儿子龙虎。本来,龙虎在部队干得好好的,参加唐山抗震救灾医疗队荣立一等功,又提升一级,没想到说退就退,被分配到区卫生院当医生。退伍没什么,当医生也挺好,问题是,他自作主张,带回了一个山东媳妇!在龙禧的印象里,山东姑娘还是《水浒传》中凶狠泼辣的母夜叉孙二娘或者一丈青扈三娘,再或者毒夫勾人的潘金莲之类。那个山东姑娘模样倒是不错,身材高挑,皮肤白嫩,五官俊俏。只是龙虎不告而娶,连婚事也不容父母插手,做父母的总是有些郁闷。

五妹对那个山东媳妇更不待见,怎么看怎么不顺眼——虽说没有满嘴的大蒜味,说话也不呱啦,但是一开口就是"俺的娘哎!"——嫁都嫁了,还念念不忘老娘！——在五妹看来,龙虎不能当将军,娶个省长的女儿,八成是与这个山东媳妇有关,是经不起她的勾引。五妹与最心疼的大儿子渐渐也有些疏远。龙虎倒也自在,住在医院里,连家也不回。

有了龙虎的教训,龙禧不敢再对儿子的事瞎操心了,随他们怎么折腾。

龙彪迷上了养殖。他先跟着村里的大篷车养蜂队走南闯北,结果出师不利,蜂群在黑龙江的一次水灾中全军覆没。他带着一张黝黑的脸和被蜂群蜇的大头回村,改种水果,花四百多元买了一千六百多株柑橘苗,挖土除草喷药,吃住在山上,结果收了两万多斤,收购贩子踏破门槛。龙彪头脑一热,又承包农垦场一千多亩荒山,砍掉松树杉树,种植果树苗木和盆景花卉,茶花、玉兰、雪松、黄杨、龙柏、君子兰、五针松,什么都种。龙彪总是不守本分,又搞养殖,金鱼、水貂、埃及的革胡子鲶、美国的鲈鱼和肉鸽,什么赚钱养什么。他承包了龙潭湖搞水产,去广东顺德买了十二万尾鱼苗——塘虱、异育银鲫、福寿、夜菱。从顺德到龙川有三千多公里,特快也要三天,而这些鱼苗必须二十四小时运抵。龙彪是出了名的马大哈,买鱼苗时忘了这个茬。结果还是龙马出面联系民航从广州白云机场运到杭州又连夜运回龙川。运回的鱼苗只死了十六尾,简直是一大奇迹。

龙狮也喜欢养殖。他先是以捕蛇为业,每年捕一些蛇,卖给医药部门,自己加工蛇皮和蛇胆。龙川山里的蛇越来越少,从1981年起龙狮就自己养。蛇类养殖场就办在龙家的老房子里。旧房前的天井大院,用矮墙隔成三块,中间几个隆起的小土丘,提供蛇居住的人造洞穴。于是,龙禧的老房子成了蛇窝。

唉,世道真是变了！年轻人的心思真搞不懂。本来,龙禧是想着把那套木工工具传给儿子的,只要学会李木匠十分之一的手艺,就一辈子不愁吃喝,可是两个儿子愣是不感兴趣。李木匠留下的东西只好放在那里生锈。

想着两个不务正业的儿子,龙禧更是闹心。

从第二站自家的老房子里出来,龙禧阴着脸,嘀咕着,慢悠悠地向前走,抬头看见大队部挂的"龙川服装厂"牌子,脸上才有了喜色。最让龙禧欣慰的就是这个儿子了。龙马不但继承了龙禧的领导才能,而且青胜于蓝,干得有声有色。

龙马热衷于办社队企业,特别是服装厂。服装厂刚办时,无资金,无厂房,无设备,无技术,没渠道,两眼一抹黑。但是龙马有信心,他立了军令状,兜里揣着村集体仅有的几百元,坐上了南下的绿皮火车。晚上住破庙,睡公园的石凳,白天跑业务,龙马自己饿得头昏眼花,却舍得请跑供销的"老江湖"吃饭。他花二十八元钱,从一家劳保店里买了两件工作服当样品,找到江西南昌一家机械厂,接了第一笔业务。服装有规格型号,合同有付款托收等条款,当时的龙马还不清楚合同上的这些规矩,加工出来的服装一个尺码,对方拒收拒付,最后低至每套五元抛售,亏了血本。龙马不气馁,从邻县一家国营商店买了一批布料,拿到杭州一家印染厂染色,结果一批布料颜色不一,对方不愿赔偿,龙马又打不起官司,只好吃哑巴亏。那一万元的布差点要了龙马的身家性命。幸好,龙马按合同生产的劳保工作服制作精良,虽然有瑕疵,还是被机械厂的厂长接受了。亏本交货,厂长成了龙马的朋友,调任商业局当局长的他钦佩龙马为人诚信,在商业系统的订货会上给了大批合同,龙马加班加点赶工,终于翻身。三年后,龙川服装厂成为全县最大的乡镇企业,财税占了红旗区的一半。龙马自己成了业内行家,棉纱、布帛、丝绸、缝纫、加工、采购、销售,样样精通,接着他一连办了几家服装厂——红旗、胜利、金山、天蚕。

一想到龙马,龙禧的心里便涌起了自豪感,脚也不痛不瘸了。他挺直腰杆,优哉游哉,踱着方步,沿着老街向李宅方向走去。

龙潭镇比以前热闹多了,老街新街冒出了许多工厂,到处挂着厂牌。街巷两旁,是各色摊贩,叫卖声不绝。那些摇着拨浪鼓的货郎担,公然地招摇过市。

唉,世道是真变了!难道我龙禧真落伍了,被人遗忘了?

龙禧不是那种沉湎过去、轻言放弃的人,在集市大街人多的场合,他总能让自己的脸挤出笑容。说起来,他也有高兴的人和事。龙马算一件,诸葛慧莲算一件,还有一件他不能跟人说,只能心里偷着乐。

不知不觉间,龙禧来到了李宅。

他已经很久没见李翠花了,不敢去见她。一看到龙禧,李翠花手里的教鞭就会扬起来朝龙禧的烂脚丫抽。李翠花是有资本骄傲的,她的儿子龙骏,是恢复高考后龙川三宅的"状元",当时成了全区的新闻人物。街谈巷议的人在龙禧面前提到龙骏这个名字时,龙禧的脸上就浮现怪异的笑。龙禧心里很是别扭,就像那些他偷偷收藏的宝贝,知道它们的价值却不能拿出来公开炫耀。私下里,龙禧时而狂喜,时而憋屈。

龙骏在杭州的四年,龙禧几次想托李翠花送些钱去,都被李翠花拒绝了,还被羞辱了一番。

龙禧本来是想去劝劝李翠花,要她把龙骏弄回老家县城的。李翠花却有自己的主意,她希望儿子离开龙潭镇,越远越好。结果,儿子龙骏去了宁波。

龙禧最后还是没去见李翠花,兜了一圈,又回到自己的家门前。他站在龙潭湖边,眯眼看着那一汪熟悉的湖水。

是啊,龙川峡谷纵有千条溪涧,最后都得流入龙潭湖。而龙潭湖的水由龙江汇入婺江,经兰江、富春江、钱塘江,注入杭州湾。说到底,龙川的水也是流入东海的。东海并不远。

那个平时强迫自己不去想的名字又浮现在脑海里,龙禧脸露上出难得的笑容。

第十五章
东海之滨

一

龙骏支起画板,眯眼远眺。

海上吹来的风热辣辣的,带有咸涩的泥土味。太阳的余晖洒在海面上,在浑黄与清澈间,画出一条明显的分界线。远处,瓦蓝色天空下,海岛和往来的船只若隐若现。落潮后露出大片海涂,附近的渔民和棉农踩着泥马,在海涂上采蛏子、挖蛤蜊、捡泥螺、钓弹涂鱼。弹涂鱼与招潮蟹一样,极为机敏,一有动静,倏忽间就会钻进泥涂洞穴。靠近海堤一侧,布满贝壳遗骸的岩石间,许多不知名的海虫在爬行。海堤内侧是苇草丛生的海塘,再远处,穿过一大片棉田,就是已经建好的工厂和在建新厂的工地,塔罐林立,机器轰鸣,打桩机巨大的哐当声中,人车喧闹,电机嗡嗡,弧光闪烁。

这儿是杭州湾的下游,江海激荡冲刷,淤积成陆地,一代代拓荒者迁徙到此,围海造地,把这里荒凉的海涂改造成阡陌纵横的棉田。这些海涂棉田的东南面,是号称"海天雄镇、浙东门户"的海滨古城镇海,历史上曾是浙东南的海防要塞和兵家必争之地,甬江奔流入海。甬江口外,蛟门虎蹲,海屿盘踞;甬江口内,招宝、金鸡两山对峙。在海天雄镇北侧的海涂棉田之间,20世纪70年代后期崛起了一座现代化的炼油厂。杭州大学毕业的龙骏就分配在这里工作。

报到第一天,龙骏就来到海边。他喜欢海,可是眼前的海有些使人失望,海水浑黄,泥涂裸露,一条砂石筑起的堤坝两侧,散落着一块块巨石,到处是芦苇海塘和咸碱滩地。有胜于无。龙骏几乎天天来到海边,渐渐地,他感受到了表面单调景色下的无限生机。

龙骏是在为《东海潮》和《骆驼》准备画作。这两本手抄本杂志是龙骏和一些志同道合的文学青年私下创办的。他还保持着写诗画画的爱好,为单调乏味的生活增添色彩,也为青春期的无穷精力寻找发泄的途径。画作差不多完成,龙骏犹豫着,是不是要在芦苇丛中增加一两只野鸭。

转过头,看见一个高个子青年站在自己身后。那人身材高大,黑色汗衫和裤管肥大的喇叭裤被肌肉鼓凸的胸脯和大腿绷紧。一个短得能看清头皮的板寸头,一张坑坑洼洼长着些痤疮的脸,一副黑框的太阳镜,使他的脸更加黝黑。那人站在那里,一副神秘冷傲的样子。

"黑大个,啥时候到的?像个幽灵似的,吓我一跳!"龙骏惊愕,口气却很友善。

龙骏认识他,只是叫不出他的名字。他们是同一年分配进厂的,一起到厂组织部报到。还没安排工作,临时住厂招待所时,一大帮子年轻人天天在院子的空场地上打篮球。在篮球场上,两人暗中较劲。黑大个凭借身高优势横冲直撞,龙骏身手敏捷,在黑大个的腋下钻来钻去,远投近上,耍得黑大个鼻子都气歪了。黑大个是分配到厂技校的体育老师,在同一批进厂的大学生中很活跃,在迎新晚会上又唱又跳,名气不小。

两人各自去单位上班后,就淡忘了。最近,不知为何,龙骏却常在附近的海堤上见到对方。黑大个通常骑自行车来,那辆老破的永久自行车,除了铃不响,其他都响。

"咋的了,有问题吗?"黑大个取下墨镜,轻蔑地扫一眼画板,撇了撇嘴,又把墨镜戴上,"没想到你小子还会涂涂抹抹。不过你这斯斯文文的样子,也只能做做涂鸦——你想在画面上加上野鸭?这可不行,应该加一两只海鸥什么的,或者海燕……"

"不要不懂装懂,黑大个!"

"别叫我黑大个,我有大名,叫褚岩峰。你最好叫我褚老师。"

"老师?看你戴了副蛤蟆镜,像加里森敢死队,像大西洋底下来的人。"

"我就是麦克,咋的了,有问题吗？你最好把地盘让出来,我要在这里完成一项开天辟地的大事……"黑大个的口气云遮雾罩的。

"我也有事,与人约好,要在这里见面。"龙骏笑嘻嘻的。

"哟呵,你小子还挺犟。我怕动动指头,就把你的细胳膊细腿打折了。"黑大个摇了摇右手的食指。

"你倒是试试……褚大侠!"

龙骏用对方不屑一顾的口吻还以颜色,随即摆了个三体式。黑大个根本没有把眼前这个比自己矮一头的小个子放在眼里,对方那一副不以为然的神气显然把他惹恼了。他把墨镜推至脑门,蹲下身,摆开架势,见对方凝滞不动,突然间一招黑虎掏心猛扑过去。龙骏侧身一闪,顺手一个大捋。黑大个跟跄几步,差点栽倒。毕竟有一股蛮力,粗大的手掌从脸上扫过,龙骏翻了个跟斗才顺势站住。

黑大个从地上捡起墨镜,重新戴上。一丝红晕从他黝黑的脸上飘过。

"小子,身手不错——不知道你的太极练的是陈式还是杨式？小时候我也去过陈家沟。"黑大个口气软了些,用话语掩饰尴尬。

"非陈非杨非吴非孙,我这是自创的龙太极。"龙骏微笑。

"吹牛的功夫也不错,一点不比我黑子差。要说太极,毕竟只是花架子。你的太极只能唬唬基建公司那些小流氓或是棉丰的村民。你觉得李连杰的功夫怎样？他扮演的觉远厉害吧……"黑大个顿了下,厚嘴唇的嘴角上翘,"我去过少林寺,少林武功才是中国真功夫。金刚拳,五合拳,大小洪拳……动作刚猛,短小精悍。还有少林棍术,七十二绝技。"

"你懂得真不少啊!"

"那是。我觉得李连杰不算厉害,少林功夫也不咋地。要说真正厉害的中国功夫皇帝,应该是李小龙,他的截拳道、双节棍、地躺拳、李氏寸拳——当然,霍元甲的迷踪拳也不赖。"

"我觉得,你的嘴皮子功夫也不赖。要是不服气,我们可以再试试。"

"正合我意。我们可以在这里大战三百合。要是不把你的小胳膊小腿拧折了,你永远以为我在吹。"

两人在海堤上摆开架势,你来我往。黑子这次使出了浑身解数,他的拳刚猛有力,迅疾如风。可是龙骏蹦跳腾挪,灵活得像条弹涂鱼,没有让对方占得半分便宜。

芦苇丛后面传来一阵银铃般的笑声。一个熟悉的身影出现在海堤上。正打得难解难分的两人忽然间跳出圈子,站住了。

随笑声而来的是一个二十来岁的女青年,秀眉凤眼,鼻直口红,穿一双紫色坡跟皮鞋,一身草绿的裙装在风中舞动,那贴身的裙装使她高挑的身材更加凹凸有致。一头流泻的乌发,在晚霞里闪闪发光,黄昏时太阳的散光衬着她白皙温润的脸,使轮廓清晰的脸越发精致。白色的海堤,黑色的泥涂,灰黄色的芦苇海塘,四周的一切,顷刻间显得生机勃勃。

她显然已经在芦苇丛后站了一会儿了,走到两人身边,依然放肆地大笑。

"你们俩猴子耍够了没? 我笑得肚子都疼了。"

"李海音,原来你迟到是因为在看猴戏——我们不是在耍猴戏,是在切磋武艺。"黑大个咧嘴傻笑。

"约会迟到是女生的权利。再说我还没在两只猴子中看好哪一只呢。"李海音用戏谑的口吻说道,瞄了一眼龙骏白里透红的脸,收敛了些,"黑子,你可别欺负龙骏,他可是我最要好的朋友。"

"这小子是你最好的朋友? 那我呢?"黑子脸上的笑容消失了。

"你也是。黑子,你说过自己不喜欢吃醋的,无论黑醋、白醋,还是山西老陈醋、江苏米香醋。"

"我是不喜欢吃醋。我喜欢喝酒,还有肉夹馍、拉面、锅盔、凉粉。这几年,江南的米饭,还有这里的海鲜,吃得我都吐了……"黑子嘿嘿笑着,东拉西扯,没话找话。

龙骏沉默着,显然是在思考什么。李海音的目光移到龙骏的画作上。

"龙骏,你为《骆驼》准备的配画完成了?"

"还没呢。不过我现在知道要在画面上加什么了,就加一位穿绿裙的少女。"龙骏腼腆地笑。

"骆驼是谁?"黑子插话。

"这是我与龙骏的秘密——大黑傻,告诉你也无妨。《骆驼》是我们办的一本诗刊。"李海音严肃起来。

"怎么取这么个古怪的名字? 骆驼,这儿除了石头、淤泥、芦苇,就是海塘,哪来沙漠和骆驼?"黑子受冷落,有些憋屈,想找碴。

"北面有一个叫骆驼的古镇,镇上一座古桥,是一个姓骆的药铺老板和驼背的豆腐作坊主捐建的,两人都有济苍生惠民众的善意。我们的诗刊取名《骆驼》,实有深意存矣。"龙骏道。

"小子,别文绉绉酸溜溜的。你会写诗,我也会。"黑子面对海涂,仰起了脖子,声音高亢洪亮,"大海啊,大海……"

"别学驴叫,黑子。"李海音被黑子逗乐了,咯咯笑,"我答应你,下次不会迟到了。天马上黑了,你还是骑上你的破车先回吧。"

"别……我还没听你唱歌呢!我要听过你的歌声晚上才睡得着。"

"好吧,我唱一首。省得你死乞白赖的……"

李海音唱了起来:

> 不要问我从哪里来
> 我的故乡在远方
> 为什么流浪
> 流浪远方　流浪
> 为了天空飞翔的小鸟
> 为了山间轻流的小溪
> 为了宽阔的草原
> 流浪远方　流浪
> …………

歌声轻轻的,在咸涩的海风中飘荡。龙骏收起画架,与李海音穿过芦苇海塘,消失在远处薄暮笼罩的棉田里。

黑子呆呆地望着两人远去的背影,张嘴结舌,心里醋海翻腾。

二

黑子开始并不住在厂区,而是离厂区二十九里专为厂区供水的岚山水库边。岚山技校,是东海炼油厂筹建中后期才有的,专门为炼油厂培养技术青工。黑龙江大庆,辽宁抚顺,甘肃兰州,湖北荆门,湖南长岭,四川泸州,浙江衢州,这家年加工二百五十万吨原油的炼油厂最初的一批工程师和技术工人是从全国各地调入的。建厂初期,双职工借住附近民房,单身的就百十来号人挤在简易平房或是工棚里,连从杭州省团校迁来的、筹建处的临时办公室,也是设在原宁波地区五七干校两栋破旧狭小的老房子里。20世纪70年代中期,炼油厂第一根桩基在这片海涂棉田里打下,几年内,基建公司、设计施工和安装公司员工和炼油工人纷纷涌入,荒僻海涂变成了一个大工地,崛起了一座热闹的小城。

龙骏后来才知道,黑子的老家在陕南秦岭商洛地区的一个大山沟里。父亲从大山里出来,在陕北和山西的煤矿挖煤。父亲在一次煤矿透水事故中失踪后,在大庆采油的叔叔就把黑子带到东北,后来又把他从辽宁抚顺带到浙江。黑子从小在煤矿油井边长大,奔跑速度奇快。他就这样一路奔跑着,从黄土高原的山沟丘壑里跑出来,跑向东北的黑土地,最后来到东海之滨。自体育职业技术学院毕业后,黑子当了一名技校老师。

龙骏是独生子,毕业分配原则上回原籍。但龙骏不想回婺州,临近毕业,他得知杭州湾东海之滨有家大型炼油厂要上国家级的重点工程——三十万吨合成氨,便怀着大多数年轻人创业的激情和梦想,自愿归入统配名额,得偿所愿来到这里。其实,他心里还有一个更大的秘密,只是这个秘密永远无人知晓,除了李海音。

龙骏工作证上的工号是6000,也就是说,在他之前已有5999名工人入厂。但是对于新建的三十万吨合成氨的化肥分厂,他算是最初的创业者。龙骏心里很满意,第一次领到劳保用品,穿上蓝灰色工作服时,心里充满了自豪和喜悦。他现在是一名正式的工人了!他的愿望是当一名工程师。在他幼时的理想中,工程师是一个高尚伟大的称谓。他仰望着林立的高塔烟囱,听着机器的轰鸣声安然入睡,憧憬着美好的未来。

可是厂里的生活比他想象的要艰苦得多。龙骏居住的地方叫"九千坪",是老厂和新厂之间一片荒凉的海涂地,杂草丛生,坑坑洼洼,雨天一片泥泞水渍,干旱时尘土飞扬。一排排低矮的红砖瓦房,四壁空空,泥灰斑驳的砖墙连钉子也钉不牢。每间房子里紧挨着放四五张铁架木板床,床的上层放生活用品——箱子、衣物和书籍,下层是一米多宽的床铺。宿舍后面有一间更矮的简易公共厕所,草地上露天的水泥槽,是几个房间合用的盥洗台,洗碗刷牙、洗脸洗脚洗浴全在这里。水槽边的排水沟里通常倒满剩菜剩饭,与乱石杂草纸屑垃圾混杂在一起,散发着阵阵酸臭味。

九千坪是化肥厂的集体宿舍。新厂百分之八九十是青工——大学生、技校生、厂职工子弟、插队回城的知青。单身汉们的生活是快乐的。开饭时,公共食堂挨挨挤挤,杯碗瓢盆敲得叮当响,男的叫,女的笑。晚上,唯一一台露天播放的电视机前人头攒动。九千坪没有围墙,进出随意,一天二十四小时都很热闹,唱歌跳舞,打架斗殴,喝酒划拳,尖叫声、吼唱声、哭闹声和嬉笑声不绝于耳。空气中弥漫的荷尔蒙气息,比炎热夏天从海上吹来的咸涩海风中的鱼腥味还要浓重。

龙骏已经习惯单身汉的集体生活。唯一使他不满意的是,他再不能弹吉他,也不能在宿舍里写写画画了。因为床铺头顶的木板上除了放他一直随身放生活用品的篾编藤箱和书籍,实在放不了多余的东西。有一次他把上层木板拆下来当书桌,被车间主任骂了一顿。车间主任是一个五十来岁古板较真的老化工,说龙骏破坏公物。龙骏在家信中抱怨了几句,母亲就专门做了一张书桌,通过火车托运到宁波。宁波离厂有四五十里,龙骏雇了一辆三轮车,由黑子踩着拉回厂里。

黑子现在是龙骏最好的哥们。两人是竞争对手,也是朋友。

这年夏天,技工学校从岚山水库迁到厂区。两人见面次数越来越多。黑子经常骑着那辆破车到龙骏的宿舍里唠嗑。最近一段日子,黑子没有在海堤上的老地方见到李海音,心情郁闷。他买了一壶最便宜的绍兴黄酒,又从食堂里买来花生米和蚕豆。两人坐在床沿上,支一张棋盘大小的桌子,就在狭窄过道里喝开了。

黑子自斟自饮,一连干了几杯,黑黝黝的脸有些泛红,铜铃似的牛眼盯着龙骏面前的酒杯,咕噜起来。

"咋的了,有问题吗? 龙骏,你怎么不喝? 你们这些诗人画家,总是文绉绉酸溜溜的。要不,你就是看不起我这个当老师的?"

龙骏腼腆地笑。走上社会当了工人,就要入乡随俗。龙骏已经学会了喝酒,抽烟可不想学。偶尔抽黑子递过来的烟,也是因为盛情难却。一个月三十来块工资,一切都得精打细算,省着用。黑子膀大腰圆,一人要吃两人的饭,更是拮据。不过他喜欢充大头。

"怎么会? 我母亲也是教师,是民办的。我对教师一向很崇拜。"龙骏道,"母亲希望我当工程师,我自己能老老实实当一名普通工人,足矣。"

"是啊,像我黑子,从几百米深的穷山沟里跑出来,当了一名教师,觉得自己已经很了不起了。可还是有人瞧不起我们。龙骏,你说,像我这样的七尺男儿,算不算堂堂男子汉?现在的女人都在寻找男子汉,你说,我这副冷峻的面孔,比起高仓健、大岛茂能差到哪里?真不知道女人的心里是怎样想的!龙骏,你告诉我,女人究竟是怎样一种动物?"黑子又拍桌子又拍胸脯。

"一半天使,一半魔鬼。"龙骏言简意赅。

"高见!龙骏,我就喜欢你这样的哥们,平时话不多,但是一说就能切中要害。"黑子一喝酒就露出本性,变成话痨。"龙骏,我告诉你一个秘密,是我叔告诉我的——其实这也算不上什么秘密,秃子头上的虱子——明摆着的事。厂里男女青工的比例是七比一,严重失调。一句话,先下手为强,后下手就遭殃。"

"恋爱不是买卖,也不是萝卜白菜——或许海音这一阵确实很忙。黑子,你可以到宿舍去找她。"龙骏明白黑子的意思。

"我天天去找,每次都吃闭门羹。"

黑子经常买些海音喜欢吃的鱿鱼丝海苔之类的小海鲜,有时候跑到她宿舍,有时跑到厂门口守候,看见戴着安全帽一身工装的李海音,却不敢上前搭讪。

"女人,她有时给你希望,有时又使你绝望。"黑子用粗大的手掌捧着头,露出难得的沮丧神情。龙骏喝了一碗酒,白皙的圆脸也有了红晕。

"人家是厂花,总得端端架子。"龙骏兴奋起来,"你还记得去年报到时的迎新晚会吗?海音穿一身素雅的白裙,一曲《为艺术,为爱情》,何止惊艳,简直是天女下凡!"

"她会美声,我也会。你听过我唱的《我的太阳》,那也是荡气回肠。"

"的确是高亢洪亮。黑子,我没想到你看上去五大三粗的,还有这一嗓子。"

黑子受了表扬,咧着嘴笑,憨憨的。

"龙骏,不瞒你说,我就会这一首,歌词用汉语注音,那蹩脚的意大利语,外行也听不出——像我们搞体育的,胸腔发达,懂得腹式呼吸,有先天优势。"黑子把嘴凑近龙骏的耳朵,放低声音,"我岂止会唱,我还会跳,与海音的那一曲华尔兹,转得在场的几百人头晕目眩。不瞒你说,龙骏,我就是那天晚上看上她的——你说,现在追求海音的人有多少?一个加强营?一个加强团?"

"好像部队没这个编制。"龙骏犹豫着,不敢肯定。

225

"就是一整个军团也挡不住我,越是人多,越能激起我黑子的斗志。没错,厂里有的是才俊,藏龙卧虎,几千名的大中专毕业生,还有技校生。我不惧与他们竞争。可气的是那些回城知青和社会盲流,他们也像苍蝇似的盯着她。你说这不是癞蛤蟆想吃天鹅肉吗?"黑子越说越激动,大舌头在嘴里搅动,"潜在的竞争对手还有很多。那个经常与海音在一起的日本鬼子,叫什么来着,山本大郎……"

"山本太郎。"龙骏纠正道。

"大郎太郎,管他叫什么,就是一只狼。你看他那副猥琐样,身高不足三尺,就是一个矬子。原来日本人也不全是高仓健、大岛茂,大部分是太郎这副熊样。说心里话,这个山本我倒是不怕,厉害的是那个德国鬼子,叫什么来着?"

"海因里希。他不是鬼子,是专家。"

"他的模样倒是差强人意,瘦高挺拔,高鼻深目,还有一头卷曲的黄毛——如果他是恋爱专家,那我们可就惨了。"

桌子上已经杯盘狼藉。龙骏怕黑子没完没了地侃下去,收拾起碗筷。

"黑子,你吃哪门子洋醋? 你要是真想见海音,我给你出个主意。你可以到对面的裁缝铺前守候。海音喜欢穿旗袍裙装,经常去那家'红帮裁缝正宗传人'裁衣店。"

黑子红红的眼睛亮了。

正巧,他们居住的红砖房对面传来吵闹声,黑子拉起龙骏就往那儿跑。

九千坪集体宿舍离总厂大门外的生活区很远,衣食住行的小问题就地解决。土路的对面有几十间用白铁皮、油毛毡搭起的小工棚,这里聚集了许多安装施工单位家属开的小店铺——小吃摊、修理店、小卖部。临时工棚后面有菜地、棉田和水沟,草树间生,竹篱木门,一派田园风光,又俨然是一个生活小区。而不远处,就是工厂高耸的铁塔油罐。

他们很快找到那家用白纸板写着"红帮裁缝正宗传人"的店铺。老板娘兼裁缝师傅见穿喇叭裤戴墨镜的黑子,一脸惊恐。她的丈夫,一个正蹲在旁边修理自行车的中年男人,抬起头,伸出沾满油污的手,指了指一旁的土路:

"你们说的那位小姑娘以前的确来过。可自从那些'加里森敢死队'来找我麻烦,她就很少来了。这不,那几个小赤佬刚走……"

三

李海音、龙骏、黑子都是1982年8月进厂的,与他们一起进厂的还有几百名来自全国各地的大中专毕业生。在为新入厂的员工举行的迎新晚会上,李海音一曲美声艳惊四座。第二天,这位新任厂花的名字就在青工中悄悄传开了。

李海音见到龙骏很惊讶,也很开心。在李海音的脑子里,对第一故乡龙川的记忆是模糊的,但是对那个在龙舟高杆上翻越腾挪的少年却印象深刻。她永远也不会知道龙骏为进这家工厂费的周折,只知道自己对这个同样来自单亲家庭的腼腆青年有一种天然的好感。李娇娘和李翠花是儿时的玩伴,长大后天各一方,但是,冥冥之中,似乎又有一只无形的手把她们的子女一生的命运联系在一起。

李海音的身边总是不乏追求者。身材高挑,亭亭玉立,瀑布般流泻的乌发,唇红齿白,五官精致立体,她是那样的与众不同,脸上洋溢着青春的笑容,青涩中带有清纯的书卷气,即使是戴着安全帽,穿上蓝灰色的工装,也能吸引众人的目光。大部分追求者,都被她脸上时时流露的大都市女孩的傲气吓退了,殊不知,在她骄傲的外表下,却有一颗平常心。

她的成长之路可谓一帆风顺,从校花到厂花,头顶总是罩了光环。母亲给了她优渥的物质生活,也给了她独立不羁的个性。从小到大,母亲经常挂在嘴边的一句话就是:我只养你到十八岁,接下来的路你自己走,以后不管遇到什么,你自己去承担承受,永远不要回头!

是的。她不回头。可在她脑子里,永远留着童年生活的记忆:爆米花,珍珠米,年糕片,赤屁豆,麦芽糖,棉花糖,四分一根棒冰,弄堂里"赤豆——棒冰——奶油——雪糕"的吆喝。她的家在上海淮海路附近,一条石库门弄堂里,一座独门独院的两层小洋楼。旧时上海的石库门,有工厂、银行、旅馆、货栈、报社、学校,几乎无所不包、无奇不有。新社会石库门里的小弄堂,也是百姓杂处,天井、客堂、厢房、灶间、晒台,充满鸡鸣狗叫的市井生活。那条弄堂里住的大多是宁波人,照顾李海音生活起居的也是个宁波阿姨。母亲总是很忙,排练、演出、拍电影,偶尔带女儿去逛逛人潮汹涌的南京路、城隍庙,带她去新华电影院看电影,或是去黄浦江畔看外滩夜景。更多的时

候,李海音独自待在家里。她跑到弄堂口打传呼电话。母亲答应回家,带来大包小包的礼物,算是对女儿的补偿。

滚钢圈、斗鸡、跳橡皮筋、造房子、打陀螺、抽贱骨头、刮四角片,她是众多散养孩子中的一个。她很独立,上学放学都是自己走,自己一个人背着书包,穿过头顶挂晒衣服的狭窄弄堂去上学。她总是搞不懂,为什么别的孩子有父亲陪着,而自己没有。母亲的生活中并不缺少男人,那些男人衣着光鲜,温文儒雅,还有一些是高鼻深目西装革履的外国人。可是母亲同那些男人始终保持着若即若离的关系,一直不结婚,过着单身生活。

她很孤单,可并不胆小,她会跑到弄堂口去借小人书,帮阿姨买菜打酱油,到粮店里买米面,甚至自己坐无轨电车外出逛街。小学四年级时,母亲忽然心血来潮,把她送到北京一所艺术学校去念书。那所艺术学校是精品工程,由一位女首长担任名誉校长,入学条件苛刻,实行军事化管理。李海音在那里度过了人生中最孤独的岁月。

她虽然喜欢音乐,但是并不喜欢北京的生活,所以母亲希望她考北京外国语学院当一名外交官的时候,她并没有听从。李海音喜欢外语,也很有语言天分,很小的时候就经常与母亲的朋友——那些外国客人叽里呱啦对话。她报考了家门口的上海外国语学院。李海音喜欢上海外国语学院的校园,这里有她熟悉的清水红砖教学楼,有小河,有公园,有很多的艺术社团,最主要的,学校里有一个精致的操场。李海音喜欢运动。

与她同住的是一名留学生,来自英国,名叫伊丽莎白。女孩二十来岁,身材高挑,金发碧眼,高鼻红唇,肌肤白里透红。伊丽莎白喜欢中国文化,喜欢中国的瓷器、丝绸、书画、纸扇和茶叶,尤其喜欢旗袍。两人一起长跑,一起逛街,一起去杭州旅游,很快成了无话不谈的好朋友。

李海音却不愿意与本地的同学交朋友。她喜欢独处,更多的时候喜欢一个人静静地坐在校园对面的鲁迅公园里看书。她几乎看完了能从图书馆里借到的所有世界文学名著。有一阵子她甚至想当一名诗人或是作家。可是想到母亲的话,她就暂时打消了这个念头。她知道母亲那句话的意思,她首先得养活自己。从大一开始她就寻找各种机会赚钱,当家教,替出版社翻译资料,在外语考试中心当勤杂。像所有的年轻人一样,她一方面留恋温暖的巢穴,另一方面又想早日从亲人的羽翼下飞走。

她自信满满,对不可知的未来充满期待。所以得知自己没有留在上海,而是被分配到浙江宁波时,她欣然孤身前往。她喜欢宁波,小时候,抚养她长大的阿姨就带她去过几次宁波。那个阿姨后来回老家去了,阿姨去世时,李海音哭得稀里哗啦,难过了几个月才缓过神来。

一切似乎都是顺理成章的事。使李海音惊讶和不解的是,她到炼油厂厂部外联室报到后没几天,总厂厂长就找她单独谈话。

孙厂长是从辽宁抚顺调来的,五十来岁,一张黝黑的国字脸沧桑凝重,像大多数的东北汉子,身材魁梧,虎背熊腰。他从一名普通工人干起一直做到总厂厂长,可谓历练深厚,对上对下,都是一副温和慈蔼的面容。

一进厂长办公室,孙厂长就招手,示意李海音坐下。

李海音对眼前这个沉稳的男人有一种亲切感,但是对方身上不怒而威的气质使她有些忐忑。出于礼貌,她还是站着。

"我想了解一下你的生活。"孙厂长的声音低沉浑厚,"你现在住在九千坪集体宿舍吗?"

李海音点头。孙厂长说话语调平稳。

"创业总是艰苦的。我们刚来的时候,这里全是泥涂海塘,每月一两糖、二两油、三两肉,喝的是咸得发苦的井水,洗的衣服干后盐迹斑斑。几年后这里崛起了一座现代化的炼油企业。不知有多少人在这里默默奉献,他们来自天南海北。宁波是浙江的工业重镇,这里有世界少有的深水良港,是临港工业、重化工基地,也是片创业的热土。"

这些话在进厂教育时候李海音已经听过了。她没有觉得到宁波来有什么不好。阿姨就是宁波的,李海音对阿姨的故土自然有了好感。再说,这儿离上海不远,只隔一个杭州湾,两地有火车直达,也有客船往返,非常方便。李海音咬咬嘴唇不说话,耳朵里嗡嗡的,听到对方的话也是断断续续的。

"说到土地,我们脚下的这片土地并不富饶。东北的黑土地,西北的黄土地,南方的红壤,还有大片的沙漠和咸碱地。这些贫瘠的土地要养活世界上五分之一的人口,工业化是必由之路,但是要解决温饱,农业始终是立国之本。70年代,主席和总理就亲自批示,引进了十三套大化肥。可是还不够,我们要引进、消化、自建。眼下这套在建的五十二万吨尿素生产装置就是典型,这个大化肥工程是国家级的重点工程。我们节衣缩食,投入了五亿多元。大化肥的核心装置都是从国外引进的,新工艺,新技术,专利涉及众多外国公司,需要大量翻译人才。"

李海音低着头,似乎有些心不在焉。孙厂长缓缓地说下去。

"有些事我还是直说了吧,你现在不知道,将来还是要知道的。你是我跑到上海要来的,学院开始不同意,浙江省领导亲自出面,与上海方面沟通,他们才放人。现在的翻译人才奇缺,尤其是像你这样既懂英文,又懂日语、德语的。总厂外联办的翻译大多是半路出家,你是第一个科班出身的,我们对你寄予厚望。你母亲是上海滩的名人,她也很支持我们的工作。"

有一刹那,李海音的鼻子酸酸的,知道母亲虽然表面上不闻不问,私底下却一直在为自己的前途谋划。李海音过去的生活里没有父亲的角色,不善于与男人交往,更不善于与领导打交道。她一言不发,心里有些自豪,也有些不安——虽然她已经脱离家庭的羁绊,广阔的社会生活里还是有无数无形的线牵扯着她,仿佛一张无形的网罩在头上。

总的说来,她还是无忧无虑的,忙碌的工作充实了生活的单调。她喜欢独立不羁的生活,喜欢海涂海滩的原始风光,喜欢集体宿舍的热闹劲。唱歌、跳舞、喝酒、打架,那种充满男性荷尔蒙气息的生活使她兴奋。

外联办有十几个翻译,大多是工农兵大学生或是经过短期培训的技校生。李海音有大量的资料要翻译,又要陪同外方专家现场口译。渐渐地,李海音感到有形无形的压力,也注意到周遭异样的眼神。

所以当孙厂长第二次找她谈话时,她一点也不惊讶。

孙厂长依然语气温和,但脸上的表情却很严肃。

"厂里最近有一些有关你的风言风语。你是母亲的乖乖女,她很关心你的工作生活,如果你在这里出问题,我们也会内疚的。当然,我们无权干涉你的私生活,但是你听我一句,最好不要穿得那么花哨,太招摇……把精力放在工作上。"

李海音很享受那种众星捧月的感觉,可是那些从门缝里塞进的求爱信,那些莫名的盯梢、跟踪和纠缠,还是使她感到了苦恼。

孙厂长继续说下去,温和的语气像个父亲。

"当然,我知道,你的工作压力不小。你的外语水平应该没问题,可是大量的炼油化工企业的专业术语词汇对你来说是陌生的。大化肥就要试车开车,现在是关键期。如果需要,我可以配人协助你。"

"不用啦。"李海音脱口而出,俏皮地吐了吐舌头,"我有一个朋友是学化学的,英语很棒,他会帮助我的。"

"他叫什么名字？"

"龙骏。合成氨车间的。"

孙厂长微笑点头。"你们这一代很幸运，大学生，天之骄子，读书不花钱，一毕业国家负责安排工作。你看社会上那些青年，尤其是回城的知青，没有工作，整天东游西荡，惹是生非。就业始终是个大问题。炼油厂是现代化大型化工企业，我们不能把阿狗阿猫都招进来——最近社会治安不太好，尤其是你住的地方，没有围墙。我想安排你住到外国专家招待所，那里安静，你工作起来也方便。"

"谢谢您，孙厂长。我还是喜欢住九千坪。"李海音不喜欢被关起来。

"那好吧。你还住九千坪。不过我要安排你到外招去办公。你自己注意安全。有什么困难随时可以找我。"

四

龙骏也渐渐地开始忙起来。厂史、三级安全教育后，他被分配到大化肥装置合成氨车间当一名普通的操作工。

龙骏并不觉得当一名普通操作工有什么不妥，他的性格中有许多被动接受的成分。他总是懵懵懂懂的，躯体虽然迈入社会，头脑却停留在大学生活的象牙塔里。他喜欢思考玄之又玄的高深问题，对生活的细枝末节不太关心。他的社会学知识少得可怜，不知道或明或暗的竞争从毕业分配的那一刻已经开始。他不知道，为了先人一步占据有利位置，就要去找老乡、熟人、老师、同学、战友和领导。

只要能与李海音在同一个厂里生活工作，他就很满意了。至于具体的岗位，他并不在乎。实际上，炼油厂之所以一次性向国家、向省里要那么多的大中专毕业生，就是为国家级的大化肥工程做人才储备的。化肥厂青工多，大学生也多，即使按技术系列走，一年后也不见得能成为助理工程师。车间主任是老工人出身，是一板一眼苦干出来的，认为知识分子或是大学生并没有什么了不起，因为龙骏竟然拆了床板当书画桌子，对他第一印象尤其不好。龙骏平时少言语，也不主动与人套近乎，一副落落寡欢的样子，车间主任心里就把这位醉心诗画的本科生打入了冷宫，把他编入最差的"放牛班"。

龙骏并不觉得委屈,觉得从最基层的操作工做起是理所当然的事。在车间班组里,他并不像在集体宿舍、私下的文艺社团里那么活跃。龙骏是腼腆木讷的,除了到装置现场摸工艺流程,就是静静地坐在一边看书。

　　半年后的春节,他回了一次龙川,在家只待三天。母亲李翠花对儿子在省内最大的炼油化工企业上班很高兴,认为儿子在成为工程师的路上迈出了坚实的一步。外公李篾匠逢人便夸自己的外孙,当他知道炼油厂炼的不是脂油、菜油、桐油,而是汽车飞机大炮轮船吃的油时,高兴得眉开眼笑,连竖大拇指。李篾匠了解到,厂里还准备大量生产农民用的尿素,更是替外孙高兴,认为他当了工人,又不忘为农民造福,很了不起。

　　龙骏自己也很高兴,他终于可以自食其力了。四年的大学生活,他几乎花光了外祖父和母亲的所有积蓄。他用转正定级后第一个月的工资给母亲配了一副眼镜,给外祖父买了一副手杖。他精打细算,闹钟、台灯、书籍、画纸、颜料都计划着买。他知道,在经济上他不能依赖任何人,一切都要靠他自己。

　　他攒够了钱,终于为自己买下平生第一件奢侈品——一辆二十八时的海狮牌自行车。有了自行车,他就可以与海音、黑子骑车出门,到方圆百里之内的风景名胜游玩了。

第十六章
桃花岛

一

　　星期六,龙骏请了半天假,一大早赶往宁波,在三江汇聚的老外滩轮船码头,登上了去普陀山的"佛顶山"号轮船。

　　同行的还有黑子和李海音。

　　他们是最要好的朋友,每个周末相约,在宁波周边选择一两个地方——天童、玉皇、报国寺、月湖、天一阁、东钱湖、河姆渡——骑车旅行。黑子骑那辆破永久,海音则是一辆轻便凤凰。去的次数最多的地方是东钱湖,一天来回。东钱湖离厂四五十里,是省内最大的天然淡水湖,环湖一周近百里,湖水清澈澄碧,烟波浩渺,四周群山环抱,湖光山色在风雨中变幻,四季迥异,对自幼生活在龙潭湖边和在西子湖畔生活了四年的龙骏有莫大的吸引力。龙骏可以在那里写生作画,探访书法碑林和王安石在这里留下的痕迹。

　　黑子早几年随叔叔进厂,自诩老宁波,负责当向导,选择景点时却以李海音马首是瞻。李海音喜欢寻访老旧古建,比如天童、玉皇、宁波老城隍庙。龙骏则喜欢自然形胜和古迹,比如像报国寺一样的木结构古建筑群。有时候独自去天一阁,藏书楼并不对外开放,他只能闻闻那幽深古巷里的书香过过瘾。

　　龙骏是书痴,但工资收入并不允许他多买书,于是他拿到工作证后的第一件事就是办厂图书馆的借书证。他喜欢读哲学书,尤其是康德、尼采、黑格尔、叔本华、莱布尼茨、费尔巴哈、席勒、弗洛伊德的书,只要厂图书馆里有,那些在大学里读过却读不懂的哲学书他都借来又看一遍。他是个夜猫子,每天晚上要看一两个小时的书才能入睡。

　　有一阵他迷上了武侠小说,开始只是想读些轻松的书催眠,没想到不知不觉地迷上了,便通宵达旦地看,弄得第二天早上头昏脑涨,眼里布满血丝。

　　那些书都是黑子借给龙骏的。《传奇》类的杂志,类似手抄本的刊物,极少数是原版书籍,大部分是黑子从书摊上搜罗来的,少数是黑子从学生手里收缴的。金庸的《笑傲江湖》《神雕侠侣》《鹿鼎记》《射雕英雄传》《书剑恩仇录》《雪山飞狐》,梁羽生的《萍踪侠影》《七剑下天山》《白发魔女传》《大唐游侠传》,古龙的《天涯明月刀》《绝代双骄》《武林外史》《萧十一郎》。

　　一到暑期,黑子几乎天天往九千坪跑。两人在食堂里炒两个菜,在龙骏的宿舍喝着便宜的黄酒,边喝边聊。喝着聊着,两人就打起嘴仗,争得面红耳赤。黑子拍桌子,瞪牛眼,声音高亢:

　　"龙骏,你说,金庸、梁羽生、古龙三位大师,谁最厉害?"

　　"各有所长,难分伯仲。"龙骏言简意赅地答道。

　　"要我说,还是古龙厉害,他才是新派武侠的鼻祖、泰斗。古龙的书,玄妙莫测,扑朔迷离,神秘恐怖,有一股森然的妖气。当然,梁羽生也不错,白衣水袖、长剑古筝,有儒雅侠骨之风,有铮铮凛然正气。"黑子一说起武侠,俨然是个满嘴"之乎者也"的学者。

　　"武侠是成人童话,只要能自圆其说,就能自成一个江湖。萝卜白菜各有所爱,如果一定要比,或许是金庸略胜一筹。金庸的武侠,有历史渊源、家国情怀、民族帮派、爱恨情仇和诗词歌赋,他的小说场面壮阔、气势宏大,如钱江潮涌,推波逐浪。"龙骏慢条斯理地回道。

　　"我就知道你喜欢金庸。我不想跟你吵架!那么你说,金庸的武侠人物中到底谁是武功第一?"

　　"东邪西毒,南帝北侠,顽童老丐,九阴九阳,葵花宝典,降龙十八掌……那么多高人奇术,怎么排?真正的武侠是无名的,如扫地僧,大象无形,大音希声:他们不屑在江湖争斗。"

　　"其他的不说,你就《射雕英雄传》里的英雄排个名。要我说,真正的射雕英雄非郭靖莫属,他集'九阴真经''降龙十八掌''左右互搏'三大绝世武功于一身,是天下第一侠士。另外他憨憨傻傻的,真讨人喜欢。"

"你别郭靖长黄蓉短的了。黑子,我晓得你另有所图。"龙骏心里明白,黑子并不是找他神聊武侠的。这些日子,黑子因为找不到李海音而焦虑。

"什么目的? 我就是来找你商量下一次我们去哪里玩的。"黑子憨笑。

"你有假期,我们得上班。一天半天的,骑车也去不了很远的地方。还去招宝山吧。"

"又是招宝山! 龙骏,我不知道你已经招了多少回宝了! 就一座低丘,有什么好玩的?"

龙骏笑了。他的确很喜欢去招宝山。从厂里骑车去镇海城关的招宝山只需半小时。周六下午或是平时下班有三四个小时空闲,他就去招宝山。招宝山在甬江入海口,是古代的海防要塞,江海相接,船帆林立。

"招宝山有许多海防遗迹,卢镗、俞大猷、戚继光、林则徐、裕谦、吴杰,众多民族英雄都在那留有故事。中法镇海之战是近代中国大获全胜的战役。尤其是戚继光,这位抗倭英雄与我的家乡龙川有关系。当初,许多来自龙川的婺州兵,跟着戚继光南征北战……"

"得得得,龙骏,你一说历史就没完没了,还喜欢东倒西歪的旧庙古迹——上次去河姆渡,就几块烂木头,几个土坑,一些碎陶破瓦,害得我们吭哧吭哧累一整天。"

"那可是七千年前的农耕蚕桑文化,江南的稻作文明,远古的人居工程,河海船运……"

"要说文化的古老,谁也比不过黄河文明。在我老家不远的那片黄土地上,随便挖一个坑,就能淘到古代的瓶瓶罐罐,还有鼎啊,釜啊,尊啊,什么的。龙骏,在这方面,你就别跟我较劲了。"黑子撇着嘴,一副不以为然的神情。

"那你说,这次我们去哪里?"龙骏笑道。

"桃花岛。"

桃花岛是"东邪"黄药师炼丹修道的地方。自从看了《射雕英雄传》和《神雕侠侣》,黑子就心驰神往,几次三番怂恿龙骏前往。

"桃花岛在舟山东南的海上,没有客船进出,恐怕一两天回不来。"

"我会想办法的。有我黑子在,保证你们喂不了鲨鱼!"黑子拍着胸脯。

"那好吧……不过你最好征得海音的同意。"

"我这不是为此烦恼吗？这些天海音失踪了,也不知道她是否故意躲着我。"黑子垂头丧气。

"她在外宾招待所上班。另外,我告诉你一个秘密,过去,海音和她的母亲每年都要去普陀山。"

黑子的眼睛亮了,突然开了窍。第二天,他兴冲冲地跑来,说事情成了。

"我们先上普陀山,然后绕道朱家尖,再去桃花岛。"

"两天时间很紧张。黑子,我就不去了。郭靖是带着黄蓉去见黄药师的,没听说他还带了一个拖油瓶。"

"海音说了,要你龙骏去,她才会奉陪。你是我黑子最好的哥们,怎么能出尔反尔?"黑子虎着脸,"你就是一个电灯泡,也得在一边给我照着!"

二

"佛顶山"号在汽笛声中驶离码头。从宁波到普陀山需要四五个小时。由舟山轮船公司运营的"佛顶山"号轮中途靠泊沈家门港。从镇海港开往普陀山的"招宝山"号轮要次年才开通。

客舱里熙来攘往、人头攒动。乘客中的一些是被海风晒得黝黑的渔民和舟山本岛的居民,来宁波采购物资的,携着大包小包的货物。大部分是暑期结伴旅行的大学生、随父母出游的中小学生和到普陀朝拜的香客。

虽然从小生活在水边,但龙骏还是第一次坐真正的大船。小时候在大龙江和龙潭湖上划的是小渔船,大学里坐过的是西湖上荡桨摇橹的游船。想到再过几小时就能见到他心目中真正的大海,龙骏竟像第一次出门旅行的小学生一样充满好奇和喜悦。他背着画架,在双层客舱和前后甲板间走来走去,观察船上的设施设备,看一群群大呼小叫的小孩在客舱船舷间奔来跑去。轮船在甬江上航行,龙骏站在前舷侧,眺望甬江两岸河港密布的平原风光,思绪却沉浸在自己的幻想中。一声声悠长的汽笛中,龙骏仿佛看见一个站在红砖褐瓦洋楼阳台上的曼妙身影,穿着红裙白袜的女子倚在一丛夹竹桃旁,在斑驳的日影里显得分外妖媚。

李海音已经习惯坐船旅行。偶尔回家,她会选择在宁波坐船,在轮船上过一夜,第二天早上到上海。她不喜欢待在空气污浊沉闷的船舱里,一上船就不见了踪影。只有黑子一个人待在船舱里,捣鼓海鸥相机,那是海音专门为这次旅行购买的。黑子的身边放着一个黑色的双肩包,里面是三个人的衣物和备用食品。每次结伴旅行,黑子都负责背包。

黑子穿一件黑色的汗衫,外披米色的风衣,是双肩上有翻肩袢、袖子上有袖袢、腰间外置腰带的那种,下穿咖啡色紧身喇叭裤,脚下一双三节头的黑皮鞋,一副麦克镜架在额头上。这副行头很是引来了周遭人的侧目,黑子当是众人艳羡,心里沾沾自喜。

"黑子,现在是夏天,你穿这一身,也不怕捂出痱子来?"刚上船时,海音还拿黑子取乐。

"等到了普陀,你就会知道我黑子有先见之明! 海岛上凉爽,昼夜温差大,穿这一身正合适!"黑子一本正经地回道。

"是啊,海上风浪大,要是有快艇送我们上岛,那就更爽了!"

黑子明白,海音指的是自己曾经夸下的海口,咧着嘴回道:"我打电话给我兄弟,他正好不在——别急,等他知道了,一定会开着快艇来接我们的。"

"只怕到时候来接我们的不是快艇,而是警车,是矢村警长。"海音笑得前仰后合,"黑子,什么时候我再给你买一顶鸭舌帽,你就更像杜丘了。"

黑子傻笑,故意竖起风衣的衣领。黑子浓眉大眼,高鼻宽嘴,面色黝黑,头上理的是板寸头,加上一副故作深沉的表情,的确很酷。

龙骏回到船舱时,黑子还在捣鼓相机。他研读完说明书,把胶卷上好,正端着相机,上下细看,一副若有所思又志得意满的表情。

"黑子,你应该上去透透气。船舱里太闷了。"龙骏以为黑子是因为受了海音的奚落才躲在里面的,"你是不是怕海音挤对你? 其实,越是亲密,越是口无遮拦。"

"我才不怕她笑话我。我在研究相机,"黑子依然憨憨的,"这玩意儿挺新鲜,龙骏,你也应该看看,到时候给我们两个咔嚓一下——杜丘和真由美……"

"不是郭靖和黄蓉吗?"

"是黄蓉。"黑子忽然间变得很严肃,压低声音,把嘴凑近龙骏的耳朵,"龙骏,你是不是我的好哥们? 有一个秘密要告诉你。我有点儿怕……怕坐船,总觉得这船摇摇晃晃的。要是在陆地上,我跑得比兔子还快,可是在船上,我走路都走不稳。"

黑子站起身,小心翼翼地穿过过道上洗手间。他走路的样子很特别,两脚叉开，左右摇摆。回来的时候，他从背包里掏出一个军用水壶，咕噜噜地喝了几口水。

"我还有一个秘密要告诉你。我还怕水……"黑子似乎是认真的，脸上一副痛苦的表情，"小时候，我看到的全是黄的土、黑的煤和坚硬的石头。我的家乡，到处是石头，可是现在，眼前看到的都是水……"

"你怕水还拼命喝。"龙骏笑了，他已经习惯黑子的夸大其词。

"一定是早上吃坏了。我的肚子一直在闹腾，翻江倒海。龙骏，在船上照顾海音的任务就交给你了。"

龙骏走出船舱。他也一直在找李海音。

轮船已经驶出甬江口，经过金塘水道，行驶在东海海面上。眼前依然是浑黄的一片，龙骏有些失望，不过他知道，他盼望的蔚蓝的海面很快就要到来了。

甲板船舷上来回走动的人渐渐少了。在前右侧船舷边，龙骏终于找到了独自伫立的李海音。她倚在栏杆上远眺，一头披肩长发随风飘舞。白衬衣、牛仔裤、运动鞋，一身中性干练打扮的海音英姿飒爽。她背着一个小挎包，腰带上别着 Walkman——那个最新款的索尼随身听是山本太郎送给她的，海音不愿意无故无故接受别人的礼物，回赠了一套外销的瓷器茶具。

李海音的生活离不开音乐，她总是能把最新的歌带、最新款的流行用品弄到手。最近她迷上了台湾歌手齐豫和蔡琴，把《橄榄树》《祝福》《你是我所有的回忆》等听了又听。她的小挎包里装着最时尚的上海化妆品，她的衣柜里挂满五颜六色的旗袍裙装。她从来不会为别人的眼神而压抑自己的天性。她的身边总是围着鲜花掌声和形形色色的男人。

这一切都使龙骏惴惴不安。他知道，自己与这个上海姑娘间的距离远不止一个杭州湾，可是自己忍不住还是想见她，想跟她在一起。他第一次写字条约李海音在海边见面时，她欣然赴约。也许在李海音的心里，龙骏是一个比普通朋友更深一层的朋友。可是她的态度总是若即若离，就像在逐船飞翔的海鸟，似乎伸手可及又不可触摸。在这个谜一样的上海姑娘面前，龙骏时而自卑，时而自信，像大海的波涛起伏不定。

被海风吹起的长发拂过龙骏的脸。站在李海音的身后，龙骏能闻到她身上淡淡的茉莉花香，他心跳加速，脸也涨红了。有一刹那，龙骏甚至有把她拥入怀里的冲动。可是龙骏什么也没做。他穿着普通的白衬衣、蓝裤子，脚上是厂里发的劳保皮鞋,这副土气的打扮使他自惭形秽。

李海音摘下耳机,像发卡似的别在头上,笑意盈盈。她的眼神清澈柔和。他们在一起时无话不谈。

"那位杜丘冬人还好吗?"李海音半认真半戏谑。

"他在捣鼓相机呢,派我来照顾乖巧机灵的黄蓉……"

龙骏舒了口气,说出想说的话。黑子潜意识里是把龙骏当陪衬的。龙骏不介意,他们之间的友谊盖过了一切。

"他还真以为自己是郭靖呢!"李海音收敛笑容,忽然间严肃起来,"龙骏,其实你完全不必自谦。没错,现在的女生都在寻找男子汉,但是男子汉并不只有高仓健这样浓眉大眼性格刚毅的一种。现实中是有很多奶油小生、猥琐的混混或是孱弱的书生,但是,像你这样多才多艺善解人意的,也有优势。"

龙骏沉默。

李海音似乎看出了他的心思,继续说道:"我检查行李时,发现了你带的书。叔本华也许太悲观了。这个世界,摩非斯特总是少数,更多的是天使。青春可以挥霍,可以奋斗,可以蹉跎,最重要的,青春应该是欢乐的。"

"那么你呢?你在看什么?"

"《万水千山都走遍》《橄榄树》《撒哈拉的故事》,三毛的书我都爱看。在上外读书时,同学们都说我长得像三毛。"

"我没见过三毛,但我敢肯定,你比三毛要漂亮多了!"龙骏脱口而出,脸又红了。

李海音忽然变得很严肃,喃喃自语似的说起来:

"美貌或许能给别人带来眼福,却不一定给自己带来幸福。我知道自己该怎么做。我们都在寻找生活的彼岸,在撒哈拉沙漠里,在大海中。海的尽头,在大海的另一边,一定有我们寻找的彼岸。我喜欢坐船旅行。小时候,妈妈就带我去过普陀山。她把我放在观音菩萨面前,默默祈祷。那时候我还小,一岁多一点,我睡意蒙眬,已经记不得和她一起来的那个男人长什么样了,但我清楚地记得母亲虔诚的面容。连续三年,母亲都带我去。以后只要有便船,妈妈都不会错过。记得有一年夏天,在上海十六铺码头,我们坐船去普陀。夏日的大海暖风吹拂,我们站在舰船的甲板上,望着远方深邃的海洋。海面上一座座岛屿和露出水面的礁石,如同一串串珍珠项链,碧蓝的空中是朵朵浮云,海鸥飞翔。那儿的螃蟹真大,黄膏饱满,很便宜,只要五分钱一斤。海钓的带鱼很新鲜。墨鱼放锅里蒸,当饭吃。还有当地人称作大泡的柚子。那一切都镌刻在我的记忆里。那个像父亲的男人已经从我的生活里消失了。但是妈妈的爱一直陪着我。永远不要失望,这个世界上总有一个人在某个角落里偷偷地爱着我们。一个人至少应该拥有一个梦想,有一个理由去坚强。心若没有栖息的地方,到哪里都是在流浪。荒芜的土地会开满希望之花。有梦想就有希望,哪怕在一片沙漠中,也能找到海市蜃楼般的快乐。"

李海音轻声细语,仿佛在回忆往事,倾诉内心的独白。龙骏脑袋嗡嗡的,断断续续地听,有一刹那,他的眼泪几乎夺眶而出。

他正想有所表示,忽然听到一阵欢呼声。船舱里的人又涌上了甲板。原来前面的海面上出现了一条泾渭分明的水线,水线的另一端,是清澈的海水。

客轮破浪前行。海燕、海鸥在头顶盘旋。龙骏忽然间觉得自己热血沸腾。是啊,这个世界没有天生的强者,一个人只有站在悬崖边上才会真正坚强起来。他为什么要在爱的悬崖边战战兢兢呢?那些海鸟为了觅食,不顾一切地在船的尾舵卷起的浪花间俯冲觅食。

他回到船舱,看见黑子正从洗手间回来,手捂着肚子,嘴里哈出一股秽气,似乎是刚刚吐过。龙骏扶着黑子躺下,坐在旁边,安安静静地研读起照相机的说明书。不知过了多久,那些回到船舱的人又往外涌。原来客轮已进入定海海域。舟山本岛,中国最大的天然渔港沈家门,十里港湾里,万船穿梭,桅樯林立,滨海大道上人声鼎沸,熙来攘往。

龙骏看得如醉如痴,在甲板上支起了画架。这次他只带了素描用的碳素笔。他边看边画,一抬头,发现李海音已经站在身旁。黑子背着双肩包,脖子上挂着相机,踉踉跄跄地走过来。

"目的地就快到了,黑子,你是向导,怎么安排?"李海音笑道。

"先找个旅馆住下来,然后去大海里游泳。不过,"黑子咧着嘴苦笑,"你是公主,一切听你的。"

"假期里学生上岛的很多,招待所恐怕人满为患。我认识一个阿姨,我们先在她家安顿好,然后再做打算。"海音道。

三

"佛顶山"号轮靠泊普陀山。他们由短姑码头登岸。

一踏上陆地,黑子就变得生龙活虎,脚步坚实有力。只是他的眼神依然是茫然的,一直在东张西望。既然李海音是三人中最熟悉普陀山的,另两人便一切都听从她的安排。两个男人跟在她后面,言听计从。

龙骏记着黑子说的秘密,绝口不提去百步沙和千步沙游泳的事。

"黑子,我知道你喜欢看石头,等下我们就先去西天。"海音道。

"天!还没活够,就要上西天?不过……都听你的,你要是下地狱,我黑子也跟着你!"黑子耍起贫嘴。

他们先去紫竹林的不肯去观音院。它是普陀山最古老的寺院,黄色的矮墙围着三间有些破旧的佛堂,香火却很旺盛。李海音进里面,烧三炷香,跪地叩拜。黑子忙着拍照。龙骏站在高处,眺望远处蔚蓝的海面和海水拍打礁石溅起的浪花,仿佛在思索观音为什么不肯离去。

出观音院,他们沿着妙庄严路向普济寺方向走。这段青石板路是古时候香客走的古道,每隔一段距离便嵌有雕刻莲花的青石板,莲花千姿百态,绝无雷同。李海音轻车熟路,先带着黑子和龙骏来到一个山腰间的小村落。这儿离普济寺和西天门不远,古木参天,修竹垂荫,站在高处可环视翠峰绿湾,闻涛声鸣空。

小村落却很幽静。这是海岛原住民的院落,弯曲的弄堂,高低错落的石板路,院子里有水缸和洗衣台。木楼梯通向阁楼,二楼的窗户正对着院子。

房东四十来岁,见到李海音,一副熟人的笑脸。不过她说,海音来迟了,房间已经被人包了,现在只有楼上一间客人嫌贵空着,两位男客要住,只好在厨房隔壁的小房间打地铺。

龙骏和黑子并不介意。三人暂歇一番,吃了点随身带的水果面包就出发了。已经是下午三点多,他们也只能选择最近的西天景区。普陀山于1982年成为国家级风景名胜后开始收进山门票,门票二十元,三大寺是三元。整个西天景区的门票是五元。可是对于龙骏和黑子来说,也不算便宜。黑子要充大头,可是每次都是李海音抢在前面付钱。她大方的态度和坚定的眼神使两个男人并不觉得有什么不妥。

芥瓶庵、观音古洞、二龟听法石、磐陀石、说法台、灵石禅院、梅福庵、灵佑洞、圆通庵、铜殿、一叶扁舟石、心字石，西天门的景点不少。黑子喜欢石头，看了磐陀石、扶云石，最后来到心字石处。那块圆整平滑的岩石周边近五十米，巨大的心字中间可坐八九人。三人分别在心字石中间拍了照。黑子站在上面，哇哇大叫，一定要李海音与他合影。

"人在心中，心在人中。海音，你要是与我一起在这里合个影，我就是天底下最幸福的人了。"黑子把手捂在胸口。

"黑子，你错了。这是佛法之心。心即是佛，佛即是心。你要胸怀博大，方能量如东海。"李海音在石下咯咯大笑。

她拉着龙骏，最后请人代拍，三人一起合了个影。

天很快黑下来。他们回到住处。房东已经烧好一桌菜。咸菜黄鱼、竹节虾、清蒸带鱼、梭子蟹、虾潺、海螺、蛏子，很丰盛，还有杨梅烧酒。一见到酒，原本沮丧懊恼的黑子又兴奋起来。他要同龙骏拼酒，结果被"舍命陪君子"的海音挡了回去。海音的酒量很大，与黑子推杯换盏。黑子一高兴就胡吃海喝，把半瓶烧酒全干了。

吃完晚饭，黑子站在院子里，从水缸里舀水洗澡。他只穿一条裤衩，用粗大的手掌揉搓着肌肉隆起的胸部，嘴里哼着小调。他已经忘了白天所有的烦恼。

海音回到房间，换衣梳妆，然后款款地从楼梯上走下来。她穿了一套藕荷色的裙装，身姿窈窕婀娜，微湿的乌发搭在肩上，脸上泛着红润。

"黑子，晚上我们还去百步沙游泳吗？"

"这么晚了……怕是有风险。"黑子愣了一下。

"白天也有风险。有一次我在千步沙游，海底一个暗流涌来，差点没把我卷走。"

"那是你，要是我，如果没喝酒，从普陀山游到桃花岛都没问题。"黑子搓着头，咕噜着。

"是啊，看你醉醺醺的样子，掉到旁边的水缸里也可能淹死。还是早点歇息吧，明天还有更艰巨的任务。"李海音笑道，重新上楼回房间。

龙骏洗完澡，换上新衣，在住处坐了一会。房间很小，他们就睡在铺了草席的水泥地上。黑子肯定是喝高了，一躺下就呼呼大睡，魁梧的身躯四仰八叉，把龙骏挤到了墙角。最难忍的还是他震耳欲聋的呼噜声。隔壁房间是一对夫妻带两个小孩,两个小孩似乎很兴奋,还在嬉闹,大呼小叫。龙骏睡不着,就走了出去。

这是海岛上的月夜。瓦蓝色的空中一轮皎洁的明月,清凉的月光使白天温润的山峦寺庙越发神秘。月光穿过浓密的树荫,洒在光洁的石板上,闪闪发亮。带有水滴的海风吹在脸上,凉凉的,很惬意。不知不觉间,龙骏已经穿过普济寺前的莲花池,来到了百步沙的礁石边。他已经听得到海潮拍打着岸礁发出的锵锵声和细浪爬上沙滩时轻柔的沙沙声。远处是一望无垠的幽幽的大海。眼前的大海是神秘陌生的。在这之前,他是踯躅在沙滩上的小孩,总是站在生活的大海边做一个旁观者。在这之后,他要奋不顾身地跳入其中搏击奋泳了。

沉沉夜幕下,浩瀚的大海上有一处灯光在闪烁。那就是传说中的洛迦灯火吗?洛迦山,莲花洋,有一刹那,龙骏想起了另一个女孩。但是那熟悉的名字很快隐去。如今龙骏的心里只被一个人占据着,他的心里怀着爱,热血沸腾。

龙骏原路返回。隔壁房间的小孩停止嬉闹,似乎已入睡。二楼的灯已经灭了。只有自己小房间的灯还亮着。黑子不在。龙骏东寻西找,终于在屋后的竹林前找到了他。

黑子睡在树底下一块坚硬的岩石上,听到脚步声坐起来,脸上一副痛苦的表情。

"黑子,咋的了?"龙骏低下头,盯着黑子扭曲的脸。

"呕吐,拉肚子,肚子痛得厉害。"黑子捂着头。

"我忘了跟海音说,你不能吃海鲜。"

"我们是兄弟,兄弟面前抹不开面子,何况在海音面前?"

"我带了克痢痧。"龙骏道。

双肩包在海音的房间里。龙骏进了院子,轻轻地上楼。窗户开着。月光流泻进来,照在朦胧的帐幔上。龙骏隐隐约约看见熟睡的身影,胸脯起伏,呼吸轻柔,一股淡淡的茉莉花香从房间里飘出来。

龙骏下楼,回到屋后。黑子正跟跟跄跄地从竹林后跑出来,用手捂着肚子。

"第几回了?"龙骏轻轻问。

"不知道。总有十几回了。等肚子倒空就好了。没关系,男子汉大丈夫,这点痛还能忍。"黑子躺下,"龙骏,你先去睡吧,蚊香我已经点好。"

"要睡就一起睡。"龙骏紧挨着坐下。岩石的棱角硌得他屁股生疼。仿佛靠近火炉,龙骏摸摸黑子的额头,热得发烫。

"你不怕我打雷吵着你?"黑子一骨碌坐起来,"龙骏,你说,你是不是我最好的哥们?"

"当然是。"

"你听我说,我有一个妹妹,个子高高的,长得水灵,就是皮肤黑点。她快高中毕业了。米脂婆姨绥德汉,她虽比不上米脂姑娘,但是绝对配得上你。我跟她说好了,谁也不许嫁,要嫁就嫁你龙骏。"

龙骏笑出声,知道黑子在说胡话。

"要不,明天桃花岛我们不去了?"

"怎么能不去?龙骏,好兄弟,明天即使背,我也要背你上桃花岛。你回房睡去,别跟我抢这块石头,我要在这里守着,不让任何人靠近她……"黑子忽然间仰身躺下,呼声大作。

龙骏回房,灭了灯,在黑暗中坐着,渐渐睡着了。

四

清晨,海岛上空的星月悄悄隐去,莲花洋苏醒了。一抹红晕掀开了海的面纱,沐浴着晨曦朝霞,一轮旭日钻出海面。风平浪静,水色蔚蓝清澈,海天沙地浑然一体。殷红的太阳一朵像瑰丽的花绽放,霎时喷薄而出,撒出万丈光芒,映红了整个天边。整个大海金光粼粼。

李海音有早起锻炼的习惯,一大早她跑步去佛顶山观日出。她回到住处时,太阳已经升高,龙骏和黑子才刚刚起床。吃过早饭,海音换上了一套白色的裙装。黑子还是那套杜丘风衣加墨镜,虽然精神亢奋,眼里却布满血丝,原本鼓鼓的腮帮子凹陷,看上去有些憔悴。

三人商量。二比一,黑子和李海音坚持要去桃花岛。他们要坐下午最后一班客轮回宁波,龙骏不再坚持留在普陀山。李海音问过房东阿姨,房东不能肯定朱家尖有没有渡轮去桃花岛。他们决定还是先坐船去沈家门,再做打算。

墩头、半升洞、港航渔政、马峙、鲁家峙,沈家门有许多码头。他们不知道哪个码头有去桃花岛的渡轮。问了几个人都说不知道。实际上,此时去桃花岛的渡轮很少,即使有也要等一两个小时。

黑子已经绝口不提要他兄弟来接的事。龙骏正四处打听,海音已经汗涔涔地从堤岸边跑回,说船找好了。

"什么船?"黑子问。

"一艘小渔船。船老大说了,包送我们来回。如果时间紧,他会帮我们找一艘快船。"海音道。

"海音,你至少得找一艘带铁质龟壳的机动船,那样才气派。"黑子咧着大嘴。

"八九百年前,黄蓉带郭靖上桃花岛时哪来铁壳船?黑子,你可以施展水上漂的轻功绝技。"海音笑。

"好吧,我认了。船老大说要多少银子?"

"银子的事你别操心。"海音道。

"是啊,黑子,你知道郭大侠追黄蓉时花了多少银子吗?吃一顿饭就是十九两七钱四分,还有金锭、貂皮大衣和汗血宝马。要是心疼银子,郭靖怎能博得黄蓉的芳心……"龙骏插话。

"龙骏,兄弟是不分你我的。海音够哥们,平时还周济我呢。她怕我饿死,把多余的粮票全给我了。"黑子嘿嘿笑。

虽然知道穷家富路的道理,但是两个男人囊中羞涩,旅行时并不反对出手大方的海音埋单。

小船驶出沈家门渔港,折向西南。船老大是个小老头,一张被海风吹皱的紫铜色的脸,穿着肥大的龙裤,光脚丫,赤裸的上身黝黑油亮。虽然精瘦,但是筋骨强劲。他是桃花岛的土著居民,到沈家门送货的。斑驳的木质渔船的船舱已经空了。

黑子放下背包,先是在小船舱里蹲一会,然后慢慢站起来。竖起的衣领和墨镜掩盖了他脸上的惊恐。他小心翼翼地挪到船尾,与摇橹的船老大说话。

"老大,去桃花岛有多少海里?"

"多少海里不晓得。坐那些嗒嗒响屁股会冒烟的也要四五十分钟,坐我的船总要个把时辰。等过蚂蚁岛,桃花岛就不远了。"

蚂蚁,还蜗牛呢。这船开得比蜗牛还慢,不知什么时候才能上桃花岛!

245

黑子心里焦急,嘀咕着,没有说出来。可是他还是忍不住想用说话挨过难熬的时光。

"老大,眼前的这片海有鱼吗?"

"有啊。渔场怎么没鱼?过去很多。黄鱼、带鱼、乌贼、呛蟹、饭虾……什么鱼都有。听我姥爷讲,有一次他出海捕鱼,突然间有一群白晃晃的小黄鱼浮出水来,他们捞啊捞的,一直捞到手发酸,面孔笑得发僵。现在少了。要到岛那边的外海才有。现在,用流刺网船也只能捕些小的。像我这种小渔船不顶用。要用大的铁皮船,十天半月回不来,睡的是通铺。唉,现在的年轻人,吃不了那个苦,有的还是旱鸭子,晕船。"

说到捕鱼,船老大话就多起来。他的眼睛从眼前年轻人的黑脸、挂在脖子上的相机,一直扫到脚上锃亮的黑皮鞋。黑子似乎被人看穿了心事,不再说话。

小船在浑浊的海水中慢悠悠地行驶着。远处,一座座岛屿在海浪中起伏。龙骏安静地坐在船舱中间,支起画板画着。他在画站在船头的海音。船的另一头,海音悠然而立,若有所思,眯眼远眺,流泻的乌发和白色的裙装被海风吹起,袅袅婷婷,飘然若仙。

天气很热。直射的太阳光照在人身上,像是针扎样疼痛。连迎面吹来的海风也是热辣辣的。四周浑黄的一片摇晃着,黑子觉得有些头晕目眩。他把风衣脱了,披在旁边的包上,又开腿顽强地站着。

"老大,你是桃花岛上的土著吗?"黑子不敢提渔船捕鱼的事,可是又忍不住不说话。

"是啊。我祖辈从宋朝开始就住岛上了,听说那时叫昌国。"老人边摇橹边说。

"那你一定知道有个叫黄药师的,是个武功高强的大侠,就住在桃花岛,平时修道炼丹。他有个女儿叫黄蓉。"

"岛上姓黄的倒是有,没听说有叫黄药师的。"

"我忘了说,他是北宋时候炼丹的世外高人。"

"修道炼丹的倒是有一位,那是很早以前,我的老祖宗还没到岛上捕鱼。不知道你说的黄药师是不是他的后人。"

"哦,这不怪你,我还忘了跟你说,黄药师是金庸笔下的人物。"黑子一拍脑袋,笑了,"那么你一定听说过金庸这个名字,金庸金大侠。"

"金庸？银庸也没听说过。"老头也笑了。

黑子有些失望。"这不奇怪，我还忘了跟你说，金庸他不叫金庸，叫查良镛。他没有来过桃花岛吗？——我是说，平时是不是有很多练家子到岛上来？"

"没有练家子，只有开船捕鱼和种地的。"

"你是说没人到岛上来？"

"很少。我没见过。你们是我见到的第一批。"

247

"桃花岛不好玩？"

"说好玩也好玩，谁会说自己的家不好？说不好玩也不好玩，就一些石头、岩洞、沙堆、庙殿、寺院。鸟啊，树啊……"

"对了，就是那些桃树……不是有很多的桃树桃花吗？"

"哪来的桃花，那是古代那位修道的，炼丹炉倒了，洒在山石上，变成桃花石。桃花山，桃花岛，就这么叫开了。"

船老大似乎被问得有些不耐烦了，用狐疑的眼神盯着黑子脸上的墨镜。黑子怕再讨没趣，转过身，看龙骏那幅快完成的素描。

"龙骏，真有你的，画了半天，费那个功夫干啥？……我这儿有相机，咔嚓一下，什么都有了。"

"好啊，你先给我拍，然后换我再拍你与海音的合影——这海上旅行的照片是我们永久的记忆。"龙骏站起来，走到另一侧船头，站在李海音的身边。

太阳已经偏西，从前方射来的阳光热辣刺眼。黑子把墨镜推到额头上，弯腰蹲下。船身不长，黑子想把两人的全身框进去，后退了两步，结果扑通一声掉进了海里。

"黑子，你现在可以游了。前面就是蚂蚁岛……你可以一直游到桃花岛。"海音咯咯笑。

黑子的整个身躯都浸在海水里，只露出一个头，脸上一副混杂着痛苦惶恐的无奈表情，双手在空中乱抓，嘴里发出奇怪的咕噜声。

"黑子，你的……你的狗刨式真漂亮。"海音笑得前仰后合。

黑子沉重的身躯在浑浊的海水中起伏，越飘越远，不一会他那张扭曲的脸也不见了。

龙骏忽然意识到黑子怕水，忙纵身跳进海里。他从小在龙潭湖边长大，水性极好。他游到黑子的身边,一个猛子扎下去,绕到黑子身后,用肩膀猛顶黑子的屁股。

黑子太沉了。不知何时,李海音也已经跳下水,她的水上功夫堪称一流。船老大把船靠过来。三人七手八脚,把黑子拖上船。

黑子直挺挺地躺着,一只手抓住相机,一动不动。李海音浑身湿淋淋的,一时也不知所措。龙骏撩开黑子的汗衫,摸摸黑子的胸脯。心跳还在。船老大弯下身子,示意龙骏把黑子的双脚驾到他的肩膀上。船老大用倒挂金钩的方式使黑子倒立。黑子哗哗地吐了几口海水,活了过来。

"好吧,到此为止吧……海音,下次……下次我一定带你来……桃花岛……"黑子直躺着,睁开眼,望着海音苍白的脸,喃喃说道。

即使他们想,船老大也不愿意送他们上桃花岛了。他调转船头摇往沈家门方向。热辣辣的海风很快把他们湿透的衣服吹干了。他们还有足够的时间登上回宁波的客轮。

一踏上陆地,黑子又变得生龙活虎,仿佛不久前落水的一幕没有发生过。唯一的损失是一副墨镜。当然,相机里的旅游记忆还有没有就不知道了。

他们沿着滨海大道,急匆匆地往客船码头赶。走进售票厅的时候,黑子的脸又变了。因为他看见一个熟悉的身影。

那是一个三十岁左右的外国青年,金发碧眼,高鼻深目,瘦高挺拔,上身穿短袖 T 恤,露出毛茸茸的双臂和胸脯,下身灰白的牛仔裤。这身穿着使他越发显得修长。外国青年背着一个双肩包,笑盈盈的,大踏步朝三人走来。

"海因里希!"李海音惊叫起来。

第十七章

血　凝

一

　　海因里希是林德公司的工程师,是公司派驻化肥厂帮助试车开车的外方专家。林德公司是全球领先的气体和工程集团,德国工业气体巨擘,提供各种化学产品、压缩液化气体以及各种工业气体的分离合成装置。化肥厂的核心装置之一——合成氨空气分离压缩机组就是林德公司的产品。化肥厂安装的是国内第一套以炼油厂的残渣油为原料运用高压气化法合成氨与尿素的设备。从空气中分离出氢气和氮气合成液氨,然后与二氧化碳气体在一定条件下发生化学反应,生成尿素。合成氨装置引自日本,尿素装置与国外合作设计。虽然配套设备国产,但核心工艺大部分是国外引进的,技术专利涉及日本、美国、德国、丹麦、荷兰等多家大公司。

　　驾驭这样的洋设备,所有的人心里都没底。外国专家认为中国缺乏合格的技术人员,对能否用好这套装置表示怀疑。国内的老化工专家也表示担心,化肥厂职工队伍中,青工占百分之八九十,全是刚刚进厂不久的大中专和技校毕业生,嘴上没毛,办事不牢。

　　孙厂长深知这帮毛头小伙面临的严峻考验,经常带着分厂领导到车间现场办公,为年轻人鼓劲打气。

这一天,孙厂长带着一大帮人来到合成氨车间,随行的有各国专家,其中就有日方的山本太郎和德国林德的海因里希。李海音是唯一的陪同翻译。

孙厂长在同操作室里的青工讲话的时候,海音拉着海因里希走到龙骏身边。龙骏坐在一旁,一个人静悄悄地看图纸。

"Mein bester Freund, Drache pfred."海音道。

"betser Freund?"德国专家耸耸肩,一副不以为然的表情。

"Ja."海音咯咯笑。

"Es freut mich sehr, Sie kennenzulernen."海因里希表情严肃,伸出手。龙骏腼腆地笑。海因里希的手掌粗大,龙骏的手又小又柔软。

李海音与海因里希用德语交谈了几句,边说边笑。她笑得很灿烂,吸引了所有人的目光。

孙厂长走过来,同龙骏握了握手。

这次无意间的握手几乎改变了龙骏的命运。车间主任对龙骏的态度有了一百八十度的转变,他没想到这个闷声不响、蔫了吧唧的青年与总厂厂长和外方专家还有那么好的交情。第二天,龙骏由一名普通操作工提拔为轮班班长。

老主任对龙骏刮目相看,甚至把他叫到办公室说起悄悄话,要给龙骏介绍对象,说女方的家长是总厂副总工程师。龙骏虽然是为数不多的本科生,但条件一般。女方的父母肯定是经过充分摸底、综合权衡才做的决定。

大学生离开校园便少了许多羁绊,男女间的交往不再羞羞答答犹抱琵琶半遮面。可是相爱是简单的,一触及世俗的生活,自由恋爱又会受到种种限制。一张无形的相亲网早已在厂里形成,每年毕业分配季,这张罩在年轻人头上的网就会蠢蠢欲动。尤其是有一定地位的领导——厂里中上层干部,都在悄悄地为自己的儿女挑媳选婿。房子,票子,粮油蔬菜,特殊的海鲜食品和大量的年节货物,在大中型的企业里,双职工往往享有特殊的福利。

在女大学生女青工分外吃香的厂里,车间主任的好意无疑是对龙骏不轻的抬举。龙骏笑笑,表示自己现在以工作为主。

同所有的化工企业一样,装置一旦开车就是二十四小时运转,白班、中班、夜班,四班三倒地轮班,作息时间完全打乱。龙骏忙得无暇考虑别的事,把写诗画画等众多的业余爱好都暂时搁置了。学校里所学的与现在所从事的并不完全吻合,龙骏有许多东西要学。为了能够按时起床,龙骏买了三个闹钟。他提早半小时到岗,打水扫地,把每个岗位的操作精确安排到分秒。他自己把操作规程背得滚瓜烂熟,长时间钻在装置现场摸流程记位号,一身汗水油污。他还要带班参加"练兵比武",尽管经过同类化肥厂的短暂培训,但这套装置特殊,每个岗位都面临无数新的技术难题。

正式开车前,装置要不断进行试车,单机试车后是联动试车。从锅炉点火到最后出成品尿素是个漫长的过程。

试车并不顺利,设备故障频频。操作室里,无数台仪表像人的神经系统似的连接着现场的阀门管线。试车过程中,每一次偶然的事故停车都会造成几十万元甚至上百万元的损失。每一次试车,海因里希都要到现场指导,开始由李海音陪同,后来就单独来,因为有龙骏给他当翻译,他们用英语交流。龙骏的英语极好,虽然口语与大多数理工科毕业生一样磕磕巴巴,但是一旦克服心理障碍和最初的舌绊,说起来就变得很流利。龙骏是羞涩腼腆的,在陌生人面前口拙舌笨,但是在熟人面前也会口若悬河、滔滔不绝。

海因里希已经与龙骏熟识,成了好朋友。德国专家严肃刻板,工作一丝不苟,每天窝在车间里,在装置现场登上爬下。他脑子里有无数的规则,要求中方操作人员对每个阀门、每块仪表都要擦得锃亮,对仪表盘的读数准确记录,即便是操作工具也要排列整齐,甚至操作台上笔记本和记录笔放的位置都不能有错,否则就会大发雷霆。

这个德国工程师对龙骏很尊敬,但是对别的青工却不上心,对这帮看上去有些散漫的年轻人能否操作先进的德国设备表现得忧心忡忡,脸上总是带着傲慢狐疑的表情。

海因里希对龙骏的态度也是慢慢转变的。那一次,龙骏当班,负责合成氨四大机组的联试。空分液压泵投运,按钮开启,加负荷,加压,转速和氧气压力徐徐上升,红色的仪表指针显示泵的出口压力从二十帕升到九十帕。此时,中控调节阀突然失控,直蹿一百一十帕。安全阀没有做出反应,一场大事故就要降临。海因里希涨红了脸,有些不知所措。龙骏飞跑而出,直奔气化炉顶把氧气放空阀打开。一切都恢复了正常。

海因里希惊魂甫定,朝龙骏竖起了大拇指。因为龙骏的及时举措不但保住了设备,也避免了一场恶性的爆炸起火。

接下来还有惊险的一幕,使海因里希对龙骏刮目相看。空气压缩机是合成氨四大机组的龙头,试车当天又是龙骏当班。现场围满了领导专家,海因里希在一旁指挥。做防喘振试验时,加大了操作幅度,导致空压机防喘振计数器动作而自动跳车。蒸汽管网中,百公斤高压、四百八十五度高温蒸汽没了出路,顶开了空压机出口管线的安全阀喷涌而出,肆意排空。霎时间,整台机组被白茫茫的空气笼罩,排空的蒸汽发出震耳欲聋的啸叫,安全阀的螺丝脱落弹响空中,蒸汽管道剧烈摇晃,保温铁皮和保温棉雨点似的飞溅。试车现场的围观领导专家,包括海因里希,被突如其来的情况吓坏了,纷纷撤离现场。刚刚还是人声喧闹的装置现场,顿时显得空荡荡的。龙骏也是第一次遇到如此场景,但他没有跑,而是果断指挥手下关闭蒸汽大阀,调整方案继续操作。二十分钟后,"大洋马"终于安静下来。

海因里希第一个从安全区返回,紧紧地搂住龙骏,深邃的眼睛里闪着激动的亮光。

"Oh! Mein Gott!"海因里希用德语叫道,又用英语大声说了一遍,"德拉赫,你救了我,你真是匹汉诺威的纯种马!"

二

成功处置两起试车事故的龙骏很快成了化肥厂的红人,他被提拔为大班长。

罩在他头上的相亲网又活跃起来。那些伏在网上的"母蜘蛛"总是触角灵敏。那些学历、长相、家庭条件不错的大学毕业生进厂几个月,就会成为某个领导家的准媳妇或是乘龙快婿。

龙骏此时才入她们的法眼。她们通过车间的书记主任侧面了解,或是借口有事直接到现场面察。龙骏的外在条件明摆着呢,不好不坏,在她们眼里甚至是不如人意。

说到底,龙骏还是一个地道的操作工。他很少穿新衣服,平时总是一套褪色的工作服,有时来不及洗,油迹斑斑的,连穿十天半个月。邋遢的外表容易使人知难而退,他的头发乱蓬蓬的像个鸡窝,圆圆的脸被海风吹得黝黑,胡子拉碴,有时候照镜子,那副不修边幅的样子让他自己也吓一跳。

不过,也有使龙骏自己高兴的地方,那些下巴上唇上不久前才长出来的髭胡就给他带来了惊喜。龙骏的脸原很白净,母亲李翠花一直操心着儿子的胡子,不知道为什么它们迟迟不肯长出来——她甚至想过,要配些药给儿子吃。要是现在李翠花看到儿子黑浓的髭胡,肯定会很高兴。

龙骏眼下的这副模样并没有把相亲太太团的成员吓退。可是等她们去档案室了解了他的过去后,大部分人就打了退堂鼓。从小到大,龙骏不知填了多少表格,每次填表都是伤透脑筋。除了父亲一栏使他纠结,其他的也不轻松。他没有见过爷爷奶奶,没有叔伯舅舅,又不愿只填母亲李翠花一人,就拿外公外婆来凑数。龙骏不知道两位老人的革命经历,政治面貌一栏又不能空着,只好填上"篾匠"和"织女"。家庭成员是够清白的,可是太清白了难免使人起疑心。

龙骏身边也不是没有诱惑。单身宿舍总是不缺男性的荷尔蒙气息和女性的香味。有些拉手一月就合伙一起吃饭,等不及厂里分房子,就在附近的农村租一套民房,过起了小夫妻的日子。龙骏的身边也不乏主动追求的异性。同班组的一个女技校生,胖乎乎肉嘟嘟的,甜美文静,就有事没事与龙骏套近乎。有时候,龙骏也会收到莫名的信,有些从门缝里塞进来,有些通过同事转交。龙骏看也不看就烧了。他怕自己禁不起诱惑,春心萌动。

他本来就忙,出名后就更忙了。车间每个岗位的操作规程、开停车方案要编写,这些原本属于技术员管的事也落到了他的头上。另外,龙骏还要帮海音翻译英文资料。

外联办翻译室除了口译,大部分还是书面资料的翻译——买卖合同、货运单据、设备档案、使用说明和操作规范。有时候一台仪表或是机组,牵涉的资料就有一箩筐。李海音虽然学的是英语专业,但偏文史类。油轮、油管、槽车、常压、减压、蒸馏、催化、裂化、重整、芳烃、辛烷值、空分、空压、酸碱,炼油化工的专业术语有几万条,她几乎要从头学起。

"这么多专业名词,搞得我头都大了!"李海音把一大摞资料丢到龙骏的床上,抱怨起来,"单单一个阀门,就有球阀、闸阀、截止阀、旋塞阀、止回阀、安全阀、手动阀、自动阀……"

"这就是化工的特点。"龙骏笑道。

"这些也就罢了,好查字典。关键是句子,又长又臭,像懒婆娘的裹脚布。有时候一大段就是一句,颠来倒去。大量的无主句、被动句。"海音接着抱怨,"还有单词,专拣长的、冷僻的,我数了一下,最长的有三十几个字母。就拿'同时'来说,可以用 at the same time、in the meantime、moreover、 besides，它却非得用 simultaneously。"

"那是为了表达准确。说明书要清晰易懂，操作规程等技术类文本要逻辑严密，不能有任何纰漏。"龙骏道。

"好吧。算你说得对，你是行家，这些资料全交给你了。"海音顺水推舟。

龙骏似有难色。

"好龙骏，我求你了……"海音双手合在胸前，装出祈求的样子。上海姑娘嗲起来，叫人无法拒绝。

"好吧。什么时候交给你？"龙骏只好答应，实际上，他巴不得为李海音多做些。

"当然是越快越好。"

"到时候我送你寝室。"

"不。你还是送我办公的地方——外招。"海音突然间噘起嘴，在龙骏的脸上亲了一下，咯咯笑着，飞奔而去。

暑假还没结束，黑子还是忍不住要经常来找龙骏。龙骏不是上班，就是伏在灯下抄抄写写。有时候，上夜班前龙骏要睡一会，黑子也不便打扰。自从上次桃花岛之旅后，黑子已经很少能够见到龙骏了。

这一天龙骏下白班，黑子瞅准了，买了酒菜，又来到龙骏的宿舍。黑子的脸瘦了一圈，一副无奈的痛苦表情。桃花岛之旅没有留下他与海音在一起的印记，相机落入海里，胶卷报废。黑子难过了好一阵，更让他难过的是李海音似乎躲着他。

"咋的了，有问题吗？"龙骏知道黑子是来诉苦的。

"为伊消得人憔悴呗。她总是躲着不愿意见我，我还能咋的？"

"海音的确很忙。你看，这些资料都是她的。"龙骏指指堆在床上的一大摞，"海音很要强，如果不是真的忙不过来，她不会轻易求人。"

"我知道她忙，可她不能总是一副爱理不理的样子……"

"怎么，她对你不好？"

"好是好。上次我请她看露天电影，她答应得就很爽快。她还把从同事那里搜罗的纱手套送给我……那些手套拆了可以织一件毛线衣，她显然是怕我冬天挨冻。"

"这就是了。恋爱要慢，就像红烧肉，要文火慢炖；分手才要快，快刀斩乱麻，不能藕断丝连。"

"兄弟高见！你是恋爱学专家，一定要帮我参谋参谋。"黑子乌黑的眸子亮晶晶的，几杯酒下肚，话就多起来，"我肚子里火辣辣的，胸口像是火烧似的，全是因为那个德国人。上次我去外招，看见他们在打网球……"

"海因里希是海音的朋友，也是我的朋友。他在德国有家室，这事不可能，除非……"

"除非什么？"

"除非柏林墙倒掉。"

"什么事都可能发生，谁也不是仙，是人难免有私心杂念、七情六欲。兄弟，最近外面风言风语很多，说海因里希和海音在棉花地里……咂嘴。"

"不！这绝不可能！"龙骏双目圆睁，拍起了桌子。黑子从未看见过龙骏如此愤怒。

"兄弟，你别激动。我也知道那是谣言。海因里希——这一页就翻过去不提它了。还有那个日本鬼子……"

"山本，那更不可能！"

"怎么不可能？你瞧日本小老头那样，跟在海音屁股后面，哟西、哈衣、多熟，眼睛色眯眯的，那猥琐样，一看就是居心不良。"黑子边说边站起来比画，把龙骏逗乐了。

"仇恨解决不了问题，黑子。山本是宇部兴产的专家，海音与他打交道是很正常的事。你自己不是很喜欢杜丘、喜欢高仓健吗？"

"这倒也是。"黑子嘿嘿笑，"我喜欢看日本的电影电视，《追捕》《远山在呼唤》《幸福的黄手帕》《人证》……"

"那你一定看过《血疑》。"

"怎么没看过？黑白的，我在叔叔家看，一集不落，看得如痴如醉。幸子与光夫的爱情使我热泪盈眶。我知道了许多新名词：血癌、再生障碍性贫血、输血、骨髓移植。我认识了三浦友和山口百惠，知道了田中绢代、栗原小卷和中野良子。龙骏，你说，高仓健和宇津井健哪个更是真男人？要我说，肯定是高仓健。那些女的我就不评论了，她们再漂亮，也比不过海音！"

"久处才知谁爱你，深醉便知你爱谁。不要怀疑，不要用谎言试探你的爱。"

"我不是怀疑，不是说谎。我只是心里痛，觉得自己配不上她，心里难过……海音不是会三门外语吗？我也在学，世界语，一门抵她三门：米伊斯达斯阿曼塔。"

黑子像个孩子似的笑了。龙骏也笑。

"黑子,那你也不能像块膏药似的黏着她。"

"好兄弟,你不知道我心里的痛。除了海音,我谁也不要,我愿意为她舍弃一切。我不是黏着她,只是想保护她,像一个保镖似的跟着她。"

黑子忽然间把头埋在桌子上哭了起来。那呜呜的哭声使龙骏不知所措。

看样子,黑子是真的醉了。

三

黄昏时分,龙骏背着书包,走在泥泞的田间小路上,他要把书包里翻译好的资料送到外国专家住的招待所去。李海音现在大部分时间都在那里上班,偶尔回九千坪的集体宿舍。

龙骏喜欢走路,以前没有自行车的时候,都是走着上下班。他要经常走出去闻闻泥土的气息,在厂区外的海堤、海塘和附近农村漫无目的地游荡,在田埂土路间穿行,望着天空发呆,头脑里塞满各种古怪的想法。刚进厂那会,他会背着画架到处采风写生。厂区所在的大片海涂,原是宁波的棉花良种场,附近的村镇都种植棉花。镇海城关有许多小企业,其中就有轻纺棉织厂。小时候在龙川,龙骏见过外婆家的棉花地,夹在稻田麦地间,显得很孤单。

龙骏四处游荡时,并没有见到大片的棉田,只看见天空中棉花似的云朵向他涌来。这片从沉寂中唤醒的海涂已成热土,成为一个巨大的建筑工地。近万人的炼油厂,加上土建施工安装单位,厂区周围形成一个热闹的集镇。渔民上岸,不再捕鱼,他们和棉农一样,可以依托菜市场谋生。

龙骏很想了解这片曾经荒凉的海涂棉花种植的历史,就去附近的农村找老人聊天,顺便把他们的形象在脑子里画下来。炼油厂的工人来自天南海北,南腔北调,什么口音都有,但是说本地话还是主流。本地口音,并不全是地道的宁波话,与故乡龙川一样也是十八腔,有时隔条江或是隔个河汉就有区别。龙骏一口书生腔的普通话。倒是海音能入乡随俗,对她来说,用宁波话与人交流是驾轻就熟的事。海音的宁波话很地道,无论何种地方口音,很快就能模仿。龙骏就拉着李海音去当翻译。有时候李海音也会一个人骑车到镇海城关去。原来带她长大的阿姨的女儿在城关棉纺厂上班。李海音喜欢与棉纺厂的女工交朋友,她对丝织、棉织、纺锭、棉卷、棉纱、并条、摇纱这些都很感兴趣。

龙骏边走边东张西望。眼前是他熟悉的农村景象——竹篱门扉,瓜棚豆秧,莺飞草长。春天的翠绿变成了夏天的浓绿,五颜六色的草花藤花菜花绽放,蝶飞蜂舞,蝉鸣雀跃,到处生机勃勃,那些无处不在的生命在太阳底下涌动。西边天空是大片的红橙色。太阳落下,阳光依然顽强地穿透云层留下最后一抹余晖。那些胭脂红的晚霞,仿佛殷红的血液,随时要滴下来,染红大地。

八月的天气总是变化无常。每到夏秋季节,海边常受台风影响。人们惴惴不安地等待台风的来临。台风过境时,厂里高大的烟囱塔罐轻轻摇晃,龙骏能听到铁架木床上的房梁瓦片咯吱作响。他并不怕风,也不惧怕半夜起床顶着风去上班。他怕台风带来的雨。倾盆暴雨过后,房间四周污水横溢。如果风暴潮三碰头,浑浊的海水漫过海堤从厂外的排水口倒灌,厂里会组织职工去海堤抢险。

龙骏已经适应了海边的生活,唯一还没完全适应的,就是海边潮湿闷热的天气。是的,天气。龙骏的思绪转移到黑子身上。几天前的一个早上,龙骏下夜班去找海音,发现黑子像个落汤鸡似的蜷缩在招待所外面的墙根下。原来黑子等不到海音,在那里睡了一个晚上,被突如其来的雨浇了个透。

八月的傍晚依然炎热,田野上吹来的风,咸涩中带有苦味。远处传来沉闷的雷声,忽东忽西,预示着一场暴雨即将降临。龙骏出了田埂,来到稍宽的土路上。这条土路是李海音的必经之路。海音每晚要回离招待所四五里的集体宿舍,有时步行,有时骑车。工作需要,她下班的时间没个准。

土路旁边有条小河。同大多数海洋沉积地一样,这片被开垦的海涂也是河汊纵横。这些河流沟渠有些向南汇入甬江,有些直接流入大海。前天的一场豪雨使小河的水猛涨。浑浊的河水夹杂着附近的粪便垃圾、树叶枯枝,淹没了河边的芦苇水草。

龙骏放慢了脚步。他已经听到自行车的铃声。一个熟悉的身影出现了,海音穿着裙装,骑着那辆凤凰自行车飞奔而来,一脸惶恐,很快从龙骏身边疾驰而过。她似乎说了些什么,但是龙骏没听清楚。

龙骏被紧随自行车而来的三个身影吸引住了。那三人都穿着黑色的紧身衣喇叭裤,戴着墨镜。其中的一个高大魁梧,另两个稍矮。

龙骏拦住了去路,挥舞起手里的书包。最前面的高个子一声不吭,挥动着手里带血的匕首在空中乱刺。两个矮个在他身后上蹿下跳,哇哇叫着。土路上传来黑子低沉沙哑的叫喊声和那辆破自行车的哐当声。三个黑影跃过河上的石桥,一溜烟消失在竹林后面。

龙骏并不追赶。他认识他们,知道他们是"加里森敢死队"的三兄弟。有一次他和黑子在红帮正宗传人裁缝铺门口遭遇过他们,打了一架。厂里的保安把龙骏和黑子叫去了解案情,李海音出面说清详情才放人。派出所把那三个人关了几天就放了。他们是炼油厂兄弟单位安装公司的子弟。厂区四周人员庞杂,小打小闹之类的事层出不穷,往往只能训几句了事。

破自行车倒在一边。黑子从自行车上跳下,头一歪倒在了地上。他的双手紧紧地捂着腹部,额头上渗出豆大的汗珠,被汗水浸透的黑汗衫有一大片血迹。

"黑子,咋的了?"龙骏俯下身。

"没什么……被扎了几下。海音呢?"黑子喘息着,说话很困难。

李海音已经骑车返回。她蹲下来,用一块手绢给黑子擦汗。她的手不住地颤抖,眼里闪着泪光。

"海音,恐怕我……以后……再不会黏着你了……"黑子咧着嘴,笑得很难看。

"黑子伤得厉害,得赶紧送医院。"龙骏道。

海音把手绢递给龙骏,骑车沿土路飞驰。附近并没有电话,只有一里外的招待所里有。

"黑子,你怎么样,还撑得住吗?"龙骏把倒地的自行车扶起来,希望黑子能坐上去。

"兄弟,我还行,能自己走……"黑子站起来,跟跄了一下,又倒在地上,双膝跪地。

龙骏把黑子的一只手搭在自己的肩上,让他的大半个身躯伏在自己的背上,想背着他走。可是黑子的身躯太沉了,没走几步,龙骏就汗流浃背。

黑子的身体瘫倒在地上,呼吸越来越沉重,汗涔涔的脸已经痛得扭曲变形。暗红的液体从他粗大的手掌间涌出来,热乎乎的,像一股喷泉。小手绢根本不顶用。龙骏脱下工作服,两只袖子扎紧,围在黑子的腰腹部。

"黑子,你感觉怎么样?"龙骏知道不能停止说话。

"痛,只是痛,比上次普陀山拉肚子痛多了……"

"会过去的。一切都会好起来的。我们还没去过桃花岛呢!"

"是,桃花岛。兄弟,告诉你,我,是有一哥们……在东海舰队……"

"是,我知道。你不会骗人。我们还要在一起喝酒,一起去桃花岛。你记得吗?普陀山,渔船,海风……"

"是台风……来了吗?"

黑子的声音越来越微弱。随着腹部涌出的热血凝结,黑色眸子里的光越来越暗。

没有台风。台风已经过了。龙骏还想说什么,却说不出来。他知道黑子已经听不见了。手绢,书包,衣服,所有的一切都被染红了。

四周是黑暗静寂的田野。沉闷的雷声在远处响着,忽东忽西,仿佛整个大地都在颤抖。

不知过了多久,刺耳的警笛声响起。救护车把黑子、龙骏,还有那辆破车一起送进了医院。

四

龙骏半躺在简陋的椅子上,看着暗红的血液从自己的静脉流出,通过粗大的导管流进血袋。他仿佛看见黑子的脸又泛起红晕。

采血的护士似乎在问200CC还是400CC。龙骏毫不犹豫地说400CC。如果可以,他真的愿意用全身的血换回黑子的生命。

黑子的腹部一共被刺了六刀,肝脾破裂,出血性休克。送进医院后,很快被推进手术室。龙骏在手术室外来回踱步时,一名男医生走出来,交代病情,说是需要大量输血。医生戴着口罩,看不清表情,语气中似乎有些不耐烦。龙骏有些敏感,总觉得所有人对黑子有一种怠慢。也不能怪他们,自己的身上和书包上全是血迹,或许他们认为这是一件恶性打斗引起的血案。龙骏想。他有更重要的事做。

职工医院血库里,黑子需要的A型血准备不足,需要临时找人采血。龙骏骑着黑子的破车去叫人。从厂职工医院到集体宿舍有四五里路。闷热潮

湿的夜晚,浓重的水汽已经凝成暴雨倾泻而下。龙骏几乎看不清路,只知道一路飞奔。他的背心裤子全浇透了,脸上的泪水汗水雨水不停流淌。他先叫醒自己班组的人,然后放下书包,挨个敲门。很快有四五十个青工与他一起赶往医院。

排队,化验,抽血。刚刚还是脚步杂沓的医院很快又恢复静寂。

护士递过一块毛巾,要龙骏擦擦身上的汗水血迹,吩咐他在椅子上躺一会。龙骏坐不住,忧心如焚,回到手术室门口。他觉得头重脚轻,头晕目眩,耳朵嗡嗡响。

在刚才进进出出的人流中,龙骏并没有看见海音。他不知道,海音先是到厂保卫科报案,然后又去派出所做笔录。面对不停的细节追问,她的语气焦灼不安,脸上混杂着痛苦、惶恐和委屈。她赶到医院时,正好是大批青工从车间赶来的时候。她挽起了袖子。她的血型是O型。

此刻,海音输完血,正一个人躺在椅子上偷偷抽泣。

夜已经很深,外面的暴雨已经停了。手术室外的空气沉闷压抑。龙骏沿着寂静的走廊慢慢向前走。脚下是黑色的水泥地,走廊两侧白色和蓝色的粉墙在灯光下晃动。走廊尽头的窗户关着,一只灰色的小鸟,似乎是因为躲雨,被关在里面,扑棱着翅膀不停地撞击闪光的玻璃,想从那里飞出去。它的喙已经开始流血。

龙骏打开窗,让那只小鸟飞出去。

外面是暗沉沉的夜。龙骏站了一会,感到自己再也支撑不住,蹲下来,蜷曲着身子,慢慢睡着了。

他做起了梦,梦见他们去了桃花岛。桃花岛山峦起伏,港湾密布,耸立的岩礁下溪涧叮咚,烟树雨雾中帘瀑飞泻。古老的炼丹炉香烟袅袅,幽深的寺院里钟鼓齐鸣。漫山遍野都是桃花。不是斑斑点点的桃纹山石,而是五颜六色的真桃花。海水幽蓝清澈,沙滩金黄柔软,仿佛缎织的地毯。白色的海浪一波波地涌来。黑子和海音在沙滩上追逐嬉戏。李海音那带着戏谑的银铃般的笑声传得很远,一直传到白云飘荡的天际。黑子光着身子在海水里游泳,劈波斩浪,仿佛一条鲸鱼,他用的不是难看的狗刨式,而是潇洒的自由式。龙骏自己也跃入了海水……

有人拍肩膀。龙骏从梦中醒来,浑身汗淋淋的,口干舌燥。

李海音站在他的身后,端着一杯红糖水。龙骏站起身,咕噜噜把水全喝了。

外面又下起了大雨。巨大的雷声在他们的头顶炸响。闪电似乎要把整个天空撕裂。耀眼的蓝光照在李海音疲惫苍白的脸上。她的眼里闪着泪光，嘴唇抽动着，双肩瑟瑟发抖。夹杂着雨丝的风吹来，撩起她的裙装，有刹那，龙骏觉得李海音那样单薄，仿佛随时会被风刮走。

龙骏想说些什么，却说不出来。

他们就这样默默站着，一直站到天亮。

黎明到来时，黑子冰冷的尸体被从手术室里推出来。

新的一天到来，太阳又从远处林立的罐塔背后的海涂上升起，模模糊糊的，似乎罩了一层薄纱。东方的天空很快被云霞染红了。那些厚厚的云霞层层叠叠，红得发紫发黑，仿佛凝固了的血液。

第十八章

伤 逝

一

那个炎热的夏季,龙骏送走了他的好友黑子。

黑子僵硬的遗体躺在冰冷的角落里。

接下来的几天似乎很平静。无声的较量却在悄悄进行。龙骏不知道该干些什么。最初的几天,他茫然四顾,懵懵懂懂,不知所措。在厂保卫科,在派出所,他机械地陈述事实,连他自己也不知道到底说了些什么。

他忙着厂里的试车,忙着班组里的事,忙着整理李海音的英文资料。他沉默,不想与任何人说话。他头痛欲裂,眼里布满血丝。他失眠了,睡不着,一闭眼就是黑子冰冷的躯体,闷热潮湿的夜晚,沉重的呼吸,闪着寒光的带血的匕首,喷涌而出的红色液体,像紫黑凝血似的朝霞和晚霞。

他不能接受黑子已走的现实。他坐在床沿上,伏在台灯下,彻夜不眠地抄抄写写,把对黑子的怀念写进诗里,把那个暴风雨之夜发生的一切写在激情澎湃的文字里,先后在《骆驼》和《东海潮》上发表。

龙骏现在能做的似乎只有这些了。

龙骏已经几天没有见到海音了。海音不愿意沉默,她要为黑子的事讨个说法。她找到了孙厂长。孙厂长在处理黑子的事,正想找海音谈话。

孙厂长的表情很严厉。"人命关天,岂是儿戏?这件事一定要调查清楚,厘清事实,给死者一个公平公正的交代。那三个浑小子已经抓起来了……"

"孙厂长,我不关心那几个臭流氓,那是公检法的事。我只想给黑子一个说法,他的血不能白流!"海音迫不及待,语速极快,几乎有些尖厉。

孙厂长叫李海音先冷静下来。"这不是你一个人的事,是我们大伙儿的事。本厂的职工遇害,我也很揪心。哪个年轻人的血都不应该白流。那三个青年是兄弟公司的,他们也有父母家属,也有热血前程。一代知青回城,给我们带来了大量大龄单身青年。他们没有工作,在街上东游西荡惹是生非,说起来他们只是一些不满现状的愣头青。做领导的要做到一碗水端平。势比人强,有些事不是你我能控制的。现在国家正在严打,法律是公正的,是罪犯就会受到应有的惩处。"

孙厂长说着,表情越发严峻,不经意间用手拨动办公桌上的一份资料。那是他刚刚收到的上级文件——《关于严厉打击严重刑事犯罪活动的决定》。

"可是黑子……"海音紧咬嘴唇,几乎要哭出来。

孙厂长表情凝重,语气温和。"你放心,现在的舆论对黑子有利。我已经责成有关部门成立专门小组,负责黑子的善后,接待抚恤他的家属。说起来他的叔叔还是我过去的同事,黑子还是我的半个老乡呢。"

海音紧张的心里松弛下来,转身要走。孙厂长叫住了她。

孙厂长沉吟着,似乎在寻找合适的措辞。"黑子的事你别过分操心,我们一定妥善处理。现在要说一下你的事。年轻人,写诗画画旅游,把业余时间过得丰富多彩,那都不是事。可工作上的事不能落下。工作是工作,生活是生活。年轻人,冲动是难免的,与人交往,一定要把握分寸。有人打小报告,说你与德国专家交往过密……"

海音还在想黑子的事,充耳不闻。孙厂长继续说下去。

"你要做好思想准备,我在考虑给你换个环境,到火热的一线去。现在不知有多少大中专毕业生想进我们这样的国营大企业。这片热土,是血气方刚的年轻人大有可为的地方。你不要觉得委屈,青春是用来奋斗的,而不是用来挥霍的。"

海音似乎没听到,一路小跑,如释重负地离开了厂长办公室。

形势很快发生变化。先是最权威的省报在头版刊载了黑子的事迹,配发黑子和龙骏的照片,接着是一位省报记者以龙骏发表在《东海潮》上的文章为蓝本,写了一篇长篇报告文学《血染的青春》。接着是地方报纸——早报、晚报、商报、日报连篇累牍地报道,电视台不断采访。龙骏成了临危不惧、勇斗歹徒的英雄。

接下来发生的一切已经与龙骏、李海音的初心背离甚远。舆论在给龙骏鲜花和掌声的同时,也给李海音带来了巨大的压力。李海音无处躲藏,脸色苍白憔悴,忽然间变得沉默。两人都被卷进了一个巨大的旋涡。

不过他们心里也有高兴的地方,因为他们的好朋友黑子成了全省青年学习的榜样,成了英雄。厂里举行了千人追悼会。

黑子的叔叔一家负责料理黑子的后事——叔叔已经退休,他的一个儿子顶替他当工人,女儿在棉纺厂当纺织女工。黑子的母亲并没有来,来的是他的兄妹。黑子的弟弟,一个像黑子一样黝黑健硕的小伙,在榆林煤矿挖煤,来不及领回哥哥的骨灰盒就匆匆回去了。黑子的妹妹,一个衣着朴素的女孩,身材微胖,一张黑里透红的脸蛋,虽然不像米脂姑娘那样水灵,也是青涩文静,楚楚动人。

黑子的妹妹留下来,在化肥厂当了一名化验工。李海音陪她办理各种手续。

三个月后,在严打的高压声浪中,那三个刺死黑子的歹徒被押赴刑场。

黑子怕水。在他的身后,似乎有无数的清流浊水在翻涌。

这一年的夏季,离黑子老家不远的古城安康,在百年不遇的洪水中遭遇灭顶之灾,城堤决口,十几米高的洪水从不同的方向袭来,淹没整座城市,房屋倒塌,人口密集的地势低洼处成了一片汪洋。

这一年的夏季,超强台风"爱伦"在西北太平洋生成,掠过巴林塘海峡、东沙群岛,横穿南海,正面吹袭港澳,又进入广东,狂风暴雨使帆折船沉,死伤无数。这一年的九月,又有超强台风"佛利斯特"在西太平洋生成,迅速发展的热带风暴袭击日本。

不管台风是否影响东海,厂里都要做好准备。防台抗洪,试车开车,龙骏忙碌着,已经无暇顾及黑子的事。

九月末,有一场风力达十二级的台风沿浙江近海北上,东海海面风大潮高。那一夜龙骏又做起了噩梦,在他的梦里,桃花岛四周卷起了浑浊的巨浪,他身边也不平静,海水裹挟着泥沙漫过海堤,在厂区外面的海塘肆虐,污水横流,到处是枯草垃圾、破船的碎片、房屋的梁木和鱼虾的尸体。

台风过后一个阴沉沉的秋日,黑子的骨灰盒被送回老家的县城安葬。龙骏没有去,是李海音和黑子的叔叔送去的。

二

又一个炎热的夏季,龙骏送别了他青涩而又热血沸腾的青春。

先是好朋友、德国专家海因里希离去。海因里希不知何故成了不受欢迎的人。他见不着李海音,就直接到车间找龙骏。这个年轻英俊的德国工程师很激动,又是拥抱,又是拍肩,竖起大拇指,对龙骏说些赞美鼓励的话。

"Berg und Tal kommen nicht zusammen,wohl aber die Menschen. 德拉赫,我们还会再见的!"

在栎社机场,海因里希依依不舍地登机。林德公司派了另一名专家来,这个叫巴赫的小老头比海因里希更严肃古板,除了工作上的事,跟车间里的人几乎没有任何交集。不过他与龙骏却配合得很好,对龙骏也很欣赏。只是他们相处的时间很短,因为开车成功后,巴赫很快就回国了。

这一年的夏末秋初,大化肥装置投料试车一次成功。在造粒塔塔顶的出料口,晶莹洁白的尿素颗粒倾泻而下,像纷纷扬扬的雪花飘落,积成棉垛似的云团。几百人围着成品输送带观望,有人捧起输送带上的粉状颗粒,泪水涟涟。在这些激动的人中也有龙骏。他们驾驭了洋设备,驯服了钢铁巨兽。作为产业工人中的一员,龙骏的心里充满了自豪。

只是,洋设备并非十全十美。装置三百多个联锁保护点多次误动作,导致装置跳车频频。合成氨机组的氮气压缩机因为轴向推力不平衡,烧坏了高压缸止推瓦,造成了全系统连锁跳车,或者因供氮不足影响了整个装置的稳定和满负荷运行。龙骏被选入技术攻关小组。他查阅了大量技术资料和图纸,找到问题了症结所在,指出林德公司原压缩机设计有误。一千多个可靠的工艺参数由攻关小组提供给中方的谈判代表,充分翔实的证据使中方胜券在握。林德公司被迫承认,并同意支付因改造轴承转子结构产生的全部费用,赔偿一百多万马克。巴赫和海因里希代表公司专门写信给龙骏,表示非常感谢。

龙骏被破格提拔为工程师。

他不愿意在车间技术组的办公室待着,喜欢在操作室里与原来班组的倒班工人在一起。每天在装置区登上爬下,时时刻刻盯着仪表,巡查,记录,分析参数,开关阀门。

龙骏身上的热血已经冷却,青涩的书卷气已经褪去。刚毕业时那张白皙的圆脸变得瘦削,被海风吹得黝黑,露出沉稳刚毅的成熟男人的棱角。原来柔软的胳膊腿粗壮不少,乱蓬蓬的头发变成了齐刷刷的板寸,上下唇和下巴上的髭须变得坚硬,又黑又浓又密。他买了把电动剃须刀,可是很少用。因为太忙了,常常十天半月不刮,依旧显得胡子拉碴。

虽然工资涨了不少,但龙骏还是精打细算,舍不得花钱买衣服。厂里发的劳保服装够用了。夏天是一身灰黄色的工作服,颜色跟故乡龙川山里的泥土颜色接近,他穿了洗,洗了又穿。一日三餐吃的是食堂,并不需要额外的开销。龙骏吃得不多,他甚至用省下的粮票换了一把藤椅,那把藤椅放在屋后的草地上,可以躺在上面看书。

工厂的生活总是有些机械沉闷,很少有娱乐。偶尔与班组里的人骑车旅行或是远足野炊,龙骏也是落落寡欢,一个人待在一边看书,或是看着天空发呆。除了那些无声的机器仪表,龙骏似乎很难融入身边的世界,走进朋友同事的内心里。他骑着那辆生锈的海狮自行车上班,一上班就像上足了发条的钟表精准有力,说话低沉,言简意赅,丁是丁卯是卯,一丝不苟,拿班组里的人话说,比德国人还"德国"。

夏日月夜,龙骏也会从操作室里出来,到外面走走。他一个人沿着两边有花坛的水泥路向前走,头顶是纵横交错的管道。这些粗细不同的管线把四周耸立的罐塔连在一起,组成钢铁的森林。月光柔和,路灯幽暗。烟囱在冒烟,锅炉里的火在熊熊燃烧,循环冷却塔的水像瀑布轰鸣,空压机放空时声若惊雷——四周所有的机器都在同一个指挥棒下跃动,时而静寂,时而喧哗。

远处,就是他曾经向往的大海。咸涩的海风把龙骏的一腔热血吹凉了。龙骏知道,他已经像一颗螺丝钉固定在某台旋转不停的机器上。自己也许一辈子要生活在这片海涂上的机器丛林里。

这一年年末,龙骏被评为省劳模。他作为技术能手被派往新疆克拉玛依指导开车。在新疆、宁夏,国家引进了同样的两套大化肥装置。

三

就在这个炎热的夏季,龙骏送走了他的初恋,也送走了他一生的挚爱。

不知从何时开始,龙骏很少听见李海音银铃般的笑声了。也许是黑子冰冷的躯体从手术室推出来的那个黎明,也许是海因里希从宁波栎社机场离开的那一刻。有一段时间,关于海音与海因里希在棉花地和海边芦苇丛的桃色新闻在厂里传得沸沸扬扬。龙骏从来不相信那些谣言,但是心里也不禁为李海音捏一把汗。

李海音总是我行我素,穿她想穿的,说她想说的,做她想做的。她鹤立鸡群,神采飞扬,脸上带着大城市女孩少许的骄傲。特立独行的个性给她带来了不少麻烦,而她自己从未意识到,或是对此毫不介意。她拒绝了所有追求者,无论是别人介绍的"纨绔",或是她认为的"浅薄浪蝶俊少"。渐渐地,她的头顶编织起一张无形的网,成了虎视眈眈的蜘蛛随时啮噬的渺小猎物。

海因里希离厂后,海音被下派到火热的一线。甬江南岸的深水良港北仑,炼油厂在港岸线上建有一座卸装输送原油和成品油的多功能码头。

龙骏从新疆回来的时候,海音刚从原油码头调回,分配在他的班组里当了一名倒班工人。孙厂长已经退居二线,这是他为海音做的最后一件事。李海音曾经打过一份报告,要求去新疆,可是并没有得到批准。

虽然天天见面,但是李海音还是很少同龙骏说话。她变得沉默寡言、木讷拘谨,穿着肥大的工作服,呆坐一边,远离坐在操作台前的其他工人。装置现场那些泵阀管线、化工机械、仪表电器是她熟悉而又陌生的,她拒绝深入了解,她无法融入班组。

她瘦了二十几斤,面容憔悴,形销骨立。那些无法言说的心伤,只有她自己懂。她知道,这个世上,酸甜苦辣总要自己尝,风风雨雨总要自己挡。表面特立独行的她是敏感细腻的,她觉得自己背负四条人命,那是她羸弱的肩膀无法承受的生命之重!

她病了。正是甲型肝炎流行时期,这种传染性疾病在上海大暴发,很快在沿海地区蔓延。发热,厌食,恶心,呕吐,脸色蜡黄,海音被隔离起来,先是在厂职工医院,然后去宁波的传染病医院。

母亲来厂里看她。那是母亲第一次也是唯一一次来厂里。李娇娘陪自

己的师父——一位名闻遐迩的越剧名旦到嵊县省亲,顺道来厂里看女儿。李娇娘并没有见到女儿,她见了厂领导,希望安排女儿到上海治疗。

李海音不愿意见母亲。她谁也不愿见,除了龙骏。

在那个炎热的夏季,他们坐上了从宁波开往杭州的绿皮火车。车厢很拥挤,散发着一股浓烈的汗臭味,携带大包小包的旅客熙来攘往。他们并排坐在一起,热辣辣的风迎面吹来,窗外不断闪过浙东平原的田野村庄。龙骏把一块手帕垫在肩上,让海音的头枕在上面。他们的手紧紧握在一起,十指紧扣。她的手汗涔涔的,柔软而温暖。海音乌黑的长发摩挲着龙骏的脸,她看上去疲惫虚弱。龙骏侧着头,看着海音脖子上白皙透明的肌肤,他能听到海音沉重的呼吸,感受到她起伏胸脯下急促的心跳。有一刹那,他真想把她拥入怀里。可是他没有这样做。

在那个炎热的夏夜,他们坐在湖滨的石凳上,看着黑暗中波光粼粼的西湖和远处闪烁的灯光,默然无语。

"不,我不想去上海。我不想麻烦妈妈。我自己在杭州找一家医院。"海音突然间尖叫。没等龙骏开口,李海音已经站起来,一路小跑,消失在灯光幽暗的湖滨路上。

她是固执的,宁愿一个人躲在角落里偷偷地疗伤。她承受着各种各样的创伤惊吓,她内心深处也住着一个弱小、充满恐惧、无助的小孩。这小孩像个渴望篝火的小刺猬,想要靠近温暖,却怕被烧伤,于是宁愿让自己冻僵。

炎热的夏季很快结束。夏末秋初的一天傍晚,他们来到海堤上。这儿是他们第一次相约的地方。海塘边密密匝匝的芦苇已经开始发黄,芦花摇曳,从海面上吹来的风有了一丝丝凉意。

"骏,你知道吗?荷西死了。他是在水里淹死的。"长时间的沉默后,海音突然说道。

"那是每个人必然的归宿。"龙骏若有所思。人走过的一生都是故事,有些使人铭记,有些很快被人遗忘。也许现在惊天动地的大事,将来回忆起来不过是微不足道的小事。

龙骏想起了黑子,一年后,在龙骏的脑海里,黑子的形象已经变得模糊。他以为海音提到荷西是在暗示黑子。海音很执拗,原来她忍受委屈留在厂里,是为了给黑子争取"见义勇为"称号。现在她的目的达到了,要离开了。

"To be or not to be, that is the question."龙骏轻轻念道。

"No,that doesn´t matter to me. 我提到荷西,是为了哭泣的三毛,为了哭泣的骆驼。也许我也要像三毛一样,去寻找撒哈拉沙漠。"海音扬起头,长长睫毛下的眼眸亮晶晶的,白皙的脸上泛着红晕。她已经完全康复。龙骏很高兴,毕竟海音已经迈过生命里的第一道坎。

"你真的要走了吗?"龙骏面无表情。

"真的。"海音神情坚毅。

"准备去哪?"

"不知道。我不想回上海,回到妈妈身边。也许是深圳,那儿是开放的特区,有我许多朋友和同学。"

龙骏不知该说些什么,望着远处大海中的岛屿。

也许山那边依然是山,也许山那边什么也没有。

我不会失望。我一定要去寻找。我是一条自由自在的鱼,哪怕海的彼岸一无所有,我也要游过去。

"海音,你要走了。我没有东西送你,这些诗稿是我们共同的心血,送给你做个纪念。"龙骏从包里取出一摞稿纸,《东海潮》和《骆驼》,每一期龙骏都保存着,其中许多是龙骏一笔一画抄写的。文学社早已解散。

"不。这些还是你留着吧。"海音微笑着,眼睛里却闪着泪光,"骏,也许只有我懂你,你像个热水瓶,外冷内热。你是敏感的,你的心是一片海洋,你会把生活的每一道细小的波纹化成诗文,你应该是个诗人,是个哲学家,而不是一名与机器打交道的工程师。"

龙骏转过身。海音凝望着厂区灯火闪烁的林立罐塔,眼里露出一丝忧郁。那些蛰伏的钢铁巨兽使她不安和恐惧。她感到生活所有的诗意都被那些轰鸣的机器碾碎了。

"海音,你忘了黑子了?"

"忘了。"

"这个世界充满偏见。最后一个问题,也许我不该问,你和海因里希之间……"

"我不怕偏见,哪怕这个世界上所有人都蔑视我,我也要听从我内心的召唤去寻找!没有寄托的自由是枷锁。我要远走他方,去到日落之乡。那里的姑娘们守着苹果树,唱着歌……"

海音轻轻吟诵,忽然间热泪盈眶。"相信我,骏,我和海因里希之间什么也没有发生过。我们是好朋友。你也是我的好朋友,不,不是一般的好朋友,也许是我一生最好的朋友。骏,听我的,不要哭泣,不要失望,要知道,在这个世界上,总有一个人偷偷地爱着你。"

海音走了,头也不回地走了,依然唱着那首熟悉的《橄榄树》。她裙装飘飘的身影消失在暮色中的芦苇丛里。

龙骏似乎有无数的话要对她讲,却不知从何说起。那个一直想说的字没有说出口,那封早已写好揉得皱巴巴捂得温热的信也没有递出去。也许他的心里也明白,海音有一颗不羁的心,终是他生命里的匆匆过客。

龙骏的心里很矛盾,一方面灵魂深处藏着艺术家的梦,渴望诗与远方,另一方面,随遇而安的个性又强迫他,要他在一个地方待下去,他在这里寻找到了挥洒青春的自豪感,最主要的是,他必须脚踏实地,养活自己。

他越过乱石堆叠的海堤,赤脚走在泥泞的海涂上,任凭脸上的泪水顺下巴流淌。黑暗中,上涨的潮水哗哗地涌来,冰冷刺骨。

四

还是在这个炎热的夏季,龙骏迎来了故乡龙川的客人。

电话那头,那个有些苍老沙哑的声音使龙骏很惊讶。

龙禧是在龙川火车站上车的,在萧山转车,在宁波的小旅馆里过了一夜,第二天才摸到厂里来。他穿着一件皱巴巴的白衬衣,下身是藏青色的土布长裤,脚穿擦得锃亮的猪皮鞋。他拎着一个大麻袋,走路一瘸一拐。他原以为从龙川到宁波不过三四百里,顶多七八个小时就能到,没想到折腾了一天一夜。

龙禧很疲惫,身子佝偻,见到龙骏才直起了腰。在龙禧的想象中,龙骏工作的大厂是应该比他年轻时上过班的砖瓦厂大点,不过也就是多几间房子和多些机器。没想到炼油厂厂区这么大,厂门口的大马路就让他走了半个来钟头,远远望去都是一座座山似的铁疙瘩铁家伙。他没带旱烟管,临时买了包大前门,坐在龙骏的自行车后座上往厂里去的时候,大大方方地抽起来,结果被总厂传达室里追出来的厂警罚了十元钱。

龙禧不知道化工企业禁烟禁火的规矩,据理力争,龙骏也在旁边帮腔,那厂警丝毫不给龙禧面子。

龙禧很不高兴,当他来到龙骏的宿舍,看到龙骏住的是如此破旧的房子,睡的是一米来宽的木板床时,心情越发郁闷。

龙骏炒了几个菜,打了一壶酒。两人就在龙禧亲手打造的书桌上喝。几杯酒下肚,龙禧阴沉的脸才稍微舒展了些。

"龙伯,你的腿怎么了?"龙骏无法沉默,没话找话。

"不碍事。要是年轻几岁,我能走着来宁波。"龙禧嘿嘿笑,仿佛被触到痛处,把那条瘸腿往桌底下伸了伸,"是你妈李翠花一定要我来看你。宁波这点路,说远不远说近不近。我一定是第一个来看你的。"

龙骏不想戳穿龙禧的谎话,他想了想,说道:"龙伯,你不是第一个。上次,应伯已经来过了。"

应富贵在宁波奉化一带做敲糖生意,听说龙骏在宁波上班,就找过来,想住宿搭伙省几个钱,没想到龙骏的厂离宁波四五十里,就头也不回地走了。应富贵是从儿子应骁那里得到龙骏的地址的。应骁考上杭州大学哲学系后,与龙骏一直有书信往来,探讨一些哲学问题。

龙禧有些不高兴,老对头应富贵总是走在他前面。他解开麻袋口,从里面拿出一条火腿和一包足有十斤的红糖,说明来意。原来龙禧是来搞尿素的。在农村,化肥是万金油,尿素尤其是抢手货,即使有粮肥挂钩的票证也不一定能买到。龙禧承包了二十亩地,需要尿素,龙彪养鱼种植苗木也需要。龙川的人都需要。

"你要多少?"龙骏问。

"越多越好,弄个十几二十来吨的。要是再弄几吨柴油更好。我会叫龙马派拖拉机来拉。这条火腿和大包红糖就是龙马厂里出的,正宗地道的龙川货,你拿去送领导。"龙禧信心满满。

龙骏面露难色。柴油化肥由国家统配,厂里有专门的销售公司负责。

龙骏说了实话,龙禧一听就火了,脸色铁青。

"日你娘的!你龙骏不是英雄、工程师、班长、省劳模吗?省报都登了,别以为我不知道,我天天到龙马办公室看报。在龙川,说起龙骏,大伙都晓得,是不是出了名就摆架子?"

龙禧借着酒劲发怒。龙骏只好说谎,说这一阵停车检修,不生产。

"厂里有一万多号人,班长下面有主副操,上面有组长、车间主任、分厂厂长、总厂厂长,还有科长、处长、主席、书记,比我大的官多如牛毛。我只是个蚂蚁样的小人物,龙伯,这事我真的办不到。"

"好吧,我不为难你。不弄尿素柴油,这个火腿和红糖你也得送出去,对你以后的前途有好处。"龙禧瞪着的眼珠缩回去,露出温和的笑意,拍了拍龙骏的肩膀,"别开口闭口龙伯的,你从小没爹,我看着你长大,把你当亲生儿子,你也权当我是你爹。今晚我们爷俩好好唠唠……"

龙禧借着酒劲,四仰八叉地躺下。一米来宽的小床很拥挤,两个大男人躺着,压得床板咯吱咯吱响。龙禧的膝盖顶着龙骏的腰肋骨。龙骏蜷缩在一角,很别扭。

龙禧并没睡着,张开黑洞洞的嘴说话,仿佛梦吃一般。

"当初你大学毕业,我跟你妈李翠花说,把你弄回婺州,她硬是不听。也怪你自己太犟,非到这里来。你一定是嫌老家龙川穷。来这里也好,当了工程师,戴上大红花做了省劳模,大伙儿都高兴。尤其是你外公李篾匠。龙骏,你有多久没回龙川了?过年不回还说得过去,你外公去世,你也不回去,难怪人家说你不孝……"

李篾匠去世时,龙骏在新疆,没有参加外公的葬礼。提起外公,龙骏有些内疚。李篾匠从小宠爱外孙,几乎把他当儿子抚养。李篾匠想把那门绝技传给外孙,因为龙骏只对读书感兴趣才作罢。李篾匠老得不能再砍竹修篾,唯一的爱好就是念叨外孙。他在院子的花坛里种了竹子,要龙骏寄一包尿素给他,然后把那一包洋白肥洒在竹林里。李篾匠是笑着离开人世的,因为他知道自己的外孙当了更大更出名的匠人。

龙禧睁眼盯着头顶摇晃的床板。一喝酒,他就变成了话痨。龙骏嗯嗯啊啊地应和。龙禧絮絮叨叨地说个没完。

"骏,你应该回去看看了。你外婆已经老得快走不动了,除了织布,就是织布。怪人云鹤回来后,龙门书院的钟鼓楼都修好了。他正在募钱修藏书阁。还有你妈李翠花,到现在还是个民办,一天到晚吃粉笔灰,拿那几个钱。老都老了,还那么拼命,不晓得为了啥。听说应富贵的儿子应骏马上毕业了,一拨拨的大学生分来,还不晓得你妈的位子能不能保住。唉,说起来我们这一辈,就是个劳碌命,像我自己,也闲不住,要去包田包地。这世道,说变就变。过去是大队公社,现在又改回去了,撤社改乡,红旗区又变回龙潭镇了。

"骏呀,你真应该回去看看。龙潭镇变化可大了。街面上都是店铺摊位,老市基新市基人来车往,比我当初办蚕神庙会还热闹,天天这样。镇上办了许多厂。腐竹厂,酒厂,火腿厂,机械厂,棕棚厂,最多的是服装厂。你龙马哥开的西服衬衫厂最大,县里省里都有名。他自己也成了名人,手下管着几十家厂子,几万号人呢。龙马每年交给县里的钱占了全县财税的三分之一,他要是跺一下脚,整个婺州县城也要颤三颤。县城里也不错,在湖清门那块,新马路,有几千个摊位的大市场,经营服装百货,客人从全国各地涌来,天天像物资交流大会。现在放开了,允许办厂做生意,叫个体户。在我们龙川,万元户一抓一大把!龙家人个个不落后,龙彪在养鱼,种植果树花花草草;龙狮在养蛇泡酒,还准备承包朱宅的窑炉烧缸。很快都会富起来……

"骏呀,你该回去了。据我所知,你是龙潭镇第一个正经八百的大学生,我还以为你在外面吃香喝辣、当了了不起的大官,没想到是住这样的窝棚。你要是想调回去,我去林峰那里打个招呼,他现在是县里一把手。说起来你跟他儿子也认识,那小子现在是教授的毛脚女婿了。慧莲现在是镇卫生院的医生,我跟龙十妹讲,他们的婚事就由我龙禧来操办,一定要热热闹闹的。当然我龙禧这口喜酒是少不了的,毕竟我也是他们的半个月老。骏,你真应该回去看看咯……"

龙禧自言自语似的说着。龙骏不说话,假装睡着。

龙禧坐起来抽烟。他伸出长满老茧的手在龙骏身上抚摸,从头摸到脚。然后躺下,打起了呼噜。

龙骏直起上身,木然坐在床沿上。屋外的草丛里,夏夜的虫在不停地唧唧。月光从打开的窗户里泻进来,照在老人黝黑的脸上,他那只有些溃烂的脚耷拉着,从床板的一侧垂下。他的身上散发着烟酒味和汗味。

龙骏第一次隐隐约约地感到,自己与这位熟悉又陌生的老人有一种神秘的联系,内心莫名地纠结痛苦。

他失眠了,再也睡不着。他的耳边响起了龙门书院的钟声,恍惚间似乎看到佝偻身子颤颤巍巍走在织机旁的外婆和孤零零坐在灯下头发灰白的母亲。他又想起了诸葛慧莲和林波。不久前,他刚刚收到林波亲手设计的婚礼请柬。

是的,自己是该回龙川一趟了。

273

第十九章
乡村医生

一

诸葛慧莲从病房走出来,迎面正碰上龙虎。龙虎把她叫进自己的办公室。

龙潭镇中心卫生院,在李宅老街的古宅李琦记内,十几间陈旧灰暗的老房子,医生加护士一共二十几号人。

从医学院毕业后,诸葛慧莲被分配到县人民医院。龙潭镇卫生院病人多,还没有一个正规大学毕业的医生,龙虎到卫生局软磨硬泡,诸葛慧莲自己也要求,就下到龙潭镇卫生院锻炼。诸葛慧莲想从最基层做起,病人越多的地方越能接触各种疑难杂症,积累临床经验。说起来,她也有小心思,她喜欢与一向崇拜的表哥龙虎共事;而且李宅离家很近,她可以经常回家在母亲面前撒撒娇。

可镇卫生院的条件实在不如人意,楼房残破不说,医疗设备也陈旧,最先进的仪器是一台黑白B超仪、一台X光机。二楼手术室的心电监护仪、麻醉机和手术台都是县人民医院退役的设备。病人比想象的还要多,根本没有时间回家,诸葛慧莲就住在医院的集体宿舍里,每天忙得跟打仗似的,白天黑夜连轴转,连口热饭也吃不上,上厕所也要一路小跑,有时半夜也要起床看急诊。卫生院分科很模糊,诸葛慧莲要去所有的科室轮值,成了名副其实的全科医生。不过她最主要还是负责儿科和妇产科,医学院学的一时用不上,只好边学边干。

诸葛慧莲当赤脚医生时的同事刘医生还在,她已经很少看病了,专门从事预防接种、传染病报告和计划免疫。所有孕检、接生和婴幼儿的诊疗几乎落到了诸葛慧莲一个人的头上。

作为"接生婆",诸葛慧莲名声在外,顺理成章接管妇产科。她享受着新生命诞生的喜悦,也忍受着生命夭折的煎熬。每每看到小生命逝去,诸葛慧莲的心里就像刀割般难受,晚上辗转反侧难以入睡,弄得第二天头昏眼花,坐立不安。她不能与任何人述说这种内心的悲痛,努力克服神经紧绷的焦灼状态。她知道身上的白大褂的分量,脑子里记着班主任钱老师带他们去医院实习时说的话:医者仁心,要永远铭记第一次穿上神圣白大褂时的激动,治好第一个病人时的喜悦,手术刀划开第一个病人皮肤时的战栗,失去第一个病人时的沮丧,不要忘记感受病人疼痛悲伤的能力,不要因为外界的喧嚣改变初心,勇敢长大,成为自己希望的人。

所以,大多数时候,她一穿上白大褂,就像打了鸡血似的兴奋起来,脸上洋溢着慈爱的光芒,精神饱满。

走进龙虎的办公室,诸葛慧莲的心情放松了许多。

龙虎几年前转业退伍,分配在龙潭镇中心卫生院当医生,很快被提拔为书记兼院长。当了父亲的龙虎成熟了许多,黝黑的脸棱角分明,目光犀利;他肩宽背厚,一身发达的肌腱,浑身上下散发出一股阳刚的男人味,穿上白大褂的魁梧身躯更像一座白塔。他还保持着军人的做派,做事雷厉风行,无论站坐都是挺直腰板,真正的站如松、行如风、坐如钟。他一天到晚闲不住,不在手术室就在门诊室,难得在院长办公室闲坐。

"院长大人,找我有何贵干?"诸葛慧莲一本正经看着龙虎。

"别叫我院长,在你面前坐着的是你表哥!就叫我虎子。"龙虎板着面孔说道。"好吧,虎子哥。"诸葛慧莲咯咯地笑。

龙虎有时也会当着众人的面批评诸葛慧莲,私底下却把她当成小女孩,随便她在自己面前嬉闹。

"要说我这个院长书记,在你这个小表妹面前还要矮三分。你是林县长、沙局长的准媳妇。"龙虎装出严肃的样子,"这不,沙局长又发话了。一定要我去人民医院报到。你说,卫生院这么一大摊子,我怎么丢得开?"

的确,卫生院不大,管的事却挺多,看病治病,卫生防疫,免疫接种,健康普查,让人忙得焦头烂额。

"我准备把这一摊子交给你……"龙虎盯着诸葛慧莲,双手一摊。

"不行不行。"诸葛慧莲头摇得跟拨浪鼓似的,"我成为正式医生才满一年,才疏学浅,临床经验缺乏,对行政管理更是一头雾水……"

"你是医学院的高才生。不是我恭维你,以你的学识资历人品,完全可以胜任院长一职。"龙虎语气温和地说道,"只是,我也舍不得你这个全科医生——他们要调我去县人民医院当副院长。你说,我该不该接受新职?"

"恐怕龙潭镇的人舍不得你这个'龙大胆'。"诸葛慧莲话语中带有调侃。

龙潭镇卫生院的手术室设备简陋,名气却不小。原本只能做挖脓挤疮的小手术,龙虎来了以后,剖宫产、阑尾切除之类的简单手术不用再上县医院了。大的手术龙虎也能做。龙虎在部队有过一次做手术失败的经历,眼看着一名十九岁的战士在自己的面前离去,他默默走到医院外面,手扶墙慢慢蹲下偷偷大哭,他从此苦练,发誓要想方设法挽救他手里的任何一个病患。一穿上蓝色的手术服站在无影灯下,龙虎就像上战场,两眼冒火,拼尽全力。"老军医"的名声越来越响,县医院不肯收的危重病号也敢接,别人不敢做的手术也做,龙虎渐渐有了"龙大胆"和"龙一刀"的美誉。

其实龙虎并不是盲目大胆,军医生涯练就了他胆大心细做事认真的习惯,后来是背后有高人指点。这个高人就是教授。小时候,因为每次教授把治疗龙禧烂脚丫的汤药熬好,都是龙虎去拿。龙虎后来当赤脚医生、去部队医训队学医、到军医学院进修,都是受教授影响,是儿时落下的种子发了芽。教授曾是有名的手术专家,龙虎经常去讨教。龙虎答应教授保守秘密,每次手术都叫诸葛慧莲当下手,悉心栽培,算是回报。有时候诸葛慧莲身体不适,龙虎就替她做手术。"再说,即使龙潭镇人同意,表嫂不同意,你也去不了。"诸葛慧莲补充道。

"笑话! 你表嫂能阻止我? 在我面前,她就是一只乖乖的兔子,我叫她往东,她不敢向西。"龙虎瞪眼。

"虎子哥,你别吹了。"诸葛慧莲笑出声来,"我听说某些人在外面吆五喝六,一回到家就什么都干,洗衣买菜烧饭、给小孩换尿布洗屁股——即使这样,也少不了挨鸡毛掸子。"

"这些话你可不能跟人说。"龙虎嘿嘿笑,"你表嫂就是犟。她老爹是兽医,跟牛羊驴骡打交道,俺媳妇身上难免也有驴脾气——别看她咋咋呼呼,啥能耐没有,光会抬杠,还瞪着俩眼珠子瞎犟。话说回来,她离开父母,孤身一人,千里迢迢嫁给我,我不让着她点能行吗?"

"就是嘛。再说表嫂还给你生了个大胖儿子。表嫂是通情达理的人,你去县人民医院当副院长,那是高升,她哪会不同意? 关键是她离不开儿子,一天看不到小龙就发疯。"

"是是是。说起小龙,还多亏你这个表姑和小孙照顾。我决定了,不去。为你表嫂,也为小龙。"一提到儿子,龙虎的脸上便露出志得意满的神情,"现在该聊聊你的事。要不是院里这么忙,我也不会把你掰成两半当两人用。我决定了,放你三天假,回去准备你的婚礼!"

诸葛慧莲涨红了脸。

"……不过有个条件,到时候你得在婚礼上给我安排个角色,一个与我的身份相称的角色,独一无二的。"

"虎子哥,我请你当证婚人。"

"这就对咯。我虎子不是几包喜糖、几杯酒能糊弄过去的。别看林波是林县长的公子,我要是一瞪眼,他也不得不服。他将来要是犟头犟脑,我手里的这把手术刀可不是吃素的!"龙虎哈哈大笑。

二

直爽勤快,贤惠善良,忠厚淳朴,傲气十足,孔鲁凤身上集中了山东姑娘的所有特点,最大的缺点是黏人。彼时的孔鲁凤,细挑高个,瓜子脸,高鼻梁,一双会说话的爱笑的大眼睛,皮肤白嫩得能挤出水来,当这个所有小护士中最漂亮的姑娘主动向龙虎发起进攻时,龙虎不得不乖乖投降。

龙虎收拾行装打道回府时,满以为那场轰轰烈烈的爱情结束了。他登上南下火车,在车厢里赫然见到了一生的冤家对头,拿龙虎自己的话说,孔鲁凤像"一副膏药贴在身上,想甩也甩不掉了"。

龙虎转业,从部队带回山东媳妇的事在龙宅引起了骚动,在龙家引起震动。山东媳妇"毁了"龙虎的前程,龙禧和五妹自然很不待见。龙虎顺水推舟,与父母划清界限。在卫生院简陋的宿舍里,小两口有滋有味地过起了小

日子。

孔鲁凤可不是好惹的,你不认我这个山东媳妇,我也不认你们浙江公婆。婆媳过招,孔鲁凤招招不认输;三十六计,孔鲁凤计计有研究,否则她也不会大着胆子千里迢迢嫁到浙江来!双方虽然没有当面锣对面鼓地干,私底下像是画了楚河汉界,互不干涉,僵着。

这种情况直到儿子小龙出生才有所缓和。五妹毕竟还是心疼龙虎,经常偷偷地跑到医院侦察,眼见儿媳的肚子一天比一天大,又喜又忧,心里那个焦急!孔鲁凤临产那一天,五妹带着龙禧和七大姑八大姨浩浩荡荡地开进产房。一班人围着刚刚出生的婴儿指指点点,龙禧、五妹终于笑逐颜开。

只有龙虎一个人在孔鲁凤的身边,从媳妇阵痛开始的那一刻,龙虎就一直陪着她,紧紧抓住她的手,听到孔鲁凤哭爹喊娘的嚎叫,一张黑脸痛苦得几近扭曲;眼见身边那个丑陋的肉团哇哇大哭,双眼瞪着喷出怒火,仿佛要把那个给母亲带来无尽痛苦的新生命活吞。

孔鲁凤激动得热泪盈眶。她觉得,嫁了这样的男人,一辈子吃苦也值了!当了母亲的孔鲁凤,胸腔里母爱澎湃汹涌,暂时忘了婆媳芥蒂,一心扑在儿子身上。医院里的医生、护士、病号都可以抱她的儿子,唯一不让触碰的是龙家的人。龙五妹一心想着要带孙子,再也憋不住了,在龙虎面前一把鼻涕一把泪,就差没有下跪。

龙虎心软了,一连几个晚上,在孔鲁凤耳边吹风,摆事实,讲道理。当初媳妇腆着大肚子登高爬下他就心痛,如今她带着儿子累得腰酸背痛,实在于心不忍。

"好吧。要让你娘带也可以。有一点,她得远离蛇窝。我平生最怕蛇,再说,要是小龙被蛇咬了,那不是要了俺俩的命!"

原来孙子龙成没有出生前,五妹在帮最小的儿子龙狮养蛇——她已经把自己训练成了捕蛇高手,把手伸进蛇窝,一抓一个准,眼睛也不眨一下。

"你放心,只要让俺娘带,你就是开出一万个条件,她也会同意。"龙虎指天发誓。

孔鲁凤还是不放心,一有空就往龙宅跑,偷瞄暗瞧。见婆婆把小龙当星星月亮般供着,一颗当母亲的心才落下。她可以一门心思扑在工作上了。乡镇卫生院,护士的工作总是很忙,有时候连勤杂工、医生的事也要做。

生完儿子后,孔鲁凤胖了,拿她自己的话说,像发酵的馒头一下子膨胀起来,胳膊圆滚滚的,脸也圆了,只是五官依然精致。她风风火火、咋咋呼呼的个性收敛了不少,但是小小的卫生院里还是到处能见到她的身影,听见她清脆的嗓音和富有感染力的笑声。

院长办公室与诊室间有一条长长的走廊。走廊两边放了几条长凳。病人就坐在凳子上挂盐水,药瓶挂在木墙的钉子上。来卫生院看病的大多是农民,来去匆匆,拿了药就走。有些病人,不管重症轻症,一见医生就要求挂盐水打吊针,医生怎么解释都没用,他们希望病好得快一点,好回去干活。有的一挂上吊瓶,就一手拿瓶子一手扶车把匆匆离去。有时候,看见一双长满老茧的手从裤袋里掏出皱巴巴的钱数了又数,诸葛慧莲就知道是钱不够,就想办法自己先垫上。

诸葛慧莲穿过走廊往诊疗室走,远远听见护士室外面熟悉的声音正是孔鲁凤的。

一个青年农民蹲在墙角,头发蓬乱,打着赤脚,卷起的裤管沾着泥巴。诸葛慧莲认出,他是前两天送老婆生产的那个年轻父亲,老婆剖宫产生下一个女婴后,他就消失不见了。

"俺的娘哎!你老婆痛得像杀猪似的嚎,你躲到哪里去了?你知道女人生产有多危险吗?那是一只脚伸进鬼门关,在同阎王爷打架,说回不来就回不来了……还有那个痛,比二十根骨头断了还痛,比你们这些臭男人的蛋蛋撞铁棒还要痛!"孔鲁凤似乎很激动,杏眼圆睁,手臂挥舞。

年轻父亲要从孔医生这里拿药,捧着头,任她训斥。

"……俺的娘哎!你知道剖腹要拉几层?八层,好端端的肚子就这样拉开一个大口子,血流得哗哗的,又要一层层缝上,那个疤,那个丑,还要忍痛给孩子喂奶,那不是奶,那是娘的血。十月怀胎就够苦,生完孩子还要苦,不能睡觉,不能跑不能跳不能吃药,一把屎一把尿。俺的娘哎!你这混混、二半吊子——俺的娘哎,算哪门子老婆汉子!……"

年轻的父亲被骂得昏头昏脑、脸色铁青,从孔鲁凤手里接过药包,一溜烟跑了。

孔鲁凤跟在诸葛慧莲的后面走进护士室。护士室是个老式药铺,有曲尺柜台,开着两扇木窗,还兼做药房和挂号收费室。

"表嫂,你骂得太凶了……他花了那么多钱,又是女婴,心里本来就憋屈。"诸葛慧莲笑道。

"女婴怎么了？女人就不是人？我骂他，就是为我们女同胞出口恶气！这些臭男人，要是我，早一脚把他踹了！整屁整屁他是应该的。"孔鲁凤怒气未消。

"表嫂，这天底下的男人不能个个都像虎子……"

"那是！"孔鲁凤转怒为喜，呵呵笑，"小龙他姑，你那位也不错，我见过的，个头一米八几，一头卷发，那个艺术家样，那个俊——我敢说，除了龙虎，在龙川、在婺州城里恐怕也找不出第二个。怪不得你那么幸福。"

诸葛慧莲脸色绯红。

在公开场合，孔鲁凤称诸葛慧莲医师，私底下叫她"小龙他姑"。两人亲密无间，无话不谈。诸葛慧莲难得清闲，脑子里想着即将到来的婚礼。她已经选定了一位伴娘，那就是十几年的老同学朱赫赫，另一位还未确定，这时候忽然有了主意。

"表嫂，我想请你当伴娘……"诸葛慧莲盯着孔鲁凤俊俏的脸。

"我呀，都老得像豆腐渣了！"孔鲁凤大笑，"到时得留守医院，只要你虎子哥有喜酒喝，我就心满意足了。要找伴娘，我推荐一位……"孔鲁凤朝旁边努努嘴。

房间里还坐着一位卫校毕业的年轻护士，叫孙兰英，瘦瘦的，五官端正，梳着马尾辫，文静秀气。20世纪80年代，有一批素质优异的初中毕业生，报考了中专学校——转为城镇户口，有一份体面的工作，拿一份稳定的薪水，成为许多家长和学生无法抗拒的诱惑。孙兰英就是其中之一，她的成绩很好，完全可以读高中上一流的大学，但是她为了弟弟，依然考了中专。她从邻县的一个大山沟里出来，觉得自己能这么早参加工作拿到工资已经非常幸福了。

护士小孙话不多，只知埋头苦干——打水扫地，挂号收费，煎药熬汤，打针换药，门诊部、住院部都有她的身影，要顶班、值班第一个就想到她。院里的医护都很喜欢她，连住院的病人也指定要她护理。她给老人端水，导尿，擦身，就像照顾自己的父母。她把积攒的钱物寄回老家供养父母和弟弟。她自己则很节省，偶尔逛街也不买衣服，只买书。没事她就一个人静静地看书。

孔鲁凤很喜欢这个年轻的同事，总想为她做点什么。在龙家三兄弟中，孔鲁凤最看重稳重儒雅的龙马，她想把孙兰英介绍给这个小叔子，但每次孔鲁凤提起,孙兰英总是摇头。她有自己的打算。

说起来,诸葛慧莲与孙兰英的关系还要好。她们就住一个房间,亲如姐妹。孙兰英总是用羡慕崇拜的眼神看诸葛慧莲,希望自己将来也能做一个受人尊敬的医生。诸葛慧莲知道她的愿望,大大小小的手术都要她当助手。她想努力争取给孙兰英一个进修培训的机会。孙兰英知道,医院里太忙了,她的愿望很难实现,但是她不放弃。

"小孙的心气可高了。林家现在那么红,到时候,婚礼上肯定有许多俊小伙,说不定就有人与小孙对上眼了。"

孔鲁凤看见孙兰英拿书的手抖动了一下,知道她在听,接着打趣。

"小孙,到时候你可得把握住机会呢。俗话说,男追女,隔堵墙,女追男,隔层纸。"

人们总是容易忽略身边最熟悉的人。诸葛慧莲如梦方醒,邀请孙兰英当伴娘。年轻的护士从书本后面露出白皙的脸,羞怯地点点头。

三

李宅、龙宅一溪之隔,但诸葛慧莲很少回家。偶尔回家,也是给父亲的药房送药,帮父亲的忙。

龙生家两口子在服装厂当裁剪师傅,私下又开班授徒,这些年赚了不少钱,造了栋三层楼的新房,索性把旧房捐出,让教授名正言顺地使用。

教授的药房大了些,门口挂了块"龙潭镇中心卫生院龙宅分院"的牌子。说是分院,其实是一个人的医院,医生、护士和勤杂,教授兼所有角色。林县长、沙局长、龙院长都有意让他出山,但教授对眼下的处境很满意,并不想挪窝。

龙潭镇现在很热闹,大街小巷挨挨挤挤的都是摊肆店铺,商旅云集,大大小小的厂里涌入了许多外来打工者。他们不像本地人有"农合",喜欢到教授这里看病。教授不收挂号费,别的地方需要十几、几十元治疗的病他这里几元就能解决。大医院一张处方收费三元,教授收三角;大医院的医生出诊一次三四元,教授象征性地收一元。本地村民,尤其是那些"老顽固",宁愿吃教授的汤药,也不愿到大医院去挨刀。教授的中药房名声在外,方圆百里,那些患疑难杂症的病人都慕名而来,希望教授能妙手回春。

教授在堂屋里专门辟出一块,放置炭炉砂罐,用于煎药。那些煎好的药盛在小热水瓶里,病人随到随取。教授忙不过来的时候,龙十妹也帮忙煎药。龙十妹现在对教授宽容多了。教授现在不但可以大大方方拎着豆腐去龙门书院找云鹤喝茶,有时候还可以对龙十妹发号施令——只是这样的机会很少,龙十妹在村腐竹厂当顾问,平时要下地干活,还要养猪做豆腐,没空给教授免费当差。

龙十妹最近忙于筹备女儿的嫁妆。她要给女儿的婚礼织红带子,准备婚礼用品——毛脚女婿上门用的乾隆通宝,新娘穿的绣花鞋、大红花袄、头饰珠饰,未出生宝宝的虎头鞋、肚兜,老式的喜联对子,锡壶铜罐,蜡台香炉——所有这些在李宅的老街都能买齐。当母亲的要精挑细选,容不得半点马虎。

龙十妹也有烦恼,最大的烦恼就是寂寞。女儿回家成了母亲难得的节日。诸葛慧莲一到家,就钻进母亲的怀里撒娇,又亲又搂。

"没大没小,都二十几的人了,还像个小屁孩!"龙十妹板着脸,心里却是乐滋滋的。女儿是越来越漂亮了。唯一使龙十妹不称心的,是女儿越长越像教授,小时候像自己的部分不知跑哪儿去了。

"妈,我就是你女儿,将来有一天牙齿掉了,头发白了,当了奶奶,也还是你女儿!"诸葛慧莲咯咯笑,依然黏着母亲。

"等那一天,妈早就变成一堆泥土了。"

"不会,妈妈永远不会老,妈妈越活越年轻,能活一百岁!"

的确,四十几岁的龙十妹显得很年轻,头发乌黑,面色饱满红润,与女儿站在一起像一对姐妹。她几乎不生病,忙忙碌碌,快快活活,壮得像头牛。

龙十妹似乎被女儿挠到了胳肢窝,情不自禁地笑了。

"妈妈,我准备给你做一身旗袍,你穿上肯定很漂亮,迷倒众人。"诸葛慧莲半认真半撒娇。

"乱讲!那花花绿绿的布片穿身上,我不成了妖精?你们爷俩一副肠子,就会合起伙来欺负我!"

"哪敢?我爸……"

"我扯了块布,叫龙生媳妇给你爸做一套中山装。"

"妈妈,现在流行穿西装。连龙马表哥的服装厂都开始做西装了。爸爸穿上西装一定很帅。"

"我看过你爸年轻时穿西服的照片。哪有把裤腰带系在脖子上的？我看着都透不过气来。这事我说了算。"龙十妹边说边比画，逗得诸葛慧莲忍俊不禁。

龙十妹忽然压低声音，附在女儿的耳朵旁，神神秘秘的。"听说你爸补发了一大笔……他是不是瞒着我藏了私房钱？"

"妈妈，男人要做事，总得留点。爸爸要有钱，也是花在药房里。你别再掏爸的裤兜了。"

"说的也是，谅他也不敢乱花。"要是以往，一定不会放过，现在的龙十妹，拿着腐竹厂的一份工资，腰包鼓鼓的，钱花不完。她不再提教授藏私房钱的事。

母女俩说笑着。诸葛慧莲看着堆满屋子的老物件，忽然皱起了眉。

"妈妈，你花那么多钱吗？"诸葛慧莲的意思是那些老物件不一定用得到，她总想把婚礼办得简单点，在她看来，两个相爱的人住在一起就结了。她不知道，那场即将到来的婚礼已经越来越复杂，牵动了无数人的神经。

"这是老物件，一样不能少。本来，按老规矩儿，先得定个亲，不说十八担，就是八担也行。现在林家一担也没有，已经很便宜他们了。"龙十妹有些不高兴。

"妈妈，现在是新式婚礼——那是沙局长的意思。"

"我不管新式老式，不管沙局土局。我辛辛苦苦养大的女儿，不能随随便便就嫁了。要是林家的人欺负你，我要算总账。尤其是毛脚女婿，他要是当白眼狼，我龙十妹就跟他没完！"龙十妹抽出别在腰里的擀面杖，很严肃。

"妈妈！"诸葛慧莲娇嗔。

龙十妹脸上的忧虑一闪而过，她怕泼冷水凉了女儿的心，忙换上一副笑脸。

"谁敢呀，你的擀面杖高举着呢！"教授从旁边走过，给女儿帮腔。

女儿的婚事，教授几乎插不上手。不过在晚饭后的小型家庭会议上，龙十妹还是宽宏大度、准予教授列席。

"你是一家之主，到时候要请哪些客人，你得发句话。"龙十妹道。

"还是听你的。你说的就是最高指示，我只负责记录。"教授嘿嘿笑。他在八仙桌旁正襟危坐，手里拿着笔记本，嘴里咬着铅笔。

"是啊，妈妈说了算。"诸葛慧莲"嗤嗤"笑。

"那我就不客气了。"龙十妹挺直身子,"这第一个呢,吃奶不忘奶恩,吃水不忘水恩。过去的老师都得请,班主任一个不能少。李翠花李老师第一个……"

李老师肯定请。李翠花的儿子龙骏,是最好的朋友,早几个月就给他寄出了婚礼请柬。朱老师现在是县一中的校长,不一定能来,不过他的女儿朱赫赫到时候一定来。朱赫赫从政法大学毕业,已经在城里上班。钱老师是大学教授,在杭州,不便打扰,到时候恐怕不能来。

诸葛慧莲一一解释,临了又问,请李老师和龙骏,那龙冒叔是不是也要请。

"龙叔要请。他掐了你们两个的生辰八字,没收一分钱,劳苦功高。"龙十妹正色道。

"先说亲戚,亲戚。"教授用铅笔敲着桌沿,算是提醒。

龙十妹白了教授一眼。她的亲戚一大堆,有些早已做了奶奶,每户人家都是子孙满堂,要是全请,恐怕诸葛家的宗祠和花厅都摆喜宴也坐不下。

龙十妹与姐妹的关系不再剑拔弩张,缓和了不少。娘家人每年春节都派五妹、龙禧来说情,龙十妹就是不松口。父亲是在龙十妹的弟弟出生后一命归西的,弟弟龙十一独得恩宠,娇生惯养,学了泥瓦匠的手艺,有一搭没一搭地揽活,人到中年后才长点出息。听说最近开始养猪贩猪,因为与龙潭镇的火腿厂有业务往来,所以跑得最勤,几乎是死乞白赖地要认十姐,想送红包上门。

龙十妹决定一个也不请,免得人家说她稀罕礼金。

"只除了你五姨,来不来是她自己的事。村里的人,龙禧第一个,这个酒糊涂,喝酒不能少他,他早打了招呼。请了龙禧,龙福龙禄龙寿家都得请,表哥堂表哥也不能不请。还有应富贵,应骁,梅花,梅香,杏花,龙生和龙生媳妇……"

龙十妹一一数着,教授的笔记本写得密密麻麻。结果大半个村的人都赫然在列,不是亲戚就是本家。

实际上,村里的人都受过教授的恩惠,即使不被邀请,他们也已经准备好了送给教授女儿的一份礼物。

诸葛慧莲很兴奋,躺在小时候躺过的木板床上,怎么也睡不着。等父母睡着,她悄悄地走出古宅,来到龙潭湖边上。这儿的杨柳堤岸和水泥长凳,是她与林波相依相偎耳鬓厮磨的地方。枫杨林里小溪边留下过他们追逐嬉戏的笑声。奔流的溪涧叮叮咚咚,白鹭在林间觅食,鱼儿跃出水潭,远处是龙川黑黝黝的群山和月光下龙潭湖黑黝黝的湖岛,身后的古宅鸡鸣狗吠,古宅外的古银杏和香樟树树冠如云。一切仿佛都在祝福她。

她的心里满怀感恩。是啊,生活着是多么美好。这一刻,诸葛慧莲觉得自己是世界上最幸福的人。

四

从美院毕业后,林波回到婺州。他有两个选择:一是听父亲林峰的,到文化局上班;另一个是接受母亲的安排,到宣传部当干事。最后自然是母亲占了上风。

林波过起了朝九晚五的生活,端茶倒水,读书看报,写报告,做美编。他很快就厌倦了,觉得生活单调乏味。婺州城的商业气氛越来越浓,人人都在做生意练摊摆摊,大街小巷,半夜三更也有人吆喝着做买卖。没有一个灵魂高度契合志同道合的朋友,他就经常往杭州上海跑,与他的那帮诗人画家朋友聚会,要不就在龙潭湖边东游西荡,在仕途上没有一点上进心。沙中柳也不着急,觉得儿子还是半大的孩子。男人结了婚就收心长大了,当父亲后还愁他不安心待在小城?

更多时候,林波借出差之名泡在乡下。他不能明目张胆地背画架,就换了一架相机,拍摄山川景物和花草鸟禽。去得最多的自然是龙潭镇,借采访报道的名义与诸葛慧莲幽会。

龙潭镇因为工商业繁荣在全国小有名气,常常上省级或国家级的报刊。这一天,林波带一帮记者采访完鼎鼎大名的乡镇企业家龙马后,并没有随团回县城,而是留了下来。

他依然记着少年时与龙骏一起探险的经历,对寻找那件消失的珍宝天蚕衣兴趣颇浓。过去的龙门书院,墙垣颓废,并没有吸引两个少年前去探宝。这一次,林波决定深入其中仔细看看。林波在美院老师和书画朋友圈里经常听到"朱云鹤"的大名,早就有心拜他为师。两人虽有数面之交,但每次都是擦肩而过,没有深谈。

林波在修葺一新的钟鼓楼前拍了几张照,然后来到一处热闹的工地。

云鹤收到一位匿名人士的大笔捐款,正在新建龙门书院的藏书阁。藏书阁已经初露雄姿,一些民工正在脚手架上忙碌。林波前后转悠,东张西望。一个似曾相识的人迎面走来,面容沉静凝重,外衣已被汗水湿透,正是院长云鹤。

林波跟在云鹤后面走进书房。这是一排低矮破旧的老房子,门口有一个很大的院子,花木扶疏,芳草萋萋,摆着十几口水缸。书房内有些空荡,屋子一角放着茶几炭炉,四周黄色的墙上挂满各色水墨荷花图,给寂冷的书房增添了一丝世俗的情趣。

云鹤泡茶。两人席地而坐。

林波对喝茶并不感兴趣,急着表明自己的来意,开始时一副彬彬有礼谦恭的样子。

"大师百忙中拨冗接见,亲手奉茶,真是太抬举我了,我是乳臭未干的懵懂之徒,怎敢有如此礼遇? 说心里话,今天我是来请教大师一些世俗问题、请大师开示的。"

"小兄弟,别开口闭口大师。当今世道,人心不古,愚痴蒙昧,憎嫉善人,败坏贤明,悕望他利,有的是鸡鸣狗盗之辈,熙来攘往,皆为名利,哪来大师?"云鹤的话似有些愤愤,表情却很和蔼。

"不然。在美院念书时,常听班主任说,他有一位老师,满腹经纶,学富五车,古今通达,中西合璧,儒释道融贯,诗书画三绝,堪称大师。只是人们苦苦寻觅,再也见不到这位大师了。"

"想必那所谓的大师当了缩头乌龟,自甘沦落了。"云鹤道。

林波的目光落在墙根的一块匾额上,那匾额写着"文澜阁"三个雄浑的大字。云鹤示意林波喝茶,目光平静,似乎已了然林波的来意。

"你我是同道中人,以兄弟同学相称足矣。论及书画,我先为你说一件轶事。天下藏书楼题匾多为楷书行书或隶书,唯曾经的龙潭寺为草书,笔力遒劲,线条厚重,奇中有正,疏而不散,堪称一绝。题款人的名字曾被抠去,其中有曲折隐情,但知情人知晓那是谁所书。沙老可是书坛泰斗,一代宗师啊,无论篆、隶、楷、草、行,都是鹤立鸡群。尤以榜书称绝,人称海内榜书、沙翁第一。他创立的'沙体',雄浑刚劲,气势磅礴,不愧当代书坛巨擘。与沙翁的榜书比,我的就只能算小巫了。虽说此'沙'非彼'沙',但是说到上海沙氏,也可算是艺坛巨擘了。"

"大师过谦了。不过,我等后生晚辈如果不勇猛精进,恐怕正如九斤老头说,一代不如一代了。"林波知道云鹤提及沙老的寓意,颔首点头。

"孺子可教！孺子可教！"云鹤呵呵笑,"如今的人,在权杖下匍匐,在铜臭中锈蚀,在世俗泥沼中沉沦,在暖烘烘的温柔乡里休眠——众生芸芸,蝇营狗苟,大师泯矣！你别称我大师,还是叫我师兄吧。"

云鹤从林波身上看到自己年轻时的影子,心生欢喜。林波望着云鹤炯炯有神的双眼,原本的敬畏变成亲切。两人的谈话越来越随和。

然而,林波虽则生性狂傲,还是不敢称对方为师兄。

"老师,学生有一事不明,正要请教您,为何在书房门口放那么多水缸？我知道那些都是老窑的废弃物。"

"不过为了种植荷花。青山湖水深,又是沙底,不适种莲。我就在这些水缸里种。我喜欢种莲画莲。莲有四德,香净软爱,出五欲六尘而不染。在水缸里植各种莲荷,也算物尽其用。"

"大用乃是无用,无用乃是大用。"

"然也然也！出世为入世,入世为出世。四季轮转,花开花落,品荷、赏荷、画荷,看懂荷花你就悟透了人生了。莲花是有智慧的,水清澈,莲青翠,荷高洁,花落莲子生,叶枯莲藕成,出水为美,入泥为用。当然,万物各有其用,人间亦有大善。大音希声,大爱无形,为善无近名。最高的善从不张扬,就像龙川峡谷融化的雪,化成水,渗透到土壤中,默默滋润大地；又像那些银杏的金黄落叶,带给人间最后的美景,然后化泥土育新叶。"云鹤道。

"那您为何要将水缸倒扣？"林波的目光依然盯着水缸。

"不过是随物之性罢了。缸放水倒扣,冬天就不会结冰撑裂,这叫放空。秋天的红叶之落、莲叶之枯,那是放下。把盆中花木弄倒,免得被大雪压折,那是放平。放空,放下,放平,物如斯,人亦然。"

"明白了！老师,敢问何谓适意人生,又何谓艺术人生？"

"穷有穷的快乐,富有富的烦恼。所谓适意人生,并没有固定的标准。问余何意栖碧山,笑而不答心自闲。桃花流水杳然去,别有天地非人间。春有百花秋有月,夏有凉风冬有雪。若无闲事挂心头,便是人间好时节。一切全凭个人心量意念,全凭个人做主。你要是老看别人的钟表,就永远不知道自己的准确时间。善恶美丑,欢乐痛苦,没有谁替你完成。至于艺术人生,亦复如此。真正的美是心灵深处的纯真。读万卷书,行万里路,最后回归到自己的心灵深处。天地有大美,唯一颗仁爱慈慧的心方能见得。"

"老师,怎样才能在艺术上有突破有建树?我最关心的是这个。"

"真正的艺术家都是孤独的。特立独行方能成为天才大师。玄奘西行,漫漫几万里风尘,前无古人,后无来者。莫邪干将只为杀父之仇,纵身火海锻造千古奇剑。我们的民族,有屈原浩渺无涯的《天问》《九哥》和《九章》,有司马迁《史记》的沉雄博大,有陶渊明不为五斗米折腰的真性情,有竹林七贤的真潇洒,有李白的真浪漫,有杜甫的真悲悯。俱往矣!小兄弟,有你这样的后生晚辈,就是希望。"

"老师,我懂了。我知道该怎么做了。听君一席话,胜读十年书啊!其实,今天来是有事相求的,我早知道您与家严与岳丈曾是患难之交,国庆节有一场婚礼,我想邀请您参加。"林波抱拳拱手。

"小兄弟,原来你在这里打了埋伏。既然你知道我与诸葛家的关系,那我就恭敬不如从命了。"云鹤哈哈大笑。

第二十章
小城最隆重的婚礼

一

龙骏是在国庆节的前一天回家的。从宁波到龙川二百多公里,长途客车很少,火车到萧山转,往往需要一整天,回一趟家并不容易。这一年的中秋国庆紧挨。宁波人有中秋节十六过的习惯,这么多年,龙骏也算在家里过了一个中秋节。

一个月前,外婆还能颤颤巍巍地每天到卫生院挂盐水,现在已经躺在床上起不来了,前些年她得过肺痨,此时已瘦得像一把枯柴。外婆见到龙骏,眼里发出最后的亮光,嘴里含混不清地咕噜着。要不是母亲在旁边,龙骏的眼泪当时就得哗哗流下来。

"骏,明天慧慧的婚礼,妈就不去了。"李翠花道。李翠花面容憔悴,头发灰白。她要侍候病榻上的母亲。龙骏看着母亲焦虑的神情,点点头。

龙骏躺在小时候睡过的床上,失眠了。窗外,一轮圆月洒下清辉,院子里密密的竹林在风中飒飒作响。

早上八点,母亲李翠花还趴在外婆的床沿睡觉。龙骏不想打搅她,悄悄出门上街。

一大早,狭窄的老街热气腾腾,馒头稀饭,豆浆油条,烧饼馄饨,牛杂汤

羊肉汤,早点摊前人头攒动。越往前走越热闹,木结构的老房里,过去打铁铺的叮当声和弹棉花的砰嚓声消失了,代之以人声的喧闹和商贩的叫卖声。小旅社,电影院,照相馆,理发店,米店,酒馆,服装店,百货摊,窄窄的石板街把紧挨的店铺串起,招牌林立,旗幡飘飘。过戏楼石桥,龙宅这段稍宽的老街却是另一番景象,楼宇屋顶和沿街的门扉,大大小小铭牌高低错落,厂大门口,拉起庆祝国庆的条幅。街上来来往往的都是陌生的面孔,背包携袋的商旅和穿着标准厂服的男女青工行色匆匆,走在他们中间,龙骏忽然觉得自己才是龙潭镇的过客。

龙骏并不急着去参加婚礼,想在阔别已久的镇上到处走走。午后,他才来到结婚请柬上写明的地方。龙宅花厅的大礼堂没有喜宴气氛。他来到古宅诸葛家的老屋,教授的药房也是关门闭锁。龙骏茫然了,慢慢地踱到村口的大樟树下。龙禧家里只有五妹在,正给一个坐在摇车里的胖男孩喂饭。

龙骏又折回来,不知不觉来到以前的老屋前。老屋与龙禧家一墙之隔,是龙猫在龙宅的窝:三间两层楼的砖瓦房,前面一个小院。龙骏小时候曾在这里生活过两年。年久失修的老屋已摇摇欲坠,墙体开裂,瓦顶坍塌,院子里杂草丛生。

龙骏心情沉重,正东张西望,一脸惊喜的龙狮跑出来,把龙骏拉到隔壁的石头房子前。龙禧家的老屋像石头城堡,高大厚实,门口褐色的石墙上用白灰涂写着"蛇类养殖场"字样。

龙狮见到龙骏很兴奋,滔滔不绝。

"嗨,你不晓得?婚礼改地方了,林县长的意思,龙潭镇是他的革命根据地,婚礼原本是要在龙宅大礼堂举行的。沙局长发话,婚礼改在县城火车站迎春楼。后来又改了,改在白天鹅宾馆。没办法,人太多,城里有那么多嘉宾贵客。还有龙宅的百姓,你不晓得,龙宅一大半人都去了。租一辆大巴车,载了好几趟。慧慧的嫁妆,是用拖拉机运去的,龙生龙宝来来回回拉了十几趟,拖斗上放得满满的。连白鹭洲的老人也送礼,用船运出来。那嫁妆!龙潭镇轰动了,婺州城轰动了,我敢说,肯定是几十年来最隆重的婚礼!"

"没邀请你?"龙骏疑惑。

"我这不是忙吗?"龙狮依然眉飞色舞。"养殖场,研究所,伺候这些冷血动物,每天忙得屁滚尿流。老爹老娘还对我有意见,老婆也有意见。我准备改行了,不打算做蛇酒,要做正宗的红曲酒,包下朱宅的老窑炉,烧酒缸。老爹说了,随我折腾,只一句话,自己酿的酒,不管是酸是馊是甜是苦都要自己喝下去。三哥也准备改行,不再养鱼养虾种植苗木。他从山里挖来树根,打算搞根雕木雕工艺品。表妹的婚礼,我们哥俩就不去了,有老爹大哥二哥去就够了。大哥是证婚人。二哥更是了得,他是名人,那样大的场面,也只有他镇得住。再说,不是还有你龙骏吗?龙骏啊,你真是个书呆子,村里老一辈人都晓得的,只有你自己蒙在鼓里,你我本来就是兄弟……"

龙骏的心"咯噔"了一下。

心直口快的龙狮说漏了嘴,却一点也不介意,一边亲密地搂住龙骏的肩膀,一边朝屋里大叫。

一个宽脸庞、穿着白大褂的胖女人从屋里走出来,笑眯眯地与龙骏打招呼。她是龙骏和龙狮的初中同学李桂花,以前在学校里时对龙狮扔的小纸条置之不理,甚至在老师那里告状,现在却做了龙狮的妻子。

"桂花,你说说,我跟龙骏像不像?"龙狮戏谑地吐舌头,仿佛蛇吐信子。

桂花点头。龙狮的样貌,随母亲五妹,不高,胖胖的,圆圆的脸。与龙骏站一起,的确有几分像。

龙狮挤眉弄眼,吩咐桂花打电话,叫车子来接龙骏,一边带龙骏走进院子,来到一间门口挂着"蛇类研究所"的屋里。

"你不晓得,二哥买了一辆桑塔纳,那可是镇上第一辆轿车,凡是尊贵的客人,都用桑塔纳接送。你先参观一下我的研究所和实验室,很快就会有轿车来接你。兄弟,待在那个破厂干啥,你该回龙潭镇了,像你这样的高才生,到我的研究所工作,我给双倍的工资。"

龙狮边走边指点,介绍他的蛇类研究所。

屋里有些昏暗。靠墙的一排木架上整整齐齐放着二三十个广口瓶,瓶中透明的液体里浸着一条条身体扭曲的蛇。屋子中间两座水泥台。水泥台上,干燥器、真空泵、电动离心机、真空表、酒精灯、加热炉和大小的试管烧杯掺杂放置。水泥台一侧的水槽边,有两个穿白大褂的青年正在提取蛇毒。

"这是我提炼的蛇毒,它们可是宝贝啊!一克蛇毒抵得上十二克黄金。靠山吃山,过去我是抓蛇,每年捉一些蛇卖给医药公司,自己顶多加工一些蛇皮蛇胆之类的东西。山里的蛇越来越少,我就收集人工养蛇资料,利用天井院子养殖。小打小闹,效益不好,大规模养殖才行。我打算买一架高级相

机拍成资料,让更多的人了解蛇,爱护蛇,饲养蛇,利用蛇。可是老爹老娘老婆有意见,隔壁邻居也反感,思来想去还得改行……"

房间里有一股浓重的腥臭味。龙骏很不自在,没等龙马的桑塔纳轿车,就坐上龙生运送嫁妆的拖拉机进城了。

迎春楼、白天鹅宾馆都在旅社云集的车站路上。火车站附近是婺州城最繁华的地方。小商品市场的繁荣带来了无数南来北往的客商,这座1970年建成的火车站如今成了浙赣线上最热闹的车站之一。每当有客车停靠,就有许多拎着大包小包行李的人涌出。火车站前的小广场人流如潮,熙来攘往。

龙骏心情郁闷,早早地下了拖拉机,在站前广场闲逛。一个色彩鲜艳的蝴蝶风筝在空中飞舞。龙骏的目光被一个熟悉的身影吸引住了。那个头发稀疏的小老头在卖水果的摊贩间叫卖风筝,腰里箍着风筝线,脚下一堆小风筝。

是龙猫。他在龙潭镇和县城间两头跑,大部分时间住在县城的新市街。在龙潭镇,龙猫靠给人算命测字、卖符画咒、喷火舞剑糊口。母亲和继父死后,龙猫的生计渐渐捉襟见肘,看见别人做生意发财,也蠢蠢欲动,改行摆摊,卖起了耗子药和十三香。后来又开了家皮包公司。公司刚开张,就有一笔大生意上门。一位来自河南的中年人,西装革履,自称是某大厂厂长,带着几个同样西装革履的业务员,向龙猫以高得离谱的价格订了十五万元的服装百货,订合同的信纸上盖着萝卜印章。龙猫请吃请喝,付了一千元辛苦费后,那班人就消失了。龙猫在公安局再次见到他们时,那些人早已把龙猫的血汗钱打了牙祭。龙猫躺在旅馆里,对搅得他彻夜难眠的老鼠恨之入骨。他学会了捕鼠,成了捕鼠高手,最多时在迎春楼里一夜捕鼠四十斤,最大的一只有二斤四两。他成了迎春楼、白天鹅宾馆的常客,附近的酒楼旅社也请他捕鼠。他成立了"龙猫捕鼠公司",业务蒸蒸日上。卖风筝是他的业余爱好。

龙骏已经十几年没有见龙猫了。以前在街上偶遇龙猫,都是躲着走。现在的龙骏,已经成熟,心里十几年积聚的怨恨在见到龙猫的那一刻消失了。但是他还是不知道如何面对他。在龙川,那些与生父八字相克认了干爹的,通常叫父亲"叔"。

龙骏很尴尬,不知说些什么,想起龙狮说的那些话,心里更不是滋味。

"龙骏,你是来参加慧莲的婚礼的吧。"龙猫笑呵呵的,明知故问。虽然鬓发稀白,但龙猫的气色很好,头上的帽子摘了以后,头顶那一大片晶亮的"地中海"竟然长出毛茸茸的黑发,他是越活越自在逍遥了。

"慧慧也请我了。可我不能去。我的公司开在迎春楼,白天鹅也是我的客户,经理是老熟人,我在里面抓老鼠。跟你妈李翠花说一声,我龙猫现在做的都是正经的大买卖,不会再给她抹黑了。龙骏,要是哪天你找不到事做,就到我公司来,我给你开最高的工资。"

龙猫说完,收拾起地上的风筝,走了。

龙骏在花坛边的石凳上坐下来,出神地望着那一只蝴蝶风筝飞过黑压压的人群,消失在附近的高楼后面。心里一块沉重的石头落了地,龙骏似乎一下子轻松了不少,可是,想起即将病故的外婆和两鬓斑白的母亲,那种欲哭无泪的感觉又袭上心来。

龙骏不习惯婚礼那种陌生人摩肩接踵的场面,直到夜幕降临,华光初放,才走进白天鹅宾馆。

二

七层楼的白天鹅宾馆是婺州最豪华的国营宾馆,门口停满了此时最高档的轿车和商务用车,衣冠楚楚的男男女女鱼贯而入。宾馆上下花团锦簇,彩旗飘飘,门厅入口处放着林波和诸葛慧莲的巨幅婚纱照。两个西装革履的俊男和两个穿锦缎旗袍的美女站在前面鞠躬迎宾,其中的一个正是朱赫赫。龙骏递上请柬红包,正想与老同学朱赫赫聊几句,后面涌上来的人早已把龙骏推到一边。

大厅正中站着一个引人注目的中年妇女,一身红色旗袍,头发略卷,饱满精致的脸上略施粉黛,显得神采飞扬。她昂头挺胸,挥舞双手,用坚定的语气,指挥来宾分流。

大厅里乌压压一片。龙骏正茫然四顾,一身白西装的林波已经从旋转楼梯上冲下来,一把抱住了龙骏。

"兄弟,你来晚了。你是男傧相,怎么能迟到,还穿这身破烂!"林波很兴奋,前额的卷发被汗水湿透,黏在白皙英俊的脸上。他环顾四周,不容分说,把正在迎宾的一个俊男的黑西装剥下,就在大厅里,让龙骏换上。原来龙骏是穿着一套青色的工作服来的,没想当林波的伴郎。

婚礼人多事杂,场面总是有点乱。对于那一套随心所欲的程序,是在吃吃喝喝前后完成或是边吃边进行并没有定规。既然是喝喜酒,当然是以喝为主。二楼的大餐厅里,大部分人已经在排得密密匝匝的圆桌旁就座,有的禁不住桌上美味的引诱已经动起了筷子。

林波连拉带拽,带着龙骏,穿过二楼餐厅和一个长长的过道,进了一间叫"流觞阁"的包间。包间里人声喧闹,烟雾腾腾,散发着浓烈的烟酒味。

原来聚在这里的是林波在杭州上海的朋友,这些诗人画家早已开吃,饮酒赋诗,觥筹交错。桌上杯盘狼藉,桌边的人放浪形骸。

"诸位诸位,我给大家介绍一下,这是我最好的朋友龙骏。"林波搂着龙骏的肩膀大声说话。

"最好的?波波,此言差矣!他是最好的,在座的算什么?"说话的三十来岁,前额光秃秃的,后脑的长发垂肩,"你答应过我,要我做你的男傧相,临了又换人,出尔反尔,言而无信,明显是小人所为。"

"蓝君,以你的光辉形象,当我的傧相实在是太抬举我了。"林波的脸上带着戏谑。

"波波何出此言!俗话说,人不可貌相,海水不可斗量。在座的虽非画坛泰斗、诗坛翘楚,但都略有薄名,当你的傧相,不至于辱没你的俊容英才。"说话的是一位瘦高个,苍白的脸带着幻想气质,厚厚的镜片后面一双眼睛忧郁中带着亢奋。

林波介绍起他的朋友来。那秃顶长发的蓝帅龙是画家,瘦高个是诗人兼画家,叫何国清。

"诸位都是我最好的朋友。可龙骏不一样,他是我儿时玩伴,十几年的交情。龙骏文武全才,既是大工程师,诗画也绝不在你我之下。最主要的,他也是慧莲最好的朋友。"林波道。

"如此又当别论。波波,说到你夫人,那是'国色朝酣酒,天香夜染衣',令兄弟我等羡慕不已。"叫蓝帅龙的画家打哈哈。

"不然,她叫慧莲,应该是'出淤泥而不染,濯清涟而不妖'。荷叶为衣,芙蓉为裳,能娶到如此美貌、兰质蕙心的女子,此生足矣!"说话的是瘦削青年诗人旁边的中年人,肥头大耳,是一家诗刊的主编。

包厢里七嘴八舌,嬉笑哄闹,越发热闹。

"诸位,老娘在叫我,我得上三楼应付一下。"林波向龙骏耳语几句,转身要走。秃顶长发的画家一把揪住了林波的红领带。

"波波,你可不能走,得留下来陪我们喝酒。欲为大树,莫与草争;欲做人杰,不交小人。鸷鸟不群,你可不该与三楼的那些宵小为伍。"

"是啊,这场婚礼不该是政治的联姻,而是青春的盛宴!"瘦削诗人附和。

"老娘的命令可不能违抗。我不过是去露个脸。大家敞开了喝,不醉不休,今晚的白天鹅宾馆包了,明天有专车送各位回杭州上海。我留下龙骏,就是陪大家喝酒。诸位实在抱歉,怠慢处还请海涵。"林波一抱拳,走了。

龙骏刚落座,叫蓝帅龙的画家就起哄:迟到罚酒三杯!

三杯茅台,龙骏一饮而尽。

"好酒量! 路逢剑客须呈剑,不是诗人莫献诗。龙生,你既是诗人,何不赋诗一首?"瘦削的诗人道。

"何生,你可别小瞧林波的朋友,他的诗歌我都看过,论诗才远在你我之上。"诗刊的主编转向龙骏,"龙先生,你的《东海潮》和《骆驼》我均有拜读,是林波寄给我的。你不走从文这条路太可惜了。这个世界不缺工程师,缺少的是大诗人。"

"是啊,我们袁大主编的眼界可不低,他对那些无病呻吟的文字不屑一顾。一个伟大的时代,怎能没有鸿篇巨制黄钟大吕? 既然袁主编如此看重,可见你肯定有两把刷子。"说话的是袁主编身边另一个人,傲慢苍白的脸有些阴阳怪气。

"是吗? 文人的毛病,不是相互诋毁,就是互相吹捧。龙生,我正在谋划一个画展,你既是画家,何不奉上一幅你的大作?"蓝帅龙盯着龙骏。

"蓝生,你忘了,那幅《驶向桃花岛的渔船》就是龙生的大作……"瘦诗人道。

"天哪! 如此说来我要献上我的膝盖了。那幅简笔素描的确是杰作,尤其是那船头的美女,堪比洛神,使人心旌摇曳。龙生,为你的画,为你画上的美神,再干三杯!"秃顶画家傲慢不逊地抬了抬下巴,起身举杯。

包厢里的烟酒味越来越浓。龙骏又喝了三杯,借口上洗手间溜出来。他沿着过道漫步,在一个房门半开的房间前停下来。房间里传来熟悉的声音。原来这是诸葛慧莲的临时化妆间。

伴娘之一的孙兰英坐在靠门的椅子上,呆呆地望着门外的过道,对站在那里的龙骏视而不见。她沉浸在刚刚经历的忙碌场景里。她从未经过如此的大场面，有些拘谨。那些衣冠楚楚的男男女女和雪片般飞来的红包礼盒在她眼前晃动。婚宴桌上是美酒佳肴——喜糖果品和鸡鸭鱼肉海鲜。仓库里堆满新娘的嫁妆——皮箱木箱，木盆酒坛，铜火熜，子孙桶，锡烛台锡酒壶，瓶瓶罐罐，棉衣布鞋，绫罗绸缎，钟表电器和日用百货应有尽有。还有金耳环金项链和玉手镯。许多东西孙兰英还是头一次见到，在婺州最高档的百货商店里也买不到。那些精致的礼品——高档的瓷器茶具，丝绸锦缎，文房四宝和尊玩玉石需要工业券侨汇券，在上海南京路淮海路的进口商店才能买到。一些直接送给新娘的珠宝礼盒就堆在诸葛慧莲的临时化妆间里。

龙骏无意识地看着坐在门旁的那个清秀的伴娘，耳朵却在听房里人说话。

"你还哭，今天你哭过多少次了?! 我都懒得说你。看你梨花带雨的样，我的鼻子也酸酸的。我不是心疼你，是心疼这些化妆品。它们是谁送你的?"是朱赫赫带有男腔的中音。

"是娇娘阿姨送的，前两天刚从上海寄来……"诸葛慧莲柔声道。

"就是嘛。这可是法国化妆品，一支口红就成百上千，这一套得上万。你这眼泪一哗哗，不知冲走多少财富。"

"好赫赫，你再给我补一次妆，就最后一次……"

"我要是会像你一样撒娇，十个林波这样的小白脸都被我俘虏了。"

"你别羞辱他，我的朱大律师。"是诸葛慧莲轻柔的笑声，"你就是嘴巴厉害，脾气犟……哎，你跟我说，今天这么多俊男帅哥，你有没有看上的……"

"我不嫁。像我这样理性、什么事都条分缕析、把男人看透了的女人，一辈子只有打光棍的份了。要说勉强能入我法眼的，也有一个，就是站在你大表哥旁边的那位，沉稳儒雅，气场强大……"

"那是我的二表哥龙马。在婺州城里，也只有他配得上你。等下他请你喝酒，要是你连干三杯，就算答应了……赫赫，我不太会喝酒，你要给我挡着点。"

"喝酒没问题，你要是强迫我随随便便嫁了，我可不答应!"

过道里传来脚步声。林波带着一个英俊的青年匆匆走来，叫龙骏和房间里的人参加仪式。那个和龙骏一起当傧相的年轻人是沙中柳安排的，从头到尾，龙骏连他叫什么都不知道。

三

20世纪80年代的婚礼,不像70年代那么简陋——墙上贴喜联和大头娃娃照,房间里放搪瓷脸盆和热水瓶,一对新人把各自的床板一拼,在邻居同事的祝福声中就完成了,也不像90年代那样像是中西合璧又是非中非西的、有一套模板的渐趋豪奢的婚礼。

龙十妹的意思,女儿出嫁并非一定要按老规矩——用花轿来抬、锣鼓唢呐一路吹吹打打地接,但至少要依改良版的龙川婚俗。改良版的龙川婚俗,迎亲当天,先由媒人提着行灯、拿着元宝篮去女方家。元宝篮里装五对蜡烛、白糖、利市红包、婆衣(新郎母亲衣服)来女方家,由女方家德高望重的"利市爷爷"收下。接着,男方把婚轿备妥,一路放着鞭炮来新娘家,新郎手捧鲜花在新娘门口求婚。化好妆的新娘出闺房进客堂,她的面前放一把米筛,米筛上有剪刀、镜子、尺子和梳子,筛边放三条凳子,一条比一条高。"利市嬷嬷"扶新娘步步登高,新娘站在高凳上梳头洗脸,吃甜茶鸡蛋,然后换上红鞋红袜,踩过米筛,被抱上婚轿,一路鞭炮噼里啪啦迎到新郎家。

可是一切都是沙中柳说了算。她就是婚庆公司的策划和司仪。沙氏脑子中一定有上海滩老式婚礼的记忆,于是这场婚礼中多少掺进了新西式婚礼的元素——音乐、婚纱、鲜花、气球和红地毯。

婚礼进行曲响起的时候,诸葛慧莲穿着白色的婚纱走向大厅,迎着红地毯铺成的甬道走向半圆形的平台。一身红色旗袍的伴娘孙兰英小心翼翼地拽着婚纱拖地的部分,同样穿红色旗袍的朱赫赫光彩照人,带着自豪的神情挽着诸葛慧莲的一只胳膊,那模样像是骄傲的新郎或是新娘的父亲。

穿着白色婚纱的新娘,在柔和灯光的照耀下,像纤尘不染的白莲显得娴静优雅,洋溢着高贵端庄。她那饱满精致的脸微微潮红,光洁的额头闪闪发亮,眼里有泪珠滚动,胸脯像波涛般起伏。她过去在梦中期待的东西,似乎全在眼前,又似乎还没有到来。她想走得更快些,可是她的脚却不听使唤,步履滞重。周围的一切如梦如幻。她多想像小鸟一样飞起来,飞向那神圣的殿堂,扑向那一片耀眼的光亮。是的,她想飞,哪怕像扑火的飞蛾,哪怕前面就是祭坛,也要义无反顾地扑过去。

林波从另一头奔过来,拿着鲜花,单膝跪地把鲜花交到新娘手里。然后站起来,从朱赫赫手里接过新娘,拥抱诸葛慧莲。他显然已经喝了不少酒,白皙的脸泛着红晕,微微鬈曲的长发,自然地舒卷在耳后颈根,越发显得英气逼人。此刻的林波肯定是无比幸福的,诸葛慧莲娇羞的脸、眼中的泪珠、她的笑、她身上的香味、那拥抱时柔润的触感,都是他的最爱。

诸葛慧莲仰着头,望着林波,满含崇拜和依恋,深情的眼睛闪着宝石般的光辉,令朱赫赫和孙兰英唏嘘动容、羡慕不已。

双方的父母和证婚人龙虎站在临时搭起的主礼台上。身材高大的龙虎不论身处何地,总是鹤立鸡群。不过,尽管他激情澎湃地念着证婚词,此时他的风头还是被沙中柳抢走了。沙氏穿着绣着牡丹团花的锦缎旗袍和高跟皮靴,右手拿一个精致的手包,双手交叉于小腹前,昂首挺胸,显得气定神闲、神采飞扬。沙中柳总是那样气场强大,引人注目,她微丰的身段珠圆玉润,风韵雍容,柳眉下的杏眼却透着精明和犀利。

与她相比,站在一边的龙十妹就显得很拘谨。她终于拗不过女儿的软磨硬泡,穿上了旗袍——与婚礼上所有的旗袍一样,她的旗袍也是龙生媳妇家定制的。龙十妹平时总是对襟衫加围裙,衣服肥肥大大的,乍一穿上旗袍显得很别扭——颈项的盘扣磕得脖子生疼,有一种喘不过气的感觉。最别扭的还是那双坡跟鞋,穿在她胖嘟嘟的脚上,又紧又痛,走一步崴三崴。

要不是为了女儿的幸福,她才不愿意受这样的洋罪!

最自在的莫过于林峰。他穿西装,不打领带,白衬衣的领子像年轻人一样外翻。诸事顺遂的他不时咧嘴大笑。林峰头上的板寸和紫铜色脸上的络腮胡子一样,已经染霜。与林峰比,站在另一边的教授反而年轻了许多。教授把乌黑的头发整整齐齐梳向脑后,脸刮得干干净净。教授一丝不苟,穿黑西装,打红领带,像诸葛慧莲说的,这样一打扮,的确帅气不少,连龙十妹看了也说满意。

只是教授并不像他表面看起来那样平静。教授是沉默的,在婚礼上几乎一言不发。在他平静祥和的外表下,内心却是思潮翻滚。他心里有一种无可名状的失落感,仿佛突然间五脏六腑都被掏空了。谁都不知道,女儿对他来说,是多么重要,那是他孤独生活中的一抹亮色,是他心里最柔软的部分。他渴望有一个男人从他那里牵走女儿的手,临了又有些惴惴不安。女儿的痛也是他的痛,女儿的福亦是他的福!

大厅里一遍又一遍播放着《祝酒歌》《让我们荡起双桨》和《小城故事》。

龙虎念完证婚词。男女双方交换戒指,给父母鞠躬献茶。两位母亲发红包。短暂的仪式很快结束,一行人在正中间的圆桌坐下。这一桌最大,坐十二人——双方父母、男女傧相、龙虎、龙马、诸葛慧莲和林波。

四

有着四五十张圆桌的二楼大餐厅人头攒动。民以食为天,中国人的婚礼自然还是以吃为主。

龙禧坐在边角上的一桌,与他同桌的是龙生、龙珍、龙宝、龙贝、龙麒、龙麟等,全是他的侄子辈。他这个编外月老因为没有被邀请坐上主桌有些不高兴,一直喝着闷酒。大厅里坐的大部分是龙宅人,少部分李宅、朱宅的也认识。龙禧已经习惯于抛头露面,被人围着。有好几次,他都站起来想与他的老朋友林峰说上几句干几杯,但是不争气的烂脚丫痛起来,他只好放弃。

更使龙禧郁闷的是,老对头应富贵家的圆桌竟然比他的要挨近主桌!

应富贵忙着造新房的第二层没有来。他的儿子应骁刚毕业,听说分在龙川最偏僻的中学当教书匠,大约是有失颜面,也没来。不过应富贵的三个闺女都来了。梅花、梅香和她们的丈夫,带着他们的儿女。应家的两个女婿穿西装打领带,沉稳憨厚。梅花的儿子眉清目秀。梅香的儿子虎头虎脑,女儿粉雕玉琢。三个小孩聪明乖巧煞是可爱,手拉手东奔西窜,吸引了不少目光。还有杏花和她的丈夫。杏花自己开厂,丈夫是江西老表——应富贵同年哥的儿子,已经入赘到应家。应富贵不知怎么想的,找个外地人当上门女婿,大约是想留杏花在家传宗接代。

想到应富贵家的日子越来越红火,龙禧很有些不爽。不过看到自己的"两个半"儿子坐在林峰的身边,龙禧又渐渐地兴奋甚至自豪起来。

唉,老了,不服老不行!儿女长成,自己真的该退出江湖了。龙禧自解愁闷。

音乐停止。林峰站起来,举着酒杯环顾四周。他的声音有些沙哑,透着亢奋。"诸位诸位,大家静静。我说几句。首先感谢大伙儿百忙中来参加犬子的婚礼。在座的都是龙川人,龙潭镇是我林峰的革命根据地,说句掏心窝子的话,是龙川的山水养育了我,是龙潭镇成就了我。我林峰没有请老家的人,夫人也没有请上海娘家的人,在座的就是我们的亲人,是我们两口子的

亲眷,真正的父母兄弟。请大家伙敞开了喝,我林峰酒量有限,不能一一敬陪。所以我提议,大家伙起立,一起干了这一杯!"

沙中柳带头鼓掌。在这样的场合,她知道该让林峰多露半头。

林峰刚入座,旁边应家三姐妹已经齐刷刷地站起来。梅花带头,端着酒杯走过来。梅花烫着卷发,一身裙装,褪尽了乡土味;她走南闯北,早已成了一个精明的商人。

"林县长,您还记得我吗?当初在李宅,我摆馄饨摊,你带一帮人来检查,我差点拿菜刀动粗。"梅花像男人般大大咧咧。

"记得记得,"林峰一愣,笑道,"你是梅花,听说你现在生意做得很大,做到了海南、乌鲁木齐。好样的,巾帼不让须眉!"

"托您的福,放开市场,让我们农民经商,有一条出路。我敬您一杯!"梅花道。

"一杯不够,三杯!"梅香插话。她平时寡言少语,一到正式场合,也不胆怯。"不许喝红的黄的啤的,要白的! 林县长,您刚才说得不全对。没错,龙潭镇是我娘家,我梅香现在只能算半个龙川人了。可您是一县之长,怎么能只提龙川?"

"没错,全县都要照顾!"林峰微笑,"梅香,我去过王宅,知道你的织袜厂,希望你将来能成为婺州的袜业大王!"

"如此说来,三杯不够,要九杯!"梅香笑道。

"慧慧是我们的好姐妹,林县长得喝十二杯。"后面的杏花也挤上前去掺和。要说胆子,三姐妹中她最大,只是杏花要强得几乎有些蛮横,说话不分场合。

"我认识你们的父亲应富贵,他是敲糖帮帮主,性格像温暾水,没想到生下三个女儿如此泼辣!"林峰哈哈大笑,手里的酒一饮而尽。

"我还有个弟弟,叫应骁,希望林县长多多照顾栽培……"梅花乘机说道。作为大姐,梅花要更多地考虑全家的事,面面俱到。

"那是自然。"林峰边喝边说话,有些告饶的意味,"这是犬子的婚礼,等下他会来一一敬陪。"

龙禧有些坐不住了,斟满酒杯想去凑热闹。不巧,有位穿中山装的年轻人匆匆走来,与沙中柳耳语了几句。沙中柳面露不悦之色,拽着林峰离席了。

林波也急匆匆地跟着下了楼。他一眼就看见了大堂门外的云鹤——显然云鹤被有意无意地挡在了门外。

"这是我请的贵客,你们怎能如此对待!"林波有些愠怒。

汪秘书一脸尴尬,躲在沙氏后面不说话。

"小兄弟,不怪他们,是我自己不要进去的。我来迟了,不过还来得及给我的新老朋友送上祝福。"云鹤道。后面的话显然是说给林峰听的。

"云鹤兄,既然来了,何不上去喝杯茶?"林峰笑呵呵的。

"是啊,我叫汪秘书吩咐食堂炒几个素菜。诸葛教授也在,你们三个患难兄弟难得相聚,怎能错过这样的好机会?"沙中柳换了一副笑脸,显得无比宽容。

"吾辈之人早已不习惯灯红酒绿。承蒙邀请,已是万分荣幸。我是给小兄弟送字画来的。"云鹤从袖子里抽出贺礼递给林波,一幅荷花墨竹图,一幅书法横幅,上写四个字:道法自然。"真正的修行是当下的生活。家庭乃最好的修行之地,希望小兄弟能得上上缘。云鹤还要赶路,就此别过。"

五

龙禧的侄子一个个是酒缸里泡大的,早已把龙禧灌得酩酊大醉。龙禧怕自己东倒西歪、一瘸一拐的,出洋相,终于放弃与林峰干杯的欲望。

喜宴进行到下半场,一对新人带着伴娘伴郎去各桌敬酒。

主桌上只剩下六人。沙中柳决定从丈夫那里收回话语权,她端起酒杯,对着教授。

"教授——既然大家都这么叫您,我也不叫您亲家了,"沙中柳笑道,"滴水之恩当涌泉相报,做人呢,知恩图报第一。多亏您的中药治好了林峰顽固的偏头痛,为了那些药汤,我也应该先敬您一杯。"

"是啊,诸葛君,过去我们是患难兄弟,如今又结了亲家,那是亲上加亲!"林峰朗声大笑。有些话他不便说出,他的偏头痛并没有完全治愈,偶尔发作,奇怪的是,现在左边不痛,痛到了右边。"我林峰先敬你三杯!一是感谢你的药汤,二是感谢你培养了如此好的女儿:论人品性格长相,慧莲都是千里挑一、万里挑一!"

林峰连饮三杯。旁边的沙氏白了丈夫一眼,大约是怪他贪杯,或者怪他

说话不着调。一直若有所思的教授默默端起了茶杯。旁边的龙十妹怕木讷的教授出糗，先端起了酒杯。

"亲家公，我家的门不是名门，是木门，破旧的，还吱吱嘎嘎响呢。教授不会喝酒，这杯酒我龙十妹替了。"

龙十妹一仰脖，把一大杯酒喝了。沙中柳明白那杯酒的分量，目光转向了龙十妹。

"亲家母，话可不能这么说。寒门也能出贵子。慧莲这姑娘，我是越看越喜欢，我家波波能娶她，那是林家的大福分。"

"是啊，我的女儿，养了二十几年，我还真有些舍不得……"龙十妹喝了酒，脸红扑扑的，原先一直挂在脸上的一丝不安被红润盖住了。

"一婿半子，以后波波就是您的儿子了，他要是不听话，您就用擀面杖敲他！同理，慧莲嫁到林家，就是林家的女儿。我最喜欢女儿了，一辈子盼着有个女儿。您放心，我肯定像您一样宠着慧莲，以后谁要是敢欺负她，我沙中柳第一个跟他拼命。亲家母，有话您就直说，能办到的我们一定办！"沙中柳挥着手。

"也没什么大要求。我只盼着他们以后多生儿女，生他十个八个的……"龙十妹脱口而出。

"这事却难办。国家的政策不能违反，一对夫妻只能生一个。像你我两家，过去能生也只生一个，那是为国家做了大贡献的。"沙中柳笑容可掬。

龙十妹有些不高兴，想了想，觉得还是提一个办得到的事为妥。

"我是大老粗，不会说话。我的意思是，他们生下儿女，一定要让我龙十妹来养。"

"这事好办。我和林峰都很忙。年轻人也要把精力放在工作上，尤其是慧莲，医生的职业我知道，忙起来就是没日没夜的。两口子一有小孩，就送您那儿去。"

"我也举双手赞成！"林峰笑呵呵的，把双手举过头顶，"小孩子就该在泥土堆里摸爬滚打，这样以后才不会忘本！"

酒席宴会上，最难做到的就是面面俱到。林峰夫妇觉得有些冷落了在座的龙虎两兄弟。两兄弟却不以为然。龙虎像个军人似的正襟危坐，偶尔喝两口，就躲到一边抽烟。因为心脏不太好，孔鲁凤禁止他喝酒，却喜欢他身上的烟味，对龙虎吸烟甚是放任。龙虎的烟瘾很大，与父亲龙禧有的一拼,想戒却戒不掉。

另一个龙家兄弟龙马一身得体的黑西装,庄重沉稳,显得彬彬有礼,温和沉思的目光盯着每一个说话的人,凝神倾听,不住点头。轮不到他说话的时候,他不置一词。

林峰憋不住又想说话了。同是军人出身,他与龙虎脾性相投,惺惺相惜。

303

"龙虎,你也该挪个窝了。我是林大炮,你是龙大胆,你这把刀应该放在关键地方。你这几天就到人民医院去报到。这是命令,你要不听话,我就把你头上的帽子一撸到底。"林峰直来直去。

"注意组织纪律!"沙中柳用手指轻敲桌子,"你林峰不能代表组织。什么时候,组织纪律都不能违反。即便你是一把手,可以一言九鼎,但绝不允许搞一言堂。"

"沙局长说得对。沙局才是我的直接领导,我听她的。"龙虎笑道,"再说,我要是上来,留下的位置怎么安排?我想带表妹一起回城,她是我的左膀右臂。"

"这却不难。龙虎,慧莲在你手下锻炼了一年,也该独立挑担了。不过结婚生子,同样是人生大事。你放心,一切我自有安排。"沙中柳道。

林峰讨了没趣,转向龙马。

"工贸联动,以工助商,以商补农,这是我林峰将来的打算。龙马,你是全县有名的办厂能人,我打算给你压压担子。"

"林县长过奖了。这一切多亏您林县长,放开市场,允许办厂,才有我龙马如今的一点成绩。"龙马不卑不亢。

"你别谦虚。我林峰何德何能?说起来还是你们龙潭镇的人成就了我。你别推了,下个月到镇政府报到!"

"林县长,龙潭乡现有几十家乡镇企业,我有些不舍。说真的,从政非我所愿,我只想当个企业家。要管理企业,还要读书自考,实在难以脱身。"

"这好办。你到镇上赴任,乡长还兼着。林峰可以安排汪秘书到龙潭镇挂职,分担你的行政工作。这样就可以各方兼顾、两全其美。"沙中柳插话。

原来在龙家的众多兄弟中,沙中柳最喜欢龙马。林波住在龙禧家时,就是由龙马照顾。林波一提起龙马也是眉飞色舞赞扬有加,以林波骄傲的个性,是难得夸奖人的。沙中柳虽然极少与龙马打交道,但是以她多年的阅历

和犀利的目光，一眼看出沉稳练达的龙马绝非池中物。这个人平时少言寡语烟酒不沾，但一到正式场合，就会收放自如、雷厉风行，颇有大将风范。

"还是夫人高明！"林峰道，"龙潭镇藏龙卧虎，我还是倾向内部提拔。我收到过好几封寄自龙潭镇的匿名信，言之有据，文笔老辣，我林峰开放市场、工贸联动的决策就是受此启发。龙马，你要多多留意这样的卧龙，大力举荐人才。"

龙马点头领命。

正说着，一对新人已经楼上楼下敬完一圈酒回来。龙马的目光落在满脸通红的朱赫赫身上。

"二表哥，赫赫说，她要敬你这位大企业家一杯。"诸葛慧莲怂恿。

"好啊！要喝就喝三杯。"龙马起立，"我下面有几十家企业，正缺一个法律顾问，朱大律师，你这个法律顾问我是请定了！"

"请我当法律顾问没问题，不过有一个前提，要等我留学归来。"朱赫赫心领神会。

"那没问题。你留学的费用我全包了！"

龙马微笑着，与朱赫赫连干三杯。一桩美满的婚姻就这样缔结了。

一行人围着圆桌落座。不知是否有意，孙兰英的位置紧挨着龙骏，作为替新娘挡驾的伴娘，她也喝了不少，绯红的脸使她看上去越发秀美。不过她还是害羞，尤其不敢正眼看身边的男士。龙骏忙着给教授、龙十妹倒茶斟酒，与他们聊天，偶尔转过头与孙兰英交谈几句，他对这位身材纤秀、肤色白皙、有一双清澈眼睛的年轻护士很有好感。

另一边，朱赫赫与龙家兄弟和另一个男傧相谈笑，一副落落大方、怡然自得的神情。诸葛慧莲醉意朦胧，头靠在林波的肩上。林波牵着诸葛慧莲的手，通红的脸一副沉醉的样子。

沙中柳也已微醺，看着眼前一张张洋溢青春的脸，觉得自己也年轻了。

"今天是大喜的日子。难得大家这么高兴。两位新人，每人提一个要求，我沙中柳一定想方设法办到。"

"妈，说起来我还真有一个。"诸葛慧莲道，"龙骏的母亲，是我小学班主任。她是民办教师，唯一的愿望就是转正。她现在还在李宅中心学校任教。"

"在政策允许范围内，这事不难办。国家也在想办法。"沙中柳有些愕然,没想到诸葛慧莲没提两口子的事。

"妈妈,这忙您一定得帮! 龙骏是我最好的朋友。"林波霍地站起来,似乎有些激动,"龙骏是劳模,是工程师,他文武双全,诗书画才能甚至在我之上。龙骏在外地工作,没法照顾母亲。念其母就是顾其子,也是对我最大的帮助。"

沙中柳没想到一向骄傲的儿子会如此推崇另一个人,第一次对身边这个普通的年轻人投以赞许的目光。她的目光虽然落在龙骏身上,话却说给小夫妻俩。

"君子有成人之美,好! 慧莲,这事不算,你再提一个。"

"妈。我真的想不出了。"一切都尽善尽美,诸葛慧莲实在想不出其他的要求。

"波波,你呢?"沙中柳转向儿子。

"妈,我还是那个愿望——一间独立的画室。"

沙中柳潮红的脸微微泛白。

"年轻人,首先得自立,养活自己。父母是父母,你们是你们。就拿婚礼的礼金来说,不能随便动用,以后要加倍奉还。我知道你讨厌朝九晚五的生活,也不反对你搞艺术……"

"妈妈,你得言而有信!"林波露出不耐烦的神色,硬生生打断母亲的话,"我也可以退而求其次,只需一次旅行。"

"好吧,我答应你! 有关手续我给你办,旅行假期我想办法给你。不过有两个条件:一是在你们的宝宝出生后;二是所有的旅行费用你自己想办法!"

![第二十一章]
第二十一章
西行漫记（上）

一

　　我的艺术之旅该从何处开始呢？当然是越地绍兴。这座有两千五百多年历史的城市孕育了众多的历史名人——大禹、西施、勾践、王羲之、谢安、陆游、贺知章、王充、王阳明、徐渭、王冕、秋瑾……还有无数名满天下的师爷。

　　大楚越南的会稽山，是古代开国圣君大禹封禅、娶亲、计功、归葬之所，"千古一帝"秦始皇一统天下后就上会稽祭大禹，谢安曾在此隐居，王阳明在此创立"心学"。千岩竞秀、万壑争流的会稽山和山下的绍兴古城历来是越地的名山重镇和文化渊薮。

　　这里曾有越王勾践的古城，鉴水环前，卧龙拥后，稽山其前，秦望其南，栋宇峥嵘，舟车旁午，壮百雉之巍垣，镇六州而开府。四明会稽流出的山水，由南向北流贯沼泽平原，水网纵横，石塘交错，有山阴水道和浙东古运河，江水挟海潮横厉，碛声怒激若千雷殷作，堰限江河，津通漕输，浮鄞达吴，航瓯舶闽，浪桨风帆，千艘万舻。

　　这里是唐诗之路的门户，往东有李白梦游、堪称唐诗高峰的天姥山。不过我此行的目的不是诗歌而是书画，是西行而不是东寻。

大运河、镜湖、剡溪、曹娥江、乌篷船、石板桥、窄街古巷，绍兴，这座山青水白、烟雨迷蒙的古城一直存在于我的梦里。作为会稽山的余脉，龙川的山水也留下了古越国文化的余韵，龙潭镇，与越地古镇何其相似。

兰亭朝圣已不是第一次了。过去，我是作为一个学生，在镜湖畔写生，在兰渚山下踯躅徘徊，看些浮光掠影，现在则是沐浴更衣郑重其事地朝拜。我要探寻书法这一中国传统文化核心的密码，探寻翻越那不可逾越的山峰的崎岖小道。我记得，前些年，对《兰亭序》的真伪，曾有一场激辩，作为学书画的学生晚辈，自然不敢置喙。不管真伪，只要是真好的艺术，都值得后人临摹学习。

历史总是充满迷雾。也许在《兰亭序》埋于乾陵的那一刻，其真伪也成为一个永远的悬案。在我看来，笔墨纸砚，都是源于自然的山水。中国古人，把字刻在甲骨上，刻在陶罐上，刻在瓦当玺印上，刻在铜鼎上，写在竹简纸绢上，或是镌镂在大理石花岗岩的墓碑和粗粝的摩崖上，《兰亭序》回到泥土，还真是得其所归呢！

古代越国，一度非常强盛，北至苏皖齐鲁，南达闽粤，号称"百越"。宋高宗迁都临安，改越州为绍兴，北方大批文武士绅工匠百姓南投，这样，吴越文化便融入了源于黄河流域的华夏文化。东晋王家是名门望族，也是一个神秘的家族。王家出了许多书法家，也留下了众多名帖。祖籍北方的王家最后迁居江南，历史变迁，朝代更迭，文化的融合终是大势所趋。

书法，或者说，文字笔墨，总是随着时代的流变而变化。文字的出现使我们的摆脱了结绳记事的蒙昧时代。象形文字的出现，多半源于我们的远古祖先观察日月星辰、风雨雷电和草木虫鱼的结果。那些稚拙的洞壁岩画，那些陶罐上勾描的点线褶纹，也许就是最早的文字雏形。青铜器上的文字被称为金文。这样看来，书法是水与土、金与火的艺术无疑。秦灭六国，李斯在大篆和六国古文的基础上规范整理，以笔画圆润流畅的长方小篆作为标准书写，统一了中国的文字。古文字从象形发展到表意，秦篆又变成了汉隶真书。汉代的书法，率真随意又章法有度，沉雄古朴又潇洒放逸，充分体现了一个民族应有的恢宏气度。汉代，有瘦劲如铁、龙舞蛇行的《礼器碑》，有笔法严谨、典雅秀逸的《曹全碑》，有方正古朴、雄浑劲挺的《张迁碑》。自汉至唐代的六百余年间，钟繇、王羲之、王献之、智永、虞世南、欧阳询、褚遂良、颜真卿、柳公权，一批批伟大的书法家崛起。唐王朝的建立，文化与经济的发展，使书法艺术也出现了前所未有的繁荣景象。唐之书法，典雅华贵，丰神俊逸，正与其煌煌盛世契合。汉魏质朴，两晋玄妙，晋代书圣子孙和随后宋齐梁陈书家的简淡平和，糅合进中国北方壮硕雄拙的书风，形成了被后人称为"晋唐传统"的书法楷模。此后，宋元明清，书法难得辉煌，似乎每况愈下。

唐太宗李世民，不但把大唐推至"贞观之治"的鼎盛，而且身体力行倡导书法，首创行书刻碑，促使唐代书法成为我国书法史上辉煌的一页。然而，即使是这样一位帝王，也以追摹书圣为荣，念念不忘要把书圣的《兰亭序》据为己有。可见，《兰亭序》作为天下第一行书并非浪得虚名。曲水流觞，饮酒赋诗，那是古代文人的情怀。

可是书法，仅仅是文人抒发胸臆，或者士人博取功名的进阶之道吗？

文字的使命是显而易见的。书法作为艺术，肯定也有它自己的使命。三皇以前，结绳为政，至太昊氏，文字始生。仓颉古文，史籀大篆，李斯小篆，程邈隶书，汉代章草，六文，五易，八体，刻符，摹印，虫书，署书，殳书，上古之时，文字简单仅为符号之用，传闻有五十六种书，纷纷矣，未可尽信。但有一点是肯定的，中国自古以来就是一个崇尚文字的国度。在代表中华文化的众多元素中，汉字或曰书法肯定是首选。汉字是中华文化的载体，从她产生的那一刻起就荷担重任，与几千年的中华文化相伴而行。商晚期的卜骨刻辞，内容涉及祭祀田猎天象，气韵宏大，笔画遒劲。汉砖内有阳文篆书"海内皆臣，岁登成熟，道毋饥人"，对大汉政治经济民生大加颂扬。许慎《说文解字·序》云：盖文字者，经艺之本，王政之始，前人所以垂后，后人所以识古。早在西周，汉字就被作为"六艺"之一，列为宫廷教育的必修。秦始皇统一中国，"书同文"成为国策。汉代，字的书写成了选官取仕的重要标准。在中国历史上，大凡盛世,无不将文字作为重要工具。即便是乱世,民间也有敬惜字纸的习俗,汉字在人们心目中的神圣地位,使汉字和书法在朝代更迭的腥风血雨中得以延续,经久不衰。

晋代战乱之时,王导仓皇过江也不忘把钟繇的《宣示表》缝在衣带之中,誓言"帖在人在,帖亡人亡"。传说中,唐太宗指使萧翼诳取《兰亭序》真迹,临终遗嘱,让太子李治把《兰亭序》陪葬昭陵。宋徽宗醉心书画,独创新书体"瘦金体"。可见书法,那枯瘦丰仪的笔墨和灵动跌宕的线条,肯定与中国人的精神血肉有某种特殊的联系,在中国人的生命里占有特殊的位置。

有人说,书法作为艺术,具备两大因素:一是外形优美,二是内涵丰富。两者完美统一,才形成书法独有的表情达意功能。笔法,墨道,章法,三者结合才能表现书法气韵。书道之难,固在于知白守黑、阴阳错综、虚实相间,更在于知法求变。变则生则活,不变则腐则死!

中国人具有诗的灵性,崇尚心灵自由的诗意人生。有人说,书法如佛法,要有晋人遗风,字里行间要有空灵气息与定化禅意。许慎云:书者抒也。扬雄说,书乃心画也。蔡邕也说:欲书先散怀抱,任情恣性,然后书之。书法这种直抒心意的表达方式,非常符合国人通过直觉感知世界的方式,通透表达了国人的诗性灵心,成为文人表情达意的基本手段。王羲之书《兰亭序》,记兰亭山水之美和集会欢乐之情,是为了抒发"一死生为虚诞,齐彭殇为妄作"的感慨。颜真卿书《祭侄稿》,于"父陷子死,巢倾卵覆"之际,借文字表达对叛贼的痛恨和亲人罹难的悲愤,才情辉映,产生了强烈的艺术感染力。

矮纸斜行闲作草,晴窗细乳戏分茶。雨后春光,明窗净几,铺毫展纸,写上一通草书,悠情疏意,不着意不求工,累了就晒晒太阳,品品春茗——这是何等的快意人生! 因此有人说,书法要有仙风道骨。书之道,在于天人合一——带燥方润,将浓遂枯,刚柔相济,一阴一阳谓之道也。

春秋代续,总有规矩绳墨。又有人说,书道即儒道。志于道,据于德,依于仁,游于艺,是古君子立身四原则,也可看作层层递进的人生境界。为学始于立志,致力仁德,终于优游。凭借艺术达于"游"的自由境界,才可体味"独与天地精神往来而不敖倪于万物"的人生大境界。书法正是表达了国人的三观,它对气力、韵势、节奏的追求,蕴含着丰富的生命意识,又是人伦的体现。穿插避让,分寸适度,有理有据,有礼有节,致中和的中庸之道,是国人待人接物的态度。明清文人追求诗书画三绝,近代文人则要求做到诗书画印四全,还有所谓的琴棋书画四艺,这些对文人基本技能和素养的要求都包含书法。传统社会中,书法是文人士大夫的专利,既是书斋雅玩,也是必修功课。读书治学之余,挥毫染翰,证经悟道,这个道,即儒家崇尚的温良恭俭让。违而不犯,和而不同,不激不励而风规自远,正是儒道中温柔敦厚的谦谦君子形象。

可是,这些就是所谓的"书道"的全部吗?汉字强大的生命力,源于它与所记录时代的高度适应和融通。书法毕竟是为人服务的,不仅仅为王侯将相达官贵人,还是为普罗大众。书法的实用性从未弱化。古代的盟书帛书、秦简木牍就有实用功能。现代社会,书法的实用功能正进一步强化,各种各样的探索使人眼花缭乱。可以肯定的是,书法作为艺术,要发展就不能就书论书,否则,书法艺术就会真的像《兰亭序》的真迹一样永远埋葬于地下了。

艺术的生命在于拓展和超越,可是超越何其难哉!我们的先人已经竖起了一座座山巅,要翻越那山巅,就要有永不气馁艰难跋涉的勇气。兰渚山在我看来就是仰之弥高的山巅。我求索的脚步就要从这里迈开。一艺之成,须匠心独运,呕心沥血。我要负笈万里远行,上下求索。

我留恋眼前明清风格的小园林,留恋这里的亭碑、鹅池、古驿、碑廊、祠馆、茂林修竹和林荫下的幽雅小径。从龙川到越国古城,经杭州到上海,然后向北向西,那遥远的异乡呼唤着我。我的脑子里总是充满问号。我的使命也许就是解开这些问号。

我有的是时间。旅行,思考,创作,这就是我的生命。

二

提到泥土水火的艺术，我想起了陶瓷。一个国家因之而名，足见它在国人生活中占据了多么重要的位置。

我是学书画的，可无意中与陶瓷结了缘。在龙川，即便在普通农户家里，也可以看到很多陶瓷器皿：水缸、酒坛、腌菜坛子、盐罐、油壶、花盆、陶瓮和陶钵。龙川山坡上的窑炉已经熄火，摇摇欲坠，山坡上杂草丛生，到处是瓦罐碎片。我每一次路过，总难免唏嘘一番。在杭州求学时，我也喜欢寻古访幽，知道杭州附近有许多废弃的窑址，有官窑也有民窑，有的已经见天，有的还埋在地下。

这次在绍兴，我见到了大学同学陈禹君，这个自称"越人"的家伙竟然放弃专业研究起越窑来。在他简陋的工作室里，放着许多从民间搜罗的古董——碗、盘、水盂、罐、盒、瓷砚，大部分是青灰色的，光润素雅，有些还刻着山水人物花鸟。陈禹君对自己的那些宝贝喜欢得不得了，他说越窑青瓷是中国最早的"母亲瓷"，是中国历史上延续时间最长、影响范围最广、内涵最为丰富的古窑陶瓷之一，瓷胎细腻，釉色温润，以青翠晶莹名闻天下。越窑之名冠绝中国，自东汉至宋，延续了千年，于唐代达到鼎盛，至宋代渐衰。他又带我去参观河姆渡遗址，我们依然只对那些瓶瓶罐罐感兴趣。有着七千多年历史的河姆渡遗址出土了大量陶器，是那种刻有粗陋花纹的黑陶。是啊，陶器可以说是人类最古老兼有实用功能的艺术品了。早在新石器时代，人们就已经学会了制作简单粗糙的陶器，到商周，已有专门的陶工，在陶器上刻花鸟纹饰，施铅釉。商代的白陶标志着原始瓷器的出现。

陈禹君又介绍了一位制作紫砂壶的朋友，叫我去南京的路上务必去拜访。我顺道去了一趟宜兴。这位朋友的工作室里摆满各色紫砂壶——树瘿壶、覆斗壶、南瓜壶、荸荠壶，全是用丁蜀镇的紫砂泥烧制的，古雅拙朴。越窑青瓷的鼎盛与唐代的饮茶风尚有关，而明清以后紫砂壶能够勃兴，大约也与茶有关。那些制作紫砂壶的人，是真正的艺术家，是微雕大家。我与陈禹君彻夜长谈，长了不少知识。原来陶与瓷是有区别的。首先是原料不同。陶器的原料陶土，矿物成分复杂，由高岭石、水白云母、蒙脱石、石英和长石组成，颗粒大小不一，常含粉砂和黏土，因含有铁质而带黄褐、灰白或红紫色。而瓷以高岭土为主，由云母和长石变质而成。纯粹的瓷土是一种白色或灰白色、有丝绢般光泽的软质矿物。当然，不同的还有烧结的温度、吸水率和透光度。

战国两汉时，由于烧制时无法去除釉料里的铁元素，所以烧出来的是青瓷。至唐代，瓷器才色彩纷呈，有千峰翠色越窑瓷、色白如云的邢窑瓷、花团锦簇的唐花釉唐绞胎唐三彩。不过，陶瓷艺术真正的巅峰还在宋代。青瓷之首，汝窑为魁，别的不说，敢在花花绿绿的唐三彩前亮出自己的素朴，就是千年汝窑的一绝！除了色若天青淡韵高雅的汝窑，宋代的五大名窑中，还有丽质如玉的官窑瓷、金丝铁线的哥窑瓷、碧空流霞的钧窑瓷和素白如肌的定窑瓷。

官窑瓷，是京城汴梁宫廷专窑所造青瓷，紫口铁足，釉色粉青，色调淡雅，不尚装饰花纹，以造型釉色见长，简单极致。瓷胎中铁粉较多的，胎色偏紫偏褐偏黑，足底不上釉，口沿处挂釉较薄，露出紫色瓷胎。闲观哥窑美，静听哥窑音。

龙泉哥窑以青为主，铁足紫口，釉面有碎纹，纹片呈血色、紫色、浅黄色、黑色，有网形纹、梅花纹、细碎纹；开片蕴妙音，如涧如泉如琴如铃，天籁之音令人如醉如痴。最奇妙的特征是釉内气泡细密，像颗颗水珠满布于内壁外壁等处，攒珠聚球。

钧窑也分官窑民窑，有"瓷中之王"的美誉。钧窑之美有九，曰润、活、纯、变、厚、正、纹、境、浑——浑然一体，自然天成。定窑之美在于奔逸潇洒、华贵典雅、劲健挺拔、秀美娟丽，有柔婉悦目温润恬静的中和之美。定窑有色如玉声如磬的白定，胎土细腻，胎质薄而有光，釉色纯白滋润。有粉定，上有泪痕，釉为白玻璃质釉略带粉质，瓷质精良，色泽淡雅，纹饰秀美，胎体轻薄胎质洁白。此外还有黑定、红定、绿定、紫定。

宋代，南北窑炉烈火熊熊，把火与土的艺术推向极致。五大窑之外，还有磁州窑、耀州窑、建窑、吉州窑和名闻天下的饶州窑。由越窑发展而来的青瓷至此达到很高的境界。青瓷之美，在于青如玉、明如镜、薄如纸、声如磬，如蔚蓝落日之天，远山晚翠，又如浅草初春的湛碧平湖，含蓄内敛，优雅深沉，静穆成景，意境深远，契合中国文人对美的追求。青瓷之美，还在于器物造型之匠心独运，瓶、瓠、罐、壶、碗、盘、杯、碟、灯、洗、砚，尺寸大小皆合日用陈设，制作精巧，比例协调，实用审美有机结合，天衣无缝。

宋瓷美轮美奂，美不胜收。宋瓷艺术的精髓在于不尚奢华含蓄温润的经世之美。不独陶瓷，宋代的书法绘画、书刊出版都达到了前所未有的高度。宋代并不是一个积贫积弱的时代而是民富民乐的时代，至少她在文化上是繁荣的。有人甚至认为，中国文化造极于赵宋之世。

东南形胜，三吴都会，钱塘自古繁华。烟柳画桥，风帘翠幕，参差十万人家。市列珠玑，户盈罗绮，竞豪奢。是啊，临安是繁华的，江南是繁华的。当我坐着火车穿行在满眼是绿、山温水软的江南，行走在曾经烟花璀璨的秦淮河畔，常常想，发端于黄河的中原文化为什么不断南移？那些历史上曾经的灿烂文明哪儿去了？那些曾经走向巅峰的文明为什么会顷刻间轰然倒下？

陶瓷，既是艺术的，也是世俗的。作为艺术品的陶瓷是那样脆弱，得小心翼翼地捧着，一跌就碎，就像历史上那些曾经辉煌的王朝，似乎转瞬即逝，成为历史书中的一个片段。而那些曾经的陶瓷艺术品，也只能在各地的博物馆和收藏家手中见到，在现实生活中，陶瓷正被质地坚硬的实用器物替代。

三

宋瓷大美，宋画也是可圈可点的。

宋代的文化繁荣在绘画中得到了充分体现。宋画第一人李公麟，发展了白描画法，完全以墨笔线描塑造形象，成为后人学画的样板。范宽有《雪景寒林图》，笔墨浓重润泽，皴擦多于渲染，层次分明而浑然一体；他的《雪山萧寺图》以水墨染出荫翳天空，气象雄浑，而《溪山行旅图》，则是中峰鼎立，杂树飞瀑间，商旅骡队不过山水间的点缀。郭熙的《早春图》，出现了不稳定的S形构图，烟云迷蒙，线韵空灵。李唐的《万壑松风图》，山如细笔，山水如梦境，由范宽的写实主义变成了浪漫主义。

在北宋取得辉煌成就的基础上，绘画在南宋又进入了新天地。刘松年的《十八学士图》，变雄健为典雅。夏圭的《溪山清远图》则创边角式构图。与夏圭齐名、并称"马夏"的马远，承李唐画风，独步画院，是绘画史上富有独创性的大画家。马远善于描写江南山川，雄奇简淡，水墨苍劲，风格独特，豪放中有谨严，变化多而融和，富有诗意。马远画作构图简洁有力，平观仰视，大胆取舍，剪裁留白，称"马半边"。他描山，焦墨树石，树干瘦如屈铁，危崖峭壁石硬；他画水，能画出不同气候环境下江河湖海的运动状态，笔法多变，把平远、迂回、盘旋、汹涌、激撞、跳跃以及微风吹起的微波和月光下水的潋滟动态画得十分动人，奇幻多姿。

至今宋的山水书画，仍是世界公认的高格。唐朝的美是大红大绿，宋朝竟用墨来画画——墨分五彩，墨比彩色还要高，淡雅反而更显高贵。

秾芳依翠萼，焕烂一庭中。零露沾如醉，残霞照似融。丹青难下笔，造化独留功。舞蝶迷香径，翩翩逐晚风。宋徽宗心中的美人就是书法绘画。他编《宣和书谱》和《宣和画谱》，整理收藏书法和绘画，又开创了花鸟画的黄金时代。

经友人介绍，我认识了一位在故宫博物院拜师学艺修复古画的师傅，得以近距离观摩欣赏那些宋代花鸟画册的真迹，颇为惊叹。

北宋时期以崔白为代表的花鸟画家，已开始注重表现禽鸟之间的呼应关系。南宋马远在构图上摒弃北宋中景布局，以边角取景，将花鸟与山水融为一体，成为当时花鸟创作的新时尚，对后世也产生了巨大影响。

花鸟与山水结合是南宋花鸟画的一大特色。画面中山水静逸优雅，禽鸟形象生动，二者动静结合，相得益彰，营造出大自然和谐安宁的氛围，体现了南宋画家对自然生灵敏锐的艺术感悟。郭索的《晚荷》，荷叶莲蓬用粗笔，蟹用细笔勾描，笔法粗犷写实，设色鲜艳；一只肥重的河蟹踞于残荷之上，莲蓬苍老，荷叶枯黄，芦荻疏

落,更增添了画面的萧瑟冷寂。宋人画鱼的名作《群鱼戏藻图》,小
鱼戏于荇藻之间,游向各异,远近分明,荇藻轻灵,构图生动;鱼身
用没骨法墨染而成,线条圆浑流畅,黑脊与白肚之间过渡自然,口
眼鳍尾立体逼真。佚名作《蓼龟图页》中溪水岸边,红蓼吐蕊,碎石
泥坡,野菊绽放,一只老龟缓缓爬上坡岸,未及出水,便被蓼花小蜂
引,驻足昂首仰望,后足仍浸于池中,悠闲自在,神态毕肖。

还有《晴春蝶戏图页》《豆荚蜻蜓图页》《青枫巨蝶图页》《菊丛
飞蝶图页》《荷塘鸂鶒图页》《寒塘凫侣图页》《梅石溪凫图页》《乌桕
文禽图页》《红梅孔雀图页》《霜柯竹涧图页》《松涧山禽图页》,不可
胜数。画作皆绢本,设色富丽,艳而不俗,应物象形营造意境,笔墨
技巧都臻于完美。画景,则是春光明媚花团绽放,丛菊盛开灿若文
锦;或是一曲清溪,两岸夹植杨柳,烟雾迷蒙;或是溪流急湍,水花
飞溅,山间天阴欲雪,霜柯临水,水墨染阴,雪后晦冥,老梅初放。
画树,或则古松苍劲,古柏森然,怪石嶙峋,枯藤缠绕;或则嫩绿枫
树,枝叶婆娑,竹林葱茏,白梅斜出。画植物,或是豆荚一枝果实乍
结,葡萄累累垂挂藤蔓,篱边野景饶有气象。最生动的是那些鸟
虫。画鸟,是白鹭飞翔,野鸭鸂鶒戏水,绶带毛羽绚烂,孔雀栖于高
处、回首梳翎。画虫,则凤蝶体态雍容,粉蛱娇小素净;蜻蜓徐飞,
蜜蜂逐花;还有瓢虫、螳螂、蝈蝈、蜡象,或伏或跃,千姿百态,无限
生趣跃然绢素。

中国传统绘画,以墨为主,以水调和,以毛笔为工具,以宣纸绢
帛为载体,讲究气韵笔墨和形式构图,即谢赫之"六法"——气韵生
动、骨法用笔、应物象形、随类赋彩、经营位置、传移摹写。

中国传统工笔人物画的奠基者自然是东晋的顾恺之,他首创
铁线描,用状如铁丝的线条描绘人物衣褶,遒劲有力的圆笔线条,
使得衣纹常有稠叠下坠之感,轻盈流畅又紧劲连绵。至唐代,线条
真正获得独立性格,"百代画圣"吴道子首创"兰叶描""枣核描"和
"柳叶描",运笔提顿,忽粗忽细。五代董源,被誉为"南派山水画"
开山鼻祖,首创披麻皴和点苔法,将笔法和墨法融合,丰富了山水
画的表现能力。元代出现浅绛山水,强调在水墨勾勒皴染的基础
上,敷以赭石为主色的淡彩,素雅清淡,明快透彻。

中国传统绘画以墨为主、以色为辅,墨分五色七法。毋庸讳言,中国传统绘画的线条、笔法、墨法和画法是在不断拓展的,绘画对象也在不断变化。北宋《宣和画谱》分十门:道释门、人物门、宫室门、番族门、龙鱼门、山水门、畜兽门、花鸟门、墨竹门、蔬菜门。后又分八类十三科,看上去题材不少,实际上不外乎帝王将相、才子佳人、仙道神怪和山水花鸟。自唐代王维授诗入画,士夫文人画肇始。宋代庶民文化兴起,人物画,尤其是人物故事和社会风俗画才得到高度发展。五代两宋绘画的全面繁荣过后,元明清却是文人画一枝独秀。

"元四家"之首黄公望以浅绛山水创作《富春山居图》,开始追求平和安宁的境界。明代声势最为浩大、影响最为深远的是吴门画派,吴门四家大多以文人画知名。文徵明的《桃源问津图》、唐伯虎的《溪山渔隐图》,正是他们追求逍遥隐逸人生的写照。只有漆匠出身的职业画家仇英,创作了色彩艳丽的《文姬归汉图》,算是例外。清代的画坛热热闹闹,看上去一派繁荣景象,有"四王""四僧"和"扬州八怪",也只是把诗书画印相结合,强调作品的文学性和笔墨韵味,或是寄托亡国之痛,或是寄情山水追求隐逸人生,并没有摆脱文人画的窠套。

山水花鸟成了主流。人在哪儿呢?是啊,人在哪儿呢?

莎士比亚说:人是一件多么了不起的杰作!多么高贵的理性!多么伟大的力量!多么优美的仪表!多么优雅的举动!在行为上多么像一个天使!在智慧上多么像一个天神!宇宙的精华!万物的灵长!

文脉即人脉。在我看来,当万物灵长的人被忽略、被隐藏、被蔑视、被践踏时,文明的衰落也就再正常不过了!

四

花五个小时登上泰山,又花四个小时下来,累得我腰酸背痛、双脚肿胀。双肩包越来越沉,挂在脖子上的相机不停摇晃,撞得胸口疼。

如果不放下沉重包袱，要想登高致远是不现实的。

登上五岳之巅，我没有任何一览众山小的感觉。我分明看见遥远天际线那边的山，云海之上，有无数的高峰巨峦横亘在我面前。

接下来的几天，我又游览了"三孔"，心里更是有了仰之弥高的感觉。不知怎么的，我的目光更多地投向泰山的摩崖石刻和"三孔"的石碣碑亭。那些有文字的东西更能吸引我。这样看来，我还是对书法念念不忘。

书画同源。唐张彦远在《历代名画记·叙画之源流》中云："颉有四目，仰观垂象，因俪鸟龟之迹，遂定书字之形。造化不能藏其秘，故天雨粟；灵怪不能遁其形，故鬼夜哭。是时也，书画同体而未分，象制肇创而犹略。"早期的汉字，形象灵动，与绘画神随意合，如出一辙。

文以载道，书画亦然。在古代，书法和儒道本来是密切相关的。魏晋书法温文尔雅，贵和持中，风流蕴藉，作为中国书法的高峰，彰显的风神气象是后世很难超越的，核心因素就是其中的儒道精神。儒道精神的存在使魏晋书法保持中和唯美的发展状态，与国人的审美心理契合，最终成为书法典范。

在先秦的儒道思想中，艺术与道德仁义是相辅相成的。但后来，艺的地位日趋下降。《礼记·乐记》提出了"德成而上，艺成而下"的德艺观，书法成了小道末技。儒讲弘道兴世，汉末最有名的书家蔡邕，因主持刊刻《鲁诗》《尚书》《周易》《春秋》《公羊传》《仪礼》和《论语》等七部儒家经典而受世人推崇。曹魏时期唯一的草书大家张芝，与同时代或略晚的几位书家如钟繇、邯郸淳、卫觊、韦诞和胡昭等都深受儒学精神影响，发展了符合儒家中和精神的书体——楷书和行书。

魏晋世家大族在国家政治经济和文化生活中发挥着重要作用，而儒学精神则借助世族这一社会载体发挥作用。儒学出自孔子，历史上最负盛名又神秘的王氏家族出现在齐鲁这片土地上，也就不足为奇了。琅琊王氏家族赖以立身的根本正是儒学精神，西晋王祥临终遗命家训："夫言行可覆，信之至也；推美引过，德之至也；扬名显亲，孝之至也；兄弟怡怡，宗族欣欣，悌之至也；临财莫过乎让。此五者,立身之本。"书圣王羲之创造书法高峰和典范,正与王氏家风有关。王羲之的书法,详察古今,研精篆素,尽善尽美,正体现了从容不迫的圣人风范,即使是在迁往江南后,王氏家族依然书家辈出,也与儒学精神有关。

然而成也萧何,败也萧何。当书法为某种道统所束缚,成其附庸,停滞不前就是理所当然的事了。毕竟书法是艺术的,艺术的生命在于变易、创新和超越。

可是,要超越前人古人,要摆脱千百年来的层层枷锁桎梏,何其难哉!从最初的刻符到甲骨青铜金文小篆,到汉隶魏碑,再到唐代行草真楷,中国的书法浩如烟海,层峦叠嶂,别说超越,就是登临也是极难的事。

书法博大精深,能让人上下贯通虚实结合,让人有精神依归,陋室独居而不孤。字乃人之衣冠,品德不高,落墨无法。书法能让人体悟人生,诚然。

人类总是在不竭地追求精神彼岸,也就是黑格尔说的人类无可摆脱的彼岸、世界和理想的彼岸。艺术似真似幻,是为了人类精神需求的满足。艺术门类很多,有凭借想象力创作的艺术如音乐建筑,有凭借生活的模仿变异进而实现美学提升的舞蹈演唱。19世纪后的西方涌现出许多艺术流派,如超现实主义派和抽象主义派,艺术家不再拘泥于现实,而是超拔尘世,沉浸于光影世界的印象中。而中国大多数艺术家的"白日梦",就栖息于烟云迷茫的水墨山水和潇洒磊落的书法线条中——那元气淋漓的纯粹笔墨、那气象万千的黑白两色中。

一笔一画的方块汉字能够成艺术是有原因的。汉字一直保留原始的象形表意功能,它们是先民从面朝黄土背朝天的劳作中产生的,是仰观俯察自然物象后模拟的图符,有巨大的空间形式美。中国艺术家讲究心灵与自然的融合,从不缺对形而上的道德追求。书法艺术与中华文明并蒂而生,有筋骨血肉,有气韵之大成大美,是中国美学的基础。书法是文明发展早期独立发展的艺术,与文学音乐一样,是知识阶层的心灵图腾,蕴藉国人的艺术智慧,是中华文化嬗变中的中流砥柱。

鸦片战争后，中国被迫开放门户，本土文化明显处于弱势。新文化运动百年激荡，文学、戏剧、音乐、舞蹈无不被输入的东西改造。纯粹的中国哲学、文学、艺术不复存在，所有东西无不打上西学烙印。在西学狂飙中屹立不倒的唯有书法。书法既是艺术的，也是实用的。书法提供了艺术家对社会生命和艺术自然思考的机会，使参与者能在过中庸平和的世俗生活的同时追求心灵的放逸。它的实用功能也不弱，可以应用在书信、公文、著作上，应用于摩崖石刻、寺庙石碑、墓碑上，雕刻在金属、石头、木板、漆物中，出现在手扎、手绢、条幅、中堂、对联、春联、扇面、佛经道符上。祭祀、宗教、丧葬、婚庆等重大庆典都离不开书法。

艺术在越来越抽象晦涩的同时也变得越来越功利现实。文字在变，书写用的笔墨材质也在变，书法似乎也变得越来越实用。变是必然的。否则书法只会剩下信息传递功能，或者像某些大师界定的：成为实用工艺或雇佣的艺术，沦为匠人的雕虫小技。

怎么变？怎样才能突破先人而有所创造？

外师造化，中得心源，自然是学习艺术的不二法门。问题是，该师从怎样的造化？是像米芾一样拜石为师，还是模拟大自然的山川草木、风云雷电、怒海狂涛？抑或是到别处求取别样的真经？

五

曲阜城北、泗水之上的孔林，是世界上延时最久的家族墓地，占地几千亩，周长十余里，坟冢无数，规模宏大，世上绝无仅有。

我对这里的石门、石墙、石坊、石仪、历代的石像和森森古木的兴趣不大，我感兴趣的是众多的书法碑刻。

还有那无数的墓碑，有字的或是无字的。国人讲究盖棺定论。大多数人来去匆匆，不会在地球上留下任何生活过的印记，少数人则留下一方砖石——一生的功过是非都浓缩在墓碑——那有字或是无字的墓志铭上。人人须面对生死，直面人生，思考死亡。

人生的意义在于追求梦想和幸福，找出人生的意义，来成就自己的墓志铭。没有思考过死亡的人很难直面人生，只有当你面临生死离别的时候,才能体会到死亡给人带来的痛苦,从而思考人生的意义,就像一个原本懵懂的孩子瞬间长大。同样,对死亡的思考,会使你成熟、通达饱满,使你产生强大的使命感,找到人生奋斗的目标——不拘是为个人、为社会还是为信仰。使命感能给你远见卓识,使你抓住白驹过隙中的任何一瞬。

人如此,一个国家、一个民族何尝不是如此?一种文化或是文明又何尝不是如此?在这片山脉展布江河纵横的广袤土地上,我们的祖先,我们的父母兄弟爱人孩子,无不生于斯长于斯最后埋于斯。五百多位帝王粉墨登场,六千多次战争、五千多次天灾人祸使赤地千里、生灵涂炭,几十亿人的生离死别和悲喜苦难怎能不使人感叹!

朋友常嘲笑我,到一个地方喜欢寻幽访古往古墓洞窟里钻。实际上,我对一地的名山大川还是很感兴趣的,只是我学的专业使我不得不经常在故纸堆里翻翻检检,我总是想搞清楚,那些曾经的辉煌是如何产生和如何消亡的。

四大古都之一的南京,山水环抱,虎踞龙盘,号称"六朝金粉地,金陵帝王州"。可是那些曾经的帝王将相、金粉佳人都像这里秋冬枯黄的梧桐落叶随风而逝了。没有哪一座城市能像南京一样见证一个个短命王朝的兴衰、经历一次次的亡国之痛。纸醉金迷的秦淮风月里,依稀可以听见后宫嫔妃凄厉的哀号;丝竹桨声中,文人墨客一次次目睹着改朝换代的大幕落下。为了江山永固,明成祖朱棣将明朝的都城迁往北京,对后世中国产生了深远影响。

不过在这里,我并不想探讨南京作为帝都短命的原因,那是历史学家的事。我此行的目的地是中原,是西北。所以这两个城市我都不能久留。

中原文化或曰河洛文化,是中华传统文化的根脉,衣冠礼仪为东西诸邦追捧。唐宋以前,这里一直是中国的政治经济文化中心。许多圣哲明贤在这片土地上诞生,这里的图腾崇拜、城市建筑、宗教哲学、文学艺术、戏剧音乐、天文医学、农桑商贸和宗亲姓氏,都对中华文明产生了重大影响。中原河洛,长期处于正统主流,历史上有二十几个朝代在此建都。

洛阳也是四大古都之一,有"千年帝都,十三朝古都"之称。可现在的洛阳,似乎像枯萎的牡丹一样凋谢了。建筑物灰迹斑斑,大街小巷是灰色的行人和灰色的驴车。除了白马寺和龙门石窟,鲜有古迹。帝王之都的城垣宫阙,只留下街角偶露的飞檐碧瓦,而那些大唐盛世的彩马彩骆也沦为了路边的地摊货。香车倾一顾,惊动洛阳尘。若问古今兴废事,请君只看洛阳城。洛阳代表了最本色的中国,最渊深的中国。可是,那些盛唐的宫阙楼阁,三步一寺庙、七步一古刹的洛阳哪儿去了? 那有着春粉夏绿、秋红冬白、四季惊艳的洛阳哪儿去了? 那些店肆林立车马辚辚的古色古香的街道,那些或恬淡闲适或风雅豪迈的人物哪儿去了? 似乎一切都被埋在了地下。

我对洛阳有些失望,去了西安。出西安火车站,抬头一看就是横亘眼前的灰色古城墙。西安是中华文明的重要发祥地,是丝绸之路的起点。这里有大慈恩寺、钟鼓楼、大小雁塔、秦皇陵和碑林。这里有大唐帝国最宏伟壮丽的宫殿建筑,据说,唐代长安的大明宫是世界上规模最大的宫殿群,是后来明清紫禁城的五倍,庄重宏伟威仪四射的城门就有许多,如丹凤门、光顺门、玄武门、宣政门、兴安门。唐代二十一位皇帝中有十七位曾在大明宫里临朝执政。

长安,远山苍翠近水清澈,钟毓灵秀静水流深;华清池边虹飘霓裳,大雁塔前飞雪点点;贵妃顾盼如惊鸿一瞥,一双瞳人剪秋水。

最初的失望过去后,我渐渐地爱上了这座城市。我在这里待的时间要长一些。我去陕北陕南,拜祭轩辕黄帝,登华山游壶口瀑布。我惊奇地发现,陕北的榆林也有悬空寺,也有石窟壁画,只是这里的石窟壁画比较少,听说是莫高窟的姐妹窟,同属敦煌艺术。敦煌,那是我一定要去的朝圣地,榆林的小石窟算是前奏。

壶口瀑布并没有我想的那样壮观。大概是来得不是时候,冬汛已过,十一月底的西北天气已经又干又冷。我站在陡崖上,看着那黄色的瀑布倾泻而下,浮想联翩。作为中华民族的母亲河,黄河的源头——青藏高原的巴颜喀拉山,一定是清澈干净的。为什么越到下游越浑浊? 那曾经如此艳丽的洛阳牡丹,那冲天香透满城金甲的长安何处寻觅? 一切似乎都淹没在那些茫茫的黄尘之中

321

了！面对这沟壑纵横的黄土地，怎能不让人喟叹！

我在各地旅行，在南来北往的列车上，在车马喧嚣的大街上，那些灰蓝色的人流常常使我惊诧。他们弯腰屈背一脸疲惫的形象使我郁闷。他们本不该是这样的，我们的祖先并不是这样的！

我们的祖先也曾有过艺术写实的探索，在秦皇陵的兵马俑身上，在魏晋南北朝时期的洞窟石刻和石窟壁画上，在唐宋时代院体画里。这些绘画，不取光影而以线描勾勒，画中人物一丝不苟，身份服装年龄姿势，个个逼真传神，风神俊逸。佛像雕塑更是如此。大同云冈石窟中的佛像广额丰硕，高鼻大眼，挺拔健硕，气韵雄放。洛阳的龙门石窟造像，世俗化的倾向越发明显，北魏造像的粗犷雄健变成了大唐的宽厚圆润活泼温和。即便浑身烟灰，两个石窟中的雕像依然雄健生动。

我曾在北京登临八达岭长城，也曾到过长城的几处关隘。万里长城十三关，雄关漫道，也难挡北方铁骑胡人金兵。没有了人，长城再高再巍峨，何以坚守？真正的长城应该建在人民心中。

一个民族，一种文化，与人一样，应该是伟岸的，挺拔的，自由的，刚健的，富有创造力的。笔墨当随时代，这话自然是不错的。可是怎样随？可以寄情山水，可以超尘拔俗，但是千万别忘了人的存在，别忘了充满烟火气的芸芸众生！

第二十二章
西行漫记（下）

一

林波坐在靠窗的位置上，望着窗外苏南平原迷人的乡村景色。这是他的第二次长途旅行。

大学时，林波对阿历克斯·哈利的《根》着迷，读了好几遍。这次旅行，寻根——寻找他祖先的出生地，就是林波的借口之一。林峰却对自己的祖籍闭口不谈，说自己是孤儿，说不出自己是从哪座山里走出来的。林波把寻根的区域从中原扩至整个西北。说实在的，林波只是把寻根当成幌子，他的心里，一直把自己当成龙川人或是上海人。每次出差或路过，他都会在上海外婆家小住几天。

第一次旅行，他从绍兴出发，经杭州上海，第一站到六朝古都南京。在早已熟悉的莫愁湖、秦淮河畔，林波只逗留了一个星期，直奔第二站山东，夜登泰山，游曲阜"三孔"，顺便探访青岛崂山道观，在淄博寻幽聊斋。第三站自然是北京。北京的名胜古迹够多，他却一头扎进各种博物馆、画廊书展和老城厢的四合院，会了会大学的几个同学。然后是河北和山西。山西的名胜古迹众多，林波足足盘桓了一个半月。他的兴趣在名山大川，在寻古访幽，在洞窟石壁，在中原文化。接着自然是河洛一带，龙门石窟、开封府和少林寺。最后是陕西西安。

大半年的旅行,林波差不多有一半时间是在车上度过的。他必须在春节前赶回家。车票紧张,林波经历过春运人流汹涌、人货堆集互相挤压的场面。另一个原因是林波想家了,想他出生才几个月的女儿林晓。他要停下匆匆步履,思考旅途的所见所闻,整理素描稿、旅途笔记和上千张的摄影作品。根据记忆和照片没日没夜地创作,与父母妻女朝夕相处,他度过了一生中最温馨的岁月。半年后,他觉得自己又被莫名其妙的东西卡住了。

夏天到来的时候,他重新出发,一路向西。大西北在召唤他,艺术圣地敦煌在召唤他。

这是一趟从上海开往西安的列车。车过南京,原来空荡荡的车厢忽然间变得嘈杂拥挤。林波从暂坐的临时空位上站起来,走向前面的卧铺车厢。

20世纪80年代中后期,买火车票除了排队,还要肉搏。不过去得早排得靠前,还是能买到票的。那种大批量预制的硬板票,如果不标注座位,上车可以随便坐。为了节省时间,林波通常买两道杆的特快或一道杆的快车,很少买无杆的慢车。长期旅行使林波积累了不少经验,迫不得已买到无座票,到车上也能弄到卧铺票。他带着盖有印章的单位介绍信,飞机和软卧不够格,普通硬卧就成了首选。

随身行李很重,一架海鸥牌照相机,一把吉他和一个很大的黑色双肩包。包里面装着旅途中要看的书和夏秋的衣服,还有洗漱用品、指甲刀、剃须刀、太阳镜、遮阳帽、画笔颜料、素描纸、应急药物和少量食物。林波并不想在列车员那里寄存行李,因为包里的东西随时要取用。他把包和吉他放在铺位上,叫同车厢的人看管,自己在普通硬座车厢里走走坐坐。硬座车厢里人声鼎沸,南腔北调,有无数鲜活的面孔,"哐当哐当"行驶的绿皮车就是一个精彩的流动世界。

票证钱物要随身带,尽管车厢里有些闷热,林波还是在黑色T恤外面穿了件杜丘式的黄色风衣。他起身沿着狭窄的过道往前挤的时候,两边的人都用异样的目光看他。林波身材高大,长发披肩,脖子上挂着那架老式的海鸥相机,不论走到哪里,都是众人瞩目的焦点。林波已经习惯了。

列车服务员吆喝着,推着流动售货车迎面而来。前方过道,两节车厢的连接处被刚上车的带着大包小包的小商贩堵住了。他们或蹲或站,还有几个老烟枪在吞云吐雾。

林波刚一转身，同身后的姑娘撞了个满怀。那姑娘穿着牛仔裤、白衬衣，身材修长，亭亭玉立，一头乌发烫成大波浪，衬着娇艳白皙的面容。她挎着一个时尚小包，腰里别着索尼随身听，时尚的打扮在四周灰色的人群里显得鹤立鸡群。

"对不起。"林波道歉。

"没关系。"姑娘说着，拿下耳塞，嫣然一笑。

林波站住了。他似乎在什么地方见过这张笑脸。就在上车不久，在前面的车厢，她在与一群中学生模样的小姑娘用软糯婉转的上海话交谈，一边说，一边咯咯笑。她的笑声把周围的人都感染了。一位拄着拐杖的老人走过来，姑娘让出了座位。

"你是上海的？"林波问。

"你怎么知道？"姑娘反问。

"只有上海姑娘才会如此时尚前卫，开放张扬，充满活力，笑得肆无忌惮。我听见你'阿拉阿拉'的，与一群学生说话，还以为你是带学生旅行的中学老师。"

林波的话里暗含套近乎的恭维。

"我不是老师，是学生，生活的学生。旅行是最好的学习。"上海姑娘道。

"你不工作？"林波问。

"我有工作，在深圳，在外贸公司当翻译。工作是为了生活。赚够了钱，我就把工作辞了，四处旅行。"

"一个人去西安？"

"嗯。"

"我也是——我是说我也是一个人，也是上海的。"

"我知道。在上海火车站，我见过你，一班人前呼后拥，好招摇！"

姑娘上扬的眉毛间有一股嘲弄的意味。

林波想起来了。在上海火车站，似乎见过这个女孩匆匆走向普通候车室的背影。林波那帮送行的朋友还对女孩评头论足了一番，因为她的确太漂亮了：修长的身材凹凸有致，肌肤白嫩，长睫毛大眼睛，嘴角笑意盈盈，浑身散发出一股鲜香的阳光味道。

林波的外公外婆都是大学教授，住在淮海路附近石库门的院子里。他们虽然与沙中柳有隔膜，但是对于英俊洒脱的外孙还是疼爱有加，希望林波在上海多住几日。但是天公不作美,江南的梅雨季,阴晴不定,整日下毛毛雨,身上黏糊糊湿漉漉的像是要发霉。石库门里的生活有些局促,林波向往着西北的艳阳天,想象着在风吹草低见牛羊的草原驰骋,迫不及待地出发了。上海的朋友,叫蓝帅龙的画家开着桑塔纳送他,同行的还有何国清和其他几位。在位于繁华老城厢南面的百年车站,一帮人拥着林波进入贵宾候车室,很是拉风。

"有没有人说起过,你长得很像Kris Phillips?"姑娘直勾勾地看着林波。

"Kris Phillips?"

"费翔,春晚唱《故乡的云》和《冬天里的一把火》的那一位,他是我国台湾的,最近可火了。当然你眼睛的颜色与他不同……"

林波很少看电视,大年三十,他给女儿换完尿布哄她上床,就躲到暗室摆弄照片去了。当然,费翔的名字是听说过的。

"我不是费翔。我叫林波。双木林,波涛的波。你呢?"

"三毛。"

"是到处流浪的那位?"

"是写作的那一位。她也喜欢流浪。"

林波望着女孩狡黠的脸,微笑。

"亿万人流里能邂逅,比被雷劈的概率还小。这里太挤了,有一股烟臭味……你可以到我的卧铺车厢去坐坐。"

"好啊。"

他们挤过推推搡搡的人群,来到硬卧车厢。这间卧铺室,只有两个人。对面下铺是一个干部模样的中年人,西装革履,是到西安开会的。沉默寡言的中年人朝走进来的两个人笑笑,到餐车吃饭去了。

林波把吉他和双肩包挪到上铺。三毛姑娘坐下,从随身的包里取出镜子、粉底、眉笔、口红和雪花膏,开始补妆。

"这趟车到终点要二十来个小时,你为什么不买一张卧铺?"林波起了个话头。

三毛眼睛也不抬。"卧铺是那些有身份有钱的人坐的。我还没办身份证,也没单位开证明——再说了,卧铺车厢里总有一股怪怪的味道。"

"那是男人身上的酸臭味。你放心,这里就我跟老陆。老陆是正经人,爱干净,看见女的目不斜视。——我身上什么票证都有,你我结伴同行,可以少些旅途寂寞。说真的,你根本不需要证明,你的微笑就是最好的通行证。"

　　林波不便说,他身上也有男人的臭味——如果脱了鞋袜,那气味也够人受的。

　　列车驶入一个车站,要停留十二分钟。两人顾着说话,也没听清楚是哪一个车站。天已经暗下来。林波望一眼窗外,忽然想起了什么,急速地跑出去,不一会拿着一只鸡腿、一袋豆腐干和一瓶健力宝上来,放在茶几上。

　　三毛姑娘似乎不饿,斜倚在铺位上,轻轻地拨弄吉他,抬头凝望林波。

　　"你也喜欢吉他弹唱?"

　　"会一点,瞎摆弄。你的声音很有磁性,一定会唱歌。我弹你唱,怎么样?"林波接过吉他,"唱什么?"

　　"《橄榄树》。"

　　林波调了调弦钮,弹起来。三毛轻轻地哼唱,眼神迷离,似乎真的有些累了。

　　"你吃点东西,早点洗漱完睡吧。"林波放下吉他。

　　"那你呢?"

　　"到下一站我再下去买点吃的。我是夜猫子,晚上睡不着。你看,这卧铺床位,我这样的块头,躺着也是活受罪。"

　　林波走出去,在车厢尽头的活动小座椅上坐着。他兴奋莫名,望着窗外黑沉沉的夜和一闪一闪的灯光,忘了饥饿,也不想到别的车厢去走动了。他掏出钱包,凝神看着夹层里女儿林晓的照片,忽然听到轻轻的脚步声。穿着粉红睡裙的三毛就站在身后。

　　"你女儿?"

　　"嗯。怎么,还没睡?"

　　"那个沉默的老陆,鼾声如雷,吵得我睡不着。"

　　"哦!是这样。我双肩包里有一个蓝色的药瓶,里面的药是治疗打鼾的……你放心睡吧,有我守着呢。"

　　过了一刻钟,林波站起身回到卧铺室。老陆的鼾声已经停了。三毛姑娘斜躺着,像个婴儿似的睡着了。

　　他回到座椅上,望着窗外,依然很兴奋,脑子里有两个女人的身影交替出现,一个是女儿林晓,一个是穿着粉色睡裙的三毛。列车在黑暗中穿行,发出有节奏的"哐当"声。不知过了多久，林波终于迷迷糊糊地打起了盹。

林波醒来时，天已大亮。他急匆匆地走进卧铺室。床上已是空荡荡的。

"老陆，三毛呢？"

"三毛？哦，那个女孩，她刚走。车停了，我以为……"

林波收拾行囊，来不及与老陆说一声再见，飞也似的冲了出去。

二

横亘华中的巨大山脉秦岭是华夏文明的龙脉。狭义上的秦岭，在渭河与汉水之间，毗邻渭河平原。秦岭北坡是大断层，峭壁陡崖，河谷深切，千峰耸立，巍然凸起，气势雄浑；南侧则是缓坡逶迤，夹着众多的山岭盆地。

秦岭也是中国南北自然地理及气候的分界线。冬天，秦岭以北的关中地区寒风凛冽，冰天雪地，人们守着热炕炉火取暖，而秦岭以南，与关中地区仅一山之隔的汉中盆地，却是青山绿水。夏天的陕北，酷日干旱，黄尘风沙弥漫；陕南的汉中、安康和商洛地区则是风光迥异，有郁郁葱葱的山岭和清澈的汉江水，近似江南。

云横秦岭家何在？雪拥蓝关马不前。在层层叠叠、逶迤连绵的秦岭山脉间，在云雾缭绕、林木苍翠的秦岭深处，不知藏着多少被世人遗忘的秦岭人家。褚家寨，就是一个被人遗忘的村落。这是一个非常幽僻的小村落，位于秦岭南麓的秦巴山地。村的北面有一道山梁，站在山梁上极目远眺，可以看见远处重峦叠嶂，群峰纷涌，九曲十八弯的山道环绕其间。村南面的豁口，是上升的缓坡地，森林和草甸层次分明，一条溪涧流过繁花似锦的草甸，风景优美。

小村位于山梁深切的悬崖下，依山而建，高低错落。村口的古藤老树遮天蔽日，不走近根本看不到人家。村后的悬崖绝壁上还留着木制藤绑的天梯。

石屋石墙，石磨房石楼门，这个只有百十户人家的村落是个石头山寨，房子全是用山岩溪石堆砌而成的。石墙围起的庭院里有石盆石槽、石桌石凳、石水溜子、石碾石缸、石猪圈石鸡窝。石板路上有石板桥和石踏步，村口有石板铺的晒场，山坡上有石砌的梯田——总之，这里就是一个石头组成的世界。

午后，从山梁一侧的盘山土路上，驶来了一辆摩托车。或许是因为不久前刚下过一场大雨，下山的土路有些泥泞。离村口还有百来米，摩托车就陷在泥地里，"突突突"响了几次，熄火了。驾驶员骂骂咧咧，用脚踢了一下车胎，抬起黑黝黝的脸，吐了一口痰。座位上的女乘客下来，从包里掏出一张十元纸币，连同头盔交给对方，顾自走了。

女乘客身材修长，穿着牛仔裤白衬衣，一张风尘仆仆的脸充满疲惫，正是三毛姑娘。在昨晚的卧铺车厢里，那个沉默的中年男人吃完药，消停了一会，后半夜又打起了呼噜。三毛睡不着，快天亮时似乎做了个梦。

那个梦改变了她的行程。她不想与任何人同行，便提早在临潼站下车，在临潼县城，坐上了一辆开往安康方向的长途客车。弯弯曲曲的盘山公路坑坑洼洼，汽车时而穿越黑暗的隧道，时而在云端腾空，仿佛随时要从悬崖绝壁上掉下。她没有恐惧，因为一上车就迷迷糊糊睡着了。近二百公里的路程，开了六七个小时，到达目的地——一个在地图上也找不到的小镇，她又雇了一辆摩托车，下午四点才到达她要找的村落。

三毛姑娘走下山坡，在村口的那条小溪里洗了把脸，又掏出眉笔口红补妆。

石寨出奇地安静，仿佛早已无人居住。她沿着石板路走向村子，终于看见一个坐在一堵矮墙上的穿花格子衬衫的中年男人。

"先生，请问黑子……褚岩峰家住在哪？"

中年男人用怪诞的眼神看着陌生人，伸出手指了指方向。他的脸是土色的，手指像煤炭一样黑。

三毛往前走。那中年男人一瘸一拐地跟在她身后，嘴角流着口水。

三毛有些慌了，拐进一条狭长的石头巷。她听见鸡鸭的叫声。右手一个凹字形的庭院里，一个七十来岁的老妇人从简陋的门洞里走出来，头裹白布帕，穿一件蓝色对襟布衫，吃惊地望着姑娘。

三毛舒了口气，露出惊喜。她从包里取出一张旧照片，放在老妇人面前。

"大娘，您还认识我吗？我是褚岩峰的朋友。几年前我送他回来时见过您。那会儿是在县城，没到这里来。"

老人"啊啊"惊叫，忙不迭地把姑娘拉进院子，从屋里端出一杯水。

"知道。知道。"老人用生硬的普通话说着，话里似乎混杂着巴蜀鄂的各种方言。尽管三毛很有语言天分,也只能勉强听懂。

"大石头蛋埋在县城里。这里离最近的县城有一百多里。过去石头蛋经常寄一些纱手套回来。他说是你送的。他舅舅在安康上班。过去养蚕,织布。我织布送过去。现在老了,织不动了。养羊养鸡养鸭。"

老人拉拉杂杂地说着,满是皱纹的脸上露出笑容。

"您老身体还好吧?"

老人呵呵笑着,伸出长满老茧的手把姑娘拉进一边的厢房。那里放着两台老旧的织机。织机旁的石凳上,放着一件用纱线织的白色毛衣。老人拿着线衣在姑娘比画了一下,摇了摇头。那线衣显然是老人为死去的儿子织的,有些肥大。

老人正要说什么,听到门口的狗吠声,跑出去张望了一会,又跑回来。

"小石头蛋到北面挖煤去了。村里的年轻人都出去打工了。那个瘸子乃西另挖挖地。他买的四川女人跑了。你要防着他。你走。端走。"

老人拉三毛姑娘出屋,指指头顶快要暗下来的天空,推了她一把。

三毛走出院子,没走几步,老人急匆匆地赶来,把一样东西塞在姑娘手里。那是一把梭子,油光光的牛角梭子。

门外的狗吠声停了。那穿花格子衬衣的中年人站在远处的石碾子上张望。

三毛如释重负,头也不回地走出村子,沿着土路一口气爬上山梁。

那辆摩托车已经不见了。三毛站在山脊上,望着夕阳照耀下的起伏的群山和山峦间的沟壑峁梁,皱起了眉头。最近的小镇离这里也有十来里路,她为自己临时起意的鲁莽举动心焦起来。

正要迈步,忽然听到土路拐弯处的林子后面传来了歌声。那歌声在静寂的四野里显得格外洪亮。

> 青线线(那个)蓝线线,蓝格英英(的)彩,生下一个兰花花,实实的爱死人……

歌声落时,一个穿着风衣身材高大的男人迎面而来,脸上挂着坏坏的笑。

"囡囡,你怎么能不辞而别呢?说好的,我们要结伴同行。"

"要你管!"三毛娇嗔。

"我不管,你就该留在秦岭大山里当压寨夫人了。你不知道,秦岭有许多古道山寨,土匪出没——即便没有土匪,那个穿花格子衬衫的男人也会拧上你,娶你当婆姨。你不知道,为了追上你,我特地花双倍的钱雇了一辆出租车。"

"要你管,我自己能照顾自己。"三毛姑娘的口气缓和了些,"说真的,你刚才唱得还不赖。可是《兰花花》是陕北民歌,这儿是陕南。"

"我就是来带你去陕北的。说好的,我们要一起去黄土高原,拜谒黄帝,观壶口瀑布,看九曲黄河——陕北的信天游我会唱,船工号子我也会吼……"

> 你晓得,天下黄河几十几道弯哎?几十几道弯上,几十几只船哎?几十几只船上,几十几根竿哎?几十几个那艄公嗬呦来把船来搬?……

林波伸长脖子吼唱起来,终于把三毛姑娘逗乐了。

"你自己去陕北。我要往西往南。我们正好分道扬镳。"

"噫吁嚱,危乎高哉! 蜀道之难,难于上青天! 蚕丛及鱼凫,开国何茫然! 尔来四万八千岁,不与秦塞通人烟……姑娘,你不知道蜀道有多难走,苦海无边,回头是岸,还是跟我回西安吧。我的行李还放在那边的出租车上,为了这趟计划外的旅行,我足足多花了一个月的开销。"

"狗拿耗子。活该,谁叫你多管闲事?! 我能照顾好自己。吉人自有天相。"三毛咯咯大笑。

两人沿着山间土路,在暮色中匆匆前行。

三

林波从睡梦中醒来,一看手表,已是上午十点。他一骨碌从床上起来,穿着睡衣就冲出门。

这是西安火车站附近的一家小旅馆。林波上一次来就是住在这家叫"秦俑"的小旅馆里。对于吃住,林波并不讲究,怎么方便怎么来,尽可能地简单。前天晚上，他们从陕南的石头山寨直接到西安，已是凌晨两三点钟。第二天只有半天时间，他们只能在附近的钟鼓楼大小雁塔转转，晚上爬古城墙，一直到晚上十点才回。连续熬夜，林波又睡过了头。他答应三毛，要做她的向导，一大早带她去登华山。

隔壁的房间开着，楼层服务员在整理打扫。也许三毛在楼下等。林波回房，洗漱换衣，冲下楼去。一楼的门厅空荡荡的。柜台后面的女服务员见到林波，露出熟悉的微笑。林波斜倚在台上，问是否见过308房间的女房客。

服务员笑眯眯地盯着房客。

"哦，她一大早就走了。我早上接班，她的退房手续就是我办的。"

"退房了？"林波愕然。

"她的房间是以你的名义登记的。她交了房卡，付了两天的房费。"

"她说过要去哪儿吗？"

"这可说不清。昨晚她订了一张去西宁的火车票，今天早上又退了。先生，你的女朋友有些神神秘秘的——我原以为你们是一对，可她说不是，你只是她的普通朋友。她要我谢谢你，叫你不要等她了。"

"她还说了什么？"

"她说，如果你一定要找她，可在半个月后在母亲的身边等她——你的朋友真怪，还打哑谜。"

女服务员诡异的笑容里带些惋惜与同情。林波的心空落落的。不管怎么说，林波还得继续自己的旅程。

有些名胜古迹一辈子去一次就够了，有些则值得你一去再去，而像西安这样的千年古都，也许一辈子也不够。西安是与雅典、罗马、开罗并称的世界古都，一千多年里有十三个朝代政权在此更迭。半坡居民在这里生活安家，汉唐盛世从这里延至华夏。金冠玉带华服美宴是长安"文景之治"之盛景。这座城市的一砖一瓦都诉说着历史变迁，一土一石一器一物都浓缩了千年沧桑。秦俑肃穆，汉俑从容，高耸的灰黄城墙沉淀深厚的帝王之气。沙尘漫天的黄土高坡，秦腔和海碗彰显着男性的粗粝和阳刚。西安，这座融历史、建筑、人文、书画、音乐、舞蹈、文学于一身的古城值得花毕生的精力去读。

林波又一次登上华山，俯瞰景色壮阔辽远无际的秦川，倾听黄河澎湃的波涛。然后,他去了留下无数隐士足迹的青霭蒙蒙的终南山,以及高耸入云星辰森列的太白峰,再一次去咸阳拜谒汉阳陵、乾陵、茂陵和昭陵,还有长安的兴教寺、香积寺和华严寺。他的兴趣更多地在石刻碑碣,所以又一次去博物馆和碑林。

可是他再也不能静下心来研读临摹碑林石刻了。有一个身影在他的眼前晃动。她的一颦一笑、一举一动都使他心旌摇曳。林波努力压抑这种强烈的情感,却不能自已。无论是在华山之巅观云海、在终南山的楼台道宫参拜,还是在古城墙脚下行步,那个身影总是不停地出现在眼前。

林波失魂落魄,十天后去了西宁,花一天时间游览塔尔寺。这座藏传佛教格鲁派的寺院远观是蓝天下一排白色的塔,近看却是色彩斑斓,其中的僧舍殿阁糅合藏汉建筑艺术,令人惊诧。他雇了一辆车,花两天时间去青海湖,游日月山和鸟岛。七八月份的青海湖,有蓝宝石一样的湖水,还有点缀着金黄油菜花的草原。他依旧心绪不宁。在绒毯般的草原上,在成群的牛羊和一座座的帐篷间,在明镜似的湖面和飞翔的雁鸥间,那个身影还是不断出现。

五天后,林波来到兰州,预买火车票准备去敦煌。难得来一次大西北,他不想错过这座西北重镇。他已经习惯坐火车旅行,打算在河西走廊的武威、金昌、张掖、嘉峪关等做短暂停留,所以并没有在西宁坐汽车去敦煌。

时间尚早,他雇了辆出租车,打算去黄河边转转,近距离观看黄河上的桥、羊皮筏子和船工。被两座黄色的大山夹峙着的兰州也是黄褐色的,给人一种灰蒙蒙的感觉——在时光的机器里,那些被磨成面粉状的沙依然保留沙的酸腥咸涩,使得这座有着厚重的历史的城市似乎也有了一股沙尘味。好在兰州的夏天还算不错,夜晚更是凉风习习。

出租车驾驶员颇为自己的城市感到自豪,特地载着林波多绕几圈,过白塔山公园,穿黄河铁桥,最后在南岸的滨河路停下。

牛肉拉面,卤肉面,酿皮,砂锅,灰豆,百合桃,莜麦面,青稞酿造的甜醅子和杏皮茶,林波听说过很多兰州特色小吃,虽然对美食不感兴趣,可是忍不住饥饿,走进街角的一家拉面馆,要了一碗牛肉拉面。小吃店的老板和伙计在用兰州方言说话。

"你个尕子子子……木你组撒尼啥……"

"老板……那系嘛远滴,在磊个塔塔尼!……我拍个康子向你保证,包

管你满服滴很！"

…………

"老板，你知道黄河母亲在哪儿吗？"林波忍不住插嘴。

"哦，你说那奶孩的娃，不远，就在前面。"老板模样的人用手指指。

林波吃了一半就匆匆走了。他脑子里想着事，踽踽独行，对周遭的一切视而不见。顺着拉面店老板指的方向走了大约十五分钟，来到一个陌生的公园，一抬头，就看到了不远处那尊花岗岩雕塑。微笑着的母亲秀发飘拂，仰卧于波涛之上，抬头微曲右臂，右侧依偎着一裸身的憨态男婴。林波知道，这尊标志性的城雕一年前才落成，出自一位女雕塑家之手——她的灵感正是源于敦煌的古代彩塑。

夜色中，那有些粗粝的花岗岩雕像和不远处滔滔的黄河都变得模糊。那个身影又浮现在眼前。几天的劳累奔波后，林波以为已经把她忘了，可是潜意识里从未忘记，一旦他停下脚步休息或是思考，她就会深入他的脑海。他似乎认识她很久了。也许是在童年的某座古宅，或许是在城市、在满大街蓝黑一片的南京路步行街的人流中，或是在上海的石库门晾晒着衣被满是烟火味的小巷里弄中。

林波正凝神沉思，有人轻轻拍了一下他的肩膀。他回过头，看见三毛姑娘正站在他的身后。牛仔裤，白衬衣，虽然晒黑了不少，那张脸依然使人惊艳。

"你……！"林波惊讶得说不出话来。

"我，我怎么了？算你聪明，守信。"三毛咯咯大笑。

林波看了看不远处的黄河母亲塑像，恍然大悟。

"我守信，你却爽约了。这些天你都到哪儿去了？"

"我不想拖油瓶一样地跟着你，碍你的事。我不像你，喜欢看那些铁马铜车和呆头呆脑的泥人。我喜欢一个人在蓝天白云下骑牦牛，住帐篷，放牧牛羊，在祁连山下的大草原上策马驰骋。那蓝宝石般的青海湖，还有茶卡盐湖、巍巍雪山……"

三毛说着，脸上露出梦幻般的神情，似乎还在回忆刚刚经历过的旅程。青海湖的蓝，蓝得纯净温柔，蓝得深湛恬雅，蓝锦缎似的湖面荡着涟漪。青海湖的蓝，蓝似海洋，蓝似天空。无边无际的蓝色水畔，是绿茵茵的草滩，草滩上长着一垄垄黄灿灿的油菜花。连绵的黄，静谧的蓝，透亮的白，雪山映着蓝天，白云飘浮在天空，天空下是平静安详的湖泊河流，如油画般的山水。

她总是渴望着别样的风景。在牧马群嘶边草绿、风吹草低见牛羊的草原上，腰垂锦带的游牧奇骏在驰骋。塞鸿盘旋的戈壁沙漠上，是残垣月冷的烽火台。月光映照下，积雪一样洁白的沙丘上，长长的过碛驼队，不断摇动悦耳动听的悬铃，走过遥远的丝路。她已经见过一望无际荒无人烟的沙漠、连绵起伏的远山和镇魂摄魄的刀山火海。夕阳下丹霞地貌变幻着，像一抹水色胭脂，斑斓丘陵寂静无声，一切都美得令人窒息！

这些风景，她将终生难忘！她有一颗不羁的灵魂。这就是她要的生活——出发，行走，在自然里放空，从此岸到彼岸，寻找真正的自我，寻找生命的意义。

双方站立不动。林波忽然想起了什么，拉起对方的手就跑。还有一小时，他们还来得及买去敦煌的火车票！

他们拦了一辆出租车，赶往火车站，顺利搭上西去的列车。

夜色中，列车穿越戈壁沙漠，在河西走廊穿行。

这趟深夜从兰州发往乌鲁木齐的车，乘客并不多。卧铺车厢里更是空荡荡的，只有他们两个人。林波把行李安顿好，这才想起三毛可能还没吃晚饭。这几天林波吃得很少，一直处于亢奋状态。

"车停下一站，我下去买吃的。"

"不用啦。我不饿。"三毛摆弄化妆品，洗漱完后，她的脸又变得红扑扑的，明艳动人，"你坐下歇会，或者弹弹吉他。"

"你也喜欢音乐？"林波明知故问，没话找话。

"喜欢？那是我的生命！"三毛把眉笔口红装进包里，微笑道，"大学的时候，我是上海市十大校园歌手。我在戏曲学校专门学过音乐。妈妈希望我从事音乐工作，学京剧、越剧。小时候，她给我报了很多班——钢琴、手风琴、扬琴、古筝、琵琶。对了，光琵琶我就学了四五年。"

"是啊，音乐太美妙了。人生怎能没有音乐呢？"

也许是太兴奋了，林波侃侃而谈，话语中免不了带有卖弄的意味。

"敦煌壁画中就有许多反弹琵琶的伎乐飞天。琵琶是外来乐器，一旦入土中原，就高调地技压全场。五代顾闳中的《韩熙载夜宴图》以及明代吴伟的《琵琶美人图》、仇英的《千秋绝艳图》中，都有琵琶。唐诗宋词里，琵琶更是频频现身。葡萄美酒夜光杯，欲饮琵琶马上催——塞外风情跃然纸上。

琵琶起舞换新声,总是关山旧别情。撩乱边愁听不尽,高高秋月照长城——写出了戍守关山的将士在死亡阴影下的沧桑苦寒和无边的寂寞愁思。马上琵琶行万里,汉宫长有隔生春——那是一种离愁别恨、家国情怀。还有白居易的《琵琶行》,那是不朽的长篇乐府诗。"

三毛先是歪头微笑着静听,慢慢地靠在床上睡着了,平静得像个婴儿。

林波依然睡不着,走出卧铺车厢,在狭窄的过道上走来走去。窗外,是夜幕中的一片苍茫。

四

敦煌很小,小得就像内地的一个小镇或是村落。敦煌又很大,大得无边无际、包罗万象。碧蓝的天空,黄色的沙漠,灰色的戈壁,杨树牙泉,鸣沙驼队,关隘古堡,魔鬼城,烽火台,彩塑壁画,敦煌是古老而美丽的传说,是历史长河里永恒的沙漠绿洲,是人一生中非去不可的地方。

可是,对大部人来说,敦煌不过是匆匆旅途中的一个客栈,是落日孤烟中的回眸一瞥,是他们生命记忆里的一粒黄沙或是一滴眼泪。

他们住在敦煌的小旅馆里,一连三天都雇同一辆车去莫高窟。开放的洞窟并不多,可是这就够了。很少有人会花足够的时间观瞻世界上规模最大、内容最丰富的雕塑和壁画。

来敦煌前,林波阅读了大量的史籍资料,关于敦煌的,关于阳关烽火台的,关于玉门关方盘城的,关于魔鬼城雅丹地貌的。因"地势高敞,人广昌盛"得名的高昌,公元前1世纪建城,14世纪毁弃于战火,汉唐以来,一直是中原连接中亚欧洲的枢纽。唐玄奘西域取经,从长安出走,沿丝绸中路抵印度,高昌是驻居之地。佛教从西域入中原,鸠摩罗什是薪火传承者,他在凉州居住了十多年,深谙中国汉文化,以圆润的笔法翻译了《妙法莲华经》《阿弥陀经》《金刚经》等众多佛学经典。还有楼兰,那早已消失的沙漠中的庞贝,因为六七年前发掘出三千八百年前的楼兰美女,仿佛又重现人们的眼前。楼兰曾经是西域的城郭之国、军事要塞,也是古代丝绸之路南北岔道上的商贸重镇。

这是片神秘的土地,是金戈铁马流血杀戮的战场。北魏统一北方前,这里先后出现过十二个国家,有的仅存九年,最短命的帝王仅几个月。一百三十年间,十六国继起,在弥漫的硝烟里,在刀光剑影的金石声里,汉、匈奴和鲜卑因文化而融合。这也是片辉煌的土地,驼铃响处,驼队载着丝绸、陶瓷、旱烟、香水和美酒,西进东归。最后,那些戍边将士的骸骨,那些曾经的烽火狼烟,终于被鸣响的沙丘淹没,而丝路曾经的辉煌也浓缩在了悬崖绝壁的洞窟里。

　　他们不想跟着导游走,要了一个手电筒自己看。石窟壁画中的佛经故事,那些佛、菩萨、弟子、居士、天王、金刚力士的彩塑,壁画上的山水建筑、山川景物、亭台楼阁、花卉图案,林波似乎对什么都感兴趣。三毛却只对壁画感兴趣,确切地说,是对壁画人物特别是飞天的服饰感兴趣。

　　那些飞天似乎无处不在。衣裙飘曳,巾带飞舞,身轻如燕,迎风飞翔,他们是自由、美和欢乐的化身,随天花旋转,随云气漂流。他们是自由之神,体态轻盈,迎风舒卷,无忧无虑地漫游太空。他们是乐神,演奏着不同的乐器——腰鼓、拍板、长笛、横箫、芦笙、琵琶、阮弦、箜篌。他们是美神。或是头束双髻,上体裸露,腰系长裙,肩披彩带,身材修长,逆风飞翔。或是头戴宝冠,项饰璎珞,手戴环镯,肩绕彩带。有的双手合十,有的手持莲花,有的手捧花盘,有的扬手散花。众多的飞天手持乐器,朝着一个方向绕窟飞翔,神采飞扬,动感强烈,富有生气。

　　一连几天的登高爬下进出洞窟,三毛似乎有些厌倦了。她要去别的地方看看。林波不得不跟着她,因为他还有一个重要的任务,给三毛拍照。

　　他们去鸣沙山月牙泉。三毛很喜欢沙漠,一进入沙丘,就变成一个孩子,欢呼雀跃。她一次次地爬上山包,然后滑下来,听脚下沙子的铮铮鸣响。她浑身沾满沙尘,一个人在沙包间狂奔,一忽儿咯咯地笑,一会儿仰天欢呼。最高兴的是骑骆驼,登上沙山之巅,穿行于沙漠之中,兜了一圈又一圈。

　　几乎一整天他们都待在鸣沙山。从早上日出开始,直至黄昏日落。

　　他们坐在月牙泉附近一处偏僻的沙丘上。远处硕大的夕阳使得敦煌的天空变小了。夕阳下的鸣沙山广袤无垠,光怪陆离的阴影转眼逝去,完全变成金灿灿的一片。沙丘北面就是月牙形的一泓碧水,经历万千年而不干涸的蔚蓝。

　　他们这样静静看着的时候,三毛姑娘忽然间站起来,拍了拍牛仔裤的沙尘。

　　"走吧,我不想看太阳完全落下,那渐渐消逝的辉煌总是使人伤感,就让这月牙泉边的大漠日落永远留在我们的记忆里吧。"

"走？最精彩的时刻还在后面呢！"林波听出了三毛的话外音，站起来，疑惑地看着对方。

"是我一个人走。我已经买好了今晚的车票。"三毛的口气很平静。

"为什么？你为什么你不告诉我？"林波顿感惊讶，责备道。

"告诉你我就走不了了。"三毛很认真。

"你是说我们现在就说再见？不！"林波叫起来，他想抓住三毛的手，刚一伸出又缩回去。他焦躁不安地来回走着。

"幸福的时刻总是那么短暂，走得最急的都是最美的时光。只要我们心里……只要我们惦记着对方。"

三毛咬着嘴唇，把那个敏感的字咽了回去。

"沙漠里也会有永不枯竭的清泉。我会记住陕南的石头山寨，记住黄河岸边的母亲雕像，记住敦煌。还有那西行列车上发生的一切。"

"可是你答应我要留下来的，我们还要一起旅行。"林波很失望。

"人生就是一次搭车旅行，要经历无数次上下车。旅途总是充满挑战，有梦想和希望，有犹豫和彷徨，有遗憾和事故，有意外和惊喜，也有刻骨铭心的悲伤。结伴同行的日子总是短暂，大多数时候我们要面对孤独。有重逢就有离别，有邂逅就有再见。放心吧，总会有人坐到你身边来。我不想理会那么多，只愿背起行囊前行。"

这是三毛说得最多的一次。

林波忽然间觉得，眼前的姑娘并不像表面看起来那么单纯。她说话的语气是那么平静，从容不迫。她的嘴唇干裂，原本妩媚娇艳的脸被沙漠烈日晒黑了，有一种莫名的沧桑。林波仔细看时，发现对方的眼睛并不是黑色的，那似乎是深蓝色的眼睛有一种使人心旌摇曳的致命诱惑。

太阳渐渐落下，将远处的天空染成橙色。夕阳下，沙漠呈现了它最美的阴阳两面。林波凝望着三毛姑娘，声音沙哑。

"你准备上哪儿去？"

"我不知道。也许是一路向西。我喜欢沙漠。我要去寻找更大的沙漠。撒哈拉，那是三毛荷西生活过的地方。"

"你一人独自西行，我还是不放心。你现在的样子，使我想起了楼兰美女。"

林波本想开开玩笑,说些轻松的,但是看见三毛姑娘忧郁的眼神,又止住了。

夕阳渐渐落山,风沙也渐渐大了起来。沙漠中鸣沙的声响像是呜呜的哭泣声。气温骤降,风沙吹打在三毛姑娘的脸上,撩起她的秀发衣衫。她的身子似乎在轻轻摇晃。

林波突然间抱起了她,用风衣裹住她的身子。他能感受到她身体的颤抖。她的眼睛亮晶晶的,泛着泪光。她似乎犹豫了一下,最后还是坚定地把他推开了。那沙漠中哭泣的声音也渐远渐弱。

"对不起。我是说,我不能陪你一路西行。我必须留下来完成自己的使命。在敦煌,在莫高窟。我的一个朋友在这里修复壁画,我要在这里待一个月。"

林波恢复了平静。

"有些人会一直刻在记忆里的,即使忘记了他的声音,忘记了他的笑容,忘记了他的脸,但是每当想起他时那种感受是永远都不会改变的。转身离开只需一秒,但是忘记要用一辈子。这话不是我说的,是真正的三毛说的。也许有一天我还会来敦煌的。我对这里的飞天很感兴趣,对那些壁画人物的服饰也很着迷。"

"能告诉我你的真名吗?"

"名字有那么重要吗? 那只是一个代号。"

"好吧,我不强求你。也许过个十天半月,你还可以来找我,我们一起接下来的旅程。"

"不。我也有事要做,我还要回深圳找工作,我得养活自己。"

"那我怎么联系你? 我是说,这些照相机里的照片,我得想办法寄给你。"

"留着做个纪念吧——如果需要,我会联系你的。你不了解我,你的事我却知道不少。"

林波越发觉得眼前的姑娘不简单。

"你说得不错,我们都得过世俗的生活。接下来的一个月我会非常忙,没有时间摆弄音乐了。那把吉他就送你了。"

林波因为有礼物送给她而兴奋。

三毛姑娘似乎很高兴接受。

"太好了。我正要去乌鲁木齐拜访一位老人,他搜集了很多西部民歌,是情歌大王。好吧,我们应该真正说再见了。"

三毛姑娘又恢复了爽朗,张开双臂抱了一下林波,然后突然转身,快步走下沙丘。走了十几步,笑着回头大叫:

"记住我的名字。李——海——音——"

那拖长的声音在傍晚的风声中越来越微弱。林波望着她远去的背影,迎着风沙走向另一边。他的眼睛里噙着泪花。夕阳下坠后的鸣沙山人影稀少,耳旁风声呼呼,脚下沙鸣呜呜,不久,林波的身影也消失在黑暗的沙丘后面。

第二十三章
一师三徒

一

20世纪80年代初的杭州,文一街、文二街、文三街一带,是著名的文教区,附近有众多的大中专学校——杭州大学、杭州师范学院、杭州商学院、杭州丝绸工学院、杭州电子学校、杭州化工学校、杭州党校、杭州团校、杭州外国语学校。应骁就读的是杭州大学政治系哲学专业。第一学年,龙骏还在杭州大学化学系就读,应骁还有玩伴,两人可以搭档参加各种桥牌比赛——只有桥牌、围棋这种高智商的运动才能引起应骁的兴趣,他对别的活动总是嗤之以鼻。

龙骏一走,应骁就成了孤家寡人。除非迫不得已,应骁难得与同学交往,要么沉默寡言,要么口若悬河,喜欢钻牛角尖的他常常与同学室友争得脸红脖子粗。渐渐地,室友也不愿与他说话了。

照例,20世纪80年代的大学校园里,懂哲学会写诗的男生在追求异性方面有独特的"优势"。康德、黑格尔、罗素、费尔巴哈、沸洛伊德,《梦的解析》、逻辑学、美学、进化论、控制论,天花乱坠一通,早已把女生的芳心俘获了。可在应骁的身上,这样的"优势"却变成了劣势。他被众多的哲学问题困扰着,脸色阴郁,一年到头穿着皱巴巴的衣服,衬衣领子总是污迹斑斑,见到女生,憋得嘴唇哆嗦,还是一个字也蹦不出。

他不学交谊舞,大部分课余时间泡在图书馆里。偶尔逛街,连露天影院也少进——对他来说那也是需要花钱的高级享受。去得最多的地方是新华书店,在书店里,应骁也不买书,而是蹭书看,躲在角落里,看到书店关门为止。然后在路边小店花一毛五分钱吃一碗阳春面,如果心情好的话,就再吃一碗油渣面犒劳自己。他囊中羞涩,不敢乱花钱。父亲应富贵的钱都花在造新房上了,给儿子的零花钱很少,应骁又羞于启齿要钱,实在没办法,就写信给梅花、梅香,让她们赞助一点。

应骁喜欢徒步旅行。暑假里,他心血来潮,要去探寻钱塘江的源头。他背着书包,沿钱塘江、富春江、兰江和衢江,一直走到乌溪江的尽头。

一般认为,钱塘江以流经皖南和浙江西部的新安江为北源,以衢江上游的马金溪为南源。应骁想用双脚证明自己的想法——乌溪江的上游才是钱江源。在闽浙两省边缘的仙霞山间,乌溪江辗转崇山峻岭蜿蜒前行,支流众多,支流两岸的古村落和原始风光与龙川有些相似。

虽然应骁要证明的东西无甚用处,他却乐此不疲。身上仅有的几个钱花得差不多了,他原路折返,沿婺江一路走回龙川,饥肠辘辘,衣衫褴褛,像个流浪汉。

应骁的学习成绩很好,但装满脑子无所不能又无甚用处的哲学名词似乎对应骁的毕业分配没有丝毫帮助,他满腹经纶,懵懵懂懂,痴痴呆呆,最后被分回老家龙川当了一名政治老师。

龙峡乡是龙川西端最偏僻的乡,有十几个村落还没有搬迁。乡中心学校在峡谷山沟里,一间破庙,十几间夯土墙的老房子,百来号学生。学校老师大多是民办或是代课的,只有应骁一个是正儿八经分配来的。应骁心中那团炽热的火很快被岚风吹灭了。满腹经纶无用武之地,滔滔雄辩只能对着山上的乱石堆发泄。校长对他这个唯一的大学生倒是很看重,准备让应骁接班,又把自己的远房侄女介绍给他。两人见面,应骁先是沉默,不吭一声,然后突然间开口,滔滔不绝说了一两个时辰。那一大套高深玄奥的名词把小姑娘吓跑了,再也没有回来。

在学生和其他老师的眼里,这个脸色苍白忧郁的应老师有些怪怪的——他在瀑布泉水里洗澡,在崎岖的山道上跑步,在溪涧树底下打坐,在岩石上望着天空发呆,在自己宿舍里通宵达旦地奋笔疾书。他常常一个人

在灰暗的走廊过道里自言自语,念着《哈姆雷特》中著名的独白:

> 生存还是毁灭,这是个值得考虑的问题……默默地忍受命运暴虐的毒箭,还是挺身反抗人世无涯的苦难……

他成了走廊里的"哈姆雷特",成了学生眼里的异类,成了同事私底下议论的"神经病"。他住在学校里,很少回家。回到龙宅,村里人看他的目光也有些异样。母亲陈氏总是唠叨亲事,使他烦恼不已。他与父亲的关系也越来越疏远。应富贵为杏花招了上门女婿,肯定有自己的打算:应骁现在是国家的人了,拿国家的工资,有住房分配,应富贵已经为儿子读书花了血本,不会在儿子身上再费神费力了。

应骁也想有所改变,跳出眼下的圈子,挣脱枷锁,改弦更张。他听从大姐梅花的建议,利用周末假期,从她那里弄来一些头花、首饰、围巾、手帕和时尚衣服,在龙潭镇的大街边摆起了地摊。他在寒风中枯坐了一个个夜晚,收获的钱还不够他填饱饥肠辘辘的肚子。

在整个龙川,应骁没有朋友,觉得自己越来越被孤立,似乎除了给龙骏写信发泄发泄心中的愤懑,别无他法。

这一天,他在龙潭镇老街漫无目的地闲逛,忽然间想到还有一个人或许能帮他。他来到龙门书院找干爹云鹤。

龙门书院此时还是个大工地,山门和山门外的镇澜桥、青山湖湖堤都已经列入或修葺或重建的计划。工地要管,还要接待越来越多的访客,院长云鹤很忙,不过他见到七八年没见的应骁还是很高兴。云鹤知道,冥冥中,他与这个脸色苍白神情忧郁的大脑壳青年有一种缘分。

云鹤把应骁领进茶室。应骁很兴奋,一改平时的木讷,挥舞双手,大谈周易和王阳明心学,讲得唾沫横飞。云鹤不说话,脸色凝重,在一旁生炭炉烧水泡茶,慈蔼地看着眼前这个脑壳越来越大、身体结实矮壮的青年。应骁的头发乱蓬蓬的,布满血丝的忧郁的眼睛透着狂躁,显然,在云鹤看来,应骁正在自织的罗网里挣扎,在歧路上越走越远。

应骁终于安静下来。云鹤泡好茶,盘膝坐在应骁的对面,面露微笑。

"应骁,我知道你喜欢看书。我记得你过去最喜欢看《西游记》。孙悟空说过:我若成佛天下无魔,我若成魔天奈我何。做一个世俗的人,就该努力,

343

苦练七十二变,笑对八十一难,疯狂过、失败过、成功过、辉煌过、奋斗过,才能无愧今生。人应该善待自己,我不希望你成佛成魔,你也不是哈姆雷特,可千万别做思想的巨人、行动的矮子。"

"我也想行动,可是我心似乱麻,郁闷烦躁。"

应骁低下头,刚刚还神采飞扬的他露出羞怯和自卑。

云鹤的目光穿过书房的门,望着门外鸟声啾啾的樟树林。"山中兰叶径,城外李桃园。岂知人事静,不觉鸟声喧。你听到书房外树林里的鸟鸣了吗?"

"我明白了。人越静,听鸟鸣就越清晰。心若静,那鸟声不再是喧闹,而是完满喜悦的天籁。"应骁道。

云鹤依然望着书房外的树林。

"你很聪明,但切不可因此自负。山空月明,水深流静。你看那些古樟银杏,历千年苦乐风雨,依然沉默。一叶可以障目,非叶子有错,乃是人自己短视。逆境、困苦、挫折都是暂时的,树木要成长,就要经历苦夏严寒,否则它的树干上就不会有年轮。鸟要高飞,飞往蓝天苍穹,必须逆风而行。空气闷热的夏日,人会有窒息感,极度难受,但是一场暴风雨过后,就会寰宇澄澈、天高气朗。"

应骁点头,不再说话,大口地呷着茶,仿佛牛饮一般。随着茶水的下咽,他喉头的锁骨在滚动。云鹤往应骁的杯子里续些水,眼睛盯着茶杯。

"比如这杯中之茶。用温水沏茶,叶浮于上;用沸水沏,茶叶才会溢出香味。刚才第一泡你并没有闻到茶香,现在才是满屋生香。沸水泡茶,茶叶不断沉浮,方有茶香溢出,苦尽甘来,涩尽醇厚。当然,也不是一百度的沸水,稍稍静置,水温刚好。这就是度。"

应骁盯着杯中起起落落的叶子,似有所悟。他抬起头,与云鹤的目光交汇时,忧郁的眼眸里露出一种无可名状的孤独。

云鹤沉吟不语,用镊子从炭炉里取出一块木炭。红红的木炭很快熄灭,变成了黑色。云鹤把木炭放回炉里,木炭重新变红,哧哧地燃烧起来。

"孤独有时是丰盛的,是人生成长的必需品。但是,就如这块木炭,离开炉子,什么都不是,一块木炭而已,只有与其他的木炭在一起,它才会燃烧发热。"

应骁盯着炭炉的眼睛变得亮晶晶的。

"我也想燃烧,为自己,也为别人。可是我不知道到哪里去借火种。"

云鹤笑了。

"太阳就是火种。没有人会刻意点燃你。你自己要时刻准备着,那股把你送向太阳的逆风终会吹来。你得从自我改变开始。梳理你的头发,换一身干净整洁的衣服。为人师表,身教重于言教。"

"我懂了!"应骁有些急不可耐,"我只想做一个普普通通有用的人。干爹,依你看,我应该在哪些方面有所作为?"

"你熟读经史哲,应该有自己的领悟。依我看,史书连篇累牍,皆是帝王将相的事,而真正决定国家前途命运的,是士,是民。真正的历史应该是亿万普通人写的。我不再是你的干爹,更不敢做你的老师。我们是普通的朋友,以后有时间,你可以常来喝茶,聊以一叙。"

应骁忽然间变得很兴奋,双目炯炯有神。他起身谢过云鹤,一路小跑出了书房,留下云鹤在他的身后摇头叹息。

二

林峰升任县委书记后的第一件事,就是带着农委、宣传部、教育局、农业局和财税局等单位的领导走村串乡,到全县最偏僻的学校去走访调研,现场办公。他自认是个大老粗,对上级文件往往要看几遍十几遍,上面画满道道杠杠。但是他并不死扣。他从农村乡镇一步步上来,相信眼见为实,虽然偶尔也会被沙中柳的枕头风吹得迷迷糊糊,但在重大事情上绝非没有自己的主意。就拿开放市场允许农民经商这件事来说,林峰当时也是冒了极大风险的,但是他相信,让农民吃饱饭、有一条出路终归没错。

"过去我的脑筋有问题,现在我明白了,要致富,农民经商是一大出路,绝不是歪门邪道。以后,要是不能让大家伙富起来,你们打我的屁股!"

这是他任县长时在全县干部大会上说的话。林大炮还是林大炮,虽然比过去沉稳了许多,但是偶尔也会爆粗口。他不怕冒风险,不怕犯错。脑袋掉了碗大一个疤瘌,大不被撸乌纱帽,回到乡下当一个农民!

林峰提出了兴商建县的战略。婺州县第一代小商品市场就是在龙潭镇发端的,后来扩到了县城的湖清门。龙潭镇的"敲糖帮"自发集聚形成一个山货市,迅速扩张为有两千多个摊位的市场。到此时,婺州城里的小百货市场已经发展到第三代,采用火车站月台式的钢筋混凝土棚架,占地四万多平方米,设摊近五千,可容三万人交易。全国各地的商旅蜂拥而至。市场开业时,省长题词,副省长剪彩,众多的新闻媒体大幅报道。一时间,婺州成了市场经济的典型,声名鹊起。

不过,林峰最关心的还是"三农"——农村、农民和农业。还有教育。要不是有人三番五次写匿名信,反映乡村教育的困境和民办教师的难处,他还真把这事搁置了。全县乡村学校的调研结果使林峰很震撼。学校房舍是农村里最破最旧的,那些偏远的地方,往往就在破祠旧庙里,教师学生挤在摇摇欲坠的危房里上课,老师的讲台是一张破桌,学生自带板凳,有的要爬十几里险如天梯的陡峭山路。

林峰当时就发了飙。"真是罪过,再不抓教育,我们就要成历史罪人了!过去我们下乡,只串农门,不走校门。这种情况要改。教育不仅仅是教育局的事,还是我们大伙的事。农村最漂亮的房子应该是学校,最受尊敬的人应该是老师!"

林峰当副县长时候也曾主抓过教育,那时他热衷于办农技校,给农民扫盲推广农业科技。现在他要办教师进修学校,兴建新校舍,解决民办教师工资拖欠等问题。

可是真要解决,难题一大堆。场地,校舍,桌椅板凳,吃喝拉撒,一切都需要钱。林峰想破了脑袋。婺州原本是穷县,市场开放,经商的农民腰包鼓了些,但是县财政还是捉襟见肘。百废待兴,需要用钱的地方实在太多了。林峰决定还是走集资办学的路:县财政挤出一点,县工矿企业和乡镇企业拿出一部分,大部分还是靠群众捐款集资。林峰从县土产公司了解到,大年三十至元宵,全县单单烟花爆竹的销量就有几百万元,这说明居民手里并非没有闲钱。

果然,集资捐款的文件下达不久,修建危房校舍的钱很快就集齐了。最大的两笔捐款来自龙潭镇。一个自称龙老太的中年妇女,把一个装有五千元现金的信封放到镇政府办公室里,转身就走。据在龙潭镇挂职当书记的汪秘书调查,那个中年妇女就是龙宅的龙十妹。

另一笔捐款来自龙潭镇的镇长龙马,那五万元是他优秀乡镇企业家的奖金。龙马虽然是镇长,却只管农业和乡镇企业这一块,其他的一律交给挂职锻炼的汪秘书。林峰去龙川最僻远的龙峡乡中心学校调研时,就是由王秘书陪着的。不久,汪秘书就报告了"匿名信事件"的调查结果——这件事原本是林峰交代龙马办的,龙马忙得焦头烂额,就委托王书记多多费心。王书记一直念念不忘,暗中调查,终于查出那些寄自龙潭镇的匿名信原来出自龙峡乡中心学校一名叫应骁的教师。

但是出乎汪秘书意料的是,那位普通教师非但没被处分,反而得到了重用。

龙峡乡在整体搬迁下山脱贫之列,学校先搬,并入李宅中心学校,所有教师重新安排工作。应骁不久就调到县里当了秘书,并且是书记办公室的秘书!

林峰用人,喜欢别具一格。他苦于没有真正可用的实干人才。人事人事,世上最复杂的就是人事。林峰最头痛的也是人事。不久,林峰就又碰到了使他为难的人事。龙潭镇镇长龙马的辞职函又一次放到林峰的办公桌上。这是龙马的第三份辞职报告。

三

朱赫赫留学日本一年后回来,进入县司法局工作。20世纪80年代末,消失了几十年的律师作为一种职业重回人们的视野。此时的律师与公检法的工作人员一样,是国家工作人员,拿的是国家的工资。可是朱赫赫并不想把自己"囚禁"于体制内,她的理想是开一家自己的律师事务所,所以当90年代国家推进司法体制改革后,她就成立了婺州第一家合伙制的律师事务所——红太阳律师事务所。

这是几年以后的事,不过,此时的朱赫赫已在谋划筹措。她思维活跃,言辞犀利,主动承担了许多社会职责,其中最大一项就是龙马下面众多乡镇企业的法律顾问。

龙马和朱赫赫悄悄结了婚。婚礼低调,没有婚纱婚庆,只请了双方父母、应富贵一家和教授一家,简单的两桌酒席。结婚后一对新人各忙各的。龙马是个大忙人,他是婺州乡镇企业界的传奇人物。他办的西服厂、衬衫厂,年产值率先超千万元,打破了当时乡企的一个个神话,成了全县乃至全省的办厂能人。他还自学了丝绸工学院丝绸服装专业的所有课程,通过考试获授学士学位。

此时,国家纺织品进出口总公司和浙江省服装进出口公司准备在深圳合作开办一家外贸服装销售公司,在全省范围内招聘总经理。招聘方认为龙马白手起家,德才兼备,是难得的将才,有意委以重任。

龙马也早有去意。在鲜花掌声和各种荣誉的光环下,龙马有自己的苦闷。当自己有心结无法打开时,龙马就去请教云鹤。

龙门书院重建,原先的讲堂、书斋、楼阁、馆舍、山林、茶园的土地归属要厘清,云鹤难免要与龙马打交道,一来二去两人就成了朋友。闲暇时,龙马也常去书院找云鹤喝茶,寻机讨取云鹤的字画用于办公室的装潢。龙马在书院重建中给予方便,捐了一大笔钱。

不过,云鹤之所以格外喜欢龙马,不仅仅是因为那些捐款,还有出于对精明干练而又温文儒雅的龙马天然的亲近。云鹤总是很欢迎龙马光临喝茶。他们私交甚厚,几乎无话不谈。

三年前的一天,他们在一起喝茶时,云鹤便从龙马的只言片语中看出了龙马的烦恼,两人有一次促膝长谈。

"……子赣既学于仲尼,退而仕于卫,废著鬻财于曹鲁之间。七十子之徒,赐最为饶益。就像龙门书院,如果没有四方群众无私捐助,哪来的新生?子贡结驷连骑,束帛之币以聘享诸侯。所至,国君无不分庭与之抗礼。世俗的财帛可以引发贪欲,也可以带来人格的独立和自尊。这是一枚硬币的两面。"

云鹤娓娓道来。

"敢问先生,何谓儒商?"

龙马觉得其他称谓都不妥,习惯叫云鹤"先生"。在云鹤面前,龙马总是谦恭有礼,也学会了咬文嚼字。龙马喝茶品茗,静静地听,并不说话。

云鹤缓缓地说下去。

"有人说是范蠡,我却说是子贡。夫使孔子名布扬于天下者,子贡先后之也。此所谓得势而益彰者乎?儒商儒学应该是相辅相成、相得益彰的。个人愚见,一个真正的儒商应该知行合一,国难来时勇于担当。当时鲁国有难,子贡就挺身而出。儒商首先是一个君子。子贡曰:夫子温、良、恭、俭、让以得之。……作为商人,自然要抓住商机,子贡好废举,与时转货赀。商人自然要会算账,斤斤计较,精益求精。但是儒商也该是通情达理的,懂得尊重人。我不欲人之加诸我也,吾亦欲无加诸人。孔子曰:赐也达,于从政乎何有？子贡问曰:赐也何如？子曰:汝,器也。曰:何器也？曰:瑚琏也。亦儒亦商,进可治国,退可经商,儒商之谓也。"

"先生,我懂了,谢谢您的指教。"龙马颔首致意。

"我这好为人师的毛病又犯了。龙马,你不单是来听我啰唆的吧!"云鹤笑道。

"正是。作为商人,我怎能空手而归呢？这次是办公大堂联,非同小可。"龙马乘机提出要求。

"哈哈! 我已经准备好了。"云鹤大笑着,拿出早已裱好的堂联,用篆书写的八个大字:亿则屡中,正德厚生。

"太好了,先生! 龙马愚钝,还请先生不吝赐教。"龙马道。

云鹤指字而解。

"上联出自《论语·先进》。子曰:屡空,赐不受命,而货殖焉,亿则屡中。子贡智勇双全,不受天命所限,经商营利,屡屡猜中行情,生财求利。古往今来,士农工商,商屈末位,实乃后世之人对儒的曲解。七十二弟子中,孔子最为器重的就是子贡。没有子贡的高车驷马,孔子何以周游列国,又哪来儒道的广泛传播？世界潮流浩浩荡荡,工商是也。一个国家,贫弱就要挨打,就要被欺凌。修身齐家治国平天下,怎能没有商的参与？龙马,我知道你有鲲鹏鸿鹄之志,希望有一天你能借风借力,扶摇直上九万里。"

"先生过奖了。"龙马微微有些脸红,"那么下联呢？"

"下联出自《尚书·大禹谟》:正德,利用,厚生,惟和。天地有好生之德。财富的积累也是为了养生厚众。子贡之所以受孔子器重,除了他是经商奇才,有外交家的滔滔雄辩,最主要的是他的人品道德。人言子贡的名气比孔子大,子贡却自比茅房矮篱,把老师奉为高墙大院。孔子死后,子贡结庐守孝,所以后人称子贡为儒商鼻祖。上联是为商之道,下联是为官之道。不过你得小心,商为商,官为官,要公私分明,这点你不可不察。"

龙马如获至宝。后来,无论是在深圳打拼,还是在上海滩闯荡,功成名就的龙马始终把这副对联挂在自己的办公室。

龙马坐在镇长的位置上,对复杂的人事纠葛颇费脑筋,心里早已另有打算。他知道,现在这种亦官亦商的尴尬处境终非长久之计,所以一再请辞。

县工商财税局和乡企局不肯放人。林峰也一再挽留。他知道,龙马一走,婺州乡镇企业的半壁江山就可能垮塌。虽然龙马已为众多企业培养了经营管理人才,但是企业的运营还是离不开龙马的名声和指导。

龙潭镇暂时少不了龙马,可是龙马去意已决。他知道服装业的现状,国内服装市场日趋饱和,市场拓展越来越困难,发展外贸是大势所趋,到外贸额占全国三分之一的深圳成了必然的选择。

他立下军令状,绝不会丢下龙潭镇的众多企业不管,如果需要,他会随时回来。此后几年,龙马兑现了自己的诺言,他利用深圳的外贸窗口,利用"中纺"和"浙服"两个平台,为龙潭镇的服装厂带来了大笔订单。

龙马成了龙潭镇、婺州乃至全省众多服装企业的"财神爷"。他自己在深圳以承包方式成立合资公司,开设的服装厂也迅速壮大。随着知名度的高涨,几年后,龙马被推选为中国丝绸服装协会的副会长,受聘担任浙江丝绸工学院客座教授。

妻子朱赫赫非常支持龙马去深圳发展。她辞去司法局的工作,搬进龙潭镇最大的西服衬衫厂办公,当起了专职的法律顾问,同时协助企业经营。

林峰在龙潭镇进行试点,允许民资入股乡镇企业,或者由办厂能人承包经营。龙家人就承包了好几家厂,包括西服衬衫厂。

四

结束近两年的旅行生活回到婺州,林波觉得一切都变得陌生,与他生活的这座城市有了隔膜。为了他的工作,家里有一番相当激烈的争论。原来上班的宣传部来了许多陌生面孔,况且林波也不适应那种朝九晚五的生活了。县里成立了报社,电视台也在筹办之中,这两个部门都是沙中柳中意的选项。不过此时的沙中柳已近退休年龄,原本四面玲珑、八面威风的她,虽依然强势,但终究还是敌不过林峰的权威——就在这一年,婺州撤县变市,林峰也升级当了市委书记——最后还是林峰的意见占了上风:让林波到基层一线去锻炼。

林波怀念着龙川的那一片山水,心里记挂着宝贝女儿林晓,便欣然前往。当一个小小村干部有何难哉!林波踌躇满志,想着干出点样子来,免得让父母亲和周遭那些看热闹的把自己瞧扁了。

一个天气晴朗的早晨,林波怀揣市委组织部的文件,来到了他曾经生活过的龙宅。此时的龙宅,已是龙潭镇乃至整个婺州市最富裕的村。龙禧早已不管村务,对村里发生的一切睁一只眼闭一只眼,一心想着当种粮大户、种粮状元。龙生的儿子龙正暂时兼着村支书和村主任。龙正是工农兵大学生,学给排水专业。龙正像他的父亲,憨厚朴实,是个出名的老好人,平时一张笑脸对人,从不轻易得罪人,奉行无为而治。

林波来到龙潭湖边的大晒场。豪华气派的村委会新大楼前已经围满了人。站在前面的是龙禧的那些侄子侄孙,撸着袖子,用狐疑的眼光盯着林波,似乎存心要给新来的村官一个下马威。

"我们认得你,你是书记的狗崽子。我们不欢迎,你还是趁早滚回去!"头发灰白的龙宝有一道刀疤的脸疙瘩肉横生,喝得醉醺醺的,喷着酒气。

"是啊,别以为我们喝过你的喜酒就会放过你。你最好还是卷铺盖走人!"龙宝的身后站着他的两个儿子龙有道、龙有德,还有兄弟龙珍、龙珠、龙贝和堂兄侄龙麒、龙麟等,纷纷起哄。

林波气得脸色煞白。他是第一次面对如此情况,想求助陪他来的镇领导王书记,可是王书记一看龙家人的架势,早已躲得不见踪影,跑得比兔子还快。

小不忍则乱大谋。林波终于还是沉住了气。"各位乡亲,大伯大叔,我不是某领导的狗崽子,我就是我,林波,也算半个龙宅人。我是你们所有人的亲戚、乡亲、老乡,我是市里派来协助工作的,一定秉公办事,对大家伙一视同仁。"

林波的话还未讲完,就被龙宝打断了:"没错,你就是同龙生龙正穿一条裤子的。你要是不拉狗屎办点人事,就先查查龙生一家……"

龙生赚了钱,又盖了三层楼。虽然是本家,龙禧的这些侄孙似乎也难受。

"我了解过了,龙生是勤劳致富。凡是靠自己的双手获得财富的,都无可厚非。"林波道。

"那村里的几千万存款哪里去了?"

"是啊,有的富有的穷,龙家人没得实惠,倒是那些外来户却发了!"

"你要是给那些外来户说话,我们绝不答应!"

…………

闹嚷嚷的起哄声中,龙禧从人群里一瘸一拐地挤出来,瞪着眼珠子,大声呵斥,算是解了林波的围。瘦死的骆驼比马大,龙禧要是真肯出面,对付龙家的这帮侄孙还是绰绰有余的。

林波满以为风波平息，没想到过了十分钟，龙家人又卷土重来。二三十个人，手里拿着铁棍、铁锹、锄头，眼红如灯，一个个气喘如牛，不由分说，架起林波的胳膊就走。

为首的正是龙宝。龙川人把喜欢鸡蛋里挑骨头、无理取闹的人叫"破脚骨"。龙宝就是龙宅的破脚骨，越老越破。

林波还未明白怎么回事，就被连拉带拽，拖到诸葛宗祠前。

原来应杏花租赁村集体的房子，在宗祠和花厅里开了一家服装厂，雇了上百名江西老表当缝纫工，生产童装、衬衣、棉衣和羽绒服。应富贵在县城百货市场里租了个摊位帮女儿销售，生意相当红火。

龙家人认定应杏花没有上缴租金，所以要冲进去把服装机械砸了。

林波终于火了，昂首挺胸，挡在暴怒的人群前。"法治社会，岂能如此无法无天？你们要打砸抢，先从我的尸体上踩过去！"

龙家人没想到一个白面书生也会如此发怒，愣住了。

"这是村集体的房子，怎么能租给外地人办厂？"龙宝梗着脖颈——他说的外地人指应富贵的上门女婿小方，"再说，应杏花没交租金！"

"是啊，宗祠花厅是大家的，人人有份。在宗祠里办厂，真是辱没了祖先！"龙宝后面有人叫嚷。

"在宗祠里办厂确有不妥。这事我一定妥善处理。至于租金，我想一定另有原因……"

林波放缓语气，安抚一番。龙家人发了一通牢骚，散了。

不久，一辆雅马哈摩托车疾驰而来，停在村委会大楼前。骑车的正是应杏花，硕大头盔下一张娇俏的粉红小脸，腮帮子努努的，"啪"的一声，气鼓鼓地把十万元现金拍在桌子上，头也不回地走了。

按下葫芦浮起瓢，事情并未解决。林波左右为难。最后还是没有离任的龙马出面把事情摆平，他让应杏花把宗祠花厅腾出来，把服装厂搬到村委会老的办公楼里。

这是龙马最后一次为林波解决棘手的事。有利益的地方就有纠葛。龙宅的情况比林波预想的要复杂得多，天天有处理不完的琐事纠纷，他的心很快凉了半截。新的村委主任不久就来接替林波，他是龙禧的儿子龙狮。

不到半年，龙正接替龙马任镇长。林波上调镇里，主要负责龙宅工作片的工作。

龙宅工作片,包括李宅和朱宅,是龙潭镇的核心区,本地人口一万多,却涌入了三万多的外来人口。他们来自全国各地,或是办厂,或是经商,或是打工。出租房供不应求,连街边的窝棚里都住满了人。于是老街新巷成了建筑工地,村民忙着扩建升层。古宅老房边,搭起了一个个铁皮工棚和临时的泥坯砖房。

违建是政府部门最头疼的事。林波觉得古宅里那些临时搭建的工棚砖房就像贴在艺术品上的膏药,特别扎眼。他决定拿它们开刀,与王书记商量。镇政府早已搬到湖湾处新建的大楼里,龙宅工作片与镇政府合署办公。

王书记脸上的笑意味深长。

"这事还请你三思。我刚来的时候也是踌躇满志,没几天它们又冒了出来。连龙马那么大能耐的人都无可奈何,你我能有什么办法? 多一事不如少一事。只要经济发展了,你好我好大家好,相安无事,并不影响你我的前途。现在最要紧的,是把龙潭镇特别是龙宅工作片整体规划编制出来。林书记的意思,龙峡、龙岗两个工作片都要整体搬迁,搬出大山,并入龙宅。龙潭湖边的枫杨林都要砍了,滩地用于造房子,安置移民……"

林波露出疑惑的神情。"龙峡龙岗我都去过,那些古村落,石板街、古宅、塔楼、古堡、古树、古井都是艺术品。没人居住就没了灵魂,要废了……"

"这是上面的意思,我们只要照做就行了。"汪秘书面无表情。

林波无可奈何地苦笑。他的所见所闻似乎都与他的构想格格不入。他想有所作为,却无从下手。他心灰意冷,枯坐在办公室里,陷入苦闷。一天里唯一的快乐是与女儿林晓待在一起。

这一天,他终于走进了龙门书院的讲堂。云鹤见到林波,吃惊不小。因为林波高大的身躯不复挺拔,脸色苍白憔悴,游移不定的眼神失去了往日自信的光芒。

云鹤深邃的眼神仿佛穿透了林波的胸膛。

"小兄弟,你在忙什么? 你遇到了什么? 你真像一只迷途的羔羊。"

林波叹息。"我在世俗的泥沼里挣扎。我看不见诗与远方。艺术已经死了,至少在我心里已经死了。"

云鹤蔼然。"不,艺术没有死,她一直活在你的心里。猫喜欢吃鱼,兔子喜欢吃草,每种动物都有它的天性,都有它存在的理由。在这个世界上,每个人都有他的使命。你的使命就是艺术。大艺术家要能体验大快乐,也要承受大痛苦。不入虎穴焉得虎子?不下地狱怎上天堂?有大快乐的人必有大哀痛,有大成功的人必有大孤独,这就是代价。有荣有哀,有成有败,有痛才有快。"

林波扯了扯脖子上的衣领,注视着云鹤温润的目光,端起茶盏。

"老师,我不想惹您不快。今天我不想谈艺术。我是来喝茶的。不知为什么,外面的茶我是越喝越渴,只有您这里的茶喝了,才会使我烦躁之心静下来。我是来请教茶道的。"

云鹤把林波前面的瓷质小盏倒满,目光低垂。

"你我现在喝的是龙门书院后茶山里采摘的普通绿茶。用炭炉烧熟的泉水注入,汤色一点浅绿,深山老林转出来的厚香慢慢沉降,清润而有回甘,可有四五泡之久。这片小小树叶的确很神奇,它是从土地里长出来的生命。泥土气息顺着枝干叶脉爬进茶芯,而后,茶叶带着土性走进我们的呼吸和味蕾。这是土地给我们的恩赐。没有良好的土地秉性,不可能有上好的茶……中国人喝茶已有几千年的历史了。有茶文化,有茶税制。中国从唐德宗建中元年开始对茶叶收税,竹木茶漆皆征十分之一税。贞元九年税茶法固定下来。此后,茶税成为国家财政的重要支柱。唐代有贡茶制度和制茶法,宋代有官卖制度和点茶法。民俗中有春社秋社,迎茶旗,修茶场,祭茶庙,一整套规整的礼仪祭祀制度。"

"老师,学生领教了。这龙门书院的茶与别处的茶究竟有哪些不同?"林波追问。

云鹤抬头,望了一眼讲堂外的湖山茶园。

"要说不同,那是因为这里有云海山水,茂林修竹,植被丰饶,茶园静绿。龙川的茶一度被列为贡茶御茶。据我考证,古时候这里就是古茶场,建有一座茶场庙,庙为三进三开间,穿斗式和抬梁式混合结构的古建筑,主脊檐饰双龙图案,有斑驳的石灰雕与壁画,庙里供奉茶神真君大帝和晋代道教真人许逊的雕像。可惜茶庙早毁,连础基也不可寻,人们早已遗忘了。"

"是啊,那些古代的一整套礼仪制度和祭祀仪式,特别是文化渊深的古建如果毁在我们手里,那就太可惜了。就像那个蚕神庙。老师,我准备恢复蚕神庙会,这事还得请教您的看法。"林波终于把他的想法说了出来。

"这是好事。这些年我忙于龙门书院修葺,眼见那蚕神庙日渐颓废,心里也很焦急。你要恢复蚕神庙会,我当勉力助之。"云鹤应允。

林波从云鹤那里回来后,像打了鸡血,又亢奋起来。他躲在办公室里写写画画,描绘着龙川的蓝图。在他看来,建筑,山水,人居,服装,人的言行举止,一切都应该是美的,都应该按照美学的原则来。古宅应该是原来的样子,古樟、古银杏、古桥都应该保留。大龙江上过去曾有一座舥桥。林波觉得,应该建一座通往白鹭洲的兼具实用与观赏的松木浮桥。还要在龙潭湖上游溪涧间筑堤清淤,让桃花溪、画溪、丹溪成为白鹭栖息的净土。最主要的,是要恢复蚕神庙会。

林波对镇政府工作片的事不闻不问,一头扎进蚕神庙,亲自粉刷,重绘庙里的壁画《蚕织图》。他联络各村,募捐资金用于修葺。他邀请上海杭州的同学老师出谋划策,自己又去湖州梧桐镇、桐乡乌镇和崇福镇调研。

如果不是那蕴含必然的生活中的偶然发生,林波差不多要在龙潭镇度过一眼能看到头的一生了。

这一年年末,龙马带着他的助理回了一趟古镇。

那位助理不是别人,正是李海音。李娇娘从上海赶来,母女俩在李宅会合,她们是来参加李娇娘恩师——县婺剧团李团长的葬礼的。

林波又一次见到李海音,心里激情汹涌,急湍回旋,人生轨迹来了一百八十度的转弯,从此改变。

第二十四章

裂　痕

一

林波要恢复蚕神庙会的事传到林峰的那里,遭到了林峰的反对。这一晚,在林家二楼的客厅里,父子俩发生了激烈争吵。

林波站在靠窗的位置,双手交叉在胸前,脸上一副委屈的表情。林峰依然坐在旧沙发上,神色凝重。他头顶板寸和两鬓络腮都已灰白,那张棱角分明的脸因为泛着红光才显得不那么严厉。显然他在决定这场严肃的谈话前小酌了几杯。他指着面前茶几上放着的一些信封,语气温和。

"你看看,你都做了些什么……这些信里反映的都是你在那里的所作所为。"林峰说最后四字时加重了语气。

"我知道是谁告的密。"林波哼着鼻子。

"不管是谁的话,你都要听。兼听则明,偏信则暗,有则改之,无则加勉。说实话,是我要汪秘书这样做的。"

"这种告密小人的话你也听?"林波撇嘴。

林峰有些愠怒。

"汪秘书的文笔才干是我一向欣赏的,能与他共事也是你的幸运。他如实反映你的情况,也是对你负责。况且,告你状的不止他一人。有人说你目无尊长、目无领导；有人说你游手好闲、自由散漫，三天打鱼两天晒网；有人说你假公济私、强行摊派……有些话很难听，我就不提了。你倒是说说，这些天你到底在干些什么！"

"我在做应该做的事。"林波一副不以为然的样子。

林峰站起来，不安地踱步。

"我并不反对办蚕神庙会，可是现在时机还不成熟。要搞也要交给民间去搞，自发的。想想看，过去你龙禧大伯搞了一次，有什么好结果？人力物力财力，劳民伤财不说，还吃力不讨好。你看，现在就有人说你索捐摊派。我知道，农村的情况复杂，要做好工作困难不少，可是越是困难的地方越能锻炼人。我让你下乡，就是让你好好磨炼自己。"

"你是强压牛头喝水！"林波顶了一句。

这句话显然把林峰激怒了，他站起来，走到儿子身边。

"我就是要你做一头牛。不是犟牛，而是黄牛！我们都是农民的儿子，就该为农民做点事。为官一任造福一方，脚踏实地，尽心尽力。我不想讲那些大道理。一屋不扫，何以扫天下？你是农民的干部，就该为农民谋福利。可是你，看看你自己，哪有一个国家工作人员的样子，长发披肩胡子拉碴，身上的衣服油迹斑斑……"

"那是为艺术。"林波辩解。

林峰的脸色变了。

"别跟我谈艺术！没有温饱哪来艺术？没有温饱哪来诗书画？我并不反对你搞艺术，可是你不能当成终身追求。艺术只能是点缀，业余搞搞。再说，真的艺术也是为人民的，而不是为了自己。这些年你发了疯着了魔，我越看越难受。都怪我和你妈把你宠坏了。想想看，这些年是谁在供养你？都快三十的人了，而立之年，你立了什么？衣来伸手，饭来张口，你对这个家贡献了什么？你是个好儿子、好丈夫、好父亲吗？我看你快成一个废物了！"

林峰又变成了林大炮，声音沙哑粗暴。林波被伤了自尊，怒目圆睁，大口喘气。父子俩的头紧挨在一起，眼看就像两头公牛要顶起角来。沙中柳赶紧从卧室里冲出来，把快失去理智的林峰拽进书房。

她原本的打算是先礼后兵，让林峰打头阵、摧城拔寨，自己在后面敲响得胜锣鼓。如今的儿子已不同往日，看样子她的如意算盘要落空。

沙中柳还能沉住气。她削了一个苹果，递给林波，示意儿子在身边的沙

发上坐下来。对她来说,采用这样的低姿态是极难得的事。

林波依然站着,脸色苍白,一脸怒气。

沙中柳小心翼翼寻找措辞。

"你爸说的话,也是为你好。天下父母,哪个不是望子成龙望女成凤,希望自己的儿女有所作为的?我也希望自己的儿子成堂堂七尺男子汉,像马一样矫健,有鹰一样的眼光,有狼一样的精神,有熊一般的胆量,有豹一样的速度……"

林波嘴角上扬,露出讥诮的神情。

"我不是马,没有奔驰草原的矫健;我没有鹰的翅膀,无法飞翔;我不敢有熊的胆量和豹的速度。我只拥有狼的孤独。在你们的精心栽培下,我成了衣来伸手饭来张口的巨婴,成了披着别人外衣生活的一具躯壳,一个相貌堂堂的侏儒,一个百无一用的废物!"

"话可不能怎么说。我和你爸都是过来人,懂得人生的艰辛和人事的复杂。天上没有掉馅饼的事,没人能直接给你荣华富贵,只能给你机会和平台。我和你爸绞尽脑汁,调动所有的资源为你搭建一个平台,为的就是你的远大前程。"沙中柳语气沉稳,一字一顿。

林波似乎并不领情。

"我不需要这样的远大前程。你们所有的好心,都是为了满足自己的欲望,我只是你们手里的工具、道具。你们所谓的安排只是为了控制——控制我的人生、思想和意志……"

"你……!"沙氏惊愕,脸憋得通红。

要在过去,强烈的控制欲早已使沙中柳发飙,她说话时根本不许别人置喙。她一直以为自己是家中的女王,对儿子的一举一动了如指掌,恰如其分地掌控着全局。殊不知,她过去奉行的那一套早已激起儿子的逆反心理,效果适得其反。她自以为手里拽着线,不怕儿子高飞,殊不知,现在,不但她的权威受到了挑战,而且面临着失去儿子的危险。沙中柳知道,论口才,她绝不是儿子的对手,于是决定改变战略,采用软磨硬泡的办法——硬的是经济上断炊,软的是女人的眼泪。

沙氏强压怒火,装出哀怜的样子。

"你可不能用这样的口气跟你妈说话。为你的前途,当妈的真是操碎了心。我们一把屎一把尿把你拉扯大容易吗?做人要学会感恩,无论是对社会上的人还是对你的父母妻儿。同时要学会承担责任。人生苦乐的根本是尽责,尽社会责,尽父母责,尽儿女责。当然,要尽责就要挑担子,要承受痛苦,要失去暂时的自由。你无法躲避,越躲就会陷得越深,置身苦海。"

"你那一套不知说过多少回了。责任责任,难道人只能匍匐地上负重前行,而不能在天上飞翔,哪怕像流星一样让自己的生命绽放一次?"林波的声音提高了八度。

"作为父母,我们够宽容的了。你要读美院,我们让你读;你要旅行,我们也让你去……事不过三,儿子,你不能贪得无厌……你到底想干什么?"沙中柳几乎失去了耐心。

"我要出国。"林波道。

"不行!"沙中柳霍地站起来,露出严厉的表情,"这事我绝不答应!"

"我意已决,你不答应也没用。"林波的口气也很坚决。

"出国,这事你想也别想……不要向我开口,我不会给你一个子儿。你要是敢走出这座城市一步,以后就不要叫我妈。你要是敢拆散这个家,我就跟你没完!"沙中柳挥舞双手,尖叫起来。

林峰一直躲在书房的门后偷听,眼见母子俩剑拔弩张,便怒气冲冲地走出来,双眼圆睁。

"敢用这种口气跟你母亲说话,你这个忘恩负义的畜生! 有些事不跟你明讲,那是照顾你的自尊。别以为我不知道,你三天两头往上海跑在瞎忙些什么? ……大是大非面前,你怎能如此糊涂! 你要跳苦海,我们不拉你谁拉你? 你是在自毁前程啊,儿子!"

"我有理智,能明辨是非。我有交朋友的权利!"林波犟着头。

"你是有堕落的权利,我们也有惩罚你的权利。你要是继续堕落下去,你我就断绝父子关系。"

"随你的便!"

林波最后一句话显然把林峰惹毛了。林峰挥舞手臂狠狠扇了对方一巴掌。林波捂着火辣辣的脸,摔门而出。

二

几年前,龙虎调入县人民医院当院长时,诸葛慧莲并没有跟着去。她留下来接替了龙虎的职务。卫生院新分进几个医学院的医生和卫校的护士，当了行政领导的诸葛慧莲本可以脱离具体工作，但她还是坚持负责妇产科，因为她自己也是孕妇，喜欢看着那些新生命降生。

与她一同留下来的还有孔鲁凤和孙兰英。孔鲁凤不愿在龙虎手下当差，免得别人说她是靠着丈夫的面孔诈唬。另外，她要留下来照顾孕妇诸葛慧莲，心里想着，等她肚子里的女儿生下来，就取名小凤，与自家的儿子小龙配成一对。

"你怎么知道慧莲肚子里的是女孩？"龙虎笑问，知道孔鲁凤嘴里的配对只是玩笑。

"肚子尖尖是麻柳小鬼，肚子圆圆是麻柳花娘，这事我们女人比你们男人懂！"孔鲁凤说着龙潭镇方言，笑嘻嘻的。其实她留下来也有私心：卫生院离家近，可以天天见到小龙，要是发现婆婆五妹有对小龙不好的地方，她立马可以采取行动。

县人民医院人才济济，龙虎也觉得留下妻子协助表妹工作比较妥当。孔鲁凤，这位高大壮硕的山东媳妇，总有使不完的劲，能顶半个医生、两个护士。

孙兰英已经升任护士长，负责新进护士的培训。她一直感念着诸葛慧莲的知遇之恩，决定这一辈子死心塌地地跟着诸葛医生。她知道，自己迟早要成为龙潭镇的人，龙川的山水与她老家的很像。诸葛慧莲一再提起龙骏，显然是想促成好事。孙兰英对诸葛慧莲婚礼上坐在自己身边的那个沉稳儒雅的工程师有一种怦然心动的感觉，可是又不敢肯定，所以一直犹豫着，不松口。

林波早已厌倦原先的工作，打算辞职筹备画室，没等女儿降生，他就踏上了艺术之旅。沙中柳常常借下乡的名义来看诸葛慧莲，带着一大帮随员、一车的进口营养品，吩咐医院里的人好好协助院长工作，说些年轻人应该以事业为重之类激励的话。她并不担心没人照顾诸葛慧莲。

是啊，要是让别的人来照顾女儿，龙十妹还真不放心。看着女儿一天比一天大的肚子，龙十妹脸上的笑容也是一天比一天灿烂。她几乎天天往李宅跑，菜篮子里装着鱼头豆腐、红枣汤、排骨汤和鲫鱼汤，也不管女儿喜不喜欢，要诸葛慧莲吃下才肯走。晚上，龙十妹又在灯下忙碌，缝缝补补——红肚兜，棉衣花袄，绣花鞋，尿布，摇床摇车——龙十妹已经为即将诞生的宝宝准备好了一切。

诸葛慧莲觉得自己的身体急剧膨胀,好在她穿着白大褂,病人并不能看出她是个孕妇。她坚持每天上班,坚持上手术台。有时候一连站几个小时,她觉得身躯像灌了铅般的沉重,双脚发抖。孔鲁凤扶着她,孙兰英给她擦汗,术后,两人难免数落诸葛慧莲一番。

三个女人一台戏。她们在一起的时候,孔鲁凤几乎无话不谈,她的嘴里总是缺个把门的,不管你愿不愿听,粗话重话脱口而出。

"儿奔生,娘奔死。做个女人可真不容易,你说,我们女人要有多大的勇气、遭多少罪、吃多少苦,才愿意为心爱的人生儿育女?那是我们女人的半桶血、半条命啊!生产时的那个痛那个难受那个丑就别提了,产后坐月子的苦,那些个坐骨神经痛、肩周炎、腱鞘炎、眼疾口疮、产后抑郁,几天几夜睡不好觉,发着高烧,还要迷迷糊糊地把奶头塞进孩子的嘴里。这些也不提。单单怀孕时就吃够苦头,拖着个石头墩子似的重物,吃不香睡不好。那些男人还不懂得疼媳妇,真不知好歹……小孙啊,在最脆弱最需要照顾的时候却不陪你,你要是遇到这样的男人,趁早把他踹了!"

孔鲁凤指桑骂槐。诸葛慧莲知道她是在抱怨林家的人,尤其是林波。

"表嫂,你就不要发牢骚了。男人需要事业。龙虎表哥不是也撇下你不管了吗?"诸葛慧莲笑道。

孔鲁凤白了诸葛慧莲一眼,咯咯笑。她的笑是爽朗的、自豪的,连一向沉默寡言的孙兰英也会被她感染。

在诸葛慧莲看来,眼前发生的一切都是自然不过的事情。她坐在院长办公室里,望着病愈出院的病人平静的面容和家属们如释重负的笑脸,心里充满了作为一个医生的职业成就感和自豪感。她并不孤单,思念着远行的林波,感受着肚子里新生命的躁动,心里充满爱与喜悦。

可她并非没有烦恼。尽管自己是妇产科医生,时时刻刻小心、恶心、呕吐、厌食、嗜睡、情绪反常,怀孕时的种种不便还是不可避免。她刻意隐瞒着,不让任何人知晓。她知道这是她成为母亲必需的历练。

好在一切顺利。女儿林晓是在深秋出生的,天气微凉。除了林波,两家父母都在产房外。在卫生院住了三天后,诸葛慧莲就带着女儿林晓回了龙宅。

尽管卫生院有众多熟悉的医生护士,龙十妹还是坚持要自己照顾女儿。

她小心翼翼地伺候婴儿,又给女儿洗头擦身。龙十妹还是固执地认为,女儿必须坐月子。为了不让风寒入侵,她不许女儿洗澡,用教授配好的中药三天给她擦一次身,换上干爽的衣服,一星期洗一次头。

躺在自己小时候睡过的床上,诸葛慧莲陷入了轻微的产后抑郁,失眠多梦,疑神疑鬼,心绪不安。她惦记着医院里的病人,无时无刻不在想着早点回去。

教授的儿科知识和临床经验都很丰富。小孩眼角有屎,舌边发红,舌苔发黄,手心潮热,白天口渴,晚上哭闹,他一眼就能看出是哪里出了问题,并且能用简单的理疗和中药对付。有父母照顾,诸葛慧莲尽可以放心。

一个月以后,诸葛慧莲就回卫生院上班了。婆婆沙中柳送来了一车的婴幼儿奶粉。

八个月的哺乳期一过,诸葛慧莲就被调进了市人民医院,与她一同去的还有孔鲁凤和孙兰英。

撤县改市,新的市人民医院正在筹建。老医院的职工住所大多简陋,有很多人等着房管所安排住房。诸葛慧莲就住在婆婆家里。这里离人民医院很近,步行只需十来分钟。沙中柳请了一个阿姨,负责家里的卫生和饮食起居。林书记的老院子够宽敞,容得下小两口的新房。

度完蜜月,小两口就聚少离多。一个在乡下,一个在城里,相距并不远,比那些两地分居的夫妻不知好多少。可是他们的生活好像是两条向前延伸的平行线,永远不交叉。即使是在林波结束近两年的旅行生活回来后,他们也很少见面。林波偶尔周末回家,那是诸葛慧莲难得的欢乐时光。可是在两个大人的眼皮底下,他们难免拘束——也许这是他们不必为柴米油盐操心必须付出的代价。

诸葛慧莲并不在意。她太忙了,调入市人民医院的急诊科后,加班加点便是常事。救护车呼啸着进出,她必须时刻准备着,那些心梗、中风、急性癫痫、烧伤、烫伤、急性中毒、溺水、车祸、眼脑外科损伤的危重病人都往市人民医院送,来不得半点马虎。

渐渐地,他们成了熟悉的陌生人。林波依然彬彬有礼、客客气气,尽着作为丈夫、儿子和父亲的本分。可是他变得越来越忧郁,只有在谈到女儿林晓时才会眉飞色舞。

诸葛慧莲的心里涌起了不安。在没有病人的喘息间隙,在她一个人躺在冰冷的被窝里的时候，那种不安的念头就会顽强地钻进头脑。

难道婚姻真是一场华丽烟花，刹那的绽放必然换来一地的灰烬？

诸葛慧莲竭力摒弃着这种不祥的想法。

她的心里依然充满着爱。可是这种爱是如此卑微！她走不进林波的内心世界，走不进他真正的生活。她知道自己是个世俗的人，卑微而倔强地生活在土地上，像一片落叶，要同其他草木一起腐烂，甚至没想到片刻的随风起舞。而林波像是生活在天上的雄鹰，展翅翱翔才是他的使命。他像个长不大的孩童，生活在自己的世界里，永远追逐着那美丽的彩虹。

诸葛慧莲只希望那一缕彩虹不要消失，她预感中的乌云暴雨迟一点降临。

三

林波从家里冲出来，茫然四顾。

蚕神庙会终于没有办成。有关部门不支持，龙潭镇居民忙着办厂开店做生意，或是在自己的承包地上耕种，兴趣也不大。这对踌躇满志而又忽冷忽热的林波是个不小的打击。

工作不顺心，家庭的气氛也变得异样。林波总想逃离这个家，远离那种寄人篱下的感觉。父母不冷不热，妻子诸葛慧莲的眼里也有了不安——也许她凭着女性的直觉，觉察到了林波内心深刻的变化，因为无能为力而感到焦虑。

林波游移在家庭和工作的边缘，成了悬浮在空中的人。

在老火车站附近的邮电弄里，林波还有一个秘密的蜗居。那是婺剧团的李团长留给林波的。龙川火车站被撤并后，站长李根忠已经回到县城火车站工作。他的儿子从云南回来后，在火车站货场当了一名装卸工，手下有十几号人。父子俩住在铁路局分配的房子里。单位并没有收回李团长的住房。儿子李根忠也不想要父亲的住房，因为那间只有二十几平方米的旧房里除了一排排发着霉味的书柜什么也没有。李根忠心里一直对沙中柳把他儿子从云南弄回来心存感激，投桃报李，做了人情，送给林波当画室。

在这样潮湿闷热的夏夜，林波不想回到那个简陋画室。他心绪不宁，头脑空空，什么也不想做，只想喝酒。

新马路通往火车站的那条街道,一向是热闹的去处。街道两旁,大大小小的旅馆招待所挨挨挤挤,还有许多夜市摊贩。酒楼餐馆里,霓虹闪烁,充斥着浓重的酒精味和油烟味。那些南来北往的客商中,有一抓一大把的厂长、经理和业务员,他们穿着皱巴巴的西装,喝酒划拳,大声喧哗,高谈阔论。

林波躲在角落里的餐桌上喝着闷酒,不一会就喝得酩酊大醉。

醉眼蒙眬中,林波瞥见旁边大圆桌那两个似曾相识的女服务员在悄悄地议论自己。林波很少在家吃饭,是这家餐馆的常客,每次来都会发现这里的女服务员看自己时羡慕甚至崇拜的目光。

那两个女服务员窃窃私语一番,终于大着胆子走过来。

"先生,您是不是费翔?唱《故乡的云》的那个费翔?"其中一个说道。

"我知道您不是,可是您长得太像他了。能不能在这上面签个字?"另一个递过一个小本子。

大堂里变得鸦雀无声。异样的目光齐刷刷地扫过来。林波在小本子草草写了几笔,飞奔而出。

费翔?那是站在舞台中央的明星。我算什么?我不过是一个生活的边缘人,一个疯子,一个流浪汉。

街边的人行道上,是三五错落的地摊,卖行李箱,卖衣服鞋帽和纸巾。几个穿着少数民族服装的中年妇女,脖子上挂着珠饰,手拿梳子、珠饰和廉价的化妆品,穿行在三三两两的人流里兜售。偶尔有一辆板车经过,吆喝着棒冰冷饮。

这是一座商业气氛越来越浓的城市,到处躁动不安,人人在做买卖。有人在出卖体力,有人在出卖血汗,有人在出卖脑汁,也有人在出卖灵魂。他们的身上要么散发汗臭,要么散发铜臭。自己也在卖,卖思想,卖幼稚的艺术想象。林波觉得自己并不比其他人高尚。想到这一点,他越发沮丧。

他觉得一阵剧烈的腹痛,趴在路边呕吐起来。从嘴里喷出的秽物和路边乱草丛里散发的其他排泄物的骚臭味混杂在一起,不断刺激他的呕吐神经,使他的肠胃翻江倒海,使他全身的血液往上涌。

这是一座生机勃勃充满野性的城市,有无数刚刚洗脚上岸的勤劳淳朴的小市民在忙碌,也有许多喧闹、低俗和污秽充斥棚屋陋巷。这是一座他熟悉而又陌生的小城,林波越来越觉得他与这座城市变得格格不入,有一种逃离它的强烈冲动。

他并不想回到那个临时的蜗居。在那个临时画室里,他能得到心灵上的片刻安宁,却也要忍受汗蒸似的闷热。从门口水泥槽和墙根臭水沟里蜂拥而来的蚊蝇使他无心创作。

他抬头凝望夏夜瓦蓝色的天空,沿着热气蒸腾的街道踽踽独行。

他觉得自己像一匹孤狼。他喜欢在这座城市的大街小巷里整夜游荡,有时候睡在人潮汹涌的火车站候车室的座位下,有时睡在公园的石凳上。有时候他就一直走到天亮。他喜欢行走,行走使他充满力量,充满想象,脑子里灵感泉涌。

这一刻,他的心里充满纠结。他开始承认自己的无知。宇宙浩瀚无垠,变幻莫测,地球上的人渺小得可怜。人虽则渺小,可也是复杂的动物!生活充满了无限的可能性。他觉得自己的生活像一团乱麻,在什么地方打了死结。他茫然前行,不知道前方是一马平川的草原还是悬崖下的万丈深渊。支撑他过去生活的东西慢慢崩塌,脚下的土地正在撕裂,变得沟壑纵横、机关密布。他觉得自己生活在孤岛上,不知何去何从。他想得到的东西什么也得不到,最后只剩下一堆内在彼此冲撞、相互冲突的矛盾。

艺术、诗歌和哲学,事业、自尊和自由,完美的爱人、完美的儿子和父亲,无数人的羡慕和喜爱,他欲望的购物车已经严重超载,他决定放弃其中的一些,听从自己内心的召唤。

人生是一场悲剧也是喜剧。无常的生命有无数的可能性,到处是机遇和选择。选择是痛苦的,但是不选择会更痛苦!生活的意义是由你的心赋予的,心即理,心造万物,真理就在你自己的心里。可是内求真理还需知行合一。过去的你太弱小了,总是被动接受。越退缩越失望,越退缩越会使生活纠结成一团乱麻,越退缩越是绝望,使自己陷入万劫不复的境地。狼行千里吃肉,马行千里吃草。活鱼逆流而上,死鱼随波逐流。我林波不是一条死鱼。我也不是马,而是一匹孤狼,或是一只孤鹰,不能被禁锢在眼前的牢笼里。

我要绝地反击。我要用自己的力量穿过那狭长的黑暗隧道,用自己的精血滋养自己的双翼,追风而行,逆风飞扬。

人生的路总归要自己走,苦累自担,悲喜自尝。总有旧梦被遗忘,总有新梦入心来。一边拥有,一边失去,有选择就有放弃。

林波决定选择爱与艺术。他知道自己曾经爱过她,或者爱过那个把所有艺术想象中美好的种种都寄托其上的那个她。他似乎现在才明白,只有那些长发飘飘策马奔驰放荡不羁的野蛮女性才能激起他体内的荷尔蒙,只有那些坐在钢琴旁纤指翻飞或是抚着古琴浅吟低唱的女性才能点燃他内心的激情,只有舞台上翩翩起舞的仙女才能唤醒沉睡在他内心深处的艺术女神。

伤痛总是在所难免的。和曾经爱过的人分开对双方都是伤害。他敏感的心里藏不住忧伤、苦闷和彷徨,也藏不住爱的狂喜。

爱是神圣的,然而,难道固守一段并不相爱的婚姻就是有良知吗?

他记得童年时穿肥大花袄的小姑娘,记得春天里溪流边被荆棘刺伤时的一吻,记得西子湖游船上欢乐的笑声,记得龙潭湖边的水泥长凳、细雨中的油纸伞和暮霭炊烟里枫杨树下白鹭的啾鸣。

可是爱有时并不能使人白首相望,还有生命里的痛苦——相互的磨合、柴米油盐和世俗的一切。

爱,不爱。去,不去。他彷徨起来,面对越来越黑暗的天空和空荡荡的街道,发出撕心裂肺的吼叫。他不停地行走,直到精疲力竭,瘫倒在路边的灌木丛里。

四

龙十妹有一套自己的育儿经,在教育外孙女林晓的事情上绝不允许教授插手。教授已经把古宅老屋弄得到处都是难闻的中药味,龙十妹怕家里又多出一个医生来,弄得天井庭院都是瓶瓶罐罐花花草草。另外,龙十妹也怕在教授的"之乎"声中,外孙女林晓变成另一只呆头鹅,她要把外孙女培养成一只伶俐的兔子。

教授的"之乎经"这回是派不上用场了,龙十妹有自己的童谣。

首先是龙潭镇的豆腐谣:

哩噜啦噜磨豆腐。豆腐磨来哪个食?外公食。外公勿食哪个食?外婆食。外婆勿食哪个食?爸爸食。爸爸勿食哪个食?妈妈食。妈妈勿食哪个食?宝宝食。宝宝食来快快大,大了考个状元官。

龙十妹把原来童谣中的爷爷奶奶换成外公外婆,或许她认为他们不配。

还有拜年的童谣:

> 拜年拜块糖甜甜。糖勿甜,买丘田。田勿种,买个铳。铳勿响,买根香……

晚上,龙十妹把外孙女放在膝上,望着天空发呆,然后念叨起"月亮娃娃,月亮娃娃"——这首母亲教她的童谣,她只记得这两句了。

还有织布娘和织布嫂的童谣。不过龙十妹肚子里最多的还是有关豆腐的童谣。她现在做豆腐,顺便为林晓做碗豆花。她总是有办法用五谷杂粮把宝宝养得白白胖胖,像个月亮娃娃。

她用织带把林晓绑在后腰上,背着她做豆腐、喂猪、下地干活,什么也不耽误。她让外孙女睡在诸葛慧莲小时候睡过的床上。林波和诸葛慧莲送来的新衣只穿一天,龙十妹就让宝宝换上自己缝的百衲衣。她让宝宝在地上摸爬滚打,与鸡鸭兔狗嬉戏,宝宝反而很少生病,长得胖嘟嘟的。

三四岁,林晓就会帮着外婆烧火,拿个凳子在锅里炒菜。自从有了这个精灵般的小女孩,诸葛家的老屋和整个古宅便充满了欢乐的笑声。林晓偶尔哭闹,龙十妹就用童谣哄:

> 哭哭笑笑,夜梦过桥。烂垅鸡坞,沾沾吃吃。勿要!……

林晓实在哭得厉害,龙十妹也有撒手锏——白狗熊。"你再哭,让白狗熊来抓你!"一听白狗熊要来,小女孩就再也不敢哭了——在她的脑子里,龙川峡谷里的白狗熊一定是非常可怕的怪物!

龙十妹与外孙女建立了非同寻常的亲密关系,自然使诸葛慧莲与女儿的关系有些疏远。诸葛慧莲坚持每周看女儿一次,努力修复与女儿的亲密关系。女儿林晓并不缺乏对母亲的依恋和爱,但也仅此而已,与大多数的母女关系一样普普通通。诸葛慧莲无法打破传统中的隔代亲,总觉得与女儿间存在着隔膜。

这一天,诸葛慧莲照例回到古宅。龙十妹见到有些憔悴的女儿,平常兴

高采烈的她顷刻换了一副面孔,气鼓鼓地唠叨起来:

"跟我说,是不是林家的人又欺负你了?!我晓得林大炮的性格,他不会欺负你;另一个,就不好说……你的婆婆,她是一个站着能拉屎的女人,那么强,一定是她欺负你了!"

"没有人欺负我。婆婆待我很好,真的,她把我当女儿待,一点不比妈差。"诸葛慧莲勉强地笑着,忙不迭地解释。

"你别骗我。我自己的女儿,那点心思还不晓得?你要嫁到林家,当初我的心里就有疙瘩。老话说得一点不错,要门当户对。龙潭镇有那么多好人家,凭我女儿的人品样貌,有的挑。林家的门槛,那个高,说心里话,他们手里的印把子,我龙十妹不稀罕。当初你一定要嫁,我心里就不落胃……"

"妈,你少说几句。那是我愿意的。他们待我很好,真的。"

诸葛慧莲幽幽的,抬起苍白的脸。

龙十妹可不管这些,继续数落:

"到这个地步你还替他们说话?也怪你当初瞎了眼,鬼迷心窍,被那副好看的皮囊迷昏了头。老话说得没错,绣花枕头烂棉絮。你说,他画个猫啊狗的能拿来养?他画只鸟啊雀的能飞?他画块石头画棵树能当饭吃?我觉着他写的字像是蚯蚓爬。他脑子里的神经肯定搭错了,放着好好的工作不做,去做乌七八糟的事。穿着花花绿绿的衣服,留着长毛,像个要饭的到处转悠,不干正事。龙猫画个符画个圈还能驱鬼辟邪,他画那些个东西能顶什么用?他就是个公子哥儿,一个花心萝卜,一个花花公子。我早就说了,花花公子都有一副花花肠子……"

"妈!"诸葛慧莲叫起来,忽然间扑在母亲的怀里抽泣,瘦弱的肩膀不停地颤抖。

教授被母女俩的说话声惊动了,站在她们身边,一副手足无措的样子。

龙十妹又对丈夫发飙:

"都怪你!你还以为我不晓得你私底下做了什么。你那些私房钱哪去了?我晓得你给了他,资助他去游玩。养一只鸡狗都知道报恩,他却是恩将仇报。他就是一只养不熟的红眼猫,一只白眼狼!"

教授垂手恭立,诺诺连声。他多少有些内疚,因为他资助林波旅行并非没有私心,是因为爱屋及乌,出于对女儿和艺术深沉的爱。

龙十妹发泄了一通,又恢复如初。她并不会把不愉快的事记多久。她去幼儿园接林晓,顺便买些女儿喜欢吃的菜。

诸葛慧莲独自坐在阁楼的小书桌前,凝神沉思。

教授悄悄上楼来,走近女儿。教授的嘴唇抖动着,想说些什么却说不出来。他知道,在这样的时刻,语言是苍白的。面对女儿的情感困境,他似乎也是无能为力。他已经习惯于沉默。没有谁比他更了解女儿了。诸葛慧莲虽然平时拘泥于理性,忙于实际的事务,但是她的天性中继承了教授耽于玄想的部分,只是它们一直被强烈的理性压抑着。她太聪明乖巧了,这种聪明乖巧有时又害了她。

诸葛慧莲抬头望着父亲。他们眼神交汇的瞬间,心里已掠过千言万语。父女俩心有默契,灵犀相通,像所有善于移情的艺术家一样,能感受到对方的痛苦。教授脸色凝重,在这样的时刻总是拙于言辞。可是他不能不开口:

"慧慧,你还爱他吗?如果不爱,那就放手……"

"如果爱呢?"

"也请放手。"

"爸爸,我懂了。"

诸葛慧莲咬着嘴唇,不让父亲看到自己眼里滴落的泪水。

父亲紧抿的嘴角透着刚毅,他有些弯曲的背部隐然有力,给她一种支撑。

从窗外吹来的风撩起父亲额上稀疏的头发,轻轻拂过他忧郁的脸。不一会儿,教授单薄的身躯从楼梯口消失了。

诸葛慧莲一阵心酸。父亲心里承受的苦难已经够多了。她决定自己承受那即将到来的一切。

晚上,诸葛慧莲一个人躺在床上哭泣,泪水沾湿了枕头。这是个不眠之夜。她做了一个噩梦,彩虹云霞消失了,头顶的蓝天忽然间乌云密布,暴雨如注。她的脚下是巨大的深渊,她自己站在悬崖上,看着深爱的两个人——女儿林晓和丈夫林波在黑暗中坠下去。

第二十五章
婚　变

一

焦虑的情绪是会传染的。沙中柳就被传染了这样的焦虑。但是她总能克制自己，掩饰焦虑，保持冷静。她依然从容不迫、有条不紊地做着本职工作，一边想方设法挽回家庭眼前的局面。

她在寻找失踪的儿子，并且找到了他。

林波衣衫褴褛，蓬头垢面，像个疯子似的把自己困在那个临时的蜗居里，用诗歌绘画发泄自己的愤懑，企图摆脱眼前的困境。

沙中柳决定与儿子进行最后的和谈。她不让丈夫林峰参与，她知道，以林大炮的火暴性子，只会火上浇油，使局面更加不可收拾。

她让保姆阿姨烧了几个儿子喜欢吃的海鲜，又准备了老酒，亲自去那条狭窄弄堂里，把蜗居中的儿子请回家。两人坐在餐桌旁。沙氏精心打扮了一番，光彩照人，笑容可掬，忙不迭地斟酒夹菜。

沙中柳和颜悦色。"儿子，妈妈备下酒菜，是为你的回归新生接风洗尘。我先赔礼道歉，过去是我不对，把你当成实现自己理想的工具，没给你平等对话的机会。"

林波喝着闷酒，用异样的目光看着母亲。

沙中柳显出从未有过的和蔼。

"今晚只有我们母子俩,有什么委屈你全说出来,我给你做主。如果你不喜欢乡下生活,我可以把你调回城里。文化局文化馆的研究员、报社的美编和电视台的导演摄像都是不错的职业,你可以自行选择。"

"妈,你知道我不喜欢按部就班的生活。"

林波终于开口了。这正是沙氏需要的。

"如果你不喜欢从政或是从文,也可以从商。我可以资助你开一家公司。大家都在开公司做买卖,形势比人强,做一个商人也是很光彩的事。"

林波露出不屑的神情。

"妈,你能把那些暴发户称为商人吗?他们不过是各色各样的倒爷!在特权的庇护下,左手买,右手卖,小到针头线脑、肥皂浴巾,大到钢材水泥、汽车飞机。"

"话不能这么说。现在是商业社会。商业社会自有一套规则,我们没有权力制定规则,但能在规则允许的范围内办事。"

沙中柳语气平和。林波哼着鼻子。

"我不是鄙视商人,我鄙视的是那些批发权力的所谓的商人!"

谈话陷入尴尬。沙氏意识到那些严肃的话题只能使谈话陷入死胡同,把眼光放到餐桌上。她从中间的鱼盘里挑出一块,放在林波面前的碗里。

"这些天你在外面住,饥一顿饱一顿,食不果腹,妈妈真是心疼。今晚特地买了你喜欢吃的黄鱼。说到鱼,我想起了一个关于鱼的故事。每年产卵季节,鲑鱼都要千方百计地从海洋洄游到它们的出生地——某条陆地上的河流。它们的回家之路是那么悲壮惨烈。跃过守着成群的灰熊的大瀑布,面对数以万计的鱼雕的猎食,耗尽所有的能量,回到自己的出生地,只为完成它们生命中最重要的事——产卵繁衍,然后安详地死去。来年的春天,新的鲑鱼破卵而出,沿河而下,开始了上一辈的生命之旅。周而复始,鲑鱼历经艰辛,只为完成做母亲的使命。"

林波对碗里的鱼块视而不见,用执拗的眼神看着母亲,语调平缓。

"妈,提到母爱、使命、艰辛、悲壮和惨烈,我也有同样的故事。在古希腊,有一位英雄叫阿喀琉斯,英俊彪悍堪称绝世,被奉为战神。阿喀琉斯的母亲是海神,为了让阿喀琉斯拥有神一样的不老之躯,在他刚出生的时候,每天晚上用天火对其烤炼。在他的凡人父亲劝说下,母亲不忍心幼小的儿子承受这种痛苦,中途放弃,结果被天火烤过的阿喀琉斯有了刀枪不入的精钢不坏之躯,除了他的脚踵,结果在特洛伊战争中,骁勇善战的他偏偏被射中了脚踵。——年轻人吃鱼是因为喜欢鱼,因为喜欢,所以把鱼从水里捞起宰杀烹饪。可是拉比说:年轻人,你不是爱鱼,你是为了满足自己的口腹之欲而吃鱼,你只是爱自己。"

"你不应该怀疑你妈妈。我所做的一切都是为了你!"

沙氏涨红了脸,不知是因为喝了点酒,还是内心愠怒。

林波推开了饭碗。

"我从不怀疑你的爱,妈妈。山还是那座山,水还是那些水。我离开你,那些爱还在。"

"这么说,你是铁了心地要离开这个家了?"

沙氏几乎失去了耐性,说话的口气不自觉地强硬起来。

"想想当初那场盛大的婚礼,整个县城都轰动了。那么多的人为你们祝福,所有人脸上都洋溢着欢乐!我与你父亲都为你骄傲,我相信,那时的你一定是幸福的。"

"没错。可是世事在变,这个世界没有永恒的东西,唯一不变的是变的本身。再豪华的婚礼也不能保证一辈子的幸福婚姻,两个人能否终生厮守与筵开几席、有多少的金钱首饰无关。……我会悄悄地离开,不会影响任何人的前途。"

"这与世俗的压力、权力、地位、面子和里子无关。我现在关心的是你的幸福。想想看,这是一桩多么美满的婚姻,几乎人人艳羡。医院里的同事夸她,病人夸她,凡是我认识的人都夸她。我与你爸也因为有这样的媳妇感到骄傲。你难道舍得离开她?!"

"婚姻若不是基于爱,终将是一场被时间戳穿的谎言。那么多世俗的婚姻,有爱之名,却无爱之实;在婚姻的背后,是利益的索取、权力的交换、肉欲的贪欢、虚荣的炫目、施舍的傲慢、苟合的无奈。我不否认这世上有爱,但世人最大的误会不是不爱,而是以自己的方式去爱。比爱更难的是懂得。"

沙氏的脸由红转青。"你还狡辩!你懂得什么是爱?爱不是我要什么,而是我能给什么。你只懂你自己!"

"一个人的孤独不可怕,可怕的是两个人的孤独。我知道自己需要什么。我有追求的权利,我要走自己的路。"

沙氏看见儿子说得如此决绝,内心的怒火腾然而起。不过她此时还能控制住自己。她决定用最后一招。

"儿子啊,你不能这样绝情。你不知道妈心里多难受。我真后悔,从小对你娇生惯养,才使得你成为现在的模样。这一切都是我的错,是我咎由自取。如果失去儿子,做一个人生的赢家又有何意义?做人留一线,日后好相见。我只求你一件事,你走人可以,但是请把孙女林晓给我留下。"

沙氏几乎用了哀求的语气。林波却无动于衷。

"妈妈,你知道女儿林晓是我的命根子。你舍不得自己的儿子离开,却能忍心拆散人家父女?"

林波的这句话显然把沙氏完全激怒了,她又恢复平时说话时颐指气使的口吻,挥舞着手。

"林波,你太贪得无厌了!我没有你这样的儿子,就当我没有生养你。不管你走到天涯海角,都不要记起你曾经有过母亲。我也不寄希望你有一天能回来,你永远不要回这个家!"

"随你的便!"

这真是沙氏最不愿意听到的一句话。她不相信因果轮回,但是现在她不得不相信命运有时也会遗传。当初她也是如此决绝地与父母决裂,如今同样的命运又降临到儿子的头上。

林波醉醺醺的,踉踉跄跄地摔门而出。

沙氏忽然间觉得整个胸腔都被掏空了。她趴在餐桌上,嘤嘤抽泣。这是她生平第一次哭泣。她不愿意当人的面哭。她还是那个不愿向命运低头的女强人。

二

残夏初秋的夜晚不再潮湿闷热,甚至有些凉爽。诸葛慧莲拖着疲惫的身躯,回到离人民医院不远的那条僻静小巷的林家院子。家里静悄悄的,只有五十来岁的保姆在毫无声息地忙碌着。诸葛慧莲换上睡衣,就在卧床上躺下。

深夜步行回家是常有的事。她经常需要加班,加班时就睡在医院的值班室里。即便睡在家里,一个急救电话打来,也要一骨碌起身匆匆往医院赶。要是在以往,她头一沾枕头就能睡着。可是最近的几个月,她心里有事,难以入眠。她起身走入隔壁的书房,坐在台灯下看书。

她和林波的这间起居室相对独立,有一条狭窄的过道与客厅相连。林家的夜晚通常很热闹,来串门的人很多,形形色色,走马灯似的,都是婆婆沙中柳在客厅里招待。林峰很少在家,即使在县城里开会,也是睡在宾馆。

书上的字游移不定。诸葛慧莲一抬头,看见悄悄走进书房的沙中柳,有些惊讶。

沙氏平时在家也是穿工作时的正装。这一晚,沙氏穿一袭粉红印花的连衣裙,波浪卷的头发衬着略施粉黛的脸,虽是刻意打扮,却难掩突然出现在额上的细纹。她的眼睛红红的,布满血丝。

诸葛慧莲叫了声"妈",要站起来。沙氏摆摆手,在旁边的椅子上坐下来。

"今晚难得有空,我们婆媳俩好好聊聊。"沙氏直截了当,"每天都这么晚回家,真是辛苦你了。我知道,你成天与病人打交道,一点不比我省心。"

"妈,那是我们做医生的天职。"

沙中柳叹了口气。"天职没错,但像你这样玩命的人太少了。能者多劳。可能者有时并不受人待见。人啊,越能干就越受累,越懂事越没人疼,越明白事理,就越没人理你。因为他们知道,再重的担子你都能挑。即使你付出再多、再坚强,人家也不一定懂你。世俗如此,会哭的孩子有糖吃。"

诸葛慧莲合上书,静静地听。

沙中柳顾自说下去。

"当初我让你们小两口住家里,吃现成的,睡现成的,就是为了让你们生活工作方便。做医生不容易,做一名女医生更不容易。我也是女人,知道做一个女人的不易,要身披铠甲,在男人堆里冲锋陷阵,付出十二分的艰辛才有小小的成就。都说妇女能顶半边天,我们女人顶的何止半边天?夫贵妻荣的说法我不敢苟同,但是,一个成功男人的背后必定有一个成功的女人,这句话我赞同。"

"妈,你讲的这些我都能理解。"诸葛慧莲轻声附和。

沙中柳眼里闪着梦幻般的光。

"能理解就好。做女人是辛苦的,也是伟大的。有句话说,那只放在摇篮边的手统治着这个世界。诗人但丁说,世界上有一种最美丽的声音,那便是母亲的呼唤。美国诗人沃尔特·惠特曼也说:全世界的母亲多么地相像!她们的心始终一样;每一个母亲都有一颗极为纯真的赤子之心。母亲对孩子的爱都是永恒的、强烈的、深沉的、温柔的,有时甚至是自私的。不管孩子多么叛逆,多么失败,多么令母亲伤心,母亲终会原谅他。不论孩子在何方,母亲牵挂的心永远不变,只要能听到孩子的一声呼唤,母爱的琴弦就会被拨动。"

"妈,原来您也是位诗人。"诸葛慧莲笑了。她的赞美是由衷的。房间沉闷的气氛缓和不少。沙中柳脸上也露出久违的笑容。

"那是。都说上海女人精明过头,过日子有小家子气。实际上,上海女人是很大气的,有海派范,总是走在时尚的前列。——说到大气,我们都应该有海纳百川的气度。有容乃大,心量大了,世事就小了。浅水喧闹,静水流深。大海浩瀚,才能船过水无痕、鸟飞不留影。我希望,对爱我们和我们爱的人,不要求全责备,付出了,就不要遗憾后悔。别难过,也别谴责。"

"妈。我不会怪任何人。"诸葛慧莲明白婆婆的意思。

沙中柳忽然间变得很严肃。

"要怪,你就怪我。我自己没有婆婆,不懂得婆媳相处之道,难免处处使你委屈。另外,我也不是个好母亲,没教育好自己的儿子。富贵功名,终是浮云。过几年我就退休了,本应享受含饴弄孙的日子,可是眼前这个家……"

诸葛慧莲的嘴角动了一下,没有说话。但是她内心深处某个柔软的地方被触动了。这些年与婆婆沙氏朝夕相处,两人间已经发展出亲情。无论生活还是工作,诸葛慧莲处处感到沙氏站在身后的影子。沙中柳并不像外人看起来那样强悍,至少在诸葛慧莲眼里,她是彬彬有礼、温柔贤淑的。她们身上某种相通的地方使诸葛慧莲对她产生了亲切的依恋。

沙中柳握住诸葛慧莲的手,目光镇定。

"都说一个巴掌拍不响,但在这件事情上,错全在我和儿子身上。要说你有错,那是你让得太多。没有脾气,没有性格,会宠坏身边的人。我能感到你心里的苦,不要总是委曲求全,为了情面,而委屈了自己,想哭就哭……"

诸葛慧莲鼻子酸酸的,突然间泪如雨下。

沙氏伸出臂膀,把诸葛慧莲的头搂在自己的怀里。她的眼睛也湿润了。

"我失去了一个儿子,得到了一个女儿,这世道最后还是公平的。我要你答应我,永远做我的女儿。不管将来发生什么,你永远是我的女儿。这个家永远是属于你的。"

"妈,我知道该怎么做。"

"我要你抬起头来,争取自己的权利。我只认你这个女儿,我也只有一个孙女。我们一定要联合起来,把林晓留下来!"

沙氏抬起头,脸上露出坚定昂扬的神色。

三

诸葛慧莲难得空闲。这一天,她刚在办公室坐下,准备放松一下疲惫的身心,就看见走廊另一头朱赫赫腆着大肚子的身影。

朱赫赫脸上洋溢着一位准母亲的庄重和自得,走路的姿势也有些特别,像一只笨拙的鸭子。不过她虽然走得慢,却有一种一往无前的气势,腰背挺直,昂首挺胸,脚步坚实,旁若无人,庞大的身躯像一辆重型坦克,碾压前进道路上的一切。

朱赫赫是到人民医院做产检的。自从怀上宝宝,龙马就为她办理了深圳特区的通行证和居住证,可朱赫赫坚持要留在龙潭镇。她吃住在厂里,既做法律顾问,又管理厂务,忙得不亦乐乎。龙马专门为她配了一辆轿车,朱赫赫自己开车,直到越来越大的肚子快顶到方向盘,她才大不情愿地把方向盘交给专职司机。

朱赫赫的母亲张英是退休的产科护士,建议女儿早点住院。大伯龙虎是书记兼院长,朱赫赫在人民医院的熟人一抓一大把,但是她坚持来回奔波,自己照顾自己。有时实在晚了,就在县城的家里过一夜。

朱赫赫的父亲朱云逸随时欢迎女儿回家,他是现在市一中校长。一中就在老城过去的学宫遗址上,与人民医院一墙之隔。

朱赫赫走进来。诸葛慧莲连忙搬过一张靠背椅,扶朱赫赫坐下,又拿了个小枕头,垫在她的腰部。朱赫赫叉开双腿,尽量后坐,笔直地靠着椅背,使髋关节和膝关节保持垂直。

"什么时候?"诸葛慧莲问产期。

"快了。这小子折腾我的日子不多了。"朱赫赫把手放在腹部,抚摸着。

"医生怎么说?"

"一切都很完美，就像我的生活。"朱赫赫笑道。

"可不能大意。现在只准生一个，无论是孕妇还是腹中的孩子，都是重点保护对象。你又那么倔，一定不让别人照顾你。"诸葛慧莲语含责怪。

"我又不是大熊猫，需要兴师动众、动员大家来特护？！如果有一天我走不动了，自然会在产床上躺下。我想把迎接新生命诞生的使命交给你这个老接生婆，等孩子呱呱落地，你就是他的干妈。"朱赫赫又指指自己凸起的腹部。

"我现在在急诊科。人民医院的产科实力很强，你尽可放心。你最好提前几天住到医院来……"

"行了行了，知道你是大忙人。难得你今天有空，我想聊聊你的事。"朱赫赫把"你"字念得很重，"不要以为我蜗居龙潭镇一隅，就是井底蛙。我眼观四路，耳听八方，这婺州城里发生的事都了然于胸。特别是你的事。"

"该来的总要来。"诸葛慧莲的声音幽幽的，走过去，把办公室的门轻轻关上。

朱赫赫望着诸葛慧莲憔悴的面容，脸上的笑容消失了。她辩才无碍，打开话匣子就滔滔不绝。

"没错，该承受的我们决不退缩。可你不能总是逆来顺受，你也不能拒绝朋友的帮助。他们说，女人之间不存在友谊，那是扯淡！朋友是什么？真正的朋友，只比爱人差一步，只比父母低一级，会陪你度过一生。真正的朋友，不分年龄，不分男女，不分肤色等级，不论贫贱富贵，不管距离远近。你有荣耀，与你分享；你有苦难，与你分担。真正的朋友，在你出丑的时候，她不会嘲笑你，在你有难的时候，她不会袖手旁观。她不是你生命中的匆匆过客，而是你生命的一部分，她在心里关爱、关心、关注你，与你一起欢笑、流泪、悲伤。真正的朋友是一颗心对另一颗心的欣赏，是一个人对另一个人的守望，是似水年华中的精品，是厚重生活的珠蚌……"

"我一直把你当朋友，最好的。"诸葛慧莲微笑。

朱赫赫挥了下手。

"是朋友就好！我想帮你，并不是因为你是龙马的表妹，而是认你这个一辈子最好的朋友。是朋友就该两肋插刀。我是个女人，还是个孕妇，但是遇到不平事，也要拔刀相向！"

"你的嘴皮子比刀还厉害。可是，在这件事情上，你的滔滔雄辩并没有用武之地。"诸葛慧莲很平静。

"我是律师,怎么会帮不到你?你是怕我站错队?若我选择婚姻,我站女人这边;若我选择女人,我站母亲这边;若我选择朋友,我站在正义这边。我帮你,并非出于朋友义气。我看不惯林家的所作所为。是可忍孰不可忍!我忍不下这股鸟气!"朱赫赫瞪眼。

"你还是消消气吧。我还没见过你发这么大的脾气。"诸葛慧莲说着,站起来倒水。

朱赫赫示意诸葛慧莲把茶杯放桌上。

"有本事的人都会发脾气,没本事的人才没脾气。发脾气是正常的情绪表达,何错之有?! 有时候你的容忍换来的不是感恩,而是对方的嚣张气焰。老虎不发威,就会被人当病猫。每个人都有愤怒的时候,愤怒不会伤害别人,不正确地发泄愤怒才会引起伤害。如果有人一味退缩忍让,不敢得罪人,你就以为他放下了吗? 没有,他的内心依然很纠结,他内心的愤怒和恶劣情绪终有一天会以更加残酷的方式表达出来,伤了自己也伤了别人。我才不愿意当一个'豆腐心'的好好先生!"

"我不反对你发脾气。我是怕你动了胎气。你得为自己肚子里的孩子考虑。"诸葛慧莲的眼睛一直盯着孕妇的肚子,声音柔柔的。

朱赫赫的口气暗含责备。

"你啊,总是想着别人,就是太善良了。善良本身并没错。善良,无疑是高贵美好的,正是因为它太美好了,所以需要理性光芒的照耀。善良是利他的,也是利己的,保持自己的纯良本性就是善良。充满理性的善良有时是冰冷的,以恻隐之心包庇恶人,看似小善,实则大恶。不要让善良成为助纣为虐、为虎作伥的工具,惩恶扬善、伸张正义才是善,是大善!"

朱赫赫似嗔非嗔,颇有些恨铁不成钢的味道。

"你说得太严重了。有些事与善良无关。假如婚姻是一纸契约……"
诸葛慧莲还未说完,朱赫赫已经接过话头。

"婚姻不是一纸契约,而是一本厚重的书。婚姻这本书太深奥了,有时候我也懒得去翻。像你这样一天到晚只顾病人的医生,就更是一知半解了。"

朱赫赫做着翻书的手势,或许是真的怕动了胎气,声音缓和了许多。

"婚姻本是一场合作,要比翼双飞。如果有一方飞得太快,另一方就会被甩掉。夫妻双方最不可调和的矛盾,是一方在进步,另一方在原地踏步。好的婚姻是双方的灵魂一生相随,恩爱夫妻是灵魂的高度一致,两情相悦,心心相印，这样就不会在乎柴米油盐的琐碎，不会在意时空的阻隔。夫妻是情人，知己，良友，一句话，一个眼神，一个微笑，就能读懂彼此。"

朱赫赫似乎是在说自己的生活，脸上露出难得温婉的笑容。

诸葛慧莲沉吟着。

"赫赫，我何尝不期盼那样的合作？有时候我真羡慕龙潭镇的乡下老人。他们在老宅里傻傻地相守相依，没心没肺地生活一辈子。他们在井里打水，在院子里择菜，在老树下抽烟闲聊。街头巷尾的邻居都是朋友，热乎乎的屋子里充满孩子的笑声。可是时代在变，人也在变，男女的爱也在变。"

朱赫赫身体前倾，又挥舞起了手臂。

"是啊，我们当女人的太苦了。痴情的女人总是对爱人念念不忘，而男人的爱像是三月的天孩儿的脸，阴晴不定。女人往往把自己的身心毫无保留交给对方，男人爱了，得到的是整个世界，女人爱了，得到的只是男人的一部分。男人像一只候鸟，需要你的季节才会飞来，飞走的时候，却带走了你的整个世界。正因为如此，所以我们女人要善待自己，主动出击。这个世界已被男人们搞得一团糟、也该轮到我们女人管管了！"

诸葛慧莲沉默。朱赫赫望着她眼里晶莹的泪珠，内心的愤然不平又涌上来。

"就按你说的，婚姻是一纸契约，那是他违反合同条款，是他背信弃义撕毁合同，你应该挺直腰杆维护你的权益。我不会因为林波是龙马的朋友而有所忌讳。在法律面前，我们不应该惧怕任何人。无论他是省长的儿子还是市长的儿子，你完全有条件把女儿要过来。作为律师，我有百分百的把握。"

"我相信你的能力，我的朱大律师。"诸葛慧莲顿了一下，继续说道，"可是你也知道，婚姻并不是一纸契约那么简单。"

朱赫赫眼里有些许的无奈。

"没错，相爱不易，婚姻更难。不是所有人都能成为夫妻，单是相爱的概率就像头彩一样难中。世界上，有一种爱深入骨髓，爱得无怨，痛得无悔，爱得卑微，疼得廉价。情到深处无语，爱到深处无声。作为朋友，我不论是非，只想提醒，不要为了爱放弃自我，放弃做母亲的权利。"

"谢谢你的提醒。我知道该怎么做。"诸葛慧莲道。

朱赫赫仿佛站在法庭上，一脸威严。

"不管发生什么,要记住,你不是孤单一人,我们永远站在你身后。作为朋友,我要再一次提醒你,不要放弃做人的尊严。这是做人的底线。人如果无尊严地活着,与行尸走肉有什么不同?人生本是一场空,来时一丝不挂,去时一缕青烟,富贵名利、爱恨情仇都可以看淡,唯独尊严两字不能丢。"

诸葛慧莲的脸恢复平静,透着坚毅。

两位心有灵犀的闺蜜对视着。朱赫赫忽然叹了口气,眼里满是伤感失落,仿佛在喃喃自语。

"不要轻易挥霍一份情,不要轻易伤一颗付出的心。我说了这么多废话,你就当我没说。你那么聪明,一定想得比我更多,只是你不善于表达。友情不能粉饰,爱情更不能伪装。有缘天涯咫尺,无缘咫尺天涯。我记起了米兰·昆德拉的话,这是个充满离别的时代,只是我们都不擅长告别……"

四

深秋的天气已有些寒意。枯黄的梧桐落叶沿着静寂的街道漂移。夏的浓绿变成了秋的斑驳。

在这样的季节里,诸葛慧莲又一次回到龙宅。她原本很喜欢这个季节的龙潭镇,龙川山峦上的天空格外的蓝,龙潭湖水格外的清澈,湖畔的莲塘里有采摘莲蓬的小船穿梭,田野的泥土里散发着迷人的稻香和糖蔗发出的甜味。可是这一次,诸葛慧莲却莫名地伤感。她见到的是大雁南飞、芦苇萧索的秋。

在医院里,诸葛慧莲几乎每天都要目睹生离死别。她从未意识到这样的别离会很快发生在自己身上。

是啊,青春期一过,命运就会给你的人生做减法。有人走散了,在你的生活里消失了。有人不曾与你吵架,却莫名地与你分道扬镳。即便是你脑子里纷繁复杂的梦想,此时也会一个个减少。

诸葛慧莲觉得自己的身心也开始撕裂。她的理性、她善良的天性告诉她,要放手。可是她的潜意识却顽强地要将女儿占为己有,毕竟那是从自己身上掉下的肉。她很后悔,后悔自己没有与女儿建立亲密无间的关系。那个精灵般的女孩,如同一个天使,出现在她的生命里,给她沉闷的生活带来了一丝亮光。可是她还来不及享受,那一丝亮光就要从她的头顶消失了。

我们常常会有一种错觉,觉得孩子会永远属于自己,殊不知,他们也是你生命里的匆匆过客。与孩子待在一起的亲密日子屈指可数,每一天都不会重来。爱是父母与孩子的纽带,父母在全然接纳与无条件付出的同时,获取的更多。孩子蹒跚的脚步和呀呀细语触动父母柔软的心,唤醒父母的大爱,使父母的生命更加圆满通达。某种意义上说,他们更应该感谢孩子。

诸葛慧莲回忆着与女儿相处的每一刻,胡思乱想,心乱如麻,虽然在心里安慰自己,但依然很内疚,觉得自己不是个好母亲。

在与女儿相处这一点上,林波做得比她好。林波也许不是好儿子、好丈夫,却是好父亲。

林波在龙潭工作,有更多的时间与女儿相处。一有空,他就跑到古宅老屋里与女儿林晓一起玩耍,喂食喂奶,换洗尿布。他给女儿买花袄,穿小靴子。春天,他给女儿梳起麻花辫,带她到田野里抓蝴蝶。夏天给她换上小裙子,带她在青石板的路上踩水奔跑。秋天带她去捡落叶,然后贴在她自己的涂鸦画上。冬天又把她裹成个小肉球,跟她打雪仗。他喜欢把女儿扛在肩上,在龙潭的大街小巷里穿行。在龙宅老街照相馆的墙壁上,挂着许多林晓的童装照,那都是林波的杰作。他喜欢给女儿拍照,喜欢弹着吉他唱着歌看女儿跳舞。他喜欢听女儿咿咿呀呀地念小人书,也喜欢女儿叉着小蛮腰嘟嘴生气的模样。他是女儿的同学、老师、道具和玩伴,陪她一起长大。他喜欢在梦中扮演女儿的保护神,希望女儿所有的梦都是甜蜜的。

父爱,女儿。诸葛慧莲想到自己与父亲之间心有灵犀的神秘纽带,终于决定,还是放手。

可是她不知道如何说服父母,每次走进古宅老屋,心里就会忐忑不安。

女儿林晓在镇上唯一的一所幼儿园里。龙十妹在收拾外孙女的东西——小时候穿过的肚兜花鞋,洗得干干净净的尿布,积木玩具,念字的卡片,绘画涂鸦,幼儿园的奖状书本,龙十妹一样也舍不得扔掉,全都装进红漆斑驳的樟木箱里。那个樟木箱正是龙十妹唯一的陪嫁,也是诸葛慧莲求学时随带的行李箱。

诸葛慧莲看见在樟木箱边忙碌的母亲,什么都明白了。

"妈,该扔的扔,不要什么都往里塞。"

"你舍得,我不舍得。这么嗲炸的宝宝,说走就走,我舍不得。"龙十妹话里有话。"嗲炸"是龙潭方言,说一个小孩聪明乖巧伶俐,并且是最高级的。

"妈。晓又不是不回来。像你的女儿,嫁出去还是你女儿。过个三五年,外孙女就会回来看你的。"

"还说呢。我怕是永远见不到她了。"

诸葛慧莲看着母亲眼中的泪光,心如刀绞。她很少看见母亲流泪。

龙十妹是乐观的,极少哭泣,刚刚还是泪如雨下,转头袖子一抹,就会换上一副笑脸。

"她是林家的人,我不想再见到她了。这些东西都是她的,我以后一样也不想看到,免得伤心。"龙十妹继续说道。

"妈。晓是林家的,也是我们诸葛家的。"

龙十妹看着女儿憔悴的面容,觉得自己的女儿像豆腐一样软塌塌的,心里像是油火煎烤般难受。她把怒火发泄到悄悄走近的教授身上。

"都怪你,整日之之乎乎,把个女儿也教傻了!"

教授没有说话,递过一个小布袋。龙十妹打开一看,里面全是泥土。

那些泥土是教授从诸葛宗祠里的一堵墙上刮下的。过去,古宅的八德堂、花厅、宗祠,每栋建筑的大门入口,都有一道照壁。因为住的人越来越多,古宅到处破墙挖洞,搭建改造,已经弄得面目全非。原来的照壁大多被推倒。只有诸葛宗祠里因无人居住,那道照壁还在,只是被人移到了祠堂的一角。焦黑的树干前面,照壁孤零零地耸立着,风雨已经揭去覆盖层,风化的墙杂色斑驳,衰草枯藤寄生。这段残存的墙曾刷过黑灰白灰,涂过红漆,书写过不同内容的标语,似乎早被人遗忘了。

只有教授还记得它。教授会用那墙上的泥土当药引子,给镇上外出行商的人治病。诸葛家也有个老规矩,不论老少,不论是永久地离去还是短暂地外出,都会带走一包这样的泥土,治疗怀念乡土的思乡病和异乡生活水土不服引起的怪病。

龙十妹默默地把小布袋装入箱子。

诸葛慧莲知道父母的用意。她看着父母平静的面容,释然了。

第二十六章
去国远行

一

　　早上一上班,穿着白大褂、身材魁梧的龙虎便急匆匆地走进诸葛慧莲的办公室里,神色凝重,豹眼凸起。

　　"怎么回事?发生这么大的事你为什么瞒着我?"

　　诸葛慧莲盯着龙虎,有些茫然。

　　"今早难得有空,我们好好聊聊,你得实话实说。"龙虎看了一眼停在窗外院子里的救护车,把办公室的门轻轻关上,"急诊科不止你一名主任医师,我已做了安排。"

　　诸葛慧莲明白龙虎的意思,但她不想在这样的时候谈论自己的私事。

　　她照常上班,沉默,不与任何人诉说,但是痛苦和忧虑还是不经意间从她疲惫的步伐和憔悴的面容上显露出来。诸葛慧莲骨子里是自省内敛的,与父亲脾性相似,但是在她这样的年龄,并没有父亲的涵养耐性。她承受着一个孤独母亲的痛苦。从天堂到地狱,人生美好的一切忽然间全部消失,那是她瘦弱的肩膀难以承受的生命之重。她感到生而为人的艰难,自己也成了无数病人中的一个。

　　虽然在同一座医院,但诸葛慧莲与龙虎见面的机会越来越少。要是在

以往,诸葛慧莲身上发生的事龙虎很快就能知晓,因为龙虎在她身边安插了一个传声筒。刚调入人民医院时,孔鲁凤跟在诸葛慧莲后面当护士,但是还要履行作为一个妻子和母亲的职责,要照顾龙虎的饮食起居,接送上下学的儿子小龙,当名副其实的"马大嫂"。

龙虎很忙。他知道,所谓领导艺术,就是一碗水端平。医生、护士、病人、护工、司机、上下级领导,这些复杂的人事斡旋是他最头疼的。还有医药医疗器械的采购,财务出纳,甚至新医院的基建工程,数不清的大事小事都要过问。还要挤出时间来上手术台。龙虎热衷做手术,知道手术刀长时间不用也会生锈。在县城最大的医院里,"龙一刀"有了更大的用武之地。遇到自己做不了的手术,他就聘请省里的专家名医来操刀,自己亲自陪同,为的是多学几招。

步入中年的龙虎比以前稳重了许多,但是直来直去的军人性格一点没变。

"你说,别在我面前装哑巴。我可受不了你跟教授那样腻腻歪歪、蔫不拉唧的性格。"龙虎焦急地踱步。

"虎子,这事你真的帮不上忙。"诸葛慧莲幽幽的。

龙虎的声音忽然间提高了八度:

"帮不帮得上忙是另外一回事。难道我龙虎只能袖手旁观?难道我会顾及林峰和沙中柳的面子不闻不问?面子值多少钱一斤?大不了我这书记院长的椅子不坐了。我还真不稀罕这位子,早就想挪窝了。当一名普普通通的医生,天天上手术台,也不负我'龙一刀'的名头。我是院长,也是医生,我知道当医生的不易。我不为自己的手下出头,谁替他们说话?再说了,你是我最心疼的表妹,于公于私我都要管!现在这事——弄到如此不可收拾的地步,林家人真是欺人太甚!"

"虎子,这事真不怪两位大人,他们也很难过。"诸葛慧莲压低声音。

"子不教父之过,难道他们能逃避责任?好吧,就算他们没责任,那么所有的责任应该在林波一个人身上。我龙虎不明白,也许是我真的落伍了或者是世道变了。现在好像没人愿意坐冷板凳了。这个热,那个热,我龙虎最看不惯的就是出国热。挖空心思往外国跑,成了时髦。难道国外的月亮真的比中国的圆?"

"人各有志。我们不能强求。"诸葛慧莲的声音透着无奈。

"我龙虎并不是榆木脑袋不开窍。他林波要出国,我也不反对。可是他不能做得那么绝。他的所作所为,我也有所耳闻。我们大家伙在这里忙得屁滚尿流,他倒好,游山玩水,不务正业。要知道他如此不成器,我龙虎就不该乱点鸳鸯谱,还出面做证婚人。他甩了你,还要走女儿,真是做绝了!我说过,我龙虎可不是吃素的……"

龙虎越说越激动,额上的青筋暴突,像一条条蚯蚓蠕动。

窗外传来救护车的鸣笛。当班的司机老王和护士孙兰英一路小跑,已经上了救护车。诸葛慧莲霍地站起来,但是很快被龙虎粗大的手掌摁回了座椅。有时候,龙虎在熟人面前会显得很霸道。

"虎子哥,谢谢你的关心。你应该知道,你手里的手术刀也不是万能的。"诸葛慧莲平静地说道。

"是啊。并不是所有病人都动得起手术,能用手术刀治好的病更少。"龙虎忽然发起感慨,"医生只能医治身体的疾病,却无法医治心理的创伤。不管怎么说,医生是个令人尊敬的职业。救死扶伤,所有的付出都是值得的。"

"还有护士。她们有时比医生更辛苦。你应该多关心一下孙兰英。我不知道她的事你怎么处理。"

诸葛慧莲说的是她手下的护士孙兰英擅作主张"克扣"病人用药的事。前段时间,急诊科来了一个干瘦的病人,需要用一种昂贵的进口药,十克一支的药,按老人的体重最多只用五点五克,正好同科的另一个病人也用同样的药,用量很小。孙兰英私下召集两家商量,合用一支药以节省费用。病人家属口头同意,等病人转出后却因为此事闹到了院部。

作为护士,执行医嘱是她的天职。孙兰英却常常出于善心做各种傻事——从食堂给病人带营养餐,垫付救护车的费用,把急诊科的病床临时挪给普通病人睡。她想方设法为那些付不起医药费的病人省钱,却让自己背上了黑锅。龙虎几次提出要给孙兰英换科室,都被孙兰英谢绝了,一个重要的原因是她一定要跟着诸葛医生。急诊科一般是危重病人,承担全院的院前急救,需要内外妇儿各科的急救知识,龙虎还真找不出比孙兰英技术更全面的护士长。另外,急诊科的护士工资高,有各种加班跟车的补助。孙兰英的弟弟正在念大学,她身上的经济负担非但没有减轻,反而比以前更重。即便是经常风里雨里,黑白颠倒,忙得头眼昏花,两腿转筋,有时甚至是一身血污两手粪便,孙兰英为了多赚钱,也宁愿留在急诊科。

另外,现在的孙兰英还要为自己的家事考虑。由诸葛慧莲做媒,她已经与龙骏喜结连理——他们几乎没有惊动任何人,拍一张结婚照,领证,没办婚礼婚宴,甚至连喜糖也没分。

"有一种作茧自缚叫毫无原则的善!"龙虎非常器重孙兰英,忽然间觉得言重了,放低了声音,"小孙属于好心办坏事。不过按院规还是要严肃处理,全院点名批评。希望她下不为例。"

"这事主要责任在我。你可千万别扣她的奖金。孙兰英最在乎的是这个。要扣就扣我的。"诸葛慧莲的声音发颤。

"你别什么事都往自己身上揽。现在是谈你的事,而不是她的事。"龙虎把"你"字说得很重。

"孙兰英的事就是我的事。她和龙骏虽然领了证,连个像样的窝也没有,她已经有了身孕……"诸葛慧莲还是顽强地把谈话引到别处。

"龙骏也是我的好兄弟,他有困难我能不帮?可是这事实在是无能为力。你是知道的,现在连院里的双职工好多都蜗居在集体宿舍。"龙虎面有难色,"我现在只想谈你的事。当初调你来人民医院,就有明确的安排。我不能书记院长一肩挑。举贤不避亲。再说这也是林峰和沙局长的意思。院里的人都看好你。"

"虎子,我确实不适合做行政。"

"好吧。我暂时也不为难你。但你也应该为自己的事考虑考虑。我决定放你几天假,让你出去散散心,收拾一下自己的心情。你有多久没有出远门了?"

龙虎还想说下去,但是被窗外传来的救护车的啸叫声打断了。随着一阵急促的脚步声,办公室的门就被人推开了。一个三十岁左右、矮墩结实的男人闯进来。他穿着中山装,稀疏的头发梳向脑后,一张苍白的脸汗涔涔的,凝重中有些许的焦虑。

来人是市委办的秘书应骁。诸葛慧莲知道来了病人,与龙虎一起冲出办公室。

二

林峰是在早上听取组织部的人汇报工作时头痛发作的。一开始他还端着茶杯凝神静听,突然间眉头紧锁、面部抽搐、口歪眼斜,硕大的头颅重重地砸在桌子上。办公室里的人叫了救护车,把他送到了医院。

诸葛慧莲赶往急诊室时,林峰已经被人接走了。接诊林峰的是一名姓赵的医生,他是诸葛慧莲的学弟,医科大学毕业后分配在市人民医院,已有几年临床经验,龙虎有意培养他接诸葛慧莲的急诊科。

"我调阅了林书记的病历档案,他不久前做过体检,X片显示脑部并没有发现器质性病变。下救护车时他已经神志清醒。我给他做了展颈按摩,并无大碍。"急诊室里,赵医生手拿病历夹,向诸葛慧莲汇报处理情况。

"人呢?"诸葛慧莲急问。

"他要了几颗止痛片就走了。听说是省领导要到龙潭镇视察,他必须陪同。"赵医生道。

"林书记的头痛病还可能随时发作。这样吧,你与中医院联系一下,叫他们派一名针灸师去。"

林峰现在的偏头痛转移到了右侧,平时很少发作,一旦发作起来却比以前更厉害。林峰的偏头痛跟平时饮食有关,他的口味很重,无肉不欢,喜欢吃腊肉、香肠和火腿类,烟瘾酒瘾比过去更大。他患有高血压,但降压药有一搭没一搭地吃。诸葛慧莲常常委婉地劝说,要他按时服药、少激动、注意休息。林峰听的时候满口答应,一转身又我行我素。诸葛慧莲没办法,只好在家给他做些按摩理疗,准备一套银针,需要时扎两下暂时缓解。

诸葛慧莲又交代几句,急匆匆走向另一边。她的心思放在另一个心脏病人身上。那个重病号不是别人,正是她的婆婆沙中柳。

诸葛慧莲往急诊科护理病房走的时候,龙虎正从里面走出来,从他脸上如释重负的表情可以看出,最危险的时刻已经过去。

龙虎并没有停下脚步,与诸葛慧莲打了声招呼,就快步离开了。

孙兰英跟在龙虎后面走出病房,满脸是汗,一绺下垂的头发粘在尖尖的下巴上。虽然步履匆匆,孙兰英脸上依然是平时那种不慌不忙、从容不迫的神情。

"怎么样?"诸葛慧莲对孙兰英很放心,但是这次的病人特殊,还是有几分焦虑。

"没事。"孙兰英的声音细细的,"在现场我已经做了胸部按压、人工呼吸、电击除颤。病人在上救护车前就苏醒了。"孙兰英知道病人与诸葛慧莲的特殊关系,多说了几句。"你不在,是赵医生看的。你放心,应该没什么大事。可能是高钾或是低钾,具体要等化验结果出来。"

孙兰英接触过无数的急诊病人,急救知识足以令她当一名医生。诸葛慧莲松了口气。

"你到化验室去,一有结果就送来。这个病人我接手,叫赵医生忙别的去。"

诸葛慧莲说完,走进那间单独的病房,门口挂着急诊特护的牌子,里面放着许多此时最先进的医疗仪器:心脏起搏器、B超仪、监视仪、氧气钢瓶等。窗户上挂着厚重的布帘,光线柔和,温暖的空气中有一股酒精味。

沙中柳躺在病床上,双目微闭,鼻孔里插着管,头顶挂着输液瓶。

诸葛慧莲坐在床沿上,左手的食指、中指按压在沙氏放在被窝外面那一只手的桡动脉处。沙氏的脉搏又细又弱。她那张原本饱满精致的脸瘦了一圈,苍白憔悴,薄薄的嘴唇干裂,长满泡泡。平时上班,她总是把自己收拾得整整齐齐,脸上略施粉黛,可是忽然间,她苍老了,红唇消失,皱纹、鱼尾纹爬上了额头眼角。

沙中柳一直在寻找与儿子妥协的机会。但是林波一直躲着她,不给母亲机会。女强人并非雌雄同体,同样要经历大多数女人要经历的人生非常时期。沙氏年轻时仗着一副好身板,与男人一样推车打夯,在齐腰深的冰水里挖泥,终于落下一身的妇科病。她的更年期反应比别的女人更强烈。连林峰有时也觉得她不可理喻。过去他们意见相左时,大不了拌拌嘴,现在的沙氏却有一股无名的怒火,随时会燃烧,大喊大叫,拿客厅里的花瓶沙发发泄。遇到这样的时候,林峰总是"三十六计,走为上计"。

林峰不知道,沙氏内心有着远比他想象的更严重的煎熬。气虚乏力、失眠多梦、潮热盗汗,时而迟缓僵硬、寡言沉默、情感淡漠,时而高度亢奋、躁动不安、疑神疑鬼,还有视力模糊、四肢怠倦、恶心呕吐、胸闷心慌、嗜睡谵妄,不时交叉袭来。所有的情感创伤最后都要身体埋单。这个在男人堆里闯荡的女强人曾经呼风唤雨,最后却在儿子这条"小小的阴沟里翻了船"。她心力交瘁,再也撑不住了。

孙兰英送来了化验单。正如诸葛慧莲预料的,沙氏的心脏并没大问题,她是酸碱失衡、电解质紊乱引起的昏厥心衰。

没过多久,沙氏便睁开了有着浓重黑眼圈的眼睛。

沙氏的目光不再犀利,甚至有些怜爱。有一刹那,诸葛慧莲觉得自己的眼泪要掉下来了。

"妈。您没事的。休息几天就会好的。"诸葛慧莲不知如何安慰。

"我知道我没事。"沙氏的声音有些沙哑,叹了口气,"唉,这一次多亏小应救了我一命。"

沙中柳口中的小应是指应骁。作为市委办的秘书,他经常去林家走动,每天早上安排车子接林峰和沙中柳上班。这天早上林峰蹬着自行车早走了,应骁就在车里等沙局长下楼。迟迟不见她下来,就进屋去看,发现沙氏昏倒在客厅里,打了急救电话,一直护送沙中柳进医院。

实际上,救命的是医院的护士孙兰英。诸葛慧莲并不想反驳。

"妈,您也该放松放松了。一定是操劳过度。"

"哪是操劳过度,我是伤心过度。"沙氏忽然间激动起来,"我伤心的是,生了个这么不成器的儿子。他那么自私自利,却要寻找一大堆冠冕堂皇的理由……你看看,他都说了些什么……"

沙氏圆滚滚的手探进被窝,摸索了一阵,掏出一封揉皱了的信。

那封信是林波写的,一大早放在客厅的茶几上。它成了压垮沙氏的最后一根稻草。

信是写给林峰、沙中柳并诸葛慧莲的:

…………

首先声明,我这次出国,并不是因为经济或别的什么原因,而是为了艺术。我要去的地方,有着与我们国家一样古老灿烂的文明,那儿是艺术家的故乡。从那儿起步,我可能走向更遥远的国度,走遍千山万水,走遍世界。在这座小城,我仿佛生活在黑暗的囚笼里,喘不过气来。我要远走高飞,寻找心灵的栖息地,开始全新的生活。

……与其成为生活在暖窝里的兔子,不如成为行走荒野的苍狼;与其成为抱团取暖的猴子,不如成为展翅翱翔的孤鹰。我要去寻找属于我的那片驼铃摇曳的沙漠或是野马奔腾的草原。在我看来,人生什么都可以失去,唯独不能失去自由的灵魂。

蜉蝣之羽,衣裳楚楚。心之忧矣,于我归处?蜉蝣之翼,采采

衣服。心之忧矣,于我归息?蜉蝣掘阅,麻衣如雪。心之忧矣,于我归说?我们总是感叹:隙中驹,石中火,梦中身,浮名浮利,虚苦劳神,不知何时对一张琴、一壶酒、一溪云,做个闲人,且陶陶乐尽天真。我们总是明白得太晚,却老得太早!

古调独弹,暮雨思卿。除了艺术,还有爱情。我想起了普契尼歌剧中那首著名的咏叹调《为艺术为爱情》:艺术爱情,就是我生命,我从不曾伤害任何的生灵,我接过损难,默默地记住人们的慕羡……我献上珠宝,装饰着圣母的殿堂,为天界献上我的歌声,颂堂上的光荣。在这痛苦时刻,为什么?为什么?为什么对我这样的无情!

……爱情,婚姻,如人饮水,冷暖自知,谁能说清?两条向前延伸的平行线是永远不会交叉的,而两颗纠缠的粒子即使相距几十万光年也会共振。失败婚姻中的男女本无胜负之分、对错之辩。现在木已成舟、势难挽回了。我并不承认我的婚姻丢盔卸甲一败涂地。你们可以指责我的绝情,可是难道费尽全力去维护表面花团锦簇内里却心如死灰的婚姻就是道德的吗?

爱的创伤还需爱来疗愈。诸葛慧莲,我曾经的爱人,你并没有错。唯一的错误也许就是爱上一个不该爱的人。我希望你不要生活在自己编织的梦里,不要被爱与责任压垮,希望你有一天能破茧成蝶,做自己的女王。

一个人的价值观受原生态家庭的影响是至深且远的,一个人很难摆脱原生家庭的魔咒。在这里,我并不想责怪你们——爸爸妈妈。十月怀胎,一朝分娩,父母养育之恩岂能不报?只是我觉得,事业有成,人生幸福,才是对父母最大的感恩。

别了。不管你们如何看待我,也不管我身在何处,我对你们的爱不会有丝毫的减少。

…………

三

诸葛慧莲又陷入了焦虑。她忽然间想起,今天是她见女儿最后一面的日子。

最近一段时间,她总是精神恍惚、丢三落四,把计划中要做的事忘得一干二净。早上,龙虎的不期而至和两个意外入院的病人把她的计划打乱了,扰乱了她的思绪。

诸葛慧莲和林波口头约定,不管发生什么,她都一定要为女儿送行。

她骑着自行车,飞也似的赶往龙潭镇。平时要个把小时的车程,她只用了半个小时。

龙十妹见到满脸是汗的女儿,有些吃惊。因为林晓几个小时前就被林波接走了。林晓的衣物,龙十妹精心收拾的东西并没有拿走,林波只拿走了那只小布袋——教授装的那包泥土。

龙十妹反而很高兴。她是乐观的人,哪怕天上下着刀子,心里也怀着能捡到废铁的喜悦。在她看来,林波既然留下樟木箱子,那么他肯定会很快把林晓还给她——外孙女不过是出门做客或是去城里游玩。对女儿的婚姻,龙十妹也像所有的父母一样,怀着破镜重圆的良好愿望。诸葛慧莲并不想戳破母亲的梦,所以有些事并不让母亲知道。

诸葛慧莲不及与母亲说话,骑车就走。

穿过古镇狭窄的老街,诸葛慧莲用力踩着脚蹬,迎着呼啸而来的冷风,飞驰在红土坡坚硬的土路上。古镇和红土坡上的一切都是她熟悉的,往昔的点滴涌上心头,她泪如雨下。汗水和泪水在她脸上奔流,很快又在风中凝住了。

诸葛慧莲生活的核心是医院,心里只装着病人,对外部世界发生的改变懵懵懂懂的。火车提速撤站,龙川站早已成为货运站,过去载客的绿皮火车不再停靠,南来北往的货运列车倒是很多,龙潭镇众多工厂的原材料和出产要在这里卸下运出。

诸葛慧莲几乎没有歇息,又一口气骑车来到城里的火车站。她买了张站台票,不假思索地冲进去。

站台上站满了候车的人,拎着大包小包,翘首张望。每当有一列客车进站,都会带走一批行色匆匆的商旅,像龙吸水似的,把一堆黑压压的人吸走,过一会又有列车靠站,吐出乌压压的人流。

并不是所有的旅客列车都在婺州火车站停靠。开往上海的一班快车半小时前就开走了。诸葛慧莲茫然地在上下列车的人流中奔走。她只知道林波要出国必定要先去上海，并不知道他是坐飞机还是坐轮船。

她不知道——林波是南下而不是北上，他要带女儿去广州，然后从那里坐船去英国。

车站的广播一遍遍地播报着即将到站和出站的车次。又一列火车鸣着汽笛缓缓驶出。望着空出大半的月台，诸葛慧莲如梦方醒。她终于明白，她生命中最重要的两个人消失不见了，也许永远不回来了。

她不再流泪，像个梦游症患者，拖着疲惫的身子走向出口。她的目光忽然间停留在一个踽踽独行的旅客身上。那个旅客从南下列车的站台上走过来，两手空空，不慌不忙。——显然，他并不是刚下车的旅客，而是到车站来送客的。

是龙骏。他穿着一件灰黄色的棉袄，黑黝黝的脸上一副忧郁的沉思表情，紧贴头皮的板寸使他显得刚毅稳重，而下巴上凌乱的胡子使他显得比实际年龄老了许多。

诸葛慧莲知道，龙骏是特地请假来送林波的。林波临行时一定对他说了些什么。龙骏一直是林波和诸葛慧莲可以倾诉心灵深处秘密的好朋友。在龙骏的身边，诸葛慧莲总能感到温馨的安全感。

可龙骏欲言又止，诸葛慧莲也不便细问。

两人默默地离开出口，来到站外的小广场上。

"我送送你。"龙骏开口。

"不，你还是忙你的。"诸葛慧莲推着那辆有些破旧的女式自行车。

"那好吧。我还要去龙潭镇看看母亲，晚上坐车回厂。"

"骏，你还是想办法回来吧。兰英马上要生产。孕妇需要照顾，有了小孩，大人小孩都需要照顾。"诸葛慧莲忽然想起孙兰英。

"我也在考虑这事。"龙骏神色凝重。

诸葛慧莲显然有急事，急着回医院，推车穿过街道。

龙骏看着诸葛慧莲的背影消失在人流里，茫然地环顾四周。在站外广场的花坛边，龙骏又看见了龙猫。

龙猫在向熙来攘往的旅客兜售耗子药、十三香和风筝。在这寒冷的冬天里，他的蝴蝶风筝一只也没有卖出。可是龙猫似乎并不失望，乐呵呵的，手里拽着风筝线。一只巨大的蜈蚣风筝挂在灰暗中的城市上空，在冬日凛冽的寒风中飒飒舞动。

龙猫在卖力地吆喝,似乎并不想与龙骏打招呼。

龙骏在站前广场上兜了一圈,然后大步走向通往龙潭镇的土路。

他心乱如麻,要理一理自己的心绪。

四

林波那张充满希冀而又决绝的脸,小女孩林晓懵懂好奇的眼神,在龙骏眼前晃动。龙骏见证了儿时最要好的玩伴的成长和相知相恋,这场婚姻变故使他很痛苦,他一直对诸葛慧莲怀着特殊的情愫,明了诸葛慧莲内心的酸楚,可是不知道如何安慰她。

他自己也经历了一场荒唐的婚恋。在厂里,给龙骏介绍对象的热心人并不少。车间主任给他介绍了一个镇海城关棉纺厂的女工。那个女工虽然只有初中文化,但是身材高挑、漂亮朴实。她的父母一个下岗一个退休,对龙骏很满意。有一阵子,龙骏被一种莫名的惯性驱使着,天天骑车去约会。有一天遭遇狂风暴雨,龙骏跌进水沟摔得鼻青脸肿。那一跤把龙骏仅有的一点激情跌没了,在忍受女方父母一顿莫名的责骂后,龙骏毅然退出。接着,又有人又给他介绍了厂里总工程师的女儿。龙骏谈不上对那个女孩的好感恶意,只是在媒婆的花言巧语和大多数人的赞美声中陷入了幻觉。两人的年纪都不轻了,为了赶上厂里福利分房的末班车,女方的父母在他们认识两个月后就催促着结婚。登记,拍婚纱照,买戒指金饰,置办家具,龙骏在一片催促声中盲动,被动地接受别人的安排。他写信告诉母亲,要李翠花来参加婚礼。李翠花自然很高兴,从不出远门的她准备到厂里来参加婚礼。可那个女孩并不想见李翠花。仅仅这一举动,足以使龙骏大怒。一场筹备中的婚礼取消了。

龙骏不明白,自己为什么会对婚姻充满恐惧。每次应邀去女方家吃饭,龙骏都会觉得心惊肉跳、呼吸加速,越是临近婚礼,他内心的焦虑和排斥感越强烈。一场纸上的婚姻无疾而终。龙骏陷入从未有过的被动。

大型的国有企业往往利弊掺杂,最大的弊端是缺乏流动的人事形成的错综复杂的裙带。吃喝拉撒睡,企业把职工所有的事都承包了。大多数职工,三四十年,从青丝到白发,待在同一栋楼里,坐同一把椅子上,等着退休的那一天。一家企业就是一个小小的社会,与传统的集镇或是乡村没有太大的差别。生活区成了狭小封闭的圈子，有人放个屁，就会把所有的人熏着。龙骏就成了那个放屁的人，被人背后指指点点在所难免。龙骏不想做任何解释，他的内敛反省成了孤僻傲慢和不识抬举，原来拟议中的副总工程师的提名也被撤了。

龙骏不知道自己错在哪里，为什么会懵懵懂懂误入围城。也许真的是迫于现实的压力，出于对企业内外有别的巨大福利待遇差异的考量。

房子，没错，就是房子。有房才有家，这是大多数人中国人的观念。房子是大多数人心中温暖的窝巢，也是禁锢他们的囚笼！有时候，所有的雄心也敌不过残酷的现实。

就在龙骏与孙兰英登记结婚的初期，他们也在外面租了一套房子。有一天晚上，龙骏就遇到民警查房的尴尬。他不是婺州城里的人，没有本地的工作证和居住证，差点被当成嫖客带走。孙兰英搬回医院的集体宿舍。她并没有很高的要求，只希望在她生活的城里有一个属于自己的家。她知道龙骏在李宅有房子，但是她希望住在城里。龙骏给她买了辆轻便的摩托车。孙兰英从小吃苦，知道自身的条件，暂时并没有提出更高的要求。

孙兰英之所以接受龙骏，一大半是出于对诸葛慧莲的信任。同大多数世俗的婚姻一样，这桩婚姻也是各种错综复杂的因素作用的结果，谈不上美满，也无所谓不如人意。龙骏对质朴的孙兰英是满意的，至少她是众多选择中最好的选择。

人生无时无刻不面临选择，面临分离和团聚。去还是留，回还是不回，就是这个问题。

龙骏在寒风呼啸的红土坡上走着，思考着这个问题。每次回家，龙骏都能感受与家乡龙潭镇越来越深的隔膜。镇上有了越来越多的陌生面孔。原来他认识的人，不论年龄大小，都在谈论办厂经商，或是离乡背井到异地打拼。婺州城里也有他的同学和老师。朱老师已从教育局岗位上退下来，又回到一中任教。恩师兼校友骆一行在环保局上班。最好的朋友之一应骁还是市委办秘书。他们都是非常可靠的人脉。可是龙骏并不想去麻烦他们，他知道，所有的人情债最后都需要偿还。

母亲李翠花并不希望龙骏回来。她把民办转正的名额让给了别人，退休后依然是一名教师——在李宅幼儿园当一名幼教。

人生最大的苦就是想让日子过得没有痛苦。婚姻最大的问题就是想让它不出问题。做人哪能一帆风顺？只要不破罐子破摔，逢山开路，遇水搭桥，就没有过不去的坎。

李翠花这样鼓励儿子。她当了一辈子的民办教师，孤独生活了大半辈子，依然是坚毅的、不屈不挠的。儿子是母亲最大的骄傲，在李翠花看来，龙骏那样的大鱼，别说龙潭镇，就是婺州城也没有池子养得下。孙兰英也不希望龙骏回婺州。在她眼里，龙骏所在的国营大企业才是正儿八经的单位，单位人才是正经人。她自己就愿意一辈子待在单位里。只要龙骏把每月工资的大半交给她，她吃点苦，生活孤单也没关系。

树挪死，人挪活。其实龙骏并非没有更好的去处。有一天早上，龙骏发现自己的办公桌上放了一封德文信件。那封信是海因里希寄来的。德国林德公司在上海成立了分公司，海因里希是分公司的负责人，力邀龙骏去上海加盟林德。龙骏考虑再三，还是写信谢绝了。

上海，那是龙骏曾经向往的地方，如今却对他失去了吸引力。因为他最心仪的人并不在那儿。龙骏只知道李海音在深圳的一家大型进出口公司做服装销售。头一年，他们还保持频繁的书信往来，李海音会寄来明信片和旅行时的照片。后来这样的书信越来越少。

最后一次收到她的信是在半年前。她说她要去英国。

从此杳无音讯。

龙骏边走边想，内心又翻起波澜。他想起了那首熟悉的歌：

> 我已是满怀疲惫，眼里是酸楚的泪……

龙骏抬起头，望着红土坡上的天空。秋日薄暮时分的天空纯净清澈，只有风，并无云。他熟悉的那朵故乡的云正漂洋过海，漂往异国他乡。

龙骏觉得自己也是一朵漂泊的云，不知道故乡的风要把他带往何处。

第二十七章

镇　长

一

1991年秋,龙潭镇迎来了一位新镇长。

应骁先是当了大半年的乡长,很快升任镇长。原来的书记汪彬政绩突出,去省委党校进修了。新书记龙正是个哼哼哈哈一脸菩萨相的老好人,不太管事,所以应骁实际上成了龙潭镇的一把手。

这位新上任的镇长对龙潭镇怀着非常复杂的感情,他在龙峡乡冷水沟教书时,完全没有想到自己有一天能当镇长。当时的应骁,几乎认定自己这一辈子就当个山中隐士。偶来松树下,高枕石头眠。山中无历日,寒尽不知年。悬崖枯藤,茅檐鸡叫,溪涧石桥,泉声淙淙,应骁非常熟悉山村生活,经常去看山民焙茶晒谷。看惯了山林泉瀑和山中最多的云,有时候,应骁觉得当一朵不问苍生的闲云也是很惬意的事。可是更多的时候,他看见悬崖上挟雷裹风的苍鹰,即刻改变了主意。那些苍鹰气雄万夫翱翔云山、风毛雨血洒野蔽天,激起了应骁匡时济世解民倒悬的雄心。

几年的秘书生涯教会了应骁许多,他卧薪尝胆,养精蓄锐,积聚了满腔的能量。他踌躇满志,准备大干一番。

眼下的龙潭镇已是婺州乃至整个八婺的首富,工商业发达,一切都红红火火、生机勃勃。镇上的居民每天早上醒来,都会听到乒乒乓乓的鞭炮声,新街老巷又多出几家店铺或是新开的工厂。虽然龙潭镇像一列高速行驶的列车,无须人添煤加油,但应骁敏锐地感到高速发展后面的危机和表面繁荣下的隐忧。前任留给应骁的都是难啃的骨头,最难啃的一块骨头就是违章建房。

　　龙潭镇新街老街两旁,旅馆酒楼、店铺作坊挨挨挤挤,每天还能听到此起彼伏的敲墙破洞声。那些装载残砖烂木的拖拉机和皮卡车在狭窄的街道上进进出出,卷起漫天尘土。大量外来人口涌入,镇上的出租房根本不够用,本地居民便想方设法搭出一间用于收租。本镇居民,有钱便用于盖房,于是私底下买卖自留地、承包地便成了风气。镇核心区的三宅更是急剧膨胀,先是村里边边角角的空地,接着是外围的耕地,被大量占用盖楼。

　　先前对那些未批先建的"钉子户"和"牛皮糖户"无可奈何,应骁就先拿自家的房子开刀。一条通往龙川峡谷的公路正好从龙宅村北的山坡地——应家的新房处经过,应骁就叫来推土机,把自家的新房推倒了。

　　那一天,应富贵像一尊泥菩萨般坐在三楼的水泥平台上,被几个派出所的民警像抬轿似的抬下楼。应富贵坐在不远处的田埂上,眼看自家的新房轰然倒下,而他的儿子应骁却倒背双手,站在远处看热闹的人堆里,一脸的若无其事。应富贵看着堆得像山一样的砖块水泥预制板,气得七窍生烟,当场就晕了过去。

　　应骁啃下这块最难啃的骨头,并且硬生生地把它吞了下去。

　　这位新上任的镇长又放了三把火。第一把火就是修路。那条公路经过龙潭镇三宅村后,在青山湖分岔,一边沿湖岸通向龙岗,另一边通向天蚕峡和龙潭峡。龙川峡谷里还散居着不少村落,山外已没有多余的耕地,全部移民下山并不现实。只要公路通了,龙川峡谷就能变成一个大的风景区,山货竹木也足以令原来的山民生活得以改善。原本的土路狭窄,水毁严重,早已坑坑洼洼,汽车根本无法通行。这条公路早已在市政府的规划内,得到了林峰的大力支持。附近有一支驻地部队,一个团的兵力。林峰与部队领导的交情很好。团长和政委主动请缨,带领几百官兵,把原本需要三年修的公路在一年内就修通了。

　　应骁放的第二把火,是在红土坡上设工业园区,在原来农垦场的位置建标准厂房。他打算把镇里面的大小工厂都搬过去。这样,龙潭镇就不再是厂居混杂,一片凌乱了。

应骁做的第三件大事,也可以说是公私兼顾。他要恢复龙潭镇千年书香的美誉,帮助干爹云鹤把龙门书院完全建好。他以文物保护的名义为云鹤申请到一大笔专项资金。民间募捐加上政府拨款,龙门书院重建的速度大大加快。

应骁干得风生水起,无意间得罪了不少人。得罪最狠的,第一个就是自己的父亲应富贵。应骁在李宅上班,离家很近。可是他不敢回家。每次回家,应富贵总是甩给他一张冷面孔。

应富贵平时很少发火,发起火来自然很烈。

"你还有脸回这个家?没见过你这样绝情的种,六亲不认,断子绝孙!我不认你这个儿子,你不是我亲生的。"

应骁无言以对。

难怪应富贵这么火。那栋房子倾注了他十几年的心血,应富贵几乎把所有的积蓄都花在上面了,几年造一层,今天给它按个门,明天装扇窗,一有空就在里面捣鼓。应富贵的心里憋着一股劲,要把新房装修成龙潭镇最漂亮的楼房。当初应富贵拿把锄头在山上刨土,村里许多人都像智叟一样等着看愚公的笑话,哪想小诸葛愣是"在螺蛳壳里做出道场",把房子盖成了。新楼背山临水,巍然可观,后有出挑的大阳台,下有宽敞的地下室,外立面贴了瓷砖,豪华如同别墅。

拆之前,应骁并非没有与应富贵商量。他耍了点小聪明,问父亲那栋新房是不是给他的,应富贵自然说是。既然是自己的房子,应骁就理直气壮地动起了手。

真要拆,应富贵反悔,大发雷霆。

"这是我的房子,不是你的!你要杀鸡儆猴,也不能拿我的房子开刀。一不违章,二不占耕地。当初我花大价钱才从龙禧那里弄来宅基地,名正言顺,有批条,有印章……我的房子碍着你什么事了?"

"爸,拆房子不是我一个人决定的。是为了修路。这是为大家的好事……"

"放屁!你哪是为大家,是为自己,为自己头上的乌纱帽!"应骁越是低声下气,应富贵越是得寸进尺,"你在县城当官,村里人去找你,哪回有过好脸色?每次都是热面孔贴冷屁股。屁大的官,架子不小,鼻孔朝天像个漏斗,也不怕雨水灌进去……"

应骁摸摸自己的鹰钩鼻,无奈地苦笑。

"爸,宅基地的事,村里可以再批……"

"再批,批到哪里去? 难道要我把房子建到山沟里、建到鹰嘴岩上去……"

"爸,咱家不缺房子。我喜欢老房子,有院子,冬暖夏凉。老房子够宽敞,我会掏钱把它再修修。再说那新房也不是白拆的,有折价补偿,如果你同意,可以换红土坡上的标准厂房——四姐办厂正需要。"

应骁认为自己考虑周全,没想到提到四姐杏花,应富贵更是气不打一处来。

梅花、梅香"二次投胎"撞了大运,日子过得很滋润。应富贵现在所有的精力都放在小女儿杏花身上,不论刮风下雨,他一天不拉去市场摆摊,卖杏花厂里的童装棉裤,有空还在杏花的厂里打杂,出谋划策,帮着带外孙、外孙女。原来那栋新房建成没人居住,给杏花堆放布匹和衣服成品。

应富贵最不愿意女儿杏花受委屈。

"爸,那是国家的政策……"

应骁也渐渐意识到父亲一定要给杏花招上门女婿的原因。应富贵话里有话,正戳到应骁的软肋。过了而立之年的应骁至今还是孑然一身,每次应富贵与儿子说话,总有这方面的暗示,正是哪壶不开提哪壶,使应骁心生郁闷无言以对。母亲陈氏倒是体谅应骁,每当应骁与父亲起争执,她就在边上打圆场。与应富贵一样,陈氏也非常喜欢儿孙绕膝的感觉,带杏花的一对双胞胎不够,还把梅花、梅香的儿女都接过来带。在应骁面前,陈氏也难免像九斤老太般地唠叨,因为她余生最大的愿望就是抱孙子。

应富贵面色凝重,语气冰冷。

"你现在是国家的人,拿国家的工资,住国家的房子。你不再是我的儿子,以后我也不想见到你。"

每次与父亲的对话,都是这样结束。应骁与父亲拉近关系的愿望总是难以实现。他发现与父亲的隔阂越来越深。

应骁并非毫无性格,他表面谦和,骨子里孤傲。他干脆住进镇政府大院,再也不回家了。

二

在男女交往的问题上,应骁有一种根深蒂固的自卑感。他心里一直住着那个衣衫褴褛脸上粘着鼻涕泥污的儿童。大学四年,他几乎很少与女生说话,一说话就磕巴。当老师时,站在讲台上的他也是引经据典口若悬河,可是一下课就又成了哑巴,窝在房间里发闷。直到调任市委办的秘书,他才慢慢打败社交恐惧症,在周围人的恭维声、赞美声中建立起自信。他不再害怕照镜子,虽然镜子中那个大脑壳鹰钩鼻的男人的表情依然是怪怪的。

他开始打扮,紧贴头皮的油光黑发梳得整整齐齐,衣服熨得服服帖帖,没有一丝褶皱,皮鞋擦得锃光瓦亮、纤尘不染。在周围人的印象中,应骁总是衣冠楚楚,彬彬有礼,温文尔雅。他起草的文案报告行文流畅、充满激情而又滴水不漏。他与同事相处融洽,工作上兢兢业业无可挑剔。

只是他依然情路坎坷,在个人问题上没有任何突破。他周围并不缺乏年轻的女性,可是在应骁看来,她们不是单纯的政治动物,就是徒有漂亮的躯壳,他无法与她们深入交往。

他的业余生活单调沉闷,只能用无休止的加班和案牍工作打发无聊的时间。

这天一大早,应骁刚在办公室里落座,远远地就看见一辆进口的吉普车驶进镇政府的大院。大姐应梅花下车,扭着腰肢,款款走来。虽然是大冬天的,应梅花依然穿着裙装,好让脖子上的项链和手腕上的玉镯更加显眼;她的头发烫成大波浪,口唇血红,使她原本白里透红的脸有些俗艳。

应梅花现在是婺州城里的名人。与婺州城里第一批洗脚上岸经商的农民商人一样,应梅花能吃苦,受得了委屈。还在龙潭镇娘家时,她就一个人偷偷跑到建筑工地打工——挑沙、背水泥、折钢筋,一天挣几元钱。她曾经几天几夜睡在绿皮火车的座位底下,去陌生的城市摆地摊,卖些发簪头饰妇女用品。她走南闯北,尝遍一个男人也吃不消的苦头。渐渐地,她有了积蓄,先做珠宝饰品的生意,后来自己办厂加工,买卖越做越大,花百万巨资在婺州城标志性的核心地段朝阳门附近买了房子,置了商铺。她成立了婺州城里首屈一指的大公司,把分公司开到了昆明、兰州、哈尔滨和拉萨。她入了党,作为杰出的女商人,成了市人大代表。

不像办袜厂的应梅香喜欢闷声发财,应梅花喜欢高调。她身上很有些男性气概,喜欢开方方正正的吉普。人到中年,她的身体变得越来越丰满圆润,散发出成熟女性的气息。她脸上的气质,混杂着乡下女人的土气、城市女性的时尚和商人的干练。她知道自己底气不足,学会了看书,手不释卷,车后座上堆着各种书籍。她甚至戴起了眼镜,尽可能把自己弄得斯文些。乍一看,她像风韵犹存的温婉徐娘,骨子里,还是那个泼辣的应梅花,不但在公司里一言九鼎,在家里也是说一不二。她的丈夫也姓方,叫方国庆,认识应梅花的人都叫她"阿庆嫂"——现在的应梅花,能说会道,八面玲珑,无论哪种场合都能应付自如。

应骁知道大姐是来做说客的,起身泡茶。

应梅花大大咧咧地坐下,一副家长的派头。

"无事不登三宝殿。今天我就是来向你讨教的。别以为你当了镇长了不起,在我眼里你还是光屁股流鼻涕的弟弟。你说,你当市委办秘书这些年,我们姐妹几个有没有来找过你?没有!就是为了避嫌,怕给你添麻烦,怕影响你的前途。我知道你最反感生意人与政府里的人勾勾搭搭的,所以有困难也不去找你。"

应骁端着茶杯,在旁边的条凳上坐下,洗耳恭听。

应梅花依然咋咋呼呼,连珠炮似的。

"你以为能坐在这把椅子上全是自己的功劳?真不知道背后有多少人在暗中使劲?你是独苗一根,为了你,老爹老娘吃了多少苦就不说了,我们几个姐妹,哪一个不帮着你?小时候是让着你吃好喝好,现在是不给你添麻烦。都说读书人通情达理,我看你那些书是读到屁眼里去了。种瓜得瓜,种豆得豆,你得有良心,学会感恩。真以为自己是只鹰,别人都是鸡?你这个镇长,不过是芝麻小官,架子不能那么大,做事不能那么绝。家里的房子,说拆就拆,那可是老爸的命根子,是他十几年的心血,还有几个姐妹、你大姐夫二姐夫,当初造房子,不知出了多少气力……"

"大姐,那房子……"

应骁想解释,但是应梅花不容他置喙,依然滔滔不绝。

"覆水难收。拆了也就拆了,只要你在工业园区给杏花安排好厂房,我可以既往不咎。你也有难处,只要把屁股擦干净,也不怪你。要怪的,是你对老爸的态度。一家人过日子,总得有人让着,否则就会闹得鸡飞狗跳。家和万事兴。像你大姐二姐,就遇上了一等一的好老公,什么时候都让着宠着哄着,还有脾气糯糯的公婆,日子过得红红火火!哪像你跟老爸,一见面就脸红脖子粗,像两头斗牛!"

应骁喝了口水,脸红一阵白一阵。应梅花咄咄逼人的口气稍有缓和。

"你也不要脸红得像猴子屁股。大姐今天不是来兴师问罪的,而是来给你出谋划策的。老爸留杏花在家,招上门女婿,对你横挑鼻子竖挑眼,是有原因的。你也该考虑自己的个人问题了。别的不说,为你自己的前途也该考虑了。像你这样当官的,婚姻是大半条命!"

应骁摸摸自己的鼻子,讪讪低下头。

应梅花身体前倾,头附在应骁耳边,压低声音。

"这些年你大姐二姐忙晕了头,少关心你的事。跟我说实话,有没有目标,是不是看上谁了?"

应骁抬头,直勾勾地看着大姐。

应梅花见到弟弟无奈的眼神,涌起了怜爱之情,声音温婉了许多。

"我是你大姐,你的心思我还能不知?白天鹅的那场婚礼,当初给你发过喜帖,你为什么不参加?你心里有她,害了二十几年的相思病!喜欢一个人就要说出来,像你大姐,当初就因为胆儿不够壮,差点吃一辈子苦。幸亏你姐命好,第二次投胎投了户好人家。我现在一点不稀罕龙家的风光,不稀罕那个穿过军装的。做男人,不能婆婆妈妈,等着天上的元宝砸你脑门上,要自己去争取。你说,你是不是喜欢诸葛……"

"姐,没有的事。"应骁捧着茶杯的手抖了一下。

应梅花笑了。

"嘴犟。不就是嫌人家是二婚吗?你爸就是二婚,老妈一点不嫌弃,恩恩爱爱,待我们姐妹比亲生的还好。二婚怎么了,二锅头喝着才过瘾,回锅肉比啥肉都好吃。那些埋在地下的铜疙瘩越老越值钱,那些二手的古董,一转手价钱翻了几倍——以诸葛家的门第,她的长相人品性格,人家不嫌弃你就不错了。她现在是自由身,你还有机会吃后悔药。"

应骁尴尬地苦笑。

应梅花的嗓门又高了。

"我与慧莲情同姐妹。林家不是老古板,我与沙主任也有些交情。只要你点个头,这根红线我就牵定了。"

应骁沉默,既不点头也不摇头。他起身整理办公桌的案牍文件,以掩饰内心的不安。他嘴角的每一次抽动都逃不过女商人洞察幽微的眼睛。

院子里传来一阵阵自行车的铃声,镇政府的人正陆陆续续地来上班。

"行了,我不打搅你了。我这次来也算公私兼顾。我知道你在为工业园区招商的事头疼。你大姐在生意场上闯荡十几年,认识不少朋友。只要你还认我这个姐姐,我会介绍几位港台的大老板来这里投资。"

应梅花笑吟吟的,从挎包里掏出一盒名片,甩在桌上,然后大踏步出门,开着方方正正的吉普车,呼啸而去。

三

诸葛慧莲过着严格的自律生活,医院、林家小院,两点一线。她生活的空间被病人占满。医院里有病人,家里也有病人——一个是像孩子般越来越不听话的病人,另一个是亲如母女的病人。

林峰现在很少回家,觉得家里沉闷冷清。他喜欢热闹喜庆的场面,即使不外出开会,也要坐在办公室里看书,很晚才回家。家里只剩下三个女人。保姆阿姨有早睡早起的习惯,闷声不响,收拾完碗筷搞完卫生就上床。只剩下习惯晚睡的沙中柳在客厅里枯坐。打从沙中柳大病痊愈死里逃生后,那些如过江之鲫般进出林家的人耳闻林家的变故,仿佛心照不宣,突然间不再上门打扰她了。

沙中柳退居二线,当了人大办公室的主任。这位20世纪50年代的铁姑娘,县城里最年轻的妇联主任,六七十年代的知青办主任,80年代的卫生局局长,终于走过了她人生的辉煌顶点。她曾经是青涩的知识青年,县委大院里有名的美少妇,身材娉婷,精致的脸上有鲜嫩的红晕和令人心醉的酒窝,在外人的眼里,美丽而富有教养,既有大家闺秀的气质和知识女性的矜持,同时又有小家碧玉的善良贤惠。在老首长的撮合下,她与林峰组成了令人羡慕的革命家庭。如果不是为了革命的理想主义,她与林峰——那个高大魁梧连鬓络腮的北方男人,也许几辈子不会相遇、八竿子也打不着边。在她看来,苦大仇深、烟酒不离的林峰是粗鲁的而不是粗犷的。她用自己的方式修理了他,使他成为她理想中的模样。她成就了丈夫,也成就了自己。不管怎么说,她的生命也像烟花一样璀璨过。

唯一的遗憾是儿子的离去。沙中柳开始还抱有幻想,头一年还能断断续续收到他的信,后来,有关儿子的消息越来越少以至消失。飞鸿雪泥,杳无印记。

　　无论是暂时分离,还是永久诀别,一切都会过去的。她只能这样安慰自己。

　　只是沙中柳从此落下了心病。她经常失眠,睡不着,要等诸葛慧莲房间里的灯灭了才睡。诸葛慧莲经常要加班,很晚才回家。看着诸葛慧莲拖着疲惫的身子走进卧室,沙氏就跟了进去,眼里充满怜爱。

　　"一天到晚做手术,你太辛苦了。"

　　"妈,我没事的。"诸葛慧莲说的是实话,她从治疗和照顾病人中得到生活的充实感,心里有一股暖流,并不感到生活的单调沉闷,"妈,这几天你还好吧。"

　　"我很好。只是胸脯……乳房这儿偶尔会有些刺痛。"

　　"这可不能大意。"诸葛慧莲抬起头,目光闪亮。每次动完手术回家她都很兴奋,一下子睡不着。"乳房可是我们女人的保命符。胸部是淋巴最多的地方之一,很容易堆积毒素。你可以自己检查一下,看有没有胀痛、肿块、结节等。如果是乳腺增生,问题不大,百分之八十的女人都有乳腺增生,只是轻重程度不同而已。不过还是不能掉以轻心。从乳腺增生到囊性增生再到乳腺癌,其中的改变过程并不远。乳腺癌有时没有任何征兆,只是发现肿块但没有任何不舒服的地方。"

　　沙中柳看似心不在焉,内心警觉起来。

　　"那么严重?……"

　　"所以,还是让我给你检查检查。"

　　"这么晚了……"

　　"没关系。家里没外人,我也睡不着。"

　　沙氏乖乖地脱了上衣,躺在床上。沙氏紧致白嫩的肌肤、凹凸有致的身材使诸葛慧莲惊叹。那半圆形的胸脯凸起,没有任何下坠的迹象,像少女般白嫩;臀部微翘,依然结实。她年轻时肯定是风情万种的美人。只是她习惯于穿肥大的中性男装,从来没有机会展示过迷人的身段。

　　诸葛慧莲示意沙氏翻过身,在对方肩背部揉搓按压,边揉边说话。

　　"什么时候我给你开几服中药调理调理。不过最好的办法还是理疗按

摩。妈,你也该多去做妇科调理、乳腺调理了。平时多锻炼,做拉伸运动,开
髋开肩,改善颈肩腰背痛,增强心肺功能,疏通三焦,疏通淋巴,消除副乳。
乳房与子宫卵巢也是相通的,调节内分泌也很重要。内分泌紊乱会引起乳
房子宫卵巢的病变——月经不调,皮肤长斑,肌肉松弛,女性的老化是激素
减少引起的。女性一过二十五岁,雌激素就会逐年减少……"

沙中柳侧过脸与诸葛慧莲说话,忽发感慨。

"是啊,做女人可真不容易。既要生儿育女,又要在男人堆里杀出一条
血路。都说女人四十豆腐渣,我不同意,说女人是花还勉强。可女人这朵
花,开着开着就谢了,枯萎了,不再鲜艳欲滴,不再芳香四溢。都说中年女人
最美,有玫瑰的娇艳、牡丹的高贵、百合的傲骨,淡泊宁静,优雅从容,温婉贤
淑,是一首古典的乐曲,也是一杯香醇的美酒……"

"妈,你现在就是这样的中年女人。"

"我哪算。你才是。只是我眼睁睁地看着你不知不觉地步入中年,心里
焦急。"

沙氏忽然间翻过身,一骨碌坐起来,就那样袒胸露臂地对着诸葛慧莲。

"连我都对他死心了,你也不该对他抱幻想。女人的花期能有多久?没
有爱的滋润,女人就会败得更快。你该考虑自己的将来了。"

"妈,我现在还不想考虑这事。"

诸葛慧莲给沙氏披上衣服。沙氏有些激动。

"怎么能不考虑呢?我现在偶尔也到公园里走走。那些遛鸟的老人,把
一只只鹦鹉、画眉、八哥关在笼子里,我看着就心疼。林家小院不是笼子,你
有飞的自由。你是我女儿,即使你选择搬走,我也不会怪你。有一天你离开
了,这里还是你的家。如果你选择留在这里,我就更高兴了。"

"妈,我懂。"

沙氏似乎早有准备。

"你懂就好。我听林峰说,市里正在引进一批人才,有博士硕士,年纪相
对较大。我就不相信,婺州城里没有配得上你的人。不过,最好还是在熟人
中找。你看小应怎么样?"

"他是个好人。"

诸葛慧莲的声音很轻。沙氏顾自说下去。

"他的模样是有些不如人意。可男人不能只看外表,空有一副躯壳有什

么用？我想明白了，女人就应该为自己活，要找就找会疼你、让你、宠你的。小应虽然寡言少语，但人很勤勉，做事踏实，正派正直。你们又是一个村的，知根知底……"

"妈，你容我考虑考虑，我现在的头绪很乱……"

诸葛慧莲的表情幽幽的，脸上写满疲惫。

夜已经很深。楼下传来开门声，是林峰回来了。沙氏穿好衣服，悄悄走出去。

四

应骁任市委办秘书的时候，几乎与林峰形影不离，当镇长后，与林峰见面的机会少了很多。所以这天早上，林峰打电话要应骁到书记办公室去的时候，应骁的社交恐惧症又犯了。

在林峰的办公室，应骁把屁股搭在椅子前端，双手放在膝上，左手拿着笔记本，右手拿着钢笔，正襟危坐。

林峰泡了茶，放到应骁面前，笑容可掬。

"小应啊，今天不是汇报工作，是私人谈话，你大可不必如此紧张。"

林峰倒背双手，悠然踱步。

"你是哪一年入的组织？"

"1984年。"

林峰"喔"了一声，蔼然注视应骁。"我在你身上看到了自己年轻时的影子。你我有共同之处，都是农民的儿子，苦出身。不过你比我幸运，父母双全，又赶上现在这样干大事的好时光，发展生产为民谋利。你还有一个优势就是年轻，'四化'之一就是干部年轻化。年轻就是活力、潜力，不像我，岁月不饶人啊！"

林峰摸摸头上灰白的板寸，带着自嘲的神情。林峰现在属于地厅级，本已过退休年龄，考虑到他是南下老干部，身体不错，加上林峰自己软磨硬泡，组织上便允许他再干几年。

"我可是不服老。除了偶尔有点头疼，我林峰强壮得能打死一头牛。他们要我退居二线，我可不愿意，我至少还能干三年。过完年，我就要赴地委公干了，临走，我还想跟你说几句话。"

应骁向桌前凑了凑,准备做笔记。

林峰摆了摆手。

"后生可畏。我林峰是极少表扬人的。不过你在龙潭镇确实干得不赖,啃下了几块硬骨头,抓违章建房,修公路,建园区,为下一步发展拉开大框架。是啊。天下的老百姓都是善良的,只要你做了一点点好事,他们会一辈子念你的好。"

"在其位谋其政,我不过做了分内之事。"

应骁谦和地笑,内心又开始紧张起来,因为他知道彩虹后面有雷雨,表扬后面就是批评,这是林峰一贯的作风。

林峰果然转了话锋。

"不过你也不能做过了。过犹不及。所谓领导能力,不过是妥协的艺术,这一点我林峰也是现在才明白的道理。年轻的时候,我林大炮的炮口也是对着人乱轰,冲锋陷阵,一根筋到底,不撞南墙不回头,因此吃了不少亏。你得与父母姐妹搞好关系,与邻里乡亲套套近乎。"

应骁松了口气。林峰的批评并没有预想的严重。

"另外,你的个人问题也该考虑了。有恒产才有恒心。男人是树,有家才有根。有女人才有家,男人不能没有女人,否则你就难免听一些闲言碎语。"

林峰的口吻轻描淡写,应骁的脸还是火辣辣的。林峰慢慢地踱到书架旁,拿起一本线装书。这几年林峰迷上了看书,办公室一周围都是书架,那些书使林峰的火暴性子改了不少,他的口才也大有长进。

"说到家的经营,说到教子,我也是失败者。要是我早一点领悟,我的家也不至于闹到现在这般地步。不过,我并不后悔。毕竟男人应以事业为重。"

"多谢指教,林书记。"

"谈不上指教。小应,你是学哲学的,我说这些,是不是有班门弄斧之嫌?"

"没有。这些年我埋头做事,也成了俗人,看的书还没您多。"

林峰哈哈大笑,放下书,坐在自己的位置上端起了茶杯。

"今天叫你来,不是与你探讨哲学问题的,而是叫你做一件闲事。有一拨神秘的客人要来龙潭镇,你今后三个月的任务就是负责接待他们,帮助他们完成此行的任务。需要协助的地方尽管开口,我会让侨联的人全力配合你。你现在手头的一切交由龙正负责,完成好这项任务后你另有重担。以你现在的口碑,可谓前程远大。你可一定要抓住这次机会喔。"

林峰说了大概的情况。应骁觉得,要完成林峰交代的事,非得找龙猫不可。出了市府,应骁就去找龙猫。

龙猫依然城里乡下两头跑,不过在城里的时候居多。应骁很快在火车站外的小广场上找到了龙猫。

龙猫一见应骁,扭头就走。"我不想见你这样忘恩负义的小人,一戴乌纱脸就宽。"

应骁苦笑着,一把拽住对方腰里的风筝线。"大冬天的放风筝……龙叔,你身上的怨气太重了。你现在应该做点正经事了。"

"我放我的风筝,又不碍你的事。我龙猫喜欢灭鼠灭蟑螂卖风筝卖十三香,谁说不是正当职业? 只要你们不给李翠花……"

龙猫转身欲走,应骁紧紧拽住对方的胳膊。

"龙叔,我跟你说了有上千遍了,当初教委有名额,是李老师自己不要转正。我已经给她安排幼儿园教职。你过去那些代课老师的工资也补发了。"

"你要念我的情,就帮忙把你的好朋友龙骏弄回来,也省得李翠花那么孤单。"龙猫似乎依然在无理取闹。

"龙骏心高气傲,不愿求人。他如果有要求,我一定会帮他……龙叔,这次算我求你,都说你是龙潭镇的百事通、活地图,这件事非你帮忙不可。"

龙猫被戴了高帽,不再乱扯,态度大变。

"官场得利,情场失意。我看你孤身一人东跑西颠,也怪可怜的。这次没带手下一帮人来,也说明了你的诚意。我就答应帮你一次。说吧,什么事?"

"工业园区在招商引资,近几个月我已经接待了好几拨来龙潭镇考察的客商了,有日本人、美国人、韩国人……这次来的客人情况特殊……"

应骁说明情况。龙猫细眯的眼睛亮了。

"这么说,这次是从我国台湾来的? 诸葛家真的熬出头了!"

"这次就算帮我私人的忙。一定要开工资,我只能自掏腰包。"应骁指指夹在胳肢窝里的公文包。

"算了。你那点上班的工资,还没我卖耗子药挣得多。我已经很长时间没在龙潭湖边放风筝了,顺便去放放风筝。对了,那么多贵宾,你准备如何安顿?"

"当然是镇政府的招待所。"

"此言差矣。人家是以私人名义回家探亲的。你应该安排他们回家住。不过也难怪,古宅早已没有空房了,唯一可以安顿的地方是祠堂。我怕那祠堂也是被白蚁蚕食摇摇欲坠,不适合住人了。"

"所以这事需要你出谋划策,当我的高级顾问。这三个月你得住龙潭镇,随叫随到。"

"这是诸葛家的喜事,也是龙潭镇的大事。我龙猫自当尽绵薄之力。我这就跟你去。"

龙猫可是从来没有这样兴奋过,抛下那些地摊货,跟在应骁后面,走路一步三颠。

第二十八章
寻根祭祖

一

1993年元旦过后的一天黄昏,一列车队,大约十几辆轿车,从婺州城方向驶向龙潭镇。车队穿过红土坡,沿着新修的公路一直驶向李宅的龙潭镇政府招待所。

招待所建在湖湾处的画溪旁,离镇政府办公大楼不远,面湖伴溪,风景优美,格调高雅。这个刚竣工不久的招待所是与工业园区一起规划修建的,用于招待各级领导和来镇里投资的客商。工业园区建成后,镇上的人觉得还是老街老宅老地方人气旺,前店后厂方便经营,除了几家大公司大厂,并不愿意搬进去。园区的标准厂房空了许多,应骁便出台各项优惠政策,动员大家招商引资。他自己经常接待来龙潭镇考察的各地客商,包括一些来自美国、日本和韩国的。

车队的客人已经在城里的白天鹅宾馆盘桓了几日。这段时间,应骁一直在龙潭镇忙碌,带一大帮人修葺诸葛祠堂和花厅,准备迎接客人。

应骁深知这拨客人的特殊性和重要性,所以当车队开进招待所大院,应骁发现少了一辆车时,焦急万分。那辆车是两位年纪最大、最重要的客人坐的。应骁询问车队领导,找到了当班司机。司机支支吾吾,说两位客人不肯来招待所,快到龙宅时提早下了车。

应骁来不及细想,向龙宅方向一路狂奔。

远远地,他已经看见公路北面一座低缓的山丘。那座山丘叫龙栖山,形似翘首盘卧的龙,被老一辈的人称为龙川的风水宝地。山上土层肥厚,植被茂盛,古木参天,山下为一片开敞平坦的耕地,有一条土路与龙宅相通。

龙栖山东麓过去曾有一个大型的墓葬群,有三十几座墓葬,坐西北朝东南,呈"一"字形排列,用长条石、望柱砌围护栏作为挡土墙。每座墓穴均有封土,墓前立墓碑,碑石上阴刻墓主名号、排行及立碑时间。墓碑盖板为庑殿顶,翼角升起,两侧立角柱,墓碑前安抱鼓石和石案桌,两侧安石勾栏。墓穴封土外围环塘,环塘后侧居中建三间庑殿式墓屋。栏板和屋面华版等雕麒麟、朱雀、仙鹿、天马等神兽,线条流畅,雕刻精美。那些古墓因为年久失修渐渐被龙宅的人遗忘了,不久前修公路需要移墓时才被人记起。

两位客人就是在穿过龙栖山的公路边下的车。这是一对老年夫妇。男的西装革履,外披一件黑色的短大衣,看上去八十来岁,中等个,腰背挺直,宽颐大颡,银白的短发像一顶雪帽顶在头上,古铜色的脸,鼻梁通直,双耳垂轮,两缕灰白的长寿眉几乎遮住了深邃的双眼。旁边那女的七十来岁,穿一身锦缎旗袍,虽然头发花白,但是满月似的脸饱满圆润,柳眉杏眼,澄如秋水。

两位老人下车后,在原地站立。男的朝龙栖山的方向看了很久,然后环顾四周,似乎在寻找什么。他依稀记得,附近曾经有一条日本矿警强迫民夫采矿铺设的轻便公路,越王山麓曾有日军的碉堡炮台。他还记得,龙栖山应该有一座三进八字台门,前进设船篷轩的关帝庙,关帝庙后的财神殿里供奉范蠡。还有最重要的,山上有他历代祖先的坟茔。

老人回忆着什么,不时点头又摇头。

两位老人驻足翘望了一刻钟,然后相互搀扶着走下公路,穿过一条坚硬的土路,走在狭窄的田间小路上。

黄昏的灰暗中,四周景物已经模糊,只露出大概的轮廓。老先生不时地停下来东张西望。远处的山峦黑黝黝的,似曾相识,又很陌生。不远处的古宅,记忆中斑驳的砖墙刷成刺眼的白色,原本幽深大院的厚墙高楼此刻似乎低矮了许多。

老人记得,年轻时每次回家,并不是走村北的土路,而是坐船溯大龙江而上,在村口的船埠下船。再走一段青石板路,就能看见自家的耕读门。他依稀记得古宅里的古井和村口湖塘边的香樟树,弯曲老街上的店铺,青山湖畔的龙门书院,龙川峡谷里的羊肠小道。他记得,古宅八卦四个正位——乾坤离坎位建崇德堂、承德堂、修德堂、培德堂,是四进九开间的大院,而偏位巽震艮兑是润德堂、慎德堂、观德堂、怀德堂,是三进或五进的院落。老宅外面曾有封闭的院墙,在东西南北开有四门:崇仁门、司礼门、耕读门、忠孝门。他记得最清楚的还是中间的诸葛宗祠和花厅,门楼高耸,黑漆漆的木门饰以金铺银环龙头兽头。

现在,那一切似乎都改了。他不知道自己还能不能找到小时候生活过的影子。他想见到熟人,又怕见到熟人,走走停停,好像孩子似的迷路了。他弯下腰,用手薅起脚下的草泥,用鼻子嗅嗅,大口地呼吸,长寿眉下的双眸忽然间变得清朗透亮。

旁边的夫人以为他绊倒或是走累了,连忙过来扶起他。

两位老人互相搀扶着,小心翼翼地向前走。他们已经过了石桥,来到银杏树下。青藤缠绕的石桥,树冠金黄的银杏,那是老先生最熟悉的,与他小时候见过的几乎一模一样。他不再怀疑自己走错了地方,眼泪夺眶而出。如果不是看见一个矮墩结实的年轻人跑过来,老先生双膝一软,几乎要跪倒在地上。

应骁满脸是汗,已经来到两位老人面前。在县城的白天鹅宾馆他们已有一面之交。

"应骁迎接来迟,失礼失礼!本应接两位到宾馆下榻,没想到两位先下车了。"应骁喘着粗气。

"应先生,我是来寻根祭祖的老人,何须如此兴师动众?"老人用手擦拭一下眼睛,面色凝重。

"职责所在,不敢怠慢。两位是龙宅的贵客,我也是龙宅人,于公于私,我都有责任。"应骁一再鞠躬。

"不知应荣禄与您是什么关系?"老人还礼。

"那是我爷爷。"为了淡化自己的官方色彩,应骁还是把那位自己从未见过的爷爷抬了出来。果然,老人看应骁的眼神亲切了许多。

"原来是荣禄的孙子,果然办事精明,有乃祖遗风。"

"老先生过奖了。我知道应家与诸葛家的渊源,为您效劳理所应当。接下来的几个月,就由我负责接待,您可以随时随意差遣。"

原来诸葛老先生的大陆之行颇费一番波折,他对外界宣称是"单纯的觐省",但是难免要惊动各方人士。

应骁带两位老人来到诸葛宗祠前。教授、龙十妹和一干人早已在门前恭候。教授读完私塾,就去县城读中学,然后去德、日留学,见到父亲的次数屈指可数,所以与父亲很是隔膜,神情漠然,呆立一旁,手足无措。诸葛老先生心怀内疚,原本想给儿子一个拥抱,最后也只是与儿子一样伸出手握了握。龙十妹的脸上挂着尴尬的笑,心里又喜又忧,喜的是诸葛家终于父子团聚,忧的是平白无故突然冒出一对公婆,从未与公婆打交道的她怕坏了礼数,很是忐忑。

诸葛宗祠前站满欢迎围观的村民。龙禧、应富贵、龙猫站在最前面。他们是邀请来参加诸葛家的宴席的。

这一晚,诸葛家的家宴就摆在宗祠的议事厅里,这间原本改造后用作龙宅小学教室的大厅又恢复原样,房梁圆柱上张灯结彩,中央摆两张圆桌,桌旁两把圈椅,一排塑料圆凳。应骁原本想叫镇政府招待所的大厨来掌勺,但是龙十妹坚持要自己烧,所以桌上尽是家常菜——白切羊肉、牛肉、牛杂汤、猪头肉、馒头、红馃、龙潭湖的湖鱼,还有一些豆腐菜——豆腐皮和千张。

诸葛老先生的四个儿子儿媳和一帮孙儿孙女被留在招待所,所以另一桌空着。这一桌也只坐了八个人。

宾主坐定,应骁就当仁不让地站了起来,洋洋洒洒地说了一大通,最后道:"老先生老夫人,今晚在这里为你们接风洗尘,用的是家乡酒,上的是家乡菜,尝的是龙婶的手艺。希望两位不要介意,十个里面有八个是豆腐菜。"

"豆腐好啊。人食豆饭壮如牛,青菜豆腐保平安。"老先生坐上位,激动的心情渐渐平复,蔼然笑道,"我小时候就喜欢吃豆腐,记得母亲也常常是青菜豆腐、咸菜豆腐。我在朱宅读书那会,朱老先生也常常花一个铜板请我们吃豆花。有一位老太太,经常在老街卖豆花。'豆花''豆花'地喊,连仲平也学会了。他开口说话,叫的不是爷娘,而是豆花。"

仲平是教授的大名。教授记不得自己儿时的逸事,脸红了红。

"那个卖豆花的,就是我龙十妹的奶奶。"说到豆腐,龙十妹兴奋起来。

"天下人都喜欢豆腐。我老家也有豆腐名菜——麻婆豆腐。怪不得,天地良缘豆腐牵。"老夫人面向教授与龙十妹,笑容可掬,她也想与刚见面的儿媳套近乎,"你既然叫十妹,想必上面还有九个姐姐。"

"那是。要不是日本人来,老爸老妈还想生,生出一打来。十姐妹,全是吃老娘做的豆腐长大的。"

"女儿好啊。我生了四个儿子,做梦都想有个女儿。十妹,下次把你的姐姐都请来,大家热闹热闹。"

说到那些姐姐,龙十妹的脸顷刻转阴。不过,新来的婆婆眉目和善,说话轻柔软糯,还是使龙十妹紧张的心放松了不少。龙十妹对刚见面的婆婆样样称心,只是不喜欢她涂得血红的口唇。

谈笑间,桌上气氛融洽了许多。坐在应骁边上的应富贵乘机要给老先生敬酒。

"我没记错的话,老先生,您已年近鲐背,想不到保养得这么好,比我还年轻。我应富贵敬您一杯。"

"您与这位应先生的关系是……"老先生指着应骁。

"他是鄙人的犬子。"应富贵咬起了文字。

老先生有些纳闷,眼前的应富贵鼻如悬胆、面如重枣,倒是很像他的父亲应荣禄,而应骁却没有一点爷爷的影子。

不过基因都会变异,爷孙不像也可以理解。

"喔,原来你是荣禄的儿子。虎父无犬子。荣禄可是诸葛家的大恩人哪,没有他,诸葛家早就散架了。这杯酒我干了!"

老先生举起酒杯一饮而尽。

看到自己的老对头得了赞扬,一直坐着喝闷酒的龙禧坐不住了。他是代替儿子龙狮来喝酒的。龙狮现在是龙宅村的村主任,因为太忙没来。龙禧也忙,在承包地里挖沟排水,刚从田畈回来的他一身泥土,裤管一只高一只低,他对自己一瘸一拐的样子有些自惭形秽,对与应家父子同桌也不乐意。不过,禁不住酒精的诱惑,他还是来了。

"老先生身体康健,我也想敬您一杯。排起来咱们还是亲戚呢。我和您儿子教授先生是连襟,两家过去多有照应。我当了十五年的村支书,生了四个儿子,一个个有出息。"龙禧喝了酒,有些语无伦次。

"恕我眼拙,您是……"老人转向龙禧。

"我叫龙禧。老先生,您自然不认识我了,当初您离开龙潭镇时,我还穿着开裆裤躲在樟树后面撒尿哩。"龙禧咧了咧嘴,浮出一丝笑意。

"那您的父亲是……"老人看着龙禧。

"穷人哪有大名,阿狗阿猫乱叫。我只记得村里人叫他大水牛。"龙禧呵呵道。

"哦,我想起来了。您父亲有大名,叫龙裕。他可是龙宅有名的'田乌龟',是种田的一把好手,只是脾气有点犟。"老人沉思片刻,说道。

"龙生龙凤生凤,老鼠的儿子会打洞。爸爸是'田乌龟',我现在也是'田乌龟',承包了几十亩地。小时候老爹老娘砸锅卖铁要供我念书——自己没那个命,不成器,也怪不了他们。现在只能面朝黄土背朝天,刨土疙瘩。"龙禧说顺嘴了。

"当农民好啊。民以食为天,没有农民的辛苦农桑,哪来天下衣食暖仓廪实? 这杯酒我干了!"老先生一饮而尽,放下酒杯,"说到龙宅的能人,我还记得一位,他只在朱老夫子那里读过几年私塾,但是聪明,经史子集烂熟于胸,吹拉弹唱件件上手,还会木雕漆画。就是有一样不好,爱喝酒,喝完酒就耍酒疯。"

"那是父尊龙犀。"龙猫的声音瓮声瓮气的。他本来是不愿意列席晚宴的,经不住应骁的软磨硬泡,勉强答应,不经意间坐在冤家对头龙禧的身边,更是闷闷不乐。现在老先生提到自己的父亲,不得不开口。"老先生抬举父亲,我也要敬您一杯。"

"一杯不够,要三杯。龙先生,听应先生说,您是龙潭镇的百事通。我这次回来,要扫墓祭祖,少不了要麻烦您。"

"老先生谬赞。我虽承继父亲衣钵,终是才疏学浅,学问手艺不及家严十分之一。"龙猫禁不起夸,一连干了三杯,身子便有些热乎乎飘飘然,"不过只要老先生用得到,我龙冒愿效犬马之劳。"

"岂敢岂敢。龙先生,我先跟您打听个人,说起来他也是您本家。他是我的朋友,叫龙韬。不知他下落如何?"

"老先生,二十几年前他老婆去世不久,他也归西了。是我给他收的尸,就埋在后山的乱坟岗里。"

老先生沉默了,不再说话。为了给公公婆婆接风,龙十妹拿出了藏了十几年的红曲米酒。老先生多喝了几杯,已经不胜酒力。

二

短暂的冷场之后,议事厅里忽然又热闹起来。原来是两位老人的四个儿子、四个儿媳和一大帮孙子孙女都从招待所赶过来了。那些小孩从未见过写着"人民大礼堂"、画着五角星的花厅大台门,更没见过如此拱顶高耸、石础硕大和圆柱斑驳的古色古香的大房子,东奔西跑,咿咿呀呀地欢叫。灯火通明的老祠堂顿时人欢人笑。

花厅祠堂外面的空场地上,也挤满了看热闹的,挨挨挤挤,足有三百号人。当胆子最大的龙五妹挤进议事厅,分得一个手镯出来后,那伙人便闹哄哄地往里涌。原来老先生的四个儿子从招待所过来的时候,顺带了一个很大的箱子。那箱子里装满了各种礼品,有丝绸旗袍、西装、牛仔裤、夹克衫、连衣裙、领带、手表、巧克力。除了衣服鞋袜儿童玩具,最多的是珠宝饰品:金项链、金戒指、金耳环、耳钉耳坠、玉器手镯和手串。凡是当晚进祠堂的,不论男女老幼,都分到了不同的礼品。

原来老夫人是有名的珠宝商,在我国台湾、香港都开有公司商铺。她现在已把自己的事业交给最小最得宠的小儿子。四个儿子中最年轻的那个叫诸葛志刚,应骁早已认识,一年前就来过龙潭镇,现在正在与应梅花谈合资办厂的事宜——在龙潭镇工业园区办工艺饰品厂。大厅里的圆桌撤下,换上了八仙桌。教授忙着帮龙十妹收拾碗筷,泡茶倒水,来不及与他同父异母的兄弟打招呼。那些兄弟,一个个西装革履,笑容满面,很想与教授套套近乎,但是年纪差着一辈,终觉得中间隔着一层,最后也只是与木讷的教授点点头握握手。那些新来的妯娌,一个个穿得花枝招展,说话软绵绵的,嗲声嗲气,站在她们中间,龙十妹自觉土气十足,别扭,也不知如何打招呼。

老先生坐在新搬来的太师椅上喝茶。老夫人拉住正在忙碌的龙十妹,把一串金黄的项链往她脖子上挂,又不容分说地把一枚戒指和一个玉手镯套到龙十妹的手指手腕上。

"这根项链可不是便宜的沙金,而是四九的足金。还有这枚戒指,上面镶的是南非蓝钻。那玉镯更是地摊货不能比的,是最好的缅甸玉做的。"

老夫人很想与儿媳套套近乎。

龙十妹却不喜欢那串项链和玉手镯,觉得戴着它们碍事,拿起来在围裙上擦了擦,就塞进衣兜里。不过她对镶嵌"亮晶晶玻璃珠"的戒指却爱不释手。她嫁到诸葛家时,母亲也曾偷偷塞给她几个银元宝,龙十妹一直压在箱底,不让任何人知道。这么多年,教授也不曾给她买过戒指,龙十妹嘴里不说,心里偶尔也犯嘀咕。是女人都爱珠宝,龙十妹是凡人中的女人,自然也不例外。

"十妹,听说你有个女儿,什么时候我能见见她?"老夫人讨得龙十妹的欢心,拉她在自己身边坐下。

"她天天给病人开刀,忙着哩。过几天我捎信叫她回来一趟。"龙十妹看着诸葛家整箱的宝贝无缘无故送了外人,有些心疼,已经后悔没有叫诸葛慧莲回家了。

应骁在人群里穿梭应酬。忙完又回到老先生身边,与他商量接下来要做的事。

"应先生,明天一早我想先去看看祖坟。"老先生道。

应骁面露些许尴尬。"据我所知,诸葛家的祖坟在前一阵修公路时移到公墓去了。具体位置我也记不清。老先生,离过年还有二十几天,这事我一定给您一个满意的交代。"

老先生目光深邃,笑意盈盈。

"还有一事,不知当问不当问——先夫人的遗骸是否与祖坟葬在一起?"

应骁顿了一下。这是他最难以启齿的事,他只听说龙老太是投井而亡的,至于她有没有得到安葬、葬在何处的确不知。

应骁的目光落在父亲和龙禧的身上。

吃人家嘴软,拿人家手短。两个冤家并没有离席,而是陪老先生喝茶。应富贵面色凝重,犹豫着正要开口,旁边的龙禧用胳膊肘捅了捅他。

"富贵,那会儿你正在店铺里拨拉算盘子哩。老太太的事只有我知道。"龙禧看着诸葛老先生,急着报功,又支支吾吾,"她投井后并没有找到尸首,是我找了她的几件旧衣裳埋了,就埋在后山的乱坟岗里。我年纪大,老糊涂了,埋在什么地方,一时也想不起来了。"

老先生露出失望的神情。应骁忙打圆场,彬彬有礼地赔笑。

"先生,这事我一定帮忙查清。我们且从长计议。旅途劳顿,还请二老早点歇息,我这就送您去招待所。"

时候不早,诸葛老先生的儿子儿媳走了。老先生老夫人一直坐在祠堂里,不愿离开。

"应先生,五十年了,我难得回来。今晚我和夫人只想在母亲睡过的床上睡一夜,不知您能否满足?"

应骁面露难色,连忙把醉醺醺蹲在一旁喝茶醒酒的龙猫拉到一边。

"这事可难办。老太太在世时,我还光着屁股睡在母亲的摇车里呢。我只听父亲说老太太住承德堂。深宅大院的,我很少进得去……"龙猫醉眼蒙眬。他只隐隐约约记得在什么地方见过老太太睡过的床——那床装着镂花栏杆,两头高高的床栏上雕镂缠枝花卉、如意花鸟、鸳鸯戏水和梁祝故事,红漆喷绘,床上的帐幔被褥全是绣花的绫罗绸缎,煞是好看。

"教授知道吗?"应骁问。

"他呀,少小离家,书呆子一个,比你我还糊涂。"龙猫眨巴眼睛,"古宅里多的是老房子,房间好糊弄,最难的还是床。老太太睡的是雕花床,现在都成老古董了——据我所知,只有龙禧家有一张。"

"你怎么知道?"

"我住他隔壁。他家的老房子里,有一间房,堆满了老古董。别看龙禧平时哼哼哈哈,精明着呢。这只老狐狸,喜欢收藏木头家伙铁疙瘩,连一个老烛台都舍不得扔。"龙猫撇嘴。

"他家的老房子不是龙狮在用吗?"

"那个蛇窝,住在边上的人家整日提心吊胆,告到上面去,早就废了。你知道的,龙狮现在烧窑酿酒去了。那几间老房就堆了龙禧这些年搜罗的宝贝。这个老吝啬,你别指望他拿出来。再说了,龙禧家的雕花床也不一定就是老太太睡过那一张。"

应骁没了办法,只好与龙十妹商量,让教授与龙十妹委屈一夜,睡药房的阁楼,让老先生和夫人睡他们的床。没有雕花床,只能退而求其次。

老夫妇已经很满意了。那砖木结构的老屋、镂空的窗牖、灰泥剥落的院墙、青石板天井和吱嘎作响的楼板,多少给老人一种儿时熟悉的感觉。

老人的睡眠时间一向很短,更何况睡在一张陌生的硬板床上。老先生一夜不眠。后半夜,也许是为了迎接诸葛老先生一家,古宅里传来噼里啪啦的鞭炮声。有人在龙潭湖边放起了烟花,把整座古宅照得如同白昼。

老先生辗转反侧。那鞭炮声在他耳边变成了隆隆的炮火。年轻的时候,他经历了无数次硝烟弥漫烈火熊熊的场面。他似睡非睡,似梦非梦,身子飘摇,飞向西南方那座人心惶惶的城市——成都。大街上黑压压的人群乱哄哄的,军车卡车轿车像无头苍蝇,嗡嗡叫着;装甲车、坦克车轰鸣着,碾过军营外满街的枯叶。冬日的凄风苦雨中,铁甲怪物在渺无人迹的街道上横冲直撞。隆隆的马达声,枪炮的呼啸声,弹药的爆炸声,军士的吼叫声,狂奔浪逐的逃难人群的哭喊声交织在一起。他虽然已经习惯了尸首交错叠压的场景,但是见到如此惶恐凄凉的景象还是心生悲戚,吼叫着,杀开一条血路,挤上了夜幕中腾空的最后一架飞机……

　　他又依稀想起了最后一次回到古宅又匆匆离开的场景。村口的龙江古渡,暮色悠远,秋空寥廓,西风落叶,草木萧瑟。一轮新月在远处水边冉冉升起,在一片洗衣的砧声中,空空的渡船傍岸。她刻意打扮了一番,穿着鲜艳的锦缎旗袍,描了口红,乌黑的头发上插满发簪,如玉的白臂颈项戴着珍珠耳钉和项链,迈着小脚丫来到船埠头。十指纤纤的手撑着一把油纸伞,伞下那张圆润的鹅蛋脸,细眉凤眼,在熙攘的送行人群里伫立凝望,楚楚可怜。他竟然没有与她说上最后一句话,只在心里默念:我会回来的,我一定会回来的! 他不知道,那最后的一瞥竟是永诀,留在他脑海里的只有她站在青石板上翘首苦盼的朦胧景象。

　　老人潸然泪下,泪水沾湿了整个枕头。

　　诸葛老先生一生戎马,还保持着军人早睡早起的习惯,天蒙蒙亮,就与夫人一起起床下楼。没想到教授和龙十妹起得更早,已经准备好早餐,在堂屋等候。

　　诸葛老先生的到来,使应骁和父亲应富贵的关系有所缓和。应骁难得在家睡了一夜,第二天一早,也到教授的老屋报到。

　　应骁穿着平常穿的中山装,外披风衣——这件棕色风衣是老夫人一定要送给他的,应骁穿上后一下子精神了许多,在以后的岁月里,不论寒暑,他就经常穿这件风衣。

　　应骁见到教授,问起祖坟的事。

　　"他呀,之之乎乎,清明、冬至、大年初一,别人家扫墓祭祖,他也拿着纸钱香蜡去,只是不晓得他是不是祭祖宗,说不定在哪个路口烧了回来交差。"龙十妹在旁边抢白。

　　教授沉吟不语,一脸苦笑。

　　老先生听着,心里也是越发沉重,这么多年,他带给古宅里母子俩的只

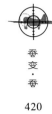

有灾祸苦难,所以对儿子的漠然表示理解。

教授呆立了一会,忙自己的事去了。药房诊所只有教授一个人,一大早就有人来看病。

陪同的事自然落到应骁头上。用完早餐,老先生与应骁商量起事情。

"应先生,祖坟的事暂且搁一搁。我准备买一块地,重修祖墓,把诸葛家的先人一起安葬。"

应骁明白老先生的意思,他是想先查清原配夫人的墓葬。

应富贵去县城摆摊,龙禧下地干活,现在也只有龙猫可以调遣。

说起来,这事也非龙猫莫属。乱坟岗上那些没有墓碑的坟墓有的已经塌陷,有的长满杂草树木,除了墓主的后代,只有龙猫搞得清。龙猫答应过给应骁帮忙,一早来到诸葛家。本来睡眼惺忪的他,一听老先生要买地修墓,眼睛就亮了。

"老先生,别的龙冒不一定能做到,这堪舆之事却是拿手。我一定为您选一块风水宝地,保诸葛家的后代有享不尽的荣华富贵。"

龙猫说完就兴致勃勃地走了。应骁原本想让龙猫陪老先生答疑解惑,现在只好一个人陪老夫妇来到祠堂前。

"先生,据我所知,龙宅有五口古井,以金木水火土五行取名。村里装自来水后,其中的四口已经废弃,只剩下祠堂前的这口。除龙婶偶尔过来打水做豆腐,其他人很少用它了。这口井离承德堂最近。"

应骁的话似乎在暗示什么。

老先生跨过井栏,站在井口朝下探看。井壁上长满绿色的青苔杂草,深不可测的井水映着一汪蓝天,冒出一股温润的暖气。

"卿埋泉下泥销骨,我寄人间雪满头。罪过啊!"老先生声音沙哑,突然间发出一阵干号,双膝跪下。

应骁一时手足无措。

"老先生,您且节哀。"

那边,老夫人早已把老先生搀起,眼含泪水。

"应先生,麻烦您一定要找到夫人的墓葬,以慰老人之心。"

"两位放心。我一定办妥此事。初来乍到,今天我还是先带你们到镇上转转,散散心。"

三

三人在祠堂边的花厅前站了一会儿。花厅靠空场一侧,在"人民大礼堂"和五角星的徽标下挂着"龙狮火腿厂"的牌子。花厅内部年久失修,到处都长满绿苔盐硝,墙皮剥落,屋脊的飞檐走兽面目全非,后来由龙家人承包,重新装修,开起了火腿坊。

那是诸葛家过去给老人祝寿的地方。应骁怕老先生又念叨起诸葛家别的先人,就带他们离开。

他们穿过古宅,出耕读门,径直来到龙潭湖边。

老先生看到村口熟悉的大樟树,心情渐渐平复。他眯眼远眺,凝望一碧万顷的湖水。在他的记忆里,这地方应该是一个个不大的湖塘,湖塘对面是桑林坡地。大龙江蜿蜒流过,镇里的人就是从这里的青石船埠出发,走向世界各地。

"应先生,我记得小时候,龙川峡口,溪堤两岸,龙江对面的小山夹沟间还有不少的桑田。六七月,我们也跑到桑田里去摘桑葚,吃得满嘴乌黑。"老先生似在回忆,似在自言自语。

"所谓沧海桑田,就是如此。现在的龙潭镇,早已今非昔比。现在镇里常住人口有五六万。人多地少,大部分田地都用来栽稻种菜了。已经很少有人养蚕了。据我所知,只有在龙潭湖中的洲屿和龙川峡谷里,一些不适合种植水稻糖蔗的地方还有少量的桑田。"应骁解释道。

"从来系日乏长绳,水去云回恨不胜。欲就麻姑买沧海,一杯春露冷如冰。想不到龙潭镇的桑丝业竟衰落至此。我年轻时,虽然受洋丝、棉花冲击,毕竟还是有人固守。男耕女织,母亲和夫人都是织裁能手,无论是上人穿的锦缎绸服、披肩旗袍、丝绒裙袜,还是下人的襟袍马褂、布衫裤帽,都少不了她们亲自动手。"老人依旧沉浸在回忆里。

"老先生,现在龙潭镇的服装业也很发达,产出占工商业的半壁江山。"

应骁边说边在前面殷勤带路,他今天的任务就是陪老人逛街。

他们离开湖堤,沿着宽敞的新街向前走。街两边是两三层高火柴盒样的民居和钢棚搭起的厂房,门口挂着大小不一的牌子。街上熙来攘往的都是陌生人——行色匆匆的商旅和穿着清一色厂服的年轻面孔。

应骁知道两位老人喜欢清静一点的地方,就带着他们来到老街。

老街也不清静,旅馆、招待所、酒楼和茶馆鳞次栉比。一楼临街的门店,大多是超市百货、水果蔬菜、米店粮铺、卡里OK厅、台球室、影院和照相馆。

两位老人手拉手,慢悠悠地往前走,不时地在某个小巷口停下,驻足观望。那些偶尔经过挑着爆米花机的老人和摇着拨浪鼓的货郎担唤起了老人儿时的记忆。他在寻找记忆中熟悉的铁匠铺,剃头店,卖纸扇油伞和纸鸢的摊贩,背着弹弓弹棉花的中年人和磨剪子戗菜刀的老人。过去,在一楼那些可以拆卸的一排排门板后面,有很多丝商药铺,卖景德镇瓷器和本地陶罐的店面。在老人的记忆里,与自己年龄相仿、少年老成的应荣禄总是在那长长的曲尺柜台后面忙碌。那时候的应荣禄,穿灰色的蚕丝绸衫和黑色绸裤,乌黑头发梳向脑后纹丝不乱,面色凝重,鼻梁上架一副眼镜,清明双目若有所思,紧盯着面前放的记账本、毛笔、算盘和小杆秤。

那些古老的门面房和曲尺柜台似乎还在,可是柜台后面换了新面孔——一些西装革履的年轻人。

老先生瞄了殷勤跟随的应骁一眼,心里一阵唏嘘。

出龙宅,他们来到李宅,在古老的戏台前驻足。

古戏台横跨桃花溪,三面开敞,背后就是李宅有名的建筑李琦记,对面是一个小广场。观众坐在广场台阶上,或是溪堤两边的藤萝架下,或是溪流中的船里看戏。古戏台建于清乾隆年间,年久失修,歇山顶的屋脊、悬柱、斜撑、飞檐有些陈旧斑驳,依然屹立不倒。眼下是李宅退休老人的娱乐场所,天天有人在上面下棋打牌搓麻将,吹拉弹唱,自娱自乐。

"戏如人生,人生如戏。这一方小小戏台,有多少帝王将相粉墨登场,有多少忠孝节义的故事连番上演,那些缠绵悱恻的丝竹管弦,那些金戈铁马的军号战鼓,都像桃花溪的流水去而不返。记得小时候,母亲也常带我来李宅看戏,有高腔、草昆、徽戏。我喜欢本地的高腔,虽然只有三五人,戏装人物粗糙,但是唱腔如雷似电、悲怆苍凉。李宅的草台戏班不但在八婺有名,声名远播严州处州衢州各府。"

老先生盯着戏台,又是一番感慨。

"原来先生还是戏迷。既如此,我可以联系市婺剧团,春节期间唱它五天五夜。"

应骁刚说完,老夫人就迫不及待地开口。

"五天五夜哪够,要唱就唱它十天半个月。应先生,我也是戏迷,我喜欢会变脸的川戏,还有粤剧、高甲戏、布袋戏和歌仔戏。"

"可惜,老夫人,这些剧团很难请到。"

"入乡随俗。既然我先生喜欢婺剧,那就请婺剧班。"

"婺剧团要请,其他剧团也在考虑之列。浙江的越剧小百花很有名,夫人一定会喜欢。李宅也颇出了几个戏剧名人,特别是唱越剧的李娇娘,红遍上海滩。如果她肯出面,肯定能请到大剧团。"

"太好了!应先生,我在台湾听过越剧,那糯糯的唱腔,真是迷死我了。您只管请来,所有费用全算在我的账上。"老夫人越加眉飞色舞。

两位老人一兴奋,脚步轻了不少,离开李宅,一口气爬上半山腰。

转过一个山弯,绿树掩映、竹林环绕间,出现一栋建筑,高高的红色的院墙围着四五间庙房,油漆斑驳的木门紧锁。门后两根双斗双桅的旗杆似乎是铁制的,锈迹斑斑。

原来他们已经来到了蚕神庙前。

他们绕着院墙走了一圈。院墙外面有一片桑园,几棵枝丫遒劲的老桑树孤零零地在荒草中耸立。老先生在院墙坍塌的一角停下脚步,四下张望,似乎想起了什么。

"应先生,我记得这蚕神庙。古时候的庙宇,红楼巍峨,琉璃闪烁,古祠高树,苍古肃穆。庙里桑林苍翠,壁上神龙舞爪;庙外山石峥嵘,柏林如染。想不到蚕神庙竟会落到如此光景!记得小时候,这里的香火很旺,盖过所有的寺庙。母亲常带我来这里烧香祭祀,来之前格外庄重,要沐浴净身,换上最好的锦缎绸服。"

"老先生有所不知。现在镇里的生意人相信陶朱公,龙潭镇三宅,集资修了陶公庙,香火极盛。与陶公庙比,这里的香火自然差了些。"应骁道。

老先生露出稚童般纯真的笑。

"我还记得小时候蚕神祭祀的盛况。蚕神庙会,有划龙舟、踩高跷、抬阁跷、耍龙灯,穷人富人,都有乐子。"

"十几年前曾搞过一次蚕神庙会,我有意在今年春节恢复庙会。"应骁沉吟道。

"好啊!应先生,这可是惠及众人的好事。您做个预算,要把蚕神庙修复如初需要多少,然后与我小儿子诸葛志刚说一声。"夫人听两位你一言我一语,早想搭腔。

应骁知道,老夫人是要捐资修庙了。有些事,只要有心,真是得来全不费工夫。

这儿离青山湖龙门书院不远,站在蚕神庙大门外的石阶上,可以看到青山湖的湖光山色和千樟掩映中的龙门书院。应骁正在犹豫是否要带两位疲惫的老人前去,从龙门书院方向过来的山道上,已有三人奔过来,领头的正是应骁的干爹云鹤。应骁知道龙门书院与诸葛家的渊源——过去的几任山长与诸葛家的人都有来往,交情笃厚。两位老人也已通过他们的小儿子诸葛志刚向书院捐资不少。

"诸葛先生,久仰久仰!想不到老先生身体如此康健,真是精神矍铄、胸怀磊落。"云鹤笑呵呵的,要迎两位老人进院茶叙。

"多谢院长。院长繁忙,茶叙一事,后会有期。看到新书院落成在即,我们心里已很激动。"老先生仿佛见到故交旧友。

"诸葛先生少小离家,想必对龙门书院还有些记忆。"

"岂止龙门书院。我还记得越王山山腰的越王祠、云集阁、将军殿、观音堂,塔山山顶的万佛塔。当然记忆最深的还是龙门书院。院里有古树群,千年古柏,铁干虬枝,参天古樟,枝叶繁茂,荫翳蔽日。还有呈箕形的石砌泉,深不见底。龙潭镇有福了。院长殚精竭虑,孤身奔走,功不可没啊!"老先生双手合十。

"哪里哪里,云鹤何德何能,全托龙潭镇乃至八婺群众的福。所有的功劳都是天下众生的。龙门书院准备于正月初八举行开院大典,届时请两位务必莅临。"云鹤想请老先生做剪彩嘉宾。

"归期之前,定然赴约。"老先生应允。

云鹤告辞。两位老人要下山。

应骁知道老先生还是念念不忘祖坟的事,并不强求。

四

这一年的春节,龙潭镇又成了整个八婺大地最热闹的地方。

舞狮,舞龙,高跷,阁跷,叠罗汉,划龙舟,你方歇息我登场。朱宅、李宅、龙宅,三宅的板凳龙斗起了法,附近村镇的板凳龙逢迎也必到龙门书院和蚕神庙绕一圈。从大年初二开始,李宅的古戏台就敲响锣鼓,夜夜笙歌,如同龙潭镇每年农历双十的大集。古戏台四周被看戏的人挤得水泄不通。先是本市婺剧团的婺剧——《僧尼会》《三请梨花》《辕门斩子》《火烧子都》《滚灯》《大补缸》《水擒庞德》《三打王英》《相梁刺梁》,然后是李娇娘带领一班弟子演的越剧——《断桥》《碧玉簪》《五女拜寿》《梁祝》《西厢记》《打金枝》等,看得老先生和老夫人如痴如醉,几欲忘归。

每天下午和晚上,应骁都陪着两位老人看戏。半个月下来,他自己也成了戏迷。

龙猫没空看戏。他戒了戏瘾和风筝瘾,每天把自己关在诸葛宗祠的一间厢房里,抄抄写写。他在白鹭洲为诸葛老先生寻得一块墓地,又接受老先生委托,重修诸葛家谱。

厢房里四壁空空,只有一桌一椅,桌上是文房四宝和一本被老鼠啃得七零八落的"线装古籍"——那是龙禧从老房子的"垃圾"里翻出来的诸葛家的老家谱。龙猫用手指蘸一下嘴里的唾沫,小心翼翼地翻着,时而挤眉弄眼,时而站起来踱步,摇头晃脑,哼哼唧唧,自言自语。他一直处于亢奋状态,一心要把新谱修好,"秉笔直书,流芳千古"。

教授也没空,越到年节越忙。药房的病人一个接一个,头疼脑热的不说,单是那些食积不化、恶心呕吐、被鞭炮炸伤手指和眼睛的病号就比平时多了几倍,半夜里,也有喝得醉醺醺、摔折了腰腿的病人敲门。

龙十妹更是忙。自从诸葛老先生一家回来的那一天起,家里就没有断过客。大年初二开始,家里更是宾客盈门,堂屋和老屋前的院子,四五张大餐桌一天到晚翻。五妹的嘴巴像扩音喇叭,龙十妹的那些姐姐纷纷登门拜年,满是褶子的脸笑着咧到耳根。伸手不打笑脸人,龙十妹也不好再拿笤帚驱赶。她的姐姐,有的已经亡故,健在的也是当了太婆外太婆,拖家带口,一来就是一大串。每人都领到了老夫人的礼物:金戒指金耳环,最不济也能分到一套衣服一双袜子。那些领到巧克力、玩具的孩子一口一个"姨娘""姨婆"叫着,龙十妹虽然累得直不起腰,心里还是乐滋滋的。

可是龙十妹还是不喜欢弟弟。这个龙家唯一的男丁年近半百,却还是有些不成器。年轻时学做泥瓦匠,登高爬下的嫌脏嫌累,就学着父亲的模样贩卖猪仔,后来又办养猪场。虽然欠了一屁股债,却要鼻子插大葱装象——穿着皱巴巴的西装,走路一摇一摆鼻孔朝天,腰里别着BP机,手里拿着"黑砖头”,时不时地对着伊里哇啦说话充阔佬。他膝下有一个同样当泥瓦匠的儿子,龙十一觉得为老龙家延续了血脉,更是趾高气扬。

大年初一那天,诸葛老先生已经带一家人去公墓烧过香。那是例行公事式的祭祀。老先生除了看戏观灯,每天早上必然要坐船去白鹭洲,监督新墓工地。修墓的泥沙砖石花岗岩大理石都要用船运进去。还要专门去青田请石匠。看样子,新墓与族谱一样一时半会完不了工。

老先生的归期临近,他叫龙猫选了个吉日。祭祖仪式就在诸葛宗祠里进行。宗祠的祭祖厅做了简单的修葺,墙壁屋柱房梁或粉白或刷漆,墙上只挂了一幅画像。画像里的诸葛夫人三十来岁,体态清瘦,面容沉静,挺直而秀气的鼻梁,光洁的额头,眼神略显忧郁;她端坐在方桌边,穿丝绒旗袍、长筒线袜,蜀绣织锦披肩,乌黑的头发绾成一个硕大的发髻,上面插着绿色翡翠发簪。显然这是民间艺人画的肖像画,而非尊像。那也是龙禧好不容易从他的藏品中翻出来的。

厅堂里,靠墙的祭台上是新作的诸葛祖宗的牌位,牌位前摆了丰富的祭品——一个大猪头,全鸡全鸭,五谷杂粮,两边蜡架上点了两排红蜡烛。上午九点,祭祖仪式开始,诸葛宗祠张灯结彩,鼓乐齐鸣,人声鼎沸,彩旗飘飘,馨香袅袅。一帮民间乐手一遍又一遍吹奏着《八仙》。诸葛老先生沐浴更衣,戴上瓜皮帽,换上锦缎长袍,和一身旗袍的老夫人跪倒磕头。教授和同父异母的兄弟紧跟,他们身后,黑压压跪倒一大片。

祭祀完后是诸葛家的家宴。这是有诸葛慧莲参加的真正的全家宴。春节放假几天,诸葛慧莲已见过老先生老夫人。一开始,她怎么也叫不出“爷爷”“奶奶”这些陌生的称谓。但叫着叫着就顺口了。慈眉善目的老夫人格外喜欢诸葛慧莲,她的四个儿子,比诸葛慧莲大得不多,也格外宠爱这位侄女,把她看作妹妹。

家宴一结束,老夫人就拉着诸葛慧莲,让她坐自己的身边。

“太祖遗训,不为良相,便为良医。要我说,在诸葛家的后人中,慧莲最没有辱没祖宗。”老夫人看看墙上的画,又看看诸葛慧莲。“你们瞧啊,慧莲长得跟她多像,简直是一个模子里铸出来的。”

老先生笑眯眯地看着夫人,不知夫人葫芦里卖什么药。

“我平生最大的遗憾是没有女儿。我就要认慧莲做女儿。”老夫人噘起樱桃嘴,仿佛一个淘气的小女孩。

"夫人,你这是岔了辈了!"老先生故作严肃。

"我不管。慧莲的年纪与志刚差不多。我现在就要立遗嘱,百年之后,我的那一份家产全部留给慧莲。"

老先生只当玩笑,哈哈大笑。他的儿子儿媳却认真,一起欢呼起哄,仿佛把本应属于自己的那一份捐出来是莫大的荣幸。

老夫人见诸葛慧莲低着头,一把搂住她,让她坐在自己的膝上。

427

"既是我女儿,你的婚事就由我做主了。"老夫人正色道,"你看应先生怎样。我是后来才知道,他竟是一镇之长。龙潭镇在他治下一派繁荣。这些天他鞍前马后舟车劳顿,我是越来越喜欢他了。现在,这样温良敦厚、洵洵儒雅的男人是很少的了。"

诸葛慧莲不说话。老夫人却越来越认真。

"你是不是嫌他矮?真男人大丈夫不在身高,在于气度。"

看着老夫人既怜爱又认真的样子,诸葛慧莲脸上露出羞涩的红晕。

第二年的春节,祖坟和族谱修成,诸葛宗祠和花厅前的大院里有一场千人宴。从世界各地赶来的诸葛后人云集,在白鹭洲和祠堂一起举行大祭。

几年后,诸葛老先生仙逝。十几年后老夫人去世。他们的骨灰盒由小儿子诸葛志刚带回,葬于诸葛先人长眠的白鹭洲。

第二十九章

白鹭洲

一

在龙禧的四个儿子当中,三儿子龙彪最能折腾,村里人给他取了个绰号"龙折腾"。他自己宁愿别人叫他"龙大度"。

龙彪最初迷上养殖,只为一个朴素的愿望:四时八节有果吃,一日三餐有鱼虾。可人心是最容易膨胀的。成为养殖大户后,龙彪又想成养殖大王。野心越大,麻烦也越多。先是龙彪承包的一千多亩荒山,眼见得绿树成荫瓜果满园,农垦场却要提前收回,卖给政府建工业园区。"龙折腾"二话不说就拱手相送,连政府赔的青苗费也不要了。

龙彪承包龙潭湖搞养殖,最初几年也颇赚了些,后来却越来越不景气。倒不是养得不好,而是碰上了天灾人祸。每年梅雨季,龙川峡谷都要发大水,一连几天的豪雨过后,湖里的鱼纷纷随着泄洪的水从滚水坝上"越狱潜逃"。那几天,连龙潭镇低洼处的街巷都成了鱼池,居民一箩一桶地捞免费的鱼往家搬。龙潭湖方圆几十公里,湖畔的居民鱼龙混杂,那些垂钓的、偷捕的、电鱼炸鱼的神出鬼没,龙彪想管也管不过来,便索性不管。村里盖庙修祠造桥铺路,村民逢年过节要请客送礼吃鱼,也随便捞。龙彪知道,想禁也禁不了,被折腾得心力交瘁,瘦得像条案板上被剔光肉的鱼。一句话,最后他亏了,亏得只剩下一条裤衩。

龙彪并不气馁,颇有点打不死的"小强"精神。他改养鸡鸭长毛兔,养鳖养娃娃鱼,养鳄鱼养水獭——别人养过和没养过的都尝试了一遍后,最后还是决定养猪。猪关在猪栏里,不会"越狱";每个人都要吃猪肉,这可是稳赚不赔的行当。再说,猪腿长在猪身上,要腌火腿就得养猪。他承包了村里的火腿坊。此时的"龙记火腿"名声在外,远销欧美东南亚,供不应求,生意红火。

就在火腿生意蒸蒸日上时,龙彪又遇到了成长的烦恼。

随着婺州城里小商品市场的日益繁荣,那些平时习惯种田插秧的农民洗脚上岸进了城,乡下养猪的人大量减少。上面下达的派购任务要完成,于是屠夫、供销社、食品公司和外贸部门争抢起了唯一的一把杀猪刀。从散户手里收购的猪根本满足不了需求,"龙氏火腿坊"一度面临无米可炊、偃旗息鼓的局面。龙彪就在龙潭湖边圈了一个养猪场,养了四千头猪。

问题就出在养猪场上。有一天,马大哈龙彪忽然间发现,自己养殖场养的优质猪种"两头乌"长成了"浑身白"。原来这养猪场并不是龙彪一个人的,而是他与龙十一合伙的,养猪场的猪仔就是龙十一购进的。

龙彪这一次生生被这个不靠谱的娘舅坑了一把,输掉了最后的裤衩。

龙彪把养猪场、火腿坊转给弟弟龙狮。这一次他是彻底蔫了。

正当龙宅的人准备看龙彪的下一个笑话时,龙彪又一次风风光光地出现在众人面前。他办起了一个木雕工艺品厂,不到两年就从一个土得掉渣的小猪倌,变成了衣冠楚楚的大老板。

有关龙彪的这次发迹,坊间的传闻神乎其神。有人说,是龙禧在老房子的院子里发掘出一大堆金条,偷偷塞给儿子,助儿子发了财。也有人说,是龙彪过去做人和善施舍很多,菩萨降临托梦,龙彪在龙川峡谷某个神秘山洞里得了一批宝藏。

实际上,"彪马工艺"的成立和崛起并不神秘偶然。从厂名可以看出,"彪马"是两兄弟合伙的。龙彪穷途末路的时候,还是二哥拉了兄弟一把。龙马在深圳办厂开公司发了财,给了弟弟龙彪一笔启动资金。龙川峡谷里有无数适合软雕的樟木、椴木、银杏木、松木,还有硬木如黄杨木、红桃木、花梨木、香榧木,甚至还有红檀和黑檀。龙彪靠的就是它们。他还挖来各种树根做大型根雕。

除了一些小摆件,彪马工艺最大宗的产品是寺庙里的佛像,有木雕也有泥塑。

做木雕神像并不简单。取材、制架、雕刻、抛光、打磨、上色、彩绘,十几道工序,要学会学精得花十几年的功夫,而龙彪似乎是做了个梦就什么都学会了。龙彪不但自己做木雕,还带了十几个徒弟,承揽了附近寺庙里所有佛像的雕塑。寺庙里的巨型佛像有木雕、石刻、玉雕和金属铸造的,通常用泥塑。立架、上泥、修光、补缝、封漆、上腻、打磨、勾底、沥粉、贴金,泥塑佛像多达八十道工序,那可是一门家族内世代相传的神秘绝活。

不管怎么说,龙彪发了。

这一天,彪马厂里来了个神秘客商。这个客商七十来岁,虽然矮瘦,头发花白,穿戴却是一丝不苟,显得很精神。只是他的模样与中国人似乎有些不一样:脸色白中带黄,眼窝深陷,稀疏的眉毛下,紧挨鼻子的两眼透着狐疑和精明。

这个客商进了厂门,不去厂长办公室,先在展厅里溜达,又在木料场的树根堆里转悠,东瞅瞅西摸摸,然后径直走进木雕车间。

传达室的老李早已打电话给龙彪。龙彪正在木雕车间里,跟雕刻打磨一座观音像的木雕师父老陆学手艺。

那个客商早先已来过一次。说实话,龙彪不喜欢这个走路滞重、一脸苦大仇深模样的客商,尤其不喜欢他那有些凹进去的眼窝和紧蹙的眉头。第一次见面,对方"瓦达喜娃叽哩哇啦"地说了一大通,龙彪一句也听不懂,很快就把对方打发走了。

这一次,龙彪却不敢怠慢。棍棒打不走的往往是大客户,况且,如果对方是谈合资的日本人或者韩国人,谈成了,企业可得大实惠。

龙彪马上放下刻刀,给二嫂打电话,请她救驾。

朱赫赫的办公楼离此不远。她现在不仅仅做法务,也做实业,是龙潭镇龙马名下几家服装厂的厂长。在工商事务上,龙马放权,让朱赫赫全权管理。

这个母亲风风火火、精明干练,在龙家说一不二。四妯娌中,数她最能干,龙禧五妹礼让三分,龙家兄弟更是言听计从,唯她马首是瞻。

"铃木先生,欢迎欢迎!"朱赫赫用一口流利的日语招呼客商,原来她已与铃木见过一次。

"朱桑,久仰久仰!"日本人九十度鞠躬,"请多多关照!"

"铃木先生,还请到办公室喝茶。"

日本人不停鞠躬,一个劲地"阿里嘎多"。他说明来意,想讨教中华禅文化,要朱赫赫帮忙牵线。

朱赫赫痛快答应,开车送铃木到龙门书院。

云鹤与龙马是至交,朱赫赫因此也成了云鹤的朋友。使朱赫赫奇怪的是,云鹤一见铃木,就像老熟人似的打起了招呼。

"铃木先生,稀客稀客。还请到茶堂一叙。"

日本人张着嘴,对云鹤见到熟人似的笑脸似乎有些错愕。不过,他还是乖乖地跟在云鹤和朱赫赫后面,来到了茶堂。

二

龙门书院的学生已有几百,新修讲堂一座,原来的老讲堂改做茶堂,专门用于学生和访客喝茶。茶堂还是老样子,一几一壶一炉,四壁莲画,只在另一半的空位放一排长桌,以便访客喝茶歇息。

铃木先生站在茶几旁,不敢落座。不知是受宠若惊,还是紧张,他不停鞠躬,放在两腿间的交叠的双手微微颤抖。

原来日本人请喝茶很是讲究。所以铃木先生见云鹤亲自蒸壶洗杯倒水,心中忐忑。

"铃木先生,我们是老朋友,不必客气。您请坐。"云鹤在茶几前盘膝而坐。

"上师,您可能误会了。我不是铃木大雄,我是铃木健雄。"铃木先生弯腰坐下,脱口而出。原来他会说汉语,而且说得不错。

云鹤注视着客人。的确,眼前这个紧挨的眉目有些局促,不像云鹤以前见到的那个眉目疏朗,有温文儒雅的味道。

"误会误会,您跟您兄长太像了! 可见世事多迷障,眼见不一定为实。"云鹤笑道。

原来五年前,铃木的兄长大雄,也曾造访龙门书院。铃木大雄是日本爱知学院大学的教授,又是文学博士。铃木大雄就是来龙门书院考察的,他的汉语不错,没带翻译,不过为了避免误解,他与云鹤还是以笔代嘴,整整笔谈了一天一夜。两人相谈甚欢,成了至交,相约五年后在龙门书院再见。

见到铃木大雄的兄弟,也是值得高兴的事。铃木健雄带着"日本通"朱赫赫,自然用不着笔谈了。

实际上,这个铃木的汉语水平比兄长还要好,根本不用翻译。

朱赫赫见不用自己居间翻译,就坐在一旁烧炉倒水。龙马每次从深圳回来,都要带着夫人和儿子来龙门书院喝茶。龙马喝过广东潮汕的各种工夫茶,还是觉得龙门书院的茶最好喝,虽然书院里的茶是学生从庙后的山里采摘的土茶,炒制粗糙,但甘甜圆润、清凉通透。久居闹市,商场搏杀,到云鹤那里喝茶,闻松风,听鸟鸣,观白云水波,看月空花露,成了龙马难得的享受。久而久之,朱赫赫也成了云鹤的座上宾。在云鹤这里,朱赫赫直来直去,相当随便。

铃木盘膝而坐,并不喝茶,而是恭恭敬敬地看着云鹤。

"大师,我今天是来向您讨教的。据我所知,日本释门,宗派林立,有十三宗五十六派,有南都六宗、平安二宗、禅宗等,不胜枚举。不知贵国宗派如何?"

"中国也有八宗,性、相、台、贤、禅、净、律、密。所有宗派,不过是不同的修行法门,实难分高下。净土一宗,为有为法门,由上师定位把关,要了脱生死。……禅宗的特点,不求生死,不生不灭。如如不动为定,一无所求为禅……"

云鹤已了然客人的来意。两人相对而坐,你一言我一语谈开了。

"在日本,禅宗分为临济、曹洞、黄檗。我对禅宗中的维摩禅兴趣颇浓,不知何谓'维摩禅'?"铃木似乎很好奇。

云鹤娓娓道来。

"维摩禅又称居士禅,是善慧大士所创,以儒为基,以道为首,以佛为心,以不二为修行法门——出入世不二,有无为不二,自利利他不二,资财无量,辩才无碍,信众有家有室皆可持行。善慧大士并无师承,无所从来,无所来师事也。齐梁时中国禅宗兴起。唐宋禅宗,以达摩大师为主,兼志公大乘禅和善慧大士的维摩禅。中国禅风,原由这三人总括而成。龙潭寺为龙大士所创,后代高德祖师深受善慧大士维摩禅的影响。实际上,世上释门本一家,万法归一,同为觉悟菩提,洞明智慧,何必分哪宗哪派?就如同这杯中之茶,玉器瓷盏中是茶,粗陶陋杯中也是茶,名相各异,其实相同。"

铃木啜了口茶。"僧人饮茶,积习成俗。据我所知,中国古代赵州禅师有

'吃茶去'偈语机锋,几百年里没有僧人可以参透,像我等凡夫俗子更是莫名。荣西法师从中国禅师学佛,获赠四字'茶禅一味',至今收藏于奈良大德寺内。何谓'茶禅一味'?"

云鹤沉吟了片刻。

"虚云大师有偈云:虚空粉碎也,狂心当下歇。春到花香处处秀,山河大地是如来。凡名相皆虚妄,如何自茶至禅,取决于心。所谓平常心是道,我心即佛。身累尘世,心猿意马,追名逐利,怎得解脱?娑婆世界,若被物转便是众生,若能转物,便是如来;日月山川,湖海星空,须弥诸山,无一不是法身。如今饮茶,茶具越来越名贵,场地越来越豪华,茶枞门类越分越细。煮水、候汤、洗杯、烫壶、赏茶、投茶、冲水、洗茶、泡茶、分茶、敬茶、闻香、观色、品味、谢茶,名目繁多,天天喝茶,却离茶禅越来越远。茶入口中,茶非茶,禅非禅。若能放下,宿叶野泉就是茶禅一味;心平气和,舌抵上腭也是茶禅一味。总之,虚怀若谷、心怀天下者,衣食住行皆是禅。如若我们点燃心灯,融入当下,便能从一粒米中尝到天下苍生的疾苦,从一粒种子一片嫩叶中了悟生命的真谛,由是身心安顿,握无穷于掌心,窥永恒于一瞬。"

"领教了。这么说来,我们日本的茶道,离真正的茶禅一味还很远。"铃木洗耳恭听,不住点头。

"日本茶道,以'和敬清寂'为根,融宗教、哲学、伦理、美学于一炉,服饰华美,茶具精细,仪轨庄重,动作繁复,有板有眼,的确近乎'道'啊。"云鹤笑道。

"大师过奖了。我们还得好好向你们学习。"铃木露出难得的笑容。

"学习是相互的。"

"大师谦虚了。互相学习,互相学习。中日友好,中日不再战。"铃木频频点头。

"铃木先生,您今天来,不仅仅是喝茶问道的吧?"云鹤深邃的目光平静地注视对方。

"的确。我是生意人,不过生意归生意,我还有比它更重要的事……"铃木忽然打住,欲言又止。

"铃木先生,但说无妨。"

"财富每日都在更换主人,而道德智慧永远在身。孔子曰,逝者如斯夫。时间流走,一切皆虚幻,财富可弃,唯有良知不可丢。等临终忏悔,后悔恐惧就无济于事了。……不瞒大师,我此行是来忏悔的。我并非第一次来龙潭镇,五十年前我也曾来过……"

仿佛把最难说的话说出口,铃木紧蹙的眉头舒缓了些。

云鹤"哦"了一声,凝重的脸若有所思。

"故地重游,我想去附近多走走。这里的变化实在太大,我都辨不清东西南北了。"铃木露出迷惘的眼神。

一直静听不语的朱赫赫放下茶具凑过来。

"铃木先生,我陪您去。您最想去哪里?"

"白鹭洲。"铃木用非常沉重的语气说出三字。

朱赫赫欣然应许。

他们又喝了会茶。从茶堂出来告别时,云鹤一再提醒,去白鹭洲一定要把教授带上。教授在白鹭洲待了七八年,对岛上的一切很熟悉。

三

教授听说朱赫赫要他陪铃木去白鹭洲,一口答应。

诸葛家与朱家也是世交。朱赫赫与龙马结婚后,两家又成了亲戚,自然是亲上加亲。朱赫赫依然记得在龙宅读小学时,经常看见父亲和教授坐在煤油灯下促膝长谈。她与诸葛慧莲的友谊就是从那时开始的。她们是同学、朋友和心有灵犀的好闺蜜。朱赫赫参加了诸葛慧莲第一次盛大的婚礼,又见证了诸葛慧莲第二次简朴得几乎无人知晓的婚礼。

诸葛慧莲和应骁结婚了,婚宴很简单,只请龙家、应家和朱家三家客人。

朱赫赫的父母已经退休。两位老人住在城里,本来已经买好了登山杖、太阳镜和双肩包,准备来一场说走就走的旅行。这样的计划因为朱老师返聘教书落空。母亲张英唱歌跳舞,上老年大学,偶尔回上海娘家走走,似乎并不想过问女儿女婿的事。朱赫赫自己带儿子龙义住在厂里,有近在咫尺的"姨公"罩着,偶有头疼脑热的也不怕。朱赫赫私底下叫教授"姨丈",公开场合还是称呼他"教授"。

教授现在上白鹭洲的次数明显多了起来。清明冬至大年初一,他要上白鹭洲祭祖扫墓。平时有空,他也要上白鹭洲看望那些被人遗忘的老人。

白鹭洲,那是龙潭湖上一个宁静的小岛,一个与世隔绝的世界。那儿是白鹭的天堂。大小白鹭,黄嘴白鹭,十几种白鹭栖息。春夏之际,这些白色的精灵在湖湾溪谷与湖岛间飞来飞去,然后像大片的祥云漂浮在白鹭洲青翠的丛林上。岛上还有其他各种水鸟和雀类:乌鸦、喜鹊、斑鸠、斑纹鸟、白头翁、翠鸟、燕鸥。

从龙宅村口青石船埠到白鹭洲,还靠摆渡,过去是摇橹船,现在是机动船。

上午九点,三人一到船埠,一艘小型机动船便"哒哒"地靠过来。一个二十七八岁的船工殷勤招呼三人上船。一身腱子肉、古铜色油亮皮肤的年轻人一见教授,就咧开嘴笑。

"你爹呢?"教授盯着那张黝黑的脸看了一会儿。

年轻的船工有些不情愿提起父亲的事,吞吞吐吐。

"我爹死了。是胃癌。到省城的医院去看过,胃割掉了,还是治不好。去世前,他瘦得……像条饿狗。"

"你怎么不早说?"教授似有责备——责备别人,也责备自己。

"我爹不让我告诉你。爹说,你是他见过的天底下最好的人,他要我在这里一辈子守着,只要诸葛医生要去白鹭洲,哪怕天空下刀子也要送你去。"

那位老人在村口船埠摆了几十年的渡。他是位老船工,祖辈世世代代以船为家。过去的大龙江,两岸的沙滩上有几家船厂,丝药生意寥落后相继歇业。后来那些船工由造船修船改撑船,在龙潭湖上打鱼。机帆船大型拖网兴起后,他们又失业了。那位老船工变成摆渡人,一年四季风里雨里,守着被湖水浸润伤痕累累的木船,渡人渡己。

教授脸色凝重,不说话,似乎在回想那位精瘦的老摆渡。

铃木先生似乎昨夜没睡好,原本饱满的脸上有些倦意。他一直盯着穿白大褂背黄药箱的教授,见他不说话,就主动搭讪。

"诸葛先生,听说您曾去日本学医。我年轻的时候也是个医生。我们是同行啊。只是,我现在早已不行医了,惭愧。"

铃木笑着,笑得有些勉强,深凹的双眸透着犹豫不安。或许机动船的马达声使他焦虑烦躁。与教授一样,铃木眉骨上有几根花白的长寿眉。

教授看了看身边气质有些相似的老人,露出一丝笑容。

"铃木先生,听说您年轻时到过龙潭镇?"教授似乎不经意地问。

"是啊。我依稀记得这里的那些老宅,老宅后面山里,有破败的寺庙,村口有一水潭,一条江流过,江的南面有一片桑园,十几座小山。别的却想不起来了。"铃木颦眉蹙额。

"斗转星移,物是人非。一切都被水冲走了,被湖水淹没了,那些污秽的、血腥的、苦难的记忆。"

教授望着碧波荡漾、烟波浩渺的湖面,沉思着。如果不是不得已陪客人说话,他宁可沉默。

"铃木先生,您这次上白鹭洲,是看风景,还是另有贵干?"

"我想见见居住在白鹭洲的那些老人。"铃木的声音微微颤抖。

朱赫赫知道,事情绝非铃木说的那么简单,但是面对欲言又止的铃木,面对教授这样的闷葫芦,平时能说会道的朱赫赫也变得沉默。她听着单调沉闷的马达声,也在想心事。

她是第一次上白鹭洲。白鹭洲在她的记忆里是神秘魔幻的,仿佛另一个世界。在龙潭镇,白鹭洲是大人用来吓唬小孩的利器,如果小孩顽劣、哭闹不止,大人们就会说:"把你送到白鹭洲去!"——仿佛那里就是地狱,送到那里去是最严厉的惩罚。

朱赫赫后来才明白,白鹭洲并不是地狱,也不是疯人院,而是一座居住特殊病人的岛屿。20世纪50年代末,当龙潭湖的水把龙江南岸的白鹭山变成白鹭洲,县政府便在四面环水的白鹭洲上建立了这座病院。教授于60年代末来到岛上时,这里收治了附近各县一百来号病人。县防疫站皮防所也派人来,但通常都待不久。岛上的医生护士纷纷离去,最后只剩下教授一人。80年代,联合疗法加特效药出来,麻风病得以控制,病人不再需要隔离。可是那些老人已无法适应岛外的生活,选择继续留下。

没有人知道教授在白鹭洲上经历的是怎样一种生活。教授自己讳莫如深,旁人更是无从知晓。也许教授这段隐忍孤独的生活如同白鹭洲那些与世隔绝的老人一样,不会有人提起,也永远不会为历史所记。

白鹭洲是龙潭湖几十个岛屿中的一个,由原本连成一体的几座小山组成。因为湖水淹没,形成了湖中有岛、岛中有湖的奇观。岛内湖湾曲折,青山叠翠,清幽秀美。

站在龙宅村口的湖堤上就能看见的白鹭洲并不像看起来那么近,机动船开了二十几分钟,才在岛内湖湾里一处简陋的船埠前停下。摆渡人留下等候。三人登岸,穿过一条竹林茂密的幽径,然后沿刚砌不久的石阶盘旋而上。很快,一处装修精致的墓地出现在他们眼前。墓群依山傍水,花岗岩的石碑,大理石围栏,鹅卵石的墓道尽头有大小二十几座坟墓;墓地四周松柏苍翠,后面曲折盘亘的两山像两条龙舞动,恰似双龙戏珠。

这儿就是诸葛家的祖坟,埋着诸葛的先祖、诸葛老先生和教授的母亲。

教授并没有停下脚步。他们沿着一条土路一直走上山顶,眼前豁然开朗。远处波光潋滟的湖面上,大小岛屿参差错落,船帆点点,鸥鹭飞翔。

这儿是岛屿朝西的一面,松树杉树长得稀稀拉拉。山腰间也有一块很大的墓地,分布大小上百座坟墓,杂乱无序。死亡,对岛上的居民来说是一种解脱。这里的老人,去世后要裹上生前的衣被在土里浅埋,隔一段时间再把残骸火化,二次埋葬。

他们拨开荆棘枯藤向下走的时候,一条大黄狗突然间从墓地里窜出,朝他们狂吠。接着,一个七十来岁的老人拄着拐杖,一瘸一拐地从墓地走出来。他头发稀疏,一张脸枯瘦黝黑,小肉球似的左眼布满眼屎,右眼像一颗大玻璃珠,只会滚动,却黯淡无光,显然是只假眼。

老人一见教授,脸上浮出笑意。教授与他打招呼。

"主任,这两位都是我朋友,来看你的村民……"原来这位老人是麻风村的村主任。教授从药箱里掏出一包香烟,递过去。

老人抽出一支,用火柴点燃,猛吸几口,一边大声呵斥着围着两个陌生人狂吠不止的黄狗,一边用狐疑的目光盯着朱赫赫和铃木。看了一会儿,脸上露出恶作剧般的笑,顾自走路。

朱赫赫心里忐忑不安。铃木的脚步也越来越滞重,要不是那只大黄狗扯着他的裤管穷追不舍,也许他就走不动了。

转过一个山弯,眼前出现了村落,三排共三四十间低矮的平房。村里还住有七八十位老人,条件改善了不少,两人或三人住一间,有桌椅板凳床铺,里面通了水电,甚至有收音机可以听花鼓道情。他们进村时,老人们正围聚在食堂前的空地上聊天、下棋、玩牌。见到陌生的客人,村民们纷纷散开。

朱赫赫感到震惊,因为眼前这些七八十岁的老人比她想象的更不堪:有的截肢,有的手烂,有的眼瞎,有的鼻烂凹陷像一个黑洞。他们无儿无女,在孤岛上终老一生,不知过着怎样孤苦的生活。那些已经治愈康复的老人大多选择留下,偶有人离岛,也因为手足的畸形,无法忍受周围鄙视恐惧的目光,无法适应外部世界改变了的生活而选择回来。

那些低垂帽檐和发黄墨镜后面的目光里,不知深埋着怎样的不堪和苦难!

"诸葛医生,你可不要怪他们。要是你一个人来,他们高兴还来不及。一定像蚂蚁似的围着你。可是这两位……"村主任用他的粗嗓门呵斥着狂吠不止的大黄狗,不时扭头用怪异的眼神看看朱赫赫和铃木。最后,当他把脸转向教授时,才挤出一丝笑容。

"你是我们的恩人,要不是你那些汤药,我们早在后山的坟包里躺着了。"

"我送的药还在吃吗?"教授问。

"在吃。都在吃。奇怪,有人就是吃不好,手脚照样烂。"村主任摇着头,压低声音,显得神神秘秘的,"大家伙都在吃,就老巫婆一个人不吃。自从她老伴死后,她就不肯吃了。现在天天晚上杀猪似的嚎。"

"你快带我去看看。"教授挥了一下手。

"医生,你还是别去了。现在没人敢走进老巫婆那房间——那个臭,能把老鼠臭虫熏死。还有那烂脚丫……唉,谁见了都怕。"

村主任露出惊恐的神色。教授执意要去。村主任犹豫片刻,一瘸一拐地带路。他们来到中间一排尽头的房间。村主任把房门打开。房内传出妇人有气无力的呻吟。教授正要进去,一股浓烈的腥臭味把他逼回来。

透过门缝,可以看见里面睡在床铺上的老妇人,骨瘦如柴,头如骷髅,一只糜烂的脚伸在被褥外面,脚下的水泥地上有一摊黄色的脓液。

朱赫赫想说些什么,刚转身,突然看见身后的铃木先生一脸扭曲的痛苦表情,已经"扑通"一声跪在了地上。

四

朱赫赫隔三岔五上岛,成了白鹭洲的常客。她在自己的公司里招募了一批义工,为白鹭洲上的村民服务。她送去衣服棉被、家具电器,为每个房间安装电视机。村民不再对她冷眼相看,村主任更是把她当成了朋友。

村主任自诩"岛主",在村民中享有很高的威望。他一辈子生活在岛上,亲手埋葬了无数的老人。他是个大嗓门,直肠子,并不像表面看上去那样凶冷。朱赫赫成了村主任的朋友后,村主任便絮絮叨叨地讲起过去的事。他是个彻头彻尾的孤儿,原本家里也有十几口,如今只剩下他一个人。

"那是1942年,或者是1943年,我不认字,脑瓜又不好使,记不清了……"

村主任眨巴眨巴装玻璃珠的眼睛,一五一十道来,虽然口齿有些含混,朱赫赫勉强能听懂。

"……有一天,有一架翅膀上涂着'太阳旗'的飞机飞来。村里人以为日本鬼子又来轰炸,拼命往山里跑。那会儿,躲避兵灾和匪患称为'跑反''逃难'。大家都逃到龙川山里去,也有躲家里的。房子大的在家里挖个洞,来不及的就躲床底下。我也往山里跑。奇怪的是,飞机并没有扔炸弹,屁股冒烟,喷出一团团黑烟后就飞走了。我爹从田里干活回来,在村口的水塘里擦洗身子,回家就躺倒了,嘴里喊着:'渴死了渴死了!'我娘叫来村里的王医生,也查不出什么病。我爹手脚曲着,两眼血红,嘴角流血,像条疯狗似的蹦、嚎,很快就咽了气。我娘也是,好像喝了砒霜,脸色紫黑,跟着咽了气。第二天,听说给爹治病的王医生也瞪了腿。像是得了瘟病,住我家隔壁的十几户人家,纷纷死人,绝了户。我家也是,我叔叔在打谷场弄草喂牛,不承想遇见了日本兵,被一枪打死。我大伯到附近的集市卖鸡,挨了一枪,子弹从肚子里穿出。我家的婶婶姑姑,躲藏在床底和粪桶里,脸上抹了灰,还是没逃掉……最惨的是我姐,她不从,是被掼死的,掼了好几次才断气。我被吓傻了,也没人管我。"

"不久,就有一些穿白大褂的日本人进村,说是要给村民治病,往人身上喷水撒粉,还给大家打针,分药丸。我怕日本人,就跑到村后的寺庙里,在神像的肚子里躲起来。我亲眼看见,村里颜福贵的老婆,一个十八岁的姑娘,被用麻绳捆着,押到寺里来。戴着大口罩的日本人用花布蒙住她的眼睛,用刺刀'咔嚓'一声就划开颜福贵老婆的肚子。那颗心还跳着呢,血淋淋的,装进一个药瓶……血淋淋的衣服,血淋淋的手脚,那婆娘,脸血淋淋的,就倒在血淋淋的地上……"

"后来呢?"朱赫赫问。她拿出一个笔记本,边听边记。

"……后来,村里人纷纷往外逃,可是日本人不让。他们派了一支部队,把整个村包围了。那种会喷火的枪……整个村子都着火了。人烧死了,房子都烧光了,什么都没留下。"

"后来呢?"

"……后来,村子被龙潭湖水淹了。要不,你现在还能看见那些烧焦的土。你别不信,我可以指天发誓,要是我骗你,天打五雷轰,我另一条腿也烂掉锯掉。"

村主任举起了右腿,原来那是一条安了假肢的腿。

"我信你,主任。"

"……你如果不信,可以去问问诸葛医生。他不会说假话。他是好人,是我的救命恩人。如果不是他,我们这里的老人,早就死光了。"

原来这些老人仅有少数是麻风病的受害者,大多数人是鼠疫、霍乱、炭疽、伤寒、痢疾和白喉的受害者!

朱赫赫去问教授。教授并不愿意多说。

"都过去了。赫赫,那一页翻过去了,那潘多拉的盒子,你还是别打开。我怕你稚嫩的肩不能承受这生命的重。"

朱赫赫越是倾听了解,心里的疑团越大。她又去问铃木健雄。铃木在龙潭镇度过了焦虑不安的几天,临走的前夜,终于说了实情。

铃木并没有和盘托出,但是足以让朱赫赫相信:日本人的细菌战是真的,那残酷的活体解剖也是真的!

朱赫赫陷入深深的焦虑。这个平时风风火火的人变得沉默了,她用咖啡提神,用红酒灌醉自己,以免自己抑郁。与连续几天几夜的失眠抗争后,她还是无法自拔,越发焦虑狂躁。她不知道该与谁述说自己的郁闷。那段尘封的历史,那渐渐露出一角的冰山,压得她喘不过气来。她绝不能袖手旁观,但是她却不知道该做些什么,该如何行动。

法治国,德润身。法与德,是鸟之双翼,车之两轮,缺一不可。可是她越来越觉得正义没有得到伸张,而那些作恶的人却在逍遥。

惩恶扬善,世人责无旁贷。恶行不罚,正义不张,护法之剑不高举,人间正义怎弘扬?人作为一个个体,需要尊严,人类作为一个整体,更要有尊严……

想到"尊严"两字,朱赫赫很兴奋。她知道自己该怎么做了。像一位身披铠甲的女斗士,朱赫赫意气风发,浑身充满了力量。

第三十章
千禧夜

一

20世纪80年代末90年代初,是中国茧丝绸行业的黄金期,随着农村家庭联产承包责任制的推出和乡镇企业的崛起,丝绸行业高速发展。1992年,出口市场虚火很旺,有关部门在1993年又推出了"主动配额"制,用数量控制来提高出口价格——对我国实施配额限制的国家,中国的丝绸服装出口也对其实行配额限制。出口市场虚假繁荣,1993年的配额在1992年的基础上又增加了10%。丝绸服装利润高企,众多企业一哄而上,只顾产量不顾质量,丝绸面料生产偷工减料严重。外商在1992年生意红火时候已经囤积了大量进口丝绸服装,而市场需求有限,大量积压的丝绸服装倾泻而出,价格便一降再降。原本欧洲贵族们穿的昂贵的丝绸服装,成了谁都穿得起的地摊货——富贵一族,见满大街穷人穿着丝绸招摇过市,也失去了穿丝绸的欲望。

成也萧何,败也萧何。20世纪90年代中后期,雄霸世界几百年的茧丝业,中国外贸的天之骄子——丝绸服装业——终于盛极而衰。仿佛一夜间,国内丝绸业一片萧条,大批企业倒闭。

龙马早已看到了其中的隐忧,可是在大势面前却无能为力。他辞去外贸公司总经理的职务,盘掉了深圳自己名下的服装厂,回到了龙潭镇。

1998年金融危机中,龙潭镇众多的服装企业也暂时陷入困境。这些服装企业中较大的几家虽然登记在龙马名下,实际上是只能获利分红却没人承担风险的乡镇企业。企业不景气,所有人都想甩包袱。面对巨大压力,龙马临危不乱,他承担了并不应由他负责的所有债务,用这些年办厂经营所得还清银行贷款、股东投资款和员工集资款,并妥善安置全部员工,然后离开了龙潭镇。

龙马转战上海,决定在这片海纳百川之地东山再起。

所有的失败、挫折和暂时的逃离都是创业者必经的磨难。龙马从不气馁,他是创业者,内心有一股不竭的精神动力。他有激情,懂坚守,是只为成功找理由的实干家。人生一世,草木一秋。人,一定要活出自己想活的样子来。这是龙马夫妻共同的信条。

朱赫赫辞掉了在龙潭镇的所有职务,在婺州开出了第一家律师事务所——红太阳律师事务所。龙马给她足够的经济支持和信任。朱赫赫衣食无忧,想做专打公益官司的律师。她把儿子送到上海的寄宿学校,一个人生活在父母留给她的房子里。一个月中,朱赫赫总有二十几天在外奔波——她有一项急于完成的使命,就是收集日本侵华时日本人在湘浙赣等地留下的细菌战的证据,以便在适当时候提起诉讼。

龙马留下的几个家族企业——两家服装厂、一家工艺品厂、一家制药厂——由龙彪掌管。彪马工艺品厂生意火爆。龙彪答应与铃木先生做生意,但是他不喜欢铃木,尤其是他了解到铃木曾经做过的那些事后,既没有去日本帮铃木塑佛像,也拒绝了铃木的投资。

龙彪虽然很重兄弟情谊,但是有耳朵皮软的毛病,经不住媳妇天天吹的枕头风,渐渐觉得众多“彪马”中的“马”字有些别扭,于是另起炉灶,成立了自己的独资企业。他买了彩印机械办彩印厂,生产挂历、台历和年画。

龙川曾是有名的书画之乡。龙潭镇的年画,曾一度与天津杨柳青、苏州桃花坞、河北武强和广东佛山齐名。龙潭镇过去的年画品种丰富,有神荼郁垒、纸马桃符、戏曲故事、神话传说、风景花卉,其中明代风格的《福禄寿三星图》《天官赐福图》,清代风格的《丰收有余》《迎春接福》《风调雨顺》《五谷丰登》,特别受人欢迎。龙潭镇的年画,有工笔重彩沥粉堆金的,也有套色手绘套版彩印的,色彩艳丽,构图饱满,典雅精巧,既有实用装饰功能,又适合送礼收藏。有一阵子,逢年过节,做买卖的生意人,机关企事业单位,都以送挂历台历为时尚,龙彪彩印的生意好得不能再好。日进斗金后,龙彪那颗不安分的心又膨胀起来,他接着成立了画框厂,生产挂画和装饰画。原来龙彪去南方考察,听闻有个香港人在深圳建了一个油画工厂,招揽了六十多个农民工,花几个月手把手教他们画画——一时间,凡·高、毕加索和莫奈等人的世界名画仿作便源源不断地流向世界各地,生意好得不得了。龙彪决定如法炮制,推而广之,他雄心勃勃地要当"画业大王"。

眼看兄长的生意红得发紫,龙狮有些坐不住了,一定要入股。经不起龙狮的软磨硬泡,龙彪同意了。兄弟合伙,"彪狮"不雅,就取名"大师画业"。

这些年,龙狮一路走得磕磕碰碰、跌跌撞撞。龙狮野心不小,租下一大片山地,建起厂房、坯房和仓库,一心想恢复龙潭镇古时候"窑炉红似火、商船往来忙"的陶都景象。朱宅的人不相信他,只愿意把最小的窑炉租给龙狮。龙狮生不逢时,生产出的大水缸没人要;市面上流行瓶装酒,出产的酒瓮、酒坛也只能自用。

龙狮好面子,喜欢铺摊子。又养猪,又做火腿,还要酿酒。说起来,龙狮酒厂的生意还是不错的。酒厂酿制的红曲米酒呈琥珀色,像广告中说的"香溢柔和、味感绵甜、醇香品正",人见人爱,不但本地居民嫁女、定亲、交杯、回门、庆功、满月、周岁、做寿,都用"龙狮"牌红曲酒,外地的酒商酒客也是纷至沓来求购。龙狮头脑一发热,就把自己"酒窖"分号开遍全国各地。作为保健酒的红曲酒,在与雨后春笋般冒出来的"千年御液""百年陈酿"的较量中渐落下风,只能勉强维持。

不管怎么说,龙狮并非没有收获,他的红曲米酒在国际酒业博览会上获得了铜奖,成了"著名商标""名牌产品",龙狮本人也获得了"高级技师""高级营养保健师""著名乡镇企业家"一干称号。拿龙狮自己的话说,他是挣了面子亏了里子。龙狮乐呵呵的,依然信心满满。他记着父亲龙禧的话:不管酿出的是甜酒还是苦酒,都要自己喝下去。

龙彪龙狮这哥俩,不仅自个儿踌躇满志到处投资,也想拉他们的大哥入伙,但被龙虎拒绝了。龙虎自村是公家人,与几个兄弟"泾渭分明",无论他们发财还是发疯,概不理会。他当了一年的卫生局局长,因喜欢看病动手术刀,于是回到新建的人民医院当书记。龙虎与父亲龙禧的关系已大为改善,听媳妇孔鲁凤的吩咐,要接父亲到城里去颐养天年。

"亏你还是大院长,有本事先把我的烂脚丫治好!"

一句话就把龙虎夫妻噎回去了。

过去一直想进城的龙禧现在对城市生活却讨厌起来——住在高高的火柴盒子里,每天蹲在铁笼子里上上下下,连个说话的人也没有,憋得要断气。不过,龙禧不愿进城,最大的原因还是因为五妹。两个大孙子龙成、龙义不在身边,五妹要像老母鸡呵护鸡仔似的保护三个孙子——龙彪的儿子龙利和龙狮的儿子龙益、龙能。

龙生九子,各有绝技,个个神气。按说龙禧应该心满意足了,但他还是一瘸一拐地在自己的承包地里忙碌,浑身晒得乌炭似的。他把那些生意人撂荒的地都收过来耕种,名下已有百十来亩,平时自己管理,农忙雇人收种。

龙禧一门心思要干点名堂出来,他做到了,成了龙潭镇的种粮大户、地市级的劳模。年逾古稀的他,又一次走向人生的辉煌巅峰。

二

不过龙禧也有郁闷的时候。他郁闷的,是那轮流转的风水似乎转到老对头应富贵那里去了。说实话,龙家的整体实力并不输于应家,可应家的风头好像更强一点点。最使龙禧感到憋屈的,是应家竟然娶了教授的女儿,那可是龙禧的"干女儿",真是岂有此理!

龙禧不服,心里憋着一股气。所以,当他的老对手应富贵邀请龙禧当蚕神庙会的副会长时,龙禧断然拒绝了——对于没有金刚钻不揽瓷器活之类的话,龙禧是永远不会承认的。每年一次的蚕神庙会是官方牵头、民间承办的。应富贵现在是庙会的会长,又是灯头会、龙舟会、舞龙舞狮会、高跷会、戏迷会的副会长,还是"敲糖帮"的帮主。董事、监事、主席、会长、理事、秘书,加在应富贵头上的头衔总共有十几个,应富贵想推也推不掉。自从应骁办妥诸葛家祭祖修谱的事后,应富贵与应骁的关系已大为改善。不过,应富贵现在之所以看儿子比原来顺眼,很大一部分原因是应骁娶了诸葛家的女儿。应富贵觉得,那是应骁平生干得最妥当的一件事。

应富贵讨厌有人说他沾儿子的光。他觉得,只要稍微沾点,三个女儿中随便哪一个的光足以令自己的脸通红透亮了。最让应富贵骄傲的自然是大女儿应梅花。

林峰当市长后,提出兴商建市的战略,此时的婺州,市场已经发展到第四代,成了国家市场建设和商品经济发展的一面旗帜,不但源源不断地输出商品,也输出大量商人。应梅花现在不但是女企业家,也是婺州城里数一数二的女商人。她把自己的公司分号开遍全国各地后,已把目光投向国外。

几年前,她听一个上海商人怂恿,花五万元的介绍费只身飞往中东。她不知道,中东海湾虽然富得流油,却向来不是安宁净土,两伊战争的硝烟散去,不同国家、不同种族、不同宗教间的摩擦依然不断。应梅花在迪拜机场外的小旅店住了几天,眼看带她来的上海人意外消失,就壮着胆子,直奔三十公里外的迪拜城。港口城市迪拜,是中东地区的经济中心和贸易集散中心,辐射北非、南欧、南亚、西亚等地区。这个满地黄金的城市,绝大部分日用消费品却依赖进口,是小商品理想的集散地。靠打手势、摁计算器、在纸片上写字,应梅花在迪拜木须巴扎市场硬是待了半个月。应梅花没有想过冲突不断、语言不通、外国商人不友好等种种隐忧,只看到了巨大的商机。她囊空如洗,却信心满满。她又一次飞往迪拜,花十五万人民币办好签证和居留证,花三十万迪拉姆注册了自己的贸易公司,从国内发了二十个货柜的商品到迪拜销售。她带上计算器,拎着样品,在市场里挨个店面推销,挥汗如雨,口干舌燥。国内生产的衬衫百货,不是尺寸偏小,就是颜色规格不对版,应梅花再一次亏得血本无归。但她并不气馁,把目光集中在自己擅长的饰品上,从一个印度商人手里拿到一张八万美元的订单,以成本价销售,终于赢得信任打开局面。她在木须巴扎租下展厅仓库,装修店面,从国内招了一百多人——翻译、装卸、推销、送货、站柜、办公和后勤。梅花的公司越来越规范,化妆品和饰品生意越做越大。应梅花终于成为中国大陆去迪拜最成功的商人,由她铺路搭桥,婺州城的商人源源不断地涌向迪拜,继而扩散中东。

一年后,应梅花应邀飞往南非。此前,南非驻华大使考察婺州小商品城时认识了应梅花,邀请她去南非投资。经过一年的筹备,位于南非约翰内斯堡的闹市区、占地四千多平方米的分市场也开张营业了。后来,在中国即将入世、外贸形势越来越好的世纪初,应梅花作为南非市场的先驱,又随省长率领的代表团访问了南非、埃及和毛里求斯三国。

应梅花的丈夫方国庆,虽然挂着梅花饰品有限公司总经理头衔,却心甘情愿地让妻子大权独揽。这个婺州城里有名的"阿庆嫂"做事泼辣,胆大心细,八面玲珑,现在是全国闻名的女企业家。

二女儿应梅香也不赖。梅香的性格更像应富贵,闷声不响,但是性格坚毅,认定的事九头牛也拉不回,紧咬嘴唇没日没夜地干。十三岁之前,应梅香没穿过一双新袜子,冰冻三尺的数九寒天也是光脚丫,偶有袜子穿,也是姐姐梅花穿过打了补丁的。她穿了丈夫给她买来的第一双丝袜后,喜欢得不得了,认定这一辈子的事就是做袜子了。开始是贩卖别人做的袜子,接着是自己织,前店后厂,然后一步步发展成大型工厂和集团公司。她的办公室里挂着省领导题的五个大字——"做世界袜王"。她在婺州最大的红泥岗工业园区买下几百亩土地,从意大利引进两千多台世界最先进的织袜机,又花巨资从香港、北京、上海和深圳等地聘请工程师和高管。从"赤脚大仙"到"袜业大王",应梅香的袜业小作坊悄悄地变成了"袜业航母"。长筒袜、中统袜、短统袜和连裤袜,真丝袜、棉纱线袜、锦纶丝袜、羊毛袜、锦纶丝弹力袜、水田袜、医疗袜、运动袜、保健袜、时装袜,梅香袜业的展厅里是各色各样的袜子,单单女性的四季袜子就有一百多种。梅香袜业年产袜子已达两亿多双,销往世界各地,成了真正的"世界袜王"。

应梅香也是家中和厂里"掌舵的"。不过她不像姐姐大权独揽。"梅香袜业"是家族企业,由王家三兄弟合伙经营。

应杏花自然也不甘落后,她在工业园区里有自己的厂房、员工宿舍和办公楼。她的心思过于活络,西装、衬衫、夹克、保暖内衣、针织内衣、棉衣棉裤、牛仔体恤、丝巾围脖,市场流行什么就做什么,生意不温不火,赚得不多也不少。

三姐桃花死后,应杏花就与龙家人杠上了,瞧着龙家人哪儿都不顺眼。应杏花的性格,有时像父亲一样偏头偏脑,有时候又像母亲一样蔫了吧唧。两个老的宠着她,作为上门女婿的丈夫小方让着她,应杏花的脾气更是走向极端——在家里说一不二,在外面风火泼辣。

应富贵现在一心帮扶四女儿,一年四季守在摊上销售应杏花生产的衣物。有三个女儿,应富贵觉得这辈子没有白忙活。唯一的遗憾是还没有孙子孙女。他要的不是应骁给他带来的孙子孙女,而是杏花的儿女。只有当杏花生下冠以"应"姓的孙子孙女,应富贵才会觉得这辈子功德圆满。

三

　　天下父母同心。朱云逸夫妇表面上对女儿女婿的事不闻不问,暗地里却在使劲帮衬。龙马移师上海,也得到了丈母娘的支持。朱赫赫母亲张英是来自上海的知青,虽然家境普通,但毕竟是老上海,也提供了龙马在上海滩站稳脚跟最初的人脉。龙马的儿子龙义很有艺术天分,户口转到上海,就读私立艺术学校。老两口把城里的房子让给女儿,用大半生积蓄在朱宅买了座老式的四合院,移居乡下,准备牵手相伴,择一地终老,过养花种草、采菊南山的田园牧歌生活。龙潭湖畔的朱宅,有湖光山色画溪荷塘、古街老巷远山夕阳,实在是最适合养老的地方。

　　朱老夫人张英头发花白,但是玩心不改,在医院当护士时就是文艺骨干——木兰拳,太极拳,唱歌跳舞样样在行。她是个戏迷,现在天天往李宅跑,教一帮老头老太唱越剧、沪剧和京剧。朱云逸是特级教师、名校校长,从教委领导的位置退下后,依然是人人争抢的香饽饽,无论公立还是私立学校都想聘用他。朱云逸一一回绝,现在,他可以真正做自己喜欢做的事了。他巴不得众人把他一个人"遗弃"在家里。面对四壁图书,他可以漫无目的地挑灯夜读。他又拿起了画笔,梅花荷花兰花菊花,用不着迎合潮流,爱画啥就是啥。他在自己家里开了一家私塾,收童子为徒,教授诸子百家和古文诗词。他蓄了发须,银髯飘飘,摇头晃脑,满嘴之乎者也,俨然一个老夫子。他不收费用,也不做广告,来一个教一个,来两个教一双。年轻时他最大的梦想是当医生、一名老中医,现在他手不释卷,又拿起了中医古籍——《黄帝内经》《伤寒杂病论》《本草纲目》《千金要方》《难经》——尤其是他自认为的祖先"金元四大家"朱丹溪的《格致余论》《金匮钩玄》和《局方发挥》。朱老夫子并不想悬壶济世开方抓药给人治病,他只是想把中医典籍背得滚瓜烂熟,这样,与教授品茗论道、激辩舌战时就不会落下风了。

　　教授早已过了退休年龄。他总是懵懵懂懂的,既不知道自己的档案"挂"在何处,也不关心别人在他的档案里写了些什么,因为很少收到上面发下来的红头文件,所以对自己的职称是"教授""中医师"或别的什么从来没有搞清楚过。人人称他为"教授",他自己从来不当是"教授",一直自认是个乡村医生。

龙潭镇中心卫生院扩建，龙宅分院也在撤并之列，教授遇到了不少的麻烦。除非办下"个体医生"的行医执照，否则就可能揽上"非法行医"的罪名。好在此时的龙虎还在卫生局局长任上，他帮教授办理了医师资格证书和医师执业证书。教授的个体诊所得以继续营业，而且变成了名正言顺的中医药房。

教授的退休金足以令他衣食无忧，父亲去世前又留给他一笔不少的财产。教授为药房添置了许多设备——针灸火罐、研钵蒸锅、剁刀式切机、电热式煅药机、烘干机。他想扩大规模，把诊所开到诸葛宗祠的厢房里。可是宗祠归属一直处于悬置状态，此事不了了之。老房子虽然局促，勉强够用。只要能行医，教授也不作他想了。

龙猫花一年多时间修完新的族谱，呕心沥血完成这件辉煌大业后，整整瘦了一圈。在龙猫埋头修谱的那一阵，县城宾馆酒楼的老鼠明显多了起来，而市信访局收到的举报信却少了一半。

说起来，在修谱这事上，龙猫并非秉笔直书，而是动了私心。他把李翠花和龙骏的名字挂到了自己的名下。族谱修完，龙猫心中的不平之气少了许多，又在龙潭湖边放起了蜈蚣风筝，一边放，一边哼哼唧唧地唱小曲。这会他不唱《僧尼会》，而是唱样板戏《沙家浜》选段。

　　朝霞啊映在阳澄湖上，啊……啊……啊……

也许是心中有愧，唱了一句他就唱不下去了。

虽然龙猫平时乐乐呵呵，一副满不在乎的样子，但是一想到李翠花和龙骏，胸口还是隐隐作痛。

李翠花老了不少，原本的一头乌发夹杂黄白，额头眼角起了褶子，腰板不再挺直，原来微胖的身材变得干瘦。她拿惯了粉笔，在李宅一所私立的幼儿园当老师，工资不高，她那满口龙潭镇口音的普通话——把"二"念成"鹅"，"四""十"不分——也有些落伍。虽然园长和同事并不嫌弃，李翠花自己过意不去，主动请辞。

李翠花的学生只剩自己的孙女。媳妇孙兰英有空骑着电动车来看女儿，龙飞天六周岁后，孙兰英觉得不应该再让婆婆带了——女儿的户口在城里，要在城里念小学，输什么也不能让女儿输在起跑线上。李翠花成了孤家寡人。好在李翠花并非无事可做。母亲做了一辈子蚕妇,家里留着一屋子蚕匾织机,李翠花开始学着养蚕缫丝刺绣。

一个新生命闯入龙骏的生活,改变了他的思维方式和行为习惯。他心怀感恩,也心事重重。女儿出生以后,龙骏每星期都回龙潭镇。星期五请假半小时,赶上最后一班从宁波开往婺州的长途班车,深夜回到婺州城租住的家,第二天去龙潭镇看母亲和女儿。过完他生活里最愉快的星期六,星期天又赶回厂里上班。收入的一大半花在女儿身上,另外一小半贡献给长途客运公司。思念,纠结,彷徨,他觉得这样的生活不能再继续下去了,无论如何得有所改变。他买了台电脑,把所有的业余时间都花在电脑上,学编程,学办公软件,学计算机制图和仿真软件的开发。他忽然间有了自己开一家电脑公司的想法。

在龙骏工作调动的事情上,应骁也不是没有帮忙。婺州城里只有一家小化工厂和一家造纸厂,适合龙骏的工作岗位实在屈指可数。金融危机后,下岗工人很多,婺州新设的劳务市场人山人海,像龙骏这样想调回婺州的中高级人才也不少。应骁知道龙骏有意开一家电脑公司,就联系了几个有意出资的老板。应骁只能给认识的老板打招呼,在是否要用、愿不愿意出资的事情上绝不强求。在饭店吃了一顿后,几个老板就开始搓麻将,龙骏待在一旁,昏昏欲睡。电脑公司的事情不了了之。

龙家人乘机找上门。龙骏每次回龙潭镇,龙狮都会主动找他,力邀龙骏加盟他的大师画业。

"我给你的工资不会比厂里少。除了教人画画,还可以搞销售,推销画框、老酒、陶瓷,做好了有提成。私企乡企都是企,名头不如国企,可你不能死要面子活受罪。都什么年代了?做生意才能发财!"

龙狮絮絮叨叨,信誓旦旦,又委托龙马夫妇做思想工作,力邀龙骏加盟。龙骏犹豫着,他不想与龙家有瓜葛,或是在龙家的企业里上班,除非万不得已。

新世纪的曙光就要来到,龙骏知道自己不得不做出选择。千禧夜,他站在集体宿舍外的小阳台上,泪眼朦胧。电视里,热热闹闹的迎新晚会已经结束,那台用了十几年的黑白电视机只剩一片雪花。远处是他熟悉的工厂,塔罐林立,灯火通明,机声隆隆。从雄心勃发的二十青年到四十不惑的中年,龙骏把青春最美好的岁月留给了这片海涂。如今他依然觉得自己像无根的浮萍一样飘零。他想起了日渐衰老的母亲和渐渐长大的女儿,终于下定决心,回龙潭镇,从头做起。

四

对诸葛慧莲来说,新世纪到来的喜悦莫过于儿子的诞生。儿子应明在千禧夜出生,元旦过后几天,诸葛慧莲就带着他回父母家坐月子。她要和儿子一起在古宅老屋里迎接千禧年。

尽管城里人已经接受元旦是新年的开始,但在乡下人的观念里,过完除夕才是新年。龙十妹一定要女儿和外孙在家过年。

诸葛慧莲答应与应骁结婚,唯一的条件是自己还住在林家,照顾两位老人。母爱无处发泄的沙中柳对待殷勤的应骁像对自己的亲生儿子,应骁想也没想就同意了。他在当市委办秘书的时候,也分得一个小套间——20世纪80年代造的老房子,楼道狭小,环境脏乱。应骁去龙潭镇当镇长,那套房子一直空着。应骁一向不讲究吃住——在公共食堂或是路边的小吃摊,能填饱肚子就行,不拘哪里有一张床就能将就。直到结了婚,他才想到应该随大流,与大多数人一样搞一个集资建房的名额,在高端小区买一套稍大的房子。集资房还在图纸上,应骁把老式套间做了简单装修,偶尔去住一两天。工作需要,他大部分时间在宾馆或是值班室里过夜。

应骁是林峰一手提拔的,对林峰的话言听计从。林峰去地委工作的两年时间里,应骁还经常跑去汇报工作。七年后,应骁被提名为副市长人选。不过,雄心勃勃、一心想着更上层楼大展拳脚的应骁还是听林峰的建议先去进修。过完年,应骁就该到省行政学院报到了。

龙潭镇的一切交给龙正。龙正性格沉稳,不温不火,像一辈子守着缝纫机的父母一样做事踏实,不爱出风头。龙潭镇像是一列高速行驶的列车,换哪个人驾驶都不会出大问题,龙正这样善于守成的老实人正合适。龙生夫妇没大的奢望,也希望儿子能一辈子在龙潭镇安安稳稳当镇长。

过年,对应骁这样新上任的领导来说意味着更加忙碌。值班,开会,检查安全卫生,访贫问苦,应骁无法顾及妻儿。他的家庭观念一向淡漠,他孤独惯了,也喜欢那种无牵无挂的孤家寡人生活。

千禧年的龙潭镇,将会有一场比以往更热闹的蚕神庙会,应富贵忙着筹备工作。只有应骁的母亲陈氏偶尔端着鸡汤来看诸葛慧莲。

　　年的气氛越来越浓。城里人都往乡下赶。这一年与以往又不一样。龙家、诸葛家的远亲都要回来,参加千禧年的龙年大祭。龙虎夫妇、龙马夫妇、诸葛老先生的儿孙、龙骏一家、应家姐妹都要回龙潭镇过年。

　　诸葛慧莲不想参加儿时玩伴的聚会和千禧年的狂欢。她只想安安静静地与父母和儿子在一起。龙虎回到人民医院后,继续当书记,诸葛慧莲担任院长。诸葛慧莲经历了从医生到行政干部的心理适应和高龄产妇的种种磨难,现在只想放松身心,享受独处的喜悦。躺在阁楼的木板床上,听着楼下厨房里碗碟的叮当声和母亲乐呵呵的唠叨,诸葛慧莲觉得从未有过的宁静舒适。

　　似乎岁月的风霜对她也无可奈何,龙十妹的身板依然硬朗,手脚圆滚滚的,饱满的脸少有皱纹,在脑后挽成垂髻的头发乌黑发亮,几乎找不到一根白发。她依然地里家里两头忙:插秧割稻种菜,养猪做豆腐酿酒。龙十妹从未想过靠丈夫养她,她要像老母鸡似的用自己的手在土地上刨食。

　　腊八一过,龙十妹就忙开了:采办年货,掸尘,蒸年糕,切麻糖,做馒头红馃,泡发干笋,杀鸡宰鹅,还有必不可少的做豆腐和杀年猪。龙十妹现在做的豆腐和杀的两头年猪几乎全部自用。自从上一次诸葛老先生回来寻根祭祖后,一向讨厌大操大办的龙十妹患上了宴席综合征。春节期间,娘家的姐弟带着一大帮儿孙汹涌而来,拜年一次,蚕神庙会一次,从初一到十五,诸葛家的院子人头攒动,吃货云集,几乎没有歇空。今年的客人预计尤其多,一切都要在年前准备好。

　　日忙夜忙,大年三十更加忙。龙十妹早早就把八仙桌抬到院子里,桌上点了一对大红蜡烛,祭祀用的碗碟里盛放茶叶、五谷、白米饭、馒头、红馃、水果、米酒。还有两个肉桶,其中的一个是煮熟的猪头,猪嘴里插着青葱;另一个是公鸡,上插两根筷子,旁边放两个鸡蛋。一切准备停当,龙十妹斟酒,点香,先拜天地,再拜祖先,三拜九叩,将香插进泥土,然后焚烧锭帛鸣放鞭炮。接着是掰猪头吃团圆饭,团圆饭比以前丰盛多了,有寓意年年有余的红烧鱼,寓意大吉大利的毛栗炖鸡,年年高升的年糕,大发特发的本地馒头,滚元宝似的茶叶蛋。一切都按龙潭镇过去的年俗办。

　　诸葛慧莲很想为母分担一些,但是龙十妹根本不让父女俩插手。即使是大年三十晚上,教授依旧在药房里忙碌,不是整理药柜里的花花草草,就是安静地坐在灯下看书,旁若无人。

龙十妹唯一要女儿做的就是照顾好应明,那也是龙十妹的心肝宝贝。吃完年夜饭,诸葛慧莲回到阁楼上,陪着襁褓中熟睡的婴儿。龙十妹已经把床底下的樟木箱拿出来,准备把外孙女用过的东西用在外孙身上。那些衣物玩具仿佛还是昨天的,留着女儿身上的余温,只是那些"好孩子"的奖状和涂鸦的画已经发黄。

十年来,诸葛慧莲从未中断过对女儿的思念,如果她在身边,现在应该是一个亭亭玉立的少女了。诸葛慧莲一边整理,一边热泪盈眶。

诸葛慧莲泪眼婆娑,一会儿侧耳倾听,一会儿凝神远眺。阁楼上很安静,有一股淡淡的药香书香,那是从隔壁父亲的药房里飘过来的。楼下,母亲正在做红曲米酒。龙十妹在屋外的菜园墙根挖了一个地窖,存放米酒。拜年的客人用过去的陈酿招待,龙十妹现在做的是以后用的酒。精选的上好糯米浸泡好,捞出来一遍遍清洗沥干,然后放在饭甑里;蒸好的糯米饭稍冷后倒入酒缸,将红曲倒上用锅铲搅拌,再倒入盛有凉开水的七斗缸里,用大锅盖和蓑衣包裹,置于阴凉干燥处。几天后红曲发酵会发出"咕隆"声响。再有二十几天,曲酒酿成,满屋酒香扑鼻,然后分装酒坛泥封,入地窖。

母亲正在蒸糯米饭。炉膛里柴火熊熊,锅灶上热气腾腾。诸葛慧莲很快闻到满屋的糯香弥漫。窗外夜色朦胧。诸葛慧莲站在窗前,凝望窗外她熟悉的景物。黑色的瓦檐,古老的银杏树,石桥,溪流,群山,湖泊,炊烟,一切似乎都伸手可及。她似乎能听到田野里植物生长的声音,闻到夜风中的青草花香。蛙鸣声声,荷香阵阵,一切都是那么纯净、美丽和静谧,仿佛世外桃源。她能看见在田塍上奔跑的女童,那个背着黄药箱行走在红土路上的少女。岁月在龙门书院的钟声里悄然流走,蓦然间,诸葛慧莲发现自己已经步入了中年!她不再是扑在妈妈怀里撒娇的乖乖囡,不再是站在西湖游船上的青涩少女。她不再有婚礼上饱满红润的脸,不再有飞蛾扑火的勇气。她觉得自己的心沉甸甸的,肩上的担子越来越重。她的心里依然充满爱和感恩,她能感到自己的热血在涌流,从身边儿子身上嗅到一股生命的气息——这股气息给她力量,足以与一切的苦难与死亡抗衡!

她想起了儿子出生的那一刻。产房外面,教授夫妇、应富贵和陈氏、应家姐妹、龙虎夫妇、孙兰英都在,所有人脸上都是一副如释重负的轻松表情,笑容灿烂。唯独没有应骁。这个四十岁当了父亲的男人躲在角落里号啕大哭。然后,他冲进产房跪在床边,疯狂地亲吻儿子。

诸葛慧莲把目光投向熟睡中的婴儿。她把儿子拥进怀里。儿子是她生命的一部分,有了儿子,她的生命从此变得更加饱满。为了第二次做母亲,一切牺牲都是值得的。

诸葛慧莲决心要自己带儿子。

诸葛慧莲再也睡不着了,她要与儿子一起守岁。

这是一个不眠之夜。这是一个狂欢之夜。

古宅里挂满了灯笼,灯火通明。从下午开始,此起彼伏的鞭炮声就没有停息过。龙潭湖边,炮声隆隆,璀璨的烟花把整个古镇照得如同白昼。龙潭镇依然生机勃勃而充满野性。远方的游子、本地的居民都沉浸在浓浓的年味中。人人都在期待那一缕曙光,人人都在期盼新的生活,人人脸上都洋溢着乐观。

是啊,生活不仅仅有苦难和泪水,也有欢乐和笑声。

蚕变·丝

蒋永伦 著

浙江工商大学出版社
ZHEJIANG GONGSHANG UNIVERSITY PRESS
·杭州·

图书在版编目(CIP)数据

蚕变.丝 / 蒋永伦著. —杭州:浙江工商大学出
版社,2023.5

ISBN 978-7-5178-5129-5

Ⅰ.①蚕… Ⅱ.①蒋… Ⅲ.①长篇小说—中国—当代
Ⅳ.①I247.5

中国版本图书馆 CIP 数据核字(2022)第175104号

目 录
CONTENTS

蚕变·丝

丝

第六十一章
婚 礼

一

早上五点半,龙十妹起床,到隔壁阁楼去叫醒应明。

这可不是件容易的事,她通常要上下楼梯三次才能把应明叫醒。第一次,孩子"嗯"了一声,转身又睡,第二次,"嗯嗯"两声又没了动静,第三次,房间里才有窸窸窣窣的声响。

这孩子,像教授一样,是夜猫子,习惯晚睡,有时半夜三更还痴痴傻傻地站在窗前,像鸭子看天,也不知道在看些什么。孩子性格古怪,睡前"咔嚓咔嚓"拧动门锁七八次,确认门已反锁才上床。他的床上堆满书本、衣物和毛绒玩具,乱得像狗窝,还不让人收拾。他还嗜睡,如果没人叫,可以一觉睡到第二天下午,起床气还特别重,叫早了就会大发脾气。

龙十妹有足够的耐心与男孩周旋。诸葛慧莲每天有忙不完的事,就睡在国药馆里。外孙由外婆带,每天接送——龙十妹觉得这是天经地义的事,不让带还生气。

也难怪,现在的孩子读书真不容易,起早摸黑,比种地的农民还辛苦。别的不说,那书包就重得像塞了几块大石头,把孩子豆芽菜似的身板压得像弯曲的犁轭;咿咿呀呀没日没夜地苦读还不算,好不容易盼来周末,还是没得歇空,学画画学写字学打鼓,白天黑夜连轴转。

　　想到这些,龙十妹觉得自己辛苦点也是应该的。下半年,应明就是中学生了,如果住读,龙十妹怕是连陪伴的机会也没有了。

　　这一天应明请假,不用去学校,本可以比往常多睡会儿,可他要与母亲去县城参加婚礼,得早起。

　　第三次敲门时,门开了。鬓发凌乱的应明穿着睡衣,打着哈欠,用手揉着睡眼惺忪的眼睛,腮帮子鼓着,气呼呼的。龙十妹从衣柜里拿出黑西装、白衬衫和红领带,帮孩子穿上——龙十妹花了一星期的时间才学会给孩子系领带。

　　男孩焕然一新,精神了许多。只是那套西装穿在瘦小的身躯上有些肥大。应明坐在堂屋的餐桌前,不停地扭动身子,一副很不自在的样子,看着面前的豆浆鸡蛋和馒头,眼神空洞茫然。

　　老街古宅,游船画舫,不久前跟着一对新人拍婚纱照,一次次被摄影师拽着,一次次在大酒店里彩排,他一定是厌烦了。

　　从老屋到女儿的国药馆只有五分钟的路程,龙十妹只要把孩子送过去就完事。

　　应明有一搭没一搭地吃着。这孩子,磨磨蹭蹭的毛病总是改不了。

　　龙十妹最后一点耐心快要耗光的时候,诸葛慧莲急匆匆走进来。她并没有穿旗袍,而是穿着白大褂——凡参加婚礼的重要女嘉宾都穿旗袍,男士穿西装。那些旗袍、西装全是在布衣巷66号的飞天服饰工作室统一定制的。

　　"妈,怎么还不换衣服？——时候不早了,你赶紧换。"诸葛慧莲有点急。

　　"我换什么衣服？我又不去。"龙十妹身上是似乎穿了一辈子的丹士蓝大襟衫。

　　"龙家和应家都发了喜帖,写明要我携全家参加。我临时有急事,暂时去不了——妈,你得带着应明去……"诸葛慧莲说话颠三倒四。

　　"这桩婚事,是你牵的线,你怎么能不去呢？天大的事得放下,去露一下脸。"龙十妹责怪起女儿来,"你那吃牛筋长大的宝贝囡不去,两家已经生气了。"

　　"妈,不是我不愿意去。我这边有个急救病人,昨晚后半夜送来的,是海马学校的舞蹈老师,伤得不轻,没度过危险期——人命关天的事,等忙完我就去。"诸葛慧莲真急了,"妈,你一定得去,你是姨婆,又是外婆,是最受尊敬的长辈,最贵的贵宾,婚礼上最显眼的上位给你留着哩!"

"我不去。龙禧、富贵去世后,我与两家不再有瓜葛。你是舅母、表姑,又是红娘,你不去,难道叫我这个不相干的老太婆去不成?"龙十妹边说边下意识地摸摸衣领——勒脖子的旗袍,崴脚的高跟鞋,几十年前县城的那场婚礼留下的后遗症,现在想起来还心有余悸。

"妈,也不是非得穿旗袍。你只要穿对襟衫、平底鞋。我留了一手,给你备着呢。"诸葛慧莲笑道,"我还给你带来了晕车药……"

"不去,打死我也不去。"龙十妹看着失望的女儿,口气温和了些,"要是在镇上,用四抬大轿来抬我,我没的办法。县城那么远,就是八抬大轿来接,我也不去。"

"妈,不是你非去不可,得有人带应明去。他是托婚纱的小伴郎,一定得去!"

"这好办,你打个电话叫他们来接。"

"丁是丁卯是卯,一个萝卜一个坑,谁都忙着哩……"

"那就叫骏儿来接。应明这孩子,懵里懵懂的,只听骏儿的话,也只有骏儿管得住。"

母女俩说话时,耕读门外传来汽车的引擎声。龙骏急匆匆地走进来,带上应明离去。

<h2 style="text-align:center">二</h2>

世上的事常常不以人的意志为转移,超出当事人的掌控。有时候,一点小事也会引出轩然大波,就像亚马孙丛林里的蝴蝶扇动翅膀,大西洋彼岸就会发生暴风雨。

在龙潭镇,那场在半年前就开始筹划的婚礼一拖再拖。

龙成回国结婚的消息一走漏,首先在龙家炸开了窝。对儿子的婚事,孔鲁凤很想低调。她想在春节回国期间悄悄办了,婚礼尽可能简单,摆两桌,双方父母及几个最重要的亲眷聚聚就行了——娘家人就不打算请了,顶多邀请龙虎生前最要好的战友和同事。但是一切出乎孔鲁凤的预想,最后,她似乎连个配角也不算,倒像个提线木偶被人来回摆弄。

孔鲁凤索性当起甩手掌柜,什么也不管了。

龙家的大喜事,龙马是当仁不让的"操盘手",他想借春节蚕神庙会的机会办了。婚礼可以简朴,但必须热闹——舞龙舞狮、龙舟赛、放烟花都可以有。但是,一场突如其来的葬礼把原来的计划都打乱了。婚礼一再延期,最后定在四月末。

龙马躲在幕后策划,把朱赫赫推上前台。要说在龙家的威望,朱赫赫早已超过龙马,连新老镇长龙正、龙信都敬她三分。婚礼由妯娌朱赫赫做主,孔鲁凤也是一百个放心。

毕竟婚姻是两家的事,婚礼也不是朱赫赫一人说了算。龙马和应梅花,这两个生意场上曾经的合作伙伴早已分道扬镳,这一次,因为龙应两家联姻,朱赫赫与应梅花,婺州城里两个最有名的女强人又聚在了一起。

与以往每次交锋一样,两人笑脸相迎,表面嘻哈,暗地里却较着劲。

"赫赫,我可是把应骊当亲生女儿的,不,比亲生女儿还亲。我只有这个女儿,将来她是要继承我的家业的,龙家可不能轻轻松松就把她娶过门。"

"梅花,我们家龙成是革命军人、烈士后代,又是归国华侨,论长相论气质,论才华论门第,哪一点都不输人。应骊嫁给他,应该不算委屈。不可否认,龙成现在单亲,可他不缺父爱母爱,我们一直把他看成自己的儿子。"

"……我不反对把定亲结婚合二为一。但有一样,按龙潭镇老规矩,接亲要用八抬大轿,最好是李宅的万工轿——当然,首先,定亲的十八担要给我凑齐。"

"没问题,十八担,不会少一根扁担!"

双方唇枪舌剑,一番讨价还价,最后静下心来讨论具体的事——婚礼的规格、司仪、摄影师、要请的客人、请柬的设计、男女傧相和婚纱花童。两人一连几个晚上碰头,商量具体的细节。

随着婚礼的临近,情况不断发生变化。婚礼的消息不胫而走。龙虎生前战友、同事,龙马公益组织的同事和上海同乡会,朱赫赫、应梅花、应梅香在的朋友们都闻风而来。

龙马夫妇为了避嫌,刻意低调,却一不小心办了场在婺州城和龙潭镇都堪称最轰动的婚礼。

三

龙家早有准备。朱赫赫全权掌控,婚礼的具体筹备交给儿子龙义。在刮起一阵复古风的婚庆圈,中式婚礼、西式婚礼、汉式婚礼、民俗婚礼,各种婚礼都有流行。龙义自然希望给龙成一个浪漫唯美的海派婚礼。但所有的事情到最后都变成了杂糅。

梅花大酒店的这一场算是彩排,晚上龙珠大酒店的仪式才算正式的。

中午,梅花大酒店的喜宴结束后,送亲迎亲的队伍浩浩荡荡开往龙潭镇。

龙珠大酒店的正式婚礼没有开始前,龙潭镇传统民俗婚礼中最主要的程序还是走了一遍——火盆、马鞍、弓箭、金秤、喜帕、剪刀、麦斗、米筛和尺子都用上了。龙狮狂舞,旗牌招展,烟炮轰鸣,唢呐声声,凤冠霞帔的新娘坐在万工轿上,由龙家十八个精壮小伙抬着,一路吹吹打打来到龙潭湖边,然后坐上花船驶向瀛洲。

这么一折腾,就到下午四五点。孔鲁凤身心俱疲,一双脚早不听自己使唤了。旗袍穿在过于丰满的身上,紧绷绷的,竖领勒得脖子有一种喘不过气来的感觉。刚回国时,不管走到哪里,人们都投来艳美的眼光。但这种艳美很快就被陌生感取代。她已经好些日子没有睡好觉了。早上起床化妆时,发现黄褐斑在自己脸上蔓延,一天下来,眼前晃动的都是肌肤白皙充满弹性的姑娘,孔鲁凤觉得自己是真的老了。

这个春节,她本打算祭祖扫墓住几天就走,没想到正赶上龙禧的葬礼。接着是儿子相亲定亲结婚。一切都来得太快了,她心里还是狐疑不定、忐忑不安。盯着婚纱照上西装革履魁梧挺拔的男人,龙虎和龙成的影子在她眼前叠现。

儿子早该成婚了,自己不是一直盼着这一天吗?眼前这盛大的婚礼足以告慰九泉下的亡人。忧中有喜,眼下只能走一步算一步了。孔鲁凤甚至没想过眼前这盛大的婚礼该花多少钱,将来自己该怎样还清欠下的人情债。

朱赫赫当然是不会计较的,她气定神闲,从容操盘。站在身边的龙马当起新郎父亲的角色,忙不迭地迎来送往。同样丰满的应梅花就站在孔鲁凤的对面,穿着绣花的大红旗袍,笑容可掬,仪态万方,神采飞扬。可毕竟岁月不饶人,在聚光灯下,再多的脂粉也难掩颈项间的皱纹褶子。

朱赫赫曾经与他们商量是否要邀请应骊的亲生父亲来。应梅花不置可否,孔鲁凤大度表示欢迎。邀请函是送了,老方并没有来。不过应骊还是找到了双胞胎妹妹当伴娘。

龙珠大酒店的门厅里人流熙攘,不断有客人来到,递上一个个红包。一对新人站在最前面,龙成似笑非笑的脸上有些疲惫。婚纱摄影、彩排、接亲,这些天像木偶一样被人提溜着,的确有些累,又有些窝火。他想起了老房子里父亲龙虎的照片和母亲孔鲁凤的眼泪,又想到那些守灵的夜晚和爷爷龙禧的葬礼——龙禧似乎还阴魂不散盯着自己看——如今,龙成终于被套上牛轭失去自由了。看着叔父龙马和婶婶朱赫赫威严而慈爱的面孔,龙成很是无奈。

龙成虽然大大咧咧,但绝不是没有自己的主意。他不是反对相亲,而是反对被人逼着去相亲。他第一次见应骊时还有些别扭,但很快被迷上或者自以为被迷上了。他早就听说应家有一对双胞胎姐妹,各方面都还不错,长得又漂亮。

事情的进展比人想象的要快。应骊比想象的还要漂亮,凹凸有致的身材,挺直的鼻梁,小巧的嘴唇,一双娇嗔带有野性的眼睛,温婉动人的东方柔美中有西方的热辣,正是龙成喜欢的类型。当龙成把应骊娇小的躯体拥在怀里时——龙成从不反对与异性的肢体接触,他认为这是与人交往的一部分——那凝脂般丰满柔滑肌肤和淡淡的体香唤醒了男性的荷尔蒙。龙成第一次有了强烈的占有欲,他不知道那是不是爱情,但他决定不再反抗,听凭应该发生的事发生。

龙成身边,那个穿旗袍的新娘却是一脸幸福的样子,那种幸福感是自然流露的,不经意间都能感受到。一见到龙成,应骊就被迷得神魂颠倒,那种感觉,是她在和别的男人接触时从未有过的。他魁梧的身躯、放荡不羁的个性、英俊的脸上露出的坏笑都使她不能自已。当他第一次抱起她举过头顶时,她浑身颤抖。原生家庭的不幸并没有在她身上留下阴影,她似乎毫不费力就把童年的创伤治好了。她继承了母亲的天分,没有辜负应梅花的期望,大学没毕业就在梅花集团历练,很快就独当一面,进入公司中高层。

这些日子,应骊沉浸在如梦似幻的情感里,对外界发生的一切迷迷瞪瞪。虽然骄傲的内心竭力掩盖,旁观者都能感受到她被爱冲昏了头脑——

即使前面是个火炕,也会毫不犹像往里跳。她不知道眼前这个男人会不会给她带来幸福,会不会背叛自己,但她有足够的自信——相信自己身上流着强悍的血液,相信应家祖传的驭夫术足以应对一切即将到来的挑战。

应骊不时地转头看新郎,眼中满是崇拜。这些天他们如胶似漆粘在一起。现在,她必须与他做暂时的分别,回到化妆间,穿上婚纱等待那正式的一刻。应骊在心里一次次回味彩排的场景,迫不及待准备走向婚礼的舞台。

钢琴曲缓缓响起,婚礼司仪走上舞台,用特有的磁性十足的嗓音讲述童话故事的开场白。

龙成是单亲。想到父亲,应骊心里也隐隐有些痛。虽然她的生活不缺家庭的温暖,姨母待自己如亲生女儿,姨父小心翼翼担当起父亲的角色,但是自己的身份多少有些尴尬。听说父亲回江西老家后再婚,又生了一对儿女,眼下正拖家带口在这座城市打工。应骊找到打工的妹妹,要他转告父亲。妹妹方姝推说寻不着,只答应自己参加婚礼做姐姐的伴娘。

说到伴娘,那正是应骊的一块心病。新郎龙成的傧相阵容强大,龙义龙利龙益龙斌龙能——龙家的男孩西装革履,一个个生龙活虎。众星捧月,龙成站在他们中间,趾高气扬,像个老大。应骊并不怕伴娘的美貌气质盖过自己,她只是不想在气势上输给龙成。她想邀请大学要好的姐妹,但被应梅花否决了。毕竟是商人,应梅花不会放弃任何一次展示公司产品的机会,她从公司前台接待里选了几名俊俏的姑娘戴上梅花饰品,充当伴娘。

表姐王芳和妹妹方姝做伴娘是情理中的事。妹妹方姝长得与自己一模一样,只是气质上稍逊,穿衣打扮就是个普通的打工妹,虽说一番梳理打扮后惊艳一点,总归不如人意。

使应骊最伤心的是,应梅花曾答应邀请龙潭镇最美的两个女孩做她的伴娘,可在当晚的婚礼上,林晓和龙飞天都没来参加。

四

龙潭湖瀛洲岛上,龙珠大酒店两千平方米、挑高十米的无柱宴会大厅已经座无虚席。男女方的客人分坐大厅两侧,重要的宾客安排包厢和小宴会厅。

七点整,正式婚礼就要开始。

龙义并没有出现在伴郎的队伍里。作为这场大戏的导演之一,他还有更重要的事情要做。他与婚礼的司仪沟通好,现场不用播放的音乐,而是用钢琴弹奏的古典音乐。新人上台时,两首著名的乐曲——门德尔松所作序曲《仲夏夜之梦》的第五幕前奏曲和瓦格纳的《婚礼进行曲》交替演奏。新郎龙成也是音乐发烧友,在这样的场合他不会错过表现的机会,他要在钢琴伴奏下,演唱《爱情宣言》等歌曲送给新娘。如果时间允许,龙义还要演奏《致爱丽丝》。

当龙义坐在舞台一侧的钢琴前的时候,他的母亲朱赫赫就站在离他不远的地方。在家族事务中,她也想与龙马一样蛰居身后,可是现实还不允许她这么做。与应梅花不谋而合,朱赫赫之所以下血本举办这场婚礼,也是为了把龙应两家的下一代推到舞台中央。

到现在为止,似乎一切都很完美,但朱赫赫心里还是隐隐不安。一场大型婚礼就是一个大型的系统工程,远比枯燥乏味的法律文书复杂,不可能不出一点纰漏。她最担心的是婚礼的女主角、新娘应骊。应骊的性格像杏花,甚至比应梅花还要强——那张精致的小脸表情丰富、阴晴不定,别看她这会儿沉浸在爱情幻想中满脸红晕,说不定什么时候就脸色煞白、暴脾气发作。

朱赫赫已经打了好几个电话。红娘诸葛慧莲没来——看样子她今天是来不了了。朱赫赫能理解,但她还是不死心,掏出手机准备再一次确认。

热烈欢快的钢琴曲响起时,宴会厅慢慢静下来。

龙骏一大早送应明到县城,交给应梅花,又回龙潭镇安排花厅修葺的事,婚礼开始前半小时才到龙珠大酒店。龙家和应家都发来喜帖,他不知道自己属于男方还是女方的客人——在婚礼上,你总是能遇到许多尴尬的事,龙骏已经习以为常了。他找了一个安静的角落坐下来。圆桌上放些酒菜,座椅上放的是婚宴的回礼——两大盒礼包。

四周全是陌生的面孔。龙骏扭头转身,愣愣地看着远处五彩灯光闪烁的舞台。新郎和伴郎出场。新郎在婚礼舞台站定,正在等待新娘出场。

音乐突然停了,大厅里忽然又喧闹起来。

穿红色旗袍的朱赫赫在一个女服务员的带领下走过来,似乎有什么急事。她的额头亮晶晶的,挂着汗珠。

"龙骏,我可找到你了。出了点小差错——"

龙骏没有说话，用疑惑的眼神盯着朱赫赫，等她讲下去。朱赫赫把龙骏拉到一边，压低声音。

应家大小姐果然发脾气了，白天就为林晓龙飞天没来当伴娘闹情绪，晚上舅母诸葛慧莲又没来，很不高兴。好歹把她劝通，又出事了。

"你知道，海派婚礼要用花童戒童。应骊也是，倔脾气，一定要两个弟弟应明应骞拽拉拖尾婚纱。应骞那孩子，笨手笨脚的，没拉住，还把新娘的婚纱踩了。现在好，弄得男孩子哭哭啼啼的，新娘也抹眼泪，不肯出来。"

"应明呢？"

"问题就在这。到处找不到他。问应骞，他只是摇头，哥哥什么时候走开的、去了哪里，一问三不知。花童临时决定不用了。婚礼被耽搁是小事，应明弄丢可是大事！"

"婚礼还是继续。应明我去找——你放心，我会找到他的。"

龙骏出了大厅，在楼道口转了一会，碰见一个女服务员，问了几句，然后坐电梯直奔顶层。

龙珠大酒店的二十层是全酒店最豪华的客房，平时很少有客人入住。过道里空荡荡的，一个穿制服的保安走来。龙骏问有没有见过一个穿西装打领带的小男孩。表情严峻的保安脸上露出诡异的笑容，用手指指头顶。

通往楼顶的门没有锁。楼顶原是酒店管理最严格的地方，只有酒店的VIP才能登楼观景。龙骏后来才知道那保安是应明同班同学的父亲。应明和同班同学不止一次到楼顶看流星雨，保安早已认识应明，破例让他上去了。

经过一层消防通道就能上楼顶。楼顶除了水塔、室外空调系统和酒店的牌子，大部分地方空荡荡的。龙骏很快找到应明。

应明蹲在水塔边，望着远处的夜空。

龙骏蹲在应明的身边。小男孩回头笑笑。

"龙叔，英国那边也有沙尘暴和雷阵雨吗？"

"你是想姐姐了？"

小男孩点头又摇头。

"我忘了探测卫星什么时候进入水星轨道。再过几天，五月六日，宝瓶座有流星雨，预计极大时流量可达每小时七十颗，观测不受月光影响。"应明满脑子是流星雨和火星男孩。

"你忘了应骊姐姐的婚纱了?"

"我没忘。再看一会儿就下去。"

霓虹闪烁的大酒店里,隆重的婚礼继续进行。

楼顶的两个男孩,依然在仰望夜空。

远处是灯火流动的龙潭镇。龙潭湖上,游艇画舫的灯光朦朦胧胧,仿佛天上坠落的星星,沉入湖底。

第六十二章
养老院里的老顽童

一

那场婚礼在婺州城轰动一时,但在龙潭镇,人们茶余饭后八卦的还是此前两个老人的葬礼。

龙禧和应富贵,在他们的生前逸闻和奇异死法被街谈巷议前,住在龙潭湖畔龙马房产旗下的静怡老年公寓。老年公寓名声在外,婺州城和邻县的老人争相入住,结果一床难求,排队排到了几年后。龙马专心公益,无暇管理,就把老年公寓交给民政部门。老年公寓改名颐和,实行公司化运营。民政局派人管理,招募医护,设置了门槛——对排队的老人进行医疗鉴定,只让身心健康、达到一定条件的老人入住。

因为龙马和应梅花的名头,龙禧和应富贵不但可以继续住下去,还保留了少许特权——一栋单独的小院,三层楼,住十二个老人,他们住底楼两个面对面的单间。

养老院里老人最多的感受,除了水土不服和成为"多余人"后产生的巨大心理落差,就是孤单。一旦别的老人有子女过来看望,那些长时间没见到亲人的老人总会露出羡慕的眼神。应富贵却有些特别,既不想女儿伺候,也不期待诸葛慧莲来探望——每次诸葛慧莲带着应明和应骞来探望,应富贵

总是一副冷面孔,也许他是不想见到那俩孩子,尤其是那个性格古怪、白眼球大黑眼珠小的呆头呆脑的孙子应骞——他们会唤起应富贵对儿女的伤心记忆。龙禧倒是欢迎儿孙来探望。可是和尚多了没水喝,儿孙多了也麻烦,你指望我,我指望你,结果谁也不来。龙禧只能伸长脖子翘首盼望。

两个老人相依为命,惺惺相惜。应富贵以轮椅代步,偶尔会在保姆搀扶下走上一段。龙禧虽然腿脚不是很灵活,却喜欢到处乱窜。

自家请的保姆与院里的护理员,差别还是很明显的。院里的老人,性格怪异的多,有病痛的多,行动不便的多,容易出事故,对护理要求高。养老院招人不易,很难吸引高素质人才。养老院的护理员,工作量大,麻烦琐碎,责任重,社会认可度不高。

许多事情,没有社会认可和经济支撑,光有情怀是不够的。

龙禧和应富贵还算幸运,相依相伴,门对门住着,可以说说话——人活着,最大的愿望是说话,一张嘴最大的功能也是说话,表达自己的愿望——只是这两个人性格迥异,实在是话不投机。应富贵平时一声不吭,比石头还沉默。龙禧却是话痨,喜欢找人攀谈,他还会自己找乐子:打牌、下棋、搓麻。问题是,院里的人不愿搭理他。那些麻友,宁可三缺一也不让龙禧上桌。龙禧抠门,赢了兴高采烈,输了大发脾气,欠钱不还。

龙禧不但在"筑长城"时中途溜号,还常常做出越墙翻篱的勾当,逃出院子去镇上闲逛。

有一次,护理员巡查时发现龙禧不见了。这可不得了!"龙爷爷"只有一条腿,另一条腿也有静脉曲张的倾向准备做手术,翻越养老院近两米高的围墙,万一出了意外不慎摔伤如何是好。护理员找了一遍找不到,报告院领导。于是,办公室、护理部、医务室和门卫保安分头行动,全院拉网式寻找,最后才在香樟林的院墙根找到了他。

龙禧嘻嘻哈哈,一脸诡异的笑容。他还有闲情逸致跟人捉迷藏,这下更出名了。

龙禧指天发誓,不再犯错。院方看在龙马的分上对他的怪癖采取容忍态度。院里的其他老人越发避而远之,愿意搭理龙禧的,只剩应富贵。

龙禧被剥夺了最后一点特权,于是,对别人享受特权愈加愤愤不平。有一天,他听人说,那栋红砖别墅里住着一个神秘老人,九十几岁了,是最早入住养老院中的一个。

龙禧不相信,他从未见老人出过门,也很少见人进那院子——开始时倒是有,是教授的兄弟诸葛志刚和女儿诸葛慧莲,后来进去探望的人越来越少。

最近几个月,每天进出别墅小院的,除了保姆,就是一个七十来岁的老人。那老人留一把大胡子,一身布衣布鞋,龙禧认识,是陈草医。

"富贵,你说,那个土郎中天天去那院子,是不是去会相好的?"龙禧哈哈大笑。

"禧儿,你没看见他手里拿着药壶吗?他去给老人送汤药。陈医生是正经人。"应富贵一脸凝重。

"正经人?富贵,人不可貌相。别看他长得像个修仙的老道,过去就是个变戏法卖大力丸的。他那三寸不烂之舌,能移山倒海。前一阵,他吹牛皮说,我那一条烂腿要是交给他根本不用锯掉。现在这条剩下的烂腿,他竟说也能治。他夸海口说,只要给我的腿根擦擦药水,那条老腿也能重生——富贵,你说,难道人能像壁虎一样,咬掉尾巴再长出来?"

"信则信,不信拉倒。"应富贵看着龙禧脸上诡异的笑容,嘴唇动了动,不再说话。

二

人生的江湖,无时不起风浪。

龙禧的脾气,只有应富贵能够容忍。不过,两人不是没有闹矛盾的时候。有一次,龙禧喝了点小酒,一不小心提到桃花,两人就吵起来,争得脸红脖子粗。足有半个来月,两人闷在自己的房间里不说话,不再一同外出。即便不小心同时外出相遇,也当没看见,大有老死不相往来的架势。

低头不见抬头见,最后还是龙禧妥协。

"富贵,我想起了山中马蜂,老想毒杀别人,刺扎了,命也没了。"龙禧尴尬赔笑。

"我倒想起海里的狡猾乌贼,黑不溜秋的见不得光,没个好脸色,碰到别个,总以为是仇敌,射出一屁股墨汁,最后,还不是沉在海底死翘翘。"应富贵不温不火。

"是咯是咯,我俩就是一根绳上的蚂蚱。院墙那么高,蹦跶不出。再在

门口修一道篱笆把人困住,成心想把人憋死。"

龙禧递过一支烟,自己抽出一根含在嘴里。他把一副拐杖并拢夹在一个胳肢窝下,一手拄拐,另一只手去推富贵的轮椅——那只是一个象征性的动作,应富贵的轮椅是电动的,根本用不着推。不过,这个动作多少缓解了两人之间的尴尬气氛。

这是他们的"放风"时间。养老院的房间、过道、休息室和公园花坛,一切公共场所禁烟。原来的栈桥平台是不能去了。两人决定另辟蹊径,躲在离公寓远点的地方吸烟。他们来到西北角香樟林后面僻静处。湖湾里有一个水榭,养老院的人很少到这里来,恰是他们吞云吐雾享受美好时光的人间天堂。

秋日的荷塘有些萧素。石砌的堤岸边,芦苇水草枯黄。

龙禧给应富贵点烟,自己的也点上,猛吸几口。

"富贵,有些小事就不必斤斤计较了。这把年纪了,再活不明白算是白活了。人老了,今天不知明天的事,你看三楼的老刘,前天晚上还是好好的,叫人买鸡爪,还吃了一只烤鸭和一个甲鱼,昨儿早上就蹬腿闭眼了。富贵,你说,人活着活个啥劲,最后还不是烧成灰装进小盒子——我可是想通了!"

应富贵吐着烟圈,没有说话。

死亡的话题总是有些沉重。龙禧嘴硬,嘴上说不怕死,心里怕着呢!养老院天天有老人消失,有的被救护车送去医院就再也没有回来,有的直接被殡仪馆的车接走。每次听到救护车的鸣笛,龙禧都会像鸭子似的伸长脖子。殡仪馆的车来一次,龙禧就失魂落魄一次,闷在房间里沉默不语,谁也不理。过几天又缓过来,变成话痨。

"秋天了,花谢了,该结果了。秋天以后是冬天。日子过得真快,过完下一个年,就八十四了。够本了。"龙禧眯眼看着远处,自言自语似的说道,"富贵,说起来,你也该满足了。应家现在花也有,果也有了。"

龙禧小心翼翼寻找措辞。两个人都知道,不能再揭对方的短,要捧对方的长,说对方的好话——活着最大的支撑是面子,最值得炫耀的也是面子。过去已经不再值得炫耀,要说眼前的好。

"应家的女孩个个聪明水灵,男孩也不赖。墙内开花墙外果,那墙外结的果也是果。就拿你那外孙方圆来说,我原以为他只是戴着博士帽的书蠹虫,没想到他是龙门书院的一把手。这养老院的老人,哪一个不敬着他?"

原来当了龙门书院院长的方圆常到养老院来讲养生课,带义工做公益。他成立了临终关怀团,为即将去世的老人做心理安抚——院方默许,家属欢迎。养老院的老人个个认识方圆,龙禧也不例外。

"我看方圆随时喜舍,也是为应家积累功德啊。方院长身长丈余,面如月亮,大耳肥厚,越来越有贵相了。听说现在杭州上海那边也请他去上课。"

龙禧搜肠刮肚说出来的雅辞听起来怪怪的,应富贵难得笑笑。

"禧儿,你们龙家也不赖,一排的光榔头,个个生龙活虎,有出息。龙家子孙现在向世界发展,听说你那大孙子去了澳大利亚,有一天回国就是华侨大实业家,光宗耀祖啊!"

没想到,应富贵轻描淡写说出的一句话却戳了人的痛处。龙禧瞪大眼睛,撇下应富贵,一瘸一拐地先回屋去了。

龙禧一连几天不说话,像是生病了。院里的医护测体温、量血压、化验血尿,一番检查,没发现什么大问题。慎重起见,征求龙禧的意见,问他是否需要去外面大医院检查一下。

龙禧把头摇得跟拨浪鼓似的。

龙马朱赫赫来了。龙彪龙狮来了。龙家的子孙轮流着来探望。

龙禧的病不见好转,反而越来越严重。他开始绝食,绝烟绝酒,变得不可理喻,脾气发作时,还拿拐杖当武器袭击人——见到龙家人,那副拐杖就举得更高。他脸色阴沉,双眼鼓凸,白沫四溅,口口声声威胁说要躺到公墓去,跟着大儿子去当烈士。

几次三番,龙禧的苦肉计——或者说诡计——终于得逞了。

原来龙禧有自己隐秘的心事。两年了,他是想他的大孙子了。他不可理喻地闹腾,无非是要龙家人把儿媳孔鲁凤和大孙子龙成从澳大利亚弄回来。

有一天,龙应两家的人组团来探望,告诉两个老人一个好消息,龙禧那张苦瓜脸终于又绽开了笑容。

三

养老院西北角,离湖湾水榭不远,有一大片古樟林。香樟林深处有一座两层红砖小楼,院门口曾经挂过"龙虎救援队龙潭镇分部"的牌子。救援队

搬走后,住进一位耄耋老人。老人深居简出,很少露面,不过每天早晚,也会坐在轮椅上出来,由那个四十来岁的保姆推着,在湖湾处溜一圈。

养老院里只有极少数的人见过那位神秘老人。留一把大胡子、每天送药的陈草医算一个。陈草医本来是有机会与老人深交的,但是他大多数时候只把药罐交给保姆,吩咐几句就匆匆离开。长时间调理下来,神秘老人的身体似乎好多了。他已经能自己驱动轮椅去附近转悠。这天傍晚,那老人独自推着轮椅出了小院,沿香樟林里的蜿蜒小路前行。青石板路落满枯叶,头顶的枝丫间,喜鹊喳喳叫着。透过下垂的浓荫,可以看到不远处的木栈桥连接的湖湾,浅水处水草丰茂,深水处大片水面,水鸟在半枯半绿的田田荷叶下嬉戏。

老人环顾四周,侧耳倾听,表情凝重的脸上露出一丝喜悦。恍惚间,他看见一个穿唐装的年轻人朝自己走过来。那人身长体修,臂过于膝,双耳垂轮,两目炯炯,重瞳外耀,色貌端峙。

幽暗的树林似乎忽然被一束光照亮了。

一双布鞋小心翼翼踩在树叶上,仿佛怕惊动了枯叶下的生灵。那年轻人已悄悄走到跟前。

"老先生,学生有礼了。"

"同学有礼。"老人抱拳拱手,"你我有缘,早已认识了。院长常来养老院公益讲课,又在龙门书院登堂弘扬阳明心法,穷理致知,反躬以践,小小年纪众经熟习,古今融贯,有如此渊深学问,真乃龙门之大幸也。"

"惭愧惭愧。老先生过奖。"方圆谦恭地低下头,"学生冒昧,敢问老先生尊姓大名,以后通报拜会也方便。"

"世上之人,争名于朝,争利于市,一个行将就木的老人,何足挂齿?我住红楼,坐轮椅,吃喝拉撒都要人服侍,差不多是一个废人。我之所以能苟活于世,多亏了诸葛先生——"

"哪个诸葛先生?"

"诸葛志刚。他是我的小侄子,我的开支用度都由他支付。还有我的孙女诸葛慧莲,每天派人送医送药。"

"我明白了。原以为老宅里只有一位诸葛,没想到这里还隐居着一位。"方圆道。

再仔细看,轮椅上的老人果然与他见过的诸葛教授有几分像,额头饱满,精神矍铄,虽然须髯如霜,长寿眉下的两眼却炯炯有神。

"老先生,您年近期颐,是否还记得龙潭古镇过去的模样?"方圆又问。

老人望着远处的湖面,沉思着说下去。

"是啊,我记得龙潭镇的老街旧巷和深宅大院,更记得越王山、青山湖和大小龙江。彼时龙江码头,泊舟如蚁。水陆续行,龙潭镇最早的商人将婺州特产丝绸陶瓷蚕桑等一直卖到遥远的波斯。岸边茶楼鳞次客栈栉比,墙绘酒楼字画,街悬招牌旗幡,蚕桑丝瓷,火腿老酒,商贸氛围浓厚。那老酒贮藏地窖,冬季结冰,将冰块埋于窖中,气温高时,也可保存渔获。青山鱼塘,晓雾朦胧,渔舟静泊,老翁撒网。越王山古树参天,龙潭古刹香烟缭绕,山门大殿,石桥回澜,砖塔蚕庙,祥云覆罩。这儿是婺州北大门,群峰竞秀,林木蓊郁,古香十都,盛传勾践范蠡西施故事,是吴越文化——茶文化、蚕文化、酒文化之发端。这儿有云溪竹海,有千年古镇古村、古庙古井古桥、古银杏古祠堂,更有那漱水枕流的云山石室、云溪书院。风雨声伴随了朗朗的读书声。那龙门书院承载着婺州深厚文脉,曾经盛况空前。山长送往迎来,月无虚日,先生每临席,前后左右环坐而听不下数百人。诸生听讲,踊跃称快。琅琅书声响彻昏旦。每一室常合食者数十人,夜无卧所,更番就席。徒足所到,无非同志。那些士子,是闻梅香书香墨香而来。晨曦微露,霞光云透,春明景和,草木生长,远处一舟,扬起风帆,人在景中,人已成景。可惜那样的景象不再,至今想起,恍若隔世。"

方圆眼睛一亮,随即恢复平静。

"老先生是何时离开龙潭镇的?"

老先生顿了顿,两眼之间凝定神光,忧戚蹙眉,仿佛在回忆不堪回首的往事。

"——长城内外,中原塞北,松花江畔,珠江两岸,朗朗乾坤倒置,烽火狼烟四起。想那敌寇奸淫掳掠,割乳剖腹,屠戮集体,真是惨绝人寰!江南江北赤地千里,白骨成堆,长江淤蔽,黄河倒流。黄浦血流成河,燕矶尸横如山,灭国亡种大祸患在即,我等热血青年,怎能不壮怀激烈浴血肉搏前赴后继?"

方圆定睛细看,轮椅上的老人宽宽的肩膀,脊梁腰板挺直,果然一副军人身姿。

"老先生一生戎马,真乃世之传奇。"

只可惜，一介莽夫，孑然一身，撒尽热血也无法拯救民族出苦难，满怀壮志雄心，尽付东流江水。"老先生平复心情，缓缓道，"度生为急，何思安乐乎？时代尘埃，落到每个人头上都是一座高山。仅凭一己之力，怎能力挽狂澜？和衷共济，方是通往彼岸之道。"

"老先生说的极是。炉窑之所多纯铁，良医之门多病人……"

"呵呵，我早已老眼昏花，不问世事。叹今人沉迷物欲，怠于公平正义，致使恶业盈聚。可喜的是，龙门书院门徒肃肃、学侣诜诜，有院长这样年轻一辈利安孤穷，跋履苦行，立言以垂，大道可行矣！"

"老先生潇洒诙谐，义兼华藻，禅趣机锋，信手拈来皆成妙谛，开心眼之尘翳，涤肺肠之垢浊，学生醍醐灌顶。"方圆一再道谢，"不瞒您，这次我冒昧登门拜访，只带了些自己采制的茶叶。"

"茶叶好啊！壶里藏乾坤，杯中盛日月。茶禅一味，我们这就进去喝茶。"

天色已暗。方圆推着轮椅，把老先生送到院门口，然后告辞。

第二天同样的时候，方圆又来到香樟林。这次他送来了两卷画轴——《墨竹莲花》和《松风云鹤》。

"这两卷画轴，乃是老师的手迹。老师凭一己之力，恢复龙门胜景，执掌龙门书院十九年，克己修身，成就胜德，实是一位书画大师，也是一位哲人、一位思想者。"

老人把方圆迎进花木葱茏的院子。一楼的茶室也是老人的书斋。特制的书桌上摆着狼毫、墨缸、笔洗、宣纸和碑帖。老人坐在轮椅上，悬肘转腕，不一会儿写就龙飞凤舞的"松鹤"两字。

"香樟红楼，小酌一杯。"老人放下笔，像个老顽童似的哈哈大笑，"胡乱涂鸦，见笑了！论笔墨章法，我还是小学生。都说名师出高徒，我正要向方院长讨教。"

"老先生过谦了。翰墨丹青我也是外行。不过龙潭镇、高家镇的书画家颇是认得几位。有一位林先生，是老师的高足，书画造诣不亚于老师，哪一天我介绍你们认识。"

两人边喝茶边聊，不知时光飞逝、晨昏转换。

四

2010年的日历就要翻尽,这个冬天似乎格外寒冷,强冷空气南下,低温持续,雨雪过程频繁,12月中旬就来了一场强降雪。龙禧和应富贵,像养老院的其他老人一样躲在房间里猫冬,等天一放晴就蠢蠢欲动,在屋里待不住了。

医生建议龙禧要多晒晒太阳,这对改善龙禧阴郁的暴脾气大有裨益。应富贵本来手脚就不灵便,一到冬天,痛风、肩周炎、颈椎病更加严重,手指麻木,手臂不能上举,一连几个晚上痛得睡不着——陈医生建议他热敷、烤火、后背多晒晒太阳。

积雪融化。这一天午后,太阳难得露脸。两人便迫不及待来到香樟林后面的湖湾处。

水榭边弯弯曲曲的栈桥与湖湾另一头的水泥平台相连。远处,湖湾的尽头,就是他们熟悉的桃花溪。这一次,他们走得更远,来到栈桥中间宽阔的休闲处。龙禧把拐杖靠在桥栏边,坐在石凳上,面朝坐在轮椅上背对着太阳的应富贵。

自从那一天龙马过来告知,过年时,远在澳大利亚的儿媳孙子要回来看他,龙禧的病就奇迹般地痊愈了。又过几天,龙马夫妇和应家姐妹一起来探望,言语中透露出消息,由诸葛慧莲暗中撮合,龙应两家有望联姻成为亲家。喜事很可能就在春节办。

龙禧最大的心事了了,一度精气神倍增。

他们晒着太阳。两人心照不宣,只字不提拟议中的亲事,不过,原本尴尬的纠结中增添了许多亲密。

栈桥的休闲台是他们过去常来的地方,有时候一坐就是半天,眼睛盯着水面游来游去的秧鸡。那些秧鸡春夏在岸边水草丛孵雏,夏秋在荷叶浮莲间觅食。时间久了,他们甚至能听懂那敏感胆小的水禽的语言:母鸟"滴滴滴滴"的声音由低到高,是在呼唤雏鸟回到自己身边。

冬天湖塘的荷叶干枯,一片萧瑟,别说秧鸡,连别的飞禽走兽也都没了踪影。

两个穿得鼓鼓囊囊的老人枯坐着,一胖一瘦,像黑白无常。应富贵的脸圆圆白白的,眼光柔和。龙禧的脸黝黑瘦长,一双鼓凸的眼睛犀利狡黠,闪烁不定。他喜欢唠嗑,愤愤不平的口气中总是含有满腹的牢骚。

"富贵,你说,这个冬天够冷的……"连续的雨雪把龙禧的好心情浇没了,脸色阴沉。

"冷?哪能跟我们小时候比——那时候水缸结冰、龙江结冰,连青山湖也结冰。你看现在,湖里一层薄薄的冰也没有。"应富贵凝望远处深蓝的湖面,说话不紧不慢。

"那是那是。过去是真的冷,流出鼻涕冻成冰棍。单衣单裤赤脚,我们也挨过来了。现在的人娇贵,雪来了就哆嗦,不经冻。"

"要说大雪,2008年的才能算——龙禧,你记得的。"

提到那年的雪,龙禧心里咯噔了一下,轻轻叹了口气。

"……是啊,世道变了。如今,女人穿貂皮狐皮,连狗也穿上了衣服。"龙禧话有所指。前两天应梅花给父亲送电热褥、电热扇,就是穿一身貂皮,怀里还抱着穿红马甲的贵宾犬。"富贵,你说,这世道会好吗?前阵子,听说国外又打起来了……"

龙禧为了显示与别的只谈鸡毛蒜皮的老人不同,常常要拉着应富贵纵论天下大事。他还保持每天看电视的习惯——其实除了看电视,龙禧晚上也没什么可干的。隔壁的王老太,天天晚上听道情花鼓戏,把一部老人机开得震天价响,吵得龙禧睡不着。

"禧儿,你提那些远的事干吗……"

"近的事?近的事也让人闹心。我到镇上转了一圈,到处是房子。村口山背,那么多地都盖了房子。剩下的田地种菜。没人愿意种种粮食了。富贵,你说,将来那些蚂蚁一样密密麻麻的人吃什么?吃钢筋水泥?"

"禧啊,你操那份闲心干吗,尽谈些闹心的事……"

"要说不闹心,那还得是小时候。老底子的生活,慢悠悠的,那才是真正的生活。耕田犁地,放牛放羊,该静静,该动动。蚕神庙会,迎龙灯,舞龙舞狮,那才是真的热闹。还有那些老手艺。我记得你挑着货郎担,鸡毛换糖,修鞋补锅……"

西斜的太阳照着后背,暖暖的。应富贵望着不远处金光闪闪的湖面,没有说话。他从怀里掏出半个面包,掰碎了抛向水面。一群五颜六色的金鱼聚拢来,闪光的鱼鳞像被雨水打湿的花瓣。应富贵盯着水中啄食的金鱼看,头慢慢地耷拉下去。旁边,越说越兴奋的龙禧还在唠叨。

"……富贵,等过完年,天气暖和些,我带你到桃花溪玩,捞鱼摸虾。桃花溪,枫杨树,石头墙,菜园子,枇杷树……我记得你家的那棵大枇杷树,那枇杷真大,像灯笼似的。还有你家的杏树,还有桃树,三月开的桃花……哎!哎哎!哎哎哎……"

那天晚上,负责查房的管理员没有见到两个老人。

第二天,两个老人出现在栈桥下的水面上,早已没有了呼吸,被水浸透的羽绒服鼓得像两只大气球。两人被人从水里捞上来的时候,手脚还纠缠在一起,法医费了很大的劲才把他们分开。

遗体被送进殡仪馆的冷柜。葬礼半个月后才举行,龙家要等孔鲁凤龙成从澳大利亚赶回来。考虑到两个老人生前和死时纠缠不清的关系,应家人也认为两人的葬礼同时举行为好。

那场奇特的葬礼在龙潭镇被议论了很久。尤其是两人的死法。有人猜测,应富贵是被晚霞投在水中的幻影迷惑了,认为那是一朵盛开的桃花;也有人认为,应富贵看到的是女儿桃花的影子,而龙禧看到的并不是,而是一个秃顶的胖胖的男人,很像是同样落水而死的龙猫。

实际上是应富贵打瞌睡,不小心触动按钮,轮椅前倾,快速滑动,撞断桥栏一头栽下去。龙禧想救人,二话没说扔了烟蒂也跟着跳。

栈桥所在是养老院老人禁止涉足的区域。两个老人有没有喊叫,院方有没有人组织急救,已是说不清道不明的事。既然家属不追究,事情也就不了了之。

人死如灯灭,就像一颗石子丢进龙潭湖,泛起一阵微澜,又恢复了平静。

第六十三章

墨尔本一家子

一

仿佛从一夜噩梦中醒来,迷迷糊糊,突发奇想要去一个陌生的地方,孔鲁凤的移民动机也是突然间从脑子里冒出来的。她或许只是想换个地方呼吸一下新鲜空气。正好弟弟弟媳从澳大利亚归来代表父母参加龙虎的葬礼,一个劲地吹嘘澳大利亚的生活多么美好。

那新大陆的生活无疑是有些诱人的:四面环海,幅员辽阔,金灿灿的麦浪,甜香扑鼻的葡萄园,阳光灿烂的海滩,五彩缤纷的珊瑚礁,一望无际的草原上似白云飘荡的羊群,神秘迷人的旷野里种类繁多的小动物。

孔鲁凤虽然与父母关系紧张,与弟弟的关系却一向很好。大学四年,结婚买房,孔鲁凤没少帮弟弟孔鲁德。孔鲁德吹嘘澳大利亚天堂般生活的时候,弟媳在旁边帮腔。弟媳是上海人,每次从澳大利亚回来探亲,都会给孔鲁凤带些小礼物。弟媳很热情,说话嗲声嗲气的,搂着孔鲁凤的肩膀你侬我侬,怂恿孔鲁凤到澳大利亚投资买房。

弟媳能说会道,口才丝毫不亚于台上那些成功学大师和他们的徒子徒孙。孔鲁凤犹豫不决,不过她相信弟媳的精明。弟媳学的是财经,曾在会计师事务所和证券公司上班,很有理财天分。她在墨尔本的中介业务做得很大,买房置业、租房、求职、读书、订票、报税、旅游,什么都做。当初龙马开发房产赚得盆满钵满,孔鲁凤多少有些眼热,私底下咨询朱赫赫,朱赫赫觉得投资澳大利亚房产是个不错的主意。龙凤医院业务蒸蒸日上的时候,从孔鲁凤手中经过的资金数以亿计,她抠抠搜搜,积攒的私房钱就够她买几套房子的了。

弟弟弟媳说得天花乱坠:以孔鲁凤的条件,投资移民易如反掌,可以一劳永逸过上幸福生活。父母几年前退休去了澳大利亚,国内已没有亲人,离开婺州这个伤心之地,远远地换一个地方生活,给儿子一个别样的前程,不啻是一种选择。孔鲁凤只是一时冲动,从未细想即将面对怎样的生活。她不知道,移民意味着从头开始、重新做人,有时候是比割阑尾更痛苦的事情。

孔鲁凤没有理由不相信弟弟。那套早已买好用于出租的房子正好派上用场。一切都有弟弟一家打理,职业评估、考雅思、交申请,那些移民要走的一般程序孔鲁凤一概不清楚,也不用操心,她稀里糊涂地迈出移民他国的第一步。处理完龙凤医院移交事宜,原本想在龙潭镇再过一个春节,结果过完元旦就坐上了飞往墨尔本的飞机。

孔鲁凤买的房子在白马市博士山,当地人称UNITE,带两个车库,后面一个不大的花园。这儿是墨尔本历史最悠久的华人区,有"小香港"之称,大部分居民是华人和其他亚洲人,华人开的餐馆和小商铺鳞次栉比,吃饭、买东西很方便。除了中餐馆和超市外,还有不少华人开设的移民中介、留学中介、会计师事务所和律师事务所。初来乍到的新移民,外语零基础也没有问题。人在他乡,看见熟悉的面孔,听到熟悉的乡音,会感到踏实和安全。唯一的缺点是离墨尔本市中心有点远。

没到澳大利亚之前,想象中的景象是车水马龙、人流熙攘,有看不完的奢侈品和灯红酒绿的繁华夜生活,来了之后才发现,除购物中心周边的商业区店铺林立有些喧闹之外,其他的地方都很安静,居民生活平和悠闲。这份悠闲使得孔鲁凤忐忑不安的心得到稍许安慰。她忙着购物,在家做饭,偶尔与龙成到熟悉的中餐馆——那个中餐馆门口挂着八卦双鱼图,他们去过一次就记住了——奢侈一回,然后到公园和小湖区散散步。

在国内的时候,孔鲁凤就听说墨尔本的房子是独立屋,邻里之间有一定的距离,交流的机会很少,但她没想到会相隔那么远。离开熟悉的城市和相识多年的好友,没有了隔三岔五的聚会,时间一长还真感到了冷清孤单。好在每逢周末,弟弟都会开车过来看她。弟弟一家住在墨尔本东南区格伦威夫利,离得并不远。

孔鲁德长得高大魁梧,一个典型的山东大汉,黝黑的国字脸,看上去憨憨的。

家已经安顿得差不多了,孔鲁凤觉得应该找点事做做。她是个闲不住的人,最想找一家医院干她的老本行。

孔鲁德咧着嘴,露出憨笑。

"姐,以你的经济实力,后半辈子不干活也没问题。澳大利亚是孩子和老人的天堂,是最适合养老的地方。俺要是你,就不那么着急。你一定要找事做,先把语言关过了。"

为了出国生活,孔鲁凤在语言培训学校苦练了几个月。她鼓起勇气和澳大利亚人沟通,听到的是一堆听不懂的夹杂方言的澳大利亚腔英文。孔鲁凤自信有语言天分,原本一口山东腔的普通话,嫁到南方不到一年,龙潭镇的方言说得比本地人还溜。她并不气馁,觉得只要走出去,语言根本不是问题。

"我有驾照,我会开车。"孔鲁凤说道。

"姐,单有中国驾照还不行,还得国际驾照翻译认证件。你放心,手续我会给你办。这几天我们先去买辆好车,奔驰、宝马,澳大利亚的豪车比国内便宜多了。"

"用不着那么好的,普通车,二手的就行。"

车买好了。弟弟再来,孔鲁凤还是记挂着找工作的事。

"我的工作可以搁一搁,你外甥龙成,一个大小伙总不能在家待着。"

孔鲁德面露难色。

"等忙过这一阵,俺联系一下 TAFE,那儿有很多职业培训,理发师、厨师、会计、烘焙、环境保护类的专业性培训。只是不知他是否感兴趣?姐,俺要是你就不着急。先开车到处逛逛。你要是觉得孤单,俺叫老爹老娘过来陪你。"

父母第二天就搬过来住了。孔鲁凤自然是欢迎的,她正想利用这个机会修复与父母的关系,弥补过去的缺憾。

孔老先生快八十岁了,高大结实,头发花白。他的生活似乎并不愉快,原本想着退休后能发挥余热,给考拉、袋鼠和绵羊治病,可是维州政府不给他这个老兽医机会。除了在房间里看看电视,什么事也没的做。他寂寞无聊,闷闷不乐,整天唠唠叨叨发牢骚。孔老夫人倒是随遇而安,对住在女儿家不置可否。她祖上是菜农,自己也一辈子种菜。孔鲁凤家后院的小树灌木和花花草草很快被拔光,所有地方都种上了蔬菜,成了一个菜园子。除草、施肥、浇水、换土、支架、采摘,日出而作落而息。孔鲁凤看见母亲那半弯的身躯俯身忙碌,有一种酸楚的感觉。

"甭管你娘,她就喜欢一年到头干这个。在鲁德家,你娘种的菜够一家人吃的,还可以卖给人家。有一次邻居闻到大粪味,告了一状,把警察都招来了,差点惹上官司。"孔老先生一逮住机会,就在女儿面前诉苦。

"说是叫爹娘来澳大利亚享福,其实是叫俺们来当保姆,给他带孩子。那几个孩子,顽皮得像猴子似的。学校里读书像玩一样,没有任何负担,下午三点钟就早早下课,学校还规定,孩子回家后至少还要玩耍两个小时。这种放羊式教育能教好?反正俺是管不了了,也不想管。几年了,说要带父母出去走走,光打雷不下雨。闺女啊,其实鲁德是在甩锅,把我们两个老的甩给你……"

孔鲁凤吃惊地睁大眼睛。孔老先生叹了口气。

"也难怪,四个小孩要念书,虽然生小孩有补助,公立学校免费,但是吃喝拉撒,把他们养大总是需要不少的开支。加上四个老的,这么一大家子,也够他们喝一壶的。两口子总得拼命工作拼命赚钱……墨尔本的天气,比悉尼差多了。夏天贼热,冬天贼冷。那二老一直嚷嚷着要搬到悉尼去。你弟弟弟媳也早就谋划好了。"

那二老指的是弟媳的父母,他们早就随迁澳大利亚在女儿家生活。

爹娘的抱怨并非毫无由头,弟弟来访时,孔鲁凤责备了几句。山东大汉的脸有些挂不住了。

"姐,你说我这些年容易吗?北漂南漂,国内是漂,国外也是漂,为自己,也为下一代,我最终选择出国。有语言障碍,学历不被承认,没有什么经济基础,白手起家,所有的一切必须重新再来。为了拥有一个像样的家,为了在同乡面前有尊严地活着,我常常是几份工一起做,没日没夜打工赚钱。我做过水电工、油漆工、木工,还在餐馆洗过盘子,给别人家修剪草坪,最脏最苦最累的话都干了一遍。国外的体力工是实实在在的力气活,来不得半点投机取巧,但是对于我来说,有什么其他选择吗?其实也没什么可抱怨的。

很多人来到国外，都选择忘记过去面对现实，从最底层做起。比如说你弟媳，刚来时人地生疏，言语不通，连个说话的朋友都没有，她只能在冰冷的屋子里品味着困兽般的孤寂和无聊。给她找了一份清洁的工作，很不乐意。过去高高在上的她，怎么也想不到在异国他乡沦落到如此地步。她抱怨，大吵大闹，几次卷铺盖回上海……好在我们熬过来了！开出租，搞装修，做中介，我们站稳脚跟，事业也大有起色。混到这一步也多亏有她。"

孔鲁凤不再纠结自己找工作的事，但是她不得不为儿子龙成的前途考虑。

孔鲁德依然有一套说辞。

"只要放下姿态、吃苦肯干，不抱任何幻想，每个手脚齐全的正常人都能够自食其力，过上好日子是不成问题的。当初移民时忙前忙后，也是为了报答姐姐的恩情。我这个当舅舅的也一直在为外甥的前途考虑。我征询过龙成的意见，他暂时还不打算改变目前的生活方式。我们打算卖掉老房换新房，到悉尼发展。几年前你弟媳就在悉尼开展业务了。我那边房子够大，有前后花园，但是人多，还是住不下。姐，你把现在住的房子拍了，我那套老房子以最优惠的价格给你，多余的钱还够你再开一家小超市。为龙成考虑，与其给别人打工，还不如自己创业。"

二

龙成很满意眼下的生活。

在墨尔本这样一个多元化的城市里，人们有很多机会体验不同的文化，体验与过去完全不同的生活，品尝咖啡、啤酒、葡萄酒和美食，或是享受节日狂欢。这是一个极其有趣的城市，在繁华的购物商场和安静的街边咖啡馆前，可以见到无数的流浪音乐家、各种风格的现场音乐以及偶尔出现的神秘街头派对。音乐咖啡弥漫巷道角落和缝隙，让人觉得自己踏入了现实生活的仙境。当然，并不是谁都可以轻易享受这种高品质的生活，一切都得有经济支撑。澳大利亚的经济体量有限，公司用人成本很高，在这里要找到办公室白领的工作不容易，做蓝领也需要很强的动手能力。对外来移民来说，生活在成本名列世界前茅的城市墨尔本或悉尼，可能一天不工作就得饥肠辘辘了。

　　幸运的是,到现在为止,龙成用不着为自己的钱包焦虑。龙成不久就在老舅帮忙下买了辆二手的老款奔驰。他小时候去过几次山东姥姥家,颇得二老的宠爱。在墨尔本的家里,龙成一副嘻嘻哈哈顽童的做派,常逗两个老人开心。他花了一个月的时间驾车带着老人到处旅游,逛大堡礁,游塔斯马尼亚岛。二老也很难摆脱中国人隔代亲的传统,对唯一的外孙宠爱有加。每当孔鲁风旁敲侧击暗示找工作的事,他们就会站在龙成一边,替他说话——别的年轻人游手好闲是一种罪过,放到龙成身上就成了微不足道的小瑕疵。

　　龙成虽然没体会自己赚钱买秋裤的滋味,但绝不是离开了母亲搭建的温室就连秋裤都不会穿的"妈宝男"。他身上从不缺年轻人探索新世界的活力和适应新生活的能力。龙成乐于与澳大利亚人交往,比孔鲁风更早地融入当地的生活。他是自来熟,周末与邻居一家人,带着新鲜的食材去烧烤,坐在河边草地或是海边沙滩上,迎着阳光和微风,一边野餐一边闲聊。有时去农场捉螃蟹、摘樱桃、喂绵羊。节假日,他在公园里看卖艺人表演,有时候,带着吉他弹奏一曲,扯开嗓子吼唱。他像当地人一样自由地享受着生活,每个周末都要去踢足球,看橄榄球比赛,喝红酒咖啡,参加音乐派对。他喜欢与当地人交朋友。他们毫不拘谨,豪爽健谈,喜欢喝啤酒,时不时发出一阵爽朗甚至放浪的笑声。周末他们邀请龙成去游农庄,野炊烧烤,聊天讲故事。龙成叫外婆烧一桌酒菜,邀请澳大利亚的朋友到家里来做客。大家狂呼烂饮,弄得杯盘狼藉。两个老人是脸盲,觉得那些澳大利亚人都长得差不多,分不清山姆、托尼、杰克、杰基和乔治,经常张冠李戴,闹出不少笑话。

　　白天龙成借口找工作与一帮朋友聚会,晚上则通宵坐在电脑前看电影打游戏,整个人俯身前倾,像要钻进电脑里去。《金刚》《侏罗纪公园》《荒岛求生》,龙成专挑那种岛上冒险片看。龙潭湖边的生活一直烙在他的记忆里。整个澳大利亚大陆就是个海岛。他与一群朋友在无人居住的荒岛上撒欢。阳光明媚,丛林茂盛,蔚蓝的天空下是澎湃的大海、旖旎延绵的海滩,宁静的海风在耳边吹拂。香槟烧烤,岛屿上游乐冒险的乐趣,那种暂离城市的喧嚣回归原始的感觉令他着迷。

　　他迷上了海钓。他先是跟着一帮老钓手到西港码头,租用私人游艇出海去南太平洋海钓。这里临近企鹅岛、海豹岩和莫宁顿半岛,鱼资源非常丰富,绝对是个让海钓好手们跃跃欲试的好地方。西港码头景色宜人,也是一个休闲度假的好去处。南太平洋上海上派对,畅享海钓,游艇试驾,欣赏海豹,参观"二战"潜水艇,欢聚烧烤BBQ,这一切都让人流连忘返。更多的时候,龙成自己驱车到菲利普港湾找一处僻静的地方垂钓。这里的鱼没那么多,但是相对安全。龙成其实并不在乎鱼会不会上钩,他只是想寻找那种在公路上风驰电掣驱车的感觉,享受碧海蓝天下独立岛礁上自由自在的乐趣。

有一次他很晚才驱车往回赶,车在原野上抛锚,被海水打湿的手机也没了信号。正当他一筹莫展的时候,一个头发花白的澳大利亚人发现了他,开着拖拉机把奔驰车拉到几里地外的农庄。

这是个临近海滨的郊区葡萄庄园,规模宏大,方圆有十几公里,葱茏的原野上点缀白色帐篷,广袤的自然景色中,修剪整齐的草坪,维多利亚式的花园和复古建筑,一列列排兵布阵士兵似的葡萄架在庄园里展开。

香喷喷的烤肉、炸薯条、面包和水果,叫托尼的老人弄了一大桌子菜招待龙成。他们一边享受着手工啤酒和自产的浓甜葡萄酒,一边呼吸清新的乡村空气,欣赏窗外绝美的景色。庄园的生活宁静寂寥,就像被世界遗忘的角落。用完晚餐,老人带龙成参观他的储藏室:陈列柜台上一排排袖珍型小橡木酒桶,上面有着漂亮的鸡肠体草书英文和皇冠图案商标。

老人很好客,质朴而健谈,仿佛是沉默了几个世纪的人,突然找到了倾诉的对象,要在一天内把之前憋着心里的话说完。听说龙成来自中国,老人像个孩子似的兴奋。龙成有些吃惊,老人竟然对中国历史很有研究,说自己最喜欢汉朝。托尼还说自己是品酒师,有一个叫山姆的儿子在中国做厨师。

龙成与老托尼一见如故,一激动,就多住了一个晚上。

孔鲁凤在焦虑中度过一个不眠之夜。她在担心儿子的安全。澳大利亚每年因为钓鱼溺死不下百人,很大一部分是华人,就是因为安全意识不够。

龙成出去海钓,一般是当天去当天回,很少在外面过夜。有时会钓上一条大鱼,大部分时候两手空空。孔鲁凤从不指望龙成能带回渔获。儿子能平安归来就好。

"你说的那位朋友叫什么?"孔鲁凤见到儿子,又气又急。

"他叫托尼,有一个很大的葡萄庄园,他还送了我两瓶土制的葡萄酒。"

孔鲁凤又提起找工作的事。

"妈,连老舅这样的高才生都找不到工作在开出租,我一个高中生到哪去找?到中餐馆洗盘子我可不愿意去……"

每次儿子海钓归来，或是提起找工作的事，母子俩都要闹一次别扭。

孔鲁凤歇斯底里地尖叫，龙成犟头犟脑地生闷气。二老愣愣地站在一旁，不知所措。

三

中国老人，在国外待得越久，怀念故土的情愫只会越浓烈。终于有一天，孔老夫妇提出要回去了。

其实，两个老人早已萌生回国的念头。他们拿的是旅游签证，每年像候鸟似的南来北往几次，把仅有的退休金和积蓄贡献给儿孙和航空公司。他们从未想过要在澳大利亚永久居留。山东老家的房子还留着，叶落归根，那儿才是灵魂最终的栖息地。儿子忙着打工赚钱买房，少有时间陪同，人地生疏，言语不通，有时连个说话的朋友都没有。他们惦记着儿子，又讨厌儿媳，最后还是选择回国。

那层淡淡的隔膜还在。要在短时间内完全修复与父母的关系是不可能的。孝不如顺，孔鲁凤拿出一笔钱，送父母回国。

她不再提儿子找工作的事。弟弟一家搬到悉尼前，把老房子转给孔鲁凤，又帮她盘下一家店面——离家不远的一家小超市，作为孔鲁凤移民投资的一部分。

父母回国，孔鲁凤忙着新家和店面的装修。弟弟留下的房子几年前装修过，稍做改动就可以。关键是恢复前后院原来的模样。前院原有树木绿植，二老嫌每年几次修剪太麻烦，干脆砍光了。

装修对孔鲁凤来说是驾轻就熟的事情，龙凤医院的装修就是她一手操办的，在国内时她就喜欢在家里修修补补。她买了辆二手的丰田皮卡车，用于采购装修材料。敲敲打打，开墙破洞，铺地砖，刷油漆，装马桶，修凳子，做橱柜——木匠、泥水匠、管道工的活都亲自动手，里里外外，进进出出，脸晒得黝黑。

龙成看到母亲每天灰头土脸的样子，似乎过意不去，留下来帮忙。

"妈，你是老板娘，何必亲力亲为？叫人来做不就完了。"龙成撇嘴。

"请人？你知道澳大利亚最低工资多少吗？每天八十澳币。上次请人装根水管，要价一千，两天都没装好——最后还是我自己搞定。"

"妈,咱不差钱……"

"只出不进,再多钱也会花光。你不知道坐吃山空的道理?衣食住行,吃喝拉撒,到处需要钱,没有钱寸步难行。拿车子来说,维修保养保险都要钱,还有汽油费和停车费——我上次去市中心,停一会工夫就收了五刀——简直是抢劫,以后就再也不敢开车进 city 了。"

财权在母亲手里。龙成虽然不知道银行里有多少存款,但数目不会少。他怕母亲再提工作的事,撇开话题。

"……妈,你上当了,上那个上海婆娘的当了。"龙成嘴里的那个上海婆娘指孔鲁德媳妇——她平时很是瞧不起龙成,三番五次介绍餐馆洗盘子或者修剪草坪之类的工作,龙成都没去。

"老舅卖给我们的房子,在拍卖市场值不了这个价。听我澳大利亚朋友讲,你花八万刀盘下的这家小店最多也就值七万刀——不过你也不要太伤心,老移民坑新移民,这是常有的事。再说了,咱不差钱。"

孔鲁凤心里"咯噔"了一下。她从未想过弟媳的不好。移民手续都是她帮忙办的。这些年,弟弟弟媳一家真的不容易。来澳大利亚以后,没有了背景光环,只能从底层做起。与大多数移民国外的华人一样,他们漂洋过海,带来了很多中国特产,除了老干妈和神露水,还有各种攀比之风:在家比房产价值,出门比汽车排量,上班比工资收入,下班比孩子成绩,通过"把人比下去"这种办法实现人生价值,人慢慢地越来越变得机械狭隘。很多时候,攀比的结果往往是要了面子伤了里子,逼迫自己更加辛苦地赚钱攒钱。

四个孩子,四个老人,十几个人的吃喝拉撒,弟弟弟媳,他们该用尽怎样的心机苦力才能撑起一个家!

"别乱嚼舌头。你老舅舅母待我们不薄……"孔鲁凤呵斥。

龙成不再提孔鲁德的名字。

提到弟弟,孔鲁凤忽然想念起父母来。母亲在的时候,自己极少去买菜,也用不着烧饭。父亲虽然脾气不好,时常一脸阴郁地发牢骚,可那喋喋不休的唠叨也会使家有一种莫名的生机。二老回国后,这个家一下子冷清了许多。

好在儿子暂时收敛了些。他买了只德国牧羊犬,用于看家护院和守店。有一阵子他不再去海钓,忙着遛狗,送牧羊犬去专门的学校训练。平时无所事事的时候,就带着狗去不远处的林间小道漫步。他们家的后面,住着几户印度人,龙成与印度人交上了朋友,经常去那里的大草坪打棒球。

平静的日子过不了多久,龙成经不住狐朋狗友的引诱,故态复萌。海钓,足球,音乐派对,他变本加厉,不但飙车,还交钱去私人教练那里学开飞机。

这一天,龙成在托尼的酒庄喝得醉醺醺地回来,孔鲁凤心里的火又冒上来了——那股无名的烈火把龙成的海钓装备一股脑儿烧得精光。

一连几个月,龙成都规规矩矩地猫在店里,当起收银员。

四

孔鲁凤憧憬已久的幸福生活并没有到来,可走上正轨的日子过得还平静。直到有一天这种如水似的平静被打破。

那一天龙成在守店,一个蒙面黑人闯进来,举着一把大砍刀到处乱砍。收银台后面的龙成冲出去,一个扫堂腿加一脚飞踹把黑人打倒。黑人站起来,抢些货架上的东西,匆忙逃离。

龙成学过武术,颇有些腿脚功夫,知道怎么做,报警,提供监控录像。迟迟赶到的警察一脸无可奈何的微笑。儿子毫发无损,孔鲁凤却吓得几宿做噩梦。她宁可那天待在店里的是自己,也不愿意看到儿子受伤害。她想放飞儿子,却又舍不得儿子离开自己的视线,像一只母鸡一样盯着鸡雏,即使是一只最凶残的老鹰飞来,她也会奋不顾身地扑上去。

她雇了一个店员,让儿子做他喜欢的事,重新回到过去的轨道。

生活似乎突然来了个一百八十度大转弯。天堂变成地狱。孔鲁凤开始思考移民的得失。

初到澳大利亚时,远离国内亲朋好友,邻里之间又相隔很远,交流的机会很少,大家都保持一定的距离,没有了热闹的聚会,孔鲁凤的确觉得冷清和孤单,郁闷了好一阵。不过初来乍到的新鲜感——一种全新的生命的体验和父母兄弟的团聚很快使她熬过来了。

在她这个年龄,早已知道,任何事情都有两面,有得必有失。移民就像围城,城外的人想进去,城里的人想出来。移民后悔,就跟结婚后悔、生孩子后悔以及其他各种后悔一样,源于同一个原因,那就是价值观的不稳定。害怕拘束的人结了婚后悔,逃避责任的人生了孩子会后悔,贪恋过去的人移了民会后悔。

孔鲁凤只想过随遇而安的生活。她不是没想过找现成的工作,可投了几次简历都是石沉大海毫无音讯。她很快就打消了到医院当护士的念头。她觉得澳大利亚的医疗系统真烂。家庭医生只能解决一般头疼脑热小毛病,严重点去医院才管用。有一次,母亲手腕骨折,送急诊,却硬生生被赶出来,拖着断手硬撑了一星期,最后实在受不了,买张机票送回国治疗。

孔鲁凤不像她的父母,有治不好的思乡病,她不想在鸽子笼里兜兜转转,也想融入熟悉的华人圈子。她也常常参加华人聚会,认识形形色色的人,但是真正的朋友少之又少。她的日常生活被各类大小事务占据了,修马桶,剪草坪,给花浇水,在她看来,这也是一份真正的事业。

孔鲁凤很想融入儿子已经融入的圈子。龙成带母亲去托尼的葡萄庄园,开着玩笑,敲着边鼓,要撮合一段奇特婚姻。鳏夫托尼也流露出了那方面的意思。

人类是一个深深陷入歧视链不能自拔的群体——地域歧视、职业歧视、相亲歧视、上学歧视,甚至手机品牌也有歧视。底层的人,脚下要是没有人皆可踩的土地,就会觉得如临悬崖。即便是在澳大利亚,每个人都情不自禁要把自己放进歧视链的一环。歧视的种子始终存在,一遇合适的气候和土壤就会发芽。

孔鲁凤拒绝托尼,倒不是出于对歧视的恐惧,也不是年龄差异或肤色问题。在儿子龙成没有结婚前,孔鲁凤是不会考虑自己的个人问题的。

生活的酸楚掩盖在华丽的外表之下,孔鲁凤深有体会。太多的磨难和痛苦,都是成长的代价。生活的残酷往往会让你措手不及,孔鲁凤不想因为无法忍受孤单结束移民生活,她是个要强的女人,既然选择这条路,摸黑也要走下去。

龙成一直不结婚才是孔鲁凤最大的心病。汶川地震两周年祭时,孔鲁凤回国,顺便央亲托友,给龙成牵好了红线。现在,那块最大的石头落地了,孔鲁凤如释重负。

豪华的婚礼,众人羡慕的目光,回国后不一样的待遇——这优越感暂时把孔鲁凤身上的焦虑忧伤冲淡了。自己无所谓,儿子的前途才是重要的。婚姻登记,儿媳移民,未来孙子孙女的国籍,有弟弟弟媳在,有大律师朱赫赫在,孔鲁凤完全不用担心。

车到山前必有路。孔鲁凤决定走一步算一步。那道去留的难题留待以后解决。

只是,回归的种子一旦在她的心里种下就开始萌芽,长成壮苗只是迟早的事。

第六十四章
母与子

一

在龙潭镇,也有一位母亲在为儿子的事焦虑。

诸葛慧莲要送应明去城里学英语,可一早起床,怎么也无法把睡在隔壁房间的儿子叫醒。每隔三分钟敲一次门,房间里会传出一次比一次响亮的回应,以往敲到第三次或第四次,就能达到预期的效果,可这天早上,敲了五六次,没有一点动静,连"嗯嗯"声也没有。

以往寒暑假,应明都由外婆带,住在教授留下的老房子里。

应明在外婆的菜园里度过了整个假期。菜园很大,足有几亩地,种满瓜果蔬菜。内侧的古宅墙根,桃李杏枣,枇杷石榴,高低参差的果树上有鸟飞蝉鸣。不远处的田野里有闲逛的鸡鸭和自在的花草,溪流里有光秃秃的卵石和逍遥的虫鱼。有时候含一叶草看半日天,有时候一整天趴在泥地里,看蚂蚁搬家,等石头开花——童年的快乐其实很简单,简单到一只蚂蚁也能带来无限乐趣。

菜园虽然是一个无声无息的世界,却每时每刻演绎着色彩缤纷的生活。蚂蚁成群结队,风雨无阻地忙碌,一只被一根落下的枯枝砸断了腰肢的蚂蚁掉队了,其他几只会回头寻找同伴。夏日午后,一只烟管蜗牛在美美地睡觉,而另一只摔破壳的母蜗牛则颤颤巍巍地背着小蜗牛,以坚定的步调前行。卡在狭缝里的千足虫使劲挪着密密麻麻的腿。墙角的温室希蛛在卵袋周围吐一些乱丝,以保护小蜘蛛。长得像一根枯枝、停在竹篱笆上的一寸虫,一动不动装死,当发现周围没有危险时就翻过身,把腰弓起来逃跑。切叶蜂抱着树叶在竹管家里忙进忙出,用小叶片去包裹自己的宝宝。更多的虫子生活在菜叶上——为了不伤害应明,龙十妹宁可让虫子把菜啃得千疮百孔,也不施农药——那些滑稽可爱的小虫的悲欢使人着迷。成虫把卵产在叶子中间。幼虫出来以后,一边吃叶,一边长大。一些被虫子咬过的叶子,背面有几个非常漂亮的虫卵,在阳光的照耀下,晶莹剔透。而另一些被幼虫吃过的叶子,太阳一晒就印出白色纹路。那些小叶片包裹的虫宝宝边吃边长大,最后化成一只只长翅膀的成虫飞走了……

这样的日子不再有了。这个暑假,怕母亲管不住,诸葛慧莲决定自己带儿子。母子俩就住在宗祠东侧的厢房里。虽然卧室紧挨着,但儿子的房间对母亲来说是某种禁地,她不能动其中的任何东西,哪怕是细小的改变都会惹儿子生气。

房门反锁着。门里寂然无声。

诸葛慧莲的职业病又犯了,满脑子救护车的鸣笛,手足无措地站在门口,越想越怕。

她忽然间又想到了龙骏。龙骏就住在不远处的花厅,晚睡晚起。诸葛慧莲费了一番功夫把龙骏叫醒。龙骏"咚咚"地跑来,喊叫了几声,又"咚咚"地跑回花厅,背了一架长梯,架在外墙上,捅开阁楼的小窗户。

一侧是庭院的古井香樟,另一侧是远处丹溪边的田野。这儿是应明每天晚上仰望星空的地方。靠窗的书桌上放着一本厚厚的英文书籍《DK博物大百科》,一侧的台灯还亮着,发出昏黄的灯光。

带着满满的起床气,男孩睡眼惺忪,鼓着腮帮子,跟着两个大人下楼。

诸葛慧莲早已准备好早餐——面包、鸡蛋加苹果。在简易的小餐厅里,应明边吃边木然地望着站在门外小声说话的人。

龙骏穿着油漆斑斑的工作服,头发上粘着木屑,憨笑着。

"你可别责怪孩子。昨晚他又看了一夜的书。那本《DK博物大百科》是怎么回事?"

"那是林晓从英国带回来的。应明着了魔似的,没日没夜地看。你说,他的英文并不好,怎么看得懂?"

"书里有石头、花草、小动物,那是他童年世界里最好的朋友。应明还在怀念外婆的菜园子。"

"其实我不是担心那些菜叶虫子。菜园子里有蛤蟆、蜈蚣、蛇蝎,还有其他不知名的小动物……"

"这倒使我想起来了,我答应他,今天去桃花溪抓螃蟹捉虾来着。"

"这孩子,只听你的,也只有你管得住他。一有空,他就跑到花厅找你玩,缠着你,真是难为你了。"诸葛慧莲盯着龙骏疲惫黝黑的圆脸,笑了笑。

"孩子还小,正是长身体的时候,该让他多睡会儿。"龙骏看了屋里一眼。

应明闷着头,很不情愿似的东一口西一口啃着苹果。

"不小了。下半年开学就该上初中了。要是到城里去住读,还是这么懒散贪玩好睡,怎么跟得上别的孩子?"诸葛慧莲脸上的笑容消失了。

"不是继续在海马上初中吗?"龙骏问。

"我还在犹豫。学区在市实验中学,那是全市教学质量名列前茅的名校。我向朱老师请教。朱老师的意思,应明的基础与别的同学差了一截,以他现在的成绩,去实验中学读会很吃力。再说,去海马也得住校。朱老师以严厉著称,去年他接管海马,把一些暑假特色艺术班取消了。升学率要提上去,否则镇上的孩子都去别的学校了——朱老师也为难,他可不愿意耽误任何一个孩子的前程。"

"既然有朱老师在,应明就更应该留在海马了。上学也方便。"

"问题就在这。每次我去开家长会,看到应明拖了全班的后腿,总是感到很惭愧。如果中不溜的位置能站住,我就谢天谢地了,可他的成绩实在是……小学基础差,中学会更难。笨鸟先飞,暑假我想让孩子去补补课。书画不能丢,功课更不能落下。中考的竞争可是比高考还激烈。当父母的,总是对自己的子女有更高的期待。"

"如果孩子不愿意,那就不要太勉强。"

"他不说愿意,也不说不愿意。你知道的,这孩子总是把自己的想法藏在内心最隐秘的深处。我咨询过金医生,她说应明的智商并没有大问题,关键是他的生活习惯、学习习惯。"

龙骏看着诸葛慧莲忧心忡忡的脸,没有说话。他知道诸葛慧莲嘴里儿子的学习、生活习惯指的是什么,那是应明严重的拖延症——他比别人慢半拍,面对生活中自己不愿意做的事,总是想方设法拖到最后一刻才勉强去做——当他克服恐惧翻过大山后,发现后面还有更多难以逾越的连绵高山。他坐在书桌前,茫然地看着岩石般沉重的方块字和钢筋般扭曲的阿拉伯数字,神经质地咬铅笔啃橡皮,后来发展到啃手指。

应明是彬彬有礼的学生,对老师的话言听计从,但他常常是挨批的那一个。诸葛慧莲有足够的耐心辅导孩子,但是在学习上,应明总是拒绝母亲的哪怕一点点的指导帮助。诸葛慧莲从不在孩子面前怒气冲冲大吼大叫,坚持改变习惯的黄金法则:保持暗示和奖赏。可应明的拖延症没有丝毫的改变,诸葛慧莲也找不到被环境触发的诱因。

"都说一个好父亲胜过百位好老师,骏,你培养出了那么优秀的女儿,我正要向你讨教哩。"诸葛慧莲换了语气,缓解沉闷气氛。

"哪有什么经验,我只是放羊……"

龙骏脸上露出一丝尴尬的微笑,只有自己知道,在女儿的教育问题上曾经历炼狱般的煎熬。女儿读中学,正是他和孙兰英关系紧张、冷战热战不断的时候,龙飞天正处于叛逆期。父母无休止的争吵使得龙飞天学习成绩直线下降,性格沉默压抑,一度到了患上抑郁症要休学的边缘——她把自己关在房间里,三天三夜不吃不睡不见人;龙骏拿个凳子坐在房间门口等女儿出来,女儿好不容易开门,歇斯底里地尖叫,把房间内的图书抱出来,弄得满客厅都是。龙骏一本本捡起来,按照原来的位置一一放回去。他欲哭无泪,焦虑、狂躁、隐忍、默默等待,好在女儿终于度过危险期,回归正常。

"一切都会过去的,一切都会好起来的——我正好到城里办事,顺便带应明去。方便的话,以后应明就由我来接送好了。"龙骏笑道。

二

龙骏送应明去县城,回来后去了趟李宅。

春蚕期后,凡养过蚕、上过簇、贮过桑、盛过茧的房屋和蚕具都要进行清洗消毒,去湿防霉。这些是龙骏能为母亲做的事。

龙骏给母亲盖了暖棚后,李翠花一年中大部分时间都可以养蚕了。四月春蚕,六月夏蚕,七、八、九三月,两季秋蚕。眼下,在整个龙潭镇,会养蚕的人越来越少,在李宅大约只剩下李翠花一个人。桑树越来越少,蚕茶馆前的几棵老桑树之所以留着，一来是因为它们是风景名胜的一部分，二来是为了让顽皮孩童和嘴馋的姑娘可以采摘桑葚，让人追溯龙潭镇曾经的丝织业的辉煌。

李翠花不愿意与村里其他妇女为伴，不会搓麻，也不喜欢看戏听曲跳广场舞，只喜欢养蚕缫丝编织刺绣。她整天就记挂着她的蚕宝宝。当那些白白胖胖的蚕在灯光下通体发亮开始结茧吐丝的时候，她的身体却一天天萎缩下去。在龙骏的劝说下，李翠花终于同意一年只养两季蚕。

龙骏每次见到母亲，就好像见到患过肺痨进入暮年身体干枯的外婆。李翠花身材也日渐消瘦佝偻，肩周炎、颈椎病、痛风，一些老年病找上门，眼睛也老花得厉害。

龙宅李宅咫尺之遥，龙骏预感到母亲去日无多，本应多去看看。但李翠花似乎并不愿意儿子这么做。李翠花有自己的做事原则，尽可能不麻烦别人，连儿子也不例外。她过惯了苦日子，常说有钱要想着没钱的日子，平时节俭得几乎抠门，宁可花十元在夜市地摊上买一副老花镜，也不要龙骏带她去专业的门店验光配镜。不过她并不拒绝儿子从国药馆给她配的中药，只是龙骏给买的膏药她也是省着用，贴完肩膀，揭下来再贴手肘。

某种意义上，李翠花是固执的，她宁可孤独地生活在父亲留下的老宅里，既不愿意去养老院，也不愿意与儿子生活在一起。

有时候，龙骏也怕面对母亲，有些事情瞒着她。当初龙猫去世，龙家人要凑份子为他办后事，李翠花坚决不同意。最后还是龙骏出钱为龙猫送终。守灵，火化，出殡，龙猫的骨灰埋进祖坟。李翠花却不让孙女去参加葬礼，也拒绝接受龙猫千方百计要留给她的那份遗产。龙猫的老宅暂由村里托管。

到了龙禧的葬礼上，龙骏又陷入了两难。龙家人自然是希望龙骏去的，他们早已把龙骏当作有血缘关系的最亲密的家人之一。龙骏要去，李翠花并不反对，她自己是不会去的。她总是避免与龙家人有任何的瓜葛。

不过，当龙应两家邀请龙飞天做婚礼伴娘时，李翠花却明确表示支持。只是那场婚礼一再延期，龙飞天最终并没有参加。

李翠花所有的心思都放在孙女龙飞天的身上，她唯一的心愿是看到孙女毕业就业，最大的愿望是能活到参加龙飞天婚礼的那一天。她养蚕，缫丝，刺绣，也是为了当孙女的配角。每个周末，她都可以看见从杭州回来的孙女在工作室裁剪衣服。

一放暑假,龙飞天就出门旅行去了。李翠花把积攒的钱塞到孙女手里,却不敢问孙女要到哪里去——龙飞天神神秘秘的,也不告诉他们是与谁一起去。

于是李翠花牵肠挂肚,天天念叨着。

天气越来越热。李翠花把养蚕的工具收拾好,放到院子里在太阳底下晒,然后坐在门口的矮凳上歇息。龙骏用漂白粉、消特灵把蚕室角角落落消杀一遍,又把喷雾器用清水冲洗干净,忙完了便坐在旁边的高脚凳上。

院子里弥漫着一股浓烈的刺鼻气味。龙骏擦擦额头上淌下的汗水,看着母亲花白的头发和核桃似干瘪的脸——那副黑框的老花镜戴在李翠花脸上,使她瞬间苍老了十岁——心里酸酸的。有好多次,龙骏都想问问母亲自己的身世,终于没有开口。

有些秘密,也许一辈子也无法揭开,不管你是否释然,就让它们走进坟墓吧。

"骏,飞天这次旅行,是和谁一起去的?"李翠花又提龙飞天,话里含有责备的意思,她总以为龙骏心不在焉,不关心女儿的前途。再过一年就要毕业,是考研,还是找工作,别人家的父亲早就在筹划,龙骏似乎一点也不急。

"我还是希望飞天回来,到海马学校教书,教人画画多好,做衣服太累了。"李翠花道。

"妈,飞天毕业找工作的事你就别操心了。飞天有自己的想法,她的心气儿高着呢!只要她点头,她的设计工作室可以得到某个服装品牌每年几百万元的资助,只要她愿意,将来接管企业、做 CEO 都有可能。"龙骏呵呵笑。

"是小巷布衣?飞天这次出门是和……"李翠花皱眉,疑疑惑惑。

"娇娘阿姨喜欢飞天,可是把她当孙女来着。"龙骏无意中说漏嘴,要改口已不可能了。

"娇娇是个好人……"娇娇是李娇娘的小名。李翠花和李娇娘小时候是邻居,最要好的玩伴,当初她们一起偷偷去戏班子,娇娘唱得比翠花好,留下了。虽然儿时亲密的情谊还在,但是关系到孙女的前程,李翠花还是很较真。

"牛瘦角不瘦。心气高是好事,可无功受禄,总归不值当。何况,飞天有自己的妈妈……"李翠花说得轻描淡写,却触到了龙骏的痛处。

龙骏转过头,脸上露出不安。那是他没法弥补的伤疤,家的不完整给母亲和女儿带来的伤害使他感到羞愧。母亲的话无意中触及了儿子生命中最重要的两个女人。实际上,李翠花并没有贬低谁夸奖谁的意思,也不是叫儿子完成那道二选一的题目。她从来不会深究儿子与两个女人间的爱恨情仇。她知道,在她这个年龄,对儿子的生命抉择和家庭幸福已经无能为力了,唯一能做的,是减轻对儿子的拖累。

李翠花看出儿子的不安,撇开话题。

"妈也不是责备你。你把装潢公司盘给人家,我也没意见。听龙宅的人说,你在学木匠活?"

李翠花理解的木匠活指的是给人造屋上梁、打打家具。她一向为儿子骄傲,以前总是希望他找个正式单位干正经事。后来儿子出来创业,跌跌撞撞总算闯出一条路,李翠花还是为儿子骄傲。

被烧掉三分之二的花厅大部分是木结构,按原样造回去,修旧如旧,要花几年时间。古宅维修,也许就是他下半辈子的事了。龙骏支支吾吾地解释。

李翠花点头,似乎听懂了。她望着龙骏,老花镜后细眯的瞳孔闪闪发光。

"五十岁,是到知天命的年龄了。你可千万别泄气。五十岁开始,什么都还来得及。你还是那根撑屋的栋梁。龙宅人信得过你,就要把老房子修好。还是那句话,人活一辈子,只要能把一件事做好就够了。妈老了,听你的,以后不再养蚕了,把缫好的丝染一染,再绣两幅,就收手不做了。什么时候,你送一张飞天的大头照给我,或者画一幅她的肖像……"

西斜的阳光照在母亲坚毅的脸上。龙骏辞别母亲,走出院子。

三

五十而知天命。我都过了五十岁了!似乎人生的春夏还没度过,就进入了人生之秋。秋天应该是美好的收获季节,金黄的田野散发着稻香,缀满枝头的果实一天天变得成熟,醇香袭人,沁人肺腑。

是啊,五十岁,走过江湖,看过山水,你该懂了。真假美丑善恶,酸甜苦辣咸涩,成功与失败,愉悦与苦痛,都化作了深刻的理解。你该懂得爱与不爱、做与不做。争过拼过,得过失过,当年的冲动化作宽容,当年的棱角磨得圆润。该有的都有,不该有的也应无非分之想,偶有不顺一笑置之,并不放在心上,一切都应该随缘心宽了。

是啊,五十岁,应该寡言了。多听,多看,多思,多想,谨言慎行,平和镇定地走在人生路上。你应该专心致志,谨慎做人,认真做事。五十岁的人该懂得生命的含义以及担当,做人做事都该让人放心。如果二十岁的人生是小溪,三十岁像小河,那么,五十岁的人就是大湖,宽广而深沉。

是啊,五十岁,那是人生长跑的折返点。五十岁以前,立足社会,在职场拼搏,为养家糊口而疲于奔命,是为别人活着;五十岁以后,有了一定的经济基础和人生阅历,该为自己而活了。多年的酝酿会迎来新的蜕变。五十岁的人生,看过了人世繁华,历经了坎坷沧桑,恰好是一道别样的风景线。要相信,真正的人生才刚刚开始。风雨历练,岁月积淀,苦辣酸甜都化作奋进的源泉,助你走向新的人生巅峰……

眼前浮现母亲的面容,脑子里一直琢磨着"五十岁"这个词,龙骏时而兴奋时而沮丧。他很少关注自己的年龄,常常梦见自己还是二十来岁的青壮,生活在东海之滨那间简陋的单身宿舍里,内心做着各种雄心勃勃的计划,对未来充满期待。一觉醒来,镜子中那个一身老旧工作服、胡子拉碴的中年男人又把龙骏拉回现实。像是灵魂出窍,审视着那个暂时栖息的躯壳,时而热血沸腾、志得意满,时而摇头叹息,发出自嘲的微笑。

他寄居在花厅,已经很长时间没有刻意留意时令的变化了。

江南的梅雨季悄然而去,眼下已到每年七月的小暑季节。气温越来越高,最高已达三十七摄氏度。时而蝉鸣艳阳、热浪滚滚,时而雷电交加、大雨倾盆,极端的天气越来越频繁,如飞沙走石,来得快去得也快。麦子收割完了,套种的白豆结荚成熟,土壤湿润时,豆秧可连根拔起,有的土壤板结,要用镰刀采割。接着是套种番薯,中耕除草。再过一两个星期,早稻也可以开镰收割了。

龙骏深居简出,有关时令变化的信息都是龙十妹带来的。六月六,食新米。龙十妹经常给国药馆送时令瓜果蔬菜,她的绿豆汤、凉粉和榛子豆腐提醒人们,炎热的三伏天就要到了。

龙骏沿着桃花溪边走边想,心不在焉。

他并没有选择连接李宅与龙宅的那条老街。老街早已不再喧闹,大部

分居民搬到高楼上了,两边的老房子正在改造,改成民居一条街。他特意绕到两村间那片残留的田野,想感受一下还没有被推土机挖机碾压的原始土地的气息。

桃花溪的水流越来越小,像一泓清泉。溪滩里长满芦苇杂草。几个顽皮的孩童在水草间掏鱼摸虾。一只白鹭从龙潭湖那边飞来,落在溪流水潭中。黄昏的霞光斜照着卵石磊磊的滩地。郁郁葱葱的枫杨林里,传来一阵阵尖利的蝉鸣。

龙骏突然间想起去县城接应明的事。现在赶过去已经来不及了。他懊恼不已,连忙掏出手机打给林波,叫林波顺便把应明接一下。

林波在市博物馆举行书画个展,每天在高家镇与县城间奔波。龙骏原本答应开幕式去捧场的,因为太忙没赶上。早上他去画展现场转了一圈,没见到林波,急着去建材城买装修材料,很快就走了。

两个老朋友已经很长时间没见面了,各忙各的。林波埋首书画,这次展出的应该是这一两年画作中的精华部分。不久前举行的那场隆重婚礼并没有林家人出现,最早,应梅花和朱赫赫请龙骏父女设计请柬时,林家四口都在邀请之列,可最后林家一个也没来——或许是为了避嫌选择不参加。

四

事实是,沙中柳去了上海。

一个月前,沙中柳的父亲——上海画坛泰斗、百岁老人沙教授去世。生前,沙教授对林波这个唯一的外孙宠爱有加,他的葬礼林波是不能不参加的。

林波并没有选择与父母一同前往。他与父母的关系,谈不上僵硬,似乎也没有打不开的死结,始终保持适当的距离,平时少有联系,遇到不得不说的,在电话里交谈几句,不冷不热的问候中暗含拒人千里的客套。

梅雨季节,上海的空气也是黏糊糊湿答答的。父子俩见面,也不说话,偶尔四目相对,点点头,就把目光移开。看样子,即使是黄浦江上清新的空气也难以驱散时间沉淀在各自心头的阴霾。

葬礼很隆重。见到的都是一些陌生的面孔。沙家人对林峰客客气气、不温不火。在那些衣冠楚楚的男女和温文儒雅的文化人中间,林峰更像一个局外人。没等葬礼完全结束,林峰就匆匆离开上海回婺州。

母子间的隔阂,没有父子间那么深。沙中柳很想趁林峰不在与儿子做一次长谈,可林波似乎并不想给母亲这个机会。

沙老的三个儿子,并没有从事艺术的。老大在海关上班,已经退休;另两个,是医大的教授和研究所的博导,还在各自岗位继续科研教学。三兄弟多多少少知道沙中柳和儿子间存在的芥蒂,决定当一回真正的娘舅。他们在住处附近找了一家杭帮菜饭馆,单请母子俩。

沙家人坐在一起,闲聊了几分钟,话题自然而然集中在林晓的身上。沙家人一边夸奖林波有这么一个漂亮聪慧的好女儿,一边纷纷为她的前途出谋划策。他们希望林晓回国后到上海继续深造,并尽力提供帮助。

林波顾自喝酒吃菜,偶尔摇头或是点头,不说话。他并非觉得女儿的事与自己无关,只是想,这样不征求当事人的意见胡乱安排别人的前程是徒劳无功的事。尤其是,他知道这些安排背后都有沙中柳的意志,心里起了本能的反感。实际上,三位娘舅并没有别的意思,他们只是希望借助林晓拉近母子间的距离。

说实话,三位老娘舅对外甥的喜爱在某种程度上要超过对妹妹沙中柳的。他们温文尔雅,知识渊博,说话不会直截了当,只是点到为止。父爱母爱,家与责任,浪子回头金不换,破镜重圆,那些沉重的话题在他们嘴里说出来也变得轻描淡写。

林波沉默。沙中柳暗暗叹息。

"好吧,林晓的事先放一放,现在聊聊你的事。你姥爷留下一批字画,按他的遗嘱,这批字画应该是留给你的。不过他附加了一些条款——书画我是外行,可我知道那句话:外师造化,中得心源。艺术家也不是不食人间烟火的。你姥爷希望你不要好高骛远,脚踏实地,一步一个脚印,做些实实在在的事。"

林波知道母亲嘴里"实实在在的事"是什么。他总是在艺术与现实之间摇摆,也希望回到现实中干点实在的事。

不过他只想在书画之外帮点忙,并不想受到束缚。

母子俩达成某种妥协。沙中柳已经找到突破口,并不急于求成。

林波只想早点摆脱那三堂会审似的尴尬局面。姥爷的那批字画是无价之宝,的确是他心仪的。他觉得,为艺术做出点让步也是情理之中的事。

三位娘舅用心良苦,建议母子俩多住几天在上海走走散散心。母子俩难得在上海相聚,沙中柳当然不会放过这样的机会。时间固然可以修复隔阂创伤,但那是被动的,需要等待的耐心。沙中柳已经找到和合的焦点,决定趁热打铁,尽快修复锈蚀已久的母子关系。

沉闷的葬礼过后,颦眉蹙额的沙中柳第一次露出笑容。她穿一身真丝短袖旗袍,挽着儿子的胳膊,昂首挺胸,走在大上海的街巷间。林波表情凝重,由着母亲的指引,亦步亦趋。如果不是母亲生拉硬拽,这会儿林波已经坐在上海那些老朋友的书斋画室里高谈阔论了。

母子俩虽然同步,却各怀心事。他们没有去上海的新地标陆家嘴的东方明珠塔和人流熙攘的外滩,没有去充满烟火气的城隍庙,或是南浦卢浦大桥之间气势恢宏的世博园,也没有去外地人爱去的南京路和上海人爱逛的淮海路。沙中柳要带儿子看看她心目中的老上海。

沙中柳童年记忆中的老上海是黄浦江、苏州河、石库门和石库门里白墙黑瓦的弄堂,还有许多百年老街、满街金黄的梧桐与街边矗立的别墅洋房。走在复兴西路上,两边高耸的梧桐树和迷人的花园洋房,配合地上斑斑点点的树荫,仿佛漫步法国街头。安静的余庆路两旁,也有成行的法国梧桐,绿树掩映中,洋溢着典雅与浪漫。这些足以庇荫思绪的梧桐,春夏有亭亭青伞,秋冬有沙沙落叶,漫步树下,踩着散落的斑驳和满地韵律,仿佛沿着时间隧道回到老上海的时空。

百年的时代风云,都在没有浮躁的慢时光里,在平民百姓街头巷尾的烟火生活里一一消解。

最后,他们来到静安区的延安中路。转进一栋新式建筑后面的东侧小弄,一个穿保安制服的人出面阻拦,说不许参观拍摄。沙中柳与那人交谈几句后被允许进入。

一栋英国乡村式花园住宅出现在面前。花园住宅面积很大,建筑南立面一、二层为双联券廊,三层为两组双帘泉柱廊,顶部为双联露木构架的三角形山墙,清水红砖墙面,砖雕花饰精美。

上海滩总是不乏传奇和凄清缠绵的爱情故事。有一个印度武官,爱上了中国姑娘。那姑娘是个唱越剧的,那时在上海滩已经有一定的名声。后来,那段爱情因为武官回国不了了之。当时坊间闹得沸沸扬扬,后来就了无声息了。

"这是我打听到的情况,是真是假不得而知。"

林波疑惑,不知母亲为什么要带他来看这栋老房子,讲那个没头没尾的故事。不过他的心里还是"咯噔"了一下。

黄昏时分,林波一个人到外滩漫步,任凭黄浦江上的熏风吹乱头发衣衫,凝视着江面上的巨轮,陷入了沉思。

第六十五章
老宅里的国药馆

一

1937年4月的一天，英国"皇后号"轮船，缓缓驶入上海十六铺码头。一个二十岁左右的青年站在甲板上，迎着黄浦江的微风，望着眼前熟悉又陌生的城市，神情坚毅而忧郁。"一·二八"事变后，作为全国航运中心和国际贸易大港的上海陷入动荡，日渐萧瑟。战争的阴霾笼罩着整座城市。

年轻人是诸葛家族中的一员，老家在离杭州一百多公里的龙潭镇。他在古宅里度过了无忧无虑的幸福童年，母亲温婉贤淑，但家教甚严。在朱宅的私塾启蒙后，他被父母送到县城的绣川小学，然后去上海私立震旦中学。当时在校读书的少年诸葛，得知东北三省沦陷时，就咬破手指写下血书，誓死"杀敌报国，夺回东三省！"。

"一·二八"事变前，少年诸葛被送到英国学农医——他的几个兄弟都穿上了军装，父亲想让最小的儿子将来回国继承耕读祖业。可这个诸葛对农医并不感兴趣，他去法国勤工俭学，又自费去德国意大利学习军事和交通机械。日本大肆侵华，妄图让中华亡国灭种的野心已昭然若揭。青年诸葛等不及了，悄悄买了太古轮船公司的船票，辗转回国。

青年诸葛去了杭州，迈入笕桥航校的大门。那些二十岁出头的青年，身上流着烈焰般的血液,有着澎湃的爱国热情,每个学员都怀着上战场赴国难的决心。

那时的飞行员,训练异常艰苦。日军飞机还故意盯着航校轰炸,打算把中国空军扼杀在摇篮里。普通学员飞行训练的机会少之又少,可就在那样的情况下,青年诸葛居然成长为一名优秀的飞行员。

有一张他那时的照片,瘦瘦高高的,穿笔挺的空军制服,英俊帅气,笑起来很儒雅。

卢沟桥事变爆发后,全面战争打响。在异常惨烈的淞沪会战中,他的几个兄弟都牺牲了。年轻的飞行员眼里冒火,血脉偾张。可是他无能为力——作为优秀飞行员,他却无机可驾,不能升空迎敌。

不久,他被送入黄埔军校学习,1941年正式毕业。他不想当官,而是回到航校当教练——他只想着头顶的那片蓝天,时刻准备着把他的生命融入那片蓝天。

这一年四月底,日军为了打通浙赣铁路南下,频繁轰炸杭金衢,机场、码头、火车站和汽车站这些人口密集的地方成为重点目标,到处是断垣残壁、号啕悲哭。浙东会战打响,日机高频率高密度轰炸,物资弹药补给仓库就在花厅,三天三夜的大火,把花厅烧去大半。诸葛的母亲惊病交加,不久离世。

青年诸葛驾着教练机去执行任务,那天他和四架日机在空中相遇。他的飞机很快被击中,坠入江中。日军怕他没断气,又扔了好几颗炸弹,看到飞机燃起漫天大火,这才放心离去。诸葛自以为必死无疑,没想到,附近乡民冒死划船把他给救了,最后他保住了性命,腿部落下了残疾。

二

"恕我口拙,真实的故事远比我讲的精彩!龙骏,你真应该去见见故事里的主人公。"

林波脸上露出诗人梦幻般的神情。两个久未见面的老朋友坐在花厅的小茶室说话。与往常一样,龙骏习惯当听众。

"龙骏,还记得在杭州求学的时候吗?我们一起坐船沿着运河去看苏州园林,然后转道上海看黄浦江和上海滩。还有,我们小时候,在龙潭镇探险。桃花溪水静静流淌,流入湖湾,湖面波光粼粼。湖湾深处,一大片樟树林,树茵如盖,像一把葱郁深绿的大伞,夕阳给树冠镶上一层赤红的边。那里,一株几人合抱的老樟树下,有一间砖瓦结构的老房,泥土般灰黄的墙——那时候,祠庙里还供奉着樟树神,成百上千年的古樟没人敢伐。现在,祠庙没了,可那片香樟林还在!"

林波的思维总是跳跃性的,不知他葫芦里装了什么药。

"你是说颐和养老院的那片香樟林?"龙骏问了一句。

"香樟林里有一栋独立的两层小楼,红砖灰瓦,木质阳台,一个青石小院。那里住着一位神秘老人,下半身瘫痪,坐在轮椅上,品茗,吟诗,作画,在尘世中悄无声息。可有谁知道,他却是一个世纪的传奇!现在,这个世界上,已经很少有人了解这位老人的秘密了。龙骏,你知道这位神秘老人的事吗?"

"国药馆的陈医生每天拿着药壶从花厅前经过,给香樟林老人送药。那位老人,我听说过,可惜无缘见面。"

"他就是我刚才讲的故事的主人公,诸葛家最后的老人,诸葛老先生的堂兄弟,花厅真正的主人。"

"长话短说。你需要我做什么?"龙骏笑道。

"我看过龙猫编的《龙潭镇镇志》。一些真相有待揭开,现在,口述史是一种时尚。那些抗战老兵一个个去世,再不采访,英雄的传奇就要被湮没——留给老人的时间不多,留给我们的时间也不多了。"

"你要采写一部《抗战老兵口述史》?"

"不是我,是你。我也是受人之托……"

"是政府还是民间组织的委托?"

"都有,还有诸葛家的后人。"

龙骏知道,诸葛家后人指的是诸葛志刚——他与林波的关系很好,经常一起喝茶,谈论艺术、建筑、古董和珠宝设计。诸葛志刚爱收藏林波的书画,是林波画展的常客。

"这位诸葛老先生的传奇只是口述史的一部分。如果能采访到别的老人,我可以去争取立项。"林波补充道,听口气似乎没把握。

"为什么是我?"

"你编过有关婺州民俗民居的杂志,又是龙潭镇人,对龙潭镇历史最了解。耐心勤勉兼具,文笔才情无双,是最合适的人选。再说,这事可没有任何报酬。换个人,我还真不敢托付。"

"好吧。让我考虑考虑。等忙完这一阵,就去养老院拜访老先生。"

"不单诸葛老先生,别的老兵也写上。摸排,采访,口述,录音,整理,这事要有三五年时间才能大功告成。我不会让你一人孤军奋战的,必要时会助你一臂之力。"林波用夸张的语气说道,挥了一下手,"先不管这事。咱们兄弟难得见一次面,你先带我在花厅转转,让我欣赏一下古建修复大师的杰作。"

"大师?兄弟,你又取笑我了。花厅现在还是半拉子工程,像个木匠铺。我就是个木匠。"龙骏憨憨地微笑。

"木匠铺?应该称'木园'才对。木雕可是与众不同的高雅艺术。"

林波戏谑地大笑。

两人出了茶室,边走边看。整个花厅像一个还未完工收尾的建筑工地。一些地方的脚手架和丝网还没拆掉。空场地上是一堆堆圆木杂木、青砖灰瓦、陶器水缸、门当础石和等待移栽的花木。

他们转了一圈,回到龙骏戏称木匠铺的工作室。

工作室有些逼仄,老式的门窗、残缺的牛腿、榫卯木构和树根树段和木板堆叠着,一侧墙上靠着用杂木钉起来的临时木梯,中央的工作台上放着斧子、锯子、凿子、刨子之类的木工工具,散乱的图纸粘着刨花锯末,显得有些凌乱。

龙骏黝黑的脸上露出一丝苦笑。"花厅大的土石工程,已经按图纸差不多完工。修旧如旧,最难的是细部"三雕"——木雕、砖雕和石雕。石雕委托采石场的石匠,他们是专门从青田请来的大师傅。砖雕部分,师傅只能到徽州去请。木雕活最多,我只好赶鸭子上架,自己动手了。"

"为什么不请人帮忙?在八婆我颇是认得几位木雕大师,什么时候给你牵下线。"

"那最好不过,我还可以拜师学艺。不过,要请那些真正的大师屈尊俯就太难了。池子小,养不起大鱼。"

林波弯腰,眼睛盯着工作台上的木雕坯,朗声大笑。

"兄弟,你有李木匠留下的木雕图谱,有一双无所不能的工匠巧手,自己就是大师了,根本用不着另请高明。你要做的是找一些学徒帮手。"

"现在的年轻人,谁还愿意学木匠活、跟这些木头疙瘩打交道?那些榫

卯活年轻的木匠不会做了,手工木雕更是缺人。"

"书画艺术圈里,我认识不少朋友,对木雕很感兴趣。兄弟需要帮忙,尽管说!"

两人嘻哈一阵,话题转回花厅。

龙骏现在最关心的也是花厅:坍废部分要复建,残存部分要修葺。花厅比诸葛宗祠大了好几倍,等修好,诸葛慧莲的国药馆就可以搬过来了。

龙骏有意提到诸葛慧莲,林波警觉起来。

"得之幸,失之命,顺其自然,一切随缘。人世间的事,勉强不得,岂能事事如意?我们能做的就是尽心尽力而已。"林波话里有话,起身告辞,走到花厅门口,又忽然转过身。

"我要离开高家镇一段时间,以后有事到城里找我。还有,龙骏,你可知晓切尔诺贝利核电站的爆炸事故?"

尽管对林波的思维跳跃已经习以为常,但从龙潭镇的花厅一下跳到切尔诺贝利,跨度不是一般的大。龙骏摸不着头脑,愣在那。

"是这样,我这次来受人之托,打听一个人。有个乌克兰女孩,叫马琳娜,现就在龙潭镇,不知你是否听说或者见过?"林波的口气,显然是在明知故问。他自己不直接去国药馆,显然是在避免某些尴尬。

"蜗居花厅,大门不出,二门不迈,恕我孤陋寡闻。不过,我的确听说过,是有一个乌克兰女孩住在国药馆疗伤……"

龙骏答应打听一下,了解情况后如实汇报。

林波满意地点头。他知道,龙骏虽然一副心不在焉的样子,但托付的事一定会尽全力完成。

三

送别林波,龙骏站在花厅门楼前的青石庭院里,望着天空发愣。

身后传来一阵轻轻的咳嗽声。

站在龙骏面前的是陈草医,像往常一样,左手提着经络治疗仪,右手抱着一个葫芦形的药瓶。住在花厅的龙骏,每天一大早开门,总能看见陈草医带着那副行头从门口经过。偶尔,陈草医也会趁没人的时候到花厅来,倒背双手,慢悠悠地踱着方步,一副很好奇的样子,东瞅瞅西摸摸。

两人点头招呼。陈草医的脸上挂着一丝不易觉察的微笑。

"远亲不如近邻,近邻不如对门。陈某冒昧登门造访,望龙先生毋要见怪。"

"哪里哪里。陈医生,久仰久仰,方便的话到茶室小坐。"龙骏笑道。

茶室在龙骏自称木匠铺的工作间边上,一间小小的夹房,是龙骏接待客人和办公的地方。里面一张办公桌,一张用老树根做的小茶几。

陈草医把药瓶、治疗仪放在办公桌上,在茶几前正襟危坐。

龙骏熟练地沏水泡茶。

"久闻大名,如雷贯耳。陈医生医术精湛,道行又深,龙骏早该登门拜访,没想到您光临寒舍,还请不吝赐教。"

龙骏知道陈草医喜欢"之乎",用对方喜欢的口吻说话。

"不敢不敢。"陈草医呵呵笑,"龙先生,实不相瞒,我与令尊曾是至交同道,当初令尊住在县城新市街,我们经常一起切磋,甚是投契。令尊……"

有一阵子,龙猫手头紧,把新市街的老房子卖了,陈草医还是时时挂念着老朋友。他本想把龙猫好好地夸奖一番,看见龙骏脸上尴尬的笑容,掐了话头。

"实不相瞒,今天来找龙先生,是有事相托。"

"既是故交,陈医生不妨直言。"龙骏道。

"龙先生可能不知道,颐和养老院的香樟林里住着一位老人,寿近期颐。他身有微恙,久坐轮椅,得有人天天给他送药。我一走,怕这事以后没人做了。"陈草医善于察言观色,盯着龙骏的脸。

"陈医生尽管吩咐,龙骏一定效犬马之劳。"龙骏已经明白对方的意思,"受人之托,我正要拜访老人。送药过去是顺道的事。只怕我不懂医术,万一出点差错……"

"不妨。药方是黄博士开的。汤药在药房里煎好,你只需每天按时送去就好。我思来想去,还是龙先生最妥。我看你,天庭饱满,地阁方圆,是厚德绵福之人……"

"此言差矣,陈医生。龙骏可是半生困顿……"

"人生阴晴不定,耐得住就是晴天。你一年到头把自己关在老宅里,请问这龙潭镇上,哪一个像你这样坐得住?那些脚踏实地的人,尽管前些年一直默默无闻,以后总能头角渐露。所有的机巧都敌不过厚道。……"

龙骏怕对方再给自己戴高帽,连忙打断。

"陈医生,区区小事何足挂齿。我只是不明白,您在药馆里干得好好的,受人尊崇,突然离去,是不是另攀高枝、另谋高就?"

"龙先生有所不知,当初我来龙潭镇,是为了一句承诺。现在承诺已兑现,也该告辞了。"

"陈医生想退休了?"

"退休?我从未想过。我可是不服老的,平生最大愿望,是开一家属于自己的中医院、一家国药馆……"

"那您是回新市街办医院啰?"

陈草医像是被戳到了伤心穴,端起茶盏一饮而尽,叹了口气。

"别说医院、药店,我现在连诊所也开不了了,没有执业医师证。"

"龙先生,我一定会回来的,这次回去,就是要把新市街的老房处理了。听说那一个'拆'字很值钱呢。到时候,我全部捐给你,用于修花厅……"陈草医露出顽童般的神情。

龙骏说万万不可,要捐也要通过正规部门捐。

陈草医依然自说自话。

"龙先生,你是厚道之人,我信得过你。诸葛院长太不容易了,宗祠太小,办国药馆很局促,螺蛳壳里做道场,施展不开。等花厅修好,药馆就可以搬过来。我也没什么奢望,到时候,你把花厅后面那块空地给我,那儿过去是诸葛家的百草园。"

龙骏说那不是他的权力。陈草医听而不闻,弯腰俯首,把嘴凑到龙骏耳边,压低声音——脸上红晕泛开,显得很兴奋。

"……吾人道行不够,皆因还有私心执念。龙先生,有了百草园,等有一天建一座博物馆,把所有草药标本展出,供人观赏。到时候,行不行医我也就无所谓了。剩下的日子,与花花草草为伴。药香,可是最奇特的香,或辛辣,或芬芳,或酸涩,或清冽,如千百种人生,有千百种滋味,平凡而实在……"

四

诸葛慧莲住在宗祠里。东厢房的阁楼下,两间打通的厢房是国药馆的食堂。她住阁楼,卧室隔壁是办公室,四壁书柜使得本来就小的阁楼更加局促,中间只够放一张办公桌。办公桌上堆满线装的古书。除了埋首中医典籍,诸葛慧莲现在所有的心思都放在整理父亲留下的药方上。

她时常感到,有一张清瘦的脸浮现,一双充满期待的眼睛盯着自己,偶尔抬头,会看见父亲略显佝偻的背影在阁楼小窗前闪过,消失在远处的田野山峦间。

最初的想法朴素而简单,诸葛慧莲只是想把父亲的小药房继承下来,免得那些古籍和父亲的几万张药方湮没于尘土之中。可一旦上路,面对的困难远超她的想象。前方仿佛永远有蹚不尽的河流、翻不完的高山。自从宗祠门口挂上国药馆的牌子,一切都超出她的掌控。

高大的青砖石门,典雅的木匾招牌,敞亮的门厅大堂,古式格局的诊室,古色古香的摆设,是她想象中国药馆应有的模样。但眼前那深长而又窄小的楼梯、木结构的小楼却把她困住了。她身陷那小小的蜗居,不得不直面眼前的种种困境。

首先是场地。药房,诊室,食堂,员工宿舍,一千来平方米的诸葛宗祠根本不够用。镇里答应,等花厅修好后也划给国药馆用,但花厅的复建修葺工程远未完工,短期内指望不上。人才是另一个问题。聘请退休的中医师是一个办法,可那毕竟只是权宜之计,退休中医师只能偶尔过来坐堂。诸葛慧莲过去的同事也愿意过来帮忙,与她共渡难关。但是名副其实的中医师还是缺。

最大的问题是资金。国药馆开在宗祠属于过渡性质,镇、村答应免除两年租金,诸葛慧莲却不想这么做。她把城里的房子卖掉,加上积蓄,依然是杯水车薪。应富贵活着时,并没有要拆迁后的高楼,那栋老宅推倒后,建成了三层楼的排屋。诸葛慧莲不得不把应家留给她的房子用上,设西医诊室和药房——可以预见的是,单单开设中医,不可能应付创业初期庞大的费用开支。中医为主、西医为辅,暂时走一般中医院的老路,权宜之计,不得已而为之。

虽然如此,资金还是捉襟见肘,窟窿越来越大。诸葛慧莲不得不改变初衷,接受捐资合作。龙应两家自然是很乐意出手解困的。三方签订合同,国药馆成了股份公司。

龙家人早想入股国药馆,很想多掏钱多占股。龙氏制药离不了教授留

下的药方,另外他们还成立了中医药研究所和中医保健院,少不了要与诸葛慧莲的国药馆合作。当然,龙家药厂有许多医学院毕业的药剂师,正是国药馆急需的。

国药馆算是走上正轨。虽然还面临不少的困难,但诸葛慧莲相信自己能坚定地走下去。

西医部和后勤杂务牵扯了诸葛慧莲很多的精力,不过只要一有空,她就坐下来研习中医典籍,整理父亲留下的处方。她要从头学习中医的望闻问切,她想办的是名副其实的国药馆。

眼下,负责整个国药馆中医业务的是钱江潮介绍过来的黄博士。诸葛慧莲很是倚重他,经常拿着父亲的处方去请教。

黄博士年近六十,中等个子,结实粗壮,圆圆的紫膛脸,亮晶晶的脑门,头发稀疏,高高的发际线几乎退到头中央;因为平时不修边幅,乍一看像个经常上山采药的普通药农,没人会想到他是坐堂医师。在国药馆,在整个龙潭镇,黄医师是个像空气人一般的存在。他木讷寡言、深居简出、神神秘秘,似乎很不愿意与人打交道。他从不谈论自己的过去,也不议论别人的长短,与同事讨论病患处方,就事论事简短几句,不愿多说一个字。

除了在国药馆坐堂望诊,业余时间黄博士都待在中医药研究所。在龙氏制药专门为他造的实验室没有竣工前,中医药研究所的牌子挂在龙禧老街祖屋的门墙上——那间祖屋已经变成四合院式的民居。青石庭院晾晒花花草草和树根树皮,厅堂房间改成实验室,到处摆放着传统的中药炮制机械,水磨台上放置药瓶烧杯、冷凝管、滴定管、蒸馏器、电炉、铜锅。切割、碾磨、浸、煎、榨、化、滤、熬,黄博士就吃住在里面,下班后足不出户,通宵达旦地摆弄那些瓶瓶罐罐。

这一日,诸葛慧莲正整理处方,一抬头,看见黄博士推开办公室的门走进来。

"博士,有什么事吗?"

在国药馆,黄博士很少离开自己的堂室,诸葛慧莲知道他有事,招呼他坐下。

"也没别的事。"黄博士厚厚的嘴唇动了动,"就想问一下,陈医生卷铺盖走人,是不是嫌他年纪大把他开了?"

"是他的行医资格出了问题。陈医师曾是土郎中,过去的形象在人的头脑里根深蒂固——不是我信不过,是有些人信不过。"

"陈医生开的方子是有些野路子,可他的临床经验还是不错的。他们把民间的土郎中看成骗子,要我说,他们比那些伪善的猪脑子专家好多了。别的不说,陈医生的针灸功夫就在我之上。有一个病患肩膀疼得厉害,连胳膊都抬不起来了。开始服我开的药,一星期不见明显改善。后来陈医生改用针灸,三次就完全恢复了。活人可不能被尿憋死……"

"所以我用变通的办法,让经验丰富的陈医生培训药师学徒,做您的助手。他回城处理一些家事,还会再回来的。"

博士起身欲走,似乎又想起了什么,直直地站着,伸长脖子,厚镜片后的两眼直勾勾盯着桌上摊开的药方——他已经看过教授留下的大部分药方,那是诸葛慧莲给他的特权。

"诸葛教授真是杏林之贤,不唯悬壶济世,救死扶伤,医德可风,又善烛幽探微,独树一帜,若能著书立说,堪为后世医界之楷模也。薪火接力,该由我辈做起。"黄博士一本正经。

"多谢博士对家父的夸奖。"诸葛慧莲微笑。

博士用厚实的手掌摸摸头,叹了口气。

"杞人虽不在,天地尚存忧。自从清末太医院被废止,中医药就开始走上了不归路,经过现代化的洗礼,如今更是日渐飘摇。闻道有先后,术业有专攻。诸葛院长,你是不是对中医的疗效还有疑虑?"

"怎么会呢? 要不我也不会坐在这里了。"诸葛慧莲笑道。她知道博士谈兴正浓,示意他坐下慢慢说话。

果然,博士把屁股尖搭在椅子上,滔滔不绝地说下去,旁若无人。

"那些老中医,之所以能妙手回春药到病除,除了医术精湛,还有一个重点,是每一味药都经过自己精心炮制。现在的医院大多不炮制,或者乱炮制。也不能怨老百姓不信中医,现在的中药不灵了。一直以'简便验廉'深入人心的中草药,如今却被商业化。是谁将中医药一步步逼上绝路的? 价格涨得厉害,假冒伪劣严重,老百姓怎么能不骂? 药材质量越来越差,过去三五服中药下去疗效就出来了,现在十服八服也不见疗效。药材质量一地鸡毛,怎能不让人声声叹息! 如今,膏方进补大行其道,可花大价钱买来的人参,有可能是提炼过的药渣。药材病了,而且有毒。没有道地药材,即使扁鹊重生,无药可用,也只能徒呼奈何。如果现在不去纠正一些错误做法,中医药将来要翻身，恐怕就难于上青天了……"

　　"所以我们要努力把国药馆开起来，办好它。"诸葛慧莲耐心听完，一脸庄肃，"博士，您今天来，不是专为发牢骚的吧。"

　　"的确是。我想问问那个乌克兰女孩怎么样了？"

　　"她现在西医部疗养观察。她进来时病得那么重，几近瘫痪，多亏了您。"

　　"其实也不是我的功劳。我用了教授留下的方子，换了几味药。她现在……"

　　"我知道您不愿意把病人轻易交给别人。可她的病很复杂，需要中西医结合治疗，请省市医院的专家来。现在还未确诊，如果是多发性骨髓瘤……"

　　"那可是严重的血液病。"黄博士的眼神暗了下去。

第六十六章
女 儿

一

龙骏接到林波的电话,抽空去高家镇。

夏日午后的阳光热辣辣的。蝉鸣柳荫,隐于一片片树丛中的高家镇古民居苑却静悄悄的,因为那份特有的宁静显得清凉了许多。暖阳和煦,日照的斜影透过窗格,投射在美术馆的展厅上。

一百多幅画作,大多数画面上的景物是龙骏熟悉的。龙骏粗略地浏览一遍,在出口处找到了林波的画作《柳荫泊舟》。柳树孤舟,湖湾沙滩,芦苇鸣禽,与其说是油画,不如说是油画与水墨的混合体。画面题诗,是龙骏在某块老匾上见过的:

> 钓罢归来倚树吟,一双合飞是鸣禽。
>
> 扁舟也喜无人借,分得余涧泊柳荫。

龙骏的目光很快被边上的画作吸引住了。画面上的乌克兰少女,身材高挑,肌肤细嫩光滑,偏柔和的长相,五官娇俏精致,面容秀美而不缺性感妩媚,一双会说话的眼睛说不出具体的颜色,像黑绿色的龙潭湖水般深邃,又发出雨后彩虹般的光芒。黑色的背景使得少女的形象更加立体灵动,仿佛站在窗前与画外人对话。

正出神凝视,展厅外传来一阵脚步声。

林波带着一个外国男人走过来。那人年近六十,瘦高个,枯黄的头发乱蓬蓬的,鹰钩鼻两边的眼睛深邃忧郁,一副不苟言笑的样子,颈部袖口和下摆上有刺绣的衬衫与灰白的牛仔裤使他显得矍铄瘦挺。

外国男人点头,算是与龙骏打招呼。

林波在一旁介绍。原来外国男人就是油画《乌克兰少女》的作者。维克多·诺维科夫是乌克兰国立美术与建筑学院教授,他从20世纪90年代开始和中国就结下了不解之缘。二十几年里,他经常到中国交流创作,其间出版了个人画册,数次举办以中国传统建筑元素为创作素材的展览。

维克多·诺维科夫是林波的老朋友。三人来到会客厅。林波悄悄把龙骏拉到一边。

"兄弟,还记得我上次提及的乌克兰女孩吗?诺维科夫先生就是那女孩的父亲,他找女儿很久了。"没等龙骏开口,林波自顾自说下去,"一早打电话叫你来,就是想请你帮忙。本来这事我应该亲力亲为,奈何分身乏术。美术馆油画展,还有几拨客人等着招待。晚上我还要赶回城里,老娘已经催了好几次了,非要我去一趟。我想请你带诺维科夫先生去见他的女儿马琳娜。你的情况我做了介绍,诺维科夫先生对花厅和木雕都很感兴趣。"

龙骏点头。他已经把所有的情况都打听清楚了。

诺维科夫先生的女儿马琳娜毕业于基辅大学语言系,学的是英语和汉语,大二的时候在上海交大当过交换生,爱上了中国旗袍、中国美食,一发不可收。两年前她到上海当起了模特,一年前来到龙潭镇。她是"小巷布衣"聘请的时装模特,业余时间到海马学校当芭蕾舞教练。

那一天,马琳娜正在海马学校的练功房里教孩子们跳芭蕾舞。谁也没想到,在悠扬的《天鹅湖》乐曲声中,病魔悄然逼近。她突然倒地,不省人事,陷入昏迷。她被就近送到诸葛慧莲的国药馆,初步检查发现,马琳娜并不是急性脑梗,也不是简单的摔伤,而是病理性骨痛骨折,伴有贫血出血。

马琳娜从昏迷中醒来,发现自己躺在陌生的单间病房里,双下肢麻木不能动弹。事实是她下半身失去知觉,暂时半身瘫痪了。

马琳娜度过了危险期,接下来康复治疗至少需要两个月。病床前有一位女士在照顾她,二十四小时都不曾走开。那位女士头发花白,看年纪大得可以当她的奶奶了。她是朱老夫人张英。马琳娜是在海马学校受伤的,张英觉得责无旁贷,就住在病房里照顾病人。

马琳娜已经离不开这个被医生叫作"张阿姨"的"中国奶奶"了,一刻不见就茫然不知所措。张英当了四十年的护士,配药打针、推拿按摩自不在话下,一日三餐,像母亲似的伺候着,变着法儿给马琳娜做好吃的。马琳娜喜欢甜酸,对面包、面疙瘩、薄饼之类的面食,猪肉、咸鱼和烤煎的食品,也非常喜爱。她特别喜欢朱老夫人做的甜馅饺子——里面包的是奶渣、樱桃,加酸奶油调料,热气腾腾,非常可口。

马琳娜面容娇美,身材苗条。朱老夫人站在床边,一会儿点头微笑,一会儿摇头叹息。她惊叹乌克兰女孩的美貌,又怜惜她:做模特的女孩真不容易,节食减肥导致的是胃病,穿高跟鞋导致脚变形。

张英觉得自己的病人什么都好,唯一的缺点是爱喝酒。她竟然央求张英去买洋酒。龙潭镇是酒乡,即便是街角的小超市,货架上也不乏黄酒白酒啤酒,可是马琳娜要的伏特加、白兰地还真不好找。

实际上,即使能找到,朱老夫人也不会允许自己的病人喝。

马琳娜似乎根本不在乎自己的疾病,依然有说有笑。她会说乌克兰语、俄语、英语和汉语,上海话也说得很溜。那呢侬的上海话从她嘴里说出来有一种特别的味道,常常逗得朱老夫人哈哈大笑。

这一老一少成了忘年交。朱老夫人每天推着轮椅上的马琳娜去镇上各处转悠。

这天下午,两人从外面回来时,门诊大厅聚满了客人。龙骏和诸葛慧莲带着马琳娜的父亲来看她。诺维科夫先生见到女儿,似乎并不激动,脸上带着坚毅温和的微笑,俯下身子吻了吻女儿的额头。

马琳娜吻父亲的脸颊,眼睛里却满是泪水。

二

诸葛慧莲送走诺维科夫先生,与刘强一起走向诸葛宗祠。两人边走边讨论马琳娜的病情。

"现在还不能完全确定,但愿不是真的。马琳娜在续办工作签证。本来我想送马琳娜到上海瑞金查查,又怕路途奔波,她的身体吃不消。上海大医院的医疗需求量非常庞大,一下子排不上,联系医生,挂号检查,没有三五天回不来。"

"可以先在市人民医院做一些常规检查,再就近联系杭州的医院。我的老同学、浙一的王医生是这方面的专家,我可以请他来会诊。"

刘强尽可能轻描淡写。诸葛慧莲忧郁的脸上露出一丝微笑。

"谢谢你,刘院长——我是说刘局长。"

原来回到人民医院担任院长的刘强前不久刚升任卫生局副局长。

"还是叫我小刘吧。刘局刘局,听起来怪别扭的。说心里话,我还是希望回医院当院长。"

"你在电话里说要送惊喜——那个惊喜呢?"诸葛慧莲笑道。

"有两个惊喜,一大一小。不知你先要哪个?"刘强露出难得的顽皮表情。

"当然先要大的。"

"大的这个,与你,与你女儿,与佰仁国药馆,甚至与龙潭镇的每个人都有关系。龙潭镇现有十几万人口,在别处相当于一个小城市。越来越多的外贸公司搬到镇上来办公,那些临时来采购的外商、常驻的老外和新龙潭镇人也需要治病。医疗资源要下移。时机已经成熟。不过……"

刘强做了长长的铺垫,快说到关键处时,忽然间打住。

诸葛慧莲知道,刘强做事谨慎,平时守口如瓶,在事情没有十足的把握前不会透露给任何人。

"还是先送那个小惊喜吧。"诸葛慧莲不勉强。

"小的这个可以马上兑现。我给你送免费的坐堂医师来了。本来他是要跟我一起来的,早上在厦华医院坐诊,中午又碰到一个急诊,所以稍后他自己开车来。你还记得我们的老朋友穆罕奈德先生吗?这个坐堂医师算是他的家族成员,也许你还认得他呢!"

说话间,他们已经走近诸葛宗祠。

宗祠的门口,一辆老式的吉普车旁,站着一个身材魁梧、浓眉大眼的外国人,四十来岁,穿着宽松肥大的长袍,身上有一股淡淡的熏香的味道。

阿拉伯男子热情爽朗,露出自来熟般的笑容,朝诸葛慧莲和龙骏点头问候。

诸葛慧莲觉得那张黝黑方正的脸似曾相识,一时又想不起来。

"院长女士,还记得我吗?我大女儿雪荷、小女儿乌娜都在海马学校。大女儿雪荷与您儿子还是同班同学哩。"阿拉伯男子一口流利的中文。

诸葛慧莲想起来了,她在学校的家长会上见过这个阿拉伯男子。那时候他还留着一把大胡子,原来他后来为了行医方便,入乡随俗,把心爱的胡须剃了,下巴刮得干干净净。

"您好,阿尔马博士——"诸葛慧莲伸出手。

"别称博士,在令尊面前,我就是个小学生。"阿尔马似乎在卖弄口才,"您一定不记得了,实际上我们早就认识了。令尊还是大女儿雪荷的救命恩人哩。小时候她回一趟也门,染上怪病,血压升高,低烧不退,谁也没办法。令尊三服药下去,人就活蹦乱跳了。针灸,中草药,真是太神了!"

母亲龙十妹是提起过,教授在世时,有一阵子,一个阿拉伯大胡子每天下午到教授药房来,磨磨唧唧,缠着教授,要学望舌把脉那一套。诸葛慧莲回家时,也见过一次。

"欢迎您,阿尔马医生。"诸葛慧莲笑道。

"我是来向黄博士、陈医师学中医的。每星期来五个半天。等我学好了,就在国药馆做个正经八百的坐堂医师。两个女儿在海马上学,我准备把家搬到龙潭镇来,以后就做个地道的龙潭镇人了。"阿拉伯男子边说边自我介绍。

阿尔马来自也门小城伊卜。十三岁那年,他的父亲突发面瘫,是中国援外医疗队的医生用针灸治好了父亲的病。中国医生的善意、中医的神秘,在他心中留下了不可磨灭的印象。懵懂的也门少年,幼小心灵里就埋下了通过"丝绸之路"走进遥远东方学医的种子。1993年,高中毕业的阿尔马作为也门政府公派的留学生来中国,在山东大学学习汉语,两年后,他考入天津医科大学攻读硕士,而后又考入浙江大学攻读医学博士。

人生开挂的"学霸"也难抵乡愁,读博期间,每隔一两个月,阿尔马就会坐大巴来婺州。婺州有很多他的老乡,有很多地道的阿拉伯美食,在这座城里他有一种回家的感觉。在陪中东阿拉伯人商谈采购和合作事宜的过程中,阿尔马学会了做生意。在展会上,他邂逅爱情,自己做主,成了穆罕奈德家族的女婿。为了养家糊口,他小试牛刀,开始经营自己的外贸公司,在广州、上海、深圳、香港、迪拜、亚丁间飞来飞去。工艺饰品、橄榄油、摩卡咖啡、也门传统的手工艺腰带腰刀,他抓住商机,和气生财,生意越来越顺、越做越大。

可是他从未放弃当医生的梦,决定回归主业,经过一番周折,阿尔马被聘为厦华医院的门诊医师。他会说英语和阿拉伯语,中文流利,许多患者都慕名找他看病。

阿尔马的执业医师资格和工作许可都是刘强帮忙审批的,心存感激的他听说教授的国药馆缺人,就缠着刘强再帮一次。虽说阿尔马是婺州唯一在职的外籍医学博士,他最大的愿望却是做中药房的坐堂医师。

诸葛慧莲带阿尔马去见黄博士,然后和刘强一起,来到阁楼上那间狭小的办公室。

"陈医师的行医资格问题,我回去仔细了解一下,会妥善解决的。你的忙我已经帮了,现在,该轮到你帮我了。"刘强脸上露出神秘的微笑,"说实话,我这次来,最重要的任务是向你要人的。"

"谁?"诸葛慧莲愕然。

"你女儿,林晓。"

三

送走刘强,诸葛慧莲坐在狭小的办公室里,陷入沉思。

复活节假期过后,林晓回英国,已近三个月没有消息了。国药馆大大小小的琐事、儿子应明的学业占满诸葛慧莲的头脑,这一阵,她几乎把女儿忘了。

窗外那最后一缕西斜的阳光已经消失。房间里光线黯淡下来,女儿林晓那模糊的影子却越来越清晰——一头乌黑的天然卷发,饱满的前额,明澈灵动的大眼睛,那亭亭玉立的身姿使诸葛慧莲踏实温暖。

有一段时间,诸葛慧莲因为在女儿最需要母亲的成长过程中缺席而感到内疚。但她很快发现,这种内疚完全没有必要。长时间的分离似乎并没有在母女间留下很深的隔膜。女儿很快与儿子应明建立起亲密的关系。林晓还像小女儿似的撒娇黏人。倒是诸葛慧莲自己表现得缩手缩脚。她的爱不像母亲龙十妹那样用简单乃至粗暴的方式表达出来。像父亲一样,诸葛慧莲过于理性的头脑使她在需要表达亲密的关系时总是显得笨拙。

可那份深沉的母爱一直都在,它像一根风筝线,希望把儿女放飞得越高越远,又时刻牵挂着,希望把儿女拉回到自己身边。

比起美貌聪慧,女儿的独立更使诸葛慧莲感到骄傲。一眨眼女儿就长大了,诸葛慧莲似乎从未想过有一天要为女儿的前程忧虑。她希望女儿留在身边,在国药馆工作;但如果女儿远离自己,她也不会遗憾。

五年前,还在市卫生局长的任上时,诸葛慧莲曾随团去英国——那是诸葛慧莲唯一的一次出国——考察英国的三级医疗系统,在英国帝国理工学院和牛津大学医学院做短暂访问。

那时候,诸葛慧莲还不知道女儿就在牛津大学医学院读书。与女儿近在咫尺,却擦肩而过未能见面。冥冥中,似乎一切都自有安排。

是的,一切都是最好的安排。

坐在办公室里冥想的诸葛慧莲释然了。

与诸葛慧莲不同,在林晓的职业前途问题上,林家人却陷入了暂时的纷争。

林波已经很长时间没有回父母的家了,一大早接到母亲电话,难免突兀。电话中,沙中柳声音温和、言辞恳切,林波没法拒绝。沙中柳请儿子吃晚饭,顺便商量些事——林波的第六感告诉他,母亲嘴里的事一定与林晓有关。

林波很少与女儿林晓见面,虽然常常记挂女儿,却从不为女儿的前程焦虑。每个人都是独立的个体,有自己的命运,在林波看来,他这张弓早已经完成使命,接下来,箭能飞多远就飞多远。

一年前上海的那次会面使母子关系得到缓和。林波觉得在女儿的事情上听听母亲的意见未尝不可,至少在态度上给她一个安慰。

沙中柳烧了一桌酒菜,等儿子吃晚饭。儿子迟迟不到,饭菜冷了又热,热了又冷,沙中柳等不住,把酒菜撤了。

晚上九点钟,林波高高瘦瘦的身影终于出现在二楼的客厅里。他脸色苍白,长发披肩,米黄色的风衣上油墨斑驳,一副落拓不羁的样子。

偌大的客厅只有沙中柳一个人。沙中柳用怜爱的目光看了儿子一眼,示意他在自己身边的沙发上坐下。沙发对面,空旷的墙上挂着一幅国画《万壑松风》,那是沙教授留给女儿的唯一作品。沙中柳正襟危坐,昂首挺胸,注

视着那幅泼墨山水，开始絮絮叨叨地回忆一年前的那场葬礼。

沙中柳一次次地提到父爱，眼中噙着泪花。她早已过了用眼泪打动别人的天真年龄，显然那眼泪是真诚的。可冰冻三尺非一日之寒，何况儿子的叛逆性格正是遗传于自己。父爱母爱，只是作为接下来话题的铺垫。沙中柳现在最想的，是把无处发泄的母爱倾注到孙女身上，如果可以，哪怕牺牲一些儿子的利益也在所不惜。

林波抬眼看看母亲灰白间杂的头发，低下头，不说话。

"好吧，我不绕弯子了。今天叫你来，是为了商量林晓的事。"沙中柳语气平稳，似乎早有准备，"有这么一个聪慧的孙女我很骄傲。林晓到上海，可以进医院，也可以进研究所。要是她有进取心，自己愿意，继续深造读硕读博，未尝不可考虑……"

"妈，这事你就不要操心了。林晓的未来，不是你说了算，也不是我说了算。她自己有主意。何况她还有母亲……"

"问题就在这。她有三位母亲，到底听谁的？"沙中柳故意把"三位"说得很响，语气怪诞，"说到底，她是林家的儿女，林家的人不管谁管？"

"妈，你不知道，林晓已经入英国籍。她的母亲——我是说伊丽莎白女士会做出妥善安排。"林波露出不耐烦的神色。

"入了英国籍又怎么了？难道她的黄皮肤黑头发黑眼珠都漂白了？"背后传来沙哑的声音。

不知什么时候，林峰从一旁的书房里走出来，黧黑的国字脸微微泛红。为了控制住酒瘾，不让暴脾气在酒精的作用下发作，沙中柳告诫丈夫晚上不许喝酒。几十年的习惯，怎么改得了？晚餐时，林峰还是小酌了几杯。

沙中柳白了丈夫一眼。显然她并不想林峰掺和，特地叫他待在书房。不过他既然按捺不住出来了，沙中柳也不好明着请他回去。

两位老人过去为儿子的事耿耿于怀，心有芥蒂，现在又常常为孙女的前途争得面红耳赤。不过他们早已达成协议，至少不在儿子面前吵架。

"诸葛家的人也好，林家的人也罢，学医的人就该去做医生，救死扶伤，从基层做起，积累临床经验。眼下就有一个很好的机会，婺州要建一所大医院，现在正在招兵买马做人才储备。林晓能进这样的三甲医院，也不算太委屈她。当然，我的意见仅供参考。"一开始有些粗声大气，很快就变得语气平和，林峰看一眼儿子，呵呵笑道。

"这事我也听刘强说起过。林晓先回婺州,在人民医院见习,再做打算,未尝不是种办法。我们也不是强迫她做什么。最后还是她自己拿主意。一家人的事总要商量着办。关键是要找到林晓,现在连她的人影都见不到,说了也是白搭!"

沙中柳意味深长地总结道。她最怕孙女的事八字没一撇,好不容易有所缓和的家庭关系又雪上加霜。

四

林波决定去寻找女儿,确切地说,是打探女儿林晓的消息。

女儿林晓像自己,喜欢独来独往,即使回国也很少来见他这个父亲。实际上,林波单身独处,居无定所,没有世俗意义上的家,要找也很难找到。

林波总是迷迷糊糊的,甚至记不起林晓进牛津医学院已经几年了。他只隐隐约约记得,女儿应该在今年夏天或年底毕业。这一阵子林波很忙,临时受聘回市文化局,负责文保和非遗调研,原来美术馆和画廊的事也不能一下子丢开。

女儿林晓的影子一旦闯入脑海,就再也抹不去了。每次回国度假,林晓大多数时间都住玫瑰山庄。在国内,她与玫瑰山庄主人的联系最紧密。

这天早上,林波开车来到龙潭镇,把车停在青山湖大坝下,徒步去玫瑰山庄。他似乎有些心不在焉。实际上,他并不指望在玫瑰山庄打探到女儿林晓的确切消息,只是被一种无形的力量推动着去履行作为父亲的责任。

这些日子,占据林波脑子的是文保、非遗的事。一旦沉迷某事,林波就会时时刻刻想着。走上青山湖大坝时,林波忽然心血来潮,拐向龙门书院。龙门书院包括新蚕茶馆,正在申请国家级文保,最近两个月,林波去的次数越来越多。他和年轻的院长方圆是忘年交,两人常在一起讨论诗画。

步入大门,林波径直来到院长办公室。院长室里坐着一个眉目清秀的青年,诚惶诚恐地看着林波。

"真不巧,方院长出国做文化交流了。文保的事暂交学生处理,林老师,还请您到莲花馆品茗小坐。"

林波摆手。刚从大坝那边转过来时,他还想到了一个找方圆喝茶的理由,这会儿怎么也想不起来了。

林波退出,穿越青山湖大坝与香樟林,走向玫瑰山庄。

参天古木、蔽日浓荫下青石台阶的尽头是绿茵茵的草地,草坪四周,是大大小小的玫瑰园,还有丹桂苑、菊花苑。玫瑰花海丛间蜜蜂嗡嗡、蝴蝶翻飞。沿小溪新建了几栋别墅式建筑。青山湖畔木栈桥旁,多了一座戏台。过去的那群孩子已经长大。山庄宁静,隐约可以听到咿咿呀呀的唱曲声和管风琴的声音。

林波无心浏览湖光山色,径直走进中央最大的木屋。

出来迎接的是一个三十岁出头的姑娘,中等个子,穿一身湖蓝色的短袖旗袍。她的五官长相,并不像是中国人,而是南亚一带的混血儿,皮肤黑里透红,饱满而富有弹性,乍一看并不惊艳,却是极耐看。

姑娘彬彬有礼,一脸温婉的笑容。

"林先生,您还记得我吗?"

似曾见过,但林波想不起来了。

"真是贵人多忘事。我知道您是画家,还看过您的画展哩。我提一个人,郭德福,您肯定就想起来了。"

郭德福是马来西亚珠宝商人,是诸葛志刚介绍认识的。郭德福收藏林波的书画,经常光顾林波的画展。

"郭先生是你——"

"他是我父亲。确切地说,他是我继父。"姑娘顿了一下,咬咬嘴唇,脸上又恢复灿烂的笑容。显然她与刚刚提到的郭德福之间特殊的父女关系并没有使她很尴尬。

"我叫谢莉,来自菲律宾,您就叫我郭谢莉好了。"

林波的职业病又犯了,盯着郭谢莉的脸,研究她的五官、肤色、发型。

郭谢莉是马来西亚珠宝商人郭德福第二任妻子的女儿。她出生在菲律宾甲万那端,认识她的人都叫她"学霸谢莉"。她的确是"学霸",三岁就会背英文诗,从小学开始,成绩一直稳居年级前三。高中毕业那年,她以全校第一的优异成绩,被菲律宾大学工商管理专业录取,毕业工作两年后,又考取了菲律宾大学工商管理专业的硕士研究生。还差半年就要毕业的时候,一封来自中国深圳的工作邀约发送到了她的邮箱。一家纺织品服装进出口公司正在寻觅优秀人才,以填补公司经理职位的空缺。郭谢莉格外渴望一些特别的挑战,希望人生能过得不枯燥。那封工作邀约就是一个足够特别的人生挑战。她义无反顾地中止了学业,坐上了飞往中国的班机。她从产品开发部经理做起,七个月后又转岗为营销部经理,负责和公司所有的外国客户打交道。郭谢莉性格爽朗,工作雷厉风行,待人接物温婉大气,脸上永远挂着她招牌式的笑容。她会英语、马来语、德语、法语,还会说粤语,很容易就和客户打成一片,让公司在南亚和西欧的市场份额越来越大。郭谢莉升任外贸营销总监后,公司发展走上了快车道。员工的工作效率提高,业务红火,利润也随之大幅增加。四年前,她随公司老总来到婺州,惊叹于这座南方小城竟然坐拥一个"世界超市"——一个她此前去过的任何国家任何地方都无法与之相比的市场。郭谢莉很快适应了婺州城的生活,业余时间,她可以在商场内暴走购物,在街头烧烤摊上大快朵颐,与同在婺州的菲律宾和马来西亚老乡们小聚怡情。

可是有一天,她忽然厌倦了这种生活。原来她到婺州后,去玫瑰山庄的次数越来越多。受到山庄主人的影响,郭谢莉迷上了种花养草、婺剧、旗袍和瑜伽,于是改变自己的角色定位,来玫瑰山庄过起了半隐居的慢生活。

"郭小姐怎么会在这?"

"我是这家的保姆,顺便为雇主处理一些公司事务,教孩子们学学外语。"

郭谢莉依然不紧不慢,笑容大方。"林先生,有事您尽管吩咐,我很愿意为您效劳。"

"其实也没什么事。我来这里打听一位姑娘。"

"是林晓姑娘吧。我知道她是您女儿,林先生,有这么一位美丽聪慧又高贵的女儿,您可真有福气。林晓也是我很好的朋友。可惜有几个月没见着她了。具体的联系方式,只有李总知道。"

林波说打搅了,要告辞。郭谢莉忽然想起什么事,要林波稍等。她穿过长廊走进去,又咚咚咚地跑出来,手里拿着一卷画轴。

那是油画《跳皮筋的女孩》。它应该几次在不同的画展上出现过了,不知道为什么,最后又辗转回到玫瑰山庄女主人的手里。个中原委,林波也不便细问。

"这是李总交代的,她似乎知道您要来,吩咐我把画交给您。您来得不巧,每年暑假,李总都要带母亲和飞天姑娘去旅游,去年是北方,今年是南方。"

第六十七章
丝路与茶马古道

一

嫘祖陵,是三个女人西南之旅的第一站。

对李海音来说,这是故地重游。她曾不止一次入云贵、进川藏,寻找南方丝路和茶马古道。李海音以前喜欢单独旅行。在川蜀,登上神秘之光闪烁的峨眉金顶,见佛生喜,在成都九眼桥一条街上随意自在闲逛,或是躲进一家酒吧小酌,撑着头、微醺中听民歌民谣。现在的李海音,单独旅行的次数越来越少,身边多了两个同伴。

与母女俩同行的还有龙飞天。每次出远门,李娇娘都希望带上当作自己孙女般的姑娘。事实上,李海音之所以选择暑假出行,就是为了带上龙飞天。她深知旅行对一个女孩的重要性,尤其是像龙飞天这样从事服装设计的女孩。

女孩大概分两种。第一种,不需要怎么努力,在父母的庇荫里就可以安安静静地过好这一生。第二种,则必须非常努力才有可能过上自己喜欢的人生——尽管那是一条辛苦的路,但现实中就是有一些女孩,不愿让父母承担生活的不易,也不甘心过一眼能望到头的人生。李海音当初就义无反顾地选择了第二条路。现在轮到龙飞天了。李海音一方面希望龙飞天顺风顺水,另一方面也希望她能走遍万水千山经历无数不同人生。内心深处,李海音希望,有一天,经过磨砺的龙飞天能接过自己肩上的担子。

上一个暑假,李海音已经带龙飞天去过大西北,那里不仅有黄土高原、荒凉的沙漠和光秃秃的戈壁,也有气势磅礴、灿烂夺目的丹霞地貌和童话世界。奇特的峰峦地势峥嵘,幽深的峡谷石林犬崖,构成一幅幅雄浑壮阔的山水画卷。

2012年的夏天,李海音要带着龙飞天往西南,寻找另一种风景。

她们要去丹巴县的小村庄和世外牧场莫斯卡,那座纯净神秘的村落有着许多高原地带的美丽景观:大平原、小平房、雪山、冰河和可爱的土拨鼠。她们要去藏在梅里雪山念慈母峰下如诗如画的藏族村落雨崩村。如果有可能,她们还要穿过拉萨一直到西南边陲阿里。她们要喝着酒,吹着印度洋的海风,欣赏只有最有勇气的人才能看到的珠峰日落和落日后的满天星辰。那里,有世上最浩瀚的星空。

一句话,这三个女人要走川藏线。

二

这是龙飞天的最后一个暑假,她要接受人生旅途中的一次重要考验——自驾游川藏线。

川藏线自驾,有人艳羡,也有人视为畏途。艳羡,是因为这是中国风景最为奇美的一条旅游线路——雪山、云雾、草甸、河流和峡谷,还有峻峭崖石间蹦跳的岩羊。畏途,是因为这条数千公里的线路海拔高,气候多变,多山路,多弯道,有些地方路况特别恶劣,沙石路上车颠簸得厉害,狭窄崎岖路段转弯时容易甩尾。还有高原反应,若遇特殊情况,在无人的旷野甚至有生命危险。

她们从成都出发,过雅安,第一天游海螺沟,第二天到达康定。

康定是川藏咽喉和藏汉交汇中心。这个茶马古道重镇,曾有清代的打箭炉和锅庄。锅庄就是过去的食宿货栈,兼管牲畜,兼当中介。虽然锅庄的帐篷逐渐被四合大院取代,人们依稀还能想见土酋纳贡的使者、应差的杂役、部落商人和汉地茶商往来不绝的繁荣景象。惊艳的雪山,碧玉般的木格措湖,云雾缭绕的跑马山下,茶马帮的身影渐渐远去,身着传统服装的康巴

美女唱起了美丽纯情的《康定情歌》。

因为隧道贯通，318国道避开了雨雾冰雪、滑坡坍塌及泥石流频繁的二郎山，折多山便成了川藏线上第一座具有挑战性的高山。穿过四千多米的垭口，一路下行，便进入摄影家的天堂新都桥。这里地处318国道南、北线分叉路口，是一片如诗如画的世外桃源。

她们在新都桥的客栈过夜。计划中只在此地稍做停留，多出来的一天是为龙飞天留的。为这一次旅行，龙飞天买了单反相机，她要把川藏线沿途的美景都拍下来。白云绕山间，霜风入水岸，牛儿满山坡，藏寨寂静远，一路雪山草原、河流湖泊和藏寨牧场，缤纷烂漫的色彩对一个搞艺术设计的女生来说总是有无穷的魅力。

如果说折多山是康巴第一关的话，那么位于新都桥与雅江县之间的高尔寺山则是康巴第二关。高尔寺山垭口是318国道上的景点之一，这里可以远眺雅拉神山、折多山和贡嘎神山。这是川藏南线有名的一段，是318国道进藏的必经之道。海拔逐渐升高，景色渐入佳境。公路两边植被丰富，树木成荫，山腰山顶有高山草甸。过新都桥，连续经过川藏线三个著名的山口——剪子山天路十八弯、熊宗卡和卡子拉山口。上山公路的路面坡度增高，即使是下山后平坦的柏油路面，因长期受载重汽车的碾压也变得有些坑洼。

李海音接过方向盘，不再让龙飞天驾驶。

两个女人坐在后座。李娇娘觉得耳朵里咔咔响，有些高原反应。她服了一些药，在旗袍外面披上薄薄的羽绒服。龙飞天却很兴奋，望着车窗外的风景，念念不忘碧玉般的木格措和神秘美丽的康定，嘴里哼着《康定情歌》：

跑马溜溜的山上，一朵溜溜的云哟，端端溜溜地照在，康定溜溜的城哟……

龙飞天的脸红扑扑的。这是一张青春靓丽的脸，一张对未来充满期待、对爱情充满渴望的脸。李娇娘若有所思地看着，想起了少女时的李翠花。她和李翠花是好姐妹，一起相约去偷看戏班子的演出，一起去蚕神庙摘酸甜的桑葚，偷偷躲在树荫下吃。龙飞天那张樱桃小嘴——紫红的嘴唇多像她奶奶的呀！

突然觉得有人在凝视自己,龙飞天害羞起来,钻进李娇娘的怀里撒娇,要她讲故事。

"讲什么呢?你奶奶穿开裆裤时候的事我都给你讲过了。"李娇娘笑道。

"讲老上海的事,你自己唱戏的故事。"龙飞天咯咯笑。

李娇娘的眼神变得忧郁:"阿拉今天不讲故事,阿拉今天唱一段越剧。"

李娇娘说着,轻轻唱起来:

　　天上掉下个林妹妹

　　似一朵轻云刚出岫

　　娴静犹如花照水

　　行动好比风扶柳

　　眉梢眼角藏秀气

　　声音笑貌露温柔

　　…………

车厢里响起糯糯的唱腔。后座上,李娇娘搂着龙飞天,挺挺身子,似乎在硬撑。她的声音越来越小,越来越细。

"飞天,你答应过的,要照顾好阿娘……"

驾驶室里的李海音从后视镜里看到母亲的呼吸有些急促,叫龙飞天拿出氧气罐给李娇娘吸氧。车子翻过卡子拉山口,路过一个藏村。墙上贴满了准备用作燃料的牛粪。龙飞天看着窗外奇特的景象,不再说话。

七、八月是川藏线上的雨季。天黑后,她们在风雪中到达号称高原第一城的理塘。常走川藏线的人一般都不会选择在理塘住宿。李娇娘的高原反应不是很厉害。经营了五年的宾馆老板和服务员信誓旦旦,说床头柜上有吸氧机,只要交一点费用,可以戴着吸氧设备睡觉休息。她们就住下了。

第二天出发去稻城。徒步海拔四千七百米的稻城亚丁,来回十公里泥泞的山路,眼睛在天堂,身体却在地狱。天下着雨,她们戴着像报话机一样的吸氧机,停停歇歇,艰难地行走。她们的目标是五色海。沿途是操着各地口音的旅行者,大多是年轻人。许多马匹来来往往,马夫拉着马,马驮着游客,脖上的铃铛发出悦耳的"叮当"声。一个年轻的父亲肩背一个特制的藤椅,上面坐着一个四五岁的小男孩,艰难地行进在路上。

李娇娘不要龙飞天搀扶,执意要自己走。有藏民在兜售刚刚从亚丁五色海附近挖来的虫草,李娇娘就与她攀谈起来。藏族少妇穿着藏袍,笑起来甜甜的,普通话说得很溜,怀里抱着刚满周岁的小男孩。小男孩十分惹人喜爱,一点都不认生,谁都想抱他一下。李娇娘抱了抱男孩,顺便买下一些虫草。她兴致很高,走了三万多步,五色海,牛奶海,所有的景点都去了。

下一站是梅里雪山。梅里雪山在德钦县云岭乡境内,四面群山簇拥,地理环境独特,海拔三千米,仅有一条驿道与外界相通,需徒步或骑骡子,上坡十二公里,下坡六公里,翻越三千七百米垭口。飞来寺,虎跳峡,还有雨崩——那个藏在梅里雪山腹地如诗如画的藏族村落是徒步者的天堂,不能不去。原始森林,尼农大峡谷,大大小小的瀑布,近在眼前的雪山、马匹、牦牛、经幡与玛尼堆,危险是显而易见的——日晒或突如其来的雨,无尽的土路,令人昏厥的连续上坡,脚边大大小小的落石,或随时有可能的塌方。

李娇娘坚决要去,不开车,徒步。出发时尽可能精简行囊,换下旗袍高跟鞋,换上解放鞋,在鞋里垫上卫生巾。接近神瀑的路上,听到远处轻微雪崩的声音,像松枝抖动,她们拿着随手捡的树枝当登山杖,继续前行。山脚下有藏民的村庄,帐篷里有温暖的糌粑和酥油茶。

为了远远欣赏梅里雪山的日照金光,她们在飞来寺村的一个旅馆住下。李娇娘有些上火。李海音跑到附近小庙里拔了一些蒲公英,用不锈钢水瓢煮了给母亲喝。夜晚用盐水泡了脚,三个女人围在炉子旁休息。牦牛火锅,韭菜煎饺,晚餐就在旁边餐厅吃。餐厅靠窗的地方有一张长茶几,放着泡茶的茶具,几个游客在喝茶聊天。正对窗户,可以看到云雾缭绕的梅里雪山。

李娇娘不知道,高原反应有滞后性。吃罢晚饭,李娇娘出现了重度高原反应:指甲、嘴唇呈紫黑色,头疼欲裂,呼吸困难。两个女人在喝茶游客的帮助下,把李娇娘送到了德钦县城的医院。经过急救,李娇娘终于转危为安。

李娇娘在医院住了两天两夜,当她从昏睡中醒来时,脸上依然挂着平静的微笑。

"阿娘,我们继续前行,去拉萨,去阿里,你走不动,我背你。"龙飞天笑道。

看着两天来一直在病榻旁端茶倒水服侍自己的姑娘,李娇娘摇了摇头。

"旅游同人生一样,紧要处咬咬牙就过去了。没什么大不了的。妈妈,你能行。"

李海音嘴里这么说,心里却是了然。她与母亲同睡一个房间,与以往不同,在川藏线的每个晚上,李娇娘都翻来覆去睡不好,似乎有什么心事,梦呓中重复一个奇怪的名字。

"是妈妈错了。到了拉萨,翻过喜马拉雅山,也到不了那个地方,见不到那条圣河。"李娇娘露出忧郁的沉思表情,"我听护士说,西藏的春天,是从林芝冒出第一个桃花的花骨朵开始的,林芝的桃树全是野生的,绵延几十公里,每年三四月,姹紫嫣红的桃花盛开,漫山遍野如同粉红色的海洋……"

"所以妈妈,我们至少得到林芝……"

"兴许来年春天还有机会。音子,别忘了,这次旅行主要是为了飞天,为了寻找茶马古道。再说,我们与人家约好的,阿香已经在丽江等我们了。从德钦过去正好顺道。"

三

茶马古道源于古代西南边疆的茶马互市,兴于唐宋,盛于明清。历史上的茶马古道以川藏道、滇藏道与青藏道三条大道为主线,辅以众多的支线副线,构成一个庞大的交通网络。几千年来,在这条绵亘万里的古道上,汉、藏、彝、纳西、傈僳、哈尼、基诺、羌、普米、白、怒、景颇、阿昌等众多民族在这里繁衍生息。虽然茶香散去,马帮身影也了无踪迹,茶马古道却留下了众多古城镇和多彩的民族文化。

在丽江古城标志性的大水车面前,她们见到了阿香。阿香带她们到四合院民宿住下。

阿香娇小,脸型像她们崇拜的白月亮,看上去比实际年龄要小许多,一身白族妇女的传统打扮——白色上衣外,套红色丝绒领褂,下着蓝色宽裤,腰系缀有绣花飘带的短围腰,足穿绣花的百节鞋,头发挽成高髻,裹以扎染的黑色头巾,臂环玉镯,指戴珐琅银戒指,耳坠银饰。

阿香是旅游公司的一名导游,李海音她们住的民宿曾是阿香家的祖宅。民宿老板是浙江温州人。十几年前他来到丽江,先是租下老宅的一楼开店,几年以后,他用丽江城里新开发小区的一栋大房子外加十五万元换走了阿香的老宅,改造成新式四合院,精心装修,先是经营酒吧餐饮,后是民宿。

现在,这栋四合院的市价远超阿香的想象。遇到熟悉的客人,她还是会介绍到这里来住。

"你们浙江人可真是精明!"阿香说这话的时候似乎并无恶意。

"白族人也会做买卖。"李海音笑道。

"我听说,白族妇女一个个都很能干,尤其是你阿香。"李娇娘道。

阿香的丈夫在1996年的那场大地震中罹难,她一个人把五个女儿拉扯大,没有再婚。

"没办法,都是逼出来的。家里有五朵金花,为她们我也是拼了。"阿香道。

"阿香,听说你家的五朵金花个个漂亮,你真是太幸福了!"李娇娘是真心羡慕。

"再漂亮,也比不上眼前这朵。什么时候我介绍个阿鹏哥,金花就留在苍山洱海不要走了。"

阿香笑盈盈地盯着龙飞天。龙飞天羞红了脸。

三个女人一台戏,四个女人更热闹。阿香热情爽朗,能说会道。也许是当导游的缘故,她能把历史与现实糅合在一起,把自己的故事嫁接到别人头上。

七、八月是旅游旺季,一般的导游每天都有接团的任务。阿香是公司资深导游,负责培训刚入职的年轻人,相对自由。她开着一辆小轿车,先带三个客人到西双版纳、香格里拉和泸沽湖游玩,然后再回丽江。她们去土司衙署看木氏家族的盛衰历史,去白沙古镇和束河古镇看纳西民居,倾听纳西古乐,体验东巴文化,又去拉市海的湖泊草场看鸟观花,然后骑在马上走一段原始的茶马古道。

在她们居住的民宿楼顶露台上,每天都能看到玉龙雪山的日出。玉龙雪山,那是纳西人心中的神山,主峰常年在云雾缭绕之中。蓝天白云下,皑皑的雪山,茂密的原始森林,晶莹的冰川,清澈的流水,一切都宛若仙境。

李娇娘心有余悸,但在女儿、龙飞天和阿香的怂恿下还是鼓起了勇气。她们坐大索道上山。龙飞天背了一大袋氧气罐,坐在李娇娘身边,负责李娇娘的安全。她们顺利登顶。

一周的时间很快过去了,母女俩暂时要与阿香告别。

"我们还没有去大理古城看苍山洱海哩。"阿香露出失望的神色。

"我很想再次在洱海边看日出彩云,听听洱海的呼吸。可我们还要去尼泊尔,那是我们计划内的行程。你也不要失望,我们把飞天留给你,她还没去过大理,到时候我们去大理接她。飞天是搞服装设计的。阿香,你知道吗?这些日子她盯着你这身服饰,都被你们白族的扎染手艺迷得神魂颠倒了。"李海音道。

"太好了。我小女儿就在喜洲镇开染坊。我们这就去大理。我已经认龙金花做干女儿了,有我在,你们就放心好了。"阿香兴高采烈。

四

李海音带母亲去昆明坐飞机去尼泊尔。离假期结束还有一个月,到时候再来接龙飞天。她们在喜洲镇道别。

"丽丽,龙小姐是妈的干女儿,你可得照顾好哦!"阿香要回丽江,分别时说道。

"阿莫,你放心。我一定把龙金花当自己姐姐,照顾得舒舒服服的。"

阿香最小的女儿杨丽雪丹,一脸俏皮地打量龙飞天。母亲早在电话里提及,她第一眼见到龙飞天就心生欢喜。龙金花,白净的鹅蛋脸,一双灵性的双眸明澈纯净,亭亭玉立,像是从远古壁画上走下来的玉女。

她们来到离中心四方街不远的一幢白族老宅前,门口照壁的白墙上写着"丽雪扎染坊"字样。古朴静谧的院子里,挂满各色手工扎染成品——印着各种美丽花卉图景的方巾,印着兰花的桌布,五彩斑斓的围巾头巾,年轻人喜爱的T恤衫。蓝染的花布挂在竹竿上,像花儿使人眼花缭乱。一口口大小不一的染缸整齐排列,木头工作台上,像中药房的青瓷药罐,摆着盛装花草树叶种子的花瓶。

染坊的主人比龙飞天想象的还要年轻,肌肤娇嫩,美目流盼,桃腮带红,像她的名字杨丽雪丹,面如满月,白净中带着娇俏,像雪山湖泊,有一股清灵之气。

比起美貌,她的服饰更吸引人,素雅中有华美。上身和头饰比较花俏,下身又较朴素。白色的衬衣,外罩红色金绒领褂。最讲究的是发辫头饰,用红头绳绕着长长的独发辫,把辫子挽上,发辫成龙,挤在中间,上成龙马角,下成龙凤尾。独梳辫上的挑花头巾,缨穗系到左耳下,风吹飘摇,银珠闪闪发光。额上樱花发垒成串,既显示了少女的长发美,又突出了发辫下色彩鲜艳的头巾,自如地渲染了白族少女发型和头饰所特有的风韵。

事实上,到染坊来帮忙的几个白族少女,个个打扮得花枝招展。那些白色或绿色的短围腰,镶花边,绣福寿花、万字花、石榴花、蝴蝶花等图案,连以绣花鸭舌和飘带。把围腰盖在膝盖以上,恰到好处地显示青春朝气和女性柔美的体态。

龙飞天有一种宾至如归的感觉。她与杨丽雪丹很快成了无话不谈的朋友。她们一起去逛街,采买货物。

每次外出,龙飞天都不忘带上相机。她住在后院的二楼。她的隔壁,住着一个年轻的老外,也是每天带着相机,早出晚归,偶尔跟院子里的人微笑打招呼,却从不说话。

"丽丽,我来了一个星期,怎么不见你的阿鹏哥?"还是龙飞天抑制不住自己的好奇心,开口先问。

"他呀,当导游。暑假是旅游旺季,大理、丽江、香格里拉、泸沽湖,到处跑,天天要带团,十天半月也回不来。"杨丽雪丹满脸骄傲。

"你也不怕他走婚,跟摩梭姑娘跑了?"

"他敢!"杨丽雪丹咯咯笑。

"我还以为,住我隔壁的那位……"龙飞天欲言又止。

杨丽雪丹露出神秘的微笑。

"喔,你说的那位洋阿鹏啊……他是法国人,叫尤里安。镇里人叫他'大树'。他对入口的那两棵大树着了魔。他来喜洲已经一个多月了,原本住在海景房里看天空看日出。有一天他到染坊来,死乞白赖的,赖着不走了。正好楼上的房子空着,我就让他住进来了——也不是白住,有时拽他让他在染坊干活。"

杨丽雪丹盯着挂在龙飞天脖子上的相机,目不转睛。

"大树人很好的,安静。他的中文说得很棒,还会与市场上背竹篓箩筐的白族老奶奶讨价还价哩。不单单对大青树,他对镇上的老房子也入迷,每天背着相机四处乱窜,咔嚓咔嚓照不停。他是搞艺术的,画画,和你倒是一路人。"

龙飞天脸上泛起红晕。杨丽雪丹不再说下去。

法国人穿T恤衫牛仔裤,依然早出晚归,有时走路,有时骑一辆自行车。他走街串巷,偶尔在屋檐下的墙角停下,有时候出现在公共电话亭,有时候出现在中心四方街或是店铺围成的小广场的石坊前。

他被白族古建筑迷住了。白族庭院的格局,是典型的"三坊一照壁、四合五天井、走马串角楼"。三滴水门楼制式,下雨的时候,雨滴会经过第一、第二飞檐,然后才滴滴答答地落至地面。白族民居尤有特色:斑驳老墙,深宅大院,雕梁画栋,斗拱重叠,翘角飞檐,门楼、照壁、山墙的彩画装饰艺术绚丽多姿。

这一天收工,她们要坐小马车穿梭小镇,去吃破酥粑粑、鲜花玫瑰饼和红糖粉鱼。龙飞天换下平时穿的牛仔裤、白衬衣和运动鞋,穿上湖蓝色的旗袍,化了淡妆,容光焕发。

龙飞天来到前院时,法国人刚从外面回来,汗涔涔的卷发黏在额头上,飘然长发掩盖着棱角分明的脸。他站在那里,像被定身法定住一般,盯着龙飞天看,朦胧的蓝色眼睛里发出奇特的光芒。

"大树,一起去吃粑粑!"杨丽雪丹咯咯笑。

法国人如梦方醒,并没有回答,咧嘴一笑,急速走向后院,上楼。

懒散的夏日,临近傍晚六点了,太阳还高高挂着。阳光依然充盈,光线柔和到让整个院子都似乎笼罩在滤镜里。空气清新柔和。嗒嗒的马蹄声伴着银铃声,穿梭在田野边的小路上。风花雪月,蓝天白云,没有哪里的天空,能比喜洲郊外的更干净明亮和蔚蓝。

像南方轻柔的云被北风刮走,龙飞天失魂落魄,心不在焉,再也无心欣赏郊外风光。刹那间的回眸,一双眼睛凝视自己,一个人像幽灵似的闯进来,挥之不去,脸上的红晕把一颗心浸染。她有些许的恼怒,也有些许的甜蜜,仿佛老天刻意安排,仿佛冥冥中注定,她的生命要同那棵大树联系在一起。她心甘情愿,要做那棵大树下的一株小草。

五

一个人的夜晚难免寂寞,辗转反侧。也许是因为太想念李海音和李娇娘了,龙飞天陷入奇怪的梦境。一开始,那梦境是七彩的,如天上的彩虹,彩虹里有面如月亮的姑娘和咯咯的笑声。一双朦胧的蓝眼睛凝视着自己——很快,那梦境变成了纯净透明的天空之境。

龙飞天梦见静坐墙角的白族奶奶正一针一线地缝扎着手中的白布。那些白族奶奶看似年迈,但穿针引线的动作却灵活异常,让人惊叹。柔软的青丝缠绕指尖,像命运的绳索在拉长,纯净的天空下,染缸里的颜料漫过四季,

把岁月染成靛蓝,接着,在一阵凄风苦雨中,蓝色的布又被漂白——漂得像雪一样白,像奶奶李翠花的头发一样白。

爱的种子刚刚萌芽,就有一阵微风吹过,把龙飞天带回龙潭镇——那心灵栖居的地方。

梦中的李翠花显得瘦骨伶仃,看上去使人痛彻心扉。那些漫长的黑夜,奶奶是怎么熬过来的?四周是这么黑,漆黑一片,伸手不见五指。龙飞天似乎是在黑暗中寻找奶奶,她终于在一片光亮中找到了奶奶。奶奶李翠花坐在那片五彩的光晕里,用笔与针缝补着一颗寂寞的红心。

在龙潭镇李宅,那间老屋的院子里,李翠花坐在门口的矮凳上刺绣。煮茧、缫丝、织染,李翠花要在自己亲手织的布上绣完最后一幅作品。她看了看台历,发现自从开始绣孙女的像,已经快一年了。因为忙着别人委托的刺绣活,孙女的像一直没有绣好。

前两天,她觉得神清气爽,腿脚特别有力,就去了一趟蚕神庙。回家后,一种不好的预感催促着她,要把手头的绣像赶在那日子到来前完成。

金丝银丝和七彩的丝线在她脑子里缠绕,乱成一团。最后,每一根理清的丝线都化成对孙女龙飞天强烈的思念。李翠花不想把那种深入骨髓的思念告诉任何人,甚至儿子龙骏。龙骏忙着修古宅,昨天刚回来过。李翠花不想把那不祥的预感告诉儿子龙骏,免得他又多心。

李翠花心里只剩一个愿望,把孙女的像赶紧绣完。她发现自己的精神忽然间委顿,头昏眼花,四肢乏力,肩膀脊背发出一阵阵刺痛,发抖的双手越来越不听使唤。绣绣停停,每过一刻钟,她就要站起来,回到屋里,拿出一本笔记看看。

笔记本上密密麻麻记满养蚕知识和与蚕茧有关的谚语,诸如"种得一亩桑,可免一家荒""种桑养蚕、一树桑叶一树钱""种桑三年,采桑一世""家有百株桑,一家吃勿光"之类。

最多的还是祈蚕歌。李翠花年轻的时候,每年冬春都有人挑担去蚕神庙给蚕神供祭。有一个唱花鼓戏的,去过湖州,从一个湖州老蚕农那里学会祈蚕歌,沿村游唱,赚些米面糕团。李翠花觉得那些歌很好听,就央求唱花鼓戏的一遍遍地唱,自己一字不漏地记下来。

她坐在矮凳上,一边刺绣,一边轻轻哼起那些祈蚕歌:

……十二月十二蚕生日,家家打算蚕种腌。有的人家石灰腌,有的人家卤池腌。正月过去二月来,三月清明在眼前。清明夜里吃杯齐心酒,各自用心看早蚕。大悲阁里转一转,买朵蚕花糊笪盘。红绿绵绸包蚕种,轻轻放在枕头边……

……去年唤得张家娘,今年要唤李家娘。廿四部丝车排两边,中央出路泡茶汤。东边踏出鹦哥叫,西边踏出凤凰声。……粗丝银子用斛斗,细丝银子用斗量。卖丝银子吪处去,买田买地造高厅。来者保你千年富,去者保你万年兴……

李翠花打起精神,绣一会,又接着哼唱:

……一到四月五月天,家家养蚕不得闲。哪怕日日忙辛苦,只怕蚕饿不结茧。叶大要拿刀切细,叶湿要用布擦干。儿啼女哭顾不得,把蚕当作儿女看。头眠二眠三四眠,结成茧子白又鲜。缫丝织绸制衣服,穿在身上轻又软……

……天上落下蚕花来,水上泛起鱼花来。放得三十六只麒麟当,轻船去,重船来,廿四个朝奉收账来……蚕花落伢笪里来,白米落伢田里来,搭个蚕花娘子一道来。落伢囤里千万斤,落伢蚕花廿四分。东一村,西一村,万年台前看戏文;东也宁,西也宁,风调雨顺享太平……

屋里白炽灯的灯光太刺眼,她把绣案搬到屋檐下。黄昏时分,她把屋檐下挂着的行灯全点亮。

灯光朦胧柔和,眼前的东西越来越恍惚。绣花针扎破手指,她也感觉不到疼痛。她只觉得那细细的绣花针像铁杵一样沉重。殷红的血滴下来,滴在肖像上,像红红的行灯光晕染开去,那光晕里有孙女龙飞天的轻声呼唤。

万籁俱寂的夜晚,蜡烛燃尽,屋檐下的行灯一盏盏熄灭的时候,李翠花耷拉下脑袋,伏在绣案上睡着了。

第六十八章
院士工作站

一

黄博士到花厅"木园"喝茶。他本来是来安慰龙骏的,可坐了一个时辰,一句话也没说,走了。

望着黄博士离去时落寞的背影,龙骏陷入了沉思。与其说是沉思,不如说是出神。听说人的灵魂每过十五分钟就要离开肉体出去放风,龙骏的灵魂就处于这种放风的状态。

墙上的挂钟还在滴答,生活却仿佛在这一刻停摆。龙骏的思绪仿佛还停留在母亲李翠花去世的那个晚上。那一晚他翻来覆去,心绪不宁,半夜回到李宅的老家,发现母亲李翠花趴在灯下睡着了。几声没叫醒,实际上,龙骏再也叫不醒母亲了。

他第一时间打电话给女儿。龙飞天中断旅行赶回来。看着哭成泪人似的女儿,龙骏似乎才意识到,母亲真的离开了。

龙家人过来治丧。他们依然把李翠花当成龙家人。李翠花却早已有所准备,把父母移葬到镇公墓的时候,在李篾匠边上买了个墓穴。

如果没有龙家人帮忙,龙骏真不知道怎么把母亲送上山。这段时间,龙骏像个木头人似的,神情呆滞,恍恍惚惚。一盏灯亮了,又熄灭了。母亲像那熄灭的火焰,什么也没留下。她悄无声息地走了。她的晚年不知忍受了怎样的隐疾病痛。假如自己能在母亲身边,能够多给母亲一些照顾,假如母亲这么多年不是那样逆来顺受,把所有的屈辱都扛在自己瘦弱的肩上——如果那些"假如"都能变成另一面,母亲或许能逃过一劫。哪怕母亲能多活一年、一月,甚至一天,龙骏也不至于这么内疚。

至少,母亲离开时是从容的。对龙骏来说,也许这是最后一丝安慰。

龙骏忙着整理母亲留下的遗物。他要把老房子简单地整修粉刷一下,留给女儿用。送走奶奶时,龙飞天哭得昏天黑地,一转身,又仿佛忘了死亡的伤痛,变得青春洋溢。

龙飞天大学毕业回龙潭镇,第一件事是要在老房子里开一座染坊。李海音尊重她的选择,布衣巷的服装设计室保留着,龙飞天随时可以去那里工作。

生活从来不像你想象的那么好,也不会像你想象的那么糟。

龙骏一边发呆一边胡思乱想时,忽然间听见身后一阵急促的脚步声。

进来的是龙利,三十岁左右,矮墩结实,理一个板寸平头,手上戴着腕表手串,脖子上挂一根粗大的金链子,白皙的圆脸带着神秘的笑容。龙利身后跟着的两个人,清一色的黑西装黑皮鞋红领带。其中一个是龙益,同样矮墩结实,一张憨憨的圆脸,胳肢窝夹着公文包。另一个高大威猛,一脸凝重,站在龙利身后,像司机,更像保镖。

龙利是龙氏制药集团公司的总经理,与父亲龙彪一样,爱折腾,平时嘻嘻哈哈,喜欢开玩笑。他摇摇摆摆地走到龙骏身边,抬手要拍龙骏的肩膀,看着龙骏袖臂上别着的黑绸,停住了。

"龙叔,节哀顺变……"

龙骏开始泡茶。

"龙叔,你的茶艺我下次来领教。稍后我还要参加一个重要的会议。一大早过来,是想看看你这里还有什么需要我帮忙的。"龙利看看四周,咂咂嘴,很快露出本性,侃侃而谈。

"龙叔,你这木匠活干了多久了?龙信也真是的,论辈分应该称呼你爷,把花厅这么大的工程交给你,答应拨付的工程款却迟迟不到位。当然,你也别见怪,龙信那破镇长,说到底也没多大的权力,能支配的资金有限。说实话,在龙宅,龙信说的话还没有应骊响亮。应骊是村主任,会拍桌子能瞪眼,能哭着流泪也能笑脸相迎。不过,龙宅村集体虽然富得流油,要办的事也很多,老街两边要维修的老宅不少。我听说,花厅申报国家级文保快批了,到时候,国家有专项资金,市里镇里再争取一点,龙宅村集体也出一部分——只要应骊松松口,你就用不着到处化缘了。"

龙骏不想问能拿到多少钱。花厅维修费用远超预算,龙骏已经垫付大部分材料款和人工工资,缺口还是很大。过去的坑能填平就不错了。只要不让修葺工程停下来,有总比没有好。

旁边,龙利依然刹不住,半开玩笑半认真地说:

"说起来,花厅也是我最大的一块心病。我知道,龙家赞助的那部分是杯水车薪。龙叔,你该体谅侄子们的难处,龙氏制药是上市公司,有严格的财务制度。再说龙家的事,过去是龙马朱赫赫说了算,现在唯大嫂应骊马首是瞻。不过,我尽量争取在我权力允许的范围内挤出一部分资金——等花厅修好了,再给你弄个木雕工场,让你专心干木匠活……"

"龙利,有事你就直说。"龙骏呵呵笑。

"的确,我是来求你帮忙的。我想请你去市科协走一趟,接一个神秘的客人。我知道,市科协的骆主席是你的老朋友……"

龙骏露出疑惑的眼神,不知龙利的葫芦里卖的是什么药。龙骏和骆一行是师生也是校友,虽然很少联系,但那份情谊还在。骆一行先在科技局干了几年,后被调到市科协。

"是什么样的神秘客人?"龙骏问。

"这位神秘客人可不简单,他是院士。龙潭镇的医疗行业要抢占行业发展的制高点,就要因应潮流,以科技为依托,以创新图发展,引智聚才,建立完善的自主开发和产学研相结合的发展模式。龙氏制药是省医药工业重点企业,又是国家级高新技术企业,博士硕士工作站有了,眼下要引进院士专家建院士工作站。这一块归市科协负责。"龙利像是在台上做报告。

"公事公办,那也得龙信出面。"

"政府推动,关键还是企事业单位自身努力。龙信忙着准备新医院的奠基仪式,走不开。他又怕我等后辈没长胡子靠不住,特地叫我来请龙叔跑一趟。说实话,能请到那样的大人物——我是说大院士,不单是龙家,对龙潭镇也是大功一件。"

龙骏缓缓站起身。

龙利挥了挥手。站身后的龙益从公文包里取出一大串车钥匙,足有七八个。

"龙叔,你那拖拉机似的破车也该换换了。奔驰宝马还是保时捷玛莎拉蒂,我车库里停的,随你挑一辆,让李师傅开车送你去。"

四

龙骏一大早进城接客人,诸葛慧莲自己送应明去海马学校。

回到国药馆,诸葛慧莲接到刘强打来的电话,邀请她明天上午参加新医院的奠基仪式。

占地两百亩的龙潭医院大半年前获批。施工机械半年前进驻越王山下的低丘缓坡地,开展前期的土地平整管线施工。新医院按照综合三级甲等医院标准建设,由市府和龙潭镇全额投资。

刘强已经辞去了卫生局局长的职务,受聘担任新医院的院长。他暂时回到人民医院兼任副院长,负责新医院的筹备建设和招募医护的岗位实习培训。

早在前几天,诸葛慧莲就接到刘强打来的电话。电话里刘强显得很兴奋,告诉诸葛慧莲有一位神秘的客人将要参加新医院的奠基仪式,同时莅临国药馆参观。诸葛慧莲再三追问,刘强依然不肯吐露神秘的客人是谁。

参加完李翠花葬礼后的这些日子,诸葛慧莲一直心绪不宁。儿子的学业、女儿未来的前途纠缠在一起,国药馆也接连出现资金、人事和医患问题。

送完儿子回来,时间还很早,诸葛慧莲决定到外面走走,呼吸一下新鲜空气。

差不多两年的时间,她待在宗祠里极少外出。一切都要从头开始。她要处理国药馆日常事务,还要坐诊,业余时间通读古代中医典籍。最主要的,她要把父亲的上万个方子分门别类,把药方与父亲写的密密麻麻的笔记对照进行整理。日历、时间、气候、病程、疗效、回访记录,她像一名侦探似的寻找蛛丝马迹,推理甄别,仔细考究——即使同一个药方,季节不同疗效也不同,哪怕是细微的天气变化也会有差别。

这是一个多事之秋。诸葛慧莲的生活似乎在什么地方卡住了。她陷入了困境,走入了一条狭窄的小巷,小巷后面是无数的高墙。父亲是她孤独心

灵唯一的依傍。每当这样的时候,她总是在心里与父亲对话,寻求父亲的帮助。她无法离开国药馆,就走到古月桥边的那棵银杏树下,仰望天空,凝神沉思。

这天早上,她决定暂时忘记一切,走得更远。

她来到龙潭湖边,搭上一艘驶向白鹭洲的小船。诸葛家的祖坟越来越近。诸葛慧莲看见熟悉的坟包和墓碑,鼻子酸酸的,终于不自觉地流下眼泪来。

朦胧的泪眼里,诸葛慧莲又看到了一个熟悉的身影。

钱江潮三天前就悄悄来到了龙潭镇,白天走街串巷,晚上住在湖畔的两岸行大酒店。直到在新医院奠基仪式上露脸,人们才知道这位头发花白的老人的真实身份。

龙骏没接到客人,龙利忐忑不安,龙信战战兢兢。好在钱院士还是准时出现在新医院奠基现场。

奠基仪式结束,一群人簇拥着钱江潮,走向湖畔的大酒店。

钱院士"微服私访",不知道查出了多少"隐患瑕疵"。年轻的镇长心有余悸,送走了省市厅局的领导,连忙赶过来,邀请钱院士去镇政府指导工作。

钱院士领衔的院士工作站是龙潭镇的第一个,接下来还有第二个、第三个。开门若是炮哑了,后面的事就难办了。

龙信握着钱院士的手不放,一定要他去镇政府招待所用工作餐。

"龙镇长,您放心,这两天我就与龙氏制药签订合作协议。"钱江潮笑道,"接下来是私人时间,我要与刘强诸葛慧莲叙叙师生情谊。"

"这怎么行?钱院士,我已经在龙珠大酒店安排好了总统套房。先请院士下榻,然后安排宴席给您接风洗尘。游艇早已在码头恭候。"龙利努力挤到前排。

"龙总,何必如此兴师动众?如果一定要请,就在龙湖鱼馆吧。"

"院士,那么小的地方,怕容不下您的大驾——"龙利面露难色。

龙利有难言之隐。原来半年前,老板龙有德撇下鱼馆到南方开矿去了。龙湖鱼馆的生意每况愈下,几近关门。鱼馆也是龙家门面,应骊出手相助才保住。鱼馆虽然还开着,但是名声已一落千丈,远非昔日的热闹可比——装修陈旧,门庭冷落,将将能够维持。

钱江潮似乎看出了其中的蹊跷,笑着问:"以前的鱼头还有吗?"

"鱼头倒是有,特色菜。龙潭湖的鲢鳙,像大白鲨,一个鱼头够七八个人吃的。"龙利毕恭毕敬。

"那豆腐呢? 教授夫人的盐卤豆腐……"

"是我十姨婆衣钵传人的手艺,味道也不会差到哪里去……"

"这就是了。龙潭湖的鱼头,教授夫人的豆腐,加点麻辣,我要的就是那个味!"钱江潮哈哈大笑,"如果还有家酿的红曲米酒,那就十全十美了!"

拗不过,一行人还是去了龙湖鱼馆。

他们进了几年前坐过的小包厢。小包厢坐不下那么多陪客,龙利也没资格,龙信既是龙家人,又是政府的代表,列席作陪。

私人小聚,谈师生情谊,那些高深的医学术语也一知半解,龙信倒成了局外人。他一时说不上话,就做起了服务员的角色,上茶端菜送酒,顺便驱赶蜂拥而来的记者和凑热闹的看客。

一碟花生米,几个素菜。服务生接着端上一个大砂锅,嘴里念着唱词——原来这是龙湖鱼馆的第二万零八十八个鱼头。早有人从龙十妹菜园地窖里搬来十五年的陈酿。打开酒坛,酒香夹杂豆香在小房间里弥漫开来。

刘强端起了酒杯:"钱老师,这次附属医院能落户龙潭镇,您居功至伟,我敬您一杯。"

"哪里哪里。刘强,这次是你们自己争取来的。我钱江潮何德何能——如果真要感谢某一个人,那这个人非诸葛教授莫属。"

"是的是的,教授是龙潭镇的金名片,也是我们从医者的楷模……"

诸葛慧莲似乎心不在焉,在想心事,听到父亲的名字,眼睛一亮。

钱江潮向刘强递了个眼色,两人似乎有某种默契。

"几个月前,牛津医学院的罗伯特教授向我写了封推荐信,推荐他的学生。我把推荐信转寄上海。我觉得,比起我的药学研究院,上海的研究院更适合她……"

"先下手为强,后下手遭殃。没想到,还是被我刘强抢了先。新医院需要大量高级医护,我们正在面向全球招募精英,像她这样的牛津学霸、医学人才正是我们所需要的。钱老师,我不会委屈她的,将来把新医院的妇产科交给她,把生殖科研搞起来。如果有一天她自己愿意,再让她投至您的麾下。"

诸葛慧莲听出来了,他们一直在谈论自己女儿林晓的事。

"好啊,你们一直瞒着我搞小动作。"诸葛慧莲嗔道,"黄博士当初来龙潭镇,就是打进国药馆的楔子,是你们布下的棋子伏兵。现在,是我女儿林晓……"

"怪我怪我。当初我真不知道林晓是慧莲的女儿。"钱江潮严肃起来,"等她积累了一定临床经验,我很愿意收下这个学生。不过依我看,她最好还是留在龙潭镇。诸葛教授留下来的东西就够她学一辈子受用一辈子的。我来龙潭镇建院士工作站,也是冲着我的老师诸葛教授来的……"

不管怎么说,女儿林晓的工作有了着落,诸葛慧莲放下一桩心事。难得喝酒的她频频举杯,脸上有了红晕。

"这几天我在龙潭镇走了走。西医有新医院,中医有国药馆。龙潭镇的制药企业已经形成一定规模。药研所实验室里,硕士博士,人才济济,建院士工作站的条件已经成熟。"钱江潮正色道。

龙信听说院士工作站的事,连忙坐下洗耳恭听。

"建院士工作站的目的,当然是辅助药企和国药馆。这还不够,我们真正的目标是要建一座健康小镇,要把整个龙潭镇变成健康之镇……"

说起健康小镇建设,钱江潮侃侃而谈,在座的几个人听得如痴如醉。

"钱院士高屋建瓴,目光长远,使我等醍醐灌顶、茅塞顿开。"龙信频频举杯,"院士,您德高望重,在国内外人脉极广,一定要多介绍几位院士到龙潭镇来。"

"介绍没问题,关键是要用他们。比如,诺维科夫先生……"

"诺维科夫先生可是学建筑艺术的……"

"建筑,艺术,美学,这些是健康小镇的一部分,是人本基础。"

"那是那是。只要是院士,不管中国外国,不管科学工程人文,我们都欢迎,多多益善,多多益善!"龙信笑呵呵的,"我希望钱院士您带个头,经常来,长期指导……"

"龙镇长,你放心,我不但要与镇政府和这里的企业长期合作,长驻龙潭镇,将来还要在龙潭镇隐居、当一名龙潭镇人!"

龙信把原本悬在喉咙口的心放回原处,兴高采烈,与钱院士连干三杯。

"钱院士已经逛过龙潭镇了,明天我陪您去城里,逛逛森博会和国际商贸城,领略一下我大婺州蓬勃向上的风采。"

第六十九章
凤鸣山社区

一

20世纪80年代末平常的一天，婺州城县前街市府大院不远的绣湖公园里，乌压压的一群人聚集，里三层外三层围成圈，似乎在看杂耍或西洋景。人们并没有听到锵锵的锣鼓声和耍把式卖艺人的吆喝，有喜欢看热闹的，好不容易挤进圈内，一看，原来是一个皮肤黝黑、头发卷曲的老外。

彼时的婺州，一名不同肤色外国人出现，足以惊动半座城。

从街边小摊，到棚架水泥板，再到宽敞大厅商位分割的市场，商业的繁荣撬动整座城市的发展。2001年中国入世后，专业市场迭代发展，不断搬迁，不断膨胀。三十年后，婺州已从一个贫穷落后的小城发展成为世界性的"小商品之都"，成为"买卖全球"的大超市。最后一代市场——国际商贸城与全球两百多个国家和地区有贸易往来，每年有五十余万外商来婺州采购，每天有两万多名外商活跃在城市的大街小巷，常驻半年以上的超过万人。

于是，婺州城里出现了十几个大大小小外商集聚的"联合国社区"。

位于江东的凤鸣山社区，面积二平方公里的行政区域内，有市教育局、商报社、电视台等文化机构，有工商学院、教育研究院、中小学等多家教育单位，本地户籍居民不足四千，却涌入了两三万名外来务工者。因为毗邻体育会展中心,离国际商贸城不远,新兴的凤鸣山社区吸引了众多外商常驻机构、叙利亚、伊朗、伊拉克、土耳其、埃及、巴基斯坦、美国、澳大利亚、西班牙、英国、南非、埃及、尼日尔、也门、波兰……七十四个国家的一千三百多名境外人员在此居留,成了婺州城里居民结构最复杂的"联合国社区"。

八年前,林峰夫妇搬到凤鸣山社区的锦绣家园。沙中柳凭借在原社区的口碑和出色的领导组织能力,成功竞选社区居委会主任。乐众惠民、融书苑、巧媳妇工坊、丹青社、邻里值班室、大匠维修、暖心社工、老娘舅,凤鸣山社区创立了一大批志愿者服务品牌,沙中柳的事业红红火火、风生水起。

四年前,沙中柳要竞选连任,林峰说什么也不同意了。

"你可能是全国年龄最大的居委会主任了。七老八十的,该在家享清福了。居委会主任这个职务,管的事不比联合国秘书长少。联合国秘书长能领二三十万美元的年薪,你却一分不要,还要倒贴。你啊,当居委会主任太屈才了,最好去当'世界总管''地球球长'。"

林峰觉得沙中柳不可理喻,话里明显有调侃的意味。沙中柳当耳边风。

"居委会主任不是官,只要群众拥护,什么年龄都可以当!别的不说,那些院士专家,八九十岁还在工作岗位上呢。我父亲九十岁还在带博士,两个哥哥到现在都没退。活到老学到老干到老,这事你别说了。"

沙中柳挥着手,态度坚决。她一向我行我素,要竞选连任,再干几年。

沙中柳乐此不疲。对她来说,当居委会主任的日子就像过节。

的确,在当居委会主任的这些年里,一年到头,沙中柳有过不完的节日。

第一个重要的节日是清明节。社区要组织外商到龙潭镇桃花坞踏青赏花采茶,然后是制作清明粿。活动现场,中外居民一对一进行包清明粿教学,蒸好清明粿一块品尝。第二个是端午节。龙潭湖有龙舟大赛,伴随龙舟大赛的还有龙潭峡毅行徒步、青山湖骑行大赛、龙潭镇乡村民俗节和摄影大赛。

中秋是凤鸣山社区最大的节日。中秋的邻居节,锦绣小区有邻里团圆的百家宴——长街圆桌,每户人家一个特色菜,比满汉全席还要丰盛。外籍居民和本地居民一样携家带口,盛装出席这一年一度的佳节。百家宴上有"快乐迎中秋、巧手做月饼"活动,拆粉、和面、放馅、压模包装,月饼制作过程中,中外居民们互相合作,配合默契。另一项重要的活动是品茗,邀请专家介绍茶文化和茶知识,茶艺师现场表演茶艺——绿茶、红茶、白茶、黑茶,龙井、毛峰、白尖、普洱、岩茶、铁观音、大红袍,外商边喝茶边学习交流。伴随垂涎欲滴的美食和嫦娥奔月的美丽传说,中外居民联谊演出的大幕拉开,古筝古琴、诗歌吟诵、剪纸风筝、团扇描画,工商学院的外国留学生表演充满异域风情的非洲和阿拉伯舞蹈。沙中柳也要露一手,带领老年艺术团走台秀旗袍。

中国传统节日之外,还要过数不清的洋节。每年2、3月间举行的"洒红节",是印度最古老的节日之一。这是个疯狂的节日,是消除误解怨恨、摒弃前嫌重归于好的日子,这一天,印度女子和小孩聚集在一起,唱歌跳舞,用五颜六色的颜料相互涂抹,肆无忌惮地向熟悉或不熟悉的人喷水或撒颜料粉,中招的人绝不会埋怨和生气。

凤鸣山社区外籍居民中最多的是阿拉伯人。他们的节日有开斋节、伊斯兰教新年、阿术拉节、穆罕默德诞辰、穆罕默德升天日。

还有非洲国家的节日:埃及传统的闻风节、坦桑尼亚的月圆节、尼日利亚的捕鱼节、撒哈拉联欢节、尼罗河泛滥节……

等所有的节日过完,沙中柳的一年也忙到头了。

自然,节日气氛最隆重的莫过于中国的春节了。贴春联、挂灯笼、除夕守岁,浓浓的年味洋溢在婺州城的街头巷尾。凤鸣山社区更是处处张灯结彩,披红挂绿,乡音浓重的普通话与英语、西班牙语、阿拉伯语交织在一起,互道新春祝福,共话家长里短,欢乐的笑声此起彼伏。

大年三十是林家一年中最热闹的日子,沙中柳要邀请居住在社区内的九名外国友人到家吃团圆饭。他们是穆罕奈德叔侄艾曼和曼吉达,也门医生阿尔马,伊朗人哈米,马来西亚珠宝商人郭德福,土耳其厨师吉米,印度人洛基,哥伦比亚人法维澳和侄子乌戈。这些人是居委会主任沙中柳的老朋友和社区铁杆志愿者。除夕,大家一起到沙主任家"滚元宝"——圆滚滚热乎乎的茶叶蛋。春联和窗花早已贴上宽敞明亮的餐厅门窗,鲜艳的装饰物摆上大圆桌。沙中柳一边哼唱越剧,一边在厨房忙碌,爆、煮、炒、煎、炸、蒸、炖,用尽各种神通,做出一大桌色香味俱全的年夜饭。

客人们共聚一堂,觥筹交错。

团圆宴上,最活跃的是马来西亚珠宝商人郭德福。他过去辗转吉隆坡、丁加奴和柔佛州三地从事珠宝贸易,在吉隆坡的黄金地段买了最豪华的别墅。一场婚姻变故使他离开了马来西亚,带着第二任妻子来到婺州,继续从事珠宝生意。郭德福特别喜欢龙潭镇的"李氏灯笼",每年春节前都要往马来西亚发一批灯笼春联之类的年货,分给亲朋好友。

<h1 align="center">二</h1>

去上海服侍卧病的父亲,接着参加葬礼,沙中柳意外落选居委会主任,不过她还挂着两个头衔——主任顾问和老年协会会长。新的社区主任是沙中柳一手培养提拔的,从社区文工团副团长到居委会副主任,都是沙中柳的副手助理,对沙中柳言听计从。沙中柳越俎代庖,新主任落得当甩手掌柜。沙中柳甚至"鸠占雀巢",依然在主任办公室办公——她觉得这没什么不妥,算是扶新主任上马,再送一程。

她和林峰达成默契,每天早上离家,在楼梯口分道扬镳,各忙各的。林峰当他的"老娘舅",沙中柳接着当她的"联合国秘书长",井水不犯河水。

这天早上,他们并没有像往常那样心平气和地分开,而是彼此冷眼相对。沙中柳显然余怒未消。昨晚他们又吵架了。导火索依然是孙女和儿子的事。林晓的工作有了着落,进人民医院当见习医生。沙中柳认为这样的安排也无不可,但心里多少有些别扭,觉得棋输一招,被林峰抢了上风。老话重提,两人分歧依旧,为孙女林晓的事争得面红耳赤。沙中柳最后使出撒手锏,指责林峰对儿子的事漠不关心。夫妻俩不欢而散。

离开那个沉闷的家,沙中柳长舒了一口气。她染黑头发,穿着轻薄贴身的丝绸旗袍,昂首挺胸,步履从容,容光焕发,看上去比实际年龄年轻了二十岁。

上班的时间还早。沙中柳突然心血来潮,走进附近的公园。她已经好几年没进小区里的锦绣公园了。古宅瓦檐上的积雪融化,柳丝发芽,梅花桃花樱花玉兰花依次盛开,银杏树长出第一片叶子,荷塘里冒出第一个粉红的花骨朵——沙中柳对公园里四季的变幻全然不知,她从没有穿过紫藤花的长廊,没有闻过桂花的浓香。

青石板的小道两边,葱兰密植的泥地上有香樟的枯枝落叶。生命的代谢从未停止。日子过得太快了,四季迁移仿佛是一刹那的事。一年很快就过去了。

走出公园的边门,沙中柳步入另一个小区。这个小区有十几栋高层公寓,租住着许多创业的年轻人——淘宝店主、药店员工、舞蹈教师、培训班教员,外来流动人口多,中外混杂。前段时间卫生出了问题:电梯出入口有人随口吐痰,楼道内堆满脏兮兮的纸箱废杂。沙中柳顺便查了几个楼道,情况已有所改观。

沙中柳来到电商大厦边的居委会大楼,烧水打扫卫生。办公室里静悄悄的。周末,居委会办公的人很少,有几个新招的大学生接到沙中柳的电话来加班——他们是街道办派下来实习锻炼的。

沙中柳还保持着当主任时的习惯。办公桌的台历上画着密密麻麻的圈点,那是沙中柳用自己发明的符号写的,像过去神秘的电码,只有她自己才能看懂。备忘录中的事,用红笔标注是需要自己亲自参与的,用蓝笔标注是安排他人去做的。居委会负责的事情很多,社团党建、文教卫生、民政妇联、消防安全,总共有二三十项。

第一批志愿者陆续报到。他们是马来西亚人郭德福和印度孟买商人洛基。两人都是"洋河长",有空便会一起沿流经公园的小溪查看,巡溪护河,帮助清理婺江和支流水面上的漂浮物,捡拾沿岸的垃圾,遇见在溪里洗衣的居民就上前劝阻,发现水质变差了第一时间通知相关部门处理。郭德福是旭日公益俱乐部的CEO。俱乐部由马来西亚、约旦、苏丹、叙利亚、新加坡、伊朗、马里等数十个国家和地区的外商组成,经常开展公益活动,助学助残、无偿献血。洛基和印度孟买商人菲利普是好朋友,他是旭日公益俱乐部献血团的组织者。洛基来婺州十多年,得到过很多人的帮助,能够用自己的血帮助其他人,他感到非常开心,他自己还加入了中华骨髓库。

接着是第二批志愿者:伊朗人哈米,叙利亚人艾曼和侄子曼吉达,哥伦比亚人法维澳和侄子乌戈。他们每周都要参与一次集中巡街,平常也骑着自行车单独巡街,劝导纠正交通违章、垃圾乱堆乱扔行为。伊朗人哈米资格最老,他是外商"老娘舅"、社区惠民议事会成员和中外居民之家委员会主任。没等组长哈米发话,艾曼和侄子曼吉达已经穿起黄马甲戴上红袖箍,到附近街道和凤鸣山公园值勤。他们穿梭在草坪游步道边,捡拾塑料瓶、食品包装袋、糖果皮、纸片等垃圾,有时还钻进树丛,硬是把半埋在草丛和灌木丛中的塑料瓶、包装袋等垃圾揪出来。

哥伦比亚人法维澳十年前来到婺州,操一口流利的汉语,自称是婺州资历最老的南美人。他是拉丁风味餐厅的老板,既是"洋街长",也是特邀的交通训导员,每星期执勤一到两次,耐心劝导占道经营的小贩,维护治安。他的侄子乌戈在他的熏陶下也加入志愿者行列。虽然没有工资、没有补贴,但脸上总是挂着笑容的乌戈积极性很高,哥伦比亚小伙觉得穿起黄马甲戴上红袖箍,挥舞旗帜站在红绿灯路口协管交通很"酷"。

最后一名志愿者戴着治安巡检的红袖章离去,沙中柳接着安排自己的两项活动。一是组织百余名外商去龙潭镇体验过去货郎担的生活——戴斗笠,穿蓑衣,肩挑货担,手拿拨浪鼓,真实体验"鸡毛换糖"的感觉,探寻市场经济发展的密码,同时品尝龙潭镇的美食小吃。第二个是落实汉语和传统文化学习班的场地。上一个学习班,来自三十多个国家的七十多名外商来学汉语,社工活动室太小,不少外商是站着听课记笔记。社区党群服务中心会议室要对外商免费开放,汉语水平考试培训班的设备也要添加——这些需要有人落实。

下午有个活动沙中柳必须参加。那是"洋妈妈"志愿者服务队的幼儿园消防演习。这个活动是由小穆罕奈德的中国妻子王桂芳带头组织的。十二名精通汉语的洋妈妈分别来自多个国家,其中有马里女商人阿基玛。王桂芳和阿基玛虽然早几年已搬到别的小区,但是只要凤鸣山社区有活动,就会主动参与。

下午5点回到居委会办公室,沙中柳看了一下台历,离中秋已经不远了。她现在就得为社区一年一度最盛大的"迎中秋 庆中秋"中外文化交流活动做准备。还有锦绣小区的邻居节百家宴。她坐下来,又开始在台历上画出一行行她自己才能读懂的电码。

三

在朋友圈里,林峰是有名的"惧内",他并不觉得那是调侃,而是一种赞美。

无论在职场还是家里,沙中柳的影子无处不在。不得不说,这个上海媳妇既精明又大气;也不得不承认,沙中柳心灵手巧——那双曾经软绵绵的纤细白皙的手,干什么都是一学就会。

唯一的缺点是嘴不饶人。

这样的生活不算完美,也算令人满意了。林峰很想抓紧那根婚姻的纽带,在平平淡淡的感情中细水长流,过完未来看得见数得着的日子。可是一切似乎不是他说了算。闯过无数的惊涛骇浪,生命的船在暮年却触到一个个暗礁。在林峰心如止水,打算顺应天命过平静的生活的时候,沙中柳却还在变还在折腾,有越来越"作"的倾向——她的心气儿越来越高,脾气也越来越大。

满以为沙中柳从居委会主任位置上退下来会省省心,没想到她越发积极。沙中柳的做派,林峰实在看不下去了。

"都什么年纪了?你要是去老年协会唱唱歌跳跳舞参加旗袍秀什么的,我不反对。这居委会的事,交给年轻人去做。"

"当你的老娘舅去,我的事你少管!"

沙中柳觉得林峰不当"贤内助"也就罢了,还有意无意讽刺阻挠、给自己设绊,真是"是可忍孰不可忍"!

林峰本来是很想在家当"贤内助"的,他看烹饪的书,下载电脑视频,学习烧菜。可是除了烧水煮汤,那双粗大的手掌怎么也弄不出像样的菜来。烧的菜实在难以下咽,林峰放弃了那门日夜都想学会的烹饪手艺。

好心被当驴肝肺,林峰苦笑,沉默。

林峰最难接受的,是沙中柳的洁癖。茶几上有一丝烟灰也令她难以容忍,林峰只好躲到楼顶露台或是楼下公园里抽烟。平时,林峰要穿沙中柳亲自挑好的衣服鞋袜才能出门。林峰的衣柜里堆满了衣服——皮夹克、西装、羽绒服、衬衣领带、军服呢大衣,沙中柳却要林峰穿汉服唐装。

脚汗,袜子臭,抽烟喝酒——沙中柳开始抱怨林峰脾气犟,身上有股驴味。

沙中柳越来越挑剔,脾气也越来越古怪。林峰穿错袜子,戴错帽子,穿着拖鞋在楼道上走几步——这些鸡毛蒜皮的小事都会惹得沙中柳絮絮叨叨说上半天。林峰额头青筋裸露豹眼凸出,借着酒劲,有一股不想过下去的冲动。

但他终于没有发作。三十六计,走为上计。他躲到公园里,大口喘气,像骡子推磨似的转圈。在家里受沙中柳支使呼来喝去,林峰终于决定摆脱束缚,干自己喜欢干的事。他接受朱赫赫的邀请,去新的地方继续当老娘舅。

生活似乎并不因为林峰找到事情做而有所改观,而是陷入了另一种僵局。

家里冷冷清清的,即使在炎热的夏天也有一股寒气。林峰左思右想,终于找到根源:厨房里没有火。以前不管怎么忙,沙中柳都会在晚餐前回家,弄两个酒菜。现在,沙中柳很少回家吃饭了。每晚回家都是九十点,卸妆洗浴后上床睡觉。林峰在书房里看书到十一二点。两人很少说话,仿佛生活在两个遥远的世界,成了最熟悉的陌生人——世界上最糟糕的事不是孤独终老,而是与另一个感到孤独的人一起终老。

林峰按时下班,在小区外的小巷里吃一碗王家拉面,然后在公园盘曲的青石板道上走个十圈八圈——他几乎没什么爱好,步行是他唯一的锻炼方式——等七八点钟再回家。

还远未到对那份感情心灰意冷心力交瘁的地步,这样下去吃亏的是自己。以往哪一次不总是自己先妥协让步?林峰思考着如何结束冷战状态,决定找个时间与沙中柳好好谈谈。道歉是必需的。如果能解开眼前的死结,他愿意放弃工作回归家庭。哪怕戒烟戒酒也行——这是解决问题的一大关键。

林峰坐在沙发上等。10点钟,沙中柳回家,看上去红光满面、兴高采烈。自从她回到居委会主任办公室上班,沙中柳每天像打了鸡血似的兴奋,打扮得花枝招展,早出晚归,穿旗袍,搽白粉,抹口红,又成了高个细腰、唇红齿白、柳眉杏眼的活力少妇。

女人不是没有梦想和情怀,只是为了生活,她们必须把梦想和情怀放在一边。其实,很多夫妻关系出现问题,其症结在于妻子心太累、丈夫心太大。妻子太负责任了,把丈夫都照顾得面面俱到,而丈夫把一切看成理所当然。家庭要和谐,丈夫必须明白妻子的喜怒哀乐,妻子则需要释放,找回曾经的自己。无论男女,只有活出自己的精彩,才能更具有吸引力,让对方重新爱上你。一个人有了自我以后,魅力就会成倍地增加,让对方找到新鲜感。

不过,对老夫老妻来说,那种新鲜感毕竟还是短暂的。做瑜伽,练舞蹈,唱歌走秀,敷面膜,吃各种营养品,也无济于事。沙中柳毕竟到了古稀之年,难以逃脱岁月的蹂躏。她从盥洗室走出来,明显换了一副面孔——颈项的皮肤松弛,额上的皱纹清晰可见。

自打从居委会主任的位置上退下来,沙中柳一天比一天委顿,衰老的速度加快了几倍。

四目相对,林峰错愕。

沙中柳却很平静,脸上没有忧戚,在林峰的对面坐下来。她知道他有话说,往常的这个时候,林峰早上三楼进书房了。

"是我的——"林峰不知如何开口。

"没什么。这不是你的错,也不是我的错。你做你的,我做我的,这很好。"沙中柳声音很轻,有些沙哑。

"我是说儿子的事。你可以找他谈谈。我一定不插嘴。"林峰没话找话。

"儿子的事,更是别瞎操心了。"沙中柳话里有话。她知道,林波成为市博物馆的研究员负责文保方面的事,都是林峰在暗中斡旋帮忙。

"早点睡吧。我明天还要早起。"

沙中柳进了卧室。她的背影看上去很疲惫,甚至有一种病恹恹的萎靡。

林峰轻轻地叹了口气。

蜡烛不能两头烧。眼前这个女人,分明像一根蜡烛,为了发出耀眼的光,不惜过急地燃烧自己。

四

沙中柳并没有睡着。她躺在床上,漠然地看着昏黄的床头灯映在天花板上的影子。

这套几百平方米的大房子有三层。一层原本是留给从来没有回过家的儿子林波住的,除了林波的大书房,剩下的房间堆满杂物。喜欢独处的林峰住三楼。二楼除了客厅、餐厅,就是沙中柳的卧室。

卧室的隔壁是化妆间。衣柜里挂着沙中柳一年四季穿的各式旗袍。化妆间旁边是一个小书房,书桌上摆满奖杯奖章,书桌后的墙上挂着她和领导人的合照。

这些年,沙中柳获得了无数的荣誉。她是忙碌而充实的,没有时间在公园里遛弯,甚至没有时间拾掇一下前后院子里的花花草草。

那个白天快乐、在外人面前风风火火的女强人,晚上一回到家就陷入孤寂落寞。偌大的别墅像个空旷安静的囚笼。她黯然神伤,承受着精神与肉体的双重折磨。

　　她不得不承认自己是真的老了,像所有的老人一样喜欢回忆过去的生活。那些童年少年的生活印象纷至沓来。黄浦江,苏州河,外滩,老台门,弄堂,梧桐树,有轨电车的叮叮当当,黄包车的吱吱咯咯,上海话的呢呢哝哝,错综杂乱地出现在她的梦中。浆洗的衣服晾在巷道上,家家户户传来炒菜声,弄堂口的老爷爷边听收音机边理发。弄堂里的市井生活、台门里的家长里短和活色生香的上海话,过去的浮光掠影前尘旧梦仿佛历历在目。店铺,雪花膏,上海怀表,老式的收音机……街头巷尾满是怀旧的气息,梧桐树下的每一条弄堂,都藏着历史沧桑与人间烟火,都能闻到老上海的味道——那是她曾迷恋过的上海!

　　梧桐树在窗外摇曳,有轨电车叮铃铃前行,老建筑的身影纷纷向后退去。白墙黑瓦的弄堂,满街金黄的梧桐与路边的百年别墅洋房,那风情万种的上海哪儿去了?在服侍父亲的几个月里,沙中柳得空去寻访记忆中的上海:复古的西班牙式、法国式建筑,红色裸砖,私密洋房,街边书局小馆,高耸的梧桐树,弄堂间葱绿的幽静,地上斑斑点点的树荫。漫步梧桐树下,喧闹熙攘消失了,踩着散落的斑驳,倾听梧桐叶的沙沙声,仿佛能看到一个穿着旗袍的优雅女子向弄堂尽头走去。

　　那游人如织的外滩和霓虹闪烁的陆家嘴,不是她熟悉的上海。

　　人生总是难以预料,有许多不可能与可能。当她离开父母,偷偷坐上往南的列车,那个熟悉的上海就再也见不到了。

　　她不想再回上海。父母不在,原本就极其脆弱的亲情纽带很难维系。兄弟的眼光再平和,言语间总有一种居高临下的意味。沙中柳年轻时神经大条,年纪大了却越来越敏感。

　　她上错了车、嫁错了人了吗?对于三楼的那个男人——自己与之一辈子生活在同一屋檐下的男人,她已经谈不上爱或是恨、失望或是希望、感激或是谴责。一切都木已成舟。冥冥中注定的事已经无法改变。不管这个男人成功还是失败、健壮还是猥琐、儒雅还是粗鲁,余下的人生必须与他走完。

　　她回顾人生,自我反省,她失眠多梦,焦虑彷徨,内疚无助,百味杂陈。

　　她的身体一天不如一天,除了精神的失落、内心的折磨,还有身体的暗疾。那是整形外科手术留下的隐患。为美付出代价,她并不后悔。

　　她偷偷去医院检查,医生的话证实了她的料想。

　　沙中柳是第二次复发,并不乐观。

她不想把身体的暗疾告诉任何人,即便是林峰。留给她的时间已经不多了,比起自己的身体和社区的琐事,儿子的家庭婚姻和孙女的事业前途才是沙中柳最大的心病。

虽然不如人意,林晓的事算是解决了。内心深处,沙中柳并不想让上一代的悲剧传给下一代。林晓不像她父亲那样叛逆,这个漂亮的姑娘同时也有一颗聪慧的头脑,她的前途最好由她自己决定。直接去上海,自然有更高的起点,现在从基层医院干起,也未尝不是件好事。何况她身上流着一半诸葛家的血液,将来多半是要继承母亲那份事业的。

虽然沙中柳得出结论,过多的干预只会适得其反,但是儿子后半辈子的幸福始终是她的牵挂。一个没有家的男人像无根的浮萍,到处流浪,心灵无处栖居,终究难获幸福。她希望在自己瞑目前儿子的事有个着落。沙中柳最大的愿望是希望儿子能破镜重圆。她想找儿子谈谈,但是林波总是避而不见,即使见面,也是顾左右而言他,不愿触及这个话题。

婚姻是一个魔盒,是地狱也是天堂,是王宫也是囚笼。也许儿子后半辈子选择单身是不错的选择?我可从来没有相信过命运——还是不能死心,事在人为,有一口气就要奋力一搏!

诸葛慧莲很忙,可是打扰一次又何妨?沙中柳还是去了一趟龙潭镇。她本来是要诸葛慧莲看病的,但最后,简单聊了几句林晓的事就回来了。她不知道要不要告诉诸葛慧莲自己的暗疾。以前她们彼此是无话不谈的。诸葛慧莲是媳妇也是女儿,是唯一可以倾诉的人。可现在似乎有了距离和隔阂。那个曾经的灵魂之交已经远去了。

诸葛慧莲是世俗的、耐看的邻家女孩,某种意义上是沙中柳自己的化身。只是诸葛慧莲温顺得像只羔羊。她身上有悲剧的沉重感,那忧郁沉思的双眼、圣母般光洁的额头,表明她随时准备把自己当作牺牲奉献给所有的人。她的心里深藏着大爱。

也许,最大的障碍是那个男孩。沙中柳自己也带过应明,她对男孩的父亲应骁至今还有些愧疚。好心办坏事,把他带上了一条不归路。

可是人活着,总得做些什么。——世上的人都有瘾,有权瘾、利瘾、官瘾、烟瘾、酒瘾,谁戒得掉呢?

爱也是一种瘾。

像自己一样,儿子林波并不是不爱,而是在两个女人间摇摆。

在沙中柳看来,诸葛慧莲和李海音实在是难分伯仲。

李海音是丝路文化俱乐部的组织者。沙中柳在世界商人协会的集会上见过她。那个出生于大上海的女孩,时而气度雍容、彬彬有礼,时而拒人于千里之外。她总是与所有人保持适当的距离。那明澈的双眼下显然有一颗不羁的灵魂。显然,如同美丽的天使,又如彩虹般的幻影,她身上那可望而不可即的神秘对于一个搞艺术的人总是充满诱惑,是他们灵感的源泉……

沙中柳胡思乱想,终于迷迷糊糊地进入了梦乡。

第七十章
阿勒颇的巴扎与大马士革的玫瑰

一

李海音的身体一直在路上。她那颗不知疲倦的心永远在空中飞,她要寻找心中那条古老的丝路。

阿勒颇国际机场不久前停运。李海音临时改变行程,先到土耳其伊斯坦布尔,然后由陆路进入阿勒颇。

这是她第二次前往叙利亚。五年前,她接受老穆罕奈德的邀请,从伊斯坦布尔—巴格达铁路进入叙利亚。在土耳其,她游览欧亚大桥、安塔利亚古城。卡帕多西亚凄凉壮丽的喀斯特地貌,巧夺天工的山洞石屋,爱琴海的日落和地中海沿岸的大瀑布历历在目,精彩刺激的棉花堡热气球仿佛还悬在空中。

一切似乎就发生在昨天。"公牛号"快车从伊斯坦布尔的海德尔派撒车站出发前往叙利亚北部的阿勒颇。旅途悠闲而又充满浪漫情调,卧铺上洗得特别干净且浆烫过的床单并不能使她入睡,土耳其葡萄酒、面包、香肠和煮蛋也勾不起她的食欲。她在车厢沙发上落座。伸向欧洲方向的铁轨徐徐后退,火车正沿着土耳其的乡野蜿蜒蛇行。橄榄树、阿月浑子树林和成群的牛羊,在日暮时分的天幕中掠过。

火车驶进了阿勒颇。老默罕奈德早已在站外等候。他开车把李海音送到城里漂亮时尚的酒店。旅行者酒店是17世纪老房子重新装修后的酒店，李海音的房间面向一个有喷泉的中央庭院。当长途旅行之后疲惫的脚步走过凉爽的瓷砖拼花地面时，她有了一种宾至如归的感觉。

　　老穆罕奈德坚持要带李海音看遍叙利亚的遗产古迹。李海音谢绝了老先生的好意，她知道老先生很忙，宁可自己一个人去。她会到大马士革去找老先生。

　　李海音住在旅行者酒店里，她不知道这家酒店是不是穆罕奈德家族经营的，但一切似乎早已安排好。

　　酒店老板是个友善的大胡子中年人。旅馆服务生，一个叫阿卡里亚的小伙子，穿着另类前卫的花裤衩花衬衣，生动热情的白净面孔带着自来熟的微笑，自告奋勇，要带李海音去逛老城区的巴扎。

　　他们出了城堡，走在前往巴扎的路上。身后，巨石垒成的倭马亚清真寺高高耸立，大理石圆柱和皇冠形的柱顶金光闪闪。大街上阳光明媚。阿卡里亚在一家小吃店里买了两份三明治和大饼卷肉，把不辣的一份递给李海音。坐在街边的凳子上，李海音边吃边看熙来攘往的人流。一个吹肥皂泡的小姑娘好奇地盯着李海音。李海音正想打招呼，那小姑娘突然害羞似的躲到妈妈身后，在一串串彩虹般的肥皂泡中，跟着妈妈远去。

　　走进阿勒颇传统巴扎，时光仿佛倒流几百甚至上千年。那些石头砌成的拱形穹顶和巷道两边石灰剥落的墙，见证着熙来攘往的繁荣。巴扎里的店铺多到数不清，窄窄的巷子只有两三米，却热闹得很有市井气，有浓得化不开的异域情调和货真价实的阿拉伯风情。

　　巷道，穹顶，天窗，挂在头顶的招牌，他们在巴扎里走完几条巷。叙利亚小伙热情而饶舌，每到一家店铺，都会与店主攀谈一番，喋喋不休地用英文介绍各种商品。阿卡里亚非要带李海音去买饰品。李海音想一个人去逛，拿出几张纸币给他，要他去修理随身带的一把大马士革钢刀。那把钢刀是老穆罕奈德以前赠送的。他们经过基督徒聚居区时，见过一家打铁铺。在手工作坊街，还可见各种各样劳动景象：打铁、修理机械和理发。

　　李海音自己来到一条开着许多饰品店的小巷。在一家银器店前，李海音试了几条项链，发现不是她喜欢的式样，没有买。老板说没关系，欢迎她随时再来。李海音正想走，忽然想起什么，摘下耳环，指指上面的梅花。老板似乎明白了什么,把李海音带到一间很大的店面前面。那是专卖梅花公司饰品的店铺。

李海音正要走进店里,阿卡里亚已经回来。大马士革钢刀已经粘好,用细铁丝将刀子捆好,以防开胶,阿卡里亚嘱咐李海音二十四小时后才可以使用。

叙利亚小伙要带李海音去阿杰迪达用餐。阿杰迪达区是阿勒颇最好餐馆的集聚地,那里出售便宜的鹰豆饼和烤肉的小摊子比比皆是。

穿过一座不太起眼的木门,沿着狭窄蜿蜒的小巷,他们从热浪中走进餐馆凉爽的石头院落。绿荫下餐桌上摆满了美食小吃——黎巴嫩生菜,豆沙,兰姆糕,红辣椒酱烤肉,热羔羊饼,土豆蔬菜色拉,烤面包和橘子酱,配有樱桃的美味番茄沙司,刚出炉的烤鸡。他们喝下数杯阿卡酒,花费二十几英镑,享受了一顿美味的双人晚餐。

李海音最感兴趣的还是丝绸。阿勒颇是人类最古老的定居点之一,盛产丝织品、棉纺织品和地毯。阿杰迪达区的民俗博物馆坐落在宏大的阿杰巴希大宅中,纹样繁复的绣花布匹显示着这座城市与古老丝路的联系。第二天,参观完博物馆后,李海音独自一人来到古城清幽的小巷,走进一家丝路服饰店。店后有个庭院,庭院的另一边是老板的另一家店。两家店卖的服装、地毯及各式纺织品有阿勒颇本地产的,也有来自中国和泰国的。

店主再三邀请,盛情难却,李海音又开启了"买买买"的模式。

二

像所有女人一样,李海音也喜欢购物,不为别的,只为满足简单的购物欲。即便此行她隐秘的目的是故地重游,拜访老默罕奈德,她还是很想再去古城的巴扎逛逛。涂灰石的老式住宅、清真寺、穆斯林学校、宫殿、土耳其浴室,那高墙深院后清幽的小巷在路灯下透着黄昏的影调,她愿意再次在迷宫似的巴扎里迷路。

李海音登上了开往市中心的公交车,下车后边走打听,找到了位于小巷里的旅行者酒店。她上次来就是住这家酒店。酒店房间舒适宽敞,一张宽大的单人床,有一个带坐便器的豪华卫生间。唯一遗憾的是不能上网。不管到哪里,李海音都随带笔记本电脑,她要随时处理公司要务。

酒店老板,那个叙利亚中年男人,大胡子刮得干干净净的脸上挂着似曾相识的热情微笑,见到李海音,露出惊讶的表情。

老穆罕奈德先生第一次带李海音来时,两人见过面。五年后,李海音以为他不一定记得了,没想到对方一眼就认出了她。

"这位女士,您是从中国来的吧。我见过您,记得您是穆罕奈德先生的老朋友。"

李海音一直保持着与老先生的联系。最近几个月,电话打不通。也许,穆罕奈德先生换了号码。酒店老板或许只是穆罕奈德众多普通朋友中的一个,也不一定知道。

李海音很疲惫,很快梳洗睡觉。第二天一早,她被一阵隐隐约约的枪炮声惊醒。

酒店老板亲自送早餐来。他很健谈,看着李海音吃完早餐并不急着出门,自言自语似的说开了。

"以前我店里也有中国客人,少数是商务旅行的,大部分是在叙利亚搞建设的建筑工人、公司员工和留学生。现在很少了。以前的叙利亚,虽说不富裕,但日子过得还算舒坦。阿勒颇,一座多么伟大的城市!可如今,那些从天而降的炮弹很快就会让一座繁华都市变成一片废墟了。露天市场往日的热闹景象不再有了,石头变成炮弹碎片,白色的圆顶烧得焦黑,就算侥幸没被摧毁,也变得死气沉沉。你不知道吧,东城被已经被反对派攻陷了……"

"……那些革命者常常嘲笑我,为什么不参加革命。他们不知道,作为一座工商业城市,阿勒颇需要安全、稳定和通畅的交通。如今,这座古城又一次陷入深重灾难。示威游行后的连锁反应、危机爆发后的武装冲突、四分五裂带来的谋杀酷刑和不断的战争……可怜的叙利亚,我们还能过几天安宁的日子?"

远处传来密集的枪炮声。老板露出忧戚的神情,顿了一下,继续说下去。

"……你问我是什么派的?我是反战派的,我只是个普通小商人、小市民。现在的局势很不乐观。兄弟反目,友好邻邦变身为主要对手。那些无后坐力炮、手榴弹、机枪、迫击炮、坦克、装甲车和火箭弹,从四面八方纷纷运抵叙利亚。美国人开始经济制裁,召回大使,他们为了改变叙利亚的政权,不但为反对势力提供武器,甚至要将航母已开进波斯湾。……复仇的意志越来越强烈,局势越来越糟糕。你看着吧,随着教派冲突的加剧,极端分子将会大量介入,噩梦正在降临,大量的叙利亚人将变成国际难民……"

酒店老板指指传来隐隐炮声的东城,继续用带有浓重阿拉伯口音的英语说着,顾左右而言他。

"罗斯小姐,不瞒你说,这几年大家的日子都不好过。改革的好处都让少数人吞了……贫富分化,贪腐严重,庞大的军事开支,外汇储备告罄,债台高筑……旱灾频频,农牧民生计无着,下层人的生活水平每况愈下。年轻人的失业率非常高,三个人里就有一个失业,即使是大学毕业生,通常在毕业四年后才能找到第一份工作……"

李海音决定离开阿勒颇去大马士革。中年老板很热情,一定要开车送她去长途汽车站。和第一次一样,他特意送李海音一套阿勒颇风光的贺卡,在车站与李海音拥抱告别。

三

人间若有天堂,大马士革必在其中。天堂若在天空,大马士革必与之齐名。

五年前,李海音接受老穆罕奈德的邀请去大马士革。

她住在巴拉达河畔一家名叫玫瑰庄园的酒店。这是穆罕奈德家族管理的五星级酒店。酒店的家具电器和装修用的大理石瓷砖都是老穆罕奈德从中国采购的。由于局势动荡和人工成本等诸多因素,叙利亚曾经的优势石材产业一度陷入萧条停滞。

除了拜会故交,李海音顺便去叙利亚中国城考察商务。

大马士革的阿德拉自由贸易区,将设立叙利亚境内第一座大型中国商贸城。一期兴建了面积近万平方米的中国商贸城,有百家独立铺面及配套仓库等辅助设施。叙利亚产业结构以农业、轻工产品为主,市场缺乏家用电器产品、五金制品、机械产品、电力电器、机电等系列产品。有了这个中国商品的平台,服装、床上用品、袜子、毛巾、服装面料和辅料等纺织品,可以面对整个中东市场。

那一次,老穆罕奈德先生陪李海音参观了坐落在巴拉达河畔、气势宏伟的大马士革博物馆,游览了大马士革的新老城区。

大马士革以其芬芳鲜艳的玫瑰闻名于世。几乎人人喜欢玫瑰,家家户户都培育玫瑰。李海音来到叙利亚的时候,恰好是大马士革玫瑰花开正茂的时候。穆罕奈德带李海音参观古城东郊的玫瑰谷。

这是穆罕奈德家族的玫瑰园。一阵阵浓郁甜美的玫瑰花香袭来。山坡上种植了一望无际的玫瑰,远远望去,震撼人心。

从阿勒颇到哈马再到大马士革,五年后的夏天,李海音又一次来到天国里的城市。说不清是欣喜还是忐忑,曾经天堂一般的城市,正饱受战争的困扰。

李海音来到玫瑰庄园酒店。她不知道是否该把来大马士革的消息告诉穆罕奈德先生,犹豫一阵,最后还是打了一个电话。电话打不通。李海音决定先住下来,找机会登门拜访。

住店的客人比以往少了很多,并且似乎各个神色凝重、来去匆匆。李海音刚进房间,就有一个服务生进来问她要不要防弹衣。李海音摇摇头。她换上睡衣,和衣躺在床上。

窗外不时传来令人不安的声响——战机从低空掠过的呼啸声、炮弹爆炸的轰隆声和密集的枪炮声。整座山城在炸响,方圆好几公里都有震感,酒店的门窗玻璃也在颤动。

恍恍惚惚中,李海音似乎睡了一会儿,被一阵鸟鸣惊醒。她以为还在梦中,因为在这样不安的夜晚,只有在梦里才会有如此大胆的鸟儿依然啼叫。可那鸟鸣声似乎就在窗外,真真切切的。李海音睁开眼,一片朦胧的光闪烁,黎明真的来了。

她起身拉开窗帘,清晨和煦的阳光照进房间。循声望去,楼前松树上,一群鸟儿叽叽喳喳地在枝头跳来跳去,叫声此起彼伏。看着眼前这幅生机灵动的画卷,她倒在床上,如释重负。

好久没听过如此悦耳的鸟鸣了。只有五年前那鸽子的咕咕叫声能与之媲美。西门前的广场是小商贩和鸽子的天堂。一群群、一对对鸽子飞起。操着流利的英语的孩子们在买卖玩具,不停追逐起飞落下的鸽子,脸上洋溢着天真欢快的笑容。

李海音向送早餐的服务生要了麦粒和面包屑,准备招待那些不速之客。果然,有一只鸽子落在了窗台上。

不料,她刚打开窗户,鸽子和她对视了一会儿,就飞走了。她把麦粒和面包屑放在窗台上。或许过一会儿,或许明天,鸽子还会回来的。

李海音的心情好了很多。她决定自己去寻找记忆中的大马士革。

酒店大门口,一辆皮卡车停在身边。小伙子伸出头,问李海音要去何处,他可以捎一程。

四

李海音谢过开皮卡的小伙子,选择步行。

从西面进入古城,沿着罗马时代的直街走到尽头。时间还早,错综复杂、迷宫似的巴扎,千年历史的老市场还没从梦中醒来。

李海音记得穆罕奈德先生家的那所大宅院。大门进去就是一个庭院,正当中有喷水池,池中喷出的水雾构成一道美丽的水帘,喷水池周围绿树成荫。庭院四周则是大大小小的房间,还有曲曲折折的回廊。

朝向街道的大门紧闭,庭院里没有一丝动静,绿树掩映的喷水池似乎已经干涸。

李海音在大门前徘徊,听着从隔壁庭院传来的琴声。

悠扬绵长的琴声戛然而止。

一个怀抱乌德琴的男人走过来。他身材健硕,圆脸微胖,穿花格子衬衫,盯着李海音看了许久,伸出粗大的手掌。

"欢迎你,罗斯小姐!"

"您是……"李海音愣住了。

"罗斯小姐,你还记得我吗? 五年前,酒店里的那场乌德琴演奏会……"

李海音的脑子里闪过一幕幕回忆。酷爱音乐的李海音一直有个隐秘的心愿,就是亲耳聆听叙利亚乌德琴师的现场演奏。五年前,在玫瑰庄园酒店,老默罕奈德为招待李海音,专门举行了一场乌德琴演奏会。

那一晚,玫瑰庄园酒店的大厅里宾朋满座。台上的琴师是个头发花白的男子,拨弦手法老到,对音乐的理解敏感而精微。他演奏的乌德琴泛音丰富,韵律平滑而张力十足。他边弹边唱,嗓音带几分沧桑,时而空灵,时而沉郁,歌声似乎能洞穿人的灵魂。

一曲家喻户晓的《给我芦笛,歌唱吧!》点燃了全场的气氛,连正在吃饭的小朋友们都放下刀叉,打起了拍子。

琴师即兴演唱起来:"美丽的歌,献给美丽的大马士革……美丽的歌献给阿勒颇……美丽的歌献给霍姆斯……"

每当琴师唱出一个城市名,台下就响起一阵掌声。

琴师突然停止了歌唱,目光扫过安静的人群,盯着李海音,大声喊道:"欢迎来自中国的朋友,美丽的罗斯小姐!来自中国的夜莺……"

观众们齐声高喊。鼓手加重了鼓点。他们冲李海音微笑、鼓掌,李海音上台,唱了一首《朋友》。

那一晚,李海音成了全场的焦点。西装革履的老穆罕奈德一再热情地邀请,在琴师的伴奏下,李海音又演唱了《茉莉花》《鸽子》《夏日的玫瑰》。台下掌声雷动,听众一遍遍高声欢呼……

"阿巴斯先生!"李海音认出琴师,兴奋地叫道。

五年前那个意气风发的乌德琴师仿佛苍老了许多,两鬓斑白,带着浓重的眼袋和黑眼圈。

"我回到老城区驻演很久了。危机以来,这里几乎就没再出现过其他外国人。能来这里听我弹琴唱歌的,除了同甘共苦的朋友,还会有谁?巴歇尔知道你会来,让我在这里等候……"

琴师显得很兴奋,用带着浓重阿拉伯口音的英语说着。

"穆罕奈德先生呢……"若不是寻人心急,李海音真不忍心打断。

"罗斯小姐,你还记得穆罕奈德家的玫瑰庄园吗?"琴师结束长篇叙述,忽然问道。

"当然记得。我正要去庄园寻找老先生呢!"

"巴歇尔让我告诉你,不要等他,别去玫瑰园了。穆罕奈德家族的人都走了。阿勒颇,大马士革,哈马,霍姆斯,我不知道他们在哪里。到处都是战场。除了乌德琴的琴声,我们没有什么好东西招待远来的尊贵客人了,请您务必赏光聆听今晚的演奏会……"

还是原来的大酒店,还是原来的会议大厅。李海音穿上旗袍,盛装出席。

大厅里空荡荡的。只有李海音一个人。原来这是只有一位客人的演奏会。

老琴师依然专注投入,乌德琴声变得低沉,歌声沙哑而苍凉。

琴师演奏了《给我芦笛,歌唱吧!》和《最后的莫希干人》,最后是他自己创作的《大马士革的鸽子》。伴随悠扬绵长的琴声,那沙哑的声音在低声吟唱:

在丝绸围栏的那一旁,飞来远方的鹧鸪。天空赤着脚,金缕绣成的阿拉伯骏马,在古老的巷子漫步。巴尔达河的河床,长着天堂的酸枣树,羚羊在无花果的树杈下奔跑。在小提琴和乌德琴之间,露珠的床榻散发茉莉花香,商旅的帐篷和驼轿,把异乡女带向遥远的沙漠……

李海音忽然间失声痛哭。

老琴师缓缓走下来,站在女士身边,似乎不知所措。

"原谅我,罗斯小姐。我用琴声招待你,也有一点私心。我的兄长把我的小儿子带到了中国。他就在你生活的城市。我希望你能找到他,并给他一些照顾。"

李海音点头,眼里依然噙着泪花。

琴师的眼神坚毅。

"枪炮代替音乐,鸽子飞走了,玫瑰枯萎了。罗斯小姐,请别为叙利亚哭泣。终有一天,鸽子会飞回来,玫瑰还会盛开,到那一天,我再用乌德琴声招待你。"

"先生,那样的日子一定会到来的。我一定会再回来的!"

第七十一章
阿拉伯一家人

一

凌晨一点,艾曼起床,披上外套,悄悄出门。

打开房门的瞬间,艾曼又犹豫了一下,回身看了看熟睡中的妻子和儿子,然后蹑手蹑脚地走出去。自从当了父亲,他晚睡晚起的习惯改了不少,每晚回家与儿子嬉闹,教儿子学阿拉伯语成了他快乐的源泉。哄儿子入睡后,他再到书房里,打开电脑,浏览关于叙利亚的新闻,在网络上与父母兄弟姐妹联系。想到远在七千公里外的家人,艾曼辗转反侧。确认五个亲兄弟平安无事之后,他的眉头终于舒展了些。但是父亲和大哥一时联系不上,他的心又沉了下去。

叙利亚的局势越来越糟糕,枪炮声四起,战斧式导弹正刺破阿勒颇和大马士革宁静的夜空。看着文件夹里上百张工厂废墟的照片,他禁不住低声悲哭。他不想把这一切告诉妻子。

艾曼下楼,步行出了小区,一直朝江滨走去。他已经习惯在这样的夜晚像夜行者般不知疲倦地行走,在寂寞的黑夜里寻找着什么。

这是一个三十七八岁的中年人,棕色肌肤,身材壮硕,一张国字脸,面颊雪青,两鬓和下巴上的胡子刮得干干净净的,浓眉下是一双忧郁沉思的大眼睛。

艾曼住的锦绣小区离婺江不远,可到江对面的商贸区,步行需要二十分钟。

一个男人要走多少路,才能成为真正的好汉?一只白鸽要几度飞跃汪洋,才能静卧沙滩?炮弹要掠过天空多少次,才能硝烟弥散?……

艾曼一边走,一边轻轻哼唱。他能清晰地听到自己的脚步声。脑子里又浮现出工厂倒塌的照片,叠加着婴儿熟睡时红彤彤的脸,艾曼的眼里噙满了泪水。

阿勒颇古皂只能在每年冬天制造,每一步都需要纯手工,过程烦琐,经过六个月风干后才能漂洋过海运来中国。一个工厂每年制作十五吨左右的古皂,可以养活三十个工人。三个工厂都被炸毁,上百个勤劳的工人因此失去赖以生存的基础。古皂厂的效益可观,按叙利亚人均收入一千五百美元来算,足够养活一千三百个叙利亚人。

更糟糕的是,不同派别投下的炸弹,将会使那座古老的城市化作废墟,数十万人将在战争中失去一切,被迫逃离。

艾曼已经走上每天都要经过的东江桥。他站在桥上,看着江水蜿蜒的远处。灯光闪烁的桥梁如彩虹般倒映在平静宽阔的江面上,桥上依然车来人往,这座白天生机勃勃的城市在夜晚灯火璀璨。

哪里有和平,哪里就有贸易。这座城里有一万多名阿拉伯外商,其中有十分之一来自艾曼的祖国叙利亚。其中有自己开公司的老总,有采购商的代理,有在工商学院学中文的留学生,也有在餐厅打工的初来乍到者,他们随熙来攘往的人流以不同方式汇入这座没有战火的江南小城,又不约而同把人生的梦编织进那个庞大而富有生机的超级市场里。硝烟笼罩,国土残存,家园难复,人民流离,他们很少谈论故乡,可他们并不认为自己是流亡者,和所有人一样,他们渴望和平和美好。

几年间,艾曼将阿勒颇古皂通过这座城市销往各地,生意红火。可天有不测风云,叙利亚爆发内乱,战火弥漫,艾曼和兄弟合伙开的位于阿勒颇和塔尔图斯港的皂厂、油厂、纺织品厂大部分被炸瘫痪。

有什么事业比感觉自己活着更有意义?艾曼做好了从头再来的准备。下周,他将回叙利亚修缮被炸毁的工厂,确保公司后续运作。他要把目前为止自己知道的消息告诉同胞。他要去寻找自己的两个侄子——大哥的两个

儿子曼吉达和萨里曼。大侄子曼吉达自己有公司,又开了一家西餐厅,小侄子萨里曼曾在艾曼的公司帮忙,后来离开自己摆烧烤摊。他们常常夜不归宿,和一帮年轻的朋友在中东街上通宵达旦地吃喝玩乐。

中东街所在的商贸区,有这座城市最热闹的夜市,是本地市民以及习惯晚睡晚起的外国客商夜间休闲娱乐的首选之地。市场搬迁到国际商贸城后,原有的商铺转型经营食品、服装和布料。因市场而兴旺的商贸区有纵横七街,阿拉伯人开的餐厅就云集于此。

华灯初上,街上便是棚架林立、烟熏火燎。除了衣帽鞋袜、针头线脑、珠宝饰品、电子仪器、水果食品和家居用具,还有无数的夜宵美食——肉夹馍、炸昆虫、肠粉、烤鸭肠、煎饺、麻辣烫、小龙虾、蝎子和毛蛋。

这个夜市很像阿勒颇的露天巴扎。艾曼的办公楼就在附近,他是这个夜市的常客。最早的时候,他也向这里的小商贩采购小批量的日用百货——衬衣、牛仔裤、卷发棒、打底衫、毛衣外套、保暖衣和儿童玩具。艾曼平时很节省,不喜欢在大商场买奢侈品,喜欢在夜市里淘货。

凌晨两点,夜市已灯火阑珊。艾曼在街边热气腾腾的烧烤摊与麻辣烫小铺间穿行。食客已经不多,羊肉串小贩们熟稔地在烧烤架旁边刷着酱,卖力地吆喝着。这里有几家叙利亚人摆的烧烤摊。羊肉插在扦子上,随托盘在烤炉上转动——这样烤出的羊肉味道特别,深受阿拉伯人喜爱。江南城市本来没有大排档烧烤文化,大量阿拉伯烧烤摊升起的嗞嗞声填补了这一空白。

艾曼并没有找到侄子萨里曼的烧烤摊。他站了一会儿,转进商贸区的中东街。一家小餐厅的门口,十几个叙利亚人三三两两地坐在露天的桌椅旁,默默地喝着茶,抽着水烟,脸上挂满了愁容。艾曼走上前去,与其中的一个人说了几句,然后向街道中间部位的玫瑰餐厅走去。

二

艾曼是穆罕奈德家族的一员。他的家族拥有叙利亚最古老的制皂厂,还经营着房地产酒店、玫瑰种植、精油提炼、橄榄油和纺织品等多种进出口生意。几个兄弟分管世界各地的进出口业务和位于土耳其、叙利亚的工厂。艾曼扎根婺州,负责在中国销售,洽谈加盟商。作为一名跨国商人,艾曼无疑是成功的。

艾曼来中国的时间不长,却早已与中国结缘。少年时,他曾随父亲到过中国的广州、深圳,脑子里留下了深刻印象。阿勒颇是丝路城市。古老的丝绸之路就是从中国延伸过来的,中国人热爱和平,喜欢做生意。

作为七兄弟中的老幺,艾曼无疑得到父母的格外宠爱,但他性格叛逆,开始并不想继承家族的产业,想过一种与兄长们完全不同的生活,去一个让自己感动的地方。他喜欢摆弄各种电器机械,学电子工程,大学毕业后,在古皂厂干了一年,觉得太清闲,决定去别的地方找工作。当时,阿勒颇郊区有一家叙利亚和沙特合资的大型化工厂,由中方承建。艾曼带着简历去应聘,被录用了。

艾曼所在的电机设备组大半是中国人,一开始,他不会中文,有些害羞,生怕说错什么,但很快就融入了。中国的技术人员很友善,乐意教他,而瑞士、德国和法国人却似乎有一种天生的傲慢,关键的技术问题根本不屑跟他解释。艾曼很快就同组里的中国工程师建立了信任与友谊,还带他们去自己在阿勒颇的古皂厂和橄榄种植园,还邀请他们参加兄长们的婚礼。

艾曼可以独当一面了,他很想和中国的同伴一样用中文写报告。一次值夜班,他在办公桌前用歪歪扭扭的中文写报告时,一个中方负责人站在身后看了好一会儿,问他中文是怎么学的,艾曼害羞地笑了。那个负责人送了他一本砖头似的中文辞典,把手放在艾曼的肩膀上,要他好好学,以后有机会一定去中国发展。

建厂是短期项目,所有设备调试完毕后,中国工程队就走了。宿舍里只剩下艾曼一个人,中国工友把带不走的物品都留给他。睹物思人,艾曼越发孤独。他已经是一个熟练的工程师了,在阿联酋、约旦都能找到工作。如果他愿意去迪拜,公司负责往返机票,每月工资一千多美金,一年还有一个月假期。

艾曼拒绝了。他也不愿意接受父亲的安排去迪拜做贸易,只想跟中国朋友待在一起。没等到中国工程队承建项目的消息,艾曼只得接受了一份在伊拉克的临时性工作。在巴格达工作了半年多,艾曼决定不再等下去。

如果最终目标是中国,就该立刻启程。他从阿勒颇起飞,经停卡塔尔多哈,最后抵达中国上海。他只带了一件行李,行李中有几块古皂、一些叙利亚传统点心和一袋椰枣。

来中国之前,艾曼给堂哥打了个电话。堂哥哈德告诉艾曼,要是在上海迷路了,就拿出一张地图和圆规,以上海为支点画一个小圆,这样就可以找到他未来要生活的城市婺州了。

艾曼从父亲和哥哥的谈话中早听说过这个城市。在没有找到适合电气工程师的工作前,他必须先安顿下来。从小背井离乡在外漂泊的堂哥哈德依然快活风趣,嫂子王桂芳见到英俊的艾曼更是满脸笑容,在等待工作签证的时间里,张罗着给艾曼找对象。

"兄弟,这辆车就是你以后的专座,没事开车出去遛遛。你也老大不小了。在叙利亚,你这个年龄,应该结婚生子了。"

艾曼没想过成家的事,但是拗不过王桂芳的热情,便去见女孩。有两个中国女孩在玫瑰餐厅里等着他。一个女孩很活跃,好奇地问东问西。另一个穿着蓝上衣、牛仔裤,梳着齐刘海和马尾辫的女孩安静地坐在沙发上,一言不发。女孩们走后,王桂芳问艾曼是否中意。艾曼以为话很多的女孩才是相亲对象,摇了摇头,说自己只喜欢那个安静的女孩。

王桂芳笑了:"你这个傻瓜。那个话多的女孩已经结婚了,她只是来替朋友考察你的。那个文静的女孩才是你的,她在市场上替人守摊,很会做生意。你娶了她,将来你就有了贤内助。"

艾曼感到心跳加速。他决定和安静的女孩再见一面。他们约在一座桥上,一起喝果汁。

女孩说,我闻到你身上的香水味,我们这里没有男人用香水。

艾曼憨笑:"这是阿勒颇古皂的香味。我天天用古皂洗澡洗脸。在叙利亚,女孩子都喜欢用橄榄香皂洗脸、洗发和洗澡。我母亲快七十了,依然很年轻,皮肤有光泽,头发乌黑,就是因为一直用古皂。"

他们开始谈恋爱,在QQ上联系交谈。三个月的签证就要到期,艾曼的工作签证没有办下来,因为出了点小差错——他的国籍写成了利比亚。艾曼感觉很糟糕,还是决定去和女孩见一面,告诉她自己要回去了。

"我觉得你挺好的,但是我不能骗你。"

女孩的眼泪掉了下来,说:"要不你回去重新申请一次签证。"艾曼担心再一次无功而返。

"我们结婚吧。"艾曼说。他想着,如果女孩同意,说明她爱我;如果不同意,也没有伤害她,可以轻轻松松回叙利亚。

女孩有点吃惊:"结婚——还得再等等,最好我们再接触一段时间。"

"我已经爱上了你了,如果你也爱我,为什么不可以结婚?"艾曼不理解中国女孩的矜持。第二天,他拎着一篮水果出现在女孩家,告诉她的父母自己要娶她。

女孩的父母更吃惊,他们甚至不知道女儿恋爱了。原来这一家十几年前就跟着王家来婺州打拼,开拉面馆,后来定居下来成为新婺州人。女孩让艾曼在楼下等着,自己和父母在房间里谈到了凌晨三点,走出房间时向艾曼比画了一个"V"的手势。

艾曼回叙利亚,办理下一次来中国的手续。父母不同意。母亲因为最宠爱的儿子走得越来越远感到伤心。老穆罕奈德则非常生气,把儿子的护照藏起来,告诉儿子,你喜欢任何一个叙利亚女孩都可以,马上可以去提亲。

"我找老婆,又不是去菜市场挑西红柿。"艾曼很生气。父子俩吵了起来。那是艾曼与父亲最大的一次争执。艾曼说服母亲把护照偷出来。临走的那一天,父亲还是到机场来送他,并且塞给他一张存有一万美元的VISA卡——老穆罕奈德还是心疼小儿子的,留不住他,就转而支持他。

到婺州的第二天,艾曼就同心爱的女孩结了婚。

艾曼开着堂嫂送的那辆红色轿车在上海广州间奔波,独自一人在商贸城与租住地之间穿梭。他很快喜欢上了这个中国内地偏僻的小城。黄皮肤、黑皮肤、白皮肤、棕皮肤,熙来攘往的街上,什么国家的人都有,他们买进卖出,做着各种买卖;他们肤色不同,习俗各异,却常常会选择同一种语言——中文交流。艾曼很快有了一大群好朋友。

像他生活过的城市阿勒颇,这座城市的人热情友善,几乎人人忙着做生意。国际化的商贸城里,各种商品,你能想象到或想象不到的都有。艾曼租了办公楼,成立了自己的公司,生意做得顺风顺水。他脱掉工装和长袍,穿起T恤和牛仔裤,在使人眼花缭乱的商品间穿行,精准地定位自己要找的商铺。在那些热切而精明的商户面前,艾曼显得有些羞涩。他觉得自己不是很像商人,很少砍价,宁可贵一点也不愿意亏待老主顾。他从不赊账欠账,良好的信用使他赢得了更多客户。

在远离故乡的地方打拼,生活的艰辛使他体会到了父母的良苦用心,艾曼不再拒绝来自家族在世界各地的贸易公司的支持。艾曼的公司迅速壮大。阿勒颇、大马士革、迪拜、巴格达,每一个月,艾曼要往中东发三四十个集装箱。

艾曼在工厂和市场客户间穿梭,几个侄子过来帮忙,看货,订货,清关,卸货,安排办理卫生证、原产地证之类的材料。妻子是客服,也是财务主管。

"她是老板娘,我给她打工。"艾曼笑道。

艾曼在婺州城里生活得如鱼得水。岳父母真心接纳了他,把他当作儿子看待。修理灯泡、水管成了他分内的事。艾曼在锦绣小区买了一套公寓,有了自己的家,也有了自己的儿子。刚结婚时,他和妻子说好,每年要回叙利亚待一两个月,陪伴父母,让儿子学阿拉伯语。但国内的战乱使他的计划搁浅了。满满的父爱无处发泄,艾曼隔一两周就和朋友去福利院照顾孤儿。在市场里,艾曼看到有家长给孩子买玩具仿真枪,就会劝家长教育孩子:枪不是玩具,打仗不是游戏,我们国家几十万百姓倒在枪口下。有人听说他来自叙利亚,会做出开枪的手势:"你们那里,砰砰砰!"——艾曼感到很伤心,他一直对很有历史和文化的叙利亚而自豪,但人们对叙利亚的了解似乎只是动乱和战争。

艾曼很想让别人知道,叙利亚也曾经是个美丽、和平、富裕的国家,有很古老的文化。他想向人介绍一些有叙利亚特色的东西,于是想到那块一直带在身边的古皂——那块用橄榄油和月桂油生产的古皂是阿勒颇的特产,有几千年的传承历史。可阿勒颇古皂在中国的名气似乎并不大。艾曼和妻子商量,决定致力于古皂买卖。他回国收购了几家古皂坊,建起自己的古皂厂。他在国际商贸城进口馆开设了古皂专卖店。他翻译资料,送样品,搞促销,建造网站用于交流展示,希望人们能借此了解那个真正的叙利亚。

当了父亲的艾曼成了一个沉稳干练的商人。他的身边围绕着很多叙利亚老乡,他们把艾曼当成智囊和主心骨。他们定期碰面,一起庆祝节日,但是很少谈论国内局势——叙利亚政局太复杂了,谁也不知道对方的立场,更何况,他们很清楚,讨论政治,也不会把买大米的钱给挣出来。

但是战争的阴影切切实实地投射在艾曼的生活中。在大马士革,在阿勒颇,他的兄弟经历着战争的煎熬——断水断粮、物价上涨。他的朋友在战争中死去,他自己的工厂正在变成一片废墟。像所有未曾经历过战争的人一样,他从没有想过悲剧离自己这么近。

不管怎么说,艾曼觉得自己是幸运的。他离开了战乱的国土,在一片新鲜的、他喜爱的土地上建立了事业。年轻时对远方的向往实实在在地被满足,还被填充进去了更真实的细节——红色的轿车,一见钟情的妻子,一个温暖的家,还有一个可爱的儿子。他给儿子取名 Nigma——意思是希望的星星。

一切都很好,不是吗?我在动乱战争降临前离开了故土。如果知道战争会来,我一定不会离开。虽然我在这里,但是我的灵魂在那边,早知道国家要这样,我就听父亲的话。——可是,听父亲的话留在叙利亚,一切就能改变吗?

战争的阴霾笼罩在阿勒颇的上空。穆罕奈德庞大的家族深受其害。动荡不安和连绵战火使得家族成员散落四处。年近八十的老母亲和三个姊妹远赴沙特避难。父亲和大哥生死未卜。家族中的一些兄弟也渐渐失去了联系。

艾曼靠自己的努力建立起一种美好的生活,但这种异国他乡的生活永远有一种缺失。——那是战争带给人的伤痛,是人被剥夺真正归属感之后的缺憾。

于是艾曼的笑容里总是带着忧伤,他依然时时感到孤独。

三

艾曼的两个侄子曼吉达和萨里曼并不在玫瑰餐厅。他们在附近另一条街上。

这条相对偏僻的街上有一家中型西餐厅,经营摩卡咖啡和叙利亚美食。餐厅外搭了凉棚,放藤椅餐桌。七八个年轻人围着方桌,就像坐在自家门口,用精美的银器泡着茶,享受着商城平静的夜晚。除了曼吉达和萨里曼,还有乐师的两个儿子阿布杜拉和阿尔比安,淘宝模特兼演员李飞龙,理发师扎卡里亚,也门医生阿尔马的大侄子拉里。

小穆罕奈德的儿子福莱进进出出忙碌着,为客人烧水泡茶。他是这家餐厅的大厨和名义上的老板。福莱对各种美食比读书更感兴趣,也不愿意受父母管束,在职校学了两年烹饪就到餐厅来打工。

真正的老板是曼吉达。这个高大壮硕、高鼻浓眉的叙利亚年轻人已经是生意场上的老手了,甚至比他的叔父艾曼还要沉稳老练。因为生意的缘故,父亲和爷爷经常来往于叙利亚和婺州,十三四岁时曼吉达就跟着父辈带着各种样品来婺州寻找当地的生产商。耳濡目染，中学毕业后，曼吉达毅然决然地来到婺州这座充满商机的城市，一边在工商学院留学，一边学着做生意。他不想接手父亲公司的跨国业务，而是另起炉灶，自己创业。五百五十万平方米的商品城里，有七万多家商铺和二百一十多万种商品——虽然种类细化得惊人、一家店很可能只卖一种产品，但是无论什么东西，只要有样品就一定能做出来，而且物美价廉。曼吉达跑市场，进工厂，设仓库，下订单，很快把自己的公司做大。眼下他每年要向叙利亚发送一百多个集装箱。

曼吉达从没有想过，自己有一天会定居在中国，就像一千多年前在中国经商定居的阿拉伯商人一样。这个小时候在书中读到过的遥远国度，现在是他跨境生意的基石。

曼吉达已经有了意中人，只是还不急着结婚。他很享受眼前充实又悠闲的日子——白天到国际商贸城里转转，看看有没新品上市，夜晚，则在商贸区风情街一带，约一帮年轻人一起打台球。他喜欢健身，每周三天去健身房锻炼两个小时，每周三天去游泳一个小时，雷打不动。他喜欢足球，一有空就约上一帮年轻朋友一起看球踢球。曼吉达是叙利亚年轻人的精神领袖，每次聚会商量大小事情都由他决断。弟弟萨里曼离开叔父的公司后，租下一个烧烤摊，软磨硬泡，在西餐厅入了股，他的理想是自己开一家餐厅。

已经过了凌晨两点，一帮年轻人依然嘻嘻哈哈，显得很兴奋。

西装革履的曼吉达正襟危坐，注视着对面的乐师的大儿子。其他人大声交谈时，身材瘦削的阿尔比安在一旁低着头不语，他刚到没几天，在餐厅里当临时服务员。

"阿尔比安，听说你是阿勒颇一家报社的记者，请你说说那边的情况。"拉里虽然是也门人，似乎对叙利亚的局势更感兴趣。

阿尔比安抬起头，瞪大的眼睛流露出不安。

"其实还好。阿勒颇……还是……比较安全的。"阿尔比安挤出一丝尴尬的笑容。

"是吗?"萨里曼追问。他长得与哥哥很像，一张被烟火熏黑的脸总是带着快活的表情。

"是吧……"阿尔比安心虚，又低下了头。

"阿尔比安初来乍到，说不好中文，你们就别为难他了。"

说话的是阿尔比安的弟弟阿布杜拉。三年前，他在穆罕奈德家族的资助下，来婺州工商学院学中文——这所学院里，有几百个像他一样的叙利亚留学生。阿布杜拉文静聪敏，业余时间做淘宝模特，在曼吉达的公司打工。他学汉语，学电子商务，最大的愿望是成立自己的公司。放学后，他便骑着电动车来叙利亚人的餐厅当服务员，专门负责给客人们点水烟挣外快。三天前，哥哥阿尔比安不期而至，突然出现在面前，打乱了阿布杜拉平静的生活。他只好带哥哥找曼吉达，希望得到他的帮助。

阿尔比安抬起头，嘴里嚼着茶末，脸上露出诡异的痛苦表情。他胡子拉碴、头发蓬乱，一副落魄的样子。

曼吉达表情凝重，吩咐扎卡里亚带阿尔比安去理发。

扎卡里亚开的理发店就在附近，夹在一家餐馆和台球店当中。开店两年多来，生意格外好。叙利亚人经常趁着来理发的空当和老乡叙旧，交流一下近况。矮墩结实、有一头紧贴头皮的卷发的扎卡里亚憨厚沉默，总是微笑着倾听。谈起家乡，老乡们总有说不完的话。在他们看来，阿勒颇和婺州一样，都有一群起早贪黑努力工作的小商人。阿勒颇也和婺州一样，包容，开放，温和，像母亲接纳儿女一样，给人安全感。

"对头。等阿尔比安修理一番，穿一套笔挺的西装，又是一枚'帅锅'。"李飞龙打趣，卖弄。

沉闷的气氛有所缓和。阿布杜拉又开始活跃起来，与坐在旁边的李飞龙大声说话，开起了玩笑。淘宝模特阿布杜拉有个做演员的梦，边上的李飞龙是他崇拜的偶像。

李飞龙的真名叫阿哈迈德，出生在阿勒颇。他的父亲在穆罕奈德家族的纺织厂里当厂长，中学毕业他就来到婺州，先在穆罕奈德的贸易公司当职员，不久就出来创业。他不会中文，沟通上的障碍使他寸步难行，为了更好地融入这座城市，他选择去工商学院学习进修，后来又参加学院开设的模特班。俊朗的外形和表演天赋使他很快在模特班脱颖而出。他成为一名淘宝模特，从工厂到仓库，从公司到电视台，拍摄过的商品种类不计其数，薪资也从一天几百元涨到了几千元。冬穿凉鞋，夏穿棉袄，每次看到网上自己的靓照，李飞龙觉得一切辛苦都是值得的。平面广告拍摄中的优秀表现使他赢得了参演电视剧的机会。他当起了"高漂"，从普通的群演——枪战片挨枪子的小兵、一闪而过的阿拉伯商人，到有名有姓的小角色——武功高强的波斯使者、欧洲来华的传教士，他的戏路越来越宽，在高家镇的"高漂"中混出

了名气。在高家镇打拼数年,凭借勤奋和真诚,李飞龙接到的拍戏邀约越来越多,他甚至有了专门的经纪人。最近,他在一部片子中演一个工了。

阿布缠着阿龙,要去高家镇当演员。

"你以为当演员那么容易?武打动作需要吊威亚,如何在吊威亚的同时做好动作,不让手里的刀剑碰到威亚,可是件技术活。"李飞龙摆起架子,他穿着花格子衬衣,络腮胡子修理得整整齐齐,脸上挂着戏谑的微笑。

"功夫我会。我会抖空竹。"阿布摇头晃脑,摆开双臂,上下抖了起来。

"阿布,你别献宝了。武功不会,你当'鸡毛换糖'的形象大使倒不错。上次去龙潭镇,挑货郎担,还真像那么回事。"萨里曼捏着嗓子,挑起眉,用婺州话喊着"鸡毛换糖咯——",瞬间化身挑糖担的小商贩,惹得众人一阵哄笑。

"阿布,抖空竹只能算杂耍。要学真正的中国功夫,需要拜师学艺。龙潭镇有位太极大师,那是我的师父。真想当演员,明天就跟我去拜他为师。"李飞龙边说边比画,扎开马步,双手轮流出拳,嘴里发出了"咻咻咻"的声音。

"是啊,明天是周末。我们去龙潭镇。城里房子租不起,我们去龙潭镇租个大宅子,办一家大餐厅。你说呢,曼吉达?"萨里曼笑道。

"龙潭镇,海马学校,那是个神奇的地方。在那里,我们遇见了一生的灵魂伴侣,许下了爱的誓言。从最初的一见钟情,到最后的缘定终生。"李飞龙拿腔拿调,像是在背电影台词。

听说要去龙潭镇,众人欢呼雀跃。曼吉达沉思的脸上露出了难得的微笑。

四

马里女商人罗基娅·卡马拉的公司和家都在秦塘小区。

罗基娅的丈夫是一名足球运动员。十五年前,罗基娅第一次来到中国,在广州一家外贸公司工作。一次去宁波出差途中,听肯尼亚的朋友说起,婺州有个大市场,生活中需要的商品都可以找到。这年三月,她第一次来到婺州,看到眼花缭乱的小商品,非常吃惊。当年九月,她辞去工作,到婺州成立了自己的外贸公司。

那时,婺州与非洲的贸易处于起步阶段,没有大资金照样可以做生意,一个货柜拼装十几种便宜的商品运到非洲,利润可观。几年后,罗基娅的固定客户达到上百人,她的公司将商品销往非洲以及南美。

她迫不及待地把婺州的商品带回去给朋友看,又买机票将亲戚朋友带到婺州来。在罗基娅的努力下,部分西非国家的官员和越来越多的非洲商人来考察婺州市场。怀揣"淘金梦"的非洲商人接踵而来,十几年后,已有数以万计的非洲人来这座城市摸爬滚打。罗基娅自己的生意也越做越大,在加纳、科特迪瓦设立了分公司和海外仓。

虽然几年前丈夫在国内种族屠杀中罹难,罗基娅依然乐观豁达,胖嘟嘟的身上总是散发着一股薄荷糖和姜糖的味道。一家人在婺州生活,其乐融融。

比商业成就更值得罗基娅骄傲的是五个女儿,其中四个在婺州出生,普通话比母亲还流利。女儿们都喜欢古筝、书法、剪纸等中国文化,除了皮肤颜色不同,跟中国人几乎没有差别。狄安娜、恩迪亚娜、卡米娜、萨玛和赛娜,五个女儿,五朵金花,个个能歌善舞。罗基娅尤其为大女儿感到骄傲。大女儿狄安娜是海马学校的法语老师和海马舞蹈艺术培训中心的负责人。

这一天,在海马学校多功能厅的舞蹈室,狄安娜和阿依莎一丝不苟地教学员跳舞。

狄安娜是曼吉达的未婚妻,她在教班巴拉族舞蹈"贡巴"。舞蹈是她自己编排的,剔除割礼因素,表现战士凯旋。随着鼓手击拍的三连音节奏,女孩子唱起怀念英雄的颂歌,扮演英雄的男孩子在手持沙葫芦的领舞者的带领下鱼贯入场,跳起充满战斗气氛的贡巴舞——步法坚定有力,雄壮稳健,以腰部带动胯部,时而翻转,时而跳蹲,时而伴有尖叫声,表现民族兴旺和不可战胜的意志。接着,伴随牛皮鼓、羊皮鼓和响器越来越强烈的节奏,穿着五彩缤纷的民族服装、手持麻制的牛尾、下肢戴脚铃的女孩子舞动起来。

狄安娜带头领舞。头部甩动,胸部起伏,腰部屈伸,胯部摆动,臀部扭动,手脚晃动,眼珠转动,几乎身体的每一个部位都在剧烈地运动。她一丝不苟,每一式都舞到极致。那如痴如醉的舞蹈,表现的是对生活的颂扬、对生命的热爱、对大地的讴歌和对自然的赞美。

不消几分钟工夫,女孩子们一个个汗流浃背、气喘吁吁。

狄安娜到一旁休息。另一批女孩上场。领舞的是穆罕奈德的大女儿阿依莎,中文名王古兰。她是海马学校自己培养的老师,是狄安娜的学生,后来做了她的助教。

她们的学员中有阿尔马的两个女儿、穆罕奈德的小女儿和一些非洲商人的孩子。大多数是本地的孩子。遇到难度大的舞蹈动作,两个老师就手把手地纠正。她们正全力备战下个月的少数民族舞蹈公开赛。这是她们第一次带学员参加全国性舞蹈比赛。

李飞龙在追求穆罕奈德的大女儿阿依莎——娶到阿依莎,他不但能成为穆罕奈德家族的一员,而且可以成为真正的婆州人,落户生根,不再"漂"来"漂"去。

星期六早上,曼吉达开一辆吉普车,载着一帮年轻人来到龙潭镇。他们习惯晚睡晚起,车到龙潭镇已近中午。在海马学校门口,他们被门卫堵住了。

门卫是朱老头的儿子,像他父亲朱峰一样固执。任凭李飞龙说得唾沫横飞,就是不让进。

"规矩就是规矩。没有预约、没有证明就是不能进。空口白话,谁能证明狄老师、阿老师是你们未婚妻?再说了,今天星期六,就是正式夫妻、父子母女也没用,有规定!"

远远地传来鼓点音乐声,年轻人心里痒痒的,却也无可奈何。

好不容易来龙潭镇一趟,不能就这样回去。一帮人围着曼吉达商量。

"要我说,我们先去龙宅找我师父。这里好几位要学中国功夫。"李飞龙道。

阿布杜拉马上附和,表示赞同。

"我说,我们应该到湖畔大道转转,看看有没有适合开餐馆的地方。上次来,有一家鱼馆,贴着转让的牌子。龙潭湖有的是鱼,捞上来就可以烧烤,直冒香气,一点不比叙利亚的差。"萨里曼另有主意。

"师父在龙潭镇很有名,龙家人开的馆子,他陪过去,还会给面子。再说,师父不但功夫了得,还是鲁班门徒,听说过去玫瑰餐厅就是他负责装修的。下次我们开餐馆也得请他。"李飞龙坚决要先去拜师。

拉里跟着瞎起哄。他并不想拜师学功夫,而是想去老房子见叔父阿尔马。阿尔马已经是正式的坐堂中医师了,拉里很为叔父骄傲。

理发师扎卡里亚不置可否。

旁边,阿尔比安拿着弟弟的手机在用阿拉伯语打电话,脸一阵红一阵白。

大家把目光都投向曼吉达。

"还是先去龙宅拜师,然后去湖畔考察一番。龙先生会带我们去鱼馆。晚上还有一位重要的客人要到玫瑰餐厅来,我们要在天黑前赶回去。"

第七十二章
玫瑰餐厅

一

也门医生阿尔马的一天忙碌而充实。一大早,他开车送两个女儿去龙潭镇的海马学校,然后回城到厦华医院的外科诊室上班。一上午,他接待了二十几个前来就诊的病人——大部分是阿拉伯客商,也有中国人、印度人、巴基斯坦人或欧美人。阿尔马分别用汉语、阿拉伯语和英语与他们交流,毫无障碍。因为外商看病要请翻译,而大多数翻译并不熟悉医学术语,阿尔马认为需要有人解决这个难题,他以旁听者的身份在市人民代表大会上提出这个问题后,已有几家大医院推广多语种服务。

下午,阿尔马去龙潭镇国药馆坐诊。他已经学会了望闻问切,会针灸,会开一些简单的处方了。他打算以后专心学中医,去龙潭镇定居。

行医之外,阿马尔还担任阿拉伯文化俱乐部的CEO,经常组织俱乐部会员品中国茶,过中国节,学中国文化。他去福利院看望孤儿,义务献血,做交通文明劝导员。他总想做点什么回报他的第二故乡。阿尔马的汉语很好,经常和中国伙伴搭档,随曲艺家协会下乡表演相声。他参加电视台的《汉语桥》节目,写了一篇题为《我的丝路梦》的文章。虽然故乡小城和古丝路上那个神奇的亚丁港已经成为他记忆的一部分,他还是愿意做联结中国和阿拉伯国家的友谊桥上的一块砖。

这是阿尔马来中国的第二十一个年头。他娶小穆罕奈德的妹妹为妻，生了两个女儿，在这座城市定居，成了这座城市的一分子，很享受眼前的生活。他最小的弟弟妹妹也准备申请来中国读博士。

玫瑰餐厅外的空场地上，深色肌肤、留着大胡子、穿长袍的阿拉伯人三三两两地坐着，抽着水烟。

125

阿尔马在一个角落里坐下。这一桌坐的是约旦商人莫万和伊拉克人伊布拉欣。对面，另一桌坐着伊朗人哈米和叙利亚人发迪。

莫万脸上挂着招牌式的从容知足的笑容。2002年，在婺州做生意的亲戚打来越洋电话，想让懂英文的年轻大学生莫万到他的公司帮忙。学兽医的莫万当时在亚喀巴开了家宠物诊所，生意清淡。活力四射的莫万欣然接受充满刺激的挑战。国际商贸城建成投用后，来婺州市场采购的阿拉伯商人越来越多。莫万没日没夜奔忙，很快熟悉了国际贸易的各个环节，不但在公司经理的岗位上游刃有余，也积累了很多供应商和采购商资源。2008年，次贷危机席卷全球，也波及了婺州城里的外商，包括莫万所在的公司。莫万与公司负责人在业务转型问题上有了分歧，毅然选择离开，自主创业。实战经验丰富的莫万成立了自己的公司，诚信经营，逐渐积累了一批稳定的客户，在业内树立起良好的口碑。与众多守着市场的采购商不同，莫万更愿意当行商，陪采购商到台州、温州、广州、深圳等城市的工厂下单验货，想方设法帮客户搜寻到最合适的优质商品，拓展新市场。

莫万的生意蒸蒸日上。他把妻子儿女从约旦接来，一家人定居婺州。这座充满奇迹的东方小城，总在不经意间给他感动，使他惊喜。这里的生活从没有让莫万感到失望，虽然生意忙，但有家人的陪伴，他并不觉得辛苦。

坐在旁边的伊拉克人伊布拉欣则习惯沉默。伊布拉欣长得像一根竹竿，精瘦精瘦的，尖下巴，鹰钩鼻，一头粗短的卷发，看上去严肃而忧郁。2002年，伊布拉欣跟随父亲马苏姆踏上了中国的土地，开始常驻婺州，创办外贸公司，为来自世界各地的外商提供服务。父亲回国后，伊布拉欣选择继续在婺州打拼。他的朋友圈越来越广，很多客户都成了朋友。

伊布拉欣和妻子儿女一起生活在婺州，他的大儿子今年十二岁，在海马上学，能够说一口流利的中文。伊布拉欣虽然外表严肃，不苟言笑，却是热水瓶性格，有一副热心肠。朋友聚会，节假日结伴外出旅游，总是他买单，遇

到困难时总是他伸出援手。他想为这座城市做点事,就加入了环卫志愿者的行列,参加交通文明劝导——风吹日晒,站在十字路口高声喊话,直到嗓子都变沙哑。这一做就是近十年。

莫万和伊布拉欣是在玫瑰餐厅吃饭认识的。相似的经历,共同的语言,使他们成了阿尔马的莫逆之交。

莫万正在吹旺水烟的炭火。几个老朋友点头打招呼,静静坐着抽水烟,听旁桌的人交谈。

说话的是四十来岁的中年人、来自阿勒颇的商人发迪。他在国际商贸城附近一栋阿拉伯商人云集的大楼的十六层拥有自己的办公室和外贸公司,经营日常消费品。他是20世纪90年代中后期跟随老穆罕奈德来到中国的年轻人之一。如今他的妻子孩子都生活在婺州。对叙利亚、对那个原本比巴黎还要美丽的城市阿勒颇的记忆,也逐渐淡化为运输链末梢的一个目的地。

发迪一脸忧戚,心情郁闷。一个多月前,从天而降的炮弹炸毁了十余家残存的杂货店和餐馆,父亲掌管的五金厂在战火中化作粉尘,还造成六名工人死亡。邻居一家遭逢不幸,朋友被炸死,父母和兄弟姐妹生死未卜,中断的网络使他无法联系上家人,发迪几天几夜睡不着觉。

"我在中国快二十年了,有生以来一半的岁月在中国度过。婺州对我来说就是第二故乡。"发迪慢条斯理地开口,"我的三个孩子在这里出生长大。我们回阿勒颇探亲,孩子们一点都不喜欢。他们说,爸爸,我们还是回中国吧。唉,自从发生战争,生意越来越难做了,但是他们还是不愿回叙利亚。哈米,你说,我们该回去吗?"

"伊朗,伊拉克,叙利亚,也门,阿富汗,我们都是战争的难民……"留着大胡子的伊朗人哈米似乎有些心不在焉。

"我不是难民,没去一个接收难民的国家。虽然离开叙利亚,但是我不想说她的坏话。"发迪似乎有些激动。

"这座城市总是充满活络的气氛,货物在流通,人员在流动。在商言商,莫论家国。"哈米一本正经。

"导弹染红了阿勒颇和大马士革的夜空,那里的孩子在倒塌的废墟上踢球。哈米,怎么能不论家事国事?"发迪显然没有听出哈米调侃语气中的愤懑。

"重要的是,在这里,你可以悠闲地走路而不用担心会有炮弹袭来,有空还能到台球房打打台球,夜晚静坐喝茶抽水烟,放在叙利亚,这是无法想象的事。不管怎么说,我们比父辈可是幸运多了。你应该知足了。"哈米笑道。

两人压低嗓子,用别人几乎听不到的声音吵了起来,争得面红耳赤。

阿尔马正想插话劝解,两个客人的到来打断了他们的争吵。

那是两个老人,一男一女,似乎是刚下出租车,拉着行李箱,从街的另一头走来。白发苍苍的老者向阿尔马和莫万问话的时候,伊朗人哈米忽地站起来,吃惊地看着两个客人。

他们寒暄了几句。哈米接过行李箱,带着老人走进玫瑰餐厅。

二

哈德·穆罕奈德的家在老火车站附近的秦塘小区。这儿是哈德刚来到这座城市时落脚的地方。那时候,他租住在老车站一间低矮潮湿的泥坯房里。与王桂芳结婚后,有了积蓄才在新建的小区买了房。秦塘小区离他上班的商贸区不远。火车站和大市场相继搬走,有些恋旧的哈德还是喜欢住在老地方。不过他还是禁不住王桂芳的怂恿,在江东的锦绣小区又买了套公寓,给父母兄弟姐妹居住——一大家子从叙利亚过来,总得有落脚的地方。

秦塘小区是婺州城里有名的老旧小区,小区的建筑围绕一口三公顷的大池塘。这儿也是外商比较集中的地方。一到傍晚,总有许多不同肤色的小孩在小区内踢足球——那是阿拉伯人、非洲人最热衷的运动之一。池塘边的草坡、门前的水泥地上,不时传来小男孩奶声奶气的声音:"快射门!快射门!"

夜幕降临,哈德看着最小的儿子罗汉抱着足球冲到楼下,与十来个来自阿拉伯和非洲的孩子一起踢足球,心情愉悦地离开了家。

一年前,妻子王桂芳的父母回老家养老,把位于老火车站的拉面馆盘掉了。他们顺势在国际商贸城附近最繁华的地段开了一家属于自己的餐厅。父母、妻儿、兄弟姊妹都安顿得妥妥的,该有的也都有了,在他的叙利亚朋友们看来,家庭事业双丰收的哈德简直就是人生大赢家。那个在叙利亚一无所有的穷小子,在这座城里拥有了一切。

是的，这座城市是哈德圆梦的地方，他发现自己越来越舍不得离开这座富有包容性的城市了。他喜欢步行，穿过城市的大街小巷，回忆初到婺州时的情景。那时候，这座城市还很小，小到二十分钟就能从这头走到那头。后来一度号称最繁华的商贸区，那时还是一片黄土山坡，站在黄土路边等半天，也等不到一辆出租车。二十几年间，小城以令人惊讶的速度发展，高楼林立，街道纵横，如今，她已是全球最大的小商品批发市场，世界的大超市——商品满目琳琅，中外客商熙熙攘攘，一年到头不见停歇，成了有国际范儿的城市。

二十几年前，哈德跟随老穆罕奈德来到中国，在广州开了一家阿拉伯餐厅。广州餐厅生意越来越好，来婺州创办贸易公司的老穆罕奈德又把阿拉伯的美食原汁原味地带到这座城市。那是婺州最早的阿拉伯餐厅。来婺州经商生活的阿拉伯人越来越多，穆罕奈德的餐厅生意也日渐红火。小餐厅几易其址，越做越大，面积从原来的四百平方米扩张到上下三层楼近两千平方米，可同时容纳四五百人就餐。

中东十几个国家的人陆陆续续来到这座城市。有人一家两代都在这里经商，也有人初来乍到，寄望在这个被称为"世界小商品之都"的城市掘得一桶金。商贸区的中东街，那一朵极具阿拉伯风格的大马士革玫瑰镶嵌在门厅上方，成为揽客的招牌。玫瑰餐厅成为商贸区甚至整座城市一道独特的风景，吸引着世界各地的客商前来品尝阿拉伯美食。

在阿拉伯商人的圈子里，玫瑰餐厅已经成为接待客商、洽谈生意和解决纠纷的绝佳去处。在这里，他们不仅能尝到家乡味道，还能感受到餐厅主人的热心肠。一根筷子容易折断，一把筷子难折断，合作才能更好地发展，这是哈德的口头禅。他已帮助数不清的同胞扎根于这座"陌生"的城市——从如何办理经营证照到住哪家酒店，从如何让子女就学，到护照遗失怎么处理，等等，事无巨细，只要他哈德能办到的，一定全力以赴帮忙。

在婺州的二十几年里，哈德只回过叙利亚一次，待了二十天就回来了。那时候他的父母、兄弟都在叙利亚。他没时间回去，家人都很理解他。现在，父母、兄弟都来了中国，哈德更有理由将婺州当作自己的第二故乡了。在这座城里，他结交了很多朋友，既有阿拉伯人，也有婺州本地人，大家互相帮忙，生活过得十分舒心。

一眨眼，儿女们都快长大了，自己也从当初无忧无虑的小伙变成了年近半百的大叔。哈德的步履不再轻快,脸上那一丝沉思忧郁的表情,像青色的粗硬胡茬,怎么也难以抹去了。

大女儿王古兰是哈德的骄傲,也成了哈德的心事——在老家叙利亚,女儿早到了婚嫁的年龄。追求女儿的人不少,哈德经常在脑子里筛选衡量。李飞龙的年纪是大了点,不过长相英俊,事业有成,经济条件也不错,虽然有些油腔滑调,但人品不差。哈德也比较喜欢乐师的儿子——经常来餐厅点水烟的文质彬彬的阿布。不过最终还是由女儿自己决定。

大儿子福莱要自己闯世界,虽然不好好念书,但当个大厨也不赖。哈德希望儿女们也会像他这样遇到贵人,一直平安好运。有时候,他也担心孩子们会面对一个越来越坏的世界,克服不了即将面对的困难。但他是乐观的,始终相信,叙利亚的战火会停息,世界也不会一直这么坏下去。

一切都会改变的。哈德想。

在家人和朋友面前,哈德对叙利亚缄口不言,但是心里无时无刻不想着故乡。他们很少谈论故乡,纵有一种相思,也化作两处闲愁。战争似乎离他们很远,但又很近。

叙利亚,那是哈德内心永远的伤痛。这个在外人面前嘻嘻哈哈出了名的热心肠的中年人也有自己的隐痛。最近这段时间,他更是忧心忡忡。

离玫瑰餐厅越近,哈德的脚步越沉重。艾曼回国后,三个月没有消息,昨晚忽然打电话来。艾曼绝口不提老穆罕默德一家的事,听口气是凶多吉少。阿勒颇战斗比较激烈。古皂生产基地基本被打了个稀巴烂,很多本地的家族企业损失惨重。古皂厂重建需要资金,艾曼的公司需要运转,玫瑰餐厅必须转让,暂解燃眉之急。

玫瑰餐厅不是哈德的,也不是穆罕奈德家族的,是全体阿拉伯兄弟的。如果要转让,最好找一个叙利亚人,或者阿拉伯兄弟,至少是阿拉伯人的朋友。

今晚,哈德邀请了不少朋友,商量玫瑰餐厅的转让事宜。另外,他还要见从北京来的两个神秘客人,决定乐师的儿子阿尔比安的去留。

三

曼吉达转动着手里的咖啡杯,像是在市场里拿着一个陶瓷样品做仔细研究。他虽然不动声色,心里却忍受着痛苦的煎熬。穆罕奈德家族正经历一场空前的考验。叔父艾曼迟迟不回,大叔、父亲和爷爷都上了前线,生死未卜。

"去还是留,最终还是要自己决定。战乱终会过去,等战火停息了,我们要在废墟上重建我们的家园。"

曼吉达透露了另一桩更遥远的计划:将来回叙利亚开一家生产销售一条龙的建筑材料公司,设备从中国买,预计投资千万元人民币。今晚坐在这里的都是合伙人。

"所以我们要留下来,努力赚钱。我们的近期目标还是先再开一家餐馆。"曼吉达道。

听说合伙去龙潭镇开餐馆的事,房间里的气氛顿时活跃起来。年轻人七嘴八舌地议论开了。

只有阿尔比安一个人把头埋在怀里,沉默不语。

四

龙骏一个人坐在玫瑰餐厅一楼靠窗的一张小方桌旁,望着窗外抽水烟的阿拉伯人。

下午刚送走叙利亚的那班年轻人,就接到小穆罕奈德的电话,说是有要事相商。龙骏匆匆赶到餐厅,楼上楼下转了一圈也没找到哈德,就先点了晚餐——一份薄饼,一份鹰嘴豆泥,一份烤肉拼盘,一份拌上了石榴籽的蔬菜沙拉。现在,以牛羊肉和面食为主的阿拉伯食物,龙骏也可以接受了。

没吃几口,龙骏就放下了刀叉。他看见一个熟悉的身影出现在大门口。

一脸忧容的哈德走进一楼大厅,换上一副轻松愉悦的面孔,微笑着与认识或不认识的人打招呼。他抱起一个朝他跑去的孩子,一阵逗闹,又放下,径直上楼。他似乎并没有看到龙骏。

一楼大厅坐得满满当当的,大多是眼窝深、鼻梁高、肤色较深的阿拉伯人,也有白肤蓝眼的欧美人和黑皮肤的非洲人。长期居留和初来乍到的客商,亲朋好友,此刻相聚在餐厅,或窃窃私语,或高声谈笑。

龙骏正望着窗外烟火缭绕的街景出神,重新下楼的哈德已经冲过来,笑容灿烂,带些吃惊,又是搂肩又是贴脸,与龙骏打招呼。

"对不起,好兄弟,让你久等了。有两位尊贵的客人从北京来,他们是老爷子的老朋友,研究《道德经》的。我的名字虽然叫哈德,可是对老子的'道'啊'德'啊一窍不通。我在想,在这座城市里,在我认识的朋友当中,有谁比你更精通'道'呢?所以,我想叫兄弟你来陪陪他们。"

哈德边说边拽着发愣的龙骏上了三楼。三楼餐厅走道的尽头,"大马士革"包厢边上,一间中式装修、窗明几净的茶室里坐着三个人。正在烧水沏茶的伊朗商人哈米和龙骏早已认识,站起来,与龙骏握手。另一男一女大约就是哈德嘴里"尊贵的客人"。男的身材健硕,头发稀疏花白,丰颊圆额,一双深凹的黑眼睛略显忧郁,带着沉思的探究目光。女的身材丰满,满头浓密的花白头发,温润从容的脸上每一条细小的皱纹都透着和善。

哈德介绍完客人,就急匆匆走了。

阿巴斯夫妇刚从北京来。他们是北京某大学聘请的外国专家。大学时,阿巴斯遵从父亲的意愿学经济,但哲学和写作才是他的兴趣所在。他非常喜欢中国的历史和文化,20世纪末,年近花甲的他参照英译本用阿拉伯语翻译了老子的《道德经》。几年后,他的书在北京出版,并应邀来中国参加座谈会。2011年,阿巴斯先生受邀到中国某大学执教,一年后,他的妻子也来到中国,在中国的大学教授口译等课程。阿巴斯夫妇是土生土长的叙利亚人,三个子女分别在荷兰、德国和黎巴嫩。与儿女一样,夫妇俩是故乡的"异乡人"。

两位老者朝龙骏微笑点头,算是打招呼。

他们刚刚似乎在讨论什么。龙骏安静地坐着,他习惯当倾听者的角色。

哈米熟练地泡着茶,嘴里滔滔不绝,继续前面的话题。

"……听说先生对《道德经》很有研究,是个'中国通'。"

"'中国通'谈不上,但我很欣赏老子的'道',它包含了很多智慧。'道'中的哲学思想,老子和庄子的哲学,我认为是人文主义的。当然,对老庄哲学,我只是粗通而已。龙先生是地道的中国人,对《道德经》很有研究,何不发表一下高见?"老先生说着,突然转向龙骏。

"庄子说:达生之情者,不务生之所无以为;达命之情者,不务命之所无奈何。阿巴斯先生,您为难我了。除了会要几下太极,我对老子的'道'实在知之甚少。"龙骏笑道。

"龙先生谦虚了。这几年在中国,我亲身领教了中国人的谦虚包容。近

些年中国之所以能飞速发展,就是因为有'道'的智慧:万物有其时,无为而无不为。生在中国真幸运,中华民族是一个有道德的民族。"阿巴斯先生道。

"阿巴斯先生,您说的这一点我深有感触。"哈米插话道,"'道'和'德'是一体两面、相辅相成的,没有'道'哪来'德'?'道'在中国是一个很玄妙的字眼。"

伊朗人哈米显得很激动。

"哈米先生,听说您夫人是北京人。为何您选择在中国定居而不是别处?"阿巴斯先生凝视着哈米,笑容可掬。

哈米又恢复轻松调侃的神情。

"我是中国女婿,算是半个中国人,中国比其他地方要强很多。我不想说那些难民涌入的欧洲国家。中东更糟,就拿叙利亚来说,竟然有数十个不同派别,宗教纠纷,民族纠纷,无论你做什么行业都不得不选边站。额头贴标签,以此论是非,一旦时局混乱,谁都可能成为子弹瞄准的靶子。白天还好好的一个人,晚上就忽然不见了,连尸体都未必找得到。"

说到叙利亚,阿巴斯先生变得神色凝重。

"是啊,任何事都像硬币有两面。我们虽然离开了叙利亚,却无时无刻不想着她。每个暑假,我们都会去黎巴嫩贝鲁特,在那里稍做停留,然后乘车回大马士革。大马士革、阿勒颇、霍姆斯,都有我们的家和朋友。叙利亚,曾经是风景迷人、文化多元、古建恢宏的国家,可是,那只扇动翅膀的蝴蝶没有带来春天,反而让其陷入无休止的战火。"

阿巴斯先生语气平静,并不避讳谈及祖国这场异常惨烈的战争。

"天堂已经沦为地狱。现在关键是,所有人都应该团结起来,针对我们真正的敌人。谁也别想让阿拉伯世界回到几千年前,这是倒退。我们不想那样。"

"说好的不论国是,你们倒肆无忌惮地讨论起来了!"一直保持沉默的阿巴斯的妻子突然插进来,目光锐利,声音却柔和。她朝龙骏笑了笑。

"龙先生,阿巴斯是太极迷,在北京的时候学过一些。不知能否向您讨教太极的真谛?"

"真谛谈不上。我也只是刚刚摸到太极的门槛。两位若是感兴趣,可以共同切磋。"龙骏笑道。

他们边喝茶边谈论太极拳的话题。直到小穆罕奈德走进来,带两个老人去见他们的侄子,他安排他们在一个单独的包厢见面——那是两个老人此行最重要的任务。

阿巴斯夫妇准备在婺州住些日子,顺便去龙潭镇做客游览,然后回大马士革。在那里,阿巴斯先生将继续写书、做学问。他准备用阿拉伯语翻译中国典籍,提供给阿拉伯国家孔子学院的学生使用。

阿尔比安可以留在婺州经商,或者在伯父的安排下去黎巴嫩或法国。阿尔比安最终做出决定,还是回叙利亚。

哈米带龙骏去另一个包厢。包厢里坐着十几个人,大部分龙骏都认识。他们是也门医生阿尔马,约旦人萨利姆·奥登和莫万,伊拉克人伊布拉欣,土耳其人哈伦,叙利亚阿勒颇商人发迪,伊拉克人马苏姆,印度人洛基和谢丽,马里女商人罗基娅。

他们似乎正经历了一场激烈的争论。龙骏的到来,使得包厢里凝重的气氛缓和了不少。

第七十三章
国际老娘舅

一

一大早,瘦削挺拔、长着鹰钩鼻和一把大胡子、双目炯炯的伊朗人哈米来到国际商贸城进口馆旁的外商服务大楼,把车停入地下停车场,从一侧的小门走进去。

周末的服务大楼静悄悄的。一楼调解室的门开着,没有人。哈米走进隔壁的茶室,像往常一样烧开一壶水,然后坐在茶几边。他用茶夹夹起木制茶盘上的紫砂茶具,仔细用开水烫过一遍,随后放入茶叶,洗茶片刻后将水倒掉,再续上热水,泡好一壶清香四溢的龙井茶。

哈米早已不把自己当外人。二十几年前,哈米跟随做地毯生意的父亲老萨姆鲁闯荡世界。2003年,完成学业的他留在中国从商。2007年,他在婺州成立了全市首家由外商创办并拥有进出口权的外贸公司。如今,他已在北京、上海和广州开设了分公司,把生意做到了东南亚、欧美、中东等地区。他还在龙潭镇工业园区投资了一家化妆品厂。

哈米在时代广场大厦拥有一层楼的写字间,他办公室的书柜上,陈列着一排排奖状及证书,还有钓鱼比赛和汽车短道拉力赛上获得的奖杯。哈米非常喜欢和朋友一起去钓鱼和赛车。钓鱼让他学会了耐心,而赛车则使他直面风险，在别人减速时候敢于加速弯道超车。哈米将这些理念很好地应用于自己的事业和生活中。他太太是北京人，两人相识于在日本留学之时，后来一同到中国发展，在杭州待过一段时间，现全家定居婺州，几个孩子都在婺州上学。

比起北京、上海或杭州，哈米更喜欢正破茧蜕变、机会良多的婺州，在这里，他有很多来自中东和世界其他地区的朋友。他觉得自己不再是这座城市的客人，而是其中的一员。他还受邀担任凤鸣山社区兼职居委会委员和中外居民委员会副会长。闲暇时，他会和社区工作人员一起走访了解社区居民生活近况，协调解决纠纷，参加夜间巡逻维护治安。

精通六国语言的哈米，自然成了涉外纠纷人民调解委员会副主任的最佳人选。

这个调解委员会，是由外事局、经侦局和司法局牵头成立的民间组织，聘请十九个国家的二十一名诚实守信、精通调解的外商为外籍调解员。国际商贸城外贸占比很大，国际货物买卖中，合同订立、费用结算和产品质量等问题大量涌现，涉外纠纷日益增多，外商卷款卷货潜逃的事时有发生。因为各国法律有差异，在交易过程中，外商遇到矛盾纠纷，借助"以外调外"模式进行调解，既解决了语言沟通障碍，又增强了彼此的贴近性，纠纷主体更易被说服，许多复杂案件因此迎刃而解。

调解委员会刚成立时，朱赫赫是主任，不久她就退居幕后当了法律顾问，力邀赋闲在家的林峰再次出山。林峰当了十几年的老娘舅，有丰富的调解经验，没有谁比他更适合当主任一职了。和所有委员一样，虽然没有工资和福利，但他总能凭热心为中外商人纾困解难、有效化解纠纷。

哈米端起茶盏小口嘬茶时，塞内加尔商人苏拉走了进来。一身肥大的白袍使魁梧的身材显得更加肥硕，一头紧贴头皮的黑发卷曲着，一张圆大的黑脸膛油光发亮，微笑时露出一口洁白的牙齿，苏拉已在婺州生活了十五年。1998年他到中国参加广交会，误打误撞来到婺州，从此与这座城市结下了不解之缘。苏拉在塞内加尔与婺州间往返，先在婺州设立常驻代表处，后来成立了专事对非贸易的独资公司，生意越做越大。他在塞内加尔开连锁超市，从一家门店发展到八家，三兄弟都跟着他干。

苏拉对中国和自己的祖国一样有着深厚的感情，愿意在两国之间架起沟通的桥梁，不仅想把中国的商品输送到自己的国家，还希望把中国的技术、人才、投资等引入塞内加尔。

苏拉能讲一口流利的普通话，平时用普通话安排员工工作、和客户谈生意、跟朋友聊家常，甚至帮忙当翻译，言谈间时不时会用上一些非常本土化的词汇，语气语调听起来和中国人几乎没有区别。入乡随俗，他的办公室也采用中式装修风格——博古架、中式门窗和书画山水。苏拉的家也在凤鸣山社区。他既想让孩子们了解更多的塞内加尔文化，也想让孩子们学习中国文化。端午、清明、重阳、春节，他带妻子孩子去林峰家过。每当斋月来临，苏拉家的孩子就会收到沙中柳送的白糖和奶粉，苏拉的妻子会收到颜色鲜艳的裙子和围巾。

林峰推举他做调解员，他欣然同意了。苏拉深知非洲商人和中国客户间的风俗习惯大有差异，但他可以用他的幽默巧妙化解尴尬，维护双方的关系。因为一口流利的普通话和对中外文化差异的深刻理解，苏拉在涉外纠纷调解中发挥了很大作用，很快成为这支调解队伍的主力队员，当了副主任。

苏拉的公司就在哈米公司的楼下，两人是再熟悉不过的老朋友了。和哈米一样，苏拉有喝早茶的习惯，工作生活中的第一件大事，就是和朋友一道喝茶、聊天。

哈米重新烧水，泡了一壶大红袍——那是苏拉喜欢喝的茶。

两人都在为没有见到林峰纳闷。以往每次来，哈米总是看到每天第一个报到的老娘舅林峰在打扫办公室和过道的卫生。哈米问苏拉有没有见到穆罕奈德先生，苏拉用手指指窗外。哈德正在打扫花圃走道。原来像往常一样，哈德早到了，是他开的门。

不久其他的调解员陆陆续续赶来。他们是马来西亚商人郭德福，也门医生阿尔马，约旦商人莫万，土耳其餐厅老板哈伦，伊拉克人伊布拉欣，印度人洛基，加拿大蒙特利尔人费雷斯，经营餐馆的哥伦比亚人法维澳。还有两名女性——非洲马里商人罗基娅和印度人纳斯。

以往最积极的艾曼没到。还有召集主持人——老娘舅林峰，也没到。

二

林峰在家闲得慌，朱赫赫邀请他担任涉外调解委主任，他想也没想就同意了。实际上，在长人如林的调解委，也只有林峰这样的大块头才镇得住——铁塔一样的身躯、硕大头颅上雪白的板寸、军人的坐姿、粗嗓门。林峰做事雷厉风行，很少拖泥带水，喊里喀喳三下五除二就把问题解决了。当然，起作用的不只他的大喉咙，每次调解，他都会认真仔细地听双方讲述，再看一些来去的单证、短信、留言等证据。

凭证据，帮理不帮亲，对事不对人，这些是他调解的原则。勿以善小而不为，这是他常挂在嘴边的话。

又等了一刻钟，林峰魁梧的身影终于出现在大门口。

调解员们鱼贯而入，走进调解室。一同进入的还有一个土耳其商人和一个市场经营户。

调解室是一个约三十平方米的会议室，两排座椅，一圈圆桌，圆桌中间是一些盆栽花卉，正中插着十九个国家的国旗。办公桌对面一整面墙上是巨幅高山流水的中国画。

哈米给每个调解员前面的茶杯倒水，眼睛却斜睨着后来的林峰。林峰今天的表现很有些反常，叫人纳闷——以往总是第一个到的他今天比别人迟到了半小时，沿过道走过来时显得步履沉重；平时极少在众人面前抽烟的他今天叼着一根香烟，猛吸着，快走到门口的垃圾箱时才掐灭；他也没有像平时一样与人大声打招呼，一声不响地走进来，眼神空洞，神色忧郁。

林峰坐下，喝了一大口茶润润嗓子，低声说了几句，算是为朱赫赫请假。

实际上，朱赫赫并不是每次必到，只在遇到大的法律纠纷需要她时才会来。林峰出山后，她就退居幕后了。不过每次林峰照例要提到她。

过一会儿，林峰恢复常态，挺直身子，微笑着扫视一圈。调解室沉闷的气氛缓和不少。

哈米接着发言，解释另一个副主任艾曼和其他调解员缺席的原因。接着把第一个案子摆上桌面。

这是一个童装加工贸易的合同纠纷案。当年六月，土耳其客商与国际商贸城经营户王某签下了十八万元的童装买卖合同。验货当天，因有几款童装达不到要求，土耳其客商当时就扣了两万多元的货款，王某也无异议；其间，外商再次向王某订购童装，最后还剩四万元货款没付。土耳其客商不想再付这四万元余款，理由是童装质量有问题。

"虽然货有瑕疵，但上一单已经折价卖给你，钱也已经扣过了，不能再重复扣,四万元余款没有道理不付呀。"

众人耐心地把事情说开、把理说明白,纠纷很快解决。土耳其客商当场支付了余下的货款。来的时候,双方都绷着脸,问题解决后,双方握手表示要继续合作。

大家喝茶,相互交谈了一会儿。安静下来后,伊朗人哈米与另一个调解委副主任郭德福使了个眼色,再次站起来,环顾四周。

"接下来要调解的是玫瑰餐厅转让引起的纠纷。大家都知道,玫瑰餐厅是属于叙利亚人穆罕奈德家族的,当事人艾曼有事回国不便参加,委托另一位当事人处理餐厅转让事宜。具体情况由哈德先生说明一下。"

哈德是外事委的资深副主任,因为事务繁忙,常常不能列席,就推荐在阿拉伯人同样深孚众望的艾曼做了副主任,自己做普通委员。

哈德站起来,一脸歉疚。"我受兄弟艾曼的委托,说明一下玫瑰餐厅转让的原因。艾曼在叙利亚阿勒颇的古皂厂被炸,重建需要一大笔资金,他经营的公司也遇到了暂时的困难。最近一两年穆罕奈德家族麻烦不断,转让玫瑰餐厅实在是迫不得已。我是玫瑰餐厅的实际经营者。也怪我,考虑欠周,犹豫不决,才有今日之纠纷。作为当事人,等下的调解表决我就不参与了,最后不管什么结果,我都愿意接受。"

"现在,愿意接手玫瑰餐厅的很多。在座的就有几位:莫万先生,法维澳先生,阿基玛女士,纳斯女士……"哈米说着,不忘卖弄一下他深厚的中文素养,"中国有句古话,己所不欲勿施于人,又说,君子不夺人所爱。"

"哈米,你就别在这儿卖弄你的口才了。坐在这里的,哪一位不是来中国十年八年的老江湖?说了半天,我也没听明白怎么回事。"塞内加尔人苏拉用调侃的语气笑道。

"是啊,先把案子说清楚。简短些。"艾哈迈德附和。

"事实是,哈德先生与纳斯女士草拟转让合同后又反悔了。"哈米道。

"做人得讲诚信,一言九鼎,说好的怎能反悔?口头合同也是合同,有句古话,叫言必信,行必果。"坐在林峰右手的郭德福说道。

"言不必信,行不必果,唯义所存。"哈米道。

"哈米,你说君子不夺人所爱,这点我也赞同。"印度人洛基忽地站起来,"不过,如果有人能把玫瑰餐厅经营得更好,何乐而不为呢?"

"调解的原则是帮理不帮亲。谁有理,我们就该站谁这边。"郭德福道。

"所谓清官难断家务事。这件事牵涉的几乎都是自己人,所以颇为棘手……"这是土耳其苏坦餐厅老板的声音。

"说起来,我也是穆罕奈德家族的一员,等下还是回避为好。"沉默的也门医生表态。

"坐在这里的,哪一位不是艾曼——我是说穆罕奈德家族的朋友?都回避,这事就没法解决了。"莫万笑道。

"原则上是帮理不帮亲。如果真有难处,又不违拗法理情理,帮一下亲又如何?"林峰插了一句。

众人的目光都转向纳斯。纳斯和罗基娅坐在角落里,一直默默不语。

纳斯来自印度孟买。2003年,她在朋友的推荐下来到婺州,在一家主要面向外商的酒店任大堂经理。2005年,积累了一定客户资源的她离开酒店,自主创业。她接触了无数来酒店入住的商人,早就发现这座城市商机无限。她拼命学习中文,开始从事外贸业务。开始的老客户,不断带来新客户,商圈逐渐扩大,纳斯的生意越做越红火。经过近十年的打拼,纳斯的客户已遍布马来西亚、印度、澳大利亚等五十多个国家,平均每年要发送两三百个货柜。她与一名同在婺州的澳大利亚人结了婚,和丈夫儿子定居下来。因为实在太喜欢这座城市了,一年里有十一个月都在婺州,从未有过离开婺州到澳大利亚发展的念头。

纳斯刚来的时候,婺州城里的印度人并不多,大概只有三百人,眼下已发展到近三千人。操一口流利中英文的纳斯并不喜欢社交,属于典型的"少说多做"型。她身材瘦小,个性却十分要强。在婺州,印度人开的餐厅不少,纳斯最大的愿望还是开一家属于自己的大餐厅。

众目睽睽下抬起头,纳斯站起来,直勾勾地盯着哈德:"穆罕奈德先生,玫瑰餐厅我是志在必得的……"

"如果你继续经营阿拉伯美食,我可以接受……"哈德笑得很尴尬。

"你要反悔,就当着这么多人的面,摆出足够充分的理由。"纳斯咄咄逼人。

"不是我哈德不同意,是叙利亚人不愿意,阿拉伯人不愿意——穆罕奈德家族最困难的时候就要过去了。现在,有人愿意收购艾曼公司的库存,并且给玫瑰餐厅注入一大笔资金……"哈德提到"有人"时,故意加重语气。

"谁?"纳斯逼问。

"这是商业机密,原谅我无可奉告。"哈德摆手。

"在这么多调解员面前,所谓的商业机密就不该是不能说的秘密。"纳斯道。

"她是穆罕奈德家族的老朋友,是叙利亚人、阿拉伯人的好朋友……"穆罕奈德犹豫了一下,说出李海音的名字。

"既然是她,那我放弃那份口头协议。"纳斯笑道,温婉中依然带些刺,"不过我要声明,李女士首先是菲利普、洛基和纳斯的朋友,是我们印度人的朋友!"

众人拍手鼓掌。

结局出乎众人的意料,又在情理之中。

这么快就解决问题,林峰也很惊讶。

忧心忡忡的哈德喜笑颜开。他一高兴,竟当着众人的面宣布了另一个好消息:穆罕奈德家族的年轻一代将在龙潭镇新开一家餐厅。

"就在龙潭镇湖滨,将来的风情大道、美食一条街。阿拉伯人、印度人、非洲人都可以参加,在座的各位优先入股!"

上午的议程结束,众人纷纷散去。

哈德留下来,又恢复愁眉不展的样子。

福迪餐厅租用的城中村的民房就要拆迁。合同还未到期,哈德为搬还是不搬、搬到哪里发愁。

"这是我的私事,所以私底下找老娘舅帮忙。"

"旧村改造、农房拆迁的事我会帮你打听。如果是房屋租赁合同事宜,你最好问朱女士,下午她要到调解室来。"林峰道。

三

已到午饭时间,哈德急着回餐厅,等不及,先走了。

林峰叫了份外卖,吃完盒饭,依然留守调解室。

比起冷清清的家,他更愿意待在空荡荡的调解室。这是他上班的地方。如果有人找上门,他随时可以打电话把其他的老娘舅召集来。没事的时候他可以看看书报杂志,也可以去附近的商贸城逛逛——迷宫似的大市场,琳琅满目的商品,十天半月也逛不完。

林峰心里对急剧膨胀的市场并不排斥,他深恶痛绝的是商品质量的低劣、少数作奸犯科的商人和卷款卷货潜逃的外商。个人的能力虽然微不足道,但总得有人出来做点什么——这正是林峰继续当老娘舅的原因。

林峰平时喝白开水,不喜欢喝工夫茶,偶尔喝茶也是牛饮。他在茶室的沙发躺椅上眯了一会,走到隔壁的小间吸烟。这间吸烟室是专门为林峰而设的。

林峰推开窗户,把上半身探出窗外,连吸两支烟。转身时,看见怀里夹着一个公文包的朱赫赫急匆匆走进调解室。

虽然已经发福,但一身得体的西装制服使朱赫赫显得精明干练。

朱赫赫熟练地洗壶泡茶,一边用余光瞄了眼林峰。眼前的林峰与不久前见到的他判若两人,眼神迷离忧戚,腮帮凹陷,面容苍老,原先的虎背熊腰有些佝偻,白衬衣的领子映衬雪白的鬓发,连板寸下的头皮似乎都变得雪白。

两人在茶几边落座。他们的兴趣并不在喝茶。杯盏的交响,滚水的噗噗声,茶末的沉浮,只是他们谈话的陪衬。

林峰提起穆罕奈德家房屋租赁的事,朱赫赫答应去了解一下及时解决。

"穆罕奈德先生的事就交给我了,一定会妥善处理的。今天下午不谈别的,只谈谈您的家事。早上我去凤鸣山社区做普法讲座,接待我的是龚主任。以前可全是沙主任全程陪同。夫人是……"

朱赫赫没有说下去。林峰转过去的头又转回来。

"这事——我也用不着瞒着你了。是的,她病了,前两天进了重症监护室。"

"哎哟! 您怎么不早告诉我?"朱赫赫惊讶得一时不知说什么,"您这么大年纪,家中又有事,应该让人来替您——"

"别介,我喜欢干这事。你不让我干才是要我的命呢!"

"我是说,沙主任——您夫人身体欠安,应该有人照顾。您怎么不早告诉我? 也怪我,有半年多没见沙主任了。其实我早就应该想到,早就该上您家去看看!"

"不怪你。谁不知道你朱律师是个大忙人? 不是我刻意瞒你,是沙中柳不让告诉。她不想有人去医院探望,除了孙女,她不想见任何人,连我也不例外。家里家外都由她说了算,她的性格,你是知道的,要强,好面子。现

在,她进了特护房,身上插满管子,更不愿意让人看见她那副样子了。"

林峰摩挲着板寸头,用粗大的手掌端起小茶盏,咕噜进喉咙。

"你这样一说,倒使我想起来了。沙中柳是有件事要委托你。她想立一份遗嘱,要书面的,口头遗嘱她不放心。"

"现在有空,我们马上去医院。"朱赫赫站起来。

"去医院没用,她已经不会说话了。遗嘱的条款,沙中柳当着我的面唠叨过无数回,我可以把大致的情况告诉你。最重要的一条,是要全权委托你朱赫赫办她的后事。"

朱赫赫沉吟着。她现在很少把喜怒哀乐或哪怕细微的表情形之于色了,尤其是在职场。她知道,律师可以热血沸腾、激情澎湃,但要用理性来支配这种满腔的激情。律师应当保持独立性和不妥协性,也要不失礼貌的谦恭和恰如其分的温情。

朱赫赫重新坐下,从公文包里取出笔记本,用温婉的眼神看着林峰,一边听对方用低沉沙哑的声音叙述,一边用笔写着。

"家事国事天下事,以前觉得没什么事能难倒我老娘舅的。可不服老还真不行!我林峰老了,许多事力不从心。别说端屎端尿,就是站在病房里她都嫌我碍手碍脚。沙中柳对我不放心。丈夫不指望,亲戚朋友不指望,社区的人更不想麻烦。说到身后事,你朱赫赫是她能想到的最佳人选。其实,我也知道,她最大的愿望,是能够在葬礼上看到诸葛慧莲。"

朱赫赫知道林峰提到诸葛慧莲的意思——那也是沙中柳心中永远的隐痛。在这件事情上,朱赫赫是无能为力的。且不说横亘在两人中间的那个孩子,作为女性,没有人比朱赫赫更了解诸葛慧莲。

朱赫赫受理的离婚案很多,见过无数支离破碎的家庭,更见过众多表面风光实际忍受地狱般煎熬依然维持着的婚姻。现在,选择不婚独身的女性越来越多。独立的女性,如同双面的磁带唱片,一面是快节奏的 Funk 音乐,风光有趣又潇洒体面,另一面则像哑嗓吼出来的苦情歌,其中的困顿纠结世情冷暖只有自己知晓。独立女性要在这两面交叉中努力前行,才不会被欲望都市的虚荣和矫情湮灭,才有可能品尝浸泡了无数苦涩后些许的幸福与满足。所谓坚强,不过是哭泣时转身不让人看见而已。

话题不自觉地转到林波身上。

"母子间也没什么大矛盾。沙中柳只是不想打搅儿子。我们联系不到他,也不知道这一阵他在忙什么。"林峰的语气平和,似乎是在谈论别人家的事。实际上,朱赫赫清楚,没有人比林峰更为儿子的事焦虑,为了把儿子"引向正道",林峰是绞尽脑汁、大费周章。

林峰想了解儿子的事,朱赫赫把她知道的一股脑儿说出来。

"本来,以他在书画界的名望地位,大可以过衣食无忧的生活。可他总是大手大脚,赚十元钱花二十,不会理财,居无定所,生活过得颠三倒四。老林,在有些事情上,我倒是要为林波说句公道话。他现在变了个人似的。要说忙,他比你我更忙。他负责文保普查与修葺,要与上上下下的人沟通协调,厘清各种关系,要与那些古宅古楼的住户讨价还价。他还迷上了考古。据说有一个中华文明探源工程,从2000年开始就有人在做了,是科技部、国家文物局组织多家国内考古学机构、科研机构进行的一个多学科的课题,其中有一部分内容就是把中国文明和世界文明做整合对比研究。上半年他跟博物馆李馆长出了两次国,去埃及研究金字塔,去南美墨西哥考察玛雅文明。最近几个月,他会同同济大学土木建筑系和美院的教授专家,忙着新医院的设计图纸的修改定稿。"

"考古我能理解,那是文化局、博物馆的分内事。你说,这医院的建筑设计,和他有什么相干?"林峰很是疑惑,插了一句。

"建筑勘察设计,我也是外行,不过多少也了解一些。无论古宅新楼,都是有生命的。特别是医疗建筑,有生长,有发展。那是关乎人命的事。你看现在的医院,像一个个鸽子笼,给人沉闷压抑感。有些医院,进进出出像走迷宫,来回奔波耗时耗神。门诊、医技、住院,到处需要排队,排队的时间远比看病的时间长。舒适的环境、充足的阳光和新鲜的空气,一个布局合理的好医院能够降低病亡率。你想啊,老林,要是在龙潭镇那些古色古香的古宅间,冒出一座全是钢筋水泥硬邦邦的建筑,你也不会同意。还有国药馆,那更是应该以古建筑的样式为主。为龙潭镇医院的事,龙信咨询过龙马,所以我知道一些。林波和诺维科夫先生都是龙马推荐的设计顾问。"

朱赫赫不厌其烦地解释。林峰点点头,不再说话。他从未指望林波在任何家事上帮上忙。

窗外传来一阵阵汽车的鸣笛和喧闹声。下午4点,国际商贸城的市场经营户开始陆续离开。

"老林,您委托的事全包在我身上。对不起,我今天还有事,得先走一步

了。"朱赫赫提到建筑图纸,提到乌克兰的诺维科夫,似乎突然想起了什么。

她要在商贸城完全关门前去一趟婚庆市场,于是收起笔记本、公文包,急匆匆离去。

林峰一个人坐在茶室里,望着窗外的人流车流发愣。他的心思又回到躺在病榻上奄奄一息的沙中柳身上。

天色渐暗,路灯亮起。林峰关好门窗,一个人沿着车水马龙的江滨路,迈着沉重的脚步走回家。

四

沙家的长寿基因在沙中柳身上似乎没起作用。实际上,击倒她的不是肉体的疾病,而是内心秘而不宣的暗伤。那些暗伤一开始微不足道,日积月累,暗暗滋长,终于给她致命一击。尽管她有预感,但她不屑于与人述说、求助于人。

沙中柳相信自己能扛过去。直到轰然倒下的前一刻,她依然保持着一贯的做派——穿着旗袍,昂首挺胸,风风火火地走在上班的路上。她容光焕发,与人笑脸相对。在单位里,她做事一丝不苟。她不愿意在任何事情——哪怕是微不足道的小事上,输给任何人。

人们唯一一次见到她流泪是在病榻上,那时她已经昏迷。极少有人能了解那眼泪的含义。即使在弥留之际,沙中柳也没有放弃那个破镜重圆的希望。孙女林晓在病房里照顾她。作为医院的医生,林晓夜以继日地陪伴着奶奶。对唯一的孙女林晓,沙中柳内心深处是充满温情的。

也许那是支撑沙中柳、给她带来活下去希望的唯一神药。沙中柳在林晓身上看到了儿子林波的影子。内心深处,她希望儿子来看她,却又不希望儿子看到自己狼狈的样子。在回光返照恍惚的梦里,她看到孙女穿上了婚纱。那穿上婚纱的新娘有一个光洁的额头,眼睛里闪烁着炽热的爱的光芒。

可是那闪过头脑的活下去的希望终究是刹那的幻影,最强的人也敌不过命运的安排。

按照沙中柳生前的遗嘱,她的骨灰被撒到龙潭湖里。

没有讣告。沙中柳的葬礼静悄悄的。上海娘家没有派人来,参加葬礼的是她最亲近的几个人——林波、林晓、诸葛慧莲、龙马、朱赫赫、朱老夫子和夫人张英,连凤鸣山社区都很少有人知道。

林峰刻意隐瞒,却瞒不过社区和调解室那些消息灵通的外国老娘舅。穆罕奈德、艾曼、郭德福、苏拉、哈米、艾哈迈德、阿尔马都携家带口地来了。沙中柳的葬礼虽然冷清,倒也奇特,这种肤色不同的"老外"比"老内"还多的出殡仪式极少见到,被龙潭镇的人议论了很久。

龙潭镇,龙潭湖,那是她离开上海来到乡下最早落脚的地方。她在这里打过夯,在齐腰深的泥浆里搬过土。沙中柳的骨灰随风飘洒,最终落入湖中,沉入淤泥。

没有泛起一丝的涟漪。

不是人们善于遗忘,而是生活总得继续。

葬礼过后不久,龙潭镇的人又迎来了一场引人注目的婚礼。这场与龙家、与海马学校年轻校长有关的婚礼比三年前的那场更轰动。

第七十四章
海马国际艺术学校

一

"鹅,鹅,鹅,曲项向天歌。白毛浮绿水,红掌拨清波。"

海马学校体艺馆的一间小教室里,也门医生阿尔马的小女儿乌娜在背唐诗,准备在即将到来的中外学生文化交流节上吟诵。她已经学习过《千字文》《三字经》和《唐诗三百首》。

讲台上,一身唐装的朱老夫子摇头晃脑,不时用手捋捋下巴上稀稀拉拉的胡须,偶尔把手摊开做成鹅掌状比画一两下,引得教室里几十个"洋二代"哄堂大笑。

隔壁是书画馆,分成书法和绘画两个教室,用半堵墙隔开。铺着羊毛毡的桌上整齐地摆着笔墨纸砚,墙上挂满学生的篆隶楷行草书作品。马里女商人罗基娅的四女儿萨玛正在跟龙飞天学书法。绘画室里,罗基娅的三女儿卡米娜在跟教西洋画的老师——法国人尤里安学油画。绘画室有些乱,墙上地上到处是油墨和五颜六色的彩画,桌上摆放石膏头像、陶瓷花瓶、碗盆和水果花卉。瘦高英挺的法国人一头披肩长发,牛仔裤、T恤衫和脸上油彩斑驳,在五六个学生间走来走去,时不时站在最得意的学生卡米娜身后瞄几眼。

卡米娜在婺州已经小有名气,曾在绣湖公园现场挥毫泼墨,引来不少路人围观。她八岁开始学中国画,那种让墨水活起来的绘画方式使她痴迷,空灵生动的线条让平时爱唱爱跳的女孩子安静下来。卡米娜学国画、剪纸、书法和古筝,现在她又开始学油画。

与散发着一股油墨香的安静的书画室不同,不远处的练功房里则要热闹得多。空气中弥漫着汗臭味,十几个穿着功夫服的少年嘴里发出"哼哼哈哈"的声响,挥拳踢腿,在铺着地毯的木地板上摸爬滚打。穆罕奈德的小儿子就在其中,他在海马学打乒乓球、踢足球。他最喜欢中国功夫,给自己取了个中国名字"罗汉"。罗汉四岁起习武,六岁拜师学艺,现在九岁的他已是一名不折不扣的功夫小子了。

前年夏天,罗汉回叙利亚过暑假,给叙利亚的小伙伴带去了连环画《西游记》《神笔马良》《司马光》和《葫芦娃》,又耍了几趟南拳,很是出了一回风头,从此更加痴迷中国功夫。当其他小男孩在穿着跆拳道服的教练带领下练习踢腿的时候,罗汉却在一个角落里扎马步。虎头虎脑的罗汉满头大汗,一双圆圆的大眼睛盯着临时教练。他跟龙骏学太极拳半年了,掤捋挤按采挒肘靠,一招一式已经很有些模样。但是严厉的教练还是要求他站桩筑基。

离体艺馆不远的阶梯教室里,坐满了海马中学的初中生。投影银幕前,一位高大帅气的年轻教师正在眉飞色舞地上英语课。出生在英国的小伙迪伦自小跟随父母移居加拿大,高中毕业后,在渥太华大学获得教育学学士学位。他回到英国,在伦敦的一所中学当老师,一年后,又去了悉尼。他很喜欢孩子,接待来夏令营的外国学生,是他最喜欢的差事。和不同国家的孩子接触,教他们地道的英语,和他们分享各自的故事,使他的假期变得丰富多彩。

迪伦喜欢旅行,到一个非英语国家当外教,或许是一个不错的选择。他决定前往中国,恰好一份来自中国上海的工作邀约摆在了他的面前,一所开设中英双语课程的国际培训学校向他抛来橄榄枝。他对中国充满向往,上海、广州、大连、重庆,这些都是他想去的城市。当迪伦来到那家培训学校位于上海的总部时,对方告诉他,将派他到婺州任教。他听朋友说起过婺州,可在地图上找了半天,才找到那个地方。

从上海坐火车来到婺州,这个拖着行李、白皮肤、高鼻深目的大高个在下车的人群中格外显眼。随着熙攘的人流车流,迪伦与婺州这座城市的缘分也由此展开。他从来没想过,会在这座城市里再次邂逅过去那个使他怦然心动的女孩。一年后,他离开培训学校,接受邀请担任海马学校幼儿园的园长。

被学生和家长叫作"泰山"的大男孩很快喜欢上了这份有挑战性的工作。幼儿园聚集了来自中东、非洲、欧美、日韩的学生,对教师团队、课程设计有很高的要求。他全身心地投入工作,联系不同国家的外教,组建了一支拥有丰富幼儿教育经验的外教队伍。他教孩子们厨艺、园艺和西餐用餐礼仪。除了幼儿园的孩子,他又兼起初中部的英语课。他的生活十分规律,每天上午7点半准时到校,一直待到下午5点半。如果有人需要补课,他会在学校多待一会儿。晚上回到公寓,他还要花数小时备课。他的业余生活过得有声有色,周末休息时,他会去爬山,与同事一起去KTV唱歌,更多的时候是待在公寓里弹吉他,或是与孩子们踢足球。他还是初中部足球队的教练,经常带领球队在校际进行对抗赛。

迪伦单独的办公室装修得很特别,一面墙上挂显示加拿大、英国、南非、北京时间的钟表,另一面墙是水墨字画,还有一个拨浪鼓和一把算盘。他迷上了中国传统文化,爱喝红茶。他努力学习和了解中国文化,大量阅读关于中国的书籍,努力学习汉语。他热爱中国食物,偶尔也会在家里倒腾一些家乡菜。他在大街小巷闲逛,越来越觉得在龙潭镇的生活舒适自在。古镇奇特的风土人情令人着迷。最主要的,镇上的人都很喜欢这个巨人般的男孩。讲台上,迪伦有专业的教师风范和敬业谦逊的品性;生活中,他像个彬彬有礼的绅士,严肃、腼腆而幽默。

迪伦是海马引进的众多外教之一。

来自一百多个国家和地区的上万外商常驻婺州,在这座城市创业定居,并纷纷把子女接来,他们非常渴望子女能享受更合适的教育。"洋二代"与中国学生混合编班,在公办或私立学校随班就读,成了婺州教育的一大特色。在二十五所具备招收外籍学生资格的学校中,海马是最大的一所私立学校。

2004年,龙马和李海音合资,在龙潭镇李宅开办了全市第一所私立艺术学校。十几万人口的龙潭镇已经成为一座小小的城市,新移民的数量大大超过本地居民。因为收费低廉、艺术特色显著,海马的规模越来越大。除了九年义务制课程,这里还能学到法语、西班牙语、阿拉伯语和非洲国家的土著语言。

李海音退出股份后,海马就完全变成龙家的了。龙马早已过起了半退休半隐居的生活。他把名下的实体企业交给职业经理人打理,成立了婺州最大的民间救援队,暴雨洪灾、泥石流、地震塌方、森林火灾,省内省外,哪里需要救灾,龙虎救援队就出现在哪里。

朱校长年纪大了,越来越力不从心。龙马思前想后,还是决定把海马交给儿子龙义。一年前,龙义辞去在上海的工作,回到了龙潭镇,接任校长。朱老夫子认为外孙从事教育事业比单纯搞音乐更值得称道,很愿意扶外孙上马再送一程。龙义身上有父亲的敏锐和母亲的严谨,并非不适合从事教育管理。再说,家大业大的龙家需要有个带头人,在龙家的第二代中,龙义成了不二之选。

龙义果然有海派范儿,新校长上任先烧三把火。

第一把火,烧向教坛元老朱老夫子,对学校环境进行改造。在龙义看来,校园就是美育场所,美的环境会改变学生习惯。学校应该让学生通过感知环境美,对未来产生好奇心,并有能力传播美感。许多地方,包括学校,往往缺乏真正美的设计,导致土味审美充斥大众生活。焚香、茶道、插花、剪纸、音乐、书画、诗歌,在传统的审美中加入海派的优雅大气,让空间更整洁有秩序,是建构美的第一步。龙义希望在旧有的体制里点亮一根蜡烛,照亮那一片凝固的暗淡。

朱老夫子刻板严谨、中规中矩,喜欢老旧的东西。海马校园还是十几年前的老面孔——大红花岗岩门面,塑胶的黑体字;教室摆放方桌圆凳,窗户窄小,空气沉闷凝滞;走廊过道台阶的地板瓷砖年久失修,处处缺损;板报墙上的字画也显得老套。原有的建筑自然要保留,让孩子能够感受历史。从土木工程入手,对既有空间和环境进行重新整理和归纳,改善从急需的细节下手——整顿老旧的电线管线,粉刷教室墙面,给棱角分明的火柴盒似的建筑添上灵动的弧形线条。草坪、花园、绿篱和树荫长廊,以树屋为构想,加入波浪形状的木质线板,搭配温暖的黄色,营造树木意象,让学生实际感受校园与自然的结合。教室墙上绘色彩丰富的壁画,宽敞明亮的餐厅涂刷纯白,给人强烈的视觉冲击的同时,也把审美教育深入每一处。

做完减法,做加法。改造和扩建音乐厅、视听室、书画室、体艺馆、练功房、足球场和棒球场。这是新校长的第二把火。

第三把火就是引进教学资源,扩大学校规模。引进上海、杭州等地的知名教育品牌,还与国际知名学校结成"友好学校"和"姐妹学校",开展合作办学。大量聘请具有教育资质、教学经验和国际化视野的外籍教师,让多元文化的种子在校园的土壤中生根发芽,使每个学生都成长为中外文化的交流使者。此外,在原来阿拉伯语、英语的基础上,又开设了德、法、日、韩、西班牙等五个语种班。

二

龙义这一系列风风火火的动作,让原本还心存疑虑的母亲朱赫赫心服口服。

龙马醉心茶道、公益,早已成了撒手不管的逍遥派。朱赫赫自己也越来越少插手家族的事务了。她并没有放弃细菌战的跨国官司,同时她也要对律师事务所的上百名员工负责。作为律所的主任,朱赫赫更是担子沉重。她要参加会议、论坛、讲座和公益普法,她在派出所、拘留所、法院、工矿企业间穿梭奔走,参与各种刑事、民事案件的审理辩护。公堂一言定胜负,朱笔一落命攸关,律师一言一行都得慎之又慎。她要为各个顾问单位草拟合同,任何一项条款都可能事关企业的生死存亡。

作为女儿和母亲,朱赫赫又必须回归家庭生活。年老的父母需要照顾,而最让她牵挂纠结的是儿子的婚姻大事,朱赫赫觉得在上海这样的大都市,一个男人到三十几岁才结婚是很正常的事,但在龙潭镇就不同了——像龙义这样二十四五岁就结婚,是最正常不过的事。

原来,龙义之所以放弃艺术道路上的远大前程,离开上海大都市回到故乡的小镇,是另有原因的。他是被丘比特的箭射中了,第一次见到乌克兰姑娘马琳娜他就陷入爱的罗网无法挣脱。艺术女神让位给了爱情女神,龙义像扑火的飞蛾一样奋不顾身。

对于这场即将到来的跨国婚姻,朱赫赫的心情是复杂的。乌克兰姑娘的身体暗疾使人隐隐不安。朱赫赫不想儿子重蹈父辈们的覆辙,最后还是决定顺水推舟,尽力成全。

最近一段时间,朱赫赫忙着为儿子筹备婚礼,同时苦口婆心地劝说母亲。

谁也没想到,龙义的婚事,最大的阻力竟然来自最疼爱他的姥姥。朱老夫人张英先用沉默表示反对,渐渐地发现自己因为反对而陷于孤立。像往常一样,当发现在龙潭镇待不下去时,她便使出撒手锏——气鼓鼓地回自己的娘家。

人啊,有时候就是奇怪的矛盾体。看见坐在轮椅上的乌克兰女孩时,张英内心充满怜爱,恨不得把她当成自己的孙女。可是,有一天,当龙义提出要娶她做妻子时,朱老夫人又说什么也不乐意了。知道自己的意见起不了任何作用,但是,她还是决定把自己的情绪用最激烈的方式表达出来。

朱赫赫倒是不担心母亲的出走。她知道,母亲暂时的"抑郁"就是普通人的情绪感冒——母亲在上海住不了多久,最多十天半月,就会回到龙潭镇来。

三

在海马学校体艺馆音乐厅里,年轻的校长穿着一身黑色的燕尾服,站在台前,用小提琴演奏芭蕾舞剧《天鹅湖》第一幕结束时的音乐。华丽明朗的舞曲声中,王子在庆祝他的成年礼。提琴的颤音充满温柔的美和些许伤感。夜空中出现一群天鹅。诺维科夫先生的女儿穿着芭蕾舞服踮起脚尖翩翩起舞。

马琳娜虽然不是专业的舞蹈演员,基本功却很扎实。伸展打开,屈伸抬腿,踢腿画圆,轻盈如飞的跳跃和令人目眩的旋转,快感十足、装饰性极强的双脚打击,舞姿娴熟,各种舞步连接自如。马琳娜有一双修长的美腿和精巧的双脚,非常适合创造富有感染力的舞蹈艺术形象。

分弓连弓,顿弓跳弓,击弓碎弓,拨弦揉弦,泛音双音,和弦大跳,龙义把所有爱的柔情蜜意融入了小提琴的弦弓里。在上海,他常常随交响乐团去各国演出,无数的美女都不曾使他怦然心动,与马琳娜的邂逅成了他生命里的奇迹。

龙义演奏完一曲,放下小提琴,坐到钢琴前,弹起了《四小天鹅舞》。这是《天鹅湖》中最受人们欢迎的舞曲之一,音乐轻松活泼,节奏干净利落,描绘出了小天鹅在湖畔嬉游的情景,质朴动人而又富于田园般的诗意。另一边,马琳娜带着她的学生跳起了小天鹅舞,四个人一组,轮流上场,他们是海马幼儿园的学生。不跳舞的时候,马琳娜就待在一边,看未婚夫摆弄各种乐器。竖琴,大中提琴,长短笛,单簧管双簧管,小号短号长号圆号,鼓锣镲铃,除了唱歌,交响乐队的乐器龙义都会摆弄几下。音乐歌舞是海马学校最吸引学生的特色,新校长上任的第一件事就是购置大量的乐器——中国传统的丝竹管弦,西洋乐器,北非和南美的乐器,这些乐器足以组成一支交响乐团或几支乐队。

音乐是他们的媒人。乌克兰姑娘并不是因为报恩陷入这场跨国婚姻的。他们在国药馆第一次见面的时候,马琳娜还不知道龙义就是朱老夫人的孙子,也不知道他来自一个富足的家庭,有着不错的家族产业。她只知道他是交响乐团的小提琴手。

龙义开放包容而没有偏见,对新事物充满好奇心,对音乐、时装和流行的时尚了如指掌。他温柔体贴,大方谦逊,敏感而浪漫,把女性当作珍宝,对女士从不吝啬礼物和赞美。他很注重平时交流情感和表达爱情的方式,并不强迫她做什么说什么,而是给她足够的独处时间和生活空间。

当龙义手捧鲜花单膝下跪求婚时,马琳娜立刻就答应了。

马琳娜的父母都同意这桩婚事。其实第一个开玩笑要女儿嫁给中国人的就是父亲。马琳娜也想过和爱人到乌克兰生活,考虑过后就放弃了。使马琳娜欣慰的是,龙家的人似乎对她非常友善,有时甚至比未婚夫龙义还要待她好。

朱赫赫与马琳娜处得久了,越来越喜欢她。朱赫赫见过无数成功和失败的婚姻,婚姻没有一成不变的模式,只要儿子龙义过得好,她就心满意足了。

龙家人全部被动员起来。接下来几个月,朱赫赫要抽出部分精力准备即将到来的婚礼。

《四小天鹅舞》排练结束的时候,马琳娜和龙义来到音乐厅的视听室。这儿不断传出竖琴、手风琴、吉他演奏的曲子和歌唱声。马琳娜的双胞胎姐姐冉涅娜和哥伦比亚小伙乌戈正在这里排练婚礼上要演出的节目。

冉涅娜长得与马琳娜几乎一模一样,身高一米七八的她,双腿修长,腰身纤细,天生一副模特的好身段。在基辅大学就读时她选择的专业是英语和汉语。尽管汉语是辅修,但是她对汉语更感兴趣。后来,作为浙江大学交换生,她来到中国。与妹妹一样,冉涅娜上中学时就有过两年的专业模特训练,到杭州不久就被模特公司相中,成了展示服装饰品、内衣、丝袜系列的淘宝模特。她跟着父亲来到婺州,除了周日,每天和经纪人一起穿梭在大小影棚。

摄影棚有时异常简陋,有些甚至连窗玻璃都没有,只拿块泡沫板挡住,寒风呼呼地往里灌。可一旦进入拍摄现场,不管冰冷的水泥地还是木板,或躺或靠或跪,冉涅娜都必须毫不犹豫地进入拍摄状态。拍摄内衣和丝袜时,近乎赤身裸体的她经常被冻得浑身发抖,而一场拍摄最少也要持续一个小时。气温实在太低,她只好跑到取暖器前暖暖身子。不过一切付出都是值得的,她一个月的收入相当于一个普通乌克兰人两年的工资。她成了老总和客户眼里口碑不错的"淘女郎",形象出现在无数淘宝商品和商店橱窗上。她拥有了众多的粉丝,走在婺州的大街上,经常会遇到男孩子搭讪。粉丝要求合影,经纪人不乐意,倒是她大方应答。不像内向文静、外表"高冷"的妹妹,冉涅娜性格外向、大大咧咧。

冉涅娜眼下只想把工作做好,并不急着找男朋友。拍摄之余,冉涅娜有大把的时间和无法排遣的寂寞。她真正的爱好是音乐,晚上就到龙珠大酒店当驻唱歌手。龙珠大酒店生意兴隆,每天像中国人过年那样热热闹闹,到处挂满了红灯笼、中国结,一派喜庆的氛围。冉涅娜喜欢那种温暖的大团圆气氛。自己的演出能给客人带去欢乐,又能结识更多的朋友,她挺开心。冉涅娜手背上文着五线音符,喜欢抱着吉他唱歌。这个身材高挑、一头金发、一双会笑的深邃眸子、狂野中带些妩媚的乌克兰美女成了客人眼里的"迷妹"。她很有音乐天分,常把中文歌词翻译成英文。她特别喜欢邓丽君的歌,一个星期就学会了唱《甜蜜蜜》《我只在乎你》《月亮代表我的心》几首歌曲。

冉涅娜的搭档是来自哥伦比亚的小伙乌戈。乌戈住在县城里,每天下班后骑着电瓶车赶到龙潭镇赚些外快。在龙珠大酒店的演艺吧,冉涅娜和乌戈是黄金搭档,被称为"金童玉女"。

音乐厅的视听室里,乌戈正弹拨竖琴,冉涅娜一遍遍演唱邓丽君的歌《甜蜜蜜》。这是她准备在妹妹婚礼上演出的曲目之一。

四

考虑到孔鲁凤和龙成于春节回国,龙义与马琳娜的婚礼便定在2014年的春节举行。

之前几年,几个侄子龙成、龙利、龙益相继举办的婚礼为人羡慕也为人诟病,龙马和朱赫赫想改弦更张,为儿子龙义举办一场别开生面的低调婚礼。

可龙家其他的人不这么想,他们要为龙义举办一场非比寻常的隆重婚礼。

过去一年,龙家真是喜事连连。院士工作站正式投用,龙氏制药集团一大批新特药问世,上市股票飙涨,获批筹建健康小镇。龙彪、龙狮升级当了爷爷。

最令人兴奋的,是龙氏大家族的龙禧这一脉,迎来了第一个女孩子——龙成和应骊的女儿龙应锦。这可是破天荒的大喜事——龙禧要是泉下有灵,也会笑出声来。那位众星拱月般的女孩的周岁宴就放在春节,她没有入籍澳大利亚,依然是中国公民。像她的母亲一样,既非龙家人,也非应家人,而是属于两家共有的。

这注定是个不同寻常的春节。这个春节停办了三年的蚕神庙会要恢复,改名蚕茶馆的蚕神庙作为省级文物被修葺一新,庙会获批省级非遗,自然比以往任何一年都要办得热闹。龙马知道,现在是把庙会的操办权交给能玩出新花样的年轻一代的时候了。会长的职务落到了儿子龙义的头上。不过,作为婚礼的主角和新郎,龙义分身乏术,只能把这一年的庙会操办权先交给应骊。等明后年,举行四十周年的庙会时,自己再一试身手也不迟。

在龙家兄弟中说一不二的龙义,对嫂子应骊也是礼让三分。龙义说的话,也只有应骊能够批驳。龙义从小去上海,落籍,求学,工作,对龙宅的人事并不熟悉,龙家的事也极少参与。醉心音乐与校务的他,对于有人要掌控家族事务,非但不反对,甚至表示欢迎。

从与龙成结婚的那一天起,她就参与了龙家的事务,并且管得越来越多、越来越宽。之前几年,龙利、龙益、龙能、龙云相继结婚,那几场婚礼,都是嫂子应骊操办的。

应骊风风火火、快人快语、精明干练,不管多么棘手的家族事务到她手里都能摆平。朱赫赫对侄媳的手腕颇为欣赏,有人接她的班,自然乐见其成。

迎龙灯、划龙舟、舞龙舞狮、叠罗汉、社戏、蚕花巡游、旗袍时装秀,在这些传统的庙会节目外,又加入了商品交易会、龙潭镇美食节和世界商人俱乐部交流座谈会,一桩桩,一件件,应骊有条不紊、从容应对。

最后,投桃报李,她把龙义的婚礼也给办了。应骊请龙潭镇公认的两大美女龙飞天和林晓当蚕花娘娘,又请她们当新娘的伴娘。

诺维科夫先生一年中有一半的时间待在龙潭镇。他已经做好了在龙潭镇长期生活的准备。对女儿的婚礼,他并不计较按东正教还是传统中式举办,一切由女儿说了算。马琳娜尊重龙义的意见,婚礼按龙潭镇的风俗办。不过当她坐上李宅的万工轿时,还是穿上了既有古代斯拉夫地方特色的民族服装——剪裁得体的白衬衫,颈部、袖口和下摆有代表着纯洁和幸福的红白刺绣,带珠子的头饰,带配饰的腰带,棉质天鹅绒的披肩背心长裙装饰贴花和亮丝带,与蕾丝和灰色流苏等元素搭配,相得益彰。

镇上的人都说,他们是第一次见到如此美艳的外国新娘。

应骊在龙应两家游刃有余。龙义的婚礼,成了两家年轻一代的狂欢。

不过,一向低调谦逊的龙义并不想把婚礼搞得过于奢华。更多被邀请参加婚礼的是他过去搞音乐的朋友,在龙珠大酒店里演出交响乐和流行歌舞。结果,龙义的婚礼,更像是一场音乐派对。

第七十五章
姐 妹

一

在新娘马琳娜的八个伴娘中,除了林晓、龙飞天,最引人注目的当算应妹和冉涅娜了。那个曾经的黑妹子应妹已经蜕变成俏佳人——秀丽的脸庞白皙红润,娇小的身材前凸后翘,气场一点也不输于站在身边的"白天鹅"冉涅娜。

不过,与婚礼上掌控一切、指挥若定、雍容娴雅的姐姐应骊相比,应妹还是逊色不少。这对长相酷似的双胞胎姐妹,走的是截然不同的两条路。

读了两年初中,当时还叫方妹的小姑娘就辍学了,跟着父亲回到了江西。

父亲小方在法庭上输了争儿子的官司,却争取到了双胞胎中的妹妹的抚养权,并且还分得一大笔钱。小方回到老家,造起一栋全村最漂亮的别墅式洋楼。如果不是游手好闲,整日与过去的狐朋狗友吃吃喝喝,剩下的钱足够他过完后半辈子。第二个老婆又给他生了一儿一女,全家的开支日渐捉襟见肘。小方每天喝得醉醺醺的,回家把生活的不如意发泄到老婆和儿女身上。

放牛放羊,割草喂猪,洗碗做饭,小姑娘闷头干活,照顾弟弟妹妹。后妈心里盘算着那笔可观的彩礼,到处托媒,要把女孩早点嫁了,落个清净。方姝一百个不乐意,两人常常因此怄气顶牛。

这一年春节过后,带着父亲偷偷塞给她的几百元钱和一身旧衣裳,方姝与同村的姐妹一起回到婺州打工。方姝的脑子里还留着母亲堆满衣服料子的服装厂的记忆,她成了童装厂流水线上的一员。如果不是后来父亲再次出现在她面前,方姝就会在缝纫机的嘎嘎声、在线轴与机针上下的转动中耗掉如丝线一样长的日子,与同一条流水线上憨厚老实的熨烫工结婚生子,过完单调乏味的一生。

半年后,父亲也带着一家老小回到婺州,租住在老火车站附近一个两室一厅的民房里。

小方年轻时曾经跟村里的泥瓦匠学过两年,虽然没有出师,普通的泥水工还是不在话下的。他干起了老本行,每天骑着一辆摩托车,起早摸黑,风里雨里,承揽小型的家装工程——打洞砌墙,铺贴瓷砖,粉刷油漆,安装马桶和淋浴房。一家人的吃喝拉撒,水电房租,老婆的衣服化妆品和包,一对儿女的赞助金和学费,小方的收入听起来不错,却总是入不敷出。他动起了歪脑筋,在建材店里拿高回扣,东家那里能坑就坑——一句话,客户商家两头吃,结果坏了名声,砸了自己的饭碗。他从装修大师傅变成了建材市场的搬运工,瓷砖、水泥、砂灰、木板、家具和整柜的集装箱货物,既装卸又背楼。他像年轻的老表一样蹲在市场门口等人来叫,有一搭没一搭地干活,有时一天能挣上千,有时颗粒无收。他的酒瘾越来越大,因为争抢装卸活,每天喝得醉醺醺的他纠结一帮江西老表与河南老乡打架斗殴。他的身体每况愈下,收入越来越少,大部分时间无所事事,又染上了赌博,越输越大,最后欠下一屁股债。

面对那无法填平的窟窿,他连家也不敢回了。

他想到了女儿,一次次潜入童装厂,终于把女儿堵在了女工宿舍的门口。

方姝看了父亲一眼,知道父亲是来要钱的,转过头去。她不愿意见到父亲,她想把那个家、那些过去的噩梦忘了。

"你可以不认你妈,也可以不认弟弟妹妹,可你总得认我这个老爹。养你这么大,向你要点钱怎么了?"小方伸出手,一副死皮赖脸的样子。

方姝下意识地捂紧自己的口袋。这两年她加班加点,省吃俭用,是攒了笔钱。那是她准备自己做生意用的。她绝不甘心一辈子在流水线上低头弯腰踩缝纫机。

父亲蹲在地上,突然间呜呜地抽泣起来。那个过去面容白皙清秀的小方早已变成老方,并且显得比实际年龄还要苍老:头上稀稀拉拉的几根头发已经灰白,猪肝似的脸枯瘦,身形佝偻,四肢脊背看上去肌肉发达筋骨裸露,实际上早已被重物压垮,胸腰内脏遍布暗伤。

指甲缝里嵌满泥灰,老方用手捂着脸,泪水从长满老茧的十指间流出来。

方姝急着摆脱父亲的纠缠,去厂里接班。她跑回宿舍,从枕头底下拿出一沓钱,扔在父亲面前,自己面对墙壁哇的一声大哭起来。

老方抓住那沓钱,起身飞也似的跑下楼。过一会,又"噔噔噔"地跑回。

"你哭!你哭!要哭就痛痛快快地哭,哭丧似的,送你老爹啊。老爹以后不会再来麻烦你了。你要是还认爹,就听我的,别在厂里吭哧吭哧打工了。我给你指条明路:找你的姐姐去,找你的姨娘去。她们有的是钱,随便指缝里漏一点,就够你一辈子吃香喝辣的。"

一连几个晚上,方姝翻来覆去难以入睡。她是倔强的,最大的愿望是有朝一日自己开店卖童装。

她决定照父亲说的去试试——如果不试,这辈子怕是没机会了。

梅花公司离童装厂并不远,是工业园区最大的公司之一,占地二十几万平方米,除了金银制品、珠宝首饰和工艺美术品,还加工生产销售服饰家纺、电子手表、户外野营用具、雨具箱包等日用百货。

方姝曾不止一次从它的大门口经过,望着硕大圆拱上红色的梅花徽标和大门内高耸入云的金色办公大楼,几次想进,最后还是止步。这一次,方姝终于鼓起了勇气。她目不斜视,径直走进梅花公司的办公大楼。

挑高的门厅,巨型的拱顶上垂下镶嵌珠饰的华丽吊灯,玉色大理石铺成的地板明亮如镜,四周是天然的植物花卉、水晶茶几和一圈圈的丝绒沙发红木靠椅。

纯黑香木的圆弧形大桌前站着一排穿绣花旗袍的接待小姐。其中的一个引着方姝到前台登记,并柔声细语地问方姝"有何贵干"。

"我找应——应骊。"方姝怯生生的,忽然间想起公司大门口的招工广告牌,临机一动,"我想找工作——是来应聘的。"

接待小姐吃惊地看着方姝,犹豫片刻,还是拿起了电话。

大约一刻钟,通向三楼的旋转楼梯上传来高跟鞋的"笃笃"声。一个二十三四岁的姑娘走近前台,绣着一朵大红梅花的湖蓝色锦缎旗袍使玲珑的青春身段显得成熟妩媚,一头波浪形的秀发衬着白皙精致的脸,金丝边眼镜则使她显得知性而有些高冷。

应骊的生活柔顺得像穿在身上的丝绸。还在大学时,她就参与梅花公司的管理,在基层熟悉各个岗位,毕业一年后就升任总经理助理。

前台的接待小姐齐声叫"应总"。

应骊只是出于好奇来看看那一位直呼自己姓名的来者。显然,对一个找工作的打工妹来说,由总经理助理出面接待太高抬她了。

"您找我?"应骊心不在焉地打量着客人,稍稍有些惊讶,很快认出自己的妹妹——那姑娘虽然看上去黝黑瘦小,可五官眉眼与镜子中的自己十分相像。

那个过去与自己同眠同吃又经常和自己争宠的妹妹竟然落到了这种地步,应骊不知道该鄙视还是同情。眼前这个穿着褪色的工装、头发蓬乱的女孩子,看上去文静内向、腼腆怯懦,秀眉下的一双杏眼却露出倔强甚至愤怒的神情。

应骊脸上的微笑消失了,露出一丝怜悯。

方姝抬起头,紧咬嘴唇,愣愣站了一会儿,突然间转身,飞也似的跑出接待大厅。

与妹妹方姝一样,应骊的自尊心被重重一击,脸色煞白。

她气鼓鼓地冲进董事长室,要与既是姨娘也是母亲的应梅花理论,争取给妹妹一份体面的工作。

姨娘应梅香也在应梅花的董事长办公室。梅香公司下属的袜厂也在工业园区内,两姐妹经常串门。

两姐妹有说有笑,似乎在商量什么事,对应骊的一大套说辞无动于衷。

"妈妈,"应骊早已改口叫应梅花"妈妈","她是我妹妹,你可不能不管。"

"你是应家的,她是方家的,井水不犯河水。她不是你妹妹——要管,除非她不认那个姓方的,改姓应!"

应梅花态度强硬,眼皮也不抬。

旁边,应梅香朝应骊使了个眼色,悄悄走出去。

应梅香的性格温婉内敛、低调谦卑。她来到前台,问清刚刚来访客人的姓名、住址，沉思着，款步而去。

两天后，方姝被叫到童装厂厂长的办公室。平时一向温和的老板娘脸色阴沉、声色俱厉，指责方姝上班迟到，做的衣服针脚紊乱，致使一条生产线两个班次的服装全部成了次品。

一句话，方姝被开除了。

眼泪哗哗地从黑眼圈浓重的小脸上流下来。

老板娘似乎动了善心。"行了，你也别哭了。年轻人犯点错是正常的。你以前可不是这样的，心灵手巧，干活比谁都快、都好。像你这样的好员工，我也舍不得……"

老板娘说了一大堆安慰的好话，换了一副面孔。

"可错总归是错，犯错就要付出代价。作为提前解除劳动合同的补偿，有一笔两万元的款会打到你银行卡上。另外，市场上有一个童装摊位还有大半年的租期，可以免费让你去练摊。没有找到租处前，你也可以继续在女工宿舍居住。"

老板娘脸上那诡异神秘的微笑，方姝一辈子也不会忘记。

二

婺州第五代市场——国际商贸城建成后，原来位于商贸区的第四代市场成了经营服装、食品的专业市场。方姝的童装摊位就在服装市场二楼，老板娘送给她的其实是一排正式摊位尽头过道之间的临时摊位，一块门板加一溜衣架，实际上只能算半个摊。

从打工妹变成生意人，方姝又兴奋又忐忑不安。头几天，她从童装厂赊来的衣服一件也没有卖出去。她并不气馁，起早摸黑，饿着肚子骑车，穿街走巷，用蛇皮塑料袋装上一大堆衣服上门推销。

白天守着摊位，不放过从过道走过的每一个顾客。方姝做过童装，又口齿伶俐，买卖很快有了起色。摸到门道的她直接去杭州四季青和湖州南浔童装市场进货，既零售又批发，回头客渐渐多起来，生意也越来越好。她从童装厂女工宿舍搬出来，在市场附近租住。十平方米的房间，一张床，一个用帆布围起的简易衣柜，一个煤气灶。楼下一个三四平方米的简陋自行车棚成了堆货的仓库。

方姝住的地方离老火车站不远。火车站搬离后,曾经这座城市最繁华的地方成了简陋的棚户区。狭窄街道高低不平,密如蛛网的巷弄两边是各种店铺:自行车铺、电器维修店、丧葬用品店、厨具用品店、煤气站、小吃店、理发店和洗脚屋。老式的泥屋砖墙潮湿阴暗,永远散发着一股奇怪味道——那种油烟味、霉味和馊味的混杂。

老方一家就住在一条叫邮电弄的小巷里。小巷尽头有一个小型菜市场,低矮的房子里是米面粮油熟食店铺,各种蔬菜、鸡鸭鱼肉就放在水泥板上。

方姝去买菜的时候,不经意间看见父亲从洗脚屋里走出来,两手匆忙地系着裤腰带。方姝感到一阵恶心。那个犹有些风韵的后妈就在洗脚屋上班。老方已不再去装修市场揽活,整天喝得醉醺醺的,钱包和身体都被洗脚女掏空了。

方姝打消了给弟弟妹妹送些钱物的念头,发誓再不去那个家了。

可她不知道,自己已经被父亲盯上了。老方不但到出租屋找女儿,还经常到市场里来,像颗钉子似的蹲在过道里,不把女儿一天的营业款拿走绝不罢休。

三天两头来要钱的父亲成了应姝的梦魇。她要摆脱父亲,远离那个家,远离这座城市。

大半年过去,除了库存的服装,方姝没赚到多少。

童装厂的老板娘找上门来,收回摊位:"库存服装我帮你解决。姑娘,你也不要愁眉苦脸,吉人自有天相,你的前程老天爷已经给你安排好了。我有个朋友,在国外开公司,需要像你这样聪明伶俐能说会道的女孩。……巴西听说过吗?没听说过?没关系。老总说了,去两年,每年给你二十万的工资。二十万,实打实进你腰包。你不要花一分钱,护照签证给你办好,到那里会有人安排好衣食住行。——天底下哪有这么好的差事?远点算啥,人都是熬出来的,熬过这两年,就有出头之日了!"

回到厂里踩缝纫机是不可能的,方姝一咬牙,答应了。

她没有想到,老板娘嘴里说的有些远的地方会在地球另一边。她揣着仅有的几千元钱,懵懵懂懂地上了飞机。三十几个小时的颠簸后,她来到巴西的里约热内卢。

接待她的是一个三十岁左右的王姓青年,彬彬有礼,不苟言笑,可能是出国闯荡多年的缘故,行事沉稳老练,对方姝照顾周到。正当方姝以为在异国他乡找到依靠时,王姓青年却把她送到目的地,丢下她,再也见不着了。

方姝要去的那家公司在市郊的卡希亚斯公爵城附近。说是国际贸易公司,倒像是个大型商城,经营范围包括日用百货、电子产品、文具、玩具和箱包饰品等上万个品种。这家公司大部分商品来自婺州,在巴西兼营批发零售。

方姝在公司总部的商城里待了一个月,就被派往当地人称为"小农场"的罗西尼亚。这里依山傍海,站在山巅,隐约可见里约城区耸立的高楼,夜晚密密麻麻的小屋里透出的灯火灿若星辰,几乎让人产生传说中上帝之城的幻觉。方姝不知道,这里是巴西最大的贫民窟,谋杀、强奸、绑架、劫车、武装袭击和盗窃等暴力犯罪是一个正常人日常生活的一部分。

方姝负责公司开的一家店铺。三十几平方米的店铺更像是一家小超市,饰品、电子表、手机配件、玩具、眼镜、服装、箱包、女孩用的化妆品、假发、卡梳、童装T恤,各种小商品一应俱全,很像国内的十元店。店铺位于罗西尼亚山脚下,铺外是宽不到两米的一条主干道。熙熙攘攘的人群走过,不少人肩扛背驮。路上不时可见脏兮兮的流浪狗,一不小心会踩到狗屎。油炸食物和芝士面包的香气、腐烂的垃圾臭味、狗屎味、鱼腥味,混杂着裸露的污水管道的刺鼻怪味,在空中弥漫。

店铺的商品库存周转、租金、税收和水电一概不用方姝操心。公司为她租的房子就在贫民窟里。方姝平时过着店铺和租房两点一线的生活,最大的享受是去附近的菜市场转转,顺便到中餐馆用餐。中餐馆的生意不错,人来人往,大多是巴西人——偶尔遇到一些广东潮汕的,方姝也不敢去搭讪。

最初的惴惴不安过后,方姝开始适应贫民窟的生活。平日里,她只需坐在柜台后上上网看看新闻,招揽生意的活儿都由公司雇用的巴西女孩负责。方姝很快就学会用简单的葡萄牙语与她交流。这个丰乳肥臀的巴西女孩热情开朗、爱说爱笑,很愿意与方姝交朋友。唯一头疼的是,像当地人一样,巴西女孩每天只工作八小时,一分钟都不愿意多待;遇到有足球赛,还会提早下班到海滩边看人踢足球、跳桑巴舞。

每天同一时间,巴西女孩都会坐在男朋友摩托车的后座上,伴着巨大的排气管轰鸣声消失在小巷子里。贫民窟的房子依山而建,上山的路陡峭,骑摩托车的人很多。走在狭窄的小路中,一不小心,就可能会被疾驰而过的摩托车撞到。守店的时间难熬,更难熬的是那孤寂漫长的夜晚。方姝常常听到刺耳的爆炸声在住处附近的小巷子里响起。在贫民窟,那些时常上门来收保护费的人,可能会因为枪支和毒品问题与警方开火。方姝曾亲眼看到有人被活活打死,那个人深夜打劫店铺,结果被贫民窟里的人围殴,尸体就被扔在大街上。

有一次方姝回租处,被一个黑人少年尾随。那少年拿着估计是偷来的盒子走近她,一定要把盒子里的东西卖给方姝,要价四百雷亚尔。方姝不敢看那盒子里的东西,丢下八百雷亚尔,转身疾跑。回到住处,惊魂未定的她连哭的力气都没有了。

一年后,方姝被调到公司在圣保罗的分部。

圣保罗有全巴西最大的中国市场,中国制造的小商品从婺州漂洋过海,汇聚于此。20世纪90年代初,巴西进出口贸易刚刚开放,移民较早、事业有成的中老年华侨开始经营进出口生意,批零兼营,颇为得心应手。首批华侨取得的成功鼓舞了移民历史不长的新华侨。90年代中期,新华侨与中国外贸公司合作成立的进出口公司出现于二十五街。90年代末,中国厂家自己来到二十五街,直接开公司推销产品。

方姝就职公司的分部就位于市中心的二十五街。

二十五街形成于20世纪60年代。80年代中晚期,华人凭借勤劳与智慧,逐渐拓展出一片天地。老华侨在这里淘到第一桶金,很多新华侨也在这里靠勤奋养活自己。在二十五街,新侨们和来自玻利维亚、巴拉圭、巴西本土的商贩同生共荣。作为巴西最大批发市场及百货集散地之一,二十五街与周边的街道一起组成圣保罗唐人街,三千余家店铺中,华人开的店达数百家。顺着"三月二十五日街"的葡文路牌望去,店铺鳞次栉比,货物琳琅满目。招呼顾客的葡语中,夹杂着广东话、闽南话、青田话、温州话,黑头发黄皮肤的店主将中国日用品、亚洲小电器等货物批发销售到圣保罗各处和巴西各州。

可是形势在不断变化。伴随经济浪潮冲击下的商业结构重组,昔日的批发市场向零售市场转型,进出口公司开始陆续撤离。在二十五街,中国商人在警察黑帮间周旋,游走在天堂和地狱的夹缝里。一些国内出生的"80后""90后"没有老一辈华侨的隐忍吃苦精神,很难适应二十五街的环境,最终放弃在巴西创业,不得不打道回府。

方姝在圣保罗只待了三个月,就被公司调去哥伦比亚。

在哥伦比亚首都波哥大的市中心的市场里,公司有一家商铺,从事服装、百货的批发零售。时装类的中国商品在这里有很明显的价格优势,一件普通的polo衫,在本地人的商铺里可能会卖到一万比索,在中国商铺里只要三千到四千比索。勤奋是中国商人成功的秘诀,很多当地的店铺午休时,华人却吃着盒饭在店铺里继续忙碌。来哥伦比亚的华人数量剧增,中国产品的市场占比不断提高,本土商户认为自己的生存空间受到了挤压。一些华商像炒房一样炒起了商铺,以两至三倍的高价购买租赁市场店面,然后分隔成四五个摊位租出去。商品价格低廉与部分商家高价租赁店面转租的做法激怒了当地商贩,于是针对华人商家的抗议活动时有发生。当地商贩呼吁"购买国货",指责华商"抢占其生意、威胁其生存"。缺乏沟通使得矛盾加深,针对华商的抗议活动时有发生,甚至出现了打砸华人商铺、持枪抢劫的行为。

方姝很幸运,并没有碰到其他人遇到的麻烦。她边学西班牙语,边试着与当地人交流,想了解这个城市。

不管怎么说,此时的哥伦比亚还是一个伤痕累累的国家,充斥着枪支、毒品、内战和冲突,虽然方姝充满好奇,想要更多了解眼前这座城市,可是她的签证时间已到。

公司转让掉波哥大的商铺,通知她回国。

三

经过两年异国他乡孤独的煎熬,方姝像是做了一场梦。

一场梦醒来,接着是另一场梦。

那个曾经名义上属于她的家不在了。后妈因为干那种见不得人的事被拘留了几天,又被罚了一笔钱。没有收入的老方交不起房租和儿女的学费,带着老婆儿子回老家去了。像十几年前一样,老方经历一番挣扎,依然难以融入眼前的城市。

无论如何,方姝这辈子是不会再回江西老家了。她回到婺州,要在这座城市把属于自己的梦做下去。独闯南美的历练,把打工妹的经商基因和原本就有的泼辣野性激活了。方姝租了房子,准备重新开店。

她在服装市场一家家问过去,看有没有出租或转让的商铺。不是地段不合适,就是租金太贵——两年里,那些活跃在市场上的炒摊人把租金炒得越来越高,她迟迟下不了手。

拖着疲惫的身子,方姝回到蜗居。这个春节,她又要独自一人在他乡度过了。

除夕前两天,方姝正在房间里试穿刚买的新衣,应骊推开门,径直走进来,把一个红包和请柬放在床上。

"这是姨娘给你的过年红包。这个请柬是我的,我请你在我的婚礼上当伴娘。"红色旗袍外裹貂皮毛领的白色羽绒服,应骊穿着华贵,目光却温和,并没有过去那种居高临下的意味。

"哪个姨娘?"方姝明知故问。她很警觉:过去两年的一切绝非偶然,她隐约感到有一只无形的手在努力把自己拽出泥潭。

"姝姝,别固执了。名字只是个符号。该认怂的时候还得认怂。人在屋檐下怎能不低头?等你羽翼丰满,才可以独自高飞。其实这两年大姨娘、二姨娘一直在想办法帮你。她们也有自己的家,有自己的儿女。谁能像亲生的父母一样恨不得把命也给你呢?"

"是啊,你一定是把亲爹娘忘了……"

"姝姝,我怎么会把妈妈忘了? 妈妈,她的命太苦了!"应骊的眼睛里噙着泪花。

坐在床沿的方姝哇的哭出声来。

两姐妹抱头痛哭。眼泪像决堤的洪水哗哗地流,冲击着彼此胸中的块垒。

"你提到妈妈,就该记得是谁害死了她。"应骊用手绢擦擦眼角,又变得面无表情,"说起来他也可怜,上次我偷偷去看他,他正在给人家通阴沟呢……"

"淘粪怎么了? 你嫌他臭,可以不见他。可他还是我爹! 是他生养了我。"方姝的情绪突然间激动起来。

"谁说我嫌弃他? 我早就不记恨他了,毕竟我的身上也流着他的血。"应骊顿了一会说道,"我已经安排好了。春节后把他们一家接来。买套小的学区房,弟弟妹妹上学就有着落。再给他安排个轻松点的活——这事可不能让别人知道,就我们姐妹两。"

姐妹俩互相凝视着，忽然间又哭了起来，这一次似乎更伤心。

流在一起的眼泪使姐妹俩情绪缓和，彼此靠得更近了。

应骊坐在床沿，拉起妹妹的手，回忆起过去同吃同睡的幸福时光，绝口不提在母亲面前争宠抓破脸皮撕破衣服的事。小时候，她们穿同款的衣裤，同床共枕，同频呼吸，打一样的哈欠，听同样的故事。与所有双胞胎一样，她们心有灵犀，在彼此的眼中看到自己的影子。

"妹妹，别找服装摊了。买卖童装，一年到头能赚几个钱？服装生意越来越难做。现在要做国际贸易，买卖全球。表哥就在做国际货代进出口生意。我在商贸城进口馆有个商铺，你先到那里上班。"

接下来发生的一切顺理成章。方姝在姨娘应梅香家过年，与姨娘应梅花修好，答应做姐姐的伴娘。应杏花留给儿子的遗产由应梅香掌管，应梅香划出一部分，又从自己的私房钱里拿出一些，私底下给姐妹俩当创业基金，加上应骊的积蓄，两姐妹成立了属于自己的公司。

应骊要在梅花公司当老总，"骊姝公司"的业务都由妹妹打理。

打工妹方姝变成了老板娘应姝。

三年前，在姐姐应骊的婚礼上，伴娘方姝还很羞涩，像被人牵来牵去的木偶。三年后，在龙义和马琳娜的婚礼上，应姝则老练了许多，她淡妆浓抹，光彩照人，应对自如。新娘马琳娜和姐姐应骊是众人的焦点，而应姝也借应骊的光成了引人注目的一位。应家小姐的光环使她更加楚楚动人。

应骊安排应姝当伴娘，实有深意存焉。在宾客云集的婚礼上，年轻人往往会在不经意间遇到自己心仪的人。应姝的身边不乏追求者，龙家年轻一辈里对她动心的就不少，委托嫂子应骊做媒，大胆的就自己找上门，但都被应姝拒绝了。

应姝已不再是过去那个胆小懦弱的打工妹，而是小有成就的老板娘。她不再拒绝那些目光热辣的年轻人的直视。她知道什么时候该若即若离，什么时候该嬉戏玩闹；她大胆泼辣，该主动时绝不迟疑。

在婚礼上，她终于被丘比特的箭射中了。那个人是龙珠大酒店演艺吧的驻唱、哥伦比亚小伙乌戈。婚礼伴郎乌戈时而在台上安静地弹竖琴，时而在灯光下摇头晃脑打架子鼓，活力四射，又帅气又神秘，使应姝无法自已。当伴郎乌戈与伴娘冉涅娜边歌边舞深情对视时，应姝醋意汹涌，眼前一片漆黑，觉得天都要塌了！

那一刻应姝明白，自己这一生非这个哥伦比亚小伙不嫁。

实际上，应姝与乌戈早就认识。在国际商贸城五区进口馆，人们经常可以看见一个麦色肌肤、结实敦厚的外国小伙来送盒饭，踩着滑板车或是滑轮车。那小伙似乎与市场上所有的人都认识，见谁都说"你好""我爱你""再见"，与人搂肩拥臂，脸上笑容灿烂，一口牙齿洁白。他总是那么嘻嘻哈哈、快快乐乐。

骊姝公司出口饰品、丝袜、服装和小商品到欧洲和南美，它在五区的进口馆则主要经营西班牙的红酒。在进口馆，应姝是少数能讲西班牙语的人。每次经过应姝的西班牙馆，哥伦比亚小伙都要特地多逗留一会，扭动浑圆的臀部，"Waka Waka，爱喔爱喔——"边歌边舞，仿佛一只求爱的雄鸟在雌鸟面前炫耀它漂亮的羽毛。

二十七岁的乌戈在哥伦比亚首都波哥大长大，对美食的兴趣大过知识学问，梦想当一名厨师，为此还到西班牙、瑞士等地学习厨艺。他早就听说，叔叔法维澳在婺州开了餐厅。

哥伦比亚人法维澳十几年前就来到了婺州。原本做买卖的他发现婺州的外国餐厅越来越多，却没有一家地道的拉丁风味餐厅。在吃方面，法维澳很讲究，除了拉丁菜，还喜欢吃中国菜——四川的麻婆豆腐，杭州的西湖醋鱼、东坡肉，湖南的小炒肉、辣子鱼头。他有一个擅长厨艺的妻子。生意稳定后，他立刻把妻儿从哥伦比亚接了过来，专心致力于餐饮业。

四年前的秋天，乌戈也来到婺州。他发现这座城市有很多哥伦比亚老乡，其他南美国家的客商也不少。城市虽小，但机会很多，他决定留下来。

乌戈自由散漫惯了，不愿意受叔叔的管束，他先在一家西餐厅当厨师。三个月后，那家西餐厅停业，他只好求助于叔叔。法维澳向他提供帮助，把自家的厨房腾出来让他练手，以便侄子将来自己开餐厅。乌戈做起了"私家菜"，上门推销给来市场采购的南美客商。第一次，乌戈费尽唾沫，两个秘鲁客商盯着品相不错的盒饭看了半天也没有买。后面又来了三个南美客商，乌戈干脆免费送。客人刚吃了一口，就大夸味道不错。两个秘鲁客商回头来买，二十多份盒饭很快被抢购一空。

一传十，十传百，乌戈盒饭在南美客商圈内很快有了名气。一到饭点，众多食客就会给乌戈打电话订饭，一见踩滑板车送盒饭的乌戈，就会欢天喜地大叫："Hugo！Hugo！"乌戈见顾客越来越多，又动起了开餐厅的想法。

前年八月,乌戈和叔叔法维澳合伙开了第一家餐厅,取名"LaFonda"——在西班牙语中是"家"的意思。乌戈既当厨师,又当二老板。由于风味地道,经常出新菜品,LaFonda餐厅在南美西欧客商圈内的名气越来越大。

可LaFonda餐厅的厨房还是太小了点,并不是乌戈最喜欢的舞台。实际上,比起厨艺美食,乌戈更痴迷音乐和足球。他常常离开LaFonda,与一帮朋友去踢足球,在酒吧狂欢,或者干脆到大酒店的演艺吧当临时的乐手歌手。

四

在龙义的婚礼上,乌戈是最活跃的一个。他比龙家那些粗野的小子更热衷于闹洞房。

应姝主动投怀送抱。有了第一次肌肤的接触,他们的关系迅速升温。

第二天,乌戈就来到西班牙馆,邀请应姝去LaFonda品尝拉丁美食。应姝故作矜持,推托一番,经不起乌戈再三纠缠,来到原木装饰、色彩艳丽、通透敞亮的LaFonda餐厅。

餐桌上摆着烤牛肉、烤鸡翅、烤茄子、牛肩峰、蛋糕、朱古力、香煎鲑鱼配红洋葱、绿花椰菜、酱紫小米和拉丁风味炸角,当然还有西班牙红酒。这顿大餐足以喂饱十个人。

应姝的兴趣并不在美食上,恋爱中的女人不但胃口不好,智商也为零。

"我请你吃拉丁美食,还要请你当餐厅的老板娘哩。"乌戈直截了当。乌戈游走各种娱乐场所,与各色人打交道,汉语说得与西班牙语一样流利。

"为什么是我,而不是那位乌克兰大美人?在台上你们又搂又抱、又唱又跳。"应姝的话里依然带着浓浓的醋意。

"哦,你说冉涅娜。她是冰美人,冷冰冰的。哪像你,热乎乎的,像个火炉子——我是说像重庆火锅,辣辣的,滚烫的,看着让人眼馋直流哈喇子。"乌戈挤眉弄眼、用手比画着。

"我不信。你们哥伦比亚的女孩才好看呢!"

"可是她们太胖了。我喜欢你这样小小巧巧又不失丰满的。再说,我现在不再是哥伦比亚人也不是西班牙人了,我是中国人。你知道吗?在婺州大约有一千五百个南美家庭，我的很多老乡在这里买房定居，乐不思蜀了。不久的将来，等我赚够了钱，也要全款买房，定居下来。我是中国人，是龙的传人。"

乌戈捋起袖子，露出小手臂上的一条彩龙，脸上的表情很自豪。他常常穿着印着"天下第一剑""我是小龙人""热血江湖"的衬衫T恤出现在市场或是大街上。

"我爸爸是哥伦比亚人，我妈妈是西班牙人，我是个混血儿。我将来的女儿也是混血儿，就像我崇拜的女神夏奇拉，她也是混血儿，是黎巴嫩、西班牙和意大利三国的混血。"

"夏奇拉是谁?"应姝露出警觉的眼神，仿佛又遇上一个情敌。

"夏奇拉是哥伦比亚的名人。她出生在巴兰基亚，是个美女歌手。你一定听过她唱的世界杯主题曲，Waka Waka，爱喔爱喔。夏奇拉，巴萨巨星皮克，伟大的爱情故事——今年夏天，我要带你去巴西看世界杯，看亚马孙热带雨林，看热情似火的巴西女郎的桑巴舞。"

一说起足球，乌戈就眉飞色舞。除了餐厅厨艺，他最大的兴趣就是足球，当然还有音乐舞蹈和美酒美女。

应姝像是着了魔似的，三天两头坐在摩托车后面到乌戈的餐厅去。

乌戈神气活现、大呼小叫。

"乌戈，给我讲讲哥伦比亚，讲讲波哥大。"应姝虽然去过哥伦比亚，可是整天待在市场里，对波哥大的了解比一个旅行者多不了多少。

乌戈用一张嘴带着应姝云游四海，他用夸张口吻侃侃而谈。

"哥伦比亚，伟大的国度——波哥大，高原上的首都，那是一座美丽的城市，四季如春，气候宜人，是南美的雅典、伊比利亚文化之都，还是世界图书之都。黄金博物馆里堆满金光闪闪的艺术作品。在卡塔赫纳，加勒比海的阳光下，马尼拉大帆船运来中国的丝绸瓷器，运走白花花的银子。自从哥伦布发现新大陆，西班牙人来了，他们在新大陆开挖金矿银矿。欧洲人驾驶帆船，带着枪炮，也带来了鼠疫、霍乱和天花。可怜的印第安人，几乎灭绝了……"

乌戈讲得云遮雾罩，应姝却听得津津有味。

"乌戈，给我讲讲《百年孤独》。上次你说马尔克斯是你们国家的名人，我买了一本他的书看，看一页就看不下去了。"

"这是一本悲观的、极度悲观的书。上帝在折磨我们,我们的一生的痛苦奋斗,不过是一连串上帝开的玩笑。所有的挣扎都是徒劳的,只要爱情来了,只要男人和女人在一起,只要人开始繁殖下一代,文明就遭殃,人类就会生出一堆长尾巴的小孩——我可不这么认为。我宁可它是一本爱情小说。爱不是破坏的力量,爱可以创造一切……"

乌戈成了应姝单身公寓的常客。每当乌戈讲起印第安人的巫术和鬼故事,应姝就一头扎进他的怀里。

第七十六章
骊姝实业

一

对于龙义的婚礼,作为家族中年轻一辈的大哥,龙成本该是操盘手。可惜他被"拖油瓶"拖住了,那个刚刚过完周岁生日的小寿星比她父亲更受欢迎。龙成好不容易得到与女儿相处的机会,心甘情愿做起了女儿奴,除了抱着女儿东瞅瞅西瞧瞧凑个热闹,实在帮不上什么忙。

因长时间不在国内,龙成在家族中的威望已经大打折扣。他的风头完全被自己的媳妇应骊盖过了。当了母亲的应骊更加干练成熟。

三年前,龙潭镇那场豪华的婚礼举办后不久,应梅花带着应骊去了一趟澳大利亚。她不是去亲家婆那里做客而是寻找投资机会。她觉得投资一家贸易公司把婺州的小商品卖到澳大利亚是个不错的主意,还可以把澳大利亚的好东西引进来。澳大利亚的好东西还真不少,羊毛制品有羊毛被、羊毛毡、羊皮,海鲜类有龙虾鲍鱼、鱼油鲨胶丸,食品类有奶粉、水果、蜂蜜、橄榄油、葡萄酒,土著的工艺品有飞去来器、树皮画、布画、木雕、吹乐器。当然还有她最喜欢的澳宝粉钻。

一番考察后,应梅花觉得投资澳大利亚并不划算,便放弃了投资的打算。当然,如果年轻人自己提出要创业闯一闯,她也不反对。

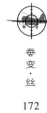
应骊是申请旅游签证到澳大利亚注册结婚的。在澳大利亚,结婚只需要双方、注册官和两位年满十八岁的见证人就可以完成婚姻注册。她暂时没考虑过移民的问题,之前有想过,但考虑了一下放弃了。实际上,她沉浸在爱情的蜜汁里,只想与心上人缠绵,享受眼前两人世界的快乐,根本没有长远的考虑。

孔鲁凤当然希望应骊能够留下来。她不确定自己能不能支付应骊接着在墨尔本留学的费用,所以并不支持应骊继续上学。何况孔鲁凤急着要抱孙子,她只希望应骊能留在店里做她的帮手,或者待在家里相夫教子。

最初的激情过后,生活回归到日常的吃喝拉撒。没有合适的工作,墨尔本两点一线单调乏味的生活使应骊厌倦不已。而在国内,梅花公司总经理的位置一直留着。应骊在澳大利亚住了不到三个月就回国了。

对应骊的离去,龙成看上去似乎并不在乎,依然享受逍遥自在的生活——海钓、飙车、足球、网球、农庄聚会烧烤、咖啡音乐派对。即便是女儿出生以后,龙成依然像个大男孩似的玩乐。

两年前,在托尼先生的葡萄庄园,龙成遇到了托尼的儿子山姆。两人相见恨晚,很快成了好朋友。山姆身材健硕,喜欢运动和美食,是一名专业厨师。二十一岁那年,他去一家餐厅当服务员,逐渐学会西餐烹饪,然后在悉尼开了一家手工比萨店,自己当大厨。他接触到从世界各地来悉尼的朋友,产生云游四海的想法。走了几十个国家,换了很多工作,2009年,山姆到了中国,先是深圳、广州,最后来到内地小城婺州。他不喜欢每天都去洋快餐店解决吃饭问题,一番市场调查后发现,虽然婺州外国餐馆很多,但专门的西餐厅不多,便留在婺州,开了一家口味地道的西餐厅。

一年半前,山姆回澳大利亚,怂恿龙成开一家西餐厅,说自己愿意回国当主厨。龙成觉得主意不错,向母亲要了一笔钱,说干就干。孔鲁凤表面支持,心中却竭力反对,暗地里指使弟弟弟媳去劝阻,但是龙成不听他们的。儿子的执着使孔鲁凤很无奈。

不久,在墨尔本的南亚拉区,那家叫"蒂凡尼"的西餐厅就开张了,并且是那条街上最大的一家。

南亚拉区在市中心东南方向三公里处,有火车站、电车站,交通便捷,是真正意义上的墨尔本富人区和不容错过的娱乐购物天堂。紧邻皇家植物园的鸟林大道,有卖高档时装的雅普街和图拉克路。这里有知名的教会学校、漂亮的公园、教堂和社会公寓。那些公寓式酒店、庄园酒店和艺术系列酒店,是很多人来墨尔本的理想下榻之地。

开张大吉。龙成每天早出晚归,忙得不亦乐乎。

孔鲁凤表面上不闻不问,心里却是牵肠挂肚。听人说儿子开店的地方是"鬼佬街",孔鲁凤越发忐忑,她简直不敢想象华人在那样的街上开西餐厅意味着什么。几个月后,孔鲁凤施展"易容术",精心化妆,约一个朋友去儿子店里用餐。

孔鲁凤的朋友兼闺蜜赵太太,是墨尔本华人圈里公认的美食家。两人悄悄来到蒂凡尼。

餐厅面积中等,现代西式装饰风格华丽时尚,大堂中央一棵百年的珊瑚树引人注目。她们在一个角落坐下。赵太太煞有介事地拿起桌上的菜谱研究起来。

赵太太显然是来挑刺的,边看边摇头。

服务生又送上一份新菜单,上面刚推出的二十九道新菜式都是主厨山姆最近两个月潜心研究的成果。山姆热衷烹饪,店里的菜单几个月就更新一次,每道新菜都会配上精美的图片,方便顾客直观地做出选择。

"店里的食材精选地道,连小小鸡蛋都来自维州的生态农场……"服务生不厌其烦地介绍。

她们点了一份培根套餐和几个小菜,味道确实不错。赵太太小声嘀咕,对店面装修、用餐环境和菜品大大夸了一番。孔鲁凤那颗悬着的心终于放下了。

然而没过几天,孔鲁凤又陷入心事重重的状态。她并不担心儿子烧钱烧脑,她担心的是儿子的婚姻。"80后""90后"这些小年轻,心思叫人琢磨不透,今天还卿卿我我,明天说不定就闹着要离婚。那些天天黏在一起的都不能保证不出状况,何况儿子和儿媳远隔万里大半年才见一次面!

当了父亲的龙成似乎还是成熟不起来,玩心不改。不知道孙女这根带子能否把儿子的婚姻系牢,应骊一个人带小孩会不会有怨言。有一阵子,孔鲁凤想着是否要把孙女接来,考虑到澳大利亚幼儿园收费很贵,还要预约排队,又放弃了这样的念头。

孔鲁凤胡思乱想,越想越焦虑。她真说不出任何再在澳大利亚继续熬下去的理由。左右为难,骑虎难下,有时候她觉得自己的生活简直糟透了。

二

一个女人,有很多的男人赞美并不稀罕,受到无数女人赞美才算真的美。诸葛慧莲就是这样的女人。无论职场还是家庭,在龙潭镇还是国药馆,诸葛慧莲在女性,尤其是龙应两家的女性中,有着极佳的口碑。

应骁在世的时候,总是把对女性的温情隐藏在阴郁冰冷的外表下,家庭关系的协调责任都落在诸葛慧莲身上。应富贵过世,并没有明确遗产归属,应明、应骞和应家姐妹都有份。应家姐妹把新房给诸葛慧莲用,还给国药馆捐了一笔钱。姑嫂间的关系情同姐妹,后辈也大受影响。应骊因为学习成绩不如人意,并没有像应梅花希望的那样学医,可在她心里,那个当医生的舅妈永远是她崇拜的偶像。诸葛慧莲看着那个自己亲自接生的皱巴巴的女婴长成俏丽的大姑娘,对应骊也有母性般的情怀。应骊是少数与应明很亲近能说上话的人。

这年春节前的一天,应骊来找诸葛慧莲,说有要事相商。诸葛慧莲看着应骊脸上神秘严肃的表情,有些纳闷。

"怎么,龙成欺负你了?"诸葛慧莲故意板着脸,"俗话说了,门口若有歪脖树,家中难免多口舌。两口子一口锅里吃饭,红口白牙的事肯定免不了。各自责,则天清地宁;各相责,则天翻地覆。"

"是咯,舅妈,我对你有意见。当初我的婚礼,准备了十个蹄髈,你也不来。"应骊欲言又止。

"是我的错。怪我点错鸳鸯谱。我可是先申明过的,只负责牵线,以后过得好不好,那是你们自己的事。"

"什么呀?我的舅妈哎!我和龙成过得好好的,感激你还来不及呢!"应骊的小脸阴转多云。

"那么我猜——是和梅花闹别扭了?"诸葛慧莲道。

"姨娘亲,连心亲,姨娘可比妈妈还好。"

"这么说,应该是鲁凤。"诸葛慧莲思考了一会,正色道,"说起这婆媳关系,可是天下第一难。有的婆婆,提起闺女笑盈盈,提起媳妇牙根疼。婆婆嘴碎,媳妇耳悖。话说回来,好婆媳也有的是。婆婆在家疼媳妇,媳妇在外夸婆婆。婆媳亲,全家宁。"

"舅妈,你话一套一套的,谁说得过你?我要说的就是婆婆的事。"应骊搂住诸葛慧莲的脖子,附在耳边小声嘀咕,一会儿噘嘴,一会儿咯咯大笑。

"媳妇进门,媒人出门。你婆婆的事我可管不了。"诸葛慧莲摇头。

"俗话说了,姑舅亲,辈辈亲,打断骨头连着筋。俗话又说,天上的雷公,地上的舅公。这事舅妈你不管谁管?龙外婆是大媒婆,舅妈你就是小媒婆。"应骊噘起小嘴——她嘴里的龙外婆指的是龙十妹。

"好吧。就冲你这份孝心,我试试,可不保证能成。"

孔鲁凤每次回国,诸葛慧莲的国药馆是首先必去的地方。这一天,她们在诸葛慧莲的办公室面对面坐下,有说有笑地聊着家常。

"鲁凤,说真心话,我给你介绍的媳妇怎么样?"诸葛慧莲似乎是不经意间一问。坊间传闻,应骊一回家就扑到婆婆怀里撒娇,婆媳俩亲得跟母女似的,很是令人羡慕。诸葛慧莲只是想证实一下。

"应家的女儿,个顶个的漂亮。俺那儿媳,真是打着灯笼也难找,漂亮乖巧,知书达理,待我那就更不用说了。要说有缺点,那就是太精明了点,朱赫赫也不是她对手。我怕有一天她把我卖了,还得给她数钱。"

"不用担心。这孩子吃过苦,本质善良,要不了坏心眼。"

"那是。我也是把她当女儿的。儿媳是好儿媳,只是儿子……"孔鲁凤叹了口气,没有说下去。她不想在别人面前多提龙成的事。

真正的智者,幸福时不吵到别人,困苦时不扰到他人。生活不易,钱财多了遭人妒,钱财少了被嫌弃。一味哭穷,不仅得不到任何帮助,反而还会落笑柄。穷也好,富也好,顺也好,逆也好,日子还得自己过。

虽然只谈一些鸡毛蒜皮的小事,但是诸葛慧莲从孔鲁凤的只言片语中能感受到她风光背后的酸楚。眼前的问题是要有人给她下坡的台阶。

"亲不过父母,近不过夫妻,鲁凤,你该多关心自己的事了。老伴老伴,老了要有个伴。"

诸葛慧莲顺便提到黄博士。孔鲁凤的头摇得拨浪鼓似的。

"黄博士的年纪和你差不多。别看他平时闷葫芦一个,对自己的身体可不含糊,八段锦,五禽戏,打坐练功,一天不落。他的性格也好,温温的,不会把人烫着,也不会把人冰着。他有文化,年龄也合适。这事要是成了,与龙家有利,对国药馆也有利。我还希望你来国药馆当一名老护士哩!"

孔鲁凤的眉眼动了一下。

诸葛慧莲继续："说起来，黄博士太可怜了，衣服没人洗，饭没人做，平时邋里邋遢的，没人照顾。要是有人帮着收拾，黄博士打扮一下，还是帅哥一个。他也有烦恼，原以为隐居在龙潭镇很安稳，但前一阵子，他前妻和儿子找到他，敲了他一大笔钱。要说这黄博士有什么缺点，那是书生气重，身上有一股呆傻气。也不是没人给他介绍，只是他看不上。国药馆的医生护士，龙潭镇的富婆遗孀，主动送上门的，都不入他的法眼。"

"人家可是喝过洋墨水、戴着博士帽的。你看我，人老珠黄，脸上都是褶子，腰胖得像大水桶，只怕黄博士看不上呢！"

"鲁凤，你也不差，徐娘半老，风韵犹存。只要你点头，黄博士那里没问题。你注意到没？每次你从他诊室前走过，黄博士都会多偷瞄几眼。"

人越老，内心越脆弱，一滴眼泪在孔鲁凤的眼眶里打转。

"慧莲，你知道的，我现在是做奶奶的人了……"

"羊有跪乳之恩，鸦有反哺之义。你放心。龙成、应骊那里由我来摆平。我有百分百的把握，他们不会阻挠反对。"诸葛慧莲没有挑明那是应骊的主意。

但是孔鲁凤很快就明白了儿媳在这出戏中扮演的角色。当她忐忑不安地提出婚事与儿媳商量时，应骊不仅不反对，而且表现得很积极，即刻提议趁春节把好事办了。

"妈，三十几年前你逃离娘家，和公公来到龙潭镇，龙家人可不待见你，连桌像样的酒菜也没有。这一次，穿婚纱，办酒席，一定要堂堂正正、风风光光的，把上回的遗憾全给补上。"应骊半认真半调侃。

对母亲的再婚，龙成没有理由反对——在他看来，母亲有自己的生活，就不会两眼紧盯自己的屁股不放，他反而会有更多的自由——他只是奇怪，母亲为什么不选择退休的吴医生或葡萄庄园主托尼老先生。

他不知道，母亲早已对澳大利亚的生活厌倦了。

至于黄博士，早对那个同样有海外生活经历、体态丰满、性格温婉娴雅的山东老姑娘着了魔。只是他并没有失去理性，一如既往地表现出呆萌傻气。他执意不当龙家的上门女婿，要用自己的房子把孔鲁凤娶过门。

龙家人前所未有地大度，不但全体同意这桩婚事，还给新人准备了丰厚的礼物——一套当婚房的精装修公寓，一块用于给黄博士建百草园的土地。

三

许多人，当他离开熟悉的地方去到异国他乡，最后发现不过是一场盗梦之旅，那梦中的天堂是属于别人的，而他们的天堂就在曾经长期生活过的那片土地上。

孔鲁凤每年回国两次，一次是春节，一次是五月份汶川地震周年祭。后来，她回国的次数越来越多，待的时间也越来越长。

这一年春节，孔鲁凤有足够的理由花更多的时间待在国内了。她回山东老家探望父母，为他们送终。故乡的那座海滨城市，四季分明，空气湿润，碧海蓝天下成群的海鸥翱翔，红瓦绿树间大片经典的老建筑，满城的啤酒海鲜味飘香，却无法羁留她的脚步。她的梦离不开龙潭镇，离不开龙潭镇的湖光山色，还有古宅老街里的鸡鸣狗吠鸡毛蒜皮——那些熟悉得已经发霉和正在发酵的人事往事。

思来想去，她最终还是决定在龙潭镇度过余生。在龙潭镇，她不再有空巢的孤寂。这里有志趣相投的姐妹在身边嘘寒问暖，吃饭有人陪，漫漫长夜也有个人可以说说话了。

年过半百，孔鲁凤在龙潭镇开始人生的第二春。生活的苦难磨去了棱角，她不再是过去那个为爱私奔、咋咋呼呼、风风火火的山东姑娘。没读过万卷书，可也走了万里路。她拼搏过、挣扎过、绝望过、希望过、期待过，不再后悔或者遗憾。岁月的风尘蚀刻在她的脸上，化作她的内在。属于她的深秋说不上硕果累累，也彰显出些许丰收的喜悦。放慢生活节奏，她越活越明白了。岁月的沉淀成就了她的气质气场和深度厚度，成就了她待人接物的优雅风韵和雍容气度，成就了她越来越浓的女人味——那是埋在地底泥封的陈酿和深巷里的酒香，堪比琼浆玉液。

六年后，孔鲁凤对龙虎的怀念渐渐淡去。虽然没有年轻时那种怦然心动的感觉，但她对黄博士还是满意的。黄博士是与龙虎完全不同的两类人，除了当赤脚医生的经历，黄博士身上几乎找不到龙虎的任何影子，他是一个里面装满汤药的闷葫芦，大部分时间沉默寡言，一开口却是滔滔不绝长篇大论，说的全是易经八卦、黄帝内经、针灸穴位、望闻问切之类的话题。他在实验室里摆弄烧杯烧瓶，在园子里里侍弄花花草草，或埋首书堆，或仰天发呆。

衣食住行有人照料后,黄博士也迎来人生第二春,身体愈发圆厚,苍白的脸颊上也有了红润。

尽管孔鲁凤想刻意低调悄悄把事办了,但儿媳应骊和龙家人并不答应,一定要闹点动静出来。结果她和黄博士的事弄得龙潭镇众人皆知。孔鲁凤很幸运,用不着承受周围人对黄昏恋的偏见与各种流言蜚语带来的压力。她那喜欢照顾人的欲望也暂时得到满足。

她在犹豫,是不是接受诸葛慧莲的邀请回国药馆干老本行。龙成回澳大利亚后,孔鲁凤总觉得生活里缺少点什么。她想起来了,是缺少一个小女孩。那也是孔鲁凤一个隐秘的愿望,也是她回国后不再去澳大利亚最大的理由。

孔鲁凤亲自带孙女,结果碰了一鼻子灰。

当初,龙成很想应骊去澳大利亚待产。应梅花却坚持要应骊留国内,她可不稀罕那一纸证书——如果孩子要入澳籍,以后有的是机会。

"应骊嫁到龙家,彩礼没要一分,嫁妆倒是一大堆。这几年,龙家人是怎么待应骊的?应骊十月怀胎,是我雇保姆鞍前马后伺候着;应骊临盆待产,是我送她去医院阳光产房;应骊坐月子,是我请全城最贵最好的月嫂。再说,当时可是有口头协议的:生了儿子归龙家,生了女儿归应家。现在,应锦的前面加个'龙'字,已经很便宜你们龙家了!"

孔鲁凤一时语塞,眼睁睁地看着流着龙虎血液的孙女在应梅花的办公室里蹒跚学步,碰不得,抱不着,无可奈何地退出。

自从儿子方圆决定坚持不婚主义后,应梅花便对应骊有了更大的期待。她那澎湃的母爱无处宣泄,都倾注在应骊的女儿——那个古怪精灵的小女孩身上。应梅花养了一年多,对女孩有了感情,舍不得。

孔鲁凤虽然在气势上被应梅花压一头,折了一阵,但并不认输。她去求助朱赫赫。只要妯娌出手,没有办不成的事。

"口头协议也是协议。生意场上讲究说一不二,一言九鼎,何况做人?做人要讲诚信,不能出尔反尔。赫赫,你是律师,难道这点也不懂?"应梅花劈头盖脸一顿数落。

"梅花,你言重了。锦儿是龙应两家的。外婆好养,奶奶也好领。你不让鲁凤带几天,于情于理都说不过去。"

朱赫赫知道,与应梅花顶真怕是占不到半点便宜,一开始就准备和稀

泥,并不真打算与应梅花较真。她面带笑容,继续用调侃的口吻说道:

"梅花,你们应家有的是漂亮能干的女孩,可是龙家不同。锦儿可是龙家好不容易盼来的千金。"

"我不管。应锦就是应家的。除非龙家拿一个来换。"应梅花依然态度强硬。

朱赫赫心里有数,已经打算好如何回复孔鲁凤。

"儿孙自有儿孙福。两口子的事,还得让他们自己解决。鲁凤,你说,这件事,应骊是什么态度?"

"应骊像梅花,鬼精鬼精的。表面上,她说愿意让我带,可是让她去抱孩子,迟迟没行动。她心里还是向着应家。"

"应骊是很精明,她不置可否,也有难处。"朱赫赫看着孔鲁凤一副愁眉不展的样子,压低声音笑道,"你不用担心。你看出来没有,应骊的小腹又鼓起来了,应该是有第二胎了。你的愿望很快就可实现。眼下核心的问题在龙成身上,梅花的口气我听出来了,她是对龙成不满。"

"是啊,媳妇是好媳妇,是自己的儿子不成器,花天酒地,一事无成。怪我把他宠坏了,我的话他不听。赫赫,这事还得请你和龙马出面,把他从澳大利亚弄回来。"

"好不容易出国,说回就回,也没那么容易,这事还得从长计议。先让他把心收回,把做事的重点放回国内。三十而立,龙成也该挑起担子,干出点名堂来了。"

四

在龙义的婚礼上,龙成认识了乌戈。美酒、美女、美食、音乐和足球,让两人成了无话不谈的好朋友。显然,两人的接近还另有所图。乌戈希望凭借龙成的特殊身份拉近与应姝的距离,而龙成是想借助乌戈争取与乌克兰美女再涅娜有更多的接触。

当不了男傧相,只能抱着女儿东游西窜瞧热闹当看客,龙成真是懊恼极了。看着乌戈在台上与乌克兰美女形影相随、歌舞唱和,龙成热血奔涌。以龙成的性格,在这样的场合,是不愿意当配角的。他的风头完全被媳妇应骊抢了。

当了母亲的应骊多了成熟女性不可抗拒的女人味，更加娇俏妩媚、容光焕发。久别胜新婚，龙成倒是不讨厌缠绵，只是，当龙成拥抱着应骊丰满柔软的躯体时，偶尔会魂游天外，脑子里不断闪现乌克兰美女修长的腿。

母亲不在身边，回到澳大利亚的龙成满以为自己可以过海阔天空的逍遥日子，但他很快发现自己错了。龙成胆大，并不缺创业的雄心和成事的计谋点子，只是他依赖惯了，母亲不在就成了跛脚鸭。孔鲁凤掌握着家里的财权，她的手紧一紧，不善理财的龙成就会陷入窘境。

以前，龙成还可以开口向应骊要，现在他发现应骊也越来越抠门。他终于明白，那些人撮合母亲的婚姻把她留在国内，是早就设计好的阳谋。

绝不能就此回国！龙成已经拿到绿卡，正准备申请参加公民考试。

孔鲁凤给钱款设置的条件越来越苛刻，最后干脆釜底抽薪。龙成很快就发现，西餐厅到了难以为继不得不转让的地步。

餐厅生意红火，如果就此关门，之前的投资就打了水漂。

他想把餐厅转让给山姆。山姆连连摇头。像大多数澳大利亚人一样，山姆简单、纯朴、憨厚，视快乐生活为第一追求。

"杰克，说心里话，开个小餐馆我还能对付，这么大的餐厅可吃不消。我可不想一周七天，一天二十来个小时不眠不休忙碌。我还是回中国当厨师吧。"

真是根墙头草，一点风吹就乱飘。龙成心中愤愤，却不阻止山姆的离去。

龙成非常纠结，不是为自己以后的生计发愁，而是为餐厅的二十几名员工难过。除了厨师长山姆，切菜工、配菜工、洗碗工、清洁工、服务员和收银员都是华人留学生，餐厅一关，就没有老板天天给他们发工资了。他想着，是否将员工分成两组轮流工作，只做外卖不做堂食，所有利润归他们自己。另外，冷库里几万澳元的食品也需要处理，龙成准备把四分之一赠送给老顾客，四分之一赠送给员工，其他的赠送给教区的老人或是街上的流浪艺人。

转让的告示贴出。龙成一个人坐在办公室。手机响个不停，询问龙成什么时候重新开张他们好再来消费。有些老顾客把赠送食品的钱放在桌上就走。那一刀刀的澳币不像安慰，倒像是一把把尖刀刺痛了龙成的自尊心。

晚上，龙成坐在门口，一边吸烟一边流泪。他把手机声音放到最低，哽咽着。那只德国牧羊犬蹲在他脚边。平生第一次，龙成感到孤独忧伤。

黑暗中,有个人影靠近。是山姆,他是来向龙成告别的。两人抱头痛哭。

"杰克,我出个主意,你可以开家贸易公司,把澳大利亚的红酒卖到中国去。这样你就有理由向她们要钱了。等我回到中国,在婺州站稳脚跟,你再回去,到时候咱们兄弟合伙再干。"

龙成觉得这是个不错的主意。这些年,龙成已经习惯喝澳大利亚的红酒,他在老托尼那里学到了很多葡萄酒知识。

龙成找到了生财之道,确切地说,是在墨尔本待下去的理由。

毕竟是夫妻,应骊不可能抛下龙成不管。她并不反对龙成做澳大利亚红酒贸易,而是要求成立的公司必须在国内,并且所有的贸易必须归口骊姝实业。

应骊怀孕,挺着大肚子在公司忙碌。第二个孩子即将出生,应梅花发出最后通牒。

龙成先到骊姝实业下新成立的天锦公司上班,负责国际货运代理和南亚、澳大利亚的进出口贸易。他还有时间待在澳大利亚——西餐厅和小超市的转让需要时间,龙成要把身后这几年长出来的尾巴割掉。

龙成在太平洋上飞来飞去,倒也逍遥。不过他多少感到了压力。三年内得干出点名堂来,否则到时候肯定没有好果子吃。

"表哥王赟做国际货运代理和海铁连运已经好些年了,是这方面的行家里手,你可以去请教他。"应骊给龙成指了条明路。

181

第七十七章
天运实业

一

作为婺州城最出名的双胞胎姐妹花,应梅香更像是姐姐应梅花的影子。她的性格像父亲应富贵,踏实稳重,内敛谦和。在婺州,鲜有应梅香的新闻或八卦逸事,她不喜欢与方方面面的头脑人物打交道,除了"袜业女王",也极少其他的头衔称谓。

赞助体育赛事,请明星代言,正当梅香袜业声名鹊起成为行业龙头老大时,那个曾经的袜业女王却从街谈巷议中淡出了。从一个作坊式的小袜厂,到袜业公司,再到袜业集团,最后成为驰名商标,"梅香"始终只是一个品牌符号。王氏三兄弟的行事风格颇有些生猛。梅香袜业借壳上市,登陆A股,梅香股份迅速膨胀,先后进军针纺、服饰、家居、金融和房地产,成了旗下拥有两家子公司、十家分公司、五家海外贸易公司和三十家销售分公司的集团企业。

应梅香不想把一对儿女留在集团公司里经营庞大的家族产业。她深知创业的艰难。那是一部真正的辛酸血泪史,要经历九死一生的炼狱般的煎熬。神佛鬼魔,虎豹豺狼,火焰山和流沙河,萦绕头顶的紧箍咒,取经路上何止九九八十一难!她经历过求人的屈辱、资金链断裂的焦虑、山一般沉重的压力和漫漫长夜的焦虑难眠。千百次死里逃生，以为自己已浴火重生凤凰涅槃，没想到前面是更大的深渊火坑。创业不易，守成更难。金融危机，地价房租设备人工原材料成本的上涨倒逼，大量的呆账坏账——时时站在破产的悬崖边上，一不小心就会身败名裂。像许多做实业的人一样，头悬利剑，戴着枷锁，战战兢兢走在通往炼狱的路上。

即便是功成名就之后，应梅香还常常做噩梦。梦中的她，为了卖出一双袜子赚几分钱，站在冰天雪地或是寒风瑟瑟的街边地摊上。她常常想起走南闯北的日子，三天三夜乘坐绿皮火车，为了一个座位自己不得不饿肚子。

应梅香过去忙于跑场摆摊，儿子王赟的童年是在龙潭镇外公家度过的，基因里植入了应家善于经商的天赋。王赟大学毕业后回到梅香集团，从普通的销售经理做起，主管国内销售和海外贸易。集团公司正处于快速扩张期，王氏家族年轻一辈都在公司里任职打拼，梅香没有足够的理由反对儿子这么做。梅花的儿子方圆弃家舍业决定不婚，所有人为之震惊。梅香吸取姐姐的教训，不敢对儿子过分严苛。

作为主管销售的总经理，王赟的大部分时间都在旅途中度过。他是个勤观察会思考的人，经常看到有外地市场到婺州来招商，开始琢磨着怎么让婺州的商品市场模式走出去。实际上，到外地兴办分市场的趋势早已形成，婺州的小商品城在北京、天津、哈尔滨、秦皇岛、大同、徐州、青岛、郑州、黄石、深圳、桂林、梧州、银川、乌鲁木齐都开设了分市场。

所谓分市场，某种程度上就是商业地产。上市后的梅香集团毫无例外地被裹挟进席卷全国的房地产开发大潮。2010年，房地产紧缩，楼市调控拉开大幕，但新政主要针对住宅市场，商业地产却成了调控新政的受益者，呈爆发式增长，增速达历史新高。王赟受公司委派，到大西北开发精品店模式的商业地产。他敏锐地觉察到商业地产表面繁荣后面的隐忧——那是一场更大规模的豪赌，即将到来的严重过剩会使牵涉其中的所有公司经历阵痛、遭遇生死劫或迎来倒闭潮。

王赟决定搁置大西北的商业地产项目，回婺州另起炉灶重新创业。家人的反对在所难免，表现最激烈的要数应梅香。可王赟的理由很充分：婺州的商业繁荣有赖于它是一片商品成本的洼地，物流才是牛鼻子。王赟学的是国际贸易物流管理专业，投资物流正是干回老本行。他不要集团公司的一分钱，如果创业失败，也不会影响家族的一点利益。

　　应梅香情绪激烈,劝阻的口气却很温和。经过几年观察,她不得不承认,儿子具有灵敏的商业嗅觉和在商场上杀伐决断的能力。集团公司内有家族利益牵扯纠葛,有董事会和股东,对儿子王赟是很大的牵绊,自己出来创业未尝不是一种选择,即使失败,也不会像父母辈那样毫无退路。

　　应梅香不但表示同意,还拿出了自己的一部分私房钱。

　　招兵买马,引智聚才,天运实业投资有限公司成立,主要从事商业物流——国际货代和海铁联运。

　　王赟租了一栋民房当办公楼,自己的办公室是一间十几平方米的会客茶室。室内放一套方正的中式茶桌,墙上挂一幅世界地图和一幅沙漠驼队的照片,除此之外就没有其他摆件了。他没有时间去讲究太多生活上的细节,这个茶室足够他用来思考和短暂休息了。一年中的大部分时间都在空中飞来飞去,他把日常用的全部家当放在一只拉杆行李箱里,随时准备出发。

　　王赟看好国际物流,筹备成立中亚、中欧班列运营公司。在海关工作时他就了解到,婺州每天都有很多发往新疆的集装箱,拉到阿拉山口再出关。四千多公里的路程却不选择铁路,从婺州发货到阿拉木图,走海运大约需要五十天才能到达,而陆路运输只要八天左右。原来婺州的国际铁路联运还处于空白阶段。铁路运输给市场的货物出口提供了时间优势。如果开通婺州至阿拉山口、霍尔果斯口岸的铁路集装箱运输线路,出口中亚五国的商品标箱将会有爆炸式的增长。

　　国际铁路运输需要转关和换轨。转关运输,就是经海关同意后采用不同的交通工具,承运接驳转关运输货物。海运和陆运方式影响婺州进出口行业多年,已形成了一条完整成熟的产业链,打破这条产业链的部分利益环节需要时间。铁路转关还处于市场培育阶段,与婺州每年几十万海运出口标箱量比,铁路运输的业务量还很小,采购商对铁路转关业务的接受程度还有待提升。

　　线路长,途经国家多,开展业务的难度不言而喻。无数次的受挫,曾让王赟闪过放弃的念头。与母亲应梅香一样,王赟身上有一股倔劲。恰在此时,国家提出建设"丝绸之路经济带"的构想。王赟热血沸腾,再次燃起了斗志。

　　不久,婺州—中亚五国班列正式运营。国际集装箱专列首发后,不断有西班牙的华商、侨商来电咨询,问能否把线路延伸至西班牙。西班牙生活着二十多万名华人华侨,其中多数是浙江籍,他们大多从事商品的批发零售以及餐饮、通信、房地产和能源等行业。西班牙市场上销售的小商品四分之三来自婺州,如果能开通铁路班列,就能更好地开拓西班牙市场。

王赟并非不知道市场的需求,对欧洲的贸易占梅香集团不少份额,表妹的骊姝公司很大一部分进出口业务与西班牙有联系。在婺州和马德里之间架起国际铁路货运桥梁,是从事物流业多年的王赟孜孜以求的梦想。

不过,要开通并运营这样一条长达万里的国际铁路货运通道,对一家民营企业来说,简直就是异想天开。

王赟和表妹应骊的关系那是非常的"铁"。于是,从澳大利亚归来的表妹夫龙成,便成了那间办公室兼茶室的常客。

二

刚从澳大利亚回来时,龙成说什么也不愿意"为太太打工,做小姨的下手"。他自己成立了一家贸易公司,做澳大利亚红酒的进口生意,结果第一票生意就悲催了。原来,红酒海运进口运输,是按体积来计价的,每次运输的量越大成本就越低——总体上来讲,海运成本是空运的四分之一到五分之一,运费成本极低。可海运耗时长,通常需要一个月至一个半月。红酒本身对温度要求非常高,如果走整柜海运进口,这点不是问题,可以用恒温柜让红酒始终保持恒温十八度。正龙成走散货拼柜海运,正赶上夏季高温,加上不熟悉清关程序在港口滞留,红酒的品质大受影响,几近报废。

龙成呛了一大口海水后,乖乖地回骊姝实业上班,担任天锦国际货运代理有限公司总经理。没时间抱孩子,没时间钓鱼遛狗,没时间踢足球,甚至没时间上酒吧喝酒弹吉他唱歌,龙成变成了大忙人。天锦货代是骊姝实业的子公司,开展接驳货运、报关代理和翻译业务。龙成脑子灵活,上手很快。选择运输方式、签订委托书、告知商品明细、订舱/车厢、集货装箱、办理报关手续、运送,他现在对国际货代物流流程的每个环节都了如指掌了。

一大早,龙成来到国际商贸城对面骊姝实业的办公大楼。周末他还得加班。

龙成在办公室忙着清点单据的时候,不时有电话打进来。有客户要送货,龙成安排人去仓库接货。今天还有四个柜的货物要送走,这些货物分属两个客户。一个是来自乌兹别克斯坦的客户马克西姆,货物种类很多很杂——柠檬碟、花瓶、果盘、布料、服装、袜子、帽子、五金和文化用品如铅笔钢笔。马克西姆以前每个月一个集装箱,现在增加到了三五个。另外两个柜是哈萨克斯坦的客商法拉比的,装的是不锈钢水杯、玻璃水杯、保温饭盒、保温提锅、焖烧罐和旅行壶等产品。这些货柜今天要装上开往中亚的集装箱专列。

龙成安排报关员去海关报关,等候货物查验。他自己赶到仓库集中清点,安排工人装柜运送。最后又到火车西站协调车厢。他要亲眼看着集装箱都装上了火车才能放下心来。

等一切忙完了,龙成又开车来到天运公司。

天运公司会客茶室的沙发上,王赟像老佛爷似的盘膝而坐闭目养神。他已经养成冥想的习惯,一有空就进入心流状态,整理思绪,决策未来。

龙成把随身带的一箱红酒放在办公桌上,反客为主,坐在茶几前熟练地泡起茶来。

王赟择友甚严,很少在办公室接待一般的朋友,龙成是个例外。因有应骊这层关系,王赟爱屋及乌,喜欢上了这个没心没肺的大男孩。与龙成在一起,不需戒心,不必设防。公开场合的龙成像个活宝,是朋友的开心果,一张帅气的面孔上总是挂着自来熟的笑容。赚钱是为了享受生活,这是龙成的口头禅。这个两个孩子的父亲,依然无忧无虑、快快活活。

龙成每次都会带红酒来——有时候是一瓶,有时候是一箱,说是送给嫂子喝的。在龙成的嘴里,开始时的"王总"很快变成"表哥",最后"表"字也去掉了。王赟告诉过龙成,在海关上班的嫂子铁面无私,并不能在报关通关上给天锦公司些许便利,龙成还是一如既往地送。

"这不是行贿。嫂子不喝,哥可以喝,就当我给你交学费。"龙成道。

的确,在货代业务上,王赟的经验给天锦提供了很大的帮助。

王赟在茶几边落座,瞄了一眼桌上的那箱红酒,接过龙成递过来的茶盏。

"你放心。这酒没问题,不是海上灌装,绝对是正宗原装进口的澳大利亚货。它是品酒师老托尼亲手酿制的,带点甜香,你肯定喜欢。"龙成咧嘴。

"你就不怕应骊的搓衣板或鸡毛掸子?"王赟微笑。

"我可没有监守自盗。这酒是我自己掏钱空运过来的。虽然为太太打工,寄人篱下,我还没穷到那步田地。不蒸馍馍争口气,我龙成会证明自己拥有独立赚钱的能力,让公司的每一个员工都有不错的收入。自然,我那两把刷子跟哥不能比。我龙成目光短浅,头脑简单,就是个大俗人。不像哥,高瞻远瞩,高屋建瓴,高视阔步,高歌猛进,高谈阔论,高朋满座,已经达到高不可攀的境界了……"龙成一脸真诚,似乎看不出是在刻意制造拍马屁的氛围。

"不过,哥,高处不胜寒啊!不穿袈裟,就别当苦行僧。你也别对自己太苛刻了。以王氏集团的家底,随便抛掉一点点股份,就够几辈子吃香喝辣的了。换作我,早就逍遥自在游山玩水去了。赚钱是为了享受生活。怎么样,今天晚上兄弟几个去山姆的餐厅喝两杯?澳洲大龙虾,烤鹿肉串,胡桃杏仁羔羊肉,我请客。"

王赟摆摆手,指指放在一边的行李箱。他连坐办公室的时间都很少,更别提参加无用的饭局了。

"我知道你在为班列的事操心。到马德里的火车什么时候能开?骊姝公司正等你的车出柜发货,去西班牙拉红酒哩!"龙成笑道。

王赟摇摇头,又点点头。他似乎在想心事。

龙成现在对国际货运的方方面面有了大致的了解。出口欧洲的商品超过九成的都走海运。先用陆路运输的方式将商品从婺州运到宁波港或上海港,出海南下,穿过马六甲海峡进入印度洋,再一路辗转至欧洲。部分选择空运或海陆联运。空运在三种运输方式中用时最短,中转只需四五天,但费用很高,一个货柜差不多需要五六万美元。海运的风险要高于铁运,因为远离内陆,遇到紧急情况不容易处理。论时间和费用,铁运介于海运与空运中间,不失为一个好选择。

"可他们说,要开通这样一条铁路简直是天方夜谭。如果成了,就是一个奇迹。我知道,哥有这个能力,只是眼下在什么地方卡住了。我自己帮不上忙,但我可以给你推荐个人。"龙成道。

"谁?"王赟睁大眼睛。

"她是龙潭镇乃至整个婺州的第一美人,只是行踪不定,为人也是神神秘秘的,像《倚天屠龙记》里的混血美女黛绮丝。她就是玫瑰山庄的庄主。说起来,她还是你我的亲戚呢!只是这论亲排辈的事咱也搞不清,不知道该叫她姨婆还是姨太婆——应骊不知道,梅花梅香也不见得能弄清,只有你外公应富贵和我那死去的爷爷龙禧能搞明白。"

王赟笑出声来。

"你别笑。这事千真万确。她在西班牙政府发展部、铁路总公司、海关总署、马德里火车站都有朋友。如果她能出手相助,你的事就不是事了。"

"问题的关键不在这。"王赟严肃地说道。通常他是不愿意把问题摆上桌面透露给别人的,但龙成是例外。

"从婺州海运到巴塞罗那大概需要三十多天,费用比空运便宜四分之三。铁路运输比海运节省十四天,但费用较高。铁路更适合大批量、附加值较高的货物如季节性产品、节日用品、流行时尚奢侈品的运输。百货、服装、皮草、布匹面料都是目标货源。要实行常态化运营,快速回笼资金,实现良性循环,除了与西班牙政府合作,还要大力拓展欧洲的其他市场,与欧洲的机械、建材、服装、汽车零部件、知名食品、酒类企业洽谈,吸引这些企业通过班列把货物运来中国。开往马德里的班列虽然省时,但运费约为海运的三倍。时间是铁运的优势,眼下的问题是,怎样赢得信任、组织货源才是关键。我们不得不一次次赶到马德里走访商户,组织货柜,并且承诺:如果货物损坏,时间延误,一律按两倍赔偿。可还有一些公司担心货物会损坏,纠结费用、时间,在海运铁运间徘徊。"

"原来你是为这些小事伤脑筋。车到山前必有路。车轮动起来就有办法。有去才有回。至少婺州这头,组货的事就交给我了。不是我吹牛,在这座城里,那些搞进出口的老外、搞海运铁运的货代没有我龙成不认识的。"龙成拍着胸脯,笑呵呵的。

"不过,你得答应我一个条件,晚上跟我去喝两杯。你未来的表妹夫,咱们的朋友乌戈,开了家新餐馆,无论如何,今晚得去捧捧场!"

三

国际商贸城五区进口商品馆是国内最大的进口日用消费品采购基地,占地十万平方米,汇集四大洲五大洋一百多个国家的七万种商品。这里有法国的红酒奶酪,德国的啤酒牛肉,捷克的水晶,意大利的香皂,白俄罗斯的牛奶,俄罗斯的食用油,塞尔维亚的石榴酒。中东阿拉伯国家,非洲的埃塞俄比亚、马里、尼日利亚,南美的巴西、智利,东亚的日本、韩国,东南亚的泰国在这里都设有专门的进口馆。

西班牙馆里陈列着来自西班牙的一百多种商品——红酒、火腿、橄榄油、果汁、奶粉、休闲食品和其他日用品。每天上班，应姝要接待十几批进口商品的超市采购商，和其中三四批达成合作意向。她现在是骊姝实业的执行董事和总经理。公司是姐妹俩合伙开的，既非梅花集团的分公司，也非梅香袜业的子公司。对应骊私底下自己开公司，应梅花睁一只眼闭一只眼——当初她花血本争取到了杏花的儿子应骞的抚养权，发现他是半聋半哑的痴儿，于是把所有的希望寄托在应骊的身上。

应骊接班只是迟早的事。她已经是两个孩子的母亲，很快又怀上了第三胎。忙于生孩子和梅花集团事务的应骊分身乏术，骊姝实业交给妹妹打理。

南美两年的历练使应姝学会了不少，但是真的要自己创业做进出口业务还得从头学起。好在有人脉、关系广泛的应骊支持，姨娘梅香和表哥王赟也给她帮助指导。生活的压力也是动力，应姝知道，自己只能成功不能失败。

骊姝还是个小公司时，应姝几乎是单打独斗，每天跑市场与国外来的采购商接洽，没完没了地熬夜在网上找产品发邮件贴广告。功夫不负有心人，一个月后慢慢有了样品订单，开始是小订单，接着是大订单。外贸业务顺风顺水后，应姝请过去童装厂的姐妹当帮手。她又招兵买马，干起船运货代。公司越做越大，变成骊姝实业，下面开设了几家分公司。

应姝把主要精力放在欧洲特别是西班牙方面的进出口业务上。开始时，骊姝旗下的西班牙馆主要出口一些小商品——玩具、饰品、袜子、内衣和圣诞用品等到西班牙，顺便带回果汁、火腿、食用橄榄油。有一次，应姝帮一个西班牙的客户去越南采购了十个柜的大米，赚了十几万元。西班牙客户回寄了十箱西班牙红酒，让她送给了身边的朋友喝，反馈不错。市场上的红酒大多是法国、意大利的，西班牙的不多，应姝试着进了一个柜的西班牙红酒推销——那是她第一次接触红酒生意，虽然抱着赚点零花钱的心态，却发现红酒的生意好做，无心插柳，一发不可收。

早上八点，应姝来到西班牙馆。

送走一批采购商后，应姝又开始安排进口商品博览会上的展览。每次展会，她都要展出来自西班牙的红酒、果汁、火腿、食用油和一批新上架的商品。一个专区展位既可推广商品,也能给公司带来上百万元的零售额。

下午,她要到刚刚投用不久的保税物流中心去。公司有十个标箱的货从西班牙运来——六个是红酒,两个是葵花籽油,两个是矿泉水,报关开箱查验后将陆续进入保税仓库。

应姝刚想迈步,男友乌戈慢悠悠地晃进来。哥伦比亚小伙的脸上挂着诡异的笑容。虽然过了如胶似漆、卿卿我我的蜜月期,乌戈一有空还是喜欢来西班牙馆闲逛。他没带应姝去巴西看世界杯,而是带她去了一趟西班牙。马德里,巴塞罗那,瓦伦西亚,他们去了很多地方,游览大教堂和清真寺,阿尔罕布拉宫,梅里达古罗马大剧院,塞戈维亚的集市广场,原野之城广场,阿维拉中世纪古城墙。最重要的一件事,是参观考察西班牙的葡萄酒产区,乌戈竭力怂恿应姝出来单干,自己开一个酒庄。

"你这个董事,是真懂事还是假懂事?应骊安排龙成在你手下当差,是别有用心。骊姝迟早要被天锦取代。"乌戈半开玩笑半认真。

"狗咬吕洞宾不识好人心!应骊是你未来的大姨,龙成是你将来的连襟——再说了,你俩平时勾肩搭背的,还是狐朋狗友哩!"应姝笑道。

"朋友归朋友,生意是生意。我的话不听就算了。中国有句古话,亲兄弟,明算账——今天我就是找你算账来的。"

"算账?算什么账?"

"推销红酒的回扣,我的零花钱。"

原来自打应姝开始做红酒生意,乌戈就成了业余推销员。海洋大酒店、香格里拉、银都、锦江、黄金,乌戈拍着胸脯,说城里许多酒店宾馆的大厨都是他朋友,他能把红酒推销出去。他倒不是夸海口,说的大话至少兑现了一半。

应姝咯咯笑着,拿出一沓钱塞过去。

"生意是生意,生活是生活。晚上我请客,在新开张的餐厅里请娘子用大餐。"

乌戈的叔叔法维澳又开了家分店。

"有生意才有生活。上班时间,你别缠着我。"应姝娇嗔。

应姝叫营业员拿出一箱马洛卡的皇家鉴品让乌戈带走,叫乌戈下午五点后再来接。

应姝到保税物流仓库报关验货,顺便去了趟天运公司。从表哥王赟那里打听到的好消息使她越发兴奋——通往马德里的中欧班列就要开通了!

在这之前,西班牙进口馆通常以保质期较长的商品为主。海运周期长,公司选择一次进较多数量的货物在仓库囤积着,对流动资金造成很大的影响。到马德里的国际铁路班列开通后,可进口的商品种类将大大增加。像饼干这些保质期较短、以前只能空运的商品也能进了。除了红酒、橄榄油,小到母婴用品、奶粉和皮箱类的日用品,大到机械设备和游艇,都可以列入进口清单了。

铁运大大缩短运输、通关和上市时间,综合物流成本反而下降不少,在竞争激烈的进口市场上能占不少优势。到时候,几个知名品牌和荷兰的其他奶粉进口都可以考虑。奶粉是应姝最关心的,因为应骊的孩子一直在喝进口奶粉。

回到馆里,应姝难得坐下来休息片刻,等乌戈开车来接。

一切都变得顺风顺水。应姝轻轻地抚摸着自己的小腹。新生命正在那里孕育,应姝的脸上露出难得的幸福笑容。

四

2014年11月一天的黄昏,婺州铁路西站格外忙碌,四台巨大的龙门吊在全长八百五十米的货轨上来回穿梭,将一组组集装箱吊装至中欧班列的车板上。夕阳似火,晚霞如缎,傍晚的铁路口岸堆场内依然灯火通明,车辆川流不息。

11月18日,装载82个标箱的首趟国际铁路货运班列从婺州驶出,一路向西,21天后顺利抵达马德里。这是婺州市场的商品首次通过铁路运抵西班牙。在阿托查火车站,西班牙政府发展部和中国驻西班牙大使馆联合举行隆重的欢迎仪式。到站迎接的西班牙发展大臣安娜·帕斯托尔女士称这一线路的连通为"铁路行业一大历史性里程碑"。第二天,马德里历史最悠久、发行量最大的西班牙语早报《阿贝赛报》做了全面报道。

2010年,天运公司创始人王赟开始率团队探索运营铁路国际联运。4年后的今天,他的梦想实现了。中欧班列全长13052公里,穿越7个国家,在哈萨克斯坦、波兰、法国与西班牙交界的伊伦进行3次换轨,最终到达马德里。驼铃声远去,湮没在滚滚黄沙中的漫漫丝路,迎来了汽笛长鸣的"钢铁驼队"。

2015年5月18日,西班牙红酒专列从马德里开出,驶向婺州。中欧班列实现每周去程3次、每月返程4次的双向常态化运行。过去每次发货,仓位几乎都要几家国际货代努力拼凑的情况很快得以改变,货源逐渐扩散到上海、江苏、福建、广东等地,货物附加值也逐渐提高,从品牌服装、高档面料到电子设备和五金机电。9月,班列实现定点定班,爆仓情况开始出现。天运公司不得不向铁路部门申请加柜,每列从原先最高峰的51个高柜增加到54个,即使这样,也需提前3周才能预订到仓位,一些熟客甚至提前1个月来订仓。

电台报纸连篇累牍地报道王赟的事迹,称呼他为"青年才俊",堪为"现代婺商的典范"。

外界的赞美和鲜花荣誉铺天盖地,王赟无暇顾及,他甚至连看电视看报纸的时间也没有。他觉得肩上担子沉甸甸的,忙并快乐着——那是内心最深沉的精神上的幸福感。

王赟绝不满足于此。他要为他生活的城市创造一个个奇迹。

婺州作为面向全世界的码头,已经成为一个口岸功能非常完善的无水港。中欧班列开通的同时,王赟就在谋划,要依托铁路无水港、B型保税物流中心和自贸区,投资建设丝路产业园。

这一天,在天运实业那间十几平方米的茶室兼办公室里,王赟从闭目冥想中醒来,正拎起行李箱往外走,门外传来汽车的马达声。

一辆越野车停在院子里。应骊迈着八字步,一摇三晃地走过来,把王赟堵在了门口。

"王赟,你要投资建丝路园区,怎么不跟我打招呼?"应骊双手叉腰,劈头盖脸地质问。

"这不——我正要找你这个大肚婆商量呢?"王赟盯着穿肥大孕装、小腹鼓凸的应骊,憨笑道。

应骊看看王赟手里的行李箱,抿嘴笑。

"丝路园区落户龙宅,这事就这样。红泥岗下那片江滩几年前划转工业用地,早在开发了,是更新换代的新工业园。等你批到土地,找到投资,建好园区,该到哪个猴年马月了?别东找西寻了,踏破铁鞋,也不见得能找到比这龙宅更好的地方。天运天锦联手,所向披靡,无往不利。龙信那里我去说,丝路园区落户龙潭镇,这事就这么定了!"

在应家时,王赟总是让着这个霸道的小表妹,这次也不例外。

"你别开车了。走,我送你去机场!"应骊一把夺过拉杆箱,紧走几步,把箱子放进车子的后备厢。

应骊四仰八叉坐上驾驶室,一脚油门,路虎轰鸣着出院子,穿过城市的街道,驶向机场。

第七十八章
天姝酒庄

一

西班牙红酒的进口业务在骊姝公司占比越来越大。国际班列带来的变化让人不可思议。红酒在马德里清关后装入集装箱,基本就不再开箱抽检,在保温大柜保护下,穿过俄罗斯、哈萨克斯坦等国,完好无损地直达婺州。折算后的商品综合成本下降了百分之十五,这让骊姝在竞争激励的进口市场上占据了相当大的优势。公司业务量一年翻了一番,在国内已有各类分销商几百个,每年能卖出上百万瓶,并且数量还在持续增长。

在红酒进口贸易上,应姝与二把手龙成一向有分歧。龙成希望多进南半球"新世界的酒"。他自己偏好澳大利亚的酷羊比利。酷羊比利是一种易拉罐包装的葡萄酒,携带方便,随时随地可以享用而不必拘泥传统的红酒礼,口味却能和瓶装酒媲美,很受时尚人士推崇。另一个优点是环保——瓶装红酒只要一打开就无法保存,易拉罐包装的酷羊比利只有一杯半的容量,很少造成浪费,而且易拉罐可回收,不会造成环境污染。

为了推销红酒,龙成特地请来品酒师老托尼。虽然澳大利亚红酒的销量上升有限,不过应姝从托尼先生那里学会了品评酒的优劣,获益良多。

无论是兄弟还是姐妹,合伙人创办的公司难得有善终的,纵有血缘亲情或是生死之交的友情，也很难抵挡人心善变。应姝渐渐明白，在骊姝实业，她只是一个高级打工妹。她可不愿意一辈子做姐姐应骊的影子，早有单飞的打算。加上乌戈怂恿，应姝决定自立门户。

对妹妹的离去，应骊并没有阻挠，大大方方把公司剥离出来的红酒这一块业务全部送给应姝。骊姝实业变成了天锦公司。

应姝搬离骊姝大厦，租了单独的一栋小楼，成立了自己的公司。在中高端葡萄酒市场深耕几年的应姝信心满满。婺州有一个辐射全国乃至全球的大市场，有众多的市场商户和数不胜数的餐饮消费场所，能饮酒会品酒的人越来越多，中高端的红酒市场前景可期。

这个昔日的打工妹知道是为自己打拼，更像女版的堂吉诃德在商场横冲直撞。她的生意果然顺风顺水，在商城经营红酒的圈里声名鹊起。天姝经营的红酒已打入香格里拉、海洋大世界等五星级酒店和沪杭一些中高端的法国、意大利餐厅。应姝认识不少红酒鉴赏专家及收藏家，与全球众多知名红酒生产商和销售商有了业务联系。天姝公司与婺州城里众多的酒店、宾馆、会所、餐厅、酒吧、演艺吧等优质客户建立了长期稳定的合作关系。

一个典型的红酒进出口商或酒业运营商，应该在国内外拥有自己的酒庄、固定的供货商和品牌代理商，进行连锁、直购与定制业务。应姝绝不满足于那点小名气，她让过去的小姐妹零门槛加盟，品着美酒创业，使她们成为总代理或省级代理。她筹划着把公司业务拓展到酒行用品业——吧台、酒架、酒具、葡萄酒柜、葡萄酒盒、酒类赠品和装饰品。她构想的未来酒业王国还应有酒廊、酒庄、酒窖和专门的俱乐部或会所——在这里既可以品尝来自世界各地的美酒佳酿，培养一批忠诚的葡萄酒爱好者，也可提高已有消费群体的档次和品位。

红酒进口馆、酒廊、酒窖早就有了，应姝改"公司"为"酒庄"。

作为酒庄的老板娘，应姝的生活已经离不开酒了。这个过去滴酒不沾的打工妹早已成了无酒不欢的女酒神。老托尼教她如何品酒，然而真正让她成为品酒师的却是生活。

都说喝酒的女人不一般，喜欢白酒的女人豪爽率真，有种野性美。应姝喝第一口白酒却是被逼的。那白酒火辣辣的，呛得她一把鼻涕一把泪。她绝没有体会到那种"醉卧芍药荫"和"帘卷西风"的诗意。为了谈成一笔笔生意，她一杯杯地喝，一碗碗地灌，与酒桌上的男人称兄道弟，划拳行令，发癫

似的笑,痛痛快快地哭。最后她发现,自己并没有醉倒,倒是与她喝酒的男人一个个烂醉如泥。

为了经营红酒,应姝又不得不喝了第一口红酒,然后一发不可收。于是,无论在家里还是席宴上,只要是红酒,她来者不拒,微醺的时候越来越少,喝高的次数越来越多。

身上本来就带有喝酒的基因,应姝的酒量越来越大。过去她是那样讨厌喝酒的父亲,每次见到醉醺醺散发着一股恶臭的父亲就切齿痛恨,有一种逃离家的冲动。可现在,应姝不再讨厌喝酒的男人了。她也终于明白,父亲为什么那么嗜酒,即使刀架到脖子上也戒不了酒瘾了。

二

老方再次回到婺州后,一直在女儿应姝的公司里干活,开始是门卫,后来是仓管。他的工资由每月五千元涨到八千元再到一万元。这样高的收入应该能使他养活全家了。他的第二任老婆住在县城的公寓里,把自己养得白白胖胖的,除了接送一双儿女上下学,无所事事,每天打扮得花枝招展,不是逛街、搓麻,就是追韩剧、跳广场舞。

老方一个人生活在小木屋里,与一只跟随他多年的黄狗为伴。偌大的酒窖只有老方一个人看管,他既是门卫、清洁工,也是仓管、装卸工。大宗的酒货在保税物流仓库中转,只在需要小批量红酒时,公司才派车过来提货。

一条盘山公路通向高家镇。酒窖离镇不远,因为深处湖湾山腰,附近半里地外只有一栋四合院民居,大部分时间闲置,很少有人过来,也不见炊烟。

小木屋里有厨房和卧室,老方嫌买菜开火麻烦,一日三餐都走着去镇上解决。有时候,遇到红酒生意的淡季,公司一连几天没车过来,老方干脆关上铁门,一个人坐船到龙潭镇去,慢悠悠地闲逛。

老方在龙潭镇生活了差不多二十年,对那里的大街小巷非常熟悉。他故地重游,寻访旧梦。应家的老房子已不在了,变成了一栋气派的洋房。杏花的墓地四周栽了一圈杏树,长满一人多高的茅草。他去看儿子应骞。应骞住在洋房里,在海马学校念书,每天由照顾他的保姆接送。老方在放学的路上截住了他。那个胖乎乎的男孩白眼球大、黑眼珠小,一副痴痴呆呆的样子,完全不认识眼前这个秃顶的男人。

老方终于死心了。

老方过去的工友,有些至今还在镇工业园区的厂里打工。他们知道老方有一个做老板娘的女儿,就缠着老方,拉他下馆子。老方要面子,每次都是他请客。有时五六个,有时七八个甚至十几个,一帮工友猜拳行令吆五喝六,从早上一直喝到太阳西斜。餐桌上杯盘狼藉,餐桌旁一个个东倒西歪。

老方故态复萌,重新回到赌桌,小搞搞,每次输得不多,可这些都是他的私房钱和酒钱。他的家庭地位实在堪忧,工资收入的大部分要交给家里的"妖婆"。那"妖婆"越来越蛮横,舌如利剑,指如鹰爪,每次老方试着反抗,她就翻出旧账,骂老方是"二婚头""杀人犯"。"妖婆"还有撒手锏,故意把肥头大耳伸出窗外大吼大叫,弄得整栋楼的人都能听见。老方只好屈服,退避三舍。

老方宁可一个人生活。在小木屋,至少还有黄狗陪伴。还有酒。他过去喜欢喝白酒,并不喜欢喝红酒。他觉得那些葡萄酒不是酸涩的,就是甜得像红糖水一样腻味。可身上的酒钱和挖空心思攒下的私房钱都在赌桌上输光了,不得不把目光盯在身边的红酒上。

酒窖里的酒,大部分上架,挂有标牌,贴了酒品、酒标、酒的名称、年份、产地和数量,进出都有登记。有些却是不上账的,它们是各地分销商退回来的库存或是一些直接邮寄过来的样品。这些酒的数量还不少,有些还在木架纸箱里从未拆开过,堆在仓库的角落里。老方口渴时偶尔把红酒当饮料,渐渐地也喝出点味道来。

从开始的一杯一瓶,到后来的一喝几瓶甚至半箱,老方虽然心有余悸、愧疚悔恨,但酒瘾一上就控制不了自己的双手。

他把空酒瓶卖给上门收废品的,或者扔到小木屋后面的荒草丛里。

像是掉到米缸里的老鼠,老方尽情享受。很少有人到小木屋来。他每天喝得醉醺醺、迷迷糊糊的,头重脚轻,两眼昏黑。

抬眼四望,天地一片混沌。

老方开始每天晚上做噩梦,不是蓬头垢面、面目狰狞的杏花挥舞着剪刀在后面紧追,就是穿着睡衣的"妖婆"叱骂着张开血盆大口朝自己扑过来。每次醒来都是一身冷汗。他不再去龙潭镇,甚至高家镇也不去了。一阵阵的腹痛使他无法步行。他的身体每况愈下,佝偻着,瘦得皮包骨头,下肢像蚯蚓般的筋脉扭曲裸露,牙齿脱落,牙龈口腔经常流血,全身出现一块块瘀斑。

老方老态龙钟，苍老得像个八十岁的老头。

喝，还得喝！只要还有一口气，他依然喝个不停。

有一天，到酒窖提货的司机发现老方昏死在小木屋里，很快把他送到高家镇卫生院。

应姝得到消息赶到医院时，后妈正伏在病榻上号啕大哭。医生告诉她，她丈夫得的是肝癌，必须马上送省肿瘤医院。

救护车已经停在医院门口。后妈一脸无助，眼泪汪汪地看着应姝。

应姝从包里掏出一沓现金放在病床上，转身走了。她怀着身孕，不能去省城，能做的是一天天往后妈的银行卡里打钱。

后妈并不真想给老方治病。她知道老方得的是不治之症，花再多的钱也是挑水填井。半个月后，她从医生那里得知，丈夫要肝移植才能活命。花五六十万元，只能活五六个月，这样的傻事她是绝对不会做的。她冲进ICU病房，把丈夫身上的管子都拔了。

后妈急急忙忙从省城赶回。接下来最要紧的，是到女儿的公司里哭闹。平时这个女儿对她还不错，偶尔假装路过酒庄去喝茶，也能要些零花钱。丈夫死了，她八成得带着一双儿女回老家。这是她最后的机会，过了这村就没这店。

应姝看着撒泼打滚的后妈，一脸鄙夷。

"要闹就到法庭上去闹，别给脸不要脸！"

后妈不敢狮子大开口，说出一个应姝能接受的数目。

应姝打发走后妈，料理父亲的后事。老方被救护车从省城医院送回来时，身上依然插满管子，实际上早已断气。按乡下的风俗、把遗体运回江西老家又得花一笔钱。老方的遗体就在婺州殡仪馆火化，骨灰葬在龙潭镇。

老方当了二十几年的上门女婿，曾入籍龙潭镇。但是他最后也没有在龙潭镇扎下根。偏僻的山坳里，老方孤零零的墓前，只有那奄奄一息的老黄狗守着。

<h2 style="text-align:center">三</h2>

应姝的麻烦远不止这些。摆脱酒鬼父亲和泼妇后妈，卸下同父异母弟

弟妹妹的重担后,她又为肚子里孩子的前途担忧起来。这是她第三次怀上,乌戈又要她堕胎,她坚决不同意。

应姝最大的烦恼是不能融入乌戈的世界。她不懂音乐,五音不全,除了会吹口哨,哼几首流行歌曲,什么乐器也不会。她从来没听说过"花蝴蝶""爆炸头""金毛狮王"这样奇怪的名词,乌戈滔滔不绝地讲巴尔德拉马、法尔考、卡洛斯、林孔,应姝如同鸭子听天。除了美食与美酒,她似乎与乌戈没有共同的语言。

乌戈似乎并没有觉察到应姝内心那些细微的变化——也许是觉察到了但根本不在意。他扭动屁股,唱着"Waka Waka"和"La La La",快乐逍遥地过自己的日子。乌戈和叔叔合开的餐厅搬到了离市场更近的地方,面积也扩大到了几百平方米,厨师团队扩大到十多人。不少朋友建议乌戈到上海、杭州等更大的城市去发展,都被他一一拒绝了。乌戈乐不思蜀,在婺州城里快活似神仙。他想摆脱叔叔的管束,当真正的大老板,就在龙潭的湖滨风情大道开了一家叫"神奇味道"的餐厅。在龙潭镇,本地顾客的比例接近一半,为此,乌戈就地取材,开始加工一些适合中国人口味的食物,如特地加了辣椒的拉丁风味香肠。他野心勃勃,还想开一家酒吧。

有天姝酒庄这台时刻吐钱的取款机,乌戈没有办不到的事。在外面,他俨然以应姝的未婚夫自居。可是一旦应姝提到结婚的事,他就顾左右而言他,岔开话题。他可不愿意像一头斗牛似的被人套上笼头关在栅栏里。

乌戈那若即若离的态度和招蜂引蝶的态度使应姝懊恼不已。

老方的丧事办完后,后妈把城里的房子卖了,带着一对子女回江西老家。

应骊并没有出现在老方的葬礼上。与妹妹应姝一样,她是个孕妇,并且已经正式接管梅花集团。

这一天,她挺着大肚子出现在天姝酒庄。一进应姝的办公室,她就把门关了。

"亲兄弟明算账,亲姐妹也要明算账。老方的治疗费、丧葬费、弟弟妹妹的学费花销、那个老妖婆在你身上讹的钱,算个总账,回头我把一半的钱打给你。该给你的一分一厘不会少你,可你也别想占一分一厘的便宜。"应骊挥着手,一副不容置疑的口气。

"他是我父亲,又不是你的。你就不要操这个心了!"应姝的口气有些生硬。

"你以为我愿意狗拿耗子瞎操心?毕竟我身上也流着他的血。老方活着的时候,对咱姐妹俩还算不错。这些年我多有不便,是你在照顾他一家。现在,一切都解脱了。噩梦结束,妹妹,你也该醒醒了。"应骊迈着八字步,东瞄西瞧,似乎心不在焉。

"想睡就睡,想醒就醒。这是我自己的事。我的生活,用不着别人来指指点点。"应姝愠怒。

"你是我妹妹,一卵同胞,天塌地陷,做姐姐的也得为你撑腰;万夫同指,我也要站在你这边。妹妹,你可知道龙成半年前在风情大道开酒吧的事?"

"一年前骊姝就拆分了。那是天锦的事,与天姝无关。你们夫妻的事,与我何干?"

"这可不一定。你对酒吧不感兴趣,并不说明没有人会拿着你的钱去投资。"

应骊说的酒吧是在龙潭镇湖滨风情大道的巴黎春天,就在乌戈的神奇味道餐厅的边上。

应姝去过一次巴黎春天。演艺大厅里观众爆满,来得晚的只好坐在走廊的地上,但这丝毫不会影响大家的热情。一个金发碧眼的外国人,拿着麦克风,精神抖擞、激情高昂地唱着《星星的约会》《纤夫的爱》《老鼠爱大米》《两只蝴蝶》《桃花朵朵开》。最耀眼的是一个长得像夏奇拉的乌拉圭美女,前凸后翘的身材,配上一头扎成马尾的直发,一双会笑的深邃眸子,热情似火。乌拉圭美女跳了一曲煽情的桑巴舞后,又换上旗袍,拿起琵琶,坐在舞台上假装弹奏——她居然表演得十分生动逼真,丝毫看不出破绽——博得阵阵掌声。

桑巴舞,拉丁舞,弗拉明戈舞,竖琴,这样的场合总是少不了乌戈的表演。威士忌,白兰地,伏特加,鸡尾酒,煽情的音乐,炫目的灯光,狂欢的舞蹈,为了肚子里的孩子,应姝去了一次就没有再去。

乌戈说自己只是酒吧的驻唱,每次开口要钱,也是以餐厅的名义。一次次地要,一次次地给。应姝虽然怀疑,但经不起乌戈的花言巧语。也有风言风语传来,说乌戈与巴拉圭美女过分亲昵,应姝难过一阵,见乌戈又回到身边,又原谅了他。

"玫瑰带刺,善良也要带锋芒。你这样一而再再而三地忍让,那不叫善良,不叫心软,那叫'二'。"应骊双手叉腰,摆出一副训人的面孔。

"二又怎么了,我喜欢二。"应姝词穷无语,刻意抬杠。她虽然反对乌戈与龙成偷偷合伙开酒吧的行为,但心里总是千方百计为乌戈开脱。近朱者赤,近墨者黑。即便有错,也在龙成身上。

"你要二,我也没办法。没有人阻止你二。可你千万不可当'三'啊!妹妹,你想过没有,女人如花,花期是很短的。二十四到二十八,是女人最佳的生育年龄。你一次次为他堕胎,有一天不能生育了怎么办?你身边有的是追求者,为什么要嫁那个花心大萝卜?他开放得多,头脑被激情控制,今天跟你在一起,说不定哪天不开心一吵架就要跟你分手,根本没有那种要维系婚姻家庭的想法。你这样放任他,迟早要被他放鸽子。狡兔三窟,乌戈有哥伦比亚、西班牙双重国籍。即使有一天他答应跟你登记结婚,婚约、婚礼、准生证、儿女的国籍户口、孩子的姓名,一大堆难题,你想过没有?有一天他带着另一个女人远走高飞,你该怎么办?!"

"我不管——大不了把孩子生下来自己带。我不想成家,一辈子都不要。如果有一天乌戈走了,我就去跳楼!"应姝情绪激动,一副眼泪汪汪的样子。

应骊露出怜惜神情,"扑哧"一声笑了。

"偬丫头,你一定要嫁给乌戈,也不是不可以。要拿捏住男人,你就一定要学会应家祖传的驭夫术。"

"什么驭夫术,还不是一哭二闹三上吊、撒泼打滚……"

"有人教你,你就虚心学着点。如果有一天乌戈跪地来求你,你可千万别再心软了。"应骊附在妹妹耳边嘀咕了一阵,又抬头,摆出一副严肃的面孔。

"我知道你现在手头紧。妹妹,听我的,等我把钱打到你账户上,就把酒庄移到龙潭镇去。那里的租金只要城里的一半,以后的发展不会比城里差。龙潭镇有你的根,在我应骊的地盘上,没人会欺负你。你还可以腾出一只眼,盯牢那花心的男人……"

应骊说完,迈着八字步,笑嘻嘻地扬长而去。

四

除了每年抽出一定的时间带着妻儿去澳大利亚度假,龙成大部分时间都待在国内。当了天锦公司一把手的龙成,有了更多的财产支配权和自由。他把物流贸易这一块交给经理人打理,投身自己喜欢的餐饮娱乐。天锦公司和天运实业合作开发的丝路园区选址在龙潭镇,龙成的生活重心顺理成章转到龙潭镇。

在湖滨风情大道,他和山姆合开了一家餐厅。还有两个酒吧,一个是自己的,另一个是属于铁哥们乌戈的。龙成有投资优惠,有人脉关系,乌戈觉得暂时挂在龙成名下是稳妥的办法。

钓鱼、足球、音乐、美酒和美女,龙成又过上了天马行空、逍遥自在的生活。孔鲁凤有了新家,在国药馆当编外护士,在家颐养弄孙,不再关心儿子生意上的事。

龙成与后爹的生活几乎没有交集。两人客客气气的,像一对普通的朋友而非父子。黄博士的业余时间都花在书房、实验室和百草园内,极少过问龙家的事。他给孔鲁凤充分的自由。或许是出于对同是赤脚医生出身的龙虎的敬佩,清明、冬至、春节和汶川大祭日,孔鲁凤去上坟,黄博士也毫无异议。

这一年冬至,孔鲁凤照例带儿子龙成去烈士陵园祭奠。例行性地点蜡烧香后,孔鲁凤一反常态,号啕大哭,边哭还边唠叨不停,仿佛自己受了八辈子委屈。

龙成见惯了女人的眼泪,在他看来,那都是无用的液体。女人很少会吝啬自己的泪水,前一秒还在嬉笑,后一秒就莫名其妙地哗哗奔涌。

可母亲的眼泪是例外——龙成见不得母亲哭泣,毕竟他对母亲怀着不一样的情感。

孔鲁凤哭得昏天黑地、伤心欲绝,突然间一抹眼泪,柳眉倒竖,杏眼圆翻,叫龙成在父亲的墓前跪下。

龙成手足无措,颤抖着单膝跪下。

“今天,在父亲面前,你可要说实话,否则对不起天地,对不起列祖列宗。你说,你到底有没有背叛过应骊?”孔鲁凤抽抽搭搭的。

龙成仿佛受了突然一击,愣住了。他没想到母亲会突然问起这事来,措手不及。他的脑子飞快转动着。

"都是酒精惹的祸。妈,你说,谁还不犯点小错?年轻人犯错,连上帝也会原谅的……"

"好个年轻人,你几岁了?三十几了?马上是三个孩子的父亲了,还这么不成器,真是气死我了!"

孔鲁凤捶胸顿足,又是号啕一番,边哭边折下一根松枝,抽打龙成的后脑勺。她可不愿意打儿子的脸,她心知肚明,儿子很大程度上是要靠这张脸吃饭的。

为了避免更重的惩罚,龙成的另一个膝盖也弯下了。

旁边,孔鲁凤一边抽打,一边哭述着。

"你说,我这张老脸往哪搁?你说,你娶应骊,应家有没有要你彩礼?应骊给你生了一双女儿,你还不收心,在外面浪……应家发话了,再这样下去,那几个小孩都姓应,没有龙家的份。应骊也发话了,要釜底抽薪,断你的财路,让你净身出户。你去把那两个小孩要回来,否则我不认你这个儿子!"

在孙女的争夺中,孔鲁凤处处落下风,心有不甘。龙成却觉得,自己的女儿,外婆带还是奶奶带无关紧要,甚至姓龙还是姓应也是小事一桩。

龙成隐隐约约觉得母亲的话中有蹊跷。转念又想,即便是人家设的套,自己伸长脖子往里钻,也是活该倒霉。

龙成的哥们乌戈,花心也暂时收敛不少。不收不行,因为叔叔法维澳威胁要收回借给乌戈的钱和辛辛苦苦培养起来的餐厅厨师,还从西班牙请来"特殊救兵"——乌戈的母亲。

应姝生下一对双胞胎女儿,取名佩佩、瑞瑞——那是两个如胶似漆的情人在缠绵时候想好的名字。

对这样的名字,应梅花很不以为然。

"菜花,野麦花,狗尾巴花,那些花啊草啊,都比这些名字强!这对活宝,既然生下来,应家就义不容辞,要把她们养大。是应家的女儿,就该姓应。至于那个乌戈,始乱终弃,不是好男人,不要也罢……"

应梅花嘴上骂骂咧咧,心里却是暗中窃喜——应家又开花了,这回还是"杂交品种"。应梅花一插手,别的人再想染指就不可能了,她养小孩养出了瘾,以她的性格,是说什么也不会让应姝那对漂亮的混血女儿被人拐走的。

尽管乌戈的母亲声明站在未来的媳妇和孙女这边,乌戈也有回心转意的意思,应姝却是吃了秤砣铁了心——她准备着与乌戈最后喝一次,然后分道扬镳。

人生如酒,不管苦甜酸涩,自己酿的酒最终还得自己喝。

古宅木匠

一

　　婺州—马德里中欧班列开通三周年之际,一个由西班牙企业家、政府官员、学者和艺术家组成的代表团从马德里出发前往中国婺州,开启发现之旅,旨在促进婺州与西班牙在贸易、教育、文化和物流等领域的交流合作。系列洽谈结束并签署多项合作协议后,代表团来到龙潭镇。

　　龙潭镇是每个涉外团体必去的地方。越王山,青山湖,龙潭湖,龙门书院,古刹蚕庙,老街古宅,宽巷窄弄间一排排的砖墙木楼店铺,古镇蕴含的千年民俗让远方的客人着迷。

　　这一天,花厅里来了一位西班牙客人。客人是龙成带来的。

　　花厅第五进后院的青石场地上,整齐堆放着一摞摞的树根树段、一排排的石墩子和陶质水缸,还有许多老旧的门窗。挂着"木园"牌子的厅堂里,横放一根直径近两米、长五六米的香樟木。龙骏弯腰俯身,在樟木椴上敲打挖凿,没有听见有人叫他。

　　站在门口的龙成连叫几声"龙叔"。

　　龙成私底下称呼龙骏为"龙木匠"。爷爷龙禧就是木匠,按道理,那门祖传的手艺应该由长子继承。父亲龙虎没学,有心继承衣钵的彪叔、狮叔学成

"半拉子"。龙成更没那个耐心,有人传承龙家伟大的手艺,自然是值得高兴的事。龙成对文化人"龙叔"一向是非常敬仰的,尤其是知道龙叔的隐秘身世后,敬仰之情又增加了几分。龙骏帮忙装修酒窖,又是女儿龙应锦的美术启蒙老师,龙成对这位多才多艺的"龙叔"更是佩服得五体投地。

抱着肥水不流外人田的想法,有一阵子,龙成甚至有意把母亲与龙骏撮合在一起。

"两家的老房子紧挨着,把床一拼,就成一家人了。应骊也是这个意思。"龙成半开玩笑半认真。

"瞎说。龙骏可是比我小了好几岁。"孔鲁凤知道儿子常常说话没深没浅,并不生气。

"女大三抱金砖,爷爷就比奶奶小三岁。妈,像你这么气质高雅的老美人儿,整个龙潭镇有谁配得上?也只有龙叔。听说他是恢复高考后龙潭镇第一个大学生,要文化有文化,要才情有才情,要手艺有手艺,性格更是没的说,你发火的时候,龙叔的温暾水一浇,火气就没了。"龙成一套一套的。

"君子不夺人所爱。你这样乱点鸳鸯谱,也不怕飞天妹妹找你算账!"孔鲁凤娇嗔。

当初孔鲁凤有了找老伴的念头后,把合适的人选在脑子里过了一遍,最后也只有龙骏的影子留下。可是她心里总是过不了孙兰英这一关——那可是自己二十几年患难与共的好姐妹。

隐隐约约听到叫声,龙骏放下手里的凿子,直起腰从厅堂里走出来,心不在焉地站在走廊上。

"龙叔,我又给你带洋徒弟来了。这回还是个西班牙女郎。"

龙成嬉皮笑脸,故意把"西班牙女郎"几个字咬得很重。

龙骏的脑子还在木头雕刻上。他的模样不像木匠,倒像个厨工,工装外系着布围裙。那围裙是母亲李翠花留给他的,干木工活的时候总是套着。

院子里,龙成在和那位西班牙女士小声说话,一会儿用英语,一会儿用西班牙语。龙成的西班牙语是跟乌戈和应姝学的,几十个常用词汇,十几句套语,磕磕巴巴的,平时却喜欢生搬硬套到处显摆,俨然是西语的翻译。

陌生女士正在院子里转悠,东摸摸西瞧瞧,好奇地看着那些奇形怪状的石礅、水缸、木头疙瘩和黑旧门窗。这是一位五十来岁的女士,乍一看像龙骏见过的印度人,黑头发黑眼睛,眼窝深邃,五官如同刀削斧凿一般立体,皮肤颜色比欧美人深,呈健康的小麦色。龙骏觉得那张脸似乎在哪儿见过。他想起来了,这张脸与经常跑花厅来缠着学中国功夫的乌戈有些相像。

"龙叔,这位是克劳迪娅女士。尊贵的客人自远方来,难道您不欢迎吗?"龙成笑着介绍客人。他深知龙骏的性格——温良谦恭,沉默寡言,守口如瓶,对重言恶语无动于衷,更不会介意那些无伤大雅的玩笑。

龙骏恍若梦醒,摸摸灰白板寸头,拍拍围裙上的木屑,伸出手。

"欢迎你,克劳迪娅女士!"

西班牙女郎穿一套绣着龙凤的黑色太极服,足蹬一双棕色运动鞋,脸带热情的微笑,修眉下一双慈蔼的眼睛炯炯有神,上前一步,一个非常标准的抱拳礼。

"龙师傅,久仰久仰!"她的中文说得很流利。

"怠慢怠慢。还请女士到茶室小坐。"龙骏抱拳。

"龙叔,喝茶就不必了。克劳迪娅女士要为圣诞节和明年三月的瓦伦西亚法雅节采购货物,还有一些家务事需要处理。等事情办完,得空争取在龙潭镇住一阵,再来跟你学太极。"

原来克劳迪娅是中国功夫的拥趸。

"龙先生,我是拜师来的。我来龙潭镇,是来寻找师爷的。"克劳迪娅说道。

龙骏睁大疑惑的双眼。

"就是师父的师父。"克劳迪娅解释。

龙骏依然不解。

"龙叔,她说的就是您。身为鲁班门徒,您够不够得上大师我不知道。要论太极功夫,您称师爷一点不为过。"龙成不忘恭维。

"师父不算,师爷更不敢当。克劳迪娅女士光临寒舍,我很愿意与您切磋一番。"

克劳迪娅女士微笑着再施抱拳礼。

"龙叔,我还要带克劳迪娅去大树工作室瞧瞧,然后带她去飞天染坊。"

龙成学着做抱拳礼,又故意把"大树""飞天"说得很重。

龙飞天和林晓是龙潭镇公认的两大美女。龙成更喜欢龙飞天,以有这样一个妹妹自豪,逢人就夸,有客必带去她的染坊。

二

龙骏在大门口送走克劳迪娅女士和龙成,回到木园。

偌大的花厅就龙骏一个人住着。花厅葺建工程快要完工时,龙骏把木园从前一进搬到最后一进。五进的大堂成了木雕工作室。三间西厢房,一间当茶室兼办公室,两间是古董室——古董室收藏龙骏和徒弟大树的木雕作品。他住在东厢房的阁楼上,楼下就是他的木作工场。

工场里堆满木头和大小方料。一张传统木工台,高八十厘米,长两米,安装一个用于刨条状木料的八字前头和一个用于刨板的鱼尾前头,台上放各种木工工具。还在彪马工艺和大师画业上班的时候,龙骏已开始与木工接触,在城里开设计装潢公司,更是经常与木匠打交道。他从未想到有一天会成为他们中的一员。李木匠留下的那个神秘箱子和那本神秘图谱传到他手里后,龙骏的后半生就与木头结缘了。

木工是中国最古老的一门技艺,从鲁班开始,历朝历代一脉相承。木工中包含了中国最原始的工匠精神与智慧。七十二万平方米的故宫,悬崖峭壁上的悬空寺,不用一钉一铁的报国寺,工匠们用简单的工具创造了一个个人间奇迹。老匠人们背着那些小工具走南闯北,修起一座座殿宇寺庙和一排排古宅老屋,无论是富贵人家的深宅大院还是普通百姓的窄房陋舍,无论是亭台楼榭还是桌椅门窗,木匠们的心血之作总是精美绝伦。

李木匠的铁箱子最终传到了龙骏手里。龙骏很快就会用羊角铁锤、木锉、牵钻。他无师自通,学会了开料、截料、开榫、凿孔、打眼、钻孔和打磨。在木作工场,有时穿工装,有时候穿背心或光膀子,他挥汗如雨,"哧溜哧溜"地刨着。刨嘴吐出的刨花长长卷卷的,薄如蝉翼,四处飞舞。在有节奏的锯木声和鸟鸣声中,窗外的晨光照进来,那张坚毅饱满的圆脸上,胡碴粘满木屑,前额与脸颊渗出了汗珠。晚上,在阁楼昏暗的灯光下,他精心研读那本神秘的图谱,有时通宵达旦,简直到了痴迷的境地。有绘画基础、有文化的高级木匠越来越少,具有工匠精神的木匠更是凤毛麟角。

龙骏还是喜欢用那些传统的木工工具。他的生活,像那些老旧的木工工具一样,有些单调乏味。花厅进入木构架的替换修补阶段。慢工出细活,镇政府和文保部门也不着急,不给龙骏设期限。实际上急也没用。别说大柱瓜梁上的那些牛腿大雕，就是一扇小小的门窗，要修旧如旧恢复原样，也不是短时间能做到的事。

古时候建房要考虑代代传家，一栋老宅可能要历经两三代人才能建成，有的花了五六十年才建好。成年后的我们，往往对老宅有挥之不去的眷恋，尤其是老门窗和门窗上饰刻的精美图案。那些被岁月风雨吹打的老门窗，讲述着一代代人的沧桑故事。飞禽走兽，奇花异草，圆雕，浮雕，阴刻，透雕，即便是一扇雕花门，也是木雕工匠带着虔诚之心用刀笔刻画的，有时会花掉他们一个月甚至更长的时间去完成。木雕工匠们不计工本，不只是为了拿锯末刨花换取相等重量的银子做报酬，也是在沉闷的生活里创造一丝丝不朽的温情诗意。

有一阵子，龙骏在人们的视线里消失了——像他这样的隐士，即使消失一两个月，人们也是不会在意的。龙骏去成都参观武侯祠，顺便在川蜀寻找修建花厅的金丝楠木。他又开车去黄山、婺源、黟县和歙县。有时候当天来回，有时候住几日。

去得最多的地方是安徽皖南。程朱理学的发祥地徽州，有徽州朴学、新安医学和新安理学，有新安画派、徽州版画、纸墨文化，有徽菜、徽剧和茶文化，还有龙骏最感兴趣的徽派建筑和"三雕"。

徽派建筑，古色古香，宛如艺术之宫。木雕是徽州"三雕"之一，源远流长，久负盛名。徽派建筑中的木雕，俯仰四顾，比比皆是，既美观又实用，通常用于架梁、梁托、檐条、楼层栏板、华板、窗后、栏杆等处，雕花撰朵，富丽繁华。徽州木雕题材也很广泛，有人物、山水、花卉、禽兽、鱼虫、云头、回纹、八宝博古、文字锡联以及各种吉祥图案。人物题材有名人逸事、文学故事、戏曲唱本、宗教神话、民俗风情和民间传说。山水题材有名胜黄山、新安江和各地具有代表性的风光。徽州木雕根据建筑物的部件需要，采用圆雕、浮雕、透雕等表现手法，形象色彩上自然得体，像水墨画一样清新淡雅。数百年来，徽州木雕在建筑学和美学两方面展示自身的生命力，体现了建筑与装饰艺术的完美结合。

偶尔，龙骏也会去县城的古玩市场逛逛。古玩市场离龙骏原来开设装潢公司的建材市场不远，买卖翡翠玉器、古籍善本、景德镇陶瓷、鱼缸钓具、古董钱币和紫砂茶具。市场里有茶楼、书画室、木作展厅和民间艺人的工作室。

龙骏的朋友老陆,曾经在彪马工艺当过师傅,又曾经开过一家古典园林装修公司与龙骏合作,后来回老家办红木家具厂。老陆在疯狂的红木炒作买卖中亏了血本,盘掉工厂变卖资产后在婺州古玩市场开了一家木作店铺。陆师傅的店里,有从各地收罗来的老家具边框料子和老旧门窗。那些普通民宅里搜罗来的门窗非常精美,从常见的缠枝纹窗饰到内容多样的复杂图案,花虫鸟鱼,人物故事,样样都有。

陆师傅是正宗的东阳木雕师傅,他不但教龙骏根雕和白木雕的各种技法,还教龙骏如何与那些即将拆迁的老宅主人讨价还价。龙骏自己跑到乡下的拆迁工地,淘来老门窗后,经过清洗、刷漆,将其作为老宅的室内隔断或背景装饰。龙骏因此养成了收藏癖。木头门窗,老式家具,门当础石,那些常人眼里废弃的东西在他眼里成了难得的宝贝。他在风水缸里养起了金鱼、碗莲和睡莲。每年龙潭湖大龙江挖泥清淤,都会挖出一些木头疙瘩,龙骏化腐朽为神奇,雕出一幅幅作品,传扬出去,人们知道龙骏在收藏,纷纷把捡到的木根和老宅替换下的木料送上门来。

海马学校的雕塑,铃木先生的观音,都是龙骏的作品。还有一些,是龙家、应家、穆罕奈德和阿尔马的阿拉伯朋友定制的,龙骏有一个接一个的木雕作品需要完成。

三

到海马学校教太极拳,带应骊的女儿学画画,木作雕刻——龙骏有忙不完的事情,虽然过着隐居的生活,但并不寂寞。

黄博士偶尔来木园茶室坐坐,与龙骏品茗论道。来得最勤的是诺维科夫先生,龙义在海马学校里为他专门开了创作室。诺维科夫又是院士工作站聘请的外籍院士,参与龙氏制药开发的健康小镇的设计,一年中有大半年住在龙潭镇。

龙骏送走客人、站在木园前面的院子里发愣时,一个高大的身影出现在圆洞门后面。那人是从后院侧门进来的,只有非常熟悉的客人才会从那里进来。

是林波。最近半年,他来花厅的次数多了起来。

穿着那标志性的黄风衣，背着挎包，林波急匆匆地走进来，依然一副胡子拉碴不修边幅的样子。他不说话，在院子里的石礅石础老旧门窗间转了几圈，然后走进工场里的木雕工作室，前后左右，盯着那件未完成的木雕作品瞧了有一刻钟，脸上露出神秘的微笑。

他们走进厢房一侧的茶室。一落座，林波就从挎包里掏出一摞手稿。

那是龙骏利用业余时间采写的《抗战老兵回忆录》。那些抗日老兵，有些像诸葛老先生一样在养老院，大部分则隐居乡村僻野，一辈子默默无闻，不愿意谈论过去的事，要一再上门才肯开口。写写停停，初稿花三年时间才完成。

"一些史实还需甄别。镇里、市里的意思，有几位抗日老游击队员的事迹需补充。"林波开口。

因为拖延太久，龙骏有些歉疚。

"今天不谈这个。"林波不以为然地一挥手，"我的时间可有点紧。今天来，主要是花厅和宗祠的事。花厅修葺快完工了，很快有人会来验收——这是了不起的工程，龙骏，你居功至伟。我是很少夸赞人的。"

龙骏关心的是花厅以后做什么。从入驻花厅那一天起，龙骏内心就有一个执念，想着花厅修好，能让诸葛慧莲的国药馆用。

"这事也不是我说了算。"林波脸上的表情有些无奈，"政府和文保部门，我会与他们沟通，尽力争取。"

林波转换了话题。花厅修好后，接下来的任务就是修缮诸葛宗祠。作为省级文物的诸葛宗祠，过去只是小修小补，接下来要做的是恢复它的历史原貌。虽然砖石结构需要改造的不多，但大部分木结构需修理重装。龙骏在龙宅长大，在诸葛宗祠里念过小学，林波要他谈一些知道的情况。

一说到身边的古宅，龙骏就兴奋起来。

"诸葛宗祠和市里的其他宗祠一样，作为古建筑，有丰厚的历史文脉，承载了诸多历史、人文、艺术、建筑和民俗信息。这些宗祠的墙壁上常挂有家训族规，其中那些'君臣父子''三从四德'等糟粕自然是要不得的，但有些内容，如友兄弟、尊师长、睦近邻、崇俭朴、恤孤寡、戒淫逸、戒奢侈、禁赌博等伦理规范，包含了中华民族几千年来形成的传统美德，还是可取的。别的不说，单是宗祠收藏的宗谱、族谱、家谱就很有历史价值，里面有宗族郡望的迁徙、分布、派系、世系、人物、事迹、艺文、祠图、阳宅图和发展概貌。"

"你说的不错。听说你常去徽州,今天你正好说说徽州宗祠的形制特色。"林波接口。

龙骏喝口茶,接着林波的话题。

"徽州宗祠的建筑形制,一般是纵向三进院落——仪门、庭院、享堂、寝殿位于中轴线上,两边是厢房廊庑,大门至寝殿地坪逐渐升高。封闭式门楼外观高耸,浓墨重彩,装饰华贵。门楼有三种:屋宇式,八字门,牌楼门。徽州宗祠的一个重要特点,是仪门兼做戏台,举行重要祭祀庆典时,中部台板可拆卸,恢复宗祠仪门功能。徽州宗祠的色彩与民居类似,以黑白灰为主,内部天花、梁架采用暖色调装饰,稳重而不艳俗。牌匾和对联用蓝灰中性色。牌坊以石材本色青灰为主,材料本色裸露,较少装饰。明后期,徽州建筑装饰集中在门罩、斗拱、线脚、雀替上。民居、宗祠、牌坊色彩基本统一,淡化外部,深化内涵,外部典雅,内部精细。

"徽州宗祠另一个特点,是大量采用插梁式木构架,每个檩之下皆以立柱或瓜柱承托。清代,巨富徽商炫财耀富之风甚烈,木构架脱离力学轨道走向繁复,梁柱增大,架梁断面呈巨大椭圆形,上下砍平少许,做成弯曲的月梁,梁端浅刻卷曲线。瓜柱梭形,底端鹰嘴抱于梁上,额枋也做成肥大的月梁,梁檩端部都以插拱承托。气派的大厅堂,有重椽式天花吊顶,柱身上下收分,呈梭柱状,再配以雕饰华美的楼层栏杆。木构架用材硕大,柔曲弯拱,使得整个建筑雍容华贵,给人深刻印象。至清末,才以直梁替代月梁,凸显世俗情趣。"

林波又忍不住了,不愿意只当倾听者。

"是啊,八婺的宗祠正是大量吸收了徽派建筑的架构,平面布局,灵活处理宗祠正面门面。大的方面,吉祥图案的砖雕,牌楼大门,戏台,山墙,封火墙,照壁或屏风,青石条石柱,旗杆石夹,旗头笔锋、刀戟或麒麟,状元基石和龙凤鱼鹤等,都受到徽派建筑影响。明清时期,八婺之一的东阳涌现不少官宦富商,本地高手匠人在建筑木作上形成与'宁绍帮''苏南帮'匹敌的'东阳帮'。婺州大型宗祠的插梁式木构架与徽州类似:梁枋肥大,椭圆形断面呈月梁形,拱弯度更大。不过也形成一些自己的特点——柁墩处改用斗拱承托,联系梁如三架梁、廊步的单步梁,皆有复杂的造型雕刻,做成象头、云卷、猫拱背等形式,廊步皆有轩顶,出檐有雕刻复杂的桃木撑拱,雕刻意境比徽州民居更华美精致,有过之无不及。"

"可是能完整留下来的真是少之又少了。"龙骏沉思道,"难道作为祭祀用的祠堂已退出历史舞台,它唯一的功能就是文物?"

"不!"林波突然激动地站起来,"越王山下,龙潭湖的青山绿水间,一座座祠堂飞檐翘角,气宇轩昂,青砖灰瓦,雕梁画栋,古色古香,美轮美奂,恰似一颗颗璀璨的明珠,令人神往。"

两人边喝茶边闲聊,不知不觉一谈就是两三个小时,连中饭也没吃。

林波抬手看看腕表,想起计划中的事,急匆匆走了。

第八十章

飞天染坊

一

大树直起腰，眯起双眼，带着满意的神情看看工作台上的木雕作品《丝路飞天》。最近，他在工作室里创作的时间更久了。很快，他就要代表婺州本土的木雕师，去开化参加一个国际性的木雕比赛。面对这样一个能与更多木雕手艺人交流的机会，他充满期待。

西斜的阳光从格子窗透进来。大树掸了掸身上的木屑，将零零散散的工具井井有条地归置。工具箱里，各式工具满满当当，既有中国木匠传统的凿仔、叩锤，也有法国木匠的挖槽规。他脱下工装，换上外套，系好围巾，戴上头盔，从窝了一天的工作间走出，骑上电动车，穿过龙宅的街巷，一路微笑着向李宅驶去。

李家的院门敞开着。院门口，一张铺着蓝色染布的案桌上放着刺绣工具，旁边是一本已被撕去大半的日历。喜欢撕日历的人大多是洒脱的。大树仿佛看见龙飞天莞尔的笑容。"日子过了就是过了。"她兀自言语，平静而从容。

院墙外，银杏树金黄的叶子在摇曳，红红的柿子像灯笼一样挂在树上。李家老宅静悄悄的。初冬浅浅的寒意里，分明能感到四合院里的温暖，竹林树梢上挂着一轮夕阳,数匹深蓝色长布从二楼的竹竿上瀑布般地垂顺而下,像在霞光里飘扬的旗帜。青石板上,一口口染缸从大到小排列。工作台上,整整齐齐地排列着花草种子的杯瓶器皿,像中药房的青瓷药罐。环顾小院,铜钱草样的布块,团花纹样的小衫,渐变绚烂的纱巾,各式各样的扎染成品,使人眼花缭乱。庭院一角,放着一张古琴和一张茶桌。一把竹藤摇椅上放着一个蓝布抱枕,那是龙飞天自己缝自己染的棉布抱枕,细致绵柔,朴素舒适。她喜欢把抱枕垫在背上躺一会儿,特别舒服。

龙飞天不在,她一定在布衣巷66号,要到晚上才能回来。

时候还早,大树离开染坊,穿过青石板街巷,到田野里散散步。

村外有山,出门便能远望;村内有水,终日潺潺。李宅是安静的。云朵很厚,艳阳照在马头墙上,留下斑驳的光影。这座民国时期的四合院砖楼,白墙上蓝色的"染"字,在阳光下美得纯粹。旧木楼吹出穿堂风,长长的蓝染布随风曼舞,院落里充盈着草木泥土的气息,令人心安。琴音弥漫,老宅院的光阴悠长,淡淡的,慢慢的。

法国青年一直在寻找,寻找属于自己的那一方天地。直至遇见李宅,遇到那朵蓝色的花。

就是它了! 大树对自己说。

从那一天起,古宅的四方天地里便多了一个手艺人,这张英俊的"洋面孔"成了龙潭镇一道独特的风景。

大树本名尤里安,1987年出生于法国小镇科尔马。大学攻读当代艺术的他,立志做一个艺术从业者。像大多数年轻人一样,他心中澎湃着不安分的波澜,犹如海潮一般不可阻挡。人总该有梦想,不想在浑浑噩噩中耗费生命,就去陌生的地方寻找惊奇,让生活慢下来,让心灵去旅行! 2010年,23岁的尤里安从家乡出发,开始周游世界,寻找自己的艺术梦。他来到中国,从西到东,从北到南,背包旅游。

他去过不少地方。先去东北的长白山和满洲里。他喜欢中俄边境的那些小镇,恩和、室韦小镇非常优美和舒服,在带着凉意的黝黑夜晚,可以尽情地仰望银河,数星星,晒月光。西北的丝路沙漠和草原,自古八水环绕的长安,陕西的终南山太白山,位于中华大地南北分界线的秦岭,充满古朴的气息,远离尘世,空气中飘着仙气。川藏空旷辽阔和靓丽的蓝天令人心旷神怡,犹如沉醉于天堂。法国青年喜欢那种能让自己安静下来的地方,最后去了大理丽江。

丽江有浓郁的浪漫和悠闲的气氛,是众多青年艺术家的寻梦之地。夏天,他听着丽江的歌声鼓乐,独自走在青石小巷里。纳西族老妈妈坐在门口剥土豆,对他笑着,仿佛早就认识他。他蹲下来和她一块剥土豆,她听不懂普通话,但可以用眼神说话——那平和知足的笑容映照出人生的朴实和丰盈。在一座石拱桥旁,他遇见了画纳西文化衫的一家三口,父亲带着女儿和儿子在给游客画文化衫。店铺很小,只有五六个平方米,但挂在墙上的文化衫却画得很漂亮。那画画的女孩长得很美,笑容特别甜。他想与女孩说话,但女孩只是笑笑,并不搭腔。原来她是个聋哑人。那些漂亮的文化衫都出她的巧手。他买了一件文化衫,让女孩画上"友谊地久天长"的纳西文。

他来到大理,看苍山洱海的风花雪月,画画,摄影,听大青树下的白族老奶奶讲古老染坊的故事。

原本以为一个月后,他的中国之旅就要暂时结束了。但是喜洲镇的那个黄昏改变了他的命运。那个穿旗袍的中国姑娘令他怦然心动。那个具有灵性的姑娘,心灵手巧,有一双明澈智慧的黑眸,像是从远古敦煌壁画上走下来的飞天,神秘而惊艳,而她穿着旗袍的样子,又像中国古画里走下来的仕女,娴雅端庄。清澈的眼神,秀丽俊俏的面庞,仿佛蓝印花布般宁静的星空。他发誓,要把穿旗袍的中国姑娘的形象刻进他心里。

一路追到杭州,那姑娘在他的视野里消失了。

他怅然若失。西湖的湖光山色使他暂时忘记了烦恼。他在孤山喝龙井,在大运河上坐船,参观丝绸博物馆。在一个工艺美术展上,他被一件件用木头雕刻的艺术品震撼了。《天涯芳草》《丝路花雨》《秋实》《孺子牛》《白娘子与小青》……那些木雕作品,确切地说,其中有两件是根雕——奇特的纹理、精湛的雕工、丰满的人物形象和富有张力的故事表达,令他不能自已。

"这些作品太神奇了,我一定要学会这门技艺!"

他找到了木雕的作者,拜师学艺。传统木雕所迸发的创造力和美感充满魅力,令他愿意放弃一切从零开始学习。两年后,他的师父不愿意再带他了。法国青年的眼里噙着泪花,就差双膝下跪。

"不是我不愿意教你,是我教不了你了。我给你介绍一个更好的师父,他才是真正的木雕大师。"陆师傅神色凝重,脸上却挂着大树看不懂的神秘笑容。

绝望后面是希望。又应了那句古话,踏破铁鞋无觅处,得来全不费工夫。大树从婺州城搬到龙潭镇,在与故乡一样美丽宁静的镇里,他遇到了值得一生学习的师父,拥有了自己的木雕工作室。最主要的,他重新找到了那个令他魂牵梦萦的中国姑娘!

古老的四合院,开阔明亮的工作室,大树每天骑着小电驴在租住地和师父的工场间来回穿梭。与传统木雕技艺的不期而遇,照亮了他艺术创作的漫漫长路。文化上的差异并没有将他排斥在木雕艺术之外,中西方文化的杂糅反而成为他的优势。尤里安探索的脚步从未停滞。艺术创作是他的梦想,而中国木雕为这个梦插上了飞翔的翅膀。闲暇时,他时常在龙潭镇的大街小巷里游走,寻找创作灵感,文化的碰撞与融合,打破了思想桎梏,使他创作出一件件无与伦比的精品。

大树眼中的美丽世界,正通过手中的刻刀一一呈现。薄薄的刨花散落一地,像木头开出的花朵,暖黄的灯光铺满工作台,光影描摹出一个专注的身影。方寸间的工作台上,大树为每块木头量体裁衣,用一双妙手赋予木头新的生命。经过一番精心雕琢,原本粗粝的木头变成各种各样精美的作品。他的作品常使人过目不忘。他的作品充满天马行空的想象——西方神话中的英雄幻化成腾云驾雾的孙悟空,生命的巨蛋里孕育出破壳而出的婴儿。

他喜欢中国传统戏剧。原本仅仅是京剧,后来因为常常与龙飞天去玫瑰山庄,又迷上了越剧和婺剧。中国传统戏剧中,有浓墨重彩的妆容、精美繁复的衣饰、铿锵激昂的配乐、奇特华丽的唱腔、跌宕起伏的剧情和优雅洒脱的表演。他在传统形象的基础上做抽象化的处理,将欧洲文化元素融合在京剧、越剧、婺剧脸谱雕刻之中。用欧洲巴洛克建筑风格雕刻脸谱和皇冠,用塑料材质装饰两鬓垂下的穗子,再点缀以羽毛,古老的戏剧形象在现代艺术语境中瞬间焕发蓬勃的生命力。

他喜欢敦煌壁画中的飞天。他最近雕刻的就是"敦煌飞天"系列。那是他的参赛作品。

他常常去飞天染坊帮忙。四方院落,一间染房,几支木桩,空气里洋溢着草木香气,蓝与白从天井一泻而下,美得沉静、素朴和节制。他用眼神与她交流,看她洗布、晒布、扎布、染布,每一处细节,都使人感叹简单自足生活的美好。风吹帘动,碧影绰绰,青里带翠,凝重素雅。若隐若现的远山,墨染的油纸伞,用天然手法还原自然的意境,美得不可方物。

现在,大树的照相机镜头里只剩下一个人。找好拍摄角度,寻找光线,聚集焦点,调好数据——比起那些木雕艺术品,她才是生命里最值得感恩的馈赠。她温柔、率性,美到骨子里。他将自己和盘托出的时候,就在心中种下一颗种子。说不清楚在哪一刻,那颗心里的种子就会发芽,成长,开出一朵蓝色的花来。早晚与土地为伴,在生机勃勃的花园里造一个长满了花的乌托邦。即使没有说出口,那种爱的语言也会从眼睛里流露出来。那一双明亮真诚的蓝色眼睛,无法遮掩。

他长时间凝视她的双手。那是一双多么灵巧的手啊!手指的肌肤在触碰,平和的内心在感受,指尖在布料上蜿蜒游动,繁复精巧的图案一气呵成,自自然然令人惊叹。并且,每一幅都是独一无二的。一针一线,一笔一画,一层一染,劳作的历练与心灵的智慧,在时空里留下美的永恒印迹。

二

丝绸以及相关产品,以前一直是李宅的支柱产业。清末民初,李宅还有浆坊染坊几十家。收购来的丝绸、坯布整理染色加工,然后售卖出去。李翠花年轻的时候,村里最后一家染坊还开着,还能看见沿河一排排竹竿上晾晒的蓝印花布。龙飞天出生的时候,村里的染坊早已消失了。可是染坊里的一些东西竟奇迹般地保存下来,台架、绞车、染池、石臼、石磨、石碾子、水井、水桶、轱辘、大水缸、大铁锅、老式的纺机和沿河沟一排排的晾布架。李翠花常常抱着孙女到那河边的四合院里玩耍。

有一天,那古老的记忆在龙飞天的脑子里复活了。参加完奶奶的葬礼后,这个刚刚美院毕业的姑娘忽然有个古怪的念头,要开一个染坊。

学服装设计的龙飞天,对布料和色彩有着敏锐的鉴赏力。现代人的智慧融进古人的高雅,金银器色,黄白游,篆竹,鸭雏,嫣红,苍青,酡红,月白,峰峦如黛,漫山遍野的翠色,中国古代的服装颜色美到爆。作为美院的学生,她经常去运河写生,去杭嘉湖平原体验丝绸文化。龙潭镇的蚕桑丝绸纺织印染文化正是源于杭嘉湖平原。蓝印花布本来也是龙潭镇的特产之一。以蓝草为染料印染的蓝印花布距今已有一千三百年历史。在桐乡乌镇、崇福镇,染色师傅用长竹竿将湿布挑到七米高的晾晒架上,蓝底白花的印花布,像蓝天白云,给人以青花瓷般的淡雅之感。龙飞天看着染匠们将一块块素白的棉布染制成花团锦簇的蓝底白花布料,心动不已。

大理丽江之旅,偶遇那有着四百多年历史的扎染,就一发不可收地喜欢上这门艺术。她又去贵州丹寨考察独秀一方的民间工艺蜡染、古法造纸、剪纸、织锦、挑花和刺绣。

开一间染坊并不容易。头三个月,龙飞天请阿香的女儿过来。她需要向阿香的女儿学习更多的扎结法。

白族扎染,是白族千年理想的实物体现。苍山彩云,洱海浪花,花鸟鱼虫,妙趣天成,千姿百态,犹如艺术大师的泼墨意境。扎染者的心态、对自然的取舍和对图案图样的设计处理都不完全相同,所以每一件扎染都是扎染者的巧思珍品。白族扎染的扎结法很有特色,有像蝴蝶、蜡梅、海棠等的小簇花样,也有整幅图案。白色小圆点的"鱼子缬",圆点稍大的"玛瑙缬",紫地白花斑酷似梅花鹿的"鹿胎缬",或稚拙古朴,或新颖别致。

三个月很快过去,龙飞天希望杨丽雪丹能留下来。

"只怕我的阿鹏哥不同意。龙潭镇一点不比喜洲镇差。你要是答应妈妈的条件,做她的干女儿,我就留下来。"

"丽丽,我们本来就是比亲姐妹还亲的朋友。"

"有一天,等你找到那位洋阿鹏,与他成亲时,我一定会再来的!"

半年后,飞天染坊就在自家的老房子里开张了。

龙骏为女儿重新装修了房子,准备染缸、染棒、晒架、石碾这些扎染的用具。李翠花的遗物——煮茧缫丝用的铁锅和大水缸,竹篷竹帘竹篮都可以派上用场。屋后有水圳,可以用抽水机取水,安装污水处理排放装置。

艺术需要一颗自由的心灵。龙骏很高兴女儿选择做自由职业者。他是女儿奴,只要女儿高兴,什么都愿意付出。女儿一个电话,就屁颠屁颠地跑过去,在染缸里翻滚布料,在石臼里捣染料。蓝靛溶液常常把龙骏弄成大花脸。

传统浸染使用天然生长的蓼蓝、板蓝根、艾蒿以及核桃皮、黄梨皮等植物。这些泥土里长出的花草,染出古代青、赤、黄、白、黑五种正色。现代服饰的斑斓色彩,都是由这五色演化而来的。从熬制染料到反复印染晾晒,用漫长的时光去漂染布匹,在蓝靛之间用双手揉搓,重拾扎染这一传统手艺,用变化万千的作品诉说古老的智慧和审美,这是龙飞天喜欢的生活。

龙飞天开始自己的探索之旅,多次反复试验,终于触摸到了扎染的门道。

　　蓝染染出的蓝底白花布最受欢迎。蓝靛染料是采集板蓝根、山蓝草等植物的茎叶，将其浸泡数日后过滤制得，龙飞天叫它"蓝宝"。除了蓝宝，龙飞天的宝贝还有柿子——八月采摘下的青色稗柿，切成块状滤渣，加入米酒和白糖。这样一罐神秘染料，花费半年时间才能发酵成功。柿染染出的布料初为淡橘色，但由于其中富含单宁酸，具有越晒颜色越深的特性，因此又称"太阳之染"。

　　龙飞天对手工衣服情有独钟，深知每一件衣服都蕴含着设计师的情感，都是有温度、有感情的。她尝试用更多的扎结法和更多的植物颜料雕色，参与布料纹案以及抱枕、耳饰、包包等衍生产品的设计与制作，将扎染之美发挥到极致。

　　龙飞天心中充满梦想和憧憬，依然经常外出旅行。不过陪伴她的不再是李家母女，而是一个心爱的男人。春天，他们去沱川乡的查平坦村，下榻小楼房改成的山中驿站，一边吃着烤红薯，一边在婺源的油菜花田里找寻那份田园诗意。他们去云和看梯田，去楠溪江漂流写生。他们去充满阳光海风温柔的海边，漫步美丽的沙滩，像走在一面水镜上，细细的白沙簇拥浪花贝壳，让人不忍离去。

　　有时候旅行就像漂泊。茫茫人海中偶遇，一个微笑，一个手势，或者一句暖心的话，会灿烂经年流光，充实悠长岁月。一壶暖心的茶，一场喜欢的电影，一曲爱听的歌，一份小小的礼物，每次旅行，总有些惊喜感动留下。雪夜清晨的懒觉，喧闹城市的拐角咖啡，生活中无数的变幻让我们变得明媚而幸福——正因为这些变幻，人生才不至于那么粗糙单调。

　　不管走多远，龙飞天最后总是回到龙潭镇。每次一下车，踏上小镇的土地，扑面而来的是清凉纯净的空气和远处山林郁郁葱葱的绿色。在宁静的四合院，在楼上舒适清净的窗台边，一个人支起一张躺椅，横起双腿，呼吸这地球上数一数二的新鲜空气，任徐徐清风拂面，看天上云卷云舒，旁边手机轻轻播着带有禅意的音乐，顿觉惬意舒畅。还可以用气垫床打地铺，晚上会有一丝丝凉意，得搭点被子，这样睡会非常踏实舒服。

　　这是自家的楼房，奶奶的影子使人温暖。还有爱，那在染坊里播下的种子，又在染坊里生根发芽。在梦里，她在喜洲古镇静静走着，无人相识，亦无负累，风、空气和阳光都很自由，脑海里不时冒出"就这样一直走下去"的想法。

成长是急不得的,时候到了,那朵爱之花"啪"地一下就开了。幸运的是,那看花护花的人恰在眼前。

他们一起打理染坊的院子,琐碎的日常于是便充满了诗情画意。清早,趁着熹微晨光打扫院落,到附近的苗圃里采集种植的板蓝根。午后日头正好,便可搬出染缸捣浆染布,洗晒布料。闲暇时走出小巷,顺手摘一把村口刚熟的杏子。他们在龙潭湖畔的公园里漫步,天空蔚蓝,湖水深绿,秋林斑斓,花草散发着泥土和水果汁的香气。身边的大树穿着她裁剪的个性化衣服。那件 T 恤衫褪色后依然别具一格,原始的土布具有一种生命质地的厚重感,而拓印在衣服上的树叶草花与布料融在一起,生死相依。

三

两点一线,龙飞天在染坊与服装设计室之间穿梭。青石板的布衣小巷,像一把小梭子,编织着生活的经纬。

布衣巷 66 号神秘吸睛,被称为龙潭镇的"美人窝",因为坊间公认的三大美女都与它有关——或住在这里或在这里上班。而且,梭织博物馆的解说员、小巷布衣的模特、定制服饰的量衣员和缝纫师,一个个都是楚楚可人的旗袍美女。

龙义夫妇,应骊姐妹,林晓和她的男朋友泰山,冉涅娜和她的男友龙海生,都在布衣巷 66 号定制服装。

龙潭医院投入运行后,在妇产科上班的林晓就成了布衣巷 66 号的常客。她和龙飞天是无话不说的好姐妹。

多半是因为能遇到各色美女,龙成有事没事也常来布衣巷。66 号门口的小广场停满各色高档豪华轿车,进进出出的都是衣冠楚楚的男士和款款而行的女士。

前些日子,龙成带西班牙客人来参观。那些女士的旗袍式样和面料使克劳迪娅女士很吃惊,更让她惊讶的是那些用扎染面料制作的琳琅满目的衣饰工艺品。她当即下订单定制了一批。

这一天,龙成来到龙飞天的工作室。龙飞天正用一支白粉笔在一块布料上写写画画。

"飞天,克劳迪娅女士的货怎么样了？离圣诞只有一个月了,她的货可得上点心。"龙成一本正经,"说不定哪一天她就成了应妹姐的婆婆、你我的亲戚。别的不说,克劳迪娅女士和老木匠——我是说你老爸——拜过师了,她在跟龙叔学太极。"

"不管怎样的客户,都一视同仁。"飞天头也不抬,爱理不理。

龙成围着工作台转圈。

"你知道克劳迪娅女士怎么说？她说你比佩妮洛普·科鲁兹还漂亮……"

"佩妮洛普·科鲁兹是谁?"龙飞天故作疑惑。

"她是西班牙大明星,影视双栖演员,毕业于西班牙皇家音乐学院古典芭蕾系……"

"我可是五音不全。"龙飞天"咯咯"笑。

"她的意思是说,你比佩妮洛普还有气质。女孩长得漂亮,又有艺术气质,那更是美得不行。"龙成眉飞色舞,"肥水不流外人田,只要有老外来采购服饰,我一定带他们到你这里来。谁叫你是我的妹妹呢!"

"谁是你妹妹?我可从来没有承认过。"龙飞天嗔道。

"也怪龙禧那老头,活着的时候不把你认了。就一朵花,还开在墙外——龙家人可是全当你是妹妹。"龙成嬉皮笑脸,"唉!中国男人怎么了?龙潭镇的美女,都给外国人抢走了,让我们这些本地帅哥情何以堪!不过我对未来的妹夫——那长头发的法国佬还是很满意的。"

"别乱嚼舌头。当心应骊给你跪搓衣板!龙应锦才是那朵花。"

"那是那是。"龙成咧着大嘴,"锦儿是龙应两家的宝贝。你也是。龙家人穿的西装、应家姐妹的旗袍裙子,都在你这儿定制。飞天长飞天短的,哪一个不把你当妹妹?尤其是应骊应妹——说到应骊,她让我问,她定的那批货怎么样了?"

龙成说的那批货是出口西班牙的几个标箱的商品。货物采购好后,要把"丝路之梦"的元素植入商品,提升商品的文化内涵和附加值,比如在玻璃油瓶上印"德者有余庆",塑料米缸上配"烈日锄禾图",儿童拼接板画上"子孙孝图",移动电源上贴"奔梦路上自奋蹄"的剪纸。

"我只负责设计。设计稿早就给应骊姐了。接下来是天锦公司的事。"

天锦公司是龙成负责的,但很多时候,龙成喜欢把应骊抬出来,让夫人在前面打头阵。

龙飞天显得心不在焉。龙成东拉西扯寻找话题。

"刚才说什么来着？克劳迪娅女士跟你爸学太极。她还提到佩妮洛普……芭蕾舞,模特,我刚刚在外面转了一圈,怎么没见到冉涅娜……"

"你走到哪里,哪里就能闻到马屁的味道。龙成,你要是还愿意当我是妹妹,就听我一句:别在外面拈花惹草了。冉涅娜早已名花有主了……"

龙成还想继续耍嘴皮子,远远地看见应骊带着女儿龙应锦从长廊另一头走过来,赶紧溜之大吉。

一位穿旗袍的服装定制员走进来,与龙飞天耳语几句。

龙飞天飞奔而出,一路小跑出了大门,胸口像是千百头小鹿在乱撞。

门口的小广场上,在那些高档的轿车边,大树站在心爱的小电驴旁边,长发凌乱,傻呵呵地笑着张望。龙飞天一头扎在他的怀里,大树顺势一个熊抱,搂着龙飞天转了一圈,然后放下。

每天骑着小电驴在工作室和飞天染坊间来回穿梭,大树现在很少熬夜了。忙碌一天后,就去李宅接龙飞天。他们一起去龙潭湖边漫步,一起去风情大道的影院酒吧小坐,或者到阿拉伯餐厅吃烧烤。有时候,龙飞天要工作得很晚,大树就在外面等。

这一次,大树的身边多了一只皮箱——不是他平时随身带的工具箱,而是行李箱。

"怎么,要回法国?"龙飞天急促地问。

"是啊,如果我回法国再不回来,你怎么办?"

"我要跟着你一辈子,你去哪里我也去哪里。"

大树看着龙飞天认真的样子,笑出声来。

"哈哈！我骗你的。师父要我去开化,代表本土的木雕师参加国际木雕比赛。"

"我还以为你要变成一只蝴蝶,从我身边飞走哩。"龙飞天用手捶打大树的肩膀,"我送送你。"

"免了免了,你还是回去吧,免得那么多人等你。谁不知道龙飞天是整个龙潭镇最忙的大忙人?我像一只笨蝴蝶,天天在冷风里傻等。我还怕你像蝴蝶一样飞走一去不回哩。"

"我不是蝴蝶。我是一朵莲花。冬天枯萎了,落在淤泥里,明年又会开的。这朵莲花只为一个人开。"

四

在李宅,在龙潭镇,有无数艳羡的目光盯着龙飞天。

在龙潭镇外,也有一双眼睛盯着她。

十月怀胎,一朝分娩;母女之间,总归有一种一生的牵挂。

对孙兰英来说,婺州县城是不会再涉足了,那里留给她的全是酸楚。但是,龙潭镇却留给她一生中最美好的记忆。整个20世纪80年代,乡村的生活简慢充实,虽然清苦,但是苦中有乐。在龙潭镇,那个青涩的小护士慢慢成熟。这里生活着许多淳朴的乡亲。每一个病患痊愈后,总是千恩万谢的,走在大街上随便碰到一个,都会孙医生长孙医生短的,与你善意唠嗑。

李翠花去世的时候,除了龙飞天,哭得最伤心就是孙兰英。或许是同病相怜,孙兰英很愿意为去世的婆婆披麻戴孝,可是她不愿意与人见面,等出殡的人都走散了,她一个人去坟前哭丧祭拜。

不管怎么说,这是个好兆头。诸葛慧莲和孔鲁凤看到了希望,她们心有默契,暗中盘算着趁好姐妹回龙潭镇参加婚礼的机会,有一番作为。凭龙骏与黄博士的交情,凭两个女人的神功巧手,即使不能把破镜修补如初,至少也能凭借两条三寸不烂之舌把对方的心说动了。

喜帖发出去,随礼的红包也收到了,但令人失望的是,孙兰英并没有出现在孔鲁凤的婚礼上。

孙兰英偷偷潜回龙潭镇,住在宾馆里,打探消息——不是婚礼的消息,而是女儿的消息。这么多年,她从未放弃为女儿的职业、前途和婚姻筹划。她可不愿意龙飞天重蹈覆辙,走自己的老路。

她还在等待机会与那个女人较量。那个女人,搅黄了诸葛慧莲的婚姻,也想把自己的女儿夺走,孙兰英一直愤愤难平。虽然也承认那个女人的美丽,以龙骏那副邋遢的样子根本配不上,但孙兰英总是因为那女人想通过女儿把龙骏改造成她想要的样子而恼怒。最主要的,孙兰英要对方断了让飞天继承公司的想法。

在飞天染坊,两个女人曾有过一次较量。孙兰英觉得,以自己眼下的身份地位,可以与她一较高下了,但是见到真人后,又泄了气。那女人的气场太强大了。孙兰英一句话没说,就败下阵来。

李海音倒是心平气和,声音温婉,言语间尽量撮合,希望孙兰英在最后的雄心变成余烬前能找到安定的生活依傍。可那些话在孙兰英听来却是刺耳得很。

孙兰英心里不服气,气鼓鼓地走了。她要向着更高目标挺进,期待下一次较量。可那个女人不再应战了。

第二次,染坊里只有母女俩。

225

"美女是稀缺资源,空姐,房地产销售,金融精算,哪一个不比当织女好。"母亲的口气很严肃。

"妈妈,我也算美女吗?"

"当然算。他们说,龙潭镇有两大美女,林晓和龙飞天——当初妈妈也是,镇卫生院门口男人排成队……"

"妈妈,你才是大美人,要是穿上我设计的旗袍——"

"你那旗袍,是专为那个女人做的。这里到处都是那个女人的影子。"

"妈妈,我要是也嫁一个木匠,你会同意吗?"龙飞天转移话题。

"我反对有效吗?那个梳着辫子的法国佬,你要同他结婚就结。到时候,有了混血宝宝,寄一张照片给我——不过还是算了,那时候你早把我忘了。"孙兰英叹了口气,挺直身子,以一种不容置疑的口吻说道,"那个女人,家大业大,可那些钱不是属于你的。你要想明白了,女人的日子还得自己过。说到底女人还得靠自己,谁也靠不住!你化成灰,还是我女儿,你的嫁妆还是得我出。"

这次谈话后,孙兰英回龙潭镇的次数越来越少。

对母亲的记忆越来越模糊,龙飞天伤心了一阵,很快恢复。虽然失去母亲和奶奶,但龙飞天的生活里从未缺过母爱。李海音和李娇娘,把龙飞天的心里的空都填满了。

种花养草,到龙门书院做义工,带草根戏班演出,李娇娘虽然很忙碌,隔三岔五还是要到飞天的染坊和工作室来坐坐。她与女儿李海音穿的旗袍都要在龙飞天这里定制。不一样的布料,奇特魔幻的图案,一年三百六十五天,李娇娘可以每天不同样。

另外一样需要定制的是戏装。李娇娘现在是附近村镇几个民间草台戏班的教头。逢年过节、集市庙会的演出少不了,平时也被一干票友追着缠着,随时要唱一段。京剧、越剧、婺剧,生、旦、净、末,她都会,尤其擅长旦

角——正旦、花旦、彩旦、武旦、刀马旦和老旦。

对李宅甚至整个龙潭镇的人来说,那个住在玫瑰山庄的"唱戏的老太太"依然有些神秘。戏剧舞台上,她在各种不同的角色间转换,生活中却不愿意抛头露面与人打交道。平时她在李宅露面,大部分时候总是与龙飞天在一起。

这一天,李娇娘没有在染坊找到龙飞天,就直接来到布衣巷66号。她穿着一件湖蓝色的锦缎旗袍,上面的玫瑰花瓣像是印象派画家画上去的——正是扎染达到的奇特效果。

"飞天,我那些戏装鼓捣得怎么样了?"李娇娘一进工作室就问。那戏装是她即将到来的演出时要穿的。

"哎哟,阿奶!这阵子手忙脚乱,还没完工。"

龙飞天抬头,放下工作台上的布料,要到隔壁的设计室倒水泡茶。

"来得及,囡囡,你忙你的。我只想来与你说说话。"李娇娘摆手,脸上露出一丝怜惜的表情。龙飞天穿着蓝色工装,裙兜上粘着粉灰布屑,神情专注,苍白的小脸有些疲惫。

"翠花虽然去得早,可她太有福气了。要是我有你这么个孙女、宝贝囡囡就好了,知书达理,乖巧懂事。"

"阿奶,我就是你孙囡。"龙飞天放下活计,"咯咯"笑着,一头扎进李娇娘的怀里。

"只怕有人不同意。"

李娇娘心里想推开,却顺势把龙飞天抱紧。没有人会怀疑她们就是真正的祖孙俩。李娇娘母女外出旅行总是把龙飞天带着。李海音有意把龙飞天培养成接班人。李娇娘几次有意无意地提起让龙飞天继承小巷布衣的事,龙飞天每次总是以自己缺乏杀伐决断的能力为由拒绝。龙飞天宁可当染织女、缝衣匠,而不愿意当CEO、CFO。

李娇娘不再提小巷布衣继承的事。

"奶奶,您听我说……"

龙飞天挣脱李娇娘的怀抱,学着唱《都有一颗红亮的心》。唱了一句,就"咯咯"笑,唱不下去了。

李娇娘看着姑娘笨拙的样子也大笑。她今年快八十岁了,爽朗的笑声一如十三岁时那个无忧无虑的少女。布衣巷66号是李娇娘常来的地方,她在这里唱戏,有时候还与年轻的模特们一起在老戏台上走秀。

"奶奶,我不要你听我说,我要我听你说。讲讲那个故事。"龙飞天撒娇,搬过一条凳子让李娇娘坐下。

祖孙俩在一起,总有说不完的话、唠不完的嗑。龙飞天苍白的脸上泛起红晕。这个心里怀着爱情的姑娘此刻最想听的还是爱情故事。她知道,那故事里有两代人的身世之谜,李娇娘不愿再提及。那个藏在李娇娘心里近六十年的爱人,是她一辈子的伤痛,触碰不得,一碰就要命。人生如戏,所有的梦幻一闪而过,只要在人生的舞台上有过精彩演出,也就不枉此生了。李娇娘现在已经默认女儿独身主义的选择,却念念不忘龙飞天的婚事。

工作室里摆着一排排旗袍,还有西装、唐装、婚纱、佩饰、包包、挂件和摆件。李娇娘站起来,在衣架间穿梭,声音柔柔的,笑容可掬。

"飞天,跟阿奶说说,我什么时候可以喝你的喜酒?"

"我一辈子不嫁,伺候您老人家。"

"胡说,可不能像你海音阿姨……"

"海音阿姨有那么多儿女,不会寂寞的。"

"……她的事,我也管不了了。我只想看你和大树在一起,哪一天你穿上婚纱,让我这个当奶奶的高兴高兴?"

"大树也是你的粉丝,这事你得问他。"

李娇娘每次提到那个扎着马尾辫的法国英俊小伙,总是满脸的温情。大树是李娇娘最忠实的戏迷。

"飞天,你可别骗我。我知道这些都是新娘子穿的。"

"阿奶,你是明知故问。我是在为他人作嫁衣裳。这一次结婚的不是我。春节时,你会看到两场婚礼。新娘都是我的好朋友,一个是冉涅娜,一个是林晓。"

"什么时候能够看到你穿上自己染织的新嫁衣,生一堆宝宝,我娇娘这辈子也算心满意足了。"

第八十一章
健康小镇

一

诺维科夫在龙潭镇又度过了一个春节。

除了待在画室里和外出画画,诺维科夫最常去的地方是花厅。花厅安静,不像其他地方喧闹。花厅里有他的好朋友龙骏,诺维科夫想来就来,想走就走,愿意待多久就待多久。诺维科夫在花厅的雕花镂窗间寻找创作灵感。在木园,他一声不吭,长时间站在龙骏的身后,饶有兴致地看着刻刀在木头上划过,渐渐露出人物鸟兽的雏形。有时候,他会拿自己的油画小品来换些木雕小玩意儿。

花厅后面就是百草园。诺维科夫可以在花卉草木间转悠,望着古宅上面的天空发呆。喷水池边有一个藏书楼,除了医学典籍,还有很多其他的古籍善本。诺维科夫有特权,什么书都可以看。

草木萌发,春意渐浓,莺飞雀鸣。诺维科夫在百草园转了一圈,慢悠悠地踱进花厅。

他们坐在茶室里喝茶。诺维科夫喜欢喝正山、祁门红茶。龙骏满满泡一壶,两人边喝边聊。

"诺维科夫先生,您现在是乐不思蜀啊!"

"说不想家,那是骗人的。"诺维科夫把烟斗含在嘴里,象征性地过着烟瘾,炯炯有神的双眼露出一丝迷茫忧伤。花厅禁烟,烟不能抽,天随便聊。朋友面前少禁忌,诺维科夫偶尔还可以发发牢骚。

聊得最多的是建筑。"诺维科夫先生,听说您去过许多欧洲小镇?"龙骏挑起话题。

诺维科夫把含在嘴里的烟斗拿下,谈论起他去过的东欧小镇——苏兹达尔,利斯特维扬卡,布莱德,克鲁姆洛夫,杜布罗夫尼克,卡罗维瓦利,锡吉什瓦拉,扎科帕内,蒂豪尼,特拉凯。东欧的小镇如同童话,是油画中的世界,悠闲惬意,和本地人的生活节奏十分相似,在那里脚步快不起来。

"您觉得龙潭镇怎么样?"龙骏不想把话头断了。

诺维科夫若有所思,语气平缓。

"这里有山水湖溪,有书院古宅,还有一些了不起的建筑。这里很热闹,不过比起别的地方,算是安静的。龙潭镇也在变,将来变成什么样子,我也说不清楚。作为外人,作为一个旁观者,我不予置评。"

龙骏突然打开话匣子。

"是啊,历史上我们曾经有许多伟大的建筑。现在我们好像迷路了,不知道来自哪里,又该去往何处。我们忘了祖宗先辈,忘了我们的根。过去,黄土高原上有秦砖汉瓦、冬暖夏凉的窑洞和晋派的农家宅院。平原上有徽派建筑的庄院和乡村。现在,那些城墙,乡镇的小胡同、小巷、早市、小商铺、小酒店、小客栈、小水渠、小桥廊和住家庭院统统消失了。老人们聚在一起聊天的巷子没了,幼童和少年们玩耍的青石场没了,种蔬菜谷物的地也少了,代之而起的是大而无当的新建筑。宽敞大街,笔直道路,大超市,大银行,高层住宅,空中餐厅,玻璃幕墙——有人觉得这才是现代化的城市。一栋栋几十层的高楼,不过是水泥钢筋玻璃隔成小间的大立柜,就如一个巨型鸽子笼,上不接天,下不着地。摩天大楼成了现代化的象征。山林湖海被高楼挡住了,横竖看过去,都是一排排高楼。河流、湖泊、山丘、绿地都压抑在成千上万的高楼之下,乡愁没了,古城没了,最后只剩下遍地楼宇高入云端。成千上万的人生活在鸽子笼中,生活在林立密集的现代立柜里,难道这就是人类的文明吗?!"

诺维科夫点点头。他们开始喝茶,不再海阔天空地闲聊。

诺维科夫的烟瘾上来了,到百草园里去抽烟斗。

院子里传来脚步声，进来的是龙信。龙家的小字辈中，龙成龙义龙利龙益有空也到木园来喝茶，请"小诸葛"龙骏出主意。

来得最勤的就是龙信。

"有空到你这里喝喝茶，我的头痛病就好多了。"国字脸、长着一副憨厚面孔的龙信在龙骏面前从不拿腔拿调，偶尔也会开几句玩笑，"每次见到你，都为怎么称呼你纠结。叫爷吧，怕把你叫老了；叫师傅又生分；叫大师，又怕挨你的栗凿。"

"是啊，我也纠结，不知该叫你龙信还是龙镇长。"龙骏呵呵笑。

龙潭镇是人口大镇，户籍人口五六万，常住人口已超二十万。从最初的农业镇到工业经济强镇，全镇工业企业数量超两千家，形成了食品制药、纺织服装、工艺制品、文体用品和旅游等五大支柱产业。作为历史文化名镇、省级四大古镇之一，最近又升格为婺州唯一的市级镇，被赋予了县市一级行政审批权。水涨船高，镇长龙信也升了半级。不过，有时候权力大了，头疼的事也多。龙信目前最头疼的是旧村改造、土地审批和工业园区建设。

前些年龙信当副镇长，曾请教龙骏。龙骏提醒龙信，不要重蹈覆辙，强行把人往高楼驱赶，老街老宅要保留，合理改造。如果要开发，要处理好老街新街、高楼和低层的关系，一定要加入现代化新元素，可以考虑沿龙潭湖周边建风情大道。龙信一一采纳。

"我就是一个木匠，在你面前可以胡诌。旁观者清，如果我提了什么建议，也是书生之见，仅供参考。"

"工业、农业、环保、生态、旅游，龙潭镇的事真是千头万绪。"龙信做下了铺垫，然后说道，"镇里启动健康小镇、丝路园区建设，我想成立一个民间智囊团，请你当团长。"

"为什么是我？"

"龙潭镇的事，没有谁比你更熟悉了。前几年'五水共治'还未启动，你就有先见之明，劝要我把龙潭镇的水文章做好。现在龙潭镇两湖两江两溪治理得有模有样，你也该现身江湖了。"

"建筑规划设计我是外行，我推荐一个人。"龙骏推荐林波。

"林老师我请过了，他不愿意。"

"那也轮不到我。这民间智囊团团长一职，龙马才是最合适的。"

"龙马是爷，你也是爷。龙马的意思，要我有事多找你商量。"

"龙信，你是捧着金饭碗要饭。龙氏制药有院士工作站。钱院士德高望重，人脉广博。筑巢引凤，建院士林和院士公寓，院士引院士，那不是更好的智囊团吗？"

龙骏不愿意当团长，拗不过龙信软磨硬泡，当了河道长。

2018年，龙潭镇有许多大喜事。第一件大喜事就是健康小镇落成。年轻的镇长诸事顺遂，脸上喜气洋洋，走路虎虎生风。

"我是给诺维科夫先生送请柬来的，邀请他参加明天的剪彩仪式，顺便到你这里讨口茶喝。"

"说吧，需要我做什么？"龙骏知道龙信不是来喝茶的。

"的确有事。我想请你跑一趟县城，去机场接钱院士。"龙信见龙骏疑惑，解释道，"省厅地市的许多领导要来，能派的都派了。你是老司机，和诸葛院长一起去接院士，再合适不过了。"

"我想知道，花厅的事怎么安排？"

"镇上的事也不能一人说了算。拿国药馆来说，当初打算批一块地新建，被否决了。好在诸葛院长不介意。她非常愿意搬到花厅来。"龙信道，"正好宗祠要大修。你的木园搬到宗祠去，你愿意待多久就多久。说起来，这不是耍特权。你是木雕工艺大师，镇上也该给你弄个像样的地方。"

"不过，国药馆搬花厅前，最好与诸葛老先生通个气。"龙骏道。

二

朱赫赫一大早就驱车来到诸葛志刚的两岸行酒店。大堂里，沉稳儒雅、西装革履的诸葛志刚一再致歉，说自己要参加花厅的挂牌仪式，筹备叔父的百岁寿宴，不能陪客人去白鹭洲。朱赫赫表示理解，她自己也是分身乏术，推掉了好几个必须要她参加的活动。

朱赫赫今天的任务是接待铃木一家。铃木健雄曾经是"村山使团"成员，这一次他和家人是以个人名义随团来访。自20世纪90年代初至今，铃木健雄已多次率团或随团来访，不断有新成员加入，他已退居二线。

从湖滨码头出发的游艇驶向白鹭洲。清明前后，天气多变，冷热无常。湖面上的天空阴沉沉的，突然间下起一场暴雨。鸡蛋大的冰雹打得船篷噼啪作响。朱赫赫望着雨雾迷蒙的湖面，心潮像湖水般涌动。

自从知晓侵华日军细菌战后,朱赫赫的生活就从来没有平静过。那段被尘封的历史,远比她想象的惨烈,直到现在,还常常会做噩梦。在梦里,还在蠕动的内脏,剥光头皮的血淋淋的头颅,敞开的孕妇子宫,婴儿的胚胎与奄奄一息的小鸟、土拨鼠、鸽子混杂在一起。她看见了,就无法背过身去,而是锲而不舍地走上法庭,亮出桩桩铁证,让日本人无法辩驳。

出庭二十九次,还是败诉。一个女子,以一己之力去抗争一个国家,力量微弱,但朱赫赫没有丝毫放弃的念头。像侵华日军细菌战这样的罪恶,违反人类社会基本伦理道德,将它调查清楚,将真相告诉世界,是对人类生命尊严的一种维护,是对整个世界的道德提醒!那是灭绝人性的黑暗深渊,受害者的伤口还在流脓流血,可很多人不是选择面对而是选择遗忘,彻底地遗忘。在这个物欲横流犬儒遍布,人们很容易集体遗忘的时代,她勇敢地站出来,发出微弱的声音。刻意隐瞒过去的恶就是正在发生的恶。为了让那段历史不被埋没,为了讨回一个公道,为了留下受害者的声音,这些事必须有人去做!修补历史黑洞,探索历史的真相,道之所在,虽千万人逆之惧之,吾往矣!

时间是最大的敌人。时间是邪恶者的武器。时间也是善良的安慰剂。

侵华日军细菌战受害老人一个个离去,很快,这世上就再也没有见证细菌战的人了。朱赫赫重新打起精神,一方面寻找证据进行索赔,另一方面做公益,建立受害者民间组织,希望受害者能够得到救助。她的想法很纯粹,就是希望能让这些受害的老人在生命的最后阶段,有双干干净净的腿,穿上干干净净的袜子,然后干干净净地走出门,不留遗憾地离开这个世界。朱赫赫的心态现在平和了许多。有许多志愿者聚在她的周围,展开对老人的救治。受害者们终于看到了希望,他们接连不断地被送进医院,接受最好的治疗,之前治不好的烂脚,终于被治愈了。

雨止天晴。他们来到白鹭洲,翻过山坡到另一面。

老人村已经不复存在。湖湾处的缓坡修起一座公园,苍翠的松柏间建有劫波亭,立"勿忘国耻碑"和"鼠疫死难同胞纪念碑"。在原来老教堂的位置上,一座大型纪念馆巍然耸立。主展馆展出的,是侵华日军在中华大地特别是浙赣沿线实施细菌战、毒气战和烧杀抢掠等系列暴行的文字、图片、实物和影视资料。展览馆内,设细菌战史实研究室,内存目前最完整的"二战四遗"资料——受害老人遗嘱,细菌战受害地暨人体活体解剖实验遗址,细菌战遗存文物档案资料,细菌战受害者对日索赔国际维权讨还正义和公道的遗愿。其中有日方代表向中方代表移交的、一批由ABC企画委员会在日本搜集的有关日军细菌战的史料。其他还包括历史档案图文资料、专家学者调查研究成果、细菌战受害调查与诉讼历程和中日民间和平友好交流活动图文。

铃木一家跟在朱赫赫身后,个个神色凝重,不时弯腰鞠躬、低头默哀。

三

朱赫赫要留铃木一家在镇上多住几日,因为龙潭镇正在举行健康小镇的开镇仪式,有一系列盛大的活动举行。

他们从白鹭洲返回后,朱赫赫开车,直接带铃木一家来到龙门书院。

青山湖周边,已成为婺州乃至整个八婺最有名的风景胜地。龙门书院已成浙中第一大书院,每年接纳众多学员进修,平时游客熙攘。年轻的院长除了在阳明讲堂讲学,还经常赴各地讲学。书院还成立了各种慈善公益组织。

"朱女士,都知道您是大忙人。接下来的行程就由方院长安排吧。"

"今晚龙珠大酒店有盛大晚宴,务请各位留下来赏光。"

铃木一家一时半会不会离开龙门书院,朱赫赫暂别铃木一家,赶往开镇仪式现场。

方圆从院长室迎出来,要带铃木一家去茶室。铃木大雄摆摆手,他想起了二十几年前与云鹤相见的情景,提出要见见云鹤的"宛在慈容",或者在他的墓碑前烧炷香。

"铃木先生,老师虽已驾鹤西去,他的身影却与青山湖同在。"方圆道,"最近我在整理老师留下的笔记书信,皆是老师过去随手挥写,就其内容,有纪所见的,有与人之酬答题赠的,并有写山水游息,聊以纪时变,志交游,考行迹,抒感怀。兹录而存之,打算结集刊印。届时,连同老师的书画影印和诗集一并奉上。"

"投我以木桃,报之以琼瑶。惭愧惭愧,我可是两手空空来山门拜谒的。"铃木大雄笑道。

"非也。当年我陪大悲禅师去京都,曾收到许多日本高德的经卷书画。"

方圆带铃木一家参观书院。

铃木大雄还在怀想云鹤,唏嘘道:"龙门书院的确今非昔比,亭台楼阁,画栋雕梁,翰墨留香。当初与云鹤大师彻夜畅谈,甚是投契。"

一行人出书院大门,穿千樟林,越过青山湖大坝和玫瑰山庄,沿蜿蜒石阶登上山顶。

"可见历史总是迷雾重重。要有一双慧眼才能看清历史真相,还须我们时时反省。"铃木大雄似有所悟地说道,"我父亲曾经说过,为了避免未来犯错误,我们就应该谦虚地对待毫无疑问的历史事实。杖莫如信,信义才是施政的根本。"

他们已经登上山顶。铃木大雄眯眼远眺,感慨唏嘘,眉骨一角的长寿眉微微颤抖。

"七十几年前来,此地不过一山一江,几个破败的村落。三十几年前与云鹤相会,这里也不过几栋老宅、一条老街,是寂寥的小镇。想不到,现在俨然是一座城市,更有湖光山色,说不尽的桃源盛景,看不完的市井繁华。"

方圆说道:"是啊,今天是举行盛典的日子,千年古镇已经蜕变。新医院落成,国药馆开馆,风情街开街,龙潭镇何止三喜临门! 两湖两江,活力四射,古镇老街,旧貌新颜,那过去的小镇,现在俨然是健康富足祥和的人居大城了!"

四

龙氏制药投资的健康小镇是一座集生态农业、文化旅游、养生养老、保健康复等产业为一体的新型特色小镇,总投资五十亿元,包括龙氏制药、国药馆、药草一条街、康养平台、敬老院、药谷、院士林和院士公寓。

健康小镇重要的部分,是龙氏兄弟的百草园和百果园。

龙彪和龙狮,把他们的大哥龙虎送上山后,有一阵子心灰意冷,决定退出江湖隐居山林,在山沟里租一亩三分地,搭一个棚子,建一个院子,与世无争,过完后半辈子。

那种退而不休的生活没过多久,兄弟俩喜欢折腾的毛病又犯了。为了避免妯娌间产生不必要的矛盾,兄弟俩在龙潭峡的龙江两岸隔岸而居。晚上,兄弟俩窝在一起密谋,还是决定搞种植。

蜜枣、火腿、红糖,曾是婺州三宝。龙潭镇一度以枣林蜜枣知名,南蜜枣销往苏杭沪。曾几何时,龙江两岸的紫沙丘陵上,成片枣林绵延十几里。20世纪八九十年代,山林土地承包后,枣林越来越稀,最后几近绝迹。

"桃三李四梨五年,枣树当年就还钱。"龙狮最后决定种枣树。他租了几百亩连成片的野山坡,垦荒挖地筑路,种苗木,学嫁接,采穗接穗,培育了多个属于自己的品种——大枣、青枣、马枣、旗鼓枣、龙秀、十八罗汉、美人指,还从外地引进葫芦枣和变色枣。

挺拔的枝干,深绿的叶子,淡绿的枣花,满树的枣果,枣林成了聚宝盆。龙狮给枣林取名"枣博园"。枣博园的成功给了龙狮极大的信心。青山湖里面,越王山西北西南,山村易地安置遗留下的山坡梯田长满一人高的野草,龙狮全包了,种植桑葚、樱桃、柿子、香榧、枇杷、火龙果、蓝莓、杨梅,建起了百果园。

龙彪走的是另一条路。他喜欢花花草草,在那些废弃的梯田、旧村落的废墟和抛荒地上大量种植木芙蓉、板蓝根、金银花、杭白菊和佛手。龙彪显然比龙狮有经营头脑,不仅当药农,还当起了农庄主。他把那些石砌梯田变成了农业观光园。他在梯田上搞起"稻田艺术",建微型水稻文化园,利用原生态稻草编织出拔秧、插秧、除草、割稻、打稻、挑担、风车扇谷、水牛耕田、牧童吹笛、鸡毛换糖和牛力榨糖的稻草人造型,彩色的水稻田周边种五颜六色的花草。油菜花开的季节,幽香弥漫,油菜花田与远处空旷的山野岩阁古塔,组成一幅美丽的田园诗画。大批游客纷至沓来,在花间嬉戏,枕着花香,身心两忘。

龙彪的农业观光园里,有花海基地,种植薰衣草、栀子花、马鞭草、郁金香、百合花和太阳菊;有婚纱摄影、童子军基地、自驾车营地和深潭垂钓组成的奇幻公园,公园里有跑马场、羊驼馆、老驿站、湖池水车、木屋风车和伊甸园。他还搞生态养鸡场、民宿、有机茶茶馆茶膳。总之,别人想到和没想到的,他都搞。

弟弟龙狮不走运,遭遇了一场小劫难。一阵十五级龙卷风刮来,民工房被风卷走,刚建好的三千多平方米的连栋大棚被吹倒,上千棵胸径十厘米以上的枣树被风拦腰截断,即将收获的几万斤青枣扫落在地。这次突然袭击卷走了龙狮几年的心血,损失上百万元!

龙狮自己倒是乐呵呵的:枣树倒下,扑不到枣,但其他果树都结着果哩。愁啥?

龙狮依然不肯放弃他的百果园,园里引进了热带水果。一串串长长的香蕉,层层叠叠的木瓜,稚嫩的波罗蜜,青涩的百香果,还有许多叫不出名来的水果。百果园成了珍稀瓜果花卉中心。西红柿爬上葡萄架,甜菜、木耳菜、生菜长成了一道道的绿墙,红薯、南瓜、葫芦密密麻麻地挂在头顶。来旅游的人不仅可以摘瓜摘果摘菜,还可以闲逛、烧烤、放风筝。

越王山前,万胜塔下,健康小镇的开镇仪式热热闹闹地举行。

赶上周末,整个龙潭镇沉浸在节庆气氛中,人山人海。万胜公园门前,"大黄蜂"霸气现身。公园内,有变形金刚表演秀,有恐龙世纪的趣味游园,有万象植物园的孔雀开屏,有惊险野战区的闯关打卡,有美食街的自助烧烤,有帐篷旅馆的漂移观光车和惊艳摩托车队秀。

剪彩仪式结束后,龙利挤到钱江潮的身边:"钱院士,当初您一句话,希望在龙潭镇终老,我们记着呢。我们在龙潭湖畔建了院士公寓,希望您多提整改意见。我们随时欢迎您入住。"

钱江潮抬头望望天空,笑道:"阳春三月,正是植树时节。我们还是去种树吧。"

"钱院士,当初您第一个种下银杏树,这几年,院士林里已有一百二十五位院士种下了银杏树。多亏您,龙潭镇的健康事业蒸蒸日上。"陪同的龙信说道。

"今天我要种下第一百二十六棵,这棵银杏是我替诸葛教授种的。"钱江潮沉思道。

"是啊,我们不该忘了,健康小镇能建成,最大的功臣应该是教授。"龙信总结道。

第八十二章
新国药馆

一

花厅修葺完工授挂铜牌的时候,龙信邀请诸葛老先生第一个参观。石狮旗杆,重楼深院,精美"三雕",鎏金牌匾,唤醒了儿时的记忆,老先生面容沉静,内心却激动得不能自已。

"老先生曾是花厅的主人,所以今天邀请您来剪彩。"龙信一脸谦恭。

"尘归尘,土归土,我们都是匆匆过客。世上所有东西,何曾属于某人某家族?花厅不是诸葛家族的,它归龙宅,归龙潭镇,属于所有的人。"

"是啊,花厅是龙潭镇的一张金名片,艺术人文价值不可估量。"龙信道,"有关花厅的未来,我们想听听您老的高见。"

"局外人,本不应置喙。不过,政府花大价钱重建修葺花厅,只为供人观赏,未免太可惜了!"

"镇政府也是这个意思。当初教授的国药馆办在宗祠,本是权宜之计。现在它正好搬过来,古宅老馆,相得益彰。"

老先生微笑,并不言语。

国药馆由宗祠搬至花厅。剥离的西医部合并到龙潭医院。花厅的面积是宗祠的三倍,完全能满足国药馆未来发展的需求。

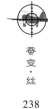

国药馆整体搬迁前,在花厅一进的前院大堂里,举行了一场百岁老人的寿宴,这些老人都有一个共同的身份——抗战老兵。主办单位是国药馆,协办的有台商协会、龙虎救援队和龙潭镇退伍军人协会。

诸葛志刚很想把叔父的寿宴放在两岸行大酒店,不过最后还是接受诸葛慧莲的建议,把寿宴放在花厅作为新国药馆暖场的一部分,让叔父的寿宴放在花厅是再合适不过了。

诸葛老先生很高兴。向死而生,他早已不忌讳谈论生死,死亡对他来说,是一次普通的别离或者重生,他甚至觉得再活下去近乎厚颜无耻了。

寿宴的嘉宾精挑细选。诸葛老先生最愿意见的三个人有两个没来。龙门书院的方院长外出讲学,无法参加,不过他事先送来一幅松鹤图作为生日贺礼。书画上的忘年交林波推说有事,指定女儿林晓参加。三人中,龙骏是必须参加的,他在采写《抗战老兵口述史》时,与诸葛老先生接触最多,与老先生交情最厚。

花厅里张灯结彩,人流熙攘,看热闹的人比参加宴席的人多了几十倍。前厅大堂披红挂绿,三面墙上挂满祝寿楹联。

送上生日祝福,吹灭蜡烛,分享蛋糕,大家共叙往事、相谈甚欢。老人普遍食量不大,几片糕点,一块红烧肉,一个龙潭镇特产馒头下肚,已经半饱。

一位白白胖胖的老人,坐在诸葛老先生左手,首先开腔,叙事清晰,条理分明。他姓朱,1920年出生,在朱老夫子那里读了几年私塾,在老街的"李德寿药房"当学徒。1937年抗战开始,跑到邻县刚成立的浦义中学当义工。在部队,他当过卫生员和军医。

"我在朱宅祠堂门口开了家中药铺,娶妻生子,日子过得和和美美。我现在都当太公了,四世同堂,在龙潭镇也是难得见的。"

坐在诸葛老先生右手的老人瘦瘦的,身姿笔挺,说话带着浓重的外地口音。

"俺可不是龙潭镇人。生在哪里都不知道了,打小跟老爹在龙潭镇火腿坊里扛包。那时候,日本佬的飞机在头顶苍蝇似的嗡嗡叫。田泥翻个,树木炸枯,尸体肠子肉块乱飞。塔山有口很大的铜钟,人们听到钟声就四处躲避。鬼子真来了,放火烧祠堂花厅。火腿坊几百只火腿被抢走了。子弹打穿老爹的手掌股沟,又惊又病,不久就去世了。我去李宅老市基摆摊,日本兵来抢猪肉,我去抓一块剩下的猪肉,被日本兵发现,抓起来扇耳光,五花大绑,颠倒挂空,关在一间黑屋子里十多天。后来又让我去当挑夫,我就乘机逃脱了。……退伍后不想回老家,我就选择在龙宅安家落户了。"

老兵说完,行了一个标准军礼。

诸葛老先生戎马一生,孤身无后,看到这么多人来祝寿,一高兴自己先喝了几杯。他的回忆被唤醒了,老先生面露红光,长寿眉抖动,似乎很激动。

"……抗战胜利,无数英魂却在最好的年纪长眠在中国的每寸土地上。长歌当哭。他们的死是为了谁?他们牺牲情爱、家庭、儿女和所有生的权利都为了谁?请记住那段血与火的历史,那些不朽的英魂!"

这样的场合,诸葛慧莲总是充当倾听者的角色,安安静静地坐着,像只温驯的兔子。不过在座的都是高寿老人,诸葛慧莲免不了要一一敬酒。林晓一时插不上话,干脆去厨房帮忙。年轻的医生难得脱下白大褂,很想在家宴上露一手她的"黑暗料理"。龙十妹却嫌她碍手碍脚,打发她去给外太公陪酒。

林晓在满脸酒晕的母亲身边就座。只要林晓出现,诸葛老先生总要多看几眼。诸葛家世代行医,他对诸葛慧莲另眼相看,对她女儿——英国回来当医生的林晓更是满心欢喜。

诸葛慧莲向老人介绍起林晓。

老人精神矍铄,双眼微红,瞳仁闪光。

"女儿好啊!那只放在摇篮边的手统治着这个世界,未来更是女儿们的天下。"

"外太公,听说您是书画家,我正要向您讨取墨宝哩!"林晓以茶代酒,边敬边撒娇。

早有人拿来笔墨纸砚。诸葛老先生当场悬腕提笔,挥毫泼墨,写下"仁德济世"四个大字,赠给林晓。

众人散去。龙骏陪同,诸葛志刚推着老先生的轮椅,来到诸葛宗祠。他们边慢慢转悠边说话。

"龙先生,花厅修复,你居功至伟。我相信,诸葛宗祠也定能在你手里旧貌换新颜。"

"老先生,这是晚辈分内之事。我正要向您讨教宗祠的那些旧事。"

"谈不上讨教。我在龙宅出生,小时候在花厅宗祠玩耍,多少有些记忆。"诸葛老先生喝了酒,越发健谈。

"走进祠堂,孩童时代的朦胧记忆就回来了。我闻到木香、檀香、墨香和书香。我记得,那时候,我们在偌大的祠堂里玩耍,捉迷藏,在青石鹅卵石铺的小径上蹦蹦跳跳,在香烛焚烧的袅袅烟雾里看大人们正襟危坐。进了祠堂,有门楼、门屋、戏台、大堂、享堂、拜殿、寝殿,还有藏书楼。最初我就是在藏书楼里搜寻到几本虫蛀发黄的线装书,如获至宝。那淡淡的书香味,让我受益终身。吸引我的,还有祠堂楹柱上那一个个斗大的字:敦伦务本,笃善崇德。

"我还记得戏台。一个个'小把戏'爬上高高的戏台,耳边锣鼓喧天,眼前生旦净末登台,唱念做打,各显神通,脂粉香里也有杀气,阳刚正气里蕴浩然。

"那是人间的烟火气,烟火气中有草的清香和木头的香味,随风入窗,萦绕,包裹,浸润。厚厚的木门,黑色的木墙,檐头横梁,楼栏廊柱,花格漏窗,那木香如水流漫溢,挥之不去,盘桓不散。那木香悠长绵延,含蓄内敛,如母亲的棉布,舒缓温暖。那是亲邻的气息,是平淡生活的味道。"

二

在龙潭镇,姓诸葛的人也越来越少。十年后,连教授也被人遗忘了。

清明、冬至和大年初一,一年三次上坟祭祖的任务落到了诸葛慧莲的身上。这年清明节,诸葛慧莲照例拎着花篮和祭祀用品去白鹭洲上坟。这一次,诸葛慧莲不再是孤身一人,身边多了个同伴——女儿林晓。

早上7点,她们来到龙潭湖边。龙宅轮渡码头,每半小时就有游轮发出。一里开外的李宅,有浮桥通往白鹭洲。林晓有些纳闷,因为母亲舍近求远,把她带到一个似乎早已废弃的老渡口。老渡口在偏僻的湖湾处,青苔石阶伸向河埠。芦苇水草丛生的河埠里只泊着一只乌篷船。木船老旧,乌漆斑驳,那摇船的人也像船一般老旧,穿着褪色的布裤衣褂,卷起裤管打着赤脚,光头与皱巴巴的脸一样黝黑,裸露的脊背胳膊是古铜色的,一双坚韧的手像钢筋,呈铁锈色。

乌篷船靠过来。划船老人看着岸上穿旗袍的母女,乌亮的脸绽开笑容,嘴咧着,一直咧到耳根。

"龙叔,好久不见。"诸葛慧莲打招呼。

"清明冬至,前三后四。我等三天了。"老人答非所问。

"龙叔,您什么时候换船了?"诸葛慧莲微笑着上船。

"船给烧炭佬了。你认得他的。他也在码头揽活,挣俩钱不容易。烧柴油的机器嗒嗒响,把那些鸟儿吓跑了。这条船是一个钓鱼的送的,高家镇演戏用退下来的旧船。诸葛医生,要是嫌慢,我送你去大码头。那些花花绿绿的大船,一锅烟工夫就送你上岛了。"

"不碍事的,龙叔。清明节放假,慢慢来,不着急。"

林晓觉得老人的话很是无厘头。她很想问问母亲,但是一看母亲严肃的表情,便打消了念头。

老人咧着的嘴半晌才复位。他把桨在岸边的石埠上一撑,吱吱呀呀,船慢悠悠荡开去。船身狭小,船篷乌黑。船舱矮小得几乎不能站立,只能坐或躺。旁边还放一个烧水煮饭的小炉子。船板上铺着草席,人横坐,背靠一边,脚顶到另一边。

一把遮阳挡雨的伞撑在座位上。摇橹的老人胡子拉碴,说话时,看不清是胡子在动,还是厚嘴唇在动。他的脸看上去痴憨憨的,两眼空洞茫然,时而抬起朝天看,时而低下偷偷地朝陌生的姑娘身上瞄。

"哎哟,龙叔!我忘了给您介绍我家姑娘了。"诸葛慧莲笑道,一边让林晓叫老人"外公"。

"我晓得。她是诸葛家的漂亮闺女,诸葛家的医生。"

"我姓林,叫林晓。是那个双木林。"林晓自我介绍。

眼前这个个子高高的姑娘,那卷曲的长发、那眼眉似乎在什么地方见过。那凸起的额头跟她母亲多像啊。老人木然地看着站在船舷一侧的姑娘,似乎在思考一个非常重大的问题。在他看来,清明节坐他的船去白鹭洲上坟的,不是姓龙的就是姓诸葛的,不应该姓林。他似乎花了很大的劲才把事情想通,满意地点点头。

"龙叔,您老身体还好吗?"诸葛慧莲问。

"光棍一个,好房子住不惯,就住船上。穷人的命。闹肚子腰背痛是常有的事,手脚也不像以前利索了。"

"我想起来了。您的老房那片区域是林晓管的,以后她就是您的签约医生了,有个头疼脑热的,让她上门给您看。"诸葛慧莲指指女儿。

林晓点头,她现在是兼职的社区全科医生。

诸葛慧莲坐在狭窄的船舱里,表情凝重地望着远处。

龙潭湖像一块翡翠镶嵌在大地上。细雨蒙蒙,远山如黛,近水如碧,淡烟疏柳,红蓼白苹,山的轮廓和天际线模糊地叠加在一起,山的凌厉和水的柔润结合得恰到好处。安卧在湖中央的那些岛屿使得宽阔的湖面不再单调,成了交相呼应的立体画卷。此刻,人心如一张平覆的白纸,充满了从未有过的宁静。

湖面微波荡漾,小船像一片叶子飘在平静的湖面上。清明时节的天气时晴时雨,空气湿润凉爽。

林晓想找人说说话:"姥爷,您为什么不换一条船?这条船吱吱呀呀,看起来随时要散架的样子。"

"它是老了,可好着哩。"得知林晓是自己的医生,两人距离拉近,老人愿意唠唠了。

"现在还有多少人来坐您的船?"

"有人愿坐。那些画画的,钓鱼的,还有从城里来,扛着长枪大炮给鸟儿照相的。他们前年给我安排了个正经营生。我是驾船佬,也是看鸟的。"

远处,游船像一条条巨大的青鱼劈开波浪,汽笛声惊起成群鸥鹭。

林晓好不容易问出老人的名字。老人叫龙三。

龙三看着那些惊飞的白鹭,不再说话了。

半个小时后,他们来到白鹭洲。

环抱的蟹钳形山前面,一片开敞平坦的草地,长长的鹅卵石墓道前,是松柏苍翠的陵墓。环埠,长条石,望柱,砌围护栏,抱鼓石,石案桌,林晓从未见过这些,好奇地东观西瞧,最后转到西面最外侧外公的墓前。

林晓帮不上忙。诸葛慧莲一个人点起香,在每个墓前拜一圈,虔诚恭顺,仿佛在完成一项重大使命。

她们原路返回。

龙三在山脚小码头等,不时地抬头望着头顶飞过的鸟群。

"龙叔,乌篷船我今天全包了。你送我们娘俩到处转转。"以往要是一个人,诸葛慧莲祭完就回了。时间还早,她突然改了主意:正是清明踏青时,母女俩难得一起出游。

"那……我送你们到鸟岛。"老人咧嘴憨笑。

林晓欢呼雀跃。

母女俩不知道,龙三本来送母女回镇后就要去鸟岛的。他说的正经营生就是看护鸟岛上的留鸟和候鸟,镇里给他开工资。

鸟岛是野生鸟类的天堂,这里有鸳鸯、白鹭、池鹭、斑嘴鸭、青脚鹬、鹈鹕、翠鸟,偶尔还可以见到海鸥、天鹅和大雁。一年三百六十五天,龙三几乎天天上鸟岛。他能分辨出牛背鹭、夜鹭和绿鹭不同的叫声,他可以一下午一动不动盯着一窝鹭鸟蛋。那些春天还在凫水的秧鸡到了谷雨时节带着一群小鸡在水草睡莲间觅食,看着那些毛茸茸的小雏,龙三就会欣喜若狂。

乌篷船上有炉子。现成的老玉米和烤红薯,母女俩吃得津津有味。乌篷船驶向鸟岛时,林晓忽然想起弟弟应明和《DK博物大百科》。她常常被弟弟问倒,何不趁此机会问问龙外公,长点鸟知识?

"姥爷,您知道龙潭镇本地有哪些留鸟吗?又有哪些候鸟从龙潭湖上飞过?"

老人睁大双眼,愣在那,像一个思考重大问题的哲学家。

"我不会遛鸟,不懂'后鸟''前鸟'。我认得麻雀、乌鸦、白头翁、喜鹊、画眉、鱼鹰、啄木鸟和鹰。那种叫布谷鸟的,到了夏天,就会来鸟岛的芦苇荡。还有那些啾啾的麻雀、咕噜噜的野鸽、呢呢喃喃的燕子。白鹭和野鸭是常客。野鸭的叫声有意思,它们在水草多的地方游来游去,嘎嘎嘎嘎,叫个不停。野鸭凫在水上,一会儿扎猛子,钻入水中啄食鱼虾水藻,像捕鱼人的投枪,一会儿又从远处浮起……"

老人用手比画着,眉飞色舞。

他们来到鸟岛。空中鸟瞰像一只白鹭的鸟岛,丘陵山地和礁岩间,遍布溪流水潭,水杉芦苇水草间生,野趣盎然。如茵的草地,苍翠的树林,碧蓝的湖面,曲折的木廊,自然的草亭木屋,鸟儿在云天飞过,水天照着这繁华喧嚣彼岸的江南水渚。鸟岛上有百花谷,野生的梅花、樱花、桃花和紫荆遍布,春天时花开满树幽香袭人。丛林里,青苔落叶和花瓣堆积山石小径,一阵急雨后,连空气也能沁出绿意浓香来。

清明踏青游岛的人很多。龙三一上岛就警觉起来,撒开脚丫子,跑到后山他临时居住的木屋,拿了一个望远镜盯着看,生怕有游客打那些飞禽走兽的主意。

母女俩在岛上兜了一圈,回到水潭边小码头。

最后一班游轮开走了。龙三面露难色。

候鸟南来北往,不仅要躲过大自然的考验,在觅食、停歇、哺育幼雏时,也要面对另一类天敌。龙三的任务是每天巡视白鹭洲、鸟岛和小瀛洲,他要在鸟岛过夜,防止捕猎者偷猎。

林晓提出让他留在岛上,自己和母亲划船回龙潭镇。

龙三点点头,叮嘱母女俩,一定要把乌篷船停在老码头。

三

母女俩把乌篷船从芦苇丛中推出来,划向龙潭镇的方向。

黄昏时分,湖面起了风浪。

旧乌篷船翻修时做了些改造,加重加宽,为了乘客能够直立,把前面一侧小篷拆了。船上除了驾驶用的脚蹿桨和把握方向的手划桨,还备了一副摇桨。

诸葛慧莲划着摇桨。林晓一上船,就从随身的背包里取出一把花草,洒向湖面,就像当初把奶奶的骨灰撒向湖面一样,林晓的神色庄重而安详。

诸葛慧莲的心"咯噔"了一下,随即涌起一阵欢喜。

女儿真的长大了。生命在延续,爱在延续。那份爱一直都在。

"妈妈,你歇会儿。我来划,保证把您送到理想的彼岸。"林晓又恢复了撒娇时的顽皮表情,咯咯笑着,故意把"您"字说得很重。

林晓坐到船尾,背靠木板,两脚踏在桨柄末端熟练地蹿桨,轻盈飘逸,动作敏捷。

"妈妈,你不知道,我曾经是赛艇队队员,参加过比赛哩。"

"妈妈相信你。你渡妈妈,妈妈渡你。"诸葛慧莲微笑道。

阴沉了一天的天空忽然放晴,西斜的阳光从船左侧照过来。落日沉湖,暗绿的湖水金光闪烁,晚霞染红天空,湖岛、树林、芦苇、水草、沙滩和岩石,黄昏时的美景是如此迷人,使人陶醉。

霞光映在诸葛慧莲的脸上,使那张端庄娴雅的脸显得更加饱满生动。

"妈妈很快就要下船了。你生命里的那个男人,会上船与你同行。他才是真正的摆渡人。"

"妈妈,您想当外婆了?"林晓用俏皮的口吻问道。

"不是妈妈想当外婆了,是你的外婆想当外太婆了。"诸葛慧莲扑哧笑出声。

“妈妈,听说您过去也是个接生婆,我想听听过去那些接生的故事。”

“女人生儿育女,真的不容易。尤其在过去,那是去鬼门关走一回。”诸葛慧莲知道女儿想岔开话题,并不想深入下去。

“妈妈,女儿不想离开您。我要像您一样守着国药馆。如果要离开您,女儿宁可一辈子孤独。”

“你不像妈妈,你还有很长的路要走。我希望你能被温柔以待。人世的温柔来自你内心的强大。在这个世界上,唯一经得起摧残的是你的才华。倘若深情被辜负,余生孤独又何妨?妈妈不希望你像我这样——何况妈妈并不孤单,有外公的国药馆,有你和应明,还有那么多朋友。”

“妈妈,你讲大道理!”林晓娇嗔。

“妈妈尊重你的选择。你是学生命科学的,应该懂这些。新生命是来成就你的。”

每个人都是独立的个体,从来不属于任何人。诸葛慧莲不会强迫女儿做任何事情。

“妈妈,我又没说我不……”林晓噘起嘴,脸上浮现神秘的笑容。

诸葛慧莲没有说下去。她不想揭穿女儿的秘密。当她抱着女儿的时候,明显感到她身体的异样。春节期间的蚕神庙会上,林晓和泰山参加了中式集体婚礼。

天色暗下来。湖面上吹来的凉风撩起母亲的鬓发。诸葛慧莲又恢复平时凝重而略带忧郁的神情,仿佛在思考什么问题。

乌篷船犁开暗绿的湖水哗哗作响。

林晓熟练地蹦桨,双眼却没有离开过母亲的脸。从人民医院的实习医生、助产士到龙潭医院妇产科年轻的主任医师,林晓在医院临床科室——重症科、手术室、产房和急诊科都工作过。她见过紧急救治时的争分夺秒,也看到病房内外的人生百态,她目睹了无影灯下的“刀光血影”,也体会到了新生命诞生时的神圣与感动。她望着忧郁的母亲,陷入沉思。

现在,当她自己也即将当母亲的时候,也怀着同样的渴望和忧虑。

人类最不能动摇的情感,也许就是那深深的母爱。那是人世间最纯洁、最无私、最崇高、最伟大的爱。那是永恒的无私、执着的坚守。不管人生如何嬗变,命运何等苦涩,母爱总是全心全意、不打折扣。

一切好像是命中注定。林晓的生活里出现了三位母亲。每一位母亲都不可或缺，都教会了她很多。但是，只有一位是真正的母亲。不管她在世界的哪个地方漂泊，那母爱像根风筝线一直把她牵着。

<h1 style="text-align:center">四</h1>

龙潭湖上，扁舟一叶，行则轻快，泊则娴雅。

天色已经完全暗下来。诸葛慧莲放下船桨，走进船舱，点亮一根蜡烛。

乌篷船像发光的萤火虫在湖面上飘荡。烛光里，母亲的脸坚毅沉着，光洁的额头似乎发出圣洁的光芒。她的性格总是那么沉静，她的身姿珠圆玉润，一派优雅从容。只有在最亲近的人面前，她才会流露出忧郁的一面。在国药馆里，她笑对一切，那温婉的笑容能够治愈所有人。

林晓想起了克莱儿·麦克福尔的《摆渡人》。

灵魂的摆渡人是一个经验丰富又勇敢无畏的人，他对亲情、友情、爱情和终极幸福充满向往。爱的力量纯真而强大，强大到可以克服千难万险，不畏魂飞魄散也要寻找到对方。只有非凡的勇气和坚定的信念才能照亮救赎之路，从而拯救人类的灵魂和生命。灵魂的救赎也是生命的救赎，亦是爱情的救赎。没有爱的家是残缺的，是一座散发虚幻光芒的荒凉城堡。每个灵魂离开人世后必须在灵魂摆渡人的带领下穿越荒原，才能到家，这场充满爱、艰辛、信念、勇敢的回家之旅才有一个圆满的结局，同时，渡人渡己的完美主题得以升华。

林晓的生活里也曾出现不同的同行者和摆渡人。长期异国他乡的生活培养了她坚强独立的个性。她是聪慧而矜持的，不像表面那样活泼，内心甚至有些孤傲。对婚姻的些许恐惧和对家的渴望纠缠着，使得无数追求者在她面前碰壁。

直到那个真正让她怦然心动的男人出现。

泰山的本名叫迪伦，是应明的英语老师。在海马学校，迪伦敬业谦逊的品性，腼腆又幽默的绅士风度，赢得了良好口碑。这个有着深邃的眼睛、高挺的鼻梁和一米九身材的大男孩还是龙潭医院的志愿者。他是住院部里的"香饽饽"，每每他穿起肥大的黄马甲走进病房，总有患者或家属对着他一阵猛拍。"侬好！"他笑嘻嘻地与见到的人打招呼，沉闷的病房顿时变得温暖温馨。迪伦在骨科病房搀扶老人,在产科病房逗小孩学英语。他的中文已经说得很溜,即使是八十多岁的老奶奶也能跟他顺畅交流。他是国际志愿者俱乐部的成员,活跃于各类志愿服务活动。他还是婺州龙舟大赛的选手和自行车运动健将。

诸葛慧莲平时看上去对女儿的事漠不关心,心里却是时时记挂着。她早已认识并接纳了泰山。

湖面上,一艘艘夜游船上传来歌声笑声。不远处,龙潭湖的湖滨大道像一条彩色的光带伸向暗沉沉的天空。

随着一阵哗哗水声,一艘龙舟像离弦之箭飞过来。林晓欢呼起来。

原来是泰山驾着龙舟来接她们了。龙舟上,应明用热切的眼神望着母亲和姐姐。

乌篷船和龙舟在老码头靠泊。这儿的杨柳堤岸,是诸葛慧莲记忆中情人约会的地方。龙潭湖畔,细柳拂肩,红色的彩虹桥蜿蜒曲折,流光溢彩,公园里,男女老幼竞相出行,更有成双成对的情侣相互依偎,情话绵绵。

林晓挽起泰山的手,与母亲道别。

望着那一对远去的背影消失在熙熙攘攘的人流里,诸葛慧莲微笑着沉默不语。她牵着应明的手,走向另一边。

第八十三章
龙潭湖风情大道

一

诸葛慧莲并没有回国药馆。难得给自己放一天假,她心血来潮,忽然想带儿子去老街走走。

在大规模的旧村改造中,龙潭镇的老街被完整保留下来。青石拱桥,木石廊桥,戏台,石柱、石狮和抱鼓石,褪色的门楼牌匾和牛腿窗棂,高翘的屋脊,深深的庭院,错落有致的马头墙、封火墙,鹅卵石的小巷里,粉墙黛瓦的徽派和江南民居,砖木结构的二层楼,曲尺柜台,酒楼、茶馆和药铺——三宅原有的街市格局依旧,老街两边的老旧民房全部改建成三合、四合院。

岁月流淌过老街,一眨眼,过去那个美丽端庄的蚕花姑娘也快要做外婆了。有多长时间没在老街漫步了? 诸葛慧莲边走,边想着春节那场热热闹闹的婚典。

这一年龙潭镇喜事连连,应骊忙于健康小镇、丝路小镇的开镇仪式和龙鹰旅游集团公司的筹备,把蚕神庙会的操办权移交给了龙义。

婚典是蚕神庙会的一部分,有二十多对中外伉俪参加了龙潭镇历史上第一次举行的中式传统集体婚礼。其中就有林晓和迪伦,冉涅娜和龙海生,曼吉达和狄安娜。他们在一众亲友的见证下,完成了人生的一个重要环节。

新郎来自不同国度,可以选择时尚的西装或穿着自己国家的传统礼服,也可以着汉服唐装。新娘和伴娘则统一着装,身着华贵的秀禾服和旗袍。中式华服让新娘更加雍容华贵,新娘或娇媚,或端庄,或典雅,或英姿飒爽。婚典现场以中国红为主题,有中国风的布偶喜帕、喜筷红包、红灯笼和龙凤杯。新人们敬天礼地,箭定乾坤,跨火盆,跨马鞍,挑盖头,敬茶,夫妻结发交拜。

婚典两个最主要的环节——花轿迎亲和花轿巡游,则按龙潭镇的传统进行。舞龙舞狮,彩幡高悬,铜锣开道,八名手举旗牌冠盖的执事在前,四名乐手紧跟,胸戴大红花的新郎,带着浩浩荡荡的迎亲队伍和披红挂彩的八抬大轿,一路鼓乐齐鸣,欢欢喜喜来到花厅迎娶凤冠霞帔的新娘。然后是花轿巡游,欢快的唢呐、鼓乐长龙前导,新郎新娘各坐龙轿和花轿,在古镇老街上一路逶迤而来,又沿着龙潭湖畔的风情大道逶迤而去。

诸葛慧莲带应明在老街漫步的时候,林晓和迪伦走在沿湖开阔的风情大道上。

几年前就开始拓宽改造的风情大道是丝路小镇的一部分,现在,它是龙潭镇最热闹繁华的商业街。沿湖湾从朱宅到龙宅,风情大道足有四五千米。大道外侧有游艇码头、水上乐园、草坪公园、亭台楼阁、曲桥回廊和荷塘柳苑,内侧则是豪宅、店铺和写字楼。与老街一样,风情大道把三宅联成一体,三宅的商业模式则各有特色。朱宅一段是古物器皿店、创意文玩店、书画店和乐器店。李宅是面包烘焙店、原创手作店、古典服饰店、现代戏装店、茶饮精酿店、工艺饰品店和街头艺人的流动艺术戏剧表演。龙宅是饭店、宾馆、茶楼、酒庄、酒店、酒吧、咖啡厅、影视厅、KTV、健身房、码头游艇俱乐部、写字楼。

一到周末假期的晚上,龙潭镇的风情大道便是豪车云集,人流熙攘,流光溢彩,连阳光、湖水和空气也被弥漫的酒香和海鲜味浸透了。

龙成的酒吧是他们平时聚会的地方。林晓和迪伦各要了一杯蓝精灵,在远离舞池的一个幽暗的角落里坐下,默默转动手中的酒杯,晶莹的液体似有丝丝荧光。他们没有见到好朋友龙飞天和大树,多少有些失落。

最近一段时间,龙飞天和大树鲜有光顾。龙飞天忙着旗袍秀。大树要与师傅龙骏一起完成大型木雕《龙湖锦绣》《古镇春秋》,他喜欢躲在工作室里钻研木工车镟工艺。一块块木头高速旋转,打磨抛光,焕发新生,这样的过程令他痴迷。

陌生人三三两两地坐着，或侧耳倾听或悄悄私语。舞台上歌手富有感染力的歌声缓缓地在空气里布满。昏暗灯光下的眼神迷离惝恍，闪烁的霓虹灯犹如飘忽不定的魅影，吸引着一个又一个饥渴而需要安慰的心灵。

林晓似乎很久没有上酒吧喝酒了。在安静的医院待久了，总觉得酒吧里面太吵闹。她忽然间觉得，自己已脱离了那本该属于年轻人的世界。

急促的鼓点和劲爆的音乐忽然轻了许多。有两个人大声喊叫着，拉拉扯扯地走过来，在离林晓两三米处扭打在一起。

是龙成与乌戈。在酒吧里，乌戈喜欢喝特基拉和白金武士，他已经醉醺醺了。

"表哥，你是老板，怎么与自己的顾客打起来了？"林晓笑道。

"你问这个醉鬼！"龙成嘴里吐着酒气，一手扯着乌戈的衣领，"这只白眼狼，好好的父亲不当，还到处泡妞！"

"兄弟言重了。"乌戈醉眼蒙眬、嬉皮笑脸。

"别叫我兄弟。你这样欺负我小姨子，我与你绝交、割袍断义。"龙成板起面孔。

龙海生、冉涅娜与迪伦从舞池里赶过来。

"杰克，强扭的瓜不甜，你就不要为难乌戈了。"龙海生道。

"是啊。乌戈被叔叔法维澳掐断财路，又被老娘责罚，几乎走投无路了。"迪伦道。

"这事，杰克，可不能不问青红皂白。是应妹不愿意。"乌戈歪着头，"你去问问她，是她不愿意！"

"她说一个'不'字，你就当缩头乌龟？去，用你的心把她追回来。追不回来，以后就不要在我的酒吧出现。"

龙成推了他一把。乌戈无助地看了众人一眼，摇摇晃晃地走出去。

酒吧外的夜景诡谲得让人恍在梦中。闪烁的霓虹灯像极了一杯杯五彩的鸡尾酒。乌戈觉得自己在盛着五光十色液体的酒杯中慢慢地沉下去。酒吧里传出的音乐如同一束束激光，尖利地，突兀地，划破夜空。

二

清明节，龙骏决定给自己也给徒弟们放假。

在春节庙会那场热闹喜庆的集体婚礼中,女儿龙飞天和大树并没有出现在新娘和新郎的行列,龙骏很是有些失望,不过他一转念就想通了:婚礼只是个形式,只要他们在一起能够快乐幸福,有没有那个形式有什么区别呢?

龙骏今晚要去看女儿的演出。不过在这之前,他还要去见一个客人。

夜幕降临,龙骏一个人走在风情大道上。

花色泡面,番茄炒蛋,青菜豆腐,龙骏的一日三餐单调得乏味。偶尔下一次馆子改善一下饮食,与其说是想犒劳一下自己,不如说是借机到街面走走,呼吸一下别样的空气,见见不同的人,寻找创作的灵感。

他去得最多的地方是龙湖鱼馆。既是本家,又在装修经营上出了不少主意,鱼馆老板龙有德一直待龙骏为上宾,给龙骏办了一张 VIP 卡。不过龙骏并不像有些熟客要记账打折,每一次都爽快买单,连账单也不看一眼。

最近一次去龙湖鱼馆是在两年前。接待龙骏的是鱼馆的老板娘——一个大脸盘宽身板的中年妇女。问及龙有德,老板娘那张肥嘟嘟、呆憨憨的脸上露出了灿烂的笑容。

他跟一位大师到南方开矿去了! 有德媳妇显然对丈夫颇为自豪而又充满期待。

龙有德跟着常来鱼馆消费且出手大方的一个自称"大师"的老头去云南开矿。头三个月毫无音讯,接着三天两头给媳妇打电话,一会儿说自己在峨山,一会儿说在瑞丽,打电话的目的只有一个——要钱。最后一次打电话回来,龙有德说自己在缅甸,要媳妇把房子卖了筹钱把他赎回。

一年后,灰头土脸的龙有德回家了,金矿玉石没有挖到,还瘸了一条腿、少了一根手指。为了还债,龙有德把鱼馆转给别人,躲到山沟里,跟龙彪龙狮开农家乐去了。

一个鱼馆的转让就像一颗石子落入湖中,甚至激不起一丝涟漪。

生活的悲喜剧每天都在龙潭镇上演,人们已经习以为常了。在有着成百上千家店铺的环湖风情大道,前一个月还是海报招贴画大肆宣传,这一个月就挂出旺铺转让的牌子,前一天搬空,第二天就有装修队进驻,开墙挖洞,敲敲打打。

周末节假日,夜幕降临,华灯初上,四方食客便纷至沓来,享用龙潭镇环湖大道风情街的异国美食料理。

龙湖鱼馆已经变成狄安娜餐厅。餐厅的老板是叙利亚人曼吉达。这是他的第三家餐厅。

参加完集体婚礼,曼吉达就把家安在了龙潭镇。这条街上来来往往的外商大多认识曼吉达,亲切地称他"老板"。对餐厅的那些常客,曼吉达更喜欢称"朋友"。

曼吉达对木结构的三层楼建筑进行全面改造,装饰华丽的外墙,厚厚的幔子挂在窗户两侧,浓郁而神秘的中东风情扑面而来。一到晚上,狄安娜餐厅便高朋满座。来用餐的客人越来越多,有中东的、欧洲的、非洲的、美洲的,当然还有很多叙利亚老乡和中国朋友。曼吉达不仅要巡视店面、组织管理服务,还要监控食品质量,甚至连烤肉的肥瘦比、炖汤的火候等小事,都要亲力亲为。

狄安娜餐厅开业时,作为提供装修图纸的答谢,龙骏应邀去了一次。清明节这天晚上,龙骏第二次来到狄安娜餐厅。他比约定的时间早了半小时。

曼吉达正忙着招待客人,穿行在厨房和大堂间,为不同肤色的顾客推荐着合适的菜品。曼吉达带着歉意的微笑把龙骏带到三楼的包厢。房间里聚集着一大群年轻人——萨里曼、阿布杜拉、李飞龙、扎卡里亚、拉里和福莱。这些年轻人都入股了餐厅,虽然股份微不足道,但有事没事就在这里聚会。

"有一位客人要见你,他正从县城赶过来。先由这帮徒儿伺候着。失陪了,龙先生。"高鼻浓眉的曼吉达沉稳老练、彬彬有礼,跟戴着厨师帽的福莱走出去。

"龙师父,我们都是您的徒弟,这桌酒菜算是徒儿们请客。"萨里曼笑道。他在餐厅附近开了一家烧烤铺,生意不比餐厅差。

"你们都别抢,这一顿我请。"李飞龙殷勤地搬动椅子,请龙骏坐上位,虽然小穆罕奈德的大女儿没有答应他的求婚,他依然快快活活的,"自打上次行了拜师礼,小的们还没有请师父打过牙祭哩。阿布,你说是吗?"

阿布杜拉腼腆地笑笑,没有说话。

"是啊是啊!"扎卡里亚和拉里跟着起哄。

"答谢也用不着如此破费。这一桌可以喂饱三头牛了。"龙骏没有胃口,神情却很轻松。

"我知道,师父只需要面包和红茶。有句古话,叫'民以食为天'。中国美食真是海了去了,连一个番茄都能变出花样:番茄炒蛋、番茄蛋汤、番茄黄瓜、番茄花菜、番茄土豆……"李飞龙眉飞色舞,依然喜欢卖弄,"中国人好客,习惯聚餐,呼朋唤友围坐一桌,团团圆圆,大鱼大肉,好菜好酒,大家举杯畅饮,举筷分享。我现在也算大半个中国人了,中国人的那一套大部分学会了,只有一样不习惯——师父,中国人为什么喜欢圆桌合餐而不用分餐制?"

龙骏知道李飞龙是寻找话题聊聊天,他自己也喜欢与这帮年轻人说说话,"之乎"一番。

"夫礼之初,始诸饮食。鼎鬲而食,罍彝以饮,席地而坐,举案齐眉。胡风入汉,有了简服便裤和桌椅,才有聚餐宴饮。到了唐代,聚餐制越来越受欢迎。宋朝以后,聚餐制逐渐定型。在民间,与八仙桌配套的除椅子外,还有更加节约空间的条凳。众人围坐在八仙桌旁,每个人与食物距离相等,更便于安排座次……"龙骏讲起中国人的饮食历史。

三

大约半小时后,曼吉达领着艾曼和阿基玛走进来。包厢里正在听龙骏"之乎"的年轻人一哄而散。

"师父,我们要去参加一个聚会,先撤了,回头再请您撮一顿。"李飞龙不忘拱手抱拳。

艾曼看着远去的年轻人,点点头,又摇摇头。他在龙骏对面坐下来。这位已过不惑之年、身材壮硕的男人似乎心事重重。

"龙先生,我是专程来感谢您的。感谢您出手相助,解我公司燃眉之急,叙利亚人的玫瑰餐厅也终于保住了。"

"穆罕奈德先生,那可不是我的功劳。"龙骏道。

"我是后来才知道原委的。本应到玫瑰山庄专门致谢,但我打过电话,李女士的意思是有事与您联系,有话通过您转达。"

艾曼看看侄子曼吉达,又说道:"龙先生,您的功劳可不小,没有您,狄安娜餐厅怎能顺利开张?"

"举手之劳,何足挂齿。"

"滴水之恩当涌泉相报。叙利亚人是懂得感恩的。对了,我想起来了,上次阿巴斯先生和夫人来龙潭镇做客,多亏有您陪同,他们要我转达谢意。这次我带来他们准备的小礼物——一本阿拉伯文的《道德经》,还有他们刚刚翻译完成的《论语》和《孟子》。回头我让曼吉达送您府上去。"

艾曼只顾说话，对餐桌上的食物视而不见。

"穆罕奈德先生，你还是先陪客人用餐吧。"阿基玛在旁边催促。

"不瞒你，阿基玛，我刚从叙利亚回来，我的同胞兄弟还在喝无花果熬制的汤。眼前的山珍海味，一点也勾不起我的食欲。"艾曼一本正经。

龙骏表示自己也吃饱了。

"好吧，我知道两位喜欢咖啡红茶。我们移步茶室说话吧。"阿基玛笑道。

走廊尽头的房间是老板曼吉达的办公室兼茶室，墙上挂着一幅叙利亚地图，窗台上有几盆月季花。在女婿的餐厅，阿基玛俨然成了主人，她肥硕的身躯塞满整个圈椅，一双圆滚滚的手灵活地沏水泡茶。

阿基玛笑盈盈地说道："穆罕奈德先生，你何不把古皂厂搬到婺州或是龙潭镇来？"

艾曼没有回答，仿佛阿基玛问的不能算问题。他紧挨着龙骏坐下，食指刷着手机，剑眉下那双忧郁的大眼睛盯着手机屏幕。屏幕上是他回国拍摄的照片——战火中的叙利亚、阿勒颇古皂厂倒塌后的废墟。

艾曼抬起头，忧郁的双眼亮晶晶的，缓缓地把手机放在茶几中央。

"你们说，这到底是怎么了？这个世界到底怎么了？和平似乎永远是个奢望，美好的生活被破坏了，暴力和恐怖滋生。是谁造成了中东极端主义的愤恨？"

艾曼突然开口说话，一会儿低沉咆哮，一会儿慷慨激昂。

"是谁在制造仇恨？是谁一直在造孽？贪婪者在到处掠夺杀戮，他们像黑恶势力一样操纵着这个世界的金融体系和政治体系，他们处于金字塔的顶端，掠夺石油，制造病毒，他们的目的，是要控制世界，不让人类走向觉醒……"

"穆罕奈德先生，你先喝口茶消消火。"阿基玛笑道。

"萨尔加多说，他看见了太多黑暗，他的灵魂病了，他不再相信所谓人类的救赎。"艾曼插了一句，转向龙骏，"龙先生，您说呢？"

龙骏沉默半晌，喃喃说道："处在底层的人们，为生活所累，为生计奔波，他们依然勇往直前。有一种精神力量鼓舞着他们，这种精神上的幸福感使他们得到充分的愉悦……"

"是啊,艾曼。生活从来不是想象的那般好,但也不会糟到哪里去。至少我们还有兴致坐在这里安安静静地喝茶。我们的孩子,生活在和平的国度,可以读书、踢球、唱歌、跳舞。"阿基玛说着,似乎想起什么,猛拍几下大腿,叫道:"光顾着喝茶说话,差点忘了,曼吉达和狄安娜要我带你们去看演出。"

四

阿基玛以五个女儿自豪,所以一定要带客人去看演出。

即便不是赴约,龙骏也是要去丝路剧院看演出的。女儿龙飞天几天前就叮嘱父亲,提醒他不要错过李娇娘的婺剧《龙湖春秋》的首演和自己的旗袍秀。

丝路剧院建在龙潭湖大坝往南延伸的三角地,风情大道的尽头,是丝路小镇的一部分。这是一场公益演出,算是给新落成的剧院暖场。

小提琴协奏,钢琴独奏,乌克兰民族舞,剧院里,来自世界各地的国际友人纷纷展示自己的音乐才华。阿基玛的小女儿尼娜献唱中文歌曲《带我到山顶》和英文歌曲《一百万个理由》,狄安娜、王古兰和她的学生跳非洲舞蹈,龙飞天、阿布和留学生们进行服饰展演秀,通过各国传统服饰展现"一带一路"沿线国家和地区的异域风情。

他们到的时候,演出已经过半。舞台上正在演出婺剧《龙湖春秋》。阿基玛和艾曼坐下来观看。

虽说是免费观看的暖场试演,龙骏还是因为错过女儿的时装秀感到不安。他坐了一会儿,站起来,悄悄踱到舞台后面的化妆间。

李娇娘刚脱下戏装,脸上还涂着脂粉油彩。

"飞天刚走。那些先演完节目的姑娘也走了。龙义为妻子马琳娜庆生,年轻人都赶去捧场了。"李娇娘看着龙骏失望的神情,安慰道,"年轻人有他们的世界。你看现在剧院,空了一大半,只剩下一些中老年人了。龙骏,你且耐心坐下看完后半场。这本戏将来要出国演出,你看看剧本还有没有要修改完善的地方。"

龙骏坐在剧院里,心不在焉,想着女儿和大树。

第八十四章

博物馆

一

风花雪月诗乐酒,终敌不过柴米油盐酱醋茶。龙义的生活并不像表面看起来那么轻松潇洒,他的心里有一份沉甸甸的责任感。在校园里,有千百双眼睛盯着坐在校长位子上的龙义,在校园外,也有无数世俗的眼睛盯着他夫人马琳娜的肚子。

朱老夫人张英已不再在小两口面前唠叨了。她知道,自己说再多也是白搭。她又怕自己的口气太重,伤了小夫妻,内心郁闷,无名怒火无处发泄,只好发泄到朱老夫子头上。

老夫子埋怨夫人"咸吃萝卜淡操心"。

"说我瞎操心。你读了半辈子孔孟,读到屁眼里去了!连孟子都说:不孝有三,无后为大。"张英火更大了。

"夫人,后面还有半句:舜不告而娶,为无后也。君子以为犹告也。世之所谓不孝者五:惰其四支,不顾父母之养,一不孝也;博弈好饮酒,不顾父母之养,二不孝也;好货财,私妻子,不顾父母之养,三不孝也;从耳目之欲,以为父母戮,四不孝也;好勇斗狠,以危父母,五不孝也。孝不孝,不关'无后'之事。"朱老夫子呵呵笑。

"你还有心'之乎',跟你那些破烂说理去吧!"张英一甩袖子走人,又回上海去了。

每当"冷战"变成"热战",后院的"战火"烧至前院,朱赫赫不得不当起临时消防员的角色。实际上,朱赫赫每次回龙潭镇,眼见过着滋润日子的妯娌孔鲁凤含饴弄孙、心宽体胖,也是心生羡妒,不动声色的外表下有时也难掩心事。

257

朱赫赫悄悄地去向诸葛慧莲求救。

"说到底,我还是一俗人,在外面教训别人头头是道,一到家就哑口无言。还是那句古话:清官难断家务事。"

"师母又回娘家去了?"诸葛慧莲笑道。

"老娘我倒是不担心。她去上海,最多住三个月,等气消了,就会乖乖回来。我是为龙义的事发愁。"朱赫赫压低声音。

"怎么,想当奶奶了?"诸葛慧莲沉思着,在脑子里寻找合适的措辞,"马琳娜的身体,应该没有大碍。病来如山倒,病去如抽丝。有些事,欲速则不达。我们应该有足够的耐心。"

"说不急那是假的,毕竟他们结婚四五年了。我和龙马一样,尊重他们的任何选择,并不想过多介入他们的生活。我只想分担一些他们身上的压力。有问题就解决问题。"

"寒冰之地,不生草木。不过事情还没到那个地步。我们一直在对马琳娜的身体进行调理。"

"有你这句话我就放心了。我现在明白,生老病死,人这一生,没什么比生命延续更大的事了。"

"这回你可以请师母回来了。"

"慧莲,你不知道,这次她离家出走,可是另有原因的。"

的确,这次张英气回娘家,很大一部分责任在朱老夫子身上。因为朱老夫子染上了收藏怪癖。

朱老夫子痴迷画画,墙画、漆画、喷画、油画、水墨肖像,样样涉猎。二十四孝图、锦鸡梅花、山水草木、鸟兽牛羊,朱宅新民居的墙上全是他的作品。他自称农民画家,经常到农村为老人画肖像,又为农民举办墙画、漆画的培训班。镇上已经没有人记得他曾经是执了六十年教鞭的老校长,只知道他是一位小有名气的农民画家,而且是个性格古怪的老头。

从校长的位子上退下来以后,这个有名的"怪人"越来越怪,他留起了大胡子,那胡子比他头上仅剩的几根头发还要白。他深居简出,很少与人来往,平时出门,总是一身中山装或是长袍布鞋。他布衣蔬食,每天喝豆浆,吃窝头、青菜、豆腐。

　　他住在那栋早年买下的四合院里,院子挺大,有一棵百年古樟树。四合院老旧结实,在四周众多已经改造好的新民居中显得很是突兀。他住的房间很小,放着一台十二寸黑白电视机,一台用了几十年的旧电扇。

　　他迷上了收藏。他的收藏癖十几年前就有了,这几年变本加厉。院子里堆满了老物件,人行其中,只能沿着收藏品之间一人宽的地面慢慢挪动。所有的房间都被收藏品填满。其中的一个房间是古籍善本和民间字画,另几间是传统民俗器具,小到晚清桌脚石、民国洗衣板、拨浪鼓、学生本子、戏目宣传牌、老中医出诊用的医药箱、锣鼓、土布刺绣、证书契约,大到明代战车轮、清代珠宝箱、民国圆站桶、古代妇女缠足用的缠脚架和晚清民国时期龙潭镇人鸡毛换糖用的货郎担。还有捣米的锤子、补鞋子的架子、木匠篾匠石匠的工具,总数达千余件。酒具类、刺绣类、竹编器具类、货郎担类、织带工具类——他把民俗器具细分为八十余个小类,分类整理摆放。屋后小院堆的是大大小小的石磨石碾,前面大院则是老旧农具——乾隆年间用来取水灌溉农田的水车,民国时期的风车稻桶和农耕用的犁轭。他还在花重金从各地农村购买民俗物品。他花三千元从一个农妇手里买了一只竹篮,花三百元从一名河南人手中买下一台弹棉花的机器,让这些东西堂而皇之地摆在不到二十平方米的厢房中央。

　　在夫人张英看来,老夫子不单不务正业,简直就是脑子进水神经错乱。她忍无可忍,与老夫子分居,先是搬到养老院,后来干脆回上海去了。

　　朱老夫子依然我行我素,不辞辛劳,到处寻宝,像领养孤儿一样把人家废弃的东西领回家,没日没夜地坚守着自己的"民俗文物库"。他的藏品中其实不乏古董宝贝,经常吸引旧货市场收藏家进进出出。有人开价千万包圆,他坚决不卖,一件也舍不得。

　　女儿女婿有的是钱,他也不差钱。

　　结果,上门收购古董和观摩古物的人越来越少,朱老夫子也越来越孤单。

　　他终于走不动了,窝在家里,形单影只。

这一天,他好不容易盼来了一位客人。那高个子男人有一张黝黑而坚毅的脸庞,长长的卷发垂肩,看上去像个艺术家,又像是收藏家。

"老爷子,您还认得我吗?"来人笑道。

"怎么不认识你?烧成灰也认得!你我有师生缘,讲《论语》我是你师,论画画你是我师。艺学同源,殊途同归啊!"老夫子露出难得的笑容。

朱老夫子忙不迭地领着客人参观他的宝贝。在客人面前,他一件件摆出木匠工具。其中一件工具手柄上有缺口,刀口磨得很亮,但看起来保存得还不错。他陆陆续续从一只旧木桶里取出十几把刨子和各式各样的木工锤,嘴里念叨着。

"……这些是箍桶匠用的。箍桶匠的工具非常繁复,刨子就有多种。这些工具的背后,都是一种消失的或正在消失的老手艺。那些手艺人曾经背着它四处谋生,其中包含着多少血汗泪水。每一件工具的背后就是一个家庭的历史,甚至可以窥视一个时代的缩影。一花一草皆含情愫,一器一物均有故事,我收集农耕器具,收集工匠故事,收藏汗水文化。乡土人文是一种经典艺术,是祖宗留下来的精神产物。保存传统农具就是传承农耕文化。我要用民俗对抗浮躁,我要建乡土博物馆。"

"我不是来同您论'之乎'、听您讲这些老物件的陈年往事的。"来人用一种近乎调侃的口吻说道,"我是受人之托,来画您的肖像的。"

"我知道,那将是我最后一幅肖像。诸葛走了,云鹤走了,我也该走了。留给我的日子屈指可数了。"朱老夫子的口气很平静。九十岁的老人,的确老了,几根稀疏的白发遮住布满皱纹的额头,细眯的双眼努力睁开,露出浑黄的瞳仁。

他窝在断了一条腿的旧沙发上,仿佛在那儿坐了整整一个世纪。

"过去的就让它过去吧。该走进历史了。现在,很少有人去拜蚕神了。可那件天蚕衣还在——听说你在筹建博物馆。我终于把你盼来了。"

"是啊,可建馆这事没那么容易。老爷子,我恐怕您还得坚守一阵。"

二

站在朱老夫子的四合院里,越过低矮的院墙,可以看见东北面山丘上新蚕茶馆的飞檐翘角。太阳从青山湖中升起,掠过虬枝蔓张的古桑上空,慢慢滑向西天。西斜的太阳透过樟树的树荫投射出最后一抹光线,照在银丝般闪光的须髯上。

朱老夫子安安静静地坐在院子里的旧沙发上,身后是堆在樟树下的风车、稻桶和水缸。当林波画完肖像的最后一笔,朱老夫子合上细眯的双眼,硕大的头颅耷拉下去,永远睡着了。

办完朱老夫子的后事,张英又回了上海。只要孙辈还没有出生,她是不会再回龙潭镇了。

朱老夫子去世前立下遗嘱,把四合院和里面的藏品全部捐出。古籍善本和几千册图书成了海马图书馆的一部分。作为朱老夫子遗嘱执行人之一,林波要为那些民俗器具寻找合适的归宿。这些年林波收藏了许多字画、明清家具、宋元陶瓷、影像照片和民间绘画雕刻。早在四五年前,林波就有了办一个私人博物馆的念头。

可一旦着手具体的事,就面临许多前所未有的难题:场地、资质、资金、法人代表、技术人员、库房、申请备案审批、陈列品来源等等。首先在场地上就卡了壳。公立的市博物馆还挤在老城区公园对面一排低矮的老房子里,以林波的经济实力,要在寸土寸金的婺州城里筹建一座私人博物馆,几乎是不可能的。

林波希望把自己的博物馆建在龙潭镇。

四年前,龙潭镇的镇长龙信找过林波。那时林波刚接手文保和非遗的事,开着一辆二手越野车,跑遍各个乡镇和偏远山村,赶在整体拆迁或者那些有文物价值的老房子还没有倒塌前摸清底细,及时上报,筹款修葺。

那一次,龙信是为了龙潭镇三宅的民居设计。

林波的才华和种种离经叛道的言行在龙潭镇广为流传。传说中的林波有一股傲气、仙气和神气。龙信说话小心翼翼,叫他老师。

“林老师,龙潭镇那么多老宅被定为文物,的确可喜可贺,可也给镇政府出了难题。修葺的事暂且不论,那些夹在文物中的其他老房子的拆建成了棘手的事。原拆原建还是异地重建,左右为难。十年前,应市长搞试点试出麻烦。他没有啃下的这块硬骨头现在落到我手里了。”

林波乘机发起了牢骚。

“不管多难,该留的要留下,该保护的要保护。中国传统民居才是中国建筑的真正主体,数量庞大,分布最广,地域特色最明显。堂屋和院子,是中国人传统生活的一部分,祭祖、婚嫁、葬礼,关乎一个家族的生老病死。短短二三十年功夫,中国人连院子都不要了！大地上矗起千篇一律的现代建筑和千人一面的城市。国际大牌建筑师们蜂拥淘金,留下一座座和周围环境格格不入的巨型怪物。乡村文明几乎被抽干了,一种文明积累数千年,一旦崩塌,要想重建就困难了。有人说,浙江很多地方,农村像城市,城市像农村。我觉得,城市就该是城市,乡镇就该像乡镇。每次开车从杭州回来,国道边那一排排外墙贴砖、镶蓝绿玻璃、开一扇扇铝合金窗的仿欧仿美别墅,那些有罗马立柱、哥特式尖顶、造型夸张的新洋楼,总会辣瞎我的双眼。"

龙信顺水推舟。

"是啊,我也觉得村民每家每户都住欧式独栋别墅不合适。可怎样才算美丽宜居的乡村住宅,谁心里都没底。到底该是徽派、杭派还是别的江南民居？——我想请您来担纲设计。"

"为什么是我？"

"您是龙门书院朱院长的高足。我听说,高家镇影视城老街的民居、画廊、艺术馆和龙马的养老院,都是您设计的。"

"十几年前在高家镇做的实践就被骂不实用、太任性、文人和艺术家气太重,是拿甲方的钱来做自己的艺术品。我可不愿意再被人戳脊梁骨了。"

"林老师,我对您有信心,只要您肯出来担纲,有黑锅我来背,要挨骂我来挨。"

龙宅老街两边的普通民居拆了,在原来的宅基地上盖起了三合、四合院。村民有两个选择,一是回迁,二是易地搬迁,选择在另一块空地上自建楼房或是住高楼,结果大多数人选择前者。

老街民居的旧改给龙信以极大的信心。三年前,龙潭镇筹划在丝路园区建剧院和博物馆时,年轻的镇长又找到林波。

"我还是想请您出山。"

"龙镇长,我只是业余设计师,你还是另请高明吧。市规划设计院不缺这方面人才。"林波推说自己忙——他看上去面容黝黑,的确有些疲惫。

"市规划设计院负责总体规划和景观设计。具体到某栋建筑,还要龙潭镇人自己拿主意。博物馆是标志性建筑之一,既要传统,又要时尚。您精通山水画、园林艺术和传统的营造法式,又见多识广,希望您能提供一个有灵感的建筑方案。"龙信锲而不舍。

"龙镇长,你这是提灯找蜡。健康小镇有先例,院士工作站有的是专家教授。如果博物馆要加些国际化的时尚感,还可以请诺维科夫先生。"

"本土的才是国际的,我还是相信您。丝路博物馆可是重头戏。您要是愿意出马担纲总设计,等博物馆建成了,我可以推荐您当博物馆馆长。"

"馆长就免了,有更合适的人选。我更愿意当自己博物馆的馆长。"

林波拗不过,答应做设计顾问。他有自己的考量,正为手头大量的藏品无处安身发愁。

龙潭镇丝路博物馆建成,龙信又来找他。

龙信有些尴尬,因为他没有兑现让林波当博物馆馆长的承诺。

"毕竟这事不是我一人说了算,林老师,真不好意思。"

"龙镇长,你大可不必。我的顾问是虚设的,眼下干的事也是业余的。不过,丝路博物馆建成,朱老师捐的那些东西该有地方安置了。"

"我找您正是为了商量此事。丝路博物馆虽大,其中龙潭镇非遗部分就占了两千多平方米。专家评估的结果,朱老师的藏品只有部分可以入馆。博物馆应该收藏与丝路有关的东西,像布衣巷66号的梭织、李宅过去的婚庆用品、绗缝设备、服装旗袍、绫罗锦缎丝绸、蚕神庙会的道具行头等等。说实话,博物馆的藏品已经很丰富了,现在唯独还缺一样镇馆之宝——天蚕衣。"

"天蚕衣是当初由诸葛先生赠给师父云鹤的,我只是代为保管。民间的宝贝,最好还是留在民间。龙镇长,要说镇馆之宝,也不是没有。龙骏的双面木雕《龙湖春秋》和《古镇老街》足可担当。"

天蚕衣暂时寄放在龙门书院,林波舍不得。龙骏的木雕本是为好友林波未来的私人博物馆准备的。龙信见过那件大型的双面木雕,无论造型还是寓意,当丝路博物馆的镇馆之宝当之无愧。

"那可太好了! 林老师,我知道您在为朱老师的藏品和自己的宝贝伤脑筋。像龙潭镇这样的旅游大镇,有一两座私人博物馆是理所应当的事。镇政府会全力支持您。"

"我现在最关心的还是那些藏品。"

"林老师,我以个人的信誉担保,这事一定给您妥善解决,近段时间就会有眉目。"

第八十五章
丝路玫瑰

一

丝路小镇开镇仪式是从春节的庙会开始的。

龙潭镇2018年的蚕神庙会,盛况空前,轰动八婺乃至全省。年前,筹备组就四处张贴广告招贴画,或是在电视报纸上宣传。大年初一,龙门书院大门敞开,人流熙攘。龙门书院洪亮的钟声在山川江湖间荡漾开去,四面八方赶庙会的人聚集龙潭镇。传统节目接踵上演,迎龙灯,抬阁跷,踩高跷,舞龙舞狮,叠罗汉,翻九头,放焰火。老街店铺红灯高挂,彩旗披霞,家家户户高朋满座,笑语盈门。湖面上的游艇也挂上了灯笼旗幡。

不过,庙会的重头戏还是蚕花巡游。庙会操盘手龙义颇费踌躇,一再遴选,最后别出心裁地安排了两朵"洋蚕花"——也门医生阿尔玛的大女儿雪荷和马里商人阿基玛的小女儿尼娜,本土两朵含苞欲放的"小蚕花"——龙应锦、龙应绣。加上传统的中式集体婚礼,庙会获得广泛赞誉。

丝路园区是四年前落户龙潭镇的。在红泥岗工业园区与大龙江之间,有一片长满马尾松的丘岗,连接大龙江清淤筑堤后的江滩,形成大片开阔地。它是龙潭镇最后一片宝地,本地人称"金三角"。这儿地处大龙江的中上游,地理位置优越,离高速入口、高铁站和机场都不远,往来交通便利。

兼任丝路园区管委会主任的龙信找到龙马，要龙马给他出谋划策。

龙马醉心公益，连家族事务都很少插手了，不过，他还是龙家的"隐形老大"，偶尔说句话，龙家的人没有不听的。每当龙信遇到疑难拿捏不定时，就会想到龙潭镇资格最老的镇长龙马，央求他出主意。

龙马的办公地点在市郊机场路边的一片空地上，一排钢结构的两层楼房，门口挂着"龙虎救援队"木牌，大院里停满各种救援车。办公桌后面的龙马头发灰白，精神饱满。

与以往一样，龙马总是先推脱一番："龙家的事去问朱赫赫，她的主意比我的高明。"

"小奶奶比您还忙，我都不好意思去打扰她了。"龙信俏皮地微笑——他已摸透龙马的脾气，要是打官腔，龙马肯定会甩给自己一个后脑勺，"小爷爷不是常说，家事国事天下事事事相连吗？我觉得这件事非请教您不可。最近一段时间，我睡不踏实，总担心某个地方出点纰漏，都快抑郁了！大奶奶生前常说，裁衣服要对得起东家，也要对得起自己的手艺，闭着眼睛一剪刀下去，把料子糟蹋了，赔偿东家是小事，毁了老裁缝一辈子的好名声是大事。何况，园区那块地，不是一般的布料，那是龙潭镇剩下最好的锦缎。那么多双东家眼睛盯着呢，弄不好，以后会被人戳脊梁骨。这世上可没有后悔药。"

龙马被逗乐了，年近古稀的他在龙信身上看到了自己过去的影子。

火候差不多了，龙信开始介绍情况。

"丝路园区已改名为丝路小镇了，我操心的是后面几期的招商引资。世贸中心，商业广场，国际大厦，精品酒店，十几栋百米高的大楼已经确定。既然称具有国际影响的小镇，就该有超高的地标性建筑。一幢幢拔地而起的大楼正好展示着我们的雄心和朝气。龙腾世贸中心是龙潭镇乃至婺州首个城市综合体，投资五十五亿元，建筑高达二百六十米。还有三幢各为一百五十米高的公寓式酒店和高档住宅，超大面积的商业裙房，打造成浙中地区规模最大、档次最高并与国际潮流接轨的超大型购物广场，将彻底改变婺州商业零售与商业批发的失衡状态。小爷爷，您是搞房地产开发的，应该最有发言权。我的意思是，龙潭镇的事，最后还得自己人拿主意。"

龙马原本眯着的双眼睁开了。

"为什么把目光局限在那区区几平方公里上？整个龙潭镇就是丝路古镇，而越王山、二湖二溪、原生态湿地公园、大龙江滨江水系和沿江的生态绿廊,应该是丝路古镇的后花园。丝路小镇应该向越王山、龙潭湖、环湖大道和龙江上下游延伸。另外,最主要的,各色各样的小镇,不能成为房地产过度开发的借口。我们的子孙,需要的是青山绿水和可以呼吸的新鲜空气……

"龙信,你刚才说,规划图纸都出来了,木已成舟,多说何用?我姑且说,你姑且听,就当局外人信口开河胡说八道。"龙马双手一摊。

"哪里哪里,小爷爷,您说的句句在理,令我茅塞顿开。"龙信频频点头,"还有一个问题,我现在是巧妇难为,还请小爷爷推荐一两位财神爷或是可用的将才。"

"这倒可以。第一位是布衣巷的李海音,她的朋友遍天下,国际招商的事,你可以向她请教。"

"你是说玫瑰山庄的庄主?她总是神神秘秘的,我几次拜会,都没见着她。"

"第二位是应骊。应家姐妹个个了得,应骊更是厉害。她现在是龙家媳妇,将来,龙应两家都得由她掌控。龙信,以后有事,多找龙骏商量,我龙马已退居三线,等着抱混血囡囡,当真正的爷爷了!"

龙马摸了摸灰白掺杂的板寸头,凝重的脸上露出难得轻松的笑容。

龙信呵呵一笑。

二

四年后,丝路小镇一期、二期建成。华灯初上,小镇高楼大厦亮起霓虹灯,与夜空的星辰相辉映,烘托出古镇的繁华。大龙江两岸开辟绿色长廊,公园广场间植香樟银杏,两侧有喷泉水池,地上铺满鹅卵石,通道的两侧有大型的浮雕挡墙,一排刻画反映龙潭镇变迁的集市场景,另一排刻制龙潭镇历代文人名士人物像。由江湾沼泽地改造的生态型湿地公园里,有溶月泉、水影桥及情景雕塑。白天,在大厦工作的人会过来散步透气,缓解写字楼里压抑的情绪;晚上,男女老幼结伴遛弯健身,孩子们在这里嬉笑打闹,湿地公园成为人们休闲的好去处。

不过,令龙潭镇人自豪的并不是那些高楼大厦,而是风情大道尽头的地标性建筑——丝路剧院。

265

三年前,丝路小镇二期快要启动时,龙信找到龙骏,探讨小镇附属文化设施建设。

"文化搭台,经济唱戏。龙潭镇就是八婺典型,千年商埠,文风醇厚。这些文化矿脉正是我们取之不尽用之不竭的宝藏啊!"

讲完开场白后,龙信把建丝路剧院的事提出来。

"这是好事啊。剧院是真正的万年台。在剧院里演出,演员可免受风雨之苦。"龙骏道,"据我所知,婺州境内原本有古戏台几十座,现在所剩无几了。那些古戏台,汇集了建筑、戏曲、书法等多方面的艺术文化,是一笔巨大的历史文化遗产。诸葛宗祠、花厅原本也有戏台。布衣巷66号的戏台、李宅的跨桥台成为文物后,民间剧团需要一个更大的舞台。"

"是啊,婺剧在龙潭镇可是很有基础的。"龙信接茬,"婺剧不像有些人理解的'翻几个滚斗,舞几下枪棒'那么简单,实际上,婺剧被誉为京剧的祖宗、徽戏的正宗、南戏的活化石。婺剧迄今已有五百多年的历史,是浙江最具代表性的戏曲剧种之一,也是国家级非物质文化遗产。婺剧浑厚古朴,粗犷豪放,唱做并重,以武功见长,具有'文戏武做、武戏文唱'的表演特色。古老的婺剧,根在农村,枝在城市,花开境外,依然散发着独特的艺术魅力。婺剧含六种声腔,唱调十分丰富,剧目有五百多本,曲牌数以千计,并具有历史特征和地域特色,被专家学者誉为'明清戏曲文化博物馆'。"

"龙信,原来你也是戏迷!"龙骏惊讶。

"还不是被奶奶熏陶出来的。小时候没事,奶奶就抱着我去戏台前凑热闹。"龙信笑呵呵,"说正经的,我对这事很感兴趣。剧院的规划设计图出来了,万事俱备,只欠东风。现在玫瑰山庄的李总愿意投资,前提是要冠名权。她想用她母亲李娇娘的名字。这次去省城开会,我才知道李娇娘的名字那么响亮。在戏剧界,她曾经是红得发紫的名人。"

"是啊,她虽是越剧演员,但现在搞婺剧,成立了婺剧团。她是龙潭镇的一张金名片。谁投资谁冠名,这是政策允许的事。"

听了龙骏的话,龙信坚定了建丝路剧院的信心。

剧院建成后,李娇娘却不想冠名,建议冠"丝路"之名。

这一年的庙会,龙潭三宅有六个戏班同时斗台演出,它们都是本地最有名的婺剧戏班。清明节,丝路剧院的暖场音乐会过后,镇里请来了大剧团。浙江婺剧艺术研究院带来了《江南第一家》《红梅阁》《忠义九江》和《白蛇传》,市婺剧团则演出传统剧目《僧尼会》和新编剧目《婺州兵》。不过压轴的,还是李娇娘的《新编龙湖春秋》。

李娇娘的民间剧团以李家班为主,吸收了附近三镇八乡草台班的名角。婺剧虽是家底殷实的古老剧种,可名声远不及越剧,以前,它的影响力仅局限在八婺及邻近地区。李娇娘尝试着做些改革,向兄弟剧种学习——道白用人人能听懂的吴方言普通话,用现代面料款式制作戏装,道具布景强调舞台的渲染力、突出戏剧的时代性。

更重要的是要创新剧目,强调剧本的完整性与悬念性。虽然婺剧传统剧目丰富,但由于缺乏改革创新,新编剧目乏善可陈。李团长生前一直在整理婺剧资料,他把三十余个婺剧折子戏和经典传统剧目的曲谱、道白、故事重新梳理了一遍,收集了邻县许多民间剧团的曲目,自己还试着创作了一些新剧本。

几年前,李娇娘在市档案馆找到了老团长留下的剧本《龙湖春秋》。剧本写的是龙潭镇底层小人物——木匠、篾匠、铁匠、花鼓戏艺人和道情艺人——的命运。要搬上舞台,剧本就要做大幅度修改,新剧本至少要把诸葛教授、朱老夫子、云鹤院长这一代人写进去。

李娇娘找到龙骏。

"市婺剧团有上级的任务,要外出演戏,要送戏下乡。请人写一个新剧本,动辄几十万上百万元,戏班子也付不起。我翻出李团长编的老剧本,改一改能用。这事还得请你帮忙。"

龙骏连连摇头:"这可为难我了。我五音不全,一首完整的歌都唱不下来。朋友聚会卡拉OK,我只能默默坐在角落里喝闷酒。金石丝竹,匏土革木,宫商角徵羽,五音六律,我是一窍不通。婺剧更是外行,什么尺字、小工、正宫、倒板、原板、垛板、西皮流水、紧皮二黄,只听说,从未搞清楚过。"

"我也是听飞天说的,她知道我要编剧本,第一个想到她老爸。连大树也这么说,称你是万能的。"李娇娘提到龙飞天和大树,满脸温情。

看着李娇娘失望的样子,龙骏不忍心推脱:"我可以向你推荐一个人。他小时候喜欢舞枪弄棒,学过婺剧,与李团长交情最深。这人诗书画全能,论戏剧文字功底,远在我之上。"

李娇娘沉吟片刻,点点头。她知道那人就是林波,内心了然林波与女儿李海音的情感纠葛,时间一长,曾经刻骨铭心的伤害已经淡化。

"我不管你自己写,还是找人写。这事就交给你了。从剧本定稿、排练到正式上台,总得一年半载,你们可得抓紧点儿。"李娇娘道。

《新编龙湖春秋》在丝路剧院的演出很成功。不过李娇娘似乎还是不满意,要进一步完善剧本。

"龙骏,你再改改,加点时尚元素。最好把龙潭镇新一代的年轻人和那些阿拉伯人、印度人、非洲人都写进去。你知道吗,戏班子已经接到邀请,夏天要去西班牙演出了!"

三

李娇娘对越剧、婺剧和京剧,到了痴迷的程度。

每天早上醒来,李娇娘的第一件事就是去青山湖边练功吊嗓。有时在木栈桥上,有时是在小戏台上。那个小戏台在玫瑰园和木栈桥之间,是李海音专门为母亲搭建的。

7点半,李娇娘到练功房练功。毕竟岁月不饶人,李娇娘的肩腰腿有不少病痛。不过她还是坚持练功。做自己喜爱的事,从来不觉得累,她很享受在舞台上的感觉。唱、念、做、打、翻,手、眼、身、法、步,她的整个生命已经融入了那个演绎人生百态的舞台。

她已经很长时间没回上海了。她记得最后一次回上海的情景。高铁穿过重重雾霾,从杭州抵达雾气沉沉的上海。从虹桥高铁站到自己曾经的家,正好五十元的出租车费。楼下有水果店、鲜花店、打印店和咖啡店,熙来攘往的人步履匆匆。远处的高楼大厦和纵横的立交桥在初春的天空下显得生机勃勃而又魔幻。

这不是她记忆中的上海。在梦里,她又回到延安路,回到那座大花园住宅——双帝泉柱廊,三角形山墙,清水红砖墙面,精美砖雕。她听见他爽朗的笑声,在他温柔的歌声里,她就像被魔法定住了,直勾勾地盯着那双雾蒙蒙的深邃的眼睛。人世茫茫,岁月风霜,他的眉目刻在她心里,即使穿越今生,穿越来世,一刻也不能忘。那种蚀骨的煎熬和思念,真是太折磨人了。几十年后,她依然会在梦里见到他,听到他的声音,整个人发抖,一句话也说不出,只知道扶墙大哭,直到哽咽。在梦里,那建筑被扭曲了,空荡荡的,长满荒草。黄浦江翻滚着浊浪,上海滩凄美的爱情故事还在延续。那个上海剧场里的演员，那个穿橘色衬衫和背带裤的少女，似乎还走在通向川藏线的路上。

她有一种恍如隔世的感觉。她依稀还能听见运河飘来的昆腔和剡溪水流淌的软糯之音。那是委婉细腻的越剧《梁山伯与祝英台》《红楼梦》和《西厢记》。她记得乌篷船、镜湖、庙堂、山呑和河边桥下的戏台。水乡社戏永远充满诗情画意——兰亭依稀，狂草洒脱，行书俊逸，驻足的书生越过柳色桥头，朱笔点来，泅了盛季。

命运，就是蝴蝶的梦与梦中的蝴蝶。

20世纪50年代末，李娇娘随省婺剧实验剧团赴上海演出，在《断桥》中任小青B角的李娇娘第一次登台，虽然没有惊艳的表演，却机缘巧合，被另一个剧团相中，留在了上海。李娇娘的师父是一位因老师生病替演而一炮走红的越剧演员，与李娇娘亲如母女。师父后来成了风格新颖、独树一帜的梨园大咖——唱腔字正腔圆，念白爽朗明快，做功刚健婀娜，无论是青衣花旦、闺门旦还是刀马旦，无论是巾帼英雄还是侠女烈妇，都演绎得出神入化。从新秀到名角，在师父的调教下，李娇娘在上海滩好评如潮，后来的名气不亚于开宗立派的师父。

李娇娘与师父一起回嵊县省亲。剡溪，南山湖，红佛寺，崇仁古镇，百丈飞瀑，穿岩十九峰，李娇娘迷恋越剧，也爱上了拥有众多名山大川、民俗深厚的越剧故乡。充满江南气息的越剧，唱腔清丽，曲调婉转，扮相柔美俊秀，以小生花旦的感情戏为多。越剧的服装也很有特色，淡雅柔美，简洁清新，色阶丰富，款式多样。越剧源于绍兴，传播至杭州，继而在上海发扬光大，因为方言相通，上海越剧正是通过华人中的宁波帮传至海外。爱屋及乌，李娇娘又喜欢上了水乡社戏绍剧。绍剧武戏，三五步行天下，六七人雄万师，小小舞台上，有九州四海千军万马，有枪林弹雨虎翼龙牙，有捻支飞翔的羽和一饮落喉的豪气，有壮士仰天怒吼横刀而立。

叶落归根。每个人都摆脱不了故土牵绊，最终都要回到心灵家园。

龙潭镇在李娇娘的记忆里是模糊的。父母虽然视她为掌上明珠，但是在她出生后的头十年就相继去世。她记忆中最深刻的亲人还是外公，外公原来是铁匠铺里抡大锤的，空闲时间在草台班里敲锣打鼓，每次到李家来都会用一把黑色的油纸伞戳小姑娘的脑壳，就像用鼓棒在打鼓。

李娇娘回到李宅，开始时应戏迷要求唱些越剧选段。久而久之，那些十里八乡的剧团纷纷延请她去做艺术顾问。越是深入,李娇娘越是发现年轻时不喜欢的婺剧并不那么简单。婺剧唱做并重,唱腔铿锵有力、激昂高亢、悲壮沉郁,表演浑厚古朴、粗犷豪放,由锣鼓相助,亮相功架近乎敦煌壁画的人物姿态。"文戏武做、武戏文唱"的婺剧以武功见长,特技表演多,有许多武功绝活。最突出的武功有台劲、姜维霸、红拳、穿刀、穿火圈、十八吊、后僵尸跌、前僵尸跌、两头跳等十五六种。还有许多特技。婺剧中的特技表演源自古老的傩戏、百戏、木偶戏和目连戏。

蛇步蛇行就是李娇娘在婺剧滩簧《断桥》中饰演的小青的特技。白蛇和青蛇的台步轻捷细碎,S形前行,犹如蛇行水面,飘飘欲仙。小青杀气腾腾地追赶许仙,忽地停住,来个三窜头,似水蛇觅食,凶悍而敏捷。

扮相、唱功、人物塑造、舞台表现,李娇娘功力还在,很快完成了角色的转换。她现在着重于婺剧的做功。年龄大,做不了高难度的武打动作,一些基本功还是要带头练。李娇娘在原来的婺剧特技中加入现代舞、艺术体操和杂技等元素,形成了自己独特的艺术风格。

戏曲这一行的艰辛难与外人说道。台上一分钟,台下十年功。唱念做打都得天天练。李娇娘不能辜负那些戏迷,尤其是龙飞天和大树。在龙飞天那里,李娇娘找到了做奶奶的感觉;在那个法国青年的身上,她看到了英俊武官的影子。

大树对婺剧着迷,源于图案丰富多彩的婺剧脸谱。婺剧脸谱是在古老彩绘图腾的基础上形成和发展的。原先演员戴的是古老的"傩面"面壳,脸部感情无法表达,就将面壳的图样直接画在脸上。婺剧脸谱与其他剧种的脸谱大不相同,有红、黑、白、绿、青、紫、金和阴阳色,斑驳陆离,风格粗犷,雅俗共赏。婺剧脸谱可以望"图"生义,有孝有佛,有金鱼、金蟾、蝴蝶、蝙蝠、乌鸦、蜜蜂类,有利斧、戟斧、剑鞘类,有旋风、梅花、兰花、竹子、菊花、弯月、桃子类。

凡事终须结局,从头演起,上台容易下台难。是是非非,真真假假。在生活里,人总得脱下脸谱假面,做回自己!

脱下戏装走下舞台,生活里,李娇娘一年四季都喜欢穿旗袍。她的衣柜里全是旗袍,有单有夹,有圆领右大襟带扣襻的,有下摆直筒式的,有两面开衩四面开衩的,有半圆形夹袖的,有北京盛行的十八镶,有宽袍大袖的也有窄袖紧腰的。

走在龙潭镇的大街上,李娇娘不再是演员,而是依然优雅的旗袍美人。

四

玫瑰山庄是寂静而神秘的。山谷间流过的岁月如同溪流一样清澈,又如同很少泛起涟漪的青山湖一样平静。

一年中,李海音待在山庄的日子屈指可数。李娇娘的饮食起居,由菲律宾姑娘郭谢莉安排。除了家务园艺和迎来送往,郭谢莉还要处理公司的大部分业务。

这年5月,丝路小镇的开镇庆典达到高潮。来自41个国家79个城市的政商界代表及智库学者走访古镇。他们品尝龙潭镇特色美食,参观龙潭镇的老街古宅,感受中国传统文化的独特魅力。寂静的山庄突然变得喧闹起来。四面八方来的客人会聚丝路文化俱乐部,怀着一个共同的目的——看李娇娘的越剧婺剧表演。

5月末的一天,应骊应邀去玫瑰山庄,与李海音商量暑假带丝路剧团去西班牙演出的事宜。

江湖传闻总是云里雾里,玫瑰山庄的女主人在普通龙潭镇人看来总是戴着一层面纱,在龙潭镇年轻一辈的姑娘眼里,更是神秘莫测。应骊还是少女时,就对山庄充满向往,十几年后的今天,她依然对山庄和山庄里的不老女神怀有好奇。

应骊最初的偶像是她的舅母诸葛慧莲。坊间隐隐约约流传的故事说诸葛慧莲与山庄的女主人有过个人情感生活上的纠葛。当自己面对爱情飞蛾扑火,经历了人生的风雨之后,应骊对男女之间的情感纠葛不再那么有执念了。爱情中的男女,无所谓对错。

中欧班列开通后,梅花集团、天锦实业在马德里和巴塞罗那设立了分公司。董事长应骊虽然经常跑中东和欧洲,偶尔与李海音乘坐同一航班,也是擦肩而过。应骊当上世界商人协会的秘书长后,经常组织客人来玫瑰山庄活动,两人经常见面,也不过是点头之交。直到两人在丝路小镇内合作开设创客园,才渐渐熟稔起来。创客园是为各个国家的青年设立的,让外来的"洋创客"有就业和施展才华的机会。

应骊去玫瑰山庄的次数越来越多。那个过去传说中冷艳高傲的女神变

271

成了平易近人的普通朋友。

那间总是散发着淡淡茶香和檀香的茶室正对着欧式庭院风格的玫瑰园。5月的玫瑰园,空气清新,花香四溢,映入眼帘的姹紫嫣红让人目不暇接。玫瑰娇艳欲滴,花丛间蝶飞蜂舞,和煦的阳光照在水珠晶莹的玫瑰花瓣上,闪闪发光。穿园而过的溪水潺潺流淌。蓝天白云下,平静的湖面,大片的浓荫绿地,木屋栈桥和喷泉花海相互交融,如一幅美丽画卷,徐徐拉开。

虽然见面的次数不少,但每一次见面,应骊还是惊艳于冻龄女神的美貌。那双淡雅的双眸泛起微笑的涟漪,如秋日横波,让人如醉如痴。一头微卷的长发,用水晶发卡松松绾起,发丝自然垂落下来,滑过耳际,平添一丝妩媚。她平时穿白衬衣搭牛仔裤,有时穿一袭波希米亚风格的白色抹胸长裙,大多数时候穿着旗袍,白皙的长腿在精致花边的衬托下显得愈加挺拔修长,素雅风韵在她身上浑然天成。

应骊穿着长款长袖双层香云纱旗袍裙,在过去咄咄逼人的英气中融入了母性的柔软温婉,玲珑的身躯丰盈端庄。她站在那里,一双手交叠在微微隆起的腹部上。

"怎么,又怀上了?"李海音瞄了一眼,微笑道。

"是啊,又一个上门要债的来了。夫妻是缘,儿女是债,无缘不聚,无债不来。"

"这世上还有什么比当母亲更快乐的呢?"

"李总,你收养了那么多孤儿,也是一位好妈妈。有人要当你女儿,还没有那个资格哩!上次我带应锦应绣去飞天染坊玩扎染布偶,听坊间的人说,李奶奶在到处寻孙女。她喜欢孩子,家里热热闹闹的,看起来是一家团圆的样子。应姝的双胞胎女儿,真想认你做干妈哩!"

应骊已是三个孩子的母亲,到处给女儿认干爹干妈。应姝未婚生育,应骊很是为死犟死犟的妹妹担心,总想着为那对双胞胎谋出路。

"应姝的两个孩子真是漂亮。她自己愿意抚养,我怎么能夺人所爱呢?再说,在我这个年龄,当孩子干妈有些老了。"

"怎么会呢,李总,我还要向你讨教冻龄秘籍哩。他们说,怀孕时多看美女像,生下女儿一定漂亮。我和妹妹的房间里都挂着你的肖像。"

应骊用俏皮的口吻说道,逗得李海音咯咯笑。

"外人说应家的女儿厉害,果然名不虚传!好了,应骊,我们不谈孩子的事。去西班牙演出的事已安排妥了,你不去,由我和龙义带队。今天,我还有一件非常重要的事与你商量。"

李海音站起来,一脸庄肃:"这些年,服装生意不好做,小巷布衣也就是勉强能够维持。我希望小巷布衣能留在龙潭镇,由你来接手。"

"李总,我可不能夺人所爱……"

"说实话,我征求过龙马的意见,在后辈中他最看好你。你现在手里持有的股份早已经超过我的了,按正常规矩,小巷布衣也应该由你来接管。我只有一个要求。这些年,郭谢莉忠心耿耿,公司业务交给她,你完全可以放心。"

273

"李总,我可没那个意思。我只是想帮助你。林晓,龙飞天,都是我的好姐妹,我可不敢奢望比肩她们在你心中的位置。"

"商场如战场,也只有你有杀伐决断的勇气。林晓,龙飞天,她们都是我心中的最爱,我很感激她们的陪伴。你知道,我不是龙潭镇人,总有一天我是会离开这里的。我带不走这里的山水,带不走这里的一片树叶和一丝云彩。人生是一幕幕戏剧,不管你愿不愿意,当舞台帷幕落下来的时候,无论是主角还是配角,都要退场。"

第八十六章
一个人的江湖

一

龙骏与女儿龙飞天拖着行李,登上开往马德里的飞机。

这是父女俩第一次一起长途旅行。龙飞天每年要花两个月的时间旅行,她已经与大树去过欧洲许多国家。十几年来,除了偶尔出去透透气,龙骏蜗居龙潭镇,几乎过着离群索居、与世隔绝的生活。

四年前,婺州至马德里的中欧班列开通时,龙成与乌戈就竭力怂恿龙骏去西班牙散散心。龙骏早办了护照,竟然没出过国。少年时的他是那样向往外面世界,每每看到绿皮火车从龙潭车站驶出,就急切地想着早点去闯荡外面的世界,内心不安分的波澜,犹如浪潮一般不可阻挡。与儿时对外面世界的向往一样,成年时的他心中依然充满梦想和憧憬。他的大学同学分布在世界各地。有的在温哥华开餐馆,在蒙特利尔做巧克力,在多伦多开民宿或杂货铺,在加拿大北方开采碧玉;有的在美国郊区租地种菜种西洋参,在纽约华尔街的高级写字楼里办公,或是居住地下室在街头流浪;有的在墨尔本开设广播电台,在悉尼买房当包租公。

那些精彩纷呈的故事在龙骏头脑中触发的火花往往瞬间熄灭。他现在只想有更多时间去领略大自然、感悟生命。龙潭镇——这个奇妙的小世界够他花后半辈子时间观察思索的了,他不再向往遥远的世界。

可是与女儿一起出国旅行又当别论。

带着一点倦意和新鲜,父女俩出了巴拉哈斯机场。李海音早已在机场出口等候,她要带龙飞天去巴塞罗那参加"丝路传奇"艺术团的演出。他们在阿托查火车站道别。

大约等了一刻钟,一个西装革履的中年华人出现在龙骏面前,普通话里带有浓重的温州口音。

"龙先生,非常抱歉,我是启辉的兄弟启明,启辉临时有事,让我来接你。你会西语吗?"

"会一点儿。我能说英语。"为了这次旅行,龙骏特地向徒儿乌戈学了几句西班牙语。

"英语在西班牙用处可不太大。你可用手机下载一个翻译软件。不过没关系,有事你可以随时打我电话。我现在带你先去住下。"

龙骏盯着驾驶座上的中年人,有一种故人相见的感觉。

大半年前,克劳迪娅带着陈姓华人来到木园。那人身材魁梧,腰板挺直,面容黝黑,双目如电,一见面就行抱拳礼,叫龙骏"师叔"。他说自己来龙潭镇是故地重游,要到越王山寻访师爷云鹤的墓地。墓地没找到,那人郑重地穿上一袭黑衣,长跪在大坝上向青山湖拜了又拜。龙骏好不容易才搞明白其中的渊源传承。原来这个陈先生的师父曾一度在龙门书院长住,拜云鹤为师研习太极。

陈先生不愿意多说,但是喜欢呱啦的克劳迪娅却透了他的底。

陈启辉是旅居西班牙的华侨,祖籍浙江青田。他从小叛逆,喜欢南拳北腿各种功夫。旅居西班牙后,他参演了多部中西影视剧的拍摄,声名鹊起。他身体力行,致力于在世界各地传播中华武术。他曾担任一部欧洲著名歌剧的武术指导和两部大型舞台剧的导演,好评如潮,因此西方媒体称他为"将中国功夫融入欧洲主流文化的第一人"。

沿着起伏的山路,他们来到马德里市郊西北山区一个叫圣母玛利亚的小镇。龙骏入住一所带大院的石基房子。偏僻的山间别墅附近,有郁郁葱葱的森林,山泉溪流,清幽凉爽。

晚上8点,陈启明与一帮青田老乡,在城里一家西班牙人开的餐厅请龙

骏吃大餐：瓦伦西亚海鲜饭、马德里肉汤、牛肚、大蒜浓汤、蜗牛、土豆煎蛋饼、烤海鲷，大菜外还有甜点——奶油肉馅饼、蛋卷、油煎饼、杏仁糖糕和果仁糖，很是丰盛。

"陈先生，您太破费了。"龙骏很尴尬。

"到一个地方，就要尝尝一个地方的美食。这一顿算是我尽地主之谊招待浙江老乡。过几天启辉来了，再给你接风洗尘。龙先生，启辉说你是位大隐士，喜欢粗茶淡饭。明天我带你去自家的餐馆吃家常菜，顺便带你逛逛唐人街。"

"陈先生，您忙您的，我自己去逛。"

圣母玛利亚小镇位于偏僻的山间岔路口，只有一千多人，常住的更少。好在交通还算方便，龙骏可以乘坐舒适的城际小火车到市区。那种搬到别处的同样生活激不起龙骏多大的兴趣，他要寻找的是别样的马德里。

此行的目的地是丽池公园，他要在这里参加太极拳表演大会。

这一天，龙骏并没有去市中心。克劳迪娅与丈夫来到山居，他们因为太极拳结缘，在马德里开了一家武馆和一所弗拉门戈舞蹈学校。

克劳迪娅的丈夫何塞·加戈·巴罗斯自20世纪90年代末开始，一次次来中国，用并不熟练的中文与人交流，学习太极拳法。他在圣地亚哥德孔波斯特拉第一次设馆授徒时，学生不过十几名，且全是年近古稀之人。如今，他的学校每年招收的学生有几百上千人，年轻人越来越多。他在费罗尔、卢戈、奥伦塞开分馆，接着把拳馆开到巴塞罗那和马德里。

克劳迪娅接连来访，有时与丈夫，有时与小儿子迪戈一起，迪戈也痴迷于中国功夫。

龙骏入住的山居别墅，占地八百多平方米，房子两层，院子里有很多果树，有一个菜园和葡萄园。房间里，古典实木的案几桌椅和沙发床一应俱全，储藏室和冰柜里，食物红酒应有尽有，还有中式的厨房，随时可以自己动手。一顿饱餐后，龙骏和来访的客人在水流清澈的小河边散步。附近小村庄里的牛群常到小溪喝水。他们沿着村民修筑的木栈道去松树林采蘑菇。这个季节，牛肝菌、鸡油菇还没有长出来，他们空手而回。

接下来两天无人来访。龙骏晚睡晚起，又过起了离群索居的生活。

龙骏开始在院子里和住所附近探索。小碎石和杂草树枝堆放的菜园子里种着各种蔬菜。菜园里有一口深水井，水质清冽冰凉，一台抽水泵与自动浇灌系统相连。果园里有一棵无花果树,密密地长了很多果实。一棵长着青苹果的苹果树,葡萄藤蔓攀上苹果树高高的枝丫。

龙骏过起了农夫生活。除了练拳,就是侍弄菜园子。他到附近捡牛粪,撒在菜园和果园的泥土里,每天开启抽水泵浇水。晚上,他支起一把躺椅,躺在苹果树下。他居住的山地植被茂盛,郁郁葱葱,早晚凉爽。他横起双腿,呼吸着带青苹果和熟葡萄味的空气,望着天空发呆。远处的溪流松林,吹来了带丝丝凉意的风。

回到卧室,接上电脑,窗外,皓月当空。

在寂静山居的月夜,龙骏想起了远在巴塞罗那的女儿和李海音。

在龙潭镇老宅里,每天面对木头疙瘩,龙骏的心是踏实的,即使女儿单独外出一两个月,他也不会担心。如今,当自己也在异国他乡漂着的时候,他对女儿的那份牵挂却强烈起来。在马德里小镇的偏僻山居里,他度日如年。黑白颠倒的节奏使他恍恍惚惚,无所事事的生活使他焦虑。

他在担忧女儿的安全。巴塞罗那并不是十分安全,他每天晚上给女儿打电话。龙飞天似乎懂父亲的心思,每天向父亲汇报当天的演出,用微信发来几十张舞台照和在外游玩的照片。

龙骏对女儿放心了。不过,他自己却因为思乡陷入了某种莫名的情绪。

二

马德里是西班牙华侨华人最重要的聚居地。陈启明的父亲是20世纪80年代第一波移民热潮中来到马德里开华人餐馆的。90年代劳务移民高峰时,飞往西班牙的航班中几乎都是青田籍人员。陈启明从浙江青田老家来到马德里与父母团聚,先在尼古拉斯·桑切斯商业街开了一家中餐馆,站稳脚跟后迅速发展。如今他在乌塞拉区拥有众多的产业——房产中介、旅行社、酒店和华人律师事务所。

丽池公园的太极拳表演大会结束后,圣母玛利亚小镇的山间别墅里举行了一场庆功宴。陈启明特地从自己的餐馆里叫来中餐厨师,准备了满满的一桌酒菜。他的堂兄陈启辉穿一身黑色的练功服,见到龙骏,不停地拱手作揖,行叩拜礼。

"师叔,这次实在抱歉。最近武馆有点忙,有部电影在拍摄,原来的武术指导伤了,请我去救急。救场如救火。这接风宴与庆功宴就算合二为一了,还请师叔包涵。"

"行了,启辉,你别贫。等会罚酒三杯,算是将功补过。"陈启明笑道,一边忙着招呼其他客人。

他们是克劳迪娅和丈夫何塞、儿子迪戈。还有一位,是特地从巴塞罗那赶来的张姓老人。老人年逾古稀,穿一身白色的丝绒太极服,须髯皆白,面容饱满,文质彬彬的。他与龙骏谦让一番,在上位就座。原来他是巴塞罗那一所华侨子弟学校的校长,也是克劳迪娅女士常提起的"师父"。

二十几年前,张校长每逢周末都要在巴塞罗那凯旋门前练太极拳,吸引了一批太极拳爱好者跟着学。克劳迪娅慕名而来。那时候,她正在学中文,经常上完课就背着一大包中文教科书和中西字典,坐地铁到凯旋门跟张校长学拳。克劳迪娅女士根骨不错,又对中国古代哲学、道家文化和医学感兴趣,张校长就收她为徒。因为太极拳,克劳迪娅成就了自己的姻缘。

晚餐很快结束,主人把茶桌搬到苹果树底下,大家喝茶论道。

克劳迪娅要龙骏谈谈丽池公园太极盛会的感想。龙骏把目光转向陈启辉。

陈启辉虽是武馆教练、功夫演员,在西班牙武坛享有盛名,在太极圈里却是敬张校长三分,他要前辈张校长先开金口。张校长是在西班牙教太极拳的第一人,还成立了自己的中华武术研究院,说到太极,自然是当仁不让。

"这次太极盛会,西班牙国家电视台和马德里市台都进行了直播。去年,西班牙国家电视台在黄金时间报道在马德里召开的西班牙全国传统医药医疗大会时,首次把中国太极拳和气功列入传统医疗法。那些日子,武术研究院电话铃声不断,都是要求我们派老师去教太极拳与气功的。记得二十多年前,我教人打拳练功的时,只有区区十一人,还是中国饭店的雇员,一些积劳成疾的老员工。如今,太极拳和气功在西班牙越来越受欢迎。全世界练习太极拳的人数超过两亿五千万。在西班牙,现在就有几十万人在学太极。"

何塞一会儿用并不熟练的汉语,一会儿用英语或西语与龙骏交谈,急不可耐地插进来。

何塞的教练生涯比张校长还长,自以为对太极有一定理解,很想在这样的场合与私底下自称"真人"的张校长理论一番。

"比起中国武术,空手道和跆拳道都显得太简单了。不过,这种简单反而更有利于让其在全球风靡。中国武术博大精深,但由于种类繁多,让有心学习的外国人往往望而却步。我到中国学太极,发现各地的太极看上去很不一样。张师父,到底什么才是真正的太极?"

张校长语调平缓:"太极就像大海,像水流一样永不停歇。平衡、和谐,这就是太极。太极拳是以中国传统儒、道哲学中的阴阳辩证理念为核心思想的,集颐养性情、强身健体、技击对抗等多种功能为一体,结合易学、五行学、中医经络学、古代的导引术和吐纳术。太极拳内外兼修,是柔和、缓慢、轻灵、刚柔相济的中国传统拳术。陈师傅,你说呢?"

张校长不想与西班牙教练正面交锋,把球踢给功夫明星。在西班牙的中国功夫圈里,陈启辉属于少壮派,一向年轻气盛。他听张校长发言,一会儿点头,一会儿摇头,双眼炯炯有神。

"张校长,对于目前的太极圈,我有不同的看法。有些所谓的大师把中国功夫糟蹋了。武林山头林立,门派众多,自说自话,如同瞎子摸象。太极被利益裹挟撕扯,离真正的道越来越远了。"

张校长依然不瘟不火,神色蔼然:"太极其实没有一个固化的形象,发展至今,已有陈、杨、孙、吴、武等多种流派,且多从实战搏击演化到如今的养生健体。即使是同一流派,流传到海外,因土壤不同,也会发展出不同的形态。求同存异,交流和切磋,这是太极在世界范围内生生不息的发展动力。文化上越了解,两国人民之间才越有亲近感。"

陈启辉似乎有不同看法:"太极并不是单纯的一项体育健身运动,它是中国功夫。包括太极在内的中国武术,海外教学时不能仅仅站在中国人的立场上去思考,也要站在外国人的立场上。西方人很难像中国人那样轻盈灵活。"

迪戈坐在母亲身边,一直在认真倾听。他从五岁起就在父亲的指导下练习各种武术,已经练习太极拳近二十年,曾在欧洲不少太极大赛中获奖。听完陈启辉的一番话,露出不屑的神情。

龙骏在太极拳大会上表演的行云流水般纯熟的拳法使西班牙青年着迷。克劳迪娅女士有意让儿子拜龙骏为师,就怂恿儿子与龙骏切磋切磋。

青年人露出一种骄傲的神情,跃跃欲试。

"巴罗斯,你要学中国功夫,还是拜陈先生为师吧。"龙骏笑道。

"是啊,迪戈,你要与师叔过招,先过了我这一关。咱们比画比画。"陈启辉露出俏皮的眼神。

两人在院子里拉开架势。西班牙年轻人功夫扎实,一招一式有模有样,怎奈对面的陈启辉攻势凌厉如疾风闪电,迪戈很快就败下阵来。

年轻人喘着粗气,为了掩饰尴尬,缠着龙骏讨教太极奥秘。

"太极看似简单,其实奥妙无穷。太极背后的道家文化中包含了宇宙哲学。能量在宇宙中流转,时刻变化,在人体这个小宇宙中也一样。呼吸吐纳,来回往复,如同潮起潮落。这就是太极的节律。太极节律不仅仅适用于东方人,也是一种全人类通用的语言。在我看来,学练太极的最终目的,是顺应天地自然,体悟人生宇宙之大道。"

"说得好!龙先生。"作为主人的陈启明顺势出来打圆场,"8月底9月初还有另一场盛会,是在西班牙瓦伦西亚市政府广场举行的由三十二个欧盟国家参与的全民运动健身活动。我希望龙先生再住一阵子,留下与启辉切磋切磋,顺便教教迪戈。"

三

师侄一再挽留,龙骏虽然归心似箭,但他要等女儿的消息,暂时答应了。

身体的紧张得到放松后,焦虑的情绪却袭上心头,并且越来越强烈。龙骏有一种不祥预感。这天晚上,突然接到女儿电话。

电话那头,龙飞天声音哽咽,抽抽搭搭,断断续续。龙骏听了又听,才明白大概。

原来李娇娘来之前在彩排时就受了点轻伤。本来,她在《新编龙湖春秋》里是不用上场的。这一晚加演折子戏,她坚持要上台。没办法,《断桥》中的"蛇行蛇步"只有她能做,但毕竟年纪大了,腿脚没有年轻时候那么灵活,表演时一个跟斗栽下台,当时就昏了过去。

"……人还在医院。演出还有小半个月。海音阿姨是主心骨,这里少不了她。我先挂了……去医院……"

过一会儿,女儿又打来电话,是从医院里打来的。她们遇到些麻烦,李娇娘的情况却越来越糟。

"一会儿昏迷,一会儿苏醒。说胡话。上海……领事馆……大使馆……

梧桐树……谁也听不懂她的意思。只有一个词是清晰的:玫瑰山庄。得把她送回去,送回国,送回龙潭镇……"

电话那头的龙飞天先是抽抽搭搭,接着号啕大哭起来。

"别急。我来想办法……"龙骏安慰女儿。

其实,不止龙骏一人在想办法。陈氏兄弟早为龙骏准备好一切,他们连夜与大使、领事联系,买好回国的飞机票。龙骏与陈氏兄弟在巴塞罗那辞别。

一行人护送李娇娘回国。

第八十七章
一条江

一

龙骏收拾好行李,准备带应明去旅行。

徒步远足是龙骏生活的一部分。以往,龙骏只需把常常背在身上的帆布包里的图谱、画笔、刻刀和凿子取出,再放一套衣服和一双袜子就可以出发。没有目的地,也不在乎沿途风景。流水断桥芳草路,淡烟疏雨落花天。晨曦晚霞,春花秋叶,长满油菜花的乡野,绵延的森林,水草丰茂的湿地,晴朗天空下的古镇野村,山川峡谷间湍急的溪涧,流水拱桥和粉墙,这些龙骏都可以视而不见。他不是为了洗心清肺,不是为了在春和景明的风光里畅快撒欢,而是为了寻访那些人迹罕至的山水间藏着的人世烟火。他不是为了逃避钢筋水泥的丛林,而是为了与自己的思想待在一起,倾听双脚踩在大地上坚实的脚步声。生活给每个人不同的痛,最终,人人都会找到抚慰自己的方式。生命本就是一场孤独的跋涉,无论有多少纷繁热闹,人终将抽身出来,独自细数似水流年。

有时候,龙骏会一连几天不与人见面,不说一句话。

他喜欢独处。

独处,使枯瘦的日子过得丰盈。独处,是一个人的清欢,是一种静美,更是一种修行。独处让人醒悟,让人看清生命的真相——见自己,见天地,见众生。独处使人在热闹中能淡然自若地抛开一切俗世琐事,回归静寂的心境。丰富的安静,超凡的境界,唯有独处时才能抵达。

这次远足却不同,有特殊意义,它是送给应明的十八岁的礼物。龙骏的帆布包里一直放着应骁的遗书。那是一份无人知晓的沉甸甸的责任——他要担负起父亲的角色,陪伴应明成长。计划好的远足本应该在暑假进行,因为马德里之行耽搁了,改在10月初的七天长假里。为了这次旅行,龙骏做了充分的准备,新买的黑色背包里塞满徒步旅行的必需品,不过因为季节的关系,他们并不打算在外露营。

一大早,龙骏便来到古宅外的石桥边等候。龙十妹送应明出来,不停地叮嘱龙骏把她外孙照顾好,不要弄丢了。应明兴奋的脸上露出不耐烦的神色。他十八岁了,细胳膊瘦腿粗了很多,唇上也冒出顽强的髭,可似乎还没有完全长开来,瘦瘦的身躯顶着一个大脑壳,像十四五岁的少年,比别的同龄人矮了半个头。他背着那个上学时的大书包,书包鼓鼓囊囊的,好像塞了一块石块,垂在屁股上,显得很沉。龙骏不便问那包里装了什么,应明对自己的隐私很敏感。

龙十妹的身影消失在门洞里。应明突然间想起了什么,放下书包,又折回去。他跑向花厅,要与母亲道别。在诸葛慧莲眼里,应明永远是那个没有长大的孩子,她虽然不像母亲龙十妹一样喜欢唠叨,可儿子远行,难免也要像老母鸡对待雏鸡一样"咯咯"几声。

没有一刻钟半小时,应明是回不来的。龙骏坐在桥栏上耐心等候。

古月桥头立了一块国家级文物的石碑。这座石桥的历史甚至比古宅还要悠久。

很多人的记忆深处,都横亘着一座静默的老桥。从不同年代延续至今的古桥,就像一册册内蕴丰富的古书。那些被摩挲光滑的花岗岩栏杆和石板,像极了一个家族的血脉,生生不息,亘古绵延。而江南水乡的一座座古桥,就像一道彩虹、一条玉带或一轮满月,有别样的风韵。

年龄越大,人的古桥情结就会越深。伫立桥边,龙骏时常想起童年时和小伙伴在上面奔跑玩耍的情景。少年时,与父母离别,去遥远城市求学工作,待到年老回归故乡,物是人非,唯有那座老桥还在。杨柳堤岸,卵石成堆的沙滩,长满苔藓的青石,枯藤缠绕的桥栏,桥下的清流潺潺。古桥沐浴在

283

晨曦晚霞里,沐浴在四季的月光里,经历了千百年风吹雨打,依然顽强地坚守。世间一切事物,经过岁月洗礼,都会充满沧桑美感。古桥像一位老者,有一种智慧通达的圆满,静坐凝视,虽然早已将人情世故看透,依旧选择守护,默默在此岸和彼岸之间摆渡。

一个人有一个人的命,一座桥也有一座桥的命。那浸透眷念、弥漫时光况味的古桥,究竟有怎样的前世今生?它是何时出现的?经历怎样的故事?承载了多少的悲欢离合?又看透了多少的人世情长?

就像推开一扇紧掩的木门,走进另一种岁月。龙骏凝望桥栏桥墩,思想恣意驰骋。慢慢地,他抬起头,看着古月桥头的银杏树。银杏树枝繁叶茂,冠覆近两百平方米,直径达一米,高三四十米,四周围木桩,竖起禁伐保护碑。它的浓荫里面,有喜鹊筑了四五个巢。渐渐变黄的银杏叶子即将凋落,在四周铺上金黄地毯。古银杏就这样与古桥毗邻而居,相互守望着。银杏树的年轮里刻着古镇沧桑的记忆,依然充满热烈的生活气息。那些在树冠里栖息、自由飞翔的鸟,可以欣赏桃花溪、画溪的四季美景。

半个小时后,他们从古桥出发,很快越过桃花溪,画溪,塔山下的万胜公园,龙家的健康小镇,来到青山湖的大坝上。龙门书院背山面湖,气势恢宏,只是飞檐翘角粉墙黛瓦都被郁郁葱葱的古树群遮住了。青山湖的右侧,万胜塔守卫下的玫瑰山庄沐浴在阳光里,宁静祥和。

山庄的玫瑰园里,多出了一座墓,墓碑面向青山湖和龙门书院。那是李娇娘的墓,墓碑上刻着一行字,是杜拉斯《情人》开头的那句话:

> 我认识你,并且永远记得你,那时候你还很年轻,人人都说你美,现在我是特地来告诉你,与那时相比,我更爱你如今备受摧残的容颜……

玫瑰山庄已经更换了主人。这片山地,属于龙宅的集体土地,土地的租期就要到了,政府愿意展期,可玫瑰山庄的主人并不想这么做。

李海音走了。不是暂时地离去,而是永久地离开。

一个传奇消失了。有人在去往西藏拉萨的路上、在马尔代夫的海滩上或是在地中海的游轮上见过她,有人说她隐居秦岭,也有人说她最后与一位叫海因里希的德国老头在一起定居德国小镇,众说纷纭,莫衷一是。道听途说的事也没人信。尽管在龙潭镇的老街古宅,在李宅的布衣巷,人们似乎还到处能看到她的影子,但真正见过她的人少之又少。与李海音关系最亲密的林晓和龙飞天守口如瓶,时间一长,人们渐渐淡忘,把她归入龙潭镇传说一类。

应骊收购了小巷布衣,也接收了玫瑰山庄。应骊本来是要办民宿的,后来听从龙信的意见,改变了主意。除了丝路文化俱乐部,剩下的建筑全给林波,用来开办画廊美术馆和他的私人博物馆。朱老夫子的民俗器物和林波的大量收藏品都有了去处。

龙骏以前很少去玫瑰山庄,以后倒可以常去那里喝茶了。林波忙着搬家,也有更多的时间回到龙潭镇了。他住在玫瑰山庄,又开始写诗作画。这位诗人诗兴勃发,写下了无数赞美青山湖的诗篇。

二

龙骏和应明的远足从青山湖开始。

青山湖纳上流双溪水,分两股下泄,一股沿越王山东南坡流下画溪,汇入龙潭湖,另一股在越王山西北坡流下形成小龙江的源头。

小龙江是浦阳江一条不起眼的支流,三四十公里长,流经区域人烟稀少。它从青山湖流下,在山谷村野间流淌,先西南再折向东北,经过临县两个镇,汇入浦阳江。它的源头原是青山峡的双溪,过青山湖才称江,沿途有四五条溪流注入。因为江源短,行水无规律,两岸土质皆沙性,保水差,河道砂砾东涨西坍,一遇山洪,时见溃决,河床被冲刷,竟似原始的漂石堆。一旦雨过天晴,江水又断流。当地流传着"三颗毛雨满江水,两个日头江朝天"的农谚。小龙江的治理从未停止过,直至21世纪前十年龙正任镇长才形成高潮——疏浚筑堤,建拦水堰、水轮泵、电灌站——重现两岸绿树成荫、江水清澈见底的景象。只是青山湖作为饮用水源,通过高空引槽接到城里后,下泄小龙江的水很少,常常断流。

他们第一天的行程就是沿小龙江徒步。

小龙江起始一段已经干涸,六七十米宽的河滩,仿佛冰川时期留下的地貌,白石皓皓,卵石粼粼,满眼凹凸的石臼。一堆堆圆溜溜的白石,仿佛巨型的恐龙蛋,发出刺眼的亮光。

应明见到那些白色圆石,非常兴奋,弯腰把他认为的"恐龙蛋"捡起来,放进包里。

成年人是过期的小朋友,龙骏帮着一起捡。每捡一块石头,他们都要拿出放大镜仔细瞧瞧,讨论一番。龙骏的石头知识还没应明多。什么黄蜡石、方钠石、方柱石、钙长石、青金石、蛋白石、血滴石、绿玉髓,应明说起石头滔滔不绝。

走在前面的应明突然尖叫起来,原来他发现了一块表面呈蜡状的黄色石头,不一会儿又发现了一块绿色的。

"我知道,这是萤石,又称氟石,是氟化钙。它像水晶一样,会发出鲜亮的光。"

龙骏心不在焉,茫然注视远处。真正的枯水期还没到,现在不该断流。

走了两三百米,眼前出现水的亮光。沿着遍布光洁石头的江滩,脚下的水汩汩流淌。那些水是从对面峡谷溪涧里流出来的。清澈明亮的泉水汩汩冒出来了,而且越涌越多。漫流的山泉欢快地从山上奔跳而下,穿过一片片枯萎的芒草,又越过几道道沟坎,汇聚到一条沟里,继而变成一条哗哗流淌的溪流,一路叮咚,把卵石冲得哗哗作响。

水乡人具有天然的亲水性。应明见到水,满心欢喜。

小龙江渐渐变得开阔。石砌的堤岸间,有枫杨、白鹭和水草。江水依山势四曲八弯,S形的江面在山岭间穿行,两岸石壁杰立,古树相夹。不时有小溪流汇入,然后出现一江三流的情况。

湍急的江水穿过一片片小绿洲,来到坑口,水面豁然开朗。

这儿曾经有过一个古村落。村口一座圆拱形石桥,村民牵牛过桥,桥下有松溪渡船,山石叠映出粼粼波光。顺着山势,两层楼的黄泥屋有序排列,灰黑瓦片下黄色的土坯房与大自然十分和谐,有的屋檐下还有春天燕子筑过的巢。

村民大都已经搬走,留下的跟着龙彪龙狮守着大棚种植草药经营农庄果园。龙家人沿江开发民宿和山居农家旅游。一边是几乎垂直的悬崖绝壁,古老的山道穿行在树木掩隐的半山中;另一边是郁郁葱葱的山野,色彩斑斓的花草和硕果累累的百果园。柿子红黄,板栗开裂。山巅俯瞰,满目峻岭,山连着山,树拥着树,竹挨着竹,重重复重重,全被绿色包围着,空气中弥漫着只有山野才有的清新气息。

龙骏不知道应不应该把应骁的事告诉应明。应明似乎已经把父亲忘得一干二净了,他对两边山上斑斓的秋色视而不见,看着天空中的飞鸟发呆。

一道弧形的拦堰横亘江面。堰的下游,江水又变得很浅。应明脱掉鞋子涉水过江,又从江对岸走回来。江堤上有废弃的树根树段。小时候,龙骏来这里采过木耳。那些野生木耳长在枯死的栎树、杨树、榕树、槐树枝上,瓦状叠生,密密麻麻地排满整条树干。现在的龙骏,眼里只有树根和木雕。

江滩上杂草丛生,应明在一大片沼泽泥潭里翻捡,寻找石板下的鱼虾和不知名的爬虫。

"龙叔,听说李奶奶也养过虫子?"

"那不是虫。那是蚕,是吐丝的宝宝。"

"龙叔,你见过天蚕衣吗?"

"我也没见过。天蚕衣在玫瑰山庄的博物馆里,什么时候我带你去看看。"

"那些虫子,我是说那些织天蚕衣的宝宝,吃什么东西长大?"

"柞树。听说冷水坞那边,过去有一大片柞树林。那里林地潮湿,野草茂盛,很适宜天蚕生活。"

应明不说话,抬头看看天空,似乎在天空中寻找答案。他思维跳跃,不知道脑子里在想什么。

很多时候,他并不需要答案。

黄昏时他们走到冷水坞。但并没有见到那片柞树林,只有榧子林,这儿是龙家的香榧基地。过了冷水坞,再走四五里,就是临近市县的地面。

那一晚,他们在龙家人开的民宿里过夜。

三

尽管不舍得,但在小龙江捡的石头还是寄存在了龙家民宿内。他们得轻装上阵。

"龙叔,这次我们还去看石头吗?"应明曾经见过婺江边观音塘的恐龙蛋化石,念念不忘。

"不单有石头,还有木头、骨头、陶盆瓦罐。"龙骏一时不知如何回答。

"我知道,是去看砺石,是去上山。"

应明说的是"上山"指上山文化遗址。

上山遗址博物馆就在邻县,开车不过半小时。几年前,龙骏曾带应明去参观过。

21世纪开始的第一个秋冬,浦阳江上游一个不知名的低丘上,发掘出一万年前早期新石器时代的遗址群。那是东南沿海地区发现的年代最早的新石器时代遗址,一种更为原始的新石器时代文化类型,被命名为"上山文化"。

那块曾被舍弃的硕大笨重的砺石在浙中盆地的低丘上等待了一万年。从那块砺石开始,上山遗址进入人们的视线。砺石之后,人们不但发现了石磨盘、石磨棒,发现了有二次加工痕迹的砺石石器,还发现了上山人告别穴居生活的万年柱洞矩阵、木结构的地面建筑、乳白色的牙齿、尖状器骨椎、易复原的双耳罐和或方或圆的储藏坑。上山人早就在这片土地上生活安居。大口盆残片表面的稻壳印痕,胎土中有大量稻壳稻叶的夹炭陶片,石磨盘上凿出的坑洼斑点,都说明上山人已经有意识地取用稻米作为食物。

上山遗址有神秘的古河道、古河床,有中国最早的初级村落,是世界稻作农业的重要起源地。世间万物皆有各自的源头。沿浦阳江顺流而下,上山文化对之后的跨湖桥文化、河姆渡文化的形成都有着重要影响,由此开启了本区域的新石器时代。

他们这次远足的真正目标就是浦阳江。

流经浙江中部的浦阳江,又称浣江,是浙东南三大江之一,曾是独流入海的河流,后来由于入海口泥沙堵塞下泄不畅,逐渐改由现代河道进入钱塘江,成为钱塘江的支流。历史上的浦阳江,有"浙江小黄河"之称。上游山高坡陡谷窄,因丘陵山地植被覆盖率不高,含沙量较大。中游河道弯曲狭窄,源短流急,有著名的"七十二湖"分布;沿江两岸相继垦殖,使这一带湖畈常受洪涝威胁;因是感潮河段,泄洪时受潮水顶托,江水倒灌,加之弯道河曲严重阻水,一遇暴雨,泛滥的洪水会淹没农田、冲毁房屋,涝灾较之曹娥江更加频繁。下游地势低洼,牛轭湖连串,潮汐顶托不仅导致河流滞缓,影响内江排涝,而且造成泥沙淤积、河床增高,加剧洪涝灾害。

就是这样一条历史上灾害频繁的"小黄河",却哺育了浙江大地最古老的文化:上山文化、古越文化和跨湖桥文化。

顺流而下或是逆流而上,总之,这是一次溯源之旅。若在暑假,他们会选择全程徒步。这次时间有限,他们只能选择另一种方式——在小龙江汇入浦阳江的小镇,坐车直接去跨湖桥遗址。

跨湖桥遗址的发现,掀开了长江下游及东南沿海地区人类文明史的崭新篇章。人类最古老的独木舟、斑斓彩陶、彤漆弯弓、如丝针眼、三孔短笛、稻香釜甑、渔网浮标、煎裂药罐和恍若文字的刻画符号,不经意间又在考古学家的手铲下重见世面。

他们参观了跨湖桥遗址博物馆。考古发掘揭示的厚达四米的海相沉积层,证明跨湖桥遗址存在于全新世大海侵之前,并被这次大海侵所湮灭。全新世初期,东海大陆架发生了一次大规模的海侵,这次海侵在距今六七千年时达到高峰,包括会稽山脉在内的宁绍平原周围地区沦为一片浅海。大规模水淹给跨湖桥的前途带来根本性的影响,钱塘江、浦阳江泛滥更加速了这一带环境的恶化。浩渺湘湖不过是海之陈迹,海潮退去,一段远古文明的华彩乐章就此沉寂。

钱江大潮依然汹涌而来。在人类文明史上,水扮演着永恒的角色。一条江就是一个民族的历史。从远古走来的浦阳江,依然浩浩汤汤,一如既往地穿行在时光隧道中,流淌在绿色氤梦里,义无反顾、不知疲倦地流淌,最终汇入钱塘江东流入海。她要拥抱梦想,走向远方,走向更广阔的海洋。

龙骏似乎现在才明白,应明为什么想沿钱塘江、富春江上溯徒步旅行了。

一个孤独的身影消失在时代洪流中,就像钱江水没入东海杳无踪影。与那些万古奔流的江河比,人类真的不过是匆匆过客!

四

从南到北,浦阳江几乎与浙赣铁路、省道国道并驾齐驱。龙骏过去经常往来于杭州与婺州间,与浦阳江时有交集。有时候他特地过乡道沿江而行,看到的只是浦阳江的一小段。

这是龙骏第一次与浦阳江近距离全面接触。他们从钱塘江畔的三江口溯江而上。江流日夜,浦阳江在广阔的原野上一路向北,它经过的地方大都是和缓的谷地,落差不大,缓缓流动的时候多,只在雨季来临时才会左冲右突波浪翻涌,发出轰然巨响。浦阳江下游,由南而北偏西,贯穿萧山南部。

萧绍平原河网密布,浦阳江在沙滩、斗门、碛堰、砾山、山峙和闸坝间曲折迂回。浦阳江中游则是湖畈旷野,湖泊众多。中下游,尤其中游诸暨境内,地势低洼,历史上常发生洪灾——每当台风暴雨来袭,山洪奔泻,塘决堤溃,公铁被淹,最严重时,大水没过屋檐,水入城里,道路驾舟,死者上万。后来采用上蓄中分下泄、停垦造林、捞沙浚江开狭、拓宽江槽、兴建闸涵河堰等措施,终使清江畅流。

他们在秋日的蓝天下惬意地行走。崭新的道路向前延伸,繁忙的车流在江的一侧愉快奔驰。行走江边,他们能感受到翻涌的江水激荡起千百年的苦闷和挣扎,也能倾听到汩汩清泉和潺潺溪流吟诵的快乐之歌。

一条条重要支流汇入,泛着粼粼波光。江水徐徐穿村过镇绕城而去,不经意间,江面忽然变得开阔,在太阳下映照出耀眼的光芒,与支流交错出一条条彩线。靠近城镇的江堤,大都是石块砌筑,变成了绿色长廊和公园游步道。偶尔,仿佛旧梦重来,在远离村镇的旷野,也能见到原始的景象。蓝天白云下,江边高大的枫杨郁勃健壮,两边沙堤枯树斜倚,茂密的芦苇随风摇荡,堤岸上响起少年的芦笛,芦花轻拂浪花,水鸭惊飞掠过水面,白鹭纵身飞舞。

他们的眼前,浦阳江流过的地方,土地肥沃,城镇稠密,山峦叠翠,风光秀丽,鸟语花香。四天后,他们来到诸暨城南。浦阳江流经苎萝山下的河段因西施曾在此浣纱而称浣纱溪。浣浦浣渚,是美人浣纱沉鱼之地。龙骏想起应明提到的天蚕衣,就把这里当作他们旅行的最后一站。

苎萝山上修建了一座西施殿。西施殿重建时采用的梁、柱、门、窗、牛腿、擎枋、斗拱和雀替,全部是民间征集而来的,龙骏当然不会放过观摩明清古建的木雕、石雕原件的机会。

傍晚时分,一辆轿车停在景区门口。应明第二天就要回学校,林波特地叫他的朋友陈禹开车来接送。这些年,林波与他的老同学一直保持联系,两人书画交流、诗酒唱和。每次见面,他们都会邀请龙骏,龙骏因此也和陈禹成了莫逆之交。

陈禹接龙骏和应明去他开的民宿做客。

女主人早已坐在茶几前烹好了茶。他们坐着边喝茶边聊天。

窗外突然间电闪雷鸣,暴雨如注。山谷间一片哗响,好像万马奔腾。深秋的寒风从打开的窗户涌进来。

龙骏匆匆与主人辞别回到房间。偏僻的山弯里,整个民宿只有他们两个客人,龙骏不放心应明一个人睡在房间里。

应明并没有睡,而是坐在窗台前的书桌边看书。一本英文版的《DK博物大百科》足有六七斤重。龙骏这才明白应明的书包为什么那么沉重了,里面装的全是书和石头。

有一阵子,应明迷上了玩手机,常常躲在被窝里通宵偷看,诸葛慧莲恼得很。姐姐林晓将功补过,就买了这本《DK博物大百科》,同时又引导弟弟看纪录片。

应明对《星球》《太空》和《人类》这类纪录片着了魔。

那些纪录片,以俯瞰的视角展现宇宙星空的神秘浩瀚以及日趋危急的地球现状。经过四十亿年的漫长演变,地球变成一个物种繁多、资源丰富、奇特美丽的蓝色星球。她孕育出来的万千物种长期相互依存,但人类却快速掌控了这个星球并为所欲为,快速消耗着地球的资源。美丽的蓝色星球千疮百孔:大河断流,资源枯竭,冰川冰冠快速减少,气温上升,气候反常,森林消失,物种灭绝。

没有人知道那些纪录片在少年心里激起的情感。因为比那些纪录片中的奇幻景象更令应明着迷的是《DK博物大百科》中的动物植物和石头。旅行的兴奋并没有改变他晚睡晚起的毛病。有时候,应明白天蔫了吧唧的,一到晚上却莫名兴奋。

那个越来越重的书包放在床铺上,旁边是一大堆石头。这几天他沿途又捡了一些,书包变得越来越沉。

窗外的风雨声小了些。应明抬起头,微笑着看了龙骏一眼,继续看书。

龙骏太累了,这几天为了让应明跟上,有时候不得不背两个包。他的脚磨出了血泡,双肩红肿。晚上喝了杯黄酒,龙骏和衣躺在床上,不一会儿就呼呼大睡。

他梦见自己变成了一条小鱼,在江水里游弋。分不清是哪一条江。他像个精灵似的游着,谛听着江的波浪喧哗。耳畔的喧闹既像母亲的呢喃,又像情人的私语。他在源头的江洲草甸上逶巡,听到猎人的声音在森林中回响。流淌的江水浇灌着万年的土地,田畈里长出金黄的稻穗。顺着江水,穿过秋天的田野,远处隐隐传来乡村婚礼的唢呐声。月光下,花仙子唱着迷人的歌曲,在龙潭湖的水面上嬉戏舞蹈。荒野悬崖上是斑斓的秋色,千年不绝的晨钟暮鼓里,钱塘江的潮水汹涌而来,又汹涌而去。然后,一切都归于平静,归于无边的蔚蓝。

西施和飞天同时出现在龙骏的梦里。这儿曾是越国土地,越国的天空。那段群雄并起、诸侯争霸,发生过多少荡气回肠故事的吴越春秋哪里去了?西施最后去了哪里呢?西施分明还站在浣纱江的浣纱石上,可是忽然间,她又变成了另一个人。是孙兰英?是诸葛慧莲?是李海音?都不是!那是女儿龙飞天,水做的骨肉透着江南美女的神韵,似水般柔弱,却又像山一般柔韧坚强。

龙骏从梦中醒来,发现房间里的灯还亮着。旁边的床铺空荡荡的,窗前也不见埋头看书的身影。

难道应明还没有改掉夜游的毛病?

龙骏惊坐起来,拿起手电走出去。走过一个山弯,龙骏看到一个熟悉的身影出现在巉岩峭壁上。少年的头顶是深沉的苍穹,像一幅沉重的帏幔,他像守夜人一样不愿离去,双眼在灰暗的旷野里追逐生命的流萤。夜空又高又远,并没有梦幻诗意的星星,也没有月色朦胧时悄悄来临的流星雨。

寂静的山谷中,繁茂的树冠里,一弯清澈的溪涧在流淌,像一把秋天的镰刀,在收割稻田里那一洼下弦月。那是一双长满岁月老茧的手,父亲的脚窝深深地陷在稻田里,也印在广袤的原野上。

秋天的晚上,凉风瑟瑟,枯叶飘零。天空中,那一弯朦胧的月落下,在渐黄草丛的虫鸣声里,黎明的曙光渐渐升起。

孤独的少年依然站着,仰望着星空。

第八十八章
星　空

一

星星的船

那艘星星的船就停在月亮底下

她要载着我去远航

月光的帆,彩虹的桨

迎着太阳风遨游

星空那一端,是宁静的海洋

像父亲一样威严

像母亲一般慈祥

那艘星星的船就停在月亮底下

她要载着我去远航

月光的帆,彩虹的桨

迎着太阳风遨游

星空那一端,是孤独的海洋

像岩石一样冰冷

像兰缎一样柔软

那艘星星的船就停在月亮底下

她要载着我去远航

月光的帆,彩虹的桨

迎着太阳风遨游

星空那一端,是潮涨潮落的海洋

那条寂静的天街上

是否有雪花舞动的灯光

那只流浪的猫在听星星的吟唱

那歌声,像外婆的童谣悠长

无边的星海泛起波涛

云水褶皱里蕴含的希望

化作五彩的山脊

蜿蜒的河流舞动银练

还有银河的沙漠

涌起日出与日落

大鸟的翅膀

掠过云的羽翼

被星光点亮

发出玛瑙般的红光

流星雨

在这寂寞的夜晚

我谛听

窗外的沙沙声

那是天上的繁星在陨落

银河的泪滴化作绵绵春雨

滋润着流淌奶和蜜的肥沃土壤

那一颗颗陨落的星星像一片片叶子腐烂

长出的嫩芽饱满

在流星雨的沙沙声里
我分明听见雄狮的怒吼
碧绿的草地上
有温柔的羔羊
凤凰张开双翼高歌引吭
晶莹的宝瓶里双鱼自由地嬉戏
金鳞闪烁涌起莲的花瓣

在无边的寂冷里
我暗暗祈祷
那转瞬即逝的光芒
会带走我的期盼
当太阳风吹过云暴的眼
那坠落的星星
会化作亚马孙丛林里的黄蜂
把无花果的花粉传授酝酿

晨曦

露水的黎明,别离的星光
带走孤独的我
融化在那花草的光影里
太阳是那高擎的火炬
照耀我前行的路
云霞霓裳
却是我温暖的羁绊

那雄鸡的啼鸣使我厌烦
他们不懂少年的忧伤
在那充满希望的晨曦里

是什么陪伴孤独的月亮

是金星水星还是木星

他们何时出现在天空的东南

没有人告诉我

我要告诉那即将沉没的月亮

我愿在光明消失的黄昏

走进温柔的良夜

我与星星有个约定

我愿在无边的黑夜里

与星星对话,抬头仰望

仰望

在寂然的山巅仰望

我知道那星星的船会载我远航

月光的帆,彩虹的桨

沿着那永恒的河流

到达世界的彼岸

那蓝白纯净的天宇浩瀚

坐在门槛上

在人字形的窗户后面仰望

院子里的犬吠使人凄惶

屋顶的脊兽一副狰狞的模样

只有那艘船漂流在云海之上

点石成金的星星

像鲜花开满沙漠莽原

天上

那一帘水影后面是怎样神秘的世界

长满青苔的小桥边

古老的银杏绿了又黄

溪涧里

像时光的流水源自何处，流向何方

那条永恒的星星之河

是否也会海枯石烂

丝绸的天空

那星星的船在琉璃碧空划过

北极光像蓝锦缎般闪烁

这是丝绸般的天空

心形的岛屿与一湖碧水

述说着慈悲的爱

银河落地

唤醒无数璀璨的城市星光

那星星的船在琉璃碧空划过

天上的云絮

像巍巍连绵的雪山

钻石般的天空是沙漠

上草原骏马驰骋，牛羊飘荡

苍雁兀鹰在自由翱翔

在那丝绸般的星空下

大地之树常青

沙漠甘泉滋润果实累累

广袤的草甸绵延

沙棘草和胡白杨撑起蓝天

在牧童的横笛和马头琴的歌声里

有驼铃的四季交响

月亮与蟋蟀

星空下

在这温柔的良夜里

我有温柔的月亮陪伴

凝视苍穹

有一颗新星游进我的双眸

银盘中珍珠晶莹

那冰心玉壶里

盛满生命的甘泉

纯净得使人心惊

这温柔的良夜

有温柔的月亮陪伴

我不想听夏夜蝉的聒噪

也不要听青山湖的暮鼓晨钟

我要与那孤独的星星攀谈

听星星的呢喃，田畴的蛙鸣

还有草丛里蟋蟀的吟唱

那天空中的超级月亮

像是被涂抹了五彩的花粉颜料

在这温柔的良夜里

我寄宿在树洞里

像一颗蛹

我知道我不能双膝跪行

那温暖的星光

会使我长出坚强的翅膀

彩虹

当黑暗的帷幕拉起

天空里升起一抹彩虹

原来那愤怒的雨水

孕育着玫瑰与荆棘

还有山川河流

火烧云霞

那近在咫尺的彩虹

像太阳的鸿毛,亮眼夺目

点燃了云的羽翼

丝绸般的天空

下起来彩虹雨

是怎样的海市蜃楼

那幻日奇观里

是七色的彩虹

那是圆形的彩虹

像哪吒的风火轮

燃烧在天宫

又像彩色的气球

飘向遥远的天际

原来那浩瀚的银河上也有七色的彩桥

尽管虹霓像彗尾一闪而过

彩虹雨像流星雨一样短暂

我知道,星空瀚海里也有花蝶和艳丽的珊瑚

时光会黯淡花草

却抹不去我对彩虹的记忆

星星的梦

可是我还是更喜欢仰望那宁静的星空

喜欢星空下那些月光般柔软的动物

有时星星的梦是蓝白色的

像机翼下冰冷的雪山

有时星星的梦像老人,骨瘦如柴

有时又像南方的木槿花

艳丽而饱满

有时,在夜的温床上

透过猫眼

我能看见父亲的身影

他的躯体像机器人一样僵硬

没有梦的翅膀

他像一辆战车坦克驶过废墟瓦砾

又像一辆挖掘机驶过

水泥钢筋的城市丛林

那城市丛林上方

夜空中星星的脸

是天使的模样

像母亲一样慈祥

流星雨洒落在草叶上的露

就是她脸上的泪珠

当那双绒毛般的手

抚摸我的躯体

我便会在泪光里融化

在那锦缎般的天空下进入梦乡

…………

二

"龙大师在吗?"

听到熟悉的声音,龙骏从工作室里走出来。

一年前,法国木匠大树的木雕工作室搬到了龙禧家的四合院。一墙之隔的仿古四合院大门口挂上了一块新牌子——李氏风筝工场。

进门一座小院，一堆桂竹泡桐，边上是半成品风筝骨架——龙头蜈蚣、凤凰仙鹤、金鱼宫灯、竹篮、蝴蝶、螃蟹、燕子。走廊过道里堆着马拉纸、牛皮纸、塑料、无纺布、绫绢、竹篾、木条和碳素杆。院子的青石板上，散落着一些棉线、竹条和碎纸屑。四合院里弥漫着蜡烛、桐漆、油墨和烧焦的竹木气味。

"龙大师，可还收徒弟?"林波抱拳作揖，"木园、染坊，到处找您不着，大师真是神龙见首不见尾啊! 原来在这里鼓捣风筝。"

画廊、美术馆和私人博物馆落在玫瑰山庄，这段时间，林波的心情大悦。

龙骏摸摸灰白的板寸头，拍拍褪得几乎发白的蓝灰工作服上的竹木碎屑，厚厚的嘴唇咧开，咧到耳根。

他们走进走廊尽头的一个小房间，在小茶几前坐下。龙骏熟练地接水烧壶洗盏沏茶，把紫砂茶盏推到林波面前。

"惭愧惭愧。还是那句话，叫我'木匠'，我会欣然接纳，'大师'这顶帽子，实在不敢戴。"龙骏端起茶盏，望着一脸戏谑的林波，"踏破铁鞋无觅处，得来全不费功夫。我曾经苦求太极大师不成，没想到无心插柳柳成荫。也多亏林大师抬举，只是，我这木雕大师实在是浪得虚名。"

"非也。古宅花厅到处是你的'三雕'，就连洋木匠也不远万里投之门下。木雕大师，实至名归啊!"

"行了，别捧我了。我想，林大师风尘仆仆来访，不是来拿我开涮的。"龙骏沏茶倒水，眼睛盯着林波身上的挎包。林波从挎包里取出一摞稿纸，轻轻放在茶几上。

"说实话，这才是我今天来找你商量的要事。这些诗稿，我认认真真地拜读了。"

"你觉得怎么样?"龙骏的身子前倾，显出急切的样子。

"要问我是什么感受，那就是——"林波忽地站起来，眼睛里闪出奇异的光芒，"——犹如寒星触碰到太阳，我的内心在发抖。我惶恐，我羞愧……"

"你知道，这些诗并不是我写的。"龙骏用征询的目光望着林波。

"小荷才露尖尖角，早有蜻蜓立上头。自古英雄出少年。骆宾王六岁咏《鹅》，曹植七步成诗，王勃年少作《送杜少府之任蜀州》……"林波忽然打住，若有所思，望向窗外，似乎在寻找什么。

"我是外行。你是诗人，应该更有发言权。"

林波转身，开始焦躁不安地踱步。

"诗人？请别叫我诗人。我讨厌这个称号。诗神早已死了。女神死了，化作巫婆！诗人的精神应该是自由的、执着的、超脱的。诗人执着，在于始终保持一种审美的人生态度，没有狭隘的占有欲——也就是说，诗人不留恋于金钱权势，才能源源不断获得艺术灵感。具有诗人气质的人必须是理想主义者，超然尘世的污浊而仰望星空，为艺术而不是名利，能够谈笑生死间。《诗经》《离骚》《九章》《九歌》，陶渊明，李白，杜甫，白居易，苏轼，陆游，辛弃疾……这诗歌的国度，曾经有多少令人敬仰的伟大诗人？那一座座仰之弥高的山峰，是创造力、想象力的象征。可是……"

林波魁梧的身躯在逼仄的空间移动，嘴唇哆嗦着，越说越激动。

"……现在的诗坛，创作者乏力，喜爱者寥寥，研究者多混沌，既缺振聋发聩的诗篇，更缺黄钟大吕。有的人如蝗虫一般铺天盖地，活脱脱一幅现形丑怪图！而有些用心灵写作的诗人长期处在尴尬的境地，他们热爱生活，关注民生，鞭挞邪恶，却被人们嘲笑……"

林波攥着拳头，在空中挥舞着，仿佛一只好斗的公鸡。

"有的诗歌创作，似乎全靠注射各种兴奋剂维持繁荣，乱象喧哗，像六合彩的吆喝夹杂着铜板的响声，一阵阵掠过诗坛！"

林波露出愤懑的表情，面部肌肉扭曲，声嘶力竭。

"愤怒出诗人，可怒会伤肝。你先坐下喝口茶，败败火消消气。别激动，别扯那么远。我们现在是在谈应明的诗。"龙骏笑道。

林波平静下来。

"是啊，应明现在是寂寂无名。可他的诗，像破土而出的春笋春芽，带着一股勃勃生机，也像一缕清风、一滴晶莹的雨露，荡涤心灵。他的诗，就像寂静黎明的第一声鸡鸣，像划破黑暗的光明，像一团瞬间烧毁地狱的火焰从地平线上喷薄升起。他的诗，更像星空般纯净无垠、神秘浩瀚——对了，诗集就取名《星空》。我，我是说我们，一定要想办法让这颗星发出光来！"

"我并不反对应明继续写诗。可是，我们得征求他母亲的意见。"龙骏若有所思。

"这事就交给你了。你一定能做到的。"林波意味深长地看了龙骏一眼，郑重其事地收起诗稿，急匆匆地走了出去。

三

"我已经征求过应明的意见。能继续写诗,终有一天把自己写的诗变成铅字,他很高兴。"

"他的诗我也看过。冬日彩虹,幻日奇观,超级月亮,金星伴月,狮子座流星雨,写的都是遥不可及的事。当然,诗歌方面我是外行。"诸葛慧莲的声音严肃。

"那才是真正的诗。诗歌需要想象。"龙骏一激动,说话速度明显加快,"应明对天文地理和动植物感兴趣。他知道探测器那年成功登陆火星,知道两道彩虹和三个太阳为何同时出现在城市上空,何时宝瓶座凤凰座流星雨极大。他对这个有生命的地球充满好奇,那本英文版的《DK博物大百科》他都翻烂了。他知道亚马孙丛林里有九百种黄蜂,每一种都会传播一种特殊无花果树的花粉——那些无花果树是雨林中所有小型哺乳动物的主要食物来源,而这些小型动物又是美洲豹、猴子、野猪等动物的食物。每一种黄蜂都维系了一条食物链上其他动物的生存。另外,他还对岩石矿石各种石头感兴趣。"

"这就是我要责怪你的地方,是你把他带坏了。"诸葛慧莲越发严肃,"过去是他外婆菜园里的虫子,现在是他小书房里堆满的各种石子。"

"那些可不是一般的石头。有些石头就是一幅天画。石头里有浩瀚苍穹、大海浪花、江河流水、云岚雾凇、溪涧清泉、夜色月牙、晨曦霞光和四季草木,还有怀孕的母亲——即使是普通的石头,也大有看头。"

"你可千万别再提石头的事了。知道吗?前些日子,我收治了一个病人,不停流鼻血,总是查不出原因。后来才知道,元凶竟然是挂在孩子胸前的母亲送给他的'宝石'。那颗不明来历的石头,辐射量极大。你是学化学的……"

"这——我可没想到,原以为在那些山沟溪滩里捡些石头带回家无伤大雅。"眉飞色舞的龙骏被诸葛慧莲浇了一盆冷水,结巴起来。

看着龙骏手足无措的样子,诸葛慧莲扑哧一声笑了:

"该责怪要责怪,该感激还得感激——这些年,要不是你照顾,真不知道应明会是什么样子。"

"我答应过的。只要他健康成长，将来有出息，我会和你一样高兴。"

"是啊，哪个当父母的不是望子成龙、望女成凤？说心里话，我还是对儿子有所期待的。当初我也很焦虑，想办法，自己把中学教材仔仔细细看了一遍，可他说什么也不愿意让他母亲教。我几乎要崩溃了。最好的辅导老师也没用。有时候你不得不承认人是有天资的。中考被刷下来，很残酷，他自己也哭了。连收费的私立高中也不愿意收他。海马倒是有高中部，但我可不愿意再为难他们。现在上六年一贯制的技师学院，算是最好的安排。"

诸葛慧莲一口气说完，露出一丝忧郁的神情。显然，极少到木园的她不是为了诗集，而是为别的什么。

"那不是他的错。他已经拿出吃奶的力气了——像他这样的孩子，走到现在这一步很不容易。"龙骏避开那敏感的字眼，盯着诸葛慧莲光洁的额头，寻找合适的安慰的话，"那些碎片化的知识并不一定能带来成功。应明身上有别人没有的东西，他有爱心，有情怀，有诗意的眼光，对世界充满好奇，并不缺乏创造力。"

"是的。小时候，他喜欢把那些玩具拆了又装装了又拆，可有一天，他又对那些硬邦邦的东西弃之不顾了。我最担心的，是他对现在学的机电专业不感兴趣。骏，听说技师学院要联合木园开一个特色工艺班。我知道应明经常到木园来，围着你转。"

诸葛慧莲眼里闪烁的亮光忽然又黯淡下去。

"可你是木雕大师，收徒的门槛很高，不见得会收。"

"别叫大师，我只是一个普通的工匠——一个半路出家的木匠。"龙骏字斟句酌，"说实话，我也让他试过。他对木头的手感并不是太好。传统技艺的养成不是一蹴而就的，一般需要十几年甚至几十年的历练。设计、打坯、修光，三年徒弟，四年半作，要完成一件木雕作品并不容易。不过他可以跟我学别的。我早就想跟你商量这事，又怕你不同意。"

"你是说风筝？"

"是啊。风筝有浓厚的人文内涵，又是传统特色技艺。应明有绘画基础，有想象力，最主要的，他喜欢这个。周末他在我的风筝工作室一待就是一天。剖篾，扎骨架，裱糊，绑拴提线，画图敷色，有模有样。他坐得住，是块做风筝的料。现在喜欢学这个的年轻人很少了。"

"好啊，那就让应明跟你学做风筝。"诸葛慧莲颦蹙的眉额舒张开来，"你定个时间，什么时候他从城里回来，就举行拜师宴。"

"实际上我们早已是师徒了。"龙骏笑呵呵的。

"仪式还是要的。一日为师终身为父。"诸葛慧莲脸上绽开笑容。

"那你答应让应明继续写诗了？我很高兴当他的师傅，让他成为这一古老技艺的传人。实际上，我也愿意……"龙骏又结巴起来，说话颠倒错乱，他自己也不记得说了些什么。

305

"应该有一个男人，给他父亲的温暖，引导他——不过，说到父亲，我觉得有一个人更适合。应明有诗才，有绘画天分，他的爱好不能丢——那是他人生的慰藉、心灵的栖息地——有一个人……"

"我知道你说的是谁——他是一个好父亲，可是，他并不一定适合应明……"

诸葛慧莲表情凝重，顿了一下，似乎不愿意直视龙骏失望的神情，慢慢走到窗旁，望着窗外夕阳斜照中的飞檐翘角和宁静的古宅，仿佛在自言自语。

"这个世界，有许多种爱，有些爱只适合深埋心底。每个人都有自己的活法。有人为天空活着，有人为大地活着。有的为自己，有的为别人。——这个问题太复杂，我没想那么多。我对现在的生活很满意，我有国药馆，有应明。风筝飞得再高，也有根线拽着。我常常怕孩子飞了——我知道有一天，他终究要离开我，但眼前，我想陪伴得越久越好。我为孩子高兴，每一个拐角处，他总能遇到贵人。他的生命里充满了爱，父爱、母爱、手足之爱。林晓和龙飞天都像姐姐一般待他。还有你——除了你，这个世界上还有谁更适合当应明的父亲呢？可是，骏，你不能光想着别人，飞天那么好的姑娘，需要母亲，需要一个完整的家……"

四

龙骏把憋在心里很久的话说出口，如释重负。他忽然间觉得自己比以前更豁达通透了。

可是，望着诸葛慧莲远去的背影，他依然有些怅然。他们离得很近，平时深居简出各忙各的，很少见面，但龙骏心里那种奇特的情愫反而越来越浓了——那是一种实实在在的伸手可以触摸的感情，那是人世间最温暖的爱。

靠近她,守着她,这就够了。

当他们四目相对时,龙骏能感受到她足够的信任,他不能辜负那种信任。

诸葛慧莲一直保持着与孙兰英的联系。有一次,当孙兰英偷偷回到龙潭镇的染坊见女儿时,诸葛慧莲劝她留下来。女儿龙飞天也竭力撮合父母破镜重圆。孙兰英住了几日,打听到不少龙木匠的故事,看到龙骏如此不求上进,终于放弃了,消失在父女俩的生活里。

另一个飞人李海音,在母亲李娇娘去世后,也永远离开了龙潭镇。那种若有若无、若即若离的关系由女儿龙飞天维系着。龙骏把所有刻骨铭心的爱全部倾注到女儿龙飞天身上。有了女儿,就有一辈子的放不下。像所有幸福的父亲,龙骏带着志得意满的微笑,不动声色地注视着女儿的一举一动,对那个像老鹰叼小鸡一样把女儿叼走的男人,心里既欢迎又抗拒。好在龙飞天是乖乖女,在布衣巷66号与染坊间奔忙,极少外出。有一阵子,龙骏已决心在龙潭镇安家落户,做上门女婿。

龙骏不敢奢望爱情的花朵马上结出果实。他把喜悦之情深埋心底,宁愿做一个冷静的旁观者。女儿有女儿的活法。他知道,最理智的做法是少去打搅沉浸在幸福中的人。

周末,龙骏到风筝工场教应明制作风筝。比起学校书本上那些枯燥无味的电子线路图,应明更愿意默记《南鹞北鸢考工志》所记载的风筝图谱和歌诀。龙骏用竹篾扎骨架,应明在绫绢绵纸上用油墨颜料画上装饰图案。白云、彩虹、太阳、月亮、星座、火星、人造卫星、宇宙飞船、太空舱,那些图案也与天空有关。

师徒俩制作了一个巨大的龙头蜈蚣,有五六十米长。七八个龙家的精壮小伙开着汽车,在湖滨大道放飞。

更多的是半成品小风筝,龙骏带着应明,到开阔的田野间一次次试飞。

有时候,他们也带上应明的表弟应骞。应骞是哥哥应明最忠实的拥趸。他的智力出了问题,十几岁的孩子,一百以内的加减乘除还算不清。应家姐妹雇了个保姆照顾他,每天好吃好喝好睡,他原本瘦猴似的身躯迅速膨胀,变成了小胖墩,走路一摇三颤。应家姐妹表面上一如既往地关心他,心里已然不抱希望。应明却不愿意放弃这个弟弟,每次去看流星雨放风筝都要带着应骞。应骞像跟屁虫似的黏着应明,也渐渐迷上了风筝。他常常痴痴地蹲在地上,看哥哥裱糊涂彩。风筝试飞时,男孩跟跟跄跄地颠跑,望着天空,原本空洞茫然的眼睛露出欣喜的光芒。

每片叶子都有属于自己的草树,每个孩子头顶都有属于他们自己的天空。

对宇宙奥秘了解得越多,龙骏越是喜欢眼前这片可以放飞风筝的天空。

只是,对龙骏来说,这样仰望天空放飞心情的机会并不多。他必须回到地面,回到他的蜗居。除了去技师学院上课,他已经难得离开龙潭镇了。图稿设计、打坯、雕刻、抛光,洋女婿大树领着十几个小徒弟在木雕工场忙碌。龙骏躲在自己的工作室独立完成朋友或客商定制的木雕作品。

一套陈旧的工作服,几碗泡面,龙骏的生活单调乏味。偶尔到湖滨风情大道的酒吧茶楼奢侈一会儿,也是郁郁寡欢。熙来攘往的男男女女,灯红酒绿的生活与他无缘。他去得最多的地方是林波的博物馆。

每完成一件作品,龙骏都像喝醉酒一样晕晕的,既兴奋又茫然。他像个修仙的隐士走出洞穴,在龙潭镇的大街小巷踽踽独行。熟悉的人越来越少,陌生的面孔越来越多。现在,即便徒步,也不能走太远。他沿着画溪、桃花溪或是龙潭湖大堤漫步。他对溪边的紫藤、月季、野菜花和天蓝水清的山野视而不见,眼前只剩下树木——溪边的杨柳桃林,庭院里的桂树梨树,大街上一排排飘絮的梧桐,远处山上的雪松、竹林、榉木,宗祠前的香樟、古柏和古宅外的银杏。

有一阵子,他睡着的时候,发现自己也变成了一根木头。

深夜,龙骏一个人回到那个四壁图书的办公室——也是他的卧室。夜已很深,老式漏壶里的水快漏完了。后半夜的风给人带来阵阵寒意。随着月亮的移动,花木的影子悄悄爬上栏杆。这是属于他的世界,属于他的天空。古宅上面的星空美不胜收。一轮孤月悬在瓦蓝色的空中,月亮下那张女性的脸带着温婉的笑容,带着忧郁的温馨和淡淡的草药香。远处,龙潭湖上宁静的天空填满父爱的丰盈。被那双巧手染织的天空,像大树用刨子、凿子雕刻出来的彩虹面具,又像破壳而出的婴儿,巨大的卵孕育着新的生命。

老木匠成了一名真正的隐士。每天耳听各种铁器叮叮当当的敲击声、斧头斫木时的梆梆声和锯齿琴瑟般的乐音,闻着满地刨花散发出的新鲜木质清香,木头的味道融入了他的血液,木质纹理刻进了他的脑髓。他活在木头的世界里。每根木头、每片竹叶都是有生命的。他在树木的纹理和年轮中寻找着生命的意义。

每天晚上,龙骏都要看一个小时的书才能入睡。有一个深夜,他掸去灰尘,发现前些年写的长篇书稿。一旦把书中的人物唤醒,他们就活在龙骏的脑子里了。他们比现实中的人更生动、更真实,仿佛真的在世上生活过。在龙骏的脑子里,他们按自己的性格生活,错综复杂地纠缠在一起。与书中的人物对话,看他们生活和成长,经历他们的生老病死,是一件又痛苦又无比快乐的事。

这是一本似乎永远写不完的书,这边收尾,那边起头。有时候灵感泉涌,排山倒海;有时候却索然枯竭,仿佛干涸的泉眼。

这一晚,龙骏从梦中醒来,摊开稿纸,打开电脑。他决定静下心来,完成那部未完成的作品。

第八十九章
最后的葬礼

一

　　无论晴雨,每天下午四五点,在与锦绣小区一路之隔的锦绣公园内,人们总可以看到一个身材魁梧的老人沿着盘曲的青石小道独自漫步,他那硕大的头颅仿佛落了一层积雪,密密匝匝的寸发比衬领还要白。他的穿着也相当固定,天热时白衬衣和军绿长裤,天凉时再披一件军大衣——那件双排扣的老式军大衣已黄白斑驳。他拄着一根拐杖,像一座铁塔似的缓缓向前移动,开始时昂首挺胸、步履矫健,渐渐地身子前倾微微佝偻。迎面的人打招呼,他就点点头。大多数时候,他落落寡欢,坚毅而略带忧郁的眼睛里露出一丝不易觉察的微笑,凝视远方,旁若无人地向前走。

　　公园里有一个小广场,老人三五成群围坐,搓麻将,下象棋,斗地主,拉琴唱曲,喝茶聊天,形成了固定的圈子。魁梧的老人不属于任何一个圈子,他喜欢独来独往。

　　这天下午,他在公园里兜了几圈,提早出公园大门,沿江边绿廊一直向南走。

　　就像年轻时喜欢痛快的急行军,林峰喜欢步行——每天几公里十几公里的步行是他唯一的健身娱乐方式。日复一日的步行,是憋屈身心的释放。

双脚踩在坚实的大地上,眼观草籽花木在泥土里慢慢生长,耳听江河溪涧水流的声音,边思考边与自己对话。只是,他现在的步伐不再轻快。他知道,留给自己的时间已经不多了。他必须缩短公园里的行程,走向远处的目的地,去完成余生最后的使命。

灰沉沉的天空飘着雨丝。白昼似乎越来越短,有时下午4点就暗下来。江面上吹来的风有些湿冷。干枯的杨柳越过头顶垂向水面,在风中摇曳。

眼前是他熟悉的那条江。清波荡漾,似玉带银龙来自天际,流淌了两千多年的江水铭记岁月兴衰,也蕴含着这座城市生生不息的密码。

一江泽两岸。在自己市长任上建起来的绿色长廊,是这座城市最大最长的绿肺。看着熟悉的江景,他多少有些自豪。

是何时与这条江结缘的?林峰记得,那一天,他没脱军装,背着挎包水壶来到江边,沿着江堤像个孩子似的奔跑。江东岸还是一片乡野,夹岸数十里的桑树,江畔桑园麦田,有人在摘桑叶,顽皮的孩童在麦地里捡鸟蛋。据说这条江过去曾船帆如织,如流的挑担——当地人叫陆地长枪——把蚕茧罗帛、南蜜枣和火腿挑上船,顺流而下运往杭州。他似乎也见过有船从石桥下驶过,那是江上的老桥——东江桥、西江桥、伏虎桥、万善桥和渡馨桥。他目睹过江边码头几度兴替,船只由多变少。他见过老鹰击水、大雁南飞、鸬鹚弄波的江景。

江水由清变浊,再慢慢变清。他又想起了大龙江。有时候大龙江浑浊咆哮浪拍堤岸如春雷惊响,有时细雨绵绵江水汩汩呜咽,有时流水清澈波光粼粼。跨江的浮桥在风中晃荡,风借水势,拍打在负载桥板的船舷上。横贯桥头的粗大铁索,一环扣一环,在船只之间荡下去,浸在江水里。江滩上遍种甘蔗,江上有舴艋船。

还有龙潭湖上的四季云影。

艰辛苦涩的时光,水波潋滟的淡烟孤舟,每一条江都续写着千年的人与水的故事。他的生命已经与水结缘。他已经记不得自己的出生地是在大别山还是太行山了,他只记得大山沟壑中的瀑布泉水溪涧从他的梦里流过。然后是汉水、长江、古运河、钱塘江、龙江和龙潭湖。不管源于何处,江河湖水总归大海,自己的生命也像一滴水,将要融于汪洋之中。

林峰出奇地平静。现在是融入汪洋之前的回眸,是那最后的一瞥。

一个人与一条江。一个人与一座城。我是身在故土还是身在异乡?为什么乡愁总是萦绕在心头？是因为每个老人都有挥之不去的故土情怀？故乡，对一个远方游子来说，永远是他们精神的栖息地。回想起来，像是一个世纪以前的事了。自己来到这座古城，在老街巷弄里的一个联络站与当地的游击队接上头。几年以后，汽笛长鸣，一列火车从浙赣线上呼啸着驶来。婺州全城解放了。召开联欢会，庆贺南北会师，成立政治处，自己就永远留下来，成为这座城市的一员。

开始觉得古城街巷深深，蜿蜒曲折，交错延伸，犹如龙门阵。渐渐发现，它不过是巴掌大的地方，一横二直，"门"形几条街，后来增加了，也不过六七条。县前街过去是县衙所在地，新中国成立前城市的工商业集中在这条街附近，酱缸、腌缸和酒缸，"三口缸"声名远扬。还有药店、鞋帽店、灯笼店。自己曾经上班的人武部就在"廿四间"。后来沿街有了开关厂、招待所、百货公司、医药商店、五金商店、新华书店、供销总社的糖烟酒商场。县前街与湖清门之间曾有一个墟市，日中为市，日昃罢市。"三月小猪笼里跳，十月肥猪架上叫"，小猪市场设于金山岭顶下。岳庙西边，南门外大桥头，季节性的果品市场兴盛一时，每逢果品上市，乡下农民肩挑车推运进城，箩筐麻袋沿街排列，本地人戏称"叠长城"。那情景与龙潭镇古街的集市极为相似。

沿着县前街，踩着老石板路拾级而上，是一座气势恢宏的石砌拱门。朝阳门是出入城区的主要通道，也是本地人心目中的吉祥门。旧时，县官升迁往来必在朝阳门迎送，寓意步步升高；城里人迎娶新娘，也要从此门经过，以图圆满吉利。20世纪80年代前期旧城改造，浩大的城市建设大幕拉开。两座过街天桥耸立，商业街改造一新，成为这座城市最靓丽的风景。仅过十年，街上最后几幢房屋定向爆破，灰飞烟灭，朝阳门又慢慢淡出人们的视野。

久历沧桑的县前古街留下了一个个影影绰绰的轮廓和不甚清晰的背影，如同挥之不去的乡愁，缠绕着林峰。旧城改造，有机更新，老屋拆迁，这座城市发展得太快了。承载过的千年文明、蕴含历史文化的老街不再，林峰为老城的涅槃新生欣喜，也为他脚下这块滚烫的热土而惆怅焦虑。

春天绿树成荫、草长莺飞的江滨显出冬日的枯黄萧瑟。穿城而过的江水倒映着两岸的树影和高楼。如果有太阳，那些林立的高楼幕墙会发出耀眼的蓝光。一座座大桥，如同彩虹横卧在江面上。远处便是车水马龙、万商云集的国际商贸城。

在时而幽静、时而喧嚣的江畔，信步行走在如画的绿廊栈道，林峰的脚步忽然间变得滞重。

二

离开江边绿廊,林峰穿过一个街区,走进另一座公园。

金鸡山公园原是江滨绿廊的一部分,南北轴线的一端延伸至江滨,现在被小区住宅和街道隔开。公园入口通道两边,耸立着花岗岩石柱。林荫花坛,半月形构架廊,阶梯看台和舞台,旱地喷泉广场,小溪池塘卵石滩,簇生的石蒜、菖蒲,清水汀步和铁索桥,绿坡上乳白色的遮阳棚——公园里的一切都是林峰非常熟悉的。

大草坪一侧,茶楼里喝茶的人似乎在跟他打招呼。林峰视而不见,穿过林荫广场、旱地喷泉,一直走到金鸡山脚才稍做停留,后又沿着西北侧山坡向上攀缘。山道两侧,松林郁郁,花木扶疏。顺山势盘旋而上,阁廊亭台错落。主峰厝山峰顶,矗立一座钢筋混凝土基座加全木结构建筑,刚落成不久,层台累榭如空中楼阁,斗拱飞翼玲珑轻盈,恰似栖息山顶的凤凰欲腾空飞去。

林峰做了一次深呼吸,沿着弯曲盘旋的楼梯台阶,一口气爬上近三十米的五层阁顶。脚手架刚刚撤去,露出阁顶的铜瓦。

金鸡山巅,是登高览胜的绝佳去处。可是在这样风雨凄迷的黄昏,是没有人会上这儿来的。灰暗的天空云霭蒙蒙。林峰觉得胸口有些憋闷,喘息着坐下来。

林峰一转身,看见一个身材高大的中年人站在身后。那人穿着油墨斑驳的风衣,黧黑的脸上胡子拉碴,一头卷曲的乌发披肩,同样卷曲的须髯分明已发黄发白。

一眨眼,儿子也老了!我们已多久没见面了?十年,二十年,三十年?林峰轻轻叹了口气,用手指指旁边的座位。

林波站着,干裂的嘴唇动了动,没有发声。

四目对视片刻,移望别处。林峰站起身,两个粗大的手掌交叠着压在拐杖上,以支撑他那庞大的身躯。林波似乎是不忍直视父亲微微前倾甚至有些佝偻的身姿,侧过身去。

"乾坤正纳纳,岁月何骎骎。斯文付重托,吾力惧难任。道在已逾困,命元天可谌。终应守素志,誓勿枉初心。"林波轻轻吟诵着。

"好一个'终应守素志,誓勿枉初心'！你知道我今天叫你来的目的吗?"林峰的声音低沉沙哑。

林波转身面对父亲,点点头又摇摇头,没有说话。他的脸火辣辣的,仿佛给人扇了一巴掌。刻骨铭心的一幕历历在目,林波不再为过去遭受的不公平而愤愤不平。所有的事情,如同硬币,都有两面。林波虽然早已看清父亲的另一面,却依然有些恼怒。他不知道自己为何恼怒。

林峰那浑浊的双眼不再犀利,却有一种咄咄逼人的气势。他站在那里,微微发抖,倔强得近乎执拗,庞大沉重的身躯给林波一种压迫感。父亲的影子无处不在,许多事都是他在暗中安排。这正是让林波恼怒的地方。

"也许这是我们最后一次见面了。原谅我,我不知道你的电话,所以叫朱赫赫给你捎信……"

林峰的声音很轻,有些压抑。

用不着道歉。是我的错,是我有意无意一直躲着你。父母年迈,但都健在,互相照顾,相依为命。我和你们生活在同一座城市,却难得见上一面。这世上最远的距离,是仅隔一条马路,我却见不到你。

林波心里这样想着,却没有说出来。"哀哀父母,生我劬劳……"他只说了几个字,就说不下去了,开始陷入在父亲面前习惯性的沉默。

林峰知道儿子的口才。他本来准备大谈一通,可是预料中剑拔弩张的对峙并没有来,于是原本期待中的唇枪舌剑变成了一个人的独角戏。

林峰平心静气地开口,不像是对儿子说话,倒像是自言自语。

"我老了。这一生,好日子也过过,苦日子也过过,酸甜苦辣可算是尝遍了。我也有脆弱的时候,最难熬的日子里,精神差点崩溃,甚至自杀的念头都有——人生实苦,你苦苦跋涉,抵达远方,却发现家才是你最好的归宿。人啊,一眨眼就老了。不管富贵贫贱,父母养我们长大,尽最大努力给了他们所能给的,在他们最需要时,请给予足够的耐心和陪伴……"

手机里没有父母的微信,通讯录里没有父母的名字。沙中柳病重躺在ICU里,林波也是趁父亲不在的时候去探望。不到万不得已,他不想见父亲——甚至连父亲的背影也不愿意见到。

林峰话里有话。林波用手摸了一下滚烫的脸,心里五味杂陈。父亲的确老了,头发雪白,堆满皱纹的额头有了老人斑,两腮深陷,牙齿掉了几颗。他一定使了全身的力,才不至于前倾倒下。

林峰转身,努力挺直身子。他的声音越发低沉。

"……我不是责怪你,人到中年,疲惫不堪,谁都有难处,谁都有自己的事。天伦之乐是现代社会的奢侈品。我从不奢望养儿防老,或膝下承欢、子孙满堂。我知道,所谓父母子女一场,不过意味着今生今世不断目送他们的背影渐行渐远……"

林波望着父亲的侧影,内心某块坚硬的东西突然间融化了,涌起阵阵无奈和心酸。父亲那厚实的肩膀是他熟悉的,它曾驮着童年的林波走遍古城的大街小巷。稍大,父亲又骑着二八大杠带儿子去龙潭镇,攀登越王山、松瀑山、塔山和云黄山。父亲总是很严厉,常常在冬天带他急行军似的走十几里地,又到结冰的绣湖畔打雪仗抽陀螺。他给林波买口琴笛子,还偷偷地给他弄一些小人书。

父亲那铁塔似的身躯像一座山峰,山峰并不高大,淹没在群山之中却永远挺立。而随波逐流的自己却像一阵风吹过林涛,虽然给人视觉上的美感,总归虚无。

在平心静气的交流中,父子俩暂时达成某种妥协。林波依然不说话,只点头或摇头。但是一切的情绪变化都逃不过林峰的眼睛。林峰遥望远处的城市,继续说下去。

"一辈子说长很长,说短很短。我们负重前行,其实只是匆匆过客。在无常的生命面前,没有什么是放不下的。春有百花秋有月,夏有凉风冬有雪。若无闲事挂心头,便是人间好时节。日子要一天天过,不紧不慢地过。三餐足,四季暖,就已足够幸福了。我只希望你脚踏实地过日子。说心里话,我从未指望你成龙飞天。一个人一辈子,能做成一件大事就很了不起了。说到底,你我都是凡人,成不了龙,却像一条蚕。作茧自缚是为了吐丝,最后能不能破茧成蝶也是未知数。你知道吗?我曾偷偷去高家镇看你的画展,去龙潭镇参观你的博物馆。

"龙潭镇,我真想回到那里去。春耕夏种,秋收冬藏,手扶犁梢,紧握缰绳,吆喝着老牛耕田,一步步在新翻的土地上撒籽播种。阳春三月,牛铃叮当,唤醒土地。在熹微的晨光里,和老乡们一起,心无旁骛地用一身力气耕种自己的田地。种一方菜畦,吃一碗饱饭,扛起锄头再去除草。在田野间采春茶种菜籽,在人烟稀少的山里挖笋子,大口呼吸新鲜空气。一箪食,一缕衣,亲力亲为,不必躲闪,不必逢迎,不必介怀。可那样的日子不再可能了。

留给我的日子不多了。我叫你来,是想告诉你,我的后事已经全权委托朱赫赫处理。她是律师,精通法务,人情世故比你懂。我不是信不过你,而是不想麻烦你。将来你务必照她说的做。"

林波微微点头。恐惧、抗拒、同情、怜悯、崇敬,一切情感消弭于无形,最后归于平静。林峰魁梧的身躯渐渐萎缩。那失却强悍露出温柔一面的老男人,多少有些别扭,使得林波不忍直视。

有一会儿工夫,风雨停了。一缕阳光透过云隙照下来。江南边的钓鱼矶、西城的绣湖和大安寺塔都变得清晰可见。城郭远郊,高楼大厦间塔吊林立。这座城市依然是野性的,充满勃勃生机。

仿佛打了一剂强心针,林峰挺直身子,忧郁的双眼又变得炯炯有神。他拄着拐杖,慢慢走下台阶。

一切都暗下来,父亲的背影慢慢融入暮色苍茫的城市。

三

人间最妥帖的尊严,体现在生命的起点与终点。我们哭着降临尘世,被接纳、珍爱和安放。哪怕一生动荡,最初的爱会像苗之芽、树之根,让我们在慈悲中变得坚韧。哪怕经年委屈受累,一路蹒跚到晚年,若能被看见、被善待、被照顾,也会让我们在凄苦中释怀离去。归根结底,人生最大的悲哀,是明明活着,心竟已死;或是遗书落尘,生前无人问,死后无人阅。

有时候,当衰老和病患长期相伴,生命的尊严就会荡然无存。这些年,林峰听说过无数这样的故事。人际交往狭窄,血缘关系淡薄,雇佣状况堪忧,被拽进衰老深渊的老人面对疾病和死亡的恐惧,有的选择了自杀,有的选择去养老院。为了挽留住最后的体面,有的老夫妇立下夫妻之约:如果一个人先走,另一个人一定想尽办法紧随其后。

有一次参加完战友的葬礼,林峰心里"咯噔"了一下。但他即刻对自己的"咯噔"感到羞愧。当年在战场上面对枪林弹雨,根本没虑及生死,那么多生龙活虎的年轻人走了,自己结了婚、有儿有孙、多活了六七十年,实在是捡了个大便宜,自己应该坦然面对死亡,即便来日无多,也要从容度过。

林峰和沙中柳,说不上圆满,也算是相濡以沫的老夫妻了。身体好的时候,他们也曾考虑结伴出行周游世界。但一切都是幻想,疾病突然来访,老太太住进医院,林峰不得不放下手头的事去照顾,在病榻边服侍。沙中柳却不领情,挑刺找碴,想方设法支开林峰。最后的一些日子里,除了孙女林晓,沙中柳拒绝所有人去看她——即便是儿子林波也不愿意见。

时而清醒,时而昏迷,大部分时间,沙中柳沉默。林峰坚持履行自己的责任。他后来才知道沙中柳为什么变得如此古怪——她甚至拒绝医院给她配的病号服——她不愿意让人看见她的狼狈样,面目狰狞地躺在病榻上,头发斑脱,胸口糜烂,床单被褥上是呕吐的秽物;她不愿意自己的喉咙被切开,身上插满管子。

有时你想留下最后一点尊严,却不得不以悲怆苍凉的方式接受命运的安排。

在这之前,林峰从未想到自己有一天会倒下,当这一天真的来临,还是有些措手不及。

这一天他照例在锦绣公园散步,走着走着,突然觉得胸闷气短、天旋地转,一头向前栽倒。他被送进人民医院急诊室,暂时捡回一条命。

林峰的脾气越来越暴躁,朝医生护士吼叫,拒绝打针吃药,嚷嚷着要转院。

谁也不知道林峰为什么要舍近求远转去龙潭医院。在最后的日子,林峰最想见的是诸葛慧莲和林晓。但他不知道,那也是一种奢望。诸葛慧莲有事要忙,除了定期探望,也不能插手医院的医务。

倒是孙女林晓腆着大肚子每天来看望。只是这个穿着白大褂的医生自己也是医院的特殊病人,服侍林峰的任务更多地落在志愿者泰山身上。林峰开始时看着那个高个子孙婿多少有些别扭,后来却越看越顺眼——尤其是在泰山参加了春节时的中式集体婚礼后。

最后的日子里,林峰的思绪全集中在林晓身上,他在这个与自己很少见面的孙女身上看到了沙中柳和林波的影子。他终究也没能摆脱老人隔代亲的窠臼,也没有摆脱普通人对死亡后面无边深渊的恐惧。

林峰想把一生的柔情倾注到孙女身上,却羞于表达。

这一次倒下,再也站不起来了。林峰想起了弥留之际的沙中柳,想给自己留一点点体面尊严——生老病死,阡陌常态,再正常不过,何必那么多人围着我转,徒然消耗医护资源?他可不想意识模糊全身动弹不得,坐在轮椅上度过剩下的日子。

一切都快结束时,何必抓住生命中最后一根稻草？最后一点狼性在林峰身上占据上风。是的,他就是一匹孤独的狼,在一座满是凛冽寒风的山上,深邃的眼眸望着一望无际的天空。

林峰不再言语,拒绝进食,病情急转直下。

这匹受伤衰老的狼,渴望躲在某个角落里孤独地死去。

黑暗中,在医院的病房里,那位极其虚弱的老人走到了生命的尽头。

他心如止水,闭上了双眼,静悄悄地走了,仿佛从未来过这个世界。

四

"令尊去世前委托我立了一份书面遗嘱,事无巨细都做了交代,其中的条款非常多,我只能择其要者跟你说明。这份遗嘱,想必也是你母亲沙中柳女士的意思。财产部分,现金存款,加上锦绣家园的一套房子,拍卖或是转让,全部捐给龙潭镇佰仁国药馆。"

朱赫赫一边翻看,一边念着条款,把遗嘱文本推到林波前面。

林波有些惊讶。两位老人留下的财产远比想象的多。父亲平时节俭得近乎抠门,最后那些行动不便的日子,连保姆也不请。

林波从未想过要接受父母的遗产。父母处理遗产的方式早在他预想之中,那笔钱即使落到他手里,处理起来也是力所不能及的事。他如释重负地舒了口气,把遗嘱文本推了回去。

"既然有书面遗嘱,那就照做。你我是同学,我信得过你。"

"公归公,私归私。你是家属,我必须征求你的意见,条条有所交代。"朱赫赫盯着林波那孩子气的样子,露出一丝怜恤的神情,"眼下的麻烦是后事。令尊是南下老革命,是老市长,令尊的后事,恐怕连你我都做不了主了。"

"他们怎么说?"

"市领导的意思要开追悼会,把骨灰葬入公墓,立一块墓碑,还要为他铸一尊铜像。"

"老爸的意思……"

"生态葬。像你母亲一样把骨灰撒入龙潭湖。卧病在床时,他听说龙潭湖有集体水葬,早早报了名。令尊的性格你是知道的。"

"死者为大。那就按他的意思办。"

嘴里这么说,林波心里还是愿意做出努力,承担起一个儿子应有的责任,为父亲举行一场风风光光的葬礼,作为对父亲的致敬,也是为了弥补过失填补内疚。葬礼不一定要隆重,至少要别致。

可是自己的能力应付不了葬礼的烦琐,一想到走入世俗生活就手足无措,林波又有些恐惧,倒不如顺水推舟,落得省心省力。

林波无能为力。朱赫赫也无法掌控。死者的遗愿总得尊重,只好采取折中的办法。朱赫赫牵头,以民间形式成立治丧委员会。追悼大会在殡仪馆开,遗体瞻仰火化后,把骨灰盒送去龙潭镇举行葬礼。林峰在龙潭镇打过仗,砍过木头,修过水库,认识沙中柳,生下儿子,当了十几年的镇长,最后魂归龙潭湖,也是情理中的事。

这是龙潭镇最隆重的葬礼,龙家人当仁不让当起了主角。以龙马朱赫赫在龙家的威望,加上龙正、龙信的号召,一声令下,龙家人没有不服从的。应家人也不甘落后,梅花梅香携家带眷,加上应骊应姝应骞。诸葛家沾亲带故,诸葛慧莲和诸葛志刚自然是少不了。林波,林晓,龙骏,龙飞天,刘强,张英,这些名字可以罗列一大串。还有那些肤色不同的"老娘舅"也来了。

龙门书院的方院长知道老师与林峰过去的渊源,率全体师生员工参与。还有更多素不相识的人。似乎整个龙潭镇的人都出来送葬了,队伍一路蜿蜒。

天空灰蒙蒙的,下起了雨,林峰的骨灰缓缓撒向湖面。

这种热闹正是林波希望看到的,而那种嘈杂却是林波千方百计要逃避的。送葬的人缓缓散去,他独自一人沿江堤向南走,仿佛在追逐父亲随大龙江水流逝的魂魄。他的头脑一片空白。

响彻人间的壮志豪情、伤痕累累的肉体和凄婉欲绝的悲歌已随风消散,只留下一种难以言表的厚重沉淀在大地与水中。父亲的身影还留在林波的脑海里。有时候,爱恨交加的情感比单纯的爱更折磨人。

是内疚还是悔恨?在一个无人的地方,林波让眼眶里打转的泪水流下来。他已经好些年没有哭泣了。他蜷缩在地上,终于像一个孩子似的号啕大哭起来。

起身继续前行。林波想起为父亲画肖像的事。肖像是为雕塑铜像而画的,那是龙潭湖湖滨公园铜雕群像的一部分。铜雕群像中有龙潭镇的先圣先贤、历代名人,也有现代普通人,其中就有以龙禧应富贵为原型的两尊雕像。镇政府认为林峰也应该有一席之地,但是林峰生前竭力反对,林波做了一半没做下去。

当生命逝去化为尘土,为什么要用人间最奢侈的华丽去遮盖那具终将腐烂的躯体呢?

林波不知疲倦地向前走,想起最后一次在鸡鸣阁与父亲的对话。那时的父亲更像一位诗人、哲人。是啊,为什么我们不能给自己一片宁静的天空,看惊蛰,看小满,看露从今夜白?为什么我们不能与自然同频作息,让劳作与休养平衡,对万物怀抱敬畏?不违逆自然生息,不颠倒梦想,把日子过得真真切切,把生活过得结结实实!

过去有一阵子,林波也曾享受这样的生活。每天清晨5点走出画室,沿着桃花溪或画溪散步,去看丘垄稻田,看稻穗一天天随节气变化。春耕后的田,慵懒似猫的云,秋后饱满的稻禾,枣树开花的香气,与自然这般地亲近,心灵便找到了栖止木。还可以驾一叶扁舟,走上龙潭湖中的岛屿,看日出晕染开的水墨山水。

回到龙潭镇,住在青山湖畔,他又可以画画写诗,在单调的脚步声里思考了。语言少了,思想便丰富了,像树叶落在土壤里,思想会滋养思想。

林波一边走,一边思考着人生、自然、艺术和死亡。他又想起了父亲的话。父亲希望自己脚踏实地做些实实在在的事情,没想林波踩得更深,一直深入泥土,与地下的古人对话。与父亲一样,自己内心深处也是个离不开土地的农民,艳羡那些身居山水中、拥有田园生活的农人。

父亲走了,现在是自己顶天立地前行的时候。他忽然间决定,要把那尊铜像完成。不一定要放在湖滨长廊,哪怕只是放在自己的博物馆或是书斋里。

林波的脑海里又闪过葬礼的一幕幕。父亲的背影渐行渐远,融进远处的山峰。大树被砍伐倒下,土地裸露在风雨阳光下,被泥石流冲走。可是那些坚硬的山岩还在。

是啊,父爱还在,就像自己对女儿林晓,不愿见面却时时牵挂。那种奇特的情感就像深埋在火山下的熔岩。

林波想起了生命里的另三个女人。永不认输的母亲躺在病榻上,心里却始终不肯放弃隐秘的希望,一而再地暗示自己做些尝试。母亲的身影与诸葛慧莲的交叠在一起,那光洁的额头流露出殉道者的庄严表情。是世俗的爱还是责任与义务？在这个世界上，有些人注定是孤独的，她们要为别人而活——他配不上那个高贵的灵魂。

每个人都是独立的个体。每个高贵的灵魂都有属于自己的蓝天！李海音，她的美是野性的、遗世独立的，她是古典的仕女也是现代的淑女，她是敦煌的飞天和天国的仙女。

是这四个女人使我的生命变得丰盈。她们都离我而去了，可是爱并没有消失。

是的，爱才是生命的真谛。爱才是艺术的真谛。爱就是信仰。爱人，爱青山绿水，爱自然的一草一木。

第九十章
曾祖母

一

本世纪第二个十年就要过去。在龙潭镇，这一年冬天，人们经常看见，一位年过八十的老太在街上匆匆行走，厚实的身躯微微前倾，神情严肃而专注。她把灰白的头发整齐梳向后脑，挽成发髻，用篦子或是发簪别着，露出细纹密密的额头。她穿的布裙上粘着泥土草屑，发出豆腐、干柴和药草的气味，那气味俨然是她身体的一部分，自己不以为意，旁人远远就能闻到。

仿佛是五姐的魂灵附体，龙十妹这些日子迷上了暴走。她似乎是在寻人，可她搞不清，自己要寻找的，是披军大衣的络腮胡男人，还是瘦长的穿中山装的男人，或者别的什么人。一个朦朦胧胧的影子在她眼前晃动，难以分辨。莫名的伤感使她恍恍惚惚，变得异常敏感。她不明由来地东西转悠，偶尔陷入痴狂状态，整夜在院子里踱来踱去，喃喃自语。

她过去可从不这样。眼下的龙十妹，患上了健忘症、失眠症。漫长的冬夜，越想睡越睡不着，迷迷糊糊像在做梦。四周的气味既熟悉又陌生。窗外是从龙川吹来的西北风，冷风呼啸着吹过长廊屋顶，整栋老宅似乎都在晃动。黑暗中，哪怕是老鼠爬行时窸窸窣窣的声响也像惊雷。木门闩和铁铰链哗啦啦作响，墙上剥落的灰泥噼啪噼啪往下掉。土石墙和茅草房摇摇欲坠。屋檐下张挂凌乱的蛛网,猪圈一样肮脏的小房间,散发着一股浓烈的猪粪牛粪羊粪和樟脑的混合味。几个满脸是汗、浑身尘土、肮里肮脏的孩子在门口的泥地上哇哇大哭。

龙十妹发疯似的逃离,沿着盘曲山道飞奔。村口的大樟树不见了。远处是重重叠叠的山,刀砍斧凿般的崖石上长着孤松枯藤,绝壁下的溪涧流水淙淙。近处的山坳岭岗,是一片片松杉林、竹林、椎子林和层层梯田。山道两旁,满是荆棘灌木和野草,开花的络石藤、霹雳藤,香气扑鼻的金银花,红艳艳的覆盆子,还有野芹菜、野芋艿、野灵芝、虎杖、石菖蒲和何首乌。一群野猪从竹林间窜出来撵她,直到她逃出山口为止。

她来到江边,一群白鹭飞过。江上的船一字儿排开,戴斗笠、穿蓑衣的渔民正在撒网,鱼虾在太阳底下跳跃,岸边看热闹的人大声吆喝。白花花的水流过蓄洪防涝的水仓。滚水坝边的老船埠,木制转筒和系船的绳索"嘎吱嘎吱"响,几头水牛正转船过坝。埠头桥底下,搬运丝绸茶叶药材的船工歇脚吃饭,喝酒聊天。夜晚的船埠石岸,红灯笼照着江流溪水,渔火闪闪。

她走过石坝碶闸。画溪上那座传说中的廊桥似乎还在,榫锁条石,固定为梁,桥墩上铺木厚板,桥上建着几楹青瓦房,设有长凳,南北桥头立碑亭。去龙门书院的访客三三两两走过。高低错落的房子,长满青苔的石阶,竹竿上挂着蓝花布和鱼花干。西斜的太阳下,村妇浣纱洗衣,白发老人磨剪戗刀,顽皮的孩童骑在牛背上吹着柳哨过桥。

龙门书院,蚕神庙,观音阁,陶公殿,依山傍水的民居,高低错落的马头墙,飞檐翘角的深宅大院,大天井,老屋闾门,石库弄堂,篾作,木作,中药铺,绸缎铺,陶瓷铺,打铁铺,肉铺,咸货店,典当铺,米店,染坊,茶馆,酒楼,钱庄——整座古镇似乎是属于龙十妹一个人的。她独自在空旷的街道上走着,寻找那个影子似的男人。她走过鱼骨似的小巷,仿佛一只蜜蜂,寻找着属于自己的蜂巢。

恍恍惚惚,她来到花厅。石狮张嘴立在门前,斗拱旗杆插在云里,门楼墙脊伸向空中。花厅里似乎在摆老太太的寿宴,巨型蜡烛熊熊燃烧,香火腾腾,长长的竹竿撑起油灯。到处挂满红灯笼,大天井里敲锣打鼓。耍狮子,舞龙灯,走旱船,叠罗汉,铜锣开道的花轿仪仗插满金木水火土五圣方旗,唢呐嘹亮,火铳震耳。家谱,寿屏,祖像,她又走进了宗祠。戏台上正演着戏,不知是越剧还是婺剧——凤冠霞帔的佘太君和穆桂英,金盔银甲的岳飞岳云,矛锤弓弩,文臣武将,涂满油彩的大花脸小花脸。还有道情、花鼓戏和小锣书,叮叮当当,铿铿锵锵。

不知道自己是喜欢梦里那个还是眼前这个龙潭镇,有一点是肯定的,比起散发着虾蟹烤肉香味的新街,龙十妹更喜欢散发着豆浆馒头香味的老街。镇上的楼房越来越高,大街小巷每天都发生着新奇的事。陌生人越来越多,有人慢悠悠地走着,有人骑车匆匆而过。平时车水马龙的古镇,周末更是人声鼎沸。即使是喜欢热闹的龙十妹,也觉得这样的热闹过于嘈杂。

像所有的老人一样,龙十妹掉进怀旧的罗网不能自拔。

不知道自己是醒着还是在做梦,一切如真似幻。整个晚上,她坐在门口的条凳上,用毛毯裹着身子,似睡非睡,沉浸在暮年的孤独和冬夜漫长的黑暗中。她的嗅觉变得异常敏锐。空中弥漫着甘草的气息。老门老窗,房梁木框,青石卵石都散发出陶制药罐才有的味道。

远处的嘈杂声和孩子们的欢闹声,终于把龙十妹唤醒了。

外孙女林晓就住在隔壁药房里。龙十妹想去敲门,抬起手却停了下来。她记得今天是个特殊日子,昨晚入睡前她计划好要做一件事,早晨醒来却忘记了。

叠好毯子,她走出北门,来到屋外丹溪边。溪水在古月桥下叮叮咚咚地流淌。泥地上散落着银杏黄叶。原本枝繁叶茂的银杏树光秃秃的。龙十妹抬起头,望着银杏树黑色枝丫上的灰白色天空,似乎忽然间明白,这几天自己一直在寻找的男人——那个在梦中引导自己走街串巷的男人,原来是教授。

是教授在托梦。教授的一半骨灰就埋在银杏树底下。

已经好些年没去祖坟烧香了。这个冬至,龙十妹去了一趟白鹭洲。因为诸葛祖坟又多了一个坟包,坟包埋的是住在养老院的那位诸葛,老人过完百岁寿诞后就悄悄睡着了,他睡着的样子,像出生不久的婴儿。

怪不得这段时间,龙十妹老是梦到诸葛家的人。

可是,龙十妹依然纳闷,那个时常在她眼前晃动的男人,并不总是一副模样,有时穿中山装,有时披军大衣,时而是一张敦实的满月脸,时而是一张络腮胡子的国字脸。

是教授?是林峰?是云鹤?龙十妹又迷糊了。

她正胡思乱想,忽然间听到青山湖那边传来的晨钟。那钟声庄严肃穆,

回荡山谷,在龙潭镇上空悠扬地传开。龙十妹终于想起要出门做点什么了。前几日,方圆院长派人来,邀请龙十妹去龙门书院帮忙,准备熬腊八粥的食材和大锅——每年腊八为养老院的老人熬粥是书院慈善公益的一部分。

二

红枣,莲子,小米,腊八节,龙门书院,八宝粥,龙十妹一边自言自语,一边慢慢往前走。

她并没有去龙门书院,倒不是她的健忘症又犯了,而是她有了新主意。每年去龙门书院取腊八粥的人很多,乌压压的,八口大锅熬的粥都不够分。龙十妹决定自己熬。她已经准备好了食材。女儿的国药馆里总有百十来号人,自己熬一大锅才能每人分一碗。何况,她还要给住在隔壁药房里的外孙女一家子准备早餐。

沿着溪堤兜了一圈,龙十妹又回到老宅前。

龙潭湖迷迷蒙蒙的。一丝湿冷的风从湖面上吹来。大樟树中空的树干呜呜作响。几片黄叶从葱郁的树冠上落下。停车场空空荡荡。靠墙根的铁皮棚子里,一排排脚踏车整整齐齐地停着。

在这样寒冷的早晨,只有本地的居民偶尔光顾古宅。大门口立着市级保护文物的牌子。花岗岩门楣上"耕读传家"四个字用漆描得乌黑发亮。

龙十妹不识字,但是她把每个细微的变化都看在眼里,时刻准备着要与强行改变古宅样貌的人较量一番。

她从大门口走进去,依然神情恍惚。冷飕飕的风吹着她的后脑勺。灰白天空飘着细细的雪花。虽然龙潭镇和外面的世界一样经历暖冬,但是龙潭峡气候特殊,时不时还会下几场小雪——或许那不是雪花,而是堆积在瓦檐上的柳絮桂花或别的什么。

身后传来脚踏车撑脚的"咔哒"声,龙十妹的心也"咔哒"了一下。

五十几年前那个风雪的早晨,大年初一,那个身材魁梧、穿着军大衣的络腮胡子就是从这扇大门走进来的。那时他多么年轻,走路风风火火,笑声爽朗,说话像是开机关枪。

大胡子,军大衣,他来过古宅吗?他在老屋里吃过饭吗?

唉,人啊,一晃就老了,一晃就没了。教授走了,云鹤走了,龙禧、应富

贵、龙猫走了,如今林峰也走了。那个大胡子,连木盒子也不要,把骨灰撒在
湖里。他出殡时,也是这么个阴冷天,人很多,光花圈就排了一里地。那些
不认识他的人也去了,他们卷着裤腿,穿着草鞋,一只手拄着松枝杆,另一只
手拿着被雨水淋得变了色的纸花圈,最后送他一程。

　　大胡子也值了!外孙女撒娇,说自己能活一百二十岁。活那么长干吗?
会被人说成老妖精。人终有一死,养老院那么多老人,都排着队,等着躺到
那盒子里去哩。听说现在时兴水葬、树葬,等我死了,就把骨灰撒到银杏树
下,跟教授在一起,睡在别的地方总归不自在。

　　龙十妹忽然间明白,这些日子魂不守舍,是由那天参加林峰的葬礼引起
的。病根是找到了,可是一时半会也治不了。

　　她沿着有些昏暗的长廊缓缓向里走,依然头重脚轻。那个穿着中山装
的瘦瘦的身影和披军大衣的魁梧身影在眼前来回晃动——龙十妹依然沉浸
在怀旧的情绪里难以自拔。

　　五十几年前,林峰从南大门走进来,教授背着掉漆的老药箱从北大门走
出去。教授走了,现在只有他女儿一人在银杏树下捡白果。快六十了,慧慧
还是孤身一人,像她父亲一样整天埋首书堆、泡在药罐里,也不为后面的日
子想想。也难怪她,她管着国药馆里百十来口哩。

　　还有慧慧的女儿林晓和儿子应明。这姐弟俩的关系倒是不赖,姐姐还
拿着砖头似的书教弟弟念,以后应该可以互相照应。应明也是,不省心,书
没读好,跟着龙骏学篾匠活,有事没事到龙潭湖边放风筝。那种风筝,公园
里三四十元就能买一个。说是做扎风筝的技师,好歹学门正经手艺,将来可
以不愁吃穿。我龙十妹是没有能力了,慧慧总得为老了想想。可儿女婚事,
操心也是徒劳的。上辈子的恩说不清,这辈子的怨理不明——诸葛家和林
家,那个结是越结越紧了。

　　诸葛家的人和林家的人在龙十妹的脑子里纠缠,最后,居然还是林家的
人占了上风。想到林峰——想到他那个长发披肩的英俊儿子,龙十妹心里
不再隐隐作痛。覆水难收,破镜难圆。这件事,女儿态度很坚决。林家人也
没有办法。何况,林家已经把唯一的孙女押在老宅了。

　　龙十妹这样想着,心里渐渐释然。

　　对林晓找的那个大高个洋老师,龙十妹开始觉得很别扭,后来却是越看
越顺眼。那个外国大男孩一见龙十妹,就外婆长姥姥短的,笑容灿烂,嘴角

咧到耳根，还很勤快，会帮龙十妹择菜、裹粽子、磨豆腐。连朱老夫子那样的老古板，都对龙义找个洋媳妇不计较，像诸葛这样开明的人家，就更不应该流露出不满。龙十妹过去每天去海马接送应明，皮肤五颜六色的孩子见多了，算是见多识广的人。不管是黄皮肤黑眼睛，还是白皮肤蓝眼睛，不管是"牛筋"还是"羊排"，只要在古宅里出生，那就是诸葛家的人！

那个马上要出生的孩子毕竟流着诸葛家的血液，龙十妹更不能计较他姓诸葛姓林姓龙，还是姓别的什么，她现在唯一的愿望，是他们能多生几个，并且由龙十妹来亲手抚养。

所以，当林晓和她的男友决定住到古宅来，龙十妹可高兴了。她把药房好好拾掇了一番，把诸葛慧莲上大学用过的东西和她的嫁妆——老旧的樟木箱和大小手提箱，连同衣柜鞋帽盒都搬进了阁楼卧室，里面满满当当地塞进林晓出生时用过的尿布围兜小棉袄和小鞋。她还把摇篮、摇椅、火桶和火璁刷洗得干干净净，在院里一字儿排开。

一切准备停当，可总有哪里不"落坞"。教授不在，有一阵龙十妹为接生的事担心。童年记忆里，最深刻的一件事是弟弟出生。接生婆站在杀猪似嚎叫的母亲身边，伸出一双皱巴巴的手在母亲肚子上乱按。滚烫的水锅，热气腾腾的脚桶，泉涌似的鲜血，鸡肠似的脐带，黑色的烟囱灰，红红的剪刀，垫布和尿布，弟弟龙十一能够活下来，真是造化！

现在的孩子多娇贵，要是有个三长两短——龙十妹不敢细想。她知道自己是瞎操心。现在的医疗技术多先进，三天两头检查，产期没到就早早住进医院。医院就在家门口，女儿又是接生婆，听说外孙女在医院里也是捣鼓这些事的。

问题是，这个大肚婆根本不把生孩子当回事，挺着大肚子还练什么"芋夹"，在外面到处撒野。

哪个做父母的不苦痛自己的子女？慧慧每次回家都若无其事。龙十妹最终还是把悬着的心放回胸腔。不过偶尔，那颗心还是会七上八下。

有时高兴，有些发蔫——这也是龙十妹失眠健忘的原因之一。

三

好愁不愁，愁个六月无日头！

一个是应家孙子,一个是林家孙女,我操那份闲心干吗?龙十妹自我宽慰。

可一天的忙碌过后,龙十妹又陷入无所事事的焦虑。

她喜欢热闹。有一阵子,古宅里的确很热闹,每天都有十几辆载满游客的大巴车停在大樟树下的停车场。他们是来游览健康小镇的,顺道来古宅参观。房前屋后,前呼后拥,周末更是人挤人。龙家人开了旅游公司,龙家的孙辈曾孙辈当起了导游,举着一面小旗,后面跟着一群陌生人,叽里呱啦,什么稀奇古怪的方言都有。古宅里开起了各种商店,卖古董书画、树叶石头、土布丝绸、瓶瓶罐罐、豆糕烤串,吃喝玩乐的东西都有。后来听说上面发了文件,那些商店忽然又都搬走了。古宅一下冷清了许多,平时只有一些扛着长枪短炮的记者模样的人来转悠,悄悄地来,拍几张照就走。

那会儿,青石板院子里连插脚的地方都没有。龙十妹不喜欢那时的嘈杂喧闹,可突然间没了人气,又不乐意了。古宅住户已全部搬离,龙十妹成了唯一的居民。托教授的福,教授的药房变成文物后,龙十妹获准继续住在老屋里。

去年中秋,国药馆还没有搬迁,诸葛家、龙家和应家的人合起来为龙十妹做了八十大寿,她着实享受了一回特殊的待遇。花厅里张灯结彩,摆了二十八桌,三家的亲眷故旧子子孙孙,加起来足足几百号人。龙十妹脸色红润,腰板挺直,精气神十足,祝寿的人都说她至少能活一百岁。龙十妹不想活一百岁,不过她的确从未考虑过死亡。死亡那么遥远,仿佛永远与她无关。

她也从未觉得自己要面对老年孤独。她并不孤单。诸葛家亲戚、龙家人、应家人和一些素昧平生的人时常来看她。来得最多的是龙骏。对那个小时候喂过几次奶的孩子,龙十妹有着母亲般的情怀。

龙骏上门,穿着油漆斑驳的工作服,腋下夹着一个工具箱,带着一帮木匠、锁匠和泥瓦匠,开始检修屋檐房梁、砖墙窗棂和木栓门扉。他们把长廊水沟和院子里的杂草拔掉,把蒙上一层茸茸青苔的墙壁里里外外粉刷了一遍,把曲翘碎裂的青石板换掉,拿石灰浆灌进白蚁洞穴,堵死门缝和窗框上白蚁经过的一条条通路,用各种杀毒剂喷灭蟑螂。

维修队顺便又把老式灶台翻修了一遍。那个老式的灶台俨然成了文物,经常有摄影师来拍照。老式的烟囱,灶菩萨前贴着红纸联"上天言好事,下界保平安",前面可以放祭祀的红灯笼。这种烟火气才是一个家应有的样子。大铁锅里烧出的饭才好吃,有大锅才能做豆腐。

灶台对面是慧莲母女俩使用的煤气灶,还有一个电冰箱、一个橱柜。橱柜里面放杯盘碗盏,陶瓷餐具,银制餐具,锡制、水晶器皿,甚至还有刀叉。龙十妹并不排斥这些。她只是习惯使用老式灶台。那个老式灶台用了快十年了,必须重砌。

龙十妹不知道文物修葺是龙骏分内的事。她最喜欢龙骏上门来。过去外孙应明还住在老屋的时候,龙骏经常来。他会带应明到溪滩里捡五颜六色的石头,会教应明木匠活,会用竹片糊鹞子去放飞,会逗小猫小狗,会用柴草编织鸟巢放在槐树上撒上鸟食引诱那些会唱歌的鸟儿。有时候,两个大男孩趴在地上,引导一群群土蚂蚁沿着砖缝爬回它们的老窝。

应明搬走与她母亲住后,龙骏来的次数就少了。修完花厅又修祠堂,他很忙。现在人都很忙。

闲下来就胡思乱想,龙十妹坐在门口的条凳上,望着空荡荡的院子发愣。仅有的几个游客都是陌生人,龙十妹努力在那些新面孔中寻找龙骏的影子。她纳闷,那个瘦瘦的圆脸男孩,似乎一夜间长大了,又似乎一夜间变成了头发灰白的半老头,到了当外公的年纪。

龙骏的母亲李翠花——那个清秀文弱的老师似乎昨天还来过,把睡过头的诸葛慧莲从阁楼床上叫醒。那个总是东游西荡、戴个鸭舌帽遮住秃顶的胖胖的龙猫也来过。龙猫走了。李翠花走了。龙生和媳妇也走了。还有那个会唱戏的李娇娘,穿着旗袍,滑溜溜的绸缎披在肩上,脸上扑了香粉,嘴上抹了胭脂,手上戴着金链玉镯,她也走了。她和她的女儿——那个总是打扮得很洋气、曾经向自己要过梭子的上海姑娘——她们曾经在隔壁的阁楼上住过吗?

龙骏太孤单了。他的媳妇去哪儿了? 他们的女儿龙飞天,那个会做衣服、会染布的女孩和林晓一样,也找了个洋人。两个姑娘是一对好姐妹。他们说,飞天是镇上顶齐整的姑娘,可是要我说,她比林晓还是差了那么一点点。

龙十妹最后还是把心思转回到林晓身上。她起身走出北门。

古宅外,在老屋与丹溪间有一长溜的菜园,用竹篱和石子墙围住,龙十妹的菜园成了古宅外一道生机勃勃的风景。即便是草木凋零的冬季,那叫蓬蒿的菊花菜依然有逼人的亮绿，它的花着实好看，花冠似菊，如小碗般大朵，黄的花瓣上有玉色细纹，一开就是个把月，就是掐了芽，菊花菜很快会长出新叶开出更多的花来，黄灿灿一片，煞是壮观。空心菜的花与牵牛花相似，喇叭状，淡紫的花瓣如婴儿的脸蛋娇嫩而光滑，数朵攒在一起，花开时节有一股淡淡的清香。金针菜开的花像黄百合一样娇艳夺目，而且花期长，天天有新的花朵含苞怒放，让人看了满心喜悦。豌豆的茎蔓繁密青翠，茎上生节，节处生根，没几天工夫就疯长起来，开花的季节，一地的紫花，娇嫩的叶子配上柔弱的花骨朵，要多美丽有多美丽。洋芋花也是菜花中极为漂亮的一种，一畦畦的，紫中带白，黄蕊簇簇，有点像水仙。夏天，丝瓜、南瓜秧爬上竹架砖墙，花开时，园子里便多了一扇扇彩色屏风。秋天的番茄，花开时蜂蝶乱舞，结果时红艳艳的，煞是喜人。就是那只种不管的白菜，种子落地就生根，一畦畦的，晶莹如玉，连空气都变得生动起来。

人们似乎总是看见龙十妹在弯腰种菜，戴着草帽浇水。她的菜园里有摘不完的四季果蔬。龙十妹原本想着免费供应国药馆的食堂。食堂专门跑菜市场的师傅嫌麻烦，收了几次就不收了。这可难不倒龙十妹，她在台门口摆了一个菜摊，有空就守着。那些一指长的青菜、椿树刚发出的嫩芽、翠绿的马兰头、田埂土坎上挖来的野葱很受游客青睐。旅游旺季，龙十妹根本忙不过来，就敞开园子让人采摘。她又在菜园里搭起暖棚种葡萄，夏秋时节有熟客上门，龙十妹放个铝盒，摘一箱葡萄随便你扔多少钱。剩下的她摘下来酿酒。

秋冬旅游淡季，来古宅的人少，龙十妹依然守着菜摊。她倒不是为了那几个卖菜钱，而是为了那份摘菜卖瓜的乐趣。

黄昏时分，灰白色的天空又飘起了雪花。菜畦上积了薄薄的雪。龙十妹推开竹篱走进菜园，把卷作一团的冬白菜一颗颗挖出来。

闻到了潮湿肥沃的泥土气息，她的心情慢慢好起来。泥土的气息令人愉快，使她的灵魂一下子变得快乐丰盈。

四

过了腊八，就是年关。龙十妹开始置办年货，无暇胡思乱想。

童年被拉长的日脚到了老年被大大缩短。小年很快就到，这是灶王爷上天的日子。龙十妹暗自庆幸自家的老式灶台还能给灶王爷留一席之地，准备了酒肉，恭恭敬敬地上了一炷香。腊月廿四，是约定俗成掸舍除尘的日子，平时就擦擦抹抹把家里搞得纤尘不染，她还是把家里仅有的几件家具洗了又洗。腊月廿五，泡黄豆做豆腐，这是一门一辈子值得自豪的手艺，她乐此不疲，即便到了八十岁，隔壁邻舍要她做，她也二话不说就答应了。

怕龙十妹不小心闪了腰，龙骏和迪伦过来帮忙打水、推磨。

唯一被剥夺的特权是养猪。过去，年前三个月，龙发会送猪仔过来让姑姑养，现在是挑最大的一头屠宰完直接送猪肉过来。龙十妹一年也吃不完，只好把一半腌起来。

龙十妹一边抱怨着年味越来越淡，一边照老规矩按部就班地忙碌着。打年糕，蒸馍，贴春联，很快就到了除夕。一家人吃完团圆饭，诸葛慧莲带儿子应明回国药馆。加上中医研究所和中医保健院，国药馆摊子越来越大，诸葛慧莲和儿子应明就住在花厅。

林晓不久前从医院分娩回来，住在隔壁的阁楼上。

老屋里只剩下龙十妹一个人。灶前灶后，刷洗碗筷，烹炒煎炸，很快就是深夜。远处传来此起彼伏的爆竹声，烟花把龙潭湖、龙潭镇照得如同白昼。偌大的古宅，虽然少了住户，但依然到处点起了红灯笼。

睡眠越来越短，龙十妹决定为女儿、为林晓和她刚刚出生不久的儿子守岁。除夕，她还有一件非常重要的事要做——酿酒。有专门的酿酒师带着大铁桶上门来，怂恿她用高粱酿酒，龙十妹觉得不靠谱。最好喝的还是自家用糯米酿的米酒。菜园子墙根的酒窖里，埋着龙十妹十几年前酿的酒。除了送人和国药馆里用，龙十妹平时也喝点。

泡好的糯米装上木甑子，放在大铁锅上蒸。糯糯的米香随着烟雾水汽在房间里弥漫开来。灶膛的干柴噼啪作响。龙十妹一边烧火，一边盘算着大年初一的事。诸葛家要像过去那样热闹是不可能了，但是初一上门拜年的客人不会少。那本古旧的本子里画满了圈圈点点，记录着她一年的收入与支出。龙十妹现在一个月有两千多元的退休金，平时还有卖菜的收入，正月里够她大大方方奢侈一回。

九个姐姐相继去世，弟弟龙十一也去了。龙十妹现在是龙家最年长的人，说不准什么时候就冒出一个小不点，叫她姨婆、姑婆或太婆。她是四世同堂的老人了。身体依然很好，腿脚利索，耳不聋，眼不花，二十四颗牙一颗不缺,鼓鼓的腮帮染着红红的酒晕。每当林晓钻到怀里撒娇,说外婆能活一百岁,那恭维话格外入龙十妹的耳。如果老天爷让她再活二十年或四十年,现在的龙十妹也会欣然接受。至少,她可以守着教授的药房和古宅。

米饭蒸好,摊凉,装缸,倒水,加红曲,分装,封泥。

龙十妹拍拍裙子上的灰尘,打开靠近菜园一侧的窗户。黎明的曙光透进来,清新的空气中夹杂着泥土气息。

整座古宅弥漫着糯香、药香和奶香,阁楼上传来婴儿清脆的哭声。

龙十妹饱满圆润的脸上绽开了笑容。

后　记

　　家乡六都,有一座金峰山。金峰山麓,有一座陵园,建在山坡上的公墓区相当陡峻,一排排松柏后面,是一排排紧挨着的墓碑墓穴。

　　初秋的黄昏,一个长发披肩、胡子拉碴的中年男人,一脸沧桑凝重,沿着上山的台阶踽踽独行。他来到靠近山顶侧一座立着石碑的墓穴前,双膝下跪,双手撑地,然后匍匐在泥地上,先是喃喃自语,接着悲声呜咽,然后号啕大哭。

　　他像是在倾诉,在告慰,在宣泄——告慰,是想把命运赐予他的小小成功告诉父母,宣泄,是为他过去所承受的委屈、心酸和苦难。

　　这一定是他生命里最重要的一次宣泄。半晌,这个涕泪纵横的男人才站起来,擦掉眼泪,回身凝视远眺。

　　远处,是一望望的田畴,阡陌纵横,城镇乡村,楼宇栉比;山脚下,一条公路从工业园区穿过,一座铁路隧道正在建设中。

　　夕阳下,暮色中,男人又一次回望父母的合葬墓,然后缓缓步行下山。

　　这个男人就是我。我是来把作品即将出版的消息告诉父母的。

　　这部作品的创作,其中的酸甜苦辣,只有自己知道。

　　十年,抑或三十年! 虽然我内心并不缺强大的驱动力,可是遇到挫折,也难免彷徨。

　　可是我没有退路,我必须完成此生的使命! 每当我想要退却放弃,命运之锤就会重重落下,猛击我,碾压我,把我锤碎!

　　关于人为什么创作,大致分为两类:有人刻意为之,有人不得不为。我应该是属于后者。少时,我第一次经历家庭成员的死亡,那一夜对我来说就是一个世纪梦魇,而后面不懈的创作是为了摆脱那个梦魇。

当然,我创作,并不仅仅是为了治愈少时的我。

至于为谁创作,为什么坚持创作,在这里,我愿意借用作品中诸葛慧莲与龙骏的对话来说明:

> 你也不必为自己的不合群而烦恼,真正优秀的人都是不合群的。他们面对的是真实的自我,是那个精神上内在的自我。有高人之行者,固见非于世,要么庸俗,要么孤独。有落月之相随,无一人而我同。你不必在乎别人的眼光,你就是你,是人间不一样的烟火!……骨子里你就是个文人,你千万不能放弃,你可以屈从于生活,但决不能屈从于命运,要听从你内心的召唤,不要放弃文人的风骨。我知道那条路不好走。在这个世界上,有人用笔墨写作,有人用躯体写作,有人用血汗写作,有人用脑髓写作,有人用灵魂写作。你就是用灵魂写作的那一类。我相信你一定会成功的,千万不要为了成功而媚俗……

文学创作,那是非常个性化的、艰难的、痛苦的、充满险阻的一场历练。

对我而言,这是一场非常孤独的旅行。我的前面是漫长而狭窄的隧道,大部分时间处于黑暗中,没有一丝光亮,偶尔也会浮现一线曙光。陪伴我的只有孤独,那是真正的孤独,一种深入骨髓的孤独,一种马尔克斯式的"百年孤独"!当我有一天走出隧道,面前横亘的是连绵的群山。我向上攀登。山的两边,是悬崖峭壁,峡谷深壑,枯藤荆棘,松涛竹海。山的后面还是山,更加高峻的山。我腰膝酸软,双腿沉重如同灌铅,脚底磨出血泡。可是我无法停下来,因为攀登就是我的使命!

——每当我沮丧懈怠,想要停下脚步,逃避我的使命,那命运之锤就会再次落下,猛击我,把我碾压锤碎,然后重塑我。

觉悟觉醒,跋涉攀登,再艰难,我也必须完成使命。

感谢生活!感谢生活的丰厚馈赠!感谢艺术之神的眷顾,使我完成了我几十年心心念念要完成的作品!

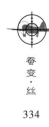
写给父亲

走过泥泞沼泽,走过蹉跎岁月,我又一次回到了故乡。我沿着大陈江漫步,又看到了那些熟悉的枫杨树。

枫杨树,是作品中出现最多的一种意象。

> 枫杨树根系发达,小时候生长缓慢,一簇簇、一蓬蓬地从沙滩卵石堆里冒出来,然后突然间蹿高,形成密密的一大片。枫杨树主干高大,木质轻软,不耐腐蚀,只能制作简单的家具农具。

枫杨树使我想起了父亲。

父亲是老实巴交的农民,一辈子与土地打交道,对土地有深厚的感情。一年四季,他都在田里干活,从不歇息,起早贪黑,侍弄着他的一亩三分地。父亲一生节俭,不讲吃穿,宽容淳厚,和气不争。父亲木讷,寡言,出名的老实,老实的近乎"窝囊"——即使村里最老实的人也可以"欺负"他,就像支使一头最温顺的水牛。他一辈子都在耕耘、忍辱,修桥铺路,捐资建庙,谈不上热心公益,只是凭着一种朴实善良的本能。村里人说,父亲曾经挖石填土,一个人默默地修起一条土路。

父亲活了九十二岁,一辈子生活在小村庄里,一生最大的"官"是村土地庙的董名(董事)。父亲去世时,我想写一些纪念文字,回顾他的一生,最后只记起他生命中最后几年的几件小事。

母亲生病,父亲拉着三轮车,让母亲坐在上面,拉到乡卫生院去看病。那时候,他自己已经八十六七岁了,不会骑三轮,只好拉着,躬身弯腰,来回五六里路。

母亲去世的几天里,他坐在屋子的一角,默不作声。他拿出一个本子,看着上面自己写的一些歪歪斜斜的字,默念祝祷。

他以为留给他的时间不多,一定要去看他将来长眠的地方。有一天早上,我们拉他上山,在早晨的冷风迷雾中,他注视着山顶埋着母亲的地方,摇头又点头。

父亲的身体每况愈下。不久后的一天,他挂着拐杖在家门口行走,忽然觉得被人推了一把,摔了一跤,从此卧床不起。

两年时间,他瘫痪在床。肌肉萎缩,原来肩宽背厚的他,变得瘦骨嶙峋,背弯曲得像犁轭,四肢细得像麻秆。

最后的一些日子,他时常产生一个个幻觉。

第一个幻觉是看见母亲回家来看他。从来不喝酒的母亲脸红彤彤的,穿着布衣布鞋,告诉他,说她在"另一边"学做生意。

父亲开始回忆起小时候的事。他背着大侄女(大伯的大女儿,比父亲小几岁)嬉戏。他带着饭篮,去他姐姐家拜年,他在姐姐家的酒坊喝酒,吃大块的红烧肉和豆腐。

回忆最多的是逃日本人的难,牵牛挑筐,着急忙慌地躲到山里去。那些日子,村里村外的锣鼓鞭炮,在父亲听来都成了轰隆隆的枪炮声。

最神奇的幻觉是,他经常看见,卧床的另一头墙上或窗户边,出现一个个俊俏的小孩,就像年画里的童子,在向他招手。

然后有一天,善良的父亲在某个夜晚,毫无痛苦地睡着了。

父亲的背影渐渐消失,悄无声息。父亲总是沉默,沉默得像一座山,沉默得像一块石头,沉默得像他刨挖了一辈子的土地!

过去,我总是避免重蹈父亲的覆辙,最后还是活成了父亲那样的男人!

写给母亲

我从老家三间低矮的老屋前走过,看见屋子一角那棵母亲种下的李树,眼睛又湿润了。

母爱是人间第一情。婴幼儿时期,妈妈是无所不能的神;童年少年时,"母亲"两字就是力量与安全感;青年时,我们是远方,妈妈是故乡,母亲就是想念与温暖;中年后,那两字渐趋厚重——走过四季冷暖,明了世事沧桑,漂泊的浪子已然明白,母亲在,家就在,有妈的地方才是家,叫声"妈"有人答,便是这世间最大的福!光阴荏苒,白发如霜,母亲已老;子欲养而亲不在,这样的遗憾,让无数人肝肠寸断。故土乡愁,情丝怀恋,都是飘在天空的风筝,无论飞到天涯海角,母亲始终是那根牵着我们的线——线在,家就在,线断了,家便没了。

《诗经》云:父兮生我,母兮鞠我。拊我畜我,长我育我,顾我复我,出入腹我。欲报之德,昊天罔极!

描写母亲,歌颂母爱的文字汗牛充栋,不过我还是在作品中添上了几句。

母亲是普通得不能再普通了,她的一生,几乎无事可记,又足以写成鸿篇巨制。

去世十年,母亲的形象越来越模糊,我只能想起记忆中的几件小事。

记得年轻时,母亲常用一根烧过的缝衣针或绣花针给人治病,治疗头疼脑热、发烧惊怖、呕吐泄泻。针挑疗法是由古老的砭刺法和络刺法发展而来,利弊掺半,或者弊大于利。乡下的孩子,常常头病脑热闹毛病,家里穷,孩子又多,附近的大人小孩找上门,母亲无法拒绝。

因为父亲老实本分,母亲便成了一家的顶梁柱、"大掌柜",里里外外,吃喝拉撒,都由她操心。

因为儿女家事和家庭变故,家里的经济非但不富裕,甚至有些拮据。七八十岁,母亲还要去田里干活,不干活时便在家做手工,去村锰钢厂外捡拾煤渣中的废铁,几分钱一斤。

母亲患过肺痨,又有心脏病。即使在患病最严重的时候,她还记挂着她的女儿,步行十几里去看她。

最后几年,母亲罹患精神疾患——双相精神障碍的母亲对药有了迷信,天天嚷着要去打吊针。

这种场景,作品中应骁与母亲陈氏相处的日子就是真实写照。

我隔几天回乡下去看母亲,怀着一个中年男人的无奈、心酸和愧疚。有一天,我来到大江堤上,在烈日下蜷缩着,偷偷呜咽——男人的崩溃有时只在一瞬间!

十年后的今天,我依然记得母亲去世时的场景。那一天,我准备回城,忽然心念一动,又回到老屋。母亲已嘴不能言,仰卧床榻,喉咙咕噜了一阵,脸色由紫变灰,再也不动了。

母爱总是文学艺术不竭的源泉,因此我在作品塑造了众多的女性:诸葛老夫人,龙十妹,龙五妹,陈氏,李翠花,李娇娘,张英,沙中柳,诸葛慧莲,孔鲁凤,孙兰英,李海音,朱赫赫,应梅花,应梅香,应骊,应姝……

写给姐姐

大陈江畔的这片江滩,过去有枣树、梨树、枇杷树和石榴树。当我在苍茫的暮色中沿着江堤漫步时,另一个瘦小的身影闯入脑海。

偶尔看到著名画家李自健的一组油画——上百幅以乡村为主题的油画,描写天真的童年,透着浓浓的刻骨乡愁,体现了人性与爱的价值。农村的童年十分清苦,而姐姐成了童年最温馨的记忆。姐姐的爱给画家温暖,在给他屏障的同时也给了他一笔巨大的精神财富,让他始终对这个世界怀有感激、爱与温情。画中的姐姐整日抱着他,背着他,怕他冻着饿着。寒冷的大雪天,姐姐用她的双手窝起弟弟冻红的小手,哈热气为他取暖,将他冻僵的小脚搂到怀里暖热;炎天热暑,弟弟在小河里扑腾撒欢,姐姐就像小大人一样寸步不离地守护着,生怕他出意外。

这组油画触痛了我的泪点,使我激动不已,泪如泉涌。

有一个疼爱你的姐姐的人是幸福的。在我的生命中,姐姐就像一个小妈妈,又像一个守护神,陪伴着我成长。

我有两个姐姐。一个大我九岁;另一个,我不知道,大约大我四五岁,因为她一出生便夭折了。母亲偶然提起,说我还有一个姐姐,有一天指着村里某个长得非常漂亮的女孩说,如果姐姐长大了会怎样怎样。

如果她活着,应该长成什么样子?那个从未见面的姐姐似乎活在我心里了。早夭的姐姐,成了我灵感的一大泉源。心之野马狂奔,我想象着她的成长、她的美、她经历的苦难和幸福生活!

不过,这里我只想写些活着的大姐的事。就像油画描绘的那样,姐姐倚靠在门框,小手端起一碗热乎乎的饭,一口口喂着弟弟,院子里的石阶下,几只小鸡也在欢快地觅食。姐姐用草筐背着弟弟,在溪沟里掏鱼摸虾。姐弟俩一起去野外,那个穿大红花袄的小姑娘独自牵着大水牛,一边放牛一边割草,累了就直接躺在石头上,手里还拿着一把小镰刀,大水牛站在旁边静静地看着她,自在地摇着尾巴。偶尔偷懒,姐姐坐在溪边的大石头上,弟弟躺在姐姐的腿上,手里各自玩耍着野花野草,身后小溪流淌,传来一阵阵白鹭翠鸟的鸣叫。

童年里的记忆也不总是这么温馨。姐姐十五岁时,负责做家里的早餐和生产队的一头母牛。有一天早上她叫醒我去放牛。我贪睡,起床气又很重,不肯去。姐姐很生气,也来了倔脾气,拧着我,绕着村庄外的田野和江滩狂奔。一个追,一个逃,逃的男孩腮帮子气鼓鼓的,偶尔还回头偷笑,追的少女气喘吁吁,眼泪汪汪。

这一幕场景,永远留在我的记忆里。

放牛放羊,割草喂猪,插秧割稻,挖沙造房,砍柴烧火,姐姐几乎干遍了所有的农活。在我的印象里,瘦小的姐姐总是那么美丽而温婉。为了我,她总是愿意做出牺牲。即使她出嫁后,还时时记挂她的弟弟,上学,生日,娶妻,忙前忙后。我不知道她有没有念过书,或者读过几天,或者没有——我常常想,如果姐姐能上学,那她该有另一种命运,过另一种生活。

五十几岁时,姐姐得了胃癌。她一直患有胃病,那是她少女时候落下的隐疾,割草放牛,饥饱无常。后来在自己家里,也是为了儿女省吃俭用,因为不及时治疗,终于无法收拾。

去省肿瘤医院手术,放疗化疗,最后的两年,她忍受病痛折磨,尝试各种治疗方法。她的生命力是顽强的,自然希望能活下去。两年后,肿瘤医院的医生电话回访,知道姐姐还活着,大为惊讶。

只是,她原本一百多斤的身体只剩三四十斤,枯瘦的身子像一把干柴,让人不忍直视。

最后的日子,她打电话来,要我去见最后一面。当天有事,我竟然忘记了,错过了时间。

我与姐姐告别。她瘦小的身躯躺在堂屋的泥地上,被单下的遗体像襁褓中的婴儿。那是我第一次面对与我有血缘关系的人的死亡。我悲从中来,失声痛哭!

有一个疼爱你的姐姐的人是幸福的。

可是在我心里,总有一种歉疚——一种永远的歉疚,因为我没有见她最后一面,弥留之际,她肯定有许多话要对我说。

母亲和姐姐,还有出现在我生命的其他女性,她们都是我创作的灵感源泉。或朴实或勤劳,或泼辣或强势,或坚韧或柔弱,她们都有一个共同的特点——善良。

雨果说,善良的心就是太阳。

对于善良,我赞同作品中朱赫赫的话:

善良本身并没错。善良，无疑是高贵美好的，正是因为它太美好了，所以需要理性光芒的照耀。善良是利他的，也是利己的，保持自己的纯良本性就是善良。充满理性的善良有时是冰冷的，以恻隐之心包庇恶人，看似小善，实则大恶。不要让善良成为助纣为虐、为虎作伥的工具，惩恶扬善、伸张正义才是善，是大善！

父母姐妹兄弟，还有无数温良敦厚、质朴坚韧的普通人，他们的乐是我的乐，他们的痛也是我的痛。我常常把对他们的同情化作巨大的悲悯，这种悲悯曾把我压得喘不过气来。当我克服这种压力，有力量背负起人生的枷锁时，便有了前行的力量。那种悲悯已化作不竭的艺术灵感泉源。

生命苦短，艺术永恒！对一个艺术家而言，人生的苦难几乎是必须的——因为真正伟大的艺术家和艺术都是从泪水、苦水和汗水里泡出来的！

太阳底下也有阴影，毋庸讳言，生活总是存在苦难。我们要做的是直视，正视，勇敢面对。苦难的背后是伟大的自己，超越苦难，你的生命才会通达了知，你才会成为生命的主人。只有超越苦难，人类才会觉醒、提升、超拔！

就像书中云鹤所说：

苦难不是魔，而是觉醒的钟；苦难是另一种形式的爱，一切苦难都是无言的呼唤。只要心中有爱，她终会挺过去的……

也像诸葛慧莲所说：

……我要把苦难的泪水酿成美酒。我应该感谢生活的苦难！这些苦难涤净我身上的污垢，使我的灵魂变得那样纯净，使我的生命变得那样丰满！

现代人最紧迫的是灵魂的觉醒，超拔物欲之上，让精神升华。因此我写了教授与他的女儿诸葛慧莲。他们负重前行，宽厚仁爱，和光同尘，一体同悲，无疑是这个世界的精神贵族。

这个世界上是有一些高贵灵魂,他们的心里充满爱。他们的爱不是属于一个人的,而是属于很多人。这个世界因为有他们的存在而温暖,而充满希望。

写给女儿

世界上的爱有多种。有一种爱深入骨髓,爱得无怨,痛得无悔。

情到深处无语,爱到深处无声。

深爱无言,大爱希声。这就是父爱。我在作品中写了许多深爱的父女——教授与诸葛慧连,林波与林晓,龙骏与飞天,等等。

比如教授和诸葛慧莲:

> 可是那会儿,在你母亲开恩让我抱你的那一刻,我也顾不了那么多了。我闻到了你身上的奶香,捏到了你胖嘟嘟的小手,听见了你的心跳。那一刻,我感到天使降生了。在这个多灾多难的世界上,有一个生命融入了我的生命,因为你的到来,我的生命从此不再寂寞,变得饱满。你的到来,像一线曙光照亮前程,我已经有足够的勇气度过所有的艰难岁月了。

比如林波与林晓:

> 他是女儿的同学、老师、道具和玩伴,陪她一起长大。他喜欢在梦中扮演女儿的保护神,希望女儿所有的梦都是甜蜜的。

像纪伯伦所说,儿女并不是属于父母的,他们属于这个世界。儿女自然应该感恩父亲,但是父母也应该感恩儿女:

> 我们常常会有一种错觉,觉得孩子会永远属于自己,殊不知,他们也是你生命里的匆匆过客。与孩子待在一起的亲密日子屈指可数,每一天都不会重来。爱是父母与孩子的纽带,父母在全然接

纳与无条件付出的同时，获取的更多。孩子蹒跚的脚步和呀呀细语触动父母柔软的心，唤醒父母的大爱，使父母的生命更加圆满通达。某种意义上说，他们更应该感谢孩子。

就像李海音对诸葛慧莲说的：

　　那个天使般的精灵，是她唤醒了我的爱，使我学会了爱。我要一辈子感谢她的陪伴。有人说，人生就像搭车旅行。在我生命的列车里，因为有她同行，我才有力量面对所有挑战，克服犹豫彷徨。因为她的陪伴，我生命的列车才没有驶入歧途。

父母是弓，儿女是箭。当父母这张弓完成使命后，就让箭能飞多远就飞多远吧。

不过，做父母的，不管儿女俊丑顺逆，总是自己一辈子的牵挂。不管怎么说，做父母的总是希望儿女能够幸福。

成功的定义是多元的，只要儿女身心健康、人格健全，做一个对社会有用的人，过平凡而幸福的一生，父母就心满意足了。

所以，我这里要借用教授写给女儿的文字，写给成长中的女儿：

　　女儿，人生的风景不在别处，就在你的心里。要做一个心中有风景的女人，成熟优雅，自修自悟，善解人意，明是知非，能进能退，不以物喜不以己悲，无论顺境逆境都能谈笑自若、从容应对。心中有风景的女人，不会被失意落寞忧伤击倒，她们能发现生活的可爱抓住幸福。时间会治愈所有的创伤，时间会给出正确的答案。生活不仅仅是包容、理解、忍让、责任和苦难，还有爱和欢笑。我希望你能走出过去的囚笼，活出自我，活得漂亮些。

　　所以，女儿啊，你不要哭泣，要微笑。不管遇到什么，要永远微笑。你不知道你的微笑对我有多重要，那是我生命的阳光和温暖……

很快，女儿，你就会步入"爱的行列"：

女儿，爱会使人内心丰盈，使人快乐幸福，却不会使人沉迷癫狂。真正的幸福是无言的，沉静、低调、澄澈、朴素，令人平静，令人感恩，无须恣意张扬，无须千言万语，因为一说出口，就惊扰了那害羞的丘比特。

女儿，在你现在的年龄，也许并不真正懂得该找怎样的另一半。真正的男人，并不在他身躯之伟岸、容颜之俊美，而在于他精神之深厚。真正有深度的男人，自信、坦荡、友善、大度、谦恭、冷静、沉稳、睿智。他的胸怀像沉默的山、广博的海。他没有眼高手低、志大才疏的张狂，而有锲而不舍、博览群书又融会贯通的深邃；他柔情似水，会为你赴汤蹈火矢志不渝；他刚正不阿，忍辱负重，任劳任怨。这样的男人是经过岁月磨砺温润的玉，是历久弥香醉人的酒。

女儿，其实你应该找一个真正懂你的人。他懂你的沉默，懂你的微笑，懂你的眼泪和悲伤。

有一天，你终将为人妻为人母，那时你或许会明白：

……做女人可真不容易。既要生儿育女，又要在男人堆里杀出一条血路。……可女人这朵花，开着开着就谢了，枯萎了，不再鲜艳欲滴，不再芳香四溢。都说中年女人最美，有玫瑰的娇艳、牡丹的高贵、百合的傲骨，淡泊宁静，优雅从容，温婉贤淑，是一首古典的乐曲，也是一杯香醇的美酒……

读万卷书行万里路，如果你选择别样的人生，选择艺术人生，父亲也会很欣慰。

蜉蝣之羽，衣裳楚楚。心之忧矣，于我归处。蜉蝣之翼，采采衣服。心之忧矣，于我归息。蜉蝣掘阅，麻衣如雪。心之忧矣，于我归说。我们总是感叹：隙中驹，石中火，梦中身，浮名浮利，虚苦劳神，不知何时对一张琴、一壶酒、一溪云，做个闲人，且陶陶乐尽天真。我们总是明白得太晚,却老得太早!

眼下,你正在大学校园里读书,希望你能广交朋友。因为那些同学,终将是你生命里没有血缘的兄弟姐妹:

朋友是什么?真正的朋友,只比爱人差一步,只比父母低一级,会陪你度过一生。真正的朋友,不分年龄,不分男女,不分肤色等级,不论贫贱富贵,不管距离远近。你有荣耀,与你分享;你有苦难,与你分担。真正的朋友,在你出丑的时候,她不会嘲笑你,在你有难的时候,她不会袖手旁观。她不是你生命中的匆匆过客,而是你生命的一部分,她在心里关爱、关心、关注你,与你一起欢笑、流泪、悲伤。真正的朋友是一颗心对另一颗心的欣赏,是一个人对另一个人的守望,是似水年华中的精品,是厚重生活的珠蚌……

父女一场,是一种奇妙的缘。希望女儿以后珍惜生命里所有的缘。